Jennifer Donnelly
Die Winterrose

SERIE PIPER

Zu diesem Buch

Es sind die ersten Tage des neuen Jahrhunderts, Mai 1900. Und die finsteren Straßen des Londoner Armenviertels Whitechapel sind kein Ort für eine anständige junge Frau. Gegen alle Widerstände nimmt India, die sich sonst nur in den feinsten Kreisen bewegt, eine Anstellung als Ärztin in Whitechapel an. Als sie dem berüchtigten Gangsterboß Sid Malone begegnet, entbrennt sie überdies in leidenschaftlicher Liebe und setzt sogar die Verlobung mit dem ehrgeizigen Parlamentsabgeordneten Freddie Lytton aufs Spiel. Sie ist fasziniert von Sid, seinem Charme und seiner geheimnisvollen, dunklen Vergangenheit. Doch sie kann nicht ahnen, daß Sid Malone nicht sein wahrer Name ist ... Von der gefährlichen Unterwelt Londons bis nach Afrika und in die Neue Welt führt uns Jennifer Donnellys dramatische Geschichte um die junge Ärztin India Selwyn-Jones – Betrug und Intrigen, Rache und bedingungslose Liebe bestimmen ihren Weg.

Jennifer Donnelly wuchs im Staat New York auf. Ihr erster Roman »Die Teerose« gewann allein in Deutschland über hunderttausend Leserinnen. Nach »Das Licht des Nordens«, das vielfach preisgekrönt und zu einem der bestverkauften Bücher Englands wurde, legte sie mit »Die Winterrose« ihren zweiten großen historischen Ro-man vor. Jennifer Donnelly, deren Familie aus Schottland stammt, lebt mit ihrem Mann und Sohn in Brooklyn. Weiteres zur Autorin: www.jenniferdonnelly.com

Jennifer Donnelly

Die Winterrose

Roman

Aus dem Englischen von
Angelika Felenda

Piper München Zürich

Mehr über unsere Autoren und Bücher:
www.piper.de

Von Jennifer Donnelly liegen bei Piper im Taschenbuch vor:
Die Teerose
Das Licht des Nordens
Die Winterrose

Mix
Produktgruppe aus vorbildlich bewirtschafteten
Wäldern und anderen kontrollierten Herkünften
www.fsc.org Zert.-Nr. GFA-COC-1223
© 1996 Forest Stewardship Council

Ungekürzte Taschenbuchausgabe
November 2008
© 2006 Jennifer Donnelly
Titel der amerikanischen Originalausgabe:
»The Winter Rose«, HarperCollins, New York 2006
Published by Arrangement with Jennifer Donnelly
© der deutschsprachigen Ausgabe:
2007 Piper Verlag GmbH, München
Umschlag: Büro Hamburg. Anja Grimm, Stefanie Levers
Bildredaktion: Büro Hamburg. Alke Bücking, Charlotte Wippermann
Umschlagfoto: HarperCollins Publishers / Jeff Cottenden
Autorenfoto: Jerry Bauer
Satz: Filmsatz Schröter, München
Papier: Munken Print von Arctic Paper Munkedals AB, Schweden
Druck und Bindung: CPI – Clausen & Bosse, Leck
Printed in Germany   ISBN 978-3-492-25281-2

In Erinnerung an
Fred Sage
und das London, das er kannte

Doctor, my eyes
Cannot see the sky.
Is this the prize
For having learned how not to cry?

Doktor, meine Augen
Können den Himmel nicht sehen.
Ist das der Preis dafür,
Daß ich nicht zu weinen gelernt habe?

Jackson Browne

❧ Prolog ❧

London, Mai 1900

Einen Bullen konnte Frankie Betts schon von weitem riechen. Bullen rochen nach Bier und Haarwasser und gingen, als ob ihre Schuhe drückten. In den Armenvierteln unter den vielen hungrigen Leuten nahmen sie sich besonders feist und fett aus, rausgemästet wie sie waren von all den kostenlosen Mahlzeiten, die sie sich zusammenschnorrten.

Bullen machten Frankie rasend. Sie brachten ihn dazu, daß er alles und jeden, der ihm in die Quere kam, niederknüppeln wollte. Und jetzt saß einer direkt neben ihm. Im Barkentine. In der Hochburg der Firma. Und tat so, als wäre er ein ganz normaler Gast. Trank, redete und bestellte Essen.

Was für eine gottverdammte Frechheit!

Frankie drückte seine Zigarette aus. Er schob seine Ärmel zurück, stand auf und wollte den Mann verprügeln, bis ihm das Licht ausging. Doch bevor er dazu kam, stand plötzlich ein frisches Bier auf der Theke. Desi, der Wirt, hatte es hingestellt.

»Du gehst doch noch nicht, Kumpel? Bist doch gerade erst gekommen.« Desis Stimme klang freundlich, aber seine Augen blinzelten warnend.

Frankie nickte. »Danke«, sagte er mit zusammengepreßten Lippen und setzte sich wieder.

Desi hatte gut daran getan, ihn aufzuhalten. Sid wäre sauer. Er würde sagen, er sei enttäuscht. Frankie war nicht so dumm, Sid zu enttäuschen. So dumm war keiner.

Er trank einen Schluck Bier, zündete eine weitere Zigarette an und schob den Fehler, den er fast begangen hätte, auf seine schlechten Nerven. Es war eine schwierige Zeit für die Firma. Eine gefährliche Zeit. Die Bullen jagten sie gnadenlos. Letzte Woche hatten sie einen

Wagen mit Lohngeldern ausgeraubt und waren mit über tausend Pfund abgehauen, was Freddie Lytton, den hiesigen Parlamentsabgeordneten, dazu brachte, ihnen den Krieg zu erklären. Er ließ Sid festnehmen. Ronnie und Desi ebenfalls. Aber der Richter hatte sie wieder laufenlassen. Es stellte sich raus, daß es keine Zeugen gab. Zwei Männer und eine Frau hatten den Überfall gesehen, doch als sie hörten, daß sie gegen Sid Malone aussagen sollten, konnten sie sich plötzlich nicht mehr erinnern, wie die Räuber ausgesehen hatten.

»Die Polizei hat einen Fehler gemacht und den falschen Mann verhaftet«, sagte Sid auf den Stufen von Old Bailey zur Presse, nachdem er freigelassen worden war. »Ich bin kein Krimineller. Nur ein Geschäftsmann, der auf ehrliche Weise seinen Lebensunterhalt verdienen will.« Das war ein Satz, den er schon oft gebraucht hatte – wann immer die Polizei in seiner Werft oder in seinen Pubs Razzia machte. Er sagte ihn so oft, daß Alvin Donaldson, ein Kriminalinspektor, ihn den »Vorsitzenden« und seine Bande die »Firma« getauft hatte.

Lytton war außer sich gewesen. Er schwor, Sids Kopf auf einem Tablett zu servieren. Er schwor, er würde jemanden finden, einen ehrlichen Menschen, der keine Angst hatte, die Wahrheit zu sagen, der sich vor Malone und seiner Verbrecherbande nicht fürchtete, und wenn ihm das gelänge, würde er sie lebenslänglich hinter Gitter bringen.

»Der macht bloß Wind«, sagte Sid. »Will sein Bild in der Zeitung sehen. Schließlich sind bald Wahlen.«

Frankie hatte ihm geglaubt, aber jetzt saß dieser Bulle hier, frech wie Oskar, und er war sich nicht mehr so sicher, ob Sid recht hatte. Frankie sah den Mann an – nicht direkt, sondern im Spiegel über der Bar. Kam er von Lytton? Oder von jemand anderem? Warum hatte man ihn hergeschickt?

Wo es einen Bullen gab, gab es gewöhnlich noch ein Dutzend andere. Frankie ließ den Blick durch den Raum schweifen. Wenn je ein Pub den Namen Räuberhöhle verdiente, dachte er, dann das Bark. Der dunkle niedrige Bau in Limehouse war zwischen zwei Lagerhäuser am Nordufer der Themse gequetscht. Die Vorderseite lag an der Narrow Street, die baufällige Rückseite hing über den Fluß. Bei Flut konnte man die Themse gegen die Rückwand schwappen hören. Frankie kannte fast jedes Gesicht. Drei Kerle aus dem Viertel standen am Kamin und reichten Schmuckstücke hin und her, vier weitere spielten Karten, während ein fünfter Pfeile auf eine Dartscheibe warf. Andere saßen dicht gedrängt um wacklige Tische oder an der Bar, rauchten, tranken, redeten und lachten laut. Prahlten und stolzierten großspurig herum. Kleinkriminelle, alle zusammen.

Der Mann, hinter dem der Bulle her war, prahlte nicht, stolzierte nicht herum und hatte auch sonst nichts an sich, was auf eine geringe Stellung hingewiesen hätte. Er war einer der mächtigsten und am meisten gefürchteten Verbrecherbosse in London, und Frankie dachte, wenn dieser erbärmliche Bulle wüßte, was gut für ihn ist, würde er abhauen. Solange er noch konnte.

Noch während Frankie den Mann beobachtete, kam Lily, das Barmädchen, aus der Küche und knallte so heftig einen Teller vor ihn hin, daß die Brühe auf seine Zeitung schwappte.

»Einmal Limehouse-Eintopf«, sagte sie.

Der Mann starrte auf die dampfende Plörre. »Das ist Fisch«, sagte er ausdruckslos.

»Sie sind mir ein echter Sherlock Holmes. Was erwarten Sie? Lammkarree?«

»Schweinefleisch, dachte ich.«

»Wir sind hier in Limehouse. Nicht auf der grünen Wiese. Das macht zwei Pence.«

Der Mann schob eine Münze über die Bar, dann rührte er mit einem schmutzigen Löffel die graue Brühe um. Knochen und Hautstücke schwammen darin herum, ein Kartoffelschnitz und etwas Sellerie. Ein Brocken glitschiges weißes Fleisch kam nach oben, das schon ziemlich verdorben wirkte.

Karpfen, dachte Frankie. Die sah er oft bei Ebbe. Riesige Apparate mit trüben Augen, die hilflos im stinkenden Flußschlamm zappelten. Einen Bissen davon, Kumpel, dachte er, und du hast eine Woche lang die Scheißerei.

Desi kam herüber. »Irgendwas nicht in Ordnung mit Ihrem Essen?« fragte er. »Sie haben's ja nicht mal angerührt.«

Der Fremde legte seinen Löffel weg. Er zögerte.

Sag lieber, daß es schmeckt, dachte Frankie.

»Ich krieg keinen Bissen runter, egal, wie sehr ich mich auch anstrenge«, sagte er schließlich. »Hab bloß von Porterbier gelebt. Sobald ich was anderes eß, dreht's mir den Magen um.«

»Was? Sonst nichts?«

»Porridge. Milch. Manchmal ein Ei. Die Wachleute im Gefängnis sind schuld daran. Die Bauchtritte, die sie mir verpaßt haben. Davon hab' ich mich nicht mehr erholt.«

Frankie hätte fast laut herausgelacht.

Desi jedoch nicht. Sein Gesichtsausdruck blieb ungerührt. »Sie waren im Knast?« fragte er.

»Ja. Einbruch. In einem Juwelierladen oben in Camden. Ich hatte ein Klappmesser in der Tasche, also sagten die Bullen, ich wär' bewaffnet gewesen. Hab' fünf Jahre gekriegt.«

»Und Sie sind gerade rausgekommen?«

Der Fremde nickte. Er nahm seine Mütze ab. Ein typischer Gefängnishaarschnitt kam zum Vorschein.

Desi grinste. »Du armer Teufel«, sagte er. »Wo hast du denn eingesessen? In Reading?«

»Petonville.«

»Da hab' ich selbst mal 'ne Weile gesessen. Der Wärter ist ein übles Schwein. Willocks hieß er. Macht er noch immer allen das Leben zur Hölle?«

»O ja.«

Blödsinn, du dummer Hund, dachte Frankie. *Hättest dich umhören sollen.*

Es gab keinen Willocks in Petonville. Hatte nie einen gegeben.

Desi schenkte ein neues Glas Porter ein. »Hier, Alter. Geht aufs Haus.«

Als er wegging, um andere Gäste zu bedienen, tauschte er wieder einen Blick mit Frankie aus. *Paß auf den auf*, sollte das heißen.

Frankie wartete eine Weile, trank einen Schluck aus seinem Glas, rauchte und stieß dann den Mann am Arm an, so daß Bier auf dessen Zeitung schwappte.

»Tut mir leid, Kumpel«, entschuldigte er sich, als hätte es sich um ein Mißgeschick gehandelt. »Jetzt ist deine Zeitung naß.«

»Macht nichts«, sagte der Bulle lächelnd. »Das Schmierblatt taugt sowieso bloß zum Aufwischen.«

Frankie lachte. Der Mann nutzte seine gespielte gute Laune für einen Einstieg. Ganz wie er erwartet hatte.

»Michael Bennett«, stellte er sich vor. »Freut mich, dich kennenzulernen.«

»Roger Evans«, sagte Frankie. »Gleichfalls.«

»Hast du davon gehört?« fragte Bennett und deutete auf die Titelstory. »Es geht um einen Raub von Lohngeldern. Es heißt, Sid Malone sei's gewesen. Er sei mit zehntausend Pfund abgehauen.«

Schön wär's, dachte Frankie. Die Schmierblätter übertrieben immer.

Bennett schlug ein paarmal mit dem Handrücken auf Frankies Arm. »Ich hab' gehört, Malone versteckt die Knete in einem Boot auf der Themse«, sagte er. »Und einen Teil in einem Warenlager mit Zucker.«

»Ach, wirklich?«

Bennett nickte. »Ich hab' auch gehört, daß er einiges hier im Bark hat. Wir könnten direkt darauf sitzen«, fuhr er fort und trat mit dem Fuß gegen die Bodendielen. »Du hast nicht zufällig eine Brechstange in der Tasche, was?«

Frankie zwang sich erneut zu einem Lachen.

»Egal, wo er's lagert, es muß ein großes Versteck sein. Die Firma gibt sich nicht mit Kleinkram ab. Ein Kerl hat mir gesteckt, allein der Raub von Goldbarren hätte ihnen Tausende eingebracht. Tausende! Mann, kannst du dir vorstellen, so viel Zaster zu haben?«

Frankie spürte, wie ihn erneut der Zorn packte. Es juckte ihn in den Fingern. Wie gern hätte er dem Mistkerl die Nase gebrochen. Das würde ihn lehren, sie nicht in die Angelegenheiten anderer Leute zu stecken.

»Benutz dein Hirn, Frankie, nicht deine Fäuste. Dein Hirn«, hörte er Sid sagen.

Bennett berührte wieder Frankies Arm. »Ich hab' auch gehört, daß Malone regelmäßig in diesen Pub kommt«, sagte er. »Es soll sein Hauptquartier sein.«

»Das ist mir nicht bekannt«, antwortete Frankie.

Bennett beugte sich nahe heran. »Ich müßte mal mit ihm reden. Nur ganz kurz. Weißt du, wie ich ihn finden kann?«

Frankie schüttelte den Kopf. »Tut mir leid, Kumpel.«

Bennett griff in die Tasche und legte eine Zehnpfundnote auf die Bar. Für die meisten Männer in Limehouse waren zehn Pfund ein Vermögen. Frankie tat so, als machte er dabei keine Ausnahme, und steckte sie schnell ein.

»Wir treffen uns hinter dem Pub«, sagte er. »In fünf Minuten.«

Er verließ das Bark durch die Eingangstür und ging durch die Kellertür wieder hinein. Rasch stieg er eine enge Holztreppe, die vom

Keller in die Küche führte, und dann eine weitere ins obere Stockwerk hinauf. Er ging einen kleinen Gang hinunter und klopfte zweimal an eine verschlossene Tür.

Sie wurde von einem schlaksigen Mann in Hemdsärmeln und Weste geöffnet, der keine Anstalten machte, den Totschläger in seiner Hand zu verbergen. Hinter ihm, in der Mitte des Raums, saß ein anderer Mann an einem Tisch, der seelenruhig Zwanzigpfundnoten zählte. Er blickte mit seinen grünen Augen zu Frankie auf.

»Schwierigkeiten«, sagte Frankie. »Einer von Lytton. Ganz sicher. Behauptet, sein Name sei Bennett. In fünf Minuten ist er draußen hinterm Haus.«

Der Mann mit den grünen Augen nickte. »Halt ihn dort fest«, antwortete er und zählte weiter.

Frankie eilte die Treppe wieder hinunter und ging durch die Kellertür hinaus. Im Schankraum sah Michael Bennett auf die Uhr neben der Kasse. Es war fast zwei Uhr morgens. Er leerte sein Glas und ließ ein paar Münzen auf der Theke zurück.

»Gute Nacht, Kumpel«, sagte er und nickte dem Wirt zu.

Desi hob grüßend die Hand.

»Wo ist der Abtritt?« fragte Bennett.

»Was glaubst du, wo du bist? Im Buckingham-Palast?« fragte Desi. »Pinkel in den Fluß wie alle anderen auch.«

Bennett trat aus der Tür, ging um den Pub herum und stieg dann über ein paar Steinstufen zum Wasser hinab.

Frankie stand hinter einer dichten Reihe von Pfählen und beobachtete ihn, wie er die Hose aufknöpfte und lange pißte. Es herrschte gerade Ebbe. In der Dunkelheit konnte Frankie den Fluß kaum sehen, aber er konnte ihn hören – das Wasser, das gegen den Rumpf der vertäuten Lastkähne schwappte, an Leinen und Bojen zerrte und in kleinen Strudeln vorbeifloß. Als Bennett fertig war, trat Frankie zwischen den Pfeilern heraus.

»Mein Gott!« japste Bennett. »Hast du mich erschreckt. Hier unten ist's stockdunkel. Wo ist Malone?«

»Auf dem Weg.«

»Bist du sicher?«

»Hab' ich doch gesagt, oder?«

»Ich will mein Geld zurück, wenn er nicht auftaucht«, drohte Bennett.

Frankie schüttelte den Kopf und fand, daß er die Rolle des anständigen Kerls schon viel zu lange gespielt hatte. »Keine Sorge. Er kommt schon«, antwortete er.

Die beiden Männer warteten noch etwa zehn Minuten, dann wurde Bennett ungeduldig. Gerade als er sauer zu werden begann, flammte ein Streichholz hinter ihm auf. Er fuhr herum.

Frankie erblickte Sid und Desi. Sie standen am Fuß der Steintreppe. Desi zündete eine Laterne an.

»Michael Bennett?« fragte Sid.

Bennett starrte ihn an, gab aber keine Antwort.

»Mein Boß hat dir eine Frage gestellt«, sagte Frankie.

Bennett drehte sich zu ihm um. »Dein *Boß*? Aber ich dachte ... du hast gesagt ...«, stammelte er.

»Was willst du?« knurrte Frankie. »Wer hat dich geschickt?«

Bennett trat einen Schritt zurück, weg von Sid. »Ich will keine Schwierigkeiten machen«, sagte er. »Ich bin bloß hergekommen, um was auszurichten, das ist alles. Eine Bekannte von mir möchte Sid Malone treffen. Sie trifft sich zu jeder Zeit und an jedem Ort mit ihm, aber sie muß ihn unbedingt sprechen.«

»Bist du ein Bulle?« fragte Frankie. »Hat Lytton dich geschickt?«

Bennett schüttelte den Kopf. »Ich hab' dir die Wahrheit gesagt. Ich bin Privatdetektiv.«

Malone reckte den Kopf und musterte Bennett.

»Sie müssen mir eine Antwort geben«, sagte Bennett zu ihm. »Sie kennen diese Frau nicht. Die läßt nicht locker. Sonst kommt sie noch selbst her.«

Malone hatte noch immer nichts gesagt, hörte jedoch zu, was Bennett zu ermutigen schien. Er wurde kühner.

»Mit einem Nein gibt die sich nicht zufrieden. Ihren Namen kann ich nicht nennen, den will sie nicht preisgeben. Aber sie weiß ziemlich genau, was sie will, das Miststück, *das* jedenfalls kann ich Ihnen sagen«, fügte er hinzu und lachte.

Später erinnerte sich Frankie, daß Sids Mund bei dem Wort »Miststück« gezuckt hatte. Und daß er gedacht hatte, er würde zu einem Lächeln ansetzen. Er erinnerte sich, wie Sid langsam und gelassen auf Bennett zuging, als wollte er ihm die Hand schütteln und für die Nachricht danken. Statt dessen packte er den Mann und brach ihm mit einer einzigen schnellen Bewegung den Unterarm. Der Schmerz ließ Bennett auf die Knie sinken, aber es war der Anblick seiner Knochen, die durch die Haut stachen, der ihn zum Schreien brachte.

Sid packte einen Büschel seiner Haare und riß seinen Kopf zurück. Bennett vestummte. »Hier ist meine Antwort. Laut und deutlich«, sagte er. »Du richtest Fiona Finnegan aus, daß der Mann, hinter dem sie her ist, tot ist. Genauso tot, wie du sein wirst, wenn du dich noch mal hier blicken läßt.«

Sid ließ ihn los, und Bennett sackte in den Schlamm. Dann drehte er sich um und ging weg. Frankie folgte ihm. Desi löschte die Laterne.

»Wer ist diese Frau, Boß?« fragte Frankie, verwundert über Bennetts Bitte und Sids Reaktion. »Kriegt sie ein Kind?«

Sid gab keine Antwort.

»Ist sie eine Verwandte?«

In der Dunkelheit konnte Frankie nur Sids Stimme hören, aber nicht sein Gesicht sehen. Andernfalls hätte er den tiefen, anhaltenden Schmerz darin erkannt, als er sagte: »Sie ist niemand, Frankie. Keine Verwandte. Sie bedeutet mir überhaupt nichts.«

Erster Teil

Mai 1900

❧ 1 ❧

ones!«

India Selwyn-Jones drehte sich um, als sie ihren Namen hörte. Sie mußte die Augen zusammenkneifen, um zu sehen, wer da gerufen hatte. Maud hatte ihr die Brille weggenommen.

»Professor Fenwick!« rief sie schließlich zurück und strahlte den kahlen, bärtigen Mann an, der durch die vielen Studenten mit Doktorhüten auf dem Kopf auf sie zueilte.

»Jones, Sie schlaue kleine Katze! Ein Walker-Stipendium *und* den Dennis-Preis! Gibt's irgendwas, das Sie *nicht* gewonnen haben?«

»Hatcher hat den Beaton gekriegt.«

»Der Beaton ist Humbug. Jeder Dummkopf kann sich Anatomie merken. Eine Ärztin braucht mehr als nur Wissen, sie muß es anwenden können. Hatcher kann kaum eine Aderpresse anlegen.«

»Pst, Professor! Sie steht direkt hinter Ihnen«, flüsterte India entrüstet.

Die Promotionszeremonie war vorbei. Die Studenten waren zu den Klängen eines flotten Marschs von der kleinen Bühne des Auditoriums hinabgezogen und posierten jetzt für Fotos oder plauderten mit Gratulanten.

Fenwick machte eine wegwerfende Handbewegung. Ihm war nichts peinlich. Er war ein Mann, der klar und offen seine Meinung sagte, gewöhnlich mit voller Lautstärke. India hatte seine Beleidigungen selbst erlebt. Oft genug hatten sie sich gegen sie gerichtet. Sie erinnerte sich an ihre erste Woche in seiner Klasse. Sie sollte einen Patienten mit Rippenfellentzündung befragen. Hinterher hatte Fenwick von ihr verlangt, anhand ihrer Notizen den Fall zu beschreiben. Noch immer hörte sie, wie er sie anschrie, weil sie mit den Worten »Ich glaube ...« begann.

»Sie machen *was*? Sie *glauben*?« schrie er. »Aber ich habe das Gefühl ...«, verteidigte sie sich. »Sie sind nicht in meiner Klasse, um zu *glauben oder zu fühlen*, Jones. Hier geht's nicht um Theologie. Hier geht's um *Diagnosen*, die Aufnahme von Fällen. Sie sind hier nur, um zu *beobachten*, weil Sie noch viel zu unwissend sind, um etwas anderes zu tun. Glaube und Gefühl vernebeln das Urteil. Was tun sie, Jones?«

»Sie vernebeln das Urteil, Sir«, antwortete India mit hochrotem Kopf.

»Richtig. Glauben und Gefühl bedeuten für Ihren Patienten nur, daß Sie ihm mit dummen Vorurteilen schaden. *Sehen Sie ihn an*, Jones … Sie sehen das Ödem des Herzkranken und wissen, daß es vom Versagen der Nieren herrührt … Sie sehen die Gallenkolik und wissen, daß sie durch Bleivergiftung hervorgerufen wurde … aber *sehen* Sie ihn an, Jones, klar und leidenschaftslos, und Sie werden ihn heilen.«

»Kommen Sie, kommen Sie, werfen wir einen Blick hinein«, sagte Fenwick jetzt und deutete ungeduldig auf die Ledermappe unter Indias Arm.

India öffnete sie, weil sie selbst noch einmal einen Blick darauf werfen wollte – auf das braune Dokument mit ihrem Namen in kupferner Prägeschrift und dem Datum 26. Mai 1900, dem Siegel der Londoner Medizinhochschule für Frauen und der Urkunde, daß sie ihr Diplom erhalten hatte. Daß sie jetzt Ärztin war.

»*Doktor* India Selwyn-Jones. Klingt gut, nicht?« sagte Fenwick.

»Das stimmt, und wenn ich es noch ein paarmal höre, glaube ich vielleicht selbst, daß es wahr ist.«

»Unsinn. Hier gibt's einige, die einen schriftlichen Wisch brauchen, um zu glauben, daß sie Ärztinnen sind, aber zu denen gehören Sie nicht.«

»Professor Fenwick! Professor, hier drüben …«, rief eine schrille weibliche Stimme.

»Meine Güte«, sagte Fenwick. »Die Dekanin. Sieht aus, als hätte sie Broadmoor bei sich, den armen Teufel. Sie will, daß ich ihn überzeuge, ein paar von euch anzustellen. Sie haben verdammtes Glück gehabt, den Job bei Gifford zu ergattern.«

»Das weiß ich, Sir. Ich bin schon begierig anzufangen.«

Fenwick schnaubte. »Wirklich? Kennen Sie Whitechapel?«

»Ich habe eine Weile am London Hospital gearbeitet.«

»Mit Hausbesuchen?«

»Nein, Sir.«

»Hm, dann nehm' ich's zurück. *Gifford* hat Glück gehabt.«

India lächelte. »Wie schlimm kann es schon sein? Ich habe in anderen Armenvierteln Hausbesuche gemacht. In Camden, Paddington, Southwark ...«

»Whitechapel ist einzigartig in London, Jones. Seien Sie darauf gefaßt. Sie werden dort eine Menge lernen, das steht fest, aber mit Ihrem Kopf, Ihren Fähigkeiten sollten Sie ein schönes Forschungsstipendium an einem Lehrkrankenhaus haben. Und Ihre eigene Praxis. Wie Hatcher. Eine Privatpraxis. Da gehören Sie hin.«

»Ich kann keine eigene Praxis eröffnen, Sir.«

Fenwick sah sie lange an. »Selbst wenn Sie's könnten, bezweifle ich, daß Sie's täten. Jemand könnte Ihnen die Schlüssel zu einer komplett eingerichteten Ordination in der Harley Street überreichen, und Sie würden sie zurückgeben und wieder in die Elendsviertel zurückrennen.«

India lachte. »Wahrscheinlich eher zurück*gehen*, Sir.«

»Immer noch Ihre Hirngespinste, was?«

»Ich ziehe es vor, sie als Ziele anzusehen, Sir.«

»Eine Klinik, nicht wahr?«

»Ja.«

»Für Frauen und Kinder.«

»Ganz richtig.«

Fenwick seufzte. »Ich kann mich erinnern, Hatcher und Sie haben darüber gesprochen, aber ich hätte nie gedacht, es sei Ihnen ernst damit.«

»Harriet nicht, mir schon.«

»Jones, haben Sie auch nur die leiseste Ahnung, was so etwas erfordert?«

»Durchaus.«

»Das Aufbringen der Mittel, die Suche nach einem geeigneten Ort ... Allein bei den Regierungsvorschriften wird einem schwindlig. Sie brauchen Zeit, um eine Klinik aus dem Boden zu stampfen, eine Unmenge Zeit, und Sie werden keine freie Minute mehr haben. Sie werden sich schon bei Gifford zu Tode schuften. Wie wollen Sie das alles schaffen?«

»Ich werde einen Weg finden, Sir. Man muß das Außergewöhnliche versuchen«, sagte India entschieden.

Fenwick reckte den Kopf. »Das gleiche haben Sie mir vor sechs Jahren gesagt. Als Sie zum erstenmal hierherkamen. Ich habe allerdings nie verstanden, warum.«

»Warum?«

»Warum eine adelige junge Frau aus einer der reichsten Familien etwas Außergewöhnliches machen will.«

India wurde rot. »Sir, ich bin nicht … ich …«

»Professor! Professor Fenwick!« rief die Dekanin erneut.

»Ich muß gehen«, sagte Fenwick. Er schwieg einen Moment und sah auf seine Schuhe hinab, dann fügte er hinzu: »Ich scheue mich nicht, Ihnen zu sagen, daß ich Sie vermissen werde, Jones. Sie sind die beste Studentin, die ich je hatte. Rational, logisch, unemotional. Ein leuchtendes Beispiel für meine derzeitige Schar von Dummköpfen. Ich würde Ihnen auch gern sagen, daß der schwierige Teil hinter Ihnen liegt, aber er fängt erst an. Sie wollen etwas anders machen, die Welt verändern, aber vielleicht hat die Welt andere Vorstellungen. Sie wissen das, nicht wahr?«

»Ja, das weiß ich, Sir.«

»Gut. Dann merken Sie sich: Ganz egal, was dort draußen passiert, vergessen Sie nie, daß Sie *Ärztin* sind. Eine sehr gute. Das kann Ihnen niemand nehmen. Und nicht, weil es hier drin steht«, er tippte auf das Diplom, »sondern weil es hier drin ist.« Er tippte an Indias Stirn. »Vergessen Sie das nie.«

Jetzt war es India, die auf ihre Schuhe starrte. »Das werde ich nicht, Sir«, flüsterte sie.

Sie wollte ihm für alles danken, was er für sie getan hatte, daß er ein unwissendes Mädchen von achtzehn Jahren aufgenommen und eine Ärztin aus ihr gemacht hatte, aber sie wußte nicht, wie. Sechs Jahre hatte es gedauert. Sechs lange Jahre der Mühen, des Kampfes und der Zweifel. Sie hatte es nur seinetwegen geschafft. Wie konnte sie ihm dafür danken? Wo sollte sie bloß anfangen?

»Professor Fenwick …«, sagte sie, aber als sie aufsah, war er schon fort.

Ein Gefühl des Verlusts und der Einsamkeit überkam sie. Ihre Kommilitonen lachten und scherzten im Kreis ihrer Familien und Freunde, aber sie war allein. Bis auf Maud. Freddie war in Regierungsaufgaben unterwegs. Wish war in Amerika, ihre Eltern in Blackwood, Hunderte von Meilen entfernt. Aber selbst wenn sie neben der

Hochschule gewohnt hätten, wären sie nicht gekommen. Das wußte sie.

Einen Augenblick lang dachte sie an die einzige Person, die gekommen wäre, wenn sie gekonnt hätte – ein Junge, der den ganzen Weg von Wales zu Fuß gegangen wäre, um heute bei ihr zu sein. *Hugh.* Sie sah ihn vor sich. Lachend rannte er Owen's Hill hinauf, stand mit zurückgeworfenem Kopf auf Duffy's Rock, die Arme in den wilden walisischen Himmel gestreckt. Sie versuchte, die Bilder zu verscheuchen, schaffte es aber nicht. Tränen brannten in ihren Augen. Hastig wischte sie sie weg, da sie wußte, daß Maud nach ihr suchen würde, um sie zum Tee auszuführen. Außerdem wußte sie, daß Maud wenig Geduld für Gefühlsverwirrungen aufbrachte.

»Hör auf damit, Jones«, tadelte sie sich. »Gefühle vernebeln das Urteilsvermögen.«

»Genau wie Champagner, altes Mädchen, aber deswegen mögen wir ihn!« dröhnte eine männliche Stimme, und sie zuckte zusammen.

India fuhr erstaunt herum. »*Wish?*« rief sie aus, als ihr Cousin sie auf die Wange küßte. »Was machst du hier? Ich dachte, du seist in den Staaten!«

»Bin gerade zurückgekommen. Gestern hat mein Schiff angelegt. Hab' den Wagen ausladen lassen und bin wie der Teufel die ganze Nacht durchgefahren. Das hätte ich doch um nichts in der Welt verpassen wollen, Indy. Hast du mich nicht gesehen? Ich hab' geklatscht wie ein Wahnsinniger. Bingham auch.«

»Bing, bist das wirklich du?« fragte India und sah zu ihrem anderen Cousin hinter Wish.

George Lytton, der zwölfte Earl von Bingham, stand hinter Wish. Scheu hob er die Hand zum Gruß. »Hallo, Indy«, sagte er. »Gratulation.«

»Das ist aber eine schöne Überraschung! Ich hab' keinen von euch gesehen. Maud hat mir meine Brille weggenommen. Ach, laß dich anschauen, Wish! Wie gut du aussiehst und wie braun du bist. War deine Reise ein Erfolg? Bist du Millionär?«

»Noch nicht, altes Haus, aber bald«, erwiderte Wish lachend.

»Ach, um Himmels willen, Liebes, ermutige ihn nicht noch. Er ist schon eingebildet genug«, warf ihre Schwester ganz offensichtlich genervt ein.

»Maud! Gib mir meine Brille zurück«, forderte India.

»Bestimmt nicht. Sie ist scheußlich. Sie ruiniert die Fotos.«

»Aber ich kann *sehen*.«

Maud seufzte. »Wenn du darauf bestehst. Aber wirklich, India, wenn deine Gläser noch dicker werden, kannst du gleich ein Fernglas aufsetzen.« Sie rümpfte die Nase. »Können wir jetzt gehen? Hier stinkt's.«

»Hör auf deine *so* viel ältere Schwester, Indy«, sagte Wish.

»Sehr komisch!« erwiderte Maud.

Bing lächelte, während India versuchte, ernst zu bleiben. Sie waren zusammen aufgewachsen und neigten dazu, in alte Gewohnheiten zu verfallen, sobald sie wieder zusammen waren. Sie beobachtete die anderen. Ihr plötzliches Auftauchen hatte sie ihre vorherige Traurigkeit vergessen lassen. Als Kinder waren sie unzertrennlich gewesen, aber jetzt sahen sie sich kaum noch. Maud neigte dazu, aus einer Laune heraus zu exotischen Zielen zu reisen. Wish startete ständig neue Unternehmungen. Aus dem Banker war ein Spekulant geworden, und er war bekannt dafür, innerhalb von Tagen ein Vermögen zu verdienen – und es genauso schnell wieder zu verlieren. Bingham verließ Longmarsh praktisch nie, weil er die stillen Wälder und Wiesen den lärmigen Straßen Londons vorzog. Und Freddie – Indias Verlobter und Binghams Bruder – wohnte praktisch im Unterhaus.

»Hört zu, wir sollten uns auf die Socken machen«, sagte Wish ungeduldig, »also pack deine Sachen, Indy, sonst kommst du zu spät zum Lunch. Wir haben eine Reservierung im Connaught um halb eins – eine kleine Feier für dich –, aber das schaffen wir nie, wenn wir nicht endlich aufbrechen.«

»Wish, du darfst nicht …«, begann India.

»Keine Sorge. Das hab' ich nicht. Es geht auf Lytton.«

»Bing, du solltest nicht …«

»Hab' ich nicht, sondern mein Bruder.«

»Freddie ist hier?« fragte India. »Wie? Wann? Er ist doch am Wochenende in Sachen Politik unterwegs.«

Wish zuckte die Achseln. »Keine Ahnung. Wahrscheinlich hat er sich losgemacht. Er kam gerade die Treppe runter, als ich bei ihm vorbeiging, also hab' ich ihn mitgenommen.«

»Wo ist er jetzt?«

»Draußen. Bringt den Wagen her.«

»Nein, das tue ich nicht. Ich bin hier«, sagte ein junger blonder Mann. Er war groß und schlank und trug einen eleganten Cutaway. Ein Dutzend Frauen drehten sich bewundernd nach ihm um. Einige fragten sich vielleicht, wer er war, aber die meisten erkannten ihn. Er war ein Mitglied des Parlaments, eine emporstrebende Größe. Wegen seines kühnen Wechsels von den Konservativen zu den Liberalen tauchte sein Name ständig in den Zeitungen auf. Er war Binghams jüngerer Bruder – nur der zweitgeborene Sohn –, doch Bing, der scheu und zurückhaltend wirkte, verblaßte neben ihm.

»Freddie, was war denn los?« fragte Wish. »Ich hab' mir Sorgen gemacht.«

»Ich bin gerührt, alter Junge. Wirklich.«

»Nicht *deinetwegen*. Wegen des Wagens.« Wishs Wagen, ein Daimler, war nagelneu.

»Hm. Ja. Ich hatte ein klitzekleines Problem mit dem Auto«, antwortete Freddie. »Ich bekam den verdammten Rückwärtsgang nicht rein. Den Leerlauf auch nicht. Konnte ihn auch nicht abstellen.«

»Freddie …«, setzte Wish an, aber der hörte ihn nicht. Er küßte gerade Indias Wange. »Gut gemacht, mein Schatz. Glückwunsch.«

»Freddie!« rief Wish. »Was soll das heißen, du konntest ihn nicht abstellen? Fährt er jetzt allein herum?«

»Natürlich nicht. Ich hab' den Portier gebeten, ihn zu parken. Zuletzt hab' ich ihn Richtung King's Cross verschwinden sehen.«

Wish fluchte und rannte aus dem Auditorium. Bing folgte ihm.

Freddie grinste. »Der Wagen ist natürlich in Sicherheit. Steht draußen vor der Tür. Habt ihr Wishs Gesicht gesehen?«

»Freddie, das war scheußlich. Der arme Wish«, sagte India.

»Armer Wish, du meine Güte«, sagte Maud. »Geschieht ihm recht, diesem Autornarr. Können wir jetzt bitte gehen? Ich halte den Geruch von diesem Gebäude nicht mehr aus. Wirklich, Indy, es ist schrecklich. Was ist das eigentlich?«

India schnupperte in die Luft. »Ich rieche nichts.«

»Bist du erkältet? Das gibt's doch nicht.«

Sie schnupperte noch einmal. Eine nahe gelegene Kirche betrieb eine Armenküche, und die Küchengerüche wehten herüber. »Ach *das*. Das ist Ko…«, doch *noch* bevor sie »Kohl« sagen konnte, schnitt Freddie ihr das Wort ab.

»*Kadaver*«, sagte er. »Indy hat mir davon erzählt. Die besten gehen ans Guy's-and-Bart's-Hospital. Die Hochschule für Frauen kriegt alle schon halb verwesten.«

Maud wurde blaß. Sie drückte die mit Juwelen geschmückte Hand an die Brust. »*Tote* Menschen?« flüsterte sie. »Du machst doch Witze, Freddie.«

»Diesmal nicht. Ich bin ganz ernst. Ich schwöre.«

»Gütiger Himmel. Mir wird schlecht. Ich warte draußen.«

Die Hand vor dem Mund, ging Maud hinaus. India wandte sich ihrem Verlobten zu. »Ganz *ernst*? Müssen wir denn immer wieder zu Zwölfjährigen werden, wenn wir zusammen sind?«

»Ja, das müssen wir«, antwortete Freddie. Er sah sie liebevoll an, und wie schon tausendmal zuvor dachte India, daß er der schönste Mann war, den sie je gesehen hatte.

»Du bist schrecklich, Freddie. Ehrlich.«

»Das gebe ich zu. Aber es war die einzige Möglichkeit, fünf Minuten mit dir allein zu sein«, sagte er und drückte ihre Hand. »Jetzt hol deine Sachen, wir fahren ins Connaught.«

»Wish hat's mir schon gesagt. Das wäre wirklich nicht nötig gewesen.«

»Aber ich möchte es gern. Schließlich wird man nicht jeden Tag Doktor, weißt du.«

»Das ist so herrlich. So unerwartet. Ich dachte, du wärst das ganze Wochenende bei Campell-Bannerman.«

Bei Henry Campell-Bannerman, dem Oppositionsführer. Es gab Gerüchte, daß Lord Salisbury, der britische Premierminister und Führer der amtierenden Konservativen, im Herbst Wahlen ausschreiben würde. Campell-Bannerman hatte sein Schattenkabinett einberufen, um die Vorgehensweise der Liberalen abzusprechen. Eine Handvoll prominenter Hinterbänkler einschließlich Freddie waren ebenfalls herbeizitiert worden.

»Der alte Knabe hat abgesagt«, erklärte Freddie. »Er fühlte sich nicht wohl.«

»Wann hast du das erfahren?«

»Vor zwei Tagen.«

»Warum hast du mir nichts gesagt?« fragte India eingeschnappt. Sie war so enttäuscht gewesen, als sie erfuhr, daß er bei der heutigen Verleihung nicht dabeisein könnte.

»Das wollte ich ja«, antwortete Freddie reumütig. «Und vielleicht hätte ich es auch tun sollen. Aber sobald ich erfahren habe, daß ich frei war, wollte ich dich mit einer Feier überraschen. Jetzt schau mich nicht so böse an, und hol deine Sachen.«

India war beschämt. Wie konnte sie ihn tadeln? Er war immer so aufmerksam. Sie führte ihn aus dem Auditorium durch einen engen Gang in einen Vorlesungsraum, wo sie und ihre Kommilitoninnen ihre Sachen aufbewahrten. Die Traurigkeit, die sie heute schon einmal verspürt hatte, überkam sie erneut. Sie ging zu Ponsonby, dem Skelett, hinüber und nahm seine leblose Hand.

»Ich kann nicht glauben, daß es vorbei ist, daß ich nie mehr hier sitzen werde«, sagte sie. »Dieser Ort … diese Schule … all die Jahre, die ich hier verbracht habe … das liegt jetzt alles hinter mir …«

Ihre Stimme brach ab, als die Erinnerungen zurückkamen. Sie sah sich wieder im Anatomiesaal, wie sie sich mit Harriet Hatcher über eine Leiche beugte. Sie zogen die Haut zurück, benannten und zeichneten, so schnell sie konnten, die Muskeln und Knochen, immer darauf bedacht, der Verwesung einen Schritt vorauszusein. Und sich nicht zu übergeben. Professor Fenwick war dabei und schalt sie in der einen Minute miserable Stümper, in der nächsten brachte er ihnen Bicarbonat und einen Kübel.

Wie ein rettender Engel war er plötzlich aufgetaucht, als eine Gruppe betrunkener Anfangssemester aus dem Guy's sie und Harriet vor dem Schuleingang belästigt hatten. Die Männer hatten sich entblößt und verlangt, daß sie ihre Geschlechtsteile untersuchten. »Unglücklicherweise können meine Studentinnen der Bitte nicht nachkommen, meine Herren«, hatte er erklärt, »da ihnen nicht erlaubt ist, ihre Mikroskope mit nach draußen zu nehmen.«

Und Dr. Garrett Anderson, die Dekanin. Eine Legende schon zu Lebzeiten. Sie war die erste Frau in England, die ein Medizinstudium abgeschlossen hatte, und gehörte zu den Begründern der Hochschule. Mit ihrer Energie, Brillanz und ihrem eisernen Willen war sie India stets ein Vorbild gewesen und der lebende Beweis gegen jene, die behaupteten, Frauen seien zu schwach und zu dumm für den Arztberuf.

»Dieser Korken ist vielleicht ein Mist«, murmelte Freddie und riß India aus ihren Gedanken. »Ah, jetzt kommt er.«

Sie sah ihn an. Wie gern hätte sie ihm erklärt, was dieser Ort für sie bedeutete. »Freddie …«, begann sie. »Laß doch den Champagner …«

Es war zu spät. Freddie ließ den Korken knallen und klopfte auf den Stuhl neben sich. Als India saß, reichte er ihr ein Glas. »Auf Dr. India Selwyn-Jones«, sagte er. »Die klügste Frau in London. Ich bin so stolz auf dich, Liebling.« Er stieß mit ihr an und nahm einen kräftigen Schluck. »Hier«, fügte er dann hinzu und reichte ihr eine kleine Lederschatulle.

»Was ist das?«

»Mach's auf und sieh nach.«

India öffnete den Deckel und hielt den Atem an, als sie sah, was darin lag – eine wundervoll gearbeitete goldene Taschenuhr mit Diamantzeigern. Freddie nahm sie heraus und drehte sie um. *Denk an mich*, war auf der Rückseite eingraviert.

India schüttelte den Kopf. »Freddie, sie ist wunderschön. Ich weiß nicht, was ich sagen soll.«

»Sag, daß du mich heiraten willst.«

Sie lächelte ihn an. »Das habe ich doch schon gesagt.«

»Dann tu's. Heirate mich morgen.«

»Aber ich fange nächste Woche bei Dr. Gifford an.«

»Zum Teufel mit Dr. Gifford.«

»Freddie! Scht!«

»Brenn mit mir durch. Heute abend.« Er beugte sich zu ihr hinüber und küßte ihren Nacken.

»Das kann ich nicht, du dummer Bengel. Du weißt, daß ich das nicht kann. Ich habe Arbeit. Wichtige Arbeit. Du weißt, wie hart ich um diese Stelle gekämpft habe. Und dann ist da noch die Klinik …«

Freddie hob den Kopf. Seine schönen braunen Augen hatten sich verdüstert. »Ich kann nicht ewig warten, India. Das werde ich nicht. Wir sind jetzt schon seit zwei Jahren verlobt.«

»Freddie, bitte … verdirb uns doch nicht den Tag.«

»Tu ich das? Verderbe ich dir den Tag?« fragte er sichtlich verletzt. »Ist es so schrecklich für dich, daß ich dich zur Frau haben will?«

»Natürlich nicht, es ist nur …«

»Dein Studium hat lange Zeit an erster Stelle gestanden, aber jetzt bist du fertig, und mehr Geduld kann ein Mann nicht aufbringen.« Er stellte sein Glas ab. Inzwischen war er sehr ernst geworden. »Wir könnten doch so viel zusammen erreichen. Du hast doch immer gesagt, du möchtest etwas bewegen. Wie kann dir das gelingen, wenn du für Gifford arbeitest? Oder in einer Klinik, die zuwenig finanzielle

Mittel hat? Mach etwas Größeres, India. Etwas Großes und Wichtiges. Arbeite mit mir an der Gesundheitsreform. Berate mich. Gemeinsam schaffen wir dann das Bedeutsame. Etwas *wirklich* Bedeutsames. Nicht nur für Whitechapel oder London, sondern für England.« Er nahm ihre Hand und redete weiter, ohne ihr die Möglichkeit zu einer Antwort zu geben. Oder zu widersprechen. »Du bist eine erstaunliche Frau, und ich brauche dich. An meiner Seite.« Er zog sie an sich und küßte sie. »Und in meinem Bett«, flüsterte er.

India schloß die Augen und versuchte, seinen Kuß zu genießen. Das hatte sie immer versucht. Er war so gut und so liebevoll, und er liebte sie. Er war alles, was eine Frau sich wünschen konnte, und deshalb versuchte sie, sich seinen Küssen hinzugeben, aber seine Lippen waren so hart und fordernd. Ihre Brille fiel fast herunter bei seinen drängenden Zärtlichkeiten, und als seine Hand von ihrer Taille zu ihrem Busen hinaufglitt, machte sie sich von ihm los.

»Wir sollten gehen«, sagte sie. »Die anderen werden sich schon fragen, wo wir bleiben.«

»Sei nicht so abweisend. Ich begehre dich so.«

»Freddie, Liebling, hier ist kaum der Ort …«

»Ich möchte, daß wir ein Datum festsetzen, India. Ich möchte, daß wir Mann und Frau werden.«

»Das werden wir. Bald. Das verspreche ich.«

»Also gut. Kommst du?«

»Ich muß noch meine Sachen zusammensuchen«, antwortete sie. »Geh schon voraus. Ich komme gleich nach.«

Er bat sie, sich zu beeilen, und ging zu den anderen hinaus. India sah ihm nach. Er hat natürlich recht, dachte sie.

Es war zwei Jahre her, daß er in Longmarsh auf Knien um ihre Hand angehalten hatte. Sie müßte bald einen Hochzeitstermin festlegen, und sie wußte, was dann passieren würde – sie würden zu einer endlosen Reihe von Dinnergesellschaften und Partys eingeladen und müßten ein unablässiges Gerede über Kleider, Ringe und Aussteuer über sich ergehen lassen. Und er würde sie wieder drängen, ihre Hoffnungen auf eine Klinik aufzugeben und mit ihm an der Gesundheitsreform zu arbeiten – eine durchaus ehrenvolle Aufgabe, aber ihre Berufung war Heilen, nicht Komitee-Arbeiten, und das konnte sie genausowenig aufgeben, wie sie aufhören konnte zu atmen.

India runzelte die Stirn, verärgert über sich selbst. Freddie war so gut zu ihr und sie so ausgesprochen lieblos. Sie hätte sich schon längst auf ein Datum festlegen können. Das wäre doch nicht schwer gewesen. Irgendein schöner Samstag im Sommer.

Hätte. Wäre.

Wenn sie ihn nur lieben würde.

Sie saß noch eine Weile da, starrte auf die leere Türöffnung und zog dann ihren Talar aus. Die anderen warteten, sie durfte sie nicht länger aufhalten. Sie faltete den Talar zusammen, legte ihn neben sich auf den Stuhl und strich sich mit den Fingern durchs Haar. Es war ein Desaster. Ihre blonden Locken, die sie erst vor ein paar Stunden zu einem ordentlichen Knoten geschlungen hatte, hatten sich schon wieder selbständig gemacht. Sosehr sie sich auch bemühte, nie schaffte sie es, sie unter Kontrolle zu bringen. Sie begann, sie glattzustreichen, und hielt dann inne. Ihre Finger griffen nach dem juwelenbesetzten Kamm, den sie immer trug, und zog ihn heraus. Es war eine Tiffany-Libelle, die eigentlich zu einem Paar gehörte, und ein kleines Vermögen wert. Sie war aus Platin gefertigt, besetzt mit Dutzenden lupenreinen Steinen, und stand im völligen Gegensatz zu ihrer schlichten, unaufwendigen Kleidung: dem grauen Rock mit Weste und der frischen weißen Bluse.

Sie hatte den Kamm mitgenommen an dem Tag, an dem sie Blackwood verließ – an dem Tag, an dem sie ihrem Zuhause, ihren Eltern und deren gottverdammtem Geld den Rücken gekehrt hatte.

»Wenn du gehst, India, enterbe ich dich«, hatte ihre Mutter bleich vor Zorn gesagt.

»Ich will dein Geld nicht«, hatte sie geantwortet. »Ich will überhaupt nichts von dir.«

Auf der Unterseite des Kamms waren drei Initialen eingraviert, die sie mit dem Finger nachfuhr – I S J, nicht die ihren, sondern die ihrer Mutter –, Isabelle Selwyn-Jones, Lady Burleigh. Ohne diesen Kamm wäre sie heute nicht hier. Wenn ihre Mutter ihn nicht in ihrer Kutsche vergessen hätte. Wenn Hugh ihn nicht genommen hätte. Wenn, wenn, wenn.

Sie schloß die Hand darum, drückte die Kammzinken in die Handfläche und versuchte, die Erinnerung zu verscheuchen. Hör auf, sagte sie sich, denk nicht an ihn. Vergiß ihn. Spür ihn nicht. Spür gar nichts. Aber sie spürte etwas. Weil Hugh ihr Gefühle eingeflößt hatte. Mehr als jeder andere Mann in ihrem ganzen Leben.

Sie sah ihn wieder vor sich, nur daß er diesmal nicht lachte. Er rannte mit seiner Schwester Bea im Arm das Flußufer hinauf. Beas Gesicht war bleich, ihr Rock rot vor Blut. Er wickelte sie in die Pferdedecke und sang für sie den ganzen Weg bis nach Cardiff. Ohne Unterbrechung. Selbst ohne zu stocken. Noch immer konnte sie seine wundervolle Stimme hören: *Paid ag ofni, dim ond deilen, Gura, gura ar y ddor; Paid ag ofni, ton fach unig, Sua, sua ar lan y mor.* Sie verstand genügend Walisisch, um zu wissen, was er sang. *Sorg dich nicht, es ist nur ein Eichenblatt, das an die Türe schlägt. Sorg dich nicht, eine einsame Welle schlägt murmelnd an den Strand. Suo Gran*, ein Wiegenlied.

India blickte noch immer auf den Kamm, sah ihn aber nicht. Sie sah nur Hugh, sein gramzerfurchtes Gesicht, als die Polizei kam, um ihn abzuführen.

»Du denkst an ihn, nicht wahr?« sagte plötzlich eine Stimme von der Tür her. Sie zuckte zusammen und drehte sich um. Es war Maud. »Arme Indy«, fuhr sie fort. »Du hast Hugh nicht retten können, also hast du beschlossen, statt dessen die Welt zu retten. Arme Welt. Sie weiß nicht, was ihr bevorsteht.«

India antwortete nicht. Sie wünschte sich, Maud könnte einmal über traurige Dinge reden, ohne sich darüber lustig zu machen. »Man hat mich in dieses Leichenhaus zurückgeschickt, um dich zu holen, damit du nicht ins Grübeln verfällst, sondern deine Sachen packst«, fuhr Maud fort. »Ich kann die Truppe nicht länger zusammenhalten. Oh, India, hast du geweint?«

»Natürlich nicht.«

»Deine Nase ist ganz rot. Und sieh dir dein Haar an. Es ist völlig zerzaust. Gib mir diesen Kamm.« Maud strich durch Indias blonde Mähne, nahm sie zusammen und steckte sie fest. Dann trat sie zurück, um ihr Werk zu begutachten. «Sehr hübsch«, sagte sie.

India lächelte und versuchte, die Geste gebührend zu würdigen. Dergleichen galt als Ausdruck von Zuneigung zwischen ihnen.

Mauds Blick glitt über Indias Kleidung. Sie runzelte die Stirn. »Willst du das wirklich fürs Connaught anbehalten?«

India glättete ihren Rock. »Was stimmt nicht damit?«

»Ich dachte, du hättest dir vielleicht was zum Umziehen mitgebracht. Diese Sachen sehen so ... *trübselig* aus. Als wolltest du zu einer Beerdigung.«

»Du hörst dich genau an wie Mama.«

»Das tue ich nicht.«

»Doch.«

Während Maud weiterhin jede Ähnlichkeit mit ihrer Mutter bestritt, zog India ihre Jacke an und setzte ihren Hut auf. Dann nahm sie ihren schwarzen Talar und ihren Arztkoffer und folgte ihrer Schwester zur Treppe. An der Tür drehte sie sich ein letztes Mal um, um auf ihren Vorlesungssaal, die Bücher, die Schautafeln und Demonstrationsobjekte zu blicken und ein leises Lebewohl zu flüstern. Ihre Augen waren jetzt klar, ihr Gesichtsausdruck ruhig. Sie war wieder sie selbst. Kühl und gefaßt. Energisch und vernünftig. Alle Gefühle unter Kontrolle.

»Weiter so, Jones«, schien Ponsonby zu flüstern. »Vergiß nicht: Gefühle vernebeln das Urteil.«

Und so viel mehr, alter Junge, dachte India, *und so viel mehr.*

❧ 2 ❧

Joseph Bristow stieg die Stufen zum Grosvenor Square Nummer 94 hinauf, seinem riesigen Herrenhaus in Mayfair. Sein Zug war früh in King's Cross eingetroffen. Es war Sonntag und erst ein Uhr. Die Köchin hatte vermutlich gerade erst das Essen hinaufgeschickt. Er hoffte, es gab Lammkeule oder Roastbeef mit Yorkshire-Pudding. Eine Woche lang war er in Brighton gewesen, um nach einem Ort für einen neuen Laden der Montague-Kette zu suchen. Dabei hatte er sein Zuhause und die heimische Küche sehr vermißt, doch am meisten seine Familie. Er konnte es kaum erwarten, Fiona und seine kleine Tochter Katie zu sehen. Gerade, als er die Hand heben wollte, um zu klingeln, wurde die Tür geöffnet.

»Willkommen zu Hause, Sir. Darf ich Ihnen Ihre Sachen abnehmen?« fragte Foster, der Butler.

»Hallo, Mr. Foster. Wie geht's?«

»Sehr gut, Sir. Danke der Nachfrage.«

Joe wollte gerade fragen, wo Fiona sei, als zwei Foxterrier vorbeiflitzten. »Seit wann haben wir Hunde?« fragte er.

»Sie sind neu, Sir. Sie wurden im Park ausgesetzt und bettelten um Futter. Mrs. Bristow hat sie mit nach Hause genommen.«

»Warum überrascht mich das nicht?« sagte Joe und schüttelte den Kopf. »Haben sie Namen?«

»Lipton und Twining«, antwortete Foster. »Mrs. Bristow findet, sie sind wie ihre Konkurrenz. Hängen ihr immer an den Fersen.«

Joe lachte. Er beobachtete die Hunde, die raufend und bellend durch die Eingangshalle jagten.

»Wenn Sie mich entschuldigen wollen, Sir ...«, bat Foster und eilte den Hunden hinterher.

»Wo ist meine Frau, Mr. Foster?« rief Joe ihm nach.

»Im Garten, Sir. Sie gibt eine Party.«

»Eine *Party*?«

»Ein Mittagessen, um Geld für die Toynbee-Mädchenschule zu sammeln.«

»Sie hat mir nichts von einer Party gesagt.«

»Mrs. Bristow hat auch erst vor drei Tagen davon erfahren. Der Reverend und Mrs. Barnett sind auf sie zugekommen. Wie es scheint, ist ein Teil des Schuldachs eingestürzt. Ein Wasserschaden, glaube ich.«

»Noch eine Unglücksgeschichte.«

»Die scheinen ihre Spezialität zu sein.«

»Irgendeine Chance, hier etwas zu essen zu kriegen?«

»Im Garten werden Erfrischungen gereicht, Sir.«

Joe machte sich auf den Weg zur Rückseite seines Hauses. Er ging in seinen sonnenbeschienenen Garten und rechnete damit, dort etwa zwanzig Leute vorzufinden. Entsprechend überrascht war er daher, daß es über hundert waren. Seltsamerweise waren alle mucksmäuschen still. Bald erkannte er, warum. Am anderen Ende des Gartens standen etwa vierzig Mädchen zwischen zehn und sechzehn Jahren, umgeben von einer atemberaubenden Blütenpracht roséfarbener Rosen, alle frisch gewaschen und gekämmt und in gebrauchte Röcke und Blusen gekleidet. Eine von ihnen begann zu singen, und der Rest stimmte ein. Sie trugen »Come into the Garden, Maud« vor. Einige der Zuhörer tupften sich die Augen.

»Fiona, Mädchen, du bist schamlos«, flüsterte Joe. Er suchte die Menschenmenge nach ihr ab. Er sah sie nicht sofort, entdeckte aber viele bekannte Gesichter. Industriekapitäne, adlige Damen, Politiker – Fiona brachte sie alle zusammen. Händler mischten sich unter Grafen, Schauspielerinnen unter Minister, Sozialisten unter Gesellschaftslöwen. Die Klatschpresse äußerte sich abfällig über Joes und Fionas Cockney-Mundart und machte sich darüber lustig, daß Grosvenor Square Nummer 94 das einzige Haus in Mayfair sei, wo der Butler besser Englisch sprach als seine Herrschaft. Trotzdem rissen sich alle um Einladungen zu Fionas Partys, denn sie galten als todschick.

Die Leute vergnügten sich in ihrem Haus. Man lachte, tratschte und diskutierte. Man bekam gutes Essen und den besten Wein, doch was selbst den hochnäsigsten Kritiker überzeugte, war Fiona selbst. Sie war direkt und entwaffnend und ging mit Scheuerfrauen genauso gelassen um wie mit Herzoginnen. Als Chefin eines internationalen

Tee-Imperiums – und eine der reichsten Frauen der Welt – übte sie einen ganz besonderen Reiz aus. Ständig wurde über sie geredet: daß sie aus dem Nichts nach oben gekommen war. Daß man ihren Vater, einen Dockarbeiter, und ihre Mutter ermordet hatte. Wie sie aus London geflohen war und in New York die Aufmerksamkeit eines skrupellosen Kapitalisten erobert, aber einen Grafen geheiratet hatte. Er sei gestorben, aber sie trage immer noch seinen Diamanten. »Es gab keine Kinder, Liebste. Er war *andersherum*, verstehst du.« Und das Staunen wurde noch größer, wenn die Sprache auf die kühne Übernahme des Teegeschäfts ihres Konkurrenten kam. »Das hat sie aus Rache getan, meine Liebe. Der Mann hat ihren Vater ermordet und versucht, sie zu töten! Kannst du dir das vorstellen?«

Sargent bedrängte sie, sich von ihm malen zu lassen. Escoffier benannte ein Dessert nach ihr. Als Worth einen Rock und eine Jacke »Fiona-Ensemble« taufte, rannten die Damen zu ihren Schneiderinnen, um es kopieren zu lassen. Bei Tee und Kuchen in den Salons wurde geflüstert, sie trage kein Korsett. Bei Portwein und Stilton-Käse in Herrenclubs wurde lauthals verkündet, daß sie keines brauche, weil sie eigentlich ein Mann sei.

Joe entdeckte seine Frau schließlich am Rand des Gartens, wo sie auf einem Stuhl saß. Als die Mädchen mit ihrem Lied fertig waren, stand sie auf und wandte sich an ihre Gäste.

»Meine Damen und Herren«, begann sie. »Die schönen Stimmen, die Sie gerade gehört haben, gehören den Kindern der Toynbee-Mädchenschule. Jetzt bitte ich Sie, einer weniger lieblichen Stimme zu lauschen … meiner eigenen.« Es gab Gelächter und fröhliche Zwischenrufe. »Diese Mädchen kommen aus Familien mit weniger als einem Pfund Einkommen in der Woche. Stellen Sie sich eine Familie mit sechs Personen vor, die eine Woche lang von dem lebt, was einige von uns für Illustrierte oder Schokolade ausgeben. Wegen ihrer außerordentlichen Intelligenz wurden diese Mädchen an einer Schule aufgenommen, wo sie einen Beruf erlernen, der ihnen einen Weg aus der Armut eröffnet. Als der Reverend und Mrs. Barnett mir sagten, daß sich die Kinder aneinanderdrängen müssen, um dem Regen zu entgehen, der durch das beschädigte Dach dringt, wußte ich, daß jeder von Ihnen darüber genauso außer sich wäre, wie ich es bin.« Sie machte erneut eine Pause. Rufe des Bedauerns wurden laut. »Es wird dringend ein neues Dach benötigt, aber das Dach ist erst der Anfang.

Sobald wir es haben, brauchen wir mehr Schulbänke. Und Tafeln. Und Bücher. Wir brauchen mehr Lehrer und das Geld, sie zu bezahlen. Vor allem brauchen wir *Sie*. Wir sind auf Ihre beständige Hilfe und Großzügigkeit angewiesen, um die Anzahl und Art der Kurse zu erweitern. Wir haben Haushälterinnen, Erzieherinnen und Köchinnen ausgebildet. Jetzt müssen wir mehr tun. Wir müssen Ladenbesitzerinnen anstelle von Ladenmädchen hervorbringen, Unternehmensleiterinnen anstelle von Sekretärinnen, Firmenchefinnen anstelle der Stückarbeiterinnen. Vielleicht sogar die eine oder andere Teehändlerin, nicht wahr, Sir Tom?« sagte sie und zwinkerte Thomas Lipton zu.

»Gütiger Gott, nicht noch eine!« rief Lipton.

»Mathematik, Ökonomie, Rechnungswesen ... ja, das sind ungewöhnliche Fächer für Mädchen, aber was sollen wir sie lehren? Warum erziehen wir sie? Damit sie in einem kalten Zimmer bei Kerzenlicht Shakespeare lesen können, nachdem irgendeine Knochenmühle geschlossen hat? Nein, wenn sie den Teufelskreis der Armut durchbrechen wollen, brauchen sie bessere Jobs, bessere Löhne, bessere Möglichkeiten ...«

Joe betrachtete seine Frau, während sie sprach, und dachte – wie schon viele Male zuvor –, daß er nie eine faszinierendere Person gesehen hatte. Sie kannten sich seit ihrer Kindheit, und sie schien an Schönheit nichts einzubüßen, im Gegenteil. Sie trug eine weiße Bluse und eine himmelblaue Seidenjacke. Der dazu passende Rock war geschickt geschnitten, um ihren sich rundenden Bauch zu kaschieren. Sie war im dritten Monat mit ihrem zweiten Kind schwanger und strahlte vor Gesundheit. Ihr dichtes schwarzes Haar war nach oben gekämmt und mit Perlenkämmen festgesteckt. Ihr Teint leuchtete von dem sonnigen Tag, und ihre unvergleichlichen saphirblauen Augen blitzten vor Mitgefühl. Niemand plauderte oder rutschte unruhig herum, während sie sprach. Alle Blicke waren auf sie gerichtet.

Stolz überkam ihn, als er sie beobachtete, aber auch eine gewisse Sorge. Unter ihren blauen Auge lagen dunkle Ringe, und ihr hübsches Gesicht wirkte schmal. Sie mutet sich zuviel zu, dachte er. Sie hielt einen strapaziösen Stundenplan ein, stand um fünf Uhr auf, arbeitete in ihrem Arbeitszimmer bis um acht, frühstückte mit Katie und ihm und fuhr dann in ihr Büro in der Mincing Lane. Fast immer war sie rechtzeitig zu Katies Abendtee zurück und machte sich dann erneut bis um neun an die Arbeit, wonach sie und Joe sich zum Abendessen einfanden, ein Glas Wein tranken und Einzelheiten ihres Tages austauschten. Zudem fand sie irgendwie immer noch die Zeit, sich für ihre Wohltätigkeitsorganisation – die Ostlondoner Hilfsgesellschaft – einzusetzen und für die Schulen, Waisenhäuser und Suppenküchen, die sie unterstützte.

Oft sagte er ihr, daß die Probleme im Londoner Osten viel zu groß seien, um von einer einzelnen Frau gelöst zu werden, und daß alles nur ein Tropfen auf den heißen Stein sei. Er erklärte ihr, daß wirkliche Hilfe von oben, von der Regierung, kommen müsse. Programme müßten aufgestellt werden, um den Armen zu helfen, und das Parlament müsse Gelder bewilligen, um sie zu finanzieren. Fiona pflegte dann einsichtig zu lächeln und sagte, er habe natürlich recht, aber bei irgendeiner Suppenküche habe sich eine Schlange gebildet, die die ganze Straße hinunterreiche, und ob er und seine Kollegen Gemüse und Obst spenden würden, wenn sie einen Wagen nach Covent Garden schicke? Dazu erklärte er sich immer bereit, und dann ermahnte er sie, nicht mehr soviel zu arbeiten oder zumindest ein wenig kürzer zu treten, aber sie hörte nie auf ihn.

Fiona beendete unter heftigem Beifall ihre Rede und wurde von Leuten umringt, die begierig einen Beitrag leisten wollten. Joe, der immer noch laut klatschte, spürte plötzlich eine Hand auf seinem Rücken.

»Alter Junge!«

Es war Freddie Lytton, der Abgeordnete für Tower Hamlets, ein Bezirk, der Whitechapel einschloß, wo die Schule der Mädchen lag. Joe fragte sich, was er hier machte, da er bezweifelte, daß Freddie spenden wollte. Fiona hatte ihn viele Male getroffen in der Hoffnung, Regierungsgelder für ihre verschiedenen Anliegen zu bekommen, war aber stets mit vagen Versprechungen abgespeist worden.

»Hallo, Freddie«, sagte Joe. »Freut mich, Sie zu sehen.«

»Toll gemacht«, erwiderte Freddie und nahm einen kräftigen Schluck Champagner. »Hab' gehört, Fiona hat zweitausend eingesammelt. Phantastische Summe.«

Joe entschied, ihn gleich festzunageln. »Ein hübsches Sümmchen, nicht? Aber noch schöner wär's, wenn die Regierung einsteigen würde. Besteht da irgendeine Chance?«

»Zufällig haben mich der Reverend und Mrs. Barnett ebenfalls aufgesucht. Ich hab' im Unterhaus eine Eingabe gemacht – für fünfhundert Pfund – und mich verdammt stark gemacht dafür, wenn ich so sagen darf«, antwortete Freddie aalglatt. »Hab' wirklich Druck gemacht. Ich erwarte jeden Tag eine Antwort.«

Joe ließ sich nicht so einfach abfertigen. Seiner Meinung nach setzte sich seine Frau für die Kinder von Whitechapel weitaus stärker ein als der gewählte Vertreter des Bezirks, und das ärgerte ihn.

»Die Morgenzeitungen schreiben, das Parlament habe gerade die Summe von vierzigtausend Pfund bewilligt, um die königlichen Stallungen zu renovieren«, sagte er. »Dann wird es doch wohl fünfhundert für eine Schule auftreiben. Sind Kinder weniger wichtig als Pferde?«

»Natürlich nicht.«

Joe sah ihn scharf an. »Nein, Kinder an sich nicht. Aber *arme* Kinder sind etwas anderes. Ihre Väter wählen nicht. *Können* nicht wählen, weil sie nicht genug Geld verdienen. Gott steh euch bei, *wenn* sie es können. Dann verliert ihr alle eure Jobs.«

»Es bedürfte eines weiteren Reformgesetzes, um die Wahlberechtigung auf die gesamte Arbeiterklasse auszudehnen. Und das wird nicht geschehen. Nicht, solange Salisbury ein Auge darauf hat«, erwiderte Freddie wegwerfend.

»Der Premierminister hält sich noch. Aber er bleibt uns nicht ewig erhalten, genausowenig wie seine veraltete Politik«, antwortete Joe, wütend über Freddies herablassenden Tonfall. »Vielleicht gesteht die Regierung eines Tages allen Bürgern eine Stimme zu. Den Armen wie den Reichen.«

»Die Regierungspolitik sollte denjenigen vorbehalten bleiben, die sie am besten verstehen«, sagte Freddie.

»Die Regierungspolitik sollte von denjenigen entschieden werden, die sie erleiden müssen, Kumpel.«

»Sie meinen also, daß jeder Mann – jeder hergelaufene Hohlkopf – in der Regierung eine Stimme haben sollte?«

»Warum nicht? Viele haben das doch schon.«

»Oh, *touché*, alter Junge. *Touché*«, sagte Freddie. Obwohl sein Mund lächelte, blitzte plötzlich etwas Hartes und Bedrohliches in seinen Augen auf, doch ebenso rasch war es wieder verschwunden, und Freddie war wieder genauso aalglatt und höflich wie immer.

»Hören Sie, Joe, wir stehen doch eigentlich auf derselben Seite.«

Joe schnaubte.

»Doch, das tun wir. Wir sorgen uns beide um den Londoner Osten, um seine Einwohner und seine Aussichten, oder?«

»Ja, aber …«

»Das wußte ich doch. Deshalb bin ich hier, Joe. Ich wollte mit Ihnen reden. Man spricht davon, daß es im September allgemeine Wahlen geben soll, wissen Sie …«

Ah, *darum* geht's, dachte Joe. Er wußte, daß Freddie nicht gekommen war, um »Come into the Garden, Maud« zu hören.

»… und die Tories sind sicher, daß sie gewinnen. Ich brauche Ihre Hilfe. Ich brauche Ihre Unterstützung, um in Tower Hamlets den Sitz für die Liberalen zu halten. Wir müssen wie ein Bollwerk gegen die Tories zusammenstehen.«

Joe zog eine Augenbraue hoch. »Wer ist *wir*?«

»Die Oberklasse.«

»Zählen Sie mich zu dieser Gruppe nicht dazu, Kumpel.«

»Zu welcher Gruppe soll man dich nicht zählen?« fragte eine weibliche Stimme. Fiona war zu ihnen getreten. Sie drückte Joes Hand und lächelte ihn strahlend an.

»Ihr Mann ist sehr bescheiden, Fiona – toller Auftritt übrigens –, ich habe ihm gerade gesagt, daß er jetzt ein Mitglied der Oberklasse ist. Einer der gesellschaftlichen Führer.«

»Freddie, ich bin kein …«, begann Joe.

»Doch, doch«, unterbrach Freddie ihn, als hätte er seine Gedanken gelesen. »Sie stammen zwar aus der Arbeiterklasse, sind aber kein Teil mehr von ihr. Sie haben es aus eigener Kraft zu etwas gebracht. Eigentümer der größten Ladenkette im Land und des größten Lebensmittelkonzerns gleichzeitig, und das alles aus eigenen Stücken.«

»Mein Gott, Freddie, steigen Sie doch von Ihrer Seifenkiste runter«, sagte Joe. »Was wollen Sie?«

»Ich möchte Ihre Unterstützung. Ihre und Fionas.«

»Meine? Aber ich kann doch nicht einmal wählen«, rief Fiona.

»Aber Sie haben Einfluß«, antwortete Freddie. »Sie haben Fabriken und Lagerhäuser im Osten von London, Sie beide. Sie beschäftigen dort Hunderte von Männern, von denen viele das Stimmrecht haben. Ich brauche diese Stimmen. Ich habe den Sitz als Konservativer gewonnen und dann die Seiten gewechselt. Die Tories wollen ihn zurück. Dickie Lambert ist ihr Mann, und der ist verdammt aggressiv. Er will mir einen echten Kampf liefern. Er geht schon auf

Stimmenfang in den Pubs, obwohl es bislang noch ein Gerücht ist, daß es Wahlen geben soll.«

»Wie kommen Sie darauf, daß Arbeiter nicht Labour wählen?«

Freddie lachte auf Fionas Frage. »Sie machen wohl Scherze. Das ist doch bloß ein Haufen verrückter Marxisten! Die nimmt doch keiner ernst.«

»Ich denke, unsere Arbeiter können sich ihre Kandidaten selbst aussuchen«, sagte Joe. »Dazu brauchen sie uns nicht.«

»Aber sicher doch. Sie sind ein Vorbild für sie. Sie sehen zu Ihnen auf, möchten so sein wie Sie, das gleiche erreichen.«

»Und was werden Sie für sie tun?« fragte Fiona.

»Mit privaten Unternehmen zusammenarbeiten, um mehr Kapital in den Osten von London zu bringen. Mehr Raffinerien, Brauereien, Fabriken. Wir bieten Anreize für Geschäftsleute – Steuernachlässe zum Beispiel –, um sie dort anzusiedeln.«

»Das macht doch nur die Fabrikbesitzer reicher.«

»Darum geht's doch nicht«, erwiderte Freddie ungeduldig. »Es wird mehr Fabriken geben, und das bedeutet mehr Jobs.«

Joe schüttelte erstaunt den Kopf. Freddies mangelndes Wissen über seine eigene Wählerschaft war verblüffend. Sogar beleidigend. »Ja, aber *was* für Jobs?« fragte er mit erhobener Stimme. »Die Marmeladefabrik, die Streichholzfabrik, die Färberei, die Docks – die zahlen doch nichts. Die armen Teufel, die solche Arbeit annehmen, schuften sechs Tage vom Morgengrauen bis in die Nacht und müssen sich immer noch fragen, ob sie lieber Kohle oder Essen kaufen sollen.«

Freddie sah Joe mitleidig an, als wäre er ein zurückgebliebenes Kind. »Es ist sicher nicht die Schuld der Regierung, wenn ein Mann sein Geld nicht einteilen kann.«

»Aber da gibt's kein verdammtes Geld einzuteilen!« bellte Joe.

»Es gibt genügend Geld, um die Pubs am Laufen zu halten. Das ist eine Tatsache«, erwiderte Freddie. »Ich hab' in dem Viertel die schlimmsten Auswüchse festgestellt. Und das ist ein Weiteres, was die Liberalen für das East End tun wollen – Recht und Ordnung durchsetzen. Ich persönlich werde mich darum kümmern, daß die Verbrechensrate sinkt. Damit habe ich bereits angefangen. Ich habe mehr Polizisten auf die Straßen geschickt und auch mit Flußpatrouillen begonnen. Außerdem setze ich mich für schärfere Strafen für Missetäter ein.«

»Das sagt jeder Politiker«, erwiderte Joe.

»Aber nicht jeder Politiker meint es auch. Ich bin hinter Sid Malone her, wissen Sie. Ja, Malone.«

Joe gab es einen Stich, als er den Namen hörte. Er warf einen verstohlenen Blick auf Fiona. Sie fing seinen Blick auf und bedeutete ihm, sich nichts anmerken zu lassen. Schnell sah er wieder zu Freddie. Falls dem etwas aufgefallen sein sollte, ließ er sich nichts anmerken.

»Ich hab' ihn noch nicht erwischt«, fuhr er fort, »aber das werde ich. Ich werde an ihm ein Exempel statuieren. Er wird einen Fehler machen. Das machen sie alle. Er wird jemanden bei einem Raub verletzen oder jemanden töten, und dann laß ich ihn hängen. Darauf haben Sie mein Wort.«

Fiona war inzwischen so blaß geworden, daß Joe Angst um sie hatte. Er nahm ihren Arm und wollte sie zu einem Stuhl führen, als Foster plötzlich neben ihm auftauchte. Joe hörte ihn flüstern, daß Besuch für sie gekommen sei.

»Bitten Sie ihn, zu uns herauszukommen«, sagte sie.

»Lieber nicht, Madam«, antwortete Foster und deutete mit dem Kopf auf die Glaswand des Wintergartens.

Joe folgte seinem Blick und sah einen ihm unbekannten Mann dort stehen. Er trug einen schlechtsitzenden Anzug und hatte einen Arm in der Schlinge. Joe fand ihn sofort unsympathisch, doch als er Fiona fragen wollte, wer das sei, entschuldigte sie sich bereits.

»Etwas Geschäftliches«, sagte sie knapp. »Nur ganz kurz.«

Ein unangenehmes Gefühl beschlich Joe. Er war sehr fürsorglich, was seine Frau anbelangte – überfürsorglich, wie sie behauptete. Er hatte keine Ahnung, warum, aber er wollte Fiona aufhalten und wäre ihr fast nachgegangen, doch dann richtete Freddie das Wort an ihn. Er sah, wie Fiona die Hand des Fremden schüttelte.

»Tut mir leid, Freddie, was haben Sie gesagt?«

»Ich sagte, wenn Malone gehängt würde, wäre das ein starkes Signal an die Diebe und Mörder im Londoner Osten.«

»Recht und Ordnung sind gut und schön, aber nicht die wirkliche Lösung. Trunkenheit, Gewalt und Verbrechen … das rührt doch alles von einem her – der Armut. Beheben Sie die, dann lösen Sie auch sämtliche anderen Probleme.«

Freddie lachte. »Wissen Sie, alter Junge, Sie hören sich zunehmend an wie einer dieser verrückten Sozialisten. Wie soll denn die Regierung Ihrer Meinung nach die Armut beheben? Etwa die Tore der Königlichen Münzstätte öffnen und Guineen ausgeben?«

Aus Joes unterdrücktem Unbehagen wurde offene Wut. Er erinnerte sich jedoch, daß Freddie Gast in seinem Haus war, und sagte: »Wie wär's denn damit: Geben Sie den Arbeitern anständigen Lohn. Geben Sie ihnen eine Entschädigung, wenn sie sich bei der Arbeit verletzen, damit ihre Familien nicht hungern müssen. Bieten Sie ihren Kindern eine ordentliche Ausbildung, damit sie bessere Aussichten haben als die Schufterei in einer Fabrik oder in den Docks. Sie wollen diese Wahlen wirklich gewinnen, Freddie? Das ist einfach. Bieten Sie Ihren Wählern Hoffnung.«

Dann entschuldigte er sich und sah wieder zum Wintergarten hinüber. Fiona und ihr Besucher waren nirgendwo zu sehen. Seine Unruhe verwandelte sich in Furcht. Er ging ins Haus und rief Foster. »Wo ist Mrs. Bristow?« fragte er knapp.

»Mit dem Besuch im Arbeitszimmer, Sir.«

»Wer ist dieser Kerl? Was will er hier?«

»Sein Name ist Michael Bennett, Sir. Den Grund seines Besuchs hat er nicht genannt.«

Joe eilte zur Treppe. Die Sache gefiel ihm nicht. Kein anständiger Besucher zögerte, den Grund seines Besuchs anzugeben. Er nahm zwei Stufen auf einmal und wünschte, er wäre gleich seinem Instinkt gefolgt, statt mit Freddie zu streiten. Er klopfte an und öffnete die Tür, ohne auf eine Antwort zu warten. Fiona saß an ihrem Schreibtisch. Ihre Augen waren rot, und sie knüllte ein Taschentuch in der Hand. Michael Bennet saß ihr gegenüber.

»Fiona, was geht hier vor?« fragte Joe, und zu Bennett gewandt: »Wer zum Teufel sind Sie?«

»Schon gut«, sagte Fiona. »Das ist Michael Bennett. Er ist Privatdetektiv.«

»Ein *Detektiv*? Wozu brauchst du einen Detektiv?«

Fiona sah zur Seite und sagte dann: »Um Charlie zu finden.«

Joes Miene verhärtete sich. »Wieviel schulden wir Ihnen?« fragte er, an Bennett gewandt.

Bennett setzte sich auf. »Es stehen noch fünfzig Pfund aus. Darauf haben wir uns geeinigt, aber das war vor der Sache mit meinem Arm und allem. Es müssen Arztrechnungen beglichen werden und …«

»Werden hundert reichen?« fragte Joe knapp.

Bennett riß die Augen auf. »Ja. Na klar, leicht.«

Joe gab ihm das Geld. Bennett steckte es ein und fügte hinzu: »Wie ich Ihrer Frau gerade sagte …«

»Das ist alles, Mr. Bennett, danke«, erwiderte Joe.

Bennett zuckte die Achseln und ging. Als er fort war, wandte sich Joe wieder an Fiona. »Was ist mit seinem Arm?«

»Man hat ihn gebrochen. Charlie hat es getan. Er ließ mir von Mr. Bennett ausrichten, das sei seine Antwort.«

»Zum Teufel, Fiona!« schrie Joe aufgebracht. »Ich dachte, wir hätten das besprochen? Ich dachte, wir wären uns einig, daß es viel zu gefährlich ist, Kontakt mit ihm aufzunehmen. Was hättest du getan, wenn er einverstanden gewesen wäre, sich mit dir zu treffen? Ihn am Sonntag zum Mittagessen eingeladen?«

»Ich möchte ihn sehen, Joe.«

»Aber ich nicht. Auf gar keinen Fall. Du weißt, was er tut. Was er *ist*. Verdammt, Fiona, was hast du dir dabei gedacht?«

Tränen standen in Fionas Augen. »Er ist mein Bruder, Joe.«

»Fiona, Sid Malone ist ein Verbrecher.«

»Das ist nicht sein Name!« entgegnete sie ärgerlich und schlug mit der Hand auf den Schreibtisch. »Sein Name ist Charlie. Charlie Finnegan.«

»Jetzt nicht mehr.«

»Wenn ich ihn bloß sehen, mit ihm reden könnte …«

»Dann könntest du was? Ihn wieder auf den rechten Weg zurückführen? Einen ordentlichen Mitbürger aus ihm machen? Ziemlich unwahrscheinlich. Es gibt ein paar Kämpfe, mein Schatz, die nicht mal du gewinnen kannst. Du mußt die Vergangenheit begraben. Er hat seine Wahl getroffen. Das hat er dir selbst gesagt.«

Sie wandte sich ab. Er sah, daß sie mit sich kämpfte.

»Fiona, ich weiß, was du denkst. Versuch nicht, ihn selbst zu finden. Es ist zu gefährlich.«

»Aber Joe, du hast doch Freddie Lytton gehört. Er will Charlie schnappen. Um ihn *zu hängen*!«

»Fiona, versprich mir, daß du …« Ein Klopfen an der Tür unterbrach ihn. »Was gibt's?« zischte er.

»Tut mit leid, Sir, aber der Reverend und Mrs. Barnett möchten sich verabschieden«, drang Fosters Stimme herein.

»Ich komme, Mr. Foster«, antwortete Fiona. Sie wischte sich die Augen ab, vermied Joes Blick und eilte hinaus. Damit war die Diskussion beendet.

Als er sich umwandte, um ebenfalls den Raum zu verlassen, fiel ihm ein Aktendeckel ins Auge. Er lag geöffnet auf dem Boden neben Fionas Schreibtisch. Fiona mußte ihn hinuntergeworfen haben, als sie hinausging. Er hob ihn auf. *Malone* stand vorne drauf in einer Schrift, die er nicht kannte. Bennetts Schrift, zweifellos. Er machte sich nicht die Mühe, darin zu lesen. Er wollte nichts davon wissen. Die Sache war erledigt. Er warf die Akte in den Papierkorb.

»Begrab die Vergangenheit«, sagte er laut, als er Fionas Arbeitszimmer verließ, ohne sich klarzumachen, ohne auch nur daran zu denken, daß die Vergangenheit auch ihn begraben könnte.

❧ 3 ❧

Sid Malone stieg in der Saracen Street Nummer 22 aus seiner Kutsche. Frankie Betts und Tom Smith, zwei seiner Männer, erwarteten ihn. Wegen des starken Regens und der späten Stunde herrschte wenig Verkehr in Limehouse. Worüber Sid froh war, er hatte nicht gern Publikum.

Abgesehen von der Kutsche sah er aus, als gehörte er in dieses Viertel, ganz wie ein Arbeiter auf dem Heimweg aus dem Pub. Er trug schwere Stiefel, eine grobe Baumwollhose und eine wollene Seemannsjacke. Eine flache Kappe bedeckte seinen Kopf. Wie seine Männer trug auch er keine blitzenden Schmuckstücke. Das erlaubte er nicht, weil es zu auffällig gewesen wäre. Sein Gesicht war glatt. Er rasierte sich selbst. Sein rotes Haar war zu einem Pferdeschwanz gebunden. Wenn es zu lang wurde, schnitt er es mit einem Klappmesser ab. Nie ging er zu einem Barbier. Er hatte zu viele Feinde, um irgend jemandem zu gestatten, ihm mit einen Rasiermesser zu nahe zu kommen.

»Hab' eure Nachricht bekommen«, sagte er zu seinen Männern und schnippte seine Zigarettenkippe in die Gosse. »Worum geht's? Wo ist Ko?«

»Drinnen«, antwortete Frankie. »Hat ein bißchen Ärger.«

Die Saracen Street 22 war eine Ladenfront, auf deren Fenstern der Schriftzug einer Wäscherei prangte. Im Moment waren sie dunkel. Sid klopfte an die Tür, die kurz darauf von einer jungen Chinesin in einem roten Kleid geöffnet wurde. Wortlos führte sie ihn und die Männer in einen Raum am Ende des Ladens, verbeugte sich und verschwand.

Teddy Ko, der Sohn chinesischer Einwanderer, saß dort und hatte die Füße auf seinen Schreibtisch gelegt. Sein Haar war modisch kurz. Er trug einen enggeschnittenen Anzug, goldene Manschettenknöpfe und eine große Taschenuhr. Seine auf Hochglanz polierten Schuhe schimmerten wie Jettperlen. Er sprang auf, als er Sid sah, und schüttelte ihm die Hand. Als sich die Männer gesetzt hatten, rief er etwas auf kantonesisch den Gang hinunter. Sofort tauchte ein alter Mann in Baumwolljacke und Käppchen mit einem Teetablett auf. Seine schwieligen Hände zitterten, als er servierte, Tee schwappte auf Teddys Schreibtisch. Als er ihn aufwischen wollte, riß Teddy ihm den Lappen aus der Hand, warf ihn nach ihm und schob ihn dann aus seinem Büro hinaus.

»Verdammte Kulis«, murmelte er und schlug die Tür zu. Nachdem er sich wieder gesetzt hatte, sah er Sid an und runzelte die Stirn. »Soll ich dir den Namen eines guten Schneiders nennen, Kumpel? Ein Typ in der Nankin Street. Macht dir einen Anzug, der aussieht wie aus der Saville Row.«

»Er braucht weder 'nen Anzug, noch ist er dein Kumpel«, knurrte Frankie.

»Was ist los, Teddy?« fragte Sid. »Frankie sagt, es soll Ärger geben.«

»Das ist reine Untertreibung. Hab' einen Doktor hier von der GUOH und …«

»Du rufst uns her, weil jemand *blau* ist?« fragte Frankie.

»Liest du je irgendwas anderes außer dem Rennblatt, Frankie?« erwiderte Ted. »Die GUOH ist die Gesellschaft zur Unterbindung des Opiumhandels. Das sind wirklich heimtückische Kerle. Haben Eintritt bezahlt wie ganz normale Stammkunden, dann sind sie in jeden Raum gegangen und haben die Freier und Nutten belästigt. Ihnen Vorträge über die Übel der Drogen gehalten. Mein Geschäft ruiniert.«

Sid schüttelte angewidert den Kopf. Er hatte befürchtet, es handle sich um Big Billy Madden aus dem West End oder die Italiener von Covent Garden, die sich in Dinge einmischten, die sie nichts angingen. »Ich hab' keine Zeit für so was, Teddy«, sagte er und stand auf. »Wirf den Scheißkerl selber raus.«

»Laß mich doch zu Ende erzählen. Der Doktor hat einen Freund mitgebracht – Freddie Lytton. Du weißt doch, der Abgeordnete? Er ist gerade oben. Mit einem Kerl von einer Zeitung. Er droht, meinen Laden zu schließen.«

Sid runzelte die Stirn. Das klang tatsächlich nach Ärger. Lytton hatte in letzter Zeit wegen der Raubzüge der Firma Aufstand gemacht, aber nie wegen des Opiumshandels Krawall geschlagen. Sid wollte nicht, daß er damit anfing. Die Firma machte gutes Geld mit Ko. Er – und andere – kauften Opium von ihnen und bezahlten sie auch, um Konkurrenten fernzuhalten.

»Du hast Lytton gesagt, er soll verschwinden?«

»Meine Mädchen haben das getan. Und der alte Mann.«

»Deine *Mädchen*?« fragte Sid. »Geh selber rauf. Schlag ihnen die Köpfe ein.«

Ko lehnte sich beleidigt zurück. »Ich bin ein ehrbarer Bürger. Eine Stütze der Gesellschaft. Köpfe einschlagen gehört nicht zu meinen Aufgaben.«

Frankie schnaubte. »Er will sagen, daß er dem ehrenwerten Abgeordneten sein Gesicht nicht zeigen will. Er wird nicht zum Tee nach Westminster eingeladen, wenn Lytton rauskriegt, daß Ko, der chinesische Streber, gleichzeitig Ko, der Opiumhändler, und Ko, der Zuhälter, ist. Er ist ein kleiner Aufsteiger, unser Teddy.«

»Zum Teufel, Frankie! Ich bezahl' euch Schutzgeld, also beschützt mich, verdammt noch mal!«

»Du solltest auf deine Ausdrucksweise achten, Teddy«, warnte Frankie ihn.

Sid sah, daß Frankie unruhig wurde. Er war heute abend nicht in Stimmung für eine Schlägerei. Der Junge war wie ein Bullterrier, der regelmäßigen Auslauf brauchte, damit er die Möbel nicht annagte.

»Komm«, sagte Sid. »Wir sind schon hier. Wir bringen es hinter uns und hauen ab.«

Frankie ging als erster aus Teddys Büro hinaus und eine schmale Stiege hinauf. Auf dem Treppenabsatz im ersten Stock schlug er gegen eine verschlossene Tür. Ein gläsernes Guckloch ging auf, die Tür jedoch nicht.

»Willst mal glotzen, was?« fragte er und sah lächelnd in das Guckloch. Dann schlug er mit einem Totschläger dagegen und zerschmetterte es. »Mach die verdammte Tür auf, oder ich schlag sie ein und dich gleich mit!« rief er.

Die Tür wurde aufgerissen. Der alte Mann, der ihnen Tee serviert hatte, stand dahinter und rieb sich das Auge. Sid trat ein und blickte sich, verwirrt von der üppigen Ausstattung, um. Holzpodeste, mit Blumen und Drachen bemalt und mit seidenen Baldachinen bedeckt, reihten sich die Wände entlang. Auf dem Boden lagen dicke Teppiche. Kerzen flackerten in unzähligen Papierlaternen, und ein bitter riechender blauer Dunst erfüllte die Luft. Dies waren exotische Räume, die man in einer sagenumwobenen chinesischen Stadt, aber nicht in London vermutet hätte.

Teddy Ko besaß ein Dutzend Häuser in der Gegend. Er nannte sie Wäschereien, und bei Tag wurde tatsächlich darin auch gewaschen und gebügelt, aber sie dienten nur als harmlose Fassade für ein viel düstereres Gewerbe. Bei Nacht huschten heimlich Männer und Frauen hinein, steckten Kos Animiermädchen Geld zu und entschwebten dann ins süße Vergessen.

Sid sah sie auf den Podesten liegen oder auf dem Boden ausgestreckt, mit schweren Lidern und offenen Mündern. Die junge Frau, die Sid eingelassen hatte, ging herum, beugte sich hinunter, um Pfeifen mit brauner Paste zu füllen oder Kissen unter schlaffe Köpfe zu schieben. Andere Frauen lagen eng umschlungen mit männlichen Kunden hinter Vorhängen in Betten. Es waren reiche Leute hier – das konnte Sid an ihrer Kleidung erkennen – und andere, die der nächtliche Rausch vermutlich den Wochenlohn gekostet hatte. Frankie beugte sich über eine betuchte Frau, die dösend in einer Ecke lag. Er tätschelte ihre Wange, und als sie sich nicht rührte, nahm er ihr ihre Ringe ab. Sid sah sich um, konnte aber nirgendwo Lytton entdecken.

»Wo ist Lytton? Und der Arzt?« fragte er Teddy.

»Hier irgendwo«, sagte er und deutete auf eine Tür.

Sie betraten einen anderen Raum, ähnlich dem ersten, nur lauter, weil sich zwei Frauen darin stritten. Die eine, eine Brünette, lag träge auf einem Podest neben einem hübschen Jungen, der nicht älter als achtzehn sein konnte. Die andere, eine schlanke Blondine, hatte das Handgelenk der dunklen gepackt und schimpfte mit ihr.

»Das ist eine sehr starke Droge, Maud«, sagte sie, »die nur von Ärzten eingesetzt werden sollte. Sie macht süchtig und ist äußerst gesundheitsschädlich.«

Die dunkelhaarige Frau stieß einen langen gequälten Seufzer aus und sah sich hilfesuchend im Raum um. Ihr Blick blieb an Teddy hängen. »Ko, mein Lieber, kannst du sie nicht rauswerfen?« fragte sie und stützte sich auf.

»Wer ist das?«

»Meine Schwester.«

»Dann wirf sie selber raus, Maud!« rief Teddy. »Und du gehst auch. Schließlich ist sie bloß deinetwegen hier!«

Die blonde Frau erhob sich. Sie war schmächtig und trug eine Brille. Sid schätzte sie auf etwa eins siebzig.

»Sie täuschen sich, Sir«, sagte sie. »Ich bin für jeden einzelnen armen Süchtigen in diesem Raum hier.«

Sid seufzte. Er und Frankie sollten im Bark sein, um mit dem Rest der Männer einen anstehenden Job zu besprechen – einen sehr lukrativen –, und statt dessen hing er hier herum und erledigte eine Arbeit, für die Teddy einen Jungen in kurzer Hose hätte engagieren können.

»Teddy, wo ist der verdammte Doktor?« zischte er.

»Bist du blind? Der steht vor dir!«

»Wer? *Sie?* Das ist doch eine Frau«, sagte Sid.

»Gut beobachtet«, warf die blonde Frau ein. »Ich bin tatsächlich Ärztin und gleichzeitig Mitglied der Gesellschaft.«

»Ja, Süße, das weiß ich schon«, unterbrach Sid sie.

Sie stockte einen Moment, dann fing sie sich wieder. »Nun, dann werden Sie ja auch wissen, daß mein Kollege, Mr. Lytton, der Abgeordnete für Tower Hamlets, und ich diese elende Höhle schließen wollen. Diese Leute sollten zu Hause bei ihren Kindern sein und nicht ihren sauer verdienten Lohn an Drogenbarone und Prostituierte verschleudern.«

Sid hatte genug gehört. »Frankie, Tom, schafft sie hier raus«, befahl er.

Kurz darauf trat ein großer, weizenblonder Mann durch eine weitere Tür in die wie Zugabteile angeordneten Räume. Sid kannte ihn. Es war Freddie Lytton in Begleitung eines anderen Mannes, den Sid ebenfalls kannte. Sein Name war Michael Devlin. Er arbeitete beim *Clarion* und hatte eine Kamera dabei. Sie hatten Sid noch nicht entdeckt.

»Haben Sie das Bild im Kasten, wie ich die Opiumpfeife zerbreche?« fragte Lytton. Devlin nickte. »Gut. Sehen Sie zu, daß mein Name in der Schlagzeile erscheint. LYTTON DECKT LONDONER DROGENSUMPF AUF ... oder vielleicht: LYTTON ZEIGT DER FIRMA, DASS SICH VERBRECHEN NICHT LOHNT ...«

»Jedenfalls nicht so wie Politik«, sagte Sid zu Frankie. »Das steht fest.«

»Aber das ist vielleicht zu lang für eine Schlagzeile«, fuhr Lytton fort. »Und vergessen Sie nicht, meine Arbeit bei der GUOH zu erwähnen. Wann wird die Geschichte erscheinen?«

»Übermorgen«, sagte Devlin und klappte sein Stativ zu.

Frankie stieß einen leisen Pfiff aus. »Eine verfluchte Kamera, Mann. Wenn das keine Frechheit ist.« Im nächsten Moment war er schon bei Devlin, riß ihm die Ausrüstung aus der Hand und warf sie aus dem Fenster, bevor der Journalist überhaupt begriff, was vor sich ging. Das Geräusch von zerbrechendem Glas, das von unten heraufdrang, sagte es ihm.

»Gütiger Himmel!« rief Devlin. »Das war eine nagelneue Kamera!«

»Zieh Leine, oder du fliegst hinterher«, sagte Sid.

Devlin trat einen Schritt zurück. »Verdammter Mist«, stieß er hervor, und an Lytton gewandt: »Sie haben mir nicht gesagt, daß *er* hier sein würde!« Und damit war er schon aus der Tür und rannte polternd die Treppe hinunter.

»Gehen wir«, sagte Sid zu der Ärztin.

»Hände weg von ihr!« befahl Lytton. »Mein Gott, Malone, ich hätte wissen müssen, daß *Sie* hinter der Sache stecken.« Dann wandte er sich der Ärztin zu und sagte: »India, bring Maud hier raus. Ich hole die Polizei und lasse diese Männer festnehmen und diesen Ort schließen.«

Frankie brach in Lachen aus. »Wohl kaum, Kumpel. Teddy Ko zahlt den Bullen mehr Geld als uns.«

»Das können Sie vor dem Untersuchungsrichter wiederholen, Mr. Betts«, antwortete Freddie zornig. »Geben Sie mir den Namen ... Ko hieß er, oder?«

»Frankie ...«, stieß Sid hervor. Seine Geduld war zu Ende.

»In Ordnung, Boß.« Frankie ging zu Lytton hinüber, packte ihn am Rücken seines Mantels und führte ihn hinaus. Sid hörte Flüche und Scharren, ein paar dumpfe Schläge und dann eine Tür, die wieder zufiel.

»Was machen Sie mit ihm? Lassen Sie ihn in Ruhe«, schrie die Ärztin.

Sid lächelte sie bedauernd an. »Zeit zu gehen, Süße.«

»Ich gehe nirgendwohin.«

»Wir wollen doch keine Szene machen, Miss«, sagte Sid.

»Es heißt *Doktor*, nicht Süße. Dr. India Selwyn-Jones.«

»India, Liebste, sei einmal still und hör zu«, sagte die dunkelhaarige Frau. »Hast du die *entfernteste* Ahnung, wer das ist? Das ist Sid Malone. Den Namen hast du doch sicher schon mal gehört. Selbst du.

Jetzt sei ein braves Mädchen, und wir beide gehen hier raus, solange du es noch kannst.«

India reckte ihr Kinn hoch. »Ich habe keine Angst vor Ihnen.«

»Das brauchen Sie auch nicht, Miss – *Doktor* Jones. Ich würde nie einer Frau was tun und Frankie und Tommy auch nicht. Bei Männern … nun, da ist es etwas anderes. Keiner weiß, was meine Jungs mit Mr. Lytton anstellen. Frankie hat da so seine Methoden.«

Die Ärztin riß die Augen auf. Dann griff sie nach ihrer Tasche und Jacke und sagte zu der anderen Frau: »Du zerstörst dich, Maud.«

»Ach, um Himmels willen, India, sei doch keine solche Langweilerin. Du hast nie Spaß und willst auch nicht, daß andere welchen haben.«

»Ist *Sucht* Spaß, Maud? Oder Syphilis?« Und an Sid gewandt: »Sie versklaven nicht nur Süchtige, Sie beuten auch junge Frauen zu Ihrem finanziellen Vorteil aus.«

»Wir halten hier keine Gefangenen, Dr. Jones. Wenn ein Mädchen bei Ko arbeitet, dann weil sie das möchte.«

»Möchte? Sie wollen mir sagen, sie möchte sich erniedrigen? Sie setzt sich freiwillig der Gefahr von Krankheiten aus?«

»Nein, ich sage, daß sie ihre Miete verdienen will. Bei Ko ist es wärmer als auf der Straße. Und wesentlich sicherer.« Die Ärztin schüttelte den Kopf. Sie sah aus, als wollte sie etwas hinzufügen, tat es aber nicht. Statt dessen zog sie ihre Jacke an und ging. Sid warf einen letzten Blick durch den Raum. Ko war nirgendwo zu sehen. Dann folgte er, kochend vor Wut, der Ärztin die Treppe hinunter.

Sie und ihre dämliche Begleiterin waren keine Gefahr, Lytton jedoch schon. Er machte alles komplizierter. Als er hinaustrat, sah er, daß Lytton und die Ärztin die Straße schon halb hinuntergegangen waren.

»Du weißt, wo er hingeht, nicht? Diesmal wird er nicht die Bullen aus dem Viertel holen. Es wird ein riesiges Tamtam vom Yard geben«, sagte Frankie.

Sid nickte. Das konnte er nicht brauchen. Noch nicht. Teddy würde Zeit brauchen, seinen Schuppen auf harmlos zu trimmen.

»He, ihr zwei!« rief er ihnen nach. Lytton drehte sich um. Sid deutete auf seine Kutsche. »Steigt ein.«

Freddie nahm den Arm der Ärztin und ging weiter.

»Überredet sie, Jungs«, sagte Sid.

Frankie und Tom eilten ihnen nach. Man hörte Reden, Scharren, dann marschierten Lytton und die Ärztin zu Sid zurück. Lytton half ihr in die Kutsche, dann stieg Tom ein und setzte sich neben sie. Frankie und Sid saßen sich gegenüber.

»Was haben Sie vor, Malone? Damit kommen Sie nicht durch«, sagte Freddie. »Dr. Jones kommt aus einer einflußreichen Familie und ich ebenfalls. Man wird nach uns suchen.«

»Was faseln Sie da?« fragte Frankie.

»Der Ochse denkt, wir entführen ihn«, erklärte Sid und rieb sich die Schläfen. »Wo wohnen Sie, Dr. Jones?«

»Sag kein Wort, India. Du willst doch nicht, daß dieser Mensch deine Adresse kennt«, warnte Freddie.

Sid holte tief Luft und stieß sie wieder aus. Sein Kopf begann zu schmerzen. »Entweder geben Sie mir eine Adresse im West End, oder ich setz' Sie beide am Ratcliffe Highway ab.« Er wußte nicht, ob der Ärztin der Name etwas sagte, Lytton jedenfalls ganz gewiß. Der Highway war das gefährlichste Pflaster in ganz London, wo es vor Dieben, Huren und Mördern nur so wimmelte.

»Sloane Square«, sagte Lytton.

»Chelsea, Ronnie«, rief Sid aus dem Fenster zum Kutscher hinauf. »Laß gehen!«

Die Kutsche fuhr an. Sid registrierte mit Befriedigung, daß Lytton eine geschwollene Lippe hatte. Das Gesicht der Ärztin konnte er nicht sehen, weil sie zu Boden blickte. Ihre Finger, die den Griff ihrer Arzttasche umklammerten, zitterten, was ihm leid tat. Liebend gern hätte er Lytton höchstpersönlich in die Gosse geworfen, aber es war nicht seine Gewohnheit, Frauen zu ängstigen. Als sie aufsah und ihre Blicke sich trafen, bemerkte er erstaunt, daß sie überhaupt keine Angst hatte. Sie war verärgert, regelrecht wütend.

»Sie sind verabscheuungswürdig«, sagte sie erregt. »Sie bereichern sich am Elend. Treiben Handel mit der Verzweiflung der Menschen. Wissen Sie, was Drogensucht anrichtet? Wozu sie die Leute treibt? Die Menschen in diesen Räumen geben ihr Mietgeld für Gift aus.«

»Das geht mich nichts an, Dr. Jones. Ich bin nur Geschäftsmann. Ich hab' den Leuten nicht zu sagen, wofür sie ihre Knete ausgeben sollen«, antwortete Sid.

»Haben Sie je einen Opiumsüchtigen auf Entzug gesehen?« fuhr India fort. »Es fängt an mit Zittern und Schweißausbrüchen. Danach setzen die Schmerzen ein. Und das Erbrechen.«

»Jetzt werden Sie doch nicht so dramatisch, Süße. Ich hab' bloß gesehen, wie sich eine Handvoll Idioten zugedröhnt haben. Kam mir ziemlich harmlos vor.«

»Diese Leute zerstören sich, Mr. Malone, an Körper und Seele. Begreifen Sie das denn nicht?«

»India …«, sagte Freddie warnend, den Blick nervös auf Sid gerichtet. Aber sie hörte nicht auf ihn.

Sie hat Mumm, dachte Sid, das muß man ihr lassen.

»Kommen Sie ins London-Hospital, Mr. Malone«, fuhr sie fort. »Ich zeige Ihnen die psychiatrische Abteilung. Ich zeige Ihnen, was die Sucht anrichtet und wie harmlos sie ist.«

»India, um Himmels willen, hör auf«, zischte Freddie. »Du wirst Sid Malone nicht zum Besseren bekehren.«

»Und wie kommen Sie darauf, daß ich oder einer von Teddys Kunden gebessert werden möchte?« fragte Sid. »Diese Süchtigen haben weitaus glücklicher ausgesehen als Sie, Süße.«

Frankie und Tom lachten. Freddie schoß mit einem drohenden Blick von seinem Sitz nach vorn. Frankie bohrte ihm die Finger in die Brust und schob ihn wieder zurück. Sid sah, daß Lytton kochte und daß er wahrscheinlich auf ihn losgegangen wäre, hätte Frankie ihn nicht davon abgehalten. Das erforderte Mut. Während er ihn beobachtete, sah er, wie Freddie die Hand auf Indias Hand legte und sie drückte. Ah, *das* ist es, dachte er. Nichts brachte einen Mann mehr in Rage, als vor seiner Liebsten vorgeführt zu werden. Sid sah die Ärztin mit neuem Interesse an, als hätte er durch das vorherige Durcheinander ganz vergessen, daß sie eine Frau war.

Doch das war verständlich: Sie tat wenig, um einen Mann daran zu erinnern. Ihr Haar war nicht frisiert, sondern lediglich zu einem nachlässigen Knoten geschlungen. Vielleicht war sie hübsch, was man jedoch wegen der schrecklichen Brille nicht sagen konnte. Auch ihre Kleider waren scheußlich und formlos, und sie trug keinen Schmuck … außer – das sah er erst jetzt – einer goldenen Kette, die über ihrer Weste hing. Er beugte sich vor und zog daran. Eine Uhr tauchte aus ihrer Westentasche auf. Sie schnappte kurz nach Luft.

»Sehr hübsch«, sagte er und ließ sie aufspringen.

»Sie werden es nicht wagen«, sagte Lytton.

»Was bringt eine solche Uhr ein, Frankie?« fragte Sid.

»Goldenes Gehäuse, Diamantzeiger ... leicht hundert Pfund, würde ich sagen.«

»Hundert Pfund«, wiederholte Sid nachdenklich. »Davon könnte die Familie eines Dockarbeiters ein Jahr lang Essen und Kleidung kaufen. Prima Sache, nicht wahr, Frankie, anderen zu sagen, was sie zu tun haben, wenn man zu einem Feuer im Kamin und einer schönen warmen Mahlzeit heimgeht, während die armen Schlucker bei Ko vierzehn Stunden am Tag in irgendeiner Fabrik schuften, zu fünft oder sechst in irgendeinem Loch hausen und dreimal am Tag Brot und Margarine essen, weil ihre kaputten Zähne nichts anderes mehr beißen können.« India, immer noch wütend, blinzelte, Sid jedoch nicht. »Also, wenn ich an ihrer Stelle wäre, Frankie«, fügte er hinzu, »ich würde kiffen, bis mir der verdammte Schädel platzt.«

Sid gab der Ärztin die Uhr zurück. Den Rest der Fahrt schwiegen sie.

Kurz vor dem Sloane Square ließ er anhalten. »Dr. Jones, es war mir eine Freude«, sagte Sid und öffnete die Tür. Freddie stieg aus und reichte der Ärztin die Hand, um ihr hinauszuhelfen. Als er sich umdrehte, um seinen Mantel zu nehmen, sagte Sid: »Mr. Lytton, Dr. Jones, ich möchte Sie nicht noch mal in der Saracen Street erwischen.«

»Dr. Jones werden Sie dort nicht mehr sehen, mich hingegen schon«, erwiderte Lytton warnend. »Sie werden untergehen, Malone. Früher oder später. Sie werden einen Fehler machen. Und wenn das passiert, sorge ich dafür, daß Sie ins Gefängnis kommen. Darauf haben Sie mein Wort.«

Sids Arm schoß nach vorn und packte Freddies Krawatte. Er riß ihn in die Kutsche zurück und zwirbelte den Stoff herum. Niemand drohte ihm mit Gefängnis. Niemand.

»Freddie?« hörte er die Ärztin rufen.

»Lassen Sie los«, keuchte Freddie und tastete verzweifelt nach Malones Fingern.

»Hat die Ärztin was für Sie übrig, Kumpel?« fragte Sid.

»Nehmen Sie Ihre dreckigen Finger weg!« preßte Freddie hervor.

»Antworten Sie mir.«

»Lassen Sie los! Mein Gott ...« Seine Lider flatterten, und er lief blau an.

»Tut sie das, Freddie?« fragte Sid und packte ihn noch fester.

»J-ja!«

Sid ließ ihn los. »Dann um ihretwillen, Mann, kommen Sie nie mehr allein in meine Nähe.«

*L*iverpool Street!« bellte der Schaffner. India spürte, wie der Zug langsamer fuhr, als er sich der Station näherte. Es war erst halb acht, und die U-Bahn war bereits total überfüllt. Die Menschen standen dicht zusammengepfercht, und ein Kerl mit einem Bowler nutzte jeden Stoß und jedes Rucken, um sich an sie zu drücken.

»Lassen Sie das, oder ich rufe die Wache«, zischte sie. Was er nicht tat, bis sie schließlich ihren Arztkoffer zwischen sie beide quetschte. Endlich hielt der Zug an, die Türen gingen auf, und sie wurde vom Strom der Leute mitgerissen. India ging die Treppe hinauf, wurde von Aktenmappen gestoßen und von Schirmen gepikst und schwor sich, auf dem Heimweg den Bus zu nehmen.

Vor der Station streckte ihr eine Frau, die ein Baby an die Brust gedrückt hielt, ihre schmutzige Hand entgegen. »Bitte, Miss, einen Penny für das Baby«, bettelte sie mit nach Gin stinkendem Atem.

»Es gibt eine Mission in der High Street. Dort kriegen Sie Suppe und Milch für das Baby«, sagte India, aber die hohläugige, verzweifelte Frau war schon weitergegangen und zupfte am Ärmel eines Mannes im Anzug. Er gab ihr ein paar Kupfermünzen. India runzelte die Stirn. Er meinte es gut, unterstützte aber nur den Alkoholmißbrauch.

»Der *Clarion*! Die neuesten Nachrichten! Lesen Sie über den Boß! Den König der Verbrecher! Nur im *Clarion*!« rief ein Zeitungsjunge auf dem Gehsteig und winkte mit der Morgenausgabe. »Der Vorsitzende.« So hatte Freddie Sid Malone genannt, dachte India und erschauerte, als sie an die Begegnung zurückdachte. Schnell wich sie dem Zeitungsjungen aus, warf aber einen Blick auf die Schlagzeile. DIE NEUE UNTERWELT, stand dort. Darunter war eine Zeichnung. Der Künstler hatte die Form des Gesichts getroffen, aber nicht die Augen.

So sehen sie nicht aus, dachte sie, so verschlagen und brutal. Seine

Augen waren hart, aber gleichzeitig eindringlich und intelligent. Sie hatten sie beunruhigt. Weitaus mehr als sein Ruf als Gewalttäter. Sie beunruhigten sie auch jetzt, wenn sie daran dachte, also schob sie den Gedanken weg. Sie hatte heute morgen Wichtigeres im Sinn. Es war ihr erster Tag bei Dr. Gifford. Sie war aufgeregt – aufgeregt, weil sie endlich als Ärztin praktizierte, noch dazu jetzt, im Jahr 1900, zu einer Zeit, die viele als den Anbruch einer goldenen Ära für die Medizin bezeichneten. Die Fortschritte in den letzten fünfzig Jahren waren erstaunlich gewesen, und India fand die Aussichten, die sich in Zukunft daraus ableiteten, geradezu schwindelerregend.

Die Beiträge, die Lister, Pasteur, Jenner und Koch zum Verständnis der Bakterien geleistet hatten, waren in Verbindung mit verbesserten Anästhesiemethoden ein großer Gewinn für die Behandlung. Wunden oder gebrochene Glieder, die früher unweigerlich eiterten, konnten nun desinfiziert statt amputiert werden. Krebsgeschwüre konnten herausgeschnitten, sogar ganze Organe entfernt werden, ohne Infektionen oder Blutstürze nach sich zu ziehen, und kürzlich hatte man sogar von einer erfolgreichen Kaiserschnittoperation gehört.

In Deutschland hatte ein Mann namens Röntgen Lichtstrahlen entdeckt, die menschliches Gewebe durchdrangen, und Militärärzte setzten sie bereits ein, um Kugeln in Soldaten aufzuspüren. Es gab auch neue Medikamente, Schmerzmittel wie Aspirin, Heroin und Chloroform – außerdem Impfstoffe gegen Blattern und Diphterie. Manche meinten, es sei nur noch eine Frage von ein paar Jahren, bis einer gegen Tuberkulose gefunden sei.

Manchmal wurde India ganz atemlos, wenn sie über diese Fortschritte nachdachte und wie sie sie einsetzen würde, um das Leben der Armen in Whitechapel zu verbessern. Und dennoch mußte sie bloß eine Zeitung aufschlagen, um daran erinnert zu werden, was die Medizin noch alles zu leisten hatte. Die seit Jahrzehnten verabschiedeten Gesundheitsgesetze, die Bürger vor verseuchten Wasser- und Abwasserleitungen schützen sollten, hatten schließlich zu einem starken Abfall der Todesraten durch Cholera, Typhus und Pocken geführt, aber Scharlach, Influenza und Durchfallerkrankungen wüteten nach wie vor in den Elendsvierteln.

Es gab noch immer erschreckend viele Herausforderungen zu bewältigen, und so aufgeregt sie auch war, ihr Berufsleben zu beginnen, so nervös war sie gleichzeitig. Würde sie den Anforderungen einer großen Praxis standhalten? Mit den vielen Patienten fertig werden? Die richtigen Diagnosen stellen? Jetzt stünde kein Professor Fenwick mehr hinter ihr, sie war ganz allein auf sich gestellt.

Sie wich einer Gruppe schnatternder Fabrikarbeiterinnen aus und stieg die kurze Treppe zu Varden Street Nummer 33 hinauf. Es war ein sandfarbenes georgianisches Haus, zwei Stockwerke hoch. Dr. Edwin Giffords Praxis befand sich im ersten Stock. Gerade als sie klingeln wollte, wurde die Tür aufgerissen, und eine junge Frau in Schwesterntracht stürzte heraus und prallte mit ihr zusammen.

»*Oi weh!*« rief sie aus und nahm India am Arm. »Da sind Sie ja. Gott sei Dank! Ich wollte gerade nach Ihnen schauen. Dr. Jones, nicht wahr? Wo sind Sie denn geblieben? Ich hatte schon Angst, Sie würden gar nicht kommen.«

India sah auf ihre Uhr. »Es ist erst Viertel vor acht.«

Die Frau schnaubte. »Sind Sie Banker oder Arzt? Wir fangen um Punkt sieben hier an.«

»Um *sieben*? Dr. Gifford sagte um acht.«

»Das sagt er Neuanfängern immer. Aber wir sind in Whitechapel, Dr. Jones. Viele Leute hier arbeiten in Fabriken oder in den Docks und müssen herkommen, bevor die Sirene ertönt. Kommen Sie, ich zeige Ihnen alles.«

Sie führte India an einem dichtbesetzten Wartezimmer vorbei zu Dr. Giffords Büro im hinteren Teil des Hauses. Im Gehen nahm sie ihr Hut und Mantel ab und half ihr in einen weißen Kittel, der India bis über die Knie reichte und über die Hände hing.

»Zu groß«, stellte sie fest und krempelte die Ärmel hoch. »Dr. Seymour hat er perfekt gepaßt, aber Sie sind ja auch kein Mann. Ich werde ein paar kleinere bestellen.« Dann deutete sie auf die offene Tür und erklärte: »Der Untersuchungsraum ist hier …«, aber bevor sie weitersprechen konnte, ertönte ein lauter, metallischer Knall. Sie rannte in den Raum, und als sie wieder herauskam, zerrte sie schimpfend einen kleinen Jungen mit langen Schläfenlocken und Käppchen hinter sich her ins Wartezimmer.

Dann verschwand sie wieder in den Untersuchungsraum. India folgte ihr und sah, daß sie das Instrumententablett vom Boden aufhob, das der Junge hinuntergeworfen hatte.

»Wo ist der Autoklav?«

»Der was?«

»Das Wasserbad. Die müssen sterilisiert werden.«

»Das haben wir nicht.«

»Aber das geht doch nicht. Die Notwendigkeit einer sterilen Umgebung während der Diagnose wie während der Behandlung wurde wiederholt bewiesen. Dr. Listers Meinung zur bakteriellen Besiedlung von …«

»Nun, Dr. Lister ist heut nicht da, sondern ich.«

»Aber wie reinigen Sie die Instrumente?«

»Ich nehm' sie mit heim und wasch' sie in der Küchenspüle ab. Wenn ich dran denke«, antwortete sie und warf ein Skalpell und zwei Klammern auf das Tablett zurück. »Sind Sie bereit?« fügte sie hinzu und richtete sich auf. »Dann schick' ich den ersten Patienten rein.«

»Warten Sie! Ich weiß gar nicht Ihren Namen.«

»Oh, tut mir leid. Ella Moskowitz«, sagte die Frau und streckte ihr die Hand entgegen.

India schüttelte sie. »Dr. Jones. Sie sind die Rezeptionistin?«

»Und die Schwester, die Sekretärin, die Buchhalterin und die Zoowärterin. Leider kann ich nicht plaudern. Wir sind schrecklich in Verzug. Wir müssen uns stramm ranhalten, wenn alle bis Mittag drankommen sollen.«

»Was? Die *alle*? Bis Mittag?« Im Wartezimmer waren mehr Patienten, als sie an einem ganzen Tag behandeln konnte.

»Ja, alle.«

»Ist Dr. Gifford hier?«

»Nein. Heut sind Sie auf sich selbst gestellt.«

»Gütiger Gott. Herrscht hier gerade eine Epidemie?«

Ella Moskowitz brach in schallendes Gelächter aus. »Epidemie! Das ist köstlich. Na schön, es ist eine Epidemie, es ist die Whitechapelitis. Heute ist ein ganz normaler Tag. Wenn Sie das wirkliche Chaos sehen wollen, dann warten Sie, bis es wirklich eine Epidemie hier gibt. *Got bahit!*«

»Wie bitte?«

»Gott bewahre. Sie sind keine Jüdin, nicht? Viele unserer Patienten sind das. Wenn's Schwierigkeiten mit Juden gibt, rufen Sie mich, bei den Iren müssen Sie's allein schaffen.«

Ella eilte davon. India starrte ihr nach. Sie hatte kaum Zeit, sich zu orientieren, als Ella schon mit einer Patientin zurückkam – einer kleinen, mageren Frau, die India auf Mitte Vierzig schätzte. »Das ist Mrs. Adams, und hier ist ihre Akte«, sagte sie und klatschte die Mappe auf den Tisch.

»Moment mal!« rief Mrs. Adams.

Ella blieb in der Tür stehen. »Ja, Mrs. Adams?«

»Ich zahl' gutes Geld für einen *Doktor*, und ich will keine verdammte Schwester.«

»Dr. Jones *ist* ein Doktor, Mrs. Adams.«

Mrs. Adams sah India an. »Da lachen ja die Hühner.«

India sah an ihrem zu langen Kittel hinab und bemerkte, daß sie wie ein Kind aussah, das Verkleiden spielte.

»Also, Mrs. Adams …«, begann Ella.

»Ist schon gut, Ella«, unterbrach India und schloß die Tür. »Guten Morgen, Mrs. Adams. Ich versichere Ihnen, daß ich Ärztin bin. Ich habe ein Diplom. Möchten Sie es sehen?« Sie griff in ihre Tasche und nahm das Dokument heraus.

Mrs. Adams warf einen Blick darauf, war aber immer noch nicht überzeugt. »Haben Sie eins von den Dingern, die Dr. Gifford um den Hals hat?« fragte sie.

India zog ein Stethoskop aus ihrer Tasche und hielt es hoch.

»Na schön. Sie müssen wohl ein Doktor sein, wenn Sie so eins haben.«

India lächelte. »Was für Beschwerden haben Sie?«

»Das Baby macht mir furchtbare Schmerzen. Dr. Gifford hat mir Laudanum gegeben, das hat eine Weile geholfen, aber jetzt nicht mehr.«

»Haben Sie die Flasche dabei? Darf ich sie sehen?«

Mrs. Adams griff in ihre Rocktasche und reichte sie ihr.

Es war tatsächlich Laudanum, das Schwangeren normalerweise nicht verschrieben wurde. »Wie lange nehmen Sie das schon, Mrs. Adams?« fragte sie.

»Vielleicht drei Monate.«

»Und wie weit sind Sie?«

»Im fünften, vielleicht im sechsten Monat.«

India nickte. Sie sah Mrs. Adams Akte durch, fand aber nichts über eine Schwangerschaft. Nur Dr. Giffords Einträge über Schmerzen und Müdigkeit sowie die Abgabe einer schwachen Laudanumlösung, deren Dosis er erhöht hatte. Sie führte Mrs. Adams ins Untersuchungszimmer und überredete sie, ihr Kleid auszuziehen und sich hinzulegen. Mrs. Adams bezweifelte lauthals die Notwendigkeit eines solchen Tuns, da Dr. Gifford das nie von ihr verlange, gab aber dann doch nach. Als India ihre nackten Arme sah, mußte sie sich anstrengen, eine neutrale Miene zu bewahren. Die Patientin war praktisch nur noch Haut und Knochen.

»Essen Sie gut?« fragte sie.

»Ich hab' nicht viel Appetit. Mir ist ziemlich oft schlecht. Aber das ist eben so, wenn man schwanger ist.«

»Übelkeit ist ganz normal«, stimmte India zu.

»Das brauchen Sie mir nicht zu sagen. Neun Schwangerschaften hab' ich hinter mir, und fünf Kinder haben überlebt. Keine war leicht, aber die ist die schwerste. Ich bin so kaputt, manchmal schlaf' ich schon im Stehen ein. Einmal am Ofen. Beinahe hätt' meine Schürze Feuer gefangen.«

»Wie schlafen Sie nachts?«

»Schlecht. Auf der Seite hab' ich Schmerzen, und auf dem Rücken ist's mir nicht bequem.«

»Wie alt sind Sie, Mrs. Adams?«

»Sechsundvierzig. Hätt' nicht gedacht, daß ich in dem Alter noch mal schwanger werd. Hab' gedacht, es ist der Wechsel, weil meine Regel aufgehört hat. Aber vorher hab' ich stark geblutet, verstehen Sie, und beim Wechsel gibt's doch keine Blutung.«

»Darf ich mir Ihren Bauch ansehen?«

Mrs. Adams nickte, und India sah sofort, daß es sich statt der gleichmäßigen Rundung einer Schwangerschaft um eine klumpenförmige Schwellung handelte. Gleich unter dem Rippenbogen drückte sie in den Muskel, suchte nach dem Fundus, dem oberen Ende des sich ausdehnenden Uterus, konnte aber nichts ertasten. Weiter unten tastete sie nach einem knöchernen Widerstand – dem Schädel, einer Ferse oder einem Ellbogen. Nichts. Sie nahm ein Hörrohr aus der Tasche, um die Herztöne festzustellen, und preßte es auf Mrs. Adams Bauch. Wieder nichts. Etwas wuchs im Innern von Mrs. Adams, aber das war kein Baby.

»Es ist doch alles in Ordnung, oder?«

India wich aus. »Wissen Sie, was ein Spekulum ist?«

Die Frau schüttelte den Kopf.

»Das ist ein Instrument, mit dem der Arzt die Reproduktionsorgane anschauen kann. Das würde ich gern bei Ihnen machen, wenn ich darf.«

Mrs. Adams streckte die Zunge heraus.

»Ähm … nein, Mrs. Adams. Ich müßte das andere Ende untersuchen.«

»Sie müßten *was*?«

»Ich muß eine vaginale Untersuchung vornehmen. Ich weiß nicht, was in Ihnen vorgeht, wenn ich nicht hineinschaue.«

Mrs. Adams setzte sich auf. »Was ist denn das für eine Sauerei! Mein ganzes Leben lang hab' ich so was nicht gehört. Bringt man Ihnen das auf der Hochschule bei?« India hörte den Zorn in der Stimme der Frau, aber in ihren Augen stand nur Angst. »Warum können Sie mir kein Rezept geben, wie Dr. Gifford es tut?« fragte sie mit erhobener Stimme.

»Na, na, na. Was soll denn der Aufstand, Mrs. Adams?«

India fuhr herum. Ein korpulenter Mann mit grauem Haar und sauber geschnittenem Spitzbart stand am Schreibtisch. Es war Dr. Gifford. Er hatte nicht angeklopft, sondern war einfach ins Untersuchungszimmer hereinmarschiert. India fand das außerordentlich unhöflich, sowohl ihr wie der Patientin gegenüber.

»Oh, Dr. Gifford, bin *ich* froh, daß Sie da sind! Dieses Mädchen hier hat mich alles bis auf die Unterhose ausziehen lassen, wo ich doch nichts weiter will, als mein neues Rezept abholen.«

»Dr. Gifford, es besteht keine Gravidität«, sagte India in der Hoffnung, die Patientin würde den medizinischen Ausdruck nicht verstehen. »Es besteht eine Schwellung im Uterus. Eine große …«

»Das wäre alles, Dr. Jones.«

»Aber, Sir, Mrs. Adams sollte untersucht werden …«

»Das wäre *alles*.«

»Was redet die da, Dr. Gifford? Meinem Baby geht's doch gut?« fragte Mrs. Adams ängstlich.

»Alles ist bestens, Mrs. Adams.« Er kritzelte etwas auf ein Stück Papier und reichte es ihr. »Hier ist Ihr neues Rezept. Drei Tropfen alle zwei Stunden in Ihren Tee.«

Mrs. Adams Miene entspannte sich vor Erleichterung. Sie dankte Dr. Gifford, zog sich schnell an und ging.

»Dr. Gifford …«, begann India.

»Sie sind viel zu langsam, Dr. Jones«, erwiderte Gifford knapp. »In neunzig Prozent der Fälle sollten Sie schlicht eine schnelle Untersuchung vornehmen und Laudanum verschreiben.«

»Diese Frau hat vermutlich ein Uteruskarzinom. Sie braucht eine Operation, kein Laudanum.«

»Eine Operation ist in Mrs. Adams Fall nicht möglich.«

»Sie ... Sie wußten, daß sie nicht schwanger ist?«

»Selbstverständlich. Halten Sie mich für einen Idioten?«

»Natürlich nicht. Ich wollte nichts in dieser Richtung andeuten. Aber ... warum haben Sie ihr das nicht gesagt?«

»Wozu? Sie wird sterben, ob ich ihr das sage oder nicht. Warum soll man ihr die letzten Monate noch schwerer machen als nötig? Lassen wir sie in dem Glauben, sie sei schwanger. Und erleichtern wir ihr die Schmerzen. Mehr kann ich nicht tun.«

India wollte ihren Ohren nicht trauen. Gifford maßte sich Rechte an, als wäre er Gott. Elizabeth Adams war eine erwachsene Frau, kein Kind. Sie verdiente es, die Wahrheit zu erfahren und ihre eigenen Entscheidungen zu treffen.

»Dr. Gifford, der Tumor könnte operabel sein«, begann India erneut. »Oder gutartig. Wenn ich sie zu einer vaginalen Untersuchung überreden könnte, könnte ich ein paar Zellen entnehmen. Einen Abstrich machen. Um zu sehen, ob er gutartig ist und die Schmerzen von dem Druck herrühren, den er verursacht.«

Dr. Gifford legte erbost seinen Stift weg. »Dr. Jones, Sie sind eine frischgebackene Ärztin und unerfahren, deshalb werde ich Nachsicht üben ... bis zu einem gewissen Grad. Falls es Ihrer Aufmerksamkeit entgangen sein sollte, befinden wir uns in einer äußerst armen Gegend. Die Patienten, die hierherkommen, haben kaum das Geld für eine Behandlung, ganz zu schweigen für eine Operation. Doch selbst wenn sich Elizabeth Adams die leisten könnte, würde sie sie nicht überleben. Sie ist schwach und unterernährt. Wir sind hier ohnehin schon überfordert und müssen unsere Kraft dort einsetzen, wo es sich lohnt.«

India schluckte schwer. Derlei Fragen waren in ihrem Ethikunterricht nicht behandelt worden. »Tut mir leid, Sir. Das ist nicht die Medizin, die man mich gelehrt hat.«

»Das ist die Medizin, die Sie lernen müssen«, antwortete Dr. Gifford. »Keine Theorie, Dr. Jones, sondern die Realität. Elizabeth Adams ist verloren, aber die Leute, die unten warten, vielleicht nicht.

Das heißt, wenn Sie sich bequemen, sie zu untersuchen, bevor das nächste Jahrhundert anbricht.« Er klappte Mrs. Adams Akte zu und stand auf. »Nicht mehr als zehn Minuten pro Patient, Doktor. Guten Tag.«

»Sie gehen, Sir?«

»Ist das ein Problem?«

»Nein, Sir.«

»Ich mache Visite im London-Hospital. Ich bin nur schnell vorbeigekommen, um zu sehen, wie Sie zurechtkommen. Nicht gut, wie ich festgestellt habe. Ich hoffe, ich habe keinen Fehler begangen.«

»Das haben Sie nicht, Sir.«

»Ich möchte Ihre Dekanin nicht enttäuschen müssen. Guten Tag, Dr. Jones.«

»Guten Tag, Sir.«

India stützte den Kopf in die Hände. Was für ein schrecklicher Anfang. Sie durfte ihre Stelle nicht verlieren. Der bloße Gedanke, Dekanin Garrett Anderson erklären zu müssen, daß Gifford sie rausgeworfen hatte, weil sie den Anforderungen ihres Jobs nicht genügte, war unerträglich. Es gab so wenig Stellen für Ärztinnen, und wenn sie diese verlieren würde, würde sie keine andere finden. Aber was Dr. Gifford getan hatte – einer Patientin ihren Zustand verschweigen –, war gewissenlos. Doch sie hatte keine Zeit, über dieses Problem nachzudenken, da Ella bereits den nächsten Patienten hereinführte – einen kleinen Jungen mit seiner Mutter.

»Henry Atkins«, kündigte sie an. »Würmer.«

Nach dem kleinen Henry kam Ava Briggs, ein sechzehnjähriges Mädchen mit schwerer Kiefernentzündung. Ihre Mutter hatte ihr zwei Tage zuvor alle Zähne ziehen lassen. Von einem Schmied. »Als Geburtstagsgeschenk«, erklärte sie. »Keiner heiratet ein Mädchen, das noch die eignen Zähne hat. Da könnt' ein Vermögen für Zahnarztrechnungen draufgehen.« Nach Miss Briggs kam Rachel Eisenberg, die nach einem vollen Monat Ehe immer noch nicht schwanger war. Dann Anna Maloney, die glaubte, siebzig zu sein, das aber nicht genau wußte, und seit zwei Wochen an Verstopfung litt. Dann noch fünfzehn weitere Patienten bis zum Mittag, und gerade als India dachte, sie würde umkippen, kam Ella mit einer Teekanne und einem Proviantkorb herein.

»Haben Sie sich was zu essen mitgebracht?« fragte sie. India schüt-

telte den Kopf. »Hab' ich mir schon gedacht. Sie können bei mir mit-
essen. Zum Glück hab' ich immer einen Extrateller hier.«

»Ach, das geht doch nicht, Schwester Moskowitz.«

»Ich heiße Ella ...«

India war entsetzt über ihre ungezwungene Art.

»... und das sollten Sie lieber tun. Ich hab' keine Zeit, Sie vom
Boden aufzuheben, wenn Sie vor Hunger vom Stuhl gekippt sind.«

India zwang sich zu einem Lächeln. Etwas nagte an ihr, aber kein
Hunger. Sie hatte ihre Zweifel über Dr. Gifford beiseite geschoben,
um sich auf ihre Patienten zu konzentrieren, aber jetzt ließen sie sich
nicht mehr ignorieren.

India setzte sich, stocherte in ihrem Essen herum und legte die
Gabel wieder weg.

»Ist was nicht in Ordnung?« fragte Ella.

India erzählte ihr von der Auseinandersetzung mit Gifford.

»Ja ... und?« fragte Ella zwischen zwei Bissen.

»Und? Wie kann ich denn hier weiterarbeiten? Das hieße ja, die
schlechteste Art von Medizin zu unterstützen.«

»*Denken* Sie nicht mal daran, hier wegzugehen«, sagte Ella warnend.

»Aber wie kann ich bleiben? Ich verstehe, daß man in einer großen
Praxis schnell und effizient arbeiten muß, aber das ist keine Frage der
Effizienz, sondern der Ethik. Der Moral.«

Ella lachte. »O je. Sie haben also Ihre Moralvorstellungen mitgebracht, Dr. Jones? Nach Whitechapel? Das war ein Fehler. Morgen
lassen Sie die kleinen Plagegeister lieber zu Hause.«

India lachte nicht. Ihre Augen funkelten vor Zorn. »Was Dr. Gifford getan hat, ist nicht zu entschuldigen. Er hätte Mrs. Adams
über ihren Zustand aufklären, ihre Prognose aufzeigen und ihr eine
Behandlung anbieten müssen, selbst wenn sie diese abgelehnt hätte.
Aber *sie* hätte die Wahl haben müssen. Nicht er.«

Ella hörte zu essen auf. Sie scherzte auch nicht mehr. »Dr. Jones,
warum haben Sie diesen Job angenommen?«

»Um den Armen zu helfen.«

»Dann helfen Sie ihnen.«

»Aber Dr. Gifford ...«

»Zum Teufel mit Dr. Gifford.«

India fuhr schockiert zurück. »Wie können Sie so etwas sagen? Sie
arbeiten für ihn.«

»Nein. Er bezahlt mich. Aber ich arbeite für *sie*«, sagte sie und deutete mit dem Daumen in Richtung Wartezimmer. »Da sind zwei Dutzend Leute. Kranke Leute. Viele davon Kinder. Vergessen Sie Ihre Bedenken und Haarspaltereien, und helfen Sie ihnen. Das ist die ganze Moral, die Sie brauchen. In Ordnung, Dr. Jones?«

India antwortete nicht gleich. Dann sagte sie: »Ich heiße India.«

Als sie mit ihrem letzten Patienten fertig war – einer Fabrikarbeiterin mit geschwollener Leber –, schlug die Uhr in Dr. Giffords Büro sieben.

Sie ließ sich gerade auf einen Stuhl sinken, um die Notizen über ihre letzte Patientin einzutragen, als Ella den Kopf durch die Tür steckte und sagte, es sei noch eine da. »Eine Miss Emma Milo. Ich wollt' ihr sagen, sie soll morgen wiederkommen, aber sie läßt sich nicht abweisen.«

»Was fehlt ihr denn?«

»Das will sie nicht sagen. Sie hat gehört, daß eine Ärztin hier ist, und will zu ihr.«

»Schicken Sie sie rein, dann gehen wir heim.«

Sie wandte sich wieder ihrer Akte zu. Kurz darauf sagte eine Stimme: »Entschuldigen Sie, Miss?«

India blickte auf. Ein rothaariges Mädchen, nicht älter als achtzehn, stand in der Tür.

»Setzen Sie sich«, sagte sie und deutete auf den Stuhl vor Giffords Schreibtisch. »Was kann ich für Sie tun, Miss Milo?«

Miss Milo antwortete nicht, sondern zupfte an ihrem kleinen seidenen Ridikül herum.

»Miss Milo?«

»Ich brauch was … damit ich kein Baby kriege. Ich hab' gehört, so was gibt's. Solche Mittel, die Ärzte haben.« Sie sah India mit großen flehenden Augen an. »Ich dachte, weil Sie eine Ärztin sind, können Sie mir helfen.« Sie senkte den Blick. »Bitte, Miss«, flüsterte sie. »Bitte.«

»Ich fürchte, ich kann Ihnen nicht helfen«, antwortete India bedauernd. »Das hier ist Dr. Giffords Praxis, und er gibt keine Verhütungsmittel aus. Ich bin mit seiner Vorgehensweise nicht einverstanden, aber mir sind die Hände gebunden. Wenn Sie Beziehungen haben und nicht schwanger werden wollen, müssen Sie diese abbrechen.«

Die junge Frau lächelte bitter. »So einfach ist das, was?«

»Miss Milo, ich …«

»Danke«, sagte sie und stürzte mit wehenden Röcken hinaus. Einen Moment lag sah India eine andere junge Frau davonhasten – nicht Emma Milo, sondern Bea Mullins, Hughs Schwester. Emma Milo drehte sich noch einmal um, um India anzusehen, aber India sah sie nicht, sie sah nur Bea – blaß, blutüberströmt, stumm anklagend. Sie verscheuchte das Bild. Da gab es nichts mehr, was sie tun konnte. Gifford hatte während Indias Einstellungsgespräch sehr deutlich gemacht, was er von Verhütungsmitteln hielt. Seiner Meinung nach waren sie unmoralisch, weil sie bei den Unterklassen zügelloses Verhalten begünstigten. India hielt ihn für ein Fossil. Sie hätte ihm gern gesagt, daß die größere Unmoral in der Armut und dem Elend bestand, das von zu vielen Schwangerschaften herrührte, aber sie biß sich auf die Zunge. Das mußte sie – entweder arbeitete sie bei Gifford oder gar nicht.

Sie lehnte sich in ihrem Stuhl zurück. Ihr Blick schweifte über die gegenüberliegende Wand, wo Dr. Giffords Auszeichnungen und Ehrungen hingen. Niemand auf der Hochschule hatte sie darauf vorbereitet. Wie viele Kompromisse waren zu viele? Vier? Zehn? Tausend? Würde die Verweigerung von Verhütungsmitteln aus Emma Milo einen moralischen Menschen machen? War es Erbarmen, Elizabeth Adams anzulügen? Oder Mord?

»Entschuldigen Sie, India, sind Sie fertig zum Gehen?« riß Ella sie aus ihren Gedanken.

India sah blinzelnd auf. »Ja«, antwortete sie und schob ihre Papiere zusammen. »Die mache ich zu Hause fertig.« Sie drehte das Licht aus und half Ella, das Wartezimmer aufzuräumen. Plötzlich ging die Tür auf. Es war Dr. Gifford in Abendkleidung.

»Wie ist es gelaufen?« fragte er.

»Sehr gut«, antwortete India. »Wir haben alle geschafft.«

»Gut gemacht!« rief Gifford aus und warf einen Blick ins Patientenbuch. »Vierundfünfzig Patienten behandelt. Nicht schlecht für den ersten Tag, Dr. Jones.«

»Danke, Sir.«

»Nun, ich wollte bloß nachsehen. Muß mich beeilen. Dinner beim Bischof. Sie schließen doch ab?«

India war zu müde, um den Schlüssel im Schloß zu drehen, sagte aber, das mache sie gern. Gifford verabschiedete sich gerade, als gegen die Tür gehämmert wurde.

»Ich komme ja schon!« rief Ella und öffnete.

Ein Junge stand auf der Treppe. »Können Sie kommen und uns helfen? Das Baby steckt fest!« rief er.

India stöhnte. Ihr Abendessen müßte warten. »Worin ist das Baby denn steckengeblieben?« fragte sie den Jungen. »In einer Röhre? Im Ofenrohr?«

»Nein, nein! Es steckt in meiner Mutter! Es kommt nicht raus! Ihr geht's schlecht, Miss, Sie müssen kommen!«

»Sie kommen damit zurecht, oder?« sagte Gifford.

»Natürlich, Sir«, antwortete India und griff nach ihrem Koffer. Sie öffnete ihn, um ihre Ausrüstung zu überprüfen, und stellte fest, daß ihr einige Dinge fehlten. »Ella, haben wir Gaze? Und ich habe fast kein Chloroform mehr. Haben wir welches?«

Gifford, der schon auf dem Weg hinaus war, drehte sich um. »Das ist nicht nötig.«

»Wie bitte, Sir?«

»Chloroform ist nicht nötig«, wiederholte er. »Ich erlaube die Anwendung von Anästhetika bei gebärenden Frauen nicht.«

»Aber Dr. Gifford, dabei besteht keine Gefahr für die Mutter. Simpson geht davon aus, daß Chloroform die Wehen nicht beeinträchtigt, und darüber hinaus ...«

Gifford schnitt ihr das Wort ab. »Danke, Dr. Jones, aber ich brauche keine Informationen über Anästhetika von meinem Hilfsarzt. Über deren Wirkung weiß ich selbst sehr gut Bescheid. Geburtsschmerzen sind ein Erbe von Evas Sündenfall, und sie zu lindern wäre gegen Gottes Willen. Wehenschmerzen sind gut für Frauen. Sie bilden den Charakter und verhindern unzüchtige Gefühle.«

India sah den Mann fassungslos an. Hatte sie ihn für altmodisch gehalten? Für ein Fossil? Er stammte ja direkt aus dem Mittelalter! Ein Ungeheuer aus der dunklen Zeit.

»Ich will Sie nicht aufhalten, Dr. Jones. Sie müssen sich um eine Patientin kümmern«, sagte er knapp. »Geben Sie ihr einen Lappen, auf den sie beißen, oder ein Stück Stoff, an dem sie ziehen kann. Und erinnern Sie sie an die Leiden unseres lieben Herrn.«

*F*iona Bristow tauchte die Hände in eine Teekiste, hob einen Berg duftender Teeblätter an die Nase, schloß die Augen und atmete tief ein.

Alle Dockarbeiter in Oliver's Wharf hielten bei ihrer Arbeit inne und sahen zu. Alte Arbeiter, die schon daran gewöhnt waren, lehnten sich auf ihre Rechen, aber die jungen Männer rissen die Augen auf, weil schon der Anblick einer Frau in einem Lagerhaus völlig ungewohnt für sie war. Nur wenige Frauen kamen ins Hafenviertel und noch weniger in Seidenkostüm und Federhut, um an Matrosen und Schauerleuten vorbeizumarschieren, Seilen und Winden auszuweichen und eine Schiffsladung Tee zu inspizieren. Aber Mrs. Bristow war keine gewöhnliche Frau.

»Darjeeling«, sagte sie schließlich und machte die Augen auf. »Ein guter.«

»Das ist keine Kunst«, erwiderte Mel Trumbull, der Leiter von Oliver's Wharf. »Das hätte mir jedes Kind sagen können.«

»Moment mal. Ich bin noch nicht fertig. Er kommt von einer bestimmten Plantage …«, fuhr Fiona fort.

»Von welcher?«

Die Männer nickten und stießen sich an. Münzen wechselten die Besitzer.

Fiona schloß die Augen und atmete wieder ein. »Margaret's Hope.«

»Ernte?«

Sie zögerte. »Zweite Ernte.« Sie öffnete die Augen und grinste. »Gepflückt auf einem nördlich ausgerichteten Feld an einem Mittwochnachmittag von einer Frau in einem pinkfarbenen Sari.«

Die Männer brüllten vor Lachen.

»Schon gut, schon gut. Sehr witzig«, stieß Mel hervor.

»Hab' ich recht?« fragte Fiona.

Mel antwortete nicht. Statt dessen griff er widerwillig in seine

Hosentasche, zog eine Sixpencemünze heraus und warf sie ihr zu. Die Männer brachen in Johlen aus.

»Werdet ihr fürs Rumlungern bezahlt?« bellte Mel. »Zurück an die Arbeit!«

»Ich hatte recht!« triumphierte Fiona. »Ich hab' die Wette gewonnen! Ich hab' Ihnen ja gesagt, daß ich jede Teesorte hier blind erkenne. Überhaupt jeden Tee!«

»Seien Sie nicht so schadenfroh, Mrs. Bristow. Das gehört sich nicht«, schnaubte Mel.

Fiona lachte. »Seien Sie kein so schlechter Verlierer«, antwortete sie. »Und geben Sie mir zwei Pfund von diesem Darjeeling. Er ist köstlich.«

»Geht nicht. Wir können ihn nicht entbehren.«

»Warum nicht?«

»Der Laden in Kensington hat gerade angerufen. Sie haben fünf Kisten verkauft und wollen noch vier. Knightsbridge will drei. Dann bleiben mir noch sechs. Der Buckingham-Palast will acht. Die Prinzessin hat offenbar eine Schwäche dafür.«

Fiona runzelte die Stirn, wieder ganz aufs Geschäft konzentriert. »Ich *wußte* es, ich hätte mehr kaufen sollen. Geben Sie dem Laden in Kensington weniger und dem Palast, soviel er will. Mit den besten Empfehlungen von uns.«

»Was ... *kostenlos*?« wetterte Mel. »Das sind vierhundert Pfund erstklassiger Tee! Das kostet uns ein kleines Vermögen!«

»Ja, aber es bringt uns ein großes ein, Mel, verstehen Sie denn nicht? Prinzessin Alexandra hat noch nichts bestellt. Wir beliefern die Königin und Prinz Edward, aber nicht Alexandra. Und wir brauchen *sie*. Sie ist das Aushängeschild. Sie ist in jedem Magazin, auf allen Gesellschaftsseiten. Jede Frau im Land möchte so sein wie sie. Wenn sie TasTee trinkt, trinken alle TasTee. Wenn sie uns unterstützt, ist das mehr wert als tausend Werbeanzeigen.«

Mel wirkte nicht überzeugt. »Das ist ein Wagnis, Mrs. Bristow.«

»Ich bin eben eine Spielerin«, sagte sie, warf die Münze in die Luft und fing sie wieder auf. »Aber das wissen Sie ja.«

»Nur zu gut«, knurrte er.

»Lassen Sie morgen früh die Kisten in den Palast bringen. Und geben Sie auch eine Kiste von unserem Vanilletee dazu. Vielleicht mag sie den auch. Ist der Numalighur-Assam schon eingetroffen?« fragte sie und war schon halb die Treppe zum zweiten Stock hinaufgestiegen. »Haben Sie Proben davon entnommen? Dann lassen Sie uns eine Kiste aufmachen. Er sollte schon gut sein …«

Mel rannte ihr nach. Er schwitzte in der Junihitze. Ständig rannte er ihr hinterher. Wie jeder. Es war schwierig, mit ihr Schritt zu halten. Im Alter von dreißig Jahren war Fiona Bristow Chefin von TasTee, einem millionenschweren Teeimperium, das mit ein paar Teekisten in einem kleinen Laden in New York begonnen hatte und inzwischen Geschäfte und Teesalons in allen wichtigen Städten der Welt betrieb.

»Der ist sehr gut«, sagte sie jetzt und prüfte eine Handvoll duftender dunkler Blätter. »Ich überlege, eine neue Marke herauszubringen. Einen Tee, der stark und intensiv genug ist, um auch Kaffeetrinker anzusprechen. Das könnte die Eintrittskarte …«

Der Rest ihrer Worte ging in einem lauten und fröhlichen »Da sind Sie ja, Fiona, altes Haus!« unter.

Sie drehte sich um und sah einen großen blonden Mann auf sich zukommen. »Freddie? Sind Sie das?«

»Kein anderer. Ich hab' in der Mincing Lane nach Ihnen gesehen. Ihr Mädchen sagte mir, Sie seien hier.«

»Das ist aber eine Überraschung.«

»Ganz und gar nicht, nur Ihr Abgeordneter bei der Arbeit für Sie und Ostlondon.« Er zog einen Umschlag aus der Brusttasche und reichte ihn ihr.

»Was ist das?«

»Machen Sie auf und sehen Sie nach.«

Sie öffnete ihn. Er enthielt eine Bankanweisung über fünfhundert Pfund an die Toynbee-Mädchenschule.

»Von der Regierung. Meiner Eingabe wurde stattgegeben«, erklärte Freddie lächelnd. »Ich liefere sie bei Reverend Barnett ab, aber ich wollte, daß Sie sie zuerst sehen.«

»Dann haben Sie also nicht nur …«, sie hielt inne, unsicher, wie sie es taktvoll ausdrücken sollte.

»Was? Heiße Luft geredet? Nein, das habe ich nicht. Es ist mir sehr ernst damit, die Lage für meine Wähler zu verbessern, Fiona. Ich hoffe nur, daß mein Einsatz gewürdigt und nicht vergessen wird … aber, was machen Sie denn da?«

Fiona drehte und wendete das Papier in ihren Händen. »Ich suche nach dem Haken«, antwortete sie schelmisch.

»Sie werden keinen finden«, erwiderte Freddie eingeschnappt und nahm die Anweisung zurück. »Aber es wäre tatsächlich sehr nett, wenn Sie ein gutes Wort bei Joe für mich einlegen würden.«

»Für fünfhundert leg' ich zwei ein. Danke, Freddie. Ich bin Ihnen wirklich sehr dankbar. Ehrlich.«

Freddie nickte. »Sie könnten ihm auch sagen, daß ich an einem neuen Home-Rule-Gesetz für Irland arbeite, wobei ich besonders an meine irischen Wähler – und Ihre Arbeiter – denke. Außerdem arbeite ich Tag und Nacht an meinen Maßnahmen zur Verbrechensbekämpfung.«

»Möchten Sie eine Tasse Tee?« fragte Fiona in der Hoffnung, das Thema wechseln zu können. »Davon gibt's hier eine Menge, wie Sie sehen können.«

»Nein, danke. Ich bin in Eile«, lehnte Freddie ab. »Aber sagen Sie Joe, daß ich Vertreter von Scotland Yard und dem Innenministerium getroffen habe. Wir wollen die Dinge unbedingt in den Griff kriegen. Gelder wurden bewilligt, um zusätzliche Polizeikräfte in Tower Hamlets zu bezahlen. Fünf Leute vom Revier in Wapping haben vorgestern nacht ein paar Einbrecher erwischt, und ein paar Beamte aus Whitechapel haben letzte Woche einen Hehlerring hochgehen lassen. Sid Malone ist als nächster dran. Ich bin sicher, er macht sowohl Joe als auch Ihnen Sorge, wie jedem Händler hier im Hafen. Malones Bande hat allein im letzten halben Jahr zweimal am Fluß zugeschlagen. Aber ich versichere Ihnen, ich komme ihm jeden Tag mehr auf die Schliche. Wegen des Lohngeldraubs hätte ich ihn fast schon geschnappt, genauso neulich nacht in Limehouse. Wie sich rausstellt, hat er auch seine Finger im Opiumhandel. Jedenfalls nimmt der Druck zu, und das weiß er. Er ist ein bösartiger, brutaler Kerl und verdient die strengste Strafe. Schade, daß es keine öffentlichen Hinrichtungen mehr gibt. Bei seiner wäre ich liebend gern dabei.«

Panik ergriff Fiona. Sie hatte das Gefühl, keine Luft mehr zu bekommen, zwang sich jedoch zu einem Lächeln. Freddie durfte ihr nichts anmerken.

»Nun, ich muß weiter. Bitte grüßen Sie Joe von mir.«

Fiona versprach es und wünschte ihm einen guten Tag. Mel, der sich während der Unterhaltung zwischen Fiona und Freddie mit anderen Lieferungen beschäftigt hatte, kam zu ihr zurück.

»Kommen Sie, werfen Sie einen Blick auf den Keemun ... Mrs. Bristow? Fehlt Ihnen was, Ma'am? Sie sind ja leichenblaß!«

Fiona schüttelte den Kopf, um ihm zu bedeuten, daß es ihr gutgehe, aber ihre Beine gaben nach. Sie versuchte, sich an einer Teekiste festzuhalten, schaffte es aber nur, ihren Sturz zu verlangsamen.

»Um Gottes willen!« rief Mel und fing sie auf, bevor sie auf den Boden schlug. Er half ihr, sich auf eine Kiste zu setzen.

»Mrs. Bristow? Alles in Ordnung?«

Fiona nickte schwach. »Nur ein bißchen ... schwindlig. Muß an der Hitze liegen ... und an dem Baby. Ich bin schwanger.«

»Ich rufe einen Arzt.«

»Nicht nötig. Es geht schon wieder.«

»Kann ich Ihnen was bringen? Ein Glas Brandy?«

»Keinen Brandy, aber eine Tasse Tee wäre schön.«

»Können Sie nach unten gehen?«

»Ich bleib' lieber einen Moment hier sitzen. Ich trau' meinen Beinen noch nicht. Würden Sie ihn raufbringen?«

Mel nickte und eilte in sein Büro hinunter, wo auf einem kleinen Eisenofen immer ein Wasserkessel stand.

Sobald er fort war, schlug Fiona zitternd die Hände vors Gesicht. Lächelnd hatte Freddie Lytton vor ihr gestanden und gesagt, er wolle ihren Bruder töten.

Sie stand auf und machte ein paar schwankende Schritte zur Treppe. Sie mußte Charlie finden. Sofort. Sie mußte ihn warnen, bevor es zu spät war. »Aber wie?« flüsterte sie und blieb stehen. Sie konnte niemanden mehr zu ihm schicken nach dem, was er Michael Bennett angetan hatte.

Plötzlich traten ihr Tränen in die Augen, als sie sich daran erinnerte, wie Charlie früher gewesen war. Nicht brutal, sondern liebevoll und gut. Voller Leben und Lachen.

Sie hatten damals so wenig gehabt. Eigentlich gar nichts. Ihr zugiges kleines Haus mit nur zwei Zimmern oben und unten lag in Whitechapel, und war die Miete bezahlt, blieb kaum genug Geld für Essen. Und doch hatten sie alles – Eltern, die sie liebten, Lieder und Geschichten abends am Kamin, Fröhlichkeit, Hoffnung, Träume. Bis ihnen, praktisch über Nacht, alles genommen wurde. Ihr Vater, ihre Mutter, ihre kleine Schwester. Schließlich verschwand auch noch Charlie. Sie selbst und ihr kleiner Bruder Seamie hatten nur überlebt, weil treusorgende Leute ihnen halfen – ihr Onkel Roddy, ihr Onkel Michael in Amerika und ihr erster Mann Nicholas.

Charlie jedoch hatte niemanden, der ihm half. Nur Denny Quinn und seine Bande von Dieben. Auch jetzt hatte er keinen, der ihm sagte, in welcher Gefahr er steckte. Wenn er den Osten von London nicht verließ und seinem alten Leben den Rücken kehrte, würde Lytton ihn erledigen.

»Begrab die Vergangenheit«, hatte Joe gesagt. Aber hatte Joe die Lektion vergessen, die sie beide gelernt hatten? Daß die Vergangenheit ein ruheloser Leichnam war, der sich nicht begraben ließ?

Sid Malone war ein Produkt dieser Vergangenheit – einer gewalttätigen und blutigen Vergangenheit –, die 1888 einsetzte, als ein Mörder durch die Straßen von Whitechapel strich. Als Dockarbeiter sechzehn Stunden am Tag für fünf Pence die Stunde arbeiteten. Als üble Logierhäuser Diebe und Prostituierte beherbergten.

Alles hatte angefangen, als ihr Vater starb. Bei Burton Tea, wo er arbeitete, fiel Paddy Finnegan aus einer Luke hoch oben im Lagerhaus des Unternehmens. Die Kinder hatte sein Tod sehr mitgenommen, aber dann wurde ihre Mutter getötet – erstochen von einem Verrückten namens Jack the Ripper. Und Charlie hatte mitansehen müssen, wie seine Mutter auf der Straße verblutete. Das hatte ihn aus der Bahn geworfen. Er war einfach davongerannt. Ein paar Wochen später wurde sein Leichnam aus der Themse gefischt, doch so stark verwest, daß die Polizei ihn nur aufgrund einer Uhr identifizieren konnte, die man bei ihm fand – ein Familienerbstück, das Charlie von Paddy bekommen hatte.

Allein mit Seamie und ohne Geld hatte Fiona versucht, die Entschädigung zu bekommen, die ihre Mutter nach dem Tod ihres Mannes eingefordert hatte. Eines Abends war sie zu Burton Tea gegangen, um mit dem Besitzer, William Burton, zu sprechen. Dabei belauschte sie zufällig, wie er mit einem Kriminellen namens Sheehan Bowler über den Tod ihres Vaters redete. Ihr Vater hatte gar keinen Unfall gehabt, sondern war auf Burtons Geheiß von Sheehan aus der Luke gestoßen worden, weil er seine Arbeitskollegen überzeugen wollte, einer Dockarbeitergewerkschaft beizutreten. Nachdem sie dies herausgefunden hatte, war Fionas eigenes Leben in Gefahr. Sie floh aus London und schwor sich, Burton für seine Tat bezahlen zu lassen. Und diesen Schwur hatte sie gehalten, indem sie Jahre später zurückkehrte und ihm seine Firma abnahm.

Daraufhin versuchte Burton, auch sie umzubringen, was ihm jedoch nicht gelang. Er entwischte der Polizei, die weiterhin nach ihm fahndete. Als er auch nach Wochen nicht gefunden wurde, nahm man an, er sei auf den Kontinent geflohen. Doch das stimmte nicht. Er hielt sich in einem alten Teelagerhaus versteckt. Schließlich schaffte er es, Fiona dorthin zu locken, um sie endgültig aus dem Weg zu schaffen. Der einzige Grund, warum ihm das nicht gelang, war Sid Malone.

Nachdem Charlie beim Anblick seiner ermordeten Mutter davongelaufen war, irrte er halb wahnsinnig durch den Osten von London, ohne zu wissen, wer und wo er war. Eines Nachts, als er im Abfall nach etwas zu essen wühlte, wurde er von seinem alten Feind Sid Malone überfallen, der ihn verprügelte, seine Uhr raubte und versuchte, ihn zu töten. Charlie verteidigte sich, schlug aber zu fest zu und zertrümmerte ihm den Schädel. Voller Panik warf er die Leiche in den Fluß, wobei er vergaß, seine Uhr wieder an sich zu nehmen.

Langsam erholte er sich, erinnerte sich wieder, wer er war und wo er wohnte, doch als er nach seiner Familie sehen wollte, war sie fort. Allein und voller Angst, man würde ihn als Malones Mörder entlarven, wandte er sich an den einzigen Menschen, dem er vertrauen konnte – Denny Quinn, eine unbedeutende Figur in der Unterwelt. Denny riet ihm, stillzuhalten und Malones Namen anzunehmen. Malone sei ein Einzelgänger gewesen und habe mit seinem roten Haar genau wie Charlie ausgesehen. Wenn die Polizei Fragen stellte, wäre Malone am Leben und könnte sie beantworten.

Fiona war völlig außer sich gewesen vor Freude, als ihr totgeglaubter Bruder wieder auftauchte. Doch als sie feststellte, was aus ihm geworden war, flehte sie ihn an, sein verbrecherisches Leben aufzugeben. Verletzt und verärgert erklärte er ihr, er habe lediglich getan, was für sein Überleben notwendig gewesen sei, und weigerte sich, sie wiederzusehen. »Laß ihn gehen, Fee«, hatte Joe sie gedrängt, und sie hatte widerstrebend eingewilligt und beschlossen, Seamie nie zu sagen, was aus seinem geliebten und bewunderten älteren Bruder tatsächlich geworden war – ein bösartiger, brutaler Krimineller.

»Charlie«, flüsterte sie jetzt, am Boden zerstört, und schloß die Finger um die Sixpencemünze.

Damals hatte sie ihn verzweifelt gebraucht. Sie alle. Und er war für sie dagewesen, hatte seine eigenen Träume aufgegeben – den Traum, nach Amerika zu gehen –, um für sie zu sorgen.

Jetzt brauchte er sie.

»Und ich werde dasein«, sagte sie.

Sie würde selbst nach ihm suchen. Auf Fremde würde er nicht hören – das hatte er deutlich gemacht –, auf sie aber schon. Sie würde ihn dazu zwingen. Wenn sie ihn bloß finden könnte!

»Mrs. Bristow!« rief Mel und eilte die Treppe herauf. »Die Kutsche steht draußen! Der Fahrer wartet!«

Sie stand auf, noch immer schwach auf den Beinen, aber entschlossen.

»Sind Sie bereit, Ma'am?« fragte er schnaufend.

Sie nickte. »Ja, Mel, das bin ich.«

Fiona merkte, daß sie noch immer die Münze in der Hand hielt. Sie drückte das Sixpencestück an sich und steckte es dann in die Tasche. Sie *war* eine Spielerin, und diesmal würde sie auf Charlie setzen.

6

*B*oß!« rief Frankie Betts. »Boß, wir sind durch!«
Sid Malone griff nach der Laterne und leuchtete auf die Ziegelwand. Da war ein Loch, richtig, und er konnte die Pfeiler sehen, die das Dach des Stronghold Wharf stützten, aber das war nur etwa dreißig Zentimeter breit. Nicht annähernd groß genug.

»Ronnie, Oz, ihr übernehmt!« bellte er. »Los!«

Die Vorschlaghämmer wurden ausgetauscht. Ronnie und Oz hämmerten drauflos, während die anderen die zerbrochenen Steine aufsammelten und in Körbe legten.

Sid sah auf seine Taschenuhr. Halb eins. Nur noch eine Stunde, bis O'Neills Boot anlegte. Nur noch zwei bis zum Gezeitenwechsel. Wenn sie bis dahin nicht fort waren, waren sie geliefert.

»Desi, wo ist der Wachmann?« fragte er angespannt.

»Noch immer draußen, beobachtet die Feuerwehr.«

»Dieses fette Schwein«, fluchte Sid. Früher am Abend hatte er eine Straße weiter ein leerstehendes Lagerhaus anzünden lassen. Wie geplant, waren bei dem Feuer sämtliche Wachleute im Umkreis von einer Meile herbeigerannt, um es zu löschen – außer einem. Der Typ wog dreimal soviel wie er. Ihm war es natürlich viel zu beschwerlich, zu dem Brand zu laufen, also beobachtete er statt dessen die Feuerwehr. Jede Minute konnte er wieder nach hineinkommen, und das würde alles komplizierter machen. Wenigstens konnte er den Krach nicht hören, den sie machten. Die Feuerwehr benutzte die Straße an der Vorderseite des Kais, um zu dem brennenden Lagerhaus zu kommen – ganz wie Sid erwartet hatte. Ihre Glocken und Fahrzeuge machten einen unbeschreiblichen Lärm.

»Achtung! Die Bullen!« rief Desi plötzlich. Sid packte Ronnie am Hemd und Oz am Arm und wäre beinahe von einem Hammer erschlagen worden.

»Was ist?« fragte Oz keuchend.

»Still!« zischte Sid. »Desi, was machen sie?«

»Prüfen das Schloß.«

Sid spürte, wie sich jeder Muskel in ihm anspannte.

»Sie gehen wieder. Reden mit dem fetten Typen. So ist's gut, Jungs, jetzt …«

»*Desi!*«

»Alles in Ordnung, Boß. Sie hauen ab.«

Sid atmete aus. Im nächsten Moment ließ er Hemd und Jacke fallen, griff nach Oz' Hammer und schlug auf die Wand ein. Es dauerte zu lange. Sie würden nie rechtzeitig fortkommen. Plötzlich sah er, wie Tom heftig mit den Armen fuchtelte, und hielt inne.

»Halt, Boß, halt! Es reicht. Wir sind drin.«

Sid ließ den Hammer sinken und war schon durch das Loch, bevor Tom den Mund zugemacht hatte. Fünf Männer folgten ihm, dazu Oz mit der Laterne. Desi blieb im London Wharf als Wache zurück. Sid leuchtete mit der Laterne durch den höhlenartigen Raum. Hier gab es nichts als Stoffballen. Schwere Seiden- und Brokatstoffe, in braunes Papier eingewickelt. Keine Kisten.

»Frankie, wir sind nicht zum Nähen hergekommen«, sagte er.

»Die sind hier drin«, beharrte Frankie. »Das weiß ich genau. Mein Kumpel hat gesagt, im sechsten. Vielleicht hat er sich im Stockwerk geirrt. Probieren wir's im fünften.«

Mucksmäuschenstill schlichen die Männer die Treppe hinunter. Im fünften Stock schwärmten sie aus, hoben Planen hoch und rückten Kisten. Nach ein paar Minuten kam Oz zurück.

»Nichts, Boß«, sagte er.

»Dann probieren wir's im vierten!« stieß Frankie hervor und ging zur Treppe.

Sid sah auf die Uhr. Fünf Minuten verloren und nichts erreicht. Das war nicht gut. Zudem waren sie jetzt von Desi abgeschnitten und konnten nicht hören, wenn er rief. Er hatte keine Ahnung, wo der Wachmann war oder ob sich die Polizei noch in der Nähe aufhielt. Er würde Frankie fünf Minuten geben, um zu finden, was sie suchten, dann wären sie draußen, egal, ob mit oder ohne Ware.

Als er im vierten Stock ankam, stand Frankie in der Mitte des Raums und stemmte mit einem Brecheisen den Deckel einer Kiste auf. Die Nägel quietschten beim Herausspringen. Sid zuckte zusammen. Frankie lachte leise und sagte: »Hierher, Boß. Hierher!«

Als er näher kam, sah Sid die Aufschrift auf den Kisten: *Winchester Repetierwaffen, hergestellt von Bonehill Birmingham.* Frankie nahm ein Gewehr aus der Kiste und betrachtete es bewundernd.

»Los jetzt«, sagte Sid. »Die Zeit läuft ab. Wir müssen das ganze Zeug zwei Stockwerke rauf- und dann sechs wieder runterschleppen. Wo ist der Rest?«

Frankie legte die Waffe zurück. Schnell zählten sie vierzig weitere Kisten mit Gewehren und zwanzig mit Revolvern.

»Ronnie ein halbes Dutzend Bristols in einen Sack für uns«, befahl Sid und deutete auf die Revolver. »Der Rest geht aufs Boot. Los, macht schon.«

Desi zappelte vor Aufregung, als sie die erste Kiste durchs Loch schoben. »Wo zum Teufel seid ihr bloß geblieben? Ich hab' schon gedacht, sie hätten euch geschnappt!« Sid erklärte ihm die Lage. »Das gefällt mir nicht«, antwortete Desi. »Zu viele Kisten, zu viele Treppen. Wir schaffen's nie rechtzeitig zum Boot.«

»Doch, das schaffen wir. Paß du nur auf den Wachmann unten auf.«

Nacheinander schoben sie die Kisten durch das Loch hinüber ins London Wharf. Sid hörte jedes Knacken, jeden Stoß. Die Holztreppen im Stronghold Wharf waren alt und morsch und knarrten bei jedem Schritt. Die Geräusche zerrten an seinen Nerven.

Immer wieder stiegen Sid und seine Leute in das andere Lagerhaus hinüber. Als sie fast fertig waren, hörte Sid plötzlich Stimmen. Zwei. Im ersten Stock. Am Fuß der Treppe.

»Stopp!« zischte er. Seine Männer hielten wie angewurzelt inne, die schweren Kisten in den Händen. Sid stand am Fuß der Treppe zum fünften Stock, allen Blicken ausgesetzt, wenn jemand käme. Wenn er doch bloß die Pistolen hätte, die Ronnie in den Sack gesteckt hatte. Sie waren nicht geladen, aber das wußten die Wachleute ja nicht. Er hatte rein gar nichts bei sich, sein Messer steckte in seiner Jacke im London Wharf. Ein Anfängerfehler. Wie konnte ihm so was bloß passieren? Wenn der Wachmann raufkam und ihn sah, müßten er und Frankie ihn niederschlagen und fesseln. Das wollte er nicht. So war es nicht geplant gewesen.

Er hatte die Wache ablenken wollen, damit tage-, vielleicht wochenlang niemandem auffiel, daß die Waffen fehlten. Das hätte O'Neill Zeit gegeben, sie ohne Schwierigkeiten nach Dublin zu bringen.

Mit dem Wachmann am Hals wurde es schwierig.

Sid wartete und lauschte, seine Muskeln brannten. Es war alles seine Schuld. Es war seine Idee gewesen. Desi hatte versucht, sie ihm auszureden.

Die Schritte unter ihm kamen immer näher. Den ersten, dann den zweiten Stock herauf. Jetzt konnte er die Stimmen ganz deutlich hören. Eine gehörte einer Frau. Sie sprachen über das Feuer. Die Frau wollte es sich vom Lukenfester aus ansehen. Inzwischen waren sie schon die halbe Treppe zum vierten Stock hinaufgestiegen. In ein paar Sekunden würden sie sich gegenüberstehen.

Plötzlich sagte der Wachmann stöhnend: »Heiliger Himmel! Wie weit wollen Sie denn noch hinauf? Von hier aus können Sie doch genausogut sehen wie von ganz oben.«

»Wirklich? Aber so war's abgemacht. Wie ich sagte: vier Pence für einen Blick.«

»Dann gehen Sie doch allein weiter. Diese verdammten Treppen bringen mich noch um.«

»Gibt's dort Ratten?«

»Ja.«

»Huch, ich mag keine Ratten.«

Sid hörte Absatzklappern auf der Treppe, als die Frau wieder nach unten lief.

Und dann, wie sie davongingen. Er wartete und lauschte, ob noch etwas zu hören war.

»Los, weiter!« keuchte er schließlich.

»Herrgott, was habt ihr denn getrieben? Ferien gemacht?« fragte Desi, als sie schließlich ins London Wharf zurückkamen. »Ich hab' ihn reingehen sehen. Wollt' euch noch warnen, aber ihr wart schon weg. O'Neill ist da. Ich hab' den Motor gehört.«

»Alles in Ordnung, Desi. Es gab einen Zwischenfall, aber jetzt sind wir da«, antwortete Sid und hob seine Sachen vom Boden auf. »Geh runter und sag O'Neill Bescheid und hilf dann bei der Ware«, fügte er hinzu. Während er mit Desi redete, kletterten zwei seiner Männer durch das Loch zurück und holten Stoffballen, um damit das Loch zu verdecken, das sie geschlagen hatten.

Sid sah auf die Uhr und fluchte. Sie hätten schon längst fort sein müssen. Jetzt hatten sie höchstens noch eine halbe Stunde, um zweiundsiebzig Kisten sechs Stockwerke runter und in den Laderaum des Boots zu tragen.

»In Ordnung, Jungs, bald haben wir's geschafft«, sagte er. »Macht schnell und leise. Laßt nichts auf dem Dock zurück.« Die Männer nickten. Sid sah, daß Ronnie schweißgebadet war, Oz hatte seine Mütze abgenommen und wischte sich die Stirn ab.

Erneut hoben sie die Kisten hoch und begannen mit dem Abstieg. Auch hier knarrten die Holzstufen unter ihren Schritten, aber im Gegensatz zum Stronghold gab es im London Wharf keinen Wachmann.

Der Aufseher des London Wharf schloß jeden Abend um sieben ab und morgens um sechs wieder auf. Das wußte Sid, weil Ozzie vor zwei Monaten hier einen Job als Hilfskraft angenommen hatte. Er arbeitete etwa sechs Wochen dort, dann sagte er Larkin, dem Aufseher, er gehe zurück nach Durham.

Während dieser Zeit hatte er das Vertrauen des Mannes gewonnen, und Larkin ließ Oz abschließen. Ozzie machte einen Abdruck von dem Schlüssel und ließ ein Duplikat anfertigen. Mit dem hatte er ihnen aufgesperrt, und damit würde er auch wieder absperren, wenn sie fertig waren.

Wenn sie fertig wurden.

Als sie den ersten Stock erreichten, hielt Sid nach Desi Ausschau, der an der Vordertür stehen sollte. Der Schein des Feuers hatte die oberen Stockwerke erleuchtet, reichte aber nicht bis zu den unteren.

»Alles klar?« fragte er in die Dunkelheit.

»Alles klar«, kam die Antwort.

Oz und Ronnie stellten ihre Kisten ab und öffneten die Türen zum Dock hinaus. Sid hörte das Rattern eines Motorboots, dann die wütende Stimme von O'Neill, seinem Kapitän.

»Was hat euch denn aufgehalten, verdammt! Ich wart hier schon seit halb eins. Hab' schon gedacht, ihr kommt überhaupt nicht mehr.«

»Unvorhergesehene Schwierigkeiten«, antwortete Sid und eilte mit einer Kiste vorbei. »Ist die Ladeluke offen?«

»Nein, die verfluchte Luke ist nicht offen. Ich hab' gerade abhauen wollen.«

Sid blieb wie angewurzelt stehen. »Willst du die Waffen oder nicht?«

»Ja, schon, aber …«

»Dann halt's Maul, und mach den Laderaum auf. *Sofort.*«

O'Neill öffnete die Luke. Oz und Ronnie sprangen hinein, und Sid und Frankie reichten die Kisten hinunter. Tom und Dick liefen wieder ins Lagerhaus.

»Es ist gleich Ebbe. Jetzt schaff ich's bis Tagesanbruch nicht mehr ins offene Wasser«, sagte O'Neill. »Wenn man mich erwischt, wie ich mit Waffen nach Irland unterwegs bin ...«

»Das ist dein Problem«, sagte Sid. »Halt die Ladeluke offen, und geh mir aus dem Weg.«

Plötzlich vernahmen sie das Geräusch eines weiteren Motors.

Sid sank das Herz in die Hose. »Flußpolizei. Wo zum Teufel kommt die denn her?« Dann drehte er sich zu seinen Männern um. »Schnell hinein. Los!«

O'Neill machte Anstalten, ihnen zu folgen.

»Du nicht«, sagte Sid und hielt ihn zurück. »Du bleibst hier und erzählst ihnen was von einem Motorschaden.«

»Ich bin ein toter Mann, wenn sie sehen, was ich geladen hab'!« rief er. »Was ist, wenn sie mein Boot durchsuchen?«

»Sieh zu, daß sie's nicht tun.«

Der Motorenlärm kam näher. Sid rannte schnell ins Lagerhaus zurück, und Frankie schloß hinter ihm ab. Alle drängten sich hinter der Tür zusammen und lauschten.

Sie hörten, wie die Polizei O'Neill grüßte und mit eingeschalteten Scheinwerfern ans Dock heranfuhr. Sid riskierte einen Blick aus einem kleinen Fenster neben der Tür. O'Neill wischte sich die Hände an einem schmutzigen Lappen ab. »Hab' Schwierigkeiten gehabt«, hörte er ihn sagen. »Rauch aus der Maschine. Aber ich glaub', ich hab' sie wieder flottgekriegt.«

»Was haben Sie geladen?« fragte einer der Beamten. Ein zweiter ließ den Blick übers Boot schweifen und stellte einen Fuß aufs Dollbord. Das Boot lag hoch im Wasser. Drei Kisten Waffen drückten es noch nicht nach unten.

»Jetzt gar nichts mehr«, antwortete O'Neill. »Hab' 'ne Ladung Lammfleisch aus Dublin gehabt. Sind mir Maden reingekommen. Hat übel gestunken.«

Der zweite Beamte verzog das Gesicht und nahm den Fuß vom Dollbord.

Gut gemacht, Junge, dachte Sid.

»Wohin waren Sie unterwegs?« fragte der erste Polizist.

»Butler's. Hab gestern abend ausgeladen. Hätte bis Tagesanbruch warten sollen, aber ein Kerl, mit dem ich im Ramsgate einen getrunken hab', hat mir gesagt, ein Händler in Gravesend will eine Ladung Sensenblätter nach Dublin schicken. Ich hoff', ich komm' noch hin, bevor's ein andrer tut.«

Ohne Vorwarnung ging der erste Polizist plötzlich auf das Lagerhaus zu. Sid duckte sich mit wild klopfendem Herzen und hoffte, daß er ihn nicht gesehen hatte. Er preßte sich an die Wand. Schritte näherten sich, dann wurde die Klinke heruntergedrückt. Der Schein einer Laterne fiel ins Fenster, glitt über den Boden und über die Kisten und verschwand wieder. Sid atmete aus und fuhr unmittelbar darauf zusammen, als der Polizist gegen die Tür hämmerte.

»Aufmachen!« rief er. »Macht auf dort drin!«

Niemand rührte sich. Sid versuchte zu schlucken, aber sein Mund war trocken. Das Herz klopfte ihm bis zum Hals, und in seinen Ohren rauschte das Blut. Der Polizist klopfte erneut. Sid wollte seinen Männern gerade ein Zeichen geben abzuhauen, als er den zweiten Beamten sagen hörte: »Das ist doch das London, oder? Da gibt's keinen Nachtwächter.«

»Haben Sie was Ungewöhnliches gesehen, während Sie hier waren? Oder was gehört?« fragte der erste Polizist.

»Nein, Sir«, antwortete O'Neill. »Ich war unter Deck, bis ich Ihr Boot gehört hab'.«

»Machen Sie Ihre Arbeit fertig, und dann nichts wie weg hier. Auf dem Rückweg will ich Sie hier nicht mehr sehen.«

Sid schloß die Augen und stieß ein erleichtertes Seufzen aus. Er hörte, wie die Maschine des Polizeiboots ansprang, das Geräusch von aufgewühltem Wasser, dann war es fort.

Frankie sperrte die Tür wieder auf, und alle rannten nach oben. Sie schufteten, bis ihnen die Beine zitterten. Es war fast drei, als sie die letzten Kisten holten.

»Das sind nur neunundsechzig«, sagte O'Neill, der zählend auf dem Dock stand. »Da fehlen sechs.«

»Drei kommen noch«, sagte Sid. »Wir konnten die letzten drei nicht holen, weil der Wachmann kam. Wenn du sie haben willst, mußt du sie dir selbst holen.«

»Dann behalt ich was von dem Geld zurück. Das ist bloß gerecht.«

»Das mach nur. Und ich halt meine Männer zurück. Aber dafür gibt's keine Garantie. Die sind sechs und ich bloß einer.«

O'Neill spuckte ins Wasser. Er gab Sid ein Zeichen, ihm zu folgen, und sie verschwanden im Steuerhaus. Dort öffnete er eine Kassette, nahm einen Umschlag heraus und reichte ihn Sid, der ihn aufriß und die Banknoten zählte. Zweitausend Pfund, wie abgemacht.

»Die Iren zahlen gut«, sagte er.

»Kein Preis ist zu hoch für die Befreiung von der englischen Tyrannei«, antwortete O'Neill. »Englische Waffen werden sich gegen englische Despoten richten.«

Sid nickte, steckte das Geld ein und hörte kaum zu.

»Malone ... du bist Ire, nicht? Bei einem solchen Namen solltest du uns die Waffen schenken, statt sie zu verkaufen. Du solltest für die Sache der Freiheit kämpfen.«

»Die einzige Sache, die mir wichtig ist, bin ich selbst, Kumpel«, antwortete Sid, und nachdem er O'Neill erklärt hatte, wie sehr das Geschäft ihn gefreut habe, ging er an Land.

Von diesem Moment an lief alles schief.

Als er von Bord ging, sah Sid Oz und Ronnie mit einer Kiste zum Boot rennen. Tom und Dick folgten ihnen mit einer weiteren, dahinter Frankie, der die letzte auf der Schulter trug. Sie war zu schwer für ihn. Er taumelte unter der Last. Desi bildete die Nachhut mit dem Sack Pistolen und dem Vorschlaghammer und schloß die Tür ab.

»Weg, Boß, weg. Steig ins Boot, der Aufseher kommt«, keuchte Frankie.

»Was? Warum ...«, stammelte Sid. Der verdammte Kerl kam doch nie bei Nacht. Das hatten sie drei Wochen lang überprüft.

»Wegen dem Feuer. Wahrscheinlich will er nachsehen. Steig ins Boot!« zischte er und lief an Sid vorbei.

»Moment mal! Ihr steigt nicht ein ...«, begann O'Neill.

Sid griff in seine Jackentasche, und O'Neill sah plötzlich eine Messerklinge vor der Nase. »Du bringst uns zum Bark«, befahl er. O'Neill blieb nichts anderes übrig, als zu nicken.

Desi war bereits an Bord, Oz und Ronnie stiegen über die Bordwand ein.

»Los, kommt, verdammt!« rief Sid leise Tom und Dick zu.

Sie kamen und zogen ihre Kiste übers Dollbord. Jetzt fehlte nur noch Frankie. Er war nur ein paar Meter entfernt. Sid lief ihm entgegen, um ihm mit seiner Kiste zu helfen, aber genau in dem Moment stolperte Frankie, fiel nach vorn, und die Kiste traf Sid am Kopf.

Sid taumelte nach hinten, verwirrt von dem Aufprall. Er machte einen Schritt zurück, dann noch einen, fuchtelte mit den Armen und versuchte, das Gleichgewicht wiederzugewinnen. Plötzlich war kein Dock mehr unter seinen Füßen, sondern nur noch Luft. Er fiel in den Fluß und prallte auf einen unter der Wasseroberfläche liegenden Pfeiler.

Die scharfen Holzkanten schürften ihm die Haut auf. Schmerz durchfuhr ihn. Er konnte nichts sehen und nicht atmen. Er wußte, daß er an die Oberfläche mußte oder ertrinken würde, aber er konnte den rechten Arm nicht bewegen. Wild um sich schlagend, erwischte er mit dem gesunden Arm den Pfeiler und zog sich hoch. Als er mit dem Kopf über Wasser kam, hörte er, wie seine Männer voller Panik nach ihm riefen. Und dann hörte er noch etwas anderes – das Polizeiboot, das sich ihnen auf der Rückfahrt näherte. Sie hatten zu lange gebraucht.

»Holt ein Seil! Wir brauchen ein Seil!« Das war Frankie.

Sid konnte den Rand des Docks sehen und die Kiste, die noch immer darauf stand. Dort durfte sie nicht stehenbleiben, wenn die Bullen kamen. Dann wären sie geliefert.

»Zieht ihn raus! Zieht ihn raus!« rief Ronnie.

»Laßt mich! Ladet die Kiste ein!« keuchte Sid.

Der Motorenlärm wurde lauter. Jeden Moment würde das Boot aus dem Nebel auftauchen. Sid hatte den Pfeiler losgelassen, um Ronnie Zeichen zu geben, und trieb jetzt vom Dock weg. Das Wasser um ihn färbte sich dunkel vor Blut. Er ging ein paar Sekunden unter und kam dann wieder an die Oberfläche. Es blieb nicht mehr genug Zeit, um ihn rauszuziehen, das war ihm klar.

»O'Neill, du Mistkerl, wo ist das verdammte Seil?« Das war wieder Frankie. Er war zu laut. Die Bullen würden ihn hören. In dem Moment ließ O'Neill den Motor an, und Sid war froh über den Lärm. Er bedeutete Frankie, der auf dem Dock lag und den Arm nach ihm ausstreckte, aufs Boot zu gehen.

»Nein, Boß«, widersprach dieser.

»Los, geh!«

Das Geräusch von aufgewühltem Wasser wurde lauter, und Sid wußte, daß er keine Chance mehr hatte. Er verlor zuviel Blut. Bald wäre er verblutet. Und er war froh darüber. Alles, sogar der Tod, war besser, als wieder in den Bau zu gehen. Aber seine Männer hatten noch eine Chance – wenn sie sie nutzten. Oz und Ronnie hatten es getan. Dann sah er, wie Frankie einen angstvollen Blick in Richtung Polizeiboot warf. Er steigt Gott sei Dank auch ein, dachte Sid. Aber das tat er nicht. Er ließ sich vom Dock ins Wasser gleiten.

»Du sollst doch aufs Boot gehen!« zischte Sid.

»Ach, *wirklich*, Boß?« sagte Frankie, schlang den Arm um Sids Brust und zog ihn unters Dock, gerade in dem Moment, als das Polizeiboot dort anlegte. Er fand ein halbverrottetes Seil, das an einem Pfosten hing, und packte es, um nicht abgetrieben zu werden.

»Verdammtes Ventil! Springt einfach auf!« schrie O'Neill und gab mehr Gas, um absichtlich das Wasser aufzuwühlen.

»Der Mistkerl will uns wohl umbringen«, knurrte Frankie und stemmte sich gegen die Heckwelle.

Sid wußte, daß O'Neill die Bullen mit dem Lärm nur ablenkte, damit sie nicht merkten, daß das Boot jetzt tiefer im Wasser lag als noch eine Stunde zuvor.

Dann hörte er, wie das Boot ablegte. Endlich. Seine Männer waren in Sicherheit.

»Halt durch, Boß«, flüsterte Frankie. »Sie fahren zum Bark und sind im Nu wieder zurück. O'Neill bringt seine Wanne zum Fliegen. Oz sticht ihn ab, wenn er's nicht tut.«

Sid nickte. Ihm fielen vor Erschöpfung die Lider zu. Er hörte Schritte auf dem Dock und dann Larkin, den Aufseher, der die Polizei fragte, was los sei. Er habe sie von drinnen kommen hören.

»Ein Typ mit 'ner angeschlagenen Maschine«, antwortete einer der Polizisten. »Alles in Ordnung?«

»Alles bestens«, antwortete der Aufseher.

»Sicher? Keine Spuren eines Einbruchs? Nichts fehlt?«

»Vorder- und Hintertür sind fest verschlossen.«

Er wünschte den Polizisten eine gute Nacht und ging wieder hinein. Das Polizeiboot legte ab. Sid und Frankie blieben in der Themse zurück. Sids Schmerzen waren unerträglich, und er wußte, sie würden ihn umbringen, noch bevor er ertrinken würde. Er war jetzt leicht benommen, und ihm war kalt. Sehr kalt. Es würde nicht mehr lange dauern.

»Frankie …«, flüsterte er.

»Ja, Boß?«

»Ich möchte, daß du weißt …«

»Daß du mich immer geliebt hast?«

Sid lachte. Er konnte nicht anders. Jetzt hatte er keine Sorgen mehr. Nichts konnte ihn mehr bedrücken. Alles kam ihm komisch vor, und hatte er nicht immer schon mit einem Lachen abtreten wollen?

»… die Beute … ist in meiner Jackentasche. Teil sie auf. Gib Gem meinen Anteil.«

»Den gibst du ihr selbst. Morgen, wenn du sie siehst.«

Frankies Stimme entfernte sich immer weiter, bis Sid sie nicht mehr hören konnte. Und dann spürte er keinen Schmerz, keine Kälte, gar nichts mehr. Es gab nur noch schwarze Nacht, schwarzes Wasser und Bewußtlosigkeit.

❧ 7 ❧

*K*ondome?«
»Niemals.«

»Pessare?«

»Vergessen Sie's.

»Dann Schwämmchen«, sagte India und blieb mitten auf der Brick Lane stehen.

»Ich glaub', Sie möchten wirklich rausgeschmissen werden«, antwortete Ella. »Wenn Gifford das spitzkriegt, fliegen Sie.«

»Er muß es ja nicht rauskriegen. Wir könnten sie heimlich ausgeben.«

»Selbst wenn wir die Patienten dazu bringen, den Mund zu halten, wer soll sie bezahlen?«

India runzelte die Stirn. »Daran habe ich nicht gedacht.«

»Und wo wollen Sie die herkriegen? Die gibt's bei Pharmahändlern, aber die kennen Gifford, und er kennt sie. Wenn ein Assistenzarzt eine Bestellung für eine Packung Pariser aufgibt, können Sie Gift drauf nehmen, daß er's erfährt.« Ella zog India vor einem Milchwagen weg. »Kommen Sie. Zum Café geht's hier lang.«

»Ich kann nicht fassen, daß er ein solches Fossil ist«, fuhr India fort. »Wie kann er gegen Chloroform sein? Einer gebärenden Frau diese Erleichterung zu verweigern, heutzutage, in unserem Jahrhundert … das ist doch barbarisch. Haben Sie gehört, was er gesagt hat, als wir gingen?«

»Sicher. Diesen Text kenn' ich schon auswendig. Ich hab' ihn zu den schlimmsten Geburten begleitet und ihn dabei lesen – ja sogar essen – sehen, während seine Patientinnen mit dem Tod gerungen haben. Ich wollte weglaufen, hab's aber nicht getan. Weil ich wußte, daß ich alles war, was die Frauen hatten. Ich konnte ihnen die Füße massieren, die Hand halten. Wenn ich gegangen wäre, wäre ihnen bloß er mit seinen Bibelsprüchen geblieben. Dieser aufgeblasene Esel, ihnen zu sagen, sie sollten an Jesus denken! *Jesus?*« stieß sie mit einem bitteren Lachen hervor. »Ich weiß nicht viel über euren Jesus, außer daß er ein Mann war und selbst nie Kinder gekriegt hat.«

»Bevor ich die Stelle angenommen habe, sagten mir Leute, Gifford sei ein Heiliger. Weil er die Einkünfte seiner Praxis in der Harley Street dazu benutze, die Armen in der Varden Street zu behandeln.«

»Ach, ich bitte Sie. Ich mache die Buchhaltung für beide Praxen. Er verdient an seiner Praxis in Whitechapel mehr als an der in der Harley Street. Wenn man jeden Tag fünfzig oder sechzig Patienten durchschleust, können Sie sich das selbst ausrechnen.«

»Ich kann einfach nicht weiter für ihn arbeiten«, sagte India.

»Jetzt fangen Sie doch nicht wieder damit an«, widersprach Ella. »Wir brauchen Sie in Whitechapel.«

Die beiden Frauen überquerten die Straße vor einer Synagoge. India hörte Gebete und bemerkte, daß sie im Zentrum des jüdischen Viertels waren, einer Reihe von Straßen und Höfen, die sich nördlich und südlich der Whitechapel Street zusammendrängten und im Westen von Aldgate und im Osten vom jüdischen Friedhof begrenzt wurden.

Es war früh, noch keine sechs Uhr morgens, aber die Straßen wimmelten bereits von Menschen. Schneider trugen schwere Stoffbündel auf den Schultern, Möbeltischler schleppten Segeltuchtaschen mit Hobeln und Meißeln, Bäckerjungen balancierten Körbe mit Schwarzbrot auf den Schultern. Am Eingang eines kleinen Schlachthofs wetzte ein *schochet* sein Messer.

Wagen mit hebräischen Schriftzügen lieferten Waren und Kohle aus. Auf Anzeigentafeln wurde eine Rede von Fürst Kropotkin, dem gefeierten russischen Anarchisten, angekündigt, Versammlungen polnischer Sozialisten oder die Dienste von Heiratsvermittlern angeboten.

Und erst das Sprachengewirr! Noch nie hatte India so viele verschiedene Sprachen auf einer Londoner Straße gehört. Eine Frau rief Ella von den Hausstufen etwas zu. Sie antwortete ihr.

»War das Russisch?« fragte India.

»Ja, meine Familie stammt aus St. Petersburg.« Eine andere Frau winkte. Ella grüßte sie in einer anders klingenden Sprache. »Das war Polnisch«, sagte sie. »Ich spreche es ein bißchen. Sie werden aber auch Rumänisch, Holländisch, Deutsch und Litauisch hören. Auch etwas

Bessarabisch und Ukrainisch. Die meisten Kinder sprechen Englisch. Einige der Eltern auch. Doch keiner der Großeltern.«

»Mein Gott! Wie verständigt man sich hier denn?«

»Auf jiddisch.«

India war verblüfft. »In welchen Ländern wird denn Jiddisch gesprochen?«

»In allen.«

»Wie ist das möglich? Wie können *alle* das verstehen? Woher kommt es?«

Ella lachte. »Jiddisch? Es kommt vom Herzen.« Sie blieb vor einem schlichten Backsteingebäude stehen. »Da sind wir. Jetzt essen wir was. Ich bin schon halb verhungert.«

India registrierte die polierten Fenster, das frischgemalte Schild. Café *Moskowitz* stand darauf. *Gesundes koscheres Essen.* Das winzige Lokal war überfüllt. Arbeiter und Fabrikmädchen saßen dicht aneinandergedrängt. Hausfrauen standen an der Theke an, um Bagels und *babka* fürs Frühstück zu kaufen. Bärtige Männer saßen um einen Samowar, die knorrigen Hände auf Spazierstöcke gelegt. Neue Zuwanderer knabberten unsicher und mit weit aufgerissenen Augen an Butterhörnchen, die Frauen in ihren geblümten Schals so bunt wie Papageien.

Ella fand zwei Plätze an einem Tisch und ging dann, um ihre Mutter zu suchen. India setzte sich und schob ihren Arztkoffer unter den Stuhl. Eine Kanne Tee wurde gebracht. Sie schenkte sich ein, trank ihn schwarz und schloß dann die Augen. Sie hätte im Sitzen schlafen können.

Weder sie noch Ella hatten in der Nacht ein Auge zugetan. Die Geburt, zu der sie in eine der übelsten Gegenden von Whitechapel gerufen worden waren, war sehr schwierig gewesen. Eine Mrs. Stokes hatte schon über zwanzig Stunden in den Wehen gelegen, und beide, Mutter und Kind, waren in großer Not, als sie ankamen.

»He, aufwachen!«

India öffnete die Augen. Ella war mit einem Teller mit Toast und einem Glas Marmelade zurückgekehrt und ließ sich ihr gegenüber nieder. »Was für eine schreckliche Nacht. Und Sie wissen, daß wir in neun Monaten wieder dort sein werden, nicht?«

»Wenn ja, dann mit einem Untersuchungsrichter«, antwortete India verbittert, als sie sich daran erinnerte, was sie der Frau gesagt hatte, bevor sie gingen: »Mrs. Stokes, Sie können kein Kind mehr bekommen. Sie dürfen keinen Verkehr mehr mit Ihrem Mann haben.«

»Wie soll ich das denn machen?« hatte Mrs. Stokes verwirrt gefragt.

»Sie müssen nein zu ihm sagen«, antwortete India.

Mrs. Stokes hatte sie ungläubig angesehen. »Missus«, antwortete sie, »sagen Sie mal nein zu einem Zwei-Zentner-Mann.«

In diesem Moment hatte Ella sich eingemischt. Sie riet Mrs. Stokes, eine ausgehöhlte Zitrone oder einen kleinen, mit Essig getränkten Schwamm zu benutzen. Mrs. Stokes erklärte, das habe sie schon versucht, allerdings mit geringem Erfolg: Sie sei trotzdem immer wieder schwanger geworden. India erklärte ihr, sie könne von bestimmten Apothekern ein Pessar bekommen, aber Mrs. Stokes schüttelte den Kopf. »Sie sind nicht von hier, oder?« fragte sie. »Ich kann so einen Apotheker schon finden, aber ich kann ihn nicht bezahlen. Keiner kann das. Das verdammte Ding kostet zwei Shilling drei Pence das Stück.«

India hatte die arme erschöpfte Frau angesehen und das Kind, das hungrig nach Milch saugte, die seine Mutter kaum hatte. Sie blickte auf ihre anderen Kinder, die sie mit großen Augen anstarrten, und wußte, daß sie eine Möglichkeit finden mußte, um ihr zu helfen. Aber wie?

»Wir müssen etwas für sie tun, Ella«, sagte sie jetzt und goß sich Tee nach. »Das müssen wir einfach.«

»Ich weiß, aber was?«

India trank ihren Tee und sagte: »Verhütungsmittel verteilen.«

»Ich hab’ Ihnen schon mal erklärt, daß das eine sehr gefährliche Sache ist.«

»Die Idee hab’ ich von Ihnen.«

»Von *mir*?«

»Ja. Erinnern Sie sich, was Sie gestern gesagt haben … über Moral und die Hilfe für leidende Menschen?«

Ella schüttelte den Kopf. »Achten Sie doch nicht darauf, was ich sag’. Ich rede zuviel.«

»Ihre Worte sind mir nicht aus dem Kopf gegangen. Sie haben mich zum Nachdenken gebracht.«

»Ach …«

»Über Mrs. Stokes und ähnliche Fälle. Über Dinge, die ich im Studium gesehen habe. Babys, die von erschöpften Müttern erstickt wurden, weil ihr Schreien sie wahnsinnig machte. Junge, unverheiratete Mädchen, die vom Vater totgeschlagen wurden, weil sie schwanger waren. Frauen, die nach zu vielen Schwangerschaften so erschöpft waren, daß sie sich nicht mehr erholt haben.«

»Also wirklich, Schätzchen, Sie sind ein echter Sonnenstrahl heute morgen.«

»Wir müssen etwas *tun*, Ella. Einen Anfang machen.«

»Darf ich mein Frühstück essen, bevor wir die Welt retten?«

»Mir ist es sehr ernst damit.«

»Kommen Sie, India. Was können wir zwei schon ausrichten? Nichts.«

»Etwas.«

»Was?«

»Für kostenlose medizinische Versorgung für Frauen und Kinder in Whitechapel sorgen.«

Ella hätte sich fast an ihrem Toast verschluckt. »Ist das alles? Und ich hatte schon gedacht, es könnte schwierig sein.«

India sah sie eindringlich an. Sie kannte Ella erst seit vierundzwanzig Stunden, fühlte sich ihr aber bereits sehr nahe. Vielleicht lag es an der Güte, die ihre warmen dunklen Augen ausstrahlten, oder an dem neuen Leben, dem sie gemeinsam auf die Welt zu kommen geholfen hatten. Vielleicht war es auch nur schiere Erschöpfung, aber India hatte das Gefühl, sie konnte ihr alles sagen.

»Ich möchte eines Tages eine Klinik aufmachen, Ella. Für die Armen. Um die Kranken zu versorgen … aber ich will noch viel mehr. Die beste Medizin ist die Prävention, nicht die Heilung. Wenn wir an die Kinder herangekommen, solange sie noch ganz klein sind – sogar wenn sie noch gar nicht geboren sind –, können wir den Teufelskreis durchbrechen. Wir müssen im Mutterleib anfangen. Schwangeren und Babys gute Pflege angedeihen lassen, junge Mütter über Ernährung und Hygiene aufklären. Ihnen helfen, die Größe ihrer Familien zu begrenzen …«

India war so mit Reden beschäftigt, daß sie nicht bemerkte, daß Ella zu essen aufgehört hatte. Sie hatte auch nicht gesehen, daß Ella ein kleines Buch aus ihrer Tasche gezogen hatte, sondern erst, als sie es ihr über den Tisch zuschob. *Notizen über Krankenpflege* von Florence Nightingale.

»Das Buch kenne ich auswendig!« rief India mit leuchtenden

Augen. »Vor allem unterstütze ich Miss Nightingales Überzeugung, daß jede Frau auf einer Station sieben Kubikmeter Raum haben sollte plus ein Fenster.«

»Ich liege nachts wach und träume davon, Oberschwester an einem Ort zu sein, wie sie ihn beschreibt – einer sauberen, modernen Klinik mit nagelneuen Wasserleitungen«, sagte Ella.

»Mit guten sanitären Einrichtungen, ordentlicher Belüftung und steriler Bettwäsche«, fügte India hinzu.

»Gesundem Essen und frischer Milch.«

»Einer Gruppe von behandelnden Ärzten. Ausgebildeten Schwestern, die nach den Frauen und Babys sehen, nachdem sie entlassen wurden.«

»Einer ganzen Station nur für Frauenkrankheiten. Und einer weiteren für Kinder.«

»Einem modernen Operationssaal, wo Listers Vorschriften für ein aseptisches Umfeld eingehalten werden.«

Ella lehnte sich zurück. »Mann, ein Operationssaal. Also, das ist *wirklich* ehrgeizig.«

»Vielleicht ist es das«, räumte India ein. »Vielleicht müssen wir damit noch ein bißchen warten. Am Anfang wäre es nur eine kleine Klinik.«

»Selbst eine kleine würde eine Menge kosten«, antwortete Ella. »Haben Sie etwas?«

»Ich habe einen Fonds eingerichtet.«

Ella zog eine Augenbraue hoch. »Wieviel haben Sie?«

»Fünfzig Pfund Preisgeld. Von meiner Promotion.«

Ella war enttäuscht. »Ist das alles? Damit könnten wir nicht mal einen Obststand aufmachen.«

»Ich werde ihn aufstocken. Ich spare meinen Verdienst.«

»Haben Sie schon was verdient?«

»Das werde ich. Ich werde etwas bewegen.«

Ella verdrehte die Augen, aber bevor sie etwas erwidern konnte, kam ihre Mutter mit zwei Tellern, auf denen Spiegeleier, Kartoffelbrei und gekochte Äpfel angerichtet waren. Sie stellte sie auf den Tisch, nahm das Gesicht ihrer Tochter in die Hände und küßte sie auf die Stirn.

Es war eine so gefühlvolle Geste, daß man hätte glauben können, die beiden hätten sich seit zehn Jahren nicht mehr gesehen.

Mrs. Moskowitz setzte sich, und Ella stellte ihr India vor. Sie sah zuerst sie und dann Ella an und fragte: »Warum so lange Gesichter?«

Ella erzählte ihr von ihrem gemeinsamen Traum einer Klinik, aber daß dies leider nur ein Traum sei.

Ihre Mutter schnalzte mit der Zunge. »Statt zu schmollen, müßt ihr einen Anfang machen. Und sei's nur ein kleiner. Gott hilft dem, der ...«

»Ach, *mamele*!«

»... der sich selbst hilft«, fuhr sie fort und hob den Finger. »Und nenn mich nicht *mamele*, Ella. Du weißt, daß ich recht hab'. Mr. Moskowitz!« rief sie und winkte ihrem Mann. »Gehst du in den Keller? Bring mir bitte Eier mit!«

Ihr Mann, der am Samowar mit einer Gruppe Männer in ein Gespräch vertieft und keineswegs auf dem Weg in den Keller war, sah sie verständnislos an.

»Drei Dutzend.«

Mr. Moskowitz seufzte und stand auf.

Mrs. Moskowitz drehte sich um und kniff die Augen zusammen beim Anblick von zwei jungen Männern an einem anderen Tisch. »Janki, Aaron – warum seid ihr hier?«

»Ist das eine philosophische Frage, Mama?«

»Sei nicht so frech, Mr. Jeschiwa-Student, der immer noch bei seiner Mama lebt. Iß auf, sonst kommst du zu spät. Aaron, komm her. Wann hast du dich das letzte Mal gewaschen? In deinen Ohren kannst du ja Radieschen ziehen.«

»Mama!«

»Geh und wasch dich!« Sie wandte sich wieder India und Ella zu. »Kleine Kinder, kleine Sorgen, große Kinder, große Sorgen. Haben Sie kleine Kinder, Dr. Jones?«

»Nennen Sie mich bitte India. Nein, Mrs. Moskowitz, ich bin nicht verheiratet.«

»Ach, ich verstehe die heutigen Mädchen nicht. Sagen Sie mir, warum machen Sie und meine Tochter diese schreckliche Arbeit, statt zu heiraten? Wie wollen Sie da je einen Mann finden? Seht euch doch nur an. Blaß, müde, Ringe unter den Augen. Welcher Mann möchte schon neben einem solchen Gesicht aufwachen? Wär' denn ein bißchen Schmuck, ein bißchen Parfüm so schlimm?« Sie griff herüber und kniff Ella in die Wangen, damit sie röter wurden. »*Ejn schejn mejdl*«, sagte sie lächelnd und fügte dann, an India gewandt, hinzu: »Sie sollten Ihr Haar anders tragen.«

»Mama, *genug*!« protestierte Ella.

Ein Botenjunge kam herein, Mrs. Moskowitz sprang auf und tadelte ihn, weil er so lange gebraucht hatte, dann nahm sie ihren Platz an der Kasse ein.

»Tut mir leid, India. Meine Mutter mischt sich gern ein.«

India lachte. »Ich finde sie wundervoll. Und sie hat recht.«

»Wobei? Bei Ihrem Haar?«

»Dabei auch. Und dabei, was sie über einen Anfang gesagt hat. Selbst wenn es nur ein kleiner ist.«

»Was haben Sie vor?«

»Wir können damit anfangen, Mrs. Stokes zu helfen. Wir erkundigen uns, wie man an verläßliche, bezahlbare Verhütungsmittel für sie und andere Frauen in ihrer Lage kommen kann. Es *muß* doch irgendwo eine Quelle geben, wo sie bezahlbar sind.«

»Wir müssen verdammt aufpassen.«

India nickte. Verhütungsmittel waren nicht illegal und wurden diskret Frauen der Mittel- und Oberschicht verschrieben, aber viele Kirchenmänner, Politiker und Presseleute hielten sie für unmoralisch und denunzierten diejenigen, die dafür eintraten. Sie wußte, daß Leute kriminalisiert, ins Gefängnis geschickt wurden, ja selbst die Kinder weggenommen bekamen, nur weil sie Schriften zur Geburtenkontrolle publizierten.

»Wir *werden* vorsichtig sein.«

»Also gut, Dr. Jones«, sagte Ella scherzend. »Heute helfen wir Mrs. Stokes, und morgen bauen wir eine tolle, vollständig ausgerüstete Klinik für die Frauen von Whitechapel.«

»Abgemacht«, antwortete India.

Die beiden Frauen stießen mit ihren Teetassen an und machten sich ans Essen. Ella riet India, alles aufzuessen, weil sie es brauchen würde. Dr. Giffords Patientenliste sei heute noch länger als gestern. Außerdem erinnerte sie sie daran, daß sie auch im Krankenhaus Visite machen müsse.

India fragte sich, wie sie den Morgen, geschweige denn den ganzen Tag überstehen sollte. Sie sah Ella an und bemerkte, daß auch sie erschöpft war. Sie würden es gemeinsam durchstehen. Sie lächelte, froh zu wissen, daß sie eine Freundin gefunden hatte.

Noch hatte sie nichts Großes bewegt, aber sie hatte eine Freundin.

8

Wohin er auch ging, überall drehte man sich nach Freddie Lytton um. Als er im Regen den prächtigen Berkeley Square in Mayfair überquerte, starrten ihm Frauen aller Altersstufen nach, die sich von seinem goldblonden Haarschopf, dem scharf gemeißelten Kinn und dem gelangweilten Ausdruck in seinen Augen angezogen fühlten. Obwohl er vorgab, nichts davon zu bemerken, registrierte er jede weibliche Aufmerksamkeit. Blicke zeigten Interesse, und Interesse war nützlich. Im Ballsaal, im Schlafzimmer und an der Wahlurne. Frauen konnten zwar Gott sei Dank nicht wählen, aber sie beeinflußten ihre Männer.

Er wich einer Kutsche und einem Kinderwagen aus, dann lief er die Stufen zu Nummer 45, einem großen Herrenhaus, hinauf. Er wurde von einem Butler begrüßt und an prachtvollen Räumen mit erlesenen Antiquitäten vorbeigeführt. Alle stammten aus Lady Isabelles Linie, wie er wußte, nichts von ihrem Gatten. Lord Burleigh war ein Niemand, ein walisischer Kohlebaron, der nichts als einen Haufen Geld hatte. Isabelle war eine Audley und konnte ihren Stammbaum auf die de Clares und Wilhelm den Eroberer zurückführen.

Freddies Ahnentafel reichte fast ebenso weit zurück, was ihm bei Isabelle hohes Ansehen eintrug. Richard Lytton, der erste Earl von Bingham, war Ende des dreizehnten Jahrhunderts von Edward I. geadelt worden. Er hatte für seinen König Wales erobert und dann seine Truppen nach Norden geführt, um William Wallace niederzuwerfen, den er bei Falkirk angriff. Wallace hatte ihn den Roten Earl getauft und behauptet, es gebe nicht genügend Wasser in den Ozeanen, um das Blut von seinen Händen zu waschen. Sein Porträt hing in der Galerie von Longmarsh. Blond, braunäugig und gut aussehend, war der Earl ein genaues Ebenbild von Freddies verstorbenem Vater. Und von Freddie selbst. Das Gemälde hing jetzt in seiner Wohnung. Seine Mutter hatte darauf bestanden, daß er es nahm. Sie haßte das Bild.

Als er an Isabelles Speisezimmer vorbeiging, strich Freddies Blick voller Neid über ein Holbein-Porträt, einen Chippendale-Tisch und ein Paar Tang-Vasen. Was für eine großartige Sammlung, was für ein glanzvolles Haus und welch unschätzbarer Vorteil dies alles für einen jungen Parlamentsabgeordneten sein würde! Seine eigene Familie hatte wenig dergleichen vorzuweisen, weil alles verkauft worden war, um Rechnungen zu begleichen. Was ihre Häuser anbelangte, so gab es ein geducktes Backsteinungetüm in Carlton Terrace und Longmarsh, den Familiensitz, ein heruntergekommenes Gut in den Cotswolds. Beide gehörten seinem Bruder.

Bei dem Gedanken an Bingham verblaßte das freundliche Lächeln auf seinem Gesicht, und er dachte voller Verbitterung, wie leid er es war, im Schatten anderer Männer zu stehen. Doch als er Isabelles Salon erreichte, lächelte er wieder.

»Der Ehrenwerte Sir Frederick Lytton, Mylady«, verkündete der Butler und führte ihn hinein.

»Freddie, mein Lieber.«

Seine zukünftige Schwiegermutter saß am Kamin und sah in ihrer grauen Seidenrobe und den Perlen höchst eindrucksvoll aus. Andere Londoner Gastgeberinnen trugen nachmittags inzwischen bequemere Kleidung. Nicht so Isabelle. Sie ist geboren worden, um Korsetts zu tragen, dachte Freddie, und sie würde darin sterben. Sie saß vollkommen aufrecht. Noch nie hatte er gesehen, daß sie sich anlehnte.

»Mylady«, sagte er und küßte ihre Hand.

»Was für eine Freude, Sie zu sehen, Freddie. Wie reizend, daß Sie sich bei Ihren politischen Verpflichtungen die Zeit nehmen, mich zu besuchen.«

Als hätte ich eine Wahl gehabt, dachte er verbittert.

Ihre Einladung zum Tee kam mit der Morgenpost. So höflich sie auch abgefaßt war, handelte es sich dennoch um einen Befehl. Wahrscheinlich hatte sie gehört, daß India das Studium abgeschlossen hatte und inzwischen praktizierte. Als wenn ihm dieser Brief den Morgen nicht schon verdorben hätte, kam noch ein zweiter – von der entzückenden Gemma Dean, die ihm mitteilte, daß es aus sei zwischen ihnen. Sie war wütend, weil er sie versetzt hatte. Eigentlich hatte er das Wochenende mit ihr verbringen wollen. Sogar ein Geschenk hatte er für sie gehabt – eine Uhr, die er schließlich India gab. Er war schon fast zur Tür hinaus und auf dem Weg zu seinem zweitägigen Liebesabenteuer, als plötzlich Wish, dieser Idiot, auftauchte und alles verdarb. Gemmas Brief war voller Vorwürfe. Sie wollte ihn heiraten und war sauer, weil er das nicht wollte. Aber was für ein Gedanke! Ein Lytton sollte ein Mädchen aus dem Londoner Osten heiraten? Das wäre ja, als würde man einen Araberhengst mit einem Kutschpferd paaren. Sie habe jemand anderen gefunden, schrieb sie. Jemanden, der sie heiraten würde.

»Wie geht's in der Politik, Freddie? Hat Ihnen Salisbury Ihren Fehltritt verziehen?« fragte Isabelle.

Sie plauderte mit ihm und ließ Erfrischungen bringen, doch Freddie wußte, daß die Höflichkeiten nur so lange andauern würden, bis das Mädchen serviert hatte.

»Er spricht wieder mit mir«, antwortete Freddie. »Ich schätze, das heißt schon was.«

»Ich würde es nicht tun. Es war eine scheußliche Tat. Geradezu Verrat.«

»Ich hab' aufs Überleben gesetzt, Lady Isabelle. Meines, Ihres, das der gesamten herrschenden Klasse. Ich hatte keine Wahl.«

Zwei Jahre zuvor, kurz nachdem er den Sitz von Tower Hamlets gewonnen hatte, verblüffte er die politische Welt, indem er von den Konservativen zu den Liberalen wechselte. Öffentlich hatte er seinen Schritt mit dem Bedürfnis begründet, die Regierung zu veranlassen, mehr für die Armen zu tun, doch sein Wechsel hatte nichts mit Politik zu tun, sondern nur mit ihm selbst. Als ein Mensch mit ausgeprägtem politischen Instinkt hatte er gespürt, daß der Wind sich zu drehen begann, und sich für seinen Vorteil entschieden. Bald würden die Liberalen England regieren – mit ihm an der Spitze.

»Ich sehe nicht, wie die Abkehr von Ihrer Partei und vom Premierminister unser Überleben sichern sollte, mein Lieber.«

»Salisbury wird nicht mehr lange Premier sein. Er ist seit fünfundachtzig am Ruder. Fast sechzehn Jahre. Die Liberalen haben ihn wiederholt herausgefordert und zweimal gewonnen.«

Isabelle machte eine wegwerfende Handbewegung. »Sie haben es doch kaum geschafft, an der Regierung zu bleiben, als sie sie hatten. Ein oder zwei Jahre lang.«

»Ja, sechsundachtzig und zweiundneunzig, aber damals war Salisbury stärker. Der alte Knabe wird müde. Er ist ein Mann aus einem anderen Jahrhundert. Vor einem Jahr war er bereit zurückzutreten und hätte das auch getan, wenn der Burenkrieg nicht gewesen wäre. Sobald wir siegen, tritt er ab.«

»Und sein Neffe wird seinen Platz einnehmen. Auch ein *Tory*, Freddie.«

»Arthur Balfour wird sich nicht lange halten. Das steht fest. Die Tories sind am Ende. Die Zeiten ändern sich. Das Land ändert sich. Neue Stimmen verschaffen sich Gehör. Die Radikalen, Sozialisten, Suffragetten …«

»Schreckliche Leute, alle zusammen. Ich wünschte, sie würden einfach verschwinden.«

»Da stimme ich Ihnen zu, aber das werden sie nicht. Und ganz egal, wie sie sich nennen, sie wollen alle das gleiche: eine neue Ordnung. Die Tories hören ihnen nicht zu, die Liberalen schon. Sie verstehen, daß es für die herrschende Klasse an der Zeit ist, einen Teil ihrer Macht abzugeben.«

»Und Sie halten das für richtig, Freddie? Sie glauben, daß mein Milchmann und mein Kaminfeger – Leute, die kaum richtig Englisch sprechen, geschweige denn lesen oder schreiben können – England regieren sollen? Anstelle der Männer aus den großen politischen Familien, die fürs Regieren geboren und erzogen wurden? Wollen Sie mir sagen, daß das richtig ist?«

»Ich fürchte, das hat nichts mit richtig oder falsch zu tun, sondern nur damit, was notwendig ist«, antwortete Freddie. »Sehen Sie sich an, was auf dem Kontinent passiert – die Streiks, die Demonstrationen. Die Anarchisten mit ihren Bomben und Anschlägen. Sie wollen das Privateigentum abschaffen. Die soziale Ordnung zerstören. Das darf hier nicht passieren. Das müssen wir verhindern. Wir müssen den Arbeitern ein paar Brocken hinwerfen, bevor sie sich erheben und den ganzen Kuchen fordern.«

Isabelle richtete den Blick zum Fenster, sie war sichtlich bekümmert. »Der weiße Flieder muß beschnitten werden«, sagte sie schließlich. »Er hat viel zu sehr ausgetrieben.«

Diskussion beendet, dachte Freddie. Isabelle war typisch für ihre Generation: Was sie nicht sehen wollte, existierte nicht.

Während sie über ihre Gärten redete, donnerte es plötzlich. Regen trommelte gegen die Fensterscheiben. Einen Moment lang sah er ein anderes Fenster vor sich, hörte eine andere Stimme. Er war noch ein Kind und befand sich im Schlafzimmer seiner Großmutter in Longmarsh. Sie zog das Grammophon auf und spielte Chopin. Das »Regentropfen-Prélude«. Um seinen Vater zu übertönen, der wieder einmal betrunken tobte. Bing und Daphne lagen weinend auf dem Bett. Seine Mutter saß am Fenster. Ihr Arm war gebrochen.

Bing hatte sein Fahrrad auf dem Rasen liegenlassen. Sein Vater hatte es im Regen dort gefunden und war ihm mit dem Schürhaken nachgerannt, um ihn für seine Achtlosigkeit zu verprügeln. Seine Mutter war dazwischengetreten, und er war auf sie losgegangen.

»Was sollen wir nur tun, Großmutter?« fragte er.

»Ich weiß nicht. Ich wollte, ich wüßte es. Wir sind zwei Frauen und drei Kinder und ziemlich machtlos gegen ihn.«

Freddie wollte nicht machtlos sein. Obwohl er damals erst zwölf war, versprach er ihr, mächtig zu werden. Und dieses Versprechen hatte er gehalten.

Isabelle redete immer noch über ihren Garten. Das Mädchen brachte ein Tablett mit Sandwiches, Kuchen und Tee. Freddie wußte, daß jetzt eine andere Diskussion anstand – ein Thema, weitaus weniger angenehm als Blumenrabatten. Er wappnete sich für den Moment, wenn das Mädchen gegangen war. Die Salontüren schlossen sich. Sie waren allein.

»Früher war das Haus voller Leben. Hier fanden Partys statt, Dinners, Bälle. Wir haben die ganze Londoner Saison hier verbracht. Meine Töchter haben hier debütiert. Erinnern Sie sich?«

»Aber sicher.«

»Sie erinnern sich also«, sagte Isabelle und sah ihn mit eisigem Blick an. »Sagen Sie mir, was macht India eigentlich?«

Freddie entschied sich, nichts zu beschönigen. »Sie hat vor einer Woche ihr Studium abgeschlossen und arbeitet jetzt bei Dr. Edwin Gifford in seiner Praxis in Whitechapel.«

Lady Isabelle schluckte. Als sie wieder das Wort ergriff, bebte ihre Stimme vor Zorn. »Dafür mache ich Sie verantwortlich. Wie konnten Sie das nur zulassen? Sie hätten sie längst heiraten sollen. Als ihr Ehemann hätten Sie es verbieten können.«

Freddie wäre beinahe der Kragen geplatzt, aber er beherrschte sich. »Es ist nicht meine Schuld«, erwiderte er. »Sie hat sich geweigert, auch nur daran zu denken, ein Datum festzusetzen, bevor sie mit dem Studium fertig war. Sie wissen ja, wie stur sie ist.«

»Aber Freddie, Sie müssen etwas tun. Sie müssen sie zur Vernunft bringen. Sie kann doch nicht weiterhin … in Schmutz und Unrat wühlen. Durch die Elendsviertel ziehen. Seite an Seite mit Männern arbeiten. Sie müssen sie dazu bewegen, mit dem Praktizieren aufzuhören. Es wird sie ruinieren.«

»Ich habe ihr bei der Promotion gesagt, daß ich nicht länger warten will. Sie hat zugestimmt, ein Datum festzusetzen. Bald.«

»Bald ist nicht genug«, stieß Isabelle hervor. »Sie sind ihr Verlobter. Wenn Sie sie nicht dazu bringen können, Vernunft anzunehmen, ist es vielleicht an der Zeit, jemanden zu finden, der es kann.«

Freddie setzte eine gequälte Miene auf. Er erhob sich und sagte: »Vielleicht haben Sie recht, Lady Isabelle. Sie wissen, wie ich für India empfinde, ich liebe sie mehr als mein Leben, aber vielleicht wäre sie mit einem anderen glücklicher. Jemandem, der mehr zu ihrer Welt gehört. Sie hat ihre Kommilitoninnen, und sie hat Maud. Vielleicht sollte diese Angelegenheit dem verständnisvollen Herzen einer Freundin oder Schwester überlassen werden.«

Isabelle wurde blaß. Das hatte ihr gerade noch gefehlt, daß eine von Indias Studienkolleginnen, ganz zu schweigen von Maud, die Rolle der Heiratsvermittlerin übernahm. Der bloße Vorschlag, daß eine mißratene Tochter die andere unter ihre Fittiche nehmen könnte, hatte den beabsichtigten Effekt.

»Freddie, setzen Sie sich. Das möchte ich auf gar keinen Fall. Ich möchte India zurückhaben. Zurück in unserer Welt. Sie ist unsere einzige Hoffnung, meine und Lord Harrys. Das verstehen Sie doch. Maud ist rettungslos verloren. India nicht. Nicht ganz.«

Freddie wollte etwas Beruhigendes sagen, aber Isabelle schnitt ihm das Wort ab. »Unsere beiden Familien kennen sich seit Jahren. Wir vertrauen und verstehen einander. Ich hoffe, das ist Ihnen eine Verpflichtung.«

»Natürlich«, antwortete Freddie. Die Sache lief besser, als er gehofft hatte. Er war sicher, Isabelle stand kurz davor, seinen innigsten Wunsch zu erfüllen. Seit Ewigkeiten hatte sie um den heißen Brei herumgeredet, aber nie feste Zusagen gemacht. Nie hatte sie etwas Genaueres gesagt, als daß es eine Mitgift geben würde, wenn er sie heiratete. Eine beträchtliche.

»Wie Sie wissen, haben wir keinen männlichen Erben, nur einen Neffen, Aloysius, den wir als unseren Erben einsetzen, wenn wir keine Enkelkinder bekommen sollten. Wir brauchen einen Schwiegersohn, einen rechtschaffenen Mann, der das Familienvermögen verwalten kann. Wie ich Ihnen schon immer gesagt habe, bin ich überaus erfreut, daß Sie dieser Mann sein werden, aber die Verlobung dauert nun schon viel zu lange. Heiraten Sie India, bringen Sie sie in den Schoß der Familie zurück, und zwar schnell. Wir sind bereit, sehr großzügig zu sein, was die Mitgift anbelangt ... *wenn* es zu einer Hochzeit kommt – und es mit diesem Doktor-Unsinn ein Ende hat –, bevor das Jahr vorbei ist.«

Freddie nickte und bemühte sich, eine gelassene Miene beizubehalten. Er stand ganz kurz – quälend kurz – davor zu bekommen, was er wollte.

»India wird eine umfangreiche Mitgift erhalten – einschließlich einer einmaligen Summe von hunderttausend Pfund und zusätzlichen zwanzigtausend Pfund im Jahr. Sie erhält auch das Haus am Berkeley Square und nach meinem Tod Blackwood.«

Freddie mußte an sich halten, um nicht vor Freude loszujubeln. Das übertraf seine kühnsten Träume. Ein Vermögen in bar, das Londoner Haus und das Gut in Wales – alles *seins*.

»Lady Isabelle, das ist mehr als großzügig, und die Vorstellung, daß India und ich unser gemeinsames Leben in diesem herrlichen Haus beginnen, das so viele glückliche Erinnerungen birgt, ist einfach wundervoll. Aber alles, was mir wirklich am Herzen liegt, ist Indias Glück.«

»Es gibt kein größeres Glück für eine Frau als Ehe und Familie. Wenn Sie meine Tochter wirklich lieben und wenn Sie nur einen Funken Zuneigung für mich und Lord Burleigh empfinden, dann setzen Sie alles daran, sie schnell zu Ihrer Frau zu machen.«

Freddie trank seinen Tee aus und versprach, daß er India sofort nach Longmarsh einladen würde, um die Sache zu beschleunigen. Sie erlaubte ihm, ihre Wange zu küssen, und fügte hinzu, daß sie gute Nachrichten erwarte.

Draußen hatten sich die Wolken gelichtet, und die Sonne schien. Freddie freute sich so sehr über sein Glück, daß er über den Eisenzaun sprang, der das Haus umgab. Als er aus dem Park in Richtung Piccadilly ging, überlegte er, daß er schon bald in der Lage wäre, Bingham, Wish und Dickie Lambert auszuschalten. Mit dem Vermögen der Selwyn-Jones im Rücken konnte ihn nichts mehr aufhalten.

Natürlich hingen seine wohldurchdachten Pläne alle davon ab, daß diese Langweilerin India endlich ein Datum festlegte. Das war leichter gesagt als getan. Sie sahen sich in letzter Zeit kaum mehr, was kein Wunder war, bei seiner Arbeit im Unterhaus, ihrem Job bei Dr. Gifford und ihrem Engagement in der Gesellschaft zur Unterdrückung des Opiumhandels und anderen Wohltätigkeitsorganisationen. Er seufzte und dachte, wie viel einfacher doch alles wäre, wenn die prachtvolle Gemma Dean adelig und reich wäre. Aber das war sie leider ganz und gar nicht.

Er überlegte, wieviel Zeit er in India investiert hatte – Jahre –, und wunderte sich über sein Durchhaltevermögen. Er hatte ein langes, meisterliches Spiel aufgebaut – sorgfältig alle Schachzüge bedacht –, Interesse für ihre medizinischen Studien und ihren Wohltätigkeitsfimmel geheuchelt – doch bis jetzt hatte er die Ernte für all dies noch nicht eingefahren. Er mußte sie dazu bringen, ihn endlich zu heiraten, aber wie? Es gab natürlich die altehrwürdige Vorgehensweise, mit ihr zu schlafen, was er mehrmals versucht hatte, aber sie blieb kalt – frigide –, und es war jedesmal ein Reinfall gewesen.

Er mußte eine andere Möglichkeit finden. Bingham hatte sie alle fürs letzte Wochenende im Juni nach Longmarsh eingeladen. Das gab ihm zwei Wochen Zeit, sich etwas auszudenken. Eigentlich hatte er das Wochenende nutzen wollen, um eine Rede zur Unterstützung des Home-Rule-Gesetzes zu entwerfen, aber es gäbe ja auch die Morgen- und Abendstunden. Zeit für lange Spaziergänge oder Ausritte. Er würde allein mit ihr sein, an ihr Gefühl appellieren, sie beschuldigen, treulos zu sein, drohen, die Verlobung aufzulösen – irgendwas –, um sie zum Handeln zu zwingen.

Das würde natürlich ziemlich kompliziert werden. Selbst wenn er sie dazu brachte, sich auf einen Hochzeitstermin festzulegen, war die Sache erst halb gelöst. Schließlich wollte Isabelle noch dazu, daß sie nicht mehr praktizierte. Nun, eins nach dem anderen. Zuerst würde er India zu seiner Frau machen, dann würde er sich darum kümmern, ihre Karriere zu beenden.

Freddie erreichte Piccadilly, sah das Ritz-Hotel und beschloß, sich eine Flasche Schampus zu gönnen. Schließlich besäße er bald ein Vermögen, und darauf mußte getrunken werden. Was für eine Erleichterung, daß er demnächst zu Geld kam. Seine finanzielle Lage war eine beständige Misere, und wenn die Gerüchte stimmten, daß der Premierminister im September Wahlen ansetzen wollte, brauchte er für seinen Wahlkampf eine ganze Menge Bares. Dickie Lambert unternahm weiterhin Vorstöße ins East End, besuchte Geschäftsleute und gab in Pubs und Clubs Runden aus. Freddie wußte, daß er sich ranhalten mußte, wenn er die Pläne seines Gegners durchkreuzen wollte, und er hatte auch schon damit angefangen. Er hatte Joe Bristow und andere führende Handels- und Fabrikunternehmer mit Interessen im Osten von London zum Dinner in den Reform-Club eingeladen, um sie zu überzeugen, daß er ihr Mann war. Das wäre höllisch teuer, aber Stimmen waren eben nicht billig zu haben.

Als Freddie unter den hohen Kolonnaden des Ritz hindurchging, hörte er das »Regentropfen-Prélude«. Ein Mann stand unter einem der Bögen und spielte es auf der Violine. Vor ihm stand der offene Geigenkasten mit blinkenden Münzen darin. Freddie starrte darauf, ohne sie wahrzunehmen. Statt dessen sah er den Salon in Longmarsh vor sich. Er war zwölf, seine Schwester Daphne sechs. Sie lag auf dem Boden und weinte. Ihr Vater stand mit wutverzerrtem Gesicht über ihr. Er hatte wieder getrunken. Das konnte Freddie riechen.

Es ließ sich nie vorhersagen, was einen Tobsuchtsanfall bei ihm auslösen würde. Eine versalzene Suppe, ein falsch eingeordnetes Buch, eine kleine Unartigkeit der Kinder. Diesen Abend war es Daphnes Springseil gewesen. Sie hatte es auf dem Boden im Speisezimmer liegenlassen, und er war darüber gestolpert. Dafür hatte er ihr eine so heftige Ohrfeige versetzt, daß sie umfiel. Er wollte sie gerade wieder schlagen, als Freddie in einem verzweifelten Versuch, ihn aufzuhalten, das Seil nahm und es ihm mit aller Kraft über den Rücken zog.

Richard Lytton drehte sich um. »Komm her, Junge«, sagte er und taumelte auf ihn zu.

Aber Freddie rannte schnell davon. »Lauf, Daphne!« rief er. »Schließ dich in dein Zimmer ein! Los!«

Noch immer mit dem Seil in der Hand rannte Freddie in die eine, Daphne in die andere Richtung davon. Er lief zum Treppenabsatz im ersten Stock hinauf, die lange Ahnengalerie entlang und kroch hinter einen Sessel. Kurz darauf torkelte sein Vater vorbei, schlug auf die Bilder ein und versetzte den Möbeln Fußtritte. Dann stieg er in den zweiten Stock hinauf, wo die Kinderzimmer waren. Freddie hörte ihn gegen Daphnes Tür hämmern und schreien, sie solle herauskommen, damit er ihr Respekt beibringen könne.

Freddie hielt sich die Ohren zu. Ihre Mutter und Großmutter besuchten gerade eine Nachbarin. Bing versteckte sich wahrscheinlich in den Ställen, wie immer. Die Dienerschaft war in alle Richtungen davongestoben. Niemand konnte seinen Vater aufhalten außer ihm. Aber wie?

Wieder setzte Lärm ein. Sein Vater bearbeitete Daphnes Tür jetzt mit Fußtritten. Er hörte seine Schwester schluchzen. Er bringt sie um, dachte er panisch. Diesmal bringt er sie um.

Niemand war hier, um ihm zu helfen. Weder seine Mutter noch seine Großmutter. Nicht einmal Gott, zu dem er in der Kirche betete, der aber nie antwortete. Freddie war allein, vollkommen allein. Und er hatte Todesangst.

Wieder ein Fußtritt, dann das Geräusch von splitterndem Holz. Daphne schrie vor Angst.

»Nein!« flehte er. »Hör auf! Bitte, hör auf!«

Vor Angst und Verzweiflung schlug er den Kopf gegen den Sessel. Der Sessel bewegte sich, rutschte über den Boden – und in diesem Moment erkannte Freddie, daß er sich getäuscht hatte. Er war nicht allein.

Richard Lytton, der Rote Earl, starrte auf ihn hinab.

Die wilden, erbarmungslosen Augen des Earls schienen ihn zu fragen, warum er flennte, während seine Schwester drangsaliert wurde.

»Ich … ich weiß nicht. Ich muß ihn aufhalten, aber ich weiß nicht, wie«, flüsterte Freddie. Er lief über den Gang und berührte das Porträt. »Hilf mir bitte«, flehte er.

Der Earl war in voller Rüstung auf einem furchterregenden Streitroß dargestellt. In der Linken hielt er die Zügel, in der Rechten ein Schwert. Unter den Hufen des Pferds sah man verstümmelte und blutende Leiber von Soldaten. Im Hintergrund brannten Burgen und Dörfer, Frauen knieten am Boden und beweinten die Toten.

Freddie kannte die Geschichte seines Vorfahren. Richard Lytton war ein Kindheitsfreund von Edward, dem Sohn Henry III., gewesen. Henry war ein schwacher, unfähiger Herrscher, ein Mann, der Kompromisse Konflikten vorzog. Die Adligen im Land hatten sich gegen ihn erhoben. Angeführt von Simon de Montfort, Henrys eigenem Schwiegersohn, schlugen sie ihn in der Schlacht von Lewes und stellten anschließend ihn und seine Familie unter Hausarrest. Während de Montfort an Henrys Stelle regierte, sann Edward, sein ältester Sohn, auf Rache. Richard Lytton, der Edward immer gedient hatte, verließ ihn auch während der Gefangenschaft nicht.

»Ich werde die Krone wiedergewinnen, Richard, und eines Tages werde ich König sein. Und wenn ich das bin, werde ich Montfort das Herz herausreißen.«

Richard dachte an den alten, frommen und unentschiedenen König, der weich war, wenn er hätte rücksichtslos sein sollen. »Du willst König werden?« antwortete er schließlich. »Dann reiß dir zuerst dein eigenes Herz raus.«

Edward folgte dem Rat seines Freundes. Er floh mit Richards Hilfe aus der Gefangenschaft, sammelte eine Armee und setzte Montfort bei Evesham gefangen. Es war das Zeitalter der Ritterlichkeit, als Adlige in der Schlacht nicht getötet wurden. Edward beendete dieses Zeitalter. Er ließ seinen Onkel enthaupten, vierteilen und seine Überreste den Krähen vorwerfen. Das war nur ein Vorgeschmack auf seine Regierung. Als er schließlich König wurde, belohnte er Richard Lytton, gab ihm Geld und Land und machte ihn zum Oberbefehlshaber seines Heeres und zum mächtigsten Mann in England.

»Aber du warst mächtig«, sagte Freddie zum Roten Earl. »Du hast Pferde und Waffen gehabt.« Er hatte nichts davon. Er hatte nur ein schäbiges Springseil, mit dem man niemandem etwas zuleide tun konnte, außer jemand war dumm genug, darüber zu stolpern.

Oder betrunken genug, sagte ihm eine innere Stimme.

Freddies Atem ging schneller. Er sah auf das Seil in seiner Hand. Es war, als hätte der Rote Earl seine Bitte gehört. Und sie erfüllt. Er verlor keine Zeit. Die Treppe hatte zwei Endpfosten. Es dauerte nur Minuten, um das Seil um einen zu schlingen, es unter den Rand des persischen Läufers zu stecken und das andere Ende hinter dem zweiten Pfosten zu verbergen. Die Ahnengalerie und die Treppe, die davon ins Erdgeschoß führte, waren nur schlecht beleuchtet. Sein Vater, halb blind vor Wut und Gin, würde nichts bemerken. Als er fertig war, zog er seine Schuhe aus. Einen versteckte er, den anderen stellte er auf die Treppe.

Dann ging er in den zweiten Stock hinauf. Sein Vater hatte schon fast Daphnes Tür eingetreten. Freddie hörte sie vor Angst laut wimmern.

»Hör auf!« rief er. »Laß sie in Ruhe!«

Sein Vater drehte sich um. Sein einstmals schönes Gesicht war aufgedunsen, seine Augen verquollen und blutunterlaufen. Dennoch drückten sie Staunen aus.

»Du traust dich was heute, Junge«, sagte er und ging schwankend auf ihn zu.

Freddie wich nach hinten zurück. »Und du bist sehr besoffen«, erwiderte er, sorgsam darauf bedacht, seinen Abstand einzuhalten. »Ich hätte Lust, *dich* zu prügeln, du besoffenes Schwein.«

Dann rannte er. Um sein Leben. Er war schon die Treppe hinunter und hinter dem Pfosten, bevor sein Vater den zweiten Stock verlassen hatte.

Freddie sah seinen Vater kommen. Er blickte übers Geländer, entdeckte Freddies Schuh und lächelte. Dann beschleunigte er seine Schritte, überquerte den Absatz und eilte zur Haupttreppe.

Freddie zog so fest an dem Seil, wie er nur konnte. Er spürte, wie sein Vater mit dem Bein daran hängenblieb, und sah ihn vornüberstürzen. Dann vernahm er ein langes, anhaltendes Poltern und schließlich das scheußliche Geräusch, als sein Vater mit dem Kopf auf dem Marmorboden in der Halle aufschlug. Freddie stand auf und schaute hinunter. Die Augen seines Vaters waren geöffnet, ohne etwas zu sehen. Seine Glieder waren verrenkt. Blut sammelte sich unter seinem Kopf.

Freddie knüpfte das Seil los, zog seine Schuhe wieder an und ging nach unten. Er wich dem blutüberströmten Körper seines Vaters aus und legte das Springseil wieder ins Speisezimmer. Im Keller fand er den Butler, der dort Flaschen abstaubte, und sagte ihm, daß es einen Unfall gegeben habe.

»Ich weiß nicht, was passiert ist«, erklärte er dem verdatterten Mann. »Ich hab' mich in der Ahnengalerie versteckt. Er war wütend. Er hatte Daphne geschlagen und wollte auf mich losgehen. Dann hab' ich einen Schrei und einen Schlag gehört und ihn unten an der Treppe gefunden.«

Das gleiche erzählte er dem Arzt, Mutter und Großmutter, dem Pfarrer und dem Polizeiinspektor. Als schließlich alle wieder fort waren, war es spät geworden. Seine Großmutter gab ihm eine Tasse warme Milch mit einem Schuß Rum und brachte ihn ins Bett. So erschöpft er auch war, konnte er dennoch nicht einschlafen. Er starrte an die Decke. Einige Zeit nach Mitternacht stand er auf und schlich in die Ahnengalerie zurück.

»Ich hab' ihn getötet«, sagte er. »Jetzt bin ich genau wie er, nicht wahr?«

Keine Antwort.

Freddie begann zu weinen. »Ich wollte ihn bloß verletzen. Ich wollte Daphne retten. Jetzt hab' ich Angst. Was soll ich tun? Bitte, Sir. Bitte. Sagen Sie's mir. Helfen Sie mir.«

Die Stimme des Earls schien über die Jahrhunderte hinweg zu ihm zu dringen. *Du willst König werden? Dann reiß dir zuerst dein eigenes Herz raus …*

»Wie?« fragte er mit einem verängstigten Flüstern. »*Wie?*«

Er spürte sein Herz in sich schlagen. Es erinnerte ihn an den Mann, der sein Vater einst gewesen war. Vor langer Zeit. Vor der Trinkerei und den Geldschwierigkeiten. Vor den Niederlagen im Unterhaus. Vor der Bitterkeit und den Tobsuchtsanfällen. Er liebte diesen Mann noch immer.

Er war erst zwölf und wußte noch nicht, daß nicht alles auf einmal gelang. Daß es Zeit brauchte. Daß es in kleinen Schritten vorwärtsging.

Er ging in sein Zimmer zurück und legte sich, immer noch voller Angst, wieder ins Bett. Er fürchtete sich vor Vergeltung – in Form eines jammernden Geists oder Dämonen mit Mistgabeln. Aber die kamen nicht. Es folgte gar nichts. Nur Ruhe und eine tiefe Erleichterung, die aus der Gewißheit herrührte, daß weder er noch Daphne oder Bingham je wieder mißhandelt würden. Als der Morgen graute, schloß er die Augen und schlief ein.

Einige Wochen nach der Beerdigung saß er allein mit seiner Mutter beim Frühstück. Sie trug Trauerkleidung und starrte aus dem Fenster. »Wie traurig für dich, Freddie, daß du jetzt vaterlos bist«, sagte sie.

»Nein, eigentlich nicht«, antwortete er und schmierte sich Butter auf seinen Toast.

Sie drehte sich um und sah ihn mit aufgerissenen Augen an, und obwohl sie sich nicht rührte, spürte er, wie sie vor ihm zurückwich. Er legte prüfend die Hand auf die Brust. Es wurde schon leichter. Es tat nicht mehr so weh. Lächelnd tauchte er seinen Toast in sein Ei.

Vor dem Ritz hörte der Geiger zu spielen auf. Die letzten Töne des Préludes verklangen, und mit ihnen verblaßten Freddies Erinnerungen. Er warf eine Handvoll Münzen in den Geigenkasten und betrat das Hotel. Er dachte an India, an die Hochzeit, zu der er sie bald verleiten würde, und seine Hand fuhr unwillkürlich zu seinem Herzen. Es tat kaum mehr weh.

Alle Spielfiguren waren am richtigen Ort. Das Schachmatt stand kurz bevor. In vierzehn Tagen in Longmarsh würde er den letzten Zug machen und gewinnen.

Bei zwanzigtausend Pfund im Jahr sollte ihm das verdammt noch mal auch gelingen.

9

*M*it gerötetem Gesicht stand Fiona im Nachthemd vor ihrem Spiegelschrank. Ihre Strümpfe und Petticoats lagen auf einem Haufen am Boden. Aufgeregt sah sie auf die silberne Uhr auf ihrer Frisierkommode. Sie war spät dran. Schon wieder. Es war erst sieben Uhr früh, aber sie war schon in Eile.

»Welche, Joe? Die rosafarbene oder die karierte?« fragte sie ihren Mann und hielt zwei Kostümjacken hoch.

»Keine«, antwortete er, trat hinter sie und küßte sie auf den Nacken.

»Joe, Schatz, ich will mich gerade baden. Ich bin verschwitzt wie ein Hafenarbeiter. Laß mich.«

»Ich mag dich verschwitzt«, antwortete er und machte sich an den Knöpfen ihres Nachthemds zu schaffen. »So warm, salzig und wohlschmeckend …«

»Das hört sich an, als wäre ich ein Kartoffelchip.«

»Du bist fast genauso köstlich.«

»*Fast!*«

»Ich liebe dich, Fee, ehrlich, aber Chips sind Chips.« Er öffnete ihr Nachthemd und umschloß mit den Händen ihre Brüste. »Sieh dir das an!« sagte er und blickte auf ihr Spiegelbild.

»Wirst du wohl aufhören? Ich muß den Zug erreichen.«

»Sie sind zweimal so groß wie sonst«, stellte er bewundernd fest.

»Wirst du mich wohl loslassen!«

Joe antwortete nicht. Statt dessen schob er ihr das Hemd von den Schultern, ließ es zu Boden fallen, küßte erneut ihren Hals und strich mit der Hand über ihren gewölbten Bauch. »Ich will dich, Fee.«

»Ich hab' keine Zeit.«

»Es dauert nicht lange, glaub mir.« Er schob eine Hand zwischen ihre Beine.

»Hör auf, Joe. Ich kann wirklich nicht.«

Aber sie wollte gar nicht, daß er aufhörte. Sie sehnte sich nach seiner Berührung. Mehr denn je. Genauso war es gewesen, als sie mit Katie schwanger war. Damals konnte sie gar nicht genug von ihm kriegen. Er streichelte sie. Sie atmete heftig und spürte, wie sie feucht wurde. Sie schloß die Augen und lehnte den Rücken an seine Schulter.

»Willst du immer noch, daß ich aufhöre?« flüsterte er.

»Wag es ja nicht.«

Er führte sie zum Bett und setzte sie auf die Bettkante. Dann kniete er sich nieder und schob ihre Beine auseinander. Seine Zunge brachte sie vor Lust zum Stöhnen.

»Gott, ist das gut«, flüsterte sie. Er wußte einfach immer, wie und wo er sie berühren mußte. Hatte es immer gewußt. Jetzt im Moment machte er sie unglaublich scharf, brachte sie immer wieder kurz vor den Höhepunkt, zog sich zurück und steigerte so ihr Verlangen nach ihm, bis es fast unerträglich wurde. »O ja!« stöhnte sie und vergrub die Hände in seinem Haar. »Oh, Joe ... jetzt, bitte jetzt ... oh ...«

»Mami!«

Fiona erstarrte. Das Trappeln kleiner Füße ertönte im Gang. Dann hämmerten kleine Fäuste gegen die Schlafzimmertür.

»Mami! Mami! Mami!«

Fiona machte einen Satz zum Spiegelschrank und packte ihren Morgenrock. Sie schaffte es gerade noch, ihn anzuziehen, bevor Katie ins Zimmer stürzte.

»Hallo, Mami!« krähte sie.

»Hallo, mein Liebling!« Fiona beugte sich hinunter, küßte sie auf die Wange, drückte sie an sich und atmete den Duft des kleinen Mädchens ein.

»Spielen, Mami!«

»Jetzt kann ich gerade nicht, Liebling. Mami muß sich für eine Reise fertigmachen.«

Anna, Katies Kindermädchen, erschien in der Tür. »Tut mir schrecklich leid, Mrs. Bristow«, stieß sie atemlos hervor. »Der kleine Wildfang ist mir ausgerissen, als ich das Bad einließ.«

»Schon gut, Anna. Lassen Sie sie eine Weile hier. Ich wollte sie ohnehin sehen, bevor ich gehe.«

»Gern, Ma'am. Guten Morgen, Mr. Bristow.«

»Guten Morgen, Anna«, antwortete Joe.

Er saß in einem Sessel neben dem Bett und hielt ein Kissen auf dem

Schoß, um die Wölbung in seiner Pyjamahose zu verdecken. Mein Armer, dachte Fiona, die selbst ziemlich erregt und verwirrt war.

Mit Katie auf dem Arm ging sie zu Joe hinüber. »Geh ein bißchen zu Daddy, Schätzchen. Mami muß sich …«

»Nein!« schrie Katie und klammerte sich an ihrer Mutter fest. »Mami, spielen!«

»Katie, Liebling, ich kann jetzt nicht.«

»Bitte, Mami. Bitte, spielen«, jammerte Katie.

Fiona schluckte schwer. Katies Worte trafen sie wie Messerstiche. Erst gestern war sie von einer Geschäftsreise nach Edinburgh zurückgekommen, und heute morgen mußte sie nach Paris. Sie hatte ihre kleine Tochter fast die ganze Woche nicht gesehen.

»Wir *werden* spielen, Katie. Am Samstag. Sobald ich wieder da bin. Das verspreche ich.«

»Nein! Nein! Nein!« schrie Katie und strampelte mit den Beinen. Fiona hielt das heulende Kind von sich weg, damit es nicht gegen ihren Bauch trat.

»Jetzt reicht's aber!« sagte Joe tadelnd.

»Katie, benimm dich«, sagte Fiona.

»Spielen, Mami!«

»Also gut, schau her … wir spielen Verkleiden. Mami nimmt ein Bad, dann zieht sie ihr schönes kariertes Kostüm an, und du kannst dich aufs Bett setzen und ihren Schmuck anlegen. Spielen wir das?«

Katie nickte eifrig. Fiona setzte sie ab und gab ihr ihre Armbänder und ihre Perlenkette, um sie zu beschäftigen. Gerade als sie ihr Kostüm vom Boden aufheben wollte, stürmte ein knurrendes, bellendes weißes Fellbündel so wild in den Raum, daß ihre Kleider durch die Luft wirbelten. Lipton und Twining, die Foxterrier.

Katie lachte und klatschte bei ihrem Anblick in die Hände.

»Sind diese Köter immer noch da?« murrte Joe. »Wie sind sie denn reingekommen?«

»Anna muß die Tür aufgelassen haben«, sagte Fiona. »Ich glaube, sie haben sich eine Krawatte geschnappt.«

Wieder klopfte es.

»Ja?« antwortete Fiona, inzwischen leicht gereizt.

Eine junge Frau streckte den Kopf durch die Tür. »Tut mir leid, aber Mr. Foster sagt, die Kutsche sei vorgefahren, und wenn Sie sich nicht beeilen, verpassen Sie den Zug um acht Uhr fünf, und der nächste geht erst um elf Uhr fünfzehn, aber dann erreichen Sie die Fähre nach Calais nicht mehr und ...«

»Danke, Sarah. Sagen Sie Mr. Foster, ich komme gleich.«

Fiona sah wieder auf ihre Uhr. Es war keine Zeit mehr für ein Bad. Sie würde verschwitzt nach Frankreich fahren müssen. Was für eine wunderbare Art, eine wichtige Geschäftsreise anzutreten. Den Hunden ausweichend, die immer noch an der Krawatte zerrten, nahm sie frische Unterwäsche und zog sie rasch an.

»Schau, Mami! Schön?« fragte Katie und zeigte die Armbänder, die sie angelegt hatte.

»Sehr hübsch, mein Schätzchen«, antwortete Fiona und zog ihre Jacke an.

»Sind die Zeitungen schon gekommen, Fee?«

»Hm, ja, sie sind in meiner Kelimtasche. Zusammen mit den Verkaufsberichten und Seamies grauenvollen Schulzeugnissen«, antwortete sie in der Hoffnung, das Thema wechseln zu können. »Sie sind gestern gekommen. Er ist wieder in Französisch und englischer Literatur durchgefallen. Geschichte hat er gerade noch geschafft.«

Joe stand auf. »Das ist ja kein Weltuntergang. Ich möchte bloß die *Times* haben. Angeblich sollen die Äpfel in der Normandie mit Mehltau befallen sein. Hoffentlich steht was darüber drin.«

»Ich hol' sie dir«, sagte Fiona schnell, denn es gab eine Zeitung, die sie unbedingt vor ihm verstecken wollte.

Joe winkte ab. »Ach was, ich find' sie schon.«

Er griff in Fionas Tasche und zog einen Stapel Zeitungen heraus. Fiona hielt den Atem an.

»Der *Clarion*? Was willst du denn mit diesem Schmierblatt, Fee?« fragte er lachend. Er sah auf die Titelseite und las scherzend die Schlagzeilen über schwere Körperverletzung, Mord und Musikbühnen vor. Dann erstarb sein Lachen. »DIE NEUE UNTERWELT«, las er. »VERBRECHEN BRINGT GUTEN GEWINN FÜR FIRMA IM EAST END.«

Es war still im Raum, während er den Artikel las. Fiona mußte ihn nicht fragen, was darin stand. Sie hatte ihn bereits gelesen.

Robert Devlin, der Herausgeber des *Clarion*, hatte einen Bericht über einen mächtigen Verbrecherkönig im East End geschrieben. Er nannte ihn einen neuen Typ von Kriminellen, der seine Machenschaften wie ein Geschäft betreibe. Es werde nichts beschädigt, nichts rücksichtslos an sich gerissen, es gebe keinen Taschendiebstahl, keine unnötige Gewalt. Die Firma, wie er sie nannte, vermeide alles, was unnötige Aufmerksamkeit errege. Sie betreibe eine Reihe legaler Unternehmen, darunter Pubs und Clubs, aber die dienten nur als Tarnung für lukrativere Geschäfte wie Prostitution, Glücksspiel, Erpressung und Opium. Außerdem nehme man an, die Firma stehe hinter einer Reihe unglaublich unverfrorener Raubüberfälle.

»Das sind nicht die Taten kleiner Straßendiebe«, wurde Polizeiinspektor Alvin Donaldson zitiert, »sondern die gutgeplanten Unternehmungen einer Gruppe dreister, rücksichtsloser und hervorragend organisierter Krimineller.«

Auch Freddie Lytton wurde zitiert. Er beschrieb, wie er den Bandenführer in einer Opiumhöhle in Limehouse gestellt habe und dabei angegriffen worden sei, was er allerdings nur für einen geringen Preis erachte im Austausch für die Sicherheit seiner Wähler. Der Artikel führte aus, daß Lytton am nächsten Morgen mit der Polizei zum Tatort zurückgekehrt sei, wo man jedoch keine Beweisstücke mehr vorgefunden habe. Nicht einmal eine Opiumpfeife sei zurückgeblieben, auf die man eine Anklage hätte stützen können.

»Der Feind ist schlau und schwer zu fassen«, so Lytton, »aber wir wissen, um wen es sich handelt und wie er vorgeht. Er *wird* seiner gerechten Strafe zugeführt werden. Das ist nur noch eine Frage der Zeit.«

Devlin hatte den Mann nicht mit seinem wahren Namen genannt – er war nicht dumm –, sondern nur mit seinem Spitznamen: der Vorsitzende. Aber es gab ein Foto, eine Profilaufnahme. Die Mütze des Mannes war über die Augen gezogen und sein Gesicht verschwommen, aber Fiona erkannte ihn trotzdem. Es war Charlie.

Joe senkte die Zeitung und sah sie an. »Hast du dir deshalb den *Clarion* gekauft? Wegen Sid?« fragte er.

Fiona sah weg, weil sie seine nächste Frage fürchtete.

»Fiona, suchst du ihn noch immer?«

»Ja.«

»Du hast jemand Neuen angeheuert. Nachdem ich dich gebeten habe, das nicht zu tun.«

»Ich hab' niemanden angeheuert.«

»Du suchst ihn auf eigene Faust?« fragte Joe fassungslos.

Sie nickte.

»Wann? Wo?«

»Ich hab' mich bloß in Limehouse umgehört.«

»*Wo* in Limehouse?«

»In Kos Wäscherei.«

»Mein Gott, Fiona. Das ist doch eine Drogenhöhle!« tobte Joe.

»Bitte, schrei nicht so«, sagte Fiona.

»Nein, ich höre keineswegs zu schreien auf! Du weißt, was Michael Bennett passiert ist. Du hast seinen Arm gesehen. Möchtest du auch so enden? Wir haben das doch besprochen, Fiona. Du hast gesagt, du würdest damit aufhören.«

»Nein, *du* hast gesagt, ich würde damit aufhören. Ich habe dem nie zugestimmt«, erwiderte Fiona. »Er ist mein Bruder, Joe.«

»Mir ist ganz egal, wer er ist. Ich will nicht, daß du dich mit Kerlen wie Sid Malone einläßt!«

»Charlie! Sein Name ist Charlie Finnegan. *Nicht* Sid Malone.«

Es klopfte erneut.

»Was ist?« bellte Joe.

»Entschuldigen Sie, Sir, aber Mr. James ist hier für Sie. Und Mrs. Bristow verpaßt ihren Zug um acht Uhr fünf.«

»Ich komme schon, Sarah«, rief Fiona. Schnell küßte sie ihre Tochter und dann ihren Mann.

Joe packte sie am Arm. »Sid Malone ist *nicht* Charlie Finnegan. Niemals. Charlie ist tot. Vergiß das nicht.«

»Sag das nie wieder!« rief Fiona zornig. »Er ist nicht tot. Das ist er nicht!«

Sie packte ihre Jacke und ihre Tasche und rannte, inzwischen den Tränen nahe, hinaus. Ihre Koffer waren bereits in der Kutsche.

»Beeilen Sie sich, Myles«, rief sie dem Kutscher zu, als er die Tür hinter ihr schloß. »Ich muß den Zug erreichen!«

Myles stieg auf und ließ die Peitsche knallen. Als die Kutsche anfuhr, bebte Fiona noch immer vor Zorn.

»Verdammt!« sagte sie laut, als könnte Joe sie noch hören. »Warum verstehst du das nicht? Warum versuchst du's nicht einmal?«

Sie war außer sich. Dieser Streit und der, den sie während der Party für die Mädchenschule geführt hatten, waren die ersten wirklichen Unstimmigkeiten ihres ganzen Ehelebens gewesen. Eigentlich waren sie so gut wie nie verschiedener Meinung und schrien sich ganz gewiß nie an – außer sie redeten über Charlie.

Seit Joe und sie sich vor drei Jahren wiedergefunden hatten, schwebten sie im siebten Himmel. Sie hatten sich aus den Augen verloren, ein trauriges Leben ohne einander geführt und waren jetzt um so mehr darauf bedacht, jede Sekunde ihres neuen Glücks möglichst bewußt zu genießen. In all den Jahren, die Fiona Joe kannte, war sie nur einmal wirklich böse auf ihn gewesen – an dem Tag, als er sie für eine andere verließ. Vor Jahren, als sie noch Teenager und miteinander verlobt waren, hatte Joe ein Mädchen namens Millie Petersen geschwängert. Er hatte Millie heiraten müssen. An dem Tag, als er ihr das gestand, war sie am Boden zerstört gewesen. Der Zorn, den sie damals verspürt hatte, war mit Trauer und Verzweiflung gepaart gewesen, weil er ihre Liebe, ihr gemeinsames Leben zerstört hatte.

Damals hatte er sie betrogen, und zu einem gewissen Teil hatte sie jetzt das Gefühl, daß er sie wieder betrog, indem er sie zwang, ihr Herz zu ignorieren und sich von ihrem Bruder abzuwenden. Er hatte seine Familie nicht verloren, sie schon. Sie kannte den brennenden Schmerz, ihre Liebsten zu begraben. Sie hatte ihren Vater, ihre Mutter und ihre kleine Schwester beerdigt, und sie war fest entschlossen, mit Charlie nicht das gleiche zu tun.

Sie seufzte tief auf und wußte, daß dies aufhören mußte – die harschen Worte, die Streitigkeiten. Es war das zweite Mal, daß sie wegen Charlie gestritten hatten. Das war nicht gut. Weder für sie beide noch für Katie. Es gab nur eine Möglichkeit: Sie mußte aufhören, nach Charlie zu suchen – und ihn dennoch *finden*.

Wenn sie von Paris zurückkehrte, würde sie ihre Anstrengungen verdoppeln. Sie würde es in den Hafenkneipen von Wapping und in den Spielhöllen von Whitechapel versuchen. Sie würde zu Fuß, in schäbigen Kleidern hingehen. Und natürlich würde sie vorsichtig sein. Sie war keine Närrin. Sie wußte sehr wohl, wie gefährlich die dunklen Straßen von London sein konnten, aber genauso wie ihr Bruder wußte sie, wie man dort überlebt.

»Es wird alles gut«, sagte sie, als redete sie mit Joe. »Du wirst sehen, ich finde ihn. Nichts wird mir passieren. Das läßt Charlie nicht zu.«

Aber Joe war nicht da, um ihr zu antworten. Er konnte ihr nicht sagen, daß sie eigensinnig und vor Liebe blind war, daß ihre Worte im besten Fall töricht, im schlimmsten sogar gefährlich waren.

Und so machte Fiona einen schlimmen Fehler.

Sie glaubte sich selbst.

10

*D*as Home-Rule-Gesetz ist defätistische Politik! Es ist Kapitulation!« bellte Sir Stuart Walton, ein Zuckerbaron mit einer Raffinerie in Whitechapel, und riß einen Schlegel von seiner getrüffelten Wachtel ab.

»Hört, hört!« riefen die versammelten Handelsunternehmer und Fabrikanten. Freddie hob die Hand und bat um Ruhe. Er war aufgestanden und ging im Raum auf und ab. Er konnte nie stillsitzen, wenn über Politik diskutiert wurde.

»Ich verstehe Ihre Sicht der Dinge vollkommen, Sir Stuart«, erwiderte er, »aber wenn ich Sie bitten dürfte, die Sache nicht nur als loyaler Untertan zu betrachten, sondern auch als brillanter Geschäftsmann, als den wir Sie alle kennen …«

Wieder gab es Beifall, und die Kristallkelche klirrten. Sir Stuart winkte ab. Freddie fuhr fort.

»Irland fordert viel, was Kapital und Arbeitskraft betrifft, aber im Gegensatz zu Indien oder Südafrika liefert es nur eine schwache Rendite für die Investitionen. Man kann keine Baumwolle von dort holen. Keinen Tee oder Kaffee. Keine Diamanten, kein Gold und keinen Zucker. Das Home-Rule-Gesetz gestattet den aufsässigen Iren Selbstverwaltung – *beschränkte* Selbstverwaltung –, erlaubt den Briten aber immer noch, Steuern einzuziehen. Wir füttern die Kuh nicht, wir bieten ihr keinen Unterstand, aber wir melken sie. Das ist ein gutes Geschäft, Sir Stuart, das können Sie nicht bestreiten. Und heute, am Beginn eines neuen Jahrhunderts, eines internationalen Jahrhunderts, in dem Britannien wie nie zuvor im Wettbewerb mit Deutschland, Rußland, Frankreich und dem Koloß Amerika steht, ist gutes Geschäft gute Politik.«

»Absolut richtig, mein Junge!« rief John Phillips, ein Papierfabrikant.

Zustimmende Rufe, Ermutigungen und Applaus ertönten. Selbst

Sir Stuart nickte, anscheinend beschwichtigt. John Phillips erhob sich, wischte sich den Mund ab und brachte einen Toast aus.

»Auf Freddie Lytton«, sagte er. »Er versteht uns, er spricht unsere Sprache, und ich für meinen Teil bin dafür, daß er uns repräsentiert. Freddie, mein Junge, meine Stimme haben Sie.«

Erneut wurde »Hört, hört!« gerufen. Fast alle hoben die Gläser. Freddie lächelte freundlich, suchte aber gleichzeitig mit scharfem Blick den Raum ab. Er registrierte, daß Edwin Walters, ein Knopffabrikant, sein Glas nicht erhoben hatte, allerdings nur, weil er winkte, damit man ihm nachschenkte. Donald Lamb, der Besitzer eines Silberplattierungswerks, war damit beschäftigt, ein Brötchen aufzuklauben, das ihm in den Schoß gefallen war. Auch Joe Bristow hatte sein Glas nicht erhoben, doch bei ihm gab es keinen ersichtlichen Grund dafür. Mit undurchdringlicher Miene saß er zurückgelehnt auf seinem Stuhl.

»Was bringt das Home-Rule-Gesetz für den Osten von London, Freddie?« fragte er, als sich der Lärm gelegt hatte. »Was bringt es für die Dockarbeiter, die Mädchen in den Zündholzfabriken und die Scheuerfrauen in Wapping, Whitechapel und Limehouse?«

Freddies Lächeln gefror. Das war typisch für Bristow. Er war ein Händler, verhielt sich aber nicht so. Er beschwerte sich nicht über die Steuern. Er verlangte nicht, daß die Regierung die Gewerkschaften und streikenden Arbeiter im Zaum hielt. Im Gegenteil, er setzte sich für die Anliegen der Arbeiter ein. Das war wirklich verdammt ärgerlich.

»Nun, Joe, wie Sie wissen, sind viele meiner Wähler und Ihrer Arbeiter Iren. Indem ich mich für das Home-Rule-Gesetz einsetze, setze ich mich für sie ein. Irlands Interessen sind ihre Interessen. Das verstehen Sie doch?«

»Nein, Freddie, das tue ich nicht«, antwortete Joe. »Wenn ein Ire in London ist, dann ist er ja nicht mehr in Irland, oder? Warum ist er weggegangen? Um Arbeit zu finden. Um besseren Lohn zu kriegen. Damit er seine Kinder ernähren und kleiden kann. Um sie in die Schule schicken statt in die Fabrik. Es interessiert ihn einen Dreck, wenn Westminster mit Dublin streitet. Er will wissen, ob er einer Gewerkschaft beitreten kann, ohne seinen Job zu verlieren. Was tun Sie für ihn?«

»Ich bin sehr froh, daß Sie das fragen«, erwiderte Freddie mit erfahrenem Geschick. »Die Antwort ist die: so viel, wie mir nur möglich ist. Ich beschäftige mich gerade mit einem ehrgeizigen Programm sozialer Reformen im Londoner Osten. Vor kurzem habe ich eine Schenkung für die Toynbee-Mädchenschule erhalten, wie Sie sicher wissen, und ich arbeite eng mit einer jungen Ärztin in Whitechapel zusammen, um eine Idee von mir zu verwirklichen: kostenlose Kliniken für schwangere Mütter und Babys. Ich bemühe mich um Milchabgaben an Kleinkinder, ein Programm zur Gesundheits- und Hygieneerziehung für Grundschüler, und ich stehe einem Komitee vor, das den Schulbesuch armer Kinder aller Altersstufen fördern will. Es steht noch mehr auf meiner Liste, noch viel mehr, aber ich sehe, daß die Kellner das Beef Wellington servieren möchten, und ich fürchte, sie machen einen Aufstand, wenn ich sie noch länger daran hindere.«

Joe sah aus, als wolle er etwas erwidern, aber das Lachen der anderen Gäste schnitt alle weiteren Fragen ab – genau wie Freddie erwartet hatte. Phillips, Walton und der Rest sorgten sich mehr darum, daß ihr Fleisch kalt werden könnte, als um ausgewanderte Iren, die noch nicht mal wählen durften.

Zufrieden lächelnd, nahm Freddie seinen Platz wieder ein. Alles entwickelte sich zu einem erfolgreichen Abend – trotz Joe Bristow. Freddie rechnete sich aus, daß ihm die Unterstützung fast aller vierzig Männer hier sicher war – und damit auch die Stimmen ihrer Arbeiter im Osten von London, die in die Tausende gehen würden. Seine Gäste genossen den Abend, sie aßen und tranken, lachten und unterhielten sich.

Er hatte ihnen sicherlich genügend Gesprächsstoff geliefert. Am Anfang hatte er lange über seine Maßnahmen zur Bekämpfung der Kriminalität und über seine Unterstützung der Arbeitgebervereinigung gesprochen – einer Organisation, die die Rechte der Arbeiter und ihrer Gewerkschaften begrenzen sollte. Bei seiner Antwort auf Joes Frage hatte er darauf geachtet, daß sich seine Zugeständnisse an die Arbeiter auf deren Kinder bezogen. Selbst die gierigsten Unternehmer begriffen, daß diese die Dockarbeiter von morgen waren und daß Unwissenheit und Hunger sie nicht in die Lage versetzen würden, die Aufschrift auf einer Teekiste zu lesen oder sie auch nur hochzuheben. Der schwierigste Punkt des Abends war allerdings das Home-Rule-Gesetz gewesen, aber sogar das hatte er ihnen schmackhaft gemacht.

Freddie beglückwünschte sich zu seiner Entscheidung, dieses Dinner in seinem Club abzuhalten. Der Reform-Club hatte eine Atmosphäre, in der sich ein Mann sofort entspannt und aufgeschlossen fühlte. Ganz egal, wie sein Tag auch gewesen sein mochte, Freddie fühlte sich immer gleich besser, wenn er durch die Türen schritt. Vielleicht lag es an dem Duft – einem Gemisch aus Leder, Wein, Holz und Tabak. Vielleicht an der beruhigenden Gegenwart der Kellner, die höflich und unaufdringlich immer wußten, was man wollte. Vielleicht an der Gesellschaft – lauter konservative Liberale, mit denen er endlos über Politik diskutieren konnte. Vielleicht aber auch daran, daß keine Frauen hier waren.

Der Reform-Club war den Mitgliedern der Liberalen Partei vorbehalten. Er war aus edlem Sandstein im Stil eines italienischen Palazzos erbaut, sein Äußeres solide und beeindruckend, das Innere sparsam und herb, bar allen weiblichen Zierats. Es war eine Oase, ein Ort, an dem Männer ihren Frauen und Geliebten entkommen konnten. Wo sie in bequemen Sesseln am Kamin sitzen und ungestört bei einem Glas Portwein und einem Teller Stilton-Käse die Zeitung lesen konnten. Ein Ort, an dem sie frei und offen reden konnten, ohne Angst haben zu müssen, weibliche Empfindsamkeiten zu verletzen.

Freddie hatte für seine Gäste einen eigenen Raum reserviert und Anweisung gegeben, an nichts zu sparen. Es hatte sich ausgezahlt. Er begann gerade, sich zu entspannen, sein Essen und den Wein zu genießen, als sich ein Kellner zu ihm hinunterbeugte und ihn leise informierte, daß ein Kriminalinspektor ihn zu sprechen wünsche.

Freddie folgte dem Kellner nach unten in einen kleinen Empfangsraum, wo Alvin Donaldson auf ihn wartete. Er war Freddies Mann. Manche Schurken bezahlte er für Informationen, aus anderen prügelte er sie heraus, und für gewöhnlich hielt er Freddie auf dem laufenden, was Gesetzesbrüche auf beiden Seiten anbelangte – bei den Schurken und bei der Polizei.

»Tut mir leid, Sie zu stören«, sagte Donaldson, ohne sich mit Begrüßungen aufzuhalten, »aber es gab einen Einbruch am Fluß, und ich dachte, Sie würden das wissen wollen.«

»Wo?« fragte Freddie knapp.

»Im Stronghold-Lagerhaus.«

»Verdammt!« Das war in Limehouse. In seinem Wahlbezirk.

»Großes Ding. Eine ganze Schiffsladung mit Waffen wurde gestohlen. Niemand weiß genau, wie und wann, aber sie ist weg. Die Zeitungen haben sich darauf gestürzt.«

»Verdammter Mist! Das war Malone!« stieß Freddie wütend hervor. »Das wissen Sie doch auch. Verhaften Sie ihn! Ich will seinen Kopf!«

»Wir können ihn nicht festnehmen. Wir haben nur Verdachtsmomente. Nichts Konkretes.«

»Finden Sie ihn!«

»Wir haben keinen Zeugen.«

»Dann suchen Sie einen. Bezahlen Sie jemanden! Wieviel brauchen Sie?« fragte er und griff nach seiner Brieftasche.

Donaldson lachte. »In ganz London gibt es nicht genug Geld, um jemanden dazu bestechen, Sid Malone zu verpfeifen. Das wissen Sie, Mr. Lytton.«

Freddie fluchte erneut und fuhr sich mit den Fingern durchs Haar. Was für ein Desaster! Gerade hatte er ein kleines Vermögen ausgegeben, um vierzig wichtige Geschäftsleute davon zu überzeugen, daß er scharf gegen das Verbrechen vorgehen würde und die kriminellen Elemente unter Kontrolle hatte. Was würden sie denken, wenn sie die Morgenzeitungen sahen?

»Ich will, daß er morgen früh im Knast ist.«

»Aber …«

»Ich sagte, *ich will ihn im Knast haben*. Wenn Sie ihn wegen dieser Raubüberfälle nicht drankriegen können, dann lassen Sie sich etwas anderes einfallen. Hängen Sie ihm was an, Donaldson, und enttäuschen Sie mich nicht«, sagte er und klatschte dem Mann zwei Zehnpfundnoten in die Hand.

Freddie wartete nicht ab, bis Donaldson das Geld eingesteckt hatte, sondern ging gleich wieder zu seinen Gästen zurück.

»Alles in Ordnung?« fragte der Mann zu seiner Linken. Er besaß zwei Brauereien in Whitechapel und ein Lagerhaus in Wapping.

»Alles bestens«, antwortete Freddie lächelnd. »Ein paar Regierungsangelegenheiten, das ist alles.« Er holte tief Luft, schnitt in sein Fleisch und gab vor, es zu genießen. Er war ein Nervenbündel, durfte sich aber nichts anmerken lassen. Hoffentlich taten die zwanzig Pfund Bestechungsgeld bei Donaldson ihre Wirkung. Wenn er einen Grund fand, Malone festzunehmen, wenn der Mann schon im Gefängnis saß, bevor die Geschichte herauskam, dann könnte er, Freddie, vielleicht am Schluß sogar als Held dastehen.

Und wenn nicht? fragte er sich. Nun dann, altes Haus, hast du gerade Dickie Lambert den Wahlsieg gesichert.

❧ 11 ❧

»Sie sind immer noch da, Dr. Jones?« fragte Bridget Malloy, die Oberschwester der Unfallabteilung im London-Hospital. »Ich dachte, Sie wären mit Ihrer Visite fertig.«

»Das bin ich auch, aber ich möchte noch ein bißchen bleiben, um noch mal nach dem kleinen Mädchen zu sehen, das vor einer Stunde eingeliefert wurde. Mary Ellerton. Der Notfall. Bekam keine Luft. Jetzt ist sie stabil, aber ich mache mir immer noch Sorgen«, antwortete India und blätterte zu den Aufzeichnungen zurück, die sie gemacht hatte.

»TB?«

»Ich glaube schon.«

»Ist sie behandelt worden? Haben ihre Eltern überhaupt etwas für sie getan?«

»In der Tat, ja. Sie haben ihr eine gebratene Maus zu essen gegeben.«

Schwester Malloy lachte. »Nicht möglich, daß es das immer noch gibt. Das war doch schon ein alter Hut, als ich ein kleines Mädchen war.«

India lachte nicht. »Ich hätte es auch nicht glauben wollen, hätte ich es nicht einmal mit eigenen Augen gesehen. Ich hab' auch mal erlebt, daß einem Kind lebende Maden gefüttert wurden, um es von Tuberkulose zu heilen. Ein anderes wurde gezwungen, siebenmal um einen Esel herumzugehen, um es vom Keuchhusten zu befreien.«

»Nun, wenigstens hat die kleine Mary Ellerton einen Bissen Fleisch gekriegt«, sagte Schwester Malloy.

»Was sich ihre Mutter bloß dabei gedacht hat? Schädlinge zu braten ...«

»Haben Sie Kinder, Dr. Jones?«

»Nein.« Ständig fragte man sie das. Es machte sie wahnsinnig.

»Ah ja«, antwortete Schwester Malloy, als würde dies alles erklären.

»›Ah ja‹, was?« hakte India nach.

»Mrs. Ellerton ist eine sehr arme Frau. Die Armen haben kein Geld, aber Mäuse.«

»Schwester Malloy, ich bedaure diese Ignoranz. Sie verteidigen sie doch nicht?«

Schwester Malloy sah India an. Der Ausdruck in ihren Augen deutete an, daß auch sie diese Ignoranz bedauerte, aber nicht bei Mrs. Ellerton.

»Dr. Jones«, erwiderte sie, »es ist schrecklich, ein Kind zu lieben und es leiden zu sehen, ohne etwas tun zu können. Eine Maus zu braten bedeutet, etwas zu tun. Nicht das Beste, das gebe ich zu, aber wenigstens etwas. Für Sie und für mich ist das ein Ammenmärchen, aber für eine arme Frau, deren Kind dahinsiecht, Hoffnung.«

India wollte ihr gerade einen Vortrag darüber halten, welche Krankheiten Mäuse übertrugen, als eine Schwesternschülerin den Gang heruntergelaufen kam. »Dr. Jones!« rief sie. »Sie werden auf der Notfallstation gebraucht, Ma'am.«

»Schreien Sie nicht so, Schwester Evans«, befahl die Oberschwester.

»Geht's um Mary Ellerton?« fragte India.

»Ein neuer Patient. Ist gerade eingeliefert worden.«

»Wo ist der Stationsarzt?« fragte Schwester Malloy.

»Es gab einen Zusammenstoß auf der High Street. Zwei Kutschen und ein Bus. Dr. Merill hat alle Hände voll zu tun. Er hat mich gebeten, jeden zu holen, der verfügbar ist.«

India konnte die Schreie aus der Notaufnahme schon hören, bevor sie dort angekommen war. Als sie durch die Schwingtüren trat, sah sie drei Schwestern und einen Medizinstudenten, die einen Mann mit verstümmelten Beinen festhielten. Auf der Bahre daneben schnitten zwei Schwestern einer bewußtlosen Frau die Kleider vom Leib.

Dr. Merill lief mit einem weinenden Kind auf dem Arm an India vorbei. »Bett eins. Neben dem Becken«, rief er. »Fieber, Halluzinationen. Vielleicht infektiös … Schwester Evans! Chloroform! Sofort!«

India rannte zum anderen Ende der Station, rutschte auf einer Blutlache aus und fing sich wieder. Auf Bett eins lag ein Mann. Zumindest nahm sie das an, denn sie konnte nur seine Schuhe und die Spitze seines Kopfs sehen, der Rest war mit Jacken zugedeckt. Zwei Männer in Hemdsärmeln standen daneben.

»Warum haben Sie ihn denn so zugedeckt? Er kriegt ja kaum Luft!« fragte sie.

»Weil er sich sonst zu Tode friert«, sagte einer der Männer mit der plattgedrückten Nase eines Boxers. «Wie lange dauert das denn, Missus? Wo bleibt der verdammte Doktor?«

»Ich bin der verdammte Doktor«, antwortete India. »Wie ist der Name des Patienten?« Als sie ihn aufdeckte, stellte sie verblüfft fest, daß sie den schon kannte. Es war Sid Malone.

»Ich hab' noch nie gehört, daß eine Frau …«, brauste der Mann auf.

»Laß gut sein, Tommy, sie *ist* ein Doktor. Sie war doch bei Ko. Erinnerst du dich?« sagte der zweite Mann. Er war jung und drahtig.

India hörte die beiden nicht. Sie war zu beschäftigt, die Vitalwerte des Patienten zu prüfen. Sein Puls war erschreckend schwach, seine Atmung flach, seine Pupillen waren verengt. Er war kaum bei Bewußtsein und hatte, nach seinem glühenden Körper zu schließen, gefährlich hohes Fieber.

»Wie lange ist er schon in diesem Zustand?« fragte sie knapp, nachdem sie ihm ein Thermometer in den Mund geschoben hatte.

»Seit heute morgen«, antwortete der drahtige Mann.

India zog das Thermometer heraus. »Du lieber Himmel. Einundvierzig. Hat er sich übergeben? Schmerzen? Ausschlag? War er in der Nähe von Schiffen oder Matrosen?«

Der Mann zögerte und sagte dann: »Er hat einen Schnitt.«

»Einen Schnitt? Wo?« India drehte Sids Handfläche um, weil sie dachte, sie hätte eine Verletzung übersehen.

»Nicht hier. An der Seite. Auf der rechten Seite.«

India öffnete Sids Jacke. Sein Hemd war mit gelben und braunen Flecken übersät. Ein fauliger Geruch schlug ihr entgegen. Sie öffnete sein Hemd, zog einen provisorischen Verband ab und hielt den Atem an. Von seiner Achselhöhle bis zur Hüfte verlief eine klaffende Wunde mit schwarzen Rändern, aus denen Eiter sickerte. Durch das aufgerissene Fleisch konnte man die Rippen schimmern sehen. India wußte, daß sie keine Sekunde verlieren durfte. Sie sah sich auf der Station um. Überall herrschte Chaos. Das ganze Personal war mit den Unfallopfern beschäftigt.

»Sie«, fuhr sie den drahtigen Mann an. »Wie heißen Sie?«

Er zögerte.

»Frankie. Frankie Betts.«

»Ziehen Sie ihm die Kleider aus, Mr. Betts.«

»Was? Alle?«

»Ja! Sofort. Machen Sie schon! Und Sie …«, sagte sie in Tommys Richtung, »kommen mit.«

Sie ging zum Becken und drehte das kalte Wasser an. Dann nahm sie ein halbes Dutzend Laken vom Regal und tauchte sie ein. »Machen Sie sie naß, wringen Sie sie aus, und legen Sie sie auf Mr. Malone.«

»Aber wie?«

»Tun Sie's einfach.«

Dann lief sie zu einem Glasschrank, packte ein paar Phiolen Chinin, Chloroform und Karbolsäure. Danach ging sie in den Materialraum und warf eine Schale, Nadeln, Nahtmaterial, Scheren, ein Skalpell, Verbandszeug, ein Kautiereisen und eine Spritze auf ein Tablett. Im Hinausgehen griff sie sich noch eine Schüssel, weil sie wußte, daß die meisten Leute nicht an den Geruch von verbranntem Fleisch gewöhnt waren.

Als sie zu Bett eins zurückkam, hörte sie, wie Tommy auf Frankie einredete, daß Sid in ein Privatzimmer gebracht werden sollte. Sie seien wohl übergeschnappt, Sid auf der offenen Station zu lassen. Er sei nicht bei sich. Man wisse ja nicht, was er von sich geben würde.

»Die Ärztin hat gesagt, er bleibt erst mal hier. Und da bleibt er auch. Daß er in diesem Zustand ist, ist ohnehin deine Schuld, Tommy. Wir hätten ihn schon vor zwei Tagen herbringen sollen.«

»Er hat doch selbst gesagt, daß er in kein verdammtes Krankenhaus will.«

»Weg da!« rief India.

Freddie trat beiseite. India knallte das Tablett auf den Nachttisch. Die zwei Männer hatten Sid ausgezogen und legten nasse Tücher über ihn. »Legen Sie ihm auch eins um den Kopf«, befahl sie und rannte noch einmal weg, um sich die Hände zu schrubben und eine Schale mit heißem Wasser zu füllen.

Als sie zurückkam, zog sie einen Schemel zum Bett. Sid war inzwischen völlig mit kalten, nassen Tüchern bedeckt und zitterte krampfartig.

»Wie ist das passiert?« fragte sie, als sie seinen Kopf hob und ihm zuredete, das Chinin gegen das Fieber zu schlucken. Keiner der Männer antwortete. »Mr. Betts, ich bin kein Polizist. Mir ist es egal, was

Mr. Malone verbrochen hat, aber ich muß wissen, wie und wann er zu dieser Verletzung gekommen ist.«

»Er ist in den Fluß gefallen und dabei auf einen Pfosten getroffen. Der hat ihn aufgerissen.«

India schüttelte den Kopf. Doch nicht in die Themse? Es gab keinen schmutzigeren Ort in ganz London. »Wie lange war er im Wasser?«

»Etwa zwei Stunden.«

»Wann?«

»Samstag nacht.«

Heute war Dienstag. Die Infektion bestand also seit drei Tagen. »Warum haben Sie ihn nicht früher gebracht?«

Sie bekam keine Antwort. »Kriegen Sie ihn wieder hin?« fragte Frankie.

»Ich kann es versuchen. Es geht ihm sehr schlecht. Die Wunde ist brandig geworden.«

»Er soll die beste Pflege haben. Wir können zahlen. Er kriegt ein Einzelzimmer, kein elendes Bett auf einer offenen Station«, sagte Tommy.

»Im Moment muß er hier bleiben. Später verlegen wir ihn.«

»Aber er sollte woanders sein, dort, wo es ruhig ist.«

»Wenn Sie mich weiterhin aufhalten, geht's ihm nur noch schlechter«, sagte sie und tropfte Chloroform auf einen Gazebausch.

»Laß gut sein, Tommy. Laß sie arbeiten«, sagte Frankie.

Sie drückte den Bausch auf Sids Nase und Mund. Ein paar Sekunden später nahm sie ihn weg und sagte zu Frankie: »Sie halten seinen rechten Arm hoch, über den Kopf. Ihre andere Hand legen Sie auf seine linke Schulter. Und Sie«, sagte sie an Tommy gewandt, »halten seine Fußgelenke fest.«

»Warum? Wozu?« fragte Tommy nervös.

»Um die Wunde zu säubern. Sehen Sie lieber nicht zu.«

India nahm ein Stück Gaze, rollte es zusammen und steckte es zwischen Sids Zähne. Dann setzte sie sich auf den Schemel und träufelte Karbol auf die Wunde. Sid wand sich und wollte sich losreißen.

»Halten Sie ihn fest. Sie müssen ihn ruhig halten.«

Tommy hielt sich nicht an Indias Anweisung, den Blick abzuwenden, und begann zu würgen. »Die Schüssel«, sagte sie, ohne aufzusehen. Er kümmerte sie nicht, nichts kümmerte sie jetzt mehr, außer ihrem Feind – der Infektion. Sie war schrecklich. Eine Drainage zu legen und die Wunde zu säubern würde den Wundbrand nicht aufhalten. Die äußere Muskelschicht hatte begonnen, schwarz zu werden. Sie mußte sie wegschneiden. Über eine Stunde arbeitete sie sich an der Wunde entlang, schnitt, tupfte, verfolgte die tödliche Fäulnis, hinderte sie, sich weiter auszubreiten. Sie spürte, wie sich Sids Brustkorb hob und senkte, und horchte genau auf stoßweises Atmen oder Röcheln.

Vage bekam sie mit, wie seine Männer immer wieder die Position wechselten, wenn einer von ihnen die Schüssel brauchte. Sie hörte ihr Stöhnen, das Würgen, wenn sie sich übergaben. Als sie das Kautiereisen ans Ende einer Vene hielt, hörte sie Frankie sagen, der Doktor sei keine Frau, auf gar keinen Fall. Und sie bemerkte, daß der einzige, der keinen Laut von sich gab, Sid war. Er biß auf die Gaze, zitterte und spannte sich an, schrie aber nicht auf. Kein einziges Mal. Die Schmerzen mußten unerträglich sein, und India war erstaunt über seine Zähigkeit.

Als sie glaubte, alles Menschenmögliche getan zu haben, um die Infektion zu stoppen, säuberte sie die Wundränder und nähte sie dann zusammen. Es ging nur langsam voran. Zwischendurch sah sie auf, um seine Gesichtsfarbe zu prüfen. Überrascht stellte sie fest, daß er ihren Blick erwiderte, mit klaren Augen und bei vollem Bewußtsein. Es ist der höllische Schmerz, dachte sie, er hat ihn wieder zu sich gebracht.

Er spuckte die Gaze aus. »Hätte Sie nie aus Teddy Kos Laden werfen sollen«, sagte er mit belegter Stimme. »Aber Sie haben einen Weg gefunden, es mir zu vergelten, nicht wahr?«

»Es tut mir sehr leid wegen der Schmerzen, Mr. Malone. Ich wage nicht, Ihnen nach dem Chloroform noch Opiate zu geben. Sie sind zu schwach.«

Sids Kopf fiel auf das Kissen zurück. Wieder maß sie seine Temperatur. Sie war nicht gefallen. Dann wies sie Frankie und Tommy an, die Laken abzunehmen. Sie wollte sie noch einmal naß machen und versuchen, damit sein Fieber zu senken.

»Wird er wieder gesund?« fragte Frankie.

»Ich weiß es nicht. Er hat noch einen großen Kampf vor sich.«

Aus einem der Betten in der Nähe ertönte ein markerschütternder Schrei. India sah, wie Sid die Augen aufriß und aufzustehen versuchte. »Legen Sie sich zurück, Mr. Malone. Es ist alles gut.« Dann wandte sie sich an Frankie, der die nassen Laken bündelte. »Ich kümmere mich um ein Einzelzimmer. Er braucht absolute Ruhe. Der Schlaf wird ihm helfen, gegen die Infektion anzukämpfen.«

»Wer wird sich um ihn kümmern?« fragte Frankie.

»Ich werde das tun«, antwortete India.

»Er soll von allem das Beste haben, Missus«, sagte Tommy. »Geld ist kein Problem.«

India wollte die beiden gerade zur Tür hinausführen, als plötzlich drei Männer auf sie zukamen. Einer trug einen Anzug, die anderen beiden Polizeiuniformen.

»Ist ein Dr. Jones hier?« fragte der im Anzug.

India hatte gerade noch Zeit zu sagen: »Das bin ich«, als Frankie schon losbrüllte.

»Was machen Sie hier, Donaldson? Was haben Sie hier verloren?«

»Mr. Betts, bitte ...«, begann India.

»Sieh an, sieh an. Sid Malone, Frank Betts *und* Tommy Smith, alle am selben Ort. Das muß mein Glückstag sein«, sagte Donaldson. »Ihr seid festgenommen, Jungs.«

India sah Sid schlucken und die Augen aufschlagen. Der Lärm hatte ihn aufgeschreckt. »Entschuldigen Sie, aber Sie können doch nicht ...«, versuchte sie dazwischenzugehen.

»Ich muß mal kurz mit Ihrem Patienten sprechen, Dr. Jones«, sagte Donaldson und ging an India vorbei. »Also los ... aufstehen!« bellte er und stieß ihn an.

»Jetzt hören Sie mal!« sagte India. »Das ist ein *Krankenhaus*, kein Polizeirevier. Mr. Malone ist *mein* Patient, und ich werde für ihn sprechen!« Donaldson und Betts drehten sich zu ihr um. »Mr. Malone ist nicht in der Verfassung, Fragen zu beantworten«, fuhr sie fort. »Er ist schwer krank.«

»*Mr.* Malone? Ach, wirklich? Das ist ja ein starkes Stück«, sagte Donaldson mit einem höhnischen Lächeln. Er trat einen Schritt vom Bett zurück und sah Frankie an. »Nun, wenn ich Sid nicht befragen kann, dann muß ich mich eben mit dir begnügen.«

»Ich hab' den Bullen nichts zu sagen«, erwiderte Frankie.

»Nein? Nichts über einen kleinen Job unten am Stronghold?«

Freddie zuckte die Achseln. »Ich hab' keine Ahnung, was Sie meinen.«

India schritt erneut ein. »Mr. Betts, Mr. Donaldson, ich muß Sie bitten ...«

»Waffenhandel ist eine ernste Sache, Frankie. Wenn du weißt, was gut für dich ist, ziehst du deinen Kopf aus der Schlinge.«

»Scheißkerl«, brummte Frankie.

Sids Augen öffneten sich wieder, gerade rechtzeitig, um einen wutentbrannten Donaldson zu sehen, der Frankie die Faust ins Gesicht schlug. Er versuchte, sich aufzurichten, schaffte es aber nicht. Plötzlich flog Indias Tablett mit den Instrumenten durch die Luft, gefolgt von der Schüssel, die Frankie und Tommy benutzt hatten.

»Du Hurensohn!« fluchte Donaldson, als Erbrochenes über seine Schuhe spritzte. »Ich *bring dich um*, Malone.«

Sid hatte sich inzwischen aufgesetzt, zog die nassen Laken um sich und versuchte, die Beine auf den Boden zu stellen.

India konnte nicht glauben, was sie sah. »Schluß damit! Schluß!« rief sie. »Gehen Sie raus! Alle zusammen! Evans, holen Sie den Wachdienst!«

Sie lief zu Sid hinüber, der mit glasigem Blick um sich schlug. Schnell wandte sie den Griff an, den sie in der Psychiatrie gelernt hatte, drehte ihm die Arme auf den Rücken und drückte ihn mit ihrem Körper aufs Bett.

»Legen Sie sich hin«, rief sie. »Sie reißen die Nähte auf!« Er war viel größer als sie und wehrte sich heftig.

»Frankie! Tommy!« brüllte sie. Die zwei Männer kamen ihr zu Hilfe, und gemeinsam schafften sie es, Sid zu überwältigen. Drei Wachleute erschienen. Sie packten eines der nassen Laken, die Sid abgeworfen hatte, legten es über seine Brust und banden es unter dem Bett zusammen. Das gleiche machten sie mit seinen Beinen. Sobald er festgebunden war, rief India nach einer Spritze und einem Beruhigungsmittel. Eigentlich hatte sie es nicht anwenden wollen, aber ihr blieb keine andere Wahl. Als sie die Spritze aufzog, hörte sie Donaldsons aufgebrachte Stimme.

»Constables, nehmen Sie diese Männer fest«, sagte er.

»Uns *festnehmen*?!« stieß Frankie hervor. »Wofür? Wir haben nichts getan!«

»Ihr habt nach der Sperrstunde noch aufgehabt.«

»Wir haben *was*?«

»Das Barkentine war heute bis vier Uhr morgens geöffnet. Ich hatte Polizeibeamte in Zivil dort. Das ist eine Verletzung des Gaststättengesetzes.«

»Das soll wohl ein Witz sein!«

»Handschellen, bitte.«

»Darauf steht eine *Geldstrafe*, Donaldson, nicht Knast. Das wissen Sie!« schrie Frankie.

»Das entscheidet der Richter.«

Es folgte ein kurzes Schweigen, dann hörte India Tommys besorgte Stimme. »Nicht, Frankie! Das ist genau, was er will. Er will, daß du ihn schlägst. Damit er uns alle einkassieren kann. Aber macht nichts. Bowes kommt. Er holt uns im Nu wieder raus. Dreh jetzt nicht durch, Mann.«

Donaldson ging zu Sids Bett hinüber. India hatte gerade die Nadel aus seinem Arm gezogen. »Ich fürchte, er muß mit uns kommen, Dr. Jones«, sagte er. »Er ist verhaftet.«

»Das ist völlig unmöglich«, antwortete India und preßte Gaze auf Sids Vene. »Wenn Sie ihn bewegen, töten Sie ihn. Und wenn Sie das tun, werde ich dafür sorgen, daß *Sie* verhaftet werden, Sir.«

Donaldson zog ärgerlich ein Paar Handschellen aus seinem Gürtel und kettete Sids Handgelenke am Bettrahmen fest. »Reed«, bellte er einen der Polizisten an. »Sie bleiben hier und bewachen Malone.«

India hob den Kopf und sah Donaldson mit eisigem Blick an. »Sie nehmen meinem Patienten *sofort* die Handschellen wieder ab.«

»Das geht nicht, fürchte ich. Er könnte fliehen.«

»Sieht er aus, als ob er *fliehen* könnte?« zischte sie.

»Sie haben die Wahl, Doktor. Er kann gefesselt hier bleiben oder nicht gefesselt im Knast sitzen.«

Kochend vor Wut, drehte sie sich zu dem Polizisten um. »Sehen Sie bloß zu, daß Sie mir aus dem Weg gehen«, herrschte sie ihn an.

Sobald das Beruhigungsmittel zu wirken begann, ließ sie Sid in ein Einzelzimmer verlegen. Den Polizisten verbannte sie auf den Flur. Seine Gegenwart regte Sid zu sehr auf. Noch immer murmelte er vor sich hin und warf den Kopf hin und her. »Sie sind hinter mir her, sie sind hinter mir her.«

»Wollen Sie sich umbringen?« fragte sie. »Sehen Sie, was Sie getan haben!« Sie schnitt die aufgegangenen Fäden ab und nähte die Wunde wieder zusammen. Sid versuchte erneut aufzustehen und zerrte so heftig an seinen Fesseln, daß die Sehnen an seinem Hals hervortraten. »Hören Sie auf! Um Himmels willen. Liegen Sie still!«

Er wandte ihr den Kopf zu, und sie sah einen Ausdruck so tiefer

Verzweiflung in seinen Augen, daß ihr der Atem stockte. Obwohl sie ihn dafür haßte, was er war und was er tat, hatte sie dennoch Mitleid mit ihm.

»Ist das Ihr Leben?« fragte sie. »Immer Gewalt? Ständig auf der Hut?«

»Was geht Sie das an?« erwiderte er und fiel aufs Kissen zurück.

Nachdem India fertig war, maß sie wieder seine Temperatur. Immer noch keine Veränderung. Sie wollte gerade mehr Chinin holen, als Dr. Gifford den Kopf durch die Tür steckte. Ella Moskowitz stand hinter ihm und schrieb auf, was er diktierte.

»Dr. Gifford, Schwester Moskowitz«, begrüßte India die beiden.

»Ich bin auf dem Heimweg, Dr. Jones«, sagte Gifford. »Wollte nur noch mal reinsehen.« Er warf einen beiläufigen Blick auf Sid. »Von dem hab' ich gehört. Sieht aus, als ging's zu Ende mit ihm.«

Zorn packte India. Sid fiel abwechselnd ins Koma und kam wieder zu sich. Gut möglich, daß er Gifford gehört hatte. »Er ist stark. Er kämpft. Ich kann ihn durchbringen«, antwortete sie ein bißchen lauter als nötig, in der Hoffnung, Sid würde auch sie hören.

»Na schön. An Ihrer Stelle würde ich meine Zeit nicht für solche Subjekte vergeuden. Aber ärgerlich, wenn er tatsächlich stirbt. Das wären dann zwei in einer Nacht, und morgen hätten wir eine Menge Papierkram am Hals.«

»Zwei?« fragte India.

»Ja«, antwortete Gifford. »Vor einer Stunde haben wir Elizabeth Adams verloren.«

India erinnerte sich. Die Frau mit dem Gebärmutterkarzinom.

»Aha.«

»Der Tumor war natürlich inoperabel.«

India nickte. Sie wußte, daß Uteruskrebs meistens inoperabel war, aber nicht im Frühstadium. Mrs. Adams könnte heute abend durchaus noch am Leben sein, hätte man vor zwei Monaten versucht, den Tumor zu entfernen.

»Sie werden lernen, daß Sie nicht immer nach allen Regeln der Kunst vorgehen können, Dr. Jones. Je mehr Erfahrung Sie sammeln, desto mehr Gespür entwickeln Sie für diese Dinge. Manchmal ist es gnädiger, den Patienten Hoffnung zu geben, statt sie mit der nackten Wahrheit zu konfrontieren. Schwester Moskowitz, ich will gleich morgen früh diese Aufzeichnungen auf meinem Schreibtisch haben.«

»Ja, Dr. Gifford.«

India wartete, bis sich seine Schritte entfernt hatten, dann wandte sie sich zu Ella um.

»Das ist doch *unmöglich*. Er macht einen Witz aus dem Hippokratischen Eid. Ich schwöre bei Gott, Ella … die Dinge, die er von sich gibt, seine anachronistischen Ansichten … Ich fühle mich nicht wie eine Ärztin in diesem Job … ich komme mir vor wie eine *Prostituierte*.« Das letzte Wort flüsterte sie nur.

»Ich wünschte, das wären Sie. Dann würden Sie mehr Geld verdienen. Wieviel ist übrigens in unserem Fonds?«

India seufzte. »Achtundfünfzig Pfund fünf Shilling.«

»Wenn Sie kündigen, haben wir nicht mal mehr das. Sie müssen ja Ihre Miete zahlen.«

»Stimmt. Ich werde nur manchmal so wütend.«

»Wer ist das eigentlich?« fragte Ella und nickte in Richtung des Patienten.

»Sid Malone.«

»Sie machen Witze.«

India sagte, daß sie keineswegs scherze, und erklärte, was ihm zugestoßen war.

Sofort trat Ella an sein Bett und drückte seine Hand. »Gott im Himmel«, sagte sie, »was soll denn aus der Welt werden, wenn sich erwachsene Männer den ganzen Tag im Bett wälzen.«

»Ella? Bist du das?« fragte Sid mit belegter Stimme.

»Scht. Sprich nicht.«

»Bei dir fällt mir das schwer, Schatz.«

»Du ruhst dich jetzt aus. Du bist in guten Händen. In den besten. Bete bloß, daß meine Mutter keinen Wind davon kriegt, sonst kommt sie rüber und schüttet so viel Hühnersuppe in dich rein, daß dir Federn wachsen. Schlaf jetzt, ja?«

Sid nickte, und Ella ging zur Tür. »Er glüht ja wie ein Ofenrohr. Hoffentlich schafft er's. Er ist ein guter Kerl.«

»Sid Malone? Ein guter Kerl?« fragte India.

»Besser als manch anderer.«

»Ella, woher um alles in der Welt kennen Sie Sid Malone?«

»Er ißt im Café. Er und seine Jungs. Einmal kam eine Horde Rowdys rein, die Rabatz machen wollten. Vier riesige Typen. Sie haben Jankie geschubst, daß er sein Tablett fallen ließ. Dann haben sie mich und meine Eltern beschimpft und die kleine Posy eine dreckige Jüdin genannt.« Ella schüttelte den Kopf, und India sah den Zorn in ihren Augen. »Sid war auch da an diesem Tag. Er und Frankie. Er sagte meiner Mutter, sie solle Posy nach oben bringen, und dann haben Frankie und er die Kerle nach draußen bugsiert und windelweich geprügelt.«

»Die beiden allein?«

Ella lächelte. »Haben Sie Sid je kämpfen sehen? Seitdem hat es mit dieser Bande nie mehr Ärger gegeben. Auch mit sonst niemandem. Sie sehen mich an, als wäre ich die größte Lügnerin in Whitechapel. Aber es stimmt, das schwöre ich.«

»Ich glaube Ihnen, ich bin bloß überrascht.«

Ella zuckte die Achseln. »Er ist kein schlechter Mensch, sondern ein guter, der zufällig ein paar schlechte Dinge tut. Hören Sie, geht's Ihnen gut? Brauchen Sie Hilfe?«

»Alles in Ordnung«, sagte India. Es war sieben Uhr abends, und sie wußte, daß Ella um sechs Uhr früh angefangen hatte. Die Müdigkeit war ihr anzusehen.

»Also dann, bis morgen.«

»Gute Nacht, Ella.«

India kehrte an Sids Bett zurück und prüfte wieder seine Vitalwerte. Es war keine Besserung eingetreten. Während sie ihn beobachtete, begann er wieder, sich hin und her zu wälzen und vor sich hin zu reden.

»Fee«, sagte er. »Wo bist du, Fiona?«

Er redet im Delirium, dachte India. »Kommen Sie, Mr. Malone«, sagte sie und hielt das Chinin bereit. »Sie müssen sich schon ein bißchen mehr anstrengen. Wir dürfen doch dem armen Dr. Gifford keinen zusätzlichen Papierkram aufhalsen.«

Short Susie Donovan, die stark geschminkte Puffmutter des Tadsch Mahal, stützte die Hände auf die breiten Hüften und runzelte die Stirn. »Und was ist mit Addie nicht in Ordnung?«

Frankie Betts zuckte die Achseln.

»Herrgott noch mal, Frankie, sie ist ganz neu! Jung. Gesund. Mit strammen Titten, so spitz wie Bullenhörner. Und du sitzt da und heulst in dein Bier. Nimm sie doch mit nach oben. Du gehst mir wirklich auf die Nerven mit deinem Gejammer.«

»Ich kann nicht. Ich bin nicht mit dem Herzen dabei.«

»Dafür ist dein Herz ja auch nicht nötig, Junge. Schau dir Bowes an«, sagte Susie und deutete auf einen dicken Mann, der mit einem Mädchen an jedem Arm schon halb die Treppe hinauf war. »Er hat keine Zeit vergeudet, was? Du solltest feiern, nicht Trübsal blasen. Du bist doch raus, oder?«

»Ja, das sind wir«, sagte Frankie.

Tatsächlich hatten sie so gut wie keine Zeit im Knast verbracht. Harry Bowes, der Rechtsbeistand der Firma, war, nur eine Stunde nachdem Frankie und Johnny verhaftet worden waren, ins Gefängnis von Whitechapel geeilt. Dort erzählte Frankie ihm, was vorgefallen war.

Bowes hörte mit gerunzelter Stirn zu, dann deutete er auf Frankies blaues Auge und fragte, wie es dazu gekommen sei.

»Donaldson hat mich geschlagen«, antwortete Frankie.

Bowes lächelte.

»Wo?«

»Im Krankenhaus.«

»Hat das jemand gesehen?«

»Tommy.«

Bowes verdrehte die Augen. »Irgendwer, dem ein Richter glaubt?«

Frankie dachte scharf nach. »Die Ärztin. Sie stand daneben.«

»Großartig!« rief Bowes. »Ich bin gleich wieder zurück.«

Eine halbe Stunde später tauchte Harry Bowes mit einem verärgerten Constable im Schlepptau wieder auf. »Du bist frei«, sagte er, als der Beamte die Zelle aufsperrte. »Du mußt eine Strafe wegen Verletzung des Gaststättengesetzes zahlen. Keine Anklage. Donaldson schickt gleich jemanden zu Sid, um ihm die Handschellen abnehmen zu lassen.«

»Du bist klasse, Bowes! Wie hast du das geschafft?«

»Ich hab' ihm gedroht, ihn wegen Körperverletzung zu belangen, wenn er dich noch eine Minute länger festhält. Ihm erklärt, mir sei bekannt, daß er dich vor Zeugen geschlagen habe, und daß wir Dr. Jones aufrufen, das zu bestätigen.«

Auf dem Weg hinaus kamen sie an Donaldson vorbei. Frankie wollte gerade eine Bemerkung fallenlassen, als Bowes ihn am Ärmel packte. »Nichts dergleichen«, befahl er ihm und führte ihn schnurstracks durch die Tür auf die Straße.

»Ach komm, Bowes, er soll ruhig hören, was für ein verdammter Mistkerl er ist.«

»Frankie«, sagte Bowes, »ihr Jungs solltet euch in nächster Zeit lieber ein bißchen vorsehen.«

»Was soll das heißen?«

»Es geht das Gerücht, daß der Ehrenwerte Mr. Lytton Sid die Schlinge um den Hals legen will. Wegen des Überfalls auf das Lagerhaus, aber er kann es nicht beweisen, deshalb ist ihm jeder Vorwand recht, um ihn aus dem Verkehr zu ziehen. Also seid vorsichtig. Kein falscher Schritt. Diesmal haben wir Glück gehabt. Das nächste Mal vielleicht nicht mehr.«

Susie schnippte mit den Fingern vor Frankies Gesicht. »Na, los«, sagte sie. »Nach oben mit dir.«

Aber Frankie war noch immer nicht in Stimmung dafür. Er war erleichtert, aus dem Knast herauszusein, aber es gab etwas, was ihn noch viel mehr bedrückte als die Verhaftung zuvor. Er starrte in sein Bier.

»Sid ist alles, was ich hab', Susie. Wenn ihm je was passieren sollte, wüßt' ich nicht, was ich tu.«

Susie nickte anteilnehmend. Sie kannte seine Geschichte. Alle in der Umgebung von Sid kannten sie.

Sid hatte Frankie das Leben gerettet. Er war mit zehn Jahren Waise geworden und in ein Arbeitshaus gekommen. Nach einem Monat riß er von dort aus. Zwei Jahre verbrachte er auf der Straße, wo er sich mühsam als Taschendieb durchschlug. Aber eines Tages griff er in die falsche Tasche – in Sids. Er wußte nicht, daß es sich um Malone handelte, sonst hätte er es nicht gewagt. Er war schon halb die Straße hinunter und glaubte sich in Sicherheit, als Sid ihn schnappte. Er hob ihn hoch und warf ihn buchstäblich ins Bark hinein. Frankie betete, nicht um sein Leben, das hielt er für verloren, sondern daß Malone ein schnelles Ende mit ihm machte.

Statt dessen setzte sich Malone und redete mit ihm. Er erklärte ihm, daß er gar nicht bemerkt hätte, daß seine Börse weg war, wenn er in dem Moment nicht zufällig danach gegriffen hätte. »Du hast Talent, Junge«, sagte er. »Du bist gut.« Frankie hatte die Worte bis auf den heutigen Tag nicht vergessen. Sie bedeuteten alles für ihn.

Dann ließ sich Sid seine Geschichte erzählen. Nachdem Frankie damit fertig war, ließ Sid ihm etwas zu essen bringen. Eine Stunde später war Frankie nicht tot, sondern lag mit vollem Bauch in einem Bett auf dem Dachboden des Bark.

Das war vor sechs Jahren. Jetzt war er achtzehn und kein verhungertes, frierendes Straßenkind mehr. Heute machten ihm die Leute Platz, wenn er vorbeiging. Wirte beeilten sich, ihn zu bedienen, Schneider rissen sich darum, für ihn zu nähen, Barbiere, ihn zu rasieren. Für seine Freunde war er Frankie, für alle anderen aber Mr. Betts.

Sid hatte ihm ein ganz neues Leben gegeben. Ein gutes. Er gab ihm einen Job, eine Menge Geld und eine Familie. Er gehörte zu seiner Truppe und wurde gefürchtet und respektiert. Doch am wichtigsten war ihm das Interesse, das Sid an ihm hatte. Er brachte ihm eine Menge bei. Kleinigkeiten am Anfang, wie man einen Safe knackt, ein Schloß aufbricht, in ein Gebäude eindringt. Und dann die größeren Dinge. Wie man Macht gewinnt und sie erhält. Wem man vertrauen kann. Und daß Härte nur die eine Seite der Medaille ist – Schläue die andere.

Doch er hatte Zeit gebraucht zu lernen. Eine Weile sah es aus, als würde er jeden Tag in eine Schlägerei verwickelt. Desi hatte ihm eine gebrochene Nase und ein zerschmettertes Kinn eingerichtet. Einmal war ihm fast ein Ohr abgerissen worden. Er erinnerte sich, wie er eines Nachts mit zugeschwollenen Augen an der Bar saß, während Desi ihm Whisky eingoß, um die Schmerzen zu lindern. Sid hatte sich neben ihn gesetzt und gefragt, worum es bei der Schlägerei diesmal gegangen sei. Frankie erzählte ihm, daß ihn einer von Billy Maddens Bande schief angesehen habe, und dann seien schon die Tische umgestürzt, und man habe aufeinander eingedroschen.

Madden kontrollierte den Westen von London, betrieb Bordelle, Spielhöllen und brach in vornehme Häuser ein. Er brachte viel Geld zusammen, bekam aber den Hals nicht voll. Er wollte auch den Osten mit seinen Docks, den Lagerhäusern und all dem Reichtum am Fluß. Ständig schickte er seine Leute rüber, um zu spionieren. Das machte Frankie wahnsinnig.

Sid hatte zugehört und dann gesagt: »Es geht gar nicht um Maddens Leute, nicht? Es geht um dich, Frankie. Du bist verärgert. Voller Wut. Dein Inneres läßt dich nicht zur Ruhe kommen, stimmt's? Es macht dich halb wahnsinnig.«

Frankie hatte das Gefühl, als hätte Sid geradewegs in ihn hineingeblickt. Seine betrunkene Mutter gesehen, die vor der Kutsche stolperte. Die Oberin des Arbeitshauses, die ihn halbtot schlug. Die anderen Jungen, die ihm sein Essen, seine Decke und seine Schuhe stahlen. Er konnte Sid nicht antworten, brachte kein Wort heraus.

Sid zwang ihn nicht. Er stand einfach auf, klopfte ihm auf die Schulter und sagte: »Du willst zurück, was dir gehört? Dann benutz deine Wut dazu. Aber laß dich nicht von ihr benutzen.«

Frankie versuchte es. Er hatte sich inzwischen besser im Griff. Nicht immer, aber meistens.

Und dann war er losgezogen und hätte fast alles vermasselt. Es kam wieder zu einer Schlägerei mit Maddens Leuten, wobei ein Pub so gründlich in die Brüche ging, daß die Polizei gerufen wurde. Er wurde verhaftet, nach Deptford gebracht und sollte für noch ein weiteres halbes Dutzend Anklagen verknackt werden. Sid war außer sich und weigerte sich, irgendwas für ihn zu tun. Und dann, am Tag bevor er vor den Richter treten sollte, ging seine Zellentür auf, und er war frei. Sid wartete draußen auf ihn und brachte ihn sofort ins Bark. Es war wie ausgestorben. Selbst Desi war weg. Das kam Frankie komisch vor. Das Bark war nie leer.

»Hat mich tausend Pfund gekostet, dich rauszukriegen, du kleiner Scheißkerl«, sagte Sid.

»Tut mir leid, Boß. Ich wollte nicht ...«

Sid ließ ihn nicht ausreden. »Ich hab' dich grinsen sehen, als dich die Wärter rausgeführt haben. Für dich ist der Knast wohl was Lustiges? Was wär' denn passiert, wenn ich nicht tausend Pfund bezahlt hätte, um dich rauszuhauen? Denkst du, du würdest dann hier sitzen? Das würdest du nicht. Du wärst in Wandsworth eingebuchtet. *Im Zuchthaus*, Frankie.«

Sid zog seine Jacke aus und legte sie auf den Tisch. Dann begann er, sein Hemd aufzuknöpfen. Frankie fragte sich, was das bedeuten sollte. Und dann kam es ihm – er wollte kein Blut auf seinen Kleidern haben.

»Bitte, Boß. Nicht. Ich tu's nie wieder. Ich schwör's«, flehte er.

Sid antwortete nicht. Er knöpfte sein Hemd weiter auf und zog es aus. Seine Brust war breit, Muskeln wölbten sich unter seiner blassen Haut. Er sah Frankie scharf an und drehte sich dann um. Frankie schaffte es gerade noch, nicht leise aufzustöhnen.

Sids Rücken war ein scheußliches Gewirr aus verwachsenen Narben. An manchen Stellen war das Narbengewebe dick und knotig, an anderen so dünn, daß man die Bewegung der Rippen darunter sehen konnte.

»Heiliger Himmel«, flüsterte Frankie.

»Die neunschwänzige Katze. Hat mich zerfetzt. Die Strafe war zehn Schläge. Der Aufseher hat mir dreißig gegeben.«

»*Warum?*«

»Weil ihm gerade danach war und keiner ihn aufgehalten hat. Danach hat er mich in eine Zelle geworfen. Ohne Matratze. Das Wasser tropfte von den Wänden. Niemand hat geglaubt, daß ich das überleben würde. Der Mistkerl hat mir gesagt, er hätte schon meinen Sarg bestellt.« Er zog sein Hemd wieder an. »Denk daran, Frankie. Und vergiß eines nicht: Die Narben, die dir die Wärter äußerlich beibringen, sind nichts verglichen mit denen, die sie in deinem Innern hinterlassen.«

Frankie spürte jetzt Susies Hand auf seinem Rücken. »Sid ist bald wieder draußen, glaub mir. Und dann seid ihr wieder ganz die alten. Ihr bumst meine Mädels und setzt den Bullen zu.«

»Glaubst du?«

»Das weiß ich. In der Zwischenzeit gehst du raus und arbeitest ein bißchen. Geh zurück und sieh nach, ob du bei dem Lagerhaus was vergessen hast. Mach Teddy Ko Dampf. Die Arbeit bringt dich auf andere Gedanken.«

Frankie nickte. »Das mach ich, Susie. Danke, Süße.«

Mit beschwingtem Schritt verließ er das Tadsch. Susie hatte mit beidem recht. Sid war zäh, und ein bißchen Arbeit war jetzt genau das Richtige. Wenn Sid aus dem Krankenhaus kam, wollte er ihm zeigen, daß er in seiner Abwesenheit nicht Däumchen gedreht hatte. Er wollte ihm zeigen, daß er zu mehr taugte, als nur Schlösser aufzubrechen und Safes zu knacken. Er wollte ihm zeigen, daß er nicht nur prügeln konnte, sondern auch Köpfchen hatte.

Draußen auf der Straße wandte er sich nach Süden, dem Fluß zu. Bei dem Lagerhaus würde er sich so schnell nicht mehr sehen lassen, und Teddy Ko hätte diese Woche auch nichts von ihm zu befürchten. Nein, heute abend ging's um ganz neue Pläne.

Nach einer halben Stunde Fußmarsch kam Frankie bei seinem Ziel an – dem Morocco Wharf auf der High Street von Wapping. Riesig und unzugänglich ragte es über ihm auf. Das war in Ordnung. Er wollte ja auch nicht einbrechen, sondern sich mit dem Wachmann unterhalten. Einem Kerl namens Alf Stevens.

Sid hatte das Morocco immer gemieden. Nie hatte er einen Grund dafür angegeben, und soweit Frankie sehen konnte, gab es auch keinen. Dort drinnen lagerten die Waren einer Firma namens Montague – eines sehr profitablen Unternehmens, das einem gewissen Joe Bristow gehörte. Er hatte Läden an jeder Straßenecke in London. Frankie hatte gehört, daß Bristow ursprünglich aus dem Londoner Osten stammte. Um so besser. Er würde verstehen, daß Geschäfte Kosten mit sich brachten … und daß es höchste Zeit war, diese zu bezahlen.

❧ 13 ❧

Es mußte eine Möglichkeit geben loszulassen. Zu sterben.
Es mußte im Inneren eines Menschen doch etwas geben, was Seele und Körper zusammenhielt. Irgendeinen Hebel, eine Klammer oder ein Schloß, das man drehen konnte, um die beiden voneinander zu lösen.

Wenn er das nur finden könnte, dachte Sid.

Er ertrank in einem Meer aus Schmerzen. Eine rote Flut schwappte über ihn hinweg, zog ihn nach unten, riß ihn mit.

Er spürte eine Hand, die ihn aus diesem Meer zog. Finger an seinem Handgelenk. Er hörte eine Stimme, eine weibliche Stimme. Sie kam von weit her. *Mach mir Sorgen*, sagte sie. *Gefahr. Sepsis.*

»Lassen Sie mich fort. Bitte …«, flüsterte er.

»Scht …« Dann wieder die Hand, klein und kräftig, die auf sein Herz drückte.

Es war später, viel später. Tage, Wochen. Vielleicht aber nur Minuten. Er wußte es nicht. Er hörte immer noch Wasser rauschen. Nicht das Meer diesmal, sondern Regen, der gegen ein Fenster schlug – ob in Wirklichkeit oder nur in seinem Kopf, wußte er nicht.

Er öffnete die Augen. Es war sie. Die Ärztin. Sie sah ihn an. Sie hatte graue Augen. So blaß und sanft wie Taubenflügel.

»Wo bin ich?« fragte er.

»Im Krankenhaus. Sie haben eine schlimme Verletzung. Sie sind sehr krank.«

Im Krankenhaus. Das war schlecht. Da machten sie einen fertig. Jemand hatte ihm die Handschellen abgenommen, aber Donaldson konnte jeden Moment zurückkommen. Oder Lytton. Er traute diesem Ort nicht. Er traute ihr nicht.

»Geben Sie mir meine Kleider. Ich möchte gehen.«

Er versuchte, sich aufzusetzen, aber der Schmerz spülte über ihn hinweg wie eine Gezeitenwelle und warf ihn wieder aufs Bett zurück.

»Tun Sie das nicht«, sagte die Ärztin.

Er spürte, wie ein Thermometer in seinen Mund geschoben wurde. Sie ließ es eine Weile drin, zog es wieder heraus und sagte: »Achtunddreißig drei. Besser. Vielleicht haben wir's noch mal geschafft.«

»Warum machen Sie das?« fragte er schroff.

»Um zu sehen, ob das Fieber sinkt.«

»Nein. Warum helfen Sie mir?«

»Weil ich Ärztin bin, Mr. Malone. Das ist mein Beruf. Halten Sie still. Jetzt pikst es ein bißchen.«

Etwas stach in seinen Arm. Seine Haut wurde warm. Die Schmerzen ließen langsam nach. Er war so dankbar, daß er fast geheult hätte. »Mehr, bitte«, sagte er.

»Das geht nicht. Erst wieder in ein paar Stunden.«

»Wie spät ist es?«

»Kurz nach neun. Nach Mitternacht kriegen Sie eine weitere Spritze.« Sie wandte sich zum Gehen.

»Drei Stunden? Das halt ich nicht aus. Wo gehen Sie hin? Reden Sie mit mir.«

»Ich kann nicht mit Ihnen reden. Ich muß …«

Er packte sie am Handgelenk, was sie erschreckte. Er wollte sie nicht erschrecken. Aber er hatte selbst Angst. Todesangst.

»Bleiben Sie?«

»Ja, aber nur, wenn Sie sich hinlegen.«

»Erzählen Sie mir was. Irgendwas. Erzählen Sie mir, wie Sie Doktor geworden sind.«

Sie lachte matt. »Da würden Sie umkommen vor Langeweile.«

»Nein. Ich möchte es wissen.«

»Dr. Jones?« Eine junge Schwester stand in der Tür.

»Hier ist die Brühe, die Sie verlangt haben. Schwester Abel dachte, Sie möchten vielleicht eine Tasse Tee.«

»Ja, danke, sehr freundlich.«

Die Schwester stellte das Tablett ab, und Sid sah, daß sie es kaum schaffte, nicht zu knicksen. Ihre Augen strahlten vor Bewunderung für die Ärztin, die jedoch nichts davon bemerkte.

»Kriegen Sie ein bißchen Brühe runter?«

»Nein, ich würde mich bloß übergeben. Reden Sie einfach … bitte.«

»Mr. Malone, sind Sie *ganz sicher*, daß Sie sich von meiner medizinischen Ausbildung erzählen lassen wollen? Ich möchte Sie aus dem Koma *holen*, nicht in eines stürzen.«

Sid nickte. »Das Reden ... Ihre Stimme ... lenkt mich von meinen Schmerzen ab.«

»Also gut. Aber quid pro quo. Wenn ich Ihnen meine Geschichte erzähle, möchte ich auch Ihre hören.«

Sid nickte. Er wäre mit allem einverstanden gewesen. Die Ärztin setzte sich an sein Bett und begann zu erzählen. Einmal hielt sie inne und sagte verlegen: »Ich kann nicht glauben, daß ich so vor mich hin quaßle. Diese Dinge habe ich noch nie jemandem erzählt.«

»Warum nicht?«

Sie dachte einen Moment nach. »Weil mich nie jemand danach gefragt hat.«

»Warum wollten Sie überhaupt Ärztin werden?« fragte er.

»Ich ...«, begann sie, brach dann ab und schüttelte den Kopf.

»Dann geben Sie mir mehr von dem Schmerzmittel. Entweder oder. Das müssen Sie.«

»Ist es wieder schlimmer?«

Er nickte unwirsch. Er fühlte sich hilflos, abhängig, und das haßte er.

Sie fühlte seinen Puls und runzelte die Stirn.

»Kein Schmerzmittel?«

»Noch nicht.«

»Also dann. Es war einmal ...«, gab er das Stichwort.

Sie sah weg, auf den Regen am Fenster, und wußte, daß sie ein anderes Fenster sah, einen anderen Ort.

»Es war einmal ein kleines Mädchen«, begann sie, »das in Blackwood, in einem schönen Schloß in Wales, lebte.«

»Ich hab' einen Scherz gemacht. Ich wollte eine wahre Geschichte hören.«

»Seien Sie still, und Sie kriegen eine.«

»Also, dann weiter.«

»Blackwood war ein unglücklicher Ort, aber um das Schloß herum gab es Wälder und Flüsse und hohe dunkle Hügel, und das Mädchen hatte wunderbare Freunde, mit denen es spielen konnte. Eine Schwester namens Maud. Einen Cousin namens Wish. Ihre Freunde Freddie und Bing. Bea, die Tochter des Wildhüters. Und Hugh, Beas Bruder. Hugh und Bea lebten in einem Cottage im Wald, wo eine liebevolle Mutter immer Märchen erzählte. Alle wuchsen gemeinsam auf, und das Mädchen und ihre Freunde waren unzertrennlich.«

»Gab es eine Hexe? Einen Wolf?«

»Nein, Mr. Malone, die gab es nicht. Wer braucht erfundene Ungeheuer, wenn es so viele reale gibt?«

Das war auf ihn gemünzt, das wußte er. Zorn kam in ihm auf. Wer gab ihr das Recht, ihn zu verurteilen? Und warum kümmerte es ihn, was sie dachte? *Warum bloß?* Er wollte ihr sagen, daß sie verschwinden sollte, konnte es aber nicht. Ihre Stimme war das einzige, was seine Schmerzen im Zaum hielt.

»Aber dann wurden die Kinder größer und mußten den Wald verlassen. Hugh wurde Stallbursche auf dem Schloß. Und Bea Dienstmädchen.«

»Und das Mädchen?«

»Eine traurige nutzlose Gefangene in Korsett und Robe.«

»Das ist aber keine sehr fröhliche Geschichte.«

»Da stimme ich Ihnen zu, aber es kommt noch schlimmer, fürchte ich. Als Bea sechzehn wurde, verliebte sie sich. Sie wollte weder mir noch sonstjemandem sagen, in wen. Wir dachten, sie erzählt bloß Geschichten, spielt ein Spiel.«

Sid bemerkte, daß Indias Stimme wehmütig klang und ihr Blick nach innen gerichtet war.

»Eines Tages suchte ich Hugh in den Ställen, Bea war dort. Sie hatte geweint. Sie sagte, daß sie ein Baby bekomme. Der Vater sei ein Junge aus dem Dorf, der davongelaufen war, als sie ihm von dem Kind erzählte. Ich wollte ihr helfen. Erklärte ihr, sie solle warten. Uns würde schon etwas einfallen. Aber sie hatte Angst, ihre Eltern würden es herausfinden. Und meine. Mein Vater sei ihr Arbeitgeber. Wenn er davon erfahren würde, würde er sie sofort rauswerfen.«

India trank einen Schluck Tee und fuhr dann fort. »Ein paar Tage später fehlten ein paar sehr wertvolle Kämme, die meiner Mutter gehörten. Einer von ihnen tauchte bei dem ansässigen Pfandleiher auf. Der Pfandleiher bekam es mit der Angst zu tun, glaube ich. Er erkannte den Wert des Kamms – und die Initialen darauf – und übergab ihn der Polizei. Er beschrieb den jungen Mann, der ihn verkauft hatte: Es war Hugh. Die Polizei suchte nach ihm, konnte ihn aber nicht finden. Ich schon. Ich fand ihn an unserem Treffpunkt, in der Ruine eines alten Cottages auf dem Gut meines Vaters. Bea war auch dort. Sie lag auf dem Boden. Hugh hatte ihr ein Lager aus Pferdedekken gemacht. Sie waren von Blut durchweicht. Sie hatte eine Abtreibung machen lassen, und die Person, die sie vorgenommen hatte, hatte schlimm gepfuscht. Hugh hatte die Kämme genommen, um ihn zu bezahlen.

Als er mich sah, sagte er, ich solle verschwinden, aber ich wollte Bea nicht im Stich lassen. Sie brauchte einen Arzt. Ich sagte ihm, er solle sie in einer halben Stunde zum Tor bringen. Ich ging zu den Stallungen und wartete, bis der Stallmeister zum Essen gegangen war. Dann spannte ich einen Einspänner an. Hugh und Bea traf ich wie verabredet am Tor und versteckte sie unter ein paar Decken. Ich fuhr den ganzen Weg bis nach Cardiff ins Krankenhaus. Freddie kam mit uns.« Sie hielt inne und schüttelte den Kopf. »Ich war so dumm. Ich hatte kein Geld eingesteckt. Meine Mutter glaubte, wohlerzogene junge Damen brauchen kein Bargeld, verstehen Sie. Also mußte ich einen Pfandleiher finden, um meine Ohrringe zu versetzen. Als ich ins Krankenhaus zurückkam, war Bea tot. Die Polizei wurde gerufen. Ich hatte Angst um Hugh. Zu dritt versuchten wir, uns aus dem Krankenhaus herauszuschleichen, aber wir schlugen den falschen Weg ein.« Sie hielt erneut inne und lachte bitter auf.

»Was ist? Warum lachen Sie?«

»Wir landeten auf der Station für Lungenkranke. *Bei den Lungenkranken!* Überall, wohin ich blickte, lagen Grubenarbeiter, die an Staublunge starben.«

»Ich komme nicht mehr mit.«

»Verzeihung. Ich dachte, Sie wüßten es. Viele Leute wissen es. Mein Vater ist Sir Harry Selwyn-Jones. Ihm gehört die Hälfte der Kohlengruben in Wales. Die meisten, wenn nicht alle Männer auf der Station arbeiteten für ihn. Wir sahen Männer von dreißig Jahren, die wie hundert aussahen. Kinder von Grubenarbeitern, die von der Schwindsucht dahingerafft wurden. Ein kleines Mädchen, nicht älter als sechs, hustete Blut auf seine Laken, als wir vorbeigingen. Eine Frau erkannte mich. Ich trug einen pfauenblauen Mantel an diesem Tag. Mutter hatte ihn mir in London gekauft. Die Frau spuckte mich an. Sie sagte zu mir, sie hoffe, mir gefalle mein Mantel, schließlich sei er teuer gewesen. Ihr Mann habe mit seinem Leben dafür bezahlt.«

Sie brach ab, unfähig fortzufahren.

Sid schwieg eine Weile, dann sagte er: »Also deshalb sind Sie Doktor geworden: wegen Hugh, dem Jagdhüterburschen.« Obwohl er es nicht wollte, lag etwas Schroffes in seiner Stimme, ein gewisser Hohn.

India bemerkte die Schroffheit und zuckte verletzt zusammen. »Ich habe keine Ahnung, warum ich Ihnen das alles erzähle, Mr. Malone. Ich muß Sie schrecklich langweilen.« Sie stand auf.

»Warten Sie. Was ist mit ihm passiert?«

»Die Polizei hat ihn verhaftet«, sagte sie und räumte das Teegeschirr zusammen.

Er schnaubte. »Ja, natürlich. Ihr Vater hat die Verhaftung durchgesetzt, nicht? Obwohl er die Kämme zurückbekommen hat.«

»Er hat nur einen zurückbekommen. Hugh sagte, er habe den zweiten nicht genommen, aber weder mein Vater noch die Polizei glaubten ihm.«

»Und Sie?«

»Ich glaubte ihm. Das tue ich immer noch.«

»Er hat Sie geliebt, nicht wahr?«

Die Teetasse fiel aus ihrer Hand und zerbrach auf dem Boden.

»Das ist eine zu persönliche Frage.«

»Und Sie liebten ihn.«

Sie antwortete nicht.

»Armer Teufel. Wahrscheinlich ist er in irgendeiner Kohlengrube und verzehrt sich nach Ihnen. Aber ich kann mir nicht recht vorstellen, was Dr. Jones, Lady India, mit einem Knastbruder will.«

»Hugh ist gestorben, Mr. Malone. Im Gefängnis. An Typhus.«

Verflucht, dachte er. »Tut ... tut mir leid. Ich hatte ja keine Ahnung. Ich wollte nicht ...«

»Nein, natürlich wollten Sie das nicht. Das konnten Sie schließlich nicht wissen.«

Ihr strahlendes, offenes Gesicht war wieder verschlossen. Er war wütend auf sich. Er wollte sich noch einmal entschuldigen, wollte, daß sie blieb, ihm mehr von sich erzählte. Aber darum konnte er sie nicht bitten. Nicht nach dem, was er gesagt hatte.

»Ich komme später wieder, um Ihre Temperatur zu messen«, sagte sie und ging zur Tür.

»Warten Sie ... bitte.« Die Schmerzen wurden wieder schlimmer. Und da war noch etwa anderes ... etwas, das jenseits des Schmerzes lauerte. Er begann zu zittern. »Ich brauche noch eine Decke«, sagte er mit klappernden Zähnen.

»Sie haben bereits zwei. Ist Ihnen wieder kalt?«

»Eiskalt.«

Sie stellte das Tablett ab und breitete eine weitere Decke über ihn. Er zitterte krampfartig. Sein Herz begann zu hämmern, so schnell und so laut, daß er glaubte, es würde zerspringen.

»Dr. Jones … ich …« Er wollte ihr von dem Schmerz erzählen und von der Dunkelheit, die dahinter lauerte, konnte es aber nicht. Plötzlich rang er nach Luft.

»Schwester Abel!« hörte er sie rufen. Eilige Schritte näherten sich. Jemand rief etwas. Er hörte die Worte *septischer Schock*.

Sie schwoll schnell an, die rote Flut des Schmerzes. Er griff nach der Hand der Ärztin und hielt sie fest. Er durfte sie nicht loslassen. Um keinen Preis. Bei ihr war er sicher. Sie würde ihn halten, vor dem Ertrinken bewahren, egal, wie hoch die Fluten stiegen.

Aber dann wurde ihre Stimme schwächer, er hörte nur noch das Geräusch des Meeres, als die roten Wellen über ihm zusammenschlugen und ihn in die Tiefe nach unten zogen.

❧ 14 ❧

*L*iebst du sie?«

Freddies Hand glitt über Gemma Deans nackte Brust, ihre Hüfte und die weiche Haut ihres Schenkels. »Nein, Gem, das tue ich nicht«, antwortete er. »Ich liebe dich. Ich weiß, daß du mir das nicht glaubst, aber so ist es.«

»Ich glaube dir, Freddie. Zumindest glaube ich dir, daß du mich so liebst, wie ein Mann wie du eben lieben kann. Mit anderen Worten, gar nicht.«

»Gem ...«

»Wenn du sie nicht liebst, warum heiratest du sie dann?«

»Weil sie reich ist. Steinreich. Und ich unglücklicherweise nicht.« Gemma schnaubte.

»Das stimmt. Mein verdammter Bruder kontrolliert das gesamte Familienvermögen. Was davon noch übrig ist. Er gibt mir eine Zuwendung. Ein Taschengeld, um genau zu sein. Ich brauche aber eine Menge Zaster, um mein Lebensziel zu erreichen.«

»Und wie sieht das aus, Freddie?«

»Downing Street.«

Freddie stützte sich auf dem Ellbogen auf. Er lag in Gemmas zerwühltem, großem Bett, wo sie gerade miteinander geschlafen hatten. Zum letzten Mal, wie sie sagte.

»Warte, bis ich verheiratet bin«, sagte er. »Dann wird alles besser für uns, versprochen. Ich werde so verdammt reich sein, daß mir das Geld zu den Ohren herauskommt. Dann kann ich für dich sorgen. Deine Wohnung bezahlen, eine Kutsche, Pferde. Was du willst.«

»Warum sollte ich auf dich warten?« erwiderte Gemma wegwerfend. »Bis dahin bin ich selbst verheiratet. Mein neuer Liebhaber ist reich. Er kauft mir alles, was ich will. Kleider. Pelze. Auch diese Wohnung bezahlt er bereits.«

Glühende Eifersucht packte Freddie. »Wer ist er?«

»Das geht dich nichts an«, sagte sie und stand auf.

»Wie heißt er?« fragte er und packte sie am Handgelenk.

»Laß mich los! Ich hab' dir ohnehin schon zuviel erzählt. Ich hätte dich gleich hochkant rausschmeißen sollen. Was ich sicher auch getan hätte, wenn du nicht so verdammt gut aussehen würdest.«

Freddie lächelte. »Aber das tu ich nun mal. Und ein guter Liebhaber bin ich auch.«

»Eigenlob stinkt.«

»Ach was«, flüsterte er, zog sie zurück und küßte sie aufs Ohr.

»Hör auf, Freddie. Du mußt jetzt gehen. Wirklich.«

»Nein«, flüsterte er. Er richtete sich auf, setzte sich rittlings auf sie, packte ihre Hände und drückte sie aufs Bett.

»Geh runter von mir!«

Er küßte sie und genoß ihren Geschmack nach Champagner und Schokolade. »Sag mir, daß du mich nicht willst. Los, sag's«, befahl er.

»Ich will dich nicht.«

Er schob eine Hand zwischen ihre Beine und steckte die Finger in sie. Sie seufzte. »Lügnerin«, feixte er. »Du bist ja klatschnaß.« Dann streichelte er sie, zuerst sanft, dann intensiver. Er spürte, wie sie erschauerte, als er sich zu ihren Brüsten hinabbeugte. Jetzt wußte er, daß sie ihm nicht länger Einhalt gebieten würde. Gemma war für die Liebe geschaffen. Sie hatte den schönsten Körper, den er je gesehen hatte, die herrlichsten Kurven. Sie machte ihn wahnsinnig vor Begierde. Sex mit ihr war wild, aggressiv und laut – der beste, den er je gehabt hatte. Er konnte sich nicht vorstellen, das zu verlieren, sie zu verlieren.

»Sag mir, daß du mich willst, Gem«, flüsterte er und drang in sie ein.

»Zum Teufel mit dir, Freddie.«

Er lachte und machte weiter. Langsam zuerst, dann schneller, bis sie sich mit ihm bewegte und er sie stöhnen hörte. Dann hielt er plötzlich inne. Ihre vor Lust halb geschlossenen Augen gingen plötzlich weit auf.

»Sag's mir«, forderte er mit einem drohenden Unterton in der Stimme. Als sie es nicht tat, biß er sie in die Schulter.

»Autsch! Du Mistkerl!« schrie sie.

Sie wand sich, bekam eine Hand frei und gab ihm eine Ohrfeige. Er packte sie am Hals und drückte leicht zu. Dann küßte er sie wieder, aber sie biß ihn in die Lippe. Er blutete.

»Miststück«, flüsterte er und drückte fester. Tränen sammelten sich in ihren Augenwinkeln, die er wegküßte, dann bewegte er sich wieder in ihr.

»Sag's mir …«

Er spürte, wie sie erschauerte. Dann noch einmal. »Ja«, keuchte sie schließlich. »Ja, ich will dich, Freddie … *jetzt.*«

Danach schlief sie in seinen Armen. Er streichelte ihr Haar und schlang ihre langen braunen Strähnen um den Finger. Er fühlte sich befriedigt, erschöpft und erleichtert.

Er war zu ihr gekommen, um sie anzuflehen, ihn zurückzunehmen, nachdem sie vor ein paar Wochen im Streit auseinandergegangen waren, als sie von seiner Verlobung mit India erfahren hatte. Gemma war außer sich gewesen und hatte ihn nicht mehr sehen wollen.

Er hatte ihr Blumen, Schokolade, eine Flasche Champagner und ein kleines Geschenk mitgebracht, einen Ring, eine sich windende Schlange mit einem Smaragdauge.

»Eine Schlange«, sagte sie. »Wie passend.«

Danach brauchte es nicht viel, sie ins Bett zu kriegen. Juwelen besänftigten sie immer. Er war froh, daß sie ihn nicht zurückgewiesen hatte. Er wollte sie zurückgewinnen. Und das würde er auch. Bald. Er würde eine hübschere Wohnung als diese mieten und sie mit schönen Dingen füllen – mit Möbeln, Gemälden, einem Grammophon. Er würde ihr Schmuckstücke kaufen, eines schöner als das andere, und sie würde ihn vögeln, bis er nicht mehr wußte, wo ihm der Kopf stand. Sobald er verheiratet war.

Er dachte an India, seine zukünftige Frau. Er hatte sie seit Tagen nicht mehr gesehen, würde sie aber in einer Woche in Longmarsh treffen. Und dort würde er sie zur Festsetzung eines Hochzeitstermins zwingen. Egal, wie.

Liebst du sie, Freddie? hatte Gemma gefragt.

Er hatte nein gesagt, aber wenn man ihm vor langer Zeit dieselbe Frage gestellt hätte, hätte er sie bejaht. Er *hatte* India geliebt. Früher einmal. Als sie unschuldige Kinder waren. Bevor sie sich verändert hatten. Bevor sich alles verändert hatte.

Sie war schön gewesen als Kind. Und sie hatte ein großes Herz, das wußte er. Das hatte sie ihm eines Sommers in Blackwood bewiesen. In dem Sommer, bevor er seinen Vater umbrachte.

Er war damals zwölf und India zehn. Sie fingen Frösche am Teich mit ihren Schmetterlingsnetzen, außer India, die keinen Spaß daran hatte. Wish, dem das Ganze langweilig wurde, schlug vor, ins Wasser zu steigen und statt dessen Elritzen zu fangen. Bingham und Hugh rollten die Hosenbeine hoch und warfen die Hemden ab. Er selbst tat das gleiche und begann, sein Hemd aufzuknöpfen, wobei er einen Moment lang vergaß, daß er das eigentlich nicht durfte. Doch es war schon zu spät. India, die beschlossen hatte, aus Protest am Ufer zu bleiben, sah ihn an. Er blickte weg, unfähig, ihrem Blick standzuhalten. Er versuchte, sein Hemd wieder zuzuknöpfen, doch sie öffnete es und sah auf die häßlichen Striemen auf seiner Brust. Unendlich vorsichtig berührte sie ihn, doch er zuckte trotzdem zusammen. Die Scham dabei tat am meisten weh.

»Freddie, wie ist das passiert?«

»Mein Vater«, antwortete er knapp.

»Er ... schlägt dich?« flüsterte sie.

»Warum glaubst du, daß wir im Sommer immer hierherkommen? Und ihr nie nach Longmarsh? Unsere Mutter schickt uns weg, um uns vor ihm zu schützen. Wenn wir nicht dort sind, kann er uns nicht schlagen. Nur seine Pferde. Und sie.«

Sie hatte Tränen in den Augen. Seinetwegen.

»Nicht, India, bitte. Ich ertrage dein Mitleid nicht.«

»Es ist kein Mitleid, Freddie«, antwortete sie mit gebrochener Stimme. »Sondern Schmerz.«

Sie wischte die Tränen weg und sagte nichts mehr, aber sie nahm seine Hand und hielt sie fest, als sie gemeinsam an diesem Sommerabend am Ufer saßen. Es war das einzige Mal in seinem Leben, daß er sich nicht allein gefühlt hatte.

Er liebte sie damals, mit der ganzen Liebe eines Kindes. Aber als er älter wurde, veränderte sich seine Liebe. Während des Sommers, als er neunzehn und sie siebzehn war, liebte er sie, wie ein Mann liebt, und er war nach Blackwood gekommen, um sie zu seiner Frau zu machen.

Inzwischen war natürlich alles anders geworden. Es gab keine Kinderspiele mehr. Sie waren erwachsen, und dies sollte ihr letzter gemeinsamer Sommer sein. Maud und India waren in die Gesellschaft eingeführt worden, und Maud hatte ein halbes Dutzend Verehrer. Bea arbeitete im Haus als Zofe, Hugh war Stallbursche. Wish wollte sich im Herbst in Barings einschreiben. Bingham tat sein Bestes, Longmarsh zu verwalten.

Maud und India hatten sie herzlich begrüßt und freuten sich darauf, die Zeit mit ihnen zu verbringen, aber Freddie hatte von Anfang an eine Distanz bei India gespürt. Sie wirkte abwesend, war mit den Gedanken immer woanders.

Eines Abends saß er in seinem Zimmer am Fenster und grübelte über ihr seltsames Verhalten nach, als er eine schlanke Gestalt, eine Frau, über den Rasen huschen sah. Es war Vollmond, dessen Schein auf ihr Gesicht fiel, auf ihr blondes Haar. Es war India. Sie lief in Richtung der Stallungen.

Überrascht und besorgt – es war schließlich schon nach Mitternacht – verließ er das Haus und folgte ihr. Als er die Stallungen erreichte, war sie bereits auf dem Weg in den Wald, und sie war nicht allein – Hugh Mullins war bei ihr.

Freddie konnte nicht fassen, was er sah. Entschlossen herauszufinden, was zwischen den beiden war, schlich er hinter ihnen her. India und Hugh gingen Hand in Hand durch den Wald zu Dyffyd's Rock, Indias Lieblingsplatz. Hugh kletterte auf den großen Felsen und zog India zu sich herauf. Als sie beide saßen, küßte er sie. Freddie hatte das Gefühl, eine Welt stürze für ihn ein. Er schlich sich näher heran, um zu hören, was sie sagten.

»Ich bin so froh, daß du gekommen bist. Ich war mir nicht sicher. Ich hab' jetzt Konkurrenz, nicht wahr?« sagte Hugh.

»Konkurrenz? Wen?«

»Freddie. Ich hab' bemerkt, wie er dich ansieht. Er ist verliebt in dich.«

India lachte. »Sei nicht albern«, antwortete sie. »Freddie ist nicht in mich verliebt. Er empfindet gar nichts für mich, allenfalls die Liebe, die man für eine Schwester empfindet.«

»Er ist der Mann, den du heiraten solltest, India.«

India schüttelte den Kopf. »Freddie wird jemand so strahlenden und umwerfenden heiraten, wie er selbst ist. Eine von den glamourösen Tennent-Schwestern vielleicht. Oder eine von den Manners-Töchtern. Ich bin viel zu reizlos für ihn. Und abgesehen davon, hab' ich mein Herz jemand anderem geschenkt.«

Sie schloß die Hände um sein Gesicht und küßte ihn zärtlich, leidenschaftlich. »Schlaf mit mir, Hugh. Hier. Jetzt.«

»Auf dem harten Felsen? Spinnst du?«

»Dann im Wald, unter den Bäumen.«

»Nicht bevor wir verheiratet sind. Das wäre nicht recht.«

»Prüder Moralapostel!« neckte sie ihn kichernd.

Freddie bemerkte, daß er sie nicht mehr erkannte. Sie war nicht länger das stille, zurückhaltende Wesen, das ihm so vertraut war. Sie lachte und war glücklich. Unbeschwert. Dafür war Hugh verantwortlich.

Sie lehnte sich an ihn und hob das Gesicht zu den Sternen. »Ach, ich kann es gar nicht erwarten, bis wir verheiratet sind, Hugh! Wir leben in einem Cottage wie deine Mutter und dein Vater. Mit einem Feuer im Kamin. Und einem Wasserkessel auf dem Ofen. Mit Geschichten und Liedern am Abend. Und unseren reizenden Kindern um uns.«

»India«, sagte Hugh, »wenn wir tatsächlich heiraten sollten, erlaubt man uns nicht mehr, hierher zurückzukommen. Nach Blackwood. Dein Vater wird dich wahrscheinlich enterben.«

»Glaubst du denn, daß ich hierher zurückkommen möchte? In dieses unglückliche Haus? Ich möchte, daß wir weit fortgehen. Mit dir würde ich überall hingehen.«

»Du weißt nicht, was du sagst. Du bist zu jung, um dir über die Folgen im klaren zu sein.«

»Ich werde bald achtzehn. Alt genug, um selbst zu entscheiden, was ich will. In zwei Monaten. Dann gehen wir fort. An meinem Geburtstag. Versprich mir das, Hugh.«

»Nein, das werde ich nicht. Denn wenn ich das tue, wirst du mich eines Tages hassen. Wenn dir dein Zuhause fehlt und du nach Dingen verlangst, die ich dir nicht geben kann. Dann wirst du dir wünschen, du hättest mich nie kennengelernt, geschweige denn geheiratet.«

»Sprich nicht so, Hugh. Ich werde dich nie hassen. *Niemals.* Jetzt versprich mir, daß wir zusammen weggehen. Versprich's mir, Hugh Mullins.«

»India, du kannst alles verlieren.«

Sie legte einen Finger auf seine Lippen. »Alles gewinnen«, widersprach sie. »Ich habe dich.«

Hugh nahm sie in die Arme. »Ich liebe dich, India.«

»Versprich's mir.«

»Ich versprech's dir, du dummes, dummes Mädchen.«

Freddie hatte sich abgewandt. Er hatte genug gehört und gesehen. Die Worte des Roten Earls fielen ihm wieder ein. *Du willst König werden? Dann reiß dir zuerst dein eigenes Herz raus* ... Er dachte an den Tag, als er in Longmarsh die Treppe hinuntergegangen war, um den zerschmetterten Körper seines Vaters anzusehen. Aber er täuschte sich. Ein kleines Stück seines Herzens war immer noch da, immer noch lebendig. Das wußte er, weil er gerade gespürt hatte, wie es brach.

Er ging durch den Wald nach Blackwood zurück, und die Liebe, die er für India empfunden hatte, verwandelte sich in etwas anderes. Wut und Eifersucht tobten in ihm. Der Schmerz war fürchterlich. In dieser Nacht glaubte er, er würde es nicht überleben, aber er hatte überlebt. Und nur eine Woche später war ihm der Schmerz sehr dienlich. Er machte es ihm leichter, das zu tun, was er getan hatte. Er machte es leicht, Hugh Mullins den Kamm zu geben. Leicht, India so schlimm zu verletzen, wie sie ihn verletzt hatte.

Gemma bewegte sich. »Wie spät ist es?« fragte sie.

»Halb sieben«, sagte er. Er mußte los. Man erwartete ihn um halb acht zum Dinner. Wieder ein politisches Essen. Diesmal mit den Führern der Dockarbeitergewerkschaft, wo er die Kunst des Politikers praktizieren mußte, viel anzubieten, aber nichts zu versprechen. Sie waren ein nervtötender Haufen, diese Gewerkschaftler mit all ihren dämlichen Fragen zu Streiks, Löhnen und kürzeren Arbeitszeiten, und er freute sich nicht darauf.

Gott sei Dank hatte er das Debakel mit dem Einbruch im Stronghold Wharf im Griff. Damit konnten sie ihn wenigstens nicht festnageln. Alle Zeitungen waren voll davon, aber glücklicherweise ebenso von der Verhaftung Sid Malones und zwei seiner Männer. Donaldson hatte sie geschnappt. Zwar hatten sie kaum Zeit im Knast verbracht, und Malone, der im Krankenhaus lag – unter Indias Obhut! –, war überhaupt nie eingebuchtet worden, aber diese unliebsame Tatsache hatte Freddie vertuscht, indem er behauptete, man führe die Untersuchungen fort, sammle Beweise und werde bald der Gerechtigkeit Genüge tun. Kein perfekter Ausgang, aber zumindest hatte er den Schaden begrenzt. Wenn man es recht bedachte, war er eigentlich recht glimpflich aus der Sache rausgekommen und stand jetzt ganz gut da.

Er löste sich aus Gemmas Umarmung. »Ich bin wirklich sehr froh, daß wir wieder zusammen sind«, sagte er.

Gemma öffnete träge die Augen. »Wer sagt, daß wir zusammen sind? Das sind wir nicht. Ich bin mit jemand anderem zusammen. Das hab' ich dir doch gesagt.«

Freddie setzte sich und nahm ihre Hand. »Sobald ich verheiratet bin, wird alles anders. Das verspreche ich dir.«

»Ich brauch' mehr als Versprechungen, Freddie. Mit Versprechen kann ich meine Schneiderrechnungen nicht bezahlen.«

»Gemma ...«

»Leb wohl, Freddie. Komm nach deiner Hochzeit zurück ... oder gar nicht mehr.« Sie schloß die Augen und drehte sich um.

In einer Woche sind wir alle in Longmarsh, dachte er. Nur noch sieben Tage. Egal, was es kostete, er würde India zur Heirat zwingen. Er würde alle Register ziehen – seine unsterbliche Liebe erklären, sagen, daß er nicht ohne sie leben könne, daß er sich nach Kindern sehne und all den Unsinn – und wenn das nicht funktionierte ... gab es immer noch einen anderen Weg. Einen Weg, der eine Hochzeit absolut garantieren würde.

Als Freddie auf die Commercial Road einbog und einer Kutsche winkte, lächelte er grimmig. Er war entschlossener denn je, so schnell wie möglich zu heiraten, eine Frau zu gewinnen – und seine Geliebte zu behalten.

❧ 15 ❧

eiliger Himmel!« schrie Joe.
»Das ganze verdammte Ding geht hoch!« rief sein Kutscher.

Aber Joe hörte ihn nicht. Er war schon ausgestiegen und rannte die Wapping Street hinunter, bevor Myles die Pferde angehalten hatte.

Das Morocco Wharf brannte. Flammen schlugen aus den Luken und Fenstern. Dicker schwarzer Rauch stieg in den Nachthimmel auf. Vor einer Stunde war ein Polizist zum Grosvenor Square Nummer 94 gekommen, um Joe zu informieren, daß sein Lagerhaus brannte. Er hatte das gesamte Haus geweckt. Foster rief nach der Kutsche. Joe warf sich ein paar Kleider über und stürzte hinaus.

Im Moment versuchte er, in das brennende Lagerhaus zu gelangen, wurde aber von einem stämmigen Feuerwehrmann zurückgehalten.

»Laßt mich los!« schrie er und schüttelte den Mann ab. »Wo ist er? Wo zum Teufel ist er?«

»Wer?« brüllte der Feuerwehrmann.

»Der Aufseher. Alf Stevens. Haben Sie ihn gesehen?«

Ein anderer Feuerwehrmann nahm Joe am Arm. »Sir …«

»Wenn du mich noch mal anfaßt, Kumpel, schlag ich dir den Schädel ein. *Wo ist Alf?*«

Ein Schrei gellte durch die Nacht. Der verzweifelte Schrei eines Menschen im Todeskampf. Er kam von weiter oben an der Straße. Vom Eagle Wharf.

»O Gott. O nein …«, stöhnte Joe.

»Gehen Sie nicht rüber«, riet ihm der erste Mann. »Das sollten Sie sich lieber nicht anschauen.«

Aber Joe war schon losgerannt. Eine Gruppe von Männern stand vor dem Lagerhaus und sah auf etwas am Boden hinab.

»Kann denn niemand was tun?« fragte einer.

»Wo bleibt der verdammte Arzt?« rief ein anderer.

Joe schob sie beiseite. Alf Stevens, sein Aufseher und Freund, wand sich am Boden. Er hatte scheußliche Verbrennungen erlitten. Die linke Seite seines Gesichts sah aus, als wäre sie geschmolzen, die Haut an Armen und Brust schwarz verkohlt. An manchen Stellen klaffte sie auf und brachte rohes Fleisch zum Vorschein. Doch seine Augen waren noch dieselben. Trotz des panischen, wilden Blicks waren es noch Alfs Augen. Er sah Joe und streckte die Hand nach ihm aus. Joe kniete sich neben ihn nieder und wagte nicht, sie zu ergreifen, aus Angst, er könnte ihm weh tun.

»Betts Betts Betts«, keuchte Alf. »Keine Chance, Betts, sag ich, schlag ihn, dreht sich, Lampe fällt, Betts hat …«

Es ergab keinen Sinn. Er redete im Delirium.

»Halt durch, Alf«, sagte Joe. »Sprich nicht. Hilfe ist schon unterwegs. Halt durch …«

In dem Moment drängte sich ein Mann durch Menge. Sein Gehrock und seine Ledertasche wiesen ihn als Arzt aus. Er blickte auf Alf hinab und schüttelte den Kopf. »Wie ist das passiert?« fragte er.

»Ich weiß nicht. Er muß im Lagerhaus gewesen sein, als das Feuer ausbrach. Wie ich ihn kenne, hat er versucht, es zu löschen.«

Der Arzt holte tief Luft. Er griff in seine Tasche und nahm ein braunes Fläschchen und eine Spritze heraus. »Morphium. Gegen die Schmerzen«, sagte er knapp.

Joe sah ihm zu, wie er die Spritze aufzog. Nach einem Beinbruch hatte Joe auch einmal Morphium bekommen, aber sein Arzt hatte ihm nur einen Bruchteil der Menge gegeben, die dieser Doktor jetzt Alf verabreichte. Er wußte, es war eine tödliche Dosis.

»Das ist alles, was ich für ihn tun kann«, sagte der Arzt.

»Dann tun Sie's«, erwiderte Joe.

Der Arzt suchte nach einer Vene in Alfs Bein, weil seine Arme zu sehr verbrannt waren. Alf begann krampfartig zu zucken. Der Doktor spritzte das Morphium, und die Zuckungen ließen nach.

»Bertie … meine Frau …«, sagte Alf, plötzlich hellwach.

»Ich kümmere mich um sie. Ihr wird es an nichts fehlen.«

Alf nickte. Dann wurde sein Blick fahrig, und seine Augen brachen. Einige Minuten später prüfte der Arzt seine Herztöne und sagte: »Er ist tot.«

Joes Gesicht war tränenüberströmt. Die Männer um ihn herum starrten ihn an. Es war ihm egal. Er spürte eine Hand auf seiner Schulter. Es war Myles.

»Der Untersuchungsrichter ist hier, Sir«, sagte er. »Sie müssen Alf mitnehmen. Es gibt eine gerichtliche Untersuchung. Ein Inspektor ist auch da. Er würde gern mit Ihnen sprechen.«

Joe stand auf. Er sah die Straße hinunter aufs Morocco Wharf. Es brannte immer noch. Das Feuer wütete gerade im Dachstuhl. Bis zum Morgen würde von dem gesamten Lagerhaus nichts mehr übrig sein, Waren im Wert von Tausenden von Pfund verloren – ein empfindlicher Schlag für sein Geschäft. Doch am schlimmsten, am allerschlimmsten war, daß das Feuer einen Mann das Leben gekostet hatte. Einen guten Mann. Einen Mann, dem Joe vertraut hatte, der ihm ein Freund gewesen war.

»Mr. Bristow.«

Joe drehte sich um.

»Ich bin Inspektor Alvin Donaldson. Wie ich höre, waren Sie die letzte Person, mit der Alfred Stevens gesprochen hat. Dürfte ich Ihnen ein paar Fragen stellen?«

Joe nickte. Donaldson fragte, wie lange und in welcher Funktion Stevens für ihn gearbeitet habe und ob im Lagerhaus in letzter Zeit irgendwelche Schwierigkeiten aufgetreten seien.

»Welche Art von Schwierigkeiten?« fragte Joe.

»Irgendwelche Gauner, die Schutzgeld erpressen wollten.«

»Nein. Das hätte Alf erwähnt.«

»Hat Mr. Stevens noch etwas gesagt, bevor er starb?«

»Ja, aber bloß wirres Zeug.«

»Würden Sie es bitte wiederholen?« bat Donaldson. Joe tat es. Donaldson hörte aufmerksam zu und nickte dann. »Nun, das erklärt einiges«, sagt er.

»Für mich nicht«, erwiderte Joe.

»Bei ›Betts‹ handelt es sich um einen Namen. Frankie Betts.«

»Das sagt mir immer noch nichts.«

»Sind Sie sicher, daß Sie niemanden bezahlen, Mr. Bristow? Ich möchte Ihnen keineswegs Scherereien machen, sondern …«

»Das hab' ich Ihnen doch schon gesagt. Ich zahle keine Schutzgelder.«

»Dann hat Frankie wahrscheinlich beschlossen, daß Sie damit anfangen sollen. Betts ist ein Krimineller, Mr. Bristow. Ich wette, es ging heute nacht darum – Frankie hat Stevens einen Besuch abgestattet und versucht, Geld aus ihm herauszupressen. Stevens sagte Frankie, er solle Leine ziehen, und es kam zu einem Kampf. Dabei stürzte eine Lampe um, die das Feuer verursachte. Frankie suchte das Weite. Alf versuchte, das Feuer zu löschen, und saß in der Falle.«

Joe dachte eine Weile nach, dann sagte er: »Ich möchte, daß Sie Frank Betts schnappen. Ich möchte, daß Sie ihn aufhängen.«

»Nichts würde ich lieber tun, glauben Sie mir, aber das wird nicht einfach. Ich hab' mit verschiedenen Leuten gesprochen, dem Wachmann vom Eagle und Baltic, aber es gab keine Augenzeugen für die Vorgänge hier. Alles, was ich habe, sind die letzten Worte von Stevens. Und wie Sie selbst sagten, war das wirres Zeug. Das wird auch Betts' Anwalt behaupten. Wir werden keine tragfähige Anklage zusammenkriegen. Das haben wir bis jetzt noch nie geschafft, obwohl wir's probiert haben, das können Sie mir glauben.«

»Seit wann nehmen sich Gauner aus dem East End Anwälte?« fragte Joe.

Donaldson lachte. »Frankie Betts ist kein gewöhnlicher Gauner, Mr. Bristow. Dieser Mann hat gute Beziehungen. Vielleicht haben Sie von seinem Chef gehört. Er ist der Kopf einer Bande, die als ›Firma‹ bekannt ist.«

Joe wußte, was Donaldson sagen würde. Dennoch hoffte er, er täte es nicht. Ihm sank das Herz, als Donaldson den Namen aussprach.

»Er wird ›der Boß‹ genannt, aber in Wirklichkeit heißt er Sid Malone.«

❧ 16 ❧

*I*ndia hörte Vögel. Spatzen, glaubte sie. Lästige Dinger. Sie versammelten sich immer auf dem Fenstersims vor ihrer Wohnung und lärmten und stritten. Wenn sie bloß wegfliegen würden. Sie war erschöpft und wollte weiterschlafen. Sie hatte so schön geträumt. Sie war wieder ein Kind und in Blackwood. Zaunkönige und Bergfinken zwitscherten in den Bäumen und begrüßten den Morgen. Es war Sommer, und sie hatte den ganzen Tag vor sich. Das Kindermädchen machte ihr Frühstück, danach wollte sie Hugh und Bea suchen, um in den Wäldern Abenteuer zu erleben. Ihr Vater und ihre Mutter waren beim Pferderennen in Ascot, und niemand war hier, um ihr das zu verbieten.

Sie seufzte, öffnete die Augen und erwartete, die scheußliche Tapete ihres Zimmers am Bedford Square vor sich zu sehen. Statt dessen traf sie der Blick einer anderen Person – freundliche, schöne Augen, die amüsiert lächelten.

Sie glaubte, immer noch zu träumen, schloß schnell die Augen, drückte den Kopf ins Kissen und schlang die Arme fest darum.

»Autsch«, sagte das Kissen. »Das ist meine schlimme Seite, Süße.«

India stieß einen Schrei aus und fuhr hoch. Es dauerte ein paar Sekunden, bis ihr klar wurde, daß sie nicht zu Hause im Bett lag, sondern im Krankenhaus war. Bei einem Patienten. Bei Sid Malone. Und wie es schien, war sie auf ihm eingeschlafen.

»O Gott ... es tut mir leid«, stammelte sie. »Ich habe geschlafen. Hier. Bei Ihnen ...«

Hochrot im Gesicht, griff India nach Sids Handgelenk. Jetzt fiel ihr alles wieder ein. Es war inzwischen Montag morgen. Während der vergangenen sechsunddreißig Stunden hatte sie um sein Leben gekämpft und mehrere Male gedacht, sie habe ihn verloren, aber er schaffte es. Sein Puls schlug inzwischen regelmäßig, wenn auch noch nicht kräftig.

Sie stand auf, um ein Thermometer zu holen, und sah sich dabei im Spiegel an der Wand. Ihre ehemals frische Bluse war schweißdurchtränkt und völlig zerknittert. Ihre Locken hingen ihr wirr ins Gesicht, ihre Augen waren verquollen.

»Sie sehen furchtbar aus, Doktor. Sie brauchen wahrscheinlich einen Arzt«, sagte Sid.

India reagierte nicht. Diese Genugtuung gab sie ihm nicht. Sie steckte ihm das Thermometer in den Mund und sah auf den Sekundenzeiger ihrer Uhr. Drei Minuten später nahm sie es wieder heraus.

»Ha! Achtunddreißig sieben« rief sie und strahlte übers ganze Gesicht. Sowohl die vorherige Verlegenheit wie ihr derangierter Zustand waren vergessen. Jetzt zählte nur noch eines: Sie hatte sein Leben gerettet.

»Es geht Ihnen sehr viel besser, Mr. Malone. Ich bin überzeugt, Sie kommen durch und können weitere Banken ausrauben«, sagte sie triumphierend.

»Nennen Sie mich Sid, darauf bestehe ich. Darf ich Sie India nennen? Ich meine, nach letzter Nacht und allem …«

»Das dürfen Sie nicht.« Sie lächelte immer noch, als sie das Thermometer weglegte. »Möchten Sie etwas essen?«

»Nein.«

»Nun, das müssen Sie aber. Ich werde Ihnen etwas Brühe einflößen, auch wenn ich Sie dafür festschnallen muß.«

Lächelnd setzte sie sich und nahm seinen Verband ab. Ihre Erschöpfung war durch den Erfolg wie weggeblasen. Dann inspizierte sie die Wunde. Die Schwellung war zurückgegangen.

»Sie sind erstaunlich stark«, sagte sie. »Was Sie durchgemacht haben, hätte jeden anderen umgebracht.«

»Das liegt nicht an mir, sondern an Ihnen. Ich hörte Ihren Boß sagen, ich sei die Mühe nicht wert. Die meisten hätten sich nicht so für mich eingesetzt. Ich schulde Ihnen was, Dr. Jones.«

Ihre Blicke trafen sich. Sie wußte nicht, was sie davon halten sollte. Machte er sich wieder lustig über sie? Sie dachte an die Nacht, die sie an seinem Bett gewacht, an die Dinge, die sie ihm über sich erzählt hatte. Sie wußte nicht, warum sie das getan hatte, und wünschte sich, es wäre nicht geschehen.

»Das ist meine Arbeit«, antwortete sie abwehrend.

»Ah. Ihre Arbeit. Natürlich.«

»Ach du lieber Gott, sind Sie *immer* noch hier?« fragte eine Stimme von der Tür.

»Bin ich länger geblieben, als ich sollte?« fragte Sid.

»Ich mein' doch nicht dich, Malone«, sagte Ella Moskowitz, »sondern Dr. Jones.«

»Ja, ich bin immer noch da«, sagte India.

»Sind Sie nicht zu Hause gewesen?«

»Nein.«

»Aber India, Sie sind seit Samstag abend hier. Gestern war Ihr freier Tag. In einer Stunde müssen Sie bei Gifford sein!«

»Schon gut, Ella. Ich hab' Kleider zum Wechseln dabei.«

»Über Ihr Aussehen mache ich mir keine Sorgen. Aber Sie konnten sich nicht ausruhen. Sie fallen mir noch mal tot um.«

Sid sah India an, die sich abwandte. »Also, Dr. Jones, ich glaube wirklich, daß Sie sich große Mühe gegeben haben.«

»Glauben Sie, was Sie wollen.«

Ella blickte von einem zum anderen.

»Ich muß gehen«, sagte India. »Sagen Sie bitte der Oberschwester, man soll ihm Brühe geben und zehn Milligramm Morphium alle drei Stunden. Ich sehe Sie dann bei Gifford. Guten Tag, Mr. Malone.«

»Warten Sie! Wann kann ich hier raus?« fragte Sid.

»Nicht vor einer Woche«, antwortete India.

»Eine *Woche*! Sie machen wohl Witze!« bellte Sid. »Dann entlasse ich mich eben selbst.«

»Tun Sie das, und Sie sind am Abend wieder hier. Aber nicht mehr in einem Einzelzimmer, sondern im Leichenraum.«

»Ach, Blödsinn. Mir geht's gut. Geradezu blendend.«

»Gehen Sie nur, Schätzchen«, sagte Ella. »Ich rück' ihm schon den Kopf zurecht.«

Als India aus dem Krankenhaus hastete, um rechtzeitig zur Arbeit zu kommen, hatte sie das Gefühl, etwas vergessen zu haben. Was war es nur?

Sids Geschichte! Natürlich! Sie hatte seine Geschichte nicht gehört. Obwohl es doch so abgemacht gewesen war. Zu ihrem Unbehagen stellte sie fest, daß sie die unbedingt erfahren wollte.

❧ 17 ☙

»$\mathcal{D}$amit ich es richtig verstehe«, sagte Joes Bruder Jimmy. »Alf ist tot, das Morocco Wharf abgebrannt, du weißt, wer's getan hat, aber die Polizei kann nichts unternehmen?«

»Das behaupten sie. Es gibt keine Augenzeugen. Es steht Aussage gegen Aussage«, antwortete Joe.

Er und Jimmy saßen in seinem Arbeitszimmer und tranken Scotch. Es war neun Uhr morgens. Joes Kleider stanken nach Rauch, sein Gesicht war mit Ruß beschmiert. Vor zwei Stunden war er nach Hause gekommen und hatte Jimmy angerufen, der sofort zu ihm geeilt war.

»Wollen sie nicht mal versuchen, den Kerl zu schnappen?« fragte er jetzt, erschüttert von Alfs Tod.

»Ach, hör mir auf. Sie haben gesagt, das hätten sie schon, aber keine ausreichende Anklage zusammengebracht.«

Joe nahm noch einen Schluck Scotch. Er hatte über vierundzwanzig Stunden nicht geschlafen, war aber nicht müde. Tatsächlich hatte er sich nie wacher gefühlt. Ein Sturm von Gefühlen war im Lauf der Nacht über ihn hinweggefegt – Zorn, Empörung, Trauer. Aber der hatte sich inzwischen gelegt und etwas ganz anderem Platz gemacht – einer wilden, unnachgiebigen Entschlossenheit.

»Dort ändert sich nie was, Jimmy, weißt du das?« sagte er plötzlich. »Die Kriminalität. Die Armut. Die verdammte Gewalt. Auf dem Heimweg hab' ich aus dem Kutschenfenster gesehen. Auf die Häuser. Die elenden Straßen. Wapping. Whitechapel … das ganze East End. Nichts dort wird sich je ändern.«

»Es ist schlimm, ja«, sagte Jimmy.

Während sie sich unterhielten, hörten sie leichte, schnelle Schritte im Gang.

»Wir sind hier, Fee«, rief Joe.

Im nächsten Moment trat Fiona ein, die gerade von ihrer Reise nach Paris zurückgekehrt war, erhitzt und atemlos, noch immer in Mantel und Handschuhen.

»Mr. Foster hat mir gesagt, was passiert ist. Ist alles in Ordnung mit dir, Joe? Du siehst furchtbar aus! Und Alf? Mein Gott, stimmt das? Ist er wirklich tot?«

»Ja, Liebste, es stimmt.«

Ihre Augen füllten sich mit Tränen. Jimmy stand auf und ließ die beiden allein, wofür Joe ihm dankbar war. Als Fiona wieder sprechen konnte, fragte sie ihn, wie es zu dem Feuer gekommen sei. Er erzählte ihr von Frankie Betts. Nachdem er geendet hatte, stand sie auf und begann auf und ab zu gehen.

»Was ist mit deinen Lieferungen? Die Flußlotsen haben sicher von dem Brand gehört und halten alle neuen Schiffe auf, aber einige sind den Fluß vielleicht schon raufgefahren. Kannst du sie ins Oliver's umleiten?« fragte sie. »Ich hab' genug Platz dort.«

»Dort haben wir auf dem Heimweg reingesehen. Mel sagte, der zweite Stock sei leer. Jimmy geht in Kürze zum Morocco Wharf rüber und gibt Bescheid, daß zwei Arbeiter dableiben sollen, um alle einlaufenden Kähne zu Oliver's umzudirigieren.«

»Was ist mit den Versicherern? Sollten wir sie nicht informieren?« fragte Fiona, die immer noch auf und ab ging.

»Das ist schon geschehen.«

Fiona nickte. »Und das Zollamt … wir müssen …«

Joe unterbrach sie. »Fiona, da gibt's etwas, was ich dir sagen muß.«

Sie hob den Blick, und er sah die Angst darin.

»Das mußt du nicht«, sagte sie leise. »Er war es, nicht?«

Er nickte. »Ein Inspektor war dort. Er sagte, Frankie Betts arbeitet für Sid Malone. Er meinte auch, daß wir ihm nichts anhaben können, ohne Augenzeugen.«

»Ich kann's nicht glauben, Joe«, flüsterte sie.

»Tut mir leid, Fee. Ich weiß, es ist schwer für dich. Ich wollte es dir eigentlich gar nicht sagen, aber ich mußte es, damit du erkennst, wie Sid Malone wirklich ist. Damit du nicht mehr nach ihm suchst.«

Fiona antwortete nicht.

»Wir haben unsere Auseinandersetzung über Sid Malone nicht beendet, weil du nach Paris gefahren bist. Ich möchte das jetzt tun. Ich möchte, daß du aufhörst, nach ihm zu suchen. Er hat mein Lagerhaus angezündet. Er hat Alf Stevens getötet.«

»Sag das nicht, Joe. Das ist nicht wahr. Frankie Betts hat das getan.«

»Auf Sids Geheiß.«

»Das *weißt* du nicht.«

»Fiona, wie kannst du nur so verblendet sein?«

»Das bin ich nicht. Er ist mein Bruder, Joe, und ich kann ihn nicht aufgeben. Er *braucht* mich. Das weiß ich. Mehr denn je. Das spüre ich einfach.«

Joe schüttelte den Kopf. »Fiona, *ich* brauche dich.«

Fiona setzte sich neben ihn und nahm seine Hand. »Das weiß ich doch. Ich weiß, wie traurig du bist, wieviel dir Alf bedeutet hat«, sagte sie.

»Ja, das hat er. Aber es geht nicht nur um Alf.«

»Worum dann, erzähl's mir.«

Joe sah seine geliebte Frau an. Mit ihr teilte er all seine Hoffnungen und Träume, aber was er ihr jetzt sagen wollte, würde ihrer beider Leben vollkommen verändern, und er fragte sich, ob sie ihn dabei unterstützen würde.

»Ich bin *wütend*, Fee. So verdammt wütend, daß ich platzen könnte. Deswegen sitz' ich hier mit einem Drink in der Hand. Deswegen bin ich nicht zur Arbeit gegangen. Weil ich Angst hab', ein Loch in die Wand zu schlagen oder einen Tisch umzustürzen. Ich bin wütend über das, was zu den Ereignissen gestern nacht geführt hat. Ich bin wütend, weil sich im East End nie etwas ändert. Zwölf ganze Jahre sind seit den Morden von Jack the Ripper vergangen. Elf Jahre seit dem Dockarbeiterstreik. Alle Zeitungen haben damals über den Osten von London berichtet. Über die schrecklichen Zustände, in denen die Menschen dort leben müssen. Jeder Politiker rief zu Änderungen auf. Und was ist passiert, Fee? Rein gar nichts. Erinnerst du dich an unsere Kinderzeit? Wie unsere Mütter sich abrackerten, um uns durchzubringen? Mein Vater war sieben Tage die Woche mit seinem Gemüsewagen unterwegs! Dein Vater wollte eine Gewerkschaft in Wapping aufbauen und wurde dafür umgebracht!«

»Daran erinnere ich mich sehr gut«, sagte Fiona. »Wahrscheinlich würde er immer noch Reden halten, wenn er noch lebte. Und seine Kollegen organisieren und zum Streik aufrufen.«

Joe richtete sich in seinem Stuhl auf. Es lag ein gewisser Nachdruck in seiner Stimme, als er fortfuhr. »Nein, Fiona, da bin ich mir nicht so sicher. Dein Vater war ein kluger Mann. Er hat 1888 mit dem Aufbau der Dockarbeitergewerkschaft begonnen. Zwölf Jahre später hätte er die Nutzlosigkeit von Streiks erkannt. Er hätte erkannt, was die Stunde geschlagen hat.«

»Was meinst du damit?«

»Streiks sind nur Scharmützel, aber das hier ist ein Krieg. Wenn sich für die Arbeiterklasse *wirklich* etwas ändern soll, muß sie einsehen, daß es sinnlos ist, auf dem Fabrikgelände oder den Docks zu kämpfen. Sie muß lernen, dort zu kämpfen, wo es wirklich etwas bringt – in Westminster.«

»Joe ... wie kommst du plötzlich vom Morocco Wharf auf Westminster?«

»Freddie Lytton kam heute vorbei. Gerade, als die Feuerwehr den Brand gelöscht hatte.«

»Um seine Anteilnahme auszusprechen?«

Joe lachte bitter auf. »O ja. Zwei Sekunden lang. Dann ließ er gleich eine Wahlkampfrede vom Stapel. Erklärte mir zum zehntenmal, daß im Herbst Wahlen abgehalten würden und daß seine oberste Priorität die Verbrechensbekämpfung wäre, wenn er wiedergewählt werden würde. Hat mich um meine Unterstützung gebeten ...« Er brach ab.

»Und was hast du darauf erwidert?«

Joe antwortete nicht, sondern griff nach dem Medaillon, das Fiona trug, öffnete es und blickte auf das Foto ihrer Tochter. »Sieh dir unsere Katie an. Sie ist die Gesundheit in Person. Sie bekommt gutes Essen und weiß nicht, wie es ist, vor Hunger nachts im Bett zu weinen. Oder zu zittern, weil sie keinen Mantel hat. Genau so war es doch, als wir aufwuchsen. Und unsere Eltern. Und deren Eltern. Es geht immer weiter so. Nichts ändert sich. Es sind Schurken auf den Straßen, in den Kontoren und im Parlament – und in den letzten paar Stunden, nach allem, was passiert ist, hab' ich erkannt, was mir noch nie bewußt geworden ist: daß ich ein genauso großer Schurke bin wie alle anderen auch. Weil ich einfach zuschaue und keinen Finger rühre, um etwas dagegen zu tun.«

»Joe Bristow, das ist nicht wahr!« sagte Fiona aufgebracht. »Wir geben viel Geld aus für wohltätige Zwecke im East End.«

»Das weiß ich«, antwortete er ungeduldig. »Das ist ja auch gut und schön, aber es reicht nicht. Wir könnten jeden Penny opfern, den wir haben, und es würde dennoch nichts ändern.«

Fiona seufzte. »Was willst du mir eigentlich sagen?«

Er sah sie an und holte tief Luft. »Ich möchte mich aufstellen lassen, Fee.«

»Aufstellen? Wo?« fragte sie verwirrt.

»Fürs Parlament. Für den Sitz von Tower Hamlets.«

Fiona sah ihn fassungslos an.

»Gegen Freddie Lytton.«

»Für die neue Labour-Liste.«

❧ 18 ❧

Jndia! Um Himmels willen, halt an!« rief Freddie.
India hörte ihn nicht. Sie gab ihrem Pferd die Sporen. Long's Lady, die graue Stute, fiel in schnellen Galopp, raste direkt auf eine unglaublich hohe Hecke zu und setzte zum Sprung an. Wish hatte sie dazu herausgefordert.

»Indy, ich hab' bloß Scherze gemacht!« brüllte Wish. »Nicht! Sie ist zu hoch!«

»Verdammter Mist! *India!*« schrie Freddie.

Ihm stockte der Atem, als die Vorderbeine des Pferds vom Boden abhoben. Wish, Bingham und Maud stöhnten gleichzeitig auf, als das Tier über die Hecke sprang und aus ihrem Blickfeld verschwand. Ein Jauchzen auf der anderen Seite sagte ihnen, daß Pferd und Reiterin gut gelandet waren.

»Gott, sie hat Mut«, sagte Bingham. »Ich hätte mich das nie getraut.«

»Sie ist eine verdammte Närrin, wenn du mich fragst«, sagte Freddie.

»Ach, wirklich, Lytton, zeigt sich jetzt plötzlich dein Herz? Ich dachte, du hättest keins!«

»Halt den Mund, Wish!«

»Also wirklich, alter Junge, wie unglaublich rührend.«

Freddie antwortete nicht. Er trieb sein eigenes Pferd an und ritt wütend zu den Ställen zurück.

Wish hatte recht – die Sache lag ihm am Herzen. Sehr sogar. Und zwar das Vermögen der Selwyn-Jones. Gerade hatte er sich vorgestellt, wie Long's Ladys Vorderbein an der Hecke hängenblieb und India unter den wild ausschlagenden Hufen des Tiers begraben wurde – und damit all seine hochfliegenden Pläne.

Im Hof kam ein Stalljunge heraus, um Freddies Pferd wegzubringen, und ein zweiter für Indias.

»Freddie? Warum hast du nicht auf mich gewartet?« fragte sie, als sie zu ihm ritt.

»Das war wirklich eine alberne Sondereinlage«, sagte er und schwang sich verärgert aus dem Sattel. »Verdammt albern.« Ausnahmsweise waren seine Gefühle einmal echt.

»Du bist doch nicht böse auf mich?«

»Doch! Du bist schließlich Ärztin! Du müßtest doch schon genügend Leute mit gebrochenem Hals und zerschmetterten Gliedern gesehen haben.«

»Tut mir leid, daß du Angst um mich hattest, aber ich wußte, daß Lady die Hecke nehmen kann.«

Sie war zerknirscht. Gut. Das würde er zu seinem Vorteil nutzen. Vielleicht konnte er ihr genügend Schuldgefühle einflößen, damit sie einen Hochzeitstermin festsetzte. Das hatte er zwar im Lauf der vergangenen vierundzwanzig Stunden schon probiert, doch ohne jeden Erfolg. Sie vertröstete ihn immer noch, genau wie bei ihrer Promotion und die ganzen vergangenen zwei Jahre lang.

Freddie warf seine Reitgerte dem Stallburschen zu und ging zum Haus. Er durchquerte die riesige Eingangshalle und stieg die Haupttreppe zu seinem Zimmer im ersten Stock hinauf. Immer noch verärgert, schleuderte er seine Jacke auf den Schreibtisch. Ein paar Seiten der Rede, an der er gerade arbeitete, flatterten zu Boden. Sie waren gestern nachmittag in Longmarsh eingetroffen – er, Wish, Maud und India. Jetzt war Samstag abend. Morgen würden sie nach London zurückkehren. Isabelle würde gute Nachrichten erwarten. Er hatte es versprochen.

Er griff nach einer Karaffe, goß sich ein Glas Gin ein und knallte die Karaffe so heftig auf den Tisch, daß sie an ein Ebenholzkästchen stieß, das ebenfalls dort stand. Ein paar Klänge des »Regentropfen-Préludes« ertönten. Freddie nahm das Kästchen mit den Silber- und Malachitintarsien in die Hand. Seine Großmutter hatte ihm die Spieluhr geschenkt, bevor sie starb. Nie ging er ohne sie irgendwohin. Er drückte auf eine der Malachitintarsien, und eine Schublade sprang heraus. Ein Steckkamm lag darin. Eine Tiffany-Libelle. Die zu einem Paar gehörte.

Während er darauf starrte, hörte er Schritte im Gang. Es klopfte. India war ihm gefolgt – wie er erwartet hatte. Er schob die Schublade zurück und stellte das Kästchen wieder auf den Schreibtisch. Dann leerte er seinen Drink, um sich für das anstehende Gespräch zu stärken.

»Freddie? Liebling? Bist du da?« fragte sie und trat ein. »Sei doch nicht böse und komm auf einen Spaziergang mit mir. Es ist so ein schöner Sommerabend. Und wir haben doch alle so viel Spaß zusammen.«

Freddie stellte sein Glas ab und sah sie an. »Du machst dir nichts draus, nicht wahr?« sagte er.

»Wie bitte?«

»Es ist sonnenklar, India. Du machst dir nichts aus mir.«

»Freddie, wie kannst du …«

»Du weißt sehr genau, daß es mich umbringen würde, wenn dir etwas zustoßen sollte, trotzdem riskierst du dein Leben und nimmst nicht die geringste Rücksicht auf meine Gefühle.«

India lief zu ihm hin, versuchte, ihm zu erklären, daß der Sprung doch nur ein leichtsinniger Spaß gewesen sei und daß seine Gefühle an absolut erster Stelle für sie stünden.

Freddie wandte sich ab und setzte sich auf ein altes Chesterfieldsofa am Fußende seines Bettes. Der Duft von Rosen und frisch gemähtem Gras wehte durchs offene Fenster herein. Es war Juli. Das Parlament würde sich nächsten Monat vertagen. Im September, wenn es wieder zusammentrat, wäre es an der Zeit für die Wahlen. Bis dahin mußte er verheiratet sein. Seine Geldmittel waren fast erschöpft.

India hatte sich neben ihn gesetzt und blickte ihn ernst an, als wollte sie ihn noch immer von ihren Gefühlen überzeugen.

»Sag mir eines, India«, begann er unvermittelt. »Werden wir jemals heiraten? Ich habe lange und geduldig auf dich gewartet. Dein Studium ist vorbei, trotzdem weigerst du dich, einen Hochzeitstermin festzusetzen. Dafür kann es nur einen Grund geben …«, sagte er und tat sein Bestes, die Miene eines gebrochenen Mannes aufzusetzen. »Wenn du mich nicht mehr willst, wenn es jemand anderen gibt, mußt du mir das sagen, und ich ziehe mich zurück.«

»Freddie, was redest du da?« fragte sie schockiert. »Natürlich gibt es niemand anderen. Wie kannst du so etwas nur denken? Ich bin dir absolut treu.«

»Aber was soll ich denn sonst denken? Was würdest *du* denken? Was für einen Grund gäbe es sonst, mich ständig zu vertrösten?«

»Freddie, es gibt nur dich. Du hast mein Wort. Wie soll ich dir das beweisen? Würde eine Hochzeit dich überzeugen?«

»Du weißt doch, daß dies mein innigster Wunsch ist.«

»Also gut. Wäre es dir im Oktober recht? Wir sollten bis nach den Wahlen warten, weil du vorher schrecklich eingespannt sein wirst.«

Freddie verschlug es fast die Sprache. »Oktober wäre wundervoll«, antwortete er.

»Das wäre die praktischste Lösung«, sagte India. »Ich könnte Dr. Gifford um eine Woche Urlaub bitten, mehr kann ich wahrscheinlich nicht verlangen, nachdem ich erst so kurz bei ihm bin. Hattest du dich schon auf lange Flitterwochen eingestellt?«

»Eine Reise, ganz gleich wie lang, wäre schwierig sofort nach den Wahlen.«

»Vielleicht könnten wir ein paar Tage nach Cornwall fahren.«

»Das wäre herrlich. Nur wir beide.« Er nahm ihre Hand. »India, bist du sicher …«

»Das bin ich«, sagte sie und küßte ihn auf die Wange.

Freddie drehte sich um und küßte sie auf den Mund. Seine Finger streichelten ihre Wange, ihren Hals. »Du hast mich so glücklich gemacht. Du bist mein Leben. Ohne dich wäre ich verloren.«

»Und ich ohne dich. Es tut mir so leid, daß ich dir Kummer bereitet habe, Freddie. Ich war so egoistisch. Viel zu sehr auf meine Arbeit konzentriert. Verzeih mir bitte.«

»Natürlich, Liebling«, antwortete er und legte den Arm um sie. »Und du mußt mir meinen schrecklichen Ausbruch verzeihen. Ich weiß ja, daß du nichts Böses wolltest. Ich bin eben überarbeitet. Die langen Tage im Parlament. Nächste Woche muß ich meine Rede zum Home-Rule-Gesetz halten und hab' sie immer noch nicht fertig. Dabei ist sie ziemlich wichtig. Sie könnte meinen Aufstieg oder meinen Fall bedeuten.«

»Armer Schatz. Tut mir leid, daß du dir Sorgen um mich gemacht hast. Das ist wirklich das letzte, was du jetzt brauchst. Du hast so viel um die Ohren. Du arbeitest einfach zu hart.«

»Das tue ich für meine Wähler. Und für mein Land.«

Bei der schwülstigen Formulierung hätte er fast laut herausgelacht, aber sie hatte den gewünschten Effekt. India drängte sich näher an ihn und sagte: »Du bist ein guter Mensch, Freddie Lytton.«

»Du machst einen guten Menschen aus mir.« Dann hob er ihr Gesicht und sagte: »Küß mich noch einmal, India. Ich verzehre mich nach dir.«

Sie küßte ihn scheu auf die Lippen. Er hielt sie fest, achtete aber darauf, sie nicht zu verschrecken. Sonst endete womöglich wieder alles in Tränen, wie sonst immer. Aber er würde sicherstellen, daß sie ihre Meinung nicht wieder ändern konnte. Er würde mit ihr schlafen und sie mit ein bißchen Glück schwängern.

Er küßte sie erneut, sanft und zärtlich. Als er spürte, wie sie sich ihm hingab, knöpfte er schnell ihre Reitjacke auf, streifte sie ihr von den Schultern und begann, ihre Bluse zu öffnen.

»Freddie, ich glaube nicht ...«

»Ruhig, Liebling. Ich möchte dich nur ansehen. Du bist so schön ... so schön ...«

Unter der Bluse trug sie ein Fischbeinkorsett, hart genug, um einen Bullen abzuhalten. Daran würde er sich nicht machen. Zuviel Arbeit. Er öffnete ihr Unterhemd und liebkoste ihre kleinen Brüste, die kaum seine Hand füllten. Er beugte sich ein wenig vor, damit sie seine Enttäuschung nicht sehen konnte.

»Freddie, nicht ...«, sagte sie und wich zurück.

»Bitte weis mich nicht wieder ab, India. Sei nicht so kalt zu mir. Du weißt, wie sehr ich dich begehre.«

»Aber Freddie, ich könnte schwanger werden.«

»Ich hab' was. Zum Schutz.« Er verzog das Gesicht und griff sich zwischen die Beine. »Mein Gott, der Schmerz ... du hast ja keine Ahnung, wie das ist.«

Sie biß sich auf die Lippe. »Freddie, bist du noch ...«

»Natürlich. Ich hab' mich für dich aufbewahrt.«

»Weißt du, was du tun mußt?«

Er lächelte. »Du etwa nicht? Ist das im Medizinstudium nicht behandelt worden?«

»Doch ... theoretisch schon. Aber hier geht's ja nicht um Theorie«, antwortete India, zog ihre Bluse zusammen und sah sich nervös im Raum um.

»Liebling, wir sind ganz allein«, sagte Freddie. Dann schloß er die Tür ab und kam zu ihr zurück. »Niemand ist da, nur du und ich. Laß mich mit dir schlafen. Hier und jetzt. Ich möchte, daß wir zusammengehören. Das willst du doch auch.«

»Ja«, flüsterte sie. »Natürlich.«

Freddie begann, sie auszuziehen. Doch als er ihr das Unterhemd abstreifen wollte, protestierte sie.

»Warte, tut mir leid ... ich bin zu schamhaft, denke ich.« Sie stieg in sein Bett, schlüpfte unter die Decke und zog es selbst aus. Dann schloß sie die Augen und lehnte sich gegen die Kissen.

Heiliger Himmel, dachte Freddie. Das wird ein schweres Stück Arbeit. Er nahm sein Glas und bot ihr einen Schluck Gin an. Sie trank und verzog das Gesicht. Dann zog er sich selbst aus und legte sich neben sie.

Er nahm sie in die Arme, flüsterte Zärtlichkeiten und sagte ihr, wie sehr er sie liebe. Er küßte ihr Gesicht, ihren Hals, ihre Brüste und schob die Hand zwischen ihre Beine. Er hörte, wie ihr Atem stockte, als er einen Finger in sie steckte. Sie war strohtrocken. Noch nie hatte er eine so frigide Frau erlebt. Sie hatte keinen Funken Leidenschaft in sich, empfand nicht die geringste Lust. Er fragte sich, wie er unter diesen Umständen seinen Mann stehen konnte. Dann dachte er an Gemma Dean, ihren herrlichen Busen und ihren runden Hintern, und bekam sofort eine Erektion. Erleichtert versuchte er, in India einzudringen, aber es ging nicht.

»Liebling, so geht das nicht. Du mußt deine Beine öffnen«, flüsterte er.

Sie machte sie einen Spaltbreit auf. Freddie drängte sich an sie, und sie zog die Beine an. Er sah ihr ins Gesicht. Sie starrte zur Decke und biß sich auf die Lippe. Geduld, Junge, sagte er sich, Geduld. Männer haben schon Schwereres vollbracht als das.

»Ruhig, mein Liebling. Alles ist gut«, sagte er.

Er wußte, daß er die Sache schnell hinter sich bringen mußte.

»Ich will dich, India«, sagte er. »So sehr ...«

Und dann spreizte er ihre Beine auseinander und drang in sie ein. Irgend etwas in ihr gab nach, und sie schrie auf. »Ruhig, mein Liebling, es tut nur ganz kurz weh«, flüsterte er. Er stieß in sie, wieder und wieder, und drückte den Mund auf ihre Lippen, um ihre Schreie zu dämpfen. Ein letztes Mal, dann fiel er keuchend auf ihre Brust. Kurz darauf setzte er sich auf. Auch India setzte sich auf. Ihre Glieder waren starr und zitterten. Ihr Gesicht war blaß.

Er nahm ihre Hand und heuchelte Besorgnis. »Hab' ich dir arg weh getan?«

»Ein bißchen.«

»Mein schönes Mädchen. Bitte sei nicht böse auf mich. Ich bin ein Hornochse. Wirklich. Ich war verrückt nach dir. Aber ich wollte dir nie weh tun. Bitte sag, daß du mir nicht böse bist.« Er nahm ihr Gesicht in ihre Hände und küßte sie. »Bitte?«

»Natürlich bin ich das nicht«, antwortete India ruhig und versuchte zu lächeln.

»Das erste Mal ist schlimm. So sagt man zumindest. Aber es wird besser.« Er nahm sie wieder in die Arme. »Du hast mich so glücklich gemacht, mein Liebling.«

»Ich bin froh, Freddie.«

Er lächelte und ließ sein Lächeln dann langsam verblassen. »O nein. O Mist«, stieß er panisch hervor.

»Was ist?«

»Ich hab's vergessen.«

»Was vergessen?«

»Das Gummi.«

»Freddie, nein!«

»Mach dir keine Sorgen. Ich bin sicher, daß nichts passiert ist. Und … selbst wenn, wir heiraten ja nächsten Monat. Wir sagen einfach, das Baby sei ein bißchen früher gekommen.«

Mit Genugtuung beobachtete er, daß ihr ohnehin blasses Gesicht kreidebleich wurde. Er wollte gerade noch etwas hinzufügen, als die Uhr auf dem Kaminsims schlug. Es war sechs. »Verdammt, schon so spät? Wir müssen baden und uns zum Dinner umziehen.«

»Ja, das sollten wir«, sagte sie, streifte ihr Hemd über, stieg aus dem Bett und zog sich an.

»Ich liebe dich, India. Wahnsinnig. Das weißt du doch? Ich kann's gar nicht erwarten zu heiraten. Ein Heim zu haben, eine Familie, ein Leben mit dir.«

Sie nahm ihr Haar hoch, steckte es mit dem Kamm fest und drehte sich dann lächelnd zu ihm um. »Ich kann es auch kaum erwarten.«

»Ich werde es ohne dich kaum aushalten bis zum Dinner. Zieh dir was Hübsches an. Such etwas aus nur für mich.«

India versprach es und sperrte die Tür auf. Sobald sie sie hinter sich geschlossen hatte, ließ sich Freddie aufs Bett fallen und stieß einen langen Seufzer aus. Dann hob er sein Glas und nahm einen tiefen Schluck. Er hatte es geschafft: einen Hochzeitstermin gesichert und diese verklemmte Zicke endlich ins Bett gekriegt. Und mit ein bißchen Glück war sie schwanger. Wie sehr er den Ausdruck auf ihrem Gesicht genossen hatte, als er ihr sagte, daß er nicht verhütet hatte!

India hielt sich für eine emanzipierte Frau, aber selbst sie war nicht verrückt genug, ein uneheliches Kind zu bekommen. Die Schande für beide, für sie und das Kind, wäre vernichtend. Gifford würde sie sofort rauswerfen, die Medizinische Vereinigung ihr die Approbation entziehen.

Freddie stand auf und schlüpfte in einen Morgenrock. Sein Blick fiel wieder auf das Kästchen. Er klappte es auf, lauschte den traurigen Klängen von Chopin, dann öffnete er die Schublade und nahm erneut den Libellen-Kamm heraus. Er war schön, das genaue Gegenstück zu dem, den er kurz zuvor aus Indias Haar gezogen hatte. Er hatte lange Zeit in dem Geheimfach gelegen. Jahrelang. Seit dem Tag, als er ihn in die Tasche steckte, während er den zweiten Hugh Mullins gab.

Nimm ihn, Hugh. Niemand wird je davon erfahren …

Freddie sah Hugh wieder vor sich. Blaß und verängstigt stand er bei den Ställen. Tagelang hatte er nicht geschlafen. Bea, seine Schwester, war in Schwierigkeiten. Sie war schwanger. Sie brauchte Hilfe, und sie brauchte Geld, um jemanden im Dorf zu bezahlen, der sich der Sache annehmen würde. Sonst stürzte die Familie ins Elend. Sie müßte ihr Zuhause aufgeben, ein Cottage, das Lord Burleigh gehörte.

Freddie hatte dies alles erst einige Tage später herausgefunden, nachdem er India und Hugh zusammen gesehen und von ihren Plänen, gemeinsam durchzubrennen, erfahren hatte. Maud hatte es ihm erzählt. India wisse davon, sagte sie, und überlege, wie sie von ihren Eltern Geld bekommen könne, ohne zu erklären, wofür. Er hatte nicht viel darüber nachgedacht, weil er über den Verlust von India viel zu niedergeschlagen war, bis Lady Isabelle ihn völlig aufgewühlt bat, ihr bei der Suche nach ein paar Kämmen zu helfen, die ihr abhanden gekommen waren.

»Sie sind verschwunden, Freddie«, sagte sie. »Ich hab' keine Ahnung, wo ich sie gelassen habe. Mein Mann wäre außer sich, wenn ich sie verloren hätte. Er hat sie extra für mich anfertigen lassen.«

»Wo haben Sie sie denn zum letzten Mal gesehen?« fragte Freddie, froh über die Ablenkung von seinen eigenen Sorgen.

»Ich hab' sie gestern beim Einkaufen in Cardiff getragen. Auf dem Heimweg hab' ich sie in mein Ridikül getan. Seitdem sind sie weg.«

Freddie bat sie, ihm das Ridikül zu zeigen, und stellte fest, daß es einen gebrochenen Saum hatte. Vielleicht waren sie auf dem Weg von den Stallungen zum Haus herausgefallen, überlegte er und erbot sich, danach zu suchen. Er suchte alles ab und sah schließlich auch in Isabelles Kutsche nach. Schließlich entdeckte er sie. Einer lag auf dem Sitz, der andere auf dem Boden. Als er sie dort blitzen sah, kam ihm eine Idee. Er würde einen davon nehmen, behaupten, er habe nur einen gefunden, und den anderen heimlich verkaufen. An irgendeinen Londoner Pfandleiher. Er brauchte unbedingt Geld. Wie immer. Doch gerade, als er einen einsteckte und nach dem anderen griff, hörte er eine Stimme hinter sich.

»Freddie? Bist du das? Braucht Lady Burleigh ihre Kutsche?«

Es war Hugh.

Wut und Eifersucht wegen India kochten in ihm hoch. Am liebsten hätte er ihn niedergeschlagen. Aber das tat er nicht, denn in dem Moment, als er den zweiten Kamm ergriff, kam ihm eine bessere Idee. Eine viel bessere.

Er machte den Kutschenschlag zu und legte den Kamm in Hughs Hand. »Nimm ihn, Hugh. Keiner wird je davon erfahren.«

Hugh sah den Kamm verständnislos an. »Nehmen? Warum?«

»Um Bea zu helfen.«

Hugh hielt erschrocken die Luft an. »Du weißt davon?«

Freddie nickte. »Maud hat's mir gesagt. Sie hat versucht, zehn Pfund von ihrer Mutter zu bekommen, aber Lady Burleigh hat ihr nichts gegeben, weil sie nicht sagen wollte, wofür. Maud ist außer sich. Das sind wir alle. Sie sagt, ihr werdet rausgeschmissen, wenn ihr Vater davon erfährt. Also nimm ihn. Sei nicht blöd.«

Hugh sah den Kamm an. »Er gehört Lady Isabelle, nicht wahr?«

»Sie hat ihn verloren. Ich hab' ihr versprochen, danach zu suchen. Wenn ich zurückgehe, behaupte ich einfach, ich hätte ihn nicht gefunden.«

Hugh schüttelte den Kopf. Er versuchte, den Kamm zurückzugeben, aber Freddie nahm ihn nicht.

»Er ist bloß aus Silber. Die Steine sind nicht echt. Er ist nicht besonders wertvoll, aber ein paar Pfund bringt er schon ein. Genug, um Bea zu helfen. An sie mußt du denken, Hugh. Denk an Bea.«

Hugh kämpfte mit sich, und Freddie konnte die Angst auf seinem Gesicht ablesen. Schließlich nickte er und steckte den Kamm wortlos ein.

Eine Woche später war Bea tot und Hugh im Gefängnis. Er hatte Freddie nicht verpfiffen. Er war ein ehrenhafter Mensch. Das wußte Freddie.

Sir Harry war empört, als er erfuhr, was passiert war. India flehte ihn an, die Anklage gegen Hugh fallenzulassen, wozu er sich schließlich bereit erklärte, vorausgesetzt, Hugh würde den zweiten Kamm zurückgeben. Aber das konnte Hugh nicht, weil er ihn nicht hatte. Freddie hatte ihn.

Also kam Hugh ins Gefängnis, obwohl er ständig beteuerte, nicht zu wissen, wo der zweite Kamm war. Der Ort, an den man ihn brachte, war ein schäbiges Loch voller Ungeziefer. Er steckte sich mit Typhus an und war innerhalb eines Monats tot. Mrs. Mullins, die den Tod ihrer Kinder nicht verwinden konnte, erhängte sich. Hughs Vater, ohne Bleibe und allein, lebte auf der Straße. Seine Leiche wurde ein Jahr später in einem nahe liegenden Tal gefunden. Er war an Unterkühlung gestorben.

Du willst König werden? Dann reiß dir zuerst dein eigenes Herz raus ...

In diesem Sommer hatte er fast alle Gefühle in seinem Herzen abgetötet.

Bis zum September, als er wieder nach Oxford ging, hatte sich alles verändert. Hugh und Bea waren tot. India hatte sich mit ihren Eltern entzweit und ging nach London. Maud stürzte sich in eine Ehe mit katastrophalem Ausgang. Die gemeinsamen Tage von Blackwood waren vorbei. Ihre Kindheit war vorbei.

Der Rote Earl hatte recht gehabt. Es war viel leichter, in der Welt zu funktionieren, wenn man kein Herz hatte. Es war leicht, India zu verachten, die er einst geliebt hatte. Leicht, ungerührt ihren Kummer über den Tod ihres Geliebten mitanzusehen und Anteilnahme zu heucheln. Leicht, sich eine Ehe ohne Liebe vorzustellen, als eine verzweifelte Lady Isabelle sich während seines dritten Studienjahrs an ihn wandte. Er würde Indias Herz nie gewinnen, nie mehr als Zuneigung von ihr erhalten, also würde er statt dessen ihr Geld nehmen. Das war wesentlich nützlicher für ihn.

Es klopfte. Freddie legte den Kamm in das Fach zurück. Er hatte ihn nie verkauft und würde es nie tun. Das war viel zu gefährlich. Mit dem Stempel von Tiffany und Lady Isabelles Initialen darauf, wäre die Sache für jeden Pfandleiher zu leicht zu durchschauen gewesen.

»Herein«, sagte er.

»Entschuldigen Sie, Sir, ich wollte Ihr Bad einlassen«, sagte sein Diener.

»Wenn Sie fertig sind, Armstrong, sagen Sie dem Butler, er soll vor dem Dinner Champagner servieren. Ich möchte heute abend feiern. Ich will das Datum meiner Hochzeit verkünden.«

»Gern, Sir. Darf ich mir erlauben, Ihnen meine aufrichtigen Glückwünsche auszusprechen?«

Freddie nahm die guten Wünsche des Mannes an. Er fühlte sich gut, als wäre ihm eine schwere Last von den Schultern genommen worden. Seine Geldprobleme hatte er ziemlich elegant gelöst. Genauso wie manches andere. Einer mußte es ja tun.

Bald würde er eine glänzende Karriere bei den Liberalen hinlegen – als Generalsekretär vielleicht oder Außenminister des Schattenkabinetts. Das würde ihm mit seiner Rede zum Home-Rule-Gesetz und mit seinem Einsatz bei der Verbrechensbekämpfung gelingen. Donaldson würde Malone weiterhin zusetzen und schließlich etwas gegen ihn in der Hand haben. Dessen war sich Freddie sicher. India hatte gesagt, Malone sei im Krankenhaus fast gestorben. Er bat sie, dafür zu sorgen, daß er am Leben blieb, weil er die Genugtuung haben wollte, ihn ins Gefängnis zu bringen. Im Oktober käme er als Abgeordneter für Tower Hamlets zurück, verheiratet, wohlbestallt am Berkeley Square und mit einem Haufen Geld im Rücken. Im November würde er dann nach Blackwood fahren, um seinen zukünftigen Besitz zu inspizieren.

Blackwood war nicht so altehrwürdig wie Longmarsh, dafür aber viel größer und verfügte über alle modernen Annehmlichkeiten. Im Moment hatte er nicht einmal Anspruch auf einen Schutthaufen wie Longmarsh, aber bald gäbe es nichts mehr, was er nicht erreichen könnte – nicht einmal das, was er sich mehr wünschte als alles andere auf der Welt: Premierminister zu werden.

Er würde es schaffen. Mit Köpfchen, Kühnheit und Indias Geld. Er hatte sich das Herz herausgerissen, ganz wie der Rote Earl ihm geraten hatte, und eines Tages würde er König sein.

*M*aud Selwyn-Jones saß an der Frisierkommode ihres Zimmers in Longmarsh und brachte ihre rabenschwarze Ponyfrisur in Form. Sie schnitt daran herum, zupfte sie zurecht und lehnte sich dann zurück, um das Ergebnis zu begutachten. Es gefiel ihr, wie sich das kurze Haar im Nacken anfühlte, wenn sie den Kopf schüttelte. Freddies und Bings Mutter waren kreidebleich geworden, als sie den neuen Schnitt sahen. Maud lächelte bei der Erinnerung daran. Es machte ihr Spaß, die alten Schachteln zu schockieren.

Sie nahm einen Korallenohrring. Als sie ihn am Ohrläppchen befestigte, begann ihr Arm zu jucken. »Hast du dir Flöhe eingefangen, du schmutziger Köter?« fragte sie Jerome, den braunen Boxer zu ihren Füßen. Der Hund blickte auf. »Nein? Hm. Dann liegt's an der scheußlichen Tapete. Bei Leinentapeten krieg' ich immer Nesselausschlag.«

Doch Maud wußte, daß es nicht an der Tapete lag. Sie wußte auch, daß das Jucken sich bald anfühlen würde, als krabbelten tausend Ameisen über ihren Körper, wenn sie nichts dagegen unternehmen würde. Und zwar sofort.

Sie ging zum Schrank und griff in die Taschen ihres Übermantels. Nichts. Sie öffnete ihre Hutschachteln, riß ihre Koffer heraus und verfluchte ihre Zofe.

»Wo hat sie es bloß hingetan, Jerome?« jammerte sie und kratzte sich die Unterarme. Panisch inzwischen, fiel ihr Blick auf den Nachttisch. Schnell lief sie hin und riß die Schublade auf.

»Da bist du ja!« sagte sie und holte ein schlankes Emailleetui heraus. Sie nahm eine Zigarette heraus, zündete sie an und inhalierte mit geschlossenen Augen. Als sie sie wieder öffnete, waren sie ruhig und leicht glasig.

»Gott schütze Teddy Ko«, murmelte sie lächelnd. Er hatte ihr etwas pulverisiertes Opium in Tabak gerollt, und alles sah nach normalen

Zigaretten aus. Gerade als sie sich wieder an ihre Frisierkommode setzte, flog die Tür auf. Es war India, immer noch in Reitkleidung.

»Schöner Ausritt?« fragte Maud.

India antwortete nicht. Sie schloß die Tür, zog ihr Jackett aus und warf es aufs Bett. Dann ließ sie sich selbst auf die weichen Kissen fallen.

Maud drehte sich um. Ihrer Schwester war anzusehen, daß sie außer sich war. »Indy? Was ist? Was ist passiert?«

India antwortete nicht. Sie starrte nur an die Decke. »Maud, bin ich kalt?« fragte sie schließlich.

Maud stand auf und befühlte Indias Stirn. »Du fühlst dich ganz warm an. Bist du krank?«

»Ach, Maud. Nicht auf die Art kalt. Ich meine ... du weißt schon ... *kalt.*«

»Ah«, antwortete sie. »Schwierigkeiten mit Freddie?«

»Ja«, sagte India und drehte an ihrem Verlobungsring. »Wir haben einen Hochzeitstermin festgelegt.«

»Wirklich. Das sind ja tolle Neuigkeiten!«

»Ja, finde ich auch. Danach hat er mich geküßt, verstehst du. Und ... und noch mehr. Das lief aber nicht besonders gut. Heißt das, daß ich kalt bin?«

»Du und Freddie, ihr habt gerade miteinander geschlafen?«

»Ja.«

»Aber ihr seid doch schon seit Jahren verlobt! Willst du mir sagen, daß du die ganze Zeit nicht mit ihm im Bett warst?«

»Ja.«

»India, du bist wirklich hoffnungslos.«

»Wahrscheinlich bin ich das«, antwortete sie kleinlaut.

»Das macht ja nichts«, erwiderte Maud ein wenig versöhnlicher. »Dir fehlt nichts, was mit ein bißchen Übung nicht zu beheben wäre. Männer sind wie Fahrräder. Kein Spaß, bevor man nicht weiß, wie man darauf fahren muß«, erklärte sie und zog wieder an ihrer Zigarette.

»Aber ... wie lerne ich das?«

Maud hustete Rauch heraus. »*Wie!* Hat man dir in deinem Studium denn keine Anatomie beigebracht?«

India starrte, rot vor Verlegenheit zur Decke. Maud sah, wie sie sich quälte, und bereute ihre flapsige Bemerkung. »Hör zu, mein Schatz, das nächste Mal trinkt ihr vorher eine schöne Flasche Wein. Dann gibst du dich einfach deinen Gefühlen hin.«

India nickte unsicher.

»India, du weißt doch, wovon ich spreche? Du hast doch solche Gefühle?«

»Für Freddie?«

»Ja, natürlich für Freddie!«

India runzelte die Stirn, als würde sie über ein schwieriges medizinisches Problem nachdenken, dann sagte sie: »Ja. Ja, das habe ich. Er wird einen wundervollen Ehemann abgeben.« Und dann erzählte sie Maud, war für ein brillanter Politiker Freddie sei und wie sehr er sich für die Armen einsetze.

Maud seufzte genervt auf. »Ja, Indy, das weiß ich alles. Die Frage ist die: Willst du mit ihm vögeln?«

India wurde puterrot. »Maud!«

»Ach, hör doch auf mit deiner Prüderie. Für mich hört sich das an, als würdest du Freddie lieben, wie ich Jerome liebe. Oder Wish.«

»Du liebst Wish? Aber sicher. Wer würde Wish nicht lieben?« dröhnte der Genannte und trat ins Zimmer.

»Klopft denn hier *niemand* an?« fragte Maud.

»Ich nie. Dann sind die Mädels ja vorgewarnt. Wie sollte ich sonst einen Blick auf ein Fußgelenk werfen können? Oder auf noch Besseres?« Er legte den Finger an den Ausschnitt von Mauds Morgenrock und spähte hinein. Sie schlug seine Hand weg.

»Früher hat es dir auch nichts ausgemacht, mir deinen Busen zu zeigen.«

»Als ich zehn war und keinen hatte. Außerdem hast du mich damals dafür bezahlt.«

»Ich zahl' dich auch heute noch. Sag mir, wie viel du willst. Ich bin bald steinreich«, sagte Wish, ließ sich neben Maud auf den Boden fallen und nahm Jerome auf den Schoß. »Möchtet ihr wissen, warum?«

»Nein«, antworteten die Schwestern im Chor.

»Ich wußte doch, daß es euch interessiert.« Und er erzählte ihnen in aller Ausführlichkeit über ein neues Investitionsprojekt in Kalifornien. »Da müßt ihr einsteigen, alle beide. Ich verdiene ein Vermögen für euch.«

»Das wär mal was anderes«, antwortete Maud. »Nachdem du ein

Vermögen von mir bei dieser südafrikanischen Diamantenmine in den Sand gesetzt hast.«

»Und du, Indy? Hast du dein Geld immer noch auf diesem Konto bei der Bank von England?«

»Was? Ja, das hab' ich.«

»Also, dann ist es wirklich an der Zeit, das aufzulösen. Der Ertrag ist viel zu niedrig. So ein Konto ist was für Pfarrer und alte Jungfern ... he, altes Mädchen, was ist denn los?«

»Wie aufmerksam du bist, Wish«, sagte Maud höhnisch.

»Was hast du, Indy?« fragte er.

»Eigentlich nichts. Alles in Ordnung.«

Wish sah sie an. India seufzte und erzählte ihm dann – leicht verkürzt –, was mit Freddie passiert war. Wish war wie ein Bruder für sie und Maud, ihm hatten sie schon immer alles anvertraut.

Er nickte und meinte dann: »Kein Grund zur Sorge. Ich weiß, wo das Problem liegt.«

»Ach, wirklich?« fragte India.

»Natürlich. Darf ich dich was fragen, Indy – liebst du Freddie?«

»Selbstverständlich.«

Er klatschte in die Hände. »Da haben wir's! Liebe macht alles kaputt. Du solltest in deinen Ehemann *niemals* verliebt sein. Deinen Liebhaber solltest du lieben. Und der sollte jemand vollkommen Unpassendes sein. Ein Schauspieler vielleicht. Oder ein Musiker oder Maler. So jemand.«

»Das ist vielleicht ein absurder Ratschlag«, sagte Maud.

»Das ist ein großartiger Rat!« protestierte er. »Heiraten sollte man nur wegen Nachkommen, Geld, Häusern und Pferden. Warum denn sonst? Es ist, als würde man freiwillig ins Gefängnis gehen. Ich jedenfalls werde das nie tun. Ich ziehe es vor, mein Geld auf ehrliche Art zu verdienen.«

Damit ging er hinaus, und Maud wandte sich wieder ihrer Schwester zu. Sie wirkte noch immer unglücklich.

»India? Du hast meine Frage vorhin nicht beantwortet. Über deine Gefühle. Was ich meinte, war ...«

»Ich weiß, was du gemeint hast«, erwiderte sie gereizt.

»Also, liebst du Freddie?«

»Das hab' ich doch gerade gesagt. Hast du's nicht gehört?«

»Gehört hab ich's schon, bloß nicht geglaubt.«

»Also gut, nein«, sagte sie ärgerlich. »Ich liebe Freddie nicht. Das ist genau der Grund, warum ich ihn heirate. Ich hatte einmal diese Gefühle. Vor langer Zeit. Ich will nie wieder welche haben.«

»Hugh?« fragte Maud.

India antwortete nicht.

»Du *mußt* Freddie doch nicht heiraten.«

»Ich *will* es. Wir gehören zusammen. Er ist perfekt.«

»Du meinst, er bedeutet Sicherheit.«

India schwieg einen Moment und sagte dann: »Hugh Mullins war eine Phantasie, Maud. Wir beide wußten das. Die typische Phantasie eines dummen jungen Mädchens.«

»Ich kann mich nicht erinnern, daß du Hugh damals als Phantasie abgetan hättest. Du warst doch am Boden zerstört.«

India schüttelte den Kopf. »Das war alles romantischer Unsinn. Eine Ehe – eine gute – ist auf gegenseitiges Interesse, ähnliche Herkunft, Zuneigung, Respekt und Rücksicht gegründet, nicht unbedingt auf Liebe.«

»Wo hast du denn diese Weisheit her? Aus deinen Lehrbüchern?«

»Nur weiter so, Maud. Was ist mit Duff? Da ging es nur um Liebe und Anziehung und … Sex. Wir haben versucht, dir das auszureden, aber du mußtest ihn ja haben.«

Mit neunzehn hatte Maud Duff Haddon, den Sohn eines Fürsten, geheiratet. Er sah umwerfend aus, war gewandt, intelligent und witzig. Unglücklicherweise war er – wie Maud erst nach der Hochzeit feststellte – Alkoholiker. Er wurde während eines Ferienaufenthalts in Kairo erdolcht, nachdem er im Rausch einen Restaurantbesitzer beleidigt hatte. Seine Leiche wurde am nächsten Morgen in einer schmutzigen Gasse gefunden.

»Ja, Indy, ich habe eine schlechte Wahl getroffen«, räumte Maud ein. »Und dir kommt meine Ehe jetzt als Beispiel recht, um zu beweisen, daß du nicht denselben Fehler machen willst, aber du bist nicht aufrichtig. Die Wahrheit ist, daß du einen Mann heiratest, den du nicht liebst, weil dich der Verlust des Mannes, den du geliebt hast, fast zerstört hat und du dich diesem Schmerz nicht noch einmal aussetzen willst.«

India funkelte sie wütend an. Es schien, als wollte sie etwas erwidern, aber schließlich schwieg sie doch. Typisch India, dachte Maud.

»Laß mich mal ziehen«, sagte sie schließlich und deutete auf Mauds Zigarette.

»Ach, das ist nichts für dich«, wehrte Maud hastig ab. »Es ist … ähm … ungesund.«

»Doch. Nur einen Zug.«

»Wirklich, India, ich finde nicht …«

India stand auf und riß Maud die Zigarette weg. Sie nahm ein paar schnelle Züge und hustete dann heftig.

»Heiliger Himmel, was ist denn das? Kanonenpulver?«

Fast, dachte Maud.

India hustete erneut, sagte, ihr sei schwindlig, und legte sich aufs Bett.

Na großartig, dachte Maud. Das hat uns gerade noch gefehlt.

Sie sah ihre Schwester an. Sie atmete ruhig, ihre Augen waren geschlossen. Einen Moment lang sah sie wieder vor sich, wie India mit siebzehn gewesen war – scheu, intelligent, immer hinter ihrer Brille versteckt. Wenn sie die Stimme ihrer Mutter hörte, zuckte sie zusammen. Im Haus war sie linkisch. Draußen kühn. Ritt Pferde, die zu reiten sich keiner traute. Holte Katzen aus allen Bäumen. Brachte den Armen Weihnachtspakete.

Aber vor allem erinnerte sich Maud, wie Indias Gesicht im Dämmerlicht ihres gemeinsamen Schlafzimmers leuchtete, als sie ihr erzählte, wie sich Hughs Lippen und Hände anfühlten und wie sehr sie ihn liebte. Ihre Stimme war so voller Gefühl und Leidenschaft gewesen, wenn sie von ihm sprach. Sein Tod hatte ihr das Herz gebrochen. Sie war untröstlich gewesen. All ihre Energie und Leidenschaft hatte sie nach Hughs Tod auf ihr Studium verwendet. Für einen Mann war da kein Platz. Und ganz bestimmt nicht für Freddie.

So sollte man keine Ehe beginnen, fand Maud.

Oder doch?

Vielleicht war es besser, sein Herz wegzusperren, als das Risiko einzugehen, es sich brechen zu lassen. Vielleicht hatte India doch recht. Vielleicht war es besser, einen guten, vernünftigen Mann zu heiraten, zu dem man Zuneigung verspürte statt Liebe.

Maud breitete eine Decke über ihre schlafende Schwester. Dann legte sie die Hand auf Indias Wange und strich ihr über die gerunzelte Stirn. Sie dachte an all die Jahre, die India mit dem Studium des menschlichen Körpers verbracht hatte, wie hart sie gearbeitet hatte, um dessen Geheimnisse zu ergründen. Sie kannte die Namen aller Muskeln und Knochen, wußte wie die Organe arbeiteten. Sie wußte alles, außer dem Wichtigsten.

»Arme kleine India«, flüsterte sie. »Du weißt so viel, so unendlich viel, aber dein eigenes Herz kennst du nicht.«

❧ 20 ❧

»✺as soll ich tun, Mel?« fragte Fiona den Aufseher in Oliver's Wharf. Das Herz klopfte ihr bis zum Hals. Sie zitterte vor Aufregung. »Wir wollten zum Lunch gehen. Ein ruhiges Lunch auf den Old Stairs. Nur wir beide. Aber ist das zu fassen? Jetzt käme ich gar nicht mehr durch zu den Old Stairs.«

Jubel brandete auf. Sie lachte und schüttelte dann ungläubig den Kopf.

»Also, so was hab ich noch nie gesehen«, sagte Mel Turnbull. »Mein Lebtag noch nicht. Sie sollten da jetzt nicht runtergehen, Mrs. Bristow. Zuviel Lärm und Gedränge. Bleiben Sie hier oben, wo Sie sicher sind.«

Fiona und Mel standen an einer offenen Luke von Oliver's Wharf. Unter ihnen, auf der Wapping High Street, waren dicht an dicht etwa tausend brüllende, pfeifende und klatschende Männer versammelt. Einige standen auf Lieferwagen oder waren auf Laternenpfähle geklettert. Dutzende besetzten die Luken benachbarter Lagerhäuser. Alle reckten die Hälse, um bessere Sicht auf den blonden Mann zu haben, der in Hemdsärmeln auf einem Holztransporter auf und ab ging und eine leidenschaftliche, donnernde Rede hielt.

»Wie ist er dort raufgekommen?« fragte Fiona.

»Es hat sich rumgesprochen, daß er mit Tillet und Burns im Pub ist. Ein paar Männer haben ihn auf dem Weg nach draußen geschnappt, ihn auf den Wagen gehievt und wollten eine Rede hören«, antwortete Mel.

»Sieht aus, als kriegten sie eine«, sagte Fiona.

Ihr Herz schwoll an vor Stolz, als sie den Mann beobachtete, und ein Lächeln so breit wie die Themse erstrahlte auf ihrem Gesicht. Sie kannte ihn. So gut. Und doch, wenn sie ihn jetzt ansah, wie er die Aufmerksamkeit der Menschenmenge lenkte, hatte sie das Gefühl, ihn ganz neu kennenzulernen.

Es war Joe. Ihr Joe.

Er war ins Town of Ramsgate gegangen, einen Pub am Fluß in der Nähe ihres Lagerhauses, um mit Ben Tillet und John Burns – zwei einflußreichen Arbeiterführern und Organisatoren des Dockarbeiterstreiks von 1889 – Kontakt aufzunehmen. Eigentlich suchte er nur ihren Rat und ihre Unterstützung für seine Kandidatur für den Sitz von Tower Hamlets. Da Fiona am gleichen Morgen in Oliver's Wharf sein wollte, um eine Teeladung zu begutachten, hatte er sie gebeten, auf den Old Stairs mit ihm Fisch und Chips zu essen. Dort wollte er ihr erzählen, was das Treffen ergeben hatte. Ihr Lunch würde jedoch warten müssen, denn die Wähler wollten dies offensichtlich nicht. Fiona hielt sich an der Lukentür fest, als weiterer Beifall unten aufbrandete.

»Macht er das oft?« fragte Mel.

»Zum erstenmal in seinem Leben«, antwortete Fiona.

»Nicht zu glauben.«

Es mochte Leute geben, die gekniffen hätten, wenn sie gebeten worden wären, vor einer so riesigen, lärmenden Menge zu sprechen. Joe jedoch nicht. Auch wenn er inzwischen Herr eines Handelsimperiums war und sich mehr in eleganten Konferenzsälen als an Straßenecken aufhielt, war er doch im Grunde seines Herzens ein Straßenhändler – und als solcher nie um Worte verlegen. Er war in Whitechapel aufgewachsen und hatte mehr Zeit auf den Straßen als zu Hause verbracht. Schon als Knirps hatte er Petersilie angepriesen aus einer Gemüsekiste, die hinten am Karren seiner Eltern befestigt war.

Er kannte den Londoner Osten, kannte die Leute, die dort lebten, und wußte, wie man mit ihnen reden mußte. Und in seinen Hemdsärmeln, ohne Krawatte und mit offenem Kragen war er kein Chef mehr, sondern einer von ihnen.

Ein stämmiger Mann, ebenfalls in Hemdsärmeln, formte die Hände zum Schalltrichter und rief Joe zu: »Aus dem Stronghold sind Waffen geklaut worden, und der Besitzer, dem sie gehört haben, verlegt sein Geschäft nach Southwark. Das Morocco ist abgebrannt, und fünfzehn Leute sind arbeitslos. Wir brauchen mehr Polizei. Beschaffst du uns die?«

Joe schüttelte den Kopf »Nein«, sagte er. »Nein, das werde ich nicht.«

Geräusche der Verwunderung, Buhrufe und Gelächter kamen auf.

Joe wartete, bis sich die Wogen geglättet hatten, und fuhr dann fort: »Warum sollte ich so das Geld der Steuerzahler verschwenden? Hier gibt's schon genug Constables. Genug Polizeireviere.«

Die Buhrufe erstarben, Stille trat ein.

»Lytton verspricht euch mehr Polizisten«, sagte Joe, »weil das für gute Schlagzeilen sorgt. Irgendwann kriegt ihr die vielleicht auch, aber das spielt keine Rolle. Er könnte tausend weitere Polizisten herschicken, und es würde keinen Unterschied machen. Ihr wollt Herr über das Verbrechen werden? Dann werdet Herr über die Gründe dafür – Armut, Unwissenheit, Hunger, Krankheit. Nein, ich werde euch nicht zu mehr Polizisten oder Gefängnissen verhelfen, sondern zu mehr Schulen und Krankenhäusern. Zu besseren Löhnen und Entschädigungen bei Unfällen. Wenn ihr mehr Polizisten wollt, dann wählt Freddie Lytton. Wenn's euch um besseren Lohn, ein besseres Leben, um eine Zukunft geht … dann stimmt für mich.«

Jubel brach aus. Es wurde gepfiffen und geklatscht.

Fiona war verblüfft. »Als wäre er dafür geboren«, sagte sie zu Mel.

Mel nickte. »Wie Sie schon sagten, verkaufen liegt ihm im Blut, und was ist Politik schon anderes als verkaufen? Der einzige Unterschied besteht darin, daß er jetzt keine Äpfel, sondern sich selbst anpreisen muß.«

»Und wie's aussieht, kaufen es die Leute ihm ab.«

Fiona war schockiert gewesen, als Joe ihr von seinen Plänen erzählte, aber sie hatte sich bald wieder gefangen und ihm versprochen, ihn in jeder Hinsicht zu unterstützen. Sie wußte, daß er Unterstützung brauchen würde, und zwar nicht nur die ihre, denn er hatte einen gewaltigen Kampf vor sich.

Während der letzten allgemeinen Wahlen 1895 wurde kein einziger Kandidat der Unabhängigen Labour-Partei gewählt. Dieses Jahr war eine neue Labour-Partei gegründet worden, als sich die Unabhängigen mit den Sozialdemokraten und ein paar Handelsgewerkschaften zusammentaten und das Labour-Repräsentationskomitee bildeten. Joe wäre ein unerfahrener Kandidat unter dem Banner einer neugegründeten Partei. Alles spreche dagegen, hatte er Fiona gesagt, aber er sei dennoch entschlossen zu kandidieren. Er wolle seinen Status als politischer Außenseiter zu seinem Vorteil nutzen. Er wolle deutlich machen, daß nichts mehr im alten Trott weitergehen würde, wenn man ihn wählte. Er wäre eine neue Stimme im Parlament, weder an

Traditionen noch Titel gebunden, die allein für den Osten von London und seine Bewohner sprechen würde.

»Warum sollen wir dir trauen?« rief ein Mann mit flacher Mütze. »Du bist kein Arbeiter. Du kandidierst für die Labour-Liste, aber du bist kein Labour-Mann, sondern Kapitalist!«

Joe lächelte. »Das ist wohl wahr. Ich bin einer der reichsten Männer im Land!« Die Leute reagierten zuerst überrascht auf die Antwort, dann lachten sie über seine Aufrichtigkeit. »Ich bin reich genug, daß mich niemand in der Hand hat und niemals in der Hand haben wird«, fuhr er fort. »Aber glaubt nicht, daß das immer so gewesen ist. Ich hab' mit fünf Jahren bei Wind und Wetter Äpfel verkauft. Als ich anfing, hatten Straßenhändler noch keine Gewerkschaft. Sie haben sie bis heute nicht. Wenn ich krank war und nicht arbeiten konnte, mußte ich hungern. Das hab' ich nie vergessen. Ich hab' nie vergessen, wie es ist, draußen zu stehen. Ich weiß, was ihr durchmacht, die andern nicht. Glaubt ihr, daß Lytton oder Lambert je hungrig ins Bett gegangen sind? Daß sie je gezittert haben, weil das Geld für Kohlen fehlte? Ich bin Kapitalist, ja, aber ich bin ein Kapitalist mit Gewissen.«

»Toller Satz. Den sollte er auf eine Fahne schreiben«, sagte Mel beifällig.

»Pst«, sagte Fiona. Ein anderer Mann sprach.

»Warum sollten wir Labour wählen?« fragte er. »Warum überhaupt wählen? Was bedeutet uns das Parlament? Die hohen Tiere in der Regierung scheren sich einen Dreck um den Arbeiter. Das haben sie noch nie getan. Alle Macht, die wir uns erstritten haben, haben wir durch die Gewerkschaften bekommen.«

Beifallsrufe ertönten. Joe wartete, bis sie abgeklungen waren, und erwiderte: »Ja, ihr habt Macht gewonnen – durch großen Mut und viele Opfer, möchte ich hinzufügen –, aber wie lange könnt ihr eure Macht halten?«

Niemand antwortete.

»Das Kapital will sie zurück, und diese Leute haben eine parlamentarische Arbeitgebervereinigung gegründet, um sie zu kriegen. Ihr lest doch auch die Zeitungen, ihr habt davon gehört. Und ihr wißt, was sie tun. Sie gehen nicht mehr gegen eure Streikposten vor, sie bekämpfen euch im Parlament. Sie haben Männer, die Tag und Nacht Druck auf die Regierung ausüben, damit kein Gesetz durchkommt, das der Arbeiterklasse dient. Und sie haben Erfolg. Sie reagieren auf Streiks mit Aussperrungen und Streikbrechern, und dabei wird's nicht bleiben. Es geht das Gerücht, sie wollen ein Gesetz durchbringen, das ihnen erlaubt, Gewerkschaften auf Schadensersatz zu verklagen und das Streikrecht sogar ganz aufzuheben.«

»Was willst du dagegen tun?« rief jemand.

»Mich ihnen auf ihrem eigenen Kampfplatz stellen«, rief Joe zurück. »Ich trage den Kampf aus den Fabriken und Docks nach Westminster. Ihr lebt in der reichsten Stadt des reichsten Landes der ganzen Welt. Das ist ein Reichtum, den jeder von euch mitgeschaffen hat. Mit eurer Arbeit, eurem Schweiß und eurem Blut.« Hier hielt er inne, ging auf und ab und rief dann: »Also, warum hungern eure Kinder? Warum haben eure Frauen nichts? Warum arbeitet ihr zwölf, vierzehn, sechzehn Stunden und müßt euch dennoch *immer noch* fragen, ob ihr Schuhe für den Sohn oder einen Mantel für die Tochter kaufen könnt?«

Wieder ertönten Beifallsrufe. Joe hob die Hände und bat um Ruhe. Fiona sah, wie schwer er atmete, wie erschöpft er war.

»Wir können nicht gewinnen, wenn wir nach ihren Regeln spielen. Es ist an der Zeit, daß wir selbst ein paar aufstellen. Demonstrationen und Streiks waren ein erster Schritt, Gesetzgebung ist der nächste. Laßt uns gemeinsam nach Westminster gehen. Laßt uns die alten Gesetze ändern und neue schreiben. Gesetze, die eure Löhne, eure Jobs und eure Familien schützen. Was sagt ihr? Wollt ihr den Weg mit mir gehen?«

Ohrenbetäubender Beifall brandete auf. Mützen flogen in die Luft, Hände strecken sich Joe entgegen.

John Burns stieg auf eines der Wagenräder. »Was meint ihr, Leute? Sollen wir ihm eine Chance geben?«

Das Gebrüll wurde noch lauter. Die ausgestreckten Hände packten Joe, zogen ihn von dem Wagen herunter, und er verschwand in der wogenden Menge. Fiona blieb fast das Herz stehen, erschrocken fuhr ihre Hand zum Mund, doch dann tauchte er plötzlich wieder auf, auf den Schultern von zwei kräftigen Arbeitern. Die Menge teilte sich. Joe wurde die High Street hinuntergetragen, an Docks und Lagerhäusern vorbei, wo ihm die Menschen von Luken und Kais laut zujubelten. Fiona sah ihn winken, bis er um eine Ecke aus ihrem Blickfeld verschwand.

»Wo sie ihn wohl hinbringen?« fragte sie.

»*Wohin?*« erwiderte Mel lachend. »Wohin wohl? Er ist auf dem Weg nach Westminster!«

*M*ary Ellerton, das kleine Mädchen mit der Tuberkulose, hat eine schlechte Nacht hinter sich. Sie sollten sie zuerst ansehen«, sagte die Oberschwester. »Und dann hätten wir noch Mr. Randall, einen Bauarbeiter, der vor einer Stunde mit einem Armbruch eingeliefert wurde. Dr. Gifford hat ihn geschient, möchte aber, daß Sie noch mal einen Blick darauf werfen.«

»Dr. Gifford ist hier?« fragte India überrascht.

»Ja, er hatte heute morgen eine Notoperation. Gallensteine. Schwester Moskowitz hat ihm assistiert. Hier ist die gesamte Liste.«

India nahm die Liste, dankte der Schwester und zählte flüchtig die Patienten durch. Mindestens zwanzig. Es war schon acht, und um zehn sollte sie in der Praxis in der Varden Street sein. Eilig stürzte sie ihren Tee hinunter und machte sich an die Arbeit. Gerade als sie ihr Stethoskop herausgenommen hatte, klopfte es, und gleich darauf trat eine strahlende Ella ein, gefolgt von zwei riesigen Obstkörben, die sich selbständig fortzubewegen schienen. Die Körbe waren atemberaubend – mit Moos und Bändern und frischen Blumen dekoriert – und die Früchte, Nüsse und Kekse darin so hoch aufgeschichtet, daß die Gesichter der Männer nicht zu sehen waren, die sie trugen.

»Herrlich, nicht wahr?« sagte Ella.

»Ella, was soll das?« fragte India.

»Stellt sie auf den Boden, gleich hier«, wies Ella die Männer an.

Als sie sie abgestellt hatten, erkannte India, wer sie waren – Sid Malones Männer.

»Mr. Betts, Mr. Smith, warum bringen Sie die hierher?«

»Als Dankeschön, Miss. Vom Boß. Und von uns. Weil sie ihn wieder gesund gekriegt haben.«

»Mr. Betts, ich kann …«

»… nicht glauben, wie großzügig das ist«, sagte Ella. »Wirklich ganz reizend, nicht wahr, Dr. Jones?« Sie drehte sich um und warf India einen warnenden Blick zu.

»Nun … ja. Wirklich.«

»Danke, Ella«, sagte Frankie und beugte sich vor, um sie auf die Wange zu küssen.

»Nicht mir, Dr. Jones müßt ihr danken«, sagte Ella.

»Sie brauchen sich nicht zu bedanken, Mr. Betts. Ich habe bloß meine Arbeit getan.«

Frankie sah aus, als hätte er eine Ohrfeige bekommen. Ella schüttelte den Kopf, und India hatte das Gefühl, sich völlig danebenbenommen zu haben. Ärgerlich fragte sie sich, warum es ihr immer so schwerfiel, mit diesen Leuten zu reden.

Sobald sich die Tür hinter ihnen geschlossen hatte, sagte India: »Ella, schaffen Sie die Körbe raus.«

»*Wie bitte?*«

»Ich will sie hier nicht haben. Wir beide wissen, womit sie bezahlt wurden. Mit Diebstahl, Drogen und Gott weiß was. Ich möchte mich nicht an Sid Malones kriminellen Gewinnen beteiligen. Schaffen Sie sie raus.«

Ella schnaubte. »Einen Teufel werde ich tun.«

India sah sie verblüfft an.

»Haben Sie Augen im Kopf? Sie sind doch nicht farbenblind, oder?« fragte Ella.

»Natürlich nicht«, erwiderte India.

»Warum ist dann alles bloß schwarzweiß für Sie? Da unten ist ein ganzer Saal voller kranker Kinder. Die armen Teufel würden sich über Kekse oder Orangen freuen.«

»Also ist es richtig, Kinder zu korrumpieren?« fragte India, von Ellas Kritik getroffen. »Sie mit der Ausbeute des Elends anderer zu füttern?«

»Mir ist egal, ob Sid Malone Hufe hat. Diese Kinder jedenfalls kriegen das Obst.«

»Na schön, Ella. Machen Sie, was Sie wollen«, erwiderte India steif und wandte sich wieder ihrer Liste zu.

»Um Himmels willen, jetzt steigen Sie mal von Ihrem hohen Roß runter und lassen einen schlechten Mann eine gute Tat tun. Selbst wenn wir das für ihn erledigen.« Damit verschwand sie.

Plötzlich klopfte es erneut. India schreckte auf. Eine Lernschwester, Alison Fitch, steckte den Kopf herein. »Sie werden gebraucht, Dr. Jones. Eine Miss Milo kam gerade in die Notaufnahme. Sie will nicht sagen, was ihr fehlt, behauptet, sie sei eine Patientin von Ihnen.«

India war schon aus der Tür, bevor die Schwester den Mund zugemacht hatte. »Milo … Milo …«, murmelte sie. Der Name kam ihr bekannt vor. Dann fiel es ihr wieder ein. Die junge Frau, die nach Verhütungsmitteln gefragt hatte.

Emma Milo lehnte an der Wand des Aufnahmeraums. Schon von weitem konnte India erkennen, daß es ihr sehr schlecht ging. Ihre Augen waren halb geschlossen, ihr Gesicht kreidebleich.

»Miss Milo?« sagte sie. »Miss Milo, was ist passiert?«

Mühsam öffnete Emma Milo die Augen. »Bitte helfen Sie mir«, sagte sie.

»Können Sie gehen? Da drüben ist ein Bett.«

Miss Milo drückte sich von der Wand ab. Sie machte einen schleppenden Schritt, dann noch einen und hielt den Blick auf India gerichtet.

»Großer Gott«, sagte Schwester Fitch und sah auf die Stelle, an der Miss Milo gestanden hatte. India folgte ihrem Blick. Die Fliesen waren voller Blut.

India erwischte Emma Milo gerade noch, bevor sie zusammenbrach. »Eine Trage!« rief sie.

Schwester Fitch rannte los und kam mit einer zurück. Gemeinsam hoben sie die junge Frau hinauf. Sie schrie auf und zog die Knie an die Brust. Die Rückseite ihres Kleids war blutdurchtränkt.

India rief nach einer weiteren Schwester. »Bringen Sie sie in Operationssaal eins«, ordnete sie an.

»Den hat Dr. Gifford heute morgen benutzt. Er wird noch gereinigt«, sagte die Schwester.

»Dann in zwei. Schnell!« Die Schwestern eilten mit der Trage davon. India lief voraus und hastete durch die OP-Türen. Sie wußte, sie sollte sich waschen, einen sauberen Kittel anziehen, aber dafür war keine Zeit. Sie rannte zum Waschbecken, packte eine Flasche Karbol, goß sie sich über die Hände und lief zu Miss Milo zurück. Schwester Fitch legte ein Tablett mit Instrumenten zurecht. Die andere Krankenschwester – Schwester Arnold – hatte ihr Rock und Unterrock ausgezogen, die nun als blutiger Haufen am Boden lagen.

»Fehlgeburt?« fragte sie.

»Das glaube ich nicht«, sagte India. Sie hatte solche Blutungen schon einmal gesehen. In einem Krankenhaus in Wales. Bilder von Bea und Hugh kamen in ihr hoch und damit Panik und Schmerz. Sie riß sich zusammen.

»Miss Milo, können Sie mich hören? Miss Milo? Riechsalz, Schwester Fitch«, sagte sie leise, aber bestimmt. Ihre Stimme verriet nichts von ihrer Angst. Das ließ sie nicht zu. Schwester Fitch schwenkte das Riechsalz. Emma Milo hustete und versuchte, sich wegzudrehen.

»Gutes Mädchen. Jetzt nicht mehr ohnmächtig werden«, sagte India. »Schwester Fitch, klappen Sie die Beinstützen hoch. Wir heben sie auf den Tisch.«

»Dieser Tisch hat keine, Doktor. Nur OP eins«, antwortete sie.

Wut kam in India auf. Gifford hatte OP eins für seinen Patienten benutzt. Einen Mann. »Nehmen Sie ihr linkes Bein, Schwester Fitch. Schwester Arnold, Sie nehmen das rechte.« Die Schwestern hoben Miss Milos Beine an und beugten ihre Knie. Ihr Gesäß und ihre Schenkel waren blutverschmiert, und das Blut wollte nicht aufhören zu fließen. India versuchte, eine Spekulum einzuführen. Miss Milo wand sich und schrie. Das Instrument fiel heraus und landete klappernd auf dem Boden. Sie versuchte es noch einmal. Dann legte sie eine Hand auf den Unterleib der Frau und glitt mit der anderen in sie hinein. Ihre Hände wurden zu ihren Augen. Sie sagten ihr, was sie vermutet hatte. »Der Uterus ist punktiert. An verschiedenen Stellen. Ich muß operieren. Schwester Arnold, Karbol. Schwester Fitch, Chloroform und eine Maske.«

»Dr. Jones, bitte …« Es war Miss Milo. Ihre Augen waren geöffnet und klar. »Wenn meine Eltern kommen, sagen Sie nicht, was passiert ist. Ich war schwanger. Von meinem Chef. Er ist verheiratet.«

»Wer hat Ihnen das angetan? Wo waren Sie?«

»Ich weiß es nicht. Thomas hat mich hingebracht. In eine Küche. Eine Frau hat's getan. Es war schmutzig dort, und es hat so weh getan.«

Miss Milo schluckte, ihre Augenlider flatterten, ihre Hände fuhren durch die Luft. India ergriff sie mit ihren eigenen blutigen Händen.

»Ich hab' Angst«, flüsterte Miss Milo. »Furchtbare Angst.«

»Das Chloroform, Schwester Fitch!« rief India.

»Hier.«

Die Schwester drückte die Maske auf das Gesicht der Patientin. Sie atmete dreimal tief ein und hörte dann ganz zu atmen auf. Ihre Brust sank ein.

India riß die Maske herunter und begann mit Herzmassage. Die Schwestern hinter ihr tauschten besorgte Blick aus.

»Eins … zwei … drei …«, zählte sie und drückte die Handflächen auf die Brust der Frau. »Schwester Fitch, rollen Sie ein Laken zusammen, und schieben Sie es unter den Rücken. Schwester Arnold, heben Sie ihre Arme über den Kopf. Los! Was ist denn? Macht schon!«

»Dr. Jones … Ma'am, sie ist tot«, sagte Schwester Arnold ruhig.

India trat zurück und schüttelte den Kopf. »Nein, das ist nicht möglich. Ich hab' noch nie einen Patienten verloren. Sie kann nicht tot sein.« Sie sah die Frau an, auf das Blut zwischen ihren Beinen, auf ihre leblosen Augen. »O Gott«, sagte sie und schlug sich an die Stirn.

»Geben Sie sich nicht die Schuld, Dr. Jones. Sie ist selbst dafür verantwortlich, und es geschieht ihr recht. Was sie getan hat, war falsch. Absolut falsch«, sagte Schwester Fitch.

India schloß die Augen. Sie holte tief Luft, aber es half nicht. »Raus«, sagte sie.

»Wie bitte?«

»Raus hier.«

»Aber ich muß sie in den Leichenraum bringen.«

»Rühren Sie sie nicht an. Gehen Sie. Raus hier.«

»Ja, Dr. Jones«, sagte Schwester Fitch eingeschnappt und ging.

India streckte Miss Milos Beine aus und deckte ein Tuch über sie. Dann wischte sie ihre blutigen Hände an ihrem blutbefleckten Kittel ab und drückte der Frau sanft die Augen zu.

»Ich sollte das tun, Dr. Jones«, sagte Schwester Arnold leise.

»Ich schaff' das schon.«

Schwester Arnold öffnete ein weiteres Laken und deckte es über Miss Milos Körper.

»Ich hätte ihr helfen sollen«, sagte India tonlos.

»Sie *haben* ihr geholfen«, erwiderte Schwester Arnold. »Mehr hätte keiner für sie tun können. Sie hatte schon zuviel Blut verloren.«

»Ich meinte früher. Als sie zum erstenmal zu mir kam. Ich hätte ihr helfen sollen. Ich bin ein Feigling. Ein verdammter Feigling.« Sie wandte sich ab und ging in ihr Büro zurück, wo sie in ihrer Hast, Miss Milo beizustehen, ihre Liste liegengelassen hatte.

Sie wollte sie nur holen und dann mit der Visite beginnen, doch dann setzte sie sich und legte den Kopf in die Hände. Tränen stiegen in ihr auf, die sie mühsam zu unterdrücken versuchte.

Sie hörte wieder Professor Fenwicks Stimme. *Sie sind nicht in meiner Klasse, um zu glauben oder zu fühlen. Glaube und Gefühl vernebeln das Urteilsvermögen.*

Keine Gefühle, sagte sie sich. Fühl das nicht. Fühl nichts.

Es klopfte. India hörte es nicht. Die Tür ging auf. »Dr. Jones?« fragte eine männliche Stimme.

Sie hob den Kopf. Es war Sid Malone. Verlegen stand sie auf. »Mr. Malone. Was kann ich für Sie tun?«

Sid antwortete nicht. Er starrte auf ihren blutbeschmierten Kittel.

»Tut mir leid. Das hab' ich vergessen ...«, begann India. Sie hielt inne und begann von neuem. »Ein Mädchen. Keine siebzehn. Verpfuschte Abtreibung. Ich hab' sie verloren. Gerade vorhin.«

»Sie ist die erste, die Sie verloren haben, nicht wahr?«

»Ja. Woher wissen Sie das?«

»Weil sie es mir einmal gesagt haben.«

Er hielt ihrem Blick stand, und sie fragte sich, wie ein so harter Mann so sanfte Augen haben konnte.

»Hat sie sehr gelitten?« fragte er.

India wandte sich ab.

»Niemand stirbt lächelnd, Mr. Malone. Wußten Sie das nicht? Das sind Märchen. Absoluter Kitsch. Leute sterben in Angst und mit Schmerzen. Schreiend, heulend, fluchend, bettelnd, aber nie lächelnd. Und um ihre Frage zu beantworten, ja, sie hat gelitten.« India riß sich zornig den Kittel herunter und warf ihn in die Ecke. »Dr. Gifford, mein Chef, tut nichts gegen die schlechte medizinische Versorgung von Frauen, genausowenig wie gegen die Heuchelei einer Medizin, die den Reichen Verhütungsmittel zukommen läßt und sie den Armen verbietet. Das macht mich einfach zornig!«

Sid schwieg lange, dann sagte er schließlich: »Ihr Boß taugt nichts.«

»Mein Boß?«

»Gifford. Er taugt nichts. Sie sollten eine eigene Praxis eröffnen. Dann könnten Sie arbeiten, wie Sie es für richtig halten. Warum tun Sie das nicht?«

»Die kann ich mir nicht leisten. Außerdem will ich keine. Keine private Praxis zumindest. Ich hoffe ... nun, es sind bloß Träume ...

eines Tages eine Klinik zu eröffnen. Für arme Frauen und Kinder. Hier in Whitechapel. Ich hab' schon angefangen, dafür zu sparen. Die Patienten würden nur bezahlen, was sie zahlen können, selbst wenn es gar nichts wäre.«

Sie hielt inne. *Er muß mich für verrückt halten. Vielleicht bin ich das auch. Weil ich ihm schon wieder mein Herz ausgeschüttet habe. Zuerst über mein Studium, dann über Hugh und jetzt das. Freddie habe ich derlei Dinge nie erzählt. Was ist bloß los mit mir? Warum erzähle ich ihm das alles? Ausgerechnet ihm?*

»Können Sie Ihren Vater nicht um Geld bitten? Sie sagten doch, er sei steinreich.«

»Ich will sein Geld nicht. Ich hab' keinen Penny von ihm genommen, seit ich von Blackwood fort bin. Und werde auch jetzt nicht damit anfangen.«

»Dann gebe ich Ihnen das Geld.«

»Wie bitte?«

»Ich gebe Ihnen das Geld für die Klinik. Wieviel brauchen Sie?«

India starrte ihn an. Sie konnte nicht fassen, daß er ein so unglaublich großzügiges Angebot machte – und nur einen Moment lang glauben konnte, sie würde es annehmen.

»Danke. Vielen Dank. Aber das könnte ich nie annehmen.«

»Warum nicht?«

Sie antwortete nicht.

»Mein Geld ist schmutzig. Ist es das?«

»Mr. Malone, ich bin Ärztin. Ich habe einen Eid geleistet, Menschen zu helfen. Wie kann ich Geld annehmen, das damit verdient wurde, sie zu zerstören?«

Darauf antwortete Sid nicht. Er zog ein Taschentuch heraus und tupfte ihre Stirn ab. »Blut«, sagte er.

India stand starr da, als er es wegwischte. Er war so nahe, und seine Berührung war so sanft. Plötzlich hatte sie das überwältigende Bedürfnis, den Kopf an seine Brust zu legen und um Miss Milo zu weinen. All ihre Trauer und ihren Zorn herauszuweinen.

»Tut mir leid, Mr. Malone«, sagte sie abrupt und trat einen Schritt zurück. »Ich bin sicher, Sie sind nicht hergekommen, um sich eine vernichtende Rede über den Zustand der Medizin in Britannien oder die Berufsziele einer jungen Ärztin anzuhören. Warum sind Sie hier? Was kann ich für Sie tun?«

Sid hob die Hände. »Nein, mir tut's leid. Ich wollte nur reinsehen, bevor ich gehe. Ihnen für alles danken, was Sie für mich getan haben.«

»Wirklich, Mr. Malone, ich hab' nur …«

»… meine Arbeit getan. Ich weiß. Nichts Besonderes, stimmt's?« sagte er mit einem Anflug von Bitterkeit. »Dennoch möchte ich mich bedanken. Und Ihnen sagen, wenn ich irgendwas für Sie tun kann, wenn Sie irgend etwas benötigen …«

»Ja, nun, wenn ich je ein gestohlenes Gemälde oder ein Pfund Opium brauchen sollte, weiß ich ja, an wen ich mich wenden kann«, antwortete India bissig.

»Ja, dann … leben Sie wohl, Dr. Jones«, erwiderte Sid. Die Sanftheit war aus seinen Augen verschwunden. Er lüpfte seine Mütze und ging.

India schloß die Augen und stöhnte auf. *Warum* hatte sie das gesagt? Er wollte ihr doch bloß danken, und sie hatte ihn praktisch rausgeworfen. *Warum?*

Sie wußte die Antwort. Sie wußte, wenn sie um Miss Milo geweint hätte, wenn sie den Kopf an seine Brust gelegt hätte, hätte er sie gelassen. Es hätte nicht viel Worte gegeben, nur seine starken Arme um sie, seine Wange, die sich an die ihre drückte. Sie wußte, daß sie sich nach seiner Wärme und seiner Berührung sehnte, mehr als sie sich je nach Freddies Berührungen gesehnt hatte, und dieses Wissen machte ihr angst.

22

*M*r. Lytton.«

»Herr Premierminister.«

»Ich bin bereit, eine brillante Rede zu hören. Sind Sie bereit, eine zu halten?«

»Das bin ich, Sir«, antwortete Freddie lächelnd. »Und Geschichte zu schreiben.«

Lord Salisbury zog die buschigen Augenbrauen hoch. Seine wachen Augen blitzten. »An Selbstvertrauen fehlt's Ihnen ja nicht! Das ist die richtige Einstellung, mein Junge.«

Der Premierminister hatte gerade in Begleitung einiger Minister die St.-Stephen's-Halle in Westminster betreten, wo sich Freddie für die anstehende Herausforderung sammelte. In ein paar Minuten würde er seine Rede zur Unterstützung des irischen Home-Rule-Gesetzes halten. Salisbury blieb ein paar Minuten bei ihm stehen und beklagte sich über die Fülle langweiliger Regierungsgeschäfte, die vor der Sommerpause noch erledigt werden mußten.

»Was hatten wir gestern? Weinzölle, den Ausbruch von Maul- und Klauenseuche in den Fens und eine Eingabe zur Finanzierung von Verkehrsampeln in Basingstoke. Verdammt langweiliges Zeug, kann ich Ihnen sagen. Man schafft's kaum, wach zu bleiben.« Er hielt inne und fügte dann schalkhaft hinzu: »Ich will Ihnen auch nicht verbergen, Freddie, daß Sie meiner Meinung nach heute so gute Chancen haben wie eine Schneeflocke in der Hölle, aber ich freue mich darauf, Ihnen zuzusehen, wie Sie dahinschmelzen. Das sollte uns wenigstens mal wieder ein bißchen Abwechslung bieten.«

»Ich wußte gar nicht, daß Sie Siege der Liberalen unterhaltsam finden, Herr Premierminister.«

Salisbury lachte. »Jemand sollte Campbell-Bannerman warnen, daß dieser junge Spund seinen Posten will.«

»Nein, Sir, nicht seinen. Ihren«, sagte Freddie.

Salisburys Minister lachten. Der Premierminister lächelte, aber sein Blick war vernichtend. Er hatte Freddie nie verziehen, daß er die Seiten gewechselt hatte, und seine Unterstützung des Home-Rule-Gesetzes würde er ihm auch nicht vergeben. Für ihn bedeutete das Gesetz eine selbstauferlegte Begrenzung für Englands Einfluß und Macht – und das grenzte an Verrat für ihn.

»Viel Glück, Lytton«, sagte er, immer noch lächelnd. »Sie werden es brauchen.«

Der Löwe im Winter, dachte Freddie, als er ihm nachsah. Er war der letzte seiner Art. Ein Cecil, ein Mitglied einer der namhaftesten Familien Englands und für die Politik geboren. Seine Vorfahren hatten schon Elizabeth Tudor und James Stuart in hohen Stellungen gedient. Und obwohl er inzwischen ein alter Löwe und gebeugt und grau war, war er noch immer in der Lage, einen jungen Aufsteiger in Stücke zu reißen.

Die Uhr in der Halle schlug zehn.

»Mist!« sagte Freddie. Jetzt müßte er in den Plenarsaal hasten. Er war ohnehin schon nervös. Gut möglich, daß der alte Fuchs das beabsichtigt hatte.

»Freddie! Freddie, hast du die *Times* gelesen?« rief plötzlich jemand hinter ihm.

Freddie drehte sich um. »Bingham! Du bist hier.«

»Ja. Offensichtlich.«

»Willst du meine Rede hören?«

»Ja, aber ...«

»Schön von dir!«

»Freddie, hast du ...«

»Keine Zeit«, sagte Freddie und eilte zur Abgeordnetenlobby. »Bin spät dran. Muß mich sputen. Ich seh' dich später.«

»Freddie, *warte*!« rief Bingham und wedelte mit einer Zeitung.

»Später, Bing! Wir treffen uns im Reform-Club!« Freddie eilte in den Plenarsaal und nahm seinen Platz auf einer der gepolsterten Lederbänke ein.

Er blickte sich um und stellte fest, daß fast alle anwesend waren. Abgeordnete liefen in Gehröcken und Seidenhüten herum, außer einem, dem einzigen Labour-Mitglied, James Kier Hardie, der Tweedjacke und Kappe trug. Die Einpeitscher beider Parteien hatten sichergestellt, daß eine Mehrheit ihrer Mitglieder zur Abstimmung erschienen war. Er blickte hinauf und erkannte verschiedene Vertreter der Presse auf der Besuchergalerie, darunter auch einige Gesichter aus dem Oberhaus.

Heute war der wichtigste Tag in seiner ganzen politischen Karriere. Unermüdlich hatte er hinter den Kulissen gearbeitet, um sich die Unterstützung beider Parteien zu sichern. Es war ein mühseliger Kampf gewesen, und er hatte nur eine knappe Mehrheit zusammenbekommen, wobei einige immer noch ihre Meinung ändern konnten, wenn es zur Abstimmung kam. Ein paar Zweifler waren noch zu überzeugen, und dafür mußte er eine Rede halten, die schlichtweg umwerfend war.

Gleichzeitig wußte er, daß sein Auftritt im gesamten In- und Ausland verfolgt werden würde. Wenn er sich heute durchsetzte, würde ihm das den Aufstieg in seiner eigenen Partei und den Gewinn seines Wahlkreises garantieren, in dem viele Iren lebten, deren patriotische Gefühle er schamlos angestachelt hatte.

Und wenn er versagte … Nun, er würde nicht versagen. Dafür stand zuviel auf dem Spiel.

Die Home Rule, die irische Selbstverwaltung, war eine Geschichte der Niederlagen. Unter Gladstone hatten die Liberalen 1886 und 1893 Home-Rule-Gesetze im Unterhaus durchgesetzt, die allerdings jedesmal vom Oberhaus wieder zu Fall gebracht worden waren. Gäbe man die Macht in einem Teil des Empires ab, argumentierten die Lords, wäre man bald gezwungen, dies auch andernorts zu tun. Diese Erfahrungen aus der Vergangenheit hätten manchen eingeschüchtert, aber nicht Freddie. Er vertraute seinen Argumenten und seiner Fähigkeit, sie überzeugend darzulegen. Wenn das Gesetz heute durchging, würden die früheren Niederlagen seinen Sieg nur um so strahlender erscheinen lassen.

Der Saal war fast gefüllt. Seine Nerven waren bis zum äußersten angespannt, aber er fühlte sich gut. Alles ging jetzt seinen Gang. India war endlich gefügig gemacht. Seine Finanzlage würde sich in Kürze bessern. Gemma wäre bald wieder sein. Und mit der Rede hätte er auch Erfolg.

Die Sitzung wurde eröffnet, das Tagesgeschäft begann. Das Home-Rule-Gesetz stand ganz zuoberst auf der Tagesordnung. Der Speaker, der Präsident des Unterhauses, beendete seine Eingangsbemerkungen, und Freddie erhob sich und meldete sich zu Wort.

»Der Ehrenwerte Abgeordnete für Tower Hamlets«, sagte der Speaker.

»Danke, Herr Präsident«, antwortete Freddie. »Herr Premierminister, meine verehrten Abgeordneten, ich trete heute vor Sie hin, um über die Zukunft von Irland zu sprechen, und indem ich das tue, sichere ich nichts weniger als die Zukunft Großbritanniens ...«

Ein lautes »Hört, hört«, ertönte von den Bänken der Liberalen.

»... das heutige Britannien ist ein Reich, wie man es seit den Tagen von Cäsars Rom nicht mehr gesehen hat. Ein großes glanzvolles Imperium, in dem die Sonne nicht untergeht. Wir, seine Bürger, sonnen uns zu Recht im Glanz seiner Stärke, seiner unvergleichlichen Errungenschaften ...«, wieder ertönten Beifallsrufe, »... und dennoch fürchte ich, daß zuviel der strahlenden Sonne einige Abgeordnete auf der rechten Seite dieses ehrwürdigen Hauses geblendet hat und sie deshalb den aufziehenden Sturm nicht sehen können.« Lautes Murren ertönte. Freddie fuhr schnell fort. »Entferntes Donnergrollen an unseren Küsten ist zu vernehmen, ein Donner, der lauter wird, während genau diese Abgeordneten unseren Nachbarn Irland in einen Feind für uns verwandeln, indem sie ihm die gleiche politische Selbstbestimmung verweigern, die wir, die Erben der Magna Charta, genießen ... indem sie ihm die Privilegien und Rechte der Selbstverwaltung verweigern.«

Ohrenbetäubendes Gebrüll ertönte von den Tories, das von Beifallsstürmen auf seiten der Liberalen quittiert wurde. Freddie lächelte, zufrieden, daß seine Worte beinahe einen Aufstand provozierten, was nur hieß, daß man ihm aufmerksam zuhörte.

Eine halbe Stunde später – Freddie redete immer noch – kam Edward Berridge, ein Hinterbänkler der Tories, mit einem Stapel Zeitungen in den Sitzungssaal gelaufen. Freddie sah ihn aus dem Augenwinkel und nahm an, er habe sich verspätet. Er wandte sich leicht ab, um sich nicht stören zu lassen. Deshalb bemerkte er nicht, wie Berridge dem Einpeitscher der Tories die Zeitungen reichte. Er sah nicht, wie dieser lächelnd die Titelseite las. Er sah nur seinen eigenen Sieg, den zukünftigen Ruhm.

»Wir führen immer noch einen Krieg im Transvaal und sind mit Unruhen in Indien konfrontiert«, sagte er und beschloß seinen eindrucksvollen Auftritt. »Laßt uns nicht Republikaner zu Revolutionären machen. Home Rule muß die Devise des Tages heißen. Irland muß sich selbst um irische Belange kümmern. Das ist keine Politik des Niedergangs, meine Herren. Das ist kein Defätismus. Nein, es ist politischer Pragmatismus und damit die Zukunft.«

Als Freddie schließlich wieder Platz nahm, ertönte donnernder Applaus von den Bänken der Liberalen. Er lächelte, überzeugt, die Mehrheit für die Verabschiedung des Gesetzes gewonnen zu haben und seinen Erfolg bald im Reform-Club feiern zu können. Er lehnte sich zurück und wartete, daß der Speaker zur Abstimmung aufrufen würde, doch statt dessen erhob sich Edward Berridge.

»Der Ehrenwerte Abgeordnete für Banbury«, rief der Speaker.

Berridge räusperte sich und sagte dann ernst: »Ich frage mich, ob der Ehrenwerte Abgeordnete für Tower Hamlets die heutige Ausgabe der *Times* gelesen hat?«

Freddie fuhr zusammen. Hatte ihn Bingham nicht dasselbe gefragt, als er in den Sitzungssaal eilte? Warum?

»Ich fürchte nicht. Vielleicht erlaubt dem Ehrenwerten Abgeordneten sein ländlicher Wahlkreis Freizeitvergnügen, die mir in meinem nicht vergönnt sind.«

Freddies Anhänger lachten. Die Tories zeigten steinerne Mienen.

»Herr Präsident, ich möchte eine Ergänzungserklärung abgeben«, sagte Berridge.

»Hört, hört«, wurde von allen Seiten gerufen. Freddie konnte es nicht fassen. Er wußte, genau wie alle anderen im Saal, daß Berridge nicht für eine Ergänzung, sondern gegen das Inkrafttreten des Home-Rule-Gesetzes war.

»Ihre Gründe, Sir?« fragte der Speaker.

Berridge hielt eine Ausgabe der *Times* hoch. Mindestens zwei Dutzend der Tories taten das gleiche. FÜNF TOTE BEI SCHIESSEREI IN DUBLIN stand auf der Titelseite. REPUBLIKANER ÜBERFALLEN POLIZEI AUS DEM HINTERHALT MIT WAFFEN AUS LONDONER LAGERHAUSRAUB.

Empörung erfaßte das Unterhaus. Pfiffe und Buhrufe ertönten. Freddie hatte das Gefühl, jemand habe ihm einen Schlag versetzt. Er bekam kaum Luft.

Berridge wartete, bis sich der Lärm gelegt hatte, dann fuhr er fort. »Die Männer, die in Dublin getötet wurden, waren Engländer. Sie lassen englische Frauen und Kinder zurück. Sie mögen diese Iren Republikaner, Revolutionäre oder Rebellen nennen, es ändert nichts daran, was sie in Wirklichkeit sind – nämlich *Mörder*. Jeder von ihnen. Sind *das* die Männer – diese Schwerverbrecher –, sind *das* die Männer, denen nach Meinung des Ehrenwerten Abgeordneten zur Macht verholfen werden soll? Sind *das* die Männer, die das Schicksal unseres nächsten Nachbarn leiten sollen und in weiterem Sinn auch das unsrige? Sind *das* die Männer, denen Selbstverwaltung gewährt werden soll?«

Freddie versuchte zu antworten, wurde aber von aufgebrachten Hinterbänklern der Tories niedergeschrien. Der Speaker rief zur Ordnung, doch als Freddie etwas erwidern wollte, griff Berridge erneut an.

»Die Waffen bei dem Überfall wurden aus dem Stronghold Wharf gestohlen, einem Lagerhaus im Osten von London, in Tower Hamlets.« Er hielt einen Moment inne, dann holte er zum tödlichen Schlag aus. »Offensichtlich möchte der Ehrenwerte Abgeordnete aus Irland einen ähnlich gesetz- und rechtlosen Ort machen, wie es sein eigener Wahlbezirk ist.«

Gelächter brandete auf – gemein, höhnisch, vernichtend. Berridge und seine Anhänger hatten zugeschlagen, und die Tories – weil sie einen Vorteil für einen der ihren sahen – hatten es zugelassen. Freddies eigene Parteimitglieder, die erkannten, daß die Sache verloren war, hatten ihn im Stich gelassen. Der Speaker rief erneut zur Ordnung. Ruhe trat ein. Berridge machte ein Zeichen, daß nun die Abstimmung erfolgen sollte, die mit einer deutlichen Niederlage für Freddie endete. Das Home-Rule-Gesetz war damit erledigt.

Und ich höchstwahrscheinlich auch, dachte Freddie.

Eine Sitzungspause wurde ausgerufen. Die Abgeordneten rannten durcheinander und verließen den Saal, um etwas zu trinken oder zu rauchen. Manche legten ihm die Hand auf den Rücken oder klopften ihm auf die Schultern. Freddie sah zur Besuchergalerie hinauf. Er sah Binghams starre Miene, daneben Wish. Er sah seinen Gegner Richard Lambert lächeln und Mitglieder der Presse emsig kritzeln.

Er blieb, wo er war. Er hatte keine Eile, seinen Sitz zu verlassen und zum Tagesgeschäft überzugehen, denn er wußte, daß er nicht mehr um das Home-Rule-Gesetz, sondern um sein eigenes Überleben ringen mußte. Er beobachtete, wie Berridge in Begleitung des lächelnden Premierministers den Saal verließ, und spürte seltsamerweise keinerlei Animosität gegen ihn. Er hatte nur für seine Partei gekämpft.

Berridge hatte seine Niederlage eingefädelt, aber Freddie wußte, daß er unter den gleichen Umständen dasselbe getan hätte.

Nein, es gab nur einen Mann, der für das Geschehene verantwortlich war. Nicht Berridge. Nicht Lambert. Und ganz bestimmt nicht er selbst.

Es war Sid Malone, der ihm das angetan hatte. Hätte er das Stronghold nicht ausgeraubt, wären die Waffen nie nach Irland gelangt. Es hätte keine Schießerei gegeben. Home Rule hätte die Devise des Tages geheißen, und der Erfolg des Gesetzes hätte seinen eigenen garantiert.

Es war Malone, der ihn ruiniert hatte, und Malone würde dafür bezahlen. Schon bald, und zwar teuer.

23

Sid lag ausgestreckt auf dem Bett in seiner Wohnung über dem Barkentine, Gemma Dean saß mit gespreizten Beinen auf ihm.

»Gott, Gem, meine Seite«, keuchte er.

»Tut's weh?«

»Höllisch.«

»Armer Schatz«, sagte sie und rollte von ihm herunter. »Besser?«

»Viel besser.«

»Möchtest du einen Drink?«

»Gern.«

Gemma stieg aus Sids Bett, schlüpfte in einen Morgenrock, ging zu seinem Sekretär, um zwei Gläser Whisky einzuschenken, und sang dabei einen Song aus den Music Halls. Sid betastete vorsichtig seine Wunde und prüfte, ob der Verband noch richtig saß. Drei Tage war es her, daß er aus dem Krankenhaus gekommen, zwei Wochen, seit der Unfall passiert war. Seine Seite heilte gut, aber dennoch würde es noch einige Zeit dauern, bis er Gemmas erotischer Akrobatik standhalten konnte. Was sie alles fertigbrachte mit ihren Händen, ihrem Mund …

Sie reichte ihm seinen Whisky, stieg wieder ins Bett und verschüttete dabei ein wenig von ihrem eigenen auf seiner Brust. Sie beugte sich hinunter, leckte ihn ab und sah ihn dann lächelnd an. »Ich hab' dich vermißt«, sagte sie und küßte ihn auf den Mund.

»Ich dich auch, Schatz«, antwortete er, leerte sein Glas und stellte es auf den Nachttisch. Vorsichtig griff er unters Kissen, damit sie nicht sehen konnte, was er tat. Als er hatte, was er wollte, setzte er sich auf.

»Du wirst nicht glauben, was Frankie getan hat, während du ohnmächtig warst«, sagt Gemma.

»Wahrscheinlich schon.«

»Er hat der Frau Doktor eines von diesen Horchgeräten stibitzt.«

»Dieser Blödmann! Sie braucht das Ding doch«, sagte Sid ärgerlich.

Gemma sah ihn an, als wäre er verrückt geworden. »Das ist doch nichts wert, Sid. Ärzte machen einen Haufen Kohle. Ich wette, sie hat sich schon ein neues gekauft. Aber egal, er hat's benutzt, um Safeschlösser abzuhören. Vielleicht funktioniert's ja.«

Sid setzte ein gezwungenes Lächeln auf. »Ja, vielleicht.« In Wirklichkeit war er verärgert. Wie sollte Dr. Jones ohne das Ding ihre Arbeit tun? Was, wenn sie ein neues kaufen mußte? Das würde ihr dann bei den Ersparnissen für ihre Klinik fehlen. Er würde Frankie, diesem Einfaltspinsel, sagen, er solle das Stethoskop zurückbringen.

»Was ist denn?« fragte Gemma.

»Bloß etwas müde«, sagte er. Dann fiel ihm wieder ein, was er in der Hand hielt.

»Dieser Frankie, der ist schon eine Marke, was?«

»Und nicht die einzige«, antwortete Sid und griff nach ihrem Ausschnitt. Er zog daran und küßte ihren Busen. »Was, du hast Schätze hier drin versteckt?« fragte er.

Gemma kicherte, als er zwischen ihre Brüste griff und den Gegenstand in seiner Hand hineinfallen ließ. »Also wirklich, Gem, was man hier alles finden kann. Jetzt sieh dir das an!«

Er zog eine glitzernde Halskette heraus und ließ sie vor ihren Augen baumeln. Sie bestand aus lupenreinen weißen Brillanten mit einem Medaillon in der Mitte, auf dem, ebenfalls in Brillanten, Gemmas Initialen prangten. Sie drehte es um. Auf der Rückseite war etwas eingraviert.

»Für Gemma. Hals und Beinbruch. In Liebe, Sid«, las sie. »O Mann!« stöhnte sie. »Ist das für mich?«

»Ja. Schade, daß keine Ohrringe dabei sind.«

»Sid, du hast doch nicht ...«

»Ich hab' nicht nachgesehen. Stimmt. Wie unaufmerksam von mir.« Er spielte wieder mit ihrem Busen und gab vor, nach weiteren Schmuckstücken zu suchen. »Das war's, denk ich.«

Gemma zog eine Schnute.

»Warte mal. Es gibt ja noch andere Verstecke.« Er ließ die Hand zwischen ihre Beine gleiten. »Da hätten wir sie ja!« Er reichte ihr zwei Ohrgehänge, die zu der Halskette paßten.

»Ach, Sid!« rief sie. »Sie sind herrlich. Wirklich. Und so groß!«

»Ein bißchen was zu deinem Debüt«, sagte er. »Freut mich, daß sie dir gefallen.« Die Steine stammten von einem Job, den die Jungs und er oben in Greenwich erledigt hatten, und er hatte sie neu fassen lassen. Er schlief jetzt seit ein paar Monaten mit ihr und fand, daß sie eine Anerkennung verdient hatte. Die Brillanten würden gut an ihr aussehen, und wenn sie ein bißchen älter und mal klamm wäre, könnte sie die Klunker verkaufen. Sid hatte viele Mädchen wie Gem gekannt. Am Schluß wurden sie immer älter, und es fehlte ihnen an Barem.

Gemma bewunderte sich im Spiegel, drehte sich nach allen Seiten, hob ihr dichtes braunes Haar und ließ es wieder fallen. Sid registrierte die üppigen Kurven ihres Hinterteils und bekam wieder Lust auf sie.

»Du siehst umwerfend aus«, sagte er.

Sie lächelte, kam zum Bett zurück und setzte sich rittlings auf ihn.

»Uff! Verdammt, Schatz, mach langsam.«

Sie dankte ihm noch einmal, küßte ihn, richtete sich auf und steckte ihn in sich hinein. Dann bewegte sie sich langsam hin und her. Ihr Haar war offen, und die Brillanten glitzerten im dämmrigen Lampenlicht auf ihrer Haut. Er versuchte, nach ihr zu greifen, aber seine Wunde ließ ihn zusammenzucken.

»Leg dich zurück«, sagte Gemma. »Rühr dich nicht.« Sie umschloß ihre Brüste, drückte sie und rieb mit den Daumen über ihre steifen Brustwarzen.

»O Gott, Gem …«, stöhnte er. Es war zuviel. Sie war herrlich und so wild. Er kam fast sofort.

Als er wieder zu Atem kam, beugte sie sich hinunter und küßte ihn. »Da gibt's nicht vielleicht noch ein Stück?« fragte sie schüchtern.

»Ein drittes? Du willst ein Armband, du gieriges Ding?«

»Ich möchte einen Ring, Malone. Einen Brillantring.«

Sid seufzte. »Ach, Gemma. Du fängst doch nicht schon wieder damit an? Das hab' ich dir doch von Anfang gesagt. Ich bin nicht der Typ, der heiratet.«

»Ja, aber vielleicht hat sich ja was geändert …«

»Sorge ich etwa nicht für dich?« fragte er brüsk. Es hatte auch andere Schmuckstücke gegeben. Eine Wohnung in der Nähe der Music Halls. Dutzende von Kleidern. Pelze. Sogar ihren Soloauftritt in der nächsten Revue im Gaeity-Theater verdankte sie ihm, obwohl sie das nicht wußte.

»Natürlich tust du das«, sagte Gemma. »Du schenkst mir viele Sachen, aber nicht das, was ich am meisten möchte – dein Herz.«

»Das ist nicht im Angebot«, antwortete Sid. Und würde es nie sein. Er wollte niemanden lieben. Nie mehr. Vor langer Zeit hatte er geliebt. In einem anderen Leben. Und der Verlust der geliebten Personen – seines Vaters, seiner Mutter, seiner ganzen Familie – hatte ihn fast zerstört.

Gemma war wütend. Das konnte er ihr ansehen. »Du bist völlig verschlossen. Seit zwei Monaten schlafe ich jetzt mit dir, weiß aber rein gar nichts über dich. Ich weiß nicht, ob du eine Mutter hast. Woher du kommst. Wer dein Vater ist.«

»Und das wirst du auch nie. Entweder du gewöhnst dich dran, Süße, oder du läßt es.«

Gemmas Augen blitzten. »Ah, gut genug fürs Bett, aber nicht gut genug zum Heiraten, stimmt's?«

»Nein, das stimmt *nicht*. Gerade weil du mir was bedeutest, heirate ich dich nicht. Du weißt, wer ich bin, was ich mache. Was für eine Art Mann wäre ich denn, wenn ich dich in dieses Leben mit hineinziehen würde?«

»Ich nehm auch das Schlechte, nicht bloß das Gute.«

Sid lachte bitter auf. »Welches Gute denn? Alles ist schlecht. Wenn du aufs Heiraten aus bist, solltest du dir einen andern suchen. Ich steh' dir nicht im Weg.«

»Ich bin nicht aufs Heiraten an sich aus. Ich will dich. Ich möchte rechtmäßig mit dir verbunden sein. Das ist alles, was ich mir erträume.«

Sid fragte sich, wie es war, einen Traum zu haben. Das würde er wohl nie erfahren. Nicht jeder hatte Träume, manche hatten Alpträume.

Er stieg aus dem Bett, zog seine Hose an und durchquerte den Raum, um sich noch einen Whisky einzugießen. Von dem Streit hatte er Kopfschmerzen bekommen. Gemma Dean war ein Mädchen aus dem East End mit wenig Illusionen. Wahrscheinlich könnte sie mit seiner dunklen Vergangenheit besser zurechtkommen als die meisten anderen. Dennoch zweifelte er, daß sie mit dem Schlimmsten davon umgehen konnte. Er schaffte es ja selbst kaum.

Immer lauerten die Erinnerungen im Hintergrund. Während des Tages konnte er sie niederhalten, aber des Nachts peinigten sie ihn. Er schlief kaum noch. Wenn er die Augen schloß, überfluteten ihn die Bilder – sein Vater, der Dockarbeiter, der im Krankenhaus starb. Seine

Mutter, die auf der Straße lag und deren Blut in die Ritzen zwischen die Pflastersteinen sickerte. Seine frühen Tage mit Denny Quinn. Das Gefängnis.

Sid hatte dieses Leben nie gewollt, und er wollte es auch jetzt nicht, aber er steckte viel zu tief drin, um jemals wieder herauszukommen. Er hatte zu viele Feinde. Und zu viele Freunde. Billy Madden etwa, der für seinen Aufstieg im West End Dutzende Morde begangen hatte, oder die Italiener, die Covent Garden und Haymarket kontrollierten. Sie alle schüttelten sich die Hand, wenn sie sich trafen, bewirteten einander, aber Sid wußte, sie alle neideten ihm sein Revier und würden sofort auf ihn losgehen, wenn sie Schwäche bei ihm spürten.

Und Liebe hielt Sid Malone für die größte Schwäche.

»Willst du nicht wieder ins Bett kommen?« fragte Gemma, jetzt versöhnlicher.

Sid wollte gerade antworten, als es an der Tür klopfte. Er erstarrte. »Was ist?« bellte er.

»Da ist jemand, der dich sehen will, Boß.« Es war Ozzie.

»Verdammter Mist«, sagte Sid und riß die Tür auf. »Wer ist es? Donaldson? Ich hab' ihm doch gesagt, daß ich mit dem Morocco Wharf nichts zu tun hab'.«

Donaldson hatte Frankie beschuldigt, das Lagerhaus angezündet und den Wachmann getötet zu haben. Frankie hatte geschworen, es nicht getan zu haben, und Sid hatte ihm geglaubt. Er hätte das bestimmt nicht gewagt, nicht nachdem Sid ihm befohlen hatte, sich von dem Ort fernzuhalten.

»Es ist nicht Donaldson, Boß«, sagte Oz. »Es ist eine Frau.«

Zum Teufel, dachte Sid, Fiona.

»Es ist die Ärztin. Die dich im Krankenhaus behandelt hat. Miss Jones.«

Einen Moment lang war Sid erleichtert, daß es nicht Fiona war, aber die Erleichterung verwandelte sich schnell in Ärger. »Was?« fragte er. »*Hier?* Im Pub?«

»Ja, Boß.«

»Ist jemand bei ihr?«

»Nein, sie ist allein.«

»Heiliger Himmel. Ich bin gleich unten. Oz, behalt sie im Auge, ja?« Sid packte sein Hemd, zog die Stiefel an und griff nach seiner Jacke. »Was will sie hier?« fragte Gemma.

»Das frag' ich mich auch. Das ist doch viel zu gefährlich für sie!«

Er rannte die Treppe hinunter und suchte die Bar ab, konnte sie aber nirgendwo sehen. Sorge stieg in ihm auf. Sie hatte keine Ahnung, welche Typen im Bark verkehrten und wozu sie fähig waren. Schließlich entdeckte er sie. Sie saß an einem Tisch am anderen Ende des Raums – kerzengerade, den Hut auf dem Kopf, die Knie zusammengepreßt, die Hände im Schoß. Als wartete sie in der Brompton Road auf einen Bus. Mit ein paar Schritten war er bei ihr. Sie lächelte, als sie zu ihm aufsah, und wollte etwas sagen, aber er schnitt ihr das Wort ab.

»Sind Sie jetzt völlig übergeschnappt? Was zum Teufel wollen Sie hier?«

»Ich will zu Ihnen. Sie sagten, wenn ich etwas brauche, solle ich mich an Sie wenden. Nun, ich brauche etwas. Deshalb bin ich hier.«

»Sie sind ja wohl nicht ganz bei Trost! Wissen Sie, wo Sie hier sind?«

»Im Barkentine?«

»Wie sind Sie hergekommen?«

»Mit der Droschke. Einen Teil des Weges mußte ich allerdings zu Fuß gehen.«

»Sie haben Glück gehabt, daß man Sie nicht umgebracht hat. Oder noch was Schlimmeres.«

»Gibt's noch was Schlimmeres, als umgebracht zu werden?«

»Das gibt es. Glauben Sie mir. Also kommen Sie«, sagte er und bedeutete ihr aufzustehen.

»Wohin gehen wir?« fragte sie und erhob sich.

»*Sie* gehen heim.«

Sie setzte sich wieder. »Nein, das tue ich nicht.«

»Dr. Jones …«, begann Sid mit zusammengebissenen Zähnen.

»Ich brauche Ihre Hilfe, Mr. Malone. Es geht um Leben und Tod.«

Sid setzte sich nun ebenfalls. »Wissen Sie, daß sich selbst die Bullen vor diesem Pub hier fürchten? Große, starke Männer mit schweren Knüppeln haben Angst, hier reinzugehen, aber Sie kommen hier reingeschneit, ohne sich etwas dabei zu denken.«

»Ich habe ja Sie, um mich zu beschützen. Die anderen haben das nicht.«

Sid begriff, daß seine Einwände zwecklos waren. »Was wollen Sie denn?« fragte er schließlich.

»Ich brauche Verhütungsmittel. Für meine Patienten. Kondome, Pessare, Schwämmchen.«

Die Männer an den anderen Tischen drehten sich um und starrten sie an. India bemerkte oder beachtete es nicht.

»Ja, ich weiß, was das ist. Aber sprechen Sie doch bitte etwas leiser.« Sid strich sich peinlich berührt mit der Hand übers Gesicht. Bei allem, was er in seinem Leben gesehen und getan hatte, hätte er nicht gedacht, daß ihn noch *irgend etwas* peinlich berühren könnte, aber er hatte sich getäuscht.

»Ich brauche Qualitätsware. Keinen Ramsch. Können Sie die besorgen?«

Sid dachte über ihre Frage nach. »Ich muß Ihnen sagen, das ist der seltsamste Auftrag, den ich je bekommen habe.«

»Ich bitte Sie um keinen Gefallen. Ich bezahle natürlich.«

Er zuckte zusammen. Ihr kam noch nicht mal der Gedanke, daß er vielleicht gar kein Geld, sondern helfen wollte. Schließlich wollte sie etwas Gutes tun, und wer wollte das heutzutage schon? *Laß einen schlechten Mann eine gute Tat tun*, hatte Ella an dem Tag gesagt, als er das Krankenhaus verließ. Er hatte gehört, wie sie sich mit India in Giffords Büro stritt, aber India hatte nicht auf Ella hören wollen. Na schön. Dann eben nicht. Wenn sie bezahlen wollte, dann sollte sie eben.

»Ich glaube, das läßt sich machen«, sagte er schließlich leicht spöttisch. »Die Sache ist die … wenn ich die Sachen besorge, handelt es sich um gestohlene Ware. Das ist Ihnen klar? Höchstwahrscheinlich vom Kontinent eingeschmuggelt. Sie brechen damit auch das Gesetz, nicht nur ich. Können Sie damit leben, Dr. Jones? Kann Ihr lupenreines Gewissen das aushalten?«

»Ja, damit kann ich leben. Das muß ich, denn ich kann nicht damit leben, was Emma Milo zugestoßen ist. Das wird nie wieder einer meiner Patientinnen passieren. Sie sind doch Geschäftsmann, nicht wahr, Mr. Malone?« erwiderte sie ebenfalls spöttisch. »Hier geht's ums Geschäft. Machen Sie's, oder soll ich mir jemand anderen suchen?«

»Ich mach's. Aber es wird nicht billig.«

»Wieviel?«

»Hundert Pfund.«

Sie schluckte. »Soviel habe ich nicht. Verzeihen Sie, daß ich Ihre Zeit vergeudet habe.« Sie sah auf ihre Hände hinab. Dabei fiel ihr Blick auf die Uhrenkette auf ihrer Weste. Sie zog die Uhr heraus und gab sie ihm. »Aber die können Sie haben«, sagte sie. »Sie hat vierundzwanzig Karat und Diamantzeiger. Sie ist hundert Pfund wert. Das hat Mr. Betts gesagt. Auf dem Rückweg von Ko. Erinnern Sie sich? Reicht das?«

Sid drehte die Uhr um. *Denk an mich* war dort eingraviert. »Sie ist von Lytton, nicht wahr?«

»Ja.«

»Was er wohl sagen wird, wenn er erfährt, daß Sie sie für Gummis verhökert haben?«

»Er wird es verstehen.«

»Da bin ich mir nicht so sicher.«

»Dann erwähnen Sie es eben nicht, wenn Sie ihn das nächste Mal sehen.«

Sid steckte die Uhr ein. »Ihr Geheimnis ist bei mir sicher aufgehoben.«

Er reichte ihr die Hand. Sie nahm sie.

»Ehre unter Dieben, ja?« fragte sie spöttisch.

»Das müssen ausgerechnet Sie sagen.«

Sie sah ihn mit eisigem Blick an. »Wir sind uns handelseinig?«

»Geben Sie mir ein paar Wochen«, antwortete er und hielt ihre Hand einen Moment länger als nötig. Es war keine Frauenhand. Nicht wie die von Gemma, weich und zierlich. Sie war stark, mit gelben Jodflecken an den Fingern. Es war keine hübsche Hand, aber während er sie hielt, wünschte er sich nichts mehr, als sie an sein Gesicht zu drücken und ihre Kühle auf seiner Wange zu spüren.

Er spürte, wie sie die Hand mit einem kleinen Ruck zurückzog. Ihre Augen hatten einen seltsamen Ausdruck: Angst stand darin. Sie hatte *Angst* vor ihm! Wußte sie denn nicht, daß er ihr nichts tun würde? Daß er nichts wollte, als ihr zu helfen? Der Ausdruck machte ihn wütend. Was zum Teufel tat er hier eigentlich? Er vergeudete ja doch nur seine Zeit. Abrupt stand er auf und sah sich nach einem seiner Männer um.

»Oz!« rief er.

Ozzie stand an der Bar und drehte sich um. »Ja, Boß?«

»Mr. Malone …«, begann India.

»Ja, Dr. Jones?«

»Ich dachte, vielleicht könnte ich Sie zum Essen einladen. Um mich zu bedanken?«

»Das ist nicht nötig.«

»Aber ich …«

»OZZIE!«

Im Nu war Oz an seiner Seite. »Was gibt's, Boß?«

»Bring die Doktorin heim.«

»Dann gute Nacht, Mr. Malone.«

»Gute Nacht, Dr. Jones.«

Er blickte Ozzie und der Ärztin nach, dann beschloß er, ebenfalls zu gehen. Er durchschritt den Schankraum und kam dabei an der Treppe vorbei.

Gemma stand dort im Morgenrock.

»Tut mir leid wegen dem Streit, Sid. Komm doch wieder ins Bett.«

»Jetzt nicht, Gem.«

»Aber warum nicht?«

Er ging die Treppe hinauf und gab ihr einen schnellen Kuß auf die Wange. »Was Geschäftliches. Bleib über Nacht, wenn du willst, oder Ronnie bringt dich heim.«

»Wann seh' ich dich wieder?«

»Wenn du mich siehst.«

Als Sid aus dem Bark trat, sah er gerade noch Ozzie, der Dr. Jones in die Kutsche half. Sie würden nach Westen fahren. Er wandte sich nach Osten.

Er war ruhelos und wußte, daß er ohnehin nicht schlafen könnte. Am Fluß entlang Richtung Osten. Stundenlang, vielleicht tagelang. Vielleicht bis zum Meer. Und dabei würde er nachdenken. Über einen neuen Plan. Ein neues Geschäft. Irgendwas, das ihm mehr Geld, mehr Macht einbringen würde. Irgendwas, zu dem die Gauner wie die Bullen sagen mußten: *Das war eine verwegene Sache. Verdammt gefährlich. Aber brillant! Und eigentlich völlig unmöglich. Das war Malone, kein anderer. Das muß er gewesen sein.*

Er knöpfte seine Jacke zu und schlug wegen der feuchten Nachtluft den Kragen hoch. Er war allein. Und das war gut so. Er brauchte niemanden. Nicht Gemma Dean. Nicht seine nervige Schwester. Und ganz bestimmt nicht India Selwyn-Jones.

Er war Sid Malone. Der Boß. Er brauchte keine Menschenseele.

24

Was soll das heißen, er ist weggegangen, Desi? Er sollte heute in Limehouse sein. Wo zum Teufel ist er denn hin? Es ist schon fast Mitternacht.«

»Ich weiß es nicht, Frankie. Einfach weg.«

»Hat er Gemma hiergelassen?«

Desi zuckte die Achseln, als wollte er sagen, daß er es auch nicht verstehe. »Ronnie hat sie heimgebracht.«

»Wann kommt er wieder?«

»Herrgott, was soll die blöde Fragerei? Ich hab' keine Ahnung. Du weißt doch, wie es ist, wenn er seinen Rappel kriegt. Er kommt vielleicht morgen oder in fünf Tagen wieder. Wer weiß das schon?«

Laut quietschend ging die Tür auf.

»Das könnte er sein«, sagte Desi.

»Sid? Bist du das?« rief Frankie. Er konnte die Tür von seinem Platz aus nicht sehen.

»Ich fürchte nicht, Frankie«, wurde geantwortet. Ein Mann trat in den Schankraum. Er trug einen Anzug und einen braunen Regenmantel. Es war Alvin Donaldson. Hinter ihm, im großen Vorraum des Pubs, stand ein ganzes Heer von Polizisten.

»'n Abend allerseits«, sagte er. »Sid Malone in der Nähe?«

Frankie sprang auf. »Nein, das ist er verdammt noch mal nicht. Was zum Teufel wollen Sie? Uns wieder einsperren wegen nichts? Zuviel Schiß, allein herzukommen? Brauchen wohl das ganze Scotland Yard zum Händchenhalten?«

»Es gab eine Anzeige«, sagte Donaldson, nahm einen alten Porzellankrug und betrachtete ihn. Dann ließ er ihn fallen. Er zerbrach. »Schmuggelware ist hier gesehen worden.«

»Was für Schmuggelware?«

»Waffen. Aus dem Stronghold gestohlen.«

Frankie schnaubte. »Ach ja? Wer hat Anzeige erstattet?«

»Ich.«

»*Was?*«

Donaldson stieß mit dem Zeigefinger ein Barometer an der Wand an, bis es herunterfiel und am Boden zerbrach. »Ich war vor einer Stunde hier«, fuhr er fort. »Hast du mich nicht gesehen? Ich hab' ein Gewehr und zwei Pistolen auf der Bar liegen sehen«, sagte er höhnisch. »Sie sind nicht mehr da. Ihr müßt sie versteckt haben.«

Frankie war klar, was als nächstes kommen würde. »Wo ist der Durchsuchungsbefehl?« schrie er.

»Hier.« Donaldson zog ein Dokument aus der Tasche und reichte es ihm. »Meine Herren«, sagte er dann und bat seine Leute vorzutreten. Wie eine große blaue Woge brachen sie in den Schankraum ein.

»Das ist Schikane!« brüllte Frankie, als ein Tisch umkippte und eine Uhr vom Kaminsims fiel.

Donaldson schüttelte den Kopf. »Nein, aber *das* schon«, sagte er, als er sich umdrehte und alles hinter der Bar – die Flaschen, die Kasse, die Gläser und Teller – herunterfegte.

»Was willst du machen, Frankie? Die Polizei rufen?« Einer seiner Beamten lachte.

»Dir wird das Lachen noch vergehen, wenn du deine Zähne schluckst«, tobte Frankie und ging auf ihn los.

»Sachte, sachte, Frankie«, sagte Donaldson warnend. »Beim Angriff auf einen Polizisten wirst du eingebuchtet, egal, wie gut dein Anwalt ist. Das weißt du. Es sind Zeugen hier. Gleich zwanzig.«

Warum warnt er mich? fragte sich Frankie. *Eigentlich müßte er doch wollen, daß ich dem Bullen eins verpasse.* Weil er dich nicht einsperren will, sagte ihm eine innere Stimme. Er will, daß du hierbleibst, hier im Pub, damit du Sid davon erzählen kannst.

»Ich soll die Nachricht überbringen, nicht? Ist es das, was Sie wollen?« rief Frankie über den Lärm hinweg.

Donaldson nickte. »Sag ihm, es ist Zeit aufzugeben, Frankie. Sag ihm, das ist bloß der Anfang. Und wenn du schon dabei bist, sag ihm viele Grüße von Freddie Lytton.«

𝒰m sich gegen die kühle Nachtluft zu schützen, knöpfte India vor der Praxis in der Varden Street den Mantel zu. Ella schloß die Tür ab.

»Wir haben heute wieder zwei Frauen verloren«, sagte sie grimmig, während sie Dr. Gifford in seine Kutsche steigen sah. »Er hat's mir gerade eben erzählt. Wußten Sie davon?«

Ella warf den Schlüssel in ihre Tasche. »Nein, das wußte ich nicht. Weswegen?«

»Kindbettfieber.«

Ella seufzte. »Mrs. Gibbs?« fragte sie.

»Und Mrs. Holloway. Er sollte bei der Britischen Ärztevereinigung angezeigt werden. Er wäscht sich die Hände nicht, Ella. Er ist ein Mörder.«

»Jetzt mal sachte, meine Liebe. Das ist schwer zu beweisen. Außerdem hat der Kerl viele Freunde in der Ärztevereinigung. Vergessen Sie das nicht. Zeigen Sie ihn an, und am Ende sind Sie dran. Sie werden behaupten, Sie seien nachlässig gewesen. Oder die Schwestern.«

»Die waschen sich, das weiß ich. Selbst wenn sie glauben, ich sehe nicht hin. Das habe ich ihnen eingebleut.«

»Darum geht's nicht. Wenn Sie ihn anzeigen, ist das Ihr Ende. Keiner wird Sie mehr nehmen, weil man denkt, Sie machen nichts als Schwierigkeiten.«

India seufzte.

»Was haben Sie über die Pariser rausgefunden?«

»Wir kriegen sie bald.«

Ella strahlte. »Wirklich? Wie denn?«

»Sid Malone beschafft sie uns. Ich bin ins Barkentine gegangen.«

»Mann, das war mutig.«

»Ich hatte keine andere Wahl. Bald haben wir die Ware, und dann brauchen wir nur noch …«

»… eine Klinik«, sagte Ella. »Aber bis dahin achten Sie darauf, die Gummis gut zu verstecken. Gifford darf sie nicht finden.«

»Ich leg' sie übers Waschbecken. Neben die Seife, da faßt er bestimmt nicht hin.«

Ella lachte laut auf. »Also, Dr. Jones, das war, glaub' ich, das erste Mal, daß Sie einen Witz gemacht haben.«

»Wirklich? Das war nicht meine Absicht.«

»Dessen bin ich mir sicher. Kommen Sie, gehen wir«, sagte Ella und nahm Indias Arm.

Die beiden Frauen wollten gerade vom Gehsteig treten, als sie ein scheußliches Geräusch zusammenzucken ließ. Es klang, als würde eine Gans stranguliert. India fuhr herum – und sah den Grund des Lärms. Es war ihr Cousin Wish. Er saß in seinem Auto, die Brille über die Stirn hochgeschoben.

»Indy! Hier! Hast du mich vergessen?« rief er.

Das Abendessen! Sie hatte tatsächlich vergessen, daß sie heute nach der Arbeit zusammen essen wollten.

»Ich fürchte schon«, sagte sie und beugte sich zum Wagenfenster hinein, um ihn auf die Wange zu küssen. Wie immer freute sie sich, ihn zu sehen.

»Was für ein Schussel du doch bist. Hast du Hunger?«

»Ich bin schon halb verhungert. Ella, darf ich Ihnen meinen Cousin Aloysius vorstellen? Wish, das ist Schwester Ella Moskowitz.«

»Freut mich. Kommen Sie mit uns?«

»Ja, bitte, Ella«, pflichtete India ihm bei.

»Gern.«

»Irgendein Vorschlag? Ich kenne mich in diesem Teil der Stadt nicht besonders gut aus.«

India biß sich auf die Lippe. »Nun, es gibt das Great Eastern. Es ist ein Bahnhofshotel …«

»Warum gehen wir nicht ins Café?« fragte Ella. »Damit Ihr Cousin einen wirklichen Eindruck vom Londoner East End bekommt.«

»Gute Idee. Es ist das Café Moskowitz, Wish. Auf der Brick Lane. Es gehört Ellas Mutter. Das Essen ist köstlich.«

»Klingt gut. Steigt ein.«

India setzte sich auf den Beifahrersitz, Ella in den Fond. Wish gab Gas und hätte fast einen Unfall verursacht, noch bevor die Türen richtig geschlossen waren.

»Wish! Paß auf!« kreischte India.

Er riß das Lenkrad herum, die beiden Frauen fielen auf eine Seite. India rappelte sich gerade rechtzeitig hoch, um zu sehen, wie der Fahrer eines riesigen Heuwagens ihnen mit der Faust drohte.

»Tut mir leid. Fährt sich großartig, findest du nicht? Viel besser als die Konkurrenz. Das ist ein immenser Verkaufsvorteil.«

»Fahr, sprich nicht«, befahl India.

Sie war erschöpft nach einem langen Arbeitstag, stellte aber bald fest, daß man keine Müdigkeit empfand, wenn man Angst hatte. Wish fuhr in halsbrecherischer Geschwindigkeit durch die Straßen und um die Ecken, überholte Kutschen und Busse, ohne auf den Gegenverkehr zu achten. Schließlich hielt er vor dem Café an und hätte fast einen älteren Mann überfahren, der gerade auf die Straße trat. India war erleichtert, als er endlich den Motor abstellte.

»Der Wagen ist ein Wunder«, sagte er. »Bei Schiffsmotoren hat sich Daimler die Zähne ausgebissen, dann haben sie Automobile gebaut. Es gibt keine zuverlässigeren. Oder schnelleren. Und das Chassis ist hinreißend. Ich habe mir zehntausend bestellt. Sie werden mich stinkreich machen.« Er grinste. »Oder bettelarm.«

»Aloysius«, tadelte India.

Der Hang ihres Cousins zu riskanten Investitionen war ihr vertraut. Manchmal brachten sie etwas ein, manchmal nicht. Der Wagen und die Einladung zum Abendessen sagten ihr, daß es im Moment gut bei ihm lief. Doch schon im nächsten Monat konnte er auf dem Boden schlafen oder bei Maud wohnen, was schon vorgekommen war.

Wish hatte früher einmal einen festen, gutbezahlten Job gehabt. Er war Vizepräsident der Barings-Bank gewesen, aber er hatte gekündigt, weil er behauptete, die Arbeit schade seiner Gesundheit.

»Warum?« hatte India ihn besorgt gefragt.

»Weil sie mich zu Tode langweilt«, lautete die Antwort.

Ella führte sie hinein. Sobald sie saßen, schloß Wish die Augen und atmete tief ein. »Brathähnchen mit Petersilie!« rief er aus. »Richtiges Essen! Ich dachte, das gibt's nicht mehr. Laßt uns alles bestellen, was auf der Karte steht, und eine Flasche Wein dazu. Ich lade euch ein.«

Ella ging zu ihrer Mutter, um die Bestellung aufzugeben, und kam mit dem Wein und Gläsern zurück. »Passen Sie auf, Wish«, sagte sie warnend. »Meine Mutter hat Sie gesehen und ist gerade wieder in

Stimmung, mich unter die Haube zu bringen. Sie findet, Sie sehen gut aus, und möchte wissen, ob Sie Jude sind.«

»Englischer Hochkirchler, fürchte ich«, antwortete er. Seine Augen leuchteten auf, als die Teller mit Borschtsch, dicken Scheiben Schwarzbrot und Butter gebracht wurden. »Hat Ihre Mutter das gemacht? Richten Sie Ihrer Mutter aus, ich konvertiere, aber nur, wenn ich sie heiraten kann!«

»Du bist wohl in Hochform heute abend?« fragte India.

»Absolut.«

»Wegen der Daimler-Investition?«

»Nein, was viel Besseres. In Kalifornien.«

India stöhnte. »Doch nicht dieser Plan mit dem Grundstücksgeschäft, über den du dich neulich ausgelassen hast.«

»Genau. Es ist kein *Plan*, sondern eine sichere Anlage und möglicherweise die Chance meines Lebens«

»Hab' ich doch schon mal gehört.«

»Ach komm. Bist du nicht ein klein bißchen neugierig?«

»Ich bin's«, warf Ella ein.

India sah, daß er fast platzte vor Ungeduld. »Also gut, dann erzähl's uns eben.«

»Alles hat angefangen, als ich in San Francisco war. Ich habe mit einem Anwalt gegessen, und der hat mir einen großartigen Tip gegeben. Er hat mir von diesem unglaublichen Ort nördlich der Stadt erzählt. An der Küste. Point Reynes heißt er.« Er beugte sich vor, und seine Augen sprühten vor Begeisterung. »Es ist einfach das wiedergefundene Paradies. So was habt ihr noch nie gesehen. Man nimmt den Zug zur Haltestelle Port Reyes und dann eine Kutsche zur Küste. Man fährt an grünen Hügeln, Ranches und hohen Klippen vorbei und an den blauesten Buchten, die man je zu Gesicht bekommen hat. Und dann kommt man an Drake's Bay an, am äußersten Rand von Amerika, und glaubt, man wäre am Ende der Welt. Nein«, korrigierte er sich, »… man fühlt sich wie am Anfang der Welt, wie am allerersten Tag, als es noch nichts Häßliches und Schlechtes gab. Nichts als Schönheit umgibt dich dort.«

India lehnte sich zurück. »Also wirklich! Ich hab' dich noch nie so sprechen hören. Du wirkst ganz verändert. Hast du das Land schon gekauft.«

»Nun … ähm … nein.«

»Warum nicht? Worauf wartest du?«

»Ich muß erst ein bißchen Geld auftreiben. Bin ziemlich knapp im Moment. Hatte gerade alles in US-Stahl und Daimler gesteckt, als diese Sache kam.«

»Denk nicht mal dran, Wish.«

»Hab' ich was gesagt?« fragte er unschuldig.

»Frag Maud. Oder Bing.«

»Hab' ich schon, sie haben nein gesagt.«

»Was wollen Sie dort machen?« fragte Ella.

»Ich werde die schönste Hotelanlage hinsetzen, die die Welt je gesehen hat. Zuerst kaufe ich das Land, dann gründe ich eine Gesellschaft und gebe Aktien aus, um das Geld für den Bau zusammenzukriegen. In drei Jahren – höchstens in vier – eröffne ich und bin Millionär.«

»Sind Sie sicher, daß Sie kein Jude sind? Vielleicht ein jüdischer Urgroßvater aus dem alten Land? Ein Onkel?« fragte Mrs. Moskowitz. Sie hatte gerade einen Teller Brustfleisch an den Nebentisch gebracht.

Ella stöhnte. »Aloysius Selwyn-Jones, meine Mutter, Sarah Moskowitz. Sie hat Ohren wie ein Mäuschen.«

»Sie haben einen so guten Sinn fürs Geschäft. Sicher werden Sie mal ein guter Ehemann«, sagte sie und sah Ella an.

»Es reicht, Mama!« schimpfte Ella.

Mrs. Moskowitz kehrte in ihre Küche zurück.

»Erzählen Sie uns mehr über Kalifornien, Wish«, bat Ella.

»Das kann ich nicht. Wenn ihr wirklich wissen wollt, wie es ist, müßt ihr es sehen. Kommt doch mit.«

»Das können wir nicht, du Hornochse. Wir haben Arbeit. Und ich bin zu arm.«

Wish runzelte die Stirn. »Lebst du immer noch von diesem Fonds?«

India nickte. Sie legte die Hand auf die ihres Cousins und wandte sich an Ella. »Wish ist derjenige, der mir mein Studium ermöglicht hat«, sagte sie. »Er hat mir geholfen, als niemand sonst es tat. Nur durch ihn bin ich Ärztin geworden.«

»Unsinn«, sagte Wish. »Du hast alles selbst geschafft.«

India erklärte Ella, daß sie sich mit ihren Eltern entzweit hatte und ihr Studium daher selbst finanzieren mußte. Sie habe den Schmuck von ihrer Großmutter verkauft und einen Gainsborough, den sie von ihrer Tante geerbt hatte. Von den fünftausend Pfund habe sie die

Fahrt nach London, eine Wohnung und ein Jahr lang die Studiengebühren bezahlt. Bis Wish herausfand, was sie tat, und ihr Einhalt geboten habe.

Sie dürfe ihr Kapital nicht anrühren, tadelte er sie und legte das restliche Geld bei Barings an. Es bringe nicht viel ein, aber es reiche zum Leben.

»Wie steht das Konto eigentlich? Was bringt es?«

»Fünf Prozent.«

»Gütiger Gott! Du lebst von zweihundertfünfzig Pfund im Jahr?« fragte er viel zu laut.

»Scht«, zischte India verlegen. Die Leute um sie herum lebten von sehr viel weniger.

»Tut mir leid«, flüsterte er. »Aber stimmt das?«

»Es komme gerade so hin. Obwohl es jetzt ein bißchen besser wird, weil ich keine Studiengebühren mehr zahlen muß.«

»Was ist mit deinem Gehalt?« fragte er.

»Das rühr' ich nicht an. Das spare ich. Für eine Klinik. Ella und ich wollen in Whitechapel eine Klinik eröffnen.«

Wish sah von India zu Ella und brach in Lachen aus. »Mit deinem *Gehalt* willst du eine Klinik aufmachen? Und wann soll das sein? Wenn du neunzig bist? So lange würdest du nämlich brauchen. Ihr braucht Investoren, die das Kapital aufbringen, Ladys. Ihr müßt eine Aktiengesellschaft gründen. Für die Behandlung Geld verlangen und euren Aktionären Dividenden zahlen. Medizin ist ein Geschäft. Also müßt ihr sie auch so betreiben.«

»Das ist exakt das Gegenteil von dem, was wir wollen«, antwortete India und funkelte ihn an. »Wir wollen kostenlose Behandlung für die Armen anbieten. Keine Mutter soll ihr Kind leiden sehen, nur weil sie kein Geld für einen Arztbesuch hat.«

»Hm«, erwiderte Wish und biß in eine Gurke. »Dann braucht ihr ein paar Engel.«

»Kein Grund, dich lustig zu machen.«

»Das tue ich nicht. Ich meinte Gönner.«

»Wie soll ich an die kommen?« fragt India.

»Gehen Sie betteln«, sagte Mrs. Moskowitz, die gerade wieder vorbeisteuerte.

»Sie hat recht«, meinte Wish. »Stell ein Exposé zusammen, skizzier kurz, wo die Klinik sein und wie groß sie sein soll, welche Behandlungen sie anbietet, welches Personal dort arbeiten wird – und mach dann die Runde bei deinen reichen Freunden. Mitglieder der königlichen Familie wären auch hilfreich, falls du welche kennen solltest. Versprich ihnen Anerkennung, und wenn sie dir was geben, kriegen sie auch was zurück.«

»Aber wir haben nichts.«

»Doch. Sie kriegen eine Bronzetafel im Foyer. Eine Station wird nach ihnen benannt. Benutz deine Einfallskraft.«

»Bänke im Garten«, sagte India.

»Plaketten auf den Betten«, warf Ella ein.

»Du kannst auch andere Spenden eintreiben«, sagte Wish. »Du kannst einen Keksfabrikanten bitten, dir zerbrochene Ware zu schenken. Oder einen Teehändler um beschädigte Dosen bitten, die nicht mehr verkäuflich sind, oder eine Wäschefabrik um fehlerhafte Laken.«

»Woher wissen Sie das alles?« fragte Ella.

»Ich hab’ früher bei einer Bank gearbeitet. Einige unserer Kunden waren Waisenhäuser oder Museen, Schulen und Krankenhäuser. Sie haben sich bei uns beraten lassen. Wir haben ihnen geholfen.«

»Kannst du uns helfen?« fragte India. »Wir können dich … irgendwann auch bezahlen.«

Wish zog die Augenbrauen hoch. »Mich könnt ihr euch nicht leisten.«

India zog die Mundwinkel herunter.

»Also mache ich es kostenlos. Ich werde euer … *Entwicklungsdirektor*. Wie klingt das?«

»Wundervoll!« sagte Ella.

»Wish, das können wir nicht von dir verlangen.«

»Das habt ihr nicht. Ich hab’s angeboten.«

»Aber warum? Das wäre eine Menge Arbeit.«

Wish lachte. »Ach, du liebe, süße Indy. Hast du denn wirklich keine Ahnung?«

India schüttelte den Kopf.

»Weil du so *gut* bist, altes Haus. Und ich wäre das auch gern.« Dann setzte er ein schelmisches Grinsen auf und fügte hinzu: »Aber ich bin's nicht. Das ist auch unmöglich bei den vielen hübschen Frauen auf der Welt und dem köstlichen Wein. Also mußt du es für mich sein. Ihr beide. Und dann ziehe ich an eurem Rockzipfel ins Himmelreich ein.«

»Der Aufstieg könnte ungemütlicher sein, als Sie es sich vorstellen«, sagte Mrs. Moskowitz und stellte noch einen Brotkorb auf den Tisch.

Wish schmierte sich Butter auf eine Scheibe. »Der Wettbewerb um Spendengelder ist hart. Es wird nicht einfach sein.«

India lehnte sich zurück. »Schaffen wir das, Ella? Woher sollen wir die Zeit dafür nehmen?« Dann wandte sie sich wieder ihrem Cousin zu. »Wie lange würde das dauern?«

»Schwer zu sagen. Fünf ... sechs Jahre. Es kommt darauf an, wieviel Geld ihr aus den Leuten herausleiern könnt und wie schnell.«

»Fünf Jahre«, sagte India bedrückt. Sie zermartete sich den Kopf, um eine andere Lösung zu finden. Schließlich sagte sie: »Was ist mit Kalifornien? Du hast doch gesagt, daß du Partner suchst.«

»Wenn es dir ernst damit ist, mach' ich dir Geld wie Heu.«

»Könntest du das wirklich?«

»Es ist praktisch garantiert.«

»Mehr als fünf Prozent?«

»Viel mehr.«

»Was muß ich tun?«

»Mein Geschäftspartner werden. Gib mir das Geld von deinem Bankkonto, und hilf mir, das Land zu kaufen. Wenn ich die Aktien ausgebe und Geld zurückfließt, zahl' ich dich aus. Zum Dreifachen deines Einsatzes.«

»*Dreifach?* Das wären ja ...«

»Fünfzehntausend Pfund.«

India sah ihn verblüfft an. Dann runzelte sie die Stirn. »Aber ich müßte dir mein *ganzes* Geld geben?«

»Alles. Du müßtest von deinem Gehalt leben.«

»Aber Wish, das ist alles, was ich habe.«

»Wer wagt, gewinnt. Willst du fünf Prozent? Oder die Klinik?«

India dachte an das Marmeladenglas auf ihrem Schreibtisch und den geringen Betrag, den sie jede Woche hineingeben konnte. Sie dachte an Sid Malones abstoßendes Angebot von Blutgeld und daran, wie lange es dauern würde, Spenden einzusammeln. Sie dachte an Dr. Gifford und seine gefühllose Behandlung der Armen. »Also gut«, sagte sie. »Ich mach's. Ich geb's dir morgen.«

»Gutes Mädchen«, antwortete Wish. »Ich lass' von meinem Anwalt einen Vertrag aufsetzen, in dem du als meine Partnerin genannt wirst.

In der Zwischenzeit gehen wir auch noch andere Wege. Wir müssen Schenkungen aufbringen, die wir zu dem Point-Reyes-Geld dazugeben. Dafür eröffne ich ein zweites Konto. Bei Barings. Ich brauche einen Namen. Damit die Leute direkt an die Bank überweisen können. Wie soll die Klinik heißen?«

Die beiden Frauen sahen sich an.

»Whitechapel-Klinik«, schlug Ella vor.

»Für Frauen und Kinder«, fügte India hinzu.

»Aber sie ist kostenlos? Dann sagt das auch.«

»Freie Whitechapel-Klinik …«, begann India.

»… für Frauen und Kinder«, fügte Ella hinzu.

»Geschafft«, sagte Wish. »Also, wen können wir um Geld angehen? Laßt uns eine Liste machen.«

»Wie wär's mit Nathan Rothschild?« sagte Mrs. Moskowitz.

»Nathan? Meinen Sie *Lord* Rothschild? Kennen Sie ihn, Mrs. Moskowitz?« fragte Wish erstaunt. Lord Rothschild, das Oberhaupt einer Bankdynastie, war einer der reichsten Männer Englands.

Mrs. Moskowitz zuckte die Achseln. »Ich weiß, wo er wohnt. Das ist praktisch dasselbe.«

Ella verdrehte die Augen. »Und ich weiß, wo die Königin wohnt.«

Ein Kellner brachte eine neue Flasche Wein. Wish schenkte allen ein, außerdem ein viertes Glas für Mrs. Moskowitz.

»Auf die Köchin«, sagte er.

»Auf Mütter, die sich in alles einmischen«, sagte Ella.

»Auf die Klinik«, sagte India.

»*L'chaim*«, sagte Mrs. Moskowitz lächelnd. »Auf das Leben.«

৯১ 26 ৯০

Freddie saß hinter der Bühne des Gaiety-Theaters in Gemma Deans Garderobe. Die Generalprobe für die anstehende Musikrevue war gerade vorbei, und Gemma schminkte sich ab.

»Komm schon, Gem. Um der alten Zeiten willen«, bat er.

»Vergiß es, Freddie. Mit Nostalgie kann ich meine Miete nicht bezahlen.«

»Aber ich brauche deine Hilfe. Ich brauche jemanden, der die Versammlung der Labour-Partei am Samstag sprengt.«

Freddie war verzweifelt. Seine Karriere hatte einen empfindlichen Knick bekommen nach der Niederlage des Home-Rule-Gesetzes, und er versuchte alles, um sich bei seinen Wählern wieder beliebt zu machen.

»Das wird eine ganz große Sache«, fuhr er fort. »Alle Linken werden sprechen – Tillet, Burns. Auch Keir Hardie. Mrs. Pankhurst wird ums Frauenstimmrecht werben. Und der verdammte Joe Bristow wird sein großes Debüt geben. Es ist sein erster echter öffentlicher Auftritt. Im Herbst will er gegen mich antreten. Die Wahlen sind noch nicht mal ausgeschrieben, und schon attackiert er mich. Die blöde Presse stürzt sich darauf. Druckt jedes Wort von ihm. Ich möchte seinen Ruf ruinieren. Seinen Namen in den Dreck ziehen.«

»Und wie soll ich das deiner Meinung nach anstellen?« fragte Gemma und wischte sich blauen Lidschatten ab.

»Ganz einfach. Du brauchst bloß ein paar Kolleginnen vom Theater zusammentrommeln, ihr geht zu der Versammlung und gebt euch als betrunkene Huren aus. Ihr stört die Redner mit Zwischenrufen – vor allem Joe Bristow –, veranstaltet ein Durcheinander und macht euch davon. Die Polizei wird anrücken und die Versammlung auflösen – dafür sorge ich –, und dann werden die Zeitungen der Öffentlichkeit berichten, was für Leute zu Labour-Versammlungen gehen.

Dann sind Bristow und seine Partei diskreditiert. Ach komm, Gem. Sei ein Schatz. Ich geb' dir zwanzig Pfund.«

»Nein, danke, Freddie. Ich brauch' deine Brosamen nicht mehr. Ich bin ganz gut versorgt in letzter Zeit.« Sie drehte sich um, schüttelte den Kopf und ließ ihre glitzernden Ohrgehänge baumeln. »Ein Geschenk von meinem Verlobten. Sie sind echt.«

»Das sind sie nicht«, sagte Freddie. Das war unmöglich. Sie waren riesig.

»Aber sicher. Zehn Karat jeder. Ich hab' sie schätzen lassen.«

»Das gibt's doch nicht. Wer ist er? Prinz Edward?«

»Der Prinz ist nicht annähernd so reich wie dieser Kerl«, erwiderte sie lachend. Sie biß sich auf die Lippe, doch dann konnte sie ihr Geheimnis nicht länger für sich behalten und fügte hinzu: »Es ist Sid Malone.«

Freddie war wie vom Schlag getroffen. Wilde Eifersucht schnürte ihm die Kehle zu. Malone. *Schon wieder.*

Er hatte ihn vor India vorgeführt, im Unterhaus eine Lachnummer aus ihm gemacht, und jetzt vögelte er Gemma Dean, auf die er selbst scharf war.

»Gemma, das ist nicht dein Ernst«, sagte Freddie und gab sich Mühe, ruhig zu bleiben. »Malone ist ein Krimineller!«

»Paß auf, was du sagst. Sid Malone ist ein Gentleman. Er behandelt mich viel besser, als du es je getan hast. Und ich will dir noch was sagen: Ich bin nicht deine einzige Freundin, die mit ihm verkehrt.«

»Was redest du da?«

»Deine Zukünftige war neulich nacht bei ihm.«

»Wer?«

Gemma verdrehte die Augen. »Ja wer schon, die Frau, die du heiraten willst. Die Ärztin.«

»*India?* Bei Sid Malone?« Freddie lachte laut auf. »Vielleicht solltest du deine Ohrringe gegen eine Brille eintauschen, Gem.«

»Ich *weiß*, daß sie es war. Sie kam ins Bark. Ich hab' sie beim Hinausgehen gesehen.«

»Na sicher.«

»Ich kann's beweisen. Sie wollte, daß er was für sie tut. Ich weiß nicht genau, was. Sid wollte nicht rausrücken damit. Er hat nur gesagt, sie hätten eine geschäftliche Abmachung. Aber ich kenne einen von den Kerlen, der in ihrer Nähe saß. Er hat ihre Unterhaltung gehört und gesagt, es sei um Pariser gegangen. Klingt irgendwie komisch, nicht? Da geht sie den ganzen Weg zu einer Kaschemme wie dem Bark und bittet ausgerechnet Sid Malone um Gummis.«

Freddies höhnisches Grinsen verblaßte. Es klang gar nicht komisch – sondern genau nach dem wohltätigen Blödsinn, auf den India sich einließ.

»Wie's aussieht, hat er einen hohen Preis verlangt für das, was sie wollte«, fuhr Gemma fort. »Und offensichtlich hat sie die Knete nicht gehabt, weil sie ihm ihre Uhr gegeben hat. Ich hab' sie auf seinem Nachttisch liegen gesehen. *Denk an mich* ist hinten eingraviert. Also, hab' ich nun recht oder nicht?«

»Ja, Gem, das hast du«, antwortete er langsam und versuchte, diese Nachricht zu verdauen.

Gemma hob das Kinn. »Er wird mich heiraten, Freddie. Sid Malone macht mich zu seiner Frau.«

»Glückwunsch, altes Mädchen«, antwortete er und rang sich ein Lächeln ab. »Laß den Ring sehen.«

Gemma zögerte. »Ich hab' ihn noch nicht. Hab' ihn noch nicht ausgesucht.«

Gemma war eine gute Schauspielerin, aber so gut auch wieder nicht. Freddie sah, daß sie log. Sid Malone hatte nicht die Absicht, sie zu heiraten, aber sie wollte ihn, Freddie, verletzen. Eifersüchtig machen. Sollte sie nur. Vielleicht kam er dadurch zu seinem Ziel.

Er beugte sich vor und nahm ihre Hand. »Ich freu' mich für dich, Gem«, begann er und lächelte wehmütig. »Für mich ist's natürlich traurig. Wenn ich so könnte, wie ich wollte, wär's anders gekommen. Ganz anders.«

»Was redest du da?«

»Von dir und mir. Wir hätten ein schönes Paar abgegeben.«

»Vor ein paar Wochen hast du aber was ganz anderes gesagt, Freddie. Du wolltest heiraten – aber nicht mich.«

»Ich liebe sie nicht, Gemma, das weißt du. Ich liebe dich, aber es geht nicht«, log Freddie.

»Warum nicht?«

»Weil ich Indias Geld brauche. Abgeordnete verdienen nicht viel. Es geht um den Dienst an der Allgemeinheit, nicht um persönlichen Vorteil. Aber es ist schwer, den gerechten Kampf zu führen, zu versuchen, aus England, ja der ganzen Welt einen besseren Ort zu machen, wenn man nicht mal seine Miete bezahlen kann.«

»Ach, Freddie, laß das Gesülze. Mich kannst du nicht reinlegen. Ich *kenne* dich. Du bist ein machtgieriger Typ, der Geld braucht, um seine ehrgeizigen Ziele zu erreichen. Du willst aus der Welt keinen besseren Ort machen, du willst sie bloß regieren.« Sie beugte sich vor und küßte ihn. »Und das wirst du eines Tages auch. Also sollte ich mich bemühen, mich gut mit dir zu stellen. Ich tue, was du willst. Ich trommle am Samstag ein paar Mädchen zusammen, und wir machen ein bißchen Krawall.«

»Wirklich, Gem? Du tust das für mich?«

»Nein, aber ich tu's für fünfzig Pfund.«

Am liebsten hätte er ihr eine Ohrfeige geben. Es war eine gewaltige Summe. Doch statt dessen sagte er: »Danke, Gem, ehrlich. Ich geb' dir das Geld, das nächste Mal, wenn ich dich sehe.«

»Das würde ich dir auch raten.«

Er küßte sie zum Abschied und verließ das Gaiety. Auf der Commercial Street suchte er nach einer Droschke. Wo sollte er fünfzig Pfund für Gemma herkriegen? Die Einladung vor ein paar Wochen im Reform-Club hatte ihn praktisch ruiniert. Der Gedanke an seine Schulden lastete schwer auf ihm, genauso wie Joe Bristows Kampagne, aber noch viel mehr beunruhigten ihn die Neuigkeiten über India. Sie wollte an Verhütungsmittel kommen. Sie verfolgte also weiterhin diesen irrwitzigen Klinikplan – was nur heißen konnte: Sie war nicht schwanger, denn sie hatte offensichtlich nicht vor, in nächster Zeit mit der Arbeit aufzuhören.

»Verdammt!« fluchte er. Alles war so gut gelaufen, und jetzt ging wieder alles schief. Das Home-Rule-Debakel hatte ihn fast vernichtet. Er war pleite. Der blöde Wish half India, Mittel für die Klinik aufzutreiben. Und Isabelle machte Schwierigkeiten. Sie freute sich, daß es einen Hochzeitstermin gab, hielt aber eisern daran fest, daß kein Geld ausbezahlt und keine Immobilie überschrieben würde, bevor India die Medizin nicht aufgegeben hatte.

Was zum Teufel soll ich bloß tun? fragte sich Freddie, während er nach einer Droschke winkte.

Er zermarterte sich das Gehirn, aber immer fielen ihm nur diese Präservative ein. Warum bloß? Irgend etwas mußte daran sein, irgendwas war ihm entgangen, aber was?

Ein Droschkenfahrer, der in die entgegengesetzte Richtung fuhr, bemerkte ihn und kehrte um. Nur ruhig, alter Junge, befahl er sich, denk nach.

Es *mußte* doch einen guten Grund geben, warum India ein solches Risiko einging. Aber welchen? Je länger Freddie darüber nachdachte, desto mehr erkannte er, daß seine Annahme, sie würde die Präservative in ihrer Klinik verteilen, falsch war. Auf Wishs Rat wollte sie Geld beiseite legen, bis eine große Summe zusammengekommen war. Das hatte sie ihm erzählt. Warum sollte sie dann das wenige Geld, das sie bis jetzt gespart hatte, für Dinge ausgeben, die sie jetzt noch gar nicht benötigte?

Wollte sie die Verhütungsmittel in Giffords Praxis einsetzen? Das war viel wahrscheinlicher. Aber wenn ja, warum hatte sie sie nicht bei einem Lieferanten bestellt?

Und dann ging ihm ein Licht auf. *Sie will nicht, daß Gifford davon weiß.*

Gifford ist wahrscheinlich dagegen. Das würde Sinn ergeben. Er war schrecklich konservativ. Ein Fossil. India mußte vorhaben, sie ohne sein Wissen auszugeben.

Freddie beobachtete, wie die Droschke auf der Mitte der Straße wendete, und beschloß, selbst eine kleine Kehrtwendung einzuschlagen. Er würde India nicht damit konfrontieren. Noch nicht. Eine innere Stimme sagte ihm, daß er dieses Wissen im Moment für sich behalten sollte, weil es ihm später nützlicher wäre.

Die Droschke hielt an. Er stieg ein und fühlte sich etwas ruhiger. Er dachte an Gemma und ihr Versprechen, ihm zu helfen. Wenigstens hatte er für Joe Bristow eine Lösung gefunden. Er hatte mit fairen Mitteln versucht, Joes Aufstieg zu stoppen – über die anstehenden Fragen diskutiert, auf Bristows mangelnde Erfahrung hingewiesen –, und mit unfairen. Er hatte Donaldson bezahlt, damit ein paar seiner Leute Joes Hauptquartier kurz und klein schlugen und seine Plakate abrissen. Bei der Labour-Versammlung wären sie ebenfalls anwesend. Einige in Zivil, um Unruhe zu stiften, andere in Uniform, um Gesetzesbrecher festzunehmen. Mit etwas Glück würden Donaldsons Leute und Gemma mit ihren Freundinnen die Versammlung in ein Tollhaus verwandeln.

Als die Droschke die Commercial Street entlangfuhr, fiel Freddies Blick auf einen Pub namens Roter Earl. Davon gab es einige in England. Sie waren nach seinem Vorfahren Richard Lytton benannt. Auf dem Schild vor dem Pub war Lytton in Rüstung und mit Schwert zu sehen. Sein Gesichtsausdruck war unbarmherzig und furchtlos. Er sah aus wie ein Mann, der zu allem fähig war, wenn es galt, seine Wünsche durchzusetzen. Der gewinnen würde, egal, was es kostete.

Als er an seinem Ahnen vorbeifuhr, lächelte er ihn an. Nur Mut jetzt, sagte er sich. Ein Lytton hat die Schotten und die Waliser gefügig gemacht. Und ein Lytton wird sich das East End gefügig machen. Egal, was es kostet.

*A*h, Whitechapel im Sommer«, sagte Ella und wich einem Haufen frischem Pferdemist aus. »Es gibt keinen schöneren Ort.«
India folgte ihr und fächelte sich mit ihrem Hut Luft zu. »Warum mache ich das bloß?« fragte sie sich. »Ich verteile bloß die üblen Gerüche.«

Die Ausdünstungen von Außenaborten und Abwasserkanälen, von Hundekadavern und Marktabfällen vermischten sich in der Julihitze zu einem grauenvollen Gestank. Während der ersten heißen Tage hatte India geglaubt, sich übergeben zu müssen, wenn sie durch die engen Straßen und Gassen ging. Inzwischen hatte sie sich daran gewöhnt.

Sie trug keine Jacke und hatte die Blusenärmel hochgekrempelt. Ihr Gesicht war rot von der Hitze, und ihr Haar löste sich aus dem Knoten. Sie war verschwitzt und erschöpft. Sie und Ella sahen kaum wie eine Ärztin und eine Krankenschwester aus, viel eher glichen sie zwei Scheuerfrauen.

»Ich könnte einen Zitronensaft vertragen. Hoffentlich hat meine Mutter welchen gemacht«, sagte Ella.

»Hoffentlich gleich eine Wanne voll, ich könnte mich da reinsetzen«, sagte India.

Es war später Nachmittag. Sie und Ella waren in Stepney gewesen und kehrten nach ihrem letzten Hausbesuch nach Whitechapel zurück. Ein Kind hatte Durchfall gehabt. Es gab viele solche Fälle in letzter Zeit, weil die Kinder verdorbene Nahrung zu sich nahmen. Die Sterblichkeitsrate bei Kindern in Whitechapel würde drastisch in die Höhe schnellen, bevor sie im Herbst wieder fiele.

»Ella, sehen Sie sich das an«, sagte India und zog sie zu einem alten Backsteingebäude hinüber. Es war riesig. Fünf Stockwerke hoch. Mindestens zwölf Meter breit. »Es steht zum Verkauf. Sehen Sie das Schild?«

Beide lasen es. Das Gebäude war eine frühere Bäckerei, und der Besitzer verlangte viertausend Pfund dafür.

»Wir haben nicht mal vierhundert«, sagte Ella. »Und selbst wenn wir es hätten, würde Wish das nicht zulassen. Es ist zu teuer. Er hat uns gesagt, wir sollten uns an den Plan halten. Haben Sie nicht zugehört?«

»Doch, schon«, seufzte India. »Aber es ist so ein schönes großes Haus.«

»Wir finden noch ein anderes schönes, großes Haus. Zuerst müssen wir fünfundzwanzigtausend Pfund auftreiben.«

Zwei Abende zuvor hatten sich India und Ella wieder mit Wish im Café getroffen. Er hatte eine Bankanweisung über hundert Pfund von einem alten Schulfreund dabei und einen ersten Geschäftsplan. Er würde die fünftausend, die India in sein Point-Reyes-Projekt investiert hatte, verdreifachen und auf ein Konto legen. In der Zwischenzeit würde jeder von ihnen Himmel und Hölle in Bewegung setzen, um weitere zehntausend Pfund an Spendengeldern aufzutreiben. Wenn sie die hätten, würde Wish fünftausend davon nehmen und zu Indias fünfzehntausend dazulegen – womit sie ein Kapital von zwanzigtausend hätten. Dieses Geld dürften sie nie antasten. Es würde gut angelegt werden und jährlich zehn Prozent Zinsen bringen. Mit diesem Geld, etwa zweitausend Pfund, würden sie die Ausgaben der Klinik bestreiten.

Die restlichen fünftausend Pfund dürften sie folgendermaßen verwenden: zweitausend für ein Haus, zweitausend für den Umbau, eintausend für Ausstattung und Pflegemittel. Er machte kein Hehl daraus, daß die Klinik in den ersten Jahren extrem sparen mußte, aber wenn sie einmal eröffnet war, würden sie sich um weitere Spenden bemühen. Die würden dem Kapital zugeschlagen werden. Die ursprünglichen Zwanzigtausend würden anwachsen, die Zinsen ebenfalls und damit das Budget der Klinik. Er sah keinen Grund, warum das Kapital nicht eines Tages zweihunderttausend betragen sollte, womit sie zwanzigtausend Pfund im Jahr für ihre Patienten ausgeben könnten.

»Zwanzigtausend Pfund im Jahr«, sagte India jetzt und spähte in eines der Fenster. »Können Sie sich das vorstellen? Ob wir das je schaffen werden?«

»Nicht, wenn wir uns nicht auf die Socken machen und mehr Geld auftreiben«, antwortete Ella. »Kommen Sie schon.«

Sie kamen zum Ende der Shandy Street, bogen nach links in die Horse Lane ein und gingen Richtung Stepney Green weiter. Sie wollten eine Abkürzung über die Grünfläche nehmen, um zu dem Café in der Brick Lane zu gelangen, aber als sie darauf zugingen, sahen sie eine riesige Menschenmenge auf dem Rasenplatz stehen.

»Ich glaube, das ist eine Versammlung der Labour-Partei. Mein Vater hat so etwas erwähnt.«

»Ah ja, Sie haben recht. Freddie hat mir davon erzählt. Er sagte, Joe Bristow würde sprechen. Der Mann, der in Tower Hamlets gegen ihn antritt. Einer von ihnen. Er sagte, daß …«

»Jones! India Jones! Hier drüben!«

India fuhr herum. Sie kannte diese Stimme. Ihr Blick schweifte suchend umher und blieb an einer jungen Frau mit modischem Strohhut hängen, die auf sie zukam.

»Ach, Dr. Hatcher, was für ein unerwartetes Vergnügen«, sagte sie, als die Frau bei ihnen angelangt war. Sie hatte Harriet seit der Promotionsfeier nicht mehr gesehen.

India machte Ella und Harriet miteinander bekannt.

»Ich bin gekommen, um Mrs. Pankhursts Rede zu hören«, sagte Harriet. »Warst du schon mal bei so was dabei?«

India bejahte.

»Sie ist brillant, nicht wahr?« fuhr Harriet begeistert fort. »Sie wird es schaffen. Sie wird uns zum Wahlrecht verhelfen. Denk an meine Worte.« Sie warf einen Blick zum Podium. »Ist der Ehrenwerte Abgeordnete hier?«

»Kaum«, antwortete India. »Das ist ein Labour-Treffen.«

»Aber er sollte Mrs. Pankhurts auf seiner Seite haben. Ich dachte, Freddie sei ein aufgeklärter Politiker. Die Zukunft der Liberalen Partei. Das behauptet zumindest die *Times*. Hält er denn nichts vom Wahlrecht für Frauen?«

India wirkte etwas verlegen. »Doch, doch. In der Theorie, wenn auch nicht in der Praxis.«

»Was soll denn das heißen?«

»Er möchte, daß Frauen das Wahlrecht bekommen, bloß … noch nicht gleich. Er findet, die Liberalen seien zu schwach, um gleichzeitig an mehreren Fronten zu kämpfen. Er glaubt, sie sollten zuerst ihre Machtbasis sichern und das Amt des Premierministers zurückgewinnen. Sobald das erreicht sei, könnten sie für das Frauenstimmrecht eintreten.«

»Klingt ziemlich blödsinnig in meinen Ohren.«

»Das werde ich ihm ausrichten.«

»Ich weiß einfach nicht, warum du ihn heiratest, Indy. Ihr beide seid doch wie Feuer und Wasser. Doch halt, das stimmt nicht. Ich kann mir schon vorstellen, warum. Haben Sie ihn kennengelernt, Ella?«

»Nein.«

»Er ist absolut hinreißend. Charmant, gut aussehend ... einfach umwerfend. Jede Frau in unserem Semester ist hingeschmolzen, wenn er India abgeholt hat.«

»*Harriet!*« rief India aus und errötete.

Harriet lächelte hinterhältig. »Ach ja! Tut mir leid, ich hab's vergessen. Wir Frauen dürfen solche Gefühle ja nicht haben. Nicht wenn wir moralisch, dezent und ehrbar sind. Das behauptet zumindest der alte Brearly.«

»Ach, das schon wieder«, antwortete India.

Harriet ahmte die ernste, sonore Stimme von Dr. Antony Brearly, ihrem Anatomieprofessor, nach. »Die Vagina, eine schmale Verbindung zwischen Vulva und Cervix, hauptsächlich aus Muskeln bestehend, ohne Nervengewebe. Die Klitoris, ein unwesentlicher, beim Prozeß der Reproduktion nutzloser Anhang. Ein Ort der mentalen Instabilität bei Frauen, ihre Entfernung wird oft empfohlen zur Behandlung von Hysterie, Psychosen und hartnäckiger Nymphomanie ...« Sie brach in Lachen aus. »Nutzlos vielleicht für ihn. Ich könnte ohne meine nicht leben.«

Ella kicherte.

»Gütiger Himmel, Harriet«, sagte India. »Wir sind in der Öffentlichkeit. Sprich doch leiser, sonst werden wir noch wegen Erregung öffentlichen Ärgernisses verhaftet.«

»Kein Mensch weiß, wovon ich rede. Klitoris. Klingt doch wie eine Zahnpastamarke.«

Ella prustete vor Lachen.

»Jetzt ermutigen Sie sie nicht auch noch«, sagte India tadelnd.

Harriet verdrehte die Augen.

India war die bessere Studentin, aber Harriet war beliebter gewesen. Sie hatte lockere Umgangsformen, eine scharfe Zunge und brachte alle zum Lachen. India hatte gesehen, wie ihr Humor bei Patienten Wunder bewirkte. Darum beneidete India sie. Harriet munterte die Kranken auf, während sie selbst ihnen Vorträge hielt.

»Nun, Ladys, ich bin weg«, sagte Harriet. »Ich möchte mir einen besseren Blick auf Mrs. Pankhurst sichern. Ach, beinahe hätte ich's vergessen, Indy ... wie läuft's bei Dr. Gifford?«

»Sehr gut.«

»Lügnerin. Sieh dich an. Du siehst aus wie ein Fischweib.«

»Na schön. Es geht. Gerade so. Und in der Harley Street?«

Harriet war vermögend. Ihre Praxis lag in einer vornehmen Gegend, wo die bekanntesten Ärzte der Stadt niedergelassen waren.

»In der Harley Street ist es gräßlich. Ich könnte sterben vor Langeweile. Wenn ich noch mal irgendeiner verwöhnten Schnepfe zuhören muß, die mir erzählt, wie erschöpft sie nach der Saison ist, wie nervig die Dienstboten sind oder wie ihre Neuralgie sich verschlimmert, wenn ihre Söhne von Eton heimkommen, krieg ich einen Schreikrampf.« Sie stieß ein langes Seufzen aus. »Indy, erinnerst du dich, wie wir über deine Klinik gesprochen haben? In den frühen Morgenstunden, wenn wir hätten lernen sollen?«

»Natürlich?«

»Ich denke immer noch dran.«

»Ich auch. Ella und ich sind eigentlich gerade dabei, das Projekt in die Tat umzusetzen. Wir haben sogar einen Entwicklungsdirektor – Wish. Im Moment versuchen wir, Spenden aufzutreiben – Sach- und Geldspenden, und wenn wir genug zusammenhaben, suchen wir ein Haus. In Whitechapel.«

»Du meinst es wirklich ernst, Indy!«

»Das tue ich immer, Harriet.«

»Wieviel habt ihr denn schon beisammen?«

»Ähm ... nun ... hundertachtundsiebzig Pfund ...«, begann India.

»... und fünf Schachteln zerbrochene Kekse«, sagte Ella.

Harriet lachte. »Wahrscheinlich kann ich meine Praxis noch nicht so schnell zumachen.«

»Spotte nicht«, erwiderte India eingeschnappt. »Wir schaffen das schon. Wir brauchen bloß ein bißchen Zeit, bis wir das Geld zusammenhaben.«

»Ich glaube dir, India. Ich hab' nicht gespottet. Ehrlich. Ich bin nicht glücklich in der Harley Street. Ganz und gar nicht. Wenn ihr eure Klinik aufgemacht habt, arbeite ich dort. Kostenlos.«

»Wirklich?« fragte India verblüfft.

»Ich brauch' das Geld nicht. Was ich brauche, ist eine Herausforderung, und die bietet deine Klinik offensichtlich.«

India sah Harriet lange an. »Darauf komme ich zurück, Harriet«, sagte sie.

»Da bin ich mir sicher. Mach sie auf, und ich bin dabei. Ich bring' auch Fenwick mit. Er hat die Nase voll vom Unterrichten. Seine gegenwärtige Klasse sei ein noch größerer Haufen von Dummköpfen, als unsere es war, hat er mir gesagt.«

»Wenn Fenwick das sagt, ist das ein ziemliches Kompliment«, antwortete India.

»Ah, schau! Da ist eine meiner Patientinnen. Die einzige, die ich mag. Mrs. Bristow!«

Eine schöne Frau in einem rosafarbenen Kostüm und einem mit Rosen verzierten Hut reckte sich ein paar Meter weiter auf den Zehenspitzen. India erkannte sofort, daß sie etwa im fünften Monat schwanger war.

»Geht es Ihnen gut?« fragte Harriet.

»Sehr gut, danke«, antwortete Fiona.

Harriet machte sie mit den anderen bekannt und fragte Fiona dann, ob sie gekommen sei, um Mrs. Pankhurst zu hören.

»Eigentlich sollte ich meinen Mann vorstellen«, antwortete Fiona. »Ich hätte schon vor einer Stunde hiersein sollen. Ich muß auf die Tribüne, weiß aber nicht, wie ich durch die Menge kommen soll.«

»Ich versuch's außen um den Platz herum«, sagte Harriet. »Wollen Sie mitkommen?«

»Das hab' ich schon probiert. Aber da drüben ist so viel Polizei, da kommt keiner durch. Ich denke, ich nehme den direkten Weg. Freut mich, Sie kennengelernt zu haben, Dr. Jones ... Schwester Moskowitz.«

»Seien Sie vorsichtig, Mrs. Bristow«, mahnte Harriet.

Fiona lächelte. »Anweisung vom Arzt?«

»Sicher.«

Als sie außer Hörweite war, sagte Harriet: »Das ist die Frau, an die ihr euch wenden müßt. Reicher als König Midas und äußerst wohltätig gesinnt.«

India beschloß, sich bei Wish nach ihr zu erkundigen. Harriet verabschiedete sich.

»Also, Ella«, sagte India, als Dr. Hatcher gegangen war, »jetzt sieht's aus, als hätten wir hundertachtundsiebzig Pfund, fünf Schachteln Keksbruch und die Leiterin für unsere Kinderabteilung.«

»Ist sie gut?« fragte Ella.

»Sehr gut. Und sie kann wunderbar mit den Kleinen umgehen.«

Ella sah auf ihre Uhr. »Sollen wir bleiben und uns Mrs. Pankhurst anhören?«

»Ja. Sicher fängt es gleich an. Wahrscheinlich warten sie nur auf Mrs. Bristow. Ob sie's wohl nach oben geschafft hat?«

Indias Stimme ging in lautem Beifall und Pfiffen unter, als sich eine Frau von ihrem Platz auf dem Podium erhob.

»Kommen Sie, wir gehen ein bißchen näher ran«, sagte Ella, doch sie kam nicht vorwärts in der dichtgedrängten Menge.

Mrs. Pankhurst trat ans Rednerpult. Die Jubelrufe wurden lauter. India wußte, daß sie eine Aufwieglerin war. Obwohl sie nicht so aussieht, dachte sie. Sie war klein mit zarten Gesichtszügen und wirkte eher fragil als kämpferisch. Bis sie zu sprechen anfing. Dann wirkte sie ungefähr so fragil wie ein Preisringer.

»Willkommen. Ich begrüße Sie, meine Damen. Und meine Herren. Ich begrüße die Vertreter des Gesetzes, die in solcher Vielzahl erschienen sind! Sie mögen sich fragen, warum wir heute hier sind? Wir sind nicht hier, weil wir Gesetzesbrecher sind. Wir sind hier, weil wir bei der Schaffung von Gesetzen mitwirken wollen.«

Wieder wurden Beifallsrufe laut, nur daß sie diesmal von heftigen Buhrufen übertönt wurden. India blickte sich um, woher sie kamen: von einer Gruppe von Männern, die mit Biergläsern in der Hand vor einem Pub standen.

»Geht heim an den Waschtrog, ihr blöden Weiber!« schrie einer.

Mrs. Pankhurst ignorierte ihn und sprach weiter.

Wieder gab es Beifall, und dann brach in der Nähe des Pubs eine Schlägerei aus. Mehrere Polizisten griffen ein. Ein paar Minuten lang herrschte Ordnung, dann brüllte eine Männerstimme: »Frauenwahlrecht, wenn die Hölle zufriert!«

Buhrufe folgten, diesmal von Frauen. India sah sich unbehaglich um. Nicht weit entfernt von Ella und ihr stand eine Gruppe von Frauen, deren auffällige Aufmachung auf ihre Profession schließen ließ. Sie johlten und lachten. Eine rief lauthals Obszönitäten. India betrachtete sie genauer, und ihr geübter Blick suchte automatisch nach Anzeichen von venerischen Krankheiten, entdeckte aber keine.

»Ella ...«

»Ja?«

»Bei den Frauen da drüben stimmt was nicht. Sie sehen nicht wie ...«

»... Huren aus«, antwortete Ella nüchtern.

»Dafür sind sie zu gesund.«

»Zu gut genährt.«

»Sie sehen aus, als stünden sie auf einer Bühne. Als spielten sie Prostituierte.«

»Genau das machen sie.«

»Ich glaube, hier passiert gleich was«, sagte India.

»Wir sollten abhauen. Sofort.«

India nickte. Sie drehte sich um und ging in Richtung eines der Ausgänge des Platzes, blieb aber plötzlich stehen und sagte: »Ella, warten Sie! Fiona Bristow ... hat sie es überhaupt aufs Podium geschafft?«

Ella sah sich um. »Nein. Sie steht dort drüben. Ein Stück davor. Sehen Sie ihren Hut?«

India nickte. »Mrs. Bristow!« rief sie. »Mrs. Bristow! Hier herüber!«

Ihre Stimme ging unter, als Mrs. Pankhurst erneut ausgebuht wurde. Eine Tomate flog durch die Luft und fiel ihr vor die Füße. Sie zuckte zurück, ohne jedoch ihre Rede zu unterbrechen. Die Anspannung wurde größer. Sie war jetzt förmlich mit Händen zu greifen. India wußte, was passieren würde. Sie hatte Opfer von Straßenschlachten behandelt und wußte, wie schnell sich eine Menge in einen Mob verwandelte. Und Fiona Bristow, im fünften Monat schwanger, stand mittendrin.

»Wir müssen sie rausholen«, sagte sie.

»Wir sollten uns beeilen«, antwortete Ella und nahm Indias Hand. Gemeinsam kämpften sie sich durch die Menge.

Als sie bei Fiona ankamen, waren sie verschwitzt und außer Atem. India stellte mit Besorgnis fest, daß Mrs. Bristows Gesicht puterrot war.

»Wir gehen«, sagte sie zu ihr. »Kommen Sie mit. In Ihrem Zustand können Sie nicht hierbleiben.«

»Ich wollte schon gehen, bin aber nicht durchgekommen. Es geht einfach nicht.«

»Wir haben uns zu Ihnen durchgekämpft, dann schaffen wir's auch zurück. Ich gehe voran. Bleiben Sie zwischen uns, und achten Sie auf Ihren Bauch ...« Ihre Worte gingen in Geschrei und dem gellenden Ton einer Polizeipfeife unter.

Zwischen einer der Prostituierten und zwei Constables war ein Streit ausgebrochen. Ein betrunkener Mann mischte sich ein und belästigte die Polizisten. Ein zweiter Mann schlug auf den ersten ein. Jemand schrie. Die Frauen wurden vorwärtsgeschoben, als Leute zu den Streitenden hin drängten. Plötzlich ertönte Hufgeklapper. Berittene Polizei stieß knüppelschwingend von Westen her auf den Platz vor.

India hatte keine Zeit, sich zu fragen, wie sie so schnell hergekommen waren, als ein Pferd scheute, sich aufbäumte und mit den Hufen eine Frau traf. Sie schrie auf. Blut strömte aus einer klaffenden Wunde an ihrer Wange.

»Diese Versammlung wird hiermit für unrechtmäßig erklärt«, ertönte die Stimme eines Mannes über eine Sprechtüte. »Emmeline Pankhurst, ich fordere Sie auf, Ihre Rede abzubrechen!«

Jubel brandete auf, der in riesigem Protestgeheul unterging. Mrs. Pankhurst sprach weiter. Ein Kommando ertönte, und die Pferde begannen, in Richtung Podium vorzurücken. Die Frauen, die nahe am Podium standen, schrien vor Angst, wichen zurück und versuchten verzweifelt zu entkommen. Aber das Gedränge war zu dicht, sie schafften es kaum, sich auch nur einen Schritt von der Stelle zu bewegen. India warf einen Blick auf Fiona. Sie hatte ihren Hut verloren. Das Haar hing ihr wirr um das bleiche Gesicht. India hatte Angst, sie würde ohnmächtig werden. Sie sah sich um. Um den Platz gab es Geschäfte und Pubs, aber dort kämen sie nicht hin, weil sie es nicht an den Pferden vorbeischaffen würden. Dann sah sie zum Podium und hatte eine Idee. Sie packte Fionas Hand und änderte die Richtung.

»Kommen Sie! Hier entlang. Schnell!« rief sie.

»Wohin denn?« schrie Ella.

»Zum Podium! Das ist unsere einzige Chance!«

India kämpfte sich durch die Menge und hielt Fionas Hand fest umklammert. Die Pferde konnte sie nun nicht mehr sehen, aber hören, und sie kamen immer näher. Um die Vorderseite des Podiums war ein großes Banner drapiert, auf dem die Worte *Stimmrecht für*

Frauen. Jetzt! prangten. India hoffte nur, daß die Tribüne stabil genug gebaut war.

Der allgemeine Drang, vom Podium wegzukommen, hatte einen Freiraum rund um die Tribüne geschaffen. India durchbrach die Menge, rannte die letzten Meter zum Gerüst und zog Fiona mit sich. Sie hob das Banner hoch, und wie erhofft, war keine Holzverkleidung dahinter, sondern nur Pfeiler und Stützstreben.

»Kriechen Sie hinein!« rief sie. Fiona gehorchte, und India wollte nach Ella greifen, aber Ella war nicht da. Verzweifelt suchte sie die Menge ab, dann entdeckte sie ihre Freundin ein paar Meter entfernt, die sich verzweifelt von einem Polizisten loszumachen versuchte.

»Hinter Ihnen, India! Hinter Ihnen!« schrie sie.

India drehte sich um und sah ein Pferd, schwarz und bedrohlich. Sie sah seine großen, angstvollen Augen, die viel zu nahe bei ihr waren. Es bäumte sich auf. Sie hob die Arme, wollte sich schützen, taumelte zurück und fiel zu Boden. Das Pferd wieherte, seine eisernen Hufe knallten aufs Pflaster. Plötzlich schienen sie überall gleichzeitig zu sein, tausend Hufe, die in alle Richtungen ausschlugen. India rollte sich zusammen. Ein Huf traf sie am Schenkel. Sie schrie auf, rollte nach rechts, um von dem Tier wegzukommen, um zum Podium zu gelangen, aber es war zu spät. In ihrem Kopf explodierte etwas. Und dann war da nichts mehr. Überhaupt nichts.

❧ 28 ❧

»Mein Gott, Frankie, was ist denn da passiert?« fragte Sid Malone, als er die vielen Frauen im Eingangsbereich des Polizeireviers von Whitechapel sah.

»Irgendwas mit Wahlen oder so, Boß«, antwortete Frankie und betastete vorsichtig sein geschwollenes Auge. »Da war eine Versammlung, aus der plötzlich eine wüste Rauferei wurde.«

»Ach, das Frauenstimmrecht. Und der Richter buchtet all diese Frauen ein? Wo steckt er die bloß hin?«

»Er setzt bloß die Anführerin fest. Mrs. Pankhurst heißt sie. Die anderen läßt er laufen. Sie kriegen gerade ihre Klamotten zurück. Er hat sie über Nacht dabehalten. Einer von den Wachleuten im Männertrakt hat gesagt, man hat nicht mal ihre Personalien aufgenommen. Der Richter wollte ihnen bloß Angst einjagen. Sie mal Knastluft schnuppern lassen.«

»Ich frag' mich, ob das hilft. Bei dir hat's ja auch nichts gebracht«, sagte Sid. Ein paar Stunden zuvor hatte er erfahren, daß Frankie letzte Nacht wegen einer Schlägerei verhaftet worden war. Wieder einmal. Keiner seiner Männer war verfügbar gewesen, also mußte Sid sich selbst darum kümmern, und Ausflüge zum Gefängnis trugen nicht gerade dazu bei, seine Laune zu heben.

»Tut mir leid, Boß.«

»Wer war's diesmal? Hat sich Donaldson mal wieder was aus den Fingern gesaugt?«

»Maddens Gang.«

Sid spitzte die Ohren. »Wo?«

»In Wapping. Im Prospect of Whitby. Zwei von denen saßen rotzfrech da rum, haben gesoffen, gelacht und jeden rumkommandiert. Ich hab' rot gesehen, Boß. Konnt' mich nicht mehr halten. Jetzt lachen die nicht mehr.«

»War Big Billy dabei?«

»Nein.«

Sid nickte. Vielleicht waren es einfach zwei wüste Typen auf Sauf-tour gewesen. Vielleicht. Das würde Billy behaupten, wenn er ihn fragte. Sid wußte, daß Billy Madden das East End wollte. Wahr-scheinlich hatte er Wind davon gekriegt, daß Freddie Lytton der Firma den Kampf angesagt hatte. Sid mußte auf der Hut sein.

»Krieg' ich 'ne Anklage?« fragte Frankie.

Sid schüttelte den Kopf. »Ein paar Scheine in die richtigen Hände, und keiner hat was gesehen.«

»Danke, Boß.«

Plötzlich entstand Unruhe. Sid drehte sich um und runzelte die Stirn.

»Da ist dieser verdammte Devlin«, sagte er. »Laß uns abhauen, bevor er ein Bild von uns macht und wir ihm wieder die Kamera zer-trümmern müssen.«

»Er hat mich schon gesehen, aber überhaupt nicht reagiert. Es heißt, daß bei der Versammlung nicht nur die Flittchen, sondern auch ein paar aus der feinen Gesellschaft geschnappt worden seien. Er will eine Story über feine Damen bringen, die mit dem Pöbel verkehren. Lockere Sitten in der Oberschicht … so was in der Art.« Frankie zog seine blutverschmierte Jacke an, nahm einen Kamm heraus und fuhr sich durchs Haar. »Lockere Sitten klingt gut, find' ich. Stell dir vor, du treibst es mit 'ner Herzogin. Da krieg' ich ja gleich 'nen Ständer.«

»Laß mich in Ruhe, Frankie.«

»Hab' gehört, deine Freundin hängt hier auch mit drin.«

»Welche Freundin?«

»Die Doktorin.«

»Dr. Jones? Sie ist hier?«

»Das hab' ich gehört.«

»Verdammt. Wenn Devlin das mitkriegt, ist sie geliefert.«

»Was soll das heißen?«

»Er verbrät sie in seiner Story und läßt sie ganz schlecht aussehen.«

»Na und, Boß? Was geht uns das an?«

»Eine Menge. Mich zumindest. Los, komm.«

»Verdammter Mist, Sid, ich hab' Hunger. Gleich um die Ecke ist ein netter Pub.«

Sid hörte nicht auf ihn. Er mußte India finden. Er bahnte sich den Weg durch die Frauen. Einige standen, andere saßen, manche wirkten gelangweilt, als wäre ein Polizeirevier nichts Neues für sie. Er sah zerrissene Blusen, zerdrückte Hüte und Gesichter mit blauen Flecken.

Und dann entdeckte er India. Zuerst erkannte er sie gar nicht. Ihr Gesicht war blutverschmiert. Ihre Bluse stand offen, auf dem Kragen war noch mehr Blut. Ella Moskowitz war bei ihr. Die beiden beugten sich über eine dritte Frau. Sid sah, wie India den Rock hob und ein Stück Stoff von ihrem Unterrock abriß, um der Frau die Hand zu verbinden. Typisch. Die beiden halfen irgendwelchen Unglücklichen, wenn sie selbst hätten abhauen sollen, solange sie das noch konnten. Sid sah Devlin. Er stand nur ein paar Meter entfernt.

Sid wich zurück. »Vergiß es«, sagte er zu Frankie. Doch dann drehte India sich um, und er sah ihr Gesicht, sah Entschlossenheit darin, ihre herzzerreißende Unschuld.

»He!« rief er plötzlich. »Annie! Mary! Hab' überall nach euch gesucht, jetzt aber los und zurück an die Arbeit!«

India blickte ihn verständnislos an, Ella, als wäre er verrückt geworden. Sid deutete hastig auf Devlin. Ella riß die Augen auf.

»Jetzt lassen Sie's mal gut sein, Chef, wir wollten gerade los«, sagte sie. »Wollten auch mal ein bißchen was anderes sehen. Ist schließlich Schwerstarbeit, den ganzen Tag auf dem Rücken zu liegen, was?«, fügte sie hinzu und stieß eine Frau neben sich an. Sie lachten schallend.

»Zwei von Ihnen, Malone?« fragte eine männliche Stimme. Es war Devlin. »Ich dachte, Sie wären Geschäftsmann.«

»Bin ich auch. Das sind meine Geschäftspartnerinnen. Zwei Bedienungen aus dem Tadsch.« Sid hielt den Blick auf India gerichtet, während er sprach. Ihr stand der Mund offen.

»Soso, Bedienungen, was?« sagte Devlin mit höhnischem Grinsen.

»Ja, und immer gern zu Diensten. Stimmt's, Mädels? Mr. Devlin hat übrigens eine ganz neue Kamera, und es wär' doch schade, wenn sie genauso zu Bruch ginge wie seine letzte.«

»Ruhig Blut, Malone. Ich bin nicht hinter Ihnen her. Ich hab' einen größeren Fisch an der Angel. Die Verlobte des Parlamentsabgeordneten soll verhaftet worden sein. Hat die ganze Nacht mit den Besoffenen und Nutten verbracht. Das gäb' doch eine tolle Story, so kurz vor den Wahlen. ABGEORDNETENLIEBCHEN AUF LIBERALEN ABWEGEN ... irgendwas in der Art.«

»Sehr originell, Devlin«, sagte Sid. Er drehte Indias Gesicht zur Seite und machte viel Aufhebens darum, die häßliche Wunde an ihrer Schläfe zu inspizieren. »Wasch das ab, Mary. Das ist schlecht fürs Geschäft«, befahl er ihr schließlich. »Sind Sie sicher, das Vögelchen ist hier, Devlin? Wie heißt sie denn?«

»Jones, glaub' ich«, antwortete Devlin. »Sie ist Ärztin. Arbeitet für Edwin Gifford in der Varden Street. Total sittenstrenger Typ. Wetten, er schmeißt sie raus, wenn der Artikel erscheint? Daraus könnte ich eine Fortsetzungsstory machen oder ein Interview mit Lytton. Nachdem ihn seine Freundin den Wahlsieg gekostet hat. Kennen Sie sie, Malone? Wissen Sie, wie sie aussieht?«

»Ich fürchte, nicht. Wir verkehren nicht in den gleichen Kreisen, der Abgeordnete und ich.«

»Wahrscheinlich nicht.« Devlin runzelte die Stirn.

»Also, Schluß jetzt mit der Drückebergerei. Die Arbeit ruft. Guten Tag, Devlin«, sagte Sid und führte India und Ella aus dem Revier hinaus. Sobald sie auf der Straße waren, küßte Ella Sid auf die Wange und dankte ihm. »Ich muß mich beeilen«, sagte sie. »Meine Mutter ist sicher schon ganz krank vor Sorge. Bis morgen, India.«

India antwortete nicht. Sie blickte zu Boden.

»Alles in Ordnung?« fragte Sid. »Das ist eine schlimme Wunde.«

Sie hob den Kopf. Ihre Augen blitzten. »Wie können Sie es *wagen*!« sagte sie mit zornbebender Stimme.

»Wie kann ich *was* wagen? Sie davor bewahren, daß Ihr Bild in Devlins Schmierblatt kommt? Ihren Job retten? Und Ihre Verlobung vielleicht auch? Ich frag' mich, was Freddie wohl davon hält, wenn er erfährt, daß sich seine Verlobte mit Huren einläßt. Sich wie eine gemeine Kriminelle herumstreitet. Und was seine Wähler wohl davon halten würden?«

»Ich hab' mich nicht mit Prostituierten eingelassen, ich …«

»*Ich* weiß das. Aber die Zeitungen werden das behaupten.«

»Sie sind zu weit gegangen, Mr. Malone. Sie hätten nicht sagen dürfen, was Sie gesagt haben.«

India wirkte verletzt.

Plötzlich ertönte Lachen. Frankie. Den hatte er ganz vergessen.

»Frankie, bring Ella heim.«

Frankie sah zuerst Sid, dann India an. Er zögerte, als wollte er etwas sagen.

»*Jetzt*«, befahl Sid.

Frankie nickte kurz und machte sich in die Richtung davon, die Ella eingeschlagen hatte. Sid blickte wieder zu India zurück, auf ihre zerrissenen Kleider, auf die Wunde an ihrer Schläfe.

»Wie ist das eigentlich passiert?« fragte er.

»Ein Pferd«, antwortete sie knapp.

»Glück gehabt, daß nichts Schlimmeres passiert ist.«

»Ja, großes.«

Mein Gott, was hatte er bloß jetzt schon wieder falsch gemacht. Nie konnten sie miteinander reden, ohne daß einer von ihnen gekränkt war. Dabei wollte er ihr doch bloß helfen. Begriff sie das denn nicht?

»Tut mir leid, daß ich mich eingemischt habe, Dr. Jones. Es war ein Fehler.« Er tippte an seine Mütze und wandte sich ab.

»Mr. Malone, ich … warten Sie … bitte …«, stammelte India, aber er hörte sie nicht.

»Malone!«

Sid drehte sich um und sah, wie Devlin mit seiner Kamera auf ihn zueilte. »Malone, Sie Mistkerl!«

Er fuhr zu India herum. Sie wirkte verängstigt wie ein in die Falle gegangenes Tier. »Können Sie in den Stiefeln laufen?« rief er.

»Ja!«

»Dann tun Sie es, verdammt! Los, kommen Sie, es ist nicht weit«, drängte Sid.

Sie rannten volle zehn Minuten lang, schafften es aber nicht, Devlin abzuschütteln.

»Malone, warten Sie! Bloß ein paar Fragen!« hörten sie ihn rufen.

India blieb stehen. »Mr. Malone«, keuchte sie. »Ist schon gut. Ich rede mit ihm. Ich kann nicht mehr. Ich laß ihn einfach kein Foto machen.«

»Der schießt Sie ab, während Sie auf ihn zugehen. Das hat er mit mir auch gemacht. Wenn er ein Bild von Ihnen hat, sind Sie geliefert. Bis jetzt hat er keinerlei Beweise. Es wurden keine Personalien aufgenommen. Aber mit einem Foto kann er zumindest beweisen, daß Sie mit zerrissenen Kleidern und blutend auf der Dean Street standen. Das würde für Lytton nicht gut aussehen. Ganz und gar nicht.«

»Warum sind Sie plötzlich so besorgt um Freddie? Sie sind ihm völlig egal. Er will Sie bloß möglichst schnell hinter Gitter bringen.«

»Ich bin nicht besorgt, zumindest nicht um ihn.«

»Malone! Bloß einen Moment!«

»Wenn Sie noch in paar Meter schaffen, kann ich uns in Sicherheit bringen.«

»Also gut.«

Sie rannten zum Ende der Dean Street, wo er sie plötzlich in den Eingang eines gedrungenen Hauses zog. Die Tür der Erdgeschoßwohnung öffnete sich, als sie den Flur entlangliefen. Eine alte Frau streckte den Kopf heraus. Ihre trüben Augen richteten sich auf Sid und blitzten dann auf.

»Hallo, mein Lieber«, sagte sie. »Bißchen aus der Puste, was? Brauchst du meinen Keller?«

»Ja, Sally.«

»Dann komm.«

Sie ging in eine kleine schmutzige Küche am hinteren Ende des Hauses voraus und öffnete eine Tür. Ein paar Stufen führten ins Dunkle hinab.

»Du hast was gut bei mir, Sally«, sagte Sid.

»Du schuldest mir gar nichts. Raysie läßt dich grüßen. Die Lampe steht auf dem Regal.«

»Passen Sie auf«, sagte Sid und führte India durch den feuchten, niedrigen Raum. Vor einem abgeschabten Schrank blieb er stehen.

India zögerte. »Wir verstecken uns doch nicht etwa da drin?«

»Doch. Rein jetzt. Wir haben keine Zeit zum Plaudern«, sagte Sid. Er schob ein paar modrige Kleider und einen alten Regenmantel beiseite. India hielt die Luft an, als sie sah, was sich dahinter verbarg: ein Geheimgang.

»Bücken Sie sich«, sagte er und stieg in den Schrank. Dann griff er nach ihrer Hand. Während sie hineinkletterte, schloß er den Schrank von innen und ordnete die Kleider wieder so an, wie sie zuvor gehangen hatten.

»Es zieht sich ein bißchen hin – vielleicht über zehn oder zwölf Straßen –, aber wenigstens müssen wir nicht rennen«, sagte er.

India blickte mit aufgerissenen Augen in den Tunnel, auf die verrotteten Wände, von denen Regenwasser tropfte – oder Schlimmeres –, auf die niedrige Decke aus roher Erde und auf den zerfurchten, matschigen Boden. Denny Quinn hatte Sid von diesem Tunnel erzählt. Niemand wußte, wer ihn gebaut hatte oder warum.

»Halten Sie sich an meiner Jacke fest. Der Boden ist ziemlich tük-kisch.«

»Wohin gehen wir?«

»Nach Osten.«

Sid machte sich im Gehen an der Lampe zu schaffen. Es war ge-nügend Kerosin drin, aber der Docht taugte nichts. Er flackerte. Sie hatten einen weiten Weg vor sich, und er wollte sichergehen, daß das Licht nicht erlosch.

»Woher kennen Sie Sally?« fragte India. «Und wer ist Raysie?«

»Sallys Mann.«

»Wo ist er?«

»Liegt im Sterben.«

»In der Wohnung? Dann gehen wir zurück. Vielleicht können wir ihm helfen.«

»Im Krankenhaus. Magenkrebs.«

»Welchem Krankenhaus?«

»Bart's.«

»Das ist eines der besten.«

»Hab' ich auch gehört.«

Pause. »Und Sie zahlen die Rechnungen, nicht wahr?«

»Was geht Sie das an?«

Sie wollte gerade antworten, als sie stolperte. Gleichzeitig ertönte ein scheußliches Quieken. Sie schrie auf und packte Sid am Rücken.

»Sie haben nicht gesagt, daß es hier Ratten gibt!«

»Das hielt ich für besser. Haben Sie Angst vor Ratten?«

»Nein.« Er hörte sie schlucken. »Doch. Genau wie vor Tunnels. Ich leide an Klaustrophobie.«

Sid seufzte.

Er war überrascht, daß sie ihre Angst eingestand, plötzlich Schwä-che zeigte. Das besänftigte seinen Ärger. Er griff nach ihrer Hand und drückte sie und war erstaunt, daß sie den Druck erwiderte.

»Erzählen Sie mir was von sich. Das ist nur fair«, sagte India. »Ich hab' Ihnen von meiner Familie und meinem Studium erzählt, als Sie im Krankenhaus waren. Jetzt sind Sie dran. Quid pro quo, erinnern Sie sich?«

Sid schwieg.

India seufzte. »Das ist nicht fair. Ich hab' mit Ihnen geredet, als Sie im Krankenhaus waren, jetzt sollten Sie mit mir reden.«

Als er immer noch nicht antwortete, sagte sie: »Sie sind böse auf mich, nicht wahr? Hören Sie, es tut mir leid. Wirklich.«

»Das bin ich nicht. Ich red' nur nicht gern über mich.«

»Nein, ich meinte wegen vorhin. Auf dem Revier. Sie wollten mir helfen. Sie *haben* mir geholfen, und ich hab' es Ihnen schlecht gedankt. Es ist gar nicht auszudenken, wie wütend Freddie wäre, wenn ich in die Zeitungen käme. Ich schulde Ihnen wirklich etwas, Mr. Malone.«

»Ich heiße Sid. Und Sie schulden mir gar nichts. Wir sind quitt.«

»Ich verstehe nicht.«

»Sie haben mich gerettet. Jetzt rette ich Sie.«

»Also gut. Quitt.«

Bildete er sich das bloß ein, oder lag eine Spur von Bedauern in ihrer Stimme? Er hatte keine Zeit, darüber nachzudenken, denn plötzlich begann die Lampe zu flackern und erlosch schließlich ganz. Sie standen in totaler Dunkelheit.

»Bitte sagen Sie mir, daß Sie hinausfinden«, flehte sie.

»Ja sicher. Weiter vorn gibt's allerdings eine kleine Schwierigkeit. Eine große … ähm … Pfütze. Eine tiefe. Über die ich Sie tragen muß.«

India schwieg einen Moment. »Da ist gar keine Pfütze, stimmt's?«

Sid antwortete nicht. »Sie nehmen die Lampe, und ich nehm' Sie. Fertig?«

»Können wir nicht zurück?«

»Ich wette jede Summe, daß Devlin vor Sallys Tür wartet.«

»Also gut. Ich bin bereit.«

Sie spürte, wie Sid nach ihr tastete.

Schließlich hob er sie hoch. Sie war leicht. Leicht wie eine Feder. Sie legte die Arme um seinen Hals, und er roch ihren Duft – Lavendel, Stärke und Schweiß.

»Es ist nicht mehr weit. Wenn wir erst mal an der Pfütze vorbei sind.«

»Erzählen Sie mir etwas von sich, Sid. Als Sie ein Junge waren. Was haben Sie da am liebsten getan?«

»Ich hab' am Fluß gesessen. Mit meinem Vater und meiner Schwester. Mein Vater kannte alle Schiffe. Hat uns gesagt, wer sie gebaut hat. Von wo sie kamen. Was sie geladen hatten. Er hat uns Sachen mitgebracht von dort. Sachen, die er stibitzte, wenn der Aufseher nicht hersah. Ein bißchen Tee. Eine Muskatnuß. Zimtstangen.«

Er redete weiter und bemühte sich, das Quieken und Trappeln zu übertönen. Offensichtlich durchquerte er die größte Rattenkolonie von ganz London.

»O Gott, ich kann sie riechen«, sagte India. »Es müssen Hunderte sein.«

Sie klammerte sich fester an seinen Hals, und er spürte, wie sie zitterte. »Fast geschafft«, sagte er und ertappte sich bei dem Gedanken, daß er das im Grunde gar nicht wollte. Er wollte, daß es so blieb – daß er sie in seinen Armen hielt, daß sie ihn brauchte. Er wollte mit ihr weitergehen, hinaus aus dieser unbarmherzigen Stadt, hinaus aus seinem unbarmherzigen Leben.

Es war ein verrückter Gedanke, den er schnell wegwischte, doch er setzte sie nicht ab, auch nicht, als sie an den Ratten vorbei waren. Er trug sie bis ans Ende des Tunnels, wo er sie wieder hinabließ und sagte: »Hier sollte irgendwo ein Ausgang sein.«

Mit den Händen begann er, die Wand abzutasten. Schon einmal hatte er ihn blind finden müssen, als keine Zeit mehr für eine Laterne war. Er erinnerte sich, daß er eng und niedrig war. Schließlich fanden seine Finger eine Höhlung, eine Öffnung, die in den harten Londoner Lehm gegraben war. Er ging in die Hocke und kroch vorwärts. Sein Kopf stieß gegen etwas Hartes, Rundes – ein Holzfaß. Als er es beiseite schob, fiel Licht in den Tunnel. Er griff nach Indias Hand und zog sie mit sich hinaus.

»Wo sind wir?« fragte sie und blinzelte in das Gaslicht.

»Im Keller vom Blinden Bettler. Einem Pub auf der Whitechapel Road«, antwortete er und stellte das Faß zurück. Er drehte sich um, sah ihre Stirn und zog eine Grimasse.

»Was ist?«

Er nahm ein Taschentuch heraus und legte es auf ihre Wunde. Sie hatte sich wieder geöffnet. »Wer behandelt den Doktor?« fragte er ruhig.

»Ach, es ist nichts«, erwiderte sie und drückte das Taschentuch an den Kopf.

»Sie haben meine Frage nicht beantwortet.«

»Der Doktor behandelt den Doktor«, sagte sie matt.

»Wann haben Sie zum letzten Mal etwas gegessen?« fragte er weiter. Ihre Hände zitterten immer noch. Um ihre Augen lagen dunkle Ränder.

»Ich weiß nicht. Am Samstag morgen, glaube ich.«

Jetzt war Sonntag abend. »Kommen Sie mit nach oben. Ich kauf' Ihnen ein Abendessen.«

»Das geht doch nicht. Ich hab' Ihnen schon genug Umstände gemacht. Ich nehme mir eine Droschke ...«

»... und fallen auf dem Heimweg in Ohnmacht. Was es dem Fahrer leichtmacht, Sie auszurauben. Ich finde, Sie sollten etwas essen, bevor Sie gehen.«

Sie gab sich geschlagen. »Also gut, Dr. Malone.«

Sie gingen nach oben. Während India sich, so gut es ging, säuberte, fand Sid einen Tisch im Pub und bestellte zweimal Porterbier und Kartoffelbrei mit Würsten und Cumberlandsoße. India wollte statt des Biers lieber Tee, was Sid jedoch nicht zuließ.

»Trinken Sie Porter, das ist nahrhafter.«

Sie sah von Minute zu Minute schlechter aus. Er hatte Angst, sie würde umkippen, wenn sie nicht gleich was in den Magen bekäme. Er hatte den Tisch ausgesucht, der am nächsten zum Kamin stand, in dem ein Feuer brannte. Inzwischen war die Dämmerung hereingebrochen, und es war kühler geworden. Er hoffte, das Feuer würde ihr guttun. Die Getränke kamen. India nippte an ihrem Glas, nahm dann ein paar kräftige Züge und sah sich befremdet um. Die Intimität, die in der Dunkelheit zwischen ihnen geherrscht hatte, war von verlegenem Schweigen abgelöst worden. Sie war die erste, die wieder zu sprechen begann.

»Danke für das Bier und daß Sie mich hierhergebracht haben. Es tut gut zu sitzen.«

»Haben wohl ganz schön was hinter sich?«

»Das kann man sagen.«

»Was ist eigentlich passiert?«

India erzählte ihm alles. Als sie fertig war, sagte sie: »Es war sehr seltsam. Die vier oder fünf Frauen, die damit angefangen haben, Unruhe zu stiften, sahen nicht wie Prostituierte aus. Und nachher hab' ich sie auch nicht mehr gesehen. Im Gefängnis, meine ich. Sie wurden nicht festgenommen.«

»Klingt nach einer Falle. Jemand wollte die Versammlung sprengen, vielleicht die Redner schlecht aussehen lassen, also hat er jemanden bezahlt, um Rabatz zu machen. Vielleicht gemeinsam mit den Bullen. Donaldson und seine Bullen sind ein übles Gaunerpack.«

»Aber wer würde denn so was tun?«

Sid sah sie an und fragte sich, wie ein so kluger Mensch so dämlich sein konnte. »Wer war die Hauptattraktion?«

»Joseph Bristow. Er will sich für den Sitz von Tower Hamlets aufstellen lassen.«

»Und wer hat einen Vorteil davon, wenn Bristow eine schlechte Figur macht?«

»Ich weiß es nicht.«

Sid verdrehte die Augen.

»Wer?« fragte India.

»Freddie Lytton vielleicht?«

India schreckte zurück und schüttelte heftig den Kopf. »Niemals! Wie kommen Sie denn darauf? Freddie ist ein Gentleman. Er würde sich *nie* solcher Taktiken bedienen.«

Sid hob die Hände. »Entschuldigung. Natürlich nicht. Muß wohl jemand anderer gewesen sein.«

Das Barmädchen brachte zwei Teller mit Kartoffelbrei, brauner Soße und drei dicken Würsten. India hatte sichtlich Hunger. Sid sah ihr erfreut zu. Gerade als er seine eigene Gabel nehmen wollte, kam eine Frau an den Tisch, die ein Kind hinter sich herzerrte. Das Kind war mager, das Gesicht der Frau aufgedunsen. Ihr Atem stank nach Gin.

»Geben Sie was für die Kleine, Mr. Malone«, bettelte sie.

Sid griff in die Tasche und gab der Frau ein paar Münzen. Als sie feststellte, daß es ein ganzes Pfund war, packte sie seine Hand und küßte sie.

»He, Kitty! Raus hier!« rief das Barmädchen und eilte hinter der Theke hervor. »Tut mir leid, Mr. Malone.«

»Schon gut«, antwortete er.

India stocherte in ihrem Kartoffelbrei herum und sah dann zu Sid auf. »Warum haben Sie das getan? Sie hätten mich dem Kind mein Essen geben lassen sollen. Sie unterstützen nur den Alkoholmißbrauch. Sie rennt doch gleich zum nächsten Pub und gibt das Geld für Gin aus.«

»Na und?«

»Na *und*? Sie sollte nicht trinken!«

»Warum nicht? Was hat sie denn sonst?«

»Ein Kind zum Beispiel.«

Sid schüttelte den Kopf. »Das Mädchen ist schwachsinnig. Keine von beiden macht's lang. Der Gin gibt ihnen vielleicht ein bißchen Wärme, ein bißchen Trost.«

»Milch und Porridge wären besser. Und Gemüse.«

Da war er wieder – dieser besserwisserische Ton. Die sanfte, verletzliche Frau, die er im Tunnel in der Armen gehalten hatte, war verschwunden. Dr. Jones war zurück.

»Können Sie es nicht verstehen, daß diese Frau einen Trost braucht? Ist Ihnen das selbst noch nie so ergangen?«

»Doch. Aber ich habe ihn nicht in einer Flasche Gin gesucht. Oder in einer Opiumpfeife«, gab sie schnippisch zurück.

Sid schüttelte den Kopf.

»Schütteln Sie nicht den Kopf«, sagte India ungehalten. »Sehen Sie sich doch um! All die Männer, die ihren Lohn vertrinken. Damit sie trinken können, hungern sie. Und ihre Frauen und Kinder auch. Wenn sie heimgehen, haben sie bloß noch Pennys in der Tasche …«

»Herrgott im Himmel, hören Sie auf«, schnitt er ihr ärgerlich das Wort ab. »Sie wissen doch gar nicht, wovon Sie reden! Haben Sie je sechzehn Stunden in den Docks geschuftet? Kohlen oder Rinderhälften in Kälte und Nässe geschleppt? Und sind dann zu Frau und fünf Kindern heimgegangen? Alle in einer zugigen Bude zusammengepfercht, ein paar davon krank, alle hungrig. Haben Sie auch nur die leiseste Ahnung von der Verzweiflung in diesen Zimmern? Von dem Zorn? Können Sie es einem Mann verübeln, wenn er das Elend für eine Stunde bei einem Bier in einem warmen Pub vergessen will?«

India lehnte sich zurück. »Sind Sie immer so gewesen, Sid? So absolut blind dafür, was richtig und was falsch ist?«

»Und Sie? Sind Sie immer schon so rechthaberisch gewesen?«

India sah ihn an, als hätte er sie geschlagen. Ihre Gabel fiel klappernd auf den Teller. Sid starrte auf das zur Hälfte verzehrte Essen – dann packte er es und warf es ins Feuer.

»Sind Sie jetzt völlig durchgedreht?« zischte sie.

»Immer noch hungrig?« fragte er.

»Ja, in der Tat. Und Sie haben …«

»Müde?«

»Ja, aber ich verstehe nicht …«

»Gereizt?«

»Ziemlich.«

»Gut. Willkommen in der Arbeiterklasse. Stehen Sie auf.«

»*Was? Warum?* Wohin gehen wir?«

»Ihre Patienten kennenlernen.«

Sid warf Geld auf den Tisch und zerrte India hoch. »Los, kommen Sie mit.«

Draußen auf der Straße machte sie sich wütend von ihm los. »Mit Ihnen gehe ich nirgendwohin. Ich kenne meine Patienten. Von Giffords Praxis. Vom Krankenhaus.«

»Waren Sie je bei ihnen zu Hause?«

»Natürlich. Wo sollte ich sonst Geburtshilfe leisten?«

Sid schnaubte wegwerfend. »Wetten, daß sie geputzt haben, bevor Sie kamen? Meine Mutter hat das jedenfalls getan. Alle Mütter tun das. Weil sie nicht wollen, daß der Arzt oder die Hebamme denkt, es sei schmutzig bei ihnen. Und da ist noch etwas …«

India hob die Hand, um eine Droschke anzuhalten.

»… Sie täuschen sich, was das Porridge anbelangt.«

»Gute Nacht, Mr. Malone.«

»Arme Frauen können kein Porridge zubereiten, wissen Sie das nicht? Natürlich nicht. Weil Sie einen Dreck über die Armen wissen. O ja, Sie schwafeln viel über sie. Aber haben Sie je *mit* ihnen geredet? Das glaube ich nicht. Sonst wüßten Sie, daß Porridge *gekocht* werden muß. Dazu braucht man Kohle, und Kohle kostet Geld. Und selbst *wenn* sie sich Kohle leisten könnten, würden sie kein Porridge essen. Weil es zu sehr an den Schleim im Arbeitshaus erinnert. Waren Sie schon mal im Arbeitshaus, India?«

India antwortete nicht. Sie winkte nur wie wild einer sich nähernden Droschke.

»Ach, Mist. Warum vergeude ich meine Zeit?« Sid griff in die Tasche, nahm ihre Hand und klatschte ein paar Münzen hinein. »Für die Heimfahrt. Gute Nacht.« Er marschierte davon, dann drehte er sich plötzlich um. »Wollen Sie wirklich etwas bewegen?« rief er ihr zu. Keine Antwort. »Wollen Sie das, India?« Immer noch keine Antwort. »Sie sind eine gute Ärztin. Wollen Sie eine wirklich großartige werden?«

Langsam ließ sie die Hand sinken. Sie drehte sich um. »Zuerst sagen Sie mir, warum.«

»Warum was?«

»Warum Sie mich in irgendeinen verwahrlosten Haushalt schleppen wollen, statt Banken auszurauben oder Safes zu knacken oder was Sie sonst so an Ihren Abenden machen.«

»Weil ein schlechter Mensch eine gute Tat tun will«, sagte er und wiederholte, was er Ella vor ein paar Wochen in Indias Arztzimmer hatte sagen hören.

India wirkte einen Moment lang verdutzt, fing sich aber schnell wieder.

»Sie brauchen Sie«, fuhr Sid fort.

»Wer?«

Sid breitete die Arme aus. »Sie alle. All die armen Teufel, die an diesem verdammten Ort hier am Leben bleiben wollen. Kommen Sie?«

»Nicht bevor Sie mir nicht sagen, warum Sie das wollen?«

Sid antwortete nicht gleich. Doch dann sagte er mit leiser Stimme: »Weil ich einmal eine Familie hatte. Hier in Whitechapel. Eine Mutter. Einen Vater. Einen Bruder. Zwei Schwestern. Meine kleine Schwester war krank. Schwindsucht. Wir haben alles ausgegeben, was wir hatten, um ihr zu helfen. Eines Nachts hatte sie einen Anfall, und meine Mutter ging los, um einen Doktor zu holen. Es war dunkel und spät. Sie wurde getötet. Ermordet. Auf der Straße, vor unserer Tür.«

»Mein Gott«, sagte India.

»Sie haben unser Geld genommen – die sogenannten Doktoren – und nichts getan. Nichts, als meine Mutter zu beschämen, ihr zu sagen, sie hätte das Baby nicht richtig gepflegt. Es nicht richtig gefüttert. Nicht vor Feuchtigkeit geschützt. Können Sie sich das vorstellen? Vor Feuchtigkeit schützen? In London!« Er schüttelte den Kopf. »Wenn wir einen Platz gehabt hätten, wo wir die Kleine hätten hinbringen können, einen guten Platz, wäre vielleicht alles anders gekommen. Für das Baby. Für uns alle.«

»Für Sie«, sagte India leise.

Sid blickte weg. Sie sah ihn eindringlich an. »Wer sind Sie, Sid?«

»Niemand, den Sie kennen wollen.«

»Missus! Ich hab' was Besseres vor, als die ganze Nacht hier rumzustehen. Wollen Sie einsteigen oder nicht?« rief der Kutscher.

India biß sich auf die Lippe. »Nein, das möchte ich nicht. Tut mir leid.« Sie gab Sid sein Geld zurück und sagte: »Also, kommen Sie. Gehen wir.«

India saß auf den Stufen der Christus-Kirche in Whitechapel und starrte mit einer halbleeren Flasche Porter-Bier in der Hand in die Dunkelheit. Die Kirchenuhr hatte gerade Mitternacht geschlagen. Sid saß neben ihr mit einer fettigen Tüte Schweinefleischpastete, die sie nicht angerührt hatten.

»Alles in Ordnung?« fragte er.

»Wird schon wieder.«

»Es war zuviel. Ich hätt's nicht tun sollen.«

»Ich brauch' nur einen Moment.«

Vor vier Stunden hatte sie das London verlassen, das sie bislang kannte, und war in eine völlig andere Welt eingetaucht. Als Mädchen hatte sie Dantes *Inferno* gelesen, und genau wie damals hatte sie jetzt das Gefühl gehabt, in einen Abgrund zu fallen. Als brächte sie jeder Schritt entlang der engen Gassen von Whitechapel der Hölle näher.

Als erstes hatten sie in der Wohnung eines Leichterschiffers haltgemacht, bei John Harris, mit dem Sid manchmal zusammengearbeitet hatte. India saß auf einem wackligen Stuhl in Maggie Harris' Küche und achtete darauf, die Beine stillzuhalten, um keines der unter dem Tisch schlafenden Kinder anzustoßen.

»Wieviel bringt das zusammen ein, Maggie – die Heimarbeit und Johns Lohn?« fragte Sid. Er stand an der Wand und hatte die Arme vor der Brust verschränkt.

»Ungefähr ein Pfund die Woche«, antwortete Maggie, ohne von ihrer Arbeit aufzublicken. Sie klebte die äußeren Teile von Zündholzschachteln zusammen. Ein Junge und drei Mädchen zwischen sieben und zwölf Jahren saßen mit am Tisch. Sie klebten die inneren Teile zusammen.

»Für wie viele?«

»Wir sind zehn. Ich, der Mann, fünf Mädchen und drei Jungen. Die beiden Kleinsten sind unterm Tisch.«

»Was bekommen Sie für die Schachteln, Mrs. Harris?« fragte India.

»Zwei Pence für zwölf Dutzend.«

Zwei Pennies für hundertvierundvierzig Zündholzschachteln, tausendeinhundertvierzig Schachteln, um einen Shilling zu verdienen. Sie nieste. Die Ausdünstung des Klebstoffs trieb ihr die Tränen in die Augen. Machte sie schwindlig. Vielleicht auch der wacklige Stuhl. Oder Sid. Das Zusammensein mit ihm brachte sie völlig aus dem Gleichgewicht.

»Mama«, flüsterte das kleinste Mädchen. »Ich bin müde.« Ihr kleines, verkniffenes Gesicht war blaß, die Augen rot gerändert.

»Nur noch ein paar«, sagte Mrs. Harris. »Hier«, fügte sie hinzu und schob eine rissige Tasse über den Tisch. Sie enthielt kalten Tee.

India sah auf die zerbeulte Uhr auf dem Kaminsims. Es war halb elf. Die Kinder hätten seit Stunden im Bett sein sollen.

»Was kostet die Miete hier?«

»Zwölf Shilling sechs Pence«, sagte Mrs. Harris und beantwortete dann bereitwillig Sids Fragen über Essens- und Kohlenpreise und was sie dafür in der Woche ausgab. Sid und India hatten zehn Minuten zuvor an Maggies Tür geklopft. Sid hatte India vorgestellt und erklärt, sie wolle eine Klinik in Whitechapel eröffnen und führe eine Gesundheitsstudie durch.

»Himmel, nicht schon wieder eine«, hatte Maggie Harris geseufzt und sie eintreten lassen. »Erst letzte Woche hatt' ich ein paar Wohltäter hier, die sagten, ich soll den Kindern Bohnensuppe geben. Sie sind gar nicht mehr runtergekommen vom Scheißhaus.«

»Hast du ihnen je Porridge gegeben?« fragte Sid und warf India einen Blick zu.

Mrs. Harris lachte auf. »Porridge? Ah ja. Den bringt der Butler auf dem Silbertablett. Wir essen Brot und Margarine und Kartoffeln und Kohl. Mit einem Schweinsfuß oder etwas Speck gelegentlich – für mich und meinen Mann. Ein Stückchen Wurst für die Kleinen, wenn mein Mann einen Extrajob hat.« Sie warf Sid einen raschen Blick zu, besorgt und hoffnungsvoll zugleich. »Gibt's da 'ne Chance?«

»In ein, zwei Tagen«, antwortete er. »Ein Umzug. Da brauchen wir Johns Boot.«

»Gott segne dich«, sagte sie erleichtert.

»Diese Studie wird auch vergütet«, sagte Sid und griff in die Tasche. »Fünf Pfund.«

Eine ungeheure Summe, wie India wußte.

»Wir brauchen keine Almosen«, sagte Maggie zögernd.

»Das ist kein Almosen«, antwortete Sid, »sondern Bezahlung für geleistete Dienste.«

»Warum bezahlt sie uns dann nicht?« fragte Maggie mit einem Blick auf die Ärztin.

»Weil ich ihr Begleiter bin und mich keiner ausraubt. Da stehen

Leute mit Geld hinter der Klinik, Maggie. Es ist eine ordentliche Bezahlung für ordentliche Arbeit. Sagen Sie ihr das, Dr. Jones.«

»Mr. Malone hat recht, Mrs. Harris«, pflichtete ihm India schnell bei. »Wir führen eine Untersuchung unter der Bevölkerung von Whitechapel durch, um die beste Möglichkeit für den Einsatz unserer Mittel zu erforschen und einen effizienten Plan aufzustellen, der viele medizinische Bereiche umfaßt. Wir verfügen über Geldmittel, um diejenigen zu entschädigen, die an der Untersuchung teilnehmen.«

Maggie sah auf die Schachtel in ihrer Hand hinab. India merkte, daß sie mit sich kämpfte. Schließlich blickte sie auf und sagte: »Wenn Sie noch mehr Fragen haben, Dr. Jones, kommen Sie bei mir vorbei.«

Sie wollte ihren Stolz nicht aufgeben. Sie wollte ihre Kinder glauben lassen, sie habe das Geld verdient. Stolz! Hier, in diesen zwei winzigen, schäbigen Zimmern. Mit acht hungrigen Mäulern! India hätte schreien mögen, angesichts einer solchen Dummheit. Oder weinen. Und dann blickte das kleinste Mädchen plötzlich zu seiner Mutter auf und lächelte, und India begriff, daß dieses kleine bißchen Stolz alles war, was Maggie Harris ihren Kindern geben konnte.

»Danke, Mrs. Harris, das werde ich. Sie haben uns sehr geholfen. Sie waren eine wertvolle Informationsquelle.«

Sie verließen das Haus der Familie Harris und gingen zwei Straßen Richtung Süden. Sid blieb am Eingang einer Gasse stehen, die sich zwischen zwei Läden hindurchschlängelte, und bedeutete ihr durchzugehen. »Wieder Tunnels?« fragte sie besorgt.

»Keine Tunnels mehr. Versprochen.«

Die Gasse war feucht. Ein schmutziges Rinnsal lief in ihrer Mitte entlang. Fässer, leere Kisten und Abfallkübel waren achtlos zu beiden Seiten aufgestapelt. Am Ende der Gasse jedoch war ein ordentlicher Aufbau aus Holzpaletten und Kisten zu sehen, der mit einem Stück Segeltuch abgedeckt war. Sid legte den Finger an den Mund und hob dann vorsichtig ein Ende der Plane hoch.

India spähte hinein. Zuerst sah sie nur einen Haufen Lumpen, doch dann stellte sie fest, daß es eine Frau war. Und ein Kind. India erkannte sie. Es war die Frau aus dem Pub, die sie angebettelt hatte. Sie schlief, den Körper um den ihrer Tochter gelegt. Sie hatten sich mit alten Kleidern, Mehlsäcken und einem Stück Teppich zugedeckt. Neben dem Kopf der Frau lagen eine halbleere Ginflasche und eine mit Fett verschmierte Zeitung, in die wahrscheinlich Fisch und Chips eingewickelt gewesen waren. Gerade als Sid India ein Zeichen machte, wieder zu gehen, riß die Frau die Augen auf. Im nächsten Moment war sie mit einem Messer in der Hand aufgesprungen.

»Ganz ruhig, Kitty«, sagte Sid und wich zurück. »Wir wollten nichts Böses. Bloß sehen, ob mit dir und der Kleinen alles in Ordnung ist.«

Kitty blinzelte verwirrt. »Tut mir leid, Mr. Malone. Sie haben mich ganz schön erschreckt.«

»Nein, *mir* tut's leid. Leg dich wieder hin.« Kittys kleine Tochter wimmerte und bewegte sich. Ihre schmutzigen Finger griffen nach den Stoffetzen. »Hier, nimm das«, sagte Sid. Er zog seine Jacke aus und deckte sie über das schlafende Kind. »Gute Nacht«, sagte er dann und tippte an seine Mütze. Kitty nickte matt und legte sich wieder neben das Mädchen.

Sie machten noch weitere Besuche. Sie lernte Ed Archer, einen Witwer, kennen, der seinen zurückgebliebenen Sohn allein aufzog. Sie lebten unter einer Eisenbahnbrücke, weil kein Vermieter den Jungen nehmen wollte, der Feuer legte, wenn sein Vater bei der Arbeit war.

Oder Alvin Binns, einen Dockarbeiter. Er wohnte mit seiner Frau und zwei kleinen Kindern in einem fensterlosen Kellerloch. Seine Frau hatte Schwindsucht. Die Kinder auch. Die Frau wußte, daß sie sterben würde, und erklärte India, sie wünschte sich nur, ihre Kinder stürben zuerst, damit sie sich bis zum Schluß um sie kümmern und vor dem Arbeitshaus bewahren könne.

Oder Ada und Annie Armstrong, zwei Schwestern. Ada war verkrüppelt und machte Heimarbeit. Annie arbeitete bei Tag in einer Zuckerfabrik und half ihrer Schwester bei Nacht, Papierblumen herzustellen. Dennoch hatten sie nur Brot und Margarine zu essen, manchmal mit Marmelade oder Pellkartoffeln.

Vor dem Haus der Schwestern zündete sich Sid eine Zigarette an und fragte: »Predigen Sie immer noch die Segnungen von Porridge?«

India antwortete nicht. Statt dessen stellte sie selbst eine Frage. »Warum kennen die Sie alle?«

»Wer?«

»Ich meine es ernst. All die Leute, die wir besucht haben. Annie und Ada haben doch sicher nie in einem Lagerhaus gearbeitet.«

»Ich hab' Geschäfte hier. Ein paar dieser Leute arbeiten für mich. Andere seh' ich kommen und gehen, das ist alles.«

»Nein, das ist nicht alles. Sie kennen ihre Namen, reden mit ihnen, erkundigen sich nach ihnen.« Sie zögerte und fügte dann hinzu: »Sie geben ihnen Geld, nicht wahr?«

Sid beschleunigte seinen Schritt. India mußte fast rennen, um mitzukommen. Sie packte ihn am Arm und hielt ihn fest. »Freddie behauptet, Sie hätten ganze Kisten voller Geld. Und niemand weiß, was Sie damit machen. Sie haben keine Häuser, keine Pferde. Sie tragen keine teuren Kleider. Sie haben keine Frau und keine Kinder.« Sie hielt inne und sagte dann: »Ich hab' Sie einmal gefragt, wer Sie sind. Jetzt weiß ich es.«

»Ach, wirklich?«

»Sie sind eine Art moderner Robin Hood.«

Sid lachte laut auf. »Sie haben zu viele Märchen gelesen, Doktor. Ich bin Geschäftsmann, das ist alles.«

»Warum tun Sie das dann?«

»Weil's gut fürs Geschäft ist. Die Leute können nicht in meine Pubs und Spielclubs kommen, wenn sie tot sind, oder?«

Nach den Armstrongs führte Sid sie durch eine Gasse, wo Frauen sich für vier Pence verkauften. Zu einem Keller, wo sich Waisenjungen während der Nacht zusammendrängten. Zu Abfallhaufen, wo sich alte Männer mit hungrigen Hunden um Essensreste stritten. Schließlich waren sie bei der Christus-Kirche angelangt. Dort setzten sie sich auf die Stufen, um etwas zu essen, bevor sie sich auf den Rückweg zum Bedford Square machte.

India trank noch einen Schluck von ihrem Porter-Bier. Dann noch einen, und schließlich leerte sie fast die ganze Flasche. Der Alkohol machte sie schwindlig, und sie fühlte sich ein wenig betrunken. Plötzlich hörte sie ein Baby weinen. Eine Frau hatte einen Korb am Arm und stellte ihn vor dem Bells, einem Pub gegenüber von der Kirche, ab. Sie begann zu singen und trug den Stammgästen hübsche Balladen vor, aber die beachteten sie nicht. Jedesmal, wenn sie ein Lied beendet hatte, eilte sie zu dem Korb und beugte sich hinunter. Das Weinen kam aus dem Korb und wurde von Hustenanfällen unterbrochen.

»Lungenentzündung«, sagte India teilnahmslos. »Hören Sie das Röcheln?«

Die Frau küßte das Baby und begann dann wieder zu singen. India bemerkte die Verzweiflung hinter der aufgesetzten Fröhlichkeit.

Das Weinen des Babys, das laute Lachen der betrunkenen Pubbesucher, der Gesang der Mutter – all das vermengte sich in Indias schmerzendem Kopf, bis sie es nicht mehr aushielt. Sie packte die Tüte mit der Schweinefleischpastete und eilte die Stufen hinab. »Hier, nehmen Sie das«, sagte sie. »Und hier ...« Sie griff in ihre Tasche und zog ein paar Münzen heraus. »Hier ist Geld ... hier ... für ein Zimmer. Nehmen Sie sich ein warmes Zimmer. Wenn es dort einen Wasserkessel gibt, lassen Sie das Baby Dampf einatmen.«

»Danke, Missus! Oh, vielen Dank!« rief die Frau und küßte Indias Hände. Dann nahm sie ihr Kind und lief in Richtung Wentworth Street, wo es Unterkünfte gab.

»Bringen Sie das Baby morgen in die Varden Street«, rief India ihr nach. »In die Praxis dort. Fragen Sie nach Dr. Jones!« Leute starrten sie an, weil sie so laut schrie. Es war ihr egal.

»Kommen Sie, India«, sagte Sid, der plötzlich neben ihr stand. »Es ist spät. Ich bringe Sie heim.« Er hielt eine Droschke an und rutschte auf den Sitz ihr gegenüber.

India sah noch immer der Frau nach und sagte: »Bis morgen ist das Kind tot. Seine Lungen sind voller Schleim. Haben Sie das Röcheln gehört? Haben Sie gesehen, wie blau es war?«

Sie wollte weinen. Wegen der jungen Mutter, die für ihr Baby sang. Wegen Maggie Harris und ihren Kindern und wegen Ed Archer und seinem schwachsinnigen Sohn. Wegen all der Leute, die sie heute gesehen, und der Tausenden, die sie nicht gesehen hatte. Ihretwegen wollte sie weinen und auch um sich selbst. Um die Frau, die sie noch vor ein paar Stunden gewesen war, die selbstsichere, allwissende Ärztin, die dachte, sie könnte die Probleme ihrer Patienten mit Porridge lösen. Sie wollte weinen, bis sie keine Tränen mehr hatte. Aber sie tat es nicht.

»Sie sind so still geworden. Was ist los?« fragte Sid.

»Es ist eine so harte Welt. Eine so häßliche Welt. Manchmal kommt es einem völlig sinnlos vor, überhaupt etwas verändern zu wollen.«

»Sagen Sie das nicht.«

»Nach dem, was wir gesehen haben?«

»Geben Sie nicht auf. Es paßt nicht zu Ihnen.«

Nach einer halben Stunde Fahrt hielt die Droschke am Bedford Square. Sid stieg aus und begleitete sie hinein.

»Danke fürs Heimbringen. Und für das, was Sie auf dem Revier für mich getan haben. Und fürs Abendessen. Und für alles andere auch. Es war ein ziemliches Abenteuer.« Darauf folgte ein kurzes Schweigen, dann fügte sie hinzu: »Möchten Sie … auf eine Tasse Tee mit raufkommen?«

Sid schüttelte den Kopf. »Sie brauchen Ruhe. Und ich hab' zu tun.«

Er beugte sich zu ihr, um ihr die Tür zu ihrer Wohnung zu öffnen, als sich plötzlich ihre Blicke trafen. Er zog sie an sich und küßte sie. Sie erwiderte seinen Kuß, legte die Arme um seinen Hals und drückte sich an ihn, als wollte sie ihn nie mehr loslassen. Er roch nach Kohlenrauch und nach dem Fluß. Er schmeckte nach Bier und Zigaretten. Noch nie hatte sie ein Gefühl gehabt wie in seinen Armen, und doch war es alles, was sie sich je ersehnt hatte.

Er löste sich von ihr und sah sie an. »Ich sag' dem Droschkenfahrer, er kann fahren …«

»Ja.«

Sie blickte ihm nach, als er die Treppe hinunterging, und fragte sich, was um alles in der Welt sie da machte. Sie war verlobt! Mit Freddie. Freddie, dem liebevollen, ehrlichen und guten Menschen, der sie liebte.

»Ich kann das nicht«, flüsterte sie. »Ich hätte dich nie küssen dürfen …«

Doch als er wieder zurückkam, küßte sie ihn wieder, leidenschaftlich und fordernd. Und dann führte sie ihn hinein. Es war dunkel in der Wohnung, aber sie machte kein Licht. Es war Vollmond, und er tauchte die Wohnung in einen blassen, silbrigen Schein. Sobald sie die Tür geschlossen hatte, nahm er sie wieder in die Arme und hielt sie fest, doch das reichte ihr nicht. Sie wollte ihm näher sein, ihren Körper, ihr Herz, ja ihre Seele an ihn drücken. Noch nie hatte sie einen Mann so begehrt. Nicht einmal Hugh.

Sie knöpfte seine Weste und sein Hemd auf und streifte ihm beides von den Schultern. Er öffnete ihre Bluse und riß die Schnüre ihres Korsetts auf. Dann zog er sie zu einem Sofa. »Nein, nicht hier«, sagte sie und führte ihn ins Schlafzimmer.

Sie war verschwitzt, schmutzig und halb betrunken. In ihrem Haar und auf ihrem Hals klebte getrocknetes Blut. Es war ihr egal. Sie fiel aufs Bett und zog ihn mit sich. Schnell befreiten sie sich vom Rest ihrer Kleider. Mit Freddie hatte es weh getan. Sie war angespannt und verschämt gewesen und wollte nur, daß es aufhörte. Jetzt hatte sie das

Gefühl, sie müßte schreien, wenn sie Sid nicht haben könnte. Und dann lag er auf ihr, war in ihr. Sie klammerte sich mit den Fingern an die Eisenstäbe ihres Betts, drängte sich ihm entgegen und keuchte vor Schock über eine Lust, die so heftig und intensiv war, daß sie fast keine Luft bekam.

»Bitte hör nicht auf«, seufzte sie, als sie wieder sprechen konnte, »ich will dich so sehr.«

Er bewegte sich in ihr und flüsterte ihr Zärtlichkeiten zu. Schauer überliefen sie. Sie strich mit den Fingern über seinen breiten Rücken und spürte die Narben darauf. Das Mondlicht fiel auf seinen Körper und beleuchtete sie. Ein stechender Schmerz durchfuhr India bei ihrem Anblick. Noch einmal berührte sie vorsichtig seinen Rücken.

»Wer hat das getan?« fragte sie leise.

Er schüttelte den Kopf.

»Wer bist du, Sid?« fragte sie zum zweitenmal in dieser Nacht, aber er gab keine Antwort.

Sie nahm sein Gesicht in die Hände. Sie wollte ihn sehen, in seine Augen blicken, aber sie waren geschlossen. »Sieh mich an, Sid«, flüsterte sie. Er tat es. Seine Augen waren dunkel und wunderschön, voller Trauer und Schmerz. Er beugte sich hinunter, küßte ihren Mund, ihren Hals, und als er nur Sekunden später aufschrie, war es ihr Name, den sie hörte.

Sie liebten sich in der Dunkelheit, wieder und wieder, hungrig und verzweifelt. Dann schliefen sie erschöpft ein, die Glieder ineinander verschlungen, bis die Morgendämmerung anbrach.

Freddie saß am Kamin seiner Wohnung in Chelsea, ließ ein Bein über die Stuhllehne baumeln und fragte sich, ob Chopin je England besucht hatte.

Das muß er wohl, dachte er, während er auf den Regen sah, der gegen die Fenster trommelte, und seine Spieluhr laufen ließ. Welches andere Land könnte ihn zum »Regentropfen-Prélude« inspiriert haben?

Der trübe graue Abend paßte genau zu seiner düsteren Stimmung. Es lief immer noch nicht gut für ihn. Gemma hatte zwar tatsächlich die Versammlung der Labour-Partei gesprengt und die Presse äußerst nachteilig über das Ereignis berichtet, aber es schien nichts zu helfen. Bristows Popularität blieb davon unberührt. Sie wuchs sogar noch an. Im direkten Gegensatz zu seiner eigenen.

Er seufzte, trank einen Schluck Portwein und wünschte, er könnte Gemma heute abend besuchen. Mit ihr zu schlafen würde ihm guttun, aber er mußte zu irgendeiner schrecklichen Wohltätigkeitsveranstaltung mit India. Er konnte sich nicht einmal mehr erinnern, wo sie stattfand, auch nicht, zu welchem Zweck. Abstinenz? Gesundheitsreform? Weiß der Teufel. Sicher müßte er mit irgendwelchen Blaustrümpfen und Moralaposteln quasseln, die sich unbedingt ins Leben armer Leute einmischen wollten. Beim bloßen Gedanken daran wäre er am liebsten tot umgesunken.

Er schreckte auf, als es an der Wohnungstür klopfte. Er mußte selbst öffnen. Das Mädchen war schon heimgegangen. Länger als bis Mittag konnte er sie sich nicht mehr leisten. Er machte auf und erwartete, den Briefträger oder einen Botenjungen zu sehen, aber es war India. Sie war bis auf die Haut durchnäßt.

»Du bist aber früh dran, Liebling«, sagte er überrascht. Eigentlich wollte sie um sieben kommen, jetzt war es fünf.

»Ja. Ja, stimmt. Tut mir leid.«

»Nein, nein, das meinte ich nicht. Ich freue mich, dich zu sehen. Nimm die nassen Sachen ab und setz dich.«

Sie hängte ihren Regenmantel in die Diele und ließ sich auf Freddies Stuhl sinken.

»Eine Tasse Tee? Zum Aufwärmen?«

»Ich hätte lieber einen Brandy, denke ich.«

»Wirklich?« fragte er.

»Ja, bitte.«

Das ist ungewöhnlich, fand er, als er zum Getränkeschrank ging. Sie trinkt doch sonst kaum.

»Freddie, ich muß dich was fragen.«

Er stellte klirrend die schwere Karaffe ab. O Gott. O nein, dachte er. Sie will die Hochzeit aufschieben. Schon wieder. Verdammter Mist.

»Könnten wir den Termin für unsere Hochzeit vielleicht früher ansetzen? Im August vielleicht statt im Oktober?«

Er drehte sich um und versuchte, seine Überraschung zu verbergen. »Natürlich können wir das, Liebling. Wann immer du willst. Warum die plötzliche Sinnesänderung?«

»Ich … ich finde nur, daß die Wartezeit bis Oktober sehr lang ist. Du hast eine schwierige Wahl vor dir, und ich dachte, es könnte dir helfen, eine Frau an deiner Seite zu haben.«

Freddie lächelte. Er glaubte kein Wort davon. Es konnte nur einen Grund geben, und den kannte er. Alle Anzeichen dafür waren da. Sie wirkte schmaler. Blaß. Aufgewühlt. Er stellte den Brandy auf einen Tisch in der Nähe und kniete sich neben sie.

»Liebling, willst du mir *sonst* noch etwas sagen?«

Sie riß die Augen auf und sah ihn beunruhigt an. »Sonst noch was? Natürlich nicht! Was denn auch?« Er bemerkte einen Anflug von Panik in ihrer Stimme.

»Ist es möglich, daß du schwanger bist? Ich hab' doch das Gummi vergessen. Bitte mach dir keine Sorgen, Liebste. Ich würde mich darüber freuen.«

»Ich bin's nicht«, sagte sie knapp.

»Sicher?«

»Ziemlich.«

»Ah«, seufzte er enttäuscht. Aber was machte das schon? Jetzt war Juli. Im August wären sie verheiratet. Wenn sie jetzt nicht schwanger war, würde er dafür sorgen, daß sie es bald wäre, und dann würde er darauf bestehen, daß sie den Arztberuf aufgab. Der sei viel zu anstrengend für eine werdende Mutter und all die schmutzigen Leute mit ihren abstoßenden Krankheiten zu gefährlich für das Ungeborene. Das könne er nicht erlauben.

»Also dann«, sagte er und klatschte in die Hände. »Wie wär's mit Essen vor dem Ereignis des heutigen Abends?«

»Worum geht's denn?«

»Ähm … tut mir leid, Liebling, aber ich erinnere mich nicht. Ich hab' die Einladung verlegt«, sagte er und durchwühlte einen Stapel Besucherkarten auf dem Kaminsims.

»Ich hab's auch vergessen. Irgendein Vortrag, eine Studie über die Londoner Armen. In der Fabian-Society.«

Freddie runzelte die Stirn. Es paßte nicht zu India, so etwas zu vergessen. Für derlei Dinge lebte sie. Er sah sie eindringlicher an und bemerkte erst jetzt die rote Schramme an ihrer Stirn.

»Liebling, was ist dir da passiert?«

»Ach nichts«, wehrte sie ab und hielt die Hand über die Wunde. »Bloß ein Patient, der um sich geschlagen hat.«

»Bist du sicher? Das sieht recht übel aus.«

»Es geht schon«, antwortete sie. »Ich meine, ja. Es war ein bißchen … heftig in letzter Zeit.«

»Dann ist das Simpson gerade der richtige Ort. Wir bestellen uns ein großes Steak mit Röstkartoffeln. Das bringt dich wieder auf die Beine.«

Dort hatte er Gott sei Dank noch Kredit. Im Gegensatz zu seinem Club und dem Schneider hatte man ihn dort noch nicht aufgefordert, seine Rechnungen zu begleichen. Noch nicht.

»Das klingt großartig, Freddie. Dann können wir auch gleich die Hochzeit besprechen. Es könnte schwierig werden, so kurzfristig eine Kirche zu bekommen. Vielleicht sollten wir in Longmarsh heiraten? Der Pfarrer könnte uns in der Kapelle trauen und das Hochzeitsmahl im Haus stattfinden. Wäre das Bingham und deiner Mutter recht?«

Freddie wußte im Moment nicht, ob er träumte. Sprach hier wirklich India? Wäre er tatsächlich schon in ein paar Wochen mit ihr und ihrem schönen Geld verheiratet? Doch irgend etwas machte ihn mißtrauisch, irgendeine innere Stimme sagte ihm, daß diese plötzliche Wendung zum Guten zu schön war, um wahr zu sein. Doch dann zerstreute er seine Zweifel. Alles war schon zu lange zu schlecht gelaufen.

Es war an der Zeit für eine Wende, Zeit, daß sich alles zum Guten für ihn wendete.

»Komm, Lady Lytton«, sagte er und zog sie hoch. »Laß uns zum Dinner gehen.«

»Scht, Freddie. Nicht Lady Lytton. Noch nicht. Das bringt Unglück«, sagte sie etwas zu hastig. Bildete er sich das nur ein, oder hatte sie einen seltsamen Ausdruck in den Augen? Einen bekümmerten Ausdruck. Als hätte sie etwas – oder jemanden – verloren. Er sah sie noch einmal an, und der Ausdruck war verschwunden. Sie lächelte.

Auch er lächelte. »Noch nicht. Aber bald, Liebling. Sehr bald.«

⋆⋅ 30 ⋅⋆

W as für eine Woche«, sagte Ella und räumte Akten in ihren Schrank. »Im Knast haben wir sie angefangen ...«

»... und in einem Arbeitshaus beendet«, seufzte India. »Ist sie tatsächlich vorbei? Ist wirklich Freitag?« Sie legte sich auf eine Holzbank in Dr. Giffords Wartezimmer und schloß erschöpft die Augen. Sie hatte einundsechzig Patienten behandelt und gegen Mittag eher das Gefühl gehabt, Metzger statt Ärztin zu sein. Hexenschuß, Kopfflechte, Katarrh ... die Liste der Beschwerden war endlos. Neun Frauen fragten nach Verhütungsmitteln – flehten sie geradezu an –, aber sie konnte ihnen nicht helfen, weil sie noch keine hatte. Und erst die Kinder – sechs waren mit Rachitis gekommen, fünf weitere zeigten Anzeichen von Skorbut. Diese Krankheiten regten sie fast noch mehr auf als die tödlichen wie Tuberkulose und Typhus, weil sie so leicht zu vermeiden gewesen wären.

India öffnete die Augen und setzte sich auf. »Wir müssen eine Möglichkeit finden, die Ernährung der Kinder zu verbessern. Wenn uns das gelingen würde, müßte die Hälfte von ihnen gar nicht erst in die Klinik kommen. Wir müssen eine Suppenküche einrichten, die an die Klinik angeschlossen ist. Und auch Milch und frisches Obst ausgeben. Ich frage mich, wieviel zusätzlichen Raum das beanspruchen würde.«

»Eine Menge. Wie Sie die Sache angehen, müssen wir Victoria Station kaufen. Wieviel haben wir übrigens beisammen?«

»Zweihundertdreißig Pfund«, antwortete India. »Und Wish sagte, Coleman's Senf habe ihm fünfzig beschädigte Dosen geschenkt.«

»Prima! Den können wir auf die nicht vorhandenen Würste streichen und sie an unsere nicht vorhandenen Patienten verfüttern«, sagte Ella.

»Ich hab' ihm von Fiona Bristow erzählt«, fuhr India hoffnungsvoll fort. »Er weiß, wer sie ist, und hat versprochen, sich an sie zu wenden.«

»Na schön, dann kann ich mir ja eine Tasse Kaffee leisten. Gut, daß Sie sie bei der Versammlung in Sicherheit gebracht haben. Andernfalls hätte das schlimm für sie ausgehen können.«

»Ja, das stimmt.«

»Für Sie hätte es aber auch schlimm ausgehen können. Zum Glück hat Sie das Pferd nur am Kopf gestreift und nicht Ihren Schädel zertrümmert«, sagte Ella und schloß die Schublade. »Also, ich bin fertig hier. Was machen Sie heute abend?«

»Tot umfallen.«

»Kein romantisches Dinner mit dem schönen Abgeordneten?«

»Ich fürchte, nein. Ich sehe Freddie kaum mehr in letzter Zeit. Seine Partei stellt gerade die Wahlkampfmannschaft für September auf. Aber wir sind in vierzehn Tagen zu einer Hausparty eingeladen«, fügte sie hinzu und zwang sich, begeistert zu klingen.

Ella lächelte listig. »Auch keine Ausflüge mit Sid Malone?«

»Wie bitte?« fragte India und setzte sich auf.

»Ich hab' von Ihrer mitternächtlichen Tour gehört, Dr. Jones.«

»Wie bitte?«

»In Whitechapel spricht sich alles schnell herum.«

»Es ging nur darum, Fakten zu sammeln, Ella. Rein beruflich.«

»Ah ja«, erwiderte Ella schnippisch. »Und haben Sie Fakten gesammelt?«

»Ella!« sagte India entrüstet. »Sie werden doch nicht annehmen, daß Sid Malone und ich, daß wir …«

»Ach, ich hab' Sie bloß aufgezogen. Nicht böse sein. Wenn Sie nichts anderes vorhaben, warum kommen Sie dann nicht mit?«

»Danke, aber das geht nicht. Ich muß wirklich heim.«

»Wozu? Zu einem Teller Suppe und der Lektüre des *Lancet*? Kommen Sie mit zu einem richtigen Abendessen.«

»Aber Ella, es ist Ihr Sabbat.«

»Der in Gesellschaft einer Freundin um so gesegneter ist.« Sie lachte. »Gott, ich höre mich schon an wie meine Mutter. Also, kommen Sie, India. Sie müssen aufgepäppelt werden.«

India war tatsächlich furchtbar hungrig, und Mrs. Moskowitz' Essen war einfach köstlich. Außerdem würde sie ein wenig Gesellschaft von ihren Gedanken an Sid ablenken.

Die beiden Frauen drehten die Lichter aus, sperrten die Praxis ab und gingen zur Brick Lane. Als sie dort ankamen, bemerkte India mit

Erstaunen, daß die Fenster des Cafés dunkel waren. »Ist das Restaurant geschlossen?« fragte sie.

»Wir schließen freitags früh«, sagte Ella. »Mama braucht genügend Zeit zum Kochen und Putzen und um alle in den Wahnsinn zu treiben.«

Die Familie Moskowitz wohnte über ihrem Restaurant. Als India mit Ella zu der Wohnung hochstieg, wehten ihnen die verführerischen Düfte von Safran und Zimt entgegen.

»Ich bin da, Mama!« rief Ella und ging zur Küche.

»Ella! Bin ich froh, daß du da bist! Ich bin mit allem zu spät dran. Dein Vater kommt gleich aus der *schul* zurück, und schau dir die Wohnung an!« antwortete Mrs. Moskowitz. Sie rührte mit einer Hand in einem Topf, mit der anderen nahm sie einen herrlichen Zopf aus dem Backrohr.

»Keine Sorge, das klappt schon alles«, beruhigte Ella sie.

»Hallo, India. Teilen Sie das Sabbatmahl mit uns?«

»Ja, Mrs. Moskowitz.«

»Gut. Nehmen Sie bitte das *challah*, und legen Sie es auf die Anrichte. Im Eßzimmer.«

»Das was?«

»Das Brot. Und decken Sie Servietten drüber.«

Mrs. Moskowitz rührte weiter und öffnete dabei das Küchenfenster. »Tillie! Solomon!« rief sie. »Der Teppich!«

India fand das Eßzimmer. Die Vorhänge waren gewaschen und gestärkt, die Möbel an den Rand gerückt. Vorsichtig ging sie über den frisch gewachsten Boden zur Anrichte. Auf dem Rückweg in die Küche wurde sie fast von zwei Kindern umgerannt, die einen schweren Wollteppich schleppten.

»Habt ihr ihn sauber gekriegt?« rief Mrs. Moskowitz.

»Ja, Mama!« brüllten Tillie und Solly.

Als India wieder in die Küche kam, wurde sie sofort zurückgeschickt, um festzustellen, ob der Teppich auch wirklich sauber war. Ella schloß sich ihr an, und gemeinsam stellten sie die Möbel zurück und deckten den Tisch mit einem blütenweißen Tischtuch und dem besten Geschirr. Dann stellte Ella zwei glänzende Silberleuchter und einen silbernen Kelch darauf. Während sie das machten, segnete die kleine Posy das *challah* mit dem Buttermesser, das sie schwenkte wie einen Zauberstab.

»Soll das ein Segen sein oder ein Zaubertrick? Genug jetzt!«
schimpfte Ella.

India hatte noch nie solche Sabbatvorbereitungen erlebt. Sie erinnerte sich an ihre Kindheit, als sie noch jeden Sonntag zur Kirche
ging. Der lange Fußmarsch zur Kapelle von Blackwood. Die monoto-
nen Predigten und die langweiligen Sonntagsessen mit ihrer Familie,
bei denen kaum gesprochen, geschweige denn herumgebrüllt wurde.

»Ella?« fragte sie. »Ist das immer so bei euch? Ich dachte, der Sabbat wäre eher so wie bei mir früher – ruhig und ernst.«

Ella brach in Lachen aus. »Ruhig? Ernst? In diesem Haus? Wohl
kaum.«

»Kann India unsere *schabbes-goi* sein?« fragte Posy.

»Eure *was*?« fragte India.

»Juden dürfen am Freitag nach Sonnenuntergang nicht mehr arbeiten«, erklärte Ella. »Wir dürfen nicht einmal Kerzen oder Herde anzünden. Dafür brauchen wir einen Christen. Würdest du diese Aufgabe übernehmen?«

»Sehr gern«, antwortete India.

Sie war froh, daß sie Ellas Einladung angenommen hatte. Es
herrschte eine aufgeregte, erwartungsvolle Stimmung im Haus, ein
Gefühl, daß etwas Wundervolles bevorstand, und es war unmöglich,
davon nicht angesteckt zu werden. Als sie und Ella mit dem Eßzimmer fertig waren, sahen sie, wie Mrs. Moskowitz die Ohren, Hände
und Hälse ihrer kleinen Kinder inspizierte. Nachdem sie sichergestellt hatte, daß ihre Sprößlinge vorzeigbar waren, wandte sie sich
India zu.

»Ihr Haar«, sagte sie mit gerunzelter Stirn. »Kommen Sie.«

India folgte ihr wie ein gescholtenes Kind. Mrs. Moskowitz führte
sie ins Schlafzimmer, ließ sie auf dem Bett Platz nehmen und zog den
Libellenkamm aus ihrem Knoten. Dann bürstete sie Indias blonde
Mähne mit sicheren, festen Strichen. India saß zuerst steif da und wartete auf eine tadelnde Bemerkung – wie sie es von ihrer Mutter gewöhnt war –, aber die kam nicht.

»Was für schönes Haar Sie haben. Wie gesponnenes Gold.«

India dankte ihr, schloß die Augen und genoß die mütterliche Berührung. Ihre eigene Mutter hatte ihr nie das Haar gebürstet, nur ihr
Kindermädchen.

»Sie sind so still heute abend. Sie müssen verliebt sein.«

India blieb der Atem stehen. Mein Gott, woher wußte sie das? Konnte man das sehen? Dann merkte sie, daß Mrs. Moskowitz sie nur neckte.

»Ja, ich bin verliebt«, antwortete sie und versuchte, möglichst gelassen zu klingen.

»*Mazel tow*, meine Liebe! Erst seit kurzem?«

»O nein«, erwiderte sie rasch. »Wir sind schon seit zwei Jahren verlobt.« Mrs. Moskowitz wirkte verwundert. »Zwei Jahre? Das ist aber eine lange Zeit.«

»Ja, wahrscheinlich. Wir haben uns für ein gemeinsames Leben entschieden, aber mit dem Heiraten mußten wir noch warten. Meine Arbeit, verstehen Sie. Und seine ...«

Mrs. Moskowitz runzelte die Stirn. »*Entschieden?*«

»Hab' ich was Falsches gesagt?«

»Man entscheidet sich nicht für die Liebe, India. Die Liebe wählt einen aus«, antwortete Mrs. Moskowitz in einem Tonfall, der andeutete, daß sie offenbar umnachtet sein müsse, wenn sie das nicht wußte.

Sie war mit dem Bürsten fertig, schlang Indias Haar zu einem lokkeren Knoten und steckte ihn fest. »Also!« sagte sie. »Viel besser.« Dann kramte sie in einer Schmuckschatulle und fand eine hübsche Brosche für ihren Kragen. »Eine Frau muß am Sabbat schön aussehen«, sagte sie. »Schließlich ist Gott auch ein Mann, oder?«

Dann kehrten sie zu den anderen zurück. Mrs. Moskowitz bat India, die Kerzen im Speisezimmer und die Gaslampen in der übrigen Wohnung anzuzünden.

»Jetzt warten wir auf Mr. Moskowitz. Janki, das *schir ha schirim*. Auf englisch bitte, damit unser Gast alles versteht.«

Als die Dämmerung einbrach, versammelten sich die Moskowitz-Kinder um ihre Mutter und lauschten, wie ihr älterer Bruder das *Hohelied* vortrug.

»... *des Nachts auf meinem Lager suchte ich ihn, den meine Seele liebt. Ich suchte, aber ich fand ihn nicht. Ich will aufstehen und in der Stadt umgehen, auf den Gassen und Straßen, und suchen, den meine Seele liebt. Ich suchte, aber ich fand ihn nicht.*«

Sie wußte, daß das *Hohelied* eine Allegorie auf die Liebe der Menschen zu Gott war – das hatte zumindest der Pfarrer in Blackwood gesagt –, aber sie dachte dabei nicht an Gott, sondern an Sid. Sie schloß die Augen und versuchte verzweifelt, nur Jankis Worte zu hören, alle Erinnerungen an jene Nacht zu verscheuchen, aber es gelang ihr nicht.

Sie konnte ihn hören, ihn spüren. Sie sah ihn vor sich, wie er schlafend dalag und das Mondlicht über sein hübsches Gesicht strich. Sie war vor ihm aufgewacht, hatte sich angezogen und sich für die Arbeit fertig gemacht. Als er die Augen öffnete, saß sie auf der Bettkante, blickte ihn an und strich mit den Fingern seine Kinnlinie, die verblaßte Narbe unter einem Auge und die zarten Linien in den Augenwinkeln nach.

Er griff nach ihr. Sie hielt seine Hand fest. »Nicht«, sagte sie. »Bitte. Ich kann das nicht. Ich kann nicht mehr mit dir zusammensein.«

Er setzte sich auf. »Freddie?« fragte er.

Sie nickte. Das stimmte nur zur Hälfte. Sie hatte große Schuldgefühle, weil sie Freddie betrogen hatte, aber er war es nicht, der sie davon abhielt, mit Sid zusammenzusein. Es war Hugh. Sie hatte ihn geliebt und ihn verloren, und sie erinnerte sich an den brennenden Schmerz, die Wut, die Trauer. Sie hatte ihr Herz verschenkt, und es war gebrochen worden. Diesmal wäre es genauso. Es würde nicht gut ausgehen.

Nachdem er sich angezogen hatte, saß Sid neben ihr auf dem Bett und schwieg lange. Dann sagte er plötzlich:

»Sag mir nur eines: Was wir letzte Nacht getan haben ... machst du das auch mit Freddie?«

India sah zu Boden. Sie konnte nicht antworten.

»Das habe ich auch nicht angenommen.«

»Ich kann nicht, Sid«, flüsterte sie. »Tut mir leid ...«

Sid erhob sich. Sein Blick war gequält, seine Stimme jedoch schneidend. »Immer noch Angst vor mir? Wie recht Sie doch haben, Dr. Jones. Trauen Sie bloß uns Kriminellen nicht, man weiß nie, was wir tun.« Darauf verließ er ihr Schlafzimmer.

»Sid, warte!« rief sie. »Das ist es nicht. Ganz und gar nicht!« Aber es war zu spät. Er war schon zur Tür hinaus.

Sie lief zum Fenster, drückte die Handflächen auf die Scheibe. Sie wollte ihm nachrennen, tat es aber nicht. »Du täuschst dich«, sagte sie, als sie ihn weggehen sah. »Ich fürchte mich nicht vor dir. Verstehst du das nicht? Sondern vor mir selbst.«

Voller Entsetzen darüber, was sie getan hatte, machte sie am nächsten Tag früh in der Praxis Schluß, ging direkt in Freddies Wohnung und bat ihn, den Hochzeitstermin vorzuverlegen. Er hatte sich gefreut, und sie war dankbar, daß er ihrem Wunsch entgegenkam. Nie wieder würde sie ihn betrügen, schwor sie sich, ihm nie wieder Sorgen bereiten. Sie würde ihm eine gute Frau sein. Ihn unterstützen, sich um ihn kümmern. Das hatte er verdient.

Während des Essens bei Simpson sprachen sie über die Trauung und beschlossen, daß sie am dritten Samstag im August stattfinden sollte. Bis dahin waren es nur noch fünf Wochen. Sie wünschte sich einen noch früheren Termin, aber Freddie mußte bis dahin fast jeden Samstag arbeiten oder hatte sonst irgendwelche gesellschaftlichen Verpflichtungen. Sie wollte es hinter sich bringen. Sich festlegen. Unwiderruflich. Wenn sie verheiratet wäre, hoffte sie, würde sie nicht mehr an Sid denken. Sich nicht mehr nach ihm sehnen, denn seit jener Nacht dachte sie ständig an ihn. Und dann überkamen sie Schuldgefühle, Angst und Wut, und sie sagte sich, daß Sid das pure Gegenteil von Freddie war, daß er sich dem Dunklen und Bösen verschrieben hatte, während Freddie alles Gute verkörperte – doch nicht einmal sie konnte das ganz glauben.

Konnte ein Mann, der Kitty, der Bettlerin, Geld gab, der über Ada und Annie Amstrong wachte und Arbeit für Maggie Harris' Mann besorgte, ein schlechter Mensch sein? Ella hatte einmal gesagt, sie kenne nur Schwarzweiß, während Sid eine Studie in Grau verkörpere. Er hatte gute und schlechte Seiten, das wußte sie. Er hatte ein gutes, aber ein verwundetes Herz. Irgend etwas war ihm zugestoßen. Etwas Schreckliches. Er hatte ihr vom Verlust seiner Mutter, seiner Familie erzählt – aber sie spürte, daß da noch mehr war. Er hatte ihr kurz einen Blick in sein Inneres gewährt, bevor er es wieder vor ihr verschloß. Und jetzt, obwohl sie wußte, daß es ganz und gar unmöglich und falsch war, wollte sie dieses verwundete Herz immer noch berühren, um es zu heilen.

»Papa! Papa!« rief Posy plötzlich. Sie sprang von Ellas Schoß und lief zur Tür. India hörte sie die Treppe hinunterlaufen, und dann stand Mr. Moskowitz im Raum.

»*Schabat schalom*, Kleine!« sagte er und nahm Posy auf den Arm.

»*Schabat schalom*, Papa!« antwortete Posy und küßte ihn auf die Wange.

Er begrüßte India und den Rest der Familie, dann wandte er sich an seine Frau und sagte mit schuldbewußter Miene: »Ich hab' Gäste mitgebracht. Zwei Brüder, die ich in der *schul* getroffen habe. Und eine Schwester. Aus St. Petersburg. Sie sind erst gestern angekommen.«

India sah an Mr. Moskowitz vorbei auf die Leute, die in der Tür standen. Sie hatten ausgemergelte Gesichter, das der jungen Frau zeigte Tränenspuren.

»Das macht er immer«, murrte Solly.

Mr. Moskowitz senkte die Stimme. »Sie weint. Sie haben nichts zu essen. Keine Unterkunft.«

»Natürlich weint sie«, sagte Mrs. Moskowitz energisch. »Mit leerem Magen hält man nichts aus.« Sie ging an ihrem Mann vorbei und begrüßte ihre Gäste sehr herzlich auf russisch. Ein Lächeln trat auf die erschöpften Gesichter, als sie ihre Sprache hörten.

Mrs. Moskowitz ließ die Neuankömmlinge ablegen, sorgte dafür, daß sie sich wuschen und kämmten, und führte sie dann ins Eßzimmer. India setzte sich, aber Ella schüttelte den Kopf. Eingeschüchtert stand sie wieder auf.

»Aaron, den *kiddusch*-Kelch«, sagte Mrs. Moskowitz.

Aaron nahm den Silberkelch vom Tisch, füllte ihn mit Wein und reichte ihn seinem Vater, der ein Gebet sang und dann daraus trank. Seine Stimme war tiefer als die von Janki, aber ebenso schön. Als nächstes segnete er das *challah*. Er schnitt ein kleines Stück ab, tauchte es in Salz und aß es. Dann reichte er das Brot seiner Frau, seinen Kindern und seinen Gästen und bat schließlich alle, sich zu setzen.

Mrs. Moskowitz und Tillie trugen auf. Das Mahl begann mit einer Pilzsuppe, zu der man *challah* aß. Danach folgten Huhn mit Aprikosen, das auf der Zunge zerging, *tsimmes*-Eintopf mit Fleisch und Karotten und ein goldener Reis-*pilaw* mit Honig und Zimt. India sah, wie die Neuankömmlinge sich bemühten, ihre Portionen nicht zu gierig zu verschlingen.

Mit dem Essen kam die Unterhaltung auf. Die Einwanderer sprachen Russisch mit Mrs. Moskowitz, erzählten von ihrer Reise und von St. Petersburg. Ella übersetzte, und Mrs. Moskowitz fragte sie interessiert nach Neuigkeiten über ihre Vaterstadt aus.

Dann unterhielten sich die anderen weiter, und Mrs. Moskowitz lehnte sich mit abwesendem Blick auf ihrem Stuhl zurück. Sie denkt wahrscheinlich an St. Petersburg und an alles, was sie verloren hat, vermutete India.

»Sie müssen Ihre Heimat sehr vermissen«, sagte sie zu ihr.

Mrs. Moskowitz schüttelte den Kopf. »Nein, meine Liebe«, antwortete sie lächelnd. »Ich hab' sie ja nie verlassen.« Sie wies mit dem Kopf auf ihren Mann und ihre Kinder. »Meine Heimat ist dort, wo sie sind.«

India lächelte, tief berührt von ihren Worten, und dachte plötzlich wieder an Sid. Wenn er nur hier wäre. Nicht um ihretwillen, sondern seinetwillen. Sie wünschte, er wäre nicht im Bark, nicht auf den gnadenlosen Londoner Straßen, nicht allein, sondern hier an diesem Tisch – eingehüllt in die Wärme, in das Licht dieser Nacht, im Kreis dieser Menschen und genauso berührt von ihrer Liebe füreinander und für diese drei Fremden, wie sie es war. Er trug das gleiche Licht in sich, das wußte sie. Sie hatte es gesehen.

Wieder bekam sie Gewissensbisse. Schon *wieder* dachte sie an Sid, obwohl sie doch mit Freddie verlobt war. Freddie, der Moral und Prinzipien besaß. Freddie, dem ein schwerer politischer Kampf bevorstand und der ihre Liebe und Unterstützung brauchte wie nie zuvor. Wie konnte sie so treulos sein? Was um Himmels willen war los mit ihr?

Mrs. Moskowitz' Worte fielen ihr wieder ein. *Man entscheidet sich nicht für die Liebe. Die Liebe wählt einen aus.* Und plötzlich erkannte sie: Die Liebe hatte für sie gewählt. Und sie hatte Sid ausgesucht.

31

*U*nd dann scheh ich Old Bill, ich scheh … He! Malone! Komm her. Hör dir dasch an.«

Big Billy Madden, der Boß des West Ends, war betrunken. Er winkte Sid herüber, legte ihm den Arm um den Hals und erzählte ihm die Geschichte, wie er im zarten Alter von zehn Jahren einen Polizisten mit dem Nudelholz seiner Mutter niedergeschlagen hatte.

»Hab' ihm den Schädel schertrümmert, jawoll. Is' gleich ins Hoschpital gekommen. Wegen mir, einem Dreikäsehoch!« Madden brüllte vor Lachen. Sid konnte seine verfaulten Zähne sehen. Bei Maddens Atem drehte sich ihm fast der Magen um.

»Hascht du schon mal 'nem Bullen das Licht ausgeblasen, Sid?« fragte Madden.

»Natürlich nicht. Ich bin Geschäftsmann. Was hab' ich übrigens mit Old Bill zu tun?«

»Geschäftsmann, was? In was für 'ner Bransche? Krumme Touren, ha?« brüllte Billy wieder los. Dann senkte er plötzlich die Stimme und sagte verschwörerisch: »Vielleicht scholltest du dir mal 'nen Bullen vornehmen? Ich hab' gehört, dieser Alvin Donaldson hat dich gansch schön am Wickel. Das Problem ist doch schnell gelöscht …« Er zog ein imaginäres Messer über seinen Hals.

»Was? Und mir den ganzen Spaß verderben?« fragte Sid. »He!« rief er einem vorbeigehenden Kellner zu, um sich loszumachen. »Noch Champagner für Mr. Madden und seine Jungs.«

Madden spannte den Griff um Sids Hals noch fester an. Seine juwelengeschmückten Finger strichen über Sids Wange. »Ich mag dieschen Kerl. Er ist der beste!« verkündete er. »Er ist der schlauschte von uns.« Sein Lächeln verblaßte leicht, als er mit zusammengekniffenen Augen hinzufügte: »Und auch der reichste.«

»Nicht nach heute nacht, mein Guter. Deine Jungs saufen mir die Bar leer. Morgen früh hab' ich keinen Penny mehr!«

»Wo ist der Ehrengascht?« fragte Madden und ließ ihn los. »Isch möcht ihr gratulieren.«

»Verdammt, ich hab' keine Ahnung. Hat ihren großen Auftritt noch nicht gehabt. Ich such sie«, erklärte er, froh um die Ausrede. »Sobald ich sie gefunden hab', schick' ich sie zu dir.«

Sid ging zu Desi und Frankie hinüber. »Habt ihr Gem gesehen?« fragte er.

»Verdammter Penner«, knurrte Frankie und starrte Madden an.

»Ruhig Blut, Frankie. Er ist unser Gast.«

»Warum hast du ihn überhaupt eingeladen?«

»Gute Beziehungen. Halt engen Kontakt zu deinen Freunden und noch engeren zu deinen Feinden. So erfährt man wichtige Dinge.« Er selbst hatte gerade eine Menge erfahren.

»Ich würd' schon engen Kontakt mit ihm halten. Ich würd' ihn in den Schwitzkasten nehmen. Er sollte sich keine solchen Frechheiten rausnehmen. Das macht keinen guten Eindruck.«

Sid hörte den vorwurfsvollen Ton in Frankies Stimme, doch er hatte keine Lust auf Streit. Er hatte tagelang nicht geschlafen, und sein Kopf schmerzte. Nachdem er von Madden erfahren hatte, daß Donaldson hinter ihm her war, tat er noch mehr weh. Madden würde sich die Hände reiben und hoffen, daß Donaldson Erfolg hätte. Wenn die Firma im Knast säße, könnte er das East End übernehmen.

»Der führt nichts Gutes im Schilde, dieser Madden. Das ist dir hoffentlich klar«, sagte Frankie. »Der will uns mit Sicherheit reinreiten.«

»Vielleicht macht er sogar mit den Bullen gemeinsame Sache«, überlegte Sid.

Frankie schüttelte den Kopf. »So raffiniert sind die nicht.«

»Inzwischen schon. Donaldson hat's nicht geschafft, uns einzubuchten. Also versucht er's vielleicht auf eine andere krumme Tour.«

Frankie riß die Augen auf. »Das hab' ich nicht bedacht.«

»Das ist das Problem mit dir. Du denkst nie.«

Er ging weg, um einen Kellner anzubrüllen. Er war grob, aber das war ihm egal. Er hatte die Nase voll von Frankie. Von Madden. Von allen. Er fühlte sich ruhelos, aus der Bahn geworfen. Er wollte fort von hier. Fort aus der Dunkelheit und dem Rauch. Am liebsten wäre er einfach abgehauen. Wenn Gemma nicht gewesen wäre, hätte er es auch getan.

Ronnie ging vorbei.

»Hast du Gem gesehen?« rief er.

»Was ist mit deinem Kopf, Boß?« fragte Ronnie.

»Wieso?«

»Du reibst ihn, als wolltest du dir die Haut abschaben.«

Sid stellte fest, daß er seine Finger in die Schläfen grub. »Ach, nichts. Wo ist Gemma?«

»Glaub nicht, daß sie schon da ist.«

Es war Gemma Deans großer Abend. Sie hatte ihr Debüt mit einem Solo in der neuen Revue im Gaiety-Theater gegeben und war absolut hinreißend gewesen. Wie versprochen, gab Sid eine große Party, um ihren Erfolg zu feiern. Dafür hatte er das Alhambra, eine schicke Bar auf der Commercial Road, geschlossen und die ganze Theaterwelt des East Ends sowie einen Großteil der Unterwelt eingeladen.

Sid bestellte einen Whisky, stürzte ihn hinunter, lehnte sich an die Bar und sah sich um. Joe Grizzard, der berüchtigtste Hehler der Stadt, saß in einer Ecke mit einem halben Dutzend korrupter Bullen. Das gesamte Aufgebot von Londons übelsten Halunken und Gewaltverbrechern war heute hier versammelt.

Sid schloß die Augen und rieb sich wieder seinen schmerzenden Kopf. Einen Moment lang war er nicht an diesem Ort des Bösen, sondern er war am Meer. Mit India. Es war Morgen. Schnell schob er das Bild beiseite. Seit der gemeinsamen Nacht in Whitechapel hatte er ständig an sie gedacht. Und das wollte er nicht. Sie hatte ihn verletzt, einen Narren aus ihm gemacht. Aber schlimmer noch, er hatte sich in sie verliebt.

Plötzlich wurden Rufe laut, Beifall brach aus. Sid öffnete die Augen. Gemma war eingetroffen und sah umwerfend aus in ihrem türkisfarbenen Seidenkleid, bei dem jede Falte nur dazu ausgerichtet zu sein schien, ihre phantastische Figur zu unterstreichen. Sie trug das blitzende Brillantcollier und die Ohrringe, die er ihr geschenkt hatte, dazu eine Menge Armreifen und einen Solitär, so groß wie ein Schlagring. Alle drehten sich nach ihr um. Maddens gierige Blicke blieben an ihr kleben.

Gemma war hinreißend, und Sid wußte, daß er eigentlich Besitzerstolz empfinden, sie begehren sollte. Aber so empfand er nicht. Er spürte gar nichts.

»Na, wenn das nicht der neue Star vom Gaiety ist«, sagte er und trat hinter sie.

Gemma fuhr herum. »Ach, Mr. Malone, Sie haben sich feingemacht für mich!« rief sie aus und sah ihn von oben bis unten an.

Sid lächelte. Er war heute nicht in Hemdsärmeln und den üblichen groben Baumwollhosen, sondern trug einen Anzug. »Du warst wundervoll, Gem«, sagte er. »Das finden alle.« Er küßte sie auf die Wange.

»Wer sagt das? Wer ist da?« fragte sie und ließ rasch den Blick durch den Raum schweifen.

Sid wußte, daß sie die Gäste taxierte, sich ausrechnete, wer was für sie tun konnte. Sie war einzig darauf aus, sich Vorteile zu verschaffen. Wie jeder hier im Raum. So war man hier. So war sie. Und er. So war man im East End.

Erneut befiel ihn der Drang, einfach wegzulaufen. Das Alhambra, die Party, den ganzen verdammten Osten der Stadt hinter sich zu lassen. Er nahm ihren Arm.

»Komm, mach einen Spaziergang mit mir, Gem.« Er mußte mit ihr gehen, mit ihr reden. Sie mußte ihn festhalten. Ihn hier halten. An diesem Ort. In seinem Leben.

»Einen *Spaziergang*? Bist du verrückt? Ich bin doch gerade erst gekommen.«

Vielleicht ist es das, dachte er. Vielleicht *bin* ich verrückt.

»Ich weiß, worauf du aus bist, aber das läuft jetzt nicht«, fügte sie mit einem schlauen Lächeln hinzu. »Du machst mir mein Kleid kaputt. Dafür ist später noch Zeit. Also, Sid, wer hat gesagt, daß ich toll war?«

Sid zwang sich zu einem Lächeln. »Billy Madden zum Beispiel. Geh hin und sag hallo zu ihm. Er möchte dir gratulieren.«

»Es macht dir nichts aus?«

»Nicht die Bohne. Geh nur, Schatz. Das ist deine Nacht. Vergnüg dich.«

Geh, Gem, geh hin zu ihm, dachte er, während er ihr nachblickte. Er wird dich besser behandeln, als ich es jemals konnte. Er gibt dir alles, was du brauchst. Alles, was du willst.

Er bestellte sich gerade noch einen Whisky, als Frankie, Ronnie und Tom auf ihn zukamen. Er sah gleich, daß etwas nicht stimmte. »Was gibt's?« fragte er knapp.

»Schwierigkeiten im Tadsch«, sagte Ronnie.

»Was für Schwierigkeiten?«

»'ne Nutte hat versucht, sich umzubringen. Und ein ziemliches Chaos veranstaltet. Susie ist völlig außer sich.«

Sid befahl Tom, Gemma auszurichten, daß er weggerufen worden sei. Tom selbst solle dableiben, um auf sie zu achten. Dann machte er sich mit Ronnie und Frankie auf den Weg zum Tadsch.

»Zum Teufel, Sid, was denkst du dir bloß?« schrie Susie, als sie eintrafen. »Was soll ich mit der Leiche machen? Wie krieg' ich die los? Was, wenn die Bullen hier rumschnüffeln?«

»Beruhig dich, Susie. Was ist denn eigentlich passiert?«

Susie erklärte, daß eines der Mädchen ausgerastet sei, weil ihr bester Kunde eine Jüngere genommen habe. »Es gab Streit. Aber das dulde ich nicht. Die Männer, die hierherkommen, wollen kein Gekeife hören. Das haben sie zu Hause schon genug.«

»Das Mädchen …«

»Ich hab' sie rausgeschmissen. Und dann schluckt das blöde Miststück 'ne Flasche Arsen, die ich mir für die Mäuse besorgt hab'. Unmöglich so was!«

»Und jetzt ist sie tot …«

»Wenn sie's noch nicht ist, dann wird sie's bald sein.«

»Wo ist sie?«

»Oben. In Zimmer acht.«

Als sie auf dem Treppenabsatz angekommen waren – einer großen, offenen Fläche, wo die Mädchen auf ihre Freier warteten –, schüttelte Susie den Kopf. »Jetzt schau dir dieses Durcheinander an«, knurrte sie. »Hat alles kurz und klein geschlagen, meinen guten Spiegel und meine Lieblingsvase zerdeppert. Das zieh' ich ihr ab. Egal, ob sie hin ist oder nicht.«

Sie öffnete die Tür zu Nummer acht. Eine Frau lag auf dem schmalen Bett, die Augen geschlossen, die Hände auf den Bauch gedrückt. Weißer Schaum bedeckte ihre Lippen. Während sie dastanden, beugte sie sich vor und übergab sich auf den Boden.

»Verdammter Mist!« schrie Frankie und wich zurück.

»Immer noch am Leben, Molly?« fragte Susie.

Die Frau stöhnte.

»Was sollen wir machen?« fragte Ronnie.

»Der Natur ihren Lauf lassen«, sagte Susie. »Wenn sie's schafft, schafft sie's. Wenn nicht, ab in den Fluß mit ihr. Ich will die Bullen nicht mit reinziehen. Die haben mir erst gestern genug Scherereien gemacht. Donaldson, dieser Scheißkerl, hat uns einen Besuch abgestattet. Zum Glück ist einer seiner Leute Kunde hier und hat mich gewarnt. Ich hab' die Freier gerade noch zur Hintertür raus und die Mädchen nach unten gekriegt, bevor er aufgetaucht ist. Dann hab' ich zwei Jungs an der Tür postiert, um keine Fremden reinzulassen. Bloß Stammgäste. Falls Bullen in Zivil drunter gewesen wären. Hat mich einen Batzen Geld gekostet.«

»April, April!« schluchzte Molly.

»Was sagt sie?« fragte Sid.

»April ist ihr Baby«, sagte jemand hinter ihnen.

Sid sah auf. Eine Gruppe Mädchen hatte sich in der Tür versammelt. Diejenige, die gesprochen hatte, sah ihn mit dunklen, toten Augen an. Eine andere, nackt von der Taille an aufwärts, lehnte am Türpfosten. Sie war so blaß, wie man es von Opiumsüchtigen kannte.

»Für April, bitte ...«, stieß Molly mit angstvoll aufgerissenen Augen hervor. Sie schob ihm etwas zu. Eine Pfundnote.

»Das nehm' ich«, sagte Susie und griff nach dem Geld. »Ich muß das ganze Zimmer richten lassen deinetwegen.«

»Laß das«, sagte Sid.

Er sah in das Gesicht der Prostituierten. Er sah blaue Flecken und Narben. Einige frisch, andere alt. Er sah ihre mageren Glieder und den abgewetzten Morgenrock darüber. Er sah in ihre Augen und sah noch etwas anderes – eine namenlose Angst. Nicht um sich, sondern um ihr Kind. Sie kämpfte gegen das Gift und die Schmerzen an und versuchte, jemanden zu finden, der für ihr Kind sorgte.

Sid blickte auf sie hinab und sah eine ganz andere Frau vor sich. Nicht in einem Zimmer, sondern auf der Straße. Seine Mutter. Er fragte sich, wie es für sie gewesen war, *ihre* Kinder zurückzulassen.

»Nummer achtzehn Wentworth Street ... Mrs. Edwards ... sie ist bei ihr ... bitte ... o Gott!« Molly hielt sich wieder den Bauch und stöhnte vor Schmerz.

»Hör mir zu«, sagte Sid und kniete sich neben ihr nieder. »Dem Baby wird's an nichts fehlen. Ich kümmere mich selbst darum, daß es gut versorgt wird. Das verspreche ich.«

Molly schloß die Augen. Tränen rannen über ihre Wangen. Dann stieß sie einen Schrei aus und begann zu zucken.

»Himmel, helft ihr doch«, stieß Sid aufgeregt hervor. »Ruf einen Arzt, Ronnie, hol Dr. Jones. Los!« Einige der Mädchen hielten die

Luft an, andere begannen zu weinen. »Susie! Frankie! Hebt sie hoch«, rief Sid.

Der geschundene Körper der Frau zuckte noch ein paarmal, dann lag sie still.

»Heiliger Himmel«, flüsterte er.

»Boß, ist schon gut«, sagte Frankie. »Ist doch bloß 'ne tote Nutte.«

»Halt's Maul, Frankie«, fuhr Sid ihn an. Er griff sich wieder an den Kopf. Der Schmerz war unerträglich.

»Laß die Frau beerdigen«, sagte er schließlich. »Dann find das Baby. Such jemand, der sich um das Kind kümmert. Gib ihr fünfzig Pfund und sag ihr, sie soll zu mir kommen, wenn sie mehr braucht. Sag ihr, wenn dem Kind irgendwas passiert, kriegt sie's mit mir zu tun.«

»Aber, Sid …«

Sid schloß die Augen und versuchte, sich zu beherrschen. Er hatte große Lust, Frankie zu schlagen. »Kein Wort mehr. Tu, was ich dir befohlen hab'.«

Frankie schüttelte den Kopf. Er ging in das Zimmer der toten Frau und begann, die Leiche in schmutzige Bettlaken zu wickeln. Ronnie half ihm. Sid ging durch den Aufenthaltsraum und einen weiteren Gang hinunter zu einem Raum, den er als Büro benutzte. Er setzte sich an den Schreibtisch und legte den Kopf in die Hände. Er hatte India holen wollen. Jetzt war er froh, daß dafür keine Zeit geblieben war. Er erinnerte sich, wie wütend sie wegen der Huren bei Ko gewesen war. Was hätte sie über diesen Ort gedacht? Den er betrieb?

Sie hätte mich für Mollys Tod verantwortlich gemacht, dachte er. Und sie hätte recht gehabt.

»Ach, verdammt! Der Teufel soll dich holen!« schrie er plötzlich, griff ein Tintenfaß und schleuderte es an die Wand hinter dem Schreibtisch. Tinte floß zu Boden. Sein Blick fiel auf eine Kiste unter dem Schreibtisch, die in braunes Papier eingewickelt und mit einer Schnur verschlossen war. Sie war heimlich im Laderaum eines Schiffs hergebracht worden und gestern eingetroffen. Fluchend hob er sie auf.

»Das war's dann. Ein letzter Besuch, und ich bin fertig mit dir. Fertig«, sagte er.

Er verließ das Tadsch, stieg in seine Kutsche und gab dem Kutscher die Adresse. Drinnen lehnte er sich zurück und sah auf seine Hände. Sie zitterten. Er zitterte nie. Nie. Gleichzeitig hatte er das Gefühl, als würde er in Stücke gerissen. Er blickte aus dem Fenster und versuchte, sich auf etwas anderes zu konzentrieren. Er sah Londoner Nachtschwärmer vorbeiziehen. Kellner, die Restaurants schlossen. Taumelnde Betrunkene. Feine Pinkel, die in Droschken stiegen. Bettler. Huren. Matrosen auf Landgang. Er drückte die Hände auf die Augen. Sie zitterten immer noch. Schließlich hielt der Kutscher bei der angegebenen Adresse an – Bedford Square, Bloomsbury.

Eine Weile blieb er noch sitzen und blickte zu dem Gebäude hinauf. Durch ein Fenster konnte er eine Frau im Schein einer Lampe am Schreibtisch sitzen sehen.

Der Teufel soll dich holen, hatte er im Tadsch gebrüllt, aber das stimmte nicht. Er wollte dort oben sein, bei ihr. Den Kopf in ihren Schoß, die Arme um ihre Taille legen und ihre starken, beruhigenden Hände spüren, die seine Stirn streichelten.

Sie las. Er sah auf seine Uhr. Es war nach Mitternacht, aber sie arbeitete immer noch. Er wollte den Kutscher schon anweisen, ins Alhambra zurückzufahren, als sein Blick auf die Kiste fiel, die er mitgenommen hatte. Er nahm sie und stieg aus. *Jones, Nr. 2*, stand auf dem Klingelschild. Er läutete.

Kurz darauf stand India in einem weißen Nachthemd und einem Morgenrock an der Tür. Ihre blonden Locken hingen offen herab.

»Sid? Mein Gott, das ist eine Überraschung.«

»Die Sachen, die du bestellt hast, sind gekommen. Tut mir leid wegen der späten Stunde.«

»Die Sachen?«

Er räusperte sich. »Ja. Die Sachen.«

Schließlich ging ihr ein Licht auf. »Ah ja. *Die* Sachen. Danke. Furchtbar nett von dir, daß du dir die Mühe gemacht hast.« Sie griff nach der Kiste.

»Sie ist schwer. Ich trag' sie dir rauf. Keine Sorge, ich benehme mich.«

Sie errötete leicht. »Danke.«

»Weil ich mich benehme?«

»Dafür auch.«

Sid folgte India in die Wohnung hinauf. Er konnte sich kaum daran erinnern, weil er sie das letzte Mal nicht genauer angesehen hatte. Überall lagen Bücher. Auf dem Schreibtisch, dem Kaminsims und der Küchenanrichte. Sie stapelten sich auf Stühlen und auf dem Boden.

»Wo soll ich sie hinstellen?« fragte er.

»Ach, irgendwohin.«

Er stellte sie neben dem Kamin ab und sah sich dann um. »Verbringst du so deine Samstagabende?«

India blickte sich in dem Durcheinander um, als sähe sie es zum erstenmal. »Ich hab' einen Matrosen als Patienten«, sagte sie. »Er hat Malaria. Zumindest glaube ich das. Könnte auch Denguefieber sein. Ich hab' noch nicht genügend Fälle gesehen, um sicher zu sein, also muß ich mich informieren. Ein schlechter Ersatz für klinische Erfahrung, aber besser als nichts.«

Es entstand ein kurzes Schweigen, dann sagte Sid: »Also gut ... ich geh' dann wieder.«

»Willst du nicht einen Moment bleiben? Bitte. Ich mach' dir eine Tasse Tee. Das ist das mindeste, was ich tun kann, nachdem du den ganzen Weg gekommen bist.«

Er zögerte und willigte dann ein.

Sie nahm ihre Teekanne von einem Bücherstapel und fragte auf dem Weg in die Küche: »Willst du dich nicht setzen?«

»Ich versuch's«, antwortete er und sah sich nach einem freien Platz um.

Sie lachte. »Leg die Bücher einfach aufs Sofa.«

Er setzte sich, während sie das Wasser heiß machte. Seine Hände zitterten noch immer. Er ballte sie zu Fäusten, damit das Zittern aufhörte.

»Ich kann dir gar nicht genug danken für diese Hilfsmittel«, rief sie über die Schulter nach hinten.

»Das war doch nichts. Eigentlich hätte ich sie in die Varden Street bringen sollen, wenn ich's mir recht überlege. Damit du sie nicht dorthin schleppen mußt.«

»Um Himmels willen, nein. Ich schmuggle sie heimlich Stück für Stück ein. Wenn Gifford die Kiste sähe und herausfinden würde, was ich tue, wär's vorbei mit mir.«

India brachte Teegeschirr und einen Teller mit Ingwerplätzchen und stellte alles auf einen niedrigen Tisch, den Sid freigeräumt hatte. Sie goß ihm ein.

»Du hast mir nie gesagt, was du um diese Zeit machst«, sagte sie, »sicher nicht, dir den Kopf über Malaria zerbrechen.«

»Nein.«

»Schläfst du eigentlich jemals?«

»Nicht, wenn sich's vermeiden läßt.«

Sie sah ihn eindringlich und besorgt an. Er wandte sich ab.

»Sid, stimmt etwas nicht?«

Er lachte. »Ja. Alles«, antwortete er und strich sich mit zitternder Hand übers Gesicht.

»Ist es wieder deine Verletzung?« fragte sie beunruhigt. »Hast du Schmerzen? Fieber?«

»Es ist nicht die Verletzung. Du bist es. Hätte ich dich bloß nie getroffen. Du hast alles ruiniert. Mein ganzes verdammtes Leben ruiniert.«

Verblüfft stellte sie ihre Tasse ab.

»Du bist schuld, daß ich hasse, was ich tu. Was ich bin. Wie kommst du dazu, mir das anzutun? Alles, was ich hatte – meine Familie, mein Zuhause, meine Zukunft –, ist mir genommen worden. Ich konnte nur überleben, weil ich mir etwas zurückgeholt hab'.«

Sie antwortete nicht, sondern sah ihn nur mit gequältem Blick an.

»Wenn ich bei dir bin, denke ich an Dinge, erinnere mich an Dinge und will Dinge, die ich mir schon lange aus dem Kopf geschlagen hatte.«

»Was für Dinge?« fragte sie, fast flüsternd.

»Verrückte Dinge. Ich möchte in einem Zimmer am Meer aufwachen. Mit Sonnenlicht, das durch die Fenster flutet. Dem Geruch nach Salz und Wind. Ich weiß noch nicht mal, wo das sein soll. Aber ich will dort aufwachen. Mit dir.«

»Bitte, Sid. Bitte nicht.«

»Warum?« schrie er fast. »Weil ich nichts tauge? Weil …«

India schnitt ihm ärgerlich das Wort ab. »Weil ich verlobt bin und bald heirate!«

Sid nickte. Er stand auf, als wollte er gehen, doch dann beugte er sich hinunter, nahm ihr Gesicht in die Hände und küßte sie. »Ein Hochzeitsgeschenk«, sagte er, als er sie wieder losließ. »Grüße an den Bräutigam.«

Er ging zur Tür.

»Bitte, ich möchte deine … Freundschaft nicht verlieren. Sie bedeutet mir sehr viel«, sagte India.

»*Freundschaft?* So nennst du das?«

India sah auf ihre Hände hinab. »Vielleicht können wir wieder reden, wenn du nicht mehr so zornig bist.«

»Nein, India. Weil ich dich nicht mehr sehen will. Nie mehr. Du bist mein Untergang. Deinetwegen verlier' ich noch alles, was ich mir aufgebaut hab'.«

Er griff in die Tasche und zog ihre Uhr heraus, die sie ihm gegeben hatte, um die Präservative zu bezahlen.

India blickte zuerst auf die Uhr, dann auf ihn. »Warum?« fragte sie. »Warum gibst du sie zurück? Sie gehörte doch zu unserer Abmachung. Als Bezahlung.«

Er antwortete nicht, sondern öffnete nur die Tür, um zu gehen.

»Sid, *warum*?« fragte sie nachdrücklich.

Er blieb stehen und sah sie an. »Weiß der Teufel, India«, antwortete er. »Ich hab' keine Ahnung. Ich weiß überhaupt nichts mehr.«

32

*F*iona Bristow stand ganz still im Innern des geduckten Lagerhauses auf der Cheshire Street in Whitechapel. Sie fragte sich, ob sie sich bemerkbar machen sollte, aber die Frauen, die sie hier treffen wollte, waren so angeregt in ein Gespräch mit einem Mann vertieft, daß sie zögerte, sie zu unterbrechen.

Dr. Jones zeichnete mit einem Stück Kreide einen Plan auf die Dielen. Sie kniete am Boden, ohne auf Staub und Schmutz zu achten. Ella Moskowitz, die Krankenschwester, kniete neben ihr.

»Wir brauchen *zwei* Leitungssysteme«, hörte Fiona die Ärztin sagen, »eines zur Nordseite des Gebäudes und eines zur Südseite, um genügend heißes Wasser für alle Stockwerke zu bekommen ...«

»Warten Sie. Halt«, sagte Ella und machte sich rasch Notizen. »Haben Sie eine Ahnung, was das kostet?«

»Nein.«

»Ein Vermögen. Allein an Material, ohne die Arbeit.«

»Warum *jetzt*? Warum *dieses* Gebäude, Indy?« warf der Mann ein und sah auf die rostigen Rohre an der Wand und die zerbrochenen Lampen, die von der Decke hingen. »Es ist in schlechtem Zustand und zudem klein.«

»Aber billig«, antwortete die Ärztin. »Nur fünfhundert Pfund. Wir haben doch genügend Geld für eine Anzahlung, oder?«

»Ja, aber mit einer Anzahlung ist es nicht getan«, antwortete der Mann. »Das *weißt* du. Du brauchst auch die Hypothekenzinsen jeden Monat, du mußt es renovieren und mit allen möglichen medizinischen Gerätschaften ausstatten.«

»Aber wir könnten *anfangen*. Wenigstens hätten wir ein Haus. Renovieren können wir dann, wenn wir mehr Spenden eingenommen haben.«

»Ja, das *könnten* wir, aber das ist eine völlig verworrene Art, die Sache anzugehen«, sagte er.

»Aber, Wish …«

»India, was ist los mit dir? Du holst mich aus meiner Wohnung, schleppst mich hierher, und alles bloß, um ein völlig ungeeignetes Gebäude anzusehen. Warum denn plötzlich diese irrsinnige Hast?«

India setzte sich auf die Fersen. »Ich kann nicht mehr bei Dr. Gifford bleiben. Es geht einfach nicht mehr.«

»Aber das mußt du noch. Du kannst es dir nicht leisten wegzugehen. Noch nicht. Was ist denn los? Was ist denn passiert, das dich so aufgeregt hat?«

»Wir haben heute wieder eine Patientin verloren«, sagte Ella ruhig. »Eine junge Mutter. Susan Brindle. Sie war erst neunzehn.«

»Das tut mir leid, aber das passiert doch sicher häufig in eurem Beruf.«

»Diese Frau ist an Kindbettfieber gestorben. Das müßte nicht sein. Die Kontamination ist praktisch vollständig vermeidbar – *wenn* sich der untersuchende Arzt die Hände wäscht. Sie ist die fünfte Mutter, die innerhalb von vierzehn Tagen deswegen gestorben ist, von den Babys ganz zu schweigen. Ohne ihre Mütter schaffen sie es einfach nicht. Ihre Väter wissen nicht, was sie tun sollen. Und das alles nur, weil sich der verfluchte Dr. Gifford die Hände nicht wäscht.«

Fiona bemerkte, daß die Ärztin selbst in ihrem Zorn ihre Stimme und ihre Emotionen unter Kontrolle hatte. Sie war fasziniert von dieser Frau, die vor Wut zu kochen schien, sich aber dennoch beherrschte.

Ella lächelte bitter. »Nun, Dr. Gifford hat sich lieber die Zeit genommen nachzusehen, ob ich Mrs. Brindles Rechnung ausgestellt habe. Er hat sie ihrem Mann gegeben – gleich nachdem er ihm seine Tochter überreicht hatte – und ihm dann einen guten Tag gewünscht. Einen *guten Tag*! Einem Mann mit einem kaum lebensfähigen Kind im Arm. Können Sie sich das vorstellen?«

»Ihm muß Einhalt geboten werden«, sagte India.

»Warum kannst du ihn nicht anzeigen?« fragte Wish.

»Das wäre beruflicher Selbstmord«, antwortete Ella. »Sein Wort stünde gegen das von India. Ein Arzt mit vierzig Jahren Berufserfahrung gegen eine Frau, die gerade vor einem Monat Examen gemacht hat. Auf welche Seite würde sich die Ärztekammer wohl stellen? Wir können nichts tun. Wir können Gifford nicht aufhalten.«

»Doch, Ella, wir *können* ihn aufhalten«, widersprach India ruhig.

»Ach ja, und wie?«

»Wenn wir diese Klinik aufmachen, können wir ihm die Patienten wegnehmen. Sie haben gesagt, sein Umsatz sei nach oben gegangen, seit ich in der Praxis bin. Und daß die meisten neuen Patienten bei mir sind. Wenn ich gehe, folgen sie mir.«

»Hört sich nicht sehr fair an, altes Haus«, sagte Wish.

»Welche Wahl habe ich denn? Ich kann nicht tatenlos zusehen, wie noch mehr Frauen sterben. Wenn ich ihn anzeige, verliere ich möglicherweise meine Approbation. Was würdest du tun, Wish?«

Die Stimme der Ärztin hatte zu beben begonnen. Sie stand auf, und Fiona sah die Erregung in ihrem Gesicht. Ihr Mut berührte Fiona tief. Männer würden nie begreifen, wie couragiert sie war. Fiona jedoch verstand es, weil sie wußte, welchen Preis eine Frau für den Zugang in die Männerwelt bezahlen mußte.

»Und deswegen willst du dieses Gebäude«, sagte der Mann. »Um einen Anfang zu machen. Weil alles besser ist als nichts.«

India nickte. »Es ist billig, Wish.«

Halt sie auf, sagte Fiona eine innere Stimme. *Hilf ihr.*

»Nein, es ist ganz und gar nicht billig«, sagte Fiona und trat vor. »Die Rückwand ist abgesackt. Das Dach ist nicht dicht. Und dieser weiße Fleck auf dem Ziegelstein stammt von einem Wasserschaden. Selbst die Hälfte des Preises wäre noch Wucher. Wenn Ihnen Ihr Makler etwas anderes gesagt hat, suchen Sie sich einen anderen.«

India drehte sich um. Einen Moment lang war sie verwirrt, dann lächelte sie. »Mrs. Bristow! Sie haben alles gut überstanden!«

»Nur dank Ihrer beider Hilfe. Und nennen Sie mich bitte Fiona. Ich habe Sie seit der Versammlung überall gesucht, weil ich mich bei Ihnen bedanken wollte. Sie haben uns gerettet«, fügte sie hinzu und griff sich an den Bauch.

Fiona erzählte ihnen, daß sie unter dem Podium geblieben sei, bis das Schlimmste vorbei war, dann sei sie herausgekrochen, habe zu ihrem Mann, der schon außer sich vor Sorge gewesen sei, hinaufgerufen, und der habe sie nach Hause gebracht. »Und wie ist es Ihnen ergangen?« fragte sie. »Haben Sie es geschafft, vom Platz wegzukommen?«

»Mit viel Geschrei und Fußtritten, zumindest was mich anbelangt. India wurde von einem Polizeipferd niedergetrampelt. Die Nacht haben wir dann gemeinsam im Gefängnis verbracht.«

»*Wie bitte?*« fragte Wish entsetzt.

»Danke, Ella, vielen Dank«, antwortete India.

»Du warst im Knast … du?« Wish lachte laut auf. »Du warst bei einer Versammlung der Labour-Partei? India Selwyn-Jones, was für ein buntes Leben du doch führst. Weiß Freddie davon?«

»Nein! Und du erzählt es ihm auch nicht. Er hat genug Sorgen mit seinem Wahlkampf.«

»Freddie? Wahlkampf?« fragte Fiona. »Sie meinen doch nicht Freddie Lytton?«

»Doch. Ich bin seine Verlobte«, antwortete India.

Fiona lächelte. »Die Verlobte des Amtsinhabers und die Frau des Herausforderers. Gemeinsam in einem baufälligen Lagerhaus in den Elendsvierteln von Whitechapel bei einem heimlichen Treffen. Ach, wenn doch nur Mr. Devlin hier wäre. Er würde bestimmt eine Story daraus machen.«

India wurde blaß. »Das würde er sicher«, erwiderte sie nervös. »Wie kamen Sie darauf, uns hier zu suchen?« fragte sie, um das Thema zu wechseln.

»Ich hab' mich an Dr. Hatcher gewandt, die mir riet, in die Varden Street zu gehen. Die Praxis war geschlossen. Eine Nachbarin sagte, ich solle es im Café Moskowitz in der Brick Lane versuchen, und dort teilte man mir mit, wo Sie sind. Die Frau erzählte mir auch von Ihrer Klinik und schlug mir vor, zwanzig Pfund zu spenden«, sagte Fiona lachend.

Ella stöhnte auf. »Tut mir leid. Das war meine Mutter.«

»Es braucht Ihnen nicht leid zu tun. Ich fand interessant, was sie mir erzählt hat, und würde gern mehr darüber erfahren.«

India und Ella erzählten ihr von ihren Plänen. Fiona hörte aufmerksam zu, nickte und runzelte die Stirn.

»Sie sollten nicht gleich kaufen«, sagte sie. »Selbst wenn Sie das Geld dafür haben. Nehmen Sie eine Hypothek auf. Machen Sie Zinsbelastung und Abschreibung gegenüber der Einkommensteuer geltend. Sie wollen doch eine AG gründen, oder? Sie könnten auch etwas mieten. Das wäre steuerlich ohnehin günstiger. Haben Sie sich das schon einmal ausgerechnet? Was meint Ihr Steuerberater dazu?«

India und Ella sahen sich an. »Wir … haben keinen«, sagte India.

»Warum nicht?«

»Sie können sich keinen leisten. Im Moment haben sie noch nicht viel auf ihrem Konto«, warf Wish ein. »Bloß etwa vierhundert Pfund.«

»Oh, tut mir leid! Ich habe Sie beide noch gar nicht bekannt gemacht«, sagte India. »Fiona Bristow, mein Cousin Aloysius Selwyn-Jones, unser Entwicklungsbeauftragter. Er bemüht sich sehr, Spenden für uns einzutreiben. Wenn er die Zeit dafür erübrigen kann. Wir können ihn nämlich nicht bezahlen.« Es folgte ein leicht betretenes Schweigen. India starrte auf ihre Stiefel. Dann hob sie den Blick und fügte an Fiona gewandt hinzu: »Wir müssen Ihnen vermutlich sehr naiv vorkommen. Ellas und meine Domäne ist die Medizin, nicht das Finanzielle. Wir wollen einen Ort schaffen, wo keine Mutter und kein Kind abgewiesen werden. Die meisten Leute können das nicht verstehen.« Sie sah lächelnd zu Wish auf. »Selbst mein lieber Cousin hat Schwierigkeiten damit. Verstehen *Sie* uns?«

»Besser, als Sie vielleicht glauben«, antwortete Fiona und dachte an jene Nacht vor zwölf Jahren. »Ich habe früher einmal hier gewohnt. Nur ein paar Straßen von hier. Wir waren sehr arm. Eigentlich hatten wir gar nichts. Meine kleine Schwester wurde sehr krank, und meine Mutter mußte spätnachts einen Arzt holen …« Ihre Stimme brach.

Ganz ähnlich wie Sids Geschichte, dachte India. »Hat sie einen gefunden?«

Fiona schüttelte den Kopf. »Nein. Es war zu spät. Wir haben sie beide verloren.«

»Tut mir leid«, sagte India.

»Sorgen Sie dafür, daß die Medizin Ihre Domäne bleibt, Dr. Jones, und vielleicht können Ihr Cousin und ich uns um die Finanzen kümmern«, sagte Fiona. »Würden Sie morgen in mein Büro kommen? Dann habe ich einen Scheck für Sie bereit.«

»Darf ich mit zwanzig Pfund von Ihnen rechnen?« fragte Wish, der schnell seinen Vorteil nutzen wollte.

Fiona lächelte, ließ aber India nicht aus den Augen. Sie sah sie prüfend an. Sie hatte etwas Besonderes an sich. Sie war so beherrscht, so kontrolliert, und dennoch spürte Fiona ein Feuer in ihr, eine Furchtlosigkeit und stillen Trotz. Und sie spürte auch, daß India Selwyn-Jones zu ihrer Klinik kommen würde. Mit oder ohne Hilfe von anderen. Sie würde es auch dann schaffen, wenn sie jeden Penny selbst verdienen müßte und fünfzig Jahre dafür brauchen würde.

»Nein, Mr. Selwyn-Jones«, sagte Fiona. »Rechnen Sie mit tausend von mir.«

✥ 33 ✥

H ast du gewußt, daß mein Vater einmal einen Pekinesen erschossen hat?« fragte Bingham und blinzelte in die Sonne.

»Warum? Hat er ihn angegriffen?« fragte India abwesend.

»Nein, er hielt ihn für einen Fasan. Er war auf dem Feld, verstehst
du. Er gehörte einer Freundin meiner Mutter, die natürlich außer sich
war. Mein Vater dachte, er müsse das wiedergutmachen. Also ließ er
den Hund ausstopfen und gab ihn der Dame zum Geschenk.«

»O Bing, das ist doch nicht möglich?«

»Doch, dieser schreckliche Mensch. Das war seine Vorstellung von
Aufmerksamkeit. Meine Mutter sagte, die arme Frau habe sich eine
Woche lang die Augen ausgeweint.«

India mußte laut lachen, sie konnte nicht anders. Es war einfach zu
schrecklich.

Bing lächelte. »Es ist schön, dich lachen zu hören, altes Haus. Du
wirkst die ganze Zeit so bedrückt. Ist irgendwas?«

Ja, dachte sie, ich heirate in ein paar Wochen deinen Bruder und
liebe einen anderen.

»Nein, Bing. Gar nichts, wirklich«, antwortete sie munter.

»Bist du sicher?«

»Absolut«, log sie und verbarg ihre wahren Gefühle.

Sie und Bing waren in Blenheim Palace, dem Landsitz von Sunny
Churchill, Herzog von Marlborough, einem guten Freund von Bingham. Er hatte Bing, Freddie, Maud und India übers Wochenende eingeladen. Jetzt war Samstag nachmittag, und Sunny hatte entschieden,
daß sie auf die Fuchsjagd gehen wollten. Wish war gerade erst eingetroffen, weil er tags zuvor noch gesellschaftliche Verpflichtungen in
London gehabt hatte. Freddie und er ritten voran. India und Bing
waren zurückgefallen. Sie waren auf einen Hügel geritten, um herauszufinden, ob sie die anderen irgendwo entdecken konnten, hatten
aber kein Glück. Sie sahen das Sandsteingebäude von Blenheim hin-

ter sich und vor sich die Wiesen und Wälder, die zu dem Landsitz gehörten, aber nirgendwo einen roten Rock oder Pferde und Meute.

India wollte unbedingt wieder aufschließen. Sie war nervös und unruhig und wollte reiten. Schnell reiten. Damit sie an nichts anderes als die Hecken denken mußte. Ihr Pferd schien das zu spüren, es schüttelte ungeduldig die Mähne und stampfte auf.

»Indy, weißt du, was ich an Bleinheim und Longmarsh am meisten mag?«

»Nein, was?« fragte sie mit geheucheltem Interesse.

»Möbelpolitur.«

»Wie bitte?«

»Es ist komisch, ich weiß. Proust hatte seine Madeleines, und ich habe Goddard's Möbelpolitur. Ich liebe es, im Speisezimmer zu stehen, nachdem die Dienstmädchen geputzt haben, und tief einzuatmen. Wenn mich je eine Frau verführen wollte, müßte sie sich bloß ein bißchen Goddard's hinters Ohr tupfen, und ich würde alles für sie tun.« Er schwieg einen Moment und fügte dann hinzu: »Ich wünschte, dieser Tag, dieser Moment würde für immer andauern. Ich wünschte, die Zeit bliebe stehen. Genau jetzt. Da wir alle zusammen sind.«

»Ja, wäre das nicht herrlich? Für alle Ewigkeit Erdbeeren mit Sahne auf dem Rasen von Blenheim«, erwiderte sie.

Aber das war eine Lüge. Sie wollte weder Erdbeeren mit Sahne noch Blenheim und diese dämliche Fuchsjagd. Sie hätte gern ein Glas Porter-Bier gehabt. In Whitechapel. Mit Sid. Sie wollte über Dinge reden, die wichtig waren, an einem Ort, den sie liebengelernt hatte, mit einem Mann, den sie nicht zu lieben wagte.

»Krocket auf dem Rasen. Lange Spaziergänge in der Dämmerung. Und alle Frauen in Weiß gekleidet mit Rosen im Haar. Es gibt nichts Schöneres als England im August.« Sein Lächeln verblaßte. »Leider wird es das nicht.«

»Was?« fragte sie. Sie hatte kaum zugehört.

»Andauern.«

»Der Sommer?«

Bingham zuckte die Achseln. »Der Sommer. Wir. Dieses Leben.«

India wandte sich ihm zu, verblüfft von der Wehmut in seiner Stimme. »Mein Gott, Bing, wer von uns beiden ist jetzt bedrückt?«

»Die Zeiten ändern sich, Indy. Vor ein paar Jahren hätte Freddie den Sitz für Tower Hamlets im Sturm erobert. Allein die Vorstellung, die Labour-Partei würde eine nennenswerte Opposition zusammenbringen, wäre lachhaft gewesen.«

Plötzlich war Indias Interesse wieder geweckt. »Bing, du denkst doch nicht, daß Freddie verlieren wird, oder?«

Er zögerte. »Vielleicht doch. Die Tories nutzen das Stronghold-Desaster zu ihrem Vorteil. Und er hat Joe Bristow unterschätzt. Die Presse ist hingerissen von diesem Mann. Fast jeden Tag ist er in den Zeitungen, obwohl es noch nicht mal einen offiziellen Wahltermin gibt. Die Entscheidung fällt zwischen drei Parteien, aber wenn ich darauf wetten sollte, würde ich auf Bristow setzen. Er spricht zu den Arbeitern in ihrer Sprache. Und das kann weder Freddie noch Dickie Lambert.« Dann deutete er mit dem Kopf in Richtung Blenheim, das golden in der Abendsonne schimmerte. »Das kann nicht andauern. Zu wenige haben zu lange zu viel gehabt.«

»Habt ihr gestern abend darüber gestritten?« fragte India.

Nach dem Abendessen hatte es im Billardzimmer eine laute Meinungsverschiedenheit unter den Männern gegeben.

»Darüber auch. Freddie war verärgert und betrunken. Eine unselige Mischung. Zu Sunny sagte er, er sei ein oberflächlicher Mensch, der sich nur für Fuchsjagd interessiere. Und Wish sei primitiv, weil er nur hinter dem Geld herjage.«

India war betroffen. »Wie scheußlich von ihm. Ich bin nur froh, daß Wish noch nicht da war und es nicht gehört hat. Dich hat er doch hoffentlich verschont.«

Bingham schüttelte den Kopf. »Er hat mich beschuldigt, mich in meine Studien über Byron und Longfellow zu vergraben, während Sozialisten und Radikale unser Land überrennen.«

»Ach, Gott. Ich bin sicher, er hat es nicht so gemeint, Bing. Er steht furchtbar unter Druck.«

»Doch, das hat er. Und er hat recht. Freddie ist der Beste von uns allen. Er ist der einzige, der genügend Mut hat, sich in den Kampf zu stürzen.«

Freddie war gestern abend sehr aufgewühlt gewesen. Und auch betrunken genug, um ihr zuzuflüstern: »Sperr deine Tür nicht ab, Liebling«, als sie alle ins Bett gingen.

Sie hatte sie trotzdem abgesperrt. Dann saß sie aufrecht im Dunkeln im Bett, weil sie nicht schlafen konnte. Sie hörte, wie er am Türknopf drehte, dann leise klopfte. Größeren Lärm traute er sich nicht zu machen. Am nächsten Tag war er den ganzen Morgen übel gelaunt gewesen. Nach dem Frühstück hatten sie miteinander geredet. Sie hatte behauptet, es sei ein Versehen gewesen. Sie habe den Schlüssel ganz automatisch herumgedreht – sie tue das, seitdem sie allein in London lebe –, sei dann eingeschlafen und habe ihn nicht gehört.

Die Erklärung erschien ihm plausibel, und er ließ sich beschwichtigen, aber ein zweites Mal würde das nicht funktionieren. Sie wußte nicht, was sie heute nacht machen sollte. Er wollte natürlich mit ihr schlafen. Er war ihr Verlobter. Sie sollte das auch wollen. Aber sie wollte nicht. Und doch gab es einen Mann, nach dessen Berührung sie sich sehnte – den Mann, der ihr vor einer Woche gesagt hatte, daß er sie nie mehr wiedersehen wolle.

»Hallooo! Indy! Bing! Wo sind die anderen?«

India drehte sich um, froh um die Ablenkung von ihren quälenden Gedanken, und sah Maud heranreiten.

»Was ist denn mit dir passiert?« fragte India.

Maud war von oben bis unten mit Schlamm bedeckt. Ihr Hut war weg, und in ihren Haaren steckten Zweige und Blätter. »Ich bin den anderen gefolgt. Wir sind über eine hohe Mauer gesprungen, der Sumpf auf der anderen Seite war knietief. Sie haben es geschafft. Ich nicht.«

»Alles in Ordnung mit dir?«

»Mehr oder weniger.«

»Wo sind die anderen jetzt?«

»Keine Ahnung. Sie sind im Wald verschwunden, Freddie hat gebrüllt, der Fuchs gehöre ihm, Wish hat das Gegenteil behauptet, Sunny hat in sein verdammtes Horn gestoßen, und die verdammte Meute hat wie wild gekläfft.«

»Was passiert, wenn die beiden den Fuchs tatsächlich stellen?« fragte Bingham. »Hat Wish eine Pistole dabei?«

»Ja, im Haus hat er damit herumgefuchtelt«, sagte Maud, »und ein Zimmermädchen erschreckt.«

Wish liebte die Jagd, konnte aber ihr scheußliches Ende nicht ausstehen. Er war ein ausgezeichneter Schütze und erlöste das Tier immer sofort von seinem Leiden.

Freddie hatte Wish deswegen beim Frühstück geneckt und gesagt, aus ihm könne nie ein guter Politiker werden, da die Grausamkeiten im Unterhaus noch viel schlimmer seien.

Bingham richtete sich im Sattel auf. »Schaut! Da sind sie!«

Wish und Freddie galoppierten durch eine Lichtung auf sie zu, offensichtlich wollte einer den anderen abhängen. Wish raste vorbei, gefolgt von Freddie, dann verlangsamten sie das Tempo und kehrten um.

»Du schuldest mir zwanzig Pfund, alter Junge«, sagte Wish zu Freddie, als sie näher kamen. Als er Maud ansah, lachte er. »Bin mir nicht ganz sicher, ob dir dieses Rouge steht. Ein bißchen dunkel, wenn du mich fragst.«

»Ha, ha, ha, Wish«, erwiderte Maud. »Freddie, hast du das absichtlich gemacht?«

»Was?«

»Uns über diese Hecke gejagt.«

»Sicher. Allerdings wollte ich Wish in das Schlammloch tunken, nicht dich. Tut mir leid, altes Mädchen.«

»Wo ist Sunny?« fragte India.

»Keine Ahnung«, antwortete Wish. »Er war vor uns, aber wir haben ihn verloren. Da wir gerade von Sunny sprechen, ich hab' gute Neuigkeiten für dich. Ich hab' mit ihm über Point Reyes gesprochen und auch deine Klinik erwähnt. Ich glaube, er ist interessiert. Wahrscheinlich wird er auch einen Beitrag leisten.«

»Wirklich?« fragte India aufgeregt. »Das sind tatsächlich gute Neuigkeiten. Danke, Wish!«

»Wieviel kriegst du? Zwei Pfund?« fragte Maud spöttisch.

»Eher zweihundert. Mir gefällt das Spendensammeln. Allmählich bin ich ganz gut darin. Übrigens hat mir gestern abend Lady Elcho zweihundert gegeben. Die hab' ich bei einer Dinnerparty beschwatzt. Hundert hab' ich von Jenny Churchill gekriegt. Und ...«, er hielt inne, um den dramatischen Effekt zu steigern, »... fünfhundert von Lord Rothschild.«

»Gut gemacht!« rief India aus. Sie konnte es gar nicht erwarten, Ella davon zu berichten.

»Mit den vierhundert, die wir schon haben, und den tausend von Fiona Bristow haben wir etwa zweitausendvierhundert Pfund zusammen. Und das ist noch nicht alles. Harriet Hatcher war gestern auch bei dem Dinner. Sie sagte, ihre Eltern wollten ebenfalls spenden. Dreihundert, denkt sie. Und – du wirst es nicht glauben – Prinzessin Beatrice, eine Freundin von Harriets Mutter, ist *vielleicht* daran interessiert, die Schirmherrschaft zu übernehmen.«

India riß die Augen auf. Prinzessin Beatrice war die jüngste Tochter der Königin. Ihr Interesse und ihre Unterstützung würden die Klinik unglaublich voranbringen. Selbst Maud und Bing waren beeindruckt. Freddie lehnte sich in seinem Sattel vor und fummelte am Zaumzeug herum.

»Wie es aussieht, sind Mrs. Hatcher und Harriet bei der Prinzessin zum Tee eingeladen, und das alte Mädchen würde dich gern kennenlernen. Ich soll dir von Harriet ausrichten, daß du unbedingt mitkommen sollst. Kannst du?«

»Ja, natürlich!« antwortete India. »Nichts könnte mich davon abhalten. Wo? Wann?«

»In London. Am achtzehnten.«

»Das ist unmöglich«, unterbrach Freddie unwirsch. »Das ist unser Hochzeitstermin.«

»O verdammt, das stimmt!« sagte Wish. »Das hab' ich ganz vergessen. Könntet ihr ihn nicht um ein oder zwei Wochen verschieben?«

»Nein, das können wir nicht«, sagte Freddie, bevor India antworten konnte. »Die Vorbereitungen laufen schon.«

India beugte sich zu ihm hinüber und griff nach seiner Hand. »Liebling, wie wär's? Wir könnten ihn doch auf den fünfundzwanzigsten verlegen. Ich bin sicher, der Pfarrer hätte nichts dagegen. Wir könnten ihn von hier aus anrufen. Und die Lieferanten und Floristen auch. Es geht ja nicht um mich, sondern um die Klinik, und du weißt, wie wichtig mir die ist.«

»Und was ist, wenn es am fünfundzwanzigsten nicht geht?«

»Dann verschieben wir die Hochzeit eben in den September. Ich kann jemandem wie Prinzessin Beatrice nicht einfach absagen. Nicht, wenn so viel für den Erfolg der Klinik davon abhängt. Bitte, Liebling.«

»Natürlich«, antwortete Freddie. »Gleich nach der Jagd rufen wir den Pfarrer an.«

»Sehr schön!« sagte Wish. »Ich muß zugeben, daß ich Indy für verrückt hielt, als sie mir das erste Mal von der Klinik erzählt hat, aber jetzt glaube ich, daß es funktioniert. Die Spenden werden mehr. Wir haben möglicherweise eine königliche Schirmherrin, und mit Point Reyes läuft alles so gut, daß ich die Sache vielleicht früher an die

Öffentlichkeit bringen kann als vermutet. Noch höchstens ein halbes Jahr. Wenn das klappt, dann schwimmst du in Geld.«

»Das heißt, wir könnten nächstes Frühjahr mit dem Umbau anfangen!« rief India aufgeregt.

Sie wollte ihm gerade für seinen großen Einsatz danken, als sich Freddies Pferd aufbäumte. Er hielt sich gerade noch im Sattel. »Er ist unruhig«, erklärte Freddie. »Er braucht Auslauf. Wer zuerst bei der Lichtung ist, Wish. Los!«

Wishs Augen blitzten. Bevor jemand es ihnen ausreden konnte, waren sie schon davongesprengt.

India gab ihrem Pferd die Sporen. Maud und Bingham folgten. Der Kurs, den Freddie eingeschlagen hatte, führte über eine bucklige Wiese. Furchen und sumpfige Stellen machten ihn zu einem echten Hindernisrennen. Freddie ritt in halsbrecherischer Geschwindigkeit, Wish johlend und lachend direkt hinterher. Bald hatten sie die anderen weit hinter sich gelassen.

»Was soll denn das?« rief Maud. »Wollen die uns umbringen?«

India sah die beiden Männer einen Hügel hinabgaloppieren. Wish hatte die Führung übernommen. Er verschwand im Wald, dicht gefolgt von Freddie. Maud und Bingham erreichten den Wald, blieben stehen und warteten auf India.

»Ich höre die Hunde«, sagte Bingham. »Sunny muß den Fuchs gestellt haben. Ich wette, Wish und Freddie sind bei ihm.«

India beschloß, zum Haus zurückzureiten. Bei dem Finale wollte sie nicht dabeisein. Sie konnte sich die Todesangst des in die Falle gegangenen Tieres vorstellen.

»Fertig, Ladys?« fragte Bingham und nahm die Zügel auf.

»Ich komme nicht …«, begann India gerade, als sie von einem Schuß unterbrochen wurde. Er kam aus dem Wald.

»Nun, das war's für den armen Fuchs«, sagte Maud seufzend. »Und für mich auch. Ich reite ins Haus zurück und genehmige mir ein heißes Bad und einen kalten Gin.«

Sie hörten ein Hörnersignal. »Sunny hat sie gefunden«, sagte Bingham.

Sunny als Anführer der Jagd hatte das Horn bei sich. Doch noch während sie lauschten, bemerkten sie, daß Sunny nicht das Signal zum erfolgreichen Abschluß der Jagd, sondern Alarm geblasen hatte. Sofort gaben sie ihren Pferden die Sporen und ritten in Richtung des

Hörnersignals. Bingham ritt voran, duckte sich unter Zweigen und Ästen hindurch und fand schließlich die anderen auf einer Lichtung. Die Pferde waren an einen Baum gebunden, rollten die Augen und wieherten. Die Hunde heulten. Der Zwingermeister konnte sie kaum in Schach halten. Von ihrer Position hinter Bingham konnte India Sunny sehen, der vornübergebeugt dastand und schwer atmete.

Als sie sich näherten, hob er den Kopf. »Bingham, halt die Frauen zurück!« rief er.

»Nein, bring sie her!« rief Freddie. »Wir brauchen India als Ärztin!«

Es hat einen Unfall gegeben, dachte sie. Jemand ist verletzt worden. Sie fand eine Öffnung zwischen den Bäumen links von Bingham, ritt hindurch und auf die Lichtung hinaus.

»Was ist passiert?« rief sie und hielt neben den anderen.

Und dann sah sie es.

Wish lag mit gespreizten Gliedern auf dem Rücken. Die linke Seite seines Gesichts fehlte. Seine Pistole lag in seiner rechten Hand.

India sprang vom Pferd und lief zu ihm hin. Es war sinnlos, das wußte sie, dennoch hielt sie das Ohr an seine Brust und horchte, ob sein Herz noch schlug. Sie wollte vor Schmerz aufschreien, sich über ihn werfen, aber das tat sie nicht. Sie tat, was man sie gelehrt hatte. Sie prüfte Atem und Puls. Sie sah auf ihre Uhr. Für den Untersuchungsrichter. Falls er den Todeszeitpunkt wissen wollte. Freddie ging auf und ab, Maud versuchte, mit zitternden Händen eine Zigarette anzuzünden, und Bingham stammelte.

»Mein Gott ... das kann doch ... er kann doch nicht ... Freddie, was zum Teufel ist *passiert*?«

»Ich weiß es nicht. Wish hat eine Höhle gesehen und gesagt, der Fuchs habe sich dort versteckt. Ich sagte ihm, das sei nicht möglich. Die Hunde waren vor uns und bellten. Ich bin ihnen nachgeritten. Und dann hab' ich's gehört – einen Pistolenschuß, hinter mir. Ich hab' kehrtgemacht, weil ich dachte, er hätte doch recht gehabt. Und dann hab' ich ihn hier gefunden. So wie jetzt.« Er schwieg einen Moment, dann stieß er heftig hervor: »Es war ein *Unfall*. Sind wir uns da einig? Ein furchtbarer, schrecklicher Unfall.«

»Was sollte es denn sonst sein?« fragte Maud außer sich. »Was redest du da?«

»Mir macht Sorgen, was andere sagen werden«, antwortete er.

»Freddie, was meinst du?« fragte Bingham.

»Er war besorgt. Es gab Schwierigkeiten. Geldprobleme. Er hat Dinge verkauft. Ein Gemälde. Seinen Ring. Das hat er mir anvertraut, als er heute morgen angekommen ist. Vor der Jagd.«

India blickte auf Wishs rechte Hand. Der Brillantring, den er immer trug, war weg. Es war ein Erbstück, das ihm viel bedeutete. »Er hat ihn aber vorhin doch noch getragen«, sagte sie.

»Was für Schwierigkeiten?« fragte Maud. »Er hat uns doch gerade erzählt, wie gut alles läuft.«

»Ich bin mir sicher, er hat ihn beim Frühstück noch getragen.«

»India, das ist doch jetzt egal!« zischte Maud. »Freddie, *was für* Schwierigkeiten? Mir hat er nichts davon erzählt.«

»Ich möchte dich nicht beunruhigen. Oder India.«

»Freddie … du willst doch nicht etwa sagen, daß er …«

»Ich sage gar nichts. Ich erzähle euch nur, was er mir anvertraut hat: daß eine Investition schiefgelaufen ist. Und daß er sich Sorgen macht.«

»Mein Gott, der Skandal«, sagte Maud. »Welche Investition?«

»Die Sache in Kalifornien. Er hat gerade davon geredet. Ich kann mich nicht erinnern …«

»Point Reyes«, sagte India matt. Sie setzte sich auf die Fersen und streichelte zärtlich Wishs Wange.

Freddie sah sie an. »Ja, so hieß es. Du hast dort investiert, nicht?«

»Ja.«

»Wieviel?«

»Alles, was ich hatte.«

»Ich hatte ja keine Ahnung. Verdammt, tut mir leid.«

»Aber er sagte doch, daß es gut läuft«, rief Maud mit schriller Stimme. »Er wollte doch eine Aktiengesellschaft gründen. Das haben wir doch gehört. Gerade vor ein paar Minuten. Das ist doch einfach nicht *möglich*!«

»Er wollte sich bloß nichts anmerken lassen«, sagte Freddie.

Es ging um Geld, Skandal und die Wahrung des Gesichts. Wishs Körper war noch warm. Sein Blut sickerte in den Boden, und das war es, worüber sie sprachen. India haßte die anderen dafür, doch sie war eine von ihnen, und sie verstand sie. Sie würden über Point Reyes, das Wetter oder das Essen vom vergangenen Abend reden – wenn es nötig war, um nicht an Wish zu denken. Um nicht zu weinen. Nicht zu heulen. Um nicht vor der Familie, den Freunden und der Dienerschaft zusammenzubrechen.

Sie stand auf und suchte Sunny. Er stand noch immer vornüber-gebeugt da und erbrach sich, also ging sie zu ihrem Pferd zurück.

»India, bleib stehen. Wohin gehst du?« fragte Freddie.

Sie drehte sich zu ihrem Verlobten um. Dem Mann, in dessen Armen sie jetzt weinen sollte. »Den Untersuchungsrichter holen«, sagte sie steif. »Entschuldige mich bitte. Mein Cousin ist tot.«

❦ 34 ❧

»Nein!« jammerte der Mann und taumelte von dem Bett zurück. »Nicht meine Allie! Gott, nicht meine hübsche Allie!«

»Herrgott, halten Sie die Lampe ruhig«, schrie India. »Ich kann nichts sehen!«

»Sie stirbt! Helfen Sie ihr, bitte helfen Sie ihr!«

»Das tue ich ja! Ich brauch' aber Licht!«

Der Mann, Fred Coburn, unterdrückte sein Schluchzen. Er griff nach der Kerosinlampe und kam ans Bett zurück.

»Niedriger! Halten Sie sie niedriger!« Er tat es, und das schwache Licht fiel auf ein Bett, in dem eine Frau in den Wehen lag.

Blut strömte aus ihr heraus, sammelte sich auf den Laken, drang durch die Matratze und tropfte übers Bettgestell auf den Boden. Es bedeckte Indias Arme und ihre Kleider.

»O Gott.«

Wieder schwankte die Lampe.

»Rücken Sie den Tisch heran, und stellen Sie die Lampe darauf«, befahl India.

Nachdem Fred Coburn das getan hatte, setzte er sich und begann zu weinen. Das Licht war immer noch schlecht. India zog mit dem Fuß den Tisch näher zu sich heran.

Man hatte sie zu spät geholt. Als sie eintraf, hatte Alison Coburn schon zwei Tage in Wehen gelegen, ohne daß sich das Baby nach unten bewegt hatte. Sein Herzschlag war gefährlich schwach, die Mutter erschöpft. Und dann, vor zehn Minuten, als India sie untersuchte, war die Plazenta gerissen. Mrs. Coburn bekam schlimme Blutungen. India wußte, wenn sie die Blutung nicht umgehend zum Stillstand brachte, war die Frau verloren. Sie mußte zuerst das Baby herausholen, doch das Becken der Mutter war zu eng. India griff nach einer Zange.

Sie holte tief Luft, stellte einen Fuß aufs Bett und zog an. Mrs. Coburn schrie und wand sich. Das Kind bewegte sich kaum.

»Halten Sie durch, Mrs. Coburn, wir haben es fast geschafft ...«, stieß India mit zusammengebissenen Zähnen hervor. Sie holte noch einmal Luft und zog erneut mit aller Kraft, bis ihre Muskel zitterten.

»Bitte, lassen Sie mein Baby nicht sterben«, flehte Mrs. Coburn.

India keuchte vor Anstrengung. Endlich spürte sie, daß sich der Kopf bewegte. Ermutigt zog sie noch einmal, und das Baby – ein Junge – glitt heraus.

India legte ihn aufs Bett. Seine Haut war blau. Er atmete nicht. Sie wußte, daß sie nur Sekunden hatte, um zwei Leben zu retten.

»Mein Baby ...«, stöhnte Mrs. Coburn. Das Stöhnen ging in einen Schrei über, als India die linke Hand in den Geburtskanal steckte, eine Faust machte und gegen den Uterus drückte. Mit der rechten Hand drückte sie auf den Bauch, damit sich die Organe zusammenzogen und die Blutgefäße schlossen.

»Ihm geht's doch gut?« rief Fred Coburn halb wahnsinnig vor Angst. India war allein. Ella assistierte Dr. Gifford.

In rasender Hast riß sie jetzt das obere Laken vom Bett und band es um Mrs. Coburns Bauch. Dann nahm sie eine Kerze vom Tisch, wickelte die Enden des Lakens darum und band sie fest. Das nannte man eine Spanische Winde, eine Art Aderpresse. Sie hatte das ein paarmal während ihrer Ausbildung gesehen, und einmal hatte es tatsächlich auch funktioniert. Jetzt hoffte sie, daß sie damit wenigstens ein paar Sekunden gewann.

»Warum ist sie so weiß?« fragte Fred Coburn mit seltsam hoher Stimme.

India nahm das Baby. »Ich brauche frische Tücher. Holen Sie welche«, befahl sie in der Hoffnung, ihn damit abzulenken.

»Warum ist sie so still? Warum bewegt sie sich nicht?«

»Die *Tücher*, Mr. Coburn«, wiederholte India und versuchte fieberhaft, das Baby wiederzubeleben.

»Allie? Wach auf, Allie, Schatz.«

Fred Coburn ging zum Bett hinüber und tätschelte das Gesicht seiner Frau. India merkte seiner Stimme an, daß er kurz vor einem hysterischen Zusammenbruch stand. Sie beugte sich über das Baby und versuchte es mit Mund-zu-Mund-Beatmung. Plötzlich richtete sich Fred Coburn auf.

»Sie ist tot!« schrie er. »Meine Allie ist tot!«

Er taumelte durch den Raum und stieß gegen die Kaminumrandung. Eine Teekanne, Teller und Bilderrahmen fielen herunter und zerbrachen. Dann drehte er sich um und torkelte wieder zum Bett zurück.

»Die Lampe!« rief India. »Passen Sie auf die Lampe auf!«

Ihre Stimme ließ ihn plötzlich aufhorchen. Er sah sie mit wut- und schmerzverzerrtem Gesicht an und holte gegen sie aus. »Du Miststück! Du Mörderin!« schrie er und schlug auf sie ein. »Du hast sie umgebracht, du hast meine Allie umgebracht!«

India konnte sich nicht verteidigen, weil sie das Baby in den Armen hielt. Doch als er ihr die Hände plötzlich um den Hals legte, hatte sie keine andere Wahl mehr. Sie trat ihn, schlug ihm ins Gesicht und versuchte verzweifelt, sich von ihm loszumachen. Endlich stürzten zwei Männer – Nachbarn, die der Lärm aufgeschreckt hatte – in den Raum und rissen ihn von ihr weg. Nach Atem ringend, fiel sie zu Boden.

»Schaffen Sie ihn raus«, keuchte sie.

Während Coburn hinausgeschafft wurde, schleppte sie sich zum Bett zurück und beugte sich über das Baby. Sie prüfte seine Vitalwerte – aber da war nichts. Sie fühlte Alison Coburns Puls. Auch bei ihr kein Lebenszeichen.

Ein anderer Mann trat in den Raum, gefolgt von zwei Frauen. Geschockt blickten sie auf die beiden leblosen Körper. »Was um aller Welt ist denn passiert? Sind Sie verletzt?« fragte eine von ihnen.

»Mrs. Coburn ist tot«, antwortete India. »Das Baby auch. Holen Sie bitte den Untersuchungsrichter.« Sie stand auf, ging in die Küche und wusch sich die Hände. Als sie sie abtrocknete, hörte sie eine der Frauen flüstern: »Leg ihr den Kleinen in die Arme. Sie hat ihn nie halten dürfen, das arme Ding.«

»Entsetzlich. Sie waren nicht mal ein Jahr verheiratet.«

»Das wäre nicht passiert, wenn sie einen Doktor gehabt hätten.«

»Sie *ist* doch Doktor.«

»Ich meine, einen *richtigen* Doktor. Jemand, der weiß, was er tut.«

India stand schweigend da und bedeckte das Gesicht mit den Händen. Ihr Kopf hämmerte von den Schlägen, die sie gerade eingesteckt hatte. Ihr Hals fühlte sich an, als wäre er mit Säure verätzt worden. Und doch waren die Würgemale an ihrem Hals, ihre blutenden Lippen und geschwollenen Augen nichts im Vergleich zu dem Schmerz, den die Worte der Frau bei ihr ausgelöst hatten.

Sie wußte, sie sollte sich um ihre Verletzungen kümmern, ihre Instrumente einsammeln und reinigen, aber sie tat nichts dergleichen.

Es war alles ihre Schuld. Sie hatte die beiden verloren. Sie bildete sich so viel ein auf ihr Geschick und ihr Wissen, und dennoch hatte sie versagt. Wenn sie mit der Zange schneller und geschickter hätte umgehen können, wären die beiden vielleicht noch am Leben.

Ihre Knie begannen so schlimm zu zittern, daß sie sich setzen mußte. Als der Untersuchungsrichter eintraf, hielt sie den Kopf der toten Frau und flüsterte: »Sie hatten recht. Sie hätte einen richtigen Arzt gebraucht.«

»Mein Gott, Dr. Jones, was ist denn mit Ihnen passiert?« fragte Dr. Gifford, als sie in die Praxis kam, um die Geburtszange zurückzubringen, falls sie gebraucht werden sollte.

»Eine Frau ist bei der Geburt gestorben. Das Baby auch. Der Vater ist gewalttätig geworden.«

»Wurde die Polizei benachrichtigt? Haben Sie Anzeige erstattet?«

»Darauf bin ich nicht gekommen.«

»Aber der Mann hat Sie ziemlich schlimm zugerichtet.«

»Er hat gerade seine Frau und sein Baby verloren.«

»Sie werden sich morgen freinehmen müssen. Obwohl ich nicht weiß, wie wir das schaffen sollen.«

India wußte es auch nicht, aber es war ihr egal. Übelkeit stieg in ihr auf, und sie mußte Giffords Büro verlassen, bevor das Sandwich, das sie zum Lunch gegessen hatte, auf seinem Boden landete.

Sie schaffte es gerade noch auf die Toilette, wo sie sich heftig erbrach. Sie fiel auf die Knie und würgte, bis ihr die Augen tränten.

Wie passend, dachte sie, als sie wieder stehen konnte. Ein Anfall von Gastritis ist genau das, was ich im Moment brauchen kann.

Dann verließ sie die Toilette, nahm Mantel und Tasche und ging hinaus, ohne sich von Dr. Gifford zu verabschieden. Sie eilte die Varden Street in Richtung U-Bahn entlang und versuchte, den neugierigen Blicken der Passanten auszuweichen, doch bevor sie die Station erreichte, wurde sie wieder von heftigem Zittern gepackt. Sie taumelte zu einer Bank. Was ist bloß los mit mir? fragte sie sich. Das Zittern hielt an, und gleichzeitig überkam sie eine so unglaubliche Müdigkeit, daß sie nicht wußte, wie sie noch einmal aufstehen, geschweige denn zur U-Bahn kommen sollte.

Sie griff in die Manteltasche und zählte die Münzen darin. Ein Pfund zwölf Pence. Mehr als genug für eine Droschke. Als sie die Münzen ansah, fielen Tropfen darauf. Tränen? Sie blickte in den dämmrigen Abendhimmel hinauf und sah Wolken. Es waren Regentropfen, keine Tränen. Sie hatte keine Tränen mehr.

Keine Gefühle, hatte Fenwick gesagt. Und India stellte fest, daß sie tatsächlich nichts fühlte. Sie spürte gar nichts. Sie versuchte zu weinen, aber es ging nicht. Sie war vollkommen leer.

❧ 35 ❧

$\mathcal{M}$it einem Korb in der Hand sprang Ella am Bedford Square aus dem Bus und ging mit schnellem Schritt zu Indias Haus. India war zwei Tage nicht zur Arbeit gekommen, und sie machte sich Sorgen. Dr. Gifford hatte ihr zwar gesagt, was bei den Coburns passiert war und daß sie sich einen Tag freinehme, aber gestern war sie auch nicht erschienen.

Als Mrs. Moskowitz hörte, was India zugestoßen war, wollte sie unbedingt, daß ihre Tochter ihr etwas zu essen mitbrachte. Schnaufend erreichte Ella den dritten Stock und klopfte an die Tür. Keine Antwort. Als sie es noch einmal versuchte, sah sie, daß sie nur angelehnt war, und trat ein. Aus Indias Schlafzimmer waren Stimmen zu hören.

»Wie kannst du noch den leisesten Zweifel haben? Mein Gott, sieh dich doch nur an! Das ist doch Wahnsinn – absoluter Wahnsinn!«

Es war Freddie Lytton, den sie vor einer Woche kennengelernt hatte.

»Freddie hat recht. Du hättest umgebracht werden können.«

Die Stimme einer Frau, die sie nicht kannte.

Ella zögerte, unsicher, ob sie einfach eintreten sollte.

»Das ist nichts für dich, das hab' ich doch immer gesagt. Du solltest dich mit Gesundheitspolitik beschäftigen, dein Wissen und deine Fähigkeiten dort einsetzen, wo sie der größten Anzahl von Menschen zugute kommen. Jeder Kuhdoktor kann ein Baby rausziehen. Du kannst viel mehr bewirken.«

»Ich dachte, ich könnte in Whitechapel mehr leisten als in Westminster.«

»Da hast du dich eben getäuscht. Es nützt doch keinem, wenn du umgebracht wirst.«

»India, jetzt sei doch einmal im Leben vernünftig.« Das war wieder die Frau.

Darauf folgte ein kurzes Schweigen, und dann sagte eine schwache, tonlose Stimme, die sie kaum mehr als die von India erkannte: »Also gut. Ich geb' auf.«

»Bist du *meschugge*?« flüsterte Ella.

»Das ist die richtige Entscheidung, Liebling. Du bist vollkommen am Ende. Du brauchst Ruhe. Und die wirst du bald haben. Wir heiraten ganz still, und dann machen wir eine wunderschöne Hochzeitsreise. Was würdest du zu …«

Freddie kam nicht dazu, seine Reisepläne darzulegen, denn Ella trat durch die Tür und schnitt ihm das Wort ab. »Da sind Sie ja, Dr. Jones! Na, was soll die Drückebergerei?« fragte sie in aufmunterndem Ton.

»Hallo, Ella«, antwortete India matt.

Sie sah schrecklich aus. Ella mußte sich zusammenreißen, um sich nichts anmerken zu lassen.

»Wir haben Sie nicht klopfen hören«, sagte Freddie kühl.

»Wirklich nicht? Vielleicht weil Sie sich so intensiv unterhalten haben.«

Freddie kniff die Augen zusammen. Ella gab vor, nichts davon zu bemerken, und stellte sich Maud vor. Dann verdrängte sie Freddie von seinem Platz an Indias Seite und nahm ihn selbst ein. Sie hob ihr Kinn und inspizierte eingehend ihre Verletzungen. »Hat Ihnen ordentlich was verpaßt, der Mistkerl. Die Lippe hätte genäht werden sollen. Daß Gifford das nicht getan hat!« Ohne auf eine Antwort zu warten, fuhr sie fort: »Sie hätten nicht allein hingehen sollen. Ich hätte bei Ihnen sein sollen. Uns beide hätte er nicht verprügeln können.«

»Sie hätte gar nicht hingehen sollen«, sagte Freddie.

Ella drehte sich mit einem ernsten Lächeln zu ihm um und sagte: »Mr. Lytton, Miss Selwyn-Jones, würden Sie uns einen Moment entschuldigen. Ich bin ein wenig besorgt wegen Farbe und Tumeszenz der Orbicularis oris und würde gern eine Untersuchung vornehmen, um sicherzustellen, daß unsere liebe Patientin auf dem Weg der Besserung ist.«

»Natürlich«, antwortete Maud.

Freddie folgte ihr unwillig. Als sie draußen waren, fragte India: »Meine Lippe ist geschwollen? Was soll das?«

»Ach, darum geht's doch nicht«, antwortete Ella und nahm Indias Handgelenk. »Was hab' ich da von Aufhören gehört?«

»Gehört? Besser gesagt, belauscht?«

»Fünfundsechzig. Ihr Puls ist gut.« Sie legte die Hand ihre Stirn. »Heiß sind Sie auch nicht. Was haben Sie zuletzt gemessen?«

»Ich hab' nicht gemessen.«

»Warum nicht? Wo ist Ihre Tasche?«

»Ich hab' sie weggeworfen.«

Ella schlug mit der Faust auf den Nachttisch. »*Nar!*«

»Nein, ich bin kein Narr. Ganz im Gegenteil.«

»Essen Sie?«

»Ich hab' keinen Hunger.«

»Erbrechen?«

»Nein.«

»Also was? Außer ein paar blauen Flecken und einer dicken Lippe fehlt Ihnen doch nichts.«

»Ella«, sagte India ruhig. »Ich hab' mich entschieden.«

»*Nit ajch gedácht!* Gott behüte!« Ella war so aufgeregt, daß sie gar nicht bemerkte, daß sie jiddisch sprach.

»Ella, zwei Menschen sind meinetwegen gestorben. Drei, wenn Sie Miss Milo dazurechnen. Vier mit Mrs. Adams. Neun mit den Fällen von Kindbettfieber, derentwegen ich Dr. Gifford hätte anzeigen sollen. Ich bin fertig. Am Ende. Ich bin dem Job nicht gewachsen. In Westminster kann ich viel mehr Gutes bewirken – zumindest weniger Schaden anrichten als in Whitechapel.«

»*Schmónzeß!*«

»Nein, das ist kein Blödsinn …«

»Doch. Diese Mutter und ihr Kind sind nicht Ihretwegen gestorben. Sie sind gestorben, weil sie keine gute Pflege hatten. Weil sie den Arzt zu spät gerufen haben. Weil sie sich den nicht leisten konnten. Ich dachte, Sie wollten das ändern. Eine Klinik aufbauen, wo für die armen Frauen gesorgt wird. Ich dachte, Sie wollten etwas bewegen. Damit haben Sie doch schon angefangen. Hören Sie jetzt nicht auf.«

India drehte das Gesicht zur Wand.

»Sehen Sie mich an!«

»Bitte, Ella. Ich bin müde. Ich will schlafen.«

Ella lehnte sich zurück und wußte nicht, was sie tun oder sagen sollte. Plötzlich hörte sie die Stimme ihrer Mutter. *Wenn Gott die Menschen leiden lassen will, gibt er ihnen zu großes Verständnis.* Ihre Mutter hatte recht, wie immer. India erlebte gerade einen Zusammenbruch. Sie litt nicht an äußeren, sondern an inneren Wunden. India hatte zuviel Verständnis für andere. Sie zeigte zu große, zu tiefe Anteilnahme. Und dies war der Preis, den sie dafür bezahlte.

»India, hören Sie zu. Das sind nicht Sie. Sie sind erschöpft, verletzt, am Ende. Sie haben in letzter Zeit viel durchgemacht. Gönnen Sie sich ein paar Tage Erholung, dann wollen Sie sicher wieder arbeiten. Das weiß ich.«

»Schwester Moskowitz? Wie geht's Ihrer Patientin?« Freddie sah zur Tür herein.

Sie ist außer sich, wollte Ella antworten. »Gut, Mr. Lytton«, antwortete sie statt dessen. »Es gibt nichts, was mit ein paar Tagen Ruhe und Hühnersuppe nicht zu kurieren wäre. Ich hab' einen Korb im anderen Zimmer stehenlassen. Von meiner Mutter. Es ist genug drin für den Fall, daß Sie auch Hunger haben.«

»Das ist sehr nett von ihr. Bitte danken Sie ihr.« Er wandte sich an India. »Alles in Ordnung, Liebling?«

»Ja, ziemlich.«

Da war sie wieder, diese matte, tonlose Stimme, die Ella angst machte.

Plötzlich wußte sie genau, was sie zu tun hatte. »Nun, ich muß los«, sagte sie und nahm ihre Tasche. »Wiedersehen.«

»Miss Moskowitz?« sagte Freddie freundlich. »Könnten Sie Dr. Jones einen großen Gefallen tun?«

»Natürlich. Jeden.«

»Würden Sie bitte Dr. Gifford ausrichten, daß sie ihren Dienst nicht wieder aufnimmt. In ein oder zwei Tagen wird sie eine formelle Kündigung schicken. Wenn sie sich wieder etwas erholt hat.«

»Ich werde es ihm ausrichten«, antwortete sie.

Jeder, der Ella kannte, wußte, daß es nicht ihre Art war, so schnell aufzugeben. Glücklicherweise kannten Freddie und Maud sie nicht, sonst hätten sie an ihrem zu breiten Lächeln, ihrem entschlossenen Gesichtsausdruck und ihrem hastigen Abgang bemerkt, daß sie ganz und gar nicht aufgegeben hatte. Wie ein guter General hatte sie nur eine aussichtslose Schlacht beendet. Doch ein Krieg um Indias Seele stand an, und sie machte sich auf den Weg, Verstärkung zu holen.

❧ 36 ❧

»❦eit wann ist sie denn schon so?« fragte Sid.

»Seit einer Woche«, antwortete Ella.

»Du hättest mich früher holen sollen.«

»Tja, wenn ich das mal gekonnt hätte! Ich hab' dich nirgendwo finden können! Krieg du mal was aus Frankie Betts raus! Oder aus Desi Shaw! Das ist, als wollte man mit 'ner Feder 'ne Auster aufbrechen.«

»Sie steht nicht auf?«

»Nein. Und ißt kaum was. Sie hat eine Art Nervenzusammenbruch. Wegen der Mutter und dem Baby, denen sie nicht helfen konnte. Aber vielleicht steckt noch mehr dahinter.«

Sid ignorierte ihren prüfenden Blick. »Hast du Gifford Lyttons Nachricht überbracht?«

»Oh, das tut mir leid. Ich hab's vergessen.«

Sid lächelte. »Braves Mädchen.«

Ein Hustenanfall unterbrach ihn. Er wandte sich dem kleinen Mädchen zu, das neben ihm saß. Sie war etwa acht. Ihr Husten war laut und trocken, und wenn er einmal angefangen hatte, bekam sie keine Luft mehr. Es dauerte mehrere Sekunden, die Sid wie Stunden vorkamen, bevor sie wieder atmen konnte.

»Es ist nich' mehr weit, Schatz«, sagte er. Sie nickte teilnahmslos.

Als die Kutsche anhielt, half Sid Ella und dem kleinen Mädchen heraus. Sie legte den Kopf an seine Brust und schloß die Augen. Gemeinsam stiegen sie die Treppe zu Indias Wohnung hinauf.

Ella klopfte. Keine Antwort. Sie probierte es noch einmal. Nichts.

»Ich hab's dir gesagt. Sie geht nicht mal mehr zur Tür. Der einzige, der ein und aus geht, ist Lytton. Und ihre Schwester. Sie haben Schlüssel.«

Sid reichte Ella die Kleine. Dann griff er in die Tasche und zog eine Haarnadel und einen Zahnbohrer heraus. Innerhalb von Sekunden hatte er die Tür geöffnet und trug den großen Proviantkorb, den sie mitgebracht hatten, hinein.

Ella brachte die Kleine, setzte sie auf Indias Sofa und legte eine Decke um sie, damit sie es warm hatte.

»Freddie«, rief eine schwache Stimme aus dem Schlafzimmer. »Bist du das?«

»Nein, meine Liebe. Ich bin's, Ella.«

»Ella, wer hat Ihnen aufgemacht?«

»Die … ähm … Hausbesitzerin. Ich will gar nicht lange bleiben. Ich hab' … ich bring' … ähm … Sachen von Dr. Gifford.«

Sid verdrehte die Augen. »Sehr schlau«, sagte er leise.

»Danke, Ella. Stellen Sie sie irgendwohin. Finden Sie auch allein wieder raus?« fragte India.

»Aber ja«, rief Ella. »Schaffst du's?« fragte sie Sid flüsternd.

Er nickte und verabschiedete sich. Dann holte er tief Luft und ging in Indias Schlafzimmer. Sie lag im Bett, den Rücken zu ihm gekehrt, und drehte sich beim Geräusch seiner Schritte nicht um.

»Was ist, Ella?«

»Ich bin nicht Ella.«

India hielt die Luft an und setzte sich auf. »Was machst du hier?«

»Mein Gott«, sagte Sid leise, als er ihr Gesicht sah. Dann ließ er sich auf ihrem Bett nieder.

»Sid, ich muß dich bitten zu gehen«, protestierte sie und zog die Decke um sich.

»Sei still.« Er beugte sich vor und berührte vorsichtig den Knochen unter ihrem rechten Auge. »Du hast Glück gehabt, daß er dir das Auge nicht ausgeschlagen hat.« Er öffnete den Kragen ihres Nachthemds und betrachtete die blauen Flecken an ihrem Hals. »Tatsächlich hast du Glück gehabt, daß du noch am Leben bist.«

»Ach, es ist nichts«, erwiderte sie bitter. »Ich hab's ja verdient. Ich hab' seine Frau und sein Kind auf dem Gewissen.«

Ihre Schlüsselbeinknochen traten hervor, so stark hatte sie abgenommen. Sid war kein Arzt, aber er wußte, warum. Es war ein Zustand, der ihm nur allzu vertraut war. Sie wurde von Schuldgefühlen aufgefressen. Er ließ ihr Nachthemd los, und sie knöpfte es schnell zu.

»Warum bist du hier?«

»Ich hab' ein kleines Mädchen dabei. Sie ist im anderen Zimmer. Sie ist sehr krank und kann sich keinen Arzt leisten.«

»Sie vielleicht nicht, aber du schon. Es gibt doch Ärzte im East End. Du hättest sie nicht nach Bloomsbury bringen müssen.«

»Ich wollte einen guten.«

»Tut mir leid, ich praktiziere nicht mehr.«

»*Ich* bitte dich ja auch nicht um Hilfe, sondern die Kleine im anderen Zimmer.«

»Hast du mich nicht verstanden?« zischte India. »Ich hab' bei Gifford aufgehört. Ich bin fertig damit.«

Sid stand auf und riß ihr mit einer schnellen Bewegung die Bettdecke weg. »Steh auf. Sofort.«

India weigerte sich und griff nach der Decke. Sid packte ihre Arme und hob sie aus dem Bett.

»Was machst du da?« schrie sie. »Hör auf damit!«

Er schob sie ins Wohnzimmer. Das Kind saß kreidebleich und bewegungslos auf dem Sofa. Es atmete schwer. Seine Augen waren hilfesuchend auf India gerichtet.

»Sag *ihr*, daß du aufhörst«, sagte Sid und stieß sie voran.

»Das ist Erpressung«, stieß sie hervor.

»Egal.«

»Ich brauche meine Instrumente. Ich hab' meine Tasche nicht mehr.«

Sid ging zur Tür und holte die schwarze Ledertasche, die Ella dort abgestellt hatte. »Ich hab' sie zurückgekriegt.«

»Wie?«

»Hab' mich umgehört und erfahren, wer sie versetzt hat.«

India packte ihre Tasche. »Dürfte ich meinen Morgenrock haben? Aus Gründen der Schicklichkeit?«

Sid holte ihn, doch als er zurückkam, hatte sie bereits mit der Untersuchung begonnen. Jessie, das kleine Mädchen, reagierte nicht, als sie ihre Temperatur maß, ihren Puls prüfte und Nase und Hals untersuchte. Als India ihre Brust abhörte, begann Jessie zu husten und konnte nicht mehr aufhören. Ihr Gesicht wurde rot; sie riß angstvoll die Augen auf, als sie nach Luft rang und dann ein mühsames, rasselndes Stöhnen ausstieß.

»Keuchhusten«, sagte India.

Sie griff in ihre Tasche und schrieb ein Rezept aus. »Bring das zu Dixon, dem Apotheker auf der Tottenham Court Road. Während er es zurechtmacht, geh ein paar Läden weiter zu Worth's Haushaltswaren und kauf vier Bambusstangen. Jede etwa fünfzig Zentimeter lang. Beeil dich.«

Als er zurückkam, dampfte ein Kessel in der Küche, und das Kind lag in Indias Bett. Zu seinen Füßen stand eine Porzellanschüssel.

»Ich brauche dich«, sagte sie, als Sid den Raum betrat. Er gab ihr die Fläschchen von Dixon, und sie reichte ihm eine Schnur, um die Stangen an den vier Bettseiten zu befestigen. Während er das tat, gab sie dem Kind eine Dosis Chinin. Sobald die Stangen befestigt waren, legte sie zwei Laken darüber, so daß ein Zelt entstand. Dann goß sie kochendes Wasser und Öl aus einem anderen Fläschchen in die Schüssel. Sofort roch alles nach Eukalyptus.

»Geht's dir gut dort drin, Jessie?« fragte sie.

»Es ist furchtbar neblig, Miss«, piepste das Kind.

India lächelte. »Das tut dir gut. Mach die Augen zu und atme den Nebel ein.«

»Ich hab' Angst. Was ist, wenn ich wieder husten muß?«

»Dann huste nur, Jessie. Es ist unheimlich, ich weiß. Versuch trotzdem, ruhig zu bleiben.«

»Also gut, Miss«, antwortete das kleine Mädchen nach einer Weile zögernd.

India winkte Sid hinaus ins Wohnzimmer. »Sie muß hierbleiben«, sagte sie. »Sie ist zu schwach für einen Transport.«

»Ich bezahle, egal, was es kostet. Kauf, was sie braucht.«

»Ich werde ihr helfen, Sid. Aber das ändert nichts an meinem Entschluß. Ich werde nicht mehr praktizieren. In einem Parlamentskomitee bei der Mitarbeit an der Gesundheitsreform kann ich mehr bewirken.«

»Wer hat dir das eingeredet? Freddie?«

»Mir redet niemand was ein. Ich treffe meine eigenen Entscheidungen.«

Sid schwieg einen Moment, dann sagte er: »India, es ist nicht deine Schuld.«

Sie fuhr auf und ballte die Fäuste. »Woher willst du das wissen?« rief sie ärgerlich. »Bist du etwa Experte in Geburtshilfe?«

»Nein«, antwortete er ruhig, ungeachtet ihres Zorns, »aber ich kenne dich.«

Sie starrte ihn mit einer Mischung aus Wut und Schmerz an, dann fiel sie auf ihren Stuhl zurück. »Hast du je ein Neugeborenes sterben

sehen?« fragte sie. »All die Schönheit, die Hoffnung ... alles umsonst ...«

Sid lehnte sich vor und nahm ihre Hände. »*Es ist nicht deine
Schuld.*«

Erst tat sie, als wollte sie ihre Hände wegziehen, dann klammerte
sie sich noch fester an ihn. Er war überrascht, wieviel Kraft in ihren
Händen steckte. Sie blickte zu ihm auf, und er sah, daß ihre Wangen
naß waren.

»Tut mir leid ... ich tue das nicht. Ich weine nicht. Ich ...« Und
dann lehnte sie sich an ihn und ließ ihren Tränen freien Lauf.
Er spürte, wie ihre Schultern bebten, hörte das Schluchzen. Er sagte
nichts, hielt sie nur fest und gab ihr seine Stärke, bis sie die ihre
wiedergefunden hatte.

»Es tut so weh. So furchtbar weh«, stöhnte sie. »Es tut mir so leid.
Für alle. Es tut mir so leid.«

»Dann gib nicht auf, India, gib nicht auf. Wenn du das tust, über-
läßt du diese Frauen den Giffords auf dieser Welt.«

»Aber ich bin nicht gut.«

»Du *bist* gut. Du bist bloß nicht perfekt, das ist alles. Das wärst du
gerne. Aber das ist niemand.«

India wurde ruhiger.

»Ella hat etwas zu essen mitgebracht. Möchtest du was?«

»Nein, später vielleicht.«

»Tee? Ich könnte dir welchen machen?«

»Sid?«

»Ja?«

»Kann ich das haben? Einfach das?« fragte sie und drückte seine
Hand.

Er nickte wortlos und erwiderte ihren Händedruck.

❧ 37 ☙

Freddie führte sein Whiskyglas an die Lippen und leerte es. Er hoffte, der Alkohol würde ihn wärmen und entspannen, aber so war es nicht. Er stellte das Glas ab und sah auf den Kopf des Mädchens zwischen seinen Beinen, der sich auf und ab bewegte. Er griff in ihr Haar und zog sie näher.

»Fester«, sagte er.

Das Mädchen – nicht älter als neunzehn – würgte. Ihre kleine Hand krallte sich ins Bettlaken. Freddie lehnte sich zurück und versuchte, sich ihrer Zunge, ihren Lippen hinzugeben, aber es klappte nicht. Er nahm sein Whiskyglas und trank einen weiteren Schluck. Er hörte wieder die Zwischenrufe bei seiner Rede gestern in Stepney. Die unbequemen Fragen, mit denen die Reporter ihn bestürmt hatten.

»Fester, hab' ich gesagt. Hörst du nicht?« Seine Finger verkrampften sich in ihrem Haar. Das Mädchen wimmerte.

Er hörte sie kaum. Statt dessen hörte er Isabelle, die ihm eine Standpauke hielt. Er war wieder zum Berkeley Square zitiert worden. Erst heute morgen.

»Sie sagten, sie hätte ihre Stelle aufgegeben, Freddie. Sie habe gekündigt. Aber gestern erzählte mir Maud, India sei von irgendeinem betrunkenen Irren zusammengeschlagen worden. Meine Tochter – Ihre Verlobte – *zusammengeschlagen*! Maud sagte mir auch, India sei wieder in Dr. Giffords Praxis und verfolge weiterhin den Plan, eine Klinik für Arme zu gründen. Das ist absolut unerträglich!«

»Isabelle, bitte«, hatte er sie zu beruhigen versucht. »Das ist nur vorübergehend so.«

»Ich sehe, daß ich einen schrecklichen Fehler gemacht habe. Mein Vertrauen ist schändlich mißbraucht worden.«

»Das ist nicht fair. Und es stimmt auch nicht. India wollte kündigen, aber ...«

»Ausreden interessieren mich nicht. Entweder Sie erfüllen meine Bedingungen *jetzt*, oder ich wende mich an jemand anderen. Der junge Winston Churchill soll recht ehrgeizig sein, wie ich höre. Und recht arm, dank seiner verschwenderischen Mutter. Ehrgeiz und Armut sind mächtige Antriebsfedern, aber das muß ich Ihnen ja nicht sagen, Freddie. Ich frage mich, was Winston von einem Stadthaus in Mayfair und zwanzigtausend Pfund im Jahr halten würde?«

Kochend vor Wut, war er vom Berkeley Square direkt in den Reform-Club gegangen, um sich mit ein paar Drinks wieder abzukühlen. Aber dort hatte ihn der Geschäftsführer beiseite genommen und ihm mitgeteilt, daß seine Mitgliedschaft ende, sollte er seine Rechnung bis Ende des Monats nicht beglichen haben. Er schulde ihnen an die dreihundert Pfund. Er hatte dem Mann ein paar ausgesuchte Ausdrücke an den Kopf geworfen und sich dann in ein Bordell auf der Cleveland Street begeben, das von einer diskreten Person namens Nora betrieben wurde. Hier war er früher immer hingegangen, wenn Gemma nicht verfügbar gewesen war. Inzwischen verkehrte er hier wesentlich häufiger. Eigentlich hatte er den Nachmittag mit Winnie, seiner Favoritin, verbringen wollen, aber sie war nicht frei. Also hatte er eine Neue genommen – Alice – und gehofft, mit ihrer Hilfe seinen Wahlkampf, Lady Isabelle, India ... und Wish zu vergessen. Vor allem Wish.

Aber es funktionierte nicht.

»Ach, verdammt, hör auf«, sagte er jetzt und stieß sie weg. »Wo um alles in der Welt ist eigentlich Winnie?«

»Auf dem Land. Sie hat Urlaub«, sagte Alice. »Möchten Sie ... möchten Sie noch einen Drink?« fügte sie schüchtern hinzu und nahm ihren seidenen Kimono zusammen.

Freddie nickte. Sie eilte zu einem Tisch in der Ecke, wo Flaschen und Gläser standen. Sie war verängstigt und nervös. Nichts interessierte ihn weniger. Was scherten ihn die Gefühle einer Nutte? Wer oder was kümmerte ihn überhaupt noch? Er hatte seinen besten Freund umgebracht. Einen Mann, mit dem er aufgewachsen war. Den er wie einen Bruder geliebt hatte.

Sein Herz, das winzige Stück, das noch übrig war, zog sich schmerzhaft zusammen.

Aber Wish war nicht der einzige. Er hatte seinen Vater umgebracht, sich deswegen aber nicht lange gegrämt, weil es keinen anderen Ausweg gegeben hatte. Wenn er es nicht getan hätte, hätte sein Vater Daphne getötet. Und da war Hugh Mullins. Aber das war nicht seine Schuld. Nicht wirklich. Er hatte nicht gewollt, daß er starb, und auch nicht damit gerechnet. Er wollte bloß, daß er eine Weile ins Gefängnis kam, bis India ihn vergessen hätte.

Und nun Wish, und sein Tod ließ sich nicht wegrationalisieren. Er hatte es aus Zorn und einzig und allein deswegen getan, um sich seinen Vorteil zu sichern. Mit seiner ewigen Einmischerei hatte Wish ihn in Blenheim zur Raserei gebracht. Geld für Indias Klinik zu sammeln und ihr zuzureden, den Hochzeitstermin erneut zu verschieben! Er hatte Wish zu einem Rennen herausgefordert, um die Unterhaltung zwischen ihm und India zu beenden, aber sobald sie im Wald waren, hatte Wish den Fuchs erspäht. Er zog seine Pistole, um das Tier zu erschießen, stellte dann aber plötzlich fest, daß er es doch nicht konnte, und reichte ihm die Waffe. Und er, Freddie, sah seine Chance, genau wie damals bei Hugh. Er nahm die Pistole und erschoß Wish. Dann sprang er aus dem Sattel, zog den Ring von Wishs Hand und legte dessen Finger um die Waffe.

Freddie wußte, daß er Trauer und Entsetzen über seine Tat hätte empfinden sollen. Am Anfang hatte er es auch getan. Doch diese Gefühle waren bald verblaßt, und Erleichterung trat an ihre Stelle. Wish war tot, und ohne ihn, ohne sein fachliches Wissen und seine Verbindungen, war Indias Plan, eine Klinik zu gründen, zum Scheitern verurteilt. Er hatte keine Angst davor, entdeckt zu werden. Niemand verdächtigte ihn, bei Wishs Tod die Hand im Spiel gehabt zu haben – warum auch? Der einzige Beweis – Wishs Ring – war sicher in seiner Spieluhr verborgen.

Die Worte des Roten Earls hallten in ihm wider: *Reiß dir zuerst dein eigenes Herz raus …*

»Ich hab's fast geschafft, alter Knabe«, flüsterte er. »Fast geschafft.«

»Was?« fragte das Mädchen.

»Nichts«, antwortete Freddie knapp. »Wo ist der Whisky?«

»Hier.« Sie reichte ihm ein Glas.

Als sie wieder ins Bett stieg, kehrten Freddies Gedanken zu Lady Isabelle und India zurück. Er verstand einfach nicht, was geschehen war. Noch vor vierzehn Tagen war India einverstanden gewesen, bei Gifford zu kündigen.

Er war absolut sicher gewesen, daß sie aufhören würde zu praktizieren. So sicher, daß er Bingham in einem Anfall von Stolz erklärte, er könne sein Geld steckenlassen, als der ihm sagte, er sei mal wieder nicht in der Lage, ihm seine monatliche Zuwendung auszuzahlen. Weil er dank Lady Isabelle bald zwanzigtausend im Jahr und das Stadthaus der Selwyn-Jones besitze. Und nur ein paar Tage später, als er India besuchte, hatte er ein krankes Kind in ihrem Schlafzimmer vorgefunden. Sie wollte ihm nichts Näheres erklären, außer daß eine Freundin es hergebracht habe. Die gleiche Freundin, wie es schien, die sie überredet hatte, nicht zu kündigen. Diese wichtigtuerische Ella Moskowitz. Wer sonst?

India war nicht nur wieder bei Gifford, sondern entschlossener denn je, was ihre Klinik anbetraf. Sie und Ella wollten sich jetzt selbst darum kümmern, Spenden aufzutreiben. Und noch immer hatte sie vor, zu der Tee-Einladung bei Prinzessin Beatrice zu gehen. Sie hätten sogar einen verläßlichen und diskreten Lieferanten für Verhütungsmittel gefunden, behauptete sie. Sie wollte nicht sagen, um wen es sich handelte, aber dank Gemma kannte er ihn. Es war Sid Malone. India und Ella verteilten seine Ware in der Varden Street. Heimlich natürlich. Wenn Gifford davon Wind kriegte, wäre der Teufel los.

Freddie rieb sich die Schläfen. Er war so nahe dran gewesen – so nahe –, aber trotz seines unermüdlichen Einsatzes hatte er India noch immer nicht gefügig gemacht. Zorn packte ihn, eine gefährliche Mischung aus Wut und Panik, wenn er daran dachte, Indias Mitgift zu verlieren. Das durfte nicht passieren. Das wäre sein Ende. Es mußte doch etwas geben, irgend etwas, was ihre Pläne ein für allemal zunichte machte.

Wieder dachte er an den Roten Earl. Richard Lytton hätte einen Ausweg gefunden. Andererseits hätte der Rote Earl es gar nicht erst zugelassen, daß der Karren so tief in den Dreck gefahren wurde. Freddie sah das grausame Gesicht, die spöttischen Augen, und einen Moment lang stellte er sich vor, der Spott gelte ihm, ihm ganz allein. Der Gedanke beschämte ihn. Und machte ihn wütend.

»Ich hab' neulich eine Show gesehen. Eine Musikrevue«, sagte Alice plötzlich und riß ihn aus seinen Gedanken.

»Was geht das mich an«, erwiderte er und reichte ihr sein leeres Glas.

»Tut mir leid. Sieht aus, als hätten Sie Sorgen. Meine Mutter sagt immer, reden hilft, wenn man Probleme hat. Sie ...«

»Tu mir einen Gefallen«, unterbrach Freddie sie grob. »Laß den Mund zu und mach die Beine breit.«

Alice schluckte. Sie öffnete ihren Morgenrock und legte sich aufs Bett. »Lieg nicht rum wie ein toter Fisch«, fuhr er sie an. »Die Sorte kenn' ich schon zur Genüge. Tu was. Mach, daß ich komm'. Faß mich an. Faß dich an. Aber *tu was*!«

Alice spreizte die Beine und stöhnte.

Freddie sah an sich hinab. Nichts.

»Tut mir leid«, sagte Alice und setzte sich auf. »Sie sagen doch Nora nichts?« Dann packte sie ihn so heftig, daß es weh tat.

»Autsch!« schrie er. »Du blöde Schlampe!« Er versetzte ihr einen Schlag. Alice brach in Tränen aus, doch ihr Schluchzen beruhigte ihn nicht, sondern machte ihn noch wütender. Er packte sie am Hals und schüttelte sie. »Hör damit auf!« befahl er. »Sofort!«

»Bitte, tun Sie mir nicht weh«, keuchte sie. Ihre Augen waren weit aufgerissen vor Angst, und Freddie spürte, wie er endlich eine Erektion bekam.

Er *wollte* jemandem weh tun. Richtig weh tun. Er mußte seine Wut irgendwo abreagieren. Er wollte India weh tun. Und Isabelle. Und Gemma. Er wollte Sid Malone zusammenschlagen und Joe Bristow. Aber das konnte er nicht. Alles, was er hatte, war Alice. Mit ihr mußte er sich begnügen.

Ein paar Minuten später, nachdem er fertig war, legte er sich aufs Bett zurück, trank seinen Whisky und rauchte. Er fühlte sich ruhig, fast zufrieden. Alice war hinter den Paravent gegangen. Er hörte, wie sie sich wusch und schniefte.

»Bist du fertig da hinten?« rief er. »Bring frisches Wasser, ich will mich auch waschen.« Er hörte wieder ihr Schniefen. Weiteres Geplätscher. »Ich bin sicher, du bist jetzt sauber genug. Was ist mit dem Wasser?«

Während er das sagte, fragte er sich plötzlich, ob sie tatsächlich *sauber* war, denn er bemerkte mit Entsetzen, daß er kein Gummi benutzt hatte. Himmel, wenn er sich was eingefangen hatte? Er hatte nie einen Tripper gehabt und wollte auch jetzt keinen.

Wie würde er India das erklären?

Er fluchte. Beim Gedanken an das Gummi fielen ihm seine Geldschwierigkeiten wieder ein. Er bezog seine Präservative von Payne's Apotheke, und auch dort wollte man, daß er seine Rechnung beglich.

Ihr Botenjunge war deswegen vor kurzem tatsächlich in seiner Wohnung aufgekreuzt. Er hatte nichts. Er war pleite. Wieder einmal. Er mußte eine andere Quelle auftun.

Wer hatte sonst noch Pariser im Angebot? Und dann lachte er laut auf. India natürlich. Sie werde ich fragen, dachte er schmunzelnd. Dann setzte er sich plötzlich kerzengerade auf. Er hatte eine Idee. Eine absolut brillante Idee.

»Alice!« rief er.

»Was?« antwortete sie nach einer Weile kleinlaut.

»Hör auf zu flennen, ja? Ich hab' einen Job für dich. Einen guten. Ich zahl' dir fünf Pfund, und du kannst das Höschen dabei anbehalten.«

38

»Wo sind sie?«

Verwundert über die ärgerliche Stimme, sah India von ihrer Patientenakte auf. Dr. Gifford stand in der Tür des Untersuchungszimmers.

»Ich verstehe nicht, Sir?« sagte sie.

»Die Verhütungsmittel. Ich weiß, daß sie hier sind. Wo haben Sie sie versteckt?«

India erschrak. Wie um alles in der Welt hatte er davon erfahren? Sie hatte jede Patientin, die um Verhütungsmittel gebeten hatte, zu strengster Verschwiegenheit verpflichtet.

»Ich wurde heute morgen in meiner Praxis in der Harley Street von einer Mrs. Elizabeth Little aufgesucht. Sie ist die Mutter von Alice Little, einer Ihrer Patientinnen. Mrs. Little war außer sich. Sie sagte mir, ihre Tochter sei zu Ihnen gekommen und habe um Kontrazeptiva gebeten und Sie hätten ihr welche gegeben. Trifft das zu, Dr. Jones?«

India erinnerte sich an Alice Little. Sie sagte, sie sei verheiratet, habe drei Kinder und könne sich keine weiteren leisten.

»Ja, das stimmt, Sir.« Sie mochte Dr. Gifford nicht, hatte ihn aber nie belogen und würde auch jetzt nicht damit anfangen. »Wenn Sie mir erlauben, Ihnen zu erklären ...«

»Da gibt's nichts zu erklären. Miss Little ist neunzehn, unverheiratet und geistig nicht gesund. Ihre Mutter behauptet, sie sei promiskuitiv. Eine Nymphomanin, Dr. Jones. Und Sie haben ihre Krankheit unterstützt. Ich frage Sie noch einmal, wo sind sie?«

»Alice Little *hat* Kinder, Dr. Gifford. Ich habe sie untersucht.«

»Sie dürfen Ihren Schreibtisch räumen. Ich brauche Ihre Dienste nicht mehr.«

India fühlte sich, als hätte sie eine Ohrfeige bekommen. Sie war entlassen. Sie hatte keinen Job, kein Einkommen mehr. Ein paar Sekunden lang brachte sie kein Wort heraus. »Aber Dr. Gifford, warum?« fragte sie schließlich.

»Sie wissen genau, warum. Sie wissen, daß ich den Gebrauch von Kontrazeptiva nicht billige. Geschlechtliche Vereinigung ist nur zum Zweck der Zeugung erlaubt. Das hat Gott so vorgesehen.«

»Warum sterben dann so viele Kinder? Ist das auch ein Teil von Gottes Plan?« platzte sie heraus, ohne es zu wollen. Das passierte ihr nach ihrem Zusammenbruch jetzt häufiger, aber die Heftigkeit ihrer Worte überraschte sie trotzdem. Auch Dr. Gifford.

»Sie sterben wegen der Nachlässigkeit, Trunksucht und Faulheit ihrer Eltern«, gab er zurück.

India lachte. Vor zwei Monaten hätte sie dasselbe gesagt. Vor Whitechapel. Vor Miss Milo und Alison Coburn. Vor Sid.

»Dr. Gifford haben Sie je gesehen, wie eine Mutter sechs Kinder in zwei kleinen Kammern aufziehen muß?« fragte sie und erhob sich. »Wie soll sie die sauberhalten, wenn sie kein Geld hat für Kohle, um Wasser heiß zu machen? Wie soll sie die mit einem Pfund in der Woche satt kriegen?«

»Lenken Sie nicht ab. Die Benutzung von Verhütungsmitteln ist unmoralisch. Es ist gewissenlos, sie irgendeiner Frau zu verabreichen, ganz zu schweigen von einer unverheirateten und instabilen Person.«

India kam um den Schreibtisch herum. »Gewissenlos, Sir, ist Ihre Weigerung, das Leid anzuerkennen, das Frauen durch ständige Schwangerschaften und Kindern durch chronische Armut zugemutet wird.«

»Das wäre dann alles, Dr. Jones. Sie hören von der Britischen Medizinischen Vereinigung. Ich werde dafür sorgen, daß Ihnen die Approbation entzogen wird. Verlassen Sie sofort meine Praxis.«

»Das … würden Sie doch nicht tun. Das können Sie nicht!« flüsterte India wie vom Schlag getroffen.

»Was ist hier los? Was ist passiert? Dr. Gifford? Dr. Jones?«

Ella stand mit aufgerissenen Augen in der Tür, einen Stapel Akten an sich gedrückt. India wußte, was sie enthielten – die Aufzeichnungen über die kürzlich verstorbenen Patienten. Einmal im Monat brachte Ella sie zu ihr oder Dr. Gifford, um sie abzeichnen zu lassen, bevor sie archiviert wurden.

India konnte Ella nicht antworten, und Gifford ließ sich nicht dazu herab.

»Ich hätte Sie nie anstellen sollen, Dr. Jones«, sagte er eisig. »Ihr Urteilsvermögen läßt zu wünschen übrig. Ich habe es nur getan, weil Ihre Dekanin mich darum gebeten hat.«

Wut packte India – Wut über die Ungerechtigkeit seiner Bemerkung, seine vorsintflutliche Moral, die Nachlässigkeit, mit der er seine Patienten behandelte –, und wieder platzte sie heraus, bevor sie nachdenken konnte. »Das haben Sie nur getan, weil Sie mir weniger bezahlen müssen als meinen männlichen Kollegen und mich härter arbeiten lassen können. Wir behandeln jetzt viermal mehr Patienten als vor meiner Zeit in dieser Praxis. Sie kommen meinetwegen. Sie kommen nicht zu Ihnen … sondern zu *mir*.«

Ella blieb der Mund offenstehen.

Gifford schüttelte angewidert den Kopf. »Das kommt davon, wenn man Frauen erlaubt, Medizin zu studieren. Diese Unverschämtheit …«

Indias Ärger über Gifford schlug in nackte Wut um. »Und das …«, sagte sie und trat neben Ella, »… davon, wenn man Männern erlaubt, sie zu praktizieren.«

Sie nahm einen Aktendeckel und schlug ihn auf.

»James, Suzannah. Zweiunddreißig«, las sie mit bebender Stimme. »Fünf Kinder. Verletzungen bei der letzten Geburt – von *Ihnen* beigebracht mit der Zange –, die daraus entstandene Fistel führte zu Inkontinenz und Unfähigkeit, Verkehr zu haben. Hat ihren Mann verlassen und Selbstmord begangen.«

»Rosen, Rachel. Fünfundzwanzig. Am vierundzwanzigsten Juli im London-Hospital aufgenommen. Wurde am gleichen Tag von Zwillingen entbunden. Kindbettfieber am sechsundzwanzigsten Juli. Drei Tage später verstorben. Weinstein, Towuh. Am siebenundzwanzigsten Juli aufgenommen, am neunundzwanzigsten Juli verstorben. Kindbettfieber. Biggs, Amanda. Am ersten August verstorben. Kindbettfieber. Drei in einer Woche. Alle Ihre Patientinnen. Sagen Sie mir, Dr. Gifford, haben Sie Ihre Hände gewaschen? Wen haben Sie noch infiziert? Ich schätze, das erfahren wir nächste Woche.«

»Sehen Sie, Dr. Jones …«, stammelte Gifford.

India öffnete einen anderen Ordner. »Johnson, Elsa. Protrahierte Wehentätigkeit. Ergotoxin verabreicht. Zweimal. Totgeburt. Symptome verweisen auf Überdosis …«

»Dr. Jones …«

»Randall, Laura. Einundzwanzig. Von einem Mädchen entbunden. Unvollständige Ausscheidung der Plazenta. Sepsis als Folge. Am sechsten Juli verstorben. Kind unterernährt. Am vierzehnten Juli verstorben.«

»Dr. Jones, das reicht!« brüllte Gifford.

India hielt inne. Sie sah ihm in die Augen und sagte: »Wenn Sie mir meine Approbation entziehen, verspreche ich Ihnen, daß ich alles – *alles*, was in meiner Macht steht – tun werde, damit Sie die ihre verlieren.«

»Geben Sie mir diese Akten.«

»Dafür müßten Sie mich schon niederschlagen.«

Ella blieb die Luft weg.

»Sie vergessen, daß Sie nicht mehr als eine junge *Assistenzärztin* sind. Die Medizinische Vereinigung wird Sie gar nicht anhören. Nie würde man mir aufgrund Ihrer Anschuldigungen die Approbation entziehen.«

»Vielleicht nicht, aber zumindest würde es Sie Ihre Patienten kosten. Hier und in der Harley Street. Weniger Patienten bedeutet weniger Geld, und das ist doch das einzige, was Sie interessiert, nicht wahr, Dr. Gifford? Ich bringe diese Akten zum *Clarion*, zur *Times* und der *Gazette*. Ich sorge dafür, daß Ihre wohlhabenden Patienten erfahren, wie achtlos Sie die ärmeren behandeln. Schlimmer noch, ich bringe sie dazu, sich zu fragen, ob Sie Ihre Hände waschen, bevor Sie *sie* behandeln.«

Gifford wurde bleich. »Raus hier!« zischte er. »Sofort!«

India nahm ihren Mantel vom Haken an der Tür und ihre Tasche und marschierte mit den Akten unterm Arm hinaus. Als sie die Treppe hinunterging, hörte sie Gifford rufen: »Schwester Moskowitz, wohin geht sie?«

»Zur Tür hinaus!« antwortete Ella. »Und wenn sie geht, geh' ich auch.« Sie rannte zum Eingang hinaus, während India auf dem Gehsteig stand und die Akten in ihre Tasche stopfte.

»Ella, was machen Sie da?«

»Gehen.«

»Das können Sie nicht.«

»Zu spät.« Sie wandte sich in Richtung High Street und zog India hinter sich her. »Kommen Sie. Hier entlang«, sagte sie.

»Wohin gehen wir? Ins Restaurant?«

»Nein. In einen Pub. Wir brauchen jetzt keine Suppe, sondern einen Drink.« Sie führte India über die Varden Street, und fünf Minuten später waren sie im Blinden Bettler.

»Setzen Sie sich dorthin«, sagte Ella und deutete auf eine Ecke. Dann ging sie zur Bar. Das Herz schlug ihr bis zum Hals, und ihr war kalt geworden. Ob sie einen Schock hatte?

Ella kam mit zwei Gläsern Porter zurück.

»Gott, was habe ich getan?« sagte India. »Ich hab' meine Stelle verloren. Und Ihre gleich mit. Wovon sollen wir leben? Unsere Rechnungen bezahlen? Was sollen wir tun?«

»Wir müssen eben neue Stellen finden«, antwortete Ella und zog einen Hocker heran.

India lachte bitter. »Das dürfte ja kein Problem sein. Dr. Gifford wird uns sicher blendende Zeugnisse schreiben.«

Ella ließ sich auf den Stuhl sinken und nahm ihr Glas. »Nun, Doktor, das muß ich Ihnen lassen. Erpressung, Nötigung, Diebstahl – ich glaube, Sie haben in zehn Minuten mehr Gesetze gebrochen als Sid Malone im ganzen Jahr.«

India legte die Hände aufs Gesicht. »Sie haben recht. Was hab' ich nur getan? Mein Gott, Ella, was ist aus mir geworden?«

»Ein menschliches Wesen. Endlich!« sagte Ella lachend und stieß mit ihrem an Indias Glas. »Zum Wohl!«

ieh an, sieh an. Wenn das nicht der junge Francis Betts ist.«
Frankie fuhr herum. Es war dunkel. Die Straßenlaterne war zehn
Meter entfernt. Gewöhnlich war das Tadsch selbst hell erleuchtet,
heute jedoch nicht. Donaldsons Männer hatten gestern eine Razzia
veranstaltet, alles kurz und klein geschlagen und Susie und die Mädchen eingesperrt.

»Wer ist da?« knurrte er und starrte mit zusammengekniffenen
Augen in die Dunkelheit. »Wer ist da?«

Drei Gestalten traten vor. Big Billy Madden und zwei seiner
Leute – Delroy Lawson und Mickey McGregor.

»Was machst du da, Frankie? Bist du jetzt Putzfrau?« fragte Delroy und deutete auf den Mop und den Kübel in seiner Hand. Der
Kübel war voller Küchenabfälle. Frankie wollte ihn gerade zum Rinn-
stein tragen, damit die Müllwagen sie mitnahmen. »Huch. Sieht aus
wie einer, dem die Seife weggeglitscht ist«, feixte Mickey.

»Bück dich und heb sie auf, Betts.« Das war wieder Delroy.

Eine Sekunde später hatte er den Kübel überm Kopf, dann flog
er damit gegen die Backsteinwand des Tadsch. Delroy sackte zu
Boden.

»Schon gut, Jungs. Das reicht«, sagte Billy. »Benimm dich, Frankie.
Schließlich sind wir drei gegen einen.«

Frankie glättete sein Jackett. »Was wollt ihr?« fragte er.

»Dich, Francis.«

»Ich bin geschmeichelt, Billy, echt. Aber von der Sorte bin ich
nicht.«

Billy ging darauf nicht ein. »Es geht das Gerücht, daß Malone sein
Geschäft nicht mehr im Griff hat. Erst gibt's 'ne Razzia im Bark. Dann
im Tadsch.«

Frankie zuckte die Achseln. »Kommt vor«, antwortete er. »Susie
hat 'ne Tracht Prügel eingesteckt, aber nicht geplaudert. Hat gesagt,

sie hat 'ne Pension, aber kein Hurenhaus. Die Bullen treiben keinen auf, der was andres behauptet.«

Billy sah zum Tadsch hinüber. »Und warum ist es dann nicht auf?« »Wir renovieren.«

»Ich hab' gehört, Sid zieht hier jede Woche tausend Pfund raus. Vielleicht heißt das nichts für ihn. Er soll ja Geld haben wie Heu. Aber wie steht's mit dir, Frankie?«

»Mit geht's prima, danke. Ich wälz' mich darin.«

»Aber was ist mit deinem Talent, Junge? Ein Kerl wie du sollte doch keine Abfallkübel schleppen!«

Frankie hätte vor Scham im Boden versinken mögen. Das gleiche hatte er auch gerade gedacht. »Ich bin bloß hergekommen, um nachzusehen, ob alles in Ordnung ist.«

»Also bist du jetzt Wachmann? Oder sitzt du wie Tommy, Ronnie, Oz jeden Abend im Bark rum, ohne was zu tun? Sid ist doch Geschäftsmann, richtig? Das behauptet er jedenfalls. Aber soweit ich seh', kümmert er sich nicht ums Geschäft. Was sagst du dazu?«

Frankie lächelte. »Ich sag', fahr zur Hölle, Billy.«

Madden schüttelte den Kopf, sein Blick war gequält. »Das war dumm von dir, Frankie. Sehr dumm. Mickey, Delroy, bringt unserem jungen Freund mal Manieren bei.«

Aber Mickey und Delroy hatten keine Gelegenheit, Frankie etwas beizubringen.

Es gab Schläger, die sich erst in Rage bringen mußten, um richtig losdreschen zu können. Frankie war das Gegenteil davon. Gewalt war seine Berufung, seine Kunst – und jede Gelegenheit war ihm willkommen, eine Kostprobe davon zu geben.

Noch bevor Billy den Mund zugemacht hatte, war Frankie herumgefahren und hatte Mickey schnell, fast elegant, einen Schlag auf den Hals versetzt. Während dieser nach hinten taumelte, packte er Delroy am Revers und rammte ihm das Knie zwischen die Beine. Delroy stürzte aufs Pflaster.

»Der Unterricht ist vorbei, Billy«, sagte Frankie. »Verzieh dich nach Hammersmith, und laß dich hier nicht mehr blicken.«

Billy schüttelte den Kopf. »Malone ist das nicht wert, Junge. Das ist keiner. Ich bin am Zug. Und du weißt das.«

Einen Moment lang schwieg Madden und fügte dann hinzu: »Hat Teddy Ko in letzter Zeit Stoff bei euch gekauft?« Er wartete auf eine

Antwort, bekam aber keine. »Glaub' nicht. Und weißt du, warum? Weil er jetzt bei Georgie Fook kauft. Georgie hat seine eigenen Verbindungen. Schafft ganze Wagenladungen von dem Zeug in Teekisten rüber. Seit neuestem hat er auch eine schlagfeste Truppe, die es auf Limehouse abgesehen hat. Ihr solltet lieber auch in Whitechapel aufpassen, Kumpel.«

Frankie, der seine Gefühle noch nie gut hatte verbergen können, versuchte eine gelassene Miene aufzusetzen, aber Maddens Worte hatten ihn aus dem Gleichgewicht gebracht. Er hatte Sid erst letzte Woche gesagt, daß die Geschäfte zu ruhig liefen, aber Sid hatte nichts anderes getan, als sich mit 'nem kranken Balg in seiner Kutsche in Richtung Westen zu verziehen. Madden hatte recht. Sid war schwach geworden. Oder verrückt. Oder beides.

»Alles geht in die Brüche, Frankie. Siehst du das nicht? Malone ist fertig, und das weiß jeder.«

»Halt's Maul, Billy«, warnte Frankie ihn. Aber Billy hörte nicht auf ihn.

»Die Chinesen, die Italiener, die Juden, alle rücken näher. Alle wollen ein Stück abhaben. Im Gegensatz zu mir. Ich will den ganzen Kuchen. Und ich will dich. Ich brauche einen Mann wie dich, und dein Schaden soll es auch nicht sein. Denk darüber nach, Frankie. Malone sitzt auf 'nem sinkenden Boot. Paß auf, daß du nicht mit ihm untergehst.« Dann wandte er sich an seine Männer und rief: »Los, ihr zwei. Steht auf. Ihr seid eine Schande, alle beide.«

Delroy und Mickey rappelten sich hoch. Es begann zu regnen.

Madden hielt die Hand hoch. »Sturm kommt auf, Frankie.« Er fixierte ihn mit seinem gnadenlosen Blick und lächelte dann. »Sieh zu, daß du nicht darin umkommst.«

40

*I*ndia stellte ihre Teetasse ab. Sie lachte kurz und bitter auf. »Mein Gott, warum muß es immer gleich knüppeldick kommen?«

»Geht es Ihnen gut, Dr. Jones?« fragte Andrew Spence.

»Nein, ganz und gar nicht.«

»Kann ich Ihnen etwas zu trinken anbieten? Vielleicht etwas ein bißchen Stärkeres?«

»Ja, bitte. Schließlich findet man nicht jeden Tag heraus, daß man ruiniert ist.«

India saß mit Maud, Bingham und Robert Selwyn-Jones, Wishs Vater, in der Anwaltskanzlei von Haddon & Spence, wo Wishs Testament eröffnet wurde. Auch Freddie hätte hier sein sollen, war aber durch andere Verpflichtungen verhindert.

Andrew Spence, Wishs Anwalt, hatte die Versammelten informiert, daß sie weder Barvermögen noch persönliche Wertgegenstände erben würden, da der ganze Besitz versteigert werden müsse, um die Ansprüche von Wishs Gläubigern zu befriedigen. Dann teilte er ihnen mit, daß India vier Hektar Weideland und ein verlassenes Farmhaus in Point Reyes in Marin County, Kalifornien, übereignet würden.

»Hübsches Fleckchen, wurde mir gesagt. Ganz nahe an der Landspitze, wie der Lageplan zeigt. Toller Blick aufs Wasser«, hatte Spence gesagt und den Plan über den Tisch geschoben.

India hatte kurz darauf geschaut, doch nur Linien und Zahlen gesehen, die ihr nichts sagten. »Aber was ist mit dem Geld?« fragte sie.

»Geld?«

»Das Geld, das ich meinem Cousin gab, um in das Land zu investieren. Könnte ich das anstelle des Landes zurückbekommen?«

»Ich fürchte, das ist nicht möglich.«

»Aber warum nicht?«

»Weil das Geld *ausgegeben* wurde«, antwortete Spence langsam, als spreche er mit einer geistig Zurückgebliebenen. »Ihr Cousin hat es benutzt, um das Land zu kaufen. Das ist die schlechte Nachricht. Die gute Nachricht ist, daß es jetzt Ihnen gehört. Sie sind – *waren* – Geschäftspartner bei einem Ferienhotel, das auf dem Grundstück in Point Reyes errichtet werden sollte. Ihr Cousin ist inzwischen verstorben. Deshalb fällt das Land Ihnen, seiner Partnerin, zu.«

»Also gibt es kein Geld. Gar keins«, erwiderte India, immer noch unfähig zu begreifen.

»Es gibt ein kleines Barvermögen, oder besser gesagt, es wird eins geben, sobald verschiedene Besitztümer von Mr. Jones liquidiert sind – sein Automobil, seine Möbel et cetera –, aber ich fürchte, daß dies zur Tilgung seiner Schulden herangezogen wird. Seine Gläubiger haben Anspruch auf den Ertrag aus der Erbmasse. Eine besonders große Summe schuldet er einem Bauunternehmer, den er mit dem Bau des Hotels beauftragt hat. Bei dem Betrag handelt es sich ...«, er sah in die Papiere vor sich, »... um eine Summe von zehntausend amerikanischen Dollar, und die ist unglücklicherweise nicht rückerstattbar. Der Unternehmer hat uns informiert, daß er das meiste für Ausschachtungsarbeiten verwendet hat. Die Grube ist gegraben, fürchte ich. In mehr als einer Hinsicht. Sein Anspruch ist nur einer von etwa einem Dutzend, die aus dem Ertrag der Erbmasse Ihres Cousins befriedigt werden müssen.«

»Und ich habe keinen Anspruch darauf?«

»Nein, Sie sind keine Gläubigerin, Dr. Jones«, erklärte Spence geduldig. »Sie sind seine Geschäftspartnerin. Sie haben ihm Ihr Geld *gegeben*, um es für Sie zu investieren. Er schuldet Ihnen daher keine Waren oder Dienstleistungen. Gemäß des Vertrags zwischen Ihnen beiden hätte er Sie nach Ausgabe der Aktien ausbezahlt. Bedauerlicherweise ist es dazu nicht gekommen.« Er lächelte gönnerhaft. »Das sind die Risiken, die man bei Investitionen eingeht.«

Spence erhob sich, um Brandy nachzuschenken. Alle waren einverstanden, außer Wishs Vater. Er gab seinen Nichten einen Kuß und ging. India sah ihm voller Mitgefühl nach. Nach dem Tod seines einziges Kindes war er ein gebrochener Mann, der inzwischen kaum mehr das Haus verließ.

Der Untersuchungsrichter hatte Wishs Tod als Unfall anerkannt, aber India wußte, daß sein Vater sich sorgte, es könnte Selbstmord gewesen sein. Sie selbst zog diese Möglichkeit ebenfalls in Betracht. Freddie hatte sie vor ein paar Tagen zum Essen eingeladen, um sie nach ihrem Rauswurf von Gifford aufzumuntern, und sie hatten darüber gesprochen. Sie hatte sich – und ihn – zu überzeugen versucht, daß ein Selbstmord undenkbar war. Wish hätte so etwas nie getan. Es sei nicht seine Art gewesen. Er habe auch früher schon Geldprobleme gehabt, die er immer durchgestanden habe, aber dann hatte Freddie sie an Wishs Ring erinnert. Er stammte von einem seiner Vorfahren, dem berühmten Lord Nelson, und trug das von Brillanten umrahmte Wappen der Nelson-Familie. Wish habe den Ring in hohen Ehren gehalten und oft gesagt, er würde sich nie von ihm trennen.

Spence setzte sich wieder an seinen Schreibtisch und fuhr fort: »Zumindest hatte Ihr Cousin keine weiteren Geschäftspartner, deshalb muß das Land nicht aufgeteilt werden. Es gibt also keinen langwierigen Rechtsstreit darüber, wer wie viele Quadratmeter bekommt. Da haben Sie Glück gehabt.«

India schüttelte den Kopf. Als »Glück« würde sie das nicht bezeichnen. Sie könnte das Land verkaufen, dachte sie, aber wie? Und an wen? Wish hatte gesagt, der frühere Besitzer habe jahrelang versucht, es an den Mann zu bringen. Wahrscheinlich würde es ihr nicht anders ergehen.

»India, hast du ihm denn alles gegeben?« fragte Maud.

»Ja.«

»Mein Gott, wie konntest du bloß so dumm sein?«

»Ich dachte, ich könnte Geld für meine Klinik verdienen.«

»Du und deine verdammte Klinik«, sagte Maud ärgerlich.

India verspürte keine Lust auf eine Standpauke. Sie hatte ihre Stelle verloren und jetzt auch noch ihr Geld. Was sollte sie Ella sagen? Wenigstens hatten sie noch die Spendengelder, die auf den Namen der Klinik bei der Barings-Bank lagen und von Wishs Tod nicht berührt waren.

Maud unterbrach ihre Gedanken. »Wie wär's, wenn ich dir Geld geben würde? Für eine Privatpraxis in der Harley Street?«

»Nein, danke, Maud. Die Harley Street ist der letzte Ort, an den ich gehen würde!«

»Du bist unmöglich! Du willst dir einfach nicht helfen lassen«, rief Maud außer sich.

India sprang auf.

Bingham sah die beiden zornigen Frauen besorgt an.

»Setzt euch doch wieder«, sagte er. »Beruhigt euch. Ihr seid aufgeregt und könnt nicht mehr klar denken. Du bist doch gar nicht ruiniert, India. Ganz und gar nicht.«

India zog eine Augenbraue hoch. »Nicht?« fragte sie.

»Nein. Hast du nicht etwas vergessen?«

»Was?«

»Du bist bald verheiratet. Und dann bekommst du deine Mitgift. Eine recht stattliche, darf ich hinzufügen. Mit der Freddie und du sehr angenehm leben könnt. Und außerdem noch das Haus am Berkeley Square.«

»Bingham ...«, begann Maud.

»Wovon in aller Welt redest du da?« fragte India.

»Das Londoner Haus. *Dein* Haus. Nun, deins und Freddies«, sagte er lächelnd, als ob das alles erklären würde. Er merkte jedoch bald, daß dem nicht so war. »Du weißt doch ... Lady Isabelles Hochzeitsgeschenk.«

»*Wie bitte?*« fragte Maud überrascht. Sie wandte sich an ihre Schwester. »Mama gibt dir das Londoner Haus? Warum hast du mir das nicht gesagt?« fügte sie indigniert hinzu.

»Weil ich es nicht wußte«, antwortete India. Sie lehnte sich zurück und versuchte, tief Luft zu holen. Ihr Korsett engte sie plötzlich furchtbar ein. Hatte ihre Mutter mit Freddie über eine Mitgift gesprochen? Wann? Warum hatte er ihr nichts davon gesagt? Sie wollte mit dem Geld ihrer Eltern nichts zu tun haben. Das wußte er. Warum tat er so etwas hinter ihrem Rücken?

»Du hast das nicht gewußt?« fragte Bingham verwirrt und wurde dann blaß. »O Mist. Verdammt. Ich hab' die Katze aus dem Sack gelassen. Es sollte wohl ein Geheimnis sein. Freddie wollte dich wahrscheinlich überraschen. Er bringt mich um. Du verrätst ihm doch nicht, daß ich mich verplappert habe, Indy? Du tust doch so, als wärst du überrascht, nicht?«

»Da muß ich mich gar nicht verstellen, Bing. Wann hat er dir das gesagt?«

»Vor ein paar Wochen. Aber ich bin sicher, daß es stimmt. Erst neulich abend hat er es wieder erwähnt. Als er mir erzählte, was dir bei Gifford passiert ist. Mit dem verrückten Mädchen – Alice Little – und ihrer Mutter. Die Sache mit den Präservativen und all das.«

Bingham redete weiter, aber India hörte ihn kaum. Sie hatte das

Gefühl, keine Luft mehr zu bekommen. »Bing«, fragte sie ruhig, »woher kennst du den Namen meiner Patientin?«

»Was? Ah ... ähm ... von Freddie.«

»Aber den hab' ich ihm nie genannt.«

»India, das ergibt doch keinen Sinn. Das mußt du doch. Er hat dich doch zum Essen ausgeführt, um dich aufzumuntern – erinnerst du dich? Hör zu, das war ein ziemlich schlimmer Tag. Wishs Testament. Das Geld. Vielleicht sollten wir zum Lunch gehen.«

»Nein, ich habe ihm den Namen meiner Patientin nicht genannt«, wiederholte sie, mehr für sich als für Bingham. »Damit würde ich meine Schweigepflicht verletzen. Nie hätte ich jemandem ihren Namen verraten.«

Maud stöhnte. »Ach, um Himmels willen, was macht das schon? Auf dem Weg hierher hab' ich eine Teestube gesehen. Laßt uns dort hingehen.«

Aber Tee war das letzte, woran India jetzt denken konnte. Sie erhob sich. »Ich muß fort«, sagte sie abrupt. »Gleich.«

»Tee trinken? Gut, wir kommen mit«, antwortete Maud.

»Nein, um jemanden aufzusuchen. Eine Patientin.« Sie eilte zur Tür und riß sie auf.

»Indy, warte! Was ist denn los?« rief Bingham ihr hinterher.

Sie drehte sich um. Ihre Augen waren weit aufgerissen, ihr Ausdruck gequält. »O Bing«, sagte sie. »Entweder nichts – oder etwas ganz Furchtbares.«

❧ *41* ❧

*I*ndia stand auf der Treppe eines schäbigen Hauses in Hoxton, Myrtle Walk Nummer 40.

»Ich suche eine Frau namens Little, Alice Little«, sagte sie zu dem Mann, der die Tür öffnete. »Wohnt sie hier?«

Der Mann schüttelte den Kopf. »Nicht, daß ich wüßte. Haben Sie's nebenan schon probiert?«

»Ich war in jedem Haus in der Straße«, antwortete India erschöpft.

»Tut mir leid«, sagte der Mann und schloß die Tür.

Bitter enttäuscht stieg sie die Stufen hinunter. Das war's dann. Es gab keine Alice Little. Zumindest nicht im Myrtle Walk. Gut möglich, daß die Frau eine falsche Adresse oder einen falschen Namen angegeben hatte. Aber sie *mußte* sie finden. Es gab Dinge, die sie sie unbedingt fragen mußte.

Gleich nachdem sie von Maud und Bingham weggegangen war, hatte sie eine Droschke zur Brick Lane genommen. Sie hatte keine Ahnung, wo Alice Little wohnte, aber Ella konnte es wissen. Ella hatte ein unglaubliches Gedächtnis.

»Ja, ich erinnere mich, daß ich ihre Personalien aufgenommen habe«, sagte sie. »Little, Little. In Hoxton. Ja, Myrtle Walk. Das war's. Ich bin mir ganz sicher.«

India war überzeugt gewesen, Alice hier zu finden. Was würde sie jetzt tun? Während sie auf dem Gehsteig stand, ging eine Gaslaterne über ihr an. Die Nacht brach herein. Sie würde nach Hause gehen und sich überlegen, was sie als nächstes tun würde. Gerade als sie sich auf den Weg machen wollte, öffnete sich die Tür von Nummer 40 erneut.

»Hallo«, rief ein Mann. India drehte sich um. »Sind Sie sicher, daß es Myrtle Walk war? Es gibt auch einen Myrtle Close.«

»Wo?«

Eine hagere Frau, die Arme vor der Brust verschränkt, tauchte hinter ihrem Mann auf. »Gehen Sie bis zum Ende der Straße, die Hoxton weiter runter, und biegen Sie dann an der Nuttall Street nach rechts ab. Dort ist es, auf der linken Seite.«

»Danke«, sagte India.

Fünfzehn Minuten später kam sie vollkommen außer Atem im Myrtle Close an. Die Straßen waren schmutziger geworden, je weiter sie nach Norden kam, und die Leute sahen noch ärmlicher aus. Sie versuchte es bei Nummer 1 und sagte sich, daß es wahrscheinlich völlig sinnlos sei. Als bei Nummer 3 eine aufgedunsene, unordentlich aussehende Frau öffnete und fragte, was sie von Alice wolle, konnte sie ihr Glück kaum fassen.

»Mit ihr sprechen. Ich bin ihre Ärztin.«

»Is das wahr?« fragte sie und musterte sie mißtrauisch. »Seit wann gibt's Ärztinnen?«

»Seit 1847, als Elizabeth Blackwell ihren Abschluß an der Medizinischen Hochschule in New York gemacht hat«, antwortete India. »Darf ich bitte zu Mrs. Little?«

Die Frau schnaubte. »Die is keine Missus. Wird auch nie eine werden. Die heiratet doch keiner. Von der Sorte, wie die is, woll'n die Männer immer bloß das eine.«

India lächelte angespannt, sie platzte schon fast vor Ungeduld. »Darf ich zu ihr?«

Die Frau drehte sich um und rief die Treppe hinauf. »He, Allie! Da ist jemand für dich!«

India hörte eine Tür aufgehen, ein Baby weinen und dann Schritte. Eine blasse junge Frau, die India sofort erkannte, kam herunter. Als sie India erblickte, blieb sie stehen und riß die Augen auf. Dann drehte sie sich um, um zurück in ihre Wohnung zu flüchten.

Im Nu war India die Treppe hinauf. Sie erwischte gerade noch Alices' Arm, bevor sie die Tür schließen konnte.

»Bitte, Miss, ich will keinen Ärger«, sagte Alice und zuckte zurück.

»Ich auch nicht. Ich will nur mit Ihnen sprechen.« Erneut hörte man ein Baby weinen. »Darf ich reinkommen?«

Die Frau nickte.

Die Wohnung bestand aus einem einzigen, heruntergekommenen Zimmer, und beim Eintreten schlug ihr ein scheußlicher Geruch aus Lammfleisch, Zwiebeln und schmutzigen Windeln entgegen. Eine Kerosinlampe warf einen schwachen Lichtschein auf einen Tisch, zwei Stühle, eine schmale Pritsche und ein Kinderbettchen an der Wand. Ein Kleinkind mit krummen Beinen stand darin, daneben lag das greinende Baby. Alice nahm das Baby heraus und wiegte es. Sie fütterte es mit einem Löffel Brei aus Brot, Wasser und Zucker, der in einer Schale auf dem Tisch stand. Eine Fliege kroch über den Rand.

»Sie stillen nicht?« fragte India.

Alice sah sie mürrisch an. »Das geht nicht bei der Arbeit, die ich mach'.«

»Was für eine Arbeit ist das?«

Alice blickte zu Boden und antwortete nicht.

India seufzte. Das lief nicht gut. Sie hatte so viele Fragen. Sie brauchte Antworten – und sie fürchtete sich davor. Sie versuchte es auf andere Weise. »Ihre Mutter sagte, sie leben bei ihr. Das stimmt nicht, oder?«

»Nein, wie Sie sehen können.«

»Alice, Ihre Mutter kam, drei Tage nachdem Sie bei mir gewesen waren, zu Dr. Gifford – meinem Vorgesetzten. Sie sagte, Sie seien seelisch nicht stabil. Stimmt das?«

Alice lachte bitter auf. »Wie ich mich zwischen der Kundschaft und den Kindern aufteilen muß, wär' das schon möglich.«

»Sie hat mich angezeigt, weil ich Ihnen Verhütungsmittel gegeben habe. Dr. Gifford erlaubt das nicht. Ich bin ein großes Risiko eingegangen, als ich Ihnen geholfen habe. Als Ihre Mutter ihm sagte, was ich getan habe, hat er mich entlassen.«

Alice sah India gequält an. »O Gott! Das tut mir leid, Miss. Ich wollte Ihnen nichts Böses. Ich hab' ja nicht gewußt ... Er hat uns gesagt, was wir tun und sagen sollen, aber nicht, *warum*. Mir nicht und Nora auch nicht. Ich hätt' mir denken können, daß er was Schlechtes im Schilde führt. Er ist ein schlechter Mensch.«

»Warten Sie, langsam. Ich verstehe nicht. Wer ist Nora? Ist sie Ihre Mutter? Warum ist sie zu Dr. Gifford gegangen?«

Alice schüttelte den Kopf. »Sie ist meine Arbeitgeberin. Meine richtige Mutter redet nicht mehr mit mir. Ein Kerl hat mich vor zwei Jahren geschwängert. So hab' ich Mary, meine Älteste, gekriegt. Er hat gesagt, er heiratet mich, ist aber abgehauen. Mein Vater hat mich rausgeschmissen. Nora hat mich aufgenommen und mir Arbeit gegeben.« Sie hielt inne und fügte dann hinzu: »Sie ist eine Madam, die Nora. Jetzt wissen Sie, was ich bin.«

India wurde es plötzlich schwindlig. »Darf ich mich setzen?«

Alice zog schnell einen Stuhl für sie hervor. »Ich bring' Ihnen Tee.«

»Nein, danke«, antwortete India mechanisch.

Alice setzte sich India gegenüber an den Tisch. »Tut mir leid, Miss. Ehrlich. Ich hab' das Geld gebraucht. Er hat uns gut bezahlt. Jeder fünf Pfund. Aber ich hätt's nie getan, wenn ich gewußt hätte, daß Sie deswegen rausfliegen. Das schwör' ich.«

»Alice …«, begann India, »… wer ist *er*?«

»Ein Freier.«

»Hat er einen Namen?«

»Freddie Irgendwer. Sie sagen uns nie den vollen Namen.«

India wurde schlecht. Sie schloß die Augen.

»Alles in Ordnung?«

»Keineswegs.«

Als sie sich wieder etwas besser fühlte, öffnete India die Augen. »Ist er blond? Groß?« fragte sie.

»Ja.«

»Sehen Sie ihn regelmäßig?«

»Ich? Nein. Mich hat er bloß einmal genommen. Winnie, die er sonst immer hat, war nicht da. Mir ist das ganz recht. Ich mag ihn nicht. Er ist ein übler Kerl. Und grob. Es tut weh mit ihm.«

Ja, das tut es, dachte India. »Und er hat Sie dafür *bezahlt*? Daß Sie zu mir in die Varden Street kommen und Nora sich bei Dr. Gifford als Ihre Mutter ausgibt?«

»Ja.«

India nickte. Sie fühlte sich leer. Jetzt ergab alles einen Sinn – daß Freddie den Namen ihrer Patientin kannte. Binghams Rede von einer Mitgift. Das Haus am Berkeley Square. Die Rolle, die ihre Mutter dabei spielte. Alles ergab plötzlich einen Sinn.

»Danke für Ihre Hilfe, Alice«, sagte sie und stand auf.

»Sie sagen ihm doch nichts? Freddie, meine ich.«

»Alice, ich muß es ihm sagen. Ich bin mit ihm verlobt.«

»Aber das können Sie nicht. Wenn Sie das tun, weiß er, daß ich's Ihnen erzählt hab'. Dann sagt er's Nora, und die schmeißt mich raus. Ich brauch' den Job.«

»Ich hab' meinen auch gebraucht.«

Alice wandte sich beschämt ab. Ihr Baby hatte wieder zu weinen begonnen.

India griff in ihre Tasche und nahm zehn Pfund heraus. Es war ihr letztes Geld. Sie hatte noch ein oder zwei Pfund in der Teedose in ihrer Wohnung und ein paar Münzen in einer Schale, das war alles. Sie legte das Geld auf den Tisch. »Gehen Sie nicht zurück, Alice. Suchen Sie sich etwas anderes. Irgendwas. Syphilis ist ein langer, schrecklicher Tod. Ihre Kinder brauchen Sie.«

»Mein Gott, danke!« sagte Alice und steckte das Geld schnell ein. »Was machen Sie jetzt? Ich mein', welche Arbeit?«

»Keine Ahnung.«

»Sie könnten sich immer was verdienen«, erwiderte Alice und versuchte zu lachen. »Eine hübsche Frau wie Sie, Sie würden genug Mäuse machen, um sich durchzubringen.«

India dachte an die Monate bei Gifford, wie sie immer wieder versucht hatte, ihre Ideale und Überzeugungen beiseite zu schieben, um ihren Job zu behalten, und wie schwer ihr das gefallen war. Sie dachte an Freddie, wie er sie bedrängt hatte, einen Hochzeitstermin festzusetzen, wie er ihr versichert hatte, wie sehr er sie liebe und brauche. Wieviel Gutes sie zusammen tun könnten. Für London. Für England.

Und dann stand sie auf und sagte: »Danke, Alice, aber das ist nicht nötig. Ich denke, ich hab' mich lange genug zur Hure gemacht.«

*L*ytton, geh doch zur Tür.«
Freddie, der gerade sein Grammophon aufdrehte, hielt inne. Er sah, wie sein alter Schulfreund Dougie Hawkins – auf dem Sofa ausgestreckt, den Kopf im Schoß einer hübschen Brünetten – auf etwas deutete, verstand aber nicht, was er sagte.

»Was ist, alter Junge?« rief er. »Dieses verdammte Ding macht einen ja taub!«

»Die Tür! Da ist jemand an der Tür!«

»Ja ja, schon gut.« Freddie drehte ein letztes Mal an der Kurbel. Ragtimemusik erklang, leicht und luftig wie der Champagner, den er ausgeschenkt hatte, leichtsinnig und sorglos wie die Frauen, die ihn tranken.

»Wer kommt denn?« fragte ein anderer Freund lallend.

»Weiß nicht. Elliot vielleicht? Der Blödmann kommt doch immer zu spät.«

Freddie sah auf seine Uhr. Es war nach elf. Er hoffte, Eliott brachte nicht zu viele Kerle mit. Wenn noch mehr kamen, würden die Weiber nicht reichen. Der Champagner genausowenig.

Er nahm eine offene Flasche und schenkte auf dem Weg zur Tür nach. Er hatte ein paar Jungs aus dem Club mit nach Hause genommen. Einige von ihnen hatten Autos und waren zum Royal-Theater gefahren, um ein paar Mädchen aufzugabeln – Mädchen, die sich gern im Auto mitnehmen ließen und auf reiche Kerle aus waren.

Freddie war heute abend in Partylaune, nach all der vielen Arbeit. Die Neuwahlen waren jetzt beschlossene Sache, doch zuvor mußten die Abgeordneten noch einen Berg unerledigter Arbeit hinter sich bringen, und Freddie hatte Tag und Nacht geschuftet. Er konnte es kaum mehr erwarten, daß der Wahlkampf begann. Er war bereit für den Kampf und hätte in Kürze auch die Mittel, ihn zu finanzieren.

India war vor ein paar Tagen gekündigt worden. Sie hatten zusammen zu Abend gegessen, und sie hatte ihm alles erzählt. Er hatte Entsetzen und Anteilnahme geheuchelt.

»Wo gibt's noch Schampus, Lytton?« rief einer der Gäste.

»In der Badewanne«, rief Freddie zurück.

Bei dem Gedanken, daß India jetzt praktisch ohne einen Penny dastand, konnte er sich ein Grinsen nicht verkneifen. Wishs Testament war heute verlesen worden. Sie hatte kein Einkommen mehr, und dank Wishs Aktionen waren auch ihre Ersparnisse weg. Zwar blieben ihr noch die Spendengelder, aber das war eine verschwindend geringe Summe – bloß ein paar tausend Pfund –, jedenfalls nicht annähernd genug, um eine Klinik aufzumachen. Jetzt würde sie wahrscheinlich einsehen, wie aussichtslos das Ganze war, und die Idee völlig aufgeben. Es war ein guter Plan gewesen, Alice und Nora zu bezahlen, damit India rausgeworfen wurde, eine gute Investition. Sie hatte ihn bloß zehn Pfund gekostet, würde ihm aber Tausende einbringen.

Doch es war auch alles verdammt anstrengend gewesen, und heute abend wollte er einmal alle Sorgen vergessen. Er wollte Spaß haben. Und der wäre ihm bei der üppigen rothaarigen Tänzerin garantiert, mit der er gerade heftig geknutscht hatte, bevor das verdammte Grammophon stehenblieb. Sie warf ihm Kußhände zu, als wieder gegen die Tür gehämmert wurde.

Freddie verdrehte die Augen. Lachend, mit offenem Kragen, zerknittertem Hemd, den Blick weiter auf die Rothaarige geheftet, machte er auf. »Nur hereinmarschiert, Eliott, alter Mistkerl, du …«

Er kam nicht dazu, den Satz zu beenden, denn als er sich seinem Gast zuwandte, spürte er einen heftigen Schlag auf der Wange. Er fuhr zurück und erblickte India.

»Gütiger Himmel!« stieß er hervor und rieb sich die Wange. »*India? Was zum Teufel* …«

»Ich weiß Bescheid, Freddie«, sagte sie und sah ihn mit wutverzerrtem Gesicht an.

»Du weißt *was*?« fragte er, trat in die Diele zurück und machte die Tür hinter ihnen zu. »Liebling, ich verstehe nicht.«

»Ich hab' heute mit Alice Little gesprochen. Sie hat mir erzählt, was du getan hast. Du bist verabscheuungswürdig. Ein Betrüger.«

Freddie sank das Herz in die Hose. »India«, sagte er sanft, »ich habe keine Ahnung, wovon du sprichst.«

»Ich hab' auch herausgefunden, daß du mit meiner Mutter gesprochen hast. Über Mitgiftzahlungen. Und Stadthäuser. Wieviel hab' ich gekostet, Freddie? Wieviel mußte sie zahlen, um mich zu verheiraten? Wahrscheinlich war ihr dafür kein Preis zu hoch.«

»India, Liebling, ich habe nie ...«

»Als du mich gebeten hast, dich zu heiraten, hab' ich dir gesagt, daß meine Eltern mich enterbt haben. Du hast gesagt, das spiele keine Rolle. Du würdest mich um meiner selbst willen lieben. Wir würden bescheiden leben und unseren eigenen Weg gehen. Aber das war gelogen, nicht wahr? Warum sonst würdest du mit meiner Mutter verhandeln? Und dafür sorgen, daß ich entlassen werde? Du wolltest nicht mich, sondern nur das Geld meiner Familie.«

»Mit wem hast du gesprochen? Wer hat dir diesen Unsinn erzählt?«

»Freddie, du begreifst nicht. Es ist vorbei. Ich weiß *alles*.« Sie lachte bitter. »Nun, fast alles. Denn ich weiß immer noch nicht, warum ich nie gesehen habe, was für ein Mensch du bist.« Sie griff in ihre Jakkentasche, zog den Verlobungsring und die goldene Uhr heraus und drückte sie ihm in die Hand. »Oder besser gesagt, was für ein Mensch du geworden bist.«

Sie blickte ihm direkt ins Gesicht. »Wann hast du dich so verändert, Freddie?« fragte sie ruhig.

»Ich hab' mich nicht ... ich hab' nicht ...«, stammelte er und streckte die Hand nach ihr aus.

»Freddie, ich kenne dich. Ich *kannte* dich. Wir sind zusammen aufgewachsen, erinnerst du dich?« Sie wich zurück und schüttelte den Kopf. Tränen traten in ihre Augen. »Ich möchte dich nicht mehr wiedersehen. Nie mehr.« Damit drehte sie sich um und lief die Treppe hinunter.

»India! Warte!« rief er. Aber das tat sie nicht. Er hörte das Klappern ihrer Absätze auf den Stufen und dann eine Tür, die zugeschlagen wurde.

Freddie drückte die Handballen auf die Augen. »Mist«, sagte er. »Mist. Mist. Mist.« Gerade hatte er zugesehen, wie sich seine ganze Zukunft, alles, wofür er so lange und so hart gearbeitet hatte, in Luft auflöste.

Nein, sagte er sich. Er würde sie zurückbekommen. Egal, wie. Er würde sie überzeugen, daß alles ein Mißverständnis war, ein schreckliches Mißverständnis. Aber er wußte, sie würde ihm nicht zuhören. Das Spiel war aus. Er hatte verloren.

Er ging in seine Wohnung zurück, durchs Wohnzimmer, an seinen Gästen vorbei, ins Schlafzimmer. Freddie schloß die Tür hinter sich ab, setzte sich aufs Bett und starrte an die Wand. Der Rote Earl starrte auf ihn zurück.

Es klopfte an der Tür, dann wurde dagegen gehämmert. Seine Freunde riefen seinen Namen, die rothaarige Tänzerin versuchte es mit Schmeicheleien, aber er reagierte nicht. Bewegungslos saß er da und starrte auf das Bild. Es schlug Mitternacht. Dann ein Uhr. Die Musik verstummte. Das Stimmengewirr ebbte ab. Und Freddie saß immer noch da.

Im flackernden Licht der Lampe glich er seinem Vorfahren mehr denn je. In seinem Gesicht, das bislang Freundlichkeit, eine gewisse Offenheit und einen letzten Anflug von Menschlichkeit ausgestrahlt hatte, stand jetzt nur noch rücksichtslose Entschlossenheit.

Wann hast du dich so verändert? hatte India gefragt.

Er hatte sie grausam hintergangen. *India.* Eine seiner ältesten Freundinnen. Das Mädchen, das an einem Sommertag am Ufer eines Teichs in Blackwood um ihn geweint hatte. Der einzige Mensch, der überhaupt je um ihn geweint hatte. Er hatte sie belogen, manipuliert und verkauft, um an ihr Geld zu kommen, doch er verspürte keine Reue. Nur ein seltsames Gefühl der Freiheit. Er wußte, daß ihn nichts mehr zurückhalten würde. Nichts mehr zurückhalten *konnte.* Nie mehr.

Er hörte wieder die Stimme des Earls: *Du willst König werden? Dann reiß dir zuerst dein eigenes Herz raus …*

Nein, dachte er. Du hast dich getäuscht. Reiß zuerst das Herz von jemand anderem heraus. Von einem Unschuldigen, einem Guten. Danach wird alles ganz einfach.

Er drückte die Hand auf die Brust und blickte den Mann auf dem Gemälde an.

»Geschafft, alter Junge«, sagte er. »Endlich.«

❧ 43 ❧

$\mathcal{D}$ie altertümliche Droschke, in der Fiona Finnegan saß, kam langsam zum Stehen. »Nein, nicht hier«, sagte sie zu dem Kutscher und beugte sich vor. »Weiter oben.«

»Ja, Missus, ich weiß, wo das Bark ist, aber weiter kann ich nicht fahren.«

»Aber es ist noch mehr als eine halbe Meile bis dorthin.«

Der Kutscher zuckte die Achseln. »Ich fahr' Sie gern wieder nach Westen zurück, aber wenn Sie zum Bark runterwollen, müssen Sie von hier aus zu Fuß gehen.«

»Ich zahl' Ihnen den doppelten Preis. Den dreifachen.«

Der Kutscher schnaubte. »Um kein Geld in der Welt würd' ich dahin fahren. Also, kehren wir jetzt um, oder steigen Sie aus?«

Ärgerlich drückte Fiona dem Mann die Münzen in die Hand und kletterte aus der Kutsche auf den Ratcliff Highway, ein gefährliches Straßenstück mit verfallenen Pubs, billigen Pensionen und Altwarenläden. Eine einzelne Gaslaterne flackerte ein paar Meter weiter und warf seinen Schein auf ein blasses Kind, das mit einem Krug Gin aus einem Pub eilte. Der Kutscher ließ die Peitsche knallen, trieb seine Pferde an und war kurz darauf um eine Ecke verschwunden. Fiona blieb stehen und nagte an der Lippe, bis ein Mann, die Arme auf dem Rücken verschränkt, auf sie zukam und nach der Zeit fragte.

»Tut mir leid, ich hab' keine Uhr«, sagte sie und ging los, bevor er ihr zu nahe kam. Mist! sagte sie zu sich selbst.

Sie hatte sich bewußt ärmlich gekleidet und trug einen schmuddligen Rock mit einer schäbigen Baumwolljacke. Das Haar hatte sie frisiert wie damals als junges Mädchen, geflochten und hochgesteckt. Dennoch hatte sie es geschafft, Aufmerksamkeit zu erregen, und das war gar nicht gut in Limehouse.

Kehr um, drängte sie eine innere Stimme, als sie die Straße entlangeilte. *Jetzt. Solange du noch kannst.*

Fiona ignorierte sie. Sie hatte keine Wahl. Sie wußte, daß sie Charlie finden mußte.

Er gehörte nicht hierher, auf diese Straßen, zu diesen Leuten, diesem Leben. Er gehörte zu ihr nach Hause. An ihren Tisch. Und sie würde ihn zurückholen, und wenn es das letzte war, was sie tat.

Fiona folgte dem Highway, bis er in die Narrow Street überging. Sie spürte die feuchte Luft des Flusses auf ihrer Haut und hörte den klagenden Ton der auf dem Wasser dümpelnden Bojen. Der Gang durch unbekannte, verwahrloste Straßen hätte jeden zurückschrecken lassen, ganz zu schweigen von einer Frau, die im fünften Monat schwanger war, aber Fiona hielt durch. Charlie war in Gefahr – in ernster Gefahr.

Freddie Lytton befand sich auf dem Kriegspfad. Plötzlich war er überall und tat alles, um den Sitz von Tower Hamlets zu halten. Er besuchte Suppenküchen, die Docks, Pubs in Whitechapel, schüttelte Hände und küßte Kinder. Außerdem hatte er sich erneut als der Mann präsentiert, der die Verbrechensrate nördlich und südlich des Flusses senken wollte. Polizeischwadrone nahmen Bettler, Obdachlose, selbst ausgerissene Kinder fest und stopften sie in Zellen, die schon mit Dieben, Zuhältern und Mördern überfüllt waren. Sowohl im Tadsch als auch im Barkentine hatten Razzien stattgefunden, das hatte in der Zeitung gestanden.

Früher am Tag hatte sie Michael Bennett einen diskreten Besuch abgestattet, um herauszufinden, was er wußte. Er sagte ihr, daß Lytton vor zwei Tagen sämtliche Polizeireviere in seinem Wahlkreis abgeklappert und jedem Mann Beförderung versprochen habe, der ihm helfe, Sid Malone zu schnappen. Jeder neu ernannte Constable und jeder Sergeant, der auf einen Schreibtischjob im Innenministerium aus war, durchkämmte die Straßen, befragte Informanten und versuchte, irgendwas über Malone in Erfahrung zu bringen.

Bedrückt hatte Fiona Bennetts Büro verlassen und dann beschlossen, Charlie umgehend selbst ausfindig zu machen. Noch am selben Abend. Joe war geschäftlich in Leeds und würde erst in zwei Tagen zurückkommen. Sie wußte, was er von ihrem Bruder hielt, und hatte große Schuldgefühle, weil sie ihm ihr Vorhaben verschwieg, aber Joe verstand das nicht: Charlie gehörte zu ihrer Familie, genau wie Joe, Katie und das ungeborene Kind unter ihrem Herzen.

Während sie ihren Weg nach Osten fortsetzte, wurden die Gaslampen spärlicher und die Schlaglöcher zahlreicher. Vorsichtig setzte sie ihre Schritte, um nicht zu stolpern.

Als sie nur noch etwa zwanzig Meter vom Bark entfernt war, hörte sie Schritte. Jemand folgte ihr, dessen war sie sicher. Sie ging schneller.

»He! He, Miss«, rief eine Stimme. »Warten Sie!«

Sie wartete nicht, sondern begann zu rennen, aber es war zu spät. Eine Hand packte sie am Arm und hielt sie fest.

»Wo bleiben denn Ihre Manieren, Missus?« fragte eine rauhe Männerstimme und riß sie herum. »Haben Sie uns nicht rufen hören? Wir wollen Ihre Bekanntschaft machen.«

»Lassen Sie mich los!« sagte Fiona und versuchte, die Hand abzuschütteln. Sie gehörte einem bulligen Mann, der von einem höchstens sechzehnjährigen Jungen begleitet wurde.

»Das nehm’ ich«, sagte der Mann und zog ihr den Trauring vom Finger. Dann steckte er seine schmutzige Hand in ihre Jackentasche, suchte nach Geld und befummelte sie.

»Schluß damit!« rief sie.

Der Mann grinste höhnisch. »Du bist aber ’ne Hübsche.« Er drängte sie gegen die Wand eines dunklen, baufälligen Lagerhauses und küßte sie. Seine Finger strichen über ihre Brüste.

Fiona drehte angewidert und voller Angst das Gesicht weg.

Der Mann wandte sich an seinen Begleiter. »Billy, geh ohne mich weiter«, sagte er. »Meine neue Freundin und ich machen einen kleinen Spaziergang.«

»Bitte!« schrie Fiona dem Jungen nach. »Ich bin schwanger. Um Gottes willen, hilf mir!«

Billy zögerte.

»Hau ab!« rief der andere Mann. Billy trollte sich mit gesenktem Kopf.

Fiona schrie, so laut sie konnte, in der Hoffnung, jemand würde sie hören. Der Mann schlug sie. Er packte ihren Arm und drehte ihn auf den Rücken, bis sie verstummte. »Noch einen Ton, und dir passiert noch was Schlimmeres. Verstanden?«

»Bitte, *bitte*, lassen Sie mich gehen«, schluchzte sie.

»Wieso sollte ich«, erwiderte der Mann. »Los«, befahl er dann und stieß Fiona in Richtung einer Holztreppe neben dem Bark, die zum Wasser hinunterführte.

Mit zittrigen Beinen ging Fiona weiter. Provozier ihn nicht, sagte sie sich. Sonst schlägt er wieder zu.

Auf der Hälfte der wackligen Treppe stolperte sie. Der Mann riß sie an ihrem nach hinten gedrehten Arm hoch. Sie schrie auf. Er griff in seine Tasche, zog ein schmutziges Taschentuch heraus und stopfte es ihr in den Mund.

Fionas Gedanken rasten und suchten verzweifelt nach einem Ausweg. Niemand wußte, wo sie war. Er konnte alles mit ihr machen, und keiner würde davon erfahren. Ihre freie Hand fuhr schützend zu ihrem Bauch. Egal, wie, sie mußten überleben, sie und ihr Kind.

Sie erreichte das Ende der Stufen, trat in den Schlamm und blieb stehen. Der Mann stieß sie in Richtung eines alten Steingebäudes, das im Morast zu versinken schien. Sie stellte fest, daß es das Barkentine war. Er ging zu einer schmalen Tür am Ende des Gebäudes, öffnete sie und zog sie hinein. Es war dunkel im Innern. Er griff in seine Tasche. Sie hörte, wie er ein Streichholz anzündete, dann ging eine Lampe über ihrem Kopf an.

Mit einer schnellen, brutalen Bewegung riß er ihre Jacke und Bluse auf, und plötzlich waren seine Hände überall. Fiona wollte schreien vor Ekel. Ihre Augen huschten durch den Raum. Sie entdeckte morsche Fässer, Seile, eine Schaufel und in der hinteren Ecke eine Treppe. Sie führte in die oberen Stockwerke des Bark, dessen war sie sicher. Wenn sie nur dort hinkäme.

Der Mann drehte sie grob herum und beugte sie über ein Faß. Sie spürte, wie ihr der Rand in den Bauch drückte. Der Mann hielt mit einer Hand ihre Arme fest, mit der anderen hob er ihren Rock hoch. Er riß ihr die Unterhose herunter, dann schlug er mit dem Fuß ihre Beine auseinander. Heiße Tränen liefen über ihre Wangen, als sie ihn an sich spürte.

Plötzlich ertönten von oben ein Stampfen und der scheppernde Klang eines Akkordeons. Mit lautem Krachen wurde an der Tür zum Keller gerüttelt. Der Mann hob den Kopf und starrte mit zusammengekniffenen Augen nach oben. Er packte Fionas Handgelenk und zerrte sie in die Mitte des Raums, dann beugte er sich hinunter, griff nach einem Eisenring im Boden und zog daran. Eine Falltür ging auf. Das Licht der Lampe reichte gerade aus, damit Fiona das obere Ende einer Eisentreppe sehen konnte, die in einen tiefen schwarzen Tunnel führte.

»Los. Da runter«, sagte er und deutete auf die Treppe.

Fiona wußte, wenn sie in diesen Schacht stieg, käme sie nie wieder heraus. Er würde sie vergewaltigen und dann töten. Sie dachte an ihre Tochter und an Joe, die sie nie mehr sehen würde, und schlug ihm mit der freien Hand, die Finger wie Klauen gespreizt, in die Augen.

Er taumelte rückwärts zu Boden, überrascht von dem plötzlichen Angriff. Fiona stürzte ebenfalls, aber ihr Fall wurde von seinem Körper gebremst. Schnell rollte sie zur Seite, stand auf, befreite sich mit beiden Händen von dem Knebel und rannte zu der Treppe. Der Mann sprang auf, um sie zurückzuhalten.

Fast hätte er sie wieder erwischt, aber sie war zu schnell und schrie laut um Hilfe.

Dann hielt sie inne und horchte, ob Schritte, Stimmen ertönten. Aber nichts. Nur noch lauteres Lachen und stampfende Füße, die zu einer Hornpfeife tanzten. Niemand kam, niemand würde ihr helfen.

Der Mann sah sie drohend an. »Ich spiele keine Spielchen. Komm da runter.«

Sie schrie erneut, und dann ging wundersamerweise die Tür am Ende der Treppe auf.

»Helfen Sie mir! Bitte!« rief sie.

Schwere Schritte ertönten auf der Treppe, und eine männliche Stimme brüllte: »Was zum Teufel ist da unten los?«

Ein junger Mann trat in das trübe Licht. Er war mager und schlaksig, und Fiona hatte sofort Angst vor ihm. Sie versuchte, an ihm vorbeizustürmen, aber er hielt sie am Arm fest.

»Moment mal, Missus«, sagte er. »Was ist passiert?«

»Bitte lassen Sie mich gehen«, schluchzte sie verängstigt.

»Erst will ich wissen, was passiert ist?«

»Er hat … mir auf der Straße aufgelauert. Mich ausgeraubt, und dann hat er … mich gezwungen …«

»Bist du das, Frankie?« unterbrach der Mann sie schnell. »Wir hatten bloß ein bißchen Spaß, das ist alles.«

Frankie kniff die Augen zusammen. »Sieh an, wenn das nicht Ollie, der Kinderschänder, ist. Schon wieder raus aus dem Knast?« Dann fiel sein Blick auf Fiona, auf ihre zerrissenen Kleider und die Male in ihrem Gesicht. »Was ist los, Ollie? Findest du keine Knirpse mehr, an die du dich ranmachen kannst?«

Der Mann lachte nervös. »Nimm du sie zuerst, Frankie. Mach nur. Ich komm' dann nach dir dran.«

»Halt's Maul, du dreckiger Mistkerl«, fuhr dieser ihn an und schlug ihn mit einer Faßdaube mitten ins Gesicht.

Fiona hörte ein scheußliches Knacken, dann sank ihr Peiniger blutüberströmt zu Boden und blieb reglos liegen.

»Bitte«, sagte Fiona. »Ich bin hergekommen, um Sid zu sehen. Ich bin eine Freundin von ihm. Können Sie mich zu ihm bringen?«

Frankies Gesicht verdüsterte sich. »Sie sind mit dem Doktor hier?« sagte er. Es klang eher nach einer Anschuldigung als nach einer Frage.

»Dem Doktor«, wiederholte Fiona verwirrt.

»Das dachte ich mir«, fuhr Frankie unwirsch fort. »Ihr verdammten Schlampen müßt euch in alles einmischen und könnt keine Ruhe geben. Macht Schwierigkeiten, wohin ihr auch geht. Ihr habt ihn völlig versaut, ihr Miststücke«, sagte er. »Seine Freunde, sein Geschäft, alles ist ihm plötzlich egal. Bloß wegen euch. Er gehört hierher. Zu uns. Nicht zu euch. Also schreibt euch das hinter die Ohren: Laßt Sid Malone in Ruhe.« Er packte ihr Kinn. »Verstanden?«

Fiona versuchte, sich von ihm loszumachen, aber er hielt sie noch fester. »*Verstanden?*«

»Ja«, rief sie.

Frankie stand auf. »Dann raus hier«, sagte er und verschwand die Treppe hinauf.

Fionas Gedanken kreisten, das Bild vor ihren Augen verschwamm. *Bloß nicht ohnmächtig werden*, sagte ihr eine innere Stimme. *Steh auf, steh endlich auf!*

Sie rappelte sich hoch, doch sie hatte zu große Angst, die Treppe hinaufzusteigen, zu große Angst, noch einmal Frankie zu begegnen. Sie eilte zu der Tür auf der Flußseite, an dem reglosen Körper und den Blutpfützen darunter vorbei. Sie stapfte durch den Flußschlamm, zog sich die Holztreppe neben dem Barkentine hinauf und stand wieder auf den Pflastersteinen vor dem Pub.

Ich bin am Leben. Gott sei Dank, ich lebe, dachte sie.

Diese Einsicht setzte ihre Beine Bewegung. Sie stolperte, raffte sich wieder auf und begann dann, die Hände auf den Bauch gelegt, zu rennen, so schnell sie konnte. Fort vom Barkentine, fort von ihrem Peiniger. Fort von dem Mann namens Frankie. Fort von ihrem Bruder. Die Narrow Street hinunter und in die dunkle Londoner Nacht hinein.

*I*ndia saß auf einer umgedrehten Teekiste in Mrs. Moskowitz’ Hof. Ihr Gesicht war gerötet, ihre Ärmel hochgekrempelt. Sie hielt ein heulendes Kind fest.

»Martin! Hör auf mit dem Gestrampel!« rief die Mutter des Kindes.

»Halt jetzt still, Martin, ja, so ist’s gut. Du kriegst ein Bonbon, wenn du artig bist«, redete ihm India gut zu.

Sie zielte mit einer Pinzette auf Martins rechtes Ohr und bemühte sich, sie tief genug einzuführen, um den Gegenstand zu erwischen, der darin steckte, doch nicht zu tief, damit sein Trommelfell nicht verletzt wurde.

Zwei Hühner rannten gackernd vorbei, Mrs. Mokowitz lehnte aus dem Küchenfenster und rief nach Kartoffeln. Ein Hund bellte in der Gasse am Ende des Hofs. Eine Katze fauchte. Dann fiel ein Abfallkübel laut klappernd um. India holte Luft und versuchte, sich trotz des Lärms zu konzentrieren und ihre ganze Aufmerksamkeit auf das schmerzende Ohr des Jungen zu richten.

Kurz darauf lag er wieder laut brüllend in den Armen seiner Mutter, und India betrachtete den Gegenstand, den sie mit ihrer Pinzette herausgeholt hatte.

»Ein Kragenknopf«, sagte sie. »Das erklärt die Schmerzen, Mrs. Meecher. Wir werden das Ohr mit Karbol auswaschen, und Sie tun dasselbe eine Woche lang mit Salzwasser, dann geht’s ihm bald wieder gut.«

Martin schniefte laut. »Das Bonbon«, sagte er und sah India vorwurfsvoll an. »Ich mag ein Bonbon.«

»Das kriegst du auch, weil du so tapfer gewesen bist«, antwortete sie und zog die Süßigkeit aus der Tasche.

»Danke, Miss«, sagte Martins Mutter. »Der arme kleine Kerl hat furchtbare Schmerzen gehabt.« Sie hielt inne und fügte ein wenig schüchtern hinzu: »Ich hab' nicht viel diese Woche. Mein Mann hat jeden Morgen probiert, einen Tagelöhnerjob zu kriegen, aber vergeblich. Ich hab' Ihnen das mitgebracht. Reicht das?« Sie reichte India ein kleines, in Metzgerpapier eingewickeltes Päckchen. India öffnete es. Es enthielt ein handgearbeitetes Deckchen.

»Das ist reizend, Mrs. Meecher«, sagte India. »Ich denke, wir haben eine gute Verwendung dafür. Vielen Dank.«

Mrs. Meecher lächelte.

India stand auf. Ella eilte mit einer Schüssel Seifenwasser in Richtung Schuppen vorbei. »Der nächste Patient ist ein sechsjähriges Mädchen. Ekzem, glaub' ich. Schwer zu sagen, dreckig, wie sie ist.«

»Ist der Ausschlag …«, begann India, doch sie wurde von Posy unterbrochen, die sie mit honigverklebten Fingern anstieß.

»Paß doch auf, Posy!« schimpfte Ella.

»Der Ausschlag ist …«, begann India von neuem.

»Ich bin gegen neun wieder da, Mama. Vielleicht zehn. Wart nicht auf mich!« rief eine Stimme an der Küchentür. Janki, der Jeschiwastudent, trat in den Hof.

Mrs. Moskowitz sah ihm lächelnd nach. Dann drehte sie sich plötzlich um und rief: »Aaron! Tillie! Solomon! Mein Huhn! Wird das heut noch was?«

»Ja, Mama!« brüllte Aaron von dem Platz zurück, an dem er und seine Geschwister Hühner rupften.

Ella schüttelte den Kopf. »Wenn Florence Nightingale das sehen könnte«, sagte sie und blickte auf den halbverfallenen Schuppen und die ramponierte Markise. Es war genau so, wie eine Klinik nicht sein sollte. Dennoch drängten sich die Patienten. Arme Mütter mit ihren Kindern, schwangere Frauen, alte Leute. Alle saßen brav und ruhig da. Niemand beschwerte sich. Jeder war bereit, den ganzen Tag zu warten, falls es sein mußte, um den Keuchhusten eines Babys zu kurieren oder die Mandeln eines Kindes untersuchen zu lassen.

»Du wolltest was über den Ausschlag wissen, Dr. Jones. Er ist rot, rissig und näßt.«

»Danke, Schwester Moskowitz.«

»Ich assistiere dir gleich wieder. Sobald ich frisches Wasser geholt hab'«, sagte Ella. Sie ging zur Küche, drehte sich dann aber wieder um. »Indy?«

»Ja.«

»Immer noch froh, daß du in dieses Irrenhaus gezogen bist?«

India lächelte. Sie sah sich im Hof um – und mußte herzlich und aus voller Kehle lachen. Es war ein Lachen, das ein wenig Rot auf ihre Wangen trieb und ihre Augen strahlen ließ. Das sie schön machte.

»Ich könnte nicht glücklicher sein, Ella. Ehrlich.«

Sie hatte ihre Klinik. Trotz des Verlusts ihrer Ersparnisse und allem anderen, was ihr widerfahren war, behandelte sie Patienten und praktizierte Medizin so, wie sie es wollte – mit Anteilnahme und Integrität.

Als sie zum Schuppen zu ihrem nächsten Patienten ging, dachte sie über die Veränderung in ihrem Leben nach. Vor vierzehn Tagen hatte sie noch am vornehmen Bedford Square gewohnt, ihren Lebensunterhalt in der bekannten Praxis von Dr. Gifford verdient und war mit dem aufsteigenden Stern der Liberalen verlobt gewesen. Jetzt besaß sie keinen Penny mehr, lebte bei der Familie Moskowitz über deren Café und betrieb in deren Hof eine Klinik. Ihr Leben war ein Scherbenhaufen, und doch war sie glücklicher als jemals zuvor.

Sie dachte darüber nach, wie alles gekommen war. Nach der Trennung von Freddie war sie so außer sich gewesen, daß sie nicht allein sein konnte. Nach einer schlaflosen Nacht war sie in die Brick Lane zu Ella gegangen. Ella hatte sofort gemerkt, daß etwas nicht in Ordnung war. Sie führte India zu einem freien Tisch und wollte alles erfahren, was passiert war.

India erzählte es ihr, und Ella lauschte voller Anteilnahme. Nach und nach kamen auch die übrigen Familienmitglieder hinzu.

Plötzlich spürte India Tränen in ihren Augen. So verhielt sich eine Familie. Sie nahmen ihr ihre Sorgen ab, wenn auch nur für eine kleine Weile. Verstohlen wischte sie sich die Tränen ab.

»Also, eines versteh' ich nicht«, sagte Mrs. Moskowitz plötzlich. »Seit Wochen hab' ich nichts anderes gehört als Klinik, Klinik, warum macht ihr dann nicht gleich hier eine auf?«

Ella sah sich unsicher um. »Im Restaurant, Mama?«

»Bist du *meschugge*? Im Hinterhof! Da ist Platz. Wir stellen den Waschbottich ans andere Ende. Wir haben den alten Schuppen. Daraus könnt ihr einen Behandlungsraum machen.«

India hatte die Sprache wiedergefunden. »Im Hinterhof? Aber Mrs. Moskowitz, das ist ein … *Hof*«, sagte sie fassungslos.

»Na und?«

»Es gibt keine Untersuchungsliege. Kein heißes Wasser. Keine Instrumente. Keinen Autoklav. Das sind wohl kaum die Bedingungen für eine Praxis.«

Mrs. Moskowitz machte eine wegwerfende Handbewegung. »Wollt ihr eine Bilderbuchklinik? In St. Petersburg sind wir zu Heilern auf den Marktplatz gegangen. Haben uns die Zähne beim Metzger neben den Schweinsköpfen ziehen lassen. Je mehr wir geschrien haben, desto weniger hat uns der Metzger berechnet.«

»Aber wo sollen die Patienten herkommen? Wie sollen sie von uns erfahren?« fragte Ella.

»Ach je, ihr zwei seht nur Probleme.« Sie drehte sich um und rief: »Herschel! Herschel Fein!«

Ein kräftiger junger Mann, der mit einem Korb Zwiebeln auf dem Weg in die Küche war, drehte sich um. »Ja, Mrs. Moskowitz?«

»Deine Eva, wann kommt ihr Baby?«

»Nächsten Monat.«

»Hat sie schon einen Doktor?«

Herschel Fein lachte. »Einen Doktor? Bei dem, was ein Straßenhändler verdient? Wir haben Glück, wenn wir einen Tierarzt kriegen.«

»Und wenn ich dir sage, du kriegst einen Doktor und eine Schwester – die besten von London – im Tausch gegen eine Woche lang Obst und Gemüse fürs Restaurant?«

Herschel Fein überlegte. Dann sagte er: »Abzüglich der Rosinen. Die sind gerade teuer, und Sie brauchen mindestens fünf Pfund. Also, eine Woche, ohne Rosinen.«

Mrs. Moskowitz seufzte. »Du bist ein zäher Brocken, Herschel Fein. Also gut, dann ohne Rosinen. Abgemacht?«

»Abgemacht.«

»Sag Eva, sie soll morgen herkommen, und die beiden untersuchen sie.«

»Aber das Baby kommt doch erst nächsten Monat.«

»Im Preis ist eine Untersuchung vor der Geburt inbegriffen. Damit man eine Akte anlegen kann.«

Herschel Fein nickte beeindruckt. »Ich werd's ihr ausrichten.«

»Also, Mädels!« sagte Mrs. Moskwitz mit einem triumphierenden Lächeln. »Eure erste Patientin. Eure Klinik ist offiziell eröffnet. Räumt lieber gleich den Schuppen aus. Mr. Moskowitz wird euch sicher dabei helfen.«

»Aber Mrs. Moskowitz, das geht doch nicht. Ich muß eine feste Stelle finden. Ich muß meine Auslagen, meine Miete bezahlen.«

»Sie bleiben bei uns.«

»Danke. Ehrlich. Aber das ist doch nicht möglich.«

Mrs. Moskowitz griff über den Tisch und legte die Hand auf Indias Hand. »Bei allem Respekt, meine liebe India«, sagte sie. »Ich wende mich an Gott, um zu erfahren, was möglich ist. Nicht an Sie.«

»Aber ich will Ihnen nicht zur Last fallen.«

»Sie fallen mir nicht zur Last. Aber natürlich hängt alles von Mr. Moskowitz ab. Wenn er sagt, Sie bleiben, dann bleiben Sie.« Sie schlug mit der Hand auf den Tisch. »Mr. Moskowitz?«

Morris Moskowitz sah seine Frau nachdenklich an. Er zupfte an seinem Bart, nahm einen Schluck Tee und stellte die Tasse wieder ab. »Sie bleibt«, sagte er.

Jubel brach aus unter den jüngeren Kindern.

»Dann wäre das geklärt«, sagte Mrs. Moskowitz.

Und dabei blieb es. India verkaufte alles außer ihrem Bett, ihren Kleidern und Büchern, die von Aaron und Janki mit einem Eselkarren in die Brick Lane transportiert wurden. Das Bett wurde auf den Dachboden gestellt, wo Ella früher mit ihren Schwestern geschlafen hatte und jetzt Posy wohnte. Es war entsetzlich eng und im Sommer sehr stickig, trotzdem fand India, daß es die beste Unterkunft war, die sie je gehabt hatte. Jeden Abend kroch sie erschöpft und glücklich ins Bett, um am Morgen aufgeregt aufzuwachen und sich auf den Tag mit all seinen Herausforderungen zu freuen.

Zu tun gab es genug. Sie und Ella arbeiteten von Sonnenauf- bis Sonnenuntergang mit einer Stunde Mittagspause und behandelten im Durchschnitt siebzig Patienten am Tag.

Und selbst wenn sie fertig waren, mußten sie, wie jetzt, den Untersuchungsraum putzen, den Lehmboden des Warteraums fegen und die Instrumente in Mrs. Moskowitz' Küche auskochen.

India trug gerade Kübel und Mob zum Schuppen, als die Küchentür erneut aufging. Sie erwartete, daß Mrs. Moskowitz, die Hände auf die Hüften gestützt, auftauchte und wegen irgend etwas schimpfte, aber es war Sid Malone. Sie hatte ihn seit mehreren Wochen nicht mehr gesehen, seit dem Tag, an dem er die kleine Jessie in ihre Wohnung gebracht hatte. Er sah gut aus in Baumwollhose, Hemdsärmeln und Weste und lächelte sie wie üblich verschmitzt an. India fühlte sich hin und her gerissen bei seinem Anblick. Sie wollte zu ihm hinlaufen und sich gleichzeitig vor ihm verstecken. Ein schrecklicher Wirrwarr von Gefühlen packte sie, und sie konnte nichts tun, als sein Lächeln zu erwidern und die Hand zum Gruß zu heben.

»Malone!« rief Ella fröhlich. »Was fehlt dir, Junge? Schnupfen? Rheuma? Was verrenkt? Setz dich, wir untersuchen dich gleich.«

»Nein, danke. Ich weiß noch, wie es war, als ihr beide mich das letzte Mal in der Mangel gehabt habt.« Er ging zu ihnen hinüber und blickte sich um – auf die geflickte Markise, den alten Schuppen mit den Hühnern, die darunter saßen. »Ich hab' gerade gegessen, und deine Mutter hat mir gesagt, ihr seid hier draußen. Was macht ihr hier?«

»Sieht man das nicht?« fragte India. »Ella und ich haben unsere Klinik eröffnet. Wir behandeln Patienten.« Sie schob mit dem Fuß ein Huhn aus dem Weg. »Du stehst gerade im Wartezimmer.«

Sid sah sie verwundert an. »Warum bist du nicht bei Gifford? Was ist passiert?« fragte er, während Ella sich ans Fegen des Wartebereichs machte.

India erzählte ihm, was vorgefallen war.

Sid stieß einen Pfiff aus. »Lytton steckte dahinter? Der Kerl ist raffinierter, als er aussieht. Richte ihm doch aus, wenn die Sache mit der Wahl nicht klappt, kann er jederzeit für mich arbeiten.«

»Ich bezweifle, daß ich dazu Gelegenheit haben werde.«

»Ihr redet nicht mehr miteinander?«

»Nein.«

Er grinste. »Freddie ist untröstlich, oder? Kann nicht leben ohne dich?«

»Ohne mich vielleicht schon, aber nicht ohne mein Geld«, antwortete sie. »Wenn wir geheiratet hätten, hätten ihm meine Eltern das Stadthaus und zwanzigtausend im Jahr gegeben.«

Sid blinzelte. »*Zwanzigtausend?!* O Mann, da wär' ich auch untröstlich!« Dann senkte er den Blick und strich mit der Schuhspitze über den Boden. »Tja«, sagte er.

»Tja«, wiederholte sie.

»Also bist du jetzt frei?«

India wurde rot und blickte peinlich berührt ebenfalls zu Boden.

»Na ja, das wär' wohl eine schlechte Idee«, sagte Sid.

Sie sah auf, fragte sich, ob er das ernst meinte, aber er lächelte. Er neckte sie. Schnell lächelte sie auch. »Die allerschlechteste«, antwortete sie, ebenfalls scherzend.

Aber eigentlich wollte sie etwas ganz anderes sagen. Sie wollte ihm sagen, daß es sie nicht kümmerte, ob es eine schlechte Idee war. Weil sie ihn liebte. Sie wollte ihn an sich ziehen und ihn küssen. Sie liebte ihn leidenschaftlich, aber es würde nicht gutgehen zwischen ihnen. Sie waren zu verschieden. Das war ihr klar. Ihnen beiden.

»Also, ich denke, ich geh' dann wieder«, sagte Sid.

»Wohin?«

»Die Kronjuwelen klauen. Ich brauch' 'ne kleine Herausforderung heut abend.«

»Sid, das ist nicht komisch. Du mußt damit aufhören. Du weißt, was Freddie vorhat.«

»Da wir schon von Schmuck sprechen ...«, warf Sid ein, »wo ist eigentlich deine Uhr? Schon wieder ein Tauschgeschäft gemacht damit?«

»Könnte man so sagen.«

»Verdammter Mist, India! Warum machst du das?« fragte er ärgerlich. »Du hättest zu mir kommen sollen, wenn du was brauchst. Warum bist du bloß immer so verdammt stur? Was hast du von dem Geld gekauft? Egal, was es war, ich hätte es für dich besorgt.«

»Das hättest du nicht gekonnt.«

Sid schnaubte. »Na klar hätt' ich das. Was war's denn?«

India grinste und kostete das Gefühl aus, als sie sagte: »Meine Freiheit!«

❧ 45 ❧

$\mathcal{E}$rschöpft und krank vor Sorge lief Joe Bristow die Treppe zum Eingang des Guy's-and-Bart's-Hospitals hinauf. Vor einer Stunde war er von einer Reise nach Kent heimgekommen und hatte in seiner Diele einen Constable vorgefunden nebst einem leichenblassen Butler und einer weinenden Köchin. Fiona war seit vierundzwanzig Stunden vermißt gewesen und erst vor kurzem wieder aufgetaucht. Laut dem Constable war sie von der Polizei in Limehouse gefunden und ins Guy-Krankenhaus gebracht worden, wo sie im Moment unter der Obhut eines Dr. Taylor stand.

Er stürmte durch die Tür in die Eingangshalle und fragte atemlos die Schwester an der Rezeption nach Dr. Taylor. Die deutete auf einen gedrungenen Mann, der eine junge Schwester anherrschte, weil ihre Schuhe nicht spiegelblank waren.

»Dr. Taylor?« fragte Joe. »Ich bin Joe Bristow.«

Sofort war die Schwester vergessen, und der Arzt führte Joe durch einen Gang in sein Büro.

»Was ist passiert? Ist meine Frau gesund? Und das Baby?«

»Dem Baby geht's gut. Und Ihrer Frau auch bald wieder.«

»Wieder? Und jetzt? Was ist mit ihr?«

»Ich bin froh, daß Sie gekommen sind, Mr. Bristow«, antwortete der Arzt ausweichend. »Mrs. Bristow sagte mir, sie wolle allein nach Hause gehen, aber das habe ich nicht erlaubt. Ich wollte sie in die Obhut eines Familienmitglieds übergeben. Ich hielt es für besser, wenn sie nach Hause begleitet wird.«

»Wo war sie?«

»In Limehouse. In einem Lokal namens Barkentine.«

»Verdammt.«

»Sie kennen es?«

»Ich hab' davon *gehört*.«

»Sie wurde dort überfallen und beinahe vergewaltigt.«

Der Arzt ließ Joe in sein Büro treten und erzählte ihm dann alles, was passiert war. »Mr. Bristow, wissen Sie, was sie in Limehouse wollte?« fragte er am Schluß.

Joe wußte es, aber er antwortete nicht.

»Ich frage nur, Sir, weil ich nicht verstehe, was eine Frau in ihrer Position – und ihrem Zustand – nachts allein in einer solchen Gegend zu suchen hat.« Er hielt inne und fügte dann hinzu: »Mr. Bristow, hat sich Ihre Frau in letzter Zeit seltsam verhalten? Abwesend gewirkt, vielleicht?«

»Warum fragen Sie mich das?«

»Weil ich befürchte, daß sie an Halluzinationen leidet.«

»Wie bitte? Warum?«

»Mrs. Bristow behauptet, im Barkentine sei ein Mann ermordet worden. Vor ihren Augen. Sergeant Hicks, der sie gefunden hat, hat ein Dutzend Polizeikräfte in den Pub geschickt, aber es wurde keine Leiche gefunden. Es gab keinerlei Hinweise auf eine Leiche, keine Zeugen, nichts. Es war zwar Blut auf dem Kellerboden, aber der Wirt behauptet, das sei von den Hühnern, die er dort geschlachtet habe. Sergeant Hicks hat Mrs. Bristow dann über seine Erkenntnisse informiert, die sie allerdings nicht gelten lassen wollte. Sie besteht noch immer darauf, daß ein Mord geschehen sei. Sie verstehen, warum ich mir Sorgen mache. Sie hat einen schweren Schock erlitten und braucht jetzt viel Ruhe zu ihrem eigenen wie zum Wohl ihres Kindes. Halten Sie alle Zeitungen von ihr fern. Sie darf sich nicht aufregen. Ansonsten kann ich einen sehr guten Arzt im Bethlehem-Hospital empfehlen, der bei weiblicher Hysterie wahre Wunder vollbringt.«

Das Irrenhaus. Joe erschauderte. Er bedankte sich und bat, seine Frau sehen zu dürfen.

Dr. Taylor führte ihn zu einem Privatzimmer. Joe trat ein. Fiona saß in zerrissenen, schmutzigen Kleidern auf dem Bett. Sie hielt den Kopf gesenkt. Um sie herum lagen Zeitungen.

»Der Arzt hat gesagt, du solltest sie lieber nicht lesen. Woher hast du sie?« fragte er.

»Von anderen Patienten«, antwortete sie ruhig.

»Er ist der Meinung, du seist nicht bei dir. Nur einen Schritt vom Irrenhaus entfernt.«

Fiona antwortete nicht.

»Stimmt das? Ist der Kerl wirklich ermordet worden?«

»Ja,« flüsterte sie. »Der Mann, der mich überfallen hat. Ein anderer Mann namens Frankie hat es getan.«

»Mein Gott, Frankie Betts. Der gleiche, der Alf umgebracht hat. Der mein Lagerhaus angezündet hat. Und du hast es *gesehen*?«

»Ja.«

»Glaubst du immer noch, daß dein Bruder eine Art armer herrenloser Hund ist?« fragte er. »Glaubst du immer noch, man muß ihm bloß ein bißchen den Kopf tätscheln und ihm ein paar Happen zu essen geben, damit er wieder brav wird?«

»*Er* hat es nicht getan.«

»Aber er hätte es genausogut selbst tun können! Weißt du, wer Frankie Betts ist? Nein? Er ist die rechte Hand deines Bruders. Der Kronprinz, wie es scheint. Nicht nur ein harter Mann, sondern ein absolut Irrer. Er hätte dich umbringen können!«

»Charlie will aussteigen, Joe. Er will dieses Leben hinter sich lassen. Das hat Frankie Betts gesagt. Er hat gesagt, ich solle mich nicht einmischen. Charlie in Ruhe lassen. Aber wenn ich ihn sehen und mit ihm reden könnte, dann *würde* er aussteigen. Das weiß ich.«

Joe antwortete nicht. Nur mühsam gelang es ihm, sich zu beherrschen.

»Hast du eigentlich die geringste Vorstellung, wie wütend ich bin?« fragte er. »Wie konntest du das tun, Fiona? Wie konntest du dich und unser Baby in solche Gefahr bringen? Nachdem ich dich so oft gebeten habe, es nicht zu tun?«

Fiona schwieg und blickte ihn zutiefst verwundert an.

Joe setzte sich neben sie und legte den Arm um sie. So saßen sie eine Weile, dann fragte sie: »Können wir jetzt heimgehen?«

Er schüttelte den Kopf. »Nein, das können wir nicht.«

»Warum nicht?« fragte sie erstaunt.

»Nicht bevor du mir versprichst, das nie wieder zu tun.«

»Das kann ich nicht. Bitte, verlang das nicht von mir.«

»Du mußt dich zwischen mir und Sid Malone entscheiden.«

Fiona sah ihn mit weit aufgerissenen Augen an. »Aber Joe …«

Joe sank das Herz. »Ich schätze, ich hab' meine Antwort bekommen. Du tust es wieder, nicht wahr? Du würdest dich zerreißen für ihn, wenn du ihn damit zurückbekommen könntest. Nichts, was ich sage, könnte daran was ändern. Ich vergeude bloß meine Zeit.«

Er versuchte, ihr seinen Schmerz nicht zu zeigen, und nahm all seinen Mut zusammen, um zu tun, was getan werden mußte. Sie bedeutete ihm alles, aber er wußte keinen anderen Ausweg.

»Unsere Kutsche steht unten«, sagte er. »Ich werde Dr. Taylor sagen, daß du allein nach Hause fährst. Ich nehme mir eine Droschke.«

»Joe, *bitte*. Tu das nicht.«

»Ich wohne im Connaught, bis ich was anderes finde. Meine Sachen lasse ich mir von meiner Sekretärin bringen. Ich liebe dich, Fiona, und ich liebe Katie. Mehr als mein eigenes Leben. Ich hoffe, daß du dich anders entscheidest.«

»Du verläßt mich? Du verläßt mich wieder?«

»Beim erstenmal war es meine Schuld«, sagte er. »Diesmal nicht.«

Fiona brach in Tränen aus. Fast wäre er bei ihrem Schluchzen schwach geworden, aber er zwang sich, aufzustehen und zu gehen.

»Ich hoffe, du triffst deine Wahl, Fee«, flüsterte er auf dem Weg nach draußen. »Und ich hoffe inständig, du entscheidest dich für mich.«

❧ 46 ❧

*J*ch glaube, die gute alte Florence Nightingale hat Äther geschnüffelt, als sie dieses Buch geschrieben hat«, sagte Ella und hielt deren Werk über die Pflege von Krankenhauspatienten hoch. »Sieben Kubikmeter Raum für jeden Patienten, außerdem ein Fenster?«

India nickte mit gerunzelter Stirn. »Tja, da müssen wir wohl mit weniger auskommen. Wesentlich weniger. Weniger Raum, weniger Fenster, weniger Wasser, Waschbecken und Toiletten.«

»Das einzige, woran kein Mangel bestehen wird, sind Patienten.«

»Aber so schlecht sieht das Gebäude doch gar nicht aus!«

»Nein, es ist ganz gut in Schuß, denke ich. Das Dach scheint dicht zu sein. Keine Wasserschäden. Das Licht funktioniert. Die Abwasserleitungen auch. Waschbecken auf jedem Stockwerk. Es ist primitiv, aber es hat alles, was wir brauchen.«

»Wir müssen Toiletten einbauen. Und eine Küche. Oder zumindest einen Ofen.«

»Ich bin sicher, das könnten wir unter tausend bekommen. Aber wie wollen wir dann die Bettwäsche finanzieren? Die Spritzen, Bettpfannen, Skalpelle und …«

India seufzte. »Ich weiß, ich weiß. Wir brauchten vierundzwanzigtausend, nicht zweitausendvierhundert.«

India und Ella standen in einer alten Farbenfabrik auf der Gunthorpe Street, die günstig zu verkaufen war. Mrs. Moskowitz hatte gehört, sie sei von fünfzehnhundert auf zwölfhundert Pfund heruntergesetzt worden. Der Besitzer sei bankrott gegangen und müsse sie schnell veräußern.

Also waren sie hingegangen. Der Makler hatte sie durch das Gebäude geführt und ihnen geraten, nur tausend zu bieten.

»*Nur* tausend«, sagte India jetzt.

»Ein Schnäppchen«, fand Ella.

»Du weißt, was deine Mutter sagen würde …«

»Gott schenkt uns Nüsse. Knacken müssen wir sie schon selber«, pflegte Mrs. Moskowitz zu solchen Gelegenheiten zu sagen.

»Ja, sicher, aber ich glaube, daß Gott eine Bank ausrauben müßte, wenn er uns hierbei helfen wollte.«

»Hallo!« rief eine Stimme von der Tür. »India, Ella … seid ihr da?« India drehte sich um und sah, wie Harriet Hatcher einen langen Zug aus ihrer Zigarette nahm und sie dann auf die Straße warf.

»Harriet!« rief sie. »Was machst du hier?«

»Ich bin im Café vorbeigegangen, um nachzusehen, ob ihr mit der Klinik irgendwelche Fortschritte gemacht habt. Ellas Mutter hat mir gesagt, wo ihr seid. Seht, wen ich mitgebracht habe«, sagte sie verschmitzt lächelnd.

Eine massige Gestalt eilte durch die offene Tür herein. »Jones!« dröhnte eine vertraute Stimme. »Immer noch die alten Hirngespinste?«

»Professor Fenwick!« rief India aus, erfreut, ihren Lehrer zu sehen. »Was führt Sie hierher?« Aber Fenwick war bereits dabei, die Gasleitungen zu inspizieren.

»Man hat gehört, was ihr beiden im Moskowitzschen Hinterhof treibt«, sagte Harriet. »Man redet ja von nichts anderem mehr. In der Schule, in den Krankenhäusern. Fenwick wollte herkommen, um sich selbst ein Bild zu machen. Schließlich plant er schon länger, mit dem Unterrichten aufzuhören.«

»Lauter Hohlköpfe, die diesjährige Abschlußklasse!« stieß Fenwick hervor, als er auf dem Weg zur Treppe an ihnen vorbeiging. »Die verbringen mehr Zeit bei Maklern, um sich über Preise für vornehme Praxen in der Harley Street zu informieren, als über ihren Büchern!« Er verschwand die Stufen hinauf.

»Wir wollten die Kinderabteilung in den ersten Stock legen, Professor«, rief India ihm nach.

»Nein, auf keinen Fall! Das ist ein altes Gebäude. Wer weiß, wie gut das Leitungssystem ist? Legen Sie die Geburtsabteilung hierher. Die braucht am meisten heißes Wasser. Der Druck ist im Erdgeschoß am besten. Mein Gott, Jones, Sie waren doch schon mal in einem Krankenhaus, oder?«

Harriet hob beide Daumen. »Er hat angebissen!« flüsterte sie grinsend.

»Sie brauchen einen Verwalter, wissen Sie. Jemanden, der das Haus leitet. Buchführung macht, Leute einstellt oder rauswirft«, sagte Fenwick und kam wieder herunter. »Arthur Fenwick«, fügte er hinzu und reichte Ella die Hand.

»Kennen Sie jemanden, der an der Stelle interessiert wäre, Professor?«

»Werden Sie nicht frech, Jones. Wenn Sie die Klinik zum Laufen gebracht haben, rufen Sie mich an.«

»*Wenn*, Professor«, seufzte India, »*wenn.*« Sie erklärte ihre finanzielle Lage.

Fenwick runzelte die Stirn. »Wieviel verlangt der Besitzer?«

»Zwölfhundert, aber der Makler findet, wir sollten tausend bieten.«

»Bieten Sie ihm achthundert, und einigen Sie sich auf neunhundert, und ich gebe Ihnen die Anzahlung. Zwanzig Prozent sollten genügen. Sie können mich als Bürgen für die Hypothek angeben.«

India war sprachlos. »Wirklich, Professor? Das würden Sie tun?«

»Gehen Sie davon aus.«

»Aber *warum*?« fragte India erstaunt.

Er sah sie über seine Brillengläser hinweg an. »Ich hatte mal eine Studentin – ein absolut närrisches Ding –, die mir sagte, sie wolle Ärztin werden und was bewegen. Ich denke, ich möchte sehen, was es damit auf sich hat.«

Strahlend umarmte India ihren alten Lehrer, dann machten sich die vier auf eine weitere Besichtigungstour durchs Haus, um seine Stärken und Schwächen festzustellen. Fenwick sagte, das Royal-Hospital sortiere ein paar seiner alten Betten aus, und wenn sie ein Fuhrwerk hätten, um sie abzuholen, würden sie die sicher kostenlos bekommen. Dekanin Garrett Anderson wolle die Bibliothek modernisieren. Sicher bekämen sie auch von ihr Möbel, die nicht mehr gebraucht würden.

»Das ist vielleicht nicht ideal«, sagte Fenwick. »Die Tische aus der Bibliothek sind alt und die Betten aus dem Royal aus Holz, nicht die neuen aus Metall mit der hygienischen Lackierung, fürchte ich, aber die Armen können wohl kaum auf das Beste warten.«

»Das stimmt, Professor Fenwick«, erwiderte India munter. »Sie brauchen Fürsorge, selbst wenn sie noch so einfach ist, und zwar jetzt. Alte Betten sind besser als gar keine. Wir schrubben sie eben mit Karbol und heißem Wasser ab.«

Harriet zog eine Augenbraue hoch. »Das nenn' ich einen Wandel.

Bist du nicht das Mädchen, das sich mit etwas Porridge und Bildern von gesundem Obst und Gemüse in die Varden Street aufgemacht hat? Was ist passiert?«

»Whitechapel ist passiert«, antwortete India lachend. »Jetzt bin ich schon froh, wenn die Hühner nicht in meinen Untersuchungsraum rennen.«

Der Makler kam zurück. India nahm ihn beiseite und bot ihm achthundert Pfund. Er schüttelte den Kopf und sagte, dies sei viel zuwenig, dennoch werde er das Angebot dem Besitzer übermitteln. Dann eilte er davon, weil er noch einen anderen Termin hatte.

Fenwick sah ihm nach und sagte: »Er hat keinen anderen Termin. Er geht direkt zum Besitzer. Sie kriegen es für neun. Sie werden sehen.«

Als India und Ella im Laufschritt zur Brick Lane zurückeilten, überlegten sie, wie sie die monatlichen Raten für die Hypothek und die Renovierungskosten aufbringen sollten. »Wir müssen einfach dort weitermachen, wo Wish aufgehört hat, und anfangen, Spenden einzutreiben«, sagte Ella.

»Und versuchen, das Land in Point Reyes zu verkaufen«, fügte India hinzu.

»Aber da ist noch das Problem mit dem Personal«, sagte Ella und runzelte die Stirn. »Wie sollen wir das bezahlen?«

»Ich glaube, es gibt eine Lösung für das Problem«, sagte India. »Die Londoner Medizinische Hochschule für Frauen. Die Studentinnen dort suchen verzweifelt Plätze für die klinische Ausbildung. Ich spreche mit der Dekanin, und wenn wir eröffnet haben, schickt sie uns vielleicht ein paar Studentinnen.«

»Das ist eine großartige Idee«, sagte Ella.

India blieb stehen, nahm Ellas Hand und drückte sie. »Wir schaffen das, Ella. Wirklich! Vielleicht nicht auf die Weise, wie Wish es geplant hatte ...«

»... aber auf unsere«, ergänzte Ella grinsend.

Sie gingen in die Wohnung der Familie Moskowitz und riefen aufgeregt nach Ellas Mutter, um ihr die guten Neuigkeiten zu erzählen. Als Mrs. Moskowitz in den Gang trat, kam Solomon und brachte India ein Paket.

»Von wem, Solly?« fragte sie.

Der kleine Junge zuckte die Achseln. »Das weiß ich nicht.«

»Aber es muß doch ein Absender draufstehen«, sagte Ella.

»Nein. Es wurde mit einer Kutsche gebracht.«

»Vielleicht hat Freddie nachgedacht und dir deinen Schmuck zurückgegeben«, sagte Ella.

»Vielleicht bist du diejenige, die Äther schnüffelt«, antwortete India und blickte auf das Paket in ihrer Hand. Es war in braunes Papier gewickelt, und es gab keinen Hinweis auf einen Absender. Sie nahm die Schnur ab und wickelte es aus. Eine Zigarrenkiste kam zum Vorschein.

India hob den Deckel ab und hielt die Luft an.

»*Gott im Himmel!*« rief Mrs. Moskowitz beim Blick in die Kiste aus.

Sie enthielt ein dickes Bündel Hundertpfundnoten.

»Zähl mal«, drängte Ella.

India schüttelte den Kopf und stellte die Kiste auf den Tisch im Gang. Sie wußte, wer sie geschickt hatte. Sie wollte das Geld nicht. Nicht von ihm.

»Dann nehm ich es«, sagte Ella, nahm die Scheine heraus und zählte es. Als sie fertig war, mußte sie sich an die Wand lehnen. »Es sind zehntausend Pfund, India. *Zehntausend* Pfund.«

»Es regnet heut abend Geld in Whitechapel«, stotterte Mrs. Moskowitz.

»Schau! Da liegt noch eine Nachricht drin«, rief Solly.

Ella nahm sie heraus. Sie bestand nur aus drei Worten: *Für deine Klinik.* »India, wir können das Haus sofort nehmen und es renovieren. Bettwäsche kaufen und Ärzte bezahlen ...«

»Nein, das können wir nicht«, erwiderte India trocken.

Ella sah sie an. »Warum nicht?«

»Ich weiß, wer es geschickt hat. Sid Malone. Es ist Blutgeld. Ich will es nicht. Ich geb's ihm zurück.«

»India, bist du verrückt?«

»Es ist kein Obstkorb diesmal, Ella. Es sind zehntausend Pfund, verdient mit Opium, Schmuggel und Prostitution oder gestohlen. Wie können wir eine Klinik aufbauen mit Geld, das mit menschlichem Leid gemacht wurde?«

»Ich kann's.«

India bündelte die Scheine, legte sie wieder in die Kiste zurück und klappte den Deckel zu.

Ella schloß die Augen. Sie schüttelte den Kopf. »So stur kannst du doch gar nicht sein. Nicht einmal du.«

»Ich habe recht, Ella. Das weißt du.«

»Nein, das hast du nicht. Du bist *rechthaberisch*. Das ist ein Unterschied.«

India zuckte zusammen, gab aber nicht nach. »Tut mir leid, daß du so empfindest«, antwortete sie. Dann nahm sie das Geld und verließ die Wohnung der Moskowitz'.

⚡ 47 ⚡

*S*id lag mit geschlossenen Lidern auf seinem Bett und wartete auf den Schlaf. Drei Tage am Stück hatte er kein Auge mehr zugetan. Er war vollkommen erschöpft und wollte unbedingt Ruhe finden, aber das ließen die Stimmen von unten nicht zu. Sie drangen durch die Bodendielen – eine hartnäckig, die andere schrill. Schließlich ertrug er es nicht länger, stand auf, zog seine Stiefel an und stürmte nach unten. Es war früher Abend. Das Bark war fast leer, und der Grund für den Lärm war schnell ausgemacht. Es war India. Sie stand an der Bar und stritt mit Desi.

»Ich weiß, daß er hier ist. Ich muß ihn sehen. Sagen Sie ihm doch wenigstens, wer da ist.«

»Tut mir leid, Miss. Nie von ihm gehört.«

»Nie von ihm *gehört*? Sie arbeiten für ihn!«

»Schon gut, Desi«, mischte sich Sid ein.

India drehte sich um.

»Welchem Umstand verdanke ich die Ehre, Dr. Jones?« fragte er erschöpft.

India hielt die Zigarrenkiste hoch. »Ich denke, das weißt du.«

»Ah. Warum gehen wir nicht hoch?«

Er führte sie die Treppe zu seinem Zimmer hinauf. Als er die Tür hinter ihnen geschlossen hatte, sagte er: »Du bist schon wieder hergekommen, obwohl ich dich gebeten habe, das nicht zu tun. Und diesmal mit zehntausend Pfund in einer Zigarrenkiste. Bist du denn völlig übergeschnappt?«

India antwortete nicht.

»Ich kann das nicht annehmen«, sagte sie schließlich verlegen und reichte ihm die Kiste. »Du mußt das Geld zurücknehmen. Du kennst meine Haltung zu … über …«

»Blutgeld?«

»Ja. Blutgeld.«

»Sei doch nicht so verdammt stur, India.«

»Das hat nichts mit Sturheit zu tun. Um Himmels willen, Sid, wir wissen doch beide, woher dieses Geld stammt.«

»Nicht schon wieder eine Standpauke. Bitte. Ich bin zu müde, mir anzuhören, wie Leute ins Elend stürzen, weil sie kein Porridge bekommen.«

India funkelte ihn an. »Ich denke nicht an ihr Elend, sondern an deins, Sid. An *deins.*«

Er wandte sich ab, um ihrem Blick auszuweichen.

»Gibst du mir das Geld, damit dich deine Taten nicht mehr belasten? Damit du mit deinem Leben weitermachen und gleichzeitig dein Gewissen beruhigen kannst? Das lasse ich nicht zu.«

Wütend fuhr er herum. »Ich gebe dir das Geld, um dir zu helfen! Um deinen Patienten zu helfen!« schrie er.

Sie stritten sich schon wieder. Dabei wollte er ... wollte er sie bitten, sich mit ihm hinzulegen. Ihre Arme um ihn zu legen und ihm Geschichten zu erzählen. Über ihre Kindheit. Ihre Patienten. Über irgend etwas. Ihre Berührung, ihre Stimme würden ihn beruhigen. Dann könnte er schlafen, ganz sicher, wenn sie sich nur mit ihm hinlegen würde.

»Mach' was du willst, India«, sagte er leise. »Laß das Geld hier. Morgen schick' ich es einfach wieder. An Ella adressiert. Sie nimmt's. Sie ist kein solcher Sturkopf wie du.«

Ärgerlich warf India die Kiste auf sein Bett.

»Gut. Du hast es zurückgegeben. Und was genau hast du damit erreicht? Mich hast du damit nicht getroffen. Du triffst nur die Leute, die in die Klinik kommen würden. Lehn das Geld ruhig ab, und bleib auf deinem hohen Roß. Das willst du doch? Oder trau dich was. Steig runter in den Dreck zu uns anderen, und rette ein paar Leben.«

India traten Tränen in die Augen.

»Tut mir leid. Ich wollte nicht ...«, begann er.

»Es gibt ein Leben«, begann sie stockend. »Ein Leben, das ich sehr gern retten würde. Wenn ich dieses Geld nehme, vernichtet es dieses Leben, anstatt es zu retten. Du mußt aussteigen, Sid. Du mußt weg von dem Ganzen.«

»Mein Gott, du gibst wohl nie auf? Die Klinik ist noch nicht aufgemacht, aber du willst dich schon an den schweren Fällen versuchen.«

Er sah ihr in die Augen. »Weißt du nicht, daß es für manche keine Rettung mehr gibt?«

»Das stimmt nicht!« stieß sie hervor. Er war verblüfft über die plötzliche Heftigkeit in ihrer Stimme. Und bevor er sich's versah, war sie bei ihm, zog sein Gesicht an sich und küßte ihn. Hart und hungrig. Er schloß die Augen und wurde von einer Flut widerstrebender Gefühle gepackt – Verwirrung, Begehren, Liebe, Trauer und Angst. Angst vor ihr und allem, was sie von ihm verlangen würde. Angst um sie.

Er schlang die Arme um sie und riß sie an sich. Dann machte er sich wieder los. Sie blickte zu ihm auf und sah ihn fragend an. Er schüttelte den Kopf.

»Warum?« fragte sie.

»Weil du *gut* bist, India«, stieß er flüsternd hervor. »So verdammt gut, daß du mich an bessere Dinge glauben läßt, obwohl ich genau weiß, daß es keine gibt.«

»Du willst mich nicht.«

»Doch. Ich will dich. Mehr als jede andere Frau in meinem ganzen Leben. Aber ich kann nicht. Es wäre ein Fehler. Ein schlimmer Fehler. Das weißt du. Das hast du selbst gesagt. Du solltest gehen«, sagte er sanft. »Oz wird dich begleiten.«

»Ich will nicht gehen.«

»India …«

»Ich … ich liebe dich, Sid.«

Es war still im Raum. Sid hörte den Kamin knistern, einen Hund bellen und sein Herz hämmern.

»Was hast du gesagt?« fragte er schließlich.

»Ich sagte, ich liebe dich.«

»Das tust du nicht.«

»Doch.« Sie blickte auf ihre Hände hinab, von ihren Gefühlen überwältigt.

Sid versuchte zu sprechen, doch ihm fehlten die Worte. Keine Frau hatte ihm je etwas bedeutet. Außer dieser. Sie bedeutete alles für ihn. Ihre Liebe war alles, was er sich wünschte, und gleichzeitig seine größte Angst.

»Es wäre ein Desaster«, sagte er schließlich. »Das weißt du, nicht wahr?«

Sie blickte ihn an und sah den Schmerz in seinen Augen. »Wenn du mich nicht liebst, nehme ich es hin«, antwortete sie. »Aber wenn du es tust, dann laß mich nicht um deine Liebe betteln.«

Er zog sie wieder an sich und hielt sie fest. »Ich *liebe* dich, India. Mein Gott, wie sehr ich dich liebe.«

So blieben sie eine Weile stehen, bis er ihre Lippen auf seiner Wange spürte. Plötzlich küßten sie sich wild und leidenschaftlich. Er wollte sie. Er wollte sie nackt in seinen Armen halten, ihren Körper an seinem spüren, ihre Hingabe fühlen. Hier. Jetzt. Diese Liebe bedeutete Leid und Verdammnis und würde sie beide zerstören. Es gab keinen Weg mehr zurück, und er suchte auch keinen.

Seine Hände griffen nach ihrer Bluse. Er zog sie aus, und das flakkernde Licht der Flammen tanzte über ihre Haut, warf Schatten. Er küßte die anmutige Rundung ihrer Schulter, die zarte Mulde an ihrem Hals, ihre kleinen Brüste.

Dann zog er sie auf die Kissen hinab. Er küßte ihre Lippen, wollte nur ihre sanfte Weichheit. Wollte nur diese Nacht. Dieses Zimmer. Sie.

»Schlaf mit mir, Sid«, flüsterte sie. »Ich will dich.«

Er streichelte sie, bis sie sich ihm öffnete, und drang sanft in sie ein. Dann packte er ihr Hinterteil und bewegte sich stöhnend vor Lust in ihr. Ihr Blick traf den seinen. Und dann schloß sie die Augen und bewegte sich mit ihm. Langsam zuerst.

»Ah, das ist herrlich«, murmelte sie. »Herrlich …« Sie suchte seinen Mund und griff ihm ins Haar. Er spürte, wie ihre Bewegungen stärker wurden, drängender. Gerade, als er dachte, er könnte sich nicht mehr halten, spürte er, wie sie erschauerte. Er schloß die Augen und kam selbst, verlor sich in ihrem Körper, ihrem Geruch und ihrer Lust. Als es vorbei war, hielt er sie weiter in seinen Armen. Sie fröstelte, und er legte sein Hemd um sie.

»Ich liebe dich, Sid. Ich liebe dich so sehr«, murmelte sie und sah ihn an.

Dann schloß sie die Augen, schmiegte sich an ihn und legte den Kopf auf seinen Arm. Er strich ihr eine feuchte Strähne aus dem Gesicht. Nach einer Weile wurde ihr Atem langsamer und regelmäßiger, und sie schlief ein. Sid starrte einige Zeit ins Feuer. Er würde die Nacht über bei ihr bleiben, und am Morgen würde er sie erneut lieben und dann fortbringen. Irgendwohin, wo es hell und schön war. An die Küste. Ans Meer.

India bewegte sich in seinen Armen und seufzte leise. Er sah auf sie hinab, auf ihr schönes Gesicht, und fragte sich, ob er nicht gerade das schlimmste Verbrechen in seinem ganzen elenden Leben begangen hatte.

Zweiter Teil

London, September 1900

48

*G*entlemen, Gentlemen! Sind wir in Utopia? Oder in Whitechapel?« rief Freddie Lytton den Dock- und Fabrikarbeitern zu,
die sich im rauchgeschwängerten Ten-Bells-Pub zusammendrängten.
»Wir mögen uns vielleicht eine Idealwelt wünschen, aber wir leben
in keiner. Wir leben in der Realität, deren Tatsachen wir uns stellen
und dementsprechend Entscheidungen treffen müssen. Wer für die
Labour-Partei stimmt, wirft seine Stimme weg. Die Labour-Partei hat
nicht die geringste Chance. Das weiß doch jeder vernünftige Mensch.
Wir alle müssen zusammenstehen, um den wirklichen Feind zu schlagen – Salisbury und seine konservativen Tories!«

Manche nickten ernst, gelegentlich wurde Jubel laut. Bevor er sich
wieder legte, griff Joe Bristow ein.

»Das gleiche hat man achtundachtzig zu den Mädchen aus den
Zündholzfabriken gesagt«, rief er von der anderen Seite des Raums.
»Die Politiker, die Presse, die Fabrikbesitzer – alle stießen ins gleiche
Horn: *Labour hat nicht die geringste Chance.* Das hat man gesagt,
bevor die Mädchen für mehr Sicherheit am Arbeitsplatz in Streik traten – und *gewannen.* Das hat man neunundachtzig zu den Dock-
arbeitern gesagt, *bevor* sie wegen des Lohnzuschlags streikten – und
gewannen. Macht euch keine Hoffnungen, hat man ihnen gesagt.
Wagt nichts. Träumt nicht. Ich sage euch: Hört nicht auf sie! Ich sage
euch: Ihr *könnt* einen Wandel herbeiführen. Ich sage euch: Schickt
eine Botschaft nach Westminster und an die ganze Welt. Ich sage
euch: Hofft. Wagt. Glaubt. Glaubt an die Labour-Partei. Glaubt an
mich. Aber noch viel wichtiger: Glaubt an *euch*!«

Wieder brandete Beifall auf. Pfiffe und Rufe ertönten. Joe nahm
dies kaum wahr. Er redete weiter und attackierte Freddie mit flam-
menden Worten.

Erst eine Woche zuvor war das Parlament aufgelöst und die Neuwahlen auf den vierundzwanzigsten Oktober festgesetzt worden. Im

ganzen Land machten Kandidaten Wahlkampf, hielten Reden, debattierten mit Gegnern, stritten sich mit Zwischenrufern. Ganz Britannien befand sich im Wahlkampffieber, aber kein Wettstreit fesselte so sehr das Interesse der Öffentlichkeit wie der um den Wahlbezirk von Tower Hamlets.

Inzwischen war es fast zehn Uhr abends. Joe hatte gerade in einem nahe gelegenen Gewerkschaftssaal gesprochen, als es hieß, Freddie Lytton sei mit einer Schar Reporter im Schlepptau im Pub gegenüber. Joes Anhänger, die auf eine Konfrontation aus waren, zerrten ihn praktisch ins Ten Bells hinüber. Seine Stimme war bereits heiser, dennoch zögerte er nicht. Seine Wut beflügelte ihn. In letzter Zeit war er ständig wütend. Wütender als je zuvor in seinem Leben. Die Wut trieb ihn an. Sie brachte ihn dazu, an Türen zu klopfen, mit Wählern zu sprechen, Interviews zu geben und Reden zu halten, wenn andere Männer längst vor Erschöpfung umgefallen wären.

Er war wütend auf das East End. Wütend auf das Elend und die Kriminalität, die blanke, niemals endende Armut. Es war Jahre her, daß er in einer geflickten Jacke gefroren und sein Vater aufs Frühstück verzichtet hatte, um seinen Geschwistern mehr übrigzulassen. Fiona und er waren reich. Sie hatten die Armut hinter sich gelassen, aber jetzt erkannte er, daß sie sie nicht abschütteln konnten.

Die Armut riß Familien auseinander. Sie hatte seine auseinandergerissen. Fiona und er waren nicht mehr zusammen, seit er vor drei Wochen ins Hotel Connaught gezogen war. Fiona lebte nun allein mit Katie am Grosvenor Square. Und alles nur wegen ihres Bruders Charlie – Sid Malone. Weil er einmal – vor langer Zeit – in Armut und Verzweiflung gefallen und im Sumpf gelandet war, was Fiona nicht hinnehmen wollte.

»Das ist schön gesagt«, mokierte sich Freddie, als Joe geendet hatte. »Aber Worte zählen nicht. Was in der Regierung zählt, ist Erfahrung. Die Fähigkeit, innerhalb des Systems zu arbeiten, um Dinge durchzusetzen.«

»Erfahrung?« schoß Joe zurück. »Ich kann dir sagen, was meine Erfahrung ist, Kumpel. Hungrig zu sein. Zu frieren. Sechzehn Stunden am Tag bei Wind und Wetter zu arbeiten. Wie sieht *deine* Erfahrung aus? Weißt du, wie es ist, mit leerem Magen zu schuften, Freddie? Weißt du, wie es ist zu frieren? Natürlich weißt du das nicht!«

»Halten wir uns doch an die anstehenden Fragen, Joe«, brauste Freddie auf.

»Ich dachte, das hätte ich getan!« erwiderte Joe und heimste Lacher ein.

»Ich finde, Sie sollten diesen guten Leuten Ihre Pläne zur Einschränkung der überbordenden Kriminalität in Whitechapel darlegen. Was gedenken Sie dagegen zu unternehmen?«

»Ich möchte mehr Schulen bauen.«

Freddie brach in Lachen aus. »Schulen? Wir brauchen keine Schulen, wenn wir etwas brauchen, dann ...«

»Was? Mehr Gefängnisse?«

»Das hab' ich nicht ...«, begann Freddie, aber Joe ließ ihn nicht ausreden.

Er stachelte ihn an, forderte ihn heraus, hatte ihn aber noch nicht dort, wo er ihn haben wollte.

»Ich kann euch sagen, warum Mr. Lytton Gefängnisse für wichtiger hält als Schulen. Weil er euch lieber einsperrt, als euch eine Ausbildung zu geben! Gebildete Leute stellen zu viele Fragen. Ihr könntet vielleicht wissen wollen, warum ihr vierzehn Stunden am Tag schuften müßt und bloß ein Pfund die Woche dafür kriegt. Warum eure Kinder in Fabriken, Minen und Spülküchen arbeiten müssen, während andere Leute ihre Kinder nach Oxford und Cambridge schicken.«

»Das ist doch nichts als marxistische Phrasendrescherei!« rief Freddie außer sich. »Wenn die Regierung beschließt, daß mehr Schulen gebraucht werden, dann werden mehr zur Verfügung gestellt. Ich verspreche Ihnen ...«

Freddie schwafelte weiter, und zum erstenmal an diesem Abend lächelte Joe. Er wandte sich einem Reporter zu, der neben ihm eifrig Notizen machte.

»Schreiben Sie das alles mit?« fragte er ihn.

»Jedes Wort.«

Sämtliche Zeitungen verfolgten den Wahlkampf in Tower Hamlets und druckten jede der vielen Beleidigungen, die sich die Kandidaten an den Kopf warfen, aber auch jedes Versprechen, das sie machten. Tief in seinem Innersten bezweifelte Joe, daß er es bis nach Westminster schaffen würde, aber nach den Wahlen würde er es sich zur Aufgabe machen zu überprüfen, ob diese Versprechen auch eingehalten wurden.

Joe nahm einen Schluck von dem Bier, das jemand ihm gebracht hatte. Es tat seiner schmerzenden Kehle gut. Er leckte sich den Schaum von der Lippe und wartete auf eine Gelegenheit, seinen Gegner zur Finanzierung von mehr Kliniken, Suppenküchen, Waisenhäusern und Witwenheimen aufzufordern.

Im Gegensatz zu Freddie kämpfte Joe um mehr als nur den Sitz von Tower Hamlets, um mehr als die Ehre, Parlamentsmitglied zu werden. Und um mehr als eine politische Karriere.

Er kämpfte um Gerechtigkeit für die Menschen im East End. Für Chancen und Rechte. Er kämpfte für die Abschaffung von Armut, Unwissenheit und Hoffnungslosigkeit.

Und er kämpfte darum – auf die einzige Weise, die ihm blieb –, seine Familie zurückzubekommen.

49

*S*id konnte sie sehen. *Seine* India inzwischen. Sie eilte in der kühlen Abenddämmerung ihm voraus den Richmond Hill hinauf und hielt mit einer Hand ihren Hut fest. In der anderen trug sie eine Tasche. Eine Weinflasche schaute daraus hervor.

Sie versuchte, normal zu gehen, fiel aber immer wieder in Laufschritt. Dann bog sie in die Arden Street ein und sperrte die Tür eines kleinen dreistöckigen Hauses auf. Darauf hatte er bestanden: auf einer Wohnung weit weg von den Orten, an denen sie sich sonst aufhielten. Nur so wollte er sich mit ihr treffen. Nur so ließ sich vermeiden, daß die Leute – seine Leute – etwas mitbekamen. Nur so war sie sicher.

Er nahm seinen Schlüssel, sperrte auf und trat in den Hausflur. Sie lief bereits die Treppe in den zweiten Stock hinauf. Er hörte, wie sie eine Nachbarin im ersten Stock grüßte. »Hallo, Mrs. Ainsley. Wie geht's?«

»Danke, gut, meine Liebe. Wie geht es Mr. Baxter?«

Mr. Baxter. Er mußte lächeln. So hatte er sich der Vermieterin vorgestellt, als sie sich nach der Wohnung erkundigten. »Ich bin Alfred Baxter, und das ist meine Frau Theodora.« Den Namen hatte er von der Reklame an einem Bus, wo für Baxters-Kakao geworben wurde. Er sagte, er sei Handlungsreisender, und seine Frau verbringe die meiste Zeit auf dem Land bei ihrer Mutter, weil die nicht gern allein sei. Sie würden nicht oft hiersein und im voraus bezahlen. Ob eine Jahresmiete reiche? Die Vermieterin, die ihr Glück kaum fassen konnte, hatte ihnen die Wohnung überlassen und keine weiteren Fragen gestellt.

Er hörte, wie India Mrs. Ainsley einen guten Tag wünschte, die letzten Stufen hinauflief und die Wohnungstür öffnete. Er folgte ihr. Sie legte Mantel und Tasche am Eingang ab, ging durch die Räume und rief nach ihm. Er schloß die Augen und lauschte, weil er den

Klang seines Namens aus ihrem Mund liebte. Die erwartungsvolle Ungeduld in ihrer Stimme. Das Glück.

Die Wohnung war bescheiden, nur ein geräumiges offenes Wohnzimmer mit einem großen sonnigen Fenster, ein Schlafzimmer, eine Küche und ein Bad. Sie war bereits möbliert, und India hatte nur ein paar Teppiche und Vorhänge gekauft. Er schloß die Tür hinter sich. Sie kam aus dem Schlafzimmer gelaufen und blieb stehen, als sie ihn sah.

»Hallo, Mrs. Baxter«, sagte er und reichte ihr einen Strauß weißer Rosen. »Die hab' ich noch schnell geholt. Eigentlich wollte ich vor dir hiersein, aber ...«

Er konnte seinen Satz nicht beenden, weil sie die Arme um ihn legte und ihn stürmisch küßte.

»Ich hab' mir solche Sorgen gemacht, daß du nicht kommen würdest!«

Er erwiderte ihren Kuß und wandte sich dann ab – nur einen Moment lang –, um über etwas anderes zu reden.

»Bist du hungrig?« fragte er. »Das mußt du doch, nach deinem Arbeitstag. Ich habe etwas zu essen mitgebracht.« Er ging in die Küche und kam mit einem Korb und zwei Gläsern zurück. Dann stellte er den Korb auf den Tisch am Fenster und begann, ihn zu leeren.

India schüttelte den Kopf. »Ich will nur dich«, sagte sie und küßte ihn erneut.

»Wie wär's mit einem Schluck Wein?« fragte er und zog die Flasche aus ihrer Tasche. Dabei fiel ein Ordner heraus, aus dem handkolorierte Fotos von grünem Weideland, einer kobaltblauen Bucht und hohen Klippen rutschten. Er hob sie auf und sah sie schweigend eine Weile an.

»Was ist das?« fragte er und starrte auf die Fotos.

»Das ist das Land in Kalifornien, das mir mein Cousin hinterlassen hat. Point Reyes. Das ich nicht verkaufen kann, zumindest nicht nach Meinung des amerikanischen Maklers. Sid? Was ist los? Du siehst so seltsam aus!«

Er schüttelte den Kopf und lachte. »Ich ... ich weiß nicht. Ich hatte gerade so ein komisches Gefühl. Als hätte ich den Ort schon mal gesehen. In meinen Träumen vielleicht. Ach, Blödsinn.«

Und dann erinnerte er sich wieder. Es war damals, als er sie das erste Mal in den Armen hielt. Damals hatte er den Ort zum erstenmal gesehen. Als er immer weitergehen wollte mit ihr. Aus London hinaus. An einen schönen, unbekannten Ort. Ans Meer. Damals hatte er sich genau diesen Ort vorgestellt.

Er legte die Bilder zur Seite und küßte sie. Dann entkorkte er die Flasche und goß ein. India nahm ihr Glas, trank es halb aus, wischte sich mit dem Handrücken über den Mund und zog ihn ins Schlafzimmer.

»Herrje! Wenn ich gewußt hätte, daß ich so überfallen werde, hätte ich mir zum Schutz meine Männer mitgebracht«, sagte er lachend.

»Sie hätten keine Chance gehabt. Nicht gegen mich«, erwiderte India und knöpfte seine Weste auf. Sie öffnete sein Hemd und küßte seine Brust, seinen Hals und seinen Mund. Dann machte sie sich an seiner Hose zu schaffen.

»Langsam, langsam, Missus!« protestierte er, doch sie drückte ihn aufs Bett und warf schnell ihre eigenen Kleider ab. Dann setzte sie sich rittlings auf ihn und küßte ihn lange. Er schloß die Augen und dachte, daß sie die leidenschaftlichste Geliebte war, die er je gehabt hatte.

Von seinen Gefühlen überwältigt, nahm er sie in die Arme und liebte sie wie in ihrer ersten Nacht – leidenschaftlich und mit dem verzweifelten Wunsch, sich ganz in ihr zu verlieren. Später, als es dunkel geworden war, zog er sie an sich und hielt sie in seinen Armen. Als er hörte, daß sie regelmäßig atmete, stand er vorsichtig auf, um sie nicht zu wecken. Sie sah blaß aus in der Dunkelheit, so zart und zerbrechlich.

Er zog sich an und ging in die Küche, um etwas zu essen herzurichten. Sie machte ihm Sorgen. Sie war zu dünn. Sie arbeitete zu schwer und aß zuwenig. Die Klinik sollte in einem Monat eröffnet werden, und sie und Ella schufteten rund um die Uhr, um Spenden aufzutreiben, den Umbau voranzubringen, Maurer und Lieferanten auf Trab zu halten und darauf zu achten, daß jede Fliese, jeder Wasserhahn und jede Lampe am rechten Ort war.

Sie war so ganz anders als die Frauen, mit denen er bisher zusammengewesen war. Die meisten hatten nur Juwelen, Pelze und Kleider im Kopf gehabt. Nicht so India. Sie verschwendete keinen Gedanken an ihre Garderobe. Wenn ihre Kleider sauber und vorzeigbar waren und wenn sich die Ärmel hochkrempeln ließen, war sie zufrieden.

Schmuck bedeutete ihr nichts, Skalpelle, Klammern und Spritzen waren ihr wichtiger.

An dem Tag, als ein merkwürdiges Ding, das Inkubator genannt wurde – ein Gehäuse aus Metall und Glas mit einem angeschlossenen Gasboiler –, aus New York eingetroffen war, war sie so aufgeregt gewesen, daß sie die ganze Nacht nicht schlafen konnte. »Er wird Babys das Leben retten«, sagte sie. »Den Frühgeburten, denen wir bisher nicht helfen konnten.«

All diese medizinischen Instrumente waren mit seinem Geld bezahlt worden. Mit dem Geld, das sie hatte zurückgeben wollen. Schließlich hatte er sie doch überzeugt, es zu nehmen. »Nimm es für deine Patienten«, sagte er, »und auch meinetwegen.« Ihr das Geld zu geben war das Zweitbeste, was er je getan hatte. Sie zu lieben das Beste.

Plötzlich hörte er, daß sie nach ihm rief. Sie klang aufgeregt, ängstlich.

»Was ist? Was fehlt dir?« antwortete er und eilte mit dem Tablett ins Schlafzimmer.

Sie saß im Bett und blinzelte ins Dunkel. »Ich dachte, du seist fortgegangen«, klagte sie. »Verschwunden. Ich dachte, es sei Morgen.«

Sid stellte das Tablett auf den Nachttisch. »Scht. Ich bin doch da. Ich hab' uns nur was zu essen geholt.«

India rieb sich die Augen. Sie wirkte verwirrt. Sid setzte sich aufs Bett und küßte ihre gerunzelte Stirn. Es war so schwierig, Zeit füreinander zu finden. So unendlich schwierig. Seit einem Monat hatten sie die gemeinsame Wohnung und waren nur zweimal hiergewesen. Morgen mittag mußte India wieder in der Klinik sein, um die Installierung eines Operationstisches zu überwachen. Und er mußte Besuche machen. Bei Teddy Ko. Im Blinden Bettler. Besuche, vor denen ihm graute. Aber daran würde er jetzt nicht denken. Das war morgen.

»Du hast geschlafen, Liebling. Nur ein paar Minuten. Es ist erst nach acht. Wir haben noch die ganze Nacht vor uns. Noch viele Stunden.«

India sah ihn an und ließ sich nicht beruhigen. »Ich will keine Stunden. Ich will Tage. Monate. Jahre.«

»Fang nicht wieder damit an. Du weißt, daß es nicht geht.«

»Warum?«

»Wegen dem, was ich bin. Was du bist. Das haben wir doch schon besprochen, India. Hier, iß doch was. Ich hab' zwar keinen Porridge finden können, aber ich hoffe, das tut es auch«, sagte er.

Sie schmunzelte.

Es gab allerlei Köstlichkeiten. Gebratenes Huhn mit Zitrone und Thymian. Schinken, Spargelsalat, neue Kartoffeln, Rosenkohl mit Speck. Zum Nachtisch Käse, Cheddar und Stilton, reife Aprikosen, eine Schale Kirschen und Schokolade.

»Mein Gott, das ist ja ein Festmahl. Wo hast du das alles her?« fragte sie.

»Von Harrod's«, antwortete er stolz.

India sah ihn ungläubig an und kicherte.

»Was ist?«

»Die Vorstellung, daß *du* bei Harrod's einkaufst. Mit all den reichen Witwen und schnöseligen Verkäufern.«

»Mach dich nur lustig. Das nächste Mal kriegst du eben welken Salat und eingelegten Aal.« Er nahm ein Stück Schinken und schob es ihr in den Mund.

Sie griff nach seiner Hand, küßte die Handfläche und hielt sie sich an die Wange. »Heirate mich, Sid«, sagte sie.

»Gib den Wein her. Du hast schon zuviel gehabt.«

»Ich bin nicht betrunken. Heirate mich.«

»Die Frau darf doch den Mann nicht fragen.«

»Ich meine es ernst und möchte, daß du es auch tust.«

Er sah sie lange an, erwiderte aber nichts.

»Du könntest einen Neuanfang machen.«

Er lachte bitter auf. »Du kennst meine Welt nicht. Und auch die Leute darin nicht. Da gibt es keinen Neuanfang.«

»*Mach* einen. Geh weg. Sag ihnen, daß du aussteigst.«

»Einfach Hut und Stock nehmen und sagen, das war's?«

»Ja.«

»Dafür ist's wohl ein bißchen zu spät.«

»Aber warum? Willst du das alles nicht hinter dir lassen? Die Gewalt? Die Angst?«

»Angst einjagen ist alles, was ich kann. Weil die Leute Angst vor mir haben, bleib' ich am Leben.«

»Aber du könntest …«

»Himmel, India, ich will nicht darüber reden!« explodierte er. »Ein paar Stunden lang kann ich vergessen, wer ich bin und was ich tu, und etwas Schönes und Gutes in meinem Leben genießen. Bloß ein paar Stunden lang. Ab und zu mal eine Nacht. Das ist wenig genug. Nimm mir das nicht auch noch weg.«

Er litt Höllenqualen. Wie gern hätte er alles dafür gegeben, um ihren Wunsch zu erfüllen – seinem alten Leben den Rücken zu kehren und von neuem anzufangen. Mit ihr. Aber er wußte, daß das unmöglich war. Aus seiner Welt gab es kein Entkommen. Außer in einem Sarg.

India küßte ihn. Sie legte die Arme um seinen Hals und zog ihn an sich. »Tut mir leid. Ich sag' kein Wort mehr davon, das verspreche ich. Ich liebe dich, Sid. Ich liebe dich so«, flüsterte sie.

Er verbarg das Gesicht an ihrem Hals. »Ich liebe dich auch, India. Und ich wünschte bei Gott, es wäre nicht so.«

50

M ami?«
»Ja, Katie«, antwortete Fiona. Ihre Tochter saß auf ihren Knien. Es war kaum Platz für sie alle in einem Sessel – Katie, Fiona und Fionas riesigen Bauch.

»Liest du mir eine Geschichte vor?«

»Natürlich.«

»Zehn Geschichten?«

»Zwei Geschichten.«

»Fünf?«

»Aus dir wird mal eine ausgezeichnete Händlerin«, antwortete Fiona lachend. »Ich sollte dich bald zu den Teeauktionen mitnehmen.«

»Fünf, Mami, fünf.«

»Also gut, fünf. Jetzt lauf und nimm dein Bad, und wenn du fertig bist, les' ich dir vor.«

Katie kletterte herunter und lief zu Anna, ihrem Kindermädchen, die an der Tür von Fionas Arbeitszimmer auf sie wartete. Dort drehte sie sich noch einmal um und sagte: »Mami?«

»Ja, Schatz?«

»Ich will zu Papi.«

Fiona verspürte einen Stich. »Ich weiß, Katie, aber Papi ist im Moment nicht da.«

»Er soll aber kommen.«

»Er kommt und besucht dich bald, Schatz.«

»Aber …«

»Komm, Katie«, sagte Anna sanft. »Wir machen was ganz Tolles. Wir geben schönes, rosafarbenes Badesalz in dein Wasser. Möchtest du das gern?«

Katie nickte und folgte Anna aus dem Raum. Fiona sah ihnen mit trauriger Miene nach. Die Wunden, die der Angreifer an ihrem

Gesicht und ihrem Körper verursacht hatte, waren verheilt. Die Wunde, die ihr Joe beigebracht hatte, blutete noch immer. Sie vermißte ihn schrecklich. Katie vermißte ihren Vater. Alle waren unglücklich, und alles war ihre Schuld.

Das hatte Joe zumindest gesagt.

Er machte sie dafür verantwortlich. Wenn sie zu ihm gehen und ihm versprechen würde, nicht mehr nach Charlie zu suchen, würde er heimkommen und sie wären wieder eine glückliche Familie. Es liegt nur an mir, dachte sie.

Es klopfte.

»Herein«, sagte Fiona, froh über die Ablenkung von ihren traurigen Gedanken.

Es war Foster. »Mr. Finnegan ist hier, Madam«, sagte er.

»Mr. Finnegan? Mein … *mein Bruder?*« flüsterte Fiona und wollte ihren Ohren nicht trauen.

»Ja, Madam. Darf ich ihn hereinbitten?«

»Selbstverständlich!« rief Fiona und stand auf.

Charlie war hier. Endlich war er gekommen. *Charlie.* O wie sehr sie sich danach gesehnt hatte. Jetzt konnten sie endlich reden. Sie konnte ihm sagen, in welcher Gefahr er schwebte. Sie würde ihn überzeugen, London zu verlassen. Und wenn er in Sicherheit war, konnte sie zu Joe gehen, ihm die gute Nachricht überbringen und ihn bitten, wieder heimzukommen.

»Hallo, Fee.«

Fiona sah auf den großen, drahtigen Teenager, der vor ihr stand. *»Seamie?«* sagte sie verblüfft. »Was um alles in der Welt machst du denn hier?«

»Ähm … schön, dich zu sehen«, antwortete er und küßte sie auf die Wange. Sie versuchte, ihn zu umarmen. »O Mann, da reiche ich ja kaum mehr rum«, sagte er und tätschelte ihren Bauch. »Kriegst du ein Baby oder ein halbes Dutzend?«

Sie reagierte nicht auf seinen Scherz. Sie wußte, warum er hier war. Es war etwas passiert. Warum sonst sollte er den ganzen Weg von Amerika gekommen sein, ohne sich vorher anzukündigen? Jemand war krank. Verletzt. Oder tot.

»Seamie, was ist los? Onkel Michael, Tante Mary, die Kinder …«

»Nichts ist passiert. Allen geht's gut. Sie schicken dir ihre besten Grüße.«

»Warum bist du dann hier? Es ist doch erst Oktober. Du hast doch noch keine Ferien.«

Seamie zog sein Jackett aus und setzte sich aufs Sofa. »Ich bin mit der Schule fertig, Fiona«, sagte er.

»Fertig?« fragte sie. »Das Schuljahr hat doch erst angefangen. Hast du schon deinen Abschluß gemacht?«

»Nicht unbedingt.«

»O nein, Seamie, du bist rausgeflogen?«

»Ähm ... also ... ja.«

»Warum?«

»Der Direktor hat gesagt, ich verbringe zuviel Zeit mit Klettern und Segeln und nicht genügend in der Schule.«

»Das hat er gesagt und dich dann rausgeschmissen? Ohne dir die Möglichkeit zu geben, dich zu bessern? Verwarnt er seine Schüler nicht, bevor er sie von der Schule verweist?«

»Doch«, räumte Seamie widerwillig ein. »Er hat mich viermal verwarnt, dann hat es ihm gereicht. Ich kann's ihm nicht verdenken. Meine Noten waren miserabel. Aber wie ich die Sache sehe, gibt's dort nichts zu lernen für mich. Sie können mir nichts mehr beibringen.«

Fiona konnte nicht glauben, was sie da hörte. Seamie war im letzten Jahr in Gordon, einer exklusiven Privatschule in Connecticut. Im Juni sollte er seinen Abschluß machen und dann an die Universität gehen.

»Sie können dir nichts mehr beibringen«, stammelte sie. »Was ist mit Physik, Mathe, Geschichte und Latein? Was ...«

»Das ist nicht wichtig, Fee. Nichts davon ist mir wichtig. Der Direktor hat recht. Ich hab' tatsächlich meine ganze Zeit mit Klettern und Segeln verbracht. Ich bin der Jüngste, der alle sechsundvierzig Gipfel der Adirondacks bestiegen hat. Der Jüngste, der allein von Neuschottland zu den Keys gesegelt ist.«

Fiona hörte ungläubig zu, während er von Gipfeln, Sextanten und Sternen erzählte. Als er fertig war, sagte sie: »Du hast alles weggeworfen. Deine Ausbildung. Deine Zukunft. Was willst du jetzt tun?«

»Auf Forschungsreisen gehen. Das ist das einzige, was mich interessiert.«

Sie schüttelte den Kopf. Diese Unterhaltung wurde für sie immer absurder.

»Deswegen bin ich hier, Fee. In London. Die Royal Geographic

Society finanziert eine Expedition in die Antarktis unter der Leitung von Kapitän Robert Scott. Ich werde mich an ihn wenden und ihn bitten, mich als Mitglied seiner Mannschaft aufzunehmen. Ihn anflehen, wenn es sein muß.«

»*Antarktis?* Du kannst nicht in die Antarktis gehen. Du kannst überhaupt nirgendwohin gehen! Du bist erst siebzehn!« schrie Fiona, deren Schock über sein plötzliches Auftauchen in Zorn übergegangen war.

»Fiona, ich weiß, das ist schwierig für dich und unerwartet …«

»Das ist sehr milde ausgedrückt!«

»… aber du mußt eines verstehen: Die Welt wird jeden Tag kleiner. Wenn ich warte, bis ich mit der Universität fertig bin – das sind noch fast fünf Jahre –, ist es zu spät. Bis dahin ist alles erforscht, bestiegen, überquert und kartographiert. Die Quellen des Nils sind bereits gefunden und die von fast allen anderen Flüssen auch. Es hat Vorstöße zum Nordpol gegeben, und viele der höchsten Berge sind bezwungen. Jeder redet jetzt über den Mount Everest. Alle guten Bergsteiger wollen ihn besteigen. Den *Everest!* Kannst du dir das vorstellen?«

»Was ich mir *nicht* vorstellen kann, ist, wie du die Chancen, die ich dir geboten habe, und das Geld, das ich für dich ausgegeben habe, einfach so mißachten kannst. Hast du überhaupt eine Ahnung, welches Glück du hattest? Es gibt Jungen, die würden sich die Hand abhacken lassen für eine Ausbildung, wie du sie genossen hast. Ich möchte, daß du deinen Abschluß machst und dann zur Universität gehst.«

»Wir beide wollen ganz verschiedene Dinge.«

»Offensichtlich. Aber ich will nur das Beste für dich.«

»Leider weißt du nicht, was das Beste für mich ist. Das weiß nur ich allein.«

»Ach wirklich? Mit siebzehn weißt du das?«

»Du bist doch auch nicht zur Schule gegangen, willst aber, daß *ich* bleibe.«

»Ich wurde mit viezehn von der Schule genommen. Ich hatte keine Wahl. Ich mußte bei Burton-Tee arbeiten, um die Familie zu unterstützen.«

»Das ändert nichts an den Tatsachen. Du warst mit siebzehn selbständig. Hast dein Leben selbst in die Hand genommen. Und hast mehr Abenteuer erlebt, bevor du achtzehn warst, als die meisten in ihrem ganzen Leben.«

»*Abenteuer* nennst du das? Jetzt laß dir mal was gesagt sein: Das waren keine Abenteuer, das waren Tragödien!« Fiona war außer sich.

Sie bemerkte, daß er zumindest eine beschämte Miene aufsetzte.

Beide schwiegen einen Moment, dann sagte Fiona: »Ich werde dem Direktor telegraphieren und ihn bitten, dich wieder aufzunehmen. Wenn es mir gelingt, das Malheur rückgängig zu machen, nimmst du das erste Schiff zurück nach New York.«

»Nein, das tue ich nicht.«

»Und was ist, wenn du bei dieser Expedition nicht genommen wirst? Womit willst du deinen Lebensunterhalt verdienen? Du hättest nach deinem Universitätsabschluß bei TasTea oder Montague's einsteigen können – in einer guten Position.«

»Ich habe gehofft …«

»Vergiß es. Mach dir keine Hoffnung auf Zuwendungen. Oder irgendeine Sonderbehandlung. Du kannst im Lagerhaus arbeiten, wenn du einen Job brauchst. Im Oliver's Wharf gibt es eine freie Stelle. Du kannst dich morgen früh beim Aufseher vorstellen.«

»Ich habe gehofft, du würdest mir das Geld geben, das Nick mir hinterlassen hat.«

Nicholas Soames, ihr erster Mann, hatte Fiona geheiratet, als Seamie noch ein Kind war. Nick hatte Seamie sehr gemocht und ihn wie einen eigenen Sohn behandelt. Er hatte ihm zweihunderttausend Dollar vererbt, die bis zu seinem einundzwanzigsten Geburtstag treuhänderisch angelegt waren. Fiona war die Treuhandverwalterin.

»Du machst wohl Scherze«, sagte sie.

»Nein, das tue ich nicht.«

»Glaubst du wirklich, ich übergebe eine solche Summe einem siebzehnjährigen Ausreißer?«

Seamie stand auf und nahm sein Jackett.

»Wohin gehst du?«

»Ich wohne bei Freunden«, antwortete er verletzt. »Bei den Aldens. Es ist ja wohl mehr als offensichtlich, daß ich hier nicht willkommen bin.«

»Seamie, sei nicht albern. Natürlich bist du hier willkommen.«

»Solange ich mit allem einverstanden bin, was du willst. Aber das bin ich nicht. Ich bin kein Kind mehr, sondern ein erwachsener Mann. Und ich werde in die Antarktis fahren.«

»Seamie ...«, begann Fiona und versuchte, sich aus dem Sessel hochzurappeln, doch Seamie war bereits die Treppe hinuntergelaufen. Sie eilte zum Fenster und sah ihm nach, wie er mit einer Reisetasche in der Hand aus dem Haus und die Straße hinunterging.

Sie schloß die Augen und mußte die Tränen zurückhalten. Mein Gott, wie war es dazu gekommen? Sie hatte es geschafft, Seamie aus dem Haus zu jagen. Er war erst vor ein paar Minuten angekommen und schon wieder fort.

Die Tür ging auf. Foster kam herein, ein Teetablett in der einen und ein Taschentuch in der anderen Hand. »Tut mir leid, Mrs. Bristow, ich will nicht stören, aber ich dachte, Sie könnten eine Tasse Tee brauchen.«

Fiona wurde klar, daß er den Streit zwischen ihr und Seamie mitbekommen hatte.

»Danke, Mr. Foster«, sagte sie, dankbar für seine Umsicht und seinen Takt.

»Brauchen Sie noch etwas, Mrs. Bristow? Kann ich Ihnen irgendwie behilflich sein?«

»Können Sie mir sagen, wie man es anstellt, daß Männer nicht einfach davonlaufen?«

»Ja, Madam, das kann ich. Es ist ganz einfach.«

»Wirklich, Mr. Foster? Wie?«

»Man muß nur Frauen aus ihnen machen.«

51

𝓕rankie hörte die Stimmen von der Straße aus. Er war überrascht, daß noch jemand im Bark war. Es war halb vier, und Desi schloß den Pub jetzt immer zwischen drei und fünf, um Schwierigkeiten mit den Bullen zu vermeiden. Er horchte eine Weile, bevor er hineinging, und stellte fest, daß er die Stimmen kannte – die wütende schrille gehörte Gemma. Die andere – die leise und beherrschte – Sid.

Frankie griff nach der Klinke und besann sich dann eines Besseren. Er ging um das Bark herum, die Stufen zum Fluß hinab und dann über die Kellertreppe in die Küche hinauf. Desi war dort, wusch Gläser ab und rührte in einem Topf Suppe herum, die wie Spülwasser aussah.

»Alles klar, Desi?«

»Ja, Frankie. Und bei dir?«

»Alles bestens. Was ist da los?«

»Der Boß hat Krach mit Gem.«

Frankie wußte, daß Sid die Beziehung mit Gemma beendet hatte. Er hätte überrascht sein sollen, aber das war er nicht. Nichts, was Sid tat, überraschte ihn mehr.

Er ging zu der Tür, die die Küche vom Schankraum trennte, und sah durch die kleine schmutzige Glasscheibe. Sid saß bei den Fenstern und blickte auf den Fluß hinaus. Gemma ging auf und ab. Er mochte mit ihr Schluß gemacht haben, aber sie nicht mit ihm. Sie hielt ein Taschentuch in der Hand. Ihre Augenlider waren gerötet.

»Warum, Sid? Sag mir einfach, warum?«

»Gemma, bitte. Das hatten wir doch schon alles.«

»Es gibt eine andere, nicht wahr? Wer ist es?«

»Es gibt keine andere.«

»Du Lügner!« schrie Gemma. Erneut ertönte ein lautes Krachen. »Sag mir die Wahrheit, Sid. Du hast behauptet, du würdest dich nie verlieben. Nie im Leben. Aber du hast es doch getan, stimmt's?«

Sid antwortete nicht.

»Hab' ich's mir doch gedacht!« rief Gemma.

Desi schüttelte den Kopf. »Ich versteh' einfach nicht, wieso er mit ihr Schluß gemacht hat«, sagte er und rührte in seiner Suppe. »Eine Frau wie Gemma stößt man doch nicht einfach von der Bettkante. Da stimmt doch was nicht.«

»Nichts stimmt mehr, Desi.«

»Das kannst du laut sagen. Was machst du eigentlich hier, Frankie? Bist du zum Essen gekommen?«

Wohl kaum, dachte Frankie und sah auf den Suppentopf. »Ich wollt' mit dem Boß reden.«

»Über was?«

»Madden. Ko. Und die verdammten Italiener.«

Desi nickte. »Gut. Dieser Madden nimmt sich wirklich unglaubliche Frechheiten raus.«

»Das ist leider nur allzu wahr.«

Big Billy Madden machte Sachen, die er sich vor einem Monat noch nicht getraut hätte. Er spielte sich in den Pubs von Whitechapel auf, und seine Präsenz war am ganzen Fluß entlang spürbar. Jemand war in Butler's Wharf eingebrochen, ein Schiff in St. Katherine's Dock ausgeraubt, einen Laden mit Schiffzubehör auf der Wapping High Street überfallen. Das ging alles auf Maddens Konto, das spürte Frankie. Der Kerl hatte Blut geleckt. Sid mußte ihn sich vornehmen, und zwar sofort.

Madden hatte Frankie letzte Woche eine Nachricht zukommen lassen, daß sein Angebot immer noch stand. Frankie hatte Delroy mit ein paar ausgesuchten Ausdrücken und einem Tritt in den Hintern zurückgeschickt. Billy Madden begriff einfach nicht. Er suchte keinen *Job*. Wenn es darum ginge, könnte er für jeden Trottel arbeiten, der ihn bezahlte. Es ging nicht ums Geld. Jedenfalls nicht nur. Es ging um Dinge wie das Stronghold. So was zu planen, durchzuführen und damit durchzukommen. Es ging um die Kontrolle des East Ends. Es ging um Bruderschaft. Um Liebe und Treue. Es ging um Sid.

Gemma schrie Sid erneut an.

Frankie sah, wie der Boß aufstand und seine Jacke anzog. Gemma versuchte, ihn daran hindern, doch vergeblich. Frankie hörte, wie die Vordertür aufging und zufiel.

»Na toll«, sagte er. »Der Boß ist abgehauen und hat uns mit Gem sitzenlassen.«

»Armes Ding. Gib ihr einen Drink. Ich muß noch meine Suppe abschmecken.«

Frankie öffnete die Küchentür und ging in den Schankraum. Gemma stand an der Bar.

»Na, Gem, was soll denn das Ganze?« fragte er. »Zoff mit dem Boß?«

»Du hast uns gehört?«

»War schwer zu überhören.«

»Ich hab' gehofft, wir könnten reden. Wieder zusammensein ...« Sie brach ab.

»Wie wär's mit 'nem Drink? Der bringt dich wieder auf die Beine.«

»Gin.«

»Ich bin sicher, das legt sich wieder. Was immer es sein mag.«

Gemma lachte bitter auf. »Wohl kaum. Er hat eine andere.«

»Ach, Gem. Er ist halt ein Kerl. Er kommt schon wieder. Das tun wir immer.« Frankie griff unter die Bar, holte eine Flasche heraus, goß ein Glas ein und schob es ihr zu.

»Besser du schenkst dir auch einen ein, Kumpel«, sagte sie und kippte ihren Schnaps runter.

»Ich? Warum?«

Sie sah ihn mitleidig an. »Mann, Frankie, so blöd bist du doch nicht.«

»Jetzt halt mal die Luft an. Ich weiß, daß du sauer bist, aber ...«

»Kapierst du nicht, was passiert? Er haut ab.«

»Wie's aussieht, ist er schon weg, Süße.«

»Nicht nur von mir. Von *uns*. Von dir. Von den Jungs. Von hier. Vom East End. Von diesem Leben.«

»Blödsinn«, sagte Frankie. Angst stieg in ihm auf.

Gemma griff nach der Flasche und goß sich erneut ein. Sie nahm einen ordentlichen Schluck und sagte dann: »Du magst ihn doch auch, oder? Mehr, als ich es je getan hab'. Aber das ist egal. Dich wird er auch verlassen.«

»Halt die Klappe, Gem«, knurrte Frankie.

Gemma hob mit zitternder Hand ihr Glas und kippte ihren Drink. Frankie war froh, daß sie nichts mehr sagte. Er wollte es nicht hören, ertrug es nicht, weil er tief in seinem Inneren wußte, daß sie recht hatte. Sid hatte immer ein bißchen was von einem Robin Hood an sich gehabt, der jedem armen Trottel Geld gab, der darum bat. Aber in letzter Zeit war es schlimmer geworden. Seit er diese Doktorin kennengelernt hatte. Und wer weiß, was er jetzt vorhatte. Selbst wenn er sich eine andere Braut angelacht hatte, würde er sich doch von keiner Frau in seine Geschäfte reinreden lassen. Aber *irgendwas* war im Busch. Irgendwas lenkte ihn ab. Er ließ die ganze Firma den Bach runtergehen. Und sie alle gleich mit.

Frankie wußte, daß er was unternehmen mußte. Aber was? Er sah zu, wie Gemma mit geschlossenen Augen ihr drittes Glas hinunterstürzte.

Ohne Vorwarnung riß er ihr den Gin aus der Hand. »Komm mit«, sagte er. »Nimm deine Sachen. Wir gehen.«

»Warum? Wohin gehen wir?«

Frankie packte Gemmas Arm und nahm ihren Mantel und ihre Tasche. »Rausfinden, wo Sid Malone seine ganze verdammte Zeit verbringt.«

ie Urnen sind da, Joe! Steh auf!«
Joe Bristow öffnete die müden Augen. Es war dunkel. Und laut. Und es roch komisch. Nach Holz und Büchern. Einen Moment lang wußte er nicht, wo er war. Dann fiel es ihm wieder ein – im Schulhaus an der Brick Lane. Es wurde als Auszählungslokal benutzt. Erschöpft hob er den Kopf von der Schulbank.

»Jetzt wach schon auf!«

Sein Bruder stand in der Tür des leeren Klassenzimmers, in dem Joe geschlafen hatte.

»Wie spät ist es, Jimmy?« fragte er mit belegter Stimme.

»Halb neun. Die ersten Wahlurnen sind eingetroffen! Steh auf, du fauler Sack! Die Auszählung fängt an!«

Joe ließ den Kopf wieder sinken und schloß die Augen. Er hatte sich noch nie so restlos erschöpft gefühlt. Die letzten beiden Tage war er ununterbrochen auf Stimmenfang gewesen – ohne Ruhepause, ohne Schlaf und praktisch ohne Essen. Er hatte das Gefühl, in jedem Pub, jedem Gewerkschaftssaal, jedem Lagerhaus und in jeder Fabrik im East End gewesen zu sein. Er war heiser und brachte kaum mehr ein Wort heraus.

Seine Anhänger hatten den Eindruck, daß er vor seinen liberalen und konservativen Gegnern lag, und drängten ihn, seinen Vorsprung zu vergrößern. Das hatte Joe versucht, dennoch war er sich nicht sicher, was seine Chancen anbelangte. Lambert und Lytton waren erfahrene Politiker, er nicht. Zudem verteidigte Lytton seinen Sitz, und ein solcher Gegner war bekannterweise schwer zu schlagen.

Freddie war im Moment unten im kleinen Versammlungsraum der Schule gemeinsam mit Dickie Lambert, den Wahlhelfern, dem Aufsichtsbeamten und verschiedenen Pressevertretern. Er sollte eigentlich auch unten sein.

Nur noch ein paar Stunden, sagte er sich. Er brauchte nichts zu tun, als zuzusehen, während die Stimmen ausgezählt wurden, und dann Freddie zu gratulieren. Danach konnte er heimgehen und schlafen.

Nein, nicht nach Hause, fiel ihm mit einemmal wieder schmerzlich ein. Nicht zum Grosvenor Square, wo Fiona und Katie lebten. Es war inzwischen über einen Monat her, daß er Fiona verlassen hatte, aber jeden Morgen, wenn er im Hotel Connaught aufwachte, glaubte er, er liege zu Hause in seinem eigenen Bett. Und dann schlug er die Augen auf, sah die Hoteltapete, die seltsamen dunkelroten Vorhänge, seine Kleider auf dem Boden – und er erinnerte sich wieder, daß er sie vor die Wahl gestellt hatte, entweder er oder ihr Bruder, doch sie hatte davon nichts wissen wollen.

Und so lebten sie in diesem eigenartigen Zwischenstadium und redeten kaum miteinander. Sie achtete darauf, daß sie außer Haus war, wenn er Katie besuchen kam. Er stellte sicher, daß er fort war, bevor sie zurückkehrte. Letzte Woche jedoch hatte er nicht aufgepaßt und war zu lange geblieben. Fiona trat gerade in die Diele, als er gehen wollte. Sie hatte ihm wortlos zugenickt und war zur Treppe gegangen, aber er hatte sie am Handgelenk festgehalten.

»Ich vermisse dich«, hatte er gesagt. »Und ich liebe dich.«

»Warum hast du mich dann verlassen?«

»Du weißt, warum. Es gibt Kämpfe, die du nicht gewinnen kannst. Nicht einmal du.«

»Aber ich kann's zumindest versuchen!« hatte sie geantwortet und sich losgerissen. Wütend war sie davongerauscht. Ihr Zorn und ihre Sturheit gestatteten ihr nicht nachzugeben. Zumindest noch nicht. Sie brauchte ihn, das wußte er. Und er brauchte sie. Alles, was er tat, kam ihm ohne sie sinnlos vor. Er war körperlich und seelisch erschöpft. Es waren harte Wochen und ein harter Wahlkampf gewesen.

»Joe, steh auf, du Faulpelz!« rief eine Stimme.

»Mein Gott, Jimmy, laß mir eine Minute. Ich bin völlig ausgelaugt«, antwortete er noch halb benommen.

»Nein! Du mußt runterkommen. Sofort! Es ist vorbei.«

Joe hob den Kopf. Er kramte in seiner Jackentasche. »Warte einen Moment. Ich hab' meine Gratulationsrede hier irgendwo. Lytton hat gewonnen, oder?«

»Nein, das hat er nicht.«

»Du machst Witze. *Lambert?* Lambert ist der neue Mann?«

Jimmy strahlte ihn an. »Nein, du Hornochse. *Du* bist es!«

Joe starrte ihn sprachlos an.

John Burns, ein Labour-Führer und Joes Ratgeber während des ganzen Wahlkampfs, stürzte herein. »Ich hab' gerade ein Telegramm bekommen!« schrie er. »Kier Hardie hat Mrthyr Tidfil und Richard Bell hat Derby gewonnen. Das sind drei Siege für die neue Labour-Partei.«

»*Drei?*« fragte Joe. Wie konnte Burns wegen drei Sitzen so außer sich sein? Die Tories und die Liberalen hatten zweifellos hunderte gewonnen.

»Es ist ein Anfang, Junge. In der letzten Regierung hatten wir bloß einen. Wir haben unsere Präsenz verdreifacht. Kieselsteine können einen Erdrutsch verursachen, wie du weißt. Die Labour-Partei ist auf dem Weg. Heute drei. Das nächste Mal dreißig und nach und nach dreihundert!«

»Mann, Joe, jetzt steh schon auf!« drängte Jimmy.

Joe rappelte sich hoch.

»Es sind Reporter unten«, sagte Burns. »Sie wollen eine Rede hören – eine gute. Es werden auch Fotos gemacht. Ich sag' ihnen, daß du in ein paar Minuten unten bist.«

Während Jimmy und John wieder nach unten gingen, rückte Joe seine Krawatte zurecht und fuhr sich mit den Fingern durchs Haar. Er steckte sein Hemd in die Hose und knöpfte sein Jackett zu.

Dann holte er tief Luft, schloß die Augen und bereitete sich auf das vor, was ihm bevorstand. Nervosität und Erregung lösten die Erschöpfung ab. Langsam realisierte er, daß er gewonnen hatte. Er war Mitglied des Parlaments, und nach heute abend würde er nicht mehr derselbe sein. Doch es war noch etwas anderes. Er spürte, daß seine Stadt, sein Land, nicht mehr dieselben sein würden. Burns hatte recht. Dies *war* der Anfang von etwas Neuem. Die Konservativen und die Liberalen hatten um die Stimme des Arbeiters gebuhlt, seine Stimme genommen und ihm nichts dafür gegeben. Jetzt hatten die Arbeiter eine eigene Stimme. Jemand würde für sie sprechen. Jemand würde für sie kämpfen in Westminster.

Er hätte diesen Moment mit Fiona teilen wollen, so wie sie immer alles geteilt hatten. Er wollte ihre Arme um sich spüren, ihre strahlenden Augen sehen …

Das mußte aufhören. Sie mußten wieder zusammensein.

Plötzlich wußte er, was er tun mußte. Er würde selbst zu Sid Malone gehen. Nicht als Sids Schwager, sondern als der neue Parlamentsabgeordnete. Er würde ihn allein aufsuchen – ohne Polizei –, und er würde ihm einen Waffenstillstand anbieten. Er würde ihn warnen, was ihm bevorstand, wenn er nicht aufgab. Das würde er tun – für Fiona.

Joe öffnete die Augen und ging hinunter. Der Raum glich einem Hexenkessel. Wahlhelfer redeten aufgeregt aufeinander ein. Presseleute machten sich eifrig Notizen, rauchten und sahen auf ihre Uhren. Freddie Lytton, abgespannt und hager, sprach mit ihnen und versuchte, angesichts seiner Niederlage gute Miene zum bösen Spiel zu machen. Dickie Lambert war schon fort.

Joe wurde sofort erspäht.

»Mr. Bristow! Können Sie eine Stellungnahme abgeben, Sir? Mr. Bristow, hier herüber! Mr. Bristow, können Sie so bleiben? Ich brauche ein Foto.«

Joe ging zuerst zu Freddie und schüttelte ihm die Hand. Freddie schenkte ihm ein müdes Lächeln und beglückwünschte ihn.

»Mr. Bristow, haben Sie eine Rede vorbereitet?« rief ein Reporter.

Joe drehte sich zu ihm um und blickte durch die offenen Türen auf die Straße hinaus, wo seine Anhänger standen. Seine Wähler. Arbeiter, die stundenlang in der Kälte ausgeharrt hatten.

»Ja, Gentlemen, ich will ein paar Worte sagen. Aber die sind für die dort draußen«, sagte er und deutete auf die Tür. »Für die Leute, die mich gerade zu ihrem Abgeordneten gemacht haben. Sie können ja mit hinauskommen, wenn Sie hören wollen, was ich zu sagen habe.«

John Burns lächelte und eilte ihm voraus.

»Gentlemen, erlauben Sie mir, Ihnen den Ehrenwerten Abgeordneten für Tower Hamlets vorzustellen – Mr. Joe Bristow!«

Einen Moment lang schienen alle die Luft anzuhalten, dann brach ohrenbetäubender Beifall aus. Der Jubel breitete sich über die ganze Brick Lane aus und nahm immer mehr zu. Mützen flogen in die Luft. Erwachsene Männer umarmten sich wie Kinder. Manche tanzten. Lichter gingen an in den Häusern, Türen und Fenster flogen auf, Menschen strömten auf die Straße. Kleine Kinder rieben sich verschlafen die Augen, Männer öffneten Bierflaschen und prosteten einander zu, Frauen schlugen Topfdeckel gegeneinander.

Schließlich hob Joe die Hände und versuchte, sie zur Ruhe zu bringen, versuchte zu sprechen, aber sie achteten nicht auf ihn. Er wandte sich an Burns, der übers ganze Gesicht strahlte.

»Siehst du das, Junge?« schrie der und klopfte ihm auf die Schultern. »Weißt du, wie man das nennt? Das nennt man *Hoffnung*.«

❧ 53 ❧

» $\mathcal{M}$ ich laust der Affe, Albie, das ist Norman Collie!« sagte Seamie.

»Wo?« fragte Albert Alden.

»Da! Auf halber Treppe, die Hände in den Taschen. Siehst du ihn?«

»Er war mit Mummery am Nanga Parbat, nicht?« fragte Albie.

»Ja, genau.«

Jeder, der sich auch nur oberflächlich fürs Bergsteigen interessierte, wußte, daß Collie, Albert Mummery und Geoffrey Hastings vor fünf Jahren den ersten Versuch unternommen hatten, diesen Gipfel im Himalaja zu bezwingen. Mummery und zwei seiner Sherpas wurden unter einer Lawine begraben und nie mehr gefunden. Collie und Hastings hatten überlebt.

»Glaubst du, wir könnten ihn ansprechen?« fragte Seamie.

»Ich wette, der redet nur mit seinesgleichen«, antwortete Albie. »Mann, Seamie, schau mal. Da ist Nansen!«

Seamie fuhr herum. Er sah den großen Norweger mit dem weißblonden Haar und dem walroßartigen Schnauzbart die Straße überqueren. »Fridtjof Nansen«, flüsterte er ehrfürchtig und nahm die Mütze ab.

Albie lachte. »Du wirst doch nicht vor ihm auf die Knie fallen?«

»Ich bin nahe dran.«

Nansen war der erste, der das arktische Meer überquert hatte, um den Nordpol zu finden. Als sein Schiff, die *Fram*, vom Eis eingeschlossen wurde, setzte er seine Forschungsreise zu Fuß fort. Er hatte es nicht bis zum Pol geschafft, war aber so weit vorgedrungen wie noch niemand vor ihm.

»Wer wohl sonst noch dasein wird?« fragte Albie.

»Keine Ahnung, aber gehen wir rein, bevor alle Plätze weg sind«, sagte Seamie.

Die beiden jungen Männer zogen ihre Mitgliedsausweise heraus, als eine Stimme hinter ihnen rief: »Albie! Albert Alden, warte auf mich!«

Albie verzog das Gesicht. »O nein«, stöhnte er. »Es ist Willa.«

»Wo?« fragte Seamie und drehte sich um. Vor ihm stand ein Junge in Knickerbockerhose mit einem Rucksack über der Schulter, aber keine Willa.

»Hallo, Albie!« sagte der Junge, dann bemerkte er Seamie. »Seamie Finnegan! Bist du das?« Er küßte ihn auf die Wange.

»Langsam, Junge«, sagte Seamie und wich zurück.

Der Junge lachte auf. »Seamie, du Dummkopf, ich bin's, Willa!«

»*Willa?* Was ist mit deinem Haar passiert?« Das letzte Mal, als er sie vor einem Jahr bei einer Gartenparty im Haus der Aldens gesehen hatte, hatte sie ordentlich geflochtenes, hochgestecktes Haar getragen. Jetzt reichte es ihr kaum mehr bis zum Kinn.

»Ich hab's abgeschnitten. Es hat mich gestört. Mutter hat einen Anfall gekriegt. Sie mußte zwei Wochen das Bett hüten. Wie geht's dir, Seamie? Ist ja Ewigkeiten her. Was machst du hier? Solltest du nicht in der Schule sein?«

Seamie erklärte ihr, daß er die Schule aufgegeben habe. Und weil seine Schwester so zornig auf die Neuigkeit reagiert habe, wohne er jetzt bei Alberts und ihren Eltern, bis sich Fiona wieder beruhigt habe. Oder bis er an der Expedition teilnehmen könne – was sich zuerst ergebe.

Willas Augen blitzten vor Aufregung, als sie ihm zuhörte, und Seamie bemerkte, wie sehr sie sich seit ihrem letzten Treffen verändert hatte. Weder die kurzen Haare noch die alte Tweedjacke ihres Bruders taten ihrer Schönheit einen Abbruch.

»Glaubst du, du schaffst es, einen Platz bei der Expedition zu kriegen?« fragte sie.

»Ich versuch's. Ich hab' eine Idee. Ich werde mich nicht direkt an Kapitän Scott wenden. Er würde sich gar nicht mit mir abgeben. Deswegen bin ich hier. Ich wende mich an Ernest Shackleton. Er ist als dritter Leutnant für Ausrüstung und Proviant zuständig. Ich weiß, daß ich im besten Fall für die Drecksarbeiten in Frage komme, und er ist derjenige, der sie verteilt. Wenn er mich ablehnt, versuch' ich's trotzdem weiter. Ich hab' keine andere Wahl. Entweder schaff ich's, oder ich muß im Lagerhaus von meinem Schwager Obstkisten schleppen.«

Willa lachte. »Ich wünschte, ich wäre du, Seamie. Stell dir vor, was passiert, wenn du *wirklich* angenommen wirst. Du kommst an Orte, die noch nie zuvor ein Mensch betreten hat. Noch nie jemand gesehen hat.«

Ihre großen grünen Augen waren auf ihn gerichtet, und ein paar Sekunden lang konnte er nicht wegsehen. Verlegen blickte er zu Boden und sagte: »Und was ist mit dir, Willa? Albie hat mir erzählt, du hast in Schottland mit Freunden Ferien gemacht.«

Willa grinste. »Das stimmt. So ungefähr zumindest. Aber während meine Freunde im Hotel blieben, bin ich auf den Ben Nevis gestiegen. Ziemlich harter Brocken, dieser Berg.« Seamie zog eine Augenbraue hoch. Ben Nevis im schottischen Hochland war der höchste Gipfel Großbritanniens. Wer ihn besteigen wollte, mußte gute Ortskenntnisse haben und ein sicherer Kletterer sein, denn das Wetter und die Sicht waren oft schlecht.

»Du hast den Ben Path genommen, oder?«

Willa lächelte. »Die Großmuttertour? Nein, ich bin den Carn Mor Dearg raufgeklettert.«

»Wirklich?« sagte Seamie und versuchte, nicht allzu beeindruckt zu klingen. Er hatte die Route zweimal probiert und jedesmal wegen strömenden Regens aufgegeben. »Du mußt gutes Wetter gehabt haben.«

Willa schüttelte den Kopf. »Schneeregen und Sturm.«

»Und du bist nicht umgekehrt?«

»Natürlich nicht. Es hat ein bißchen gedauert, aber ich bin raufgekommen.« Sie lachte. »Und auch wieder runter. Darauf kommt's ja schließlich an, oder?«

»Ihr könnt euch gern noch die ganze Nacht über Kletterrouten unterhalten, aber ich geh' rein. Ich möchte einen Platz kriegen. Bis dann, Willa«, sagte Albie.

»Warte, Albie!« sagte sie. »Ich möchte mit rein. Ich hab' mich beeilt, damit ich Shackletons Vortrag nicht verpasse, aber der Zug hatte Verspätung, und ich konnte nicht mehr nach Hause zurück, um meine Karte zu holen. Laß mich mit dir reingehen, bitte, als dein Gast.«

»Siehst du so aus?«

Die Männer waren in der Mehrzahl bei den Vorträgen der Royal Geographic Society – kurz: RGS –, aber heute abend waren auch ein paar Damen anwesend – alle in Kleidern oder Kostümen, mit Mänteln und Hüten.

»Ach komm, Albie, sei kein Frosch!«

»Du kannst doch so nicht reingehen, Willa! Was würden die Leute sagen? Du bist schließlich kein Junge, sondern ein Mädchen. Deinetwegen würden wir alle rausgeworfen, und ich will das heute nicht verpassen.«

Willa sah ihn abschätzig an.

»Geh heim, Willa«, stieß Albie mit zusammengebissenen Zähnen hervor. »Wenn Mutter erfährt, daß du wie ein Kerl verkleidet in London rumläufst, ist der Teufel los.«

»Sie muß es ja nicht rausfinden.«

»Das tut sie aber immer, und dann bin ich wieder der Leidtragende.«

»Ich geh' aber nicht nach Hause. Dann warte ich eben draußen. Hier auf den Stufen. Im Dunkeln.«

»Also gut«, gab sich Albie geschlagen. »Unter einer Bedingung.«

»Welcher?«

»Wenn Mutter das erfährt, hab' ich nichts davon gewußt.«

»Du bist ein Schatz!«

Die drei liefen die Treppe hinauf und traten durch die Tür eines schäbigen Gebäudes in Burlington Gardens. Es gehörte dem Verteidigungsministerium, das es der Royal Geographic Society für Vorträge zur Verfügung stellte. Shackletons Vortrag war eine Woche zuvor angekündigt worden, und Seamie konnte seitdem kaum mehr schlafen und essen.

Albert Alden war Seamies bester Freund. Sie waren beide siebzehn, hatten sich vor einigen Jahren in der RGS kennengelernt und sich wegen ihrer gemeinsamen Begeisterung fürs Bergsteigen angefreundet. Willa war Alberts Zwillingsschwester, und Seamie mußte früh begreifen, daß man einen Alden nicht ohne den anderen bekam. Was ihn allerdings nicht störte. Die meiste Zeit vergaß er, daß Willa ein Mädchen war, denn sie verhielt sich selten so, und sie wußte mehr übers Klettern als die meisten Männer. Sogar mehr als er, auch wenn er das nie zugeben würde.

Oft sagte sie ihnen – hinter vorgehaltener Hand, damit ihre Mutter nichts mitbekam –, daß sie als erste den Mount Everest besteigen würde. Als Albie und er dagegenhielten, daß noch nicht mal

Männer das geschafft hatten, lächelte sie und sagte: »Ihr werdet schon sehen.«

»Ein Mitglied«, sagte Albie jetzt und zeigte seinen Ausweis an der Kasse. »Und ein Gast.« Der Kassierer sah Willa kaum an und schob Aldie zwei Karten zu. Dann traten die drei in den Saal. Seamie ging ganz nach vorn, um kein Risiko einzugehen.

Er mußte ganz nahe ans Podium heran, damit er hinterher Shackleton ansprechen und ihn davon überzeugen konnte, daß er für die Expedition geeignet war. In der dritten Reihe entdeckte er vier freie Plätze. Nachdem sie sich gesetzt hatten, kam vom anderen Ende der Reihe ein junger Mann etwa in ihrem Alter und ließ sich auf den vierten Platz fallen. Er kam ihnen bekannt vor. Seamie war sicher, daß er ihn schon bei anderen Vorträgen gesehen hatte.

»Er soll ja ein ganz toller Redner sein«, sagte der junge Mann.

Willa wollte schon antworten, aber Albie kam ihr zuvor. »Einer der besten«, erwiderte er.

»Man sagt, er habe sich die Aufnahme in Scotts Team hart erkämpft«, fügte Seamie hinzu.

Innerhalb kürzester Zeit redeten sie aufgeregt über die Expedition. Sie wußten alles über die Hintergründe und natürlich auch über den von Shackleton. Er war ihr Held. Er hatte den Wünschen seines Vaters getrotzt, Medizin zu studieren, und war schon mit sechzehn zur See gegangen. Sein erstes Schiff war die *Hoghton Tower*, die von Liverpool über Kap Horn nach Valparaiso fuhr. Wegen der schweren Schneestürme brauchte das Schiff zwei Monate, um das Kap zu umrunden. Die nächsten fünf Jahre verbrachte Shackleton mit Fahrten in den Fernen Osten und nach Amerika, bevor er erster Maat und schließlich Kapitän wurde. Er arbeitete auf Handelsschiffen, bis er letzten Sommer bei Llewellyn Longstaff vorstellig wurde, dem Hauptfinanzier der Antarktis-Expedition. Er überredete Longstaff, ihn als Expeditionsmitglied aufzunehmen, was der Mann, gemeinsam mit Clements Markham, dem Präsidenten der RGS, auch tat. Shackleton war es dank seiner Überredungskunst gelungen, an der Expedition teilzunehmen, und Seamie war überzeugt, er könne es ebenfalls schaffen.

Während die vier sich unterhielten, gingen im Saal die Lichter aus.

»Also«, sagte Willa. »Auf in die Antarktis!«

»Ich würde alles darum geben, um auf dieses Schiff zu kommen«, bemerkte der Neuankömmling und schaute sie an.

Seamie war seltsam still.

»Ich bin übrigens Albert Alden«, stellte Albie sich vor und griff hinüber, um die Hand des Neuankömmlings zu schütteln. »Und das ist mein … ähm … mein …«

»Zwilling«, sagte Willa plötzlich mit geröteten Wagen und schelmisch blitzenden Augen. »George Mallory«, sagte der junge Mann und gab allen die Hand. »Freut mich, euch kennenzulernen.«

Seamie fragte sich, ob George Mallory ahnte, daß Willa ein Mädchen war. Der Gedanke bedrückte ihn. Er fragte sich, ob sie vielleicht seinetwegen plötzlich übers ganze Gesicht strahlte. Irritiert lehnte er sich in seinem Sitz zurück. Was interessierte ihn das schon? Er war hier, um Shackleton zu sehen.

Die Scheinwerfer gingen an. Eine asketische Gestalt betrat die Bühne – der Präsident der Gesellschaft.

»Das ist Markham«, stöhnte Albie. »Ein schrecklicher Langweiler.«

Willa schnaubte. George lächelte. Seamie machte ein finsteres Gesicht. Nach einer endlosen Einführung von Sir Clements Markham kam Ernest Shackleton auf die Bühne.

Kaum hatte er ein paar Minuten gesprochen, dachte Seamie nicht mehr an Willa Alden, George Mallory oder sonstwen auf der Welt. Dieser Mann war einfach faszinierend. Er schritt auf der Bühne auf und ab, sprach über unentdeckte Länder, endlose Meere, robuste Schiffe und mutige Männer und wie wichtig es für ganz Britannien sei, wenn Scott und die Mannschaft der *Discovery* als erste zum Südpol vorstoßen würden. Er warnte auch davor, ihre Rivalen zu unterschätzen – immerhin habe es Nansen fast bis zum Nordpol geschafft.

Seamie saß auf der Kante seines Sitzes und hörte atemlos zu. Dieser Shackleton hatte alles durchgesetzt, was er wollte, war der geworden, der er werden wollte. Und genau wie Seamie hatte er vorzeitig die Schule verlassen und war zur See gefahren. Eine Stunde später beendete Shakleton seinen Vortrag unter tosendem Beifall und trat vom Podium, um ein Glas Wasser zu trinken. Er verbeugte sich, hob die Hände und stieg wieder hinauf, um Fragen zu beantworten.

Seamie beobachtete die Fragesteller, manche älter, manche jünger, die nacheinander aufstanden, und wußte, daß die meisten von ihnen nie das Zeug haben würden, um an einer solchen Forschungsreise teilzunehmen. Und er wußte auch, daß er lieber sterben würde, als so zu leben wie sie.

Er würde mit Shackleton reden. Heute abend. Selbst wenn er ihn nach Hause verfolgen und auf seiner Haustreppe schlafen müßte. Shackleton würde ihn anhören, ihn verstehen. Sie waren aus demselben Holz geschnitzt. Ernest Shackleton fuhr in die Antarktis. Und Seamus Finnegan würde ihn begleiten.

❧ 54 ❧

*E*lende Schweinerei, was bei den Wahlen passiert ist, Lytton«, sagte Dougie Hawkins, Freddies ehemaliger Schulfreund. »Ein Sieg der Labour-Partei!«

»Ja, das stimmt«, antwortete Freddie.

»Das ist erst der Anfang, alter Junge. Bald sitzen Straßenhändler im Oberhaus und ein Dockarbeiter in der Downing Street.«

Freddie lächelte gezwungen. Am liebsten hätte er Dougie die Nase eingeschlagen. Er war heute abend hierhergekommen, um seine furchtbare Niederlage zu vergessen, nicht, um daran erinnert zu werden.

»Aber eine wirklich tolle Party, nicht wahr?« fügte Dougie hinzu.

»Bin gerade erst angekommen«, antwortete Freddie. Er hatte von der Party erfahren, als er seinen Club verließ. Sie fand in einem Atelier in Chelsea statt, das ganz auf orientalisch getrimmt war, und wurde von dem Sohn eines Herzogs zu Ehren seiner Geliebten gegeben, einer Malerin, die ihre erste Ausstellung feierte.

»Hast du Gemma Dean gesehen?« fragte Dougie.

»Nein. Ist sie hier?«

»Da drüben bei den Fenstern. Sieht ein bißchen angespannt aus, wenn du mich fragst. Wahrscheinlich ist die nächste Miete fällig.« Dougie entdeckte einen anderen Freund und eilte ihm hinterher.

Freddie blickte ihm nach. Dougie hatte gut reden. Er mußte sich schließlich um nichts Sorgen machen. Seiner Familie gehörten vierhundert Hektar Land in Cornwall und Dutzende von Häusern in London. Daß ein Dummkopf wie Hawkins mit solchem Reichtum gesegnet war, während er mit jedem Pfund knausern mußte, machte ihn ganz krank vor Neid.

Er reckte den Hals und hielt nach Gemma Ausschau. Schließlich entdeckte er sie, oder besser gesagt, die Brillanten, die Sid Malone ihr geschenkt hatte. Sie trug nur die Ohrringe, die wie Sterne im Licht der Gaslampe blitzten. Sie waren ein Vermögen wert.

Ihm käme im Moment ein Vermögen gerade recht – egal, woher es stammte. Letzte Woche hatte Bingham für ihn die Rechnung im Reform-Club beglichen – gerade noch rechtzeitig, bevor man ihn öffentlich angeprangert hätte. Allmählich wurde es eng. Er nahm einen Schluck von seinem Whisky und versuchte, nicht darüber nachzudenken.

Statt dessen wollte er sich lieber mit der hübschen Gemma beschäftigen, aber noch während er sie betrachtete, fiel ihm auf, daß sie nicht mehr ganz so blühend aussah. Dougie hatte recht. Sie sah abgekämpft aus, hatte abgenommen. Er trat zu ihr.

»Hallo, Süße. Wie geht's?« sagte er.

»Ganz prima, Freddie. Einfach prima«, antwortete sie bitter.

Sie hielt ein Glas Champagner in der Hand, kippte den Inhalt und winkte, um nachgeschenkt zu bekommen. Sofort füllte ein Kellner ihr Glas wieder auf.

»Hab' von den Wahlen gehört«, sagte sie. »Tut mir leid, daß du nicht gewonnen hast.«

»Mir auch.«

»Die Sache mit deiner Verlobung hab' ich auch gehört. Ist ja knüppeldick für dich gekommen.«

»Das stimmt«, antwortete er gequält. Er hatte gehofft, eine Plauderei mit Gemma würde seine Laune bessern, aber das war anscheinend nicht der Fall.

»Na ja«, fuhr sie fort und nahm noch einen Schluck Champagner, »wenigstens bist du jetzt frei. Genau wie ich.«

Freddie war es äußerst unangenehm, welche Richtung die Unterhaltung eingeschlagen hatte. »Was meinst du damit, Gem?«

»Dich hat man sitzenlassen. Mich auch.«

»Ach wirklich? Das tut mir aber leid.«

Sie reckte den Kopf. »Tatsächlich?«

»Das bezweifelst du doch nicht, oder?«

»Erinnerst du dich noch an deinen letzten Besuch bei mir? Weißt du noch, was du da gesagt hast?«

»Ähm … irgendwas über meinen Wahlkampf?«

»Nein. Du hast gesagt, du würdest dir wünschen, du könntest mich heiraten. Aber du müßtest India zur Frau nehmen, weil deine Eltern das wollten. Also, jetzt hat sie die Verlobung gelöst. Du bist frei. Wir können heiraten. Was hält uns davon ab?«

Freddie versuchte, sich herauszuwinden. »Gem, du weißt doch, das ist nicht so einfach.«

»Ich weiß nur eines, Freddie, daß du ein verdammter Lügner bist«, sagte sie mit erhobener Stimme. Köpfe drehten sich nach ihnen um.

»Sei doch *vernünftig*, Gemma«, zischte Freddie. »Du kennst meine Gefühle für dich. Du weißt, daß du die herrlichste Frau in London für mich bist, aber zu einer Ehe gehört mehr als gegenseitige Anziehung. Wir kommen aus völlig verschiedenen Verhältnissen. Führen ein ganz verschiedenes Leben. Wir haben kaum etwas gemeinsam.«

Gemma lachte. Ihr Lachen klang grob und häßlich. »Oh, da täuschst du dich, Kumpel. Wir haben mehr gemeinsam, als du denkst. Eine ganze Menge.«

»Tatsächlich?«

»Deine frühere Verlobte zum Beispiel. Und meinen Verlobten. Sid Malone schläft mit India Selwyn-Jones. Wußtest du das nicht?«

Jetzt mußte Freddie lachen. Laut. »Das ist ein guter Witz. Wirklich. So was Absurdes hab' ich in meinem ganzen Leben noch nicht gehört.«

»Ich hab' dir gesagt, daß sie ihn besucht hat, oder? Wegen der Gummis. Vor Wochen.«

»Ja ...«

»Das hast du mir zuerst auch nicht geglaubt. Aber ich hab' recht gehabt. Und jetzt hab' ich auch recht«, beharrte Gemma. Freddie sah, daß ihr Blick nicht mehr ziellos herumirrte, sondern scharf und voller Bitterkeit auf ihn gerichtet war.

»Das hast du nicht. Du kennst India nicht. Sie würde sich nie mit Typen wie Malone einlassen. Niemals.«

»Wir sind Sid vor ein paar Tagen nachgegangen. Frankie Betts und ich. Er hat sich in letzter Zeit kaum blicken lassen, und Frankie wollte rausfinden, was er so treibt. Wir haben gesehen, wie er eine Droschke zur Brick Lane genommen hat. Wie sie vor dem Café gehalten hat. Bei den Moskowitz'. Wo sie wohnt. Wir haben gewartet. Kurz darauf haben wir beobachtet, wie sie rausgekommen und in die Kutsche gestiegen ist. Wir sind ihnen nachgefahren. Den ganzen Weg aus Whitechapel raus. Zu einem Haus. Da sind sie beide reingegangen, und dann ist das Licht in einer Wohnung im oberen Stockwerk angegangen. Sie sind nicht mehr rausgekommen.«

Freddie hatte es die Sprache verschlagen. Sid Malone und India – das war undenkbar. Unmöglich. Nicht nur, daß India ihn verlassen hatte, sie hatte sich auch noch mit seinem größten Feind zusammengetan – dem Mann, der das Stronghold-Lagerhaus ausgeraubt, der ihm den Sieg beim Home-Rule-Gesetz und höchstwahrscheinlich auch den Wahlsieg gekostet hatte. Nach der Demütigung im Unterhaus hatte er es nicht geschafft, wieder auf die Beine zu kommen. Er hatte zuviel an Glaubwürdigkeit eingebüßt.

Blinde Wut packte ihn. Eine tödliche Wut. Er griff nach Gemmas Handgelenk. »Wo ist die Wohnung? Wie ist die Adresse?«

Gemma riß sich los. »Ich hab's satt, mich ständig benutzen zu lassen, Freddie. Immer und immer wieder. Wenn du Informationen willst, dann zahl dafür. Gleich bar auf die Hand. Zweihundert Pfund, nicht weniger.«

»Gemma, bitte …«

»Du weißt, wo ich wohne.«

»Miststück.«

»Vierhundert«, sagte Gemma. Dann machte sie auf dem Absatz kehrt und stolzierte von dannen.

❦ 55 ❧

Seamie Finnegan sehnte sich nach einer Tasse heißem Tee wie noch nie in seinem Leben. Er wünschte sich trockene Kleider, ein prasselndes Feuer und einen weichen Sessel.

Er stand jetzt seit Dienstag nacht vor Ernest Shackletons Haus und war nahe dran umzukippen. Aber das würde er nicht. Er hatte so lange durchgehalten und würde noch einmal eineinhalb Tage hier stehenbleiben, wenn er Shackleton nur damit bewegen konnte, mit ihm zu sprechen. Notfalls würde er sogar eine ganze Woche lang hier ausharren.

Nach dem Vortrag war er zu ihm gegangen, aber Shackleton war von so vielen Leuten umringt gewesen, daß Seamie nicht zu ihm durchkam. Später, als die Menge sich aufgelöst hatte, hatte er es noch einmal probiert, aber da war Shackleton schon auf dem Weg zum Dinner im Forscherclub gewesen.

»Mr. Shackleton, Sir, kann ich Sie kurz sprechen?« hatte Seamie gerufen und war dem Mann und seiner Begleitung nachgelaufen.

»Was gibt's denn, mein Junge?«

»Ich würde mich gern … Ihrer Expedition anschließen, Sir.«

Shackleton hatte gelacht. Seine Begleiter ebenfalls. »Das wollen auch alle anderen Schuljungen in London! Unsere Mannschaft ist komplett«, hatte er ein wenig freundlicher hinzugefügt. Und dann war er fort gewesen.

Seamie folgte ihm zum Club der Forscher. Als Shackleton herauskam, war es schon fast Mitternacht. Sobald Seamie ihn sah, ging er wieder auf ihn zu, aber Shackleton ließ ihn nicht zu Wort kommen. »Ich bin doch kein Fasan«, hatte er gesagt. »Ich mag es nicht, wenn man mir auflauert.«

Dennoch gab Seamie nicht auf. Als Shackleton in eine Droschke stieg, nahm er ebenfalls eine und folgte ihm. Er kam vor seinem Haus an, als der Mann gerade hineinging.

»Nicht schon wieder!« sagte Shackleton, als er ihn sah. »Was zum Teufel willst du denn, Junge?«

»An Ihrer Expedition in die Antarktis teilnehmen.«

»Das ist unmöglich. Das hab' ich dir bereits gesagt. Und jetzt geh, sonst lass' ich dich wegschaffen.« Verärgert war Shackleton die Treppe hinaufgegangen. Sobald er im Haus war, zog er die Vorhänge vor, aber Seamie hatte gesehen, wie sie sich ein-, zweimal bewegten.

Mittlerweile war Donnerstag morgen. Wie lange würde er es noch schaffen, ohne umzukippen? Plötzlich öffnete sich die Haustür, und der Forscher höchstpersönlich trat mit einer weißen Serviette in der Hand heraus. Der verlockende Duft nach Buttertoast und Speck umgab ihn. Seamie knurrte der Magen.

»Ziemliche Leistung, die du da gezeigt hast, Junge«, sagte Shackleton. »Dreißig Stunden am Stück vor meinem Haus zu stehen.«

»Dreiunddreißig Stunden und zehn Minuten, Sir.«

»Wahrscheinlich denkst du, ich bin ziemlich beeindruckt. Die Frage ist jedoch: Hältst du es auch achtundvierzig Stunden aus? Oder zweiundsiebzig? Eine Woche? Einen Monat? Bei eisiger Kälte? Im Schneesturm, wenn du die Hände nicht bewegen kannst und deine Zehen schwarz werden? Denk genau nach, bevor du antwortest. Männer – viel kräftigere als du – sind dabei umgekommen.«

»Ich habe keine Angst zu sterben, Sir. Viel eher, nie zu leben.«

»Große Worte von einem Jungen.«

»Ich bin siebzehn, Sir. Ein Jahr älter, als Sie es waren, als Sie auf der *Hoghton Tower* Kap Horn umsegelten.«

Shackleton schwieg einen Moment, dann sagte er: »Komm rein. Meine Köchin hat Eier mit Speck gemacht. Ich mache dir keine Versprechungen, ich will dir bloß was zu essen geben, bevor ich dich zu deiner Mutter heimschicke.«

»Meine Mutter ist tot, Sir. Natürlich können Sie versuchen, mich heimzuschicken, aber ich werde nicht gehen. Die See ist meine Heimat, die wilden, ungebärdigen Wasser der Antarktis.«

Shackleton verdrehte die Augen. »Genug! Als nächstes erzählst du mir was von weißen Walen. Es geht nicht um Seemannsgarn und Abenteuergeschichten, es geht um eine wissenschaftliche Expedition. Hast du je auf einem Schiff gestanden?«

»Ich halte den Rekord im Einhandsegeln von Yarmouth nach Key Largo.«

»Du bist den ganzen Weg von Neuschottland zu den Keys gesegelt? *Warum?*«

»Ich suchte nach einer Herausforderung, Sir.«

»Hört sich an, als wäre dir das gelungen. Wie war noch mal dein Name, Junge?«

»Seamus Finnegan, Sir.«

Shackleton lächelte. »Ire, was? Ich bin auch in Irland geboren. Dann komm mal rein, Seamus Finnegan, und trink eine Tasse Tee. Ich verspreche noch immer nichts, aber ich würde gern mehr über dich erfahren.«

Seamies Beine waren gefühllos vom langen Stehen. Er stolperte auf der ersten Stufe, richtete sich aber schnell wieder auf und folgte dem Forscher ins Haus. Er hätte jubeln können, tanzen, singen, doch er blieb ernst und nüchtern. Er hatte eine Chance, eine winzige Chance, aber mehr brauchte er nicht. Die Tür hatte sich einen Spaltbreit aufgetan. Die Tür zu seinem Traum.

❧ *56* ☙

*I*ndia wachte dort auf, wo sie eingeschlafen war – in Sids Arm-
beuge. Er lächelte, als sie sich bewegte, und küßte sie auf den
Kopf.

Regen schlug gegen das Fenster. India sah hinaus. Es war dämmrig
gewesen, als sie ins Bett fielen, jetzt war pechschwarze Nacht. Eine
Öllampe auf dem Schreibtisch verbreitete sanftes Licht.

»Wie spät ist es?« fragte sie.

»Kurz nach Mitternacht. Ich hab' die Kirchenuhr gehört.«

Sie blickte in sein Gesicht. Sie sah die dunklen Ränder um seine
Augen und die Erschöpfung darin. »Warum bist du noch wach?
Kannst du nicht schlafen?« fragte sie.

»Ich will nicht. Nicht, wenn ich bei dir bin.«

India stützte sich auf. »Aber du schläfst *nie*.«

»Doch.«

»Nein, das stimmt nicht. Irgend etwas stimmt nicht mit *dir*.«

Sid wandte den Blick ab, und India wußte, daß sie recht hatte.

»Was ist es, Sid?«

»Nichts.«

Er wich ihr aus, wie immer.

»Du kannst es mir doch sagen«, sagte sie gereizt. »Ich lauf' nicht los
und erzähl' alles brühwarm den bösen Jungs.«

»Ich hab' doch gesagt, es ist nichts«, antwortete er gereizt.

India warf die Decke zurück, stand auf und ging zu dem Stuhl, auf
dem ihre Kleider lagen.

»Was tust du?«

»Ich ziehe mich an«, antwortete sie.

»Wohin willst du?«

»Nach Hause.«

»India, um Himmels willen, warum? Warum tust du das?«

»Weil du mich nicht liebst.«

»Natürlich liebe ich dich.«

Sie fuhr herum. »Nein, das tust du *nicht*. Du behauptest, du würdest mich lieben, Sid, aber du vertraust mir nicht. Das ist keine Liebe. Wenn man jemanden wirklich liebt, vertraut man sich ihm an. Ich hab' dir damals im Krankenhaus alles aus meinem Leben erzählt – alles! –, obwohl ich dich kaum kannte. Nur weil du mich darum gebeten hast. Du hast mir versprochen, deine Geschichte zu erzählen, dein Versprechen aber nicht gehalten. Du willst mir nichts über deine Vergangenheit verraten. Du läßt mich nicht über die Zukunft sprechen. Ich weiß nichts von dir!«

Sid holte tief Luft. »India, es gibt Dinge, die man anderen Leuten einfach nicht erzählen kann.«

»Das bin ich also für dich? *Andere Leute?*«

»Nein«, erwiderte er störrisch und schwieg dann.

Sie zog ihre Bluse an und knöpfte sie zu. Dann setzte sie sich auf das Bett und griff nach ihren Schuhen.

»India, bitte geh nicht. Bitte.«

Etwas in seiner Stimme veranlaßte sie innezuhalten. Sie merkte, daß er nicht mehr wütend war, sondern eher hilflos und ängstlich wirkte.

»Warum kannst du es mir nicht sagen, Sid? Warum kannst du mir nicht sagen, wer du bist?« fragte sie leise.

Ihre Blicke trafen sich, und sie sah, daß er mit sich kämpfte. Schließlich sagte er: »Ich hatte eine schwere Zeit. Vor Jahren. Als ich achtzehn war.«

Sie nickte, unsicher, worauf er hinauswollte, aber sie würde ihm zuhören. »Stammen die Narben auf deinem Rücken aus dieser Zeit?«

»Ja.«

»Wie ist es passiert?«

»Dreißig Hiebe mit der neunschwänzigen Katze.«

»O Gott«, stieß India hervor. »Warum, Sid?«

»Ich hab' einen Wächter bedroht.«

»Physisch?«

»Nein, ich hab' gedroht, zum Aufseher zu gehen.«

»Warum?«

»Um ihm zu sagen … um zu versuchen …« Er brach ab.

»Dreißig Schläge hätten dich töten können.«

»Das haben sie auch fast getan.«

»Kannst du deshalb nicht schlafen? Tun dir die Narben weh?«

»Nein. Nicht diese Narben.«

Er sah aus dem Fenster und schluckte, dann wandte er sich wieder zu ihr um und sagte mit gequälter Stimme: »Ich wurde vergewaltigt. Im Gefängnis.«

Einen Moment lang glaubte India, sie höre nicht recht. »Wann? Wo?« flüsterte sie.

»Ein Wächter. Wiggs hieß er. Zwei andere hielten mich fest. Das ging fast zwei Monate lang. Sie kamen immer nach Einbruch der Dunkelheit. Ich hab' ihre Schritte auf dem Steinboden gehört. Wie sie näher kamen. Ihre Stimmen. Deshalb schlafe ich nicht. Ich *kann nicht* schlafen.«

India streckte die Hand nach ihm aus, aber er wich zurück.

»Denny Quinn hat eingegriffen.«

»Wer?«

»Quinn. Mein alter Boß. Er hat gewartet, bis Wiggs eines Abends aus seiner Kneipe gekommen ist. Er ist ihm gefolgt und hat ihm die Kehle durchgeschnitten.«

Erschrocken legte India die Hand vor den Mund.

Sid lachte bitter auf. »Liebst du mich jetzt immer noch?« Dann lehnte er sich zurück und schlug mit dem Kopf gegen die Wand. India kroch übers Bett zu ihm.

»Hör auf. Hör auf damit!« befahl sie. »Schau mich an, Sid.« Er hob den Blick. »Ich liebe dich. Hörst du mich? Ich liebe dich.«

Seine Fäuste waren so fest geballt, daß an den Unterarmen die Venen hervortraten. Er zitterte am ganzen Körper. India legte die Arme um ihn und drückte ihn an sich. Er wollte sie wegschieben, aber das ließ sie nicht zu. Sie spürte, wie sich seine Finger in ihren Rücken gruben, spürte, wie sein ganzer Körper bebte, und dann hörte sie sein qualvolles Schluchzen. Sie hielt ihn fest, wiegte ihn, flüsterte ihm beruhigende Worte zu, weinte um ihn, ließ ihn aber nicht los.

Nach einer Weile hob er den Kopf und sah sie an. »Mein Gott, India, was hab' ich getan?« fragte er und wischte sich die Tränen ab.

»Dich in mein Leben reinzuziehen. Ich hätte dich heimbringen sollen, damals in der Nacht im Bark. Statt dessen bringe ich dich zum Weinen wegen der schrecklichen Dinge, die ich getan habe.«

»Nein, nicht wegen der Dinge, die du getan hast. Ich weine um dich. Erzähl mir den Rest«, sagte sie dann. »Erzähl mir, wie du ins

Gefängnis gekommen bist. Und was du hinterher getan hast. Erzähl mir, wo du aufgewachsen bist. Einfach alles.«

Er mußte darüber reden. Es ihr sagen. Ihr vertrauen. Es war seine einzige Chance. *Ihre* einzige Chance.

Anfangs sprach er stockend, dann floß es nur so aus ihm heraus. Er redete über zwei Stunden lang und erzählte ihr von seinem Leben in der Montague Street. Seiner Familie. Daß er früher Charlie geheißen habe, auf welche Weise sein Vater und seine Mutter gestorben waren. Wie er beim Anblick seiner toten Mutter weggelaufen war. Daß er den Kontakt zu seiner Familie verloren habe. Wie er sich mit Quinn eingelassen habe und sich schließlich so sehr in sein neues Leben verstrickte, daß es keinen Ausweg mehr gab. Er redete, bis er heiser wurde, und als er fertig war, sah er sie mit mattem, gequältem Blick an und sagte: »Das ist es. Das ist alles.«

»Danke«, antwortete sie.

»Warum dankst du mir? Es ist doch alles so häßlich wie die Hölle. Davon zu erzählen ändert auch nichts daran.«

»Doch, das tut es. Du mußt weg von hier. Weit weg. Weg aus London und von deinem Leben hier. Weg aus England mit all den scheußlichen Erinnerungen. Wir könnten weggehen. Wir könnten gemeinsam London verlassen«, sagte sie.

»Ach, wirklich?« fragte er. »Täusche ich mich, oder willst du nicht gerade eine Klinik in Whitechapel aufmachen?«

Sie sah ihn an. »Die würde ich aufgeben ... für dich.«

»Und all die Leute im Stich lassen, denen du doch helfen wolltest?«

»Ich lasse sie nicht im Stich. Harriet, Fenwick und Ella können weitermachen. Zumindest eine Weile. Vielleicht kommen wir eines Tages zurück. Wenn sich alles beruhigt hat. Wenn man sich nicht mehr an dich erinnert.«

»Vergiß es, mein Schatz. Die Leute, von denen du sprichst, haben ein langes Gedächtnis.«

»Aber ...«

»Kein Aber, India. Für mich ist es zu spät, verstehst du das nicht? Ich bin ein hoffnungsloser Fall. Diese Klinik ist dein Traum. Du hast so hart gearbeitet, um ihn zu verwirklichen. Ich lasse nicht zu, daß du das aufgibst. Du hast etwas so Wunderbares in dieser elenden Stadt aufgebaut. Etwas so Schönes.«

India nahm seine Hand und drückte sie. »Es ist *nicht* zu spät. Wir fangen von neuem an. Als Mr. und Mrs. Baxter. Wir gehen weg. Wir könnten nach Schottland gehen. Oder nach Irland. Oder auf den Kontinent.« Und dann setzte sie sich plötzlich auf und packte seinen Arm. »Nein … warte!« sagte sie und lachte laut auf. »Mein Gott, es war die ganze Zeit vor unserer Nase. Warum ist mir das nicht früher eingefallen? Ich sag' dir, wo wir hingehen und ganz von vorn anfangen.«

»Du hast den Verstand verloren.«

India sprang aus dem Bett, lief ins Wohnzimmer und kam mit einem Ordner zurück.

»Mein Cousin hat es das Ende der Welt genannt«, sagte sie aufgeregt. »Aber dann meinte er, es sei wie der Anfang der Welt. Als er dort gestanden habe, nur das Meer und den Himmel vor sich, habe er das Gefühl gehabt, es sei wie am ersten Schöpfungstag: nichts Häßliches und Böses, nur reine Schönheit.«

»India, wovon redest du?«

Sie öffnete den Ordner und zeigte ihm die Fotos. »Erinnerst du dich? Das ist Point Reyes in Kalifornien. Es gehört mir. Da gehen wir hin.«

Sid sah die Fotos an. Sie erinnerte sich, wie sehr sie ihn beeindruckt hatten, als er sie das erste Mal sah. Und sie merkte, wie sehr er sich wünschte, er könnte daran glauben – an diesen Ort, an sie beide, an ein neues Leben.

»Was machen wir dort?«

»Ich bin Ärztin. Ärzte werden immer gebraucht.«

»Du hast deinen Beruf verfehlt, India. Du solltest Märchen schreiben. Du erzählst so schön. Du schaffst es fast, daß ich daran glaube.«

»Das sind keine Märchen! Dahin gehen wir, Sid. Dort steht ein altes Farmhaus, das richten wir her und leben darin. Wir fangen ganz von vorn an.«

»Ja, Liebste«, sagte er wehmütig.

Sie umschloß sein Gesicht mit den Händen. »Sag, daß wir es schaffen!«

Sid blickte sie an, sagte aber nichts.

»Es gibt so etwas wie Erlösung, Sid Malone. Und Vergebung. Selbst in dieser Welt. Sogar für dich. Du kannst neu anfangen, wenn du willst. Du hast einen Weg in dieses Leben gefunden und kannst auch wieder einen hinausfinden. Ich helfe dir dabei.«

»Ja, India«, sagte er schließlich.

»Es wird uns gefallen dort«, sagte sie. »Das weiß ich.«

Sid antwortete nicht. Sie sah auf ihn hinab. Er atmete tief und gleichmäßig. Er war eingeschlafen. Endlich.

*D*u *mußt* es ihr sagen«, rief Willa Alden an der Tür einer Umkleidekabine bei Burberry am Londoner Haymarket.

»Nein«, drang gedämpft die Antwort nach draußen.

»Was willst du denn tun? Einfach verschwinden? Eine Postkarte
vom Südpol schicken?«

Die Tür der Umkleidekabine wurde aufgerissen. Seamus Finnegan
stapfte heraus und war kaum mehr wiederzuerkennen in der weiten
Hose, einem Anorak und einer Mütze – alles aus wasserdichtem
Gabardine, worauf Burberry ein Patent hatte.

»Oh, sehr elegant«, bemerkte Willa.

»Burberry ist nicht elegant, sondern strapazierfähig«, antwortete
Seamie und nahm die Mütze. »Außerdem warm.«

»Das hoffe ich. Du wirst dir den Hintern abfrieren.«

»Höre ich da einen Anflug von Neid heraus?« fragte er.

»Es gibt nichts zu beneiden. Du hast es ja noch nicht bis zum Pol
geschafft.«

»Das werde ich aber.«

»Wir werden sehen.«

»Mann, Seamie. Ist das zu fassen? Scott, Shackleton, der Südpol –
und du bist dabei«, sagte Albie.

Seamus blickte in den Spiegel und sah einen Forschungsreisenden.
Er konnte es selbst nicht glauben. Alles kam ihm vor wie ein Traum.

Nur zwei Wochen zuvor hatte er mit Shackleton beim Frühstück
gesessen.

Fünf Tage später war der Junge, der dem Koch assistieren sollte,
wegen Trunkenheit verhaftet worden, und zwei Tage darauf erhielt
Seamie einen Brief, worin er eingeladen wurde, sich der Expedition
anzuschließen.

Es war die schlimmste Drecksarbeit, die man sich vorstellen konnte,
aber Shackleton versprach ihm, er dürfe das Schiff verlassen und mit

dem Rest der Mannschaft ins Innere der Antarktis ziehen. Er würde Geschichte machen, denn er war sicher, daß Scott und Shackleton den Pol finden würden – Männer wie sie scheiterten nun mal nicht. Es war eine Gelegenheit, die einem nur einmal im Leben geboten wurde, und nichts hielt ihn davon ab, sie zu ergreifen.

»Was genau würde denn passieren, wenn du es Fiona sagst?« fragte Albert jetzt.

»Sie würde komplett durchdrehen. Sie will nicht, daß ich die Schule schmeiße.«

»Aber was will sie dagegen tun? Du hast deine Entscheidung getroffen. Außerdem ist sie deine Schwester. Sie wird es sicher verstehen.«

»Du kennst Fiona nicht. Ihr ist es durchaus zuzutrauen, am Hafen aufzutauchen und mich an den Ohren vom Schiff zu zerren«, sagte Seamie und runzelte die Stirn. Lieber würde er ihr vom Schiff aus telegraphieren, damit sie sich keine Sorgen machte, ihn aber auch nicht mehr zurückhalten könnte.

»Du *mußt* es ihr sagen. Das weißt du. Du würdest dich sonst schrecklich fühlen«, sagte Willa.

Willa hatte recht, aber das machte die Sache auch nicht einfacher. Plötzlich hatte er einen Einfall.

»Nein, das werde ich nicht. Weil nicht ich es ihr sage, sondern du.«

»Wohl kaum, Seamie«, wehrte Willa ab.

»Bitte, Willa. Du mußt. Fiona mag dich. Von dir nimmt sie die Nachricht besser auf als von Albie.«

»Vergiß es, Kumpel. *Denk* nicht mal dran, daß ich es tun könnte«, sagte Albie.

»Ich fahre nächsten Monat mit Shackleton nach Dundee. Nach Weihnachten. Wir sehen uns das Schiff an. Die *Discovery* wurde extra für die Expedition gebaut. Du mußt nur warten, bis ich weg bin, und es ihr dann sagen.«

»Sie wird ziemlich schnell rauskriegen, daß ich mit dir unter einer Decke stecke«, sagte Willa. »Das bringt mich in eine ziemlich prekäre Lage.«

»Ich weiß. Tut mir leid. Aber es ist besser so.«

»Für dich.«

Seamie wand sich. »Ja, wahrscheinlich. Für sie aber auch. Besser jedenfalls, als wenn sie es durch einen Brief oder ein Telegramm erfährt.«

Willa überlegte.

»Also gut«, sagte sie schließlich. »Ich mache es. Unter einer Bedingung.

»Was immer du willst.«

»Du tust dasselbe eines Tages für mich. Wenn ich zum Everest fahre, bringst du es meiner Mutter bei.«

Seamie lächelte spöttisch, aber ihre Miene belehrte ihn eines Besseren. Sie meinte es ernst. Der Blick ihrer grünen Augen hielt ihn fest, und er hatte plötzlich das seltsame Gefühl, sich selbst vor sich zu sehen – seinen Mut, seine Abenteuerlust und seine Entschlossenheit spiegelten sich wider in ihr.

»Also gut«, versprach er. »Abgemacht.«

Seamie wendete sich wieder dem Spiegel zu. Er richtete sich auf, drückte die Brust heraus und zupfte seine Hose zurecht. Plötzlich hörte er Lachen. Willa sah ihn immer noch an.

»Hör lieber auf, an dir herumzuzupfen, und fang mit dem Packen an, Küchenjunge«, sagte sie. »Wenn du nicht zum Südpol fährst, fahr ich. Sobald ich vom Everest zurück bin.«

Frankie?«
»Ja, Desi?«

»Da ist ein Kerl, der mit Sid sprechen will. Behauptet, er ist der neue Parlamentsabgeordnete.«

»Hat er den Premierminister dabei?«

»Der macht keine Witze. Er sagt, entweder kann er gleich mit Sid reden, oder er kommt mit einem Dutzend Bullen vorbei und nimmt die ganze Bude auseinander.«

Frankie blickte von seinen Karten auf.

»Verdammte Frechheit. Jetzt reicht's aber. Wer ist der Scheißkerl? Sag ihm, er soll herkommen, damit ich ihm einen Tritt in den Hintern verpassen kann.«

Desi machte Joe ein Zeichen, näher zu treten. »Sind Sie Frank Betts?«

»Was geht dich das an?«

»Mein Name ist Joe Bristow. Ich möchte Sid Malone sprechen.«

Frankie drehte sich auf seinem Stuhl herum. Er sah Joe von oben bis unten an und bemerkte die Arbeitskleidung, die er trug – und das Brecheisen in seiner Hand. »Hast du deinen Gemüsekarren vor der Tür?« fragte er.

Ozzie, der ihm gegenübersaß, kicherte.

»Ich weiß alles über dich, Frankie. Auch über die Firma. Und ich weiß, daß du mein Lagerhaus angezündet hast.«

»Keine Ahnung, was du da redest, Kumpel.«

»Ich will nur mit ihm sprechen. Das ist alles. Ich möchte zu einer Einigung kommen. Jetzt. Bevor wir uns die Köpfe einschlagen. Bevor es zu spät ist.«

Frankie schnaubte. »Du möchtest die Sache richtig angehen, was?«

»So ungefähr.«

Frankie trank einen Schluck Bier. Joe bot er nichts an.

»Wenn er nicht da ist, sag ihm, er soll zu mir kommen. Jederzeit. Mein Büro ist auf der Commercial Street Nummer 8. Ich möchte nur reden. Darauf hat er mein Wort.«

Plötzlich flackerte Angst in Frankie auf. Er fühlte sich bedroht, nicht durch Bristow selbst, sondern durch das, was er verkörperte – die Welt der Ehrlichen und die plötzliche Anziehungskraft, die sie auf Sid ausübte.

»Hör zu, Frankie ...«

»Ich hör' *nicht* zu, Kumpel, also hau ab und verhöker dein Grünzeug«, unterbrach Frankie ihn und wandte sich wieder seinem Kartenspiel zu.

Ehe er sich's versah, waren Tisch und Bierglas in Stücke geschlagen. Joe stand mit erhobenem Brecheisen vor ihm. »Hörst du jetzt zu?« fragte er.

Blitzschnell sprang Frankie auf und versetzte Joe eine harte Rechte, die ihn zu Boden streckte. Joe ließ das Brecheisen fallen. Frankie wollte es gerade an sich reißen, um ihm den Schädel einzuschlagen, als Joe sich unerwartet aufrichtete und ihm einen Haken verpaßte. Frankie ging zu Boden und hielt sich stöhnend den Kopf. Bristow stammte aus dem East End. Das hätte er nicht vergessen dürfen. Als er die Augen öffnete und langsam wieder zu sich kam, beugte sich Joe über ihn.

»Das war für Alf Stevens, du Schwein«, sagte er. Dann richtete er sich auf und blickte sich um, ob es noch jemand mit ihm aufnehmen wollte. »Richte Sid meine Nachricht aus. Sag ihm, er soll kommen.« Dann nahm er sein Brecheisen und marschierte hinaus.

Sobald sich die Tür hinter ihm geschlossen hatte, trat eine Gestalt aus dem Schatten in den Schankraum.

»Frankie, hast du Bristows Lagerhaus niedergebrannt?« fragte Sid.

»Verdammter Mist, Boß, wo warst du die ganze Zeit? Danke für die Hilfe.«

Mit ein paar schnellen Schritten war Sid bei ihm. Er riß Frankie hoch und schleuderte ihn gegen die Wand. »Ich hab' *was* gefragt! *Hast du Bristows Lagerhaus niedergebrannt?*«

»Ja! Verdammt, laß mich los!«

Aber Sid ließ ihn nicht los. Statt dessen schlug er auf ihn ein, bis Frankie um Gnade flehte und Desi und Ozzie ihn wegzogen. Frankie sackte zu Boden.

»Warum hast du das getan?« brüllte Sid. »Stevens war ein alter Mann, Frankie. Er hat niemandem etwas getan!«

Frankie hob sein zerschundenes Gesicht. »Ich hab's für *dich* getan. Als du im Krankenhaus warst. Ich hab' dem Alten nichts tun wollen. Ich hab' ihm bloß gesagt, es ist an der Zeit, daß sein Boß Kohle springen läßt, und er ist auf mich losgegangen. Dabei ist eine Lampe umgekippt. Ich hab' ihn angebrüllt, er soll abhauen, aber das hat er nicht getan.«

»Und jetzt ist er tot, und Bristow weiß, daß du es warst.«

Frankie stand auf. »Du gehst doch nicht hin? Zu Bristow?«

»Ich weiß nicht«, antwortete Sid. »Ich weiß es nicht, verdammt noch mal.«

»Zuerst diese Doktorin. Jetzt der Abgeordnete. Was kommt als nächstes, Boß?«

Sid wurde bleich. Frankie dachte, er würde wieder auf ihn losgehen, aber das tat er nicht. »Was weißt du über die Ärztin?« fragte er mit zornbebender Stimme.

»Himmel, Boß, ist mir doch scheißegal, mit wem du ins Bett gehst.«

Sid trat einen Schritt auf ihn zu und ballte die Fäuste.

Frankie wich nicht zurück. »Komm nur her, mach nur. Ist mir egal. Alles bricht sowieso auseinander, und du rührst keinen Finger. Alle lauern nur darauf, sich deinen Besitz unter den Nagel zu reißen. Und Madden, der will nicht bloß die eine oder andere Straße, sondern die ganze Flußseite. Bist du blind? Siehst du nicht, was passiert?«

»Ich seh's, Frankie. Es ist mir egal. Madden kann's haben. Alles.«

»*Was?*« schrie Frankie. »Aber es gehört *dir*. Du hast es dir Stück für Stück aufgebaut. Dafür gekämpft.«

Sid griff in seine Tasche und nahm eine Pistole heraus. Eine von dem halben Dutzend, das sie von dem Überfall aufs Stronghold für sich behalten hatten. Er legte sie auf einen Tisch.

»Ich steig aus«, sagte er.

Frankie hatte das Gefühl, ihm bleibe das Herz stehen. Der Schmerz von Sids Schlägen war nichts im Vergleich zu dem Schmerz, den er jetzt spürte. »Warum, Boß?« fragte er wie ein verwirrter kleiner Junge.

»Ich will dieses Leben nicht, Frankie«, antwortete Sid leise. »Hab's nie gewollt.«

Sid blickte sich ein letztes Mal um – auf Desi und Oz, das Lokal, den Fluß.

»Desi, du hast jetzt das Kommando«, sagte er. »Ich will euch fair behandeln. Euch alle. Gebt mir ein paar Tage Zeit.«

Zu Frankie sagte er: »Hör auf Desi. Lern von ihm. Er versteht mehr vom Geschäft als wir alle zusammen.« Dann drehte er sich um und ging hinaus.

Während er ihm nachsah, verwandelte sich Frankies Schmerz in Wut. »Wer zum Teufel glaubst du, daß du bist?« schrie er ihm nach. »Du kannst doch nicht einfach abhauen!«

Sid drehte sich um. Ihre Blicke trafen sich. »Das bin ich schon«, erwiderte er. »Paß auf dich auf, Junge.« Dann war er fort.

*S*eamie, Albie und Willa lagen auf dem Rücken im Garten der Aldens und sahen in den Himmel hinauf. Es war eine klare Nacht, und die Sterne funkelten wie Diamanten.

»Frag mich noch was, Willa«, sagte Seamie.

»Orion«, sagte Willa. »Rektazension?«

»Fünf Stunden.«

»Lage?«

»Auf Himmelsäquator.«

»Sichtbar zwischen?«

»Fünfundachtzigster Breitengrad Nord bis fünfundsiebzigster Süd. Am besten im Januar zu sehen.«

»Hauptsterne?«

»Alnilam, Alnitak, Mintaka, Beteigeuze, Saiph und … sag's nicht … Rigel!«

»Und …«, fragte Willa. »Noch einer.«

»Keiner mehr. Du willst mich bloß reinlegen.«

»Doch. Es gibt noch einen.«

»Und der wäre?«

»Bellatrix.«

»*Verdammt.*«

Wie er das haßte. Willa konnte sämtliche Sternbilder und deren Besonderheiten aus dem Gedächtnis aufsagen, ohne je einen Fehler zu machen. Auf der Familienjacht hatte er sie mit dem Sextanten navigieren sehen. Darin war sie besser als er oder Albie und fast so gut wie ihr Vater, der Admiral bei der Königlichen Marine war.

»Ich krieg' sie nie alle richtig hin«, seufzte er. »Und Shackleton sagt, das muß ich.«

»Du schaffst das schon«, antwortete sie. »Büffel einfach weiter. Wie's aussieht, hast du auf der Fahrt nach Grönland eine ganze Menge Zeit dafür.«

»Ein echter Hundejob!« sagte Albie schmunzelnd.

»Halt die Klappe, ja?« knurrte Seamie.

»Zuerst bist du Küchenjunge, jetzt Zwingerjunge.«

»Hör nicht auf ihn, Seamie«, sagte Willa und mußte selbst ein Kichern unterdrücken. »Nimm einen Sextanten mit. Die Fahrt ist eine prima Gelegenheit, die Navigation zu üben.«

Es dauerte noch mehrere Monate bis zur Abfahrt, aber die Vorbereitungen waren schon in vollem Gange. Seamies Aufgabe bestand darin, in drei Wochen nach Grönland zu fahren, um ein paar Hunde aufzutreiben.

Shackleton hatte an Züchter in Grönland geschrieben, weil er Schlittenhunde für die Expedition brauchte, hatte aber kein Glück gehabt. Einer nach dem anderen hatte geantwortet, er habe keine Hunde zu verkaufen. Shackleton, der sich mit einem Nein nicht zufriedengab, wollte Edward Wilson, den Zoologen der Expedition, mit einer gehörigen Menge Bargeld zu den Züchtern schicken. Seamie sollte ihn begleiten. Wenn die Hunde gekauft waren, sollte Seamie sie füttern, pflegen und trainieren.

Er spürte, wie jemand ihn anstieß.

»Hör auf zu schmollen«, sagte Willa. »Es ist besser, als Orangen zu schleppen oder Tee zu verscheuern.«

Sie lächelte schelmisch. Ihre Wangen waren gerötet. Heute abend hatte ein Familiendinner stattgefunden, und sie trug ein elfenbeinfarbenes Kleid, Spitzenstrümpfe und Schuhe mit hohem Absatz. Mein Gott, ist sie hübsch, dachte Seamie.

»Wahrscheinlich schon«, räumte er ein und ließ seinen Blick auf ihr ruhen. Er dachte, sie würde erröten, aber das tat sie nicht, und so war er es, der schließlich wegsehen mußte. Schon wieder.

Albie lief zum Haus, um etwas zu trinken zu holen, und ließ Willa und Seamie allein zurück.

Willa legte sich auf den Bauch und stützte die Ellbogen auf.

»Ich werde einsam sein, wenn du fort bist, Seamie. Dann hab' ich niemanden mehr, mit dem ich über das Klettern reden kann.«

»Was ist mit Albie?«

»Der will doch bloß, daß ich damit aufhöre. Ständig betet er mir vor, was alles passieren kann, aber in Wirklichkeit ist er bloß sauer, weil ich besser bin als er und er von einem Mädchen nicht überflügelt werden will.«

Seamie lachte.

»George Mallory – erinnerst du dich, damals bei Shackletons Vortrag – will im Frühjahr den Montblanc besteigen«, fuhr Willa fort. »Er ist unglaublich gut. Ich gehe mit ihm. Das hoffe ich zumindest. Alles hängt davon ab, ob ich Albie überreden kann, mich zu begleiten. Andernfalls lassen mich meine Eltern nicht gehen.«

Als er sich Willa und Mallory gemeinsam in den Alpen vorstellte, wurde Seamie von heftiger Eifersucht gepackt. »Macht sicher Spaß. Ich hoffe, du hast eine schöne Zeit«, antwortete er.

»Wirklich?« fragte Willa und zog eine Augenbraue hoch.

»Natürlich, warum nicht?«

Sie zuckte die Achseln und wechselte das Thema. »Muß ich eigentlich immer noch zu Fiona gehen, um ihr die Nachricht zu überbringen?«

»Ja, das mußt du.«

Das Herz wurde ihm schwer bei dem Gedanken an Fiona. Wenn er könnte, würde er am nächsten Tag zu ihr gehen, aber er wußte nicht, wie. Er müßte sich entschuldigen, einwilligen, nach Amerika zurückzukehren, und zu beidem war er nicht bereit.

»Du könntest sie besuchen, bevor du nach Grönland fährst«, schlug Willa vor, als hätte sie seine Gedanken gelesen.

»Nein.«

»Ich bin sicher, Fiona hat sich inzwischen beruhigt.«

»Nein.«

Willa seufzte. »War ja nur so ein Gedanke.«

Sie sah wieder in den Himmel hinauf auf den Orion. »Ob wohl jemand in der Antarktis zu ihm hinaufblickt, was meinst du? Ach, wie sehr ich mir doch wünschte, ich könnte sehen, was er sieht. Die ganze Welt! Ihre Magie und ihr Mysterium. Ihre Schönheit und Kraft, ihre Leiden und Gefahren.«

Wie zum Teufel macht sie das? fragte sich Seamie. Wie schafft sie es, genau das in Worte zu fassen, was er dachte? Er sah zu ihr auf, auf ihr vom Mondlicht erhelltes Gesicht, ihre geschwungenen Lippen, ihre großen staunenden Augen. Und plötzlich wußte er, daß er sie vermissen würde. Mehr als seine eigene Familie. Sie war jetzt siebzehn. Wenn er zurückkam, wäre sie neunzehn oder zwanzig. Vielleicht schon verlobt. Oder verheiratet. Die Vorstellung machte ihn unsäglich traurig.

»Willa ...«, begann er.

Sie sah ihn an. »Ich weiß«, sagte sie. »Ich werde dich auch vermissen.« Und dann küßte sie ihn schnell und heftig. »Paß auf dich auf«, fügte sie hinzu. »Komm zurück.«

»Wart auf mich.«

Sie zuckte zurück. »Nein.«

»Warum nicht?«

»Würdest du auf mich warten? Bei all den Wüsten, die es noch zu erforschen gibt, all den Bergen, die noch bestiegen werden müssen, bei all den Flüssen und Dschungeln, die es noch zu erkunden gilt? Würdest du wirklich warten?«

Ein anderes Mädchen hätte er vielleicht mit Ausflüchten oder schmeichelhaften Floskeln abgespeist, doch Willa konnte er die Wahrheit sagen.

»Nein«, sagte er. »Das würde ich nicht.« Er hielt einen Moment inne und fragte dann: »Weiß Albie eigentlich, was du vorhast? Und deine Eltern?«

»Ich spreche die ganze Zeit von nichts anderem, aber sie denken, das sei nur Gerede.«

Das hatte er auch immer gedacht, aber jetzt war er sich nicht mehr so sicher. »Warum versuchst du nicht, dich einer Expedition anzuschließen?«

Sie lachte. »Bist du verrückt? Auf einem Schiff voller Männer?«

»Daran hab' ich nicht gedacht.«

»Das beste, was mir passieren könnte, wäre, einen Kapitän zu heiraten und mit ihm auf Reisen zu gehen. Niemand würde je eine ledige Frau mitnehmen. Kannst du dir den Skandal vorstellen? Eine Unternehmung, die von einer Frau geführt würde, würde ohnehin niemand finanzieren. Ich könnte besser sein als Scott und Nansen zusammen, es würde nichts helfen. Die RGS würde mir keinen Penny geben. Also muß ich alles allein finanzieren.«

»Wie?«

»Mit Hilfe meiner verrückten Tante Edwina, der älteren Schwester meiner Mutter. Sie ist eine alte Jungfer und Suffragette. Sie hat mir Geld gegeben. Fünftausend Pfund in einem Treuhandvermögen. Ich kann darüber verfügen, wenn ich achtzehn bin. Es reicht nicht für eine Expedition wie die von Scott, dennoch sollte ich damit ein paarmal um die Welt kommen.«

Seamie war erstaunt. »Du willst das wirklich tun? Von zu Hause weggehen, von deiner Familie, auf Forschungsreisen?«

Sie nickte und sah ihn entschlossen an. »Ja, das will ich.«

Er dachte an Mrs. Alden und wie außer sich sie jedesmal war, wenn Willa auf einen Hügel stieg oder mit Schrammen und Sommersprossen von ihren Unternehmungen heimkam. »Das wird nicht leicht, Willa.«

»Das weiß ich.« Sie schwieg einen Moment, dann küßte sie ihn wieder. Die Berührung ihrer Lippen fühlte sich bittersüß an. »Triff dich dort mit mir, Seamie«, sagte sie.

»Wo?«

Sie hob das Gesicht zum Himmel und lächelte. »Ich weiß nicht genau, wo. Irgendwo dort draußen. In der großen weiten Welt. Irgendwo unter dem Orion.«

*F*rankie Betts wußte, was zu tun war. Und daß es getan werden mußte.

Er schlenderte zum Spitalfields-Markt, genehmigte sich in einem Pub ein frühes Glas Porter-Bier und kaufte sich eine rote Rose für sein Knopfloch.

Heute war er, ähnlich wie Sid, wie ein Arbeiter gekleidet, trug Baumwollhose, ein kragenloses Hemd, Seemannsjacke und eine Wollmütze. Die rote Rose hob sich auffällig von der Seemannsjacke ab. Sid hätte das nicht gefallen, das wußte er, aber heute wollte er die Aufmerksamkeit auf sich ziehen. Wenn auch nur ein bißchen. Gerade genug, damit sich jemand in dem Pub oder die Blumenverkäuferin, mit der er geflirtet hatte, an ihn erinnerte.

Er überquerte die Commercial Street und wich einem herankommenden Kohlenwagen aus. Der Revolver in seiner Tasche schlug gegen seine Brust. Es war Sids Revolver, den er im Bark zurückgelassen hatte. Das Schaufenster eines Herrenausstatters reflektierte sein Spiegelbild, als er vorbeischlenderte. Er lächelte. Auf den ersten Blick sah er genauso aus wie Sid. Bis hin zu dem Pferdeschwanz unter seiner Mütze.

Der Mann, den er besuchen wollte, kannte Sid Malone, aber Frankie hätte tausend Pfund gewettet, daß niemand sonst in seiner Umgebung wußte, wie Sid aussah. Das war wichtig. Er mußte ein, zwei Zeugen haben, sonst würde sein Plan nicht funktionieren. Jemand mußte den Bullen sagen, was passiert und wer dafür verantwortlich war.

Frankie trat durch den Eingang der Commercial Street Nummer 8, las den Wegweiser im Foyer und lief dann die Treppe zu Zimmer Nummer 21 hinauf. Die Tür hatte eine Milchglasscheibe. Ein Glaser kratzte gerade die Aufschrift – *F. R. Lytton, Parlamentsmitglied* – ab.

»Entschuldigung, Kumpel«, sagte Frankie und machte viel Aufhebens, um den Mann und sein Werkzeug herumzugehen. Eine Putzfrau mit einem Kübel Wasser folgte ihm hinein. Er blinzelte ihr zu.

Im Innern des Büros räumte eine andere Frau gerade Bücherregale und Aktenschränke ein. Sie stand mit dem Rücken zu ihm.

Als er eintrat, fuhr sie herum. »Kann ich Ihnen helfen?« fragte sie kühl.

»Ich möchte Joe Bristow sprechen.«

»Tut mir leid, aber Mr. Bristow steht seinen Wählern im Moment nicht zur Verfügung. Seine Sprechstunde ist seit einer Stunde vorbei.«

»Sagen Sie ihm meinen Namen, Missus. Dann macht er sicher eine Ausnahme.«

»Sir, ich kann nicht ...«

»Machen Sie nur«, unterbrach Frankie sie. »Sie wollen doch nicht, daß Ihr Boß sauer ist, wenn er erfährt, daß ich hier war und wieder gegangen bin.«

»Na schön. Wen darf ich melden?«

»Malone. Sid Malone.«

»Einen Moment bitte, Mr. Malone. Nehmen Sie bitte Platz.«

Frankie setzte sich und starrte auf das Teppichmuster. Er war ganz ruhig.

Er blickte auf und schätzte die Entfernung zwischen Bürotür und Treppe ab. Er müßte unheimlich schnell abhauen und darauf hoffen, daß nicht gerade ein Bulle vorbeispazierte, wenn er unten auf der Commercial Street ankam. Doch sobald er auf der Straße war, wäre alles in Ordnung. Er würde sich nach Osten wenden, in Richtung Whitechapel. Da gab es Dutzende von Orten, an denen er sich verstecken konnte.

Sein Plan würde gelingen, dessen war er sicher. Er würde Sid aus der bürgerlichen Welt zurückbringen. Zurück ins Bark. Dorthin, wo er hingehörte.

»Mr. Malone, Sir?«

Frankie lächelte. »Ja.«

»Mr. Bristow empfängt Sie jetzt.«

»Danke.«

Joes Sekretärin, Miss Gertrude Mellors, führte Frankie in Joes Büro und schloß die Tür hinter ihm.

Joe saß in Hemdsärmeln am Schreibtisch. Er stand auf. »Frankie

Betts«, sagte er ungerührt und stützte die Hände auf die Hüften. »Meine Sekretärin sagte, Sid sei hier. Wo ist er?«

»Genau hier«, sagte Frankie leise und griff in seine Tasche.

Joe hatte keine Chance. Frankie zielte und drückte ab. Der Rückschlag ließ seine Hand ein wenig nach oben schnellen. Aus Sorge, er habe verfehlt, drückte er noch einmal ab. Mit zwei Kugeln in der Brust taumelte Joe zur Wand zurück und sackte zu Boden. Frankie warf die Waffe weg und verließ das Büro.

»Was ist passiert? Was war das für ein Lärm?« kreischte Miss Mellors.

Frankie blieb nicht stehen, um ihr zu antworten. Die Putzfrau wischte in der Nähe der Tür und versperrte ihm den Ausgang. Er packte sie am Kleid und warf sie zur Seite. Dann riß er die Tür auf.

Zwei Stufen auf einmal nehmend, sprang Frankie die Treppe hinunter.

Im Foyer blieb er stehen und sah noch einmal in den ersten Stock hinauf. »Na, komm schon, komm schon ...«, murmelte er.

Und dann hörte er es. Die markerschütternden Schreie einer Frau. Frankie lächelte und rannte los.

❧ 61 ☙

ndia, das kann doch unmöglich dein Ernst sein«, sagte Harriet. »Du hast die Klinik gerade erst aufgemacht und willst sie schon wieder aufgeben?«

»Ich *will* sie nicht aufgeben, Harriet«, antwortete India und ging in ihrem engen Büro auf und ab. »Ich habe keine andere Wahl. Ich muß weg. Ich möchte, daß du und Ella sie übernehmt.«

»Für wie lange? Eine Woche. Einen Monat?«

»Für immer.«

Harriet schüttelte den Kopf. »Ich verstehe das nicht! Du schuftest dich ab, damit diese Klinik Wirklichkeit wird, und jetzt kehrst du ihr einfach den Rücken?«

India dachte an Sid. Er hatte etwas getan, was sie nie für möglich gehalten hätte – er hatte sein Leben und alles, was er bislang kannte, aufgegeben. Für sie. Vor zwei Tagen war er zu ihr gekommen und hatte ihr gesagt, daß er für immer aus London fort wolle – je eher, desto besser. Sie hatten beschlossen, in vierzehn Tagen nach Amerika zu fahren. In der Zwischenzeit würde er im East End untertauchen, während sie bei der Familie Moskowitz blieb.

»Also wirklich, Indy. Das ergibt doch keinen Sinn.« Harriet redete immer noch auf sie ein. »Was kann dich denn dazu bewogen haben, die Klinik aufzugeben.«

»Nicht was, Harriet, sondern *wer*«, erwiderte India ruhig.

Harriet sah sie lange an. »Nun, es ist sicher nicht Freddie. Es ist doch nicht die Person, die ich vermute? Ella behauptet, es sei …«

»Frag mich nicht.«

»Dann stimmt es also. Gütiger Himmel!«

»Harriet, bitte«, begann India, aber sie wurde von einer jungen Schwester unterbrochen, die atemlos in der Tür erschien.

»Dr. Jones, Dr. Hatcher, kommen Sie schnell! Ein Mann wurde angeschossen.«

India und Harriet sprangen auf und liefen hinaus.

»Warum wurde er *hierher* gebracht?« fragte Harriet. »Wir sind doch eine Frauenklinik und haben noch nicht mal aufgemacht!«

»Die Polizisten sagten, sie hätten gehört, hier seien Ärzte. Zum London-Hospital sei es zu weit. Er ist in einem sehr schlechten Zustand!«

»Wo ist er?« fragte Harriet und lief neben der Schwester den Flur entlang.

»Im OP. Die Oberschwester ist bei ihm.«

»Aber der OP ist doch noch gar nicht fertig!«, rief Harriet.

»Dann muß es eben auch so gehen«, sagte India.

Die drei Frauen rannten die Treppe hinunter, durch den Eingangsbereich und zum Operationsraum. Dort war die Hölle los. Zwei Polizisten standen in der Tür und versuchten eine hysterische Frau zu beruhigen, deren Kleider mit Blut verschmiert waren. Zwei weitere hoben einen Mann auf den Operationstisch.

»Mr. Bristow! Mr. Bristow!« schrie die Frau. »Ach, helfen Sie ihm doch! Jemand muß ihm helfen!«

India rannte an ihnen vorbei zum Operationstisch. Der Mann darauf war bewußtlos. Ella schnitt bereits sein Hemd auf.

»Mein Gott, Ella. Das ist Joe Bristow, der Abgeordnete.«

»Es sieht schlecht aus, India. Um Himmels willen, beeil dich«, antwortete sie.

Joes Brust war mit Blut bedeckt. India konnte zwei Einschußlöcher erkennen. Sie lief zum Waschbecken und trug Ella auf, seine Vitalwerte zu prüfen. Schwester Dwyer legte Skalpelle, Klammern, Scheren, Nadeln und Nahtmaterial in den Desinfektionsapparat.

Harriet führte die Polizisten und die jammernde Frau hinaus.

»India, schnell. Ich brauche dich!« rief Ella.

Joe Bristow war wieder zu Bewußtsein gekommen. Er bäumte sich auf.

»Schwester Dwyer! Chloroform!« rief India.

Schwester Dwyer hatte Joe bereits eine Narkosemaske aufs Gesicht gelegt. Er wehrte sich zuerst, dann flatterten seine Augenlider, und er wurde ruhig. Als Schwester Dwyer die Maske abnahm, schäumte Blut aus Joe Bristows Nase und Mund.

»Seine Lungen sind verletzt«, sagte India. »Wie viele Austrittswunden?« fragte sie Ella.

»Eine. Am zehnten Thoraxwirbel. Was davon noch übrig ist.«

India fluchte. »Ist das Rückenmark verletzt?« fragte sie.

»Kann ich nicht sagen.«

India rief nach einem Wundhaken und einem Skalpell. Um die Verletzung am Rückgrat würde sie sich später kümmern und sich statt dessen auf die zweite Schußwunde konzentrieren. Die war viel bedenklicher. Sie befand sich direkt auf Höhe des Herzens, und die Verletzung, die die Kugel hervorgerufen hatte, war besorgniserregend. Zwei Rippen waren zerschmettert worden, und die Knochensplitter hatten eine riesige Wunde verursacht, in der die Kugel nicht auszumachen war.

Während ihrer Ausbildung hatte sie nur ein paar Patienten mit Schußverletzungen gesehen, aber sie wußte, daß die Bahn der Kugel meist durch Gewebe oder Knochen verändert wurde. Ins Herz war sie jedenfalls nicht eingedrungen, sonst wäre ihr Patient schon tot.

India wußte, daß sie die zweite Kugel herausholen mußte. Rasch entfernte sie das beschädigte Gewebe und die Knochensplitter und bat um eine Pinzette. Dann reichte sie Ella die Wundhaken und wies sie an, die Wunde so weit wie möglich zu öffnen. Doch noch immer konnte sie die Kugel nicht sehen.

»Ich brauche mehr Licht«, sagte sie.

»Wir haben das Gaslicht ganz aufgedreht, Dr. Jones«, antwortete Schwester Dwyer.

»Dann geben Sie mir eine Tischlampe.«

Schwester Dwyer eilte hinaus und kehrte mit einer Kerosinlampe zurück.

»Halten Sie sie tiefer«, befahl India.

»Tiefer!«

»Ich hab' Angst, Sie zu verbrennen, Dr. Jones.«

»Tiefer!«

Schwester Dwyer befolgte ihre Anordnung, und India spürte die Hitze auf ihrer Wange und nahm den Geruch ihres versengten Haars wahr. Endlich sah sie es – den matten Glanz einer Bleikugel.

»Noch ein bißchen weiter«, sagte sie zu Ella, dann holte sie tief Luft und griff mit der Pinzette in die Wunde. Es gelang ihr, die Kugel zu packen, aber sie entglitt ihr wieder. Die Wunde war zu tief, die Pinzette zu kurz, die Kugel zu glitschig vom Blut.

»Geben Sie mir eine Kürette«, sagte sie.

Schwester Dwyer reichte ihr ein Instrument, das lang und schmal war wie ein Löffel. India schob es in die Wunde und hoffte, mit dem Ende die Kugel zu fassen zu kriegen.

Joe stöhnte und schlug um sich.

Als er wieder ruhig war, zog sie die Kürette vorsichtig heraus.

»Na komm … komm schon …«, flüsterte sie.

Und dann sah sie die Kugel. Sie griff wieder nach der Pinzette, und diesmal bekam sie sie zu fassen. Sie zog sie heraus und warf sie in eine Metallschale. Erneut schoß Blut aus der Wunde. Rasch steckten sie und Ella sterile Gaze hinein, um die Blutung zu stillen. Die Gaze saugte sich augenblicklich voll.

»Mist«, sagte eine Stimme. Es war Harriet. Sie hielt die Metallschale und betrachtete die weißliche Masse, die an der Kugel klebte. »Lungengewebe. Armer Teufel. Er hat keine Chance.«

»*Doch*«, widersprach India. »Er hat eine Chance. Es ist bloß die Lunge, nicht das Herz. Die Rippen haben die Kugel abgelenkt.«

Lungengewebe war elastisch, es heilte besser als das Gewebe anderer Organe. Patienten mit Lungenverletzungen erholten sich wieder – manchmal zumindest. Wenn die Blutung bald aufhörte. Wenn die Infektion nicht zu schlimm und der Organismus stabil genug war.

India sah auf die blutdurchtränkte Gaze hinab, dann trat sie einen Schritt zurück und riß sich die Handschuhe herunter.

»Was tust du?« fragte Harriet.

»Er hat zuviel Blut verloren«, sagte sie. »Ich möchte ihm eine Transfusion geben.«

»Das kannst du nicht. Das ist zu riskant. Bei Transfusionen sterben genauso viele Menschen wie dadurch gerettet werden. Es könnte ihn das Leben kosten.«

»Er *wird* sterben, wenn wir es nicht tun.«

»Wir müßten seine Blutgruppe bestimmen.«

»Dafür ist keine Zeit, Harriet! Wir nehmen mein Blut. Ich habe C.«

India wußte, wie gefährlich es war, was sie tat. Die Bestimmung der Blutgruppen steckte noch in den Kinderschuhen, aber das war India im Moment egal. Sie wollte Joe Bristows Leben retten.

»Indy, er braucht eine Menge«, sagte Harriet. »Vielleicht mehr, als du geben kannst.«

»Wir fangen mit einem Liter an«, sagte India. Sie hatte bereits ihren

Ärmel hochgerollt und band sich den Arm mit einem Gummischlauch ab.

Harriet stach die Nadel in eine dünne blaue Vene, entnahm vierzig Milliliter, bat um eine neue Kanüle und entnahm noch einmal die gleiche Menge. Dann preßte sie einen Gazeballen auf Indias Vene.

»Noch mal, Harriet.«

»India …«

»Er braucht viel. Das hast du selbst gesagt.«

Harriet entnahm noch einmal achtzig Milliliter und bat Ella, Joes Arm zu desinfizieren. India wurde schwindlig.

»Geht es?« fragte Harriet.

»Ja«, antwortete India. »Mach schon, beeil dich, bevor das Blut gerinnt.«

India lehnte sich an die kühle Fliesenwand und schloß die Augen. Sie holte tief Luft und versuchte, gegen das Schwindelgefühl anzukämpfen.

»Ist alles drin?« fragte sie mit geschlossenen Augen.

»Fast«, antwortete Harriet.

»Ella, wie sieht's aus?«

»Keine Veränderung. Er blutet noch immer stark.«

»Verdammt«, sagte India. »Komm, Harriet. Noch mal.«

»Nein.«

»Er braucht noch mehr.«

»Nein! Um Himmels willen, India. Wir injizieren es ihm, und es läuft einfach wieder aus ihm raus! Ihm ist nicht mehr zu helfen!«

»Noch *einen* Versuch. Entweder machst du es, oder ich mach es selbst.«

»Ich bin Blutgruppe C, Oberschwester«, warf Schwester Dwyer ein.

»Gut. Desinfizieren Sie Ihren Arm«, befahl Harriet. »Und jetzt machen Sie eine Faust.«

Erschöpft ließ sich India zu Boden sinken und nahm ein Glas Porter und ein Sandwich, die eine Schwester ihr aus einem nahe gelegenen Pub geholt hatte.

Als sie gegessen hatte, stand sie auf und ging zu Joe zurück. »Wie geht es ihm?« fragte sie Harriet.

»Die Blutung ist noch nicht zum Stillstand gekommen, aber sie läßt nach. Seine Werte sind stabil. Nicht großartig, aber stabil. Ich würde sagen, nun hat er eine Chance. Deinetwegen.«

»Unseretwegen.«

»Ich versorge jetzt die andere Wunde, gebe ihm Chinin, und dann ist es Zeit, daß wir anfangen zu beten.«

»Ich assistiere.«

»Ach, übrigens, die Polizisten, die Bristow hergebracht haben, sind in der Eingangshalle. Sie brauchen die Kugel. Außerdem möchten Sie mit dir sprechen. Bist du bereit dazu?«

India nickte. »Wie geht's der Frau, die mit ihm gekommen ist?«

»Steht immer noch unter Schock, es geht ihr aber schon besser. Ich hab' ihr ein Glas Brandy gegeben.«

India und Harriet gingen zur Eingangshalle. Harriet gab den Polizisten die Kugel und befahl India, sich zu setzen. India bemerkte, daß inzwischen ein Kommissar dazugekommen war. Sie kannte ihn, es war Alvin Donaldson – Freddies Vertrauter. Sein Anblick beunruhigte sie. Sie wußte, daß er nicht wegen Sid hier war, dennoch war sie plötzlich sehr froh, daß sie London verließen.

Donaldson begrüßte sie, erkundigte sich nach Joes Verletzungen und fragte, ob er irgend etwas Verständliches von sich gegeben habe. India beschrieb die Verletzungen und erklärte, daß er die meiste Zeit bewußtlos gewesen sei.

»Wird Mr. Bristow durchkommen?« fragte Donaldson.

»Ich weiß es nicht. Wir haben alles Menschenmögliche getan, aber sein Zustand ist sehr ernst.«

Donaldson nickte. »Die Anklage wird auf Mord oder versuchten Mord lauten«, sagte er zu einem der Constables, »aber egal, wie die Sache ausgeht, wir haben ihn. Diesmal wird er an den Galgen kommen.«

»Sie wissen, wer es getan hat?« fragte India.

»Ja, Dr. Jones. Bristows Sekretärin – Miss Mellors – hat es uns gesagt. Sie war dort. Hat ihn gesehen. Wir haben seinen Namen. Sie kennen ihn, glaube ich. Sie haben ihn behandelt.«

India überlief ein kalter Schauer. Nein, betete sie insgeheim. *Bitte nicht.*

»Vor ein paar Monaten war er Ihr Patient. Sein Name ist Sid Malone.«

Sid Malone stand am offenen Fenster seines Schlafzimmers im Barkentine und blickt auf die Themse hinaus. Es herrschte Ebbe. Dichter Nebel lag über dem Wasser. Nur ein paar Einheimische wagten sich in dieser Milchsuppe mit dem Boot hinaus. Er konnte ihre Stimmen hören, wenn sie einander etwas zuriefen. Einen Moment lang stellte er sich vor, wie sich Nebelschwaden um ihn schlangen und ihn hinunterzogen. Dann wandte er sich ab und erinnerte sich, wie India ihn gebeten hatte, sich von diesem Ort fernzuhalten.

»Geh nicht, Sid. Bitte. Ich will nicht, daß du dort hingehst«, hatte sie gesagt.

»Mir passiert schon nichts«, hatte er sie beruhigt. »Ich hab' noch ein paar Geschäfte zu erledigen, das ist alles. Ich bin im Nu wieder zurück.«

»Versprochen?« hatte sie besorgt gefragt.

Er machte sich wieder ans Packen. Eine abgewetzte Ledertasche lag offen auf seinem Bett. Er nahm nur wenig mit. Ein paar Kleidungsstücke, ein paar Toilettensachen. Sonst wollte er nichts, keine Erinnerungen. Er war nur zurückgekommen, um Desi und den Männern ihren Anteil zu geben. An dem Tag, nachdem er Frankie zusammengeschlagen hatte, war er zu einem Anwalt gegangen, um das Tadsch Mahal, das Bark, das Alhambra und den Rest seines Besitzes auf Desi überschreiben zu lassen. Desi war ein loyaler Mann, und Sid wußte, daß er sich darauf verlassen konnte, daß er alles gerecht aufteilen würde. Die Immobilien selbst waren nicht so viel wert – das Geschäft, das sich mit ihnen machen ließ, dafür um so mehr. Die Firma würde weiterbestehen.

Sid faltete eine Tweedjacke zusammen, legte sie in die Tasche, machte sie zu und nahm seinen Mantel. Ein letztes Mal sah er sich in seinem Zimmer um. Früher hätte er sich nicht vorstellen können, irgendwo anders zu leben als hier an der stinkenden Themse. Er hätte sich nicht vorstellen können, London zu verlassen, Whitechapel zu verlassen. Seine Vergangenheit. Jetzt schon. Wegen India.

Er nahm seine Tasche und ging zur Treppe. Nun mußte er nur noch die Überschreibungsformulare an Desi übergeben und dann sein Bargeld holen.

Es war kein Geheimnis, daß er Geld auf der Albion-Bank hatte, ganz normale Konten, auf die er die Einnahmen aus seinen Geschäften einzahlte. Nicht bekannt war jedoch, daß er dort auch ein Schließfach besaß. Voller Bargeld. Davon würde er fünfhundert für sich nehmen, um ihre Reise nach Kalifornien zu bezahlen. Der Rest würde an Indias Klinik gehen. Sie gab ihren Traum für ihn auf, also würde er wenigstens dafür sorgen, daß dieser Traum überlebte. Er wollte das Geld Ella geben. Sie würde schon wissen, was sie damit anzufangen hatte.

Die Tasche eng an sich gedrückt, stieg er die Treppe hinunter. Was ihm jetzt bevorstand, war nicht angenehm. Desi war sauer. Die anderen auch. Sie wollten, daß er blieb. Alles sollte so weitergehen wie immer. Sid verstand das. Es war leichter wegzugehen, als verlassen zu werden. Er war froh, daß er den Abschied ohne Publikum hinter sich bringen konnte. Es war halb vier und das Bark noch geschlossen. Desi stand hinter der Bar und trocknete Gläser ab.

»Ist das alles, was du mitnimmst?« fragte er mit Blick auf Sids Tasche.

»Ja. Alles andere gehört euch. Die auch«, antwortete er und legte ein Bündel Überschreibungsurkunden auf die Bar.

»Danke, Boß. Das ist anständig vor dir. Das hätten die wenigsten getan.«

Es folgte ein betretenes Schweigen, das Sid schließlich brach.

»Ist Frankie hier?«

»Nein. Keine Ahnung, wo der steckt. Hab' ihn seit Tagen nicht mehr gesehen.«

Sid nickte. »Also, ich geh' dann. Paß auf dich auf, Desi. Laß Madden und Ko nicht aus den Augen, halt Frankie an der kurzen Leine, dann läuft alles glatt.«

Desi nickte. Er wollte gerade etwas erwidern, wurde aber von einem heftigen Hämmern an der Tür unterbrochen. »He! Jetzt macht mal langsam!« rief er und legte seinen Lappen weg.

»Ich bin's, Ozzie! Mach auf, Desi!«

Desi lief zur Tür.

»Wo ist der Boß? Ist er da?« fragte Ozzie und stürmte herein. Er hatte mehrere Zeitungen im Arm. Ronnie folgte ihm.

»Du hast wohl Tomaten auf den Augen! Da steht er doch! Was zum Teufel soll denn das?« fragte Desi.

Ozzie schlug die Tür zu und sperrte ab. Dann warf er Desi die Zeitungen zu. »Wir haben nicht viel Zeit. Die Bullen sind höchstens zwei Minuten hinter mir«, stieß er atemlos hervor. »Die wollt' ich dir geben, Boß. Du weißt wirklich, wie man einen Abgang macht.«

»Oz, verdammt noch mal«, schimpfte Desi. »Was ist passiert?«

»Frag ihn«, keuchte Ozzie und deutete auf Sid.

Desi sah Sid an.

»Ich weiß nicht, wovon er redet«, antwortete Sid.

»Dann lies die Zeitung!« schrie Ozzie. »Es ist schon überall rum. Man kann keinen Schritt gehen, ohne daß es einem die Zeitungsjungen nachbrüllen. Die Bullen werden wie die Heuschrecken über uns herfallen.«

»Sie haben bereits Pete und Tom festgenommen«, sagte Ronnie.

Desi schlug eine Zeitung auf. Sid sah ihm über die Schulter. Sein Herz blieb stehen bei dem, was er las.

PARLAMENTSABGEORDNETER ERSCHOSSEN, sprang ihm die Schlagzeile entgegen. MALONE MORDET.

Schnell überflog er den Artikel:

Joseph Bristow, der neugewählte Abgeordnete der Labour-Partei, ringt um sein Leben, nachdem er gegen zehn Uhr morgens in seinem Büro in der Commercial Street zweimal in die Brust geschossen wurde. Mehrere Augenzeugen, einschließlich Miss Gertrude Mellors, Bristows Sekretärin, haben zur Tatzeit den Ostlondoner Geschäftsmann Sid Malone in Bristows Büro erkannt. Die Polizei hat bereits mehrere von Malones Mitarbeitern festgenommen und fahndet nach Malone. Kriminalinspektor Alvin Donaldson bittet jeden, der Hinweise auf Malones derzeitigen Aufenthaltsort hat, sich mit ihm in Verbindung zu setzen ...

»Nein«, sagte er tonlos, dachte aber nicht an sich selbst und die Schwierigkeiten, in denen er steckte, sondern an seine Schwester. Nicht Fee. Nicht Joe.

»Wir sind geliefert«, sagte Desi. »Warum hast du das getan, Sid? Ausgerechnet den Abgeordneten! Hast du gedacht, das kriegt keiner mit?«

»Ich hab' das nicht getan«, sagte Sid.

»Ach ja? Wer dann?«

»Desmond Shaw! Hier spricht Kriminalinspektor Alvin Donaldson. Ich habe einen Haftbefehl für Sie. Öffnen Sie die Tür.«

»Verdammt!« fluchte Desi. »Aufgrund welcher Anklage?« brüllte er zurück.

»Weil Sie einem Flüchtigen Unterschlupf gewähren. Öffnen Sie die Tür!«

»Moment mal!« schrie Desi. Er drehte sich zu Sid um. »Die Tunnels«, sagte er. »Los, haut ab. Alle. Ich halt' sie auf, so lange ich kann.«

Im Nu waren die drei Männer die Treppe hinunter und bei der Falltür. Sid riß sie auf, Ronnie tastete nach der Laterne. Oz folgte ihnen. Sid zog gerade die Klappe zu, als sie von oben Donaldsons Stimme hörten.

»In den Keller. Schnell«, bellte er. »Da unten ist ein Schlupfloch.«

Schritte polterten die Treppe herunter. Sid griff nach dem großen Metallring an der Unterseite der Klappe, Ozzie sprang hoch und hängte sich mit ihm daran.

»Wir kriegen sie nicht auf, Sir«, sagte eine Stimme von oben.

»Holt eine Schaufel und schiebt sie unter den Rand«, befahl Donaldson.

»Hier ist keine.«

»Dann zerschlagt ein Faß! Wir nehmen eine Daube.«

»Boß, ich find die Laterne nicht!« flüsterte Ronnie panisch.

»Vergiß die Laterne, such lieber den Haken!« zischte Sid.

Eine schwere Eisenkette hing an dem Ring, an deren Ende ein Greifhaken befestigt war. Dieser mußte in einen im Boden eingelassenen Ring gehakt werden. Sid hörte Ronnie im Dunkeln herumtasten. Schließlich war ein schabendes Geräusch zu vernehmen und dann Ronnies Stimme: »Geschafft. Los jetzt!«

Sid und Ozzie ließen den Ring los und fielen zu Boden. Die Falltür hob sich ein paar Zentimeter und knallte dann wieder zu.

»Sie haben sie verriegelt!« rief einer der Polizisten.

»Sucht eine Axt!« brüllte Donaldson. »Wir schlagen sie ein!«

Sid fand die Laterne, zog Streichhölzer aus seiner Tasche und zündete sie an. Das Licht war schwach, aber es reichte aus, um ein paar Schritte vor ihnen zu beleuchten, und mehr brauchten sie nicht.

»Zum Blinden Bettler?« fragte Ronnie, der vorausging.

»Nein. Da haben sie sicher Leute postiert. Wir gehen zu Sally.« Nach etwa fünfzig Metern sagte Ozzie plötzlich: »Boß?«

»Was?«

»Warum hast du das getan?«

»Ich hab's nicht getan.«

»Ach komm, Boß.«

»Du bist jetzt fünf Jahre bei mir, Oz. Kannst du dir vorstellen, daß ich am hellichten Tag in einem Raum voller Zeugen einen Mann erschieße?«

»Nein. Aber wenn du es nicht warst, wer war's dann? Und warum hat er sich als Malone ausgegeben?«

»Keine Ahnung.«

»Das sieht nicht gut aus.«

»Nein.«

»Wer hat davon gewußt, daß Bristow dich sprechen wollte? Vielleicht jemand aus dem Bark. Jemand, der neulich auch da war. Als er zu dir wollte und dann mit Frankie in Streit geraten ist. Weißt du noch? Danach hast du dich mit Frankie angelegt und ihm gesagt, du willst aussteigen ...«

Sid blieb wie angewurzelt stehen und drehte sich um. »Mein Gott«, sagte er. »*Frankie.*«

✥ 63 ✥

$\mathcal{I}$ndia blieb in der Mitte der Dean Street stehen. Vor Erschöpfung keuchend, drehte sie sich im Kreis und hoffte, ein vertrautes Gebäude oder sonst einen Anhaltspunkt zu finden. Irgend etwas, das ihr bekannt vorkam. Sie waren hier entlanggekommen, als sie vor Devlin davonrannten. Dessen war sie sicher. Waren sie nach rechts abgebogen? Oder nach links?

Sie hastete weiter, überzeugt, das Haus, das sie suchte, sei nur ein Stückchen weiter vorn, dann blieb sie wieder stehen und sah sich verwirrt um. Seit sie die Klinik verlassen hatte, war sie zum Bark und zum Tadsch Mahal gerannt, um ihn zu finden – vergeblich.

Sie schloß die Augen und versuchte, die aufkommende Panik zu bekämpfen. In ihrem Kopf herrschte ein Durcheinander widerstreitender Stimmen: Donaldson, der ihr mitteilte, Sid habe Joseph Bristow erschossen. Harriet, die sie anflehte, sich von ihm fernzuhalten, Ella, die sie drängte, ihn zu finden.

»Damit ich dich richtig verstehe«, hatte Harriet gesagt. »Du gibst die Klinik auf, um mit einen Mörder davonzulaufen?«

»Sag das nicht!« hatte sie gerufen. »Er hat es nicht getan. Das weiß ich.«

»Wann hast du ihn das letzte Mal gesehen, India?« fragte Ella.

»Heute morgen. Bei dir zu Hause. Er sagte, er wolle nach Whitechapel gehen. Ich wollte nicht, daß er das tut, aber er sagte, es sei notwendig. Er müsse noch etwas erledigen.«

»Gütiger Himmel, India. Welchen Beweis brauchst du denn noch?« rief Harriet.

»Keinen. Ich brauch' keinen Beweis. Weil ich weiß, daß er's nicht getan hat!« schrie India zurück.

»Seid still. Beide«, sagte Ella. Sie biß sich auf die Lippe und dachte nach. »Es gibt einen Mann, der uns alles sagen kann, was wir wissen müssen – Joe Bristow.«

»Wenn er doch nur zu Bewußtsein käme«, sagte India.

»Ja, und wir wissen auch, wie wahrscheinlich das ist, nicht wahr?« erwiderte Harriet höhnisch.

»Er schafft es. Er hat es bis jetzt geschafft. Und wenn er durchkommt, sagt er der Polizei, daß Sid unschuldig ist.«

»Dann ist es zu vielleicht zu spät. Geh, India«, rief Ella. »Finde Sid, bevor die Polizei es tut.«

India hatte sie gequält angesehen und sich auf den Weg gemacht.

»Kann ich Ihnen helfen, Miss?« fragte jetzt eine freundliche Stimme.

Sie öffnete die Augen. Ein älterer Mann mit grauen Haaren und einem schwarzen Schnurrbart lehnte vor ihr am Randstein auf einem Besen.

»Ich suche jemanden«, antwortete sie. »Sally heißt sie. Sie ist eine ältere Frau. Klein, mit grauen Haaren.«

»Das hört sich an wie die Frau von Raysie. Sally Garrett. Sie wohnt in Nummer 4. Sehen Sie's? Gleich da vorn. Rechts.«

India dankte dem Mann und eilte davon. Bei der Nummer 4 reagierte niemand auf ihr Klopfen, also öffnete sie die Tür und ging hinein. Sallys Wohnung lag am Ende des Gangs. Wieder klopfte sie, und wieder antwortete niemand. Sie versuchte es erneut.

»Was ist denn?« rief eine Stimme.

»Ich möchte mit Ihnen sprechen«, rief India. »Ich bin eine Freundin von Sid Malone.«

Die Tür wurde aufgerissen. »Schreien Sie doch nicht so!« zischte Sally und packte India am Arm, um sie in die Wohnung zu ziehen.

»Tut mir leid. Ich wollte nicht …«, begann India.

»Hat Sie jemand gesehen?«

»Mich gesehen?« fragte India verwirrt.

»Kommen Sie rein. Ganz Whitechapel wimmelt von Bullen. Ist Ihnen jemand gefolgt?«

»Ich … ich glaube nicht.«

»Hat jemand Sie angesprochen? Sie aufgehalten?«

»Nein … doch. Ein Straßenfeger. Ich hab' nicht weitergewußt. Er hat mir geholfen.«

»Wie hat er ausgesehen?«

»Ich weiß nicht. Mittlere Größe. Graues Haar …«

»Schnurrbart?«

»Ja.«

Sally spuckte in den Kamin. »Der verdammte Willie Dobbs«, knurrte sie. »Sie sind in ein paar Minuten hier. Todsicher.«

»Wer wird hier sein?«

»Die Bullen. Willie ist vom hiesigen Revier. War er zumindest. Jetzt ist er im Ruhestand.«

»Aber ich verstehe nicht.«

Sally runzelte die Stirn. »Sie sind wohl etwas schwer von Begriff.« Sie lachte über Indias verdutzten Gesichtsausdruck, dann rieb sie sich mit dem Daumen die Finger. »Willie ist hinter der Belohnung her. Er und die Hälfte von Whitechapel. Er denkt, er kriegt sie, wenn er mich beobachtet. Er hat Sid hier früher ein und aus gehen sehen, und wahrscheinlich glaubt er, er kommt wieder her. Er weiß aber nichts von dem Geheimgang.«

»Mrs. Garrett, bitte … wovon sprechen Sie? *Welche* Belohnung?«

»Tausend Pfund. Für Informationen, die zur Festnahme von Sid Malone führen. Der verdammte Abgeordnete hat sie ausgesetzt. Hetzt das ganze East End auf. Will Sids Kopf. Alle Zeitungen sind voll davon.«

»Aber das kann doch nicht sein«, sagte India. »Ich habe ihn doch gerade erst operiert. Er hat noch gar nicht sprechen können.«

»Nicht er. Der andere. Lytton.«

O Gott, nicht Freddie, dachte India. Sie wußte, wie abgrundtief er Sid haßte.

»Mrs. Garrett, wissen Sie, wo er sein könnte?«

Sally zuckte die Achseln. »An den üblichen Orten, schätz' ich. Im Bark, im Tadsch, im Bettler …«

»Da bin ich überall schon gewesen.«

»Da sind Sie hingegangen?«

»Ja.«

»Das war ganz schön blöd von Ihnen«, sagte Sally ärgerlich.

»Aber warum? Ich will ihm doch helfen.«

»Falls Sie's noch nicht bemerkt haben sollten: Sie fallen hier ziemlich auf. Frauen wie Sie, die ins Bark oder ins Tadsch reinschneien, ziehen die Aufmerksamkeit auf sich. Da reden die Leute. Die Bullen sind ja nicht völlig blöd. Sie wissen, ein Gauner taucht nur wegen zwei Sachen auf – wegen seinem Geld und seiner Geliebten. Niemand weiß, wo Sid seine Knete hat, aber dank Ihrer Mätzchen weiß man jetzt, wer seine Herzensdame ist. Die Bullen brauchen Willie Dobbs gar nicht, wahrscheinlich sind sie einfach Ihnen gefolgt. Sie wollen ihm helfen, Süße? Dann gehen Sie nach Mayfair oder Knightsbridge zurück, und halten Sie sich um Himmels willen fern von ihm.«

India blickte zu Boden. Sie räusperte sich und sagte dann leise: »Ich habe einen Brief. Ich habe gehofft, Sie könnten ihn Sid geben.«

»Da haben Sie falsch gehofft. Wenn dieser verdammte Dobbs die Bullen auf mich hetzt, nehmen sie meine Wohnung auseinander. Das machen die immer.«

India griff in ihre Arzttasche und zog einen Umschlag heraus. »Bitte«, flehte sie.

Sally riß ihn ihr aus der Hand und warf ihn ins Feuer. Hilflos sah India zu, wie er verbrannte.

»Sie bringen uns noch alle in Gefahr! Keine Briefe! Sagen Sie mir einfach, was Sie ihn wissen lassen wollen. Ich richt's ihm dann aus.«

»Sagen Sie ihm, er soll mich Freitag mittag in der Wohnung treffen. Wir fahren von dort ab.«

»Ist das alles?«

»Ja, das ist alles.«

»Wenn ich ihn seh', richt ich's ihm aus. Aber jetzt machen Sie, daß Sie fortkommen«, drängte Sally.

Sie öffnete die Tür, um India hinauszulassen, schlug sie dann aber rasch wieder zu.

»Die Polizei ist hier. In der Straße«, fügte sie hinzu. »Alles wegen Ihnen. Die stellen mir die Bude auf den Kopf, da bin ich mir sicher. Kommen Sie«, sagte sie und zog sie am Ärmel.

»Wohin gehen wir?«

»Ich gehe nirgendwohin. *Sie* gehen.«

»Aber die Tür ...«

»Nicht durch die Tür. Durch den Geheimgang. Ich sag' der Polizei, Dobbs hat Gespenster gesehen. Daß niemand zu mir gekommen ist. Ich geh' nicht wegen Beihilfe in den Knast. Nicht wegen Leuten wie Ihnen.«

»Der Geheimgang?« wiederholte sie und wurde bleich. »Aber ich ... ich kann dort nicht runter.«

Es klopfte laut gegen Sallys Tür.

»Tut mir leid«, sagte sie. »Sie haben keine andere Wahl.«

»Ich kann das nicht. Ich kenn' den Weg nicht«, jammerte India. Doch sie stand schon geduckt in dem Gang, drückte ihre Tasche an sich und blickte durch den alten Schrank zu Sally zurück.

Oben wurde erneut gegen die Tür gehämmert.

»Sie müssen zum Blinden Bettler. Das ist etwa eine Viertelmeile. Zweimal rechts, einmal links, und dann biegt der Weg wieder nach rechts ab. Sie kommen an kleineren Gängen vorbei. Gehen Sie da nicht rein.«

»Und wenn ich mich verirre?«

»Passen Sie auf, daß Sie's nicht tun.«

Damit wurde die Schranktür zugeschlagen, und India stand allein in der Dunkelheit. Der erdige Geruch war so stark, daß sie ihn auf der Zunge schmeckte. Sie hatte das Gefühl, lebendig begraben zu sein.

Sally hatte ihr ein Päckchen Streichhölzer und eine Kerze mitgegeben. Nach ein paar ungeschickten Versuchen brachte sie die Kerze zum Brennen, aber das flackernde Licht beleuchtete kaum den Boden vor ihr. Ihr stockte der Atem.

Ein Tropfen eisiges Wasser fiel ihr auf den Nacken und ließ sie erschaudern. Weiteres Wasser tropfte von den Wänden. Sie stand in einer Pfütze. »Beweg dich. Los«, befahl sie sich. »Einen Schritt ... dann noch einen.«

Nachdem sie ein paar Meter zurückgelegt hatte, bog ein enger Tunnel nach links ab. Zweimal rechts und einmal links, hatte Sally gesagt. Oder war es umgekehrt? Nein, zweimal rechts, dessen war sie sich sicher.

Nach ein paar weiteren Metern nahm sie eine Abzweigung nach rechts. Es war gar nicht so schlimm, wie sie gedacht hatte. Bald wäre sie beim Blinden Bettler angelangt.

Ein paar Schritte nach der Abzweigung schien die Decke jedoch niedriger, der Gang enger zu werden.

Hab' ich die richtige Abzweigung genommen? Oder bin ich in einem der kleineren Gänge, vor denen Sally mich gewarnt hat?

Plötzlich glänzte vor ihr etwas weißlich. Sie hielt die Kerze tiefer und hielt vor Schreck die Luft an. Es war ein Skelett. India begann zu zittern. Sie hatte schon eine Menge Skelette gesehen, aber noch nie eines wie dieses. Die Handgelenke waren mit einem ausgefransten

Seil zusammengebunden, der Schädel war zertrümmert. Wer immer dieser Mensch gewesen war, er war nicht freiwillig hier heruntergekommen.

Sie drehte sich um und rannte zurück. Heißes Wachs tropfte auf ihre Hand. Der Schmerz ließ sie zusammenzucken, aber sie war froh darüber. Er hielt ihre Sinne wach.

Hör auf. Hör sofort auf damit. Wenn du dich nicht zusammennimmst, wird jemand deine *Knochen hier unten finden.*

Sie kam wieder in den Hauptgang zurück, wickelte ihren Rocksaum um die Kerze, um ihre Hand zu schützen, und eilte weiter. Es war doch nur eine Viertelmeile. Sie mußte nur auf die Abzweigungen achten. Nach einiger Zeit folgte eine weitere. Sie hielt die Kerze hoch, um sicherzugehen, daß sie nicht in einen Nebengang führte, und bog ab. Kurz darauf sah sie einen zweiten Gang, der nach rechts führte. Jetzt war es nur noch eine Abzweigung. Nur noch eine. Sie würde es schaffen. Es konnte nicht mehr weit sein.

Der Boden wurde feuchter und das Geräusch von tropfendem Wasser lauter. Sie wußte, daß sie unter Häusern hindurchging, unter Zisternen und Toiletten, und erschauderte.

Und dann roch sie es – etwas viel Schlimmeres als Abwasser, ein Gestank, bei dem es einem den Magen umdrehte: Ratten. Sie versuchte, nicht daran zu denken, versuchte, sich einzureden, sie seien vielleicht gar nicht mehr da, aber sie wußte, daß das nicht stimmte.

Sie blieb stehen und wußte nicht, ob sie vor Erleichterung lachen sollte, weil sie den richtigen Weg eingeschlagen hatte, oder ob sie vor Angst in Tränen ausbrechen sollte. Sid hatte sie getragen, aber Sid war jetzt nicht da. Sie mußte es allein schaffen.

Das Wasser tropfte jetzt lauter. *Deshalb leben sie hier*, dachte sie. *Hier haben sie Wasser.* Plötzlich blieb sie mit dem Fuß an etwas hängen und stolperte. Die Kerze fiel ihr aus der Hand, sie verlor das Gleichgewicht und landete mit dem Gesicht voraus in etwas Weichem und Nassem. Sie setzte sich auf, spuckte und versuchte, sich den stinkenden, dicken Schlamm vom Gesicht abzuwischen. Sie rappelte sich auf, tastete nach der Wand und versuchte, sich hochzuziehen, aber da war keine Wand.

Verwirrt sank sie wieder zu Boden und suchte nach der Kerze. Ihre Bewegungen waren fahrig und ziellos in der Dunkelheit. Auf diese Weise würde sie die Kerze nie finden. Sie war weg. Im Schlamm versunken. Selbst wenn sie sie durch ein Wunder wiederfinden würde, wäre der Docht naß und ließe sich nicht mehr anzünden.

Angst stieg in ihr auf und drohte in Panik umzuschlagen. Ihr fielen die Streichhölzer in ihrer Rocktasche ein. Ob sie auch naß geworden waren? Sorgfältig wischte sie sich die Hände an ihrer Jacke ab und zog die Schachtel heraus. Die meisten waren trocken geblieben. Sie riß eines an. Fast hätte sie vor Erleichterung geweint. Als sie das Streichholz hochhielt, stellte sie fest, daß ein Teil der Wand eingestürzt war. Das herabtropfende Wasser hatte die Erde in Schlamm verwandelt. Sie stapfte durch die nasse Masse und drehte sich plötzlich hilflos um. Sie hatte die falsche Richtung eingeschlagen, dessen war sie sich sicher. Die Flamme verbrannte ihre Finger. Sie ließ das Streichholz fallen und stand wieder im Dunkeln.

India wollte ein weiteres anzünden, hielt aber inne. Wie viele Streichhölzer hatte sie noch? Zwanzig? Zehn? Zwei? Sie öffnete die Schachtel und zählte sie mit den Fingerspitzen. Drei, sie hatte noch drei Streichhölzer und war um die zweite Abzweigung gekommen. Wie würde sie mit nur drei Streichhölzern noch eine Abzweigung und den Ausgang zum Blinden Bettler finden?

Völlig entmutigt lehnte sie sich an die Wand. Tränen der Angst und Verzweiflung traten in ihre Augen.

Plötzlich fiel ihr Professor Fenwick ein.

»Improvisieren Sie. Improvisieren Sie«, sagte er zu seinen Studentinnen. »Sie gehen eines Abends ins Theater, und während Sie die Drury Lane hinunterspazieren, schert plötzlich eine Kutsche aus, und die Pferde trampeln einen Mann nieder. Sein Bein wird zerschmettert. Die Ader am Oberschenkel ist verletzt. Sie haben Ihren Arztkoffer nicht dabei. Was rettet ihn? Armstrong?«

»Eine richtige Diagnose, Sir.«

Fenwick schloß die Augen.

»Hatcher?«

»Eine gründliche Kenntnis der Anatomie, Sir.«

»Jones?«

»Technische Fähigkeiten, Sir?«

»Nein, nein, nein! Wenn es zum Schlimmsten kommt, bringt nur eines Rettung – *Improvisation*. Machen Sie aus Ihren Handschuhen Adernpressen. Aus Ihren Höschen Armschlingen. Eine Flasche Whisky aus einem Pub wird zum Desinfektionsmittel. Jacken und

Hemden werden zu Verbandsmaterial. Nicht ideal, aber *in extremis* haben Sie keine andere Wahl.«

Sie dachte an die Nacht zurück, als sie und Sid hierhergekommen waren. Er hatte schwere Stiefel und eine dicke Hose angehabt. Sie hatte keins von beidem. Ihre Ziegenlederschuhe, ihre Wollstrümpfe und Baumwollröcke boten scharfen Rattenzähnen keinen Widerstand. Sie überlegte, was ihr zur Verfügung stand: ein paar Streichhölzer mit Schachtel. Sie könnte die Schachtel anzünden, aber die würde nicht lange brennen, und wenn sie ausging, hätte sie gar nichts mehr.

Na los, Jones, was hast du noch?

Sie hatte ihre Arzttasche. Schnell überlegte sie, was sie enthielt. Skalpelle, Scheren und Klammern – alles nutzlos. Gaze, Nadeln, Nahtmaterial und Chloroform. Sie dachte daran, die Gaze anzuzünden, aber die war dünn, und sie hatte nur wenig davon.

Chloroform, dachte sie, Chloroform … Sie versuchte, sich zu erinnern, was noch in ihrer Tasche war, kam aber immer wieder auf das Narkosemittel zurück. Es machte Menschen bewußtlos. Funktionierte das auch bei Ratten? Sie kramte in der Tasche nach der Flasche. Sie war da. Vielleicht würde es funktionieren. Vielleicht konnte sie eine genügend große Anzahl außer Gefecht setzen. Vielleicht würden sie vor dem Geruch Reißaus nehmen. Vielleicht …

Vielleicht hatte sie den Verstand verloren.

Sie müßte die Flüssigkeit versprühen, um die Ratten außer Gefecht zu setzen, aber sie war ebenfalls in dem Tunnel eingeschlossen. Wenn sie die Ratten betäubte, betäubte sie möglicherweise auch sich selbst.

Erneut wurde sie von Panik gepackt. Die Dunkelheit zerrte an ihren Nerven. Sie beschloß, eines ihrer kostbaren Streichhölzer zu benutzen. Sie brauchte Licht, wenn auch nur für ein paar Sekunden. Noch immer hielt sie die Chloroformflasche in der Hand. Sie überprüfte, ob der Stöpsel festsaß, dann legte sie sie in die Tasche zurück und zündete das Streichholz an. Die Flüssigkeit war hoch entflammbar und …

Entflammbar. Eine Flamme. Eine Fackel. *Ich könnte das Chloroform benutzen, um eine Fackel zu machen*, dachte sie. *Doch was soll ich verbrennen.*

Sie hielt die Flamme über die Tasche und hoffte, sie hätte zusätzliches Verbandzeug eingepackt, aber das hatte sie nicht. Die Flamme erlosch. »Verdammt!« schrie sie. Es war hoffungslos. Vergeblich. Sie würde hier nie rauskommen.

Ihr Kostüm ... *ihr Kostüm*. Sie knöpfte ihre Jacke auf. Sie war schmutzig und feucht, aber ihre Bluse darunter war trocken. Sie stand auf und befühlte ihren Unterrock. Auch er war feucht, aber ihre Unterhose war trocken. Rasch zog sie Bluse und Unterhose aus und knüllte sie zusammen. Dann kniete sie sich nieder, zog ein Stück Gaze aus der Tasche und legte es auf den Boden. Sie zog die Zündholz-schachtel heraus, nahm die restlichen Streichhölzer und legte sie auf die Gaze, um sie trocken zu halten. Als nächstes nahm sie ihr Skalpell und schnitt damit ein Loch in die Schachtel. Dann zog sie Zange und Chloroform aus der Tasche und legte beides auf den Boden. Als sie damit fertig war, griff sie nach einem Zündholz, riß es an und steckte es schnell in das Loch in der Schachtel.

Rasch bündelte sie jetzt im Licht ihre Bluse und Unterhose zusammen, und versuchte, alles mit der Zange zusammenzuhalten. Aber es hielt nicht. Das Zündholz ging aus.

»Verdammt!« rief sie erneut.

Wieder knüllte sie ihre Bluse und ihre Unterhose fest zusammen. Der Stoffballen fühlte sich klein an in ihrer Hand.

Sie holte tief Luft, um sich zu beruhigen, zündete ein weiteres an und steckte es in die Schachtel. Dann nahm sie eine Spule Silberfaden zum Nähen von Dammrissen, klemmte den Stoff in die Zange und schlang den Faden fest darum, um sie zusammenzuhalten.

Sie legte die selbstgebastelte Fackel in ihren Schoß, tastete noch einmal nach dem Chloroform, holte tief Luft und zündete das letzte Streichholz an.

Rasch nahm sie den Verschluß der Flasche, goß Chloroform auf den Stoff und hielt ihn in die Flamme. Eine Ewigkeit lang schien nichts zu passieren, dann hörte sie ein lautes Zischen – die Fackel brannte.

India sprang auf. Das Metall in ihren Händen wurde heiß. Sie wickelte ihren Rock darum, packte ihre Tasche und begann zu rennen. Der Tunnel bog scharf nach links ab, der Geruch wurde stärker, und dann sah sie sie – es waren Hunderte. Einen Moment lang zauderte sie, dann stürmte sie wie eine Amazone schreiend voran und hielt die Fackel weit nach unten. Aufgeschreckt durch den Lärm und das Licht, stürzten die Ratten wie wild übereinander hinweg von ihr fort.

Ein paar krallten sich an ihren Stiefeln und ihrem Rock fest. Sie stieß sie weg und lief weiter.

Plötzlich machte der Tunnel eine scharfe Rechtsbiegung, und sie war an ihnen vorbei. Sie blieb stehen, um wieder zu Atem zu kommen, und schloß die Augen. Als sie sie wieder öffnete, fühlte sie sich ruhiger – bis sie auf ihre Fackel sah. Das meiste von dem Stoff war bereits verbrannt, die Flamme fast erloschen.

Panisch begann sie wieder zu rennen.

Zweimal nach rechts, einmal links. Zwei Abzweigungen nach rechts hatte sie hinter sich, war das die letzte nach links? Die Fackel ging aus. Sie hatte kein Chloroform und keine Streichhölzer mehr. Sie mußte den Rest des Wegs im Dunkeln zurücklegen.

Wieder stieg Angst in ihr auf, aber sie kämpfte sie nieder. Sie hatte es fast geschafft, das wußte sie. Der Blinde Bettler konnte nicht mehr weit sein. Noch zwanzig Schritte, höchstens dreißig. Sie konnte sich vorwärtstasten. Sie warf die Zange in die Tasche, legte die Hand an die Wand und ging weiter.

In diesem Moment hörte sie es. Ein Geräusch vor ihr. Es klang wie ein Husten … wie ein unterdrücktes Husten. Sie blieb stehen, um zu horchen, aber da war nichts mehr. Sie wartete volle zwei Minuten. Nichts.

Hatte sie sich das Husten nur eingebildet? Niemand außer ihr selbst wäre so ungeschickt – oder so dumm –, ohne Licht hier herunterzukommen.

»Hallo? Ist da jemand?« rief sie.

Keine Antwort. Vielleicht ist es Sid, dachte sie. Vielleicht versteckt er sich hier unten?

»Sid? Sid, bist du das?«

Immer noch keine Antwort.

Sie sah zwar nichts, aber ihre anderen Sinne waren um so wacher. Es *war* jemand hier unten. Sie konnte ihn spüren. Und es war nicht Sid.

Todesangst packte sie. Sie schoß nach vorn und tastete nach dem Ausgang zum Blinden Bettler. Sie mußte ihn erreichen, bevor die Person hier unten sie erwischte. Noch ein Meter, noch zwei, noch drei, dann griff ihre Hand ins Leere. Sie bückte sich und ertastete Holz. Das Faß. Sie warf sich dagegen, aber es bewegte sich nicht, also stemmte sie die Fersen in den Boden, um es mit der Schulter wegzudrücken. Es bewegte sich ein Stückchen, dann noch eins und ließ einen schmalen Spalt Licht hindurch. Mit letzter Kraft quetschte sie sich hindurch und zog ihre Tasche nach, dann schoß sie die wacklige Kellertreppe hinauf.

Sie sah das Streichholz nicht, das nur ein paar Meter vom Eingang entfernt im Tunnel aufflammte. Sie sah nicht, wie es das Gesicht eines Polizisten beleuchtete, der damit seine Laterne anzündete. Sie sah nicht, wie sich Alvin Donaldson zu einem verblüfften Freddie umdrehte und sagte: »Wie's aussieht, hatte Miss Dean recht. Die Ärztin hat sich tatsächlich mit Sid Malone eingelassen. Sie haben doch gehört, wie sie seinen Namen gerufen hat!«

»Halten Sie sie auf. Warum gehen Sie ihr nicht nach? Nehmen Sie sie fest, verdammt!« zischte Freddie.

Donaldson schüttelte den Kopf. »Nein, wir lassen sie laufen. Sie versucht, Malone zu finden. Ich wette, sie treffen sich irgendwo. Wenn wir sie laufenlassen, geht er uns in die Falle.«

»Aber wo? Sie können sich an tausend verschiedenen Orten treffen. Kein Mensch weiß, wo ihre Wohnung ist.«

Donaldson lächelte. »Gemma Dean weiß es. Haben Sie das nicht gesagt?«

»Ja, aber sie will vierhundert Pfund, bevor sie damit rausrückt.«

»Wenn Sie Malone wollen, dann geben Sie ihr das Geld.«

iona stand vor ihrem Spiegelschrank und runzelte die Stirn. Sie hatte einen Termin mit dem Besitzer eines Gebäudes in Edinburgh, das zum Verkauf stand, und wollte wie eine Geschäftsfrau aussehen.

»Statt dessen seh' ich aus wie ein Zirkuszelt«, murmelte sie. Das marineblaugestreifte Kostüm stand ihr nicht. Sie griff nach einem anderen aus roter Rohseide und hielt es sich an. Es war auch nicht besser. Seufzend hängte sie es zurück.

Sie legte die Hände auf den Bauch. Das Baby würde bald kommen, und sie fragte sich, ob sein Vater hier wäre, wenn es geboren wurde.

Joes Schrank stand neben ihrem. Spontan nahm sie einen seiner Anzüge heraus und drückte ihn ans Gesicht. Er roch nach ihm – sauber und männlich. Gott, wie sehr sie ihn vermißte. Sie wollte, daß er nach Hause kam. Sie wollte ihre Familie wiederhaben.

Sie hatte versucht, sich mit ihm zu versöhnen. Sie hatte in Joes Abgeordnetenbüro auf der Commercial Street angerufen, aber niemand war drangegangen. Dann in Covent Garden, aber auch dort meldete sich keiner. Vielleicht war er mit seiner Sekretärin nach Westminster gegangen.

Sie mußte Charlie aufgeben, wenn sie ihren Mann nicht verlieren wollte, dachte Fiona jetzt. Sie hängte Joes Anzug in den Schrank zurück und machte die Tür zu. Sie würde ihn noch einmal anrufen, gleich nach dem Geschäftstermin. Vielleicht könnten sie heute abend zusammen essen. Nur sie beide.

Es klopfte.

»Ja«, rief sie.

Sarah, die Zofe, streckte den Kopf herein. »Entschuldigen Sie, Ma'am, aber Mr. Foster läßt ausrichten, daß ein Polizeibeamter hier ist, der Sie sprechen möchte.«

»Meine Güte. Weswegen denn?«

»Das wollte er nicht sagen, Ma'am, aber er hat Mr. Foster erklärt, es sei sehr dringend.«

Fiona nickte. »Bitte sagen Sie Mr. Foster, daß ich in ein paar Minuten unten bin.« Wahrscheinlich geht es um einen Ladendiebstahl oder um einen beschädigten Lieferwagen, dachte sie. Dergleichen kam in ihrem und Joes Geschäften öfter vor.

Sie warf einen letzten Blick in den Spiegel. »Also dann eben Zirkuszelt«, seufzte sie, legte die Perlenkette an, die Joe ihr zu diesem Ensemble geschenkt hatte, und ging nach unten, um den Besucher zu empfangen.

»Guten Tag, Mrs. Bristow, ich bin Kriminalinspektor Alvin Donaldson«, stellte sich der Besucher vor, als sie in den Salon trat. Sie kannte ihn irgendwoher.

»Möchten Sie eine Tasse Tee, Herr Kriminalinspektor?« fragte Fiona und wollte nach Sarah klingeln.

»Nein, danke«, antwortete Donaldson. Er stand da und hielt den Hut in der Hand. Sein Blick streifte nervös über ihren Bauch. »Wollen Sie sich nicht setzen, Ma'am?« fragte er und deutete aufs Sofa. »Bitte, Ma'am«, fügte er leise hinzu.

Fiona seufzte. »Na schön. Wenn Sie meinen.« Sie setzte sich und sah ihn ungeduldig an. »Also, was ist passiert?«

Donaldson setzte sich neben sie, räusperte sich und sagte: »Mrs. Bristow, haben Sie je den Namen Sid Malone gehört?«

Fiona erstarrte. Hatte Donaldson herausbekommen, in welcher Beziehung sie zu ihm stand? Und dann kam ihr ein anderer, sehr viel düsterer, beängstigenderer Gedanke.

»Ist er ... geht es ihm ... gut?« fragte sie kreidebleich.

»Wie bitte?«

»Geht es ihm gut?« wiederholte sie nachdrücklicher.

»*Malone?*« fragte Donaldson verständnislos.

»Ja.«

»Im Moment schon, soweit ich weiß. Zumindest so lange, bis wir ihn festgenommen haben.«

»Festnehmen? Warum? Was hat er getan?«

Donaldson schüttelte den Kopf. »Mrs. Bristow, ich glaube, Sie mißverstehen mich.«

»Was hat er getan? Eines meiner Lagerhäuser niedergebrannt?«

»Mrs. Bristow ...« Donaldson hielt inne. »Mrs. Bristow ... vor ein paar Stunden hat Sid Malone versucht, Ihren Mann umzubringen.«

Fiona neigte den Kopf, als hätte sie ihn nicht richtig gehört, und lachte kurz auf. »Das ist nicht möglich.«

»Ich fürchte schon. Malone ging in Mr. Bristows Büro auf der Commercial Street und schoß ihm zweimal in die Brust. Sein Zustand ist sehr kritisch, Ma'am. Der operierende Arzt hat eine Kugel entfernt, aber eine weitere steckt nahe seines Rückgrats. Er war in einer Klinik in der Nähe seines Büros, wurde aber inzwischen ins London-Hospital verlegt ... und seine Überlebenschancen sind äußerst gering. Es tut mir sehr leid.«

»Nein. Das ist nicht wahr!« rief sie. »Das kann nicht sein!«

Die Salontür ging auf, und Forster kam mit besorgter Miene herein. »Entschuldigung, Ma'am, ich habe Rufe gehört.«

»Mr. Foster!« schrie Fiona. Sie versuchte aufzustehen, aber ihre Beine gaben nach, und sie sackte zu Boden.

»Gütiger Gott, Ma'am!« rief Foster und eilte zu ihr. Donaldson half ihr, sich wieder aufs Sofa zu setzen, und erklärte, was passiert war.

»Das stimmt nicht«, sagte Fiona erneut und schüttelte heftig den Kopf. »Das ist nicht wahr, Mr. Foster. Sagen Sie ihm bitte, daß das nicht wahr ist!«

»Ich muß zu Joe«, sagte sie plötzlich und versuchte aufzustehen. »Jetzt gleich. Lassen Sie die Kutsche vorfahren!«

»Die Kutsche ist gleich da, Ma'am. Bitte, Ma'am, bleiben Sie ruhig sitzen. Sie müssen an das Baby denken.«

»Aber warum, warum nur, Herr Kriminalinspektor?« wandte sich Fiona an Donaldson.

»Wir sind nicht sicher, Mrs. Bristow, aber soweit wir die Vorgänge rekonstruieren konnten, ging Mr. Bristow vor ein paar Tagen ins Barkentine, einen Pub in Limehouse, um Malone aufzusuchen. Er traf ihn nicht an, begegnete aber einem jungen Mann namens Frankie Betts. Mr. Bristow kündigte an, daß es zwischen ihm und Malone zu Schwierigkeiten kommen würde, nun, da er Abgeordneter sei. Er wollte, daß Malone aufgab, bevor das passierte. Es kam zu einer Auseinandersetzung, dann zu Tätlichkeiten ...«

Fiona schloß die Augen und begann zu schluchzen.

»Was ist, Madam?« fragte Foster.

»Es ist meine Schuld, Mr. Foster. Es ist alles meine Schuld«, schluchzte sie.

»Aber nein. Natürlich nicht.«

Weinend sank sie gegen ihn. »Doch. Er hat es für mich getan. Er hat versucht, ihm zu helfen. Ihn zu retten. Meinetwegen. O Gott … o Joe … es ist alles meine Schuld, Mr. Foster. Verstehen Sie nicht? Ich hab' ihn umgebracht. Ich hab' meinen Joe umgebracht.«

❧ 65 ❧

reddie Lytton schloß die Augen, holte tief Luft und klopfte an die Tür von Gemma Deans Wohnung. Sie wohnte oben in einem zweistöckigen Haus in Stepney.

Seit der Party, auf der sie ihm von Sid und India erzählt hatte, hatte er sie nicht mehr gesehen. Tagelang hatte er über der Neuigkeit gebrütet und seine Wohnung nicht mehr verlassen. Er hatte nichts gegessen und kaum geschlafen, nur hilflos und voller Haß auf Sid Malone in seinem Lehnstuhl gesessen.

Und dann war etwas geschehen. Ein Geschenk war ihm in den Schoß gefallen, das schönste Geschenk, das er sich denken konnte. Malone war einfach in Joe Bristows Büro spaziert und hatte ihn niedergeschossen. Mit einem Schlag waren seine beiden Erzrivalen schachmatt gesetzt. Die Polizei hatte eine Großfahndung nach Malone herausgegeben – es war nur eine Frage der Zeit, wann sie ihn schnappte –, und Bristow, der im Moment im London-Hospital lag, würde wahrscheinlich nicht durchkommen.

Der Einpeitscher der Liberalen hatte ihn angerufen, um ihm die Neuigkeit mitzuteilen. »Noch im Lauf dieses Monats wird es eine Nachwahl geben«, hatte er gesagt.

Mehr mußte Freddie nicht wissen. Seine Apathie war wie weggeblasen. Im Nu war er gebadet und angezogen. Er durfte keine Minute verlieren. Er hielt eine Droschke an und fuhr direkt ins Krankenhaus. Als er dort ankam, traf er auf Fiona Bristow. Es wimmelte von Reportern, die sie umringten und mit Fragen bestürmten. Freddie eilte an ihre Seite, legte beschützend den Arm um sie und sagte: »Ich verspreche Ihnen, daß ich nicht eher ruhen werde, bis der Mann, der dies getan hat, seine gerechte Strafe bekommt.«

Fiona nickte ihm zu, wie betäubt in ihrem Schock, bevor die Stationsschwester sie wegführte. Die anwesenden Reporter hatten sowohl die Geste wie seine Worte mitbekommen – ganz wie er es geplant hatte. Sie baten ihn um Interviews, die er bereitwillig gab. Darin rühmte er die Vorzüge seines einstigen Gegners, drückte seine tiefe Verbundenheit mit der Familie Bristow aus und beklagte anschließend die Gesetzlosigkeit im East End.

»Wenn ein einzelner Krimineller durch den Mangel ausreichender gesetzlicher Vorkehrungen eine so dreiste Tat begehen kann, was können dann zwanzig erreichen?« fragte er. »Dieser heimtückische Anschlag ist nicht nur ein Angriff auf einen unschuldigen, rechtschaffenen Bürger, sondern auf ein Mitglied des Parlaments und damit auf die Regierung selbst. Kriminalität dieses Ausmaßes kann nur zu einem führen – zu Anarchie. Malone und seinesgleichen muß das Handwerk gelegt werden, und zwar sofort!«

Er beendete sein Interview, indem er der versammelten Presse erklärte, daß er tausend Pfund aus eigener Tasche als Belohnung für Informationen aussetze, die zur Festnahme von Sid Malone führten. Das Geld hatte er zwar nicht, aber das machte ihm wenig.

Bevor Dickie Lambert auch nur erfahren hatte, daß Bristow angeschossen worden war, hatte Freddie die Presse und das öffentliche Interesse auf seiner Seite. Später am Abend war er in seinen Club zum Essen gegangen und hatte sämtliche Zeitungen verschlungen, die er in die Hände bekam. Alle berichteten über den Anschlag auf Bristow – und über ihn. Seine früheren Blamagen – der Raub im Stronghold-Lagerhaus und das Home-Rule-Fiasko – waren vergessen. Die meisten Journalisten witterten eine gute Story und schilderten ihn als selbstlosen Retter, als Ritter in strahlender Rüstung, der der gramgebeugten Gattin seines früheren Gegners beistand, und – was am wichtigsten war – als vorausschauenden Politiker, der vielleicht besser als der kürzlich gewählte Mann erkannte, welche Gefahr für Recht und Ordnung von den kriminellen Elementen des East Ends ausging.

Nach seinem Besuch im Krankenhaus war er zu Alvin Donaldson gefahren, der gerade mit einigen Beamten aus dem Polizeirevier herausgekommen war. Freddie erklärte, mit ihm sprechen zu müssen, aber Donaldson sagte, er habe keine Zeit, weil er Malone auf der Spur sei. Freddie folgte ihm zum Blinden Bettler und in einen unterirdischen Gang. Donaldson bestätigte, daß Malone tatsächlich Bristow erschossen habe. Es gebe Zeugen.

Malone hatten sie nicht gefunden, wohl aber India. Nun brauchten sie nur noch die Adresse zu ihrer gemeinsamen Wohnung, um Sid zu schnappen. Deswegen war er hier.

Freddie zog einen schmalen braunen Umschlag aus der Tasche und wog ihn in der Hand. Seiner Ansicht nach fühlte er sich gut an. Hoffentlich fiel Gemma darauf herein. Er hörte Schritte von drinnen und steckte den Umschlag schnell wieder ein. Die Tür ging auf, und Gemma stand in einem seidenen Morgenrock vor ihm. Sie wirkte erschöpft und niedergeschlagen. Er nahm den Geruch von Gin wahr.

»Hallo, Gem«, sagte er. »Du siehst reizend aus. Wie immer.« Er versuchte, sie auf die Wange zu küssen, aber sie wandte sich ab.

»Was willst du, Freddie?«

»Eine kleine Information.«

Ihr Blick wurde interessierter. »Dann komm rein.«

Er folgte ihr durch einen langen Gang ins Wohnzimmer. Überall lagen Taschen und Koffer. Auf Stühlen häuften sich Kleiderberge, Schuhe stapelten sich auf dem Boden.

»Fährst du in die Ferien?« fragte er.

»Ich geh' nach Paris.«

»Für wie lange?«

»Für immer. Ich geh' ans Moulin Rouge. Da ist das Geld. Und weil wir gerade von Geld reden, hast du die Kohle mitgebracht? Die Adresse kostet dich was. Vierhundert Pfund.«

Freddie klopfte auf seine Jackentasche.

»Gib's her.«

Freddie schüttelte den Kopf. »Nicht bevor du mir die Adresse gegeben hast.«

Gemma schnaubte. »Keine Chance. Du bist doch ständig pleite. Woher soll ich wissen, ob du die Knete überhaupt hast? Bevor ich sie nicht sehe, keine Adresse.«

Freddie zog den Umschlag heraus. »Hier«, sagte er und hoffte, sie würde nicht hineinsehen.

Sie nahm ihn. »Ich bin ein Judas«, seufzte sie bedauernd.

»Wohl kaum. Malone ist ein Mörder, Gem.«

»Glaubst du wirklich, er hat den Abgeordneten erschossen?«

»Ich weiß es. Es gab Zeugen. Du tust das Richtige.«

»Vielleicht, vielleicht aber auch nicht. Egal. Wohnungen in Paris sind nicht billig.«

Sie öffnete den Umschlag. Freddie fluchte innerlich. Jetzt würde alles kompliziert werden. Gemmas Gesichtsausdruck schlug von Verwirrung in Zorn um.

»Du Dreckskerl!« schrie sie und drehte den Umschlag um, so daß die Zeitungsschnitzel herausfielen. »Was soll der Mist?«

»Ich brauche die Adresse, Gem.«

»Ach ja? Dann geh doch betteln! Vierhundert Pfund oder gar nichts.«

Freddie stand auf, ging durch den Raum und schlug ihr ins Gesicht. Hart.

Gemma fuhr sich mit der Hand an die Wange. »Raus hier!« kreischte sie. »Hau ab!«

Freddie warf sie aufs Sofa, legte die Hände um ihren Hals und drückte mit den Daumen auf ihre Kehle. »Wo ist es? Wo ist die Wohnung?«

Sie packte seine Hände und riß an seinem Ärmel, um sich zu befreien. »Bitte ...«, keuchte sie.

»Die Adresse«, wiederholte er.

»Laß mich los!« Gemma trat nach ihm und traf ihn mit dem Knie höchst schmerzhaft zwischen die Beine. Während er zurücktaumelte, machte sie sich los und lief zur Tür. Freddie setzte ihr nach. Er erwischte sie am Kleid, zerrte sie zurück und schleuderte sie in Richtung Sofa, aber er verfehlte sein Ziel. Sie prallte mit dem Kopf gegen die Marmorplatte eines Tischs.

Es ertönte ein kurzes, trockenes Knacken, als würde ein Ast brechen. Der Tisch kippte um. Gemma fiel zu Boden. Sie stöhnte kurz auf und war dann still.

Freddie keuchte, stützte die Hände auf die Knie und versuchte, sich nicht zu übergeben. »Gib mir die verdammte Adresse!« fuhr er sie an, aber Gemma antwortete nicht. Ihr Genick war gebrochen. Sie war tot.

Während er dastand und sie ansah, wurde ihm klar, daß er eine Menge Schwierigkeiten bekäme, wenn er nicht sehr schnell und sehr gut nachdächte. Er empfand keine Reue, kein Entsetzen und keine Trauer über seine Tat. Derlei Empfindungen hatte er längst hinter sich gelassen. Er brauchte zwei Dinge: erstens die Adresse, und zweitens mußte er es so aussehen lassen, als hätte ein anderer Gemma getötet.

Er dachte ein paar Minuten nach – kalt und ungerührt, und dann kam ihm die Lösung. Zufrieden machte er sich an die Arbeit.

Er wußte, daß Gemma ein Adreßbuch mit Kalender besaß. Das hatte er gesehen. Es war schmal mit einem roten Ledereinband. Wenn sie die Adresse irgendwo aufgeschrieben hatte, dann dort. Er ging zu ihrem Schreibtisch und wühlte ihre Papiere durch. Er riß die Schubladen heraus und kippte den Inhalt auf den Boden. Er warf ihre Kleider aus den Koffern und suchte in Taschen, fand aber nichts.

»Wo bist du?« flüsterte er und drehte sich im Kreis. »Wo?«

Dann entdeckte er eine Kelimtasche. Sie lehnte an einem Schirmständer. Er leerte sie aus. Eine Brieftasche, Süßigkeiten und Zigaretten fielen heraus, aber kein Adreßbuch. Fluchend stülpte er die Tasche um und fand eine Innentasche. Darin steckte das Büchlein mit dem roten Einband. Schnell blätterte er die Seiten für November durch. Dort standen Namen, Adressen von Restaurants und Theatern. Er schlug die Innenseite des Einbands auf und dann die Rückseite – und schließlich entdeckte er etwas: *Arden Street 16, Richmond Hill.*

Es war schnell hingekritzelt, als hätte sie es hastig oder im Zorn notiert. Das ist es, dachte er. Zufrieden steckte er das Adreßbuch ein. Dann hob er den Umschlag auf, den er mitgebracht hatte, und sammelte die Papierschnitzel ein. Er beschloß, Gemmas Brieftasche zu nehmen, und nahm sich dann das Wohnzimmer vor.

Anschließend durchwühlte er das Schlafzimmer, verstreute Kleider und warf einen Spiegel, Kämme und Parfümflaschen auf den Boden. Ihre Schmuckschatulle fiel ihm ins Auge. Er leerte sie aus, und Modeschmuck fiel heraus. Dann blitzten ihre herrlichen Brillanten auf. Er nahm die Ohrringe, dann das Collier und las die Gravur. *Für Gemma. Hals- und Beinbruch. In Liebe, Sid.* Er hatte die Stücke an ihr gesehen. Sie behauptete, sie seien echt. Wenn das stimmte, waren sie ein Vermögen wert. Er ließ sie in die Tasche gleiten. Sie waren genau das, was ein Mann in Geldnöten – oder auf der Flucht – mitgehen lassen würde. Vor allem, wenn dieser Mann sie ihr geschenkt hatte und wußte, was sie wert waren.

Freddie wollte gerade das Schlafzimmer verlassen, als er ein langes, ächzendes Knarren hörte. Wie das Geräusch eines losen Dielenbretts, auf das jemand getreten war.

Er erstarrte. »Wer ist da?« rief er.

Keine Antwort. Er beugte sich zum Kamin hinunter, griff nach einem Schürhaken und ging langsam ins Wohnzimmer zurück. Dort war niemand. Dann schlich er durch den langen Gang in die Küche. Wer immer das Geräusch verursacht hatte, mußte jetzt hier drin sein. Es war der einzige Raum, der noch übrig war. Mit klopfendem Herzen hob er den Schürhaken und trat durch die Tür.

Eine Katze saß auf dem Küchenboden. Eine weiße Katze mit einem glitzernden rosafarbenen Halsband. Freddie fluchte. Er griff nach ihr, aber sie war zu schnell für ihn. Die Katze schoß zwischen seinen Beinen hindurch und flüchtete unter das Sofa.

Er ließ es dabei bewenden und stellte den Schürhaken zurück. Er war jetzt fast fertig, fast aus dem Schneider, aber er wußte, der letzte Teil wäre der schwerste. Er sah auf seine Hände. Sie waren verkratzt und bluteten. Einer seiner Ärmel war zerrissen. Das war gut. Er müßte nur noch was mit seinem Gesicht machen. Er ging in die Küche und fand eine Teekanne. Er schloß die Augen und schlug sich die Kanne an die Stirn. Als er wieder sehen konnte, nahm er ein Brotmesser aus der Besteckschublade und zog die Klinge über die rechte Wange, vom Ohr bis zum Kinn. Es tat fast genauso weh wie der Schlag mit der Kanne. Er wartete, bis das Blut auf seinen Hemdkragen tropfte, dann ging er auf die Straße hinunter.

Zwei Arbeiter gingen vorbei. Freddie taumelte auf sie zu. »Helfen Sie mir, bitte ...«, rief er.

»Mein Gott, Kumpel, was ist dir denn passiert?« rief einer von ihnen und nahm seinen Arm, um ihn zu stützen.

»Er hat sie ... umgebracht. Ich hab' ihn gesehen. Hab' versucht, ihn aufzuhalten ... aber das ist mir nicht gelungen. Rufen Sie die Polizei. Schnell. Er darf nicht entkommen! Er war's.«

»Wer war's, Kumpel? *Wer?*«

»Malone. Sid Malone.«

ie müssen mit diesem Gewerbe aufhören«, sagte India zu der ausgemergelten Frau, die auf der Untersuchungsliege im Moskowitzschen Hinterhof lag.

»Ich kann nicht, Dr. Jones. Das wissen Sie.«

India sah auf die geschwollenen Augen der Frau und hörte dann ihre Brust ab. Die Lungen waren voller Wasser, ihr Atem ging schwer.

»Wie sieht Ihr Urin aus?«

»Blutig.«

»Können Sie wenigstens mit dem Trinken aufhören?«

Elizabeth Durkin, eine Prostituierte, lachte. »Könnten Sie's, wenn Sie an meiner Stelle wären?«

India seufzte. Früher, vor ihrer Zeit in Whitechapel, hätte sie die arme Frau über die Schädlichkeit des Alkohols und die Notwendigkeit frischer Nahrung belehrt. Heute sagte sie einfach nur: »Nein, Elizabeth, das könnte ich nicht.«

»Was ist es? Was fehlt mir denn?«

»Ödem, Infektion. Ich würde sagen, die Brightsche Krankheit.«

»Was heißt das, Dr. Jones?«

»Nierenentzündung.«

Elizabeth nickte. »Wie sind meine Aussichten?«

»Wenn ich Sie in ein Sanatorium stecken, die Syphilis unter Kontrolle bringen, Sie vom Gin abhalten und statt dessen auf eine Milchdiät setzen könnte, wären sie ganz gut.«

»Und wenn nicht?«

»Nicht so gut.«

Elizabeth sah zu der Schindeldecke hinauf und antwortete dann: »Sie haben mich gut behandelt. Die Syphilis, die Bronchitis, die Grippe. Ich wünschte mir, Sie würden nicht fortgehen.«

»Das wünschte ich mir auch.«

»Warum tun Sie's dann?«

»Es gibt jemanden – einen Menschen, der mir sehr viel bedeutet –, um den ich mich kümmern muß.«

»Wer wird sich um mich kümmern, wenn Sie fort sind?«

»Dr. Hatcher. In der neuen Klinik.«

»Sie ist nicht Sie.«

»Sie ist viel lustiger als ich. Sie bringt die Patienten zum Lachen.«

»Gott weiß, wo ich wär', wenn's nicht ab und zu was zu lachen gäb'«, sagte Elizabeth. Sie schluckte und fragte dann: »Ist es schlimm am Schluß?«

»Nicht ganz schlimm, aber auch nicht ganz leicht. Für Sie wird gesorgt werden. Die Klinik eröffnet demnächst. Sie bekommen ein Bett und Schwestern, die sich um Sie kümmern. Und Morphium am Ende. Gehen Sie unbedingt hin, wenn es schlimmer wird.«

Elizabeth nickte. Dann griff sie in ihre Rocktasche. Ich hab' heut einen Shilling für Sie. Gestern hat ein Schiff angelegt. Ich war als erste dort.«

India nahm die Hand der Frau und schloß deren Finger um die Münze. »Den behalten Sie, Elizabeth. Gehen Sie ins Café, und kaufen Sie sich einen Teller Suppe.«

Elizabeth stand auf und umarmte sie. »Wo immer Sie hingehen, Dr. Jones, die Leute haben Glück, jemanden wie Sie zu kriegen.«

India sah ihr mit Tränen in den Augen nach. Wie sehr sie Elizabeth Durkin und all die anderen Frauen aus Whitechapel vermissen würde. Die schnatternden Fabrikmädchen. Die lärmenden Huren. Die jungen Ehefrauen. Und all die englischen, irischen, russischen und chinesischen Mütter, die es irgendwie schafften, mit einem Pfund in der Woche ihre Kinder satt zu kriegen und zu kleiden. Sie hatten ihr so viel beigebracht. So viel nützlichere Dinge, als sie je aus Lehrbüchern gelernt hatte.

Sie hörte die Kirchenuhr zehn Uhr schlagen. Zeit zu gehen. Jetzt würde sie die Eröffnung der Klinik gar nicht mehr erleben. In ein paar Stunden traf sie sich mit Sid, um London zu verlassen – nicht in vierzehn Tagen, wie geplant, sondern heute nacht. Zumindest *hoffte* sie, ihn zu treffen. Seit drei Tagen hatte sie nun nichts mehr von ihm gehört. Seit er das letzte Mal zum Bark gegangen war. Seit Joe Bristow angeschossen worden war.

Hoffentlich hatte ihm Sally Garrett ihre Nachricht überbracht. Sie mußten raus aus London. Sofort. Sie hatten keine andere Wahl. Joe

Bristow war ins London-Hospital verlegt worden, aber sein Zustand hatte sich nicht verbessert. Obwohl er jetzt von einem anderen Arzt behandelt wurde, besuchte sie ihn, so oft sie konnte. Er war immer noch nicht bei Bewußtsein, seine schwangere Frau stand unter Schock, und die Zeitungen forderten Sid Malones Kopf.

Sie sah sich in dem Hof um, der während der letzten Monate als Klinik gedient hatte, und versuchte, sich jedes Detail einzuprägen: den räudigen Kater auf dem Zaun und Eddie, den alten zahnlosen Bullterrier, der ihn vom Nachbarhof aus anbellte. Das Dutzend Hühner im Stall. Aaron, Tillie und Solly, die ein weiteres Dutzend rupften. Den alten Kupferkessel, in dem noch das schmutzige Wasser von der Morgenwäsche stand. Ihre Patienten. Harriets Patienten jetzt. Von Harriet hatte sie sich schon verabschiedet, nun ging sie in die Küche, um das zu tun, wovor sie sich am meisten fürchtete: Ella und ihrer Mutter Lebewohl zu sagen. Ella wusch Geschirr ab, und Mrs. Moskowitz kochte.

»Himmel, India, ist es jetzt wirklich soweit?« fragte Ella und trocknete sich die Hände ab.

»Ach, Ella, ich fürchte schon.«

»Aber was soll ich ohne dich tun? Du bist meine beste Freundin.«

»Und du meine«, sagte India und umarmte sie. »Ich werde schreiben. Sobald wir uns eingerichtet haben.«

»Und du kommst eines Tages zurück, nicht wahr?«

»Das hoffe ich«, antwortete India unter Tränen.

»Was ist? Stimmt was nicht?«

»Nichts, ich hab' bloß das Gefühl ... alles hinter mir zu lassen! Ich frage mich, ob ich je wieder praktizieren werde«, antwortete sie mit belegter Stimme.

»Schmónzeß!« rief Mrs. Moskowitz. »Gibt's etwa keine kranken Menschen in Amerika? Bei all dem Gold in Kalifornien muß es doch einen Haufen Geld geben, um Ärzte zu bezahlen.«

»Sie haben natürlich recht«, erwiderte India lächelnd und küßte sie auf die Wange. »Mit etwas anderem haben Sie auch recht gehabt.«

»Und das wäre?«

»Was Sie über die Liebe gesagt haben. Daß man sich nicht für die Liebe entscheidet, sondern daß sie einen auswählt.«

»Sag ihr nicht, daß sie recht hat, India! Sonst ist sie eine Woche lang unausstehlich.«

Mrs. Moskowitz gab Ella einen Klaps mit dem Kochlöffel. »Sid Malone ist ein guter Mann«, sagte sie zu India. »Und an Ihrer Seite wird er ein noch besserer.«

Sie küßte India auf die Stirn und umarmte sie. Jetzt konnte India ihre Tränen nicht mehr zurückhalten. Als sie Blackwood verlassen hatte, hatte sie sich nicht so traurig gefühlt. Die enge, überfüllte Wohnung über dem Café war das Zuhause geworden, das Blackwood für sie nie gewesen war.

»Auf Wiedersehen, Mrs. Moskowitz«, sagte sie. »Danke für alles.«

Mrs. Moskowitz ließ sie los und wischte sich mit ihrer Schürze die Augen ab. »Gehen Sie jetzt, meine Liebe, bevor meine Tränen noch die Suppe versalzen. Möge Gott Sie begleiten.«

»India.«

India zuckte zusammen. Sie kannte diese Stimme. Es war Freddie. Sie drehte sich um, und es verschlug ihr den Atem. Sie erkannte ihn kaum. Auf seiner Stirn war eine schlimme Schramme, und über seine Wange verlief ein langer Schnitt.

»Freddie, was ist dir passiert?«

»Ich muß mit dir reden. Unter vier Augen.«

»Tut mir leid, aber ich bin gerade am Gehen.«

»Ich fürchte, das kannst du nicht. Ich bin mit diesen beiden Polizisten hier …« Er deutete auf zwei Uniformierte hinter ihm. »Ihr Vorgesetzter, Alvin Donaldson, hat mir erlaubt, mit dir zu sprechen, um dich zu überzeugen, das Vernünftige, das *Richtige* zu tun.«

»Wovon redest du?«

Freddie wandte sich an Mrs. Moskowitz. »Dürfte ich kurz mit Dr. Jones sprechen? Würden Sie uns einen Moment allein lassen?«

»Das werde ich nicht. Das ist meine Küche. Ich bin gerade beim Kochen. Gehen Sie ins Restaurant wie jeder andere auch.«

»Dort sind Gäste, und ich möchte ein privates Gespräch führen. Sie können die Küche freiwillig verlassen, oder diese beiden Constables begleiten Sie hinaus.«

Mrs. Moskowitz warf ihren Kochlöffel in die Spüle, nahm den Suppentopf vom Herd und knallte ihn auf den Tisch. Dann drehte sie sich auf dem Absatz um.

Die Tür schlug zu, und India wandte sich an Freddie. »Das war wirklich ganz reizend. Fast so reizend, wie mich rausschmeißen zu lassen.«

»Tut mir leid. Ich hatte keine Wahl. Ich muß mit dir reden.«

»Zuerst sagst du mir, was passiert ist.«

»Gestern nacht wurde eine Frau ermordet. Wegen ein bißchen Geld und etwas Schmuck. Ich hab's gesehen und wollte dazwischengehen. Ihr Name war Gemma Dean. Sie war Sid Malones frühere Geliebte, und kein anderer als er hat sie umgebracht.«

Obwohl ihr das Herz bis zum Hals klopfte, verriet Indias Miene nichts.

»Und was geht mich das an?«

»Eine ganze Menge, denke ich.«

»Warum bist du hergekommen, Freddie?«

»Um dich davon abzuhalten, mit ihm durchzubrennen.«

Panik packte sie. *Woher weiß er das?* fragte sie sich.

»Was für ein Unsinn«, antwortete sie und bemühte sich, sich nichts anmerken zu lassen. »Ich kenne Sid Malone kaum und habe weder vor, mit ihm noch mit jemand anderem durchzubrennen. Wenn du mich jetzt entschuldigen würdest, ich muß mich um meine Patienten kümmern.«

»India ... die Polizei weiß Bescheid.«

»Worüber?« fragte sie leichthin.

Freddie antwortete nicht, sondern sah ihr nur ins Gesicht.

Er genießt das, dachte sie, und ihre Beherrschung ließ plötzlich nach. »Ich hab' dich was gefragt, also antworte mir, verdammt.«

»Über deine Pläne, dich mit Malone zu treffen. Mit ihm abzuhauen.«

Indias Angst verwandelte sich in Panik. Sid war in schrecklicher Gefahr. Dann fiel ihr ein, daß die Polizei unmöglich von der Wohnung wissen konnte. Selbst wenn sie Sally unter Druck gesetzt hätten, hätte sie ihnen nichts sagen können, weil sie nichts wußte.

»So ein Unsinn.«

»Das ist kein Unsinn. Sie wissen, daß du heute gehen willst. Ein hiesiger Polizist hat ein paar deiner Patientinnen gefragt, ob seine Frau von dir behandelt werden könnte. Sie haben ihm erklärt, daß du ab morgen nicht mehr hier sein wirst. Du hast eine Wohnung mit ihm in Richmond Hill, in der Arden Street Nummer 16. Deswegen war ich bei Gemma Dean. Ich dachte mir, wenn jemand etwas über seinen Aufenthaltsort weiß, dann Miss Dean, und sie kannte die Adresse tatsächlich, weil sie Sid einmal gefolgt ist. Sie konnte sie mir gerade noch zuflüstern, bevor sie gestorben ist. Ich habe ein persönliches Interesse an diesem Fall, India, wegen Joe Bristow, und ich tue alles, um der Polizei zu helfen, Malone zu finden.«

India sprang auf, aber Freddie war schneller. Er versperrte ihr den Weg zur Tür.

»Geh mir aus dem Weg!«

»India, diese Beamten haben den Befehl, dich hier festzuhalten, bis sie Nachricht bekommen, daß Malone gefaßt ist. Wenn du zu fliehen oder ihm auf irgendeine Weise zu helfen versuchst, verhaften sie dich.«

»Stimmt das?« fragte sie einen der Polizisten.

»Ja, Ma'am, das stimmt«, antwortete er.

India sah Freddie an. »Das hab' ich dir zu verdanken, du Schwein«, zischte sie.

Auch Freddie verlor die Beherrschung. »Ja, India, das verdankst du mir. Ich hab's für dich getan, du undankbares Weibsstück. Sobald ich gehört hatte, was los war, bin ich zu Alvin Donaldson gegangen und hab' ihn angefleht, dich aus dem Schlamassel rauszuhalten. Dich aus den Zeitungen rauszuhalten, dich nicht festzunehmen. Weißt du, was mit Leuten geschieht, die Mördern helfen? Möchtest du deine Approbation verlieren? Möchtest du ins Gefängnis wandern?«

»Er *ist* kein Mörder. Er hat Joe Bristow nicht erschossen und Gemma Dean nicht umgebracht. Das *weiß* ich. Du lügst, Freddie. Schon wieder.«

»Sei doch nicht so blind. Er *ist* ein Mörder. Das sage nicht bloß ich. Es gab schließlich Zeugen – zwei Frauen in Bristows Büro –, die schwören, daß Sid Malone auf Bristow geschossen hat.«

»Warum, Freddie? Warum tust du das? Haßt du ihn so sehr? Oder bin ich es, die du haßt?«

»Dich hassen? Dich *hassen*?« Er stand so nahe bei ihr, daß die Polizisten ihn nicht hören konnten. »Du bedeutest mir unendlich viel, India. So viel, daß ich nicht zusehen kann, wie du dein Leben zerstörst. Du hast das schon einmal getan. Hast du deine Lektion nicht gelernt?«

»Wovon redest du?«

»Hugh Mullins. Er hat deine Familie bestohlen und dein Herz gebrochen, doch er war nur ein Dieb. Sid Malone ist zehnmal gefährlicher. Er würde dich auch noch ins Grab bringen.«

India erwiderte nichts. Sie setzte sich wieder an den Tisch und legte das Gesicht in die Hände. Sie war krank vor Angst um Sid. Wenn sie nur von hier wegkäme! Wenn sie nur eine Möglichkeit hätte, ihn zu warnen!

»Wäre es denn so schlecht gewesen, India?« fragte Freddie ruhig. »Wir beide? Wir hätten geheiratet, Kinder, Freunde, Arbeit, einen Platz in der Gesellschaft gehabt. Alles.«

India hob den Kopf. »Alles? Und was ist mit Liebe, Freddie?«

»Ja, natürlich. Ich wollte gerade sagen, daß ...«

»Nein, das wolltest du nicht.«

»Kannst du mir nicht noch eine Chance geben, India? Wir könnten ganz neu anfangen.«

India blickte ihn lange an und sagte dann nur: »Fahr zur Hölle, Freddie.«

Freddie wurde rot. Er wollte etwas antworten, aber Ella stürzte in die Küche und unterbrach ihn.

»Was gibt's?« fuhr er sie an.

»Tut mir leid zu stören, aber gerade ist eine Frau in die Klinik gekommen, Dr. Jones. Sie ist im achten Monat. Zwillinge. Blutungen. Keine Wehen. Dr. Hatcher hat sie untersucht, Placenta praevia, vorzeitige Plazentalösung, womöglich. Ich weiß, daß dies kein günstiger Moment ist, aber es ist ein sehr ernster Fall. Könnten Sie einen Blick auf sie werfen?«

»Nun, Freddie, kann ich?«

Freddie sah die Polizisten an.

»Ich weiß nicht, was dagegensprechen sollte«, sagte er schließlich. »Wir müssen allerdings mitkommen. Während der Untersuchung drehen wir uns um.«

»Also gut.«

India ging hinaus, die anderen folgten. Ella trat neben sie.

»Hier sind Dr. Hatchers Aufzeichnungen«, sagte sie und reichte ihr ein Notizbuch. India sah sie verwundert an. Sie machten kaum Aufzeichnungen in ihrer Klinik, das Papier war zu teuer. Als sie genauer hinsah, erkannte sie Tillies Schulheft. Sie stieg die Stufen in den Hof hinunter und blätterte die Seiten mit den Schreibübungen durch. Und dann entdeckte sie es: Zwei Zeilen in Ellas Handschrift.

Mama hat gelauscht. Alles bereit zur Flucht.

India hatte kaum Zeit, sich darauf einzustellen, da im selben Moment die Hölle losbrach.

Es begann mit einem schrecklichen Geräusch – dem tiefen, wüten-
den Bellen eines gereizten Bullterriers.

»Mama!« schrie Tillie. »Hilfe, Mama, Hilfe! Eddie ist los. Er bringt
uns alle um!«

Umbringen? *Eddie?* Er hat doch keine Zähne, dachte India.

Als nächstes sah sie den Hund, der dem Kater nachjagte.

»*Gott im Himmel*, tun Sie was!« brüllte Mrs. Moskowitz die Polizisten an. »Er reißt meine Kinder in Stücke!«

Die Mütter und Kinder, die nicht wußten, daß Eddie ein lauter,
aber harmloser Hund war, begannen zu schreien und stoben in alle
Richtungen davon. Stühle und Obstkisten fielen krachend um. Die
beiden Polizisten versuchten, den Hund in die Ecke zu treiben, aber
Eddie, durch den Anblick des Katers außer Rand und Band, rannte
sie über den Haufen, raste durch einen Berg Hühnerfedern, warf den
Waschbottich um und rannte in den Hühnerstall. Ein Dutzend auf-
geschreckter Hühner flatterten heraus. India starrte verständnislos
auf das Durcheinander, als sie Ellas Hand am Rücken spürte.

»Zur Tür, Indy! Los!« rief sie.

Von Panik ergriffen, sah sie zur Küchentür. Dort war niemand.

»Hier, India, hier drüben!« rief eine Stimme. Solly stand am anderen Ende des Hofs, winkte ihr aufgeregt zu und hielt die Tür zu einer
engen Gasse auf, die entlang der Rückseite der Häuser verlief. India
raffte ihre Röcke und rannte los. Sobald sie hindurch war, schlug
Solly die Tür hinter ihr zu, nahm eine Planke und rammte sie zwischen die Tür und die gegenüberliegende Wand.

»Schnell weiter!« rief er. »Hier runter!« Er deutete auf das östliche
Ende der Gasse. Dort wartete Aaron, der auf der Ladefläche eines
Wagens stand.

India lief zu ihm hin. »Beeil dich! Steig ein«, drängte er, reichte ihr
die Hand und zog sie hinauf.

Ihre Tasche und ihre Jacke waren bereits oben. Der Wagenlenker
tippte an seine Mütze. Sie erkannte ihn. Sie hatte die Zwillinge seiner
Frau entbunden.

»Mr. Fein …«, sagte sie.

»Verstecken Sie sich hinter den Kartoffeln, Dr. Jones. Schnell.
Bevor wir alle in den Knast wandern.«

Große Säcke waren im Innern des Wagens aufgereiht. Dazwischen
befand sich ein schmaler Hohlraum, in den sie sich hineinquetschte.

Aaron schob ihre Sachen nach und versperrte den Hohlraum mit einem weiteren Sack.

»Kriegst du Luft?« fragte er.

»Ja.«

»Herschel bringt dich bis Covent Garden«, sagte Aaron. »Von dort nimmst du eine Droschke. Es ist noch Zeit. Du kannst es schaffen.« Er sprang herunter und schlug an die Wagenseite. »Los!«

India hörte die Peitsche knallen und spürte, wie die Pferde anzogen. Sie schätzte, daß sie in Richtung Commercial Road fuhren. Wenn sie es schafften, würden sie bald in den dichten Verkehr um den Spitalfields-Markt eintauchen. Ach, würde sie es nur bis Richmond schaffen! Sie hörte wieder die Uhr von Christ Church. Es war elf. Sie hatte noch eine Stunde Zeit.

Sid würde über die Upper Richmond Road kommen wie sie, dann in die Hill Street einbiegen. Sie mußte vor ihm dort sein. Sie mußte ihn aufhalten, bevor er in die Arden Street einbog. Sie schloß die Augen und hoffte auf ein Wunder.

◦✿ 67 ✿◦

*D*ie Droschke hielt auf halbem Weg den Richmond Hill hinauf, am Eingang der Arden Street. Sid spähte die Straße hinunter, um dem Fahrer sofort zu sagen, er solle weiterfahren, falls ihm etwas verdächtig vorkam. Aber vor Nummer 16 parkten keine Lieferwagen, keine Kutschen. Er entdeckte auch keine Männer, die das Haus strichen oder die Straße reparierten, nichts Ungewöhnliches also. Sid bezahlte den Kutscher und stieg aus.

Er hörte die Zeitungsjungen. Ihre Rufe drangen vom Fuß des Richmond Hill herauf.

»Schauspielerin ermordet! Verbrecher aus dem East Ende schlägt wieder zu!«

Er zog den Kopf ein und stopfte die Hände in die Taschen. Daß er Gemma Dean ermordet haben sollte, hatte er auf dieselbe Weise erfahren wie der Rest von London – aus den Schlagzeilen. Hatte Frankie auch Gemma getötet? Warum, um Himmels willen? Sie hatte weder ihm noch irgend jemand anderem etwas zuleide getan. Und warum gab man *ihm* die Schuld dafür?

Mit flatternden Nerven und angespannten Muskeln ging er die Straße entlang. Eine Katze strich übers Pflaster. Eine Frau beschnitt ihre Rosenbüsche. Eine andere putzte ihre Treppe. Ein Mann ölte die Angeln seines Vordertors.

Sid atmete tief aus. Nachdem Joe angeschossen worden war, war er durch die Tunnels zu Sally Garretts Wohnung gelaufen, die ihm Indias Nachricht ausgerichtet hatte. Und dann erzählte sie ihm, auf welchem Weg India ihre Wohnung verlassen hatte. Er wußte, welche Angst India vor den Tunnels hatte, und konnte kaum glauben, daß sie zu all dem fähig war: sich in die dunklen Gänge zu wagen, die Klinik und ihr Zuhause aufzugeben und nach Amerika auszuwandern – für ihn.

Der alte Mann, der seine Torangeln ölte, lüpfte den Hut. »Schönes Wetter«, sagte er.

Sid nickte ihm zu. »Ja, Kumpel, das stimmt.«

Er blickte zu der Wohnung hinauf, dann sperrte er die Tür auf, blickte sich argwöhnisch in der Diele um und ging leise die Treppe hinauf. Er hoffte, daß sie reisefertig war. Er wollte so schnell wie möglich aus London fort. Er würde keine Ruhe finden, bis das Schiff in New York anlegte, bis sie in der Menge und im Tumult dieser Stadt untertauchen konnten.

Er blieb vor der Wohnungstür stehen, beugte sich vor und horchte. Nichts. Ob India schon da war? Er öffnete die Tür und sah sie. Sie stand an dem großen Erkerfenster und hielt Ausschau. Nach mir, dachte er lächelnd.

»Du bist da«, sagte er. »Gott sei Dank. Ich hab' mir Sorgen gemacht. Ein schlechtes Gefühl gehabt.«

India antwortete nicht.

»India, Liebling? Was ist los?« fragte er.

Sie neigte leicht den Kopf, antwortete aber immer noch nicht. Er ging zu ihr hinüber und legte sanft die Hand auf ihren Rücken. Sie drehte sich um.

»Sid Malone, Sie sind verhaftet wegen Mordes an Gemma Dean und wegen versuchten Mordes an Joe Bristow«, sagte sie.

»O Gott!« stieß Sid hervor. Es war nicht India, sondern eine Fremde. Eine Polizistin wahrscheinlich. Er wich zur Tür zurück und blieb abrupt stehen, als er sah, daß Alvin Donaldson lächelnd in der Öffnung stand, hinter ihm zwei uniformierte Constables.

»Hallo, Malone«, sagte Donaldson. »Auf den Moment hab' ich lange gewartet.«

»Wie sind Sie hergekommen? Woher wußten Sie …?« fragte Sid.

»Deine Freundin hat uns die Adresse gegeben.«

Nein, dachte er, nicht India. Sie hätte ihnen nie die Adresse verraten. Sie würde ihn nie betrügen. Es sei denn, jemand hatte sie dazu gezwungen.

»Ich glaube Ihnen nicht. Sie lügen«, sagte er.

»Glaub, was du willst, Mann. Komm einfach mit.«

»Wohin?«

»Scotland Yard.«

»Ich habe Joe Bristow nicht angeschossen. Und Gemma Dean nicht umgebracht. Während Sie mich festnehmen, ist der wirkliche Mörder auf freiem Fuß.«

Donaldson hielt ein Paar Handschellen hoch. »Erzähl das dem Richter. Du bist geliefert, Junge. Im Knast hast du genug Zeit, dir eine gute Geschichte zurechtzulegen.«

Hastig blickte Sid sich um. Es gab keinen anderen Ausgang als die Tür, durch die er gekommen war.

Donaldson folgte seinem Blick. »Versuch es lieber nicht«, sagte er und öffnete die Jacke. Ein Pistolenhalfter kam zum Vorschein.

Sid machte einen Schritt zurück. Dann noch einen. Er würde nicht wieder ins Gefängnis gehen. Jetzt nicht und nie mehr. Erneut sah er aus dem großen Erkerfenster, auf den schönen Oktobertag, den blauen Himmel, die weißen Wolken, die in der Brise dahinzogen.

Und dann warf er sich durch die Glasscheibe hinaus.

68

*B*onjour, Madame«, sagte India atemlos zu der Frau hinter der Theke der französischen Bäckerei auf der Richmond Road. »War Mr. Baxter heute schon hier?«

»Nein, Madame Baxter«, antwortete die Frau. »Wenn ich ihn sehe, was soll er kaufen?«

»Oh ... ähm ... Madeleines!« antwortete India schnell und zwang sich zu einem Lächeln. »*Au revoir*, Madame!«

Sie eilte aus der Bäckerei und lief zum Blumenladen.

»Wo bist du, Sid? *Wo bist du?*« sagte sie laut.

Seitdem sie aus der Droschke gestiegen war, hatte sie sämtliche Geschäfte auf der Richmond Road abgeklappert. Sie sah auf ihre Uhr. Erst sechs Minuten nach zwölf. Er wird noch unterwegs sein. Er kommt doch immer zu spät, wenn er hierherkommt. Sie betete, daß es heute nicht so war.

Gewöhnlich stieg er auf der Richmond Road aus, nicht vor dem Haus. Er ging gern durch die hübsche Vorortstraße, kaufte eine Flasche Wein und ein Dutzend weiße Rosen, bevor er den Richmond Hill hinaufschlenderte. Weiße Rosen für seine Winterrose, sagte er immer. Und Kuchen. Jedesmal brachte er ihr Kuchen mit, voller Sorge, weil sie so dünn war. Sie spürte einen Stich im Herzen.

Warum war das jetzt passiert? Gerade jetzt, als er sein altes Leben aufgeben wollte? Warum konnten sie ihn nicht in Ruhe lassen? Ihn gehen lassen?

Panik stieg in ihr auf. Sie riß sich zusammen und ging tapfer weiter. Im Blumenladen sagte der Junge, daß Mr. Baxter heute noch nicht dagewesen sei. Der Mann im Weinladen sagte das gleiche. Sie fragte im Zeitungsladen, beim Gemüsehändler, beim Buchhändler und beim Metzger, und ihre Verzweiflung wuchs mit jedem bedauernden Lächeln, jedem Kopfschütteln.

Wieder sah sie auf die Uhr. Fünf nach halb eins. Sie blieb noch fast

eine halbe Stunde auf dem Gehsteig stehen, beobachtete die heran-
rollenden Droschken und hoffte noch immer, Sid würde plötzlich aus
einer heraussteigen. Als die Kirchenuhr ein Uhr schlug, wußte sie,
daß es sinnlos war, noch länger zu warten.

Sie wußte, daß etwas Schreckliches geschehen war. Langsam stieg
sie den Richmond Hill hinauf zur Arden Street.

Dort war alles ruhig. Sie konnte nichts Außergewöhnliches bemerken. Sie beschleunigte ihre Schritte, Hoffnung kam in ihr auf, doch
dann sah sie das zerbrochene Fenster. Den Rest des Wegs legte sie ren-
nend zurück, riß das Gartentor auf und raste den Weg entlang. Sie
sah Blut im Gras und auf den dunklen Blättern der Rosenbüsche mit
ihren welken Blüten.

»O Gott«, stieß sie entsetzt hervor.

Die Eingangstür war angelehnt. Sie lief in den zweiten Stock hinauf. Auch die Wohnungstür stand offen.

»Sid?« rief sie. »Sid, bist du da?«

»Nicht mehr«, sagte eine Stimme.

India fuhr herum. Alvin Donaldson saß auf dem Sofa, neben ihm
stand ein junger Constable.

»Was ist mit ihm passiert? Was haben Sie getan?«

»Ich wollte ihn verhaften, doch er ist aus dem Fenster gesprungen.«

Indias Beine versagten. Sie hielt sich an einer Stuhllehne fest.

»Wo ist seine Leiche?« fragte sie. »Ich will sie sehen.«

»Es gibt keine Leiche.«

»Was sagen Sie da?«

»Er ist nicht tot, Dr. Jones.«

Vor Erleichterung kamen India die Tränen. »Wo haben Sie ihn hingebracht? In welches Gefängnis?«

»Er ist entkommen. Wir gehen aber davon aus, ihn bald zu schnappen. Allein schafft er's nicht lange. Er hat sich bei dem Sturz verletzt
und außerdem eine Kugel im Rücken.«

»Sie haben ihn angeschossen«, sagte India mit gebrochener Stimme.

»Ich habe nur versucht, seine Flucht zu vereiteln.«

India wandte sich ab, ihre Gedanken rasten. Sie mußte Sid finden.
Ihm helfen.

Als hätte er ihre Gedanken gelesen, sagte Donaldson: »Wir werden
Sie beobachten, das wissen Sie.«

»Ich dachte eher, Sie würden mich verhaften. Das hat Mr. Lytton gesagt.«

Donaldson schüttelte den Kopf. »Von Rechts wegen sollte ich das. Aber Sie sind uns nützlicher, wenn Sie in Freiheit sind. Malone ist heute aufgetaucht, um Sie zu treffen. Vielleicht tut er das wieder.«

India schloß die Augen.

»Dr. Jones, ich möchte Ihnen helfen. Ich weiß, wie es dazu gekommen ist«, sagte Donaldson plötzlich mit teilnahmsvoller Stimme. »Ich bin kein Narr. Ich weiß, was für eine Art Frau Sie sind.«

»Ach, wirklich?«

»Ich begegne Frauen wie Ihnen ständig im East End. In den Missionen und Suppenküchen. In den Waisenhäusern und Gefängnissen. Wohlerzogenen jungen Damen, die Gutes tun wollen. Mit weichem Herzen und den besten Absichten – leichte Beute für Leute wie Malone. Er hat ihnen offensichtlich eine rührselige Geschichte aufgetischt, aber er kann nicht aus seiner Haut heraus. Sid Malone ist und bleibt ein Krimineller. Er ist rücksichtslos und gefährlich. Er hat vielen Menschen viel Leid zugefügt, und jetzt ist es an der Zeit, daß er für seine Sünden bezahlt.«

»Werden Sie für Ihre Sünden bezahlen?« fragte sie schroff.

»Wie bitte?«

»Werden Sie für Ihre Sünden bezahlen, Kriminalinspektor? Sie sind ein korrupter Polizist, der für Geld politische Versammlungen sprengt. Sie verkaufen das Opium, das Sie konfiszieren, und nehmen Schmiergelder von Bordellen an.«

Der junge Polizist riß die Augen auf.

»Das reicht!« brüllte Donaldson. »Passen Sie auf, was Sie sagen, Dr. Jones. Sie haben es nur mir zu verdanken, daß Sie noch nicht im Gefängnis sind.«

»Das habe ich einzig und allein Mr. Lytton zu verdanken. Weil er Sie dafür bezahlt hat, mich nicht einzusperren. Weil er immer noch hofft, ich würde ihn heiraten, und er keine Frau haben will, deren Name in einem Polizeibericht steht. Wenn Sie mich verhaften wollen, dann tun Sie's. Wenn nicht, verlassen Sie meine Wohnung.«

»Ich werde Sie nicht verhaften, aber ich kriege Malone. Ich werde dafür sorgen, daß er vor Gericht gestellt, verurteilt und gehängt wird.«

»Wegen zwei Morden, die er nicht begangen hat? Ich wäre mir da nicht so sicher.«

»Warum nicht?«

»Weil es Geld kostet, Beamte zu schmieren, und Mr. Lytton nicht sehr gut bei Kasse ist.«

Donaldson funkelte sie an, verkniff sich eine Antwort und stürmte hinaus. India sah ihm nach, dann trat sie an das zerbrochene Fenster, an dem sie so viele glückliche Abende auf Sid gewartet hatte, und sammelte die Scherben auf.

Ein Bild stieg vor ihr auf, ein Bild von Sid, wie er allein und blutend in einer schmutzigen Gasse lag. Sie sank aufs Sofa, legte den Kopf in die Hände und weinte. Die Übelkeit, die sie vorher gespürt hatte, kam wieder hoch, und diesmal übergab sie sich. Sie wußte nicht, was sie tun sollte. Sie wußte nicht, wo Sid war und ob er überhaupt noch lebte. Sie hatte alles für ihn geopfert – ihr Zuhause, ihre Arbeit, ihre Träume. Sie würde noch mehr opfern, wenn sie könnte, aber sie hatte nichts mehr.

Sie stand auf. Sie würde zu ihrer Vermieterin und dann zum Glaser gehen, um das Fenster richten zu lassen. Dann würde sie in die Brick Lane zu der Familie Moskowitz zurückkehren, wo sie auf ein Zeichen von ihm warten würde. Das war alles, was sie tun konnte.

69

*M*adam, bitte! Erlauben Sie. Es ist schon sehr spät!« sagte Foster und eilte durch den Gang ins Foyer.

Doch Fiona war schon an der Tür. Sie hatte die Klingel gehört und war aus ihrem Arbeitszimmer die Treppe heruntergeeilt. Sie öffnete den Riegel und griff nach dem Türknopf, aber plötzlich verließ sie der Mut. Sie schaffte es nur noch, sich an die Tür zu lehnen, unfähig, sie zu öffnen.

»Bitte, Madam«, drängte Foster besorgt.

Fiona sah ihn mit Tränen in den Augen an und schüttelte den Kopf. Es waren Neuigkeiten von Joe, dessen war sie sicher. Und da es schon eine halbe Stunde nach Mitternacht war, sicher keine guten. Doch wie auch immer, sie mußte sich der Sache stellen. Sie drehte den Türknopf und riß die Tür auf. Sie erwartete, einen Polizisten oder jemanden vom Krankenhaus zu sehen, aber vor ihr stand jemand anderes. Der Mann war leichenblaß. Seine Kleider waren schmutzig und blutverschmiert. Sein linker Arm hing schlaff herunter.

»Fiona«, sagte er. »Bitte …«

»Nein!« schrie sie. »Nein, Charlie! Der Teufel soll dich holen, nein!« Sie stürzte auf ihn zu und hämmerte mit den Fäusten gegen seine Brust.

Sid taumelte zurück und fiel fast die Stufen hinunter, fing sich aber wieder auf.

Im nächsten Moment war Foster die Treppe hinunter. »Mrs. Bristow, bitte gehen Sie wieder hinein«, sagte er und zog Fiona von ihrem Bruder weg. »Verlassen Sie sofort das Haus, Sir, oder ich rufe die Polizei«, sagte er zu Sid.

»Ich hab's nicht getan, Fiona«, rief Sid. »Das schwöre ich bei Gott. Ich würde Joe nie etwas antun. Niemals.«

Fiona riß sich von Foster los. »Du Lügner!« schrie sie. »Es gab Zeugen!«

»Es war Frankie Betts. Einer von meinen Leuten. Er muß sich so angezogen haben wie ich. Sich für mich ausgegeben haben ...« Seine Worte brachen ab.

»Warum?« schrie Fiona.

»Ich weiß es nicht. Aber ich hab's nicht getan, Fiona, du mußt mir glauben. Joe wird es dir sagen. Wenn er aufwacht, wird er's dir sagen.«

»*Wenn* er aufwacht.« Fiona schüttelte weinend den Kopf. »Ich hab' nach dir gesucht, versucht, dich zu finden. Warum wolltest du mich nicht sehen?«

»Weil ich mich von dir fernhalten mußte. Um dich zu schützen. Bitte, Fee, bitte glaub mir. Ich habe Joe nichts getan.«

Fiona sah ihrem Bruder in die Augen. Er sagte die Wahrheit. Schluchzend trat sie wieder zu ihm. Sid legte den unverletzten Arm um sie und zog sie an sich.

»Tut mir leid, Charlie«, stammelte sie. »Tut mir leid.«

»Ist schon gut«, flüsterte er. »Ich wollte bloß ... daß du es weißt. Ich muß jetzt gehen.«

»Nein, das kannst du nicht. Du kommst mit rein.«

»Nein, Fiona.«

»Du bist verletzt. Komm herein! Schnell, Mr. Foster!«

Als sie im Foyer standen und die Tür hinter ihnen ins Schloß gefallen war, sagte Foster: »Ich rufe einen Arzt.«

»Nein! Keinen Arzt«, sagte Sid schnell.

»Aber du blutest«, sagte Fiona. »Du brauchst Hilfe.«

»Es geht schon. Ich kann nicht riskieren, daß mich jemand sieht.«

»Vielleicht kann ich helfen«, sagte Foster. »Ich war früher auf See Assistent des Schiffsarztes. Wenn wir in die Küche gehen könnten ...«

»Fiona? Was ist los? Ich hab' Stimmen gehört.« Schlaftrunken stand Seamie am Fuß der Treppe. Als er von den Schüssen auf Joe erfahren hatte, war er von den Aldens zu ihr zurückgekehrt.

Fiona sah ihn an. Es schmerzte sie, daß er so vieles nicht wußte, aber bald würde er es erfahren. »Ich wollte nicht, daß es so kommt, Seamie. Ich wollte es dir sagen, aber ich konnte nicht.«

»Mir was sagen?« fragte Seamie unsicher. »Fee, wer ist das?«

»Hallo, Kleiner. Erinnerst du dich an mich?« fragte Sid und hielt sich an der Wand fest. Dann streckte er eine zitternde Hand nach seinem Bruder aus.

Seamie wurde kreidebleich. »Du meine Güte. Das gibt's doch nicht.«

»Ich fürchte schon«, sagte Sid. Seine Beine gaben nach, und er sank zu Boden.

»Charlie!« rief Fiona erschrocken. Sie lief zu ihm hin, aber Foster war schneller.

»Master Seamus, nehmen Sie bitte seine Beine«, sagte er und hob vorsichtig seinen Oberkörper hoch.

Gemeinsam trugen sie ihn in die Küche und legten ihn auf den Küchentisch. Foster zog ihm Jacke und Hemd aus.

»Mein Gott, sein Rücken«, rief Fiona entsetzt. »Was ist ihm passiert?«

»Die neunschwänzige Katze, wie es aussieht«, antwortete Foster knapp. »Die Wunde ist nicht allzu tief«, fügte er hinzu und deutete auf ein Einschußloch unter dem linken Schulterblatt. »Hat nicht viel Schaden angerichtet. Die Kugel läßt sich leicht entfernen.«

»Was ist mit seinem Arm? Ist er gebrochen?«

»Nein. Seine Schulter ist ausgerenkt, aber die kann ich wieder einrenken, denke ich.«

Foster ließ Fiona Wasser heiß machen und bat Seamie um Whisky, Chinin und Verbandsmaterial. Sid kam zu sich und schrie laut auf, als Foster die Kugel herausholte. Nachdem die Wunde verbunden war, schenkte Foster ihm ein Glas Whisky ein und nahm sich dann die Schulter vor. Anschließend half er ihm in eines von Joes Hemden und bereitete eine Mahlzeit aus heißer Suppe und Sandwiches zu.

»Ich richte das größere Gästezimmer her, Madam«, sagte er, als er damit fertig war. »Dürfte ich vorschlagen, daß sich Mr. ...«

»Finnegan«, sagte Fiona.

»... daß sich Mr. Finnegan zurückzieht, bevor um fünf die Dienstmädchen aufwachen und die Köchin eintrifft? Sie schwatzen gern.«

Fiona nickte. Sie verstand. Ihr Bruder war auf der Flucht, und sie brachte nicht nur sich, sondern den ganzen Haushalt in Gefahr, wenn sie ihm Unterschlupf bot.

»Danke, Mr. Foster. Vielen, vielen Dank«, sagte sie. »Wir werden alle sehr vorsichtig sein.«

Foster nickte und ließ Fiona mit ihren Brüdern allein. Seamie saß am Kopfende des langen Küchentischs, Charlie an der Längsseite. Sie ließ sich ihm gegenüber nieder.

Über den Tisch hinweg sah sie ihren Bruder an. Sein Gesicht war verändert. Älter, hager. Sein Blick war erschöpft und hart. Doch noch immer konnte sie den Jungen darin erkennen, der ihr so vertraut war.

Sie schüttelte den Kopf, biß sich auf die Lippen, um die Tränen zurückzuhalten, schaffte es aber nicht. Sie streckte die Hand aus und legte sie über die große, narbige Hand ihres Bruders. Er war bei ihr, endlich. Sie waren wieder vereint, sie und Charlie und Seamie, das erste Mal seit zwölf Jahren.

»Es tut mir leid«, sagte Sid. »Wegen Joe. Wegen allem.«

Fiona wischte sich die Augen. »Iß deine Suppe«, sagte sie. »Du brauchst was Kräftiges.« Dann sah sie ihren jüngeren Bruder an. Auch er hatte sein Essen nicht angerührt. Er wirkte benommen. »Seamie, Schatz, iß doch.«

Er schob den Teller weg. »Ich will keine Suppe«, sagte er. »Kann mir vielleicht jemand erklären, was zum Teufel hier vorgeht?«

Fiona wollte antworten, aber Sid schnitt ihr das Wort ab. Er erzählte Seamie, was ihm 1889 wirklich passiert war, wie er zu Sid Malone wurde, welches Leben er geführt hatte und warum er jetzt auf der Flucht war. Er beschönigte nichts, und als er geendet hatte, drehte sich Seamie, der mit angehaltenem Atem zugehört hatte, zu seiner Schwester um und sagte mit zitternder Stimme: »Wie konntest du mir das verschweigen, Fiona? Er ist doch auch mein Bruder.«

»Ich ... ich dachte, es würde dich aufregen. Ihr habt euch so nahegestanden, du und Charlie, und ich wollte nicht ...«, versuchte Fiona zu erklären.

Er ließ sie nicht ausreden, sondern sprang wütend auf. »Verdammt, Fiona! Ständig willst du über meinen Kopf hinweg über mich entscheiden! Wolltest du es mir *überhaupt* irgendwann sagen?«

»Das wollte ich. Das hoffte ich. Ich wollte zuerst Charlie finden und ihn überreden ...«

»Wozu? Tee zu mischen? Pfirsiche zu verscherbeln?« Seamie schüttelte den Kopf. »Ich kann's nicht fassen! Mein Bruder ist nicht tot, sondern lebt und ist der größte Kriminelle von ganz London, und du sagst mir das nicht. Gibt es noch was, das ich vielleicht wissen sollte, Fee?«

»Was hätte es gebracht, wenn ich es dir gesagt hätte?« fragte Fiona. »Charlie wollte nichts von mir – von uns – wissen. Ich hab' dir nichts gesagt, weil ich dachte, es würde dich verletzen. Ich wollte dich nur beschützen.«

»Dann hör auf damit. Hör auf damit, mich beschützen zu wollen. Ich bin kein kleiner Junge mehr. Ich bin ein erwachsener Mann. All die Jahre ohne Charlie. Es wäre schön gewesen, einen Bruder zu haben.«

»Das tut mir leid«, sagte Sid. »Mehr, als du dir vorstellen kannst. Aber jetzt bin ich hier.«

Seamie lachte bitter. Dann brach er sich ein Stück von dem Brot ab, das Foster hingestellt hatte, und tunkte es in seine Suppe.

Alle schwiegen.

Fiona sah zuerst Charlie und dann Seamie an. Sie glichen einander wie ein Ei dem anderen. Sie wünschte sich, sie würden wieder sprechen. Endlich waren sie wieder vereint, eine Familie, doch für wie lange?

Plötzlich hielt Seamie beim Essen inne. Er räusperte sich und sagte: »Charlie?«

»Ja, Junge?«

Fiona nahm die Hände ihres Bruders. Sie sah die beiden mit angehaltenem Atem an und hoffte, versöhnliche, verzeihende Worte zu hören, Worte, die den schmerzlichen Abgrund der langen Trennung überwinden, Worte, die sie wieder zu Brüdern machen würden.

»Kannst du mir das Salz reichen, Charlie?«

❧ 70 ☙

*E*lla sah ihre Freundin an, die auf ihrem Bett auf dem Dachboden lag, und runzelte besorgt die Stirn. »Indy, ich finde wirklich, du solltest etwas zum Frühstück essen. Wenigstens ein bißchen Milch. Etwas Toast?«

»Ich krieg' nichts runter. Mir ist zu schlecht. Ich muß mich jeden Moment übergeben.«

»Aber wie denn? Du hast doch nichts gegessen.«

»Entschuldige mich, Ella.«

India sprang auf und rannte zu der einzigen Toilette in der Wohnung der Familie Moskowitz hinunter. Als sie zurückkam, war Ella immer noch da. Auf unsicheren Beinen durchquerte sie den Raum und legte sich stöhnend wieder hin.

»Du machst mir Sorgen, Indy.«

»Es sind die Nerven, Ella, das ist alles. Wenn ich nervös bin, wird mir immer schlecht.«

»Er wird's schon schaffen«, sagte Ella tröstend und nahm ihre Hand.

»Ich hab' solche Angst um ihn. Was ist, wenn er verletzt ist und sich niemand um ihn kümmert? Jetzt sind es zwei Tage. Was ist, wenn er schon tot ist?« fragte sie mit erstickter Stimme.

»Scht! Hör sofort damit auf. Er ist nicht tot.«

»Das weißt du nicht.«

»Doch. Er hat schon Schlimmeres überstanden. Wenn er tot wäre, hätte man seine Leiche gefunden, und wir hätten davon erfahren. Jeder Zeitungsjunge in London hätte sich die Seele aus dem Leib gebrüllt. Sid geht's gut, Indy. Bestimmt.«

»Warum hab' ich dann nichts von ihm gehört?«

»Er ist doch kein Dummkopf, oder? Er weiß, daß du überwacht wirst. Die Polizei ist ja nicht gerade zimperlich. Ein Posten steht hier und glotzt jeden Gast an, der reinkommt. Ein anderer sieht die Post durch und kontrolliert jede Warenlieferung. Und zwei andere drükken sich draußen rum.«

»O Gott«, stöhnte India und rannte aus dem Zimmer. Wieder drehte sich ihr der Magen um.

»*Schon wieder?*« rief Ella. »India, ich lasse Harriet kommen.«

Als sie zurückkam, kniff Ella die Augen zusammen. »Du sieht dünner aus«, stellte sie fest.

»Ist das ein Wunder?«

»Wie lange fühlst du dich schon schlecht? Wie lange *genau*?«

»Ich weiß nicht. Eine Woche, denke ich. Vielleicht zwei. Ich brauche Harriet nicht. Es sind mit Sicherheit die Nerven.«

Ella schüttelte den Kopf. »India, es sind nicht die *Nerven*, du verdammte Närrin! Und du nennst dich Ärztin?«

»Was ist es dann?«

»Hast du deine Periode gehabt?«

»Ja natürlich. Sie kommt … laß mich nachdenken … ich …« India wurde blaß. »O mein Gott, Ella.«

Sie war schwanger. Mit Sid Malones Baby. Natürlich. Die ersten paar Male – zuerst in ihrer Wohnung und dann in seiner – waren nicht geplant gewesen, und sie hatten nicht verhütet. *Schwanger.* Sie konnte es kaum glauben. Ein Glücksgefühl, heftig und unerwartet, überkam sie.

»Schwanger, Ella! Ich bin schwanger!« flüsterte sie.

»Ruhig, India, reg dich nicht auf.«

»Das tue ich nicht. Obwohl ich es wahrscheinlich tun sollte. Wir werden eine Familie sein, Ella. Sid und ich und das Baby. In Amerika. In Kalifornien. Ich kann es nicht erwarten, es ihm zu sagen«, stieß sie aufgewühlt hervor. »Auf dem Schiff. Sobald wir aus London fort sind. Oder vielleicht in New York. Vielleicht warte ich auch bis Kalifornien!« Ihr Lächeln verblaßte. »Es sei denn, er kommt nicht«, fügte sie hinzu, und ihre Freude verwandelte sich in lähmende Angst. »Dann bin ich eine ledige Frau mit einem Kind und verliere meine Approbation. Womit soll ich meinen Unterhalt verdienen? Wie soll ich für das Baby sorgen? Das arme Ding wird ohne Vater aufwachsen.«

»Schluß. Genug jetzt! Sid wird kommen. Ihr werdet zusammensein.«

»Woher willst du das wissen, Ella?«

Ella lächelte. »Weil meine Mutter das behauptet. *Beschert*, hat sie gesagt. Das Schicksal hat es bestimmt. Und eines weiß ich ganz sicher: Meine Mutter täuscht sich nie.«

India rang sich ein kleines Lachen ab. Sie drückte die Hand ihrer Freundin und versuchte, ihr zu glauben.

ℐn einem der Schlafzimmer im obersten Stock des Hauses am Grosvenor Square versuchte Sid erneut, sich aufzusetzen und aus dem Bett aufzustehen.

Er hatte drei Tage lang hohes Fieber gehabt, kaum etwas gegessen und war jetzt vollkommen geschwächt. Die Schußwunde hatte sich entzündet. Normalerweise wäre er damit fertig geworden, aber diesmal gelang es ihm nicht, gegen das Fieber anzukämpfen. Er hatte einfach keine Kraft mehr.

India hatte ihn betrogen. Sie hatte der Polizei die Adresse in der Arden Street gegeben. Sie hatte geholfen, ihm eine Falle zu stellen. Obwohl sie wußte, was das Gefängnis für ihn bedeutete.

Ein Teil von ihm glaubte jedoch nicht daran. *Konnte* es nicht glauben. India liebte ihn. Sie wußte, wer er war, was er war, und hatte dennoch alles für ihn aufgegeben – sogar ihre Klinik –, um bei ihm zu sein. Warum sollte sie sich plötzlich gegen ihn wenden?

Er kannte die Antwort: weil er zwei Menschen ermordet hatte.

Das hatte sie in der Zeitung gelesen. Das sagten ihr die Leute in ihrer Umgebung. Und sie hatte ihnen geglaubt. Natürlich. Was hätte sie sonst tun sollen? Er war schließlich ein Krimineller.

Er erinnerte sich an das letzte Mal, als sie zusammengewesen waren. Sie hatten im Café Moskowitz ein hastiges Frühstück verzehrt. Er hatte ihr gesagt, er habe nur noch eine Sache zu erledigen, und ein paar Stunden später lag Joe Bristow im Krankenhaus und kämpfte um sein Leben, wofür er, Sid Malone, verantwortlich gemacht wurde.

Vermutlich war sie aus Entsetzen über seine Tat sofort zur Polizei gegangen. Oder die Bullen waren zu ihr gekommen. Vielleicht hatte man etwas über sie beide herausgefunden und gedroht, sie zu verhaften. Wie auch immer, sie hatte ihn verraten. Und er konnte es ihr nicht verdenken.

Er hatte immer gewußt, daß er eines Tages für die Verbrechen, die er begangen hatte, bezahlen müßte. Jetzt war es soweit. Er hatte geliebt, und er hatte diese Liebe verloren. Der Schmerz darüber war furchtbar, schlimmer als alles, was er bislang erfahren hatte.

Er wußte, daß er nicht in London, nicht in England bleiben konnte. Er mußte an irgendeinem weit entfernten Ort neu anfangen. Er hatte immer noch ein paar Freunde. Freunde entlang des Flusses. Leute, die Schiffe und Kontakte in China, Ceylon und Afrika hatten. Sie würden ihm helfen ... wenn er es schaffte, zu ihnen zu kommen.

»Ich muß aus diesem verdammten Bett raus«, sagte er laut und rappelte sich auf. »Aus diesem Haus.«

»Bist du verrückt?« fragte Seamie, der am Kamin saß. »Alle Welt ist auf der Suche nach dir. Hast du das vergessen?«

Er blätterte die Zeitungen nach Neuigkeiten in Sachen Sid Malone durch. Fiona hatte dem Personal strenge Anweisungen gegeben, das Zimmer nicht zu betreten, da ein kranker Freund von Seamie bei ihnen wohne, der nicht gestört werden dürfe. Nur Foster dürfe ihm Essen bringen. Jetzt war er schon seit Tagen im gleichen Raum, und die Gefangenschaft brachte ihn um.

»Irgendwas gefunden?« fragte er Seamie.

»Nein«, antwortete Seamie und blätterte weiter.

Sid sah ihn an, und die Gefühle übermannten ihn so sehr, daß er sich abwenden mußte. Er spürte Liebe, aber auch Zorn, wegen all der Dinge, die er vom Leben seines Bruders verpaßt hatte und auch in Zukunft verpassen würde.

»Warte mal ... hier steht was über die Trauerfeier für Gemma Dean«, sagte Seamie und las ihm vor.

Sid spürte einen tiefen Schmerz bei der Erwähnung von Gemmas Namen. Er wurde das Gefühl nicht los, daß er die Schuld an ihrem Tod trug. Er, Fiona und Seamie hatten am ersten Abend in Fionas Haus über Gemma Dean gesprochen. Er hatte auch seine Vermutung geäußert, daß Frankie Betts hinter all dem steckte, was nach seinem Ausstieg aus der Firma passiert war.

»Aber warum sollte Frankie Betts Joe etwas antun?« fragte Fiona. »Warum sollte er Gemma Dean umbringen?«

»Weil er zornig ist«, antwortete Sid.

»Auf Joe? Weil er sich geweigert hat, ihm Geld zu zahlen? Auf Gemma Dean?«

»Nein, auf mich. Weil ich weggegangen bin. Es war sein Versuch, mich zurückzuholen.«

»Indem du gehängt wirst?« fragte Seamie.

»Frankie ist keiner, der an die Folgen denkt«, sagte Sid. »Ich bin sicher, er dachte, ich müßte eine Weile untertauchen, würde dann aber zur Firma zurückkommen.«

Seamie durchforstete weiterhin die Zeitungen. Fiona trat ein. Sie war gerade aus dem Krankenhaus zurückgekehrt.

»Solltest du dich nicht besser ausruhen?« fragte sie und befühlte Sids Stirn. »Du bist nicht mehr so heiß wie vergangene Nacht, aber es wäre mir lieber, du würdest dich wieder hinlegen.«

Sid gehorchte. »Wie geht's Joe heute?« fragte er.

Sie schüttelte den Kopf. »Unverändert. Er rührt sich nicht, spricht nicht. Die Schwestern füttern ihn mit einem Schlauch.« Voller Schmerz hielt sie inne.

Sid nahm die Hand seiner Schwester. »Ruhig, Fee. Er muß Kraft sparen. Er wird es schaffen.«

Fiona nickte. Sid sah, wie müde sie aussah.

»He, hört euch das an!« rief Seamie plötzlich aus. »Es geht um die Antarktisexpedition. Sie haben gerade eine Spende von zehntausend Pfund von Prinz Edward erhalten. Hört zu …«

Sid lächelte, als er die Begeisterung im Gesicht seines Bruders sah. Er wußte, daß er in einer Woche nach Grönland fahren würde, und freute sich für ihn. Freute sich, daß er die Gelegenheit hatte, seinen Traum zu verwirklichen. Fiona freute sich nicht. Sein Bruder hatte ihm von ihrem Streit erzählt, doch Seamie würde in die Antarktis gehen, egal, ob es Fiona gefiel oder nicht. Nichts konnte ihn aufhalten. Das sah ihm Sid an.

Als Seamie zu Ende gelesen hatte, sagte Fiona: »Ich weiß nicht, warum du so weit fort mußt. An so einen gefährlichen Ort.«

»Er ist schon immer gern auf Entdeckungsreise gegangen, Fee«, antwortete Sid. »Er konnte nie stillsitzen. Er ist immer ausgebüchst, um zu sehen, was sich hinter der nächsten Ecke verbirgt.«

»Und warum mußt du fort?« fragte sie.

»Ich kann nicht bleiben, Fee. Das weißt du.«

»Warum nicht? Du mußt nicht weg. Wenn Joe aufwacht, sagt er der Polizei, daß du es nicht gewesen bist.«

»Er schon. Aber Gemma Dean nicht. Ich muß das Land verlassen. Das ist meine einzige Chance. Ich geh' nicht wieder ins Gefängnis.«

»Aber wie? Wie willst du das anstellen? Du kannst ja nicht mal vor die Tür gehen, ohne befürchten zu müssen, daß du verhaftet wirst.«

»Verstehst du nicht, Fiona?« fragte Sid. »Sie werden keine Ruhe geben, bis sie mich haben. Oder meine Leiche.«

Seamie schwieg einen Moment, dann sagte er: »Dann geben wir sie ihnen doch.«

»Was geben wir ihnen?« fragte Fiona.

»Sid Malones Leiche.«

»Jetzt mal langsam, Junge«, sagte Sid.

»Ich mein's ernst. Das könnten wir doch. Wenn sie eine Leiche haben, wenn sie glauben, du seist tot, wäre es viel leichter für dich, aus London herauszukommen, genau wie damals.«

»Wenn es da funktioniert hat, klappt's jetzt auch.«

»Ich soll also jemanden umbringen, der mir ähnlich sieht, ihn in die Themse werfen und hoffen, daß er gefunden wird? Das ist wirklich eine tolle Idee!«

»Nein, du sollst jemanden reinwerfen, der schon tot ist.«

»Das ist doch Irrsinn!« warf Fiona ärgerlich ein.

»Aber es könnte klappen«, beharrte Seamie. »Wenn irgendwo eine Leiche angeschwemmt wird, die etwas von Sid Malone bei sich hat, hat die Polizei keinen Grund mehr, nach ihm zu suchen, und Charlie kann verschwinden. Auf den Kontinent, nach Amerika, wohin auch immer. Er wäre frei. Das einzige Problem dabei ist, eine Leiche zu beschaffen.«

»Vielleicht ist das gar kein so großes Problem«, sagte Sid. »Ein Freund ... ein Arzt ... hat mir gesagt, wo sie in der Medizinischen Hochschule verwahrt werden. Ich hab' das Haus gesehen. Es wäre ein Kinderspiel, dort einzubrechen und eine herauszuholen.«

»Wirklich eine großartige Idee, Charlie!« sagte Fiona. »Dann kannst du auch noch Leichenraub auf die Liste deiner Ruhmestaten setzen. Und vielleicht schaffst du es, daß Seamie dabei verhaftet wird.«

Sie war den Tränen nahe. Sid wollte sie nicht noch mehr aufregen. »Du hast recht, Fee, es ist eine blöde Idee«, sagte er. »Wir werden das nicht tun. Ich bleibe einfach hier, solange es nötig ist.«

Fiona war erleichtert. Erschöpft stand sie auf, küßte ihre beiden Brüder und ging.

Sobald sie die Tür hinter sich geschlossen hatte, drehte sich Seamie zu ihm um. »Wann?« fragte er.

»Morgen nacht.«

❧ 72 ❧

atie hat vier neue Zähne und plappert ununterbrochen. Sie vermißt dich schrecklich und will, daß du heimkommst. Ich hab' ihr gesagt, das würdest du. Bald. Sehr, sehr bald. Sie hat dir das geschickt.« Fiona hielt inne und zog einen kleinen Plüschhasen aus ihrer Tasche. »Das ist Walter. Erinnerst du dich an ihn? Sie hat ihn letztes Ostern von deiner Mutter bekommen. Sie hat mich gebeten, ihn dir zu bringen, damit du dich nicht einsam fühlst.« Fiona konnte nicht weitersprechen. Sie kniff einen Moment lang die Augen zu, um die Tränen zurückzuhalten, dann legte sie den Hasen auf Joes Kissen. »Ich soll dir auch sagen, daß sie dich sehr lieb hat.« Sie strich Joe übers Haar, zog das Oberteil seines Schlafanzugs zurecht und wischte unsichtbaren Staub von dem Krankenhausbett. Dann nahm sie seine Hand, küßte sie und drückte sie an ihre Wange. »Wach auf, Liebling. Bitte, wach auf«, sagte sie.

Es klopfte, und eine junge Frau trat ein. »Mrs. Bristow?« fragte sie. »Tut mir leid, daß ich einfach so hereinplatze. Störe ich Sie?«

Fiona lächelte sie an. »Ganz und gar nicht, Dr. Jones. Kommen Sie herein.«

»Ich komme so oft vorbei, wie ich kann, um Ihren Mann zu besuchen. Ich war schon einmal hier, als Sie auch da waren, aber ich glaube nicht, daß Sie damals in einem Zustand waren, um mich zu erkennen.«

»Da haben Sie recht. Das war ich vermutlich nicht.«

»Wie geht es Ihnen? Wie geht's dem Baby?«

»Dem Baby geht es gut, glaube ich.«

»Und Ihnen, Mrs. Bristow?«

»Nicht so gut, fürchte ich.«

India setzte sich auf einen Stuhl auf der anderen Seite des Betts. »Er ist in besten Händen. Dr. Harris ist ausgezeichnet.«

»Ja, das ist er«, erwiderte Fiona.

India nahm Joes Hand und prüfte seinen Puls. »Hat er auf irgend etwas reagiert?« fragte sie.

Fiona schüttelte den Kopf. »Ich versuche, zu ihm durchzudringen. Ständig rede ich mit ihm. Ich glaube schon, daß er mich hören kann. Vielleicht ist das verrückt, aber ich spüre es.«

»Das ist überhaupt nicht verrückt. Viele Komapatienten wachen auf und können Dinge wiederholen, die sie gehört haben, während sie bewußtlos waren. Reden Sie weiter mit ihm«, sagte India. Sie hob Joes Augenlider und untersuchte seine Augen. Vorsichtig zwickte sie in seine Handflächen und seine Fußsohlen.

»Wie geht es mit der Klinik voran, Dr. Jones?« fragte Fiona. »Ich wollte eigentlich vorbeikommen, aber es wird jetzt eine Weile dauern, bis ich dazu in der Lage sein werde.«

»Es läuft alles sehr gut. In einer Woche eröffnen wir. Dr. Hatcher wird unsere Kinderabteilung übernehmen. Ella Moskowitz wird Oberschwester. Und ein früherer Lehrer von mir, Professor Fenwick, übernimmt die administrative Leitung.«

»Und Sie? Was ist Ihre Rolle dort?«

»Ich fürchte, ich habe keine. Nicht mehr.«

»Warum nicht?« fragte Fiona perplex.

»Ich gehe aus London weg.«

»Tut mir leid, das zu hören. Darf ich fragen, warum?«

India zögerte, dann sagte sie: »Jemand, der mir sehr nahesteht, steckt im Moment in Schwierigkeiten. Er braucht meine Hilfe, deshalb werde ich London für eine Weile verlassen.«

»Aber Sie kommen zurück?«

»Ich bin nicht sicher.«

»Das muß schwer für Sie sein. Ich weiß doch, wie sehr Sie sich für die Klinik engagiert haben.«

»Es fällt mir tatsächlich nicht leicht.«

Fiona sah den Schmerz in Indias Augen. Sie versuchte, einen lockeren Tonfall anzuschlagen, um zu sie aufzuheitern. »Diese Person … ist nicht zufällig Ihr Bruder? Ich hab' zwei davon, und die stecken ständig in Schwierigkeiten.«

India lachte. «Nein, ich habe keinen Bruder. Nur eine Schwester.«

»Dann schätzen Sie sich glücklich.«

Noch immer sorgte sich Fiona um Charlie. Zwar war das Fieber gefallen, doch er war immer noch sehr schwach. Sie hätte den Arzt gerufen, aber es war zu riskant. Wenn er Charlie erkannt hätte, wäre er vielleicht zur Polizei gegangen. Aber Dr. Jones war anders. Fiona spürte instinktiv, daß man ihr vertrauen konnte. Vielleicht würde sie ihr helfen. Vielleicht würde sie Charlie helfen.

»Dr. Jones, dürfte ich Sie um etwas bitten?«

»Ja, natürlich, Mrs. Bristow. Was immer Sie wollen.«

»Könnten Sie …«

Es war zuviel verlangt. Sie in die Sache mit ihrem flüchtigen Bruder hineinzuziehen wäre gefährlich und falsch und keineswegs die Wiedergutmachung dafür, daß diese gute Frau das Leben ihres Mannes gerettet hatte.

»… könnten Sie meinen Mann weiterhin besuchen, solange Sie noch hier sind? Sie haben ihn so weit durchgebracht. Vielleicht können Sie ihn auch aus diesem Zustand befreien.«

»Natürlich werde ich das. Ich tue alles, was ich kann. Warum trinken Sie nicht eine Tasse Tee, während ich hier bin? Und essen etwas? Ein kleiner Spaziergang würde Ihnen guttun. Dem Baby auch. Ich spreche mit Mr. Bristow, während Sie fort sind.«

»Danke, Dr. Jones, das werde ich. Und vielen Dank für alles, was Sie für uns getan haben. Sie haben das Leben meines Mannes gerettet.« Sie griff nach Indias Hand und hielt sie eine Weile fest. Sie bewunderte die Ärztin und stellte fest, daß sie sie gern besser kennengelernt hätte.

Auf dem Weg zu einem kleinen Imbiß, den sie beim Hineingehen gesehen hatte, dachte Fiona darüber nach, was sie beinahe getan hätte, und war erleichtert, daß sie sich doch anders entschieden hatte. Charlie wäre wütend auf sie gewesen, wenn sie eine Fremde zu ihm gebracht hätte, und sie konnte sich ausmalen, wie entsetzt Dr. Jones reagiert hätte, wenn sie einem Mann hätte helfen sollen, der wegen Mordes gesucht wurde.

Als sie sich Tee bestellte, beglückwünschte sie sich, daß sie endlich gelernt hatte, ihren Kopf einzusetzen und nicht ihr Herz.

»Spät genug«, sagte sie sich. »Aber besser spät als nie. Endlich, Fiona, hast du einmal das Richtige getan.«

*S*ids sechster Sinn sagte ihm, daß ihn jemand beobachtete.
Das war nicht gut. Jetzt war nicht der Moment, um Aufmerksamkeit zu erregen. Er hob die Arme, als würde er sich strecken, und
drehte leicht den Kopf. Erleichtert stellte er fest, daß es nur ein Barmädchen war, deren Blick auf sein leeres Glas, nicht auf sein Gesicht
gerichtet war. Er signalisierte, daß er noch ein Glas wollte, weil das
ein Arbeiter zur Mittagszeit in einer Kneipe so machen würde. Er bezahlte, als sie es brachte, und dankte ihr, aber sie war zu beschäftigt
und sah ihn kaum an. Sid zog die Mütze tiefer in die Stirn und sah
wieder aus dem Fenster des Pubs.

Das Pub lag direkt gegenüber der Albion-Bank. Auf der Straße
herrschte dichter Verkehr, und auf den Gehsteigen drängten sich
Angestellte und Typistinnen, die in ihrer Mittagspause geschäftig hin
und her eilten. Sids Blicke schweiften über die Leute, auf der Suche
nach Seamie. Damit er ihn nicht übersah, hatte er ihn gebeten, ein
senffarbenes Tweedjackett anzuziehen.

Sid sah schnell auf die Uhr über dem Bankeingang. Es war fast halb
eins. Seamie sollte exakt um zwölf Uhr dreißig bei der Bank eintreffen und um Viertel vor eins wieder draußen sein. Wenn alles glatt lief,
wäre Sid binnen kurzem im Besitz von viel Geld. Wenn nicht, vermutlich im Knast.

Seit über einer Stunde hatte er seinen Bruder nicht mehr gesehen.
Sie waren kurz hintereinander vom Grosvenor Square aufgebrochen
und getrennt in die City gefahren.

Wo zum Teufel blieb er?

Sid nahm einen Schluck Porter-Bier, um seine Nerven zu beruhigen. Die letzten vierundzwanzig Stunden waren aufreibend gewesen.
Sobald Fiona gestern morgen zum Krankenhaus gefahren war, hatte
auch Seamie das Haus verlassen. Er fuhr zur Medizinischen Hochschule, ging um das Gebäude herum, merkte sich die Anordnung der

Türen und Fenster, wo Bäume standen und wie hoch die hintere Mauer war. Dann streifte er durch die Straßen in der Umgebung und hielt nach einem Fuhrgeschäft oder einem Lumpensammler Ausschau. Als letztes kaufte er eine Flasche Haarfärbemittel, Arbeitskleider, Handschuhe, eine Pistole mit Munition, ein Seil, eine Plane, Kerzen und Streichhölzer, eine Ahle und eine Schachtel Haarklammern. Er kehrte vor Fiona nach Hause zurück, versteckte seine Einkäufe unter Sids Bett, und dann warteten sie. Den ganzen Tag bis in den Abend hinein. Bis sie gemeinsam mit Fiona in Sids Zimmer zu Abend gegessen hatten. Bis Mitternacht, als der gesamte Haushalt schließlich schlief. Dann schlichen sie hinaus und machten sich auf den Weg zur Medizinischen Hochschule für Frauen.

Seamie hatte früher am Tag von einem Lumpensammler, dessen Hof nur ein paar Meter von der Schule entfernt lag, ein Pferd und einen Karren gemietet und ihm das Doppelte bezahlt, damit er nicht zu viele Fragen stellte. Als sie ankamen, stand das Gespann im Stall des Mannes bereit.

Die Schule und ihre Höfe waren an drei Seiten von Mauern umgeben. Sie fuhren zur Rückseite des Gebäudes, wo Seamie eine große Eiche gesehen hatte, kletterten hinauf und sprangen in den Hof. Sie entdeckten eine Kellertür mit einem altersschwachen Schloß, das Sid im Nu aufgebrochen hatte.

Es schauderte ihn, als er daran dachte, was als nächstes passiert war. Um nicht entdeckt zu werden, schlichen sie im Dunkeln weiter, bis sie die Leichenkammer fanden. Dort drinnen war es eng, überall lagerten verwesende Leichen. Sie hatten sie eine nach der anderen bei Kerzenschein betrachtet, um eine mit roten Haaren zu finden. Endlich stießen sie auf einen rothaarigen Mann. Er war schwerer als Sid, und sein Haar ging mehr ins Karottenrote als ins Rotbraune, aber sie fanden nichts Besseres, also nahmen sie ihn, wickelten ihn in die Plane und hoben ihn über die Mauer und auf den Karren. Es war eine lange Fahrt bis Limehouse. Seamie wollte ihn gleich über die Tower Bridge werfen, weil er so übel roch, aber Sid hatte auf einem abgeschiedeneren Ort bestanden – einem Landungssteg hinter dem Grapes, das als eines seiner Stammlokale bekannt war.

»Tut mir leid, Junge«, sagte er, als sie zu dem Steg fuhren. »Jetzt kommt der schwerste Teil.«

Er band sich ein Taschentuch vor Mund und Nase und wickelte die Leiche aus. Dann nahm er die Pistole, die Seamie gekauft hatte, und schoß dem Toten in die linke Schulter. Die Kugel trat wieder aus, was bei Donaldsons Schuß nicht der Fall gewesen war, aber das konnten die Bullen schließlich nicht wissen. Dann nahm er die blutverschmierten Kleider, die er in der Arden Street getragen und Gott sei Dank nicht weggeworfen hatte, und zog sie dem Toten an. Seamie versuchte zu helfen, schaffte es aber nicht. Als Sid fertig war, steckte er ihm seine Brieftasche mit Monogramm in die Hosentasche, außerdem eine goldene Uhr mit seinem Namen darauf in die Jacke, die er sorgfältig zuknöpfte.

Sie ließen die Leiche in die Themse gleiten und beobachteten, wie sie im Wasser trieb und langsam unterging.

»Lebwohl, Sid Malone«, sagte er. Und dann, an Seamie gewandt: »In ein, zwei Tagen taucht er wieder auf. Hoffentlich nicht, bevor sich die Fische an seinem Gesicht gütlich getan haben.«

Kurz vor Sonnenaufgang kamen sie wieder zum Grosvenor Square zurück. Sid schlief noch drei Stunden, bevor er aufstand, seinen Pferdeschwanz abschnitt und sein Haar färbte. Seamie klopfte um zehn mit einem Frühstückstablett in der Hand und hätte es fast fallen lassen, als er ihn sah.

»Warum hast du das getan?« fragte er.

»Ich muß noch was erledigen. Bist du dabei?«

»Wo gehen wir hin?« fragte Seamie.

»Zur Albion-Bank.«

»Ohne Quatsch? Rauben wir sie aus?«

»Nein, Seamie. Himmel! Würde ich dich ein solches Risiko eingehen lassen?«

»Wahrscheinlich nicht«, antwortete dieser mit einem Anflug von Enttäuschung.

»Wir heben Geld ab. Ziemlich viel sogar. Ich brauche deine Hilfe. Machst du mit?«

»Na klar. Wie ist der Plan?«

»Setz dich, Junge, ich erklär's dir.«

Nachdem alles besprochen war, machten sie sich kurz hintereinander auf den Weg in die City. Sid wollte sich nicht mit seinem Bruder zeigen, falls jemand ihn erkannte und die Polizei ihn schnappte.

Wo zum Teufel bleibt er bloß? fragte er sich jetzt aufgeregt. Er saß noch immer in dem Pub. Von jetzt an hing alles vom richtigen Zeitpunkt ab.

Er wußte, daß der Schuß auch nach hinten losgehen konnte. Möglicherweise hatte Donaldson seine Konten einfrieren lassen, von seinem Schließfach erfahren und es ausgeräumt. Viel wahrscheinlicher jedoch war, daß er das Geld dort gelassen hatte, wo es war – als Köder.

Inständig hoffte er, er würde recht behalten.

Seamie sollte sich für ihn ausgeben. Er würde in die Albion-Bank gehen und bitten, zu Sid Malones Schließfach geführt zu werden. Der Bankbeamte würde sicher wissen, daß Malone gesucht wurde und ein gefährlicher Mann war. Er würde Seamies Bankausweis kontrollieren, um seine Identität zu prüfen, und ihn in die unterirdischen Gewölbe führen. Dann würde er die Polizei rufen. Sid bezweifelte, daß er mutig oder dumm genug wäre, den Mörder selbst festzusetzen. In der Zwischenzeit würde Seamie das Geld in eine der Taschen leeren, die er in einer Aktentasche dabeihatte, und sie unter den Tisch stellen. Anschließend sollte er die Bank so schnell wie möglich verlassen. Draußen sollte er Richtung Cornhill laufen, sein Jackett wegwerfen und in den engen Gassen, die von der City nach Whitechapel führten, jeden abhängen, der ihm möglicherweise folgte. Er ließ Seamie den Plan zweimal wiederholen und schärfte ihm dann ein, daß er unter allen Umständen Ausweis und Schlüssel in der Bank lassen sollte. Wenn die Polizei ihn mit diesen beiden Dingen schnappen würde, wäre es um ihn geschehen.

Den Rest würde er erledigen.

Zeit, Glück, die steinernen Mauern der Albion-Bank und eine ganze Stadt voller aufgebrachter Bullen standen zwischen ihm und seinem Geld. Zwischen ihm und der Erlösung.

Sid nahm noch einen Schluck von seinem Bier, dann sah er es: ein kurzes Aufblitzen von rotem Haar. Das senffarbene Jackett. Seamie stieg genau zur richtigen Zeit die Stufen zur Bank hinauf. Er trug eine abgewetzte Aktentasche bei sich. Sid wußte, daß sich darin eine weitere Tasche befand.

Auf den ersten Blick hatte er große Ähnlichkeit mit ihm. Das Haar. Die Kleidung. Sogar die Gangart. Die war ihm nicht angeboren, sie hatten hart daran arbeiten müssen.

Sid beobachtete, wie Seamie durch den Eingang verschwand. Er wartete fünf Minuten, dann legte er ein paar Münzen auf die Theke und ging.

Er überquerte Cornhill, stieg die Stufen der Bank hinauf, zog dabei einen Umschlag aus der Tasche und spielte die Rolle eines Arbeiters, der von einer namhaften Bank beeindruckt war und ehrfürchtige Scheu empfand.

In dem Moment, als er eintrat, wußte er, daß etwas schiefgelaufen war. Der Wachmann, der sonst in der Bank Dienst tat – ein schmächtiger alter Kauz, der aussah, als könnte ihn jeder Lufthauch umwehen –, war nicht da, statt dessen zwei kräftige Männer. Der Bankdirektor redete mit unterdrückter, aufgeregter Stimme auf sie ein und deutete auf den hinteren Teil des Raums, wo es zu den Schließfächern ging. Mein Gott, wie blöd er gewesen war! Daran hatte er nicht gedacht. Er wollte, daß Seamie die Polizei auf eine wilde Verfolgungsjagd lockte, aber das konnte er nicht, wenn er nicht aus der Bank herauskam.

»Entschuldigen Sie, Sir«, sagte Sid und tippte vor dem Direktor an die Mütze, »wo kann ich hier ein Konto eröffnen?«

»Dort drüben«, antwortete dieser und deutete ungeduldig auf die Schalter.

»Versteh'n Sie, ich hab' mein Lohngeld hier und will …«

»Wenn Sie bitte dort rübergehen würden, Sir«, sagte einer der Wachen.

»Tut mir leid. Sie müssen schon lauter reden. Ich hör' nicht gut.«

In diesem Moment kam Seamie von den Schließfächern zurück und trat in die Schalterhalle.

»Aus dem Weg!« zischte der andere Wachmann und schob Sid beiseite.

Beide gingen direkt auf Seamie zu. Er sah sie und blieb wie angewurzelt stehen.

Geh weiter, Junge! dachte Sid. *Das ist deine einzige Chance.*

Aber Seamie rührte sich nicht.

Sid holte tief Luft und machte sich bereit, sich auf die beiden bulligen Männer zu stürzen, doch bevor er etwas tun konnte, fuhr Seamies Hand in seine Jackentasche. Er zog eine Pistole heraus.

Verdammter Mist, dachte Sid. Es war die Waffe, die er benutzt hatte, um der Leiche eine Kugel in die Schulter zu schießen. Und er hatte gedacht, sein Bruder sei nicht gerissen genug!

»Denkt nach, Leute«, sagte Seamie in makellosem Cockney. »Denkt scharf nach. Ich hab' nichts zu verlieren. Rein gar nichts. Könnt ihr von euch das gleiche sagen?«

»Heiliger Himmel!« schrie Sid. »Das ist er! Das ist Sid Malone!« Er hob die Hände. Der Direktor, die Wachen und ein paar verängstigte Kunden taten das gleiche.

»Weg von der Tür. Alle zusammen«, befahl Seamie.

Sid bewegte sich nach links in Richtung der Schalter. Hinter sich hörte er einen Mann flüstern: »Was zum Teufel geht da vor?« Er trat zur Seite, um den Leuten die Sicht zu versperren. Die anderen folgten ihm. Währenddessen näherte sich Seamie dem Ausgang.

»Schieben Sie die Schlüssel zu mir herüber«, sagte er.

Der Wachmann zögerte.

»Um Himmels willen, tun Sie's!« rief Sid. »Er hat doch schon zwei Menschen umgebracht!«

Die Wache löste einen Schlüssel vom Gürtel und ließ ihn über den Boden auf Seamie zugleiten. Seamie stellte die Tasche ab, ohne die Wachen aus den Augen zu lassen. Er hob den Schlüssel auf, steckte ihn ein und nahm dann seine Tasche wieder auf.

»Jetzt nach hinten«, sagte er. »Zu den Schließfächern.«

Sid, der jetzt hinter den anderen war, tat, was Seamie befahl. Die Augen der Wachen und des Bankdirektors waren auf Seamie gerichtet. Sid entwischte in Richtung der Schließfächer, während Seamie schnell nach draußen lief und die Eingangstüren versperrte.

»Den Schlüssel! Holt mir einen Schlüssel!« hörte Sid den Direktor rufen. Er lief nach unten in den Raum für Schließfachkunden, sah unter den Tisch und entdeckte die Tasche, die Seamie dort für ihn zurückgelassen hatte. Er packte sie, lief wieder nach oben und in Richtung Ausgang, doch als er das Foyer erreichte, blieb er stehen und fuhr herum. Alvin Donaldson stand dort mit drei Constables. Der aufgeregte Bankdirektor hatte die Tür aufgesperrt und erklärte Donaldson soeben, was passiert war. Verängstigte Angestellte und Kunden drängten sich am Rand der Eingangshalle zusammen und redeten aufgeregt aufeinander ein. Sid mischte sich unter sie und rückte in Richtung der Türen vor. Trotz des Lärms konnte er Donaldsons verärgerte Stimme hören.

»Wie zum Teufel konnte er entkommen? Schließlich waren Sie zu dritt! Ich war doch gleich oben, wo ich zwei ganze verdammte

Tage gewartet habe! Hätte mich nicht einer von Ihnen holen können?«

Sid blieb fast das Herz stehen.

»Er hat gedroht, uns zu erschießen!« erwiderte der Direktor empört.

»Wir hätten ihn schnappen können. Los, schwärmt aus«, fuhr er
seine Männer an. »Verfolgt ihn.« Im Nu waren die Constables zur Tür
hinaus.

Sid duckte sich hinter eine Säule, lief dann durchs Foyer und durch
den Eingang hinaus. Er stieg die Treppe hinunter und hielt Ausschau
nach Seamie. Weder von ihm noch von den Constables war etwas zu
sehen. Seamie und er hatten abgemacht, sich am Grosvenor Square
wiederzutreffen, und nachdem er ihn in der Bank gesehen hatte, war
er sicher, daß sein Bruder es schaffen würde. Der Junge hatte mehr
Mumm und Verstand als die meisten Gauner, die er kannte.

Dann fragte er sich, ob *er* es schaffen würde.

Er sah eine freie Droschke und hielt sie auf.

»Wohin, Sir?« fragte der Kutscher, als er einstieg.

»King's Cross«, antwortete er. Er hatte vor, sich bis nach Einbruch
der Dunkelheit in einem billigen Hotel zu verstecken. Er konnte Fionas Haus nicht betreten, bevor das Personal schlafen gegangen war.

Die Droschke fuhr an. Charlie stellte die schwere Tasche auf den
Sitz neben sich und sah hinein, auf die dicken Bündel Hundertpfundnoten.

Blutgeld, hatte India es genannt.

Er würde das Blut jetzt abwaschen. Selbst wenn es ihn das Leben
kostete.

❧ 74 ❧

Seamie blieb vor einem Schreibwarenladen stehen, riß seine Tasche auf und holte eine Mütze heraus. Er setzte sie auf, zog das senffarbene Jackett aus und stopfte es in die Tasche. Kein Polizist, der nach einem rothaarigen Mann in einem gelben Tweedjackett Ausschau hielt, würde ihn beachten.

»Lauf, so weit du kannst, Richtung Osten aus der City heraus zur Leadenhall und weiter zur Aldgate High Street«, hatte Charlie gesagt. »Da ist heute Markt. Misch dich unter die Menschenmenge, und geh weiter bis zum London-Hospital. Dort kannst du eine Droschke bis nach Hause nehmen.«

»Warte mal«, hatte Seamie eingewandt. »Das ist doch Whitechapel. Das ist dein Revier. Gibt's da kein sicheres Haus? Irgendwas, wo ich mich verstecken kann. Gibt's da niemanden, auf den man sich verlassen kann?«

Charlie hatte gelacht. »Aber sicher doch. Da ist jeder loyal. Zu sich selbst. Auf meinen Kopf ist eine Belohnung ausgesetzt, schon vergessen? Tausend Pfund.«

»Und wie steht's mit der Ehre unter Dieben?«

»Um Himmels willen, Junge, wo denkst du hin! So was gibt's nicht. Wo bleibt denn die verdammte Ehre, wenn man andere beklaut?«

Seamie kam zum Cornhill und durchquerte Bishopsgate. So weit, so gut, dachte er, als er an den kleinen Läden und Häusern vorbeiging, die die Straße säumten. Frauen putzten ihre Treppen oder gingen mit Körben am Arm auf den Markt. Niemand beachtete ihn. Auf der anderen Seite von Bishopsgate erreichte er die Leadenhall Street. Von dort bog er in die Aldgate High Street ein.

Erleichtert beschleunigte er seine Schritte. Er konnte den Markt mit den vielen Verkaufswagen und der großen Menge der Kauflustigen bereits sehen. Gerade als er vom Gehsteig heruntergehen und in das Gewühl eintauchen wollte, traten zwei Polizisten wie aus dem

Nichts neben ihn, ein dritter Mann in Zivil baute sich hinter ihm auf.

Seamie spürte sie, bevor er sie sah. Er fühlte ein Kribbeln am Rückgrat. Sein Magen zog sich zusammen.

»He! Sie mit der Mütze! Bleiben Sie stehen!« befal eine Stimme hinter ihm. Eine Sekunde später spürte er eine grobe Hand auf dem Rücken.

Seamie drehte sich um. »Was zum Teufel soll das, Mann?« fragte er mit breitem amerikanischen Akzent. »Nehmen Sie die Hände von mir!«

Der Polizist ließ Seamie los. Er blickte seinen Partner an, der genauso verwirrt dreinschaute wie er. »Gut gemacht«, sagte der Mann in Zivil. Dann runzelte er die Stirn. »Moment mal. Das ist nicht Malone. Wie heißen Sie?« fragte er Seamie.

»Byron L. LaFountain der Dritte.«

Donaldson kniff die Augen zusammen. »Geben Sie mir Ihre Tasche«, befahl er.

»Nein …«, sagte Seamie.

»Sofort!« bellte Donaldson. Der Kriminalinspektor griff in die Tasche und zog Seamies Jackett heraus. »Das ist sie«, sagte er. »Die hat Malone getragen – ein gelbes Jackett.« Dann drehte er die Tasche um und schüttelte sie heftig. »Wo ist das Geld?« rief er.

Seamie sah ihn verständnislos an, nahm seine Brieftasche heraus und reichte sie ihm. Es waren zehn Pfund darin.

Donaldson fluchte. »Malone ist noch dort«, sagte er. »In der Bank. Ich wette, er hat uns beobachtet und nur darauf gewartet, daß wir seinem Komplizen hinterherjagen, der hinterhältige Mistkerl.« Er nickte in Richtung Seamie. »Nehmt ihn fest!«

Aber Seamie gab ihnen keine Chance.

Er duckte sich unter den Händen der Polizisten hindurch, stürzte sich in die Menge, wich einer alten Frau aus, die eine Karotte in der Hand wog, und kroch unter einen Gemüsewagen. Der überraschte Händler stieß einen Schrei aus, als er auf der anderen Seite wieder auftauchte, aber Seamie setzte unbeirrt seinen Weg durch die Menge kreischender Frauen fort, die sich auf dem Gehsteig drängten. Nach etwa zehn Metern sah er den Eingang einer Kirche vor sich. Eine Gruppe Gläubiger kam gerade von der Mittagsmesse. Der Priester war unter ihnen und verabschiedete sie. Seamie kam nicht voran, der

Gehsteig war blockiert. Zurück konnte er auch nicht, also rannte er die Stufen zur Kirche hinauf. Er lief durch den Mittelgang zum Altar und probierte die Tür zur Sakristei. Sie war verschlossen.

»*Verdammt!*« fluchte er.

Die Polizisten rannten jetzt den Mittelgang entlang. Es dauerte nur noch ein paar Sekunden, bevor sie ihn hatten. Blitzschnell drehte er sich im Kreis und suchte verzweifelt nach einem Ausgang – und dann sah er ihn: eine schmale Tür rechts neben dem Altar. Sie stand einen Spaltbreit offen. Er wußte nicht, wohin sie führte, aber das war ihm egal. Er hetzte zum Altar, sprang über ein niedriges Holzgeländer und stürzte zu der Tür. Ein Schlüssel steckte im Schloß. Er riß ihn heraus, schlug die Tür hinter sich zu und konnte gerade noch absperren, bevor sich einer der Polizisten dagegenwarf. Sie bebte, hielt dem Stoß aber stand.

In dem Raum dahinter gab es nichts außer einer Treppe, die nach oben führte. Seamie nahm zwei Stufen auf einmal. Er hörte Donaldson und seine Männer rufen, er solle herauskommen.

»Keine Chance, Jungs«, sagte er und stieg höher. Schließlich war er am Ende der Treppe angelangt, öffnete eine Klappe über seinem Kopf und befand sich im Glockenturm der Kirche. Er war nach allen vier Seiten offen. Die Glocke hing über ihm. Unten konnte er das Gewimmel auf der High Street sehen, die Gebäude zu beiden Seiten der Kirche und die Gasse, die hinten an der Kirche entlangführte. Es gab keinen Weg nach unten, er saß in der Falle. Die Polizei würde die Tür aufsperren lassen oder sie eintreten. Es wäre nur eine Frage von Minuten, bis sie ihn hatten. Er fluchte und trat mit dem Fuß gegen die Wand. Dann entdeckte er ein ordentlich aufgerolltes Seil. Das war alles, was er brauchte.

Damit würde er sich vom Glockenturm auf das Kirchendach und dann auf das Dach des Nachbargebäudes abseilen. Das hatte er schon viele Male zuvor getan. In den Rockies. Den Adirondacks.

Niemand würde ihn sehen, weil niemand nach oben schaute. Er blickte an der Seite des Turms hinab. Es waren etwa zehn Meter bis zu dem schrägen Kirchendach und dann noch einmal zwanzig bis zum nächsten Gebäude. Die Häuser schlossen sich zu beiden Seiten an die Kirche an. Soweit er erkennen konnte, hatten die meisten Dachluken. Wenn er eine davon erreichen konnte, schaffte es es wieder auf die Straße hinunter.

Das könnte tatsächlich klappen, dachte er. Oder ich stürze mich zu Tode.

Er beugte sich hinunter, griff nach dem Seil und sah dann, daß ein Ende davon in die Glocke hineinreichte.

»Großartig«, sagte er. Wenn er daran hinunterkletterte, würde die Glocke läuten, und die Polizei wüßte sofort, was er vorhatte. Er mußte sie stillstellen.

Oben auf der Falltür befand sich ein Eisenring. Seamie nahm das lose Ende des Seils und zog es ganz hindurch. Als er fertig war, stellte er sicher, daß ein Stück, das von der Glocke hing, nicht ganz straff gespannt war, und verknotete es. Von unten hörte er ein lautes Klopfen. Die Polizei hämmerte mit etwas Schwerem gegen die Tür. Er hatte höchstens noch ein paar Minuten und keine Zeit mehr, das Seil um seinen Körper zu sichern.

Er packte es, kletterte über das Geländer und stemmte die Füße gegen die Seitenwand des Turms. Er hatte keine Kletterschuhe. Keinen Kalk für die Hände. Es wäre ein Wunder, wenn er nicht abstürzte.

Von unten drang das Geräusch von splitterndem Holz zu ihm herauf. Seamus Finnegan bekreuzigte sich, holte tief Luft und begann, sich hinunterzulassen.

*E*twas ist seltsam, Ella«, sagte Mrs. Moskowitz und starrte aus dem Fenster auf die Straße hinaus.

»Mama, was tust du da? Was kümmerst du dich um die Angelegenheiten anderer Leute? Geh weg da! Du machst mich nervös!« erwiderte ihre Tochter gereizt.

Aber Mrs. Moskowitz rührte sich nicht vom Fleck. »Warum sind alle Polizisten weg?« fragte sie. »Tagelang haben sie vor dem Café herumgelungert, um nach Sid Malone zu suchen, und jetzt sehe ich keinen mehr.«

»Vielleicht sind sie India gefolgt. Sie ist vor einer halben Stunde weggegangen, um Joe Bristow zu besuchen.«

»Gewöhnlich geht ihr nur einer nach. Es ist wirklich äußerst seltsam«, sagte sie und ließ schließlich den Vorhang fallen. »Wo er wohl sein mag?«

»Das weiß nur Gott.«

Seit einer Woche hatten sie nichts mehr von Sid gehört. Die arme India war vollkommen außer sich und davon überzeugt, daß er verletzt und allein in einem verlassenen Lagerhaus lag. Ella und ihre Familie litten mit ihr. Alle waren gereizt, weil sie ständig von der Polizei überwacht wurden. Das war nicht gut fürs Geschäft.

Heute war Samstag. Sabbat. Das Restaurant war geschlossen, und die Familie gönnte sich ihre wohlverdiente Ruhe. Mr. Moskowitz machte auf dem Sofa ein Nickerchen. Aaron las. Die jüngeren Kinder spielten. Plötzlich klopfte es.

»Sieh nach, wer es ist, Aaron«, bat Mrs. Moskowitz.

Aaron stieg die Treppe hinunter und kam nach ein paar Minuten mit einem großen, in braunes Packpapier eingewickelten Paket zurück. »Es war der Postbote. Für dich, Ella.«

»Was ist das?« fragte Mrs. Moskowitz.

»Ich weiß es nicht«, antwortete Ella. »Ohne Absender.«

»Nun mach's schon auf!« drängte Solly.

Ella öffnete das Paket. Es lag eine Tasche darin. Sie blickte hinein und rief: »Es ist Geld!«

»Das hatten wir doch schon mal, oder?« fragte Mr. Moskowitz vom Sofa aus.

»Nein, Papa«, sagte Ella. »Nicht so. Seht euch das an!«

Sie hielt die Tasche weiter auf, damit die Familie die Bündel Hundertpfundnoten sehen konnten. Dabei entdeckte sie einen Zettel. Schnell zog sie ihn heraus und faltete ihn auf.

»Mann, Ella«, sagte Aaron und griff sich ein Bündel. »Die sind vielleicht dick! Das müssen mindestens fünftausend Pfund sein!«

»Nein, Aaron«, erwiderte Ella mit zitternder Stimme. »*Fünfhunderttausend.*«

Mrs. Moskowitz, die neben ihr gestanden hatte, ließ sich in einen Sessel fallen und preßte die Hand auf die Brust.

»Fünfhunderttausend«, flüsterte sie.

Ella nickte. »Ja. So steht es hier. Auf dem Zettel.«

Liebe Ella,
hier sind fünfhunderttausend Pfund. Verwende sie für die Klinik. Setz sie ein, um den Armen von Whitechapel zu helfen. Denjenigen, die nichts und niemanden haben. Hilf ihnen zu überleben. Halte einen schönen Traum am Leben. Hilf einem schlechten Mann, eine gute Tat zu tun.

Der Zettel trug weder Datum noch Unterschrift. Das war auch nicht nötig. Ella wußte, wer das Geld geschickt hatte.

»Ist das alles? Wo ist er? Was macht er?« fragte Mrs. Moskowitz und deutete auf den Zettel.

Plötzlich stand India in der Tür.

»India!« rief Ella aus. »Gut, daß du da bist. Sieh her! Fünfhunderttausend Pfund! Von Sid!« Sie hielt abwehrend die Hände hoch. »Ich weiß, was du denkst, aber wir geben es *nicht* zurück. Wir danken ihm einfach.«

»Wir können ihm nicht danken, Ella.«

»Noch nicht, aber bald. Er kommt bald zurück.«

»Nein, das wird er nicht. Nie mehr.«

»Was redest du da? Hab' ich dir nicht gesagt, du sollst so was nicht sagen? Warum kommst du nicht rein? Komm! Komm, sieh dir das an.«

India trat ins Wohnzimmer. Bei ihrem Anblick verstummte Ella. Indias Augen waren rot vom Weinen, und Ella sah, daß sie absolut verzweifelt war.

»Hast du's nicht gehört, Ella? Ich hab's gehört, als ich aus dem Krankenhaus kam.«

»*Wen* gehört? *Was* gehört?«

»Die Zeitungsjungen. Sie haben es immer und immer wieder gerufen.« Sie reichte Ella eine Ausgabe des *Clarion*.

MALONE GEFUNDEN! lautete die Schlagzeile.

»Wo?« fragte Ella und griff nach der Zeitung.

»In der Themse. Er ist tot, Ella. Sid Malone ist tot.«

*I*ndia starrte auf die Tür von Freddie Lyttons Wohnung. Er war zu Hause. Sie hörte das Grammophon spielen. Sie hob die Hand und erstarrte, unfähig zu klopfen.

Sie drückte die Hände auf die Augen. Innerlich bebte sie, und ihr war übel. Es gab kein Zurück. Fast wäre sie umgekehrt und die Treppe hinunter in die Nacht hinausgelaufen, aber dann stellte sie sich ein kleines Kind vor, das von anderen Kindern gemieden wurde. Sie hörte ihre Tochter fragen – sie spürte, daß es ein Mädchen war –, was das Wort *Bastard* bedeutete. Sie sah sie allein aufwachsen, sie durfte keine bessere Schule besuchen, fand keine Freunde, war unglücklich.

Die Zukunft ihres Kindes war jedes Opfer wert. Das war das einzige, was im Moment zählte. Bei dem Gedanken an Sid brach ihr schier das Herz und sie mußte sich auf die Treppenstufen setzen. Drei Tage lang hatte sie im Bett auf dem Dachboden des Moskowitzschen Hauses gelegen und war in tiefe, bodenlose Trauer versunken. Einst hatte sie sich geschworen, daß sie nach Hugh niemanden mehr lieben würde, und sie hatte ihren Schwur gebrochen. Sie hatte Sid Malone geliebt, und nun hatte sie ihn ebenfalls verloren.

In den ersten Stunden, nachdem die Zeitungsjungen lauthals seinen Tod verkündet hatten, nachdem sie gelesen hatte, wie seine Leiche so stark verwest aus dem Fluß gezogen worden war, daß sie anhand einer Schußwunde und ein paar persönlichen Gegenständen identifiziert werden mußte, hatte sie sterben wollen.

Sie weigerte sich, zu essen und zu trinken, bis Ella ihr am zweiten Tag erklärt hatte, daß dann auch das Baby hungere. India war klargeworden, daß Sid nicht vollständig verschwunden war. Sie hatte immer noch einen Teil von ihm, das winzige Leben, das in ihr wuchs, und sie mußte alles tun, um es zu beschützen. Damals hatte sie entschieden, zu Freddie zu gehen.

»Es ist die einzige Möglichkeit«, sagte sie jetzt leise zu sich selbst und stand auf und klopfte an die Tür.

»Einen Moment«, rief Freddie. Die Musik brach ab. Sie hörte Schritte, die Tür ging auf, und er stand vor ihr.

»India«, sagte er kühl.

»Darf ich eintreten?«

»Oh, du möchtest eintreten? Vor ein paar Tagen konntest du gar nicht schnell genug von mir wegkommen. Du hast einen absoluten Narren aus mir gemacht. Ich denke nicht, daß du reinkommen solltest«, sagte er und wollte die Tür schließen.

India stellte den Fuß dazwischen. »Ich biete dir ein Geschäft an«, sagte sie. »Es geht um Geld. Um viel Geld. Darf ich jetzt reinkommen?«

Freddie öffnete die Tür und ließ sie mit einer einladenden Geste eintreten.

»Was machst du hier? Was willst du?«

»Ich möchte dich heiraten, Freddie.«

India bemerkte, daß nicht einmal ein so geübter Schwindler wie Freddie seine Überraschung verbergen konnte.

»*Was* hast du gesagt?«

»Ich sagte, ich möchte dich heiraten. Wir können gleich heute abend ein Datum festsetzen. Ich bin heute bei meiner Mutter gewesen und habe sie davon überzeugt, das ursprüngliche Angebot, das sie dir gemacht hat, noch zu erhöhen. Ich habe fünftausend Pfund in bar von ihr«, sagte India und zog einen Umschlag aus der Tasche, den sie auf den Tisch legte. »Sie gehören dir, wenn du meinen Vorschlag annimmst. Das sollte dir doch ziemlich gelegen kommen, oder? Schließlich willst du doch eine Nachwahl gewinnen.«

Schweigend starrte Freddie den Umschlag an.

»Sprachlos? Das ist doch sonst nicht deine Art.«

»Das ist eine sehr plötzliche Wendung der Dinge. Ich verstehe nicht …«

India schnitt ihm das Wort ab. »Ich bin schwanger, Freddie. Und der Vater meines Kindes ist tot.«

Freddie lachte bitter auf. »Also soll ich Sid Malones Bastard aufziehen?«

»Ich möchte nicht, daß mein Kind unter dem Stigma der unehelichen Geburt leidet. Wenn wir heiraten, mußt du das Kind als dein eigenes anerkennen und wie ein Vater zu ihm sein. Du bist unfähig zu lieben, das weiß ich, deshalb werde ich dich darum nicht bitten. Ich verlange nur Höflichkeit und ein Minimum an Freundlichkeit. Das sind meine Bedingungen. Meine Eltern ...«

Sie zog einen weiteren Umschlag heraus, Freddie öffnete ihn und erfuhr, daß er immer noch Blackwood und das Haus am Berkeley Square bekommen sollte, aber die Summe von hunderttausend Pfund war auf dreihunderttausend erhöht und die jährliche Zuwendung von zwanzigtausend Pfund verdoppelt worden.

Nachdem Freddie dies verdaut hatte, sagte er: »Ich habe auch ein paar Bedingungen. Erstens, ich will Erben.«

»Ich werde mein Bestes tun, sie dir zu geben.«

»Diese Nachkommen – *meine* Kinder – werden das Selwyn-Jones-Vermögen erben.«

»Ich habe mir schon gedacht, daß du das fordern würdest, deshalb habe ich Vorkehrungen getroffen und meine Eltern gebeten, einen unabhängigen Fonds für dieses Kind einzurichten, einen Fonds, über den du keine Kontrolle hast. Nur ich allein.«

Freddie lachte ungläubig. »Sie wissen von dem Baby? Du hast es ihnen gesagt?«

»Ich hatte keine Wahl. Ich brauche dich als Ehemann. Ich dachte, eine größere Mitgift würde mir von Nutzen sein.«

»Und sie haben zugestimmt?«

»Natürlich. Wenn der Skandal eines unehelichen Enkelkinds vermieden werden kann, ist ihnen nichts zuviel.«

»Bedingung Nummer zwei: Du nimmst deine ärztliche Arbeit nicht mehr auf. Weder in der Klinik noch irgendwo sonst. Du hältst dich von Whitechapel fern. Von Ella Moskowitz, Harriet Hatcher und allen anderen. Du wirst die fügsame Gattin eines Parlamentsabgeordneten. Still, unterstützend und ausschließlich im Hintergrund tätig.«

»Einverstanden.«

»Bedingung Nummer drei: Wir heiraten am Samstag. In vier Tagen. Auf Longmarsh.«

India sank das Herz. So *bald* schon, dachte sie.

»Habe ich darauf dein Wort, India?«

»Ja«, antwortete sie. »Und habe ich *deins*, Freddie? Einmal, vor langer Zeit, konntest du es geben. Kannst du das noch?«

»Ich gebe dir mein Wort.«

Sie nickte. »Ich sehe dich dann am Samstag auf Longmarsh«, sagte sie und wandte sich zum Gehen. Sie mußte weg. Sie würde nach Hause gehen, in ihr Bett auf dem Moskowitzschen Dachboden, und versuchen, eine Möglichkeit zu finden, mit dem zu leben, was sie gerade abgemacht hatte.

Freddie packte sie am Arm. »Warte«, sagte er.

Sie sah ihn fragend an.

»All das, India … all das wegen eines elenden *Kriminellen*. Ich verstehe das nicht.«

»Nein, das kannst du nicht«, sagte India mit gebrochener Stimme. »Das konntest du nie, Freddie. Man nennt es Liebe.«

❧ 77 ❧

Fionas Baby strampelte in ihrem Bauch. Seine Bewegungen wurden heftiger. Seit letzter Woche war es ein er für sie. Das mußte einfach so sein. Er war jetzt schon so rastlos wie ihre Brüder. Sie legte die Hand auf den Bauch und starrte weiterhin aus ihrem Schlafzimmerfenster.

Das fahle Morgenlicht betonte die Schatten unter ihren Augen und die Sorge darin. »Denken Sie an etwas Schönes, Mrs. Bristow«, hatte die Schwester vor über einem Monat bei ihrem letzten Besuch bei Dr. Hatcher gesagt. »Frohe Gedanken sind gut für das Baby.«

Damals war es leichter gewesen, frohe Gedanken zu haben. Ihr Mann lag noch nicht im Koma im Krankenhaus. Auf Charlies Kopf war noch kein Preis ausgesetzt gewesen. Seamie hatte ihr noch nichts von der Antarktis gesagt.

»Wirst du je deinen Onkel kennenlernen, Kleiner?« flüsterte sie leise. »Wirst du je deinen Vater kennenlernen?« Ihre Augen füllten sich mit Tränen. Sie blinzelte sie weg, denn wenn sie jetzt zu weinen anfing, würde sie nicht mehr aufhören können.

Lipton und Twining dösten an ihrem Bettende. Lipton hob den Kopf, als er ihre Stimme hörte. Sarah hatte ihr Tee und Toast gebracht, aber sie bekam nichts hinunter. Sie hatte sich angezogen, brachte aber nicht die Energie auf, ihr Zimmer zu verlassen. Sie fühlte sich krank vor Sorge. Seamie hatte Charlie nach Gravesend gebracht. Dort legten Schiffe in alle Teile der Welt ab. Charlie hatte selbst eine Werft besessen und kannte sich genügend mit Motoren aus, um sich unter Deck nützlich zu machen. Er wollte in Richtung Osten fahren, so weit weg von England wie möglich, in einem fremden Hafen aussteigen und sich irgendeine Arbeit suchen.

Nach Mitternacht hatten sie sich verabschiedet. Fiona war unbeschreiblich traurig gewesen, versuchte aber, ihre Gefühle im Zaum zu halten, um den Abschied nicht noch schwerer zu machen.

»Du richtest Joe meine Grüße aus, wenn er aufwacht, Fee«, sagte Charlie.

Fiona nickte und sah zu Boden.

Charlie hob ihr Kinn. »Hör zu, er *wird* aufwachen, das weiß ich. Er hat alles auf der Welt, wofür es sich zu leben und zu kämpfen lohnt, und ich weiß, daß er den Kampf gewinnen wird.«

Er legte die Arme um sie, drückte sie an sich, dankte ihr und sagte ihr, wie sehr er sie liebe. Und dann war er fort, und sie sah ihm nach und wußte, daß sie ihn wahrscheinlich nie mehr wiedersehen würde.

Die Uhr auf ihrem Sekretär schlug neun. Sie fragte sich, wo Seamie blieb. Warum war er noch nicht zurück? Sie hätte ihn nicht gehen lassen dürfen. Sie hätte die beiden nicht gehen lassen dürfen. Sie hatten ihr ihre heimlichen Ausflüge gestanden. Die Sache hatte funktioniert, aber beim zweitenmal wären sie fast geschnappt worden. Charlie war erst spätnachts und Seamie mit blauen Flecken und Kratzern im Gesicht zurückgekommen. Mehr als daß sie ein paar Probleme gehabt hätten, hatten sie ihr nicht verraten.

Es klopfte. »Fee?« rief Seamie und öffnete die Tür.

Die Hunde sprangen auf und bellten freudig. Erleichterung überkam sie.

»Seamie! Gott sei Dank. Ich hab' mir solche Sorgen gemacht. Bitte, sag mir, daß mit Charlie alles gutgegangen ist.«

»Ja, Fee. Ihm geht's gut.«

»Wo ist er?«

»Auf einem Schiff nach Ceylon.«

Er setzte sich ihr gegenüber. Sie sah, wie erschöpft er war.

»Ich bin völlig ausgehungert. Ißt du diesen Toast noch?«

Fiona strich Butter darauf und reichte ihm ein Stück. Dann goß sie ihm Tee ein.

»War es schwer, ihm Lebewohl zu sagen?« fragte sie.

Seamie zuckte die Achseln. »Ich hab' bis zum Morgengrauen mit ihm gewartet. Dann hat er gesagt: ›Jetzt ist's soweit, Junge. Irgendwie ungerecht, nicht?‹, und er sagte noch, er hoffe, ich würde den Nordpol finden, dabei will ich doch zum Südpol. Dann war er fort.«

Tiefe Traurigkeit stieg in Fiona auf.

Seamie hielt kurz beim Essen inne und griff nach ihrer Hand. »Es gab keine andere Möglichkeit«, sagte er liebevoll. »Er *mußte* gehen. Es wäre sein Untergang gewesen, wenn er geblieben wäre.«

»Ich weiß. Ich weiß, daß es so am besten ist. Aber ... ich wollte euch so gern bei mir haben. Ich wollte, daß wir zusammen sind. Wie es sich für eine Familie gehört. Ist das denn zuviel verlangt?«

»Ach, Fee«, sagte Seamie. »Das würde ja doch nicht funktionieren. »Komm, machen wir einen Morgenspaziergang. Zum Hyde Park hinüber. Wir nehmen Katie mit. Du brauchst ein bißchen Sonne und frische Luft. Das Leben geht weiter, Fee. Es ist alles, was wir haben.«

Fiona sah ihn verwundert an. Wann war Seamie so weise geworden?

Sie wollte schon aufstehen und mit Seamie hinausgehen, als sie eilige Schritte auf dem Gang hörte. Dann wurde ohne Anklopfen die Tür aufgerissen. Atemlos und mit gerötetem Gesicht stand Foster vor ihnen.

»Mr. Foster?« sagte Fiona, verblüfft über seine plötzliche Unhöflichkeit. So hatte er sich in all den Jahren, die er für sie arbeitete, noch nie verhalten. »Was gibt's?«

»O Madam!« sagte er bewegt. »Er ist aufgewacht! Seine Augen sind offen. Er versucht zu sprechen. Er ist ein bißchen verwirrt, sagt der Bote, aber er ist *wach*!«

Fiona brauchte einen Moment, um zu begreifen, wovon Foster redete, dann war sie auch schon zum Zimmer hinaus.

»Die Kutsche, sofort!« rief sie.

»Ist schon unterwegs«, sagte Foster. »Sarah wartet unten mit Ihrem Hut und Ihrem Mantel.«

So schnell es ihr Zustand erlaubte, lief Fiona die Treppe hinunter. Seamie war schon vorausgeeilt.

»Bitte, Madam«, rief Foster ihr nach, »würden Sie Mr. Bristow meine Grüße ausrichten?«

»Das können Sie ihm selbst sagen, Mr. Foster«, rief sie zurück. »Es ist genug Platz in der Kutsche.«

»Das wäre höchst ungewöhnlich, Madam.«

Fiona blieb auf der Treppe stehen. »Falls Sie es noch nicht bemerkt haben sollten, das ist alles andere in diesem Haus auch.«

»Wie wahr, Madam.«

»Dann holen Sie Katie, Mr. Foster, und Ihren Mantel.«

✣ 78 ✣

»Sid, ja? Und wie weiter?« fragte der Erste Maschinist.

»Baxter«, antwortete Sid überrumpelt.

Der Erste Maschinist drückte ihm eine Schaufel in die Hand und deutete auf einen Berg Kohlen. »Willkommen in der Hölle, Mr. Baxter.«

Sid nahm die Schaufel lächelnd an. Der Heizraum eines Schiffes barg keine Schrecken für ihn. Er kannte die Hölle. In jener Nacht, als India ins Barkentine zu ihm kam, hatte er gedacht, ihre Liebe sei eine Verdammnis. Jetzt wußte er, daß er recht gehabt hatte. Er hatte den Himmel mit ihr kennengelernt, und jetzt lernte er die Hölle kennen, die aus endlosen Jahren ohne sie bestand.

»Andy McKean«, stellte sich ein zweiter Heizer vor. »Wir haben die erste Schicht. Zwei andere machen die zweite. Zieh dich lieber aus. Es dauert nicht mehr lang.«

Sid war vor einer Stunde an Bord der *Adelaide* gekommen. Sie hatten auf ihn gewartet. Zu warten war das mindeste, was der Kapitän tun konnte. Sid hatte ihn reich gemacht, indem er sein geschmuggeltes Opium gekauft hatte. Sobald er an Bord war, wurden sie von einem Schlepper ins offene Wasser hinausgezogen. Er hatte kaum Zeit gehabt, seine Tasche in seine Koje zu werfen und in den Heizraum hinunterzugehen, als der Befehl von der Brücke kam – Volldampf voraus.

»Also, Kumpel! Los geht's!« rief Andy.

Sid zog Jacke und Hemd aus. Zehn Minuten später strömte ihm der Schweiß den Rücken hinunter. Er und Andy waren keine menschlichen Wesen mehr, sondern nur noch Räder eines Triebwerks. Der Heizkessel verschlang eine Schaufel voll Kohlen nach der anderen und brüllte nach mehr. Das Feuer röstete Sids Haut. Die Muskeln in seinem verletzten Arm taten höllisch weh, wenn er die Schaufel hob. Die Schußwunde in seinem Rücken jagte zuckende

Schmerzen durch seinen ganzen Körper. Es war ihm egal. Der Schmerz war ihm sogar willkommen, weil er alles andere ausblendete – alle Erinnerungen, alle Versprechen, alle Hoffnung.

Er blendete die Worte aus, die er gelesen hatte. Auf einer Einladungskarte. Einer Einladung, die in Fionas Arbeitszimmer auf dem Kaminsims stand. Dorthin war er in seiner letzten Nacht am Grosvenor Square gegangen. Er konnte nicht schlafen und wollte sich unbedingt ein wenig bewegen, und sei es auch nur im Haus. Er war durchs Arbeitszimmer geschlendert, hatte Fotos in die Hand genommen und Fionas Bücherschrank durchgesehen. Und dann hatte er sie entdeckt – auf elegantes elfenbeinfarbenes Büttenpapier gedruckt.

Lord und Lady Burleigh geben sich die Ehre, die Hochzeit ihrer Tochter Lady India mit Sir Frederick Lytton, Sohn des verstorbenen Earl von Bingham und Lady Bingham, bekannt zu geben. Die Trauung wird am Samstag, dem 24. November, in Longmarsh, dem Stammsitz der Familie, stattfinden. Nach kurzen Flitterwochen im schottischen Hochland kehrt das Paar nach London zurück und läßt sich am Berkeley Square 45 nieder.
Um die Ehre Ihrer Anwesenheit wird am Samstag, dem 15. Dezember, gebeten, wo zur Feier des Brautpaars ein Ball stattfindet …

Als Sid dies las, hatte er das Gefühl, jemand würde ihm das Herz herausreißen. Ihm wurde schwindlig. Das kann nicht sein, dachte er. Ausgerechnet *Lytton!* India kannte ihn doch. Wußte, was er wollte – nicht sie, sondern ihr Geld.

»Warum, India, warum?« hatte er laut gesagt.

Warum heiratete sie Freddie Lytton nach allem, was er ihr angetan hatte?

Er kannte die Antwort: seinetwegen. Was er ihr angetan hatte, war schlimmer; in ihren Augen hatte er ihre Liebe mit dem vermeintlichen Mordversuch an Joe Bristow und dem Mord an Gemma Dean verraten. Er konnte ihr ihre Entscheidung nicht verdenken.

Die *Adelaide* transportierte Pflugscharen und anderes Farmgerät nach Mombasa in Britisch-Ostafrika und fuhr dann weiter nach Colombo auf Ceylon, um Tee zu laden. Sid plante, das Schiff in Colombo zu verlassen und Arbeit auf einer Plantage zu suchen –

harte körperliche Arbeit, die ihn zu sehr erschöpfen würde, um am Abend noch nachdenken zu können.

Er hatte schon immer zur See fahren wollen. Es würde ihn reinigen, ganz wie er früher einmal gehofft hatte, und das tat es bereits. Sid Malone war tot und verschwunden. Jetzt war er Sid Baxter. Ein einfacher Heizer. Unsichtbar. Anonym. Ein Mann ohne Vergangenheit, ohne Geschichte. Ein Mann mit nichts als einer Zukunft.

»Mach langsamer, Kumpel!« schrie Andy. »Teil deine Kräfte ein. Das ist Teufelsarbeit. Wenn du so schnell machst, hältst du keinen Tag durch und schon gar nicht bis nach Colombo.«

Sid lächelte. »Ist das ein Versprechen?« rief er zurück und schaufelte noch schneller.

ndia? Ist alles in Ordnung? Was machst du denn da drin?« rief Maud und trommelte an die Toilettentür.

»Nichts, Maud, mir geht's gut«, rief India zurück.

Das stimmte nicht. Sie beugte sich gerade über die Toilette im Nebenraum der Kapelle von Longmarsh. Schon zweimal heute morgen hatte sie sich in ihrem Zimmer übergeben, und jetzt war ihr wieder schlecht geworden.

»Es sind die Nerven«, log sie. Sie wischte sich den Mund ab, spritzte sich Wasser ins Gesicht und öffnete die Tür.

Ihre Schwester stand mit einem Koffer in der Hand davor. Sie war gerade aus Paris zurückgekommen. »Ich bin diese Minute eingetroffen. Lady Lytton hat gesagt, du seist hier. India, was zum Teufel ist denn hier los?«

»Ich heirate Freddie. In genau zehn Minuten.«

»Das hat Mama mir gesagt. Vor drei Tagen. Als ich sie *zufällig* vom Hotel aus anrief, um sie zu fragen, ob ich ihr Seidenstoffe mitbringen soll«, sagte sie verärgert.

»Ich wollte nicht, daß du davon erfährst. Ich dachte, du würdest versuchen, es mir auszureden. Mama dachte das auch.«

»Natürlich hätte ich das!« stieß Maud hervor und stellte ihren Koffer ab. »Noch vor ein paar Wochen hast du gesagt, du möchtest Freddie nie mehr wiedersehen. Du hast mir all die scheußlichen Dinge erzählt, die er dir angetan hat. Warum hast du deine Meinung plötzlich geändert?«

»Bitte mach es nicht noch schwerer, als es ohnehin schon ist. Ich habe meine Gründe. Ich erwarte nicht, daß du sie verstehst.«

»Ich würd's aber gern versuchen.«

India sah ihre Schwester an. Wenigstens einmal machte sie sich nicht lustig.

»Also gut«, sagt sie. Sie setzte sich auf eine Holzbank und glättete den Rock ihres hochgeschlossenen elfenbeinfarbenen Kostüms. »Ich bin schwanger. Das Baby ist nicht von Freddie. Er wird das Kind als seines anerkennen im Austausch gegen meine Mitgift. Die Menschen können sehr grausam sein, und ich möchte nicht, daß mein Kind unter dem Makel seiner Geburt leidet.«

»Und was ist mit dem Vater? Kannst du ihn nicht heiraten?«

»Das wollte ich. In Amerika. Aber er ist tot.«

»Verdammter Mist.«

»Ja.«

»Wer war er?«

»Das kann ich dir nicht sagen. Und glaub' mir, du möchtest es auch gar nicht wissen.«

»India, das ist *dein* Leben. Du magst vielleicht die Zukunft deines Kindes sichern, aber du zerstörst deine eigene. Ist dir das klar?«

»Vollkommen.«

Kopfschüttelnd ging Maud auf und ab. »Ist Mama hier? Was ist mit Papa?«

»Sie sind mit den Lyttons in der Kapelle. Sie sind gestern aus London eingetroffen. Nachdem sie das Finanzielle mit Freddie geregelt hatten.«

Vor einer Woche in London, noch bevor die Heiratspapiere unterschrieben waren, hatte Freddie bereits einen Architekten und einen Dekorateur bestellt, um das Haus am Berkeley Square zu renovieren.

»In einem Jahr wird es das schönste und glanzvollste Haus in ganz London sein«, hatte er gesagt. »Bestell dir unbedingt ein paar neue Kleider vor der Hochzeit. Wir geben einen Ball für mindestens zweihundert Gäste, sobald wir aus den Flitterwochen zurück sind. Campbell-Bannerman, große Tiere aus beiden Parteien, jeder, der in der Gesellschaft Rang und Namen hat. Es müßte schon mit dem Teufel zugehen, wenn ich den Sitz von Tower Hamlets nicht zurückgewinnen sollte.«

India wußte, daß Freddies Ehrgeiz immer nur durch den Mangel seiner Mittel eingeschränkt gewesen war. Mit dem Geld ihres Vaters im Rücken würde er maßlos werden. Sie dachte an all die Dinnerpartys, die vor ihr lagen. Die Planung der Menüs und Sitzordnungen. Die langweiligen Reden und die belanglosen Gespräche. Und nirgendwo würde sie je Sids Gesicht wiedersehen, seine Stimme hören, in seine Augen blicken. Wieder übermannte sie der Schmerz. Sie senkte den Kopf, damit Maud es nicht sah.

»Mama hat mir dieses Kostüm gekauft«, sagte sie und zupfte an den Rüschen an der Manschette. »Scheußlich, nicht wahr?«

Maud setzte sich neben sie. Sie schwieg einen Moment und sagte dann: »Erinnerst du dich, als wir das letzte Mal alle gemeinsam hier waren? Mit Wish.«

»Natürlich.«

»Ich hab' Tennyson zitiert: ›Es ist besser, geliebt und verloren zu haben, als niemals geliebt zu haben.‹ Sie lachte bitter. »Du hast gesagt, Tennyson sei ein Trottel.«

»Ich hab' meine Strafe gekriegt, oder? Die Liebe, die ich verloren habe, ist die einzige, die ich je haben werde. Aber er hatte recht. Ich bin immer noch froh, daß ich diese Liebe hatte, so kurz sie auch gewesen sein mag.«

Maud legte ihre Hand auf Indias. »So schlimm wird es schon nicht werden. Schließlich gibt es noch andere Dinge.«

India lachte bitter auf. »Was denn für welche?«

»Ich denke da an deine Klinik.«

»Es gibt keine Klinik mehr. Nicht für mich. Das war Freddies Bedingung. Ich muß die brave Abgeordnetengattin spielen. Mich um seine Anliegen kümmern.«

»Nun, dann gibt's immer noch Kinder. Eins ist schon unterwegs, und sicher kommen noch mehr.«

»Ja, und es gibt eine Menge Dinge, mit denen ich mich beschäftigen kann«, sagte India tapfer. »Französisch lernen zum Beispiel. Das wollte ich schon immer, hatte aber nie die Zeit dafür. Auch Italienisch. Ich kann die großen Dichter lesen. Mit dem Zeichnen anfangen.« Mit gequältem Gesicht schloß sie die Augen. »O Gott, Maud«, flüsterte sie.

Es klopfte, und der Pfarrer streckte den Kopf durch die Tür. »Entschuldigen Sie, Lady India. Sind Sie fertig? Der Bräutigam ist hier.«

»Ja, Reverend«, antwortete India entschieden. Sie nahm die Hand ihrer Schwester. »Wirst du neben mir stehen?« fragte sie.

»India, es muß doch eine andere Möglichkeit geben. Du mußt das nicht tun. Geh weg. Beeil dich. Ich regele das schon mit Freddie.«

India legte den Finger auf Mauds Mund. »Ich werde heute nacht ruhig schlafen, weil ich weiß, daß meinem Kind ein schweres Leben erspart bleibt. Das ist alles, was jetzt für mich zählt.«

Sid war tot, aber sie hatte etwas von ihm zurückbehalten. Er würde in diesem Kind weiterleben.

Sie würde es Charlotte nennen, denn Sid hatte ihr einmal gestanden, daß Charlie sein eigentlicher Name sei. *Charlotte.* Nicht Freddies Kind, sondern *ihr* Kind. Sie würde es lieben, wie sie seinen Vater geliebt hatte, aus ganzem Herzen und mit ganzer Seele.

Sie nahm den Strauß, den Freddie für sie ausgesucht hatte. Dunkelrote Rosen. Er hatte sie ihr vorhin schon gegeben. »Ich kann wohl kaum erwarten, daß du weiße Rosen trägst. Die sind schließlich für Jungfrauen, nicht für Malones Hure.«

India war von seiner Grausamkeit schockiert gewesen, hatte sich aber schnell wieder gefangen. »Mein Vater gibt dir heute einen Scheck über dreihunderttausend Pfund«, hatte sie geantwortet. »Ich finde eher, daß dich das zur Hure macht.«

Sein Gesicht hatte sich verdüstert, und er war schnell aus dem Raum gegangen. So wird es also zwischen uns sein, dachte sie. Das war der Mann, mit dem sie den Rest ihres Lebens verbringen würde. Der Mann, mit dem sie das Bett teilen würde. Bei dem Gedanken verließ sie fast der Mut.

»Komm, Maud«, sagte sie. »Es ist Zeit zu gehen.«

Sie gingen aus dem Nebenraum ins Foyer hinaus und von dort zur Kapelle. Als sie am Anfang des Mittelgangs standen, ertönten die Klänge einer Harfe.

Freddie stand am Altar und lächelte triumphierend. Er sah ungemein gut aus in dem grauen Gehrock und der gestreiften Hose. Bingham stand neben ihm. India holte tief Luft und ging auf ihn zu.

Der Pfarrer strahlte sie an, aber sie nahm ihn kaum wahr. Er begann zu sprechen, aber sie hörte ihn nicht. Sie hörte nur Sid, der ihr sagte, daß er sie liebe, doch ihre Liebe sei ein Fehler. *Das ist sie nicht,* sagte sie jetzt insgeheim zu ihm. *Das wird sie nie sein.*

Der Gottesdienst nahm seinen Gang. Gebete wurden gesprochen, das Eheversprechen gegeben. Freddie steckte einen Ring an ihren Finger. Sie tat das gleiche bei ihm. Er küßte sie zurückhaltend, dann war es vorbei, und sie waren verheiratet. Der Ehrenwerte Sir Frederick und Lady Lytton waren Mann und Frau.

Draußen ging die Sonne unter. Der Abend senkte sich nieder. Zu beiden Seiten der Kapellentreppe hatten sich die Pächter der Lyttons versammelt. Sie jubelten dem frischvermählten Paar zu und bewarfen es mit Reis. Freddie nahm Indias Arm und führte sie zum Haus, wo das Hochzeitsmahl auf sie wartete. Beim Gehen blickte India auf Longmarsh. Der Herbst hatte die Felder und Wälder in leuchtendes Orange, Ocker und Braun getaucht. Sie bemerkte es kaum.

Als die Hochzeitsgesellschaft um die Ecke zum Haus bog, stand plötzlich ein riesiger Hirsch mit majestätischem Geweih etwa zwanzig Meter vor ihnen auf dem Weg.

»Gütiger Himmel! Wo ist der Jagdhüter, wenn man ihn braucht? Er soll die Gewehre bringen!« rief Freddie und ließ Indias Arm los. Der Hirsch rührte sich nicht und sah India an.

Lauf, beschwor sie ihn schweigend. *Lauf weg von hier, und komm nie mehr zurück.*

Der Hirsch blinzelte. Dann senkte er das eindrucksvolle Haupt und war fort.

»Verdammt«, seufzte Freddie.

»Ein anderes Mal«, sagte Bingham und klopfte ihm auf den Rücken. »Du bist jetzt verheiratet, altes Haus. Da ist Schluß mit den Vergnügungen.«

Lachend und scherzend trat die Gesellschaft ins Haus. Nur India blieb zurück.

Tränen drohten, sie zu übermannen, aber sie unterdrückte sie. Sie würde nicht weinen. Später vielleicht, aber nicht hier, nicht jetzt. *Ich liebe dich, Sid*, schwor sie sich. *Auf immer und ewig.*

»Kommst du, Liebling?«

Die Stimme ließ sie zusammenzucken. Freddie wartete auf dem Weg auf sie. Sie sah ihn an. Das Lächeln, das er für die Familien aufgesetzt hatte, war verschwunden. Seine Augen waren kalt. Dunkel ragte Longmarsh hinter ihm auf. Sie blickte ein letztes Mal dem Hirsch nach, aber er war fort.

Dann nickte sie und sagte: »Ja, Freddie, ich komme.«

Dritter Teil

London 1906

❧ 80 ☙

Sir David Erskine, Sergeant-at-Arms – Ordnungsbeamter – im Unterhaus, sah über Cromwell Green hinaus und runzelte die Stirn. Die Zeremonien der Parlamentseröffnung waren vorbei. Die Menge hatte sich aufgelöst, der König war fort, und die Mitglieder beider Häuser gingen wieder ihrer Arbeit nach. Es war ein ruhiger, trüber Februartag in Westminster. Den Sergeant-at-Arms hätte das freuen sollen, aber gerade das tat es nicht.

»Es ist *zu* ruhig«, sagte er zu seinem Stellvertreter. »Das gefällt mir nicht, Mr. Gosset. Ganz und gar nicht.«

»Könnte ja sein, daß er sich gebessert hat, Sir. Könnte sein, daß wir diesmal eine Sitzungsperiode ohne Zwischenfälle haben werden«, erwiderte dieser.

Erskine schnaubte. »Und Schweine können fliegen, was? Er plant etwas. Das weiß ich. Wir werden von ihm hören, noch bevor es Abend ist. Denken Sie an meine Worte.«

Die Augen zusammengekniffen, die Arme verschränkt, wirkte Erskine wie ein alter schottischer Clanchef, der seine Burg verteidigt. In gewisser Weise war er das auch. Als Ordnungsbeamter im Unterhaus war er für die Aufrechterhaltung ebendieser verantwortlich. In seiner Amtszeit hatte er mit vielem fertig werden müssen – angefangen von verirrten Besuchern und Verrückten bis hin zu lärmenden Hinterbänklern und Bombenanschlägen –, aber nichts davon hatte ihn auf den Ehrenwerten Abgeordneten von Hackney vorbereitet.

»Er ist jetzt Minister«, sagte Gosset. »Der Premier hat ihm das Ressort für Arbeit übertragen. Vielleicht verhält er sich in Zukunft so, wie es seinem neuen Titel angemessen wäre.«

»Das bezweifle ich«, erwiderte Erskine. »Ich glaube eher, daß der Premierminister diese Ernennung noch bedauern wird. Er denkt, der Mann hört auf, die Tür zum Clubhaus einzutreten, wenn er ihn freiwillig einläßt. Er begreift nicht, daß der verdammte Kerl das ganze Clubhaus einreißen will.«

»Heute morgen hat er sich aber doch absolut tadellos verhalten, Sir.«

»Ja, so schien es«, antwortete Erskine. »Aber ich habe ihn während der Rede des Königs beobachtet, und sein Blick ist mir nicht entgangen. Der Blick, den er aufsetzt, wenn er Oberwasser hat. Das und die Tatsache, daß er sich davongeschlichen hat, sobald der König fort war, machen mir Sorgen.«

Wie immer nach dem Antritt einer neuen Regierung hatte heute morgen mit großem Pomp und Gepränge die Eröffnung des Parlaments stattgefunden. König Edward war unter dem Jubel einer Menschenmenge eingetroffen, durch die Royal Gallery geschritten und hatte im Oberhaus seinen Platz auf dem Thron eingenommen. Wie es zur Tradition gehörte, hatte er den Usher of the Black Rod, den obersten Dienstbeamten des englischen Oberhauses, losgeschickt, um das Unterhaus einzuberufen. Die Mitglieder des Unterhauses schlugen ihm die Tür vor der Nase zu, um damit ihr Recht zu demonstrieren, ohne Einmischung der Lords oder des Königs zu debattieren. Der Black Rod mußte dreimal anklopfen, bevor er schließlich eingelassen wurde, und dann zogen die Abgeordneten ins Oberhaus ein, um die Rede des Königs anzuhören, in der das Programm der neuen Regierung verkündet wurde.

»Glauben Sie, etwas an der Rede hat ihn verärgert?« fragte Gosset.

»Wie ich ihn kenne, eher etwas, was *nicht* in der Rede vorgekommen ist. Keine Altenwohnheime. Keine Schulen für Waisen. Keine Asyle für streunende Katzen. Weiß der Herrgott. Was ich weiß, ist …«

Erskine hielt plötzlich inne. Er hatte etwas gehört. Sie beide hatten es gehört. Das leise Surren eines Motors.

»Gütiger Himmel, er kommt. Ich wußte es, Mr. Gosset. Ich wußte es!«

Ein Mann in einem Rollstuhl überquerte den Parliament Square. Er bewegte sich schneller als ein normaler Rollstuhlfahrer, denn sein Gefährt hatte einen Hilfsmotor. Es war von Daimler gebaut worden und brachte es immerhin auf fünfundzwanzig Meilen in der Stunde. Erskine wußte das, weil er dem verdammten Ding oft genug nachgerannt war.

Daß sich der Ehrenwerte Abgeordnete von Hackney Westminster

näherte, war schlimm genug, aber was er im Schlepptau hatte, war noch viel schlimmer: ein Bataillon von mindestens dreihundert Frauen mit Plakaten und Fahnen, gefolgt von verschiedenen Presseleuten. Der Mann machte Schlagzeilen. Sorgte ständig für Proteste und Aufruhr. Über ihn stand mehr in den Zeitungen als über den Premierminister.

Für viele war er ein Held, ein Kämpfer, ein Heiliger. Erskine kannte seine Geschichte, wie jedermann. Er stammte aus dem East End und hatte es weit gebracht. *Sehr* weit. Weil er entschlossen war, dem Osten von London etwas zurückzugeben, hatte er sich 1900 für die Labour-Partei aufstellen lassen und zum Erstaunen des ganzen Landes gewonnen. Nur wenige Wochen nach seinem Wahlsieg hatte ihn ein Krimineller angeschossen und dabei am Rückgrat verletzt. Seitdem war er gelähmt. Da er seine Amtspflichten nicht mehr ausüben konnte, war er zurückgetreten. Eine Nachwahl fand statt, bei der sich Freddie Lytton seinen Sitz zurückgeholt hatte.

Viele dachten, er sei erledigt, aber sie hatten sich getäuscht: Er ließ sich von seiner Behinderung nicht unterkriegen, war im Frühjahr 1901 erneut angetreten und hatte dank einer weiteren Nachwahl den Sitz von Hackney gewonnen. So etwas hatte es noch nie gegeben.

Gosset blickte auf die Plakate. »*Frauenstimmrecht! Jetzt!*« las er laut. »*Gleiche Rechte für alle!*« Sein Blick suchte die Menge ab. »Verdammt, Sir. Mrs. Pankhurst ist bei ihm!«

»Haben Sie die Türen abgesperrt?«

»Ja, Sir.«

»Wenn er glaubt, er kann diese Furien ins Haus bringen, hat er sich getäuscht.«

»Erinnern Sie sich noch an die schreienden Kinder?« fragte Gosset.

»Allerdings«, knurrte Erskine.

Der Ehrenwerte Abgeordnete hatte sich diesen Streich ausgedacht, damit seiner Eingabe um Unterstützung der Freien Whitechapel-Klinik für Frauen und Kinder stattgegeben wurde. Er hatte eine Meute aufgebrachter Mütter aus dem East End zusammengetrommelt und sie mitsamt ihren Kindern auf der Besuchergalerie plaziert. Sie hatten einen solchen Höllenlärm veranstaltet, daß die Sitzung nicht fortgeführt werden konnte. Die Polizei wurde gerufen und die Frauen vertrieben – für die Presse ein gefundenes Fressen. Sie hatte Mr. Balfours Regierung der böswilligen Gleichgültigkeit gegenüber den Armen bezichtigt. Als sich das Parlament wieder versammelte, bekam die Klinik ihre Geldmittel.

»Und vergessen Sie nicht den Mistberg!« sagte Gosset schmunzelnd. »Ich sehe immer noch den Gesichtsausdruck des Premierministers vor mir.«

Erskine funkelte ihn an. »Finden Sie diese Possen etwa amüsant, Mr. Gosset?«

»Nein, Sir. Ganz und gar nicht«, antwortete Gosset und bemühte sich, eine ernste Miene aufzusetzen.

Der Mistberg, dachte Erskine. Niemand war in der Lage gewesen, dieses besondere Husarenstück dem Ehrenwerten Abgeordneten von Hackney anzulasten, aber es trug ganz eindeutig seine Handschrift.

Nach den allgemeinen Wahlen des Jahres 1900 hatte Mr. Balfours Regierung eine Gesetzesvorlage eingebracht, mit der die Gewerkschaften für Schäden haftbar gemacht werden sollten, die Arbeitgebern durch Streiks entstanden. Wütend über diesen Versuch, die Gewerkschaften finanziell auszubluten, war der Ehrenwerte Abgeordnete aufgesprungen und hatte die Vorlage als »Mist« bezeichnet, »der zum Himmel stinkt«. Er war sowohl vom Speaker als auch vom Premierminister zurechtgewiesen worden. Die Nachricht von dem geplanten Gesetz und von dem Tadel, den der Abgeordnete hatte einstecken müssen, konnte man in allen Abendzeitungen lesen. Später am Abend kamen von überall her Londoner Fuhrleute zum Parliament Square und kippten eine Ladung Mist nach der anderen von ihren Karren, bis ein riesiger Haufen entstanden war. Als Krönung setzten sie eine Puppe oben drauf, die Balfour darstellen sollte.

Der Premier – und seine Partei – waren tatsächlich im Mist gelandet mit ihrem Gesetz, aber wie tief sie darin steckten, wurde erst ein paar Wochen später deutlich, als die Tories erneut Wahlen ausschrieben – und verloren. Die Liberalen bekamen nicht nur mehr Stimmen, sondern eine derart überwältigende Mehrheit, daß Sir Henry Campbell-Bannerman Arthur Balfour als Premierminister ablöste. Auch die Labour-Partei verzeichnete große Gewinne, und der neue Premier zollte ihrem wachsenden Einfluß Tribut, indem er einigen ihrer Mitglieder Kabinettsposten übertrug – einschließlich dem Ehrenwerten Abgeordneten von Hackney.

Unter den Blicken von Erskine und Gosset ratterte er jetzt zum Besuchereingang und stellte den Motor ab.

»Mr. Erskine! Mr. Gosset! Ist mir wie immer ein Vergnügen«, sagte er und lächelte ihnen zu, doch in seinen Augen stand eine Kampfansage.

»Ganz meinerseits, Mr. Bristow«, erwiderte Erskine.

»Dürfen wir passieren? Ich habe hier eine Gruppe, die mit ihren gewählten Vertretern sprechen möchte. Nicht *von* ihnen gewählt, wie ich hinzufügen möchte, sondern *für* sie.«

»Alles zu seiner Zeit, Sir. Zuerst möchte ich meinen Wunsch zum Ausdruck bringen, daß wir beide die neue Sitzungsperiode auf dem richtigen Fuß beginnen.«

»Ich selbst würde mir nichts mehr wünschen, Sir.«

»Gut. Gut. Dann haben wir uns ja verstanden, Mr. Bristow. Also keine weiteren Possen mehr und ...«, er sah mit mißbilligendem Blick auf eine zierliche Frau in langem Mantel und ausladendem Hut, »... *keine* Mrs. Pankhurst!«

Mr. Bristow setzte eine bedauernde Miene auf, während Mrs. Pankhurst begann, auf den Sergeant-at-Arms einzureden. In der heutigen Rede des Königs sei nicht zum Ausdruck gekommen, daß die Regierung den Frauen das Stimmrecht erteilen wolle. Das sei ein Schlag ins Gesicht aller britischen Frauen, und deswegen verlangten sie eine Erklärung von ihren Abgeordneten.

»Also, Mrs. Pankhurst, Sie können nicht in die Lobby kommen. Nicht alle von Ihnen. Nicht so«, begann Erskine.

»O doch, Mrs. Pankhurst hat in der Tat das Recht, ihren Abgeordneten zu sehen«, protestierte Bristow. »Als britischer Staatsbürgerin steht es ihr zu, die Hauptlobby zu betreten, um mit ihm zu sprechen, genau wie all den anderen Frauen hier.«

»Sir!« rief eine Stimme aus der Menge. »Verweigern Sie den Frauen den Zutritt?«

Erskine sah sich um, um herauszufinden, wer gerufen hatte. Es war ein Reporter der *Times*. Er hatte bereits seinen Stift gezückt. Ein Dutzend weitere taten es ihm gleich. Erskine seufzte. Als ehemaliger Militär wußte er, wann er eine Niederlage erlitten hatte und daß ehrenvolle Kapitulation besser war als ein Blutbad.

Er wandte sich an Bristow. »Ich kann nicht alle gleichzeitig einlassen. Es sind zu viele.«

»Wie viele können Sie einlassen?«

»Fünf.«

»Fünfzig.«

»Dreißig.«

»Abgemacht.«

Nachdem dreißig Frauen ausgesucht waren, öffnete Gosset den Besuchereingang und führte sie in die Hauptlobby. Erskine ließ den Blick über die verbleibende Menge vom Regen durchnäßter Frauen schweifen, die wütend auf ihr Stimmrecht pochten.

»Das ist unser erster Tag, Mr. Gosset«, sagte er erschöpft, als sein Stellvertreter wieder auftauchte. »Das Parlament ist gerade erst eröffnet worden, und schon stehen wir unter Beschuß.«

Gosset lächelte. »Ein Freund von mir hat in China während des Boxer-Aufstands gedient. Er sagte, wenn ein Chinese einem etwas Böses wünscht, sagt er: ›Du sollst in interessanten Zeiten leben.‹«

»Oh, wir haben interessante Zeiten vor uns, Mr. Gosset. Mit Mr. Bristow an Bord ganz bestimmt.«

❧ 81 ❧

»Noch einen, Maggie?« fragte Sid Baxter.

»Ich sollte zwar nicht«, antwortete Maggie Carr, »aber ich nehm' noch einen.«

»So ist's recht.«

Sid schenkte nach. Hier war jeder Tropfen so kostbar wie Gold und fast genauso teuer. Whisky wurde in einer zweitägigen Fahrt auf dem Ochsenkarren von Nairobi hergebracht. Manche hätten damit gegeizt, Sid jedoch nicht. Er schenkte freigebig ein.

Die meisten Leute waren freigebig, weil sie dachten, das Leben sei kurz und man müsse das Beste daraus machen. Sid Baxter war freigebig, weil er wußte, daß das Leben lang war. Es ging immer weiter und weiter, selbst wenn man gar keine Verwendung mehr dafür hatte. Das Glück, nicht das Leben war kurz, und wenn es sich ergab – in Form eines schönes Abends in Gesellschaft einer Freundin –, genoß er es.

»Bald sitzen wir nicht mehr müßig herum«, seufzte Maggie. »Die Regenzeit steht kurz bevor. Ich hab's auch satt, ständig Staub zu schlucken.«

Die Trockenzeit hatte die rote Erde in feinen Staub verwandelt, der von den Straßen und Feldern in die Häuser und Ställe drang und Tiere und Menschen gleichermaßen mit einer rotbraunen Schicht überzog. Aber jetzt strich eine Brise durchs hohe Gras, und am nördlichen Horizont, in Richtung des Mount Kenya, zuckten Blitze am Himmel. Tiefes Donnergrollen war zu hören.

»Bald pflanzen wir. In einer Woche, denke ich.« Sie nahm einen Schluck von ihrem Drink und blickte über ihr Land. »Zweihundert Hektar Kaffee haben wir jetzt. Und achtzig weitere sind gepflügt. Ich würd's nicht glauben, wenn ich's nicht selber sehen könnte. Du bist ein Teufel von einem Arbeiter, Baxter.«

»Weil du ein Teufel von einem Boß bist.«

Maggie machte eine abwehrende Geste und leerte ihr Glas. Margaret Carr war Sid Baxters Chefin und Freundin. Sie war um die fünfzig, kaum eins sechzig groß, aber ihre Stimme und ihr Temperament machten ihre zierliche Gestalt wett. Sie war kinderlos, hatte ihren Mann vor zehn Jahren verloren und führte ihre Farm allein, weshalb sie beim Pflanzen und Ernten auf Hilfskräfte angewiesen war.

Sie saß da wie ein Mann, die Füße aufs Geländer von Sids kleiner Veranda gelegt, fluchte so, aber sie schuftete auch wie einer. Bei der Arbeit trug sie einen breitrandigen weißen Hut, ein Männerhemd und Hosen, die mit einem von Mr. Carrs Gürteln zusammengehalten wurde. Röcke zog sie nie an, nicht einmal, wenn sie in die Stadt ging.

Sid hatte sie vor fünf Jahren kennengelernt, kurz nachdem sein Schiff, das nach Ceylon unterwegs war, in Mombasa, einem alten arabischen Handelshafen an der Ostküste von Britisch-Ostafrika, angelegt hatte. Auf einem Landgang hatte er zuviel getrunken, in einem Bordell die Besinnung verloren und war vollständig ausgeraubt worden. Als er am Hafen ankam, war die *Adelaide* nur noch ein Punkt auf dem Indischen Ozean gewesen.

Wütend und hilflos fluchend, war er am Kai auf und ab gegangen. Eine Frau, die in der Nähe das Abladen von Pflugscharen, sechs Hühnerkäfigen und sechs Kühen beaufsichtigte, trat auf ihn zu.

»Alles in Ordnung bei Ihnen?« fragte sie.

»Wohl kaum!« fuhr er sie an. Er war verzweifelt. Die *Adelaide* hatte ihm geholfen zu vergessen. Die Arbeit als Heizer war mörderisch, außerdem war er oft seekrank. Auf See dachte er nur ans Überleben, an Land blieb ihm wieder Zeit zum Grübeln, für Erinnerungen.

»Was ist passiert?« fragte sie.

Er erklärte es ihr.

»Schon mal einen Ochsen geführt?«

»Nein.«

»Kaffee gepflanzt?«

»Nein.«

»Sind Sie stark?«

»Was geht Sie das an, Missus?«

»Ich brauch' Hilfe. Mein Mann ist tot und mein Vorarbeiter betrunken. Ich kann nicht viel zahlen, aber Sie kriegen reichlich zu essen, ein Bett und eine eigene Hütte. Die Hütte ist nichts Besonderes, aber sie hat ein gutes Dach und eine Veranda.«

»Sie wollen, daß ich mit Ihnen komme?« fragte Sid perplex.

»Ich brauch' einen neuen Vorarbeiter, Sie brauchen Arbeit.«

Er dachte einen Moment nach. »Ja, das stimmt.«

»Ich bin Kaffeepflanzerin. Ich hab' dreihundert Hektar in Thika, nördlich von Nairobi. Die Arbeit ist schwer, das will ich nicht verhehlen, aber besser, als zu hungern. Wollen Sie den Job?«

»Ja.«

»Dann kommen Sie. Der Zug fährt in einer halben Stunde.« Sie ging zum Bahnhof voraus, drehte sich einmal um und fragte: »Wie heißen Sie?«

»Baxter. Sid Baxter.«

»Ich bin Margaret Carr, Maggie. Hier unten geht es wenig förmlich zu.«

Maggie hatte ihm nicht gesagt, daß sie sich keine zweite Fahrkarte für ihn leisten konnte, deshalb mußte er im Frachtabteil auf ein paar Hühnerkäfigen Platz nehmen. Der Zug ratterte so ungemütlich über die schlecht befestigten Gleise, daß er grün und blau war, als sie Nairobi erreichten. Zwei große ebenholzschwarze junge Männer, die nichts als kurze Hosen und rote Umhänge trugen, erwarteten sie mit einem Ochsenkarren.

Sid starrte sie an, bis Maggie sagte: »Zwei meiner Arbeiter. Kikuyu. Da staunst du, was?«

Zwei Tage später, nachdem sie eine Nacht im Freien verbracht hatten, kamen sie erschöpft in Thika an, das aus ein paar Hütten an einem schmalen Fluß bestand. Von dort waren es noch zehn Meilen bis zu Maggies Plantage. Maggie zeigte Sid sein neues Zuhause – einen Holzbungalow auf vier Pfosten –, dann ließ sie ihn den Boden pflügen. Er sagte ihr, daß er keinen Lohn wolle – im Moment wenigstens nicht –, sondern nur Whisky. Sie gab ihm eine Flasche und ermahnte ihn, damit hauszuhalten.

Nachts trank er, um zu vergessen, und tagsüber arbeitete er bis zur Erschöpfung. Er arbeitete, bis seine Kleider schweißdurchtränkt waren und seine Hände bluteten. Bis er einen Sonnenstich bekam und sich übergeben mußte. Bis die Sonne unterging, er auf sein Bett fiel und traumlos schlief.

Mehrere Wochen waren auf diese Weise vergangen, als Maggie eines Abends auf die Felder hinauskam. Die Hände in die Hüften gestützt, beobachtete sie, wie er im Lampenschein einen Baumstumpf herausziehen wollte. Zuerst sagte sie nichts, sondern blickte nur auf seine verbrannte, mit Blasen übersäte Haut und seinen ausgemergelten Körper.

Dann sagte sie: »Jetzt reicht's. Du willst dich umbringen, aber mach das auf 'ner anderen Farm, nicht auf meiner.« Nach einer Weile fügte sie etwas freundlicher hinzu: »Was immer du getan hast oder was dir angetan wurde – dich zu Tode zu schuften macht es nicht ungeschehen. Du mußt damit leben. Wie wir anderen auch.«

Er hatte seine Axt hingeworfen, wütend, weil Maggie ihn durchschaut hatte. Danach fand er andere Möglichkeiten, um sich zu betäuben. Es gab auch ruhige Zeiten auf der Farm, wann er nicht gebraucht wurde. Er begann auszureiten, allein auf Safari zu gehen. Tage-, manchmal wochenlang streifte er umher und kam bis zum Mount Kenya westlich des Mau-Reservats und bis zum Tana-Fluß im Osten.

Bei gutem Wetter schlief er unter freiem Himmel, lauschte den Geräuschen der Nacht und hoffte zuweilen, ein Löwe würde ihn reißen. Tagsüber wanderte er ziellos durch die Gegend und führte erdachte Gespräche mit India. »Warum?« fragte er sie wieder und wieder, dann kehrte er erschöpft und dreckverschmiert zu Maggies Farm zurück.

Fast alles, was er verdiente, gab er für Whisky, Wein oder für sonstwas aus, was er bei dem Händler Jevanjee in Nairobi kriegen konnte. Er trank mit Maggie und deren Nachbarn, und wenn die nicht greifbar waren, trank er allein.

»Ich freu' mich auf die nächsten Wochen«, sagte Maggie jetzt. »Es ist schön, wenn die Kaffeesträucher blühen. Die weißen Blüten erinnern an Schnee. Und dann kommen die Bohnen, die wie die Früchte von Stechpalmen aussehen. Das läßt mich immer an Weihnachten in England denken.«

Magie deutete mit dem Kopf auf die Zeitung auf dem Tisch, die sie früher am Tag dort hingelegt hatte. Es war ein Londoner Blatt, fast zwei Monate alt, aber Nachrichten gelangten nur langsam nach Thika. Die Schlagzeilen verkündeten den Sieg der Liberalen bei den britischen Wahlen.

»Hast du sie schon gelesen?« fragte sie.

»Nein«, antwortete Sid. Er brauchte keine Zeitungen. Sie verbanden ihn mit der Welt, mit der er nicht mehr verbunden sein wollte.

»Nun, das solltest du aber. Wir haben eine neue Regierung«, sagte Maggie. »Und die verlegt sämtliche Angelegenheiten des gesamten afrikanischen Protektorats vom Außenministerium ins Kolonialministerium. Lord Elgin ist jetzt der Beauftragte für die Kolonien. Wie man hört, hat der Gouverneur ihn gebeten, seinen Unterstaatssekretär zu einem Besuch zu schicken.«

Sid runzelte die Stirn. Er redete lieber übers Pflanzen, aber alle Pflanzer redeten gern über Politik. »Das geht mich nichts an«, erwiderte er. »Ich halt mich fern von Politik. Und von Politikern.«

»Das versuche ich auch, aber Politik und Politiker halten sich nicht fern von mir. Wenn London jemanden hierherschickt, ist etwas im Busch. Das garantier' ich dir.«

»Das hättest du wohl gern, Maggie. Selbst wenn jemand herkommt, was macht er dann schon? Er schießt ein paar Löwen, sein Bild kommt in die Zeitungen, dann fährt er wieder heim und vergißt Afrika.«

»So läuft das nicht mehr. Es müssen ein paar Fragen geklärt werden, und zwar bald. Ständig kommen neue Siedler – wo sollen die hin? Was ist mit den Stämmen? Die Massai lassen sich nicht so einfach in Reservate abschieben. Die Kikuyu genausowenig. Und die Nandi sind wütend. Sie haben einen blutigen Kampf gegen uns geführt, und das werden sie wieder tun. Die Behörde für Landverteilung ist überfordert, genau wie die Distriktkommissare. Es wird noch schlimm werden, Sid. Du wirst schon sehen.«

»Was machst du, wenn das passiert?

Maggie stieß einen langen Seufzer aus. »Bleiben«, antwortete sie. »Ich hab' ja keine andere Wahl. Mein Mann hat mich hierhergebracht, dann ist er gestorben und hat mich mit einer Farm, vierhundert Kaffeesträuchern ohne einen Penny hier sitzenlassen. Das ist jetzt zehn Jahre her, aber das Ganze wirft erst allmählich was ab. Und wie steht's mit dir? Was wirst du machen?«

Sid dachte an seine kleine, bequeme Hütte, seine Freundschaft mit Maggie, an das rauhe, schöne, fremde Land, das seine Heimat geworden war. Und er dachte an den gewissen Frieden, den er hier gefunden hatte. Das war alles, was er besaß.

»Solange du bleibst, bleib' ich auch«, antwortete er.

»Du könntest dich selbst um eine Landzuweisung bewerben.«

Sid schüttelte den Kopf. Er wußte, daß ihm zweihundertvierzig

Hektar auf neunundzwanzig Jahre zu einem halben Penny pro Morgen im Jahr verpachtet würden, wenn er sich darum bemühte. Manche hätten sich darum gerissen, er nicht. Er wollte nicht mehr stehlen.

»Die britische Regierung nimmt in Kenia einem Teil der Bevölkerung Land weg und gibt es anderen Leuten. Wenn man das zu Hause tut, wird das Raub genannt. Tut man es hier, heißt es Fortschritt.«

»Ach, nenn es, wie du willst«, sagte Maggie bedrückt, »aber sieh zu, daß wir dieses Jahr eine gute Ernte kriegen. Sonst müssen wir beide und alle Feldarbeiter hungern.«

Während es dämmerte, konnten sie in der Ferne die Lichter der angrenzenden Thompson-Farm sehen.

»Wann willst du nach Nairobi fahren?« fragte Maggie.

»In vierzehn Tagen. Das Korn ist fast aus. Wir brauchen Paraffin und neues Zaumzeug fürs Pferd, und Alice hat mir eine Besorgungsliste gegeben, die so lang ist wie mein Arm.«

»Während du dort bist«, sagte Maggie und hielt den Blick noch immer auf die Thompson-Farm gerichtet, »warum kaufst du dann nichts Hübsches für die reizende Lucy Thompson? Ich hab' gehört, sie macht dir schöne Augen.«

Sid schnaubte. »Sie muß ganz schön verzweifelt sein.«

»Ach, Unsinn. Sie ist ein hübsches Mädchen. Die Thompsons besitzen achthundert Hektar.«

Sid seufzte. Maggie hatte ihn früher schon verkuppeln wollen, doch er wollte nichts davon wissen und beschloß, ihr das ein für allemal auszutreiben. »Das wird nichts, Maggie«, sagte er und setzte eine tieftraurige Miene auf. »Für mich gibt's nur eine Frau, aber sie hat mir das Herz gebrochen. Sie will mich nicht.«

Maggie setzte sich auf und sah ihn neugierig an. Sie war eine unverbesserliche Klatschbase. »Wirklich?« fragte sie. »Wer ist sie?«

»Du, Süße. Willst du mich heiraten?«

»Ach, du Trottel!« schimpfte sie, dennoch huschte ein Lächeln über ihr zerknittertes Gesicht.

»Komm, Maggie, laß es uns versuchen. Was sagst du?«

»Ich sage, nein, danke. Ein Mann war mir genug. Ich bin fertig mit euch. Mir gefällt mein ruhiges Leben, ein Buch am Abend, ein Bett, das mir allein gehört.«

»Mir auch. Denk daran, wenn du dich das nächste Mal in mein Leben mischen willst.«

Maggie kniff die Augen zusammen. »Ich frage mich manchmal, wer die Frau gewesen ist, die dich zum Junggesellen gemacht hat.«

»Wer sagt, daß es eine gegeben hat?«

»Ganz sicher hat es das. Das ist doch kein normaler Zustand für einen Mann. Ihr seid doch alle hilflos wie kleine Kinder ohne eine Frau. Jeder von euch. Wenn ein Mann ein Junggeselle ist, hat das einen Grund. Eines Tages, Sid, find' ich den heraus.«

Damit erhob sich Maggie schwerfällig von ihrem Stuhl und wünschte ihm eine gute Nacht. Sid sah ihr lächelnd nach. Maggie steckte gern die Nase in anderer Leute Angelegenheiten, trieb es aber nie zu weit. Er redete nicht gern über seine Vergangenheit, aber ihr ging es nicht anders. In dem Punkt verstanden sie sich. Es war einer der Gründe, weshalb sie so gut miteinander auskamen. Maggie wußte, daß er aus London stammte und keine Frau und keine Kinder hatte. Sid wußte, daß Maggie und ihr Mann von Devon nach Australien gegangen waren und dann von Australien nach Afrika. Mehr nicht.

In seinem Leben gab es inzwischen viele Ungewißheiten. Er wußte nicht, ob die Setzlinge, die er gepflanzt hatte, gedeihen und welchen Ertrag sie bringen würden. Er wußte nicht, ob Gazellen, Affen oder Mehltau die Ernte zerstören würden, ob sie vertrocknete oder im Regen verfaulte. Er wußte nicht, ob sich die Kikuyu die Übergriffe der Siedler weiterhin gefallen ließen oder ob sie sich erheben, ihre Häuser niederbrennen und sie in ihren Betten ermorden würden. Er wußte nicht, ob er Afrika haßte oder liebte. Ob er hier sterben oder nächstes Jahr fortgehen würde. Er wußte an manchem Morgen nicht einmal, warum er aufstehen sollte, weil es niemanden gab, für den es sich zu leben lohnte. Er wußte nicht, wie er ohne Träume überleben sollte.

Es gab Tage in Afrika, an denen Sid Baxter den Eindruck hatte, daß er nichts über das Land, die Leute, den Kaffee oder sich selbst wußte – aber eines wußte er: India Selwyn-Jones war aus seinem Leben verschwunden, und er würde sie nie mehr wiedersehen. Zumindest dessen war er sich sicher.

❧ 82 ❧

»Das ist ein Faß ohne Boden«, sagte Henry Campbell-Bannerman, der Premierminister. Er saß hinter seinem Schreibtisch in der Downing Street Nummer 10.

»Im Gegenteil«, protestierte Lord Elgin, der Kolonialminister.

»Wie hoch soll der Profit denn sein?«

»Wir erwarten in diesem Jahr mindestens vierzigtausend Pfund!«

»*Vierzigtausend?* Die verdammte Eisenbahn hat über fünf Millionen gekostet. Die sollte mehr als vierzigtausend einbringen. Jede Woche werde ich deswegen im Unterhaus ins Gebet genommen. Dieser elende Joe Bristow drischt auf mich ein und will wissen, warum fünf Millionen für eine Eisenbahn in Afrika bewilligt wurden, während in Großbritannien Kinder hungern müssen. Was soll ich ihm antworten? Er hat mich am Wickel. Sehen Sie nur«, sagte er und deutete auf einen Stapel Zeitungen auf seinem Schreibtisch. »Sein Name ist heute auf jedem Titelblatt. In Großbuchstaben!«

»Nun, dafür können Sie sich selbst die Schuld geben, Henry«, antwortete Elgin. »*Sie* haben ihn zum Minister gemacht. Er ist Ihr Ziehkind.«

»Er ist niemandes Ziehkind«, erwiderte der Premier ungehalten. »Leider. Und er ist auch nicht das Problem. Nicht das hauptsächliche zumindest. Das ist die Eisenbahn. Sie müssen mir genau erklären, was wir tun können, um diese Scharte auszuwetzen.«

»Das ist ganz einfach: Die Eisenbahn wartet auf die Siedler. Siedler bedeuten Ernten. Ernten bedeuten Exporte. Exporte bedeuten Geld – sowohl für diejenigen, die anbauen, als auch für diejenigen, die transportieren. Geben Sie mir mehr Siedler, und ich verschaffe Ihnen Einnahmen, keine vierzig-, sondern vierhunderttausend.«

»Sie brauchen Siedler? Dann finden Sie welche. Was hindert Sie daran?« fragte Campbell-Bannerman.

Elgin wandte sich an Freddie Lytton, seinen frisch ernannten Unterstaatssekretär. Das war eine günstige Gelegenheit für ihn, und er ergriff sie.

»Das ist nicht so einfach, Sir«, sagte er und richtete sich in seinem Stuhl auf. »Es erfordert viel Mut, seine Sachen zu packen und um die halbe Welt zu fahren. Ein paar Garantien braucht ein Mann, bevor er seine Existenz aufs Spiel setzt und sein Glück in Afrika versucht. Bedauerlicherweise können die nicht gegeben werden, und die Briten wissen das. Geschichten über die Schwierigkeiten, sich Land zu sichern, sickern bis nach Hause durch. Es dauert Jahre, bis die Landverteilungsbehörde Bewilligungen ausstellt. Der Bau von Straßen und Brücken geht im Schneckentempo voran. Und zwischen den verschiedenen Behördenebenen gibt es ständig Zankereien. Der Gouverneur ist verärgert über die Kolonialverwaltung. Die Distriktkommissare beklagen sich über die Provinzkommissare. Und die Siedler sind sauer auf alle.«

»Und was würden Sie vorschlagen, um das zu beheben?«

»Als erstes sollten wir einen Abgeordneten der neuen Regierung nach Afrika schicken.«

»Lassen Sie mich raten. Der Abgeordnete wären Sie.«

»Ja, das ist richtig«, antwortete Freddie. Er sah, daß er die Aufmerksamkeit des Premiers hatte. Der alte Junge war interessiert. Jetzt mußte er ihn nur noch überzeugen. »Jemand muß persönlich nach Afrika fahren, um die Dinge vor Ort zu regeln. Ich würde mich dafür anbieten.«

»Und wie wollen Sie das anstellen?«

»Zunächst hörte ich mir sämtliche Fraktionen an. Ich treffe mich mit Lord Delamere und den anderen Herren von der Siedlervereinigung, und ich treffe mich mit dem Gouverneur, den Provinz- und den Distriktkommissaren. Dann fahre ich auf die Dörfer und Farmen hinaus und spreche mit den Siedlern. Wenn ich nach London zurückkehre, habe ich mir ein komplettes Bild von allem gemacht. Wenn wir genau wissen, wo die Probleme liegen, können wir sie auch anpacken.«

Freddie faltete eine Karte auf und breitete sie auf dem Schreibtisch des Premiers aus. Sie zeigte, wie brutal die europäischen Mächte – Briten, Belgier, Deutsche, Franzosen und Italiener – den schwarzen Kontinent zerstückelt hatten.

»Wir wissen, daß wir an der Nordgrenze eine genaue Vermessung abschließen müssen«, sagte Freddie und deutete auf die an Abessinien grenzenden Länder, »damit die Region richtig parzelliert und verpachtet werden kann. Auch die Eisenbahnstrecke muß weiter in die Provinz Kenia und nach Westen zum Magadi-See geführt werden.« Seine Finger strichen über Ebenen und Flüsse. »Handelsgesellschaften müssen Rechte garantiert und von der ugandischen Grenze bis Mombasa Straßen gebaut werden. Und schließlich ...«, er tippte auf die Gegend westlich des Kilimandscharo, »... muß die Umsiedlung der Eingeborenen in Reservate beschleunigt werden.«

»Eine solche Reise würde zwar helfen, die Probleme der bereits ansässigen Siedler zu lösen«, wandte Campbell-Bannerman ein, »aber sie würde kein neues Blut in die Region bringen, und das ist es doch, was laut Ihrem Vorgesetzten so dringend benötigt wird.«

»Diesen Einwand habe ich vorausgesehen, und ich glaube, ich habe eine Lösung dafür«, antwortete Freddie. »Ich nehme meine Familie mit auf die Reise.«

Der Premier zog eine Augenbraue hoch. »Die Nöte von Britisch-Ostafrika sollen durch eine Ferienreise mit Frau und Tochter behoben werden?«

»Wir reisen gemeinsam durch Afrika und liefern dabei Artikel und Fotografien an die *Times*. Ich habe Freunde bei der Zeitung, die nur allzugern bereit wären, eine solche Serie zu veröffentlichen. Ich liefere Berichte aus Mombasa, Nairobi, dem Busch, dem Hochland – von *überall*. Bei mir wird sich das so beargwöhnte Land wie ein Paradies ausnehmen. Wenn der Brite sieht, wie sicher es ist, selbst für Frauen und Kinder, wenn er hört, wie man fruchtbares Land praktisch umsonst bekommt, und wenn er von den Jagdmöglichkeiten liest, gibt es einen wahren Ansturm auf die Docks, das garantiere ich Ihnen.«

Campbell-Bannerman dachte darüber nach. »Nicht schlecht, wenn wieder mal einer von uns auf die Titelseiten käme, was, Elgin? Vielleicht vertreiben wir damit Bristow aus den Schlagzeilen.« Er wandte sich wieder an Freddie. »Aber möglicherweise möchte Ihre Frau Sie nicht auf einer solchen Reise begleiten.«

Was meine Frau möchte, zählt nicht, dachte Freddie.

»India ist abenteuerlustig, Charlotte auch. Sie lassen sofort die Koffer holen, wenn ich ihnen von der Fahrt berichte«, sagte Freddie.

Er wußte, daß das nicht stimmte. India würde wütend sein und alles versuchen, daß Charlotte zu Hause blieb. Aber sein Erfolg in Afrika hing gerade von ihrer Anwesenheit dort ab.

»Sind Sie ganz sicher, daß das klug wäre?« fragte Campbell-Bannerman. »Die meisten Siedler lassen ihre Kinder wegen der Gefahren in England. Malaria, Fieberkrankheiten, ganz zu schweigen von den Löwen und Leoparden.«

»Alles schrecklich übertrieben, soweit ich gehört habe.«

Der Premier legte die Fingerspitzen aneinander. Sein Blick wanderte von Freddie zu Elgin. »Hat die Sache Ihren Segen?«

»Natürlich.«

»Dann fahren Sie, Freddie. So bald wie möglich.«

»Das werde ich, Sir. Danke für das Vertrauen.«

Freddie nahm seine Karte und seine Unterlagen und ging.

»Brillanter Bursche, dieser Lytton«, hörte er den Premierminister sagen, als er den Raum verließ. »Seien Sie nur auf der Hut, alter Junge. Eines Tages greift er nach Ihrem Job.«

»O nein, nicht nach meinem«, antwortete Elgin. »Nach Ihrem.«

Draußen im Gang gestattete sich Freddie ein Lächeln. Ehrgeiz war erlaubt in London – solange man ihn als Pflicht deklarierte. Er würde sich Afrika zu seiner Pflicht machen. Für König und Vaterland. Und Afrika würde ihn dafür zum Premierminister machen.

Er ging auf die Straße hinaus zu seiner Kutsche. Wenn er dort seine Ziele erreichte – und daran zweifelte er nicht –, stieg er in der Parteihierarchie noch schneller auf. Er würde Elgin, Churchill, Asquith, Grey und ein Dutzend andere hinter sich lassen. Und was am wichtigsten war: Er würde den verdammten Bristow ausstechen, den Liebling der Presse. Seit er im Rollstuhl saß, war er sogar noch lästiger als früher, als er noch gehen konnte.

Freddie stieg in seine Kutsche und rief dem Fahrer zu, ihn nach Hause zum Berkeley Square zu bringen. Er hatte Neuigkeiten zu berichten. Bei dem Gedanken daran runzelte er die Stirn. India würde Schwierigkeiten machen, das wußte er. Sie hätte Angst um Charlotte und würde sich Sorgen machen, das Mädchen könnte sich eine schlimme Tropenkrankheit einfangen.

Wenn das doch nur geschähe. Wenn er sie doch beide auf diese Weise loswerden würde. Er haßte sie aus ganzem Herzen, dennoch mußte er jeden Tag so tun, als wäre es anders. Zumindest in der Öffentlichkeit.

Wenn India ihm wenigstens einen Sohn schenken würde. Dann wäre die Ehe vielleicht auszuhalten. Der Gedanke, daß alles, wofür er gearbeitet hatte – das Geld, die Häuser –, an Sid Malones Bastard statt an ein Mitglied der Familie Lytton fallen würde, war unerträglich.

Fünf Jahre waren sie jetzt verheiratet. India hätte längst wieder schwanger sein müssen. Ein Jahr war vergangen nach Charlottes Geburt, dann zwei. Regelmäßig besuchte er ihr Bett, obwohl er es haßte, aber nichts war geschehen. Mehr als einmal hatte er sie beschuldigt, eine Schwangerschaft zu verhindern. Schließlich sei sie Ärztin gewesen und wüßte, was sie zu tun hätte. Mehrmals hatte er ihr Schlafzimmer auseinandergenommen, die Schubladen herausgerissen und die Schränke nach Verhütungsmitteln durchsucht, aber nie hatte er etwas gefunden, und sie bestritt seine Anschuldigungen vehement. Sie habe eine Abmachung getroffen, sagte sie. Und solange er seinen Teil einhalte, halte sie den ihren ein.

Er glaubte ihr nicht. Sie wollte sich an ihm rächen, dessen war er sich sicher. Sie gab ihm die Schuld an Malones Tod. An dem Hinterhalt in der Arden Street. Und das war ihre Art, es ihm heimzuzahlen.

Wenn er doch nur neu anfangen könnte, dachte er. Mit Indias Geld, aber ohne India. Mit einer neuen Frau. Einem neuen Kind. Einem Sohn.

Die Kutsche hielt an. Freddie blickte aus dem Fenster. Sein Haus war schön und groß und herrschaftlich, ein glanzvolles Symbol seines immensen Reichtums, doch wenn er keine Dinner- oder Gartenpartys gab, verbrachte er die meiste Zeit außerhalb, weil er den anderen Bewohnern aus dem Weg gehen wollte. Auch jetzt plante er, nur ein paar Minuten zu bleiben, um India auf die bevorstehende Reise vorzubereiten, dann würde er in den Reform-Club weiterfahren. Wenn er spät genug nach Hause kam und ausreichend betrunken war, wollte er wieder in ihr Schlafzimmer gehen und einen erneuten Versuch unternehmen, einen Sohn zu zeugen.

Er seufzte, dann riß er sich zusammen. »Du hast des Geldes wegen geheiratet, alter Junge, und niemand hat behauptet, daß du dir das nicht verdienen mußt.«

83

*E*s ist so schön, dich wiederzusehen, Seamie. Manchmal hab' ich mich gefragt, ob das überhaupt noch mal passieren wird«, sagte Albert Alden und lächelte seinen alten Freund über ein Glas Bier hinweg an.

»Es ist schwer, mit Leuten in Kontakt zu bleiben, die ständig nach Zürich abhauen«, antwortete Seamie.

»Versuch mal, mit Leuten Kontakt zu halten, die sich zum Südpol davonmachen.«

Seamie lachte. Er war vor zwei Stunden mit dem Zug in Cambridge eingetroffen. Albie hatte ihn am Bahnhof abgeholt. Sie waren zu seiner Wohnung im Trinity College gegangen, wo Seamie sein Gepäck abstellte, und danach ins Pickerel, einem von Albies Lieblingspubs. Seit fast sechs Jahren hatten sie sich nicht mehr gesehen, seit Seamie an der *Discovery*-Expedition teilgenommen hatte.

Albie war inzwischen Doktorand und arbeitete an seiner Dissertation in theoretischer Physik. Seamie hatte ihn gefragt, was an Physik theoretisch sein könne, und bei Albies Erklärungen war ihm ganz schwindelig geworden. Er erzählte von Brownscher Molekularbewegung, spezieller Relativitätstheorie und dem brillanten jungen Physiker Albert Einstein, der diese Theorien vorgestellt hatte.

Und dann war Seamie an der Reihe zu erzählen. Er berichtete Albie von der Expedition, wie nahe sie an den Pol gekommen waren – bis auf vierhundertachtzig Meilen –, bevor Krankheit und Hunger sie zur Umkehr gezwungen hatten. Er war 1904 nach London zurückgekehrt und hatte die nächsten zwei Jahre mit Vortragsreisen durch Europa und Amerika zugebracht.

Nachdem sie Neuigkeiten über Seamies Familie und Alberts Eltern ausgetauscht hatten, fragte Seamie beiläufig: »Was macht denn Willa eigentlich so in letzter Zeit?«, dabei war sein Interesse alles andere als beiläufig.

»Die Frage ist wohl eher, was sie *nicht* macht«, antwortete Albie. »Sie klettert. In Schottland, Wales, am Mount McKinley, in den Alpen.«

»Wirklich?«

»Das überrascht dich nicht, oder? Du kennst sie ja. Sie hat von einer verrückten alten Tante Geld geerbt, und damit bezahlt sie ihre Unternehmungen. Ich muß zugeben, sie ist eine verdammt gute Bergsteigerin geworden. Am Matterhorn hat sie den Rekord als schnellste Frau aufgestellt, genau wie am Mont Velon. Demnächst will sie nach Afrika und sich den Kilimandscharo vornehmen.«

»Wo ist sie denn im Moment?«

»Sie ist hier.«

»Ach, wirklich?« fragte Seamie, ein bißchen zu erfreut.

»Hab' ich dir das nicht gesagt? Sie ist mit zwei Freundinnen für vierzehn Tage in der Stadt, aber sie hat sich bislang kaum Zeit für mich genommen. Lieber unternimmt sie was mit Mallory.«

»Mallory? George Mallory?« fragte Seamie und versuchte, die aufkeimende Eifersucht zu ignorieren. »Doch nicht dem Kerl, den wir in der Royal Society getroffen haben?«

»Genau der. Er studiert jetzt Geschichte am Magdalen College und ist in Bergsteigerkreisen eine regelrechte Berühmtheit. Sieht umwerfend aus. Die Mädels sind ganz hingerissen von ihm.«

»Wo klettern sie denn? Soweit ich weiß, gibt's in Cambridge keine Berge.«

»St. Botolph. Dem Rathaus. St. Mary's. King's ...«

»*Was?*«

»Kirchen, öffentliche Gebäude, Colleges ... sie klettern auf alles, woran man sich festhalten kann. Sie schließen Wetten ab. Wer als erster oben ist, hat gewonnen. Willa hat ein Medaillon an Mallory verloren und zweimal zurückgewonnen. Ich glaube, im Moment hat sie seine goldene Uhr.«

»Ah ja«, sagte Seamie. Er hatte immer schon gewußt, daß Mallory ein Auge auf Willa geworfen hatte.

»Vor zwei Tagen wurden sie von einem Polizisten erwischt, der sie ermahnt hat, damit aufzuhören. George, der ein vernünftiger Mensch ist, hat es getan, Willa nicht. Unsere Mutter kriegt einen Nervenzusammenbruch, wenn sie verhaftet wird, und wie immer ist dann alles *meine* Schuld.«

»Sind sie ein ...«, Seamie wollte sagen *Paar*, aber dazu kam er nicht, denn plötzlich wurde die Lokaltür aufgerissen. Man hörte Lachen, Scherzen und Necken. Das Lachen einer Frau. Er kannte es. Er hatte es in der Antarktis gehört. Es hatte ihn in der bitteren Kälte gewärmt, ihn bei Schneesturm und Windgeheul vor dem Wahnsinn bewahrt.

Sie kam ins Pub und sah wie immer aus wie Albies jüngerer Bruder in ihrem übergroßen Pullover, der groben Baumwollhose und den Kletterstiefeln. Sie war größer, als er sie in Erinnerung hatte, schlanker, sehniger und noch hundertmal schöner.

Gott, ist sie schön, dachte er. Ihr Haar war sehr kurz geschnitten. Jede andere Frau hätte damit gräßlich ausgesehen, doch Willa stand der Schnitt perfekt. Er betonte ihren Schwanenhals, ihre ausgeprägten Gesichtszüge, ihre leuchtenden moosgrünen Augen.

Diese Augen waren jetzt auf ihren Begleiter gerichtet – einen großen, auffällig gutaussehenden jungen Mann. Sie scherzte mit ihm und stieß ihn neckisch an. Seamie erkannte ihn, es war George Mallory. Während er sie betrachtete, wußte er die Antwort auf seine Frage. Sie *waren* ein Paar. Natürlich. Hatte er wirklich geglaubt, sie würde auf ihn warten?

Willa sah sich suchend im Raum um, bis ihr Blick auf ihren Bruder fiel.

»Albie! Wir haben überall nach dir gesucht!« rief sie. »Ich hätte wissen sollen, daß du im Pickerel bist. Wir haben eine Wanderung durchs Moor gemacht. Ich bin bis auf die Knochen durchgefroren und komm' mir so modrig vor wie ein Stück Stilton. Gott sei Dank hast du einen Tisch am Feuer. Rück mal rüber. Kann ich das Sandwich haben? Wer ist dein Freund? Mein Gott! *Seamie!* Bist du das?«

»Hallo, Willa.«

Sie umarmte ihn schnell. Ihre Lippen strichen über seine Wange, dann ließ sie sich neben ihren Bruder plumpsen. Alle redeten aufgeregt durcheinander. Willa und George wollten alles über die Expedition erfahren.

»Wie furchtbar«, sagte Mallory. »So nahe dran zu sein und dann umkehren zu müssen.«

Seamie nickte. »Das war es. Aber wir versuchen es noch einmal. Scott will Geld auftreiben. Shackleton auch. Ich schließe mich dem an, der die Finanzierung als erster zusammenbringt.«

Seamie redete, bis er erschöpft war. Mallory stand auf, um eine neue Runde zu bestellen, Albie ging auf die Toilette. Seamie und Willa blieben allein zurück – ein Moment, den sich Seamie herbeigesehnt und gleichzeitig gefürchtet hatte.

Willa lehnte sich an die Wand, verschränkte die Arme und sah ihn an. »Es war also kalt in der Antarktis?« fragte sie.

»Sehr.«

»Das erklärt die Sache natürlich. Die Tinte in deinem Füller muß eingefroren gewesen sein. Oder der Wind hat die Briefmarken über Bord geweht.«

»In der Antarktis gibt's nicht so viele Postämter«, antwortete Seamie gereizt.

»Und in London? Gibt's da welche?« schoß Willa zurück.

»Und was ist mit dir?« fragte er. »Keine Zeit zum Schreiben in den Alpen? Zu beschäftigt, mit dem schönen George?«

»Von George hab' ich auf unserer Alpentour nicht viel gesehen. Er ist krank geworden. Höhenkrankheit. Ich nicht. Ich hab' einen Rekord aufgestellt.«

»Was Wichtigeres gibt es für dich wohl nicht, oder?«

»Das mußt du gerade sagen«, entgegnete sie und funkelte ihn zornig an.

Seamie beugte sich zu ihr hinüber. »Hat es denn gar nichts bedeutet?« flüsterte er enttäuscht. »Was du mir über den Orion gesagt hast? Der Kuß, den du mir gegeben hast?«

»Dir offensichtlich nicht.«

Er wollte gerade antworten, als George mit einem Tablett zurückkam.

»Getoastete Käsesandwiches sind schon unterwegs«, sagte er und stellte vier schäumende Gläser ab. Albie stand direkt hinter ihm.

George und Albie redeten über gemeinsame Freunde in Cambridge. Als sie zu sprechen aufhörten, trat ein beklemmendes Schweigen ein. Um etwas zu sagen, erkundigte sich Seamie nach Mallorys nächstem Abenteuer.

»Diesen Sommer gehe ich Felsenklettern im Lake Distrikt. Und danach möchte ich mir noch einmal die Alpen vornehmen.« Er drehte sich zu Willa um. »Du solltest wieder mitkommen. Versuch doch den Frauenrekord am Montblanc.«

»Nein. Keine Frauenrekorde mehr. Ich hab' kein Interesse an dem blöden Frauenrekord. Ich will den *Bergsteiger*-Rekord aufstellen. Du weißt, wie wichtig es ist, der erste zu sein. Nur damit darf man in der Royal Society auftreten, macht man sich einen Namen und wird unterstützt.«

»Was ist mit dem Kilimandscharo?« fragte Albie. »Kannst du dort einen Rekord aufstellen?«

»Er ist bereits bestiegen«, erwiderte Mallory. »1889. Von einem Deutschen und einem Australier.«

»Sie haben nur den Uhuru-Gipfel des Kibo erklommen«, sagte Willa. »Der ist der höchste, aber den kannst du vergessen. Er gilt als kinderleicht, mal abgesehen von der Höhenkrankheit. Der Mawensi ist die harte Nuß. Man muß ein sehr guter Felsenkletterer sein, um den zu schaffen. Und auch gut im Eisklettern. Den hab' ich mir vorgenommen.«

»Wieso hast's du dann noch nicht gemacht?« fragte Seamie herausfordernd.

»Weil ich niemanden finde, der mich begleitet«, erwiderte Willa kurz angebunden.

»Was ist mit dir, George?« fragte Seamie.

»George ist nicht interessiert«, erwiderte Willa knapp und fügte dann hinzu: »Mein Gott, dieses ganze Gerede übers Klettern hat mich auf Trab gebracht. Ich hätte jetzt die größte Lust auf eine kleine Kletterpartie. Wer ist dabei?«

»Nein, Willa«, antwortete Mallory entschieden. »Das sollten wir lieber lassen. Schließlich wurden wir beide verwarnt. Möchtest du eine Nacht im Gefängnis verbringen?«

»Dazu müßten sie mich erst mal kriegen.« Sie wandte sich an Seamie. »Was ist mit dir?«

Er zuckte die Achseln. »Ich weiß nicht. Ich hab' so was noch nie gemacht.«

»Angst?«

»Nein.«

»Ich wette, doch. Außerdem wette ich, daß ich St. Botolph vor dir schaffe. Es ist leicht. Alles voller Löcher und Furchen.«

»Was ist der Einsatz?«

»Was willst du?« fragte sie und sah ihm direkt in die Augen.

»Nichts«, antwortete er, in der Hoffnung, sie zu verletzen. »Gar nichts.«

»Irgendwas muß es doch geben.«

»Na ja, vielleicht schon.«

Sie zog eine Augenbraue hoch.

»Ein Paar neue Wanderstiefel.«

»Abgemacht.« Ihre Stimme verriet nichts, aber in ihren Augen stand ein Anflug von Ärger.

»Und wenn du gewinnst?« fragte er.

»Dann begleitest du mich auf den Kilimandscharo.«

Seamie lachte auf. »Das geht nicht. Ich hab' dir doch gesagt – Shackleton stellt eine Expedition zusammen. Ich gehe mit ihm. Er will nächstes Jahr fort. Es müssen Vorbereitungen getroffen werden. Eine ganze Menge.«

Willa lehnte sich in ihrem Stuhl zurück. »Ich bin wirklich geschmeichelt, Seamie. Du gehst offenbar davon aus, die Wette zu verlieren. Aber es ist schon gut. Du kannst zurücktreten. Schließlich bist du unter Freunden.«

»Also gut«, gab Seamie nach, der sich in Gegenwart von George Mallory nicht vorführen lassen wollte. »Wenn du so wild darauf bist, mir neue Stiefel zu kaufen!«

Willas Augen blitzen. »Gut. Dann gehen wir.«

Sie standen auf und bezahlten. Mallory verabschiedete sich draußen von ihnen.

»Kommst du nicht mit, um mich anzufeuern?« fragte Willa enttäuscht.

»Ich geh' nach Hause. Ich hab' noch zu lesen.«

»Also dann, gute Nacht, mein Lieber«, sagte Willa. Sie umarmte ihn und küßte ihn auf die Wange. Seamie wandte sich ab. Er sah nicht, wie George verblüfft die Stelle berührte, auf die sie ihn geküßt hatte.

»Ja … ähm … dann gute Nacht«, erwiderte er und ging die Straße hinunter.

»Albie? Kommst du?« fragte Willa.

»Und sehe zu, wie meine Schwester und mein Freund aufs Pflaster krachen? Lieber nicht.«

Willa verdrehte die Augen. »Dann bis morgen früh.«

»Das hoffe ich. Ich lass' meine Wohnungstür offen, falls einer von euch überlebt.«

Nachdem Albie gegangen war, wandte sich Willa an Seamie. »St. Botolph?« fragte sie.

»St. Botolph«, antwortete er.

Als sie sich auf den Weg machten, fügte sie hinzu: »Es ist eine klare Nacht. Genügend Mondlicht. Gut fürs Klettern. Und wer weiß«, fügte sie schelmisch hinzu: »Wenn wir Glück haben, sehen wir vielleicht den Orion.«

84

Es war ruhig auf der Tower Bridge. Der Feierabendverkehr war fast vorbei, die Sonne schon beinahe untergegangen. Die Dämmerung senkte sich über London. Ein paar Leute gingen noch über die Brücke, Nachzügler aus den Banken der City, die an diesem kühlen Märzabend in ihr warmes Zuhause eilten.

Aber eine Person – eine Frau – eilte nirgendwohin. Sie stand bewegungslos da, eine Hand aufs Brückengeländer gelegt, in der anderen hielt sie einen Strauß elfenbeinfarbener Rosen. Sie trug einen schwarzen Mantel und einen Hut mit Schleier – Trauerkleidung –, weil sie nicht erkannt werden wollte. Es wäre höchst unschicklich gewesen, wenn Lady Lytton, die Gattin des Unterstaatssekretärs im Kolonialministerium, allein auf der Tower Bridge gestanden hätte. Das hätte Erklärungen erfordert, und sie wollte keine geben. Niemand wußte, daß sie jedes Jahr einmal hierherkam, immer am selben Tag: an dem Tag, an dem sie gehört hatte, daß Sid Malone gestorben war.

Sie fühlte sich ihm nahe, wenn sie auf der Ostseite der Brücke stand und nach Whitechaple hinüberblickte. Dann sah sie ihn so deutlich vor sich, als stünde er neben ihr. Die Leute sagten, man spüre es, wenn ein geliebter Mensch starb. Sie hatte nicht das Gefühl, daß er tot war. Sie konnte noch immer seine Stimme hören, seine Berührung fühlen. Sechs Jahre nach seinem Tod war er lebendiger für sie als alle Menschen, die sie umgaben – ausgenommen Charlotte, ihre Tochter. Ihre und Sids Tochter.

Charlotte war Indias ein und alles, ihre einzige Freude. Nur sie brachte Farbe und Licht in ihr graues Leben. Hier, auf der Brücke, konnte sie Sid von ihr erzählen. Wie sehr sie sich einen richtigen Vater für ihre Tochter wünschte!

Freddie hatte keine Zeit für sie, hatte nie welche gehabt. Er behandelte sie nicht liebevoll, aber er erkannte sie als sein Kind an.

Obwohl sie es nicht wollte, dachte India an ihre kalte, lieblose Ehe.

Wie versprochen, hatte sie ihren Teil der Abmachung eingehalten. Sie verbrachte ihre Tage mit der Planung von Menüs, und am Abend plauderte sie mit irgendwelchen steifen Lords und Ladys, mit albernen, frischverheirateten Damen und fürchterlichen alten Schachteln, die über nichts anderes als Pferde und Hunde reden konnten. Das machte sie Woche für Woche und Jahr für Jahr, bis alles Echte und Lebendige in ihr gestorben war. Die idealistische, engagierte junge Frau, die durch die Straßen von Whitechapel marschierte, den Armen Vorträge hielt und die Kranken behandelte, existierte nicht mehr. Ein blasses Gespenst war an ihre Stelle getreten.

Vielleicht wäre es anders gekommen, wenn sie noch weitere Kinder bekommen hätte, aber sie wurde nicht schwanger, was nicht an Freddies mangelndem Bemühen lag. Noch immer kam er regelmäßig in ihr Bett, entschlossen, einen Erben zu zeugen. Es dauerte nie lange, aber es war trotzdem schrecklich für sie.

Er machte sie dafür verantwortlich, daß sie kein Kind bekam – ein *echtes* Kind, wie er sich ausdrückte. Er beschuldigte sie, zu verhüten oder abzutreiben.

»Das tust du, um mir einen Strich durch die Rechnung zu machen«, sagte er, als er ihr Schlafzimmer auf der Suche nach Verhütungsmitteln durchwühlte.

Sie wußte, daß es nicht an ihr lag, schließlich hatte sie bereits ein Kind geboren. Es lag an Freddie, dessen war sie sich sicher. Aber sie war sich auch sicher, daß er dies niemandem eingestehen würde, am wenigsten sich selbst. Also hielten seine nächtlichen Besuche an, und irgendwie schaffte sie es, sie zu ertragen.

In der Ferne schlug eine Uhr. Es war sechs, und India wußte, daß sie nach Hause mußte. Es gab viel zu tun. Vorbereitungen für eine lange anstrengende Reise mußten getroffen werden. In vierzehn Tagen würden Freddie und sie nach Afrika fahren und Charlotte mitnehmen. Es hatte einen furchtbaren Streit gegeben, als er ihr sein Vorhaben verkündete. Sie hatte ihn angefleht, allein zu fahren oder nur mit ihr als Begleitung, weil sie Charlotte den Strapazen nicht aussetzen wollte. Doch Freddie war eisern geblieben. »Du verhätschelst sie zu sehr. Es wird ihr schon an nichts fehlen«, war sein Standpunkt. India hatte die unterschwellige Drohung in seiner Stimme gehört. Sie wußte, was passieren würde, wenn sie sich darüber hinwegsetzte.

Einmal, als Charlotte vier war und Fieber hatte, teilte Freddie ihr mit, daß sie übers Wochenende nach Blenheim eingeladen seien. Sie erwiderte, sie würde nirgendwohin fahren, solange ihr Kind krank sei. Freddie hatte einen Tag gewartet, bis es Charlotte ein bißchen besserging, dann marschierte er ins Kinderzimmer, wo India ihrer Tochter vorlas. »Wie geht's denn unserer kleinen Patientin«, fragte er scheinheilig. »Besser, danke, Vater«, antwortete Charlotte, strahlend vor Freude über seine Aufmerksamkeit, von der sie sonst so wenig bekam. Er setzte sich auf Charlottes Bett, nahm India das Buch weg und bat das Kind, ihm vorzulesen. Charlotte antwortete, das könne sie nicht. Er forderte sie immer wieder dazu auf, dann sah er sie finster an und sagte, sie müsse wohl ein sehr dummes kleines Mädchen sein, wenn sie mit vier noch nicht lesen könne. Daraufhin war Charlotte in Tränen ausgebrochen.

»Also, fahren wir jetzt nach Blenheim?« fragte er India, während das Kind schluchzte.

»Du bist von Grund auf böse, Freddie, einfach nur böse. Wie kannst du ...«

Er schnitt ihr das Wort ab. »Ich fragte, ob wir nach Blenheim fahren?«

»Ja«, zischte sie.

»Gut«, antwortete er und verließ ohne ein weiteres Wort den Raum.

India war machtlos gegen ihn. Es tat ihr in der Seele weh, den verwirrten und gequälten Ausdruck auf Charlottes Gesicht zu sehen, wenn ihr so unverdient geliebter Vater sie plötzlich so schlecht behandelte.

India löste das Seidenband um die Rosen, warf eine nach der anderen in den Fluß und beobachtete, wie die Strömung sie forttrug. Plötzlich überwältigte sie der Schmerz über den Verlust von Sid und allem, was ihr früher etwas bedeutet hatte. Sie konnte die Tränen nicht länger zurückhalten, senkte den Kopf und weinte, dann hob sie den Blick und beobachtete die Rosen, die weiter flußabwärts trieben und schließlich nur noch als weiße Flecken im grauen Wasser zu erkennen waren.

»Ich vermisse dich, Sid«, sagte sie mit erstickter Stimme. »So sehr. Ich liebe dich. Ich werde dich immer lieben.«

Sie schlug den Schleier zurück, um sich die Augen zu trocknen. Das Gesicht, das darunter zum Vorschein kam, war nicht das Gesicht, das Sid Malone gekannt hatte. Die Wangen waren bleich, die Leidenschaft in den Augen erloschen. India zog den Schleier wieder herunter und verließ die Brücke in nördlicher Richtung – immer noch aufrecht, aber langsamer jetzt, ohne Ziel, ohne Willen. Eine hagere, gebrochene Gestalt, die sich vor dem Londoner Abendhimmel abzeichnete.

ℱiona Bristow, die wieder schwanger war, schleppte sich zu ihrem Arbeitszimmer und ließ sich schwerfällig auf einem Sessel am Kamin nieder. Joe saß ihr gegenüber und las die Sonntagszeitungen. Katie, ihre achtjährige Tochter, saß auf dem Boden und malte ein Bild. Der sechsjährige Charlie klebte Watte auf einen Papierhasen, den er für Ostern bastelte, und Peter, der drei Jahre alt war, stapelte bunte Bauklötzchen auf. Lipton, der Terrier, schlief beim Feuer. Twining nagte an seinem Schwanz, aber Lipton war zu müde, mehr als ein verschlafenes Knurren von sich zu geben.

»Seid ihr hungrig, Kinder? Ich hab' Sarah gebeten, Tee und Sandwiches zu bringen«, sagte Fiona.

Die Kinder nickten.

»Danke, Fee«, murmelte Joe, ohne aufzublicken.

Fiona lächelte ihn und ihre Kinder an. Ausnahmsweise waren sie einmal ruhig. Still und zufrieden. Sie faltete die Hände über ihrem stark gewölbten Bauch und fragte sich, wie lange diese Ruhe anhalten würde.

»Muß ja was unglaublich Interessantes in der Zeitung stehen«, wandte sie sich Joe zu.

Er blickte auf und grinste. »Stimmt. Über mich. Sowohl die *Times* als auch die *Gazette* haben über meine Forderung nach einer Untersuchung über die Mißstände in den Arbeitshäusern in Hackney berichtet. Ich werde zwei davon schließen lassen. Es sind wahre Höllenlöcher.«

»Womit hast du Campbell-Bannerman diesmal gedroht? Mit einer weiteren Demonstration nach Westminster?«

»Nein, mit etwas viel Besserem. Besser gesagt, mit jemandem. Jacob Riis.«

»Dem Fotografen? Ist er nicht in New York?«

Fiona kannte den Namen. Jacob August Riis war ein dänischstämmiger amerikanischer Sozialreformer, dessen umwälzendes Buch über die Armen in New York – *Wie die andere Hälfte lebt* – die amerikanische Öffentlichkeit so aufgebracht hatte, daß sie ihre Abgeordneten aufforderte, die Wohnverhältnisse dieser Menschen zu verbessern.

Joe nickte. »Ich habe ihm geschrieben und ihn gebeten, im East End zu fotografieren, für die Überfahrt und seine Auslagen würde ich natürlich aufkommen. Ich warte auf seine Antwort. Der *Clarion* hat bereits zugesagt, seine Geschichten und Bilder zu bringen. Ein Redakteur der *Daily Mail* ist ebenfalls interessiert.«

Er wandte sich wieder dem Artikel zu. Fiona sah ihn gerührt an, froh darüber, daß er den Anschlag vor sechs Jahren überlebt hatte, auch wenn er seitdem im Rollstuhl saß. Obwohl er hart trainierte, hatten seine Beine nie wieder ihre volle Beweglichkeit erlangt.

Er konnte sich an alles erinnern, was passiert war, und Donaldson und Freddie Lytton sagen, daß es Betts und nicht Sid Malone gewesen war, der ihn angeschossen hatte. Donaldson brauchte eine Weile, um Betts zu finden, aber schließlich gelang es ihm. Frankie wurde verhaftet und verurteilt. Er sollte gehängt werden, aber er behauptete, er habe Joe nur erschrecken, nicht erschießen wollen. Die Pistole sei zufällig losgegangen. Der Richter verurteilte ihn zu einer lebenslangen Gefängnisstrafe.

Sechs Monate nachdem er angeschossen worden war, verkündete Joe, daß er sich wieder um einen Sitz im Parlament bewerben wolle. Den Sitz für Tower Hamlets hatte er aufgeben müssen, weil seine Verletzungen ihn hinderten, seine Aufgaben zu erfüllen, aber mittlerweile fühlte er sich wieder dazu in der Lage, und ein neuer Sitz war frei geworden. Der Abgeordnete für Hackney war gestorben, und eine Nachwahl sollte stattfinden.

In Westminster hielt man seine Ankündigung für einen Witz, genau wie die Presse und die Leute auf der Straße – bis Joe in seinem motorisierten Rollstuhl zu Pubs, Fabriktoren und Gewerkschaftssälen ratterte und seinen Wahlkampf mit noch mehr Leidenschaft und Inbrunst führte als zuvor.

Fiona, Katie und der kleine Charlie waren bei ihm, als er seinen Eid als Parlamentsmitglied ablegte. Nie war sie stolzer auf ihren Mann als an diesem Tag. Als sie Westminster verließen, standen sie im Blitzlichtgewitter der Fotografen.

Joe legte seine Zeitung beiseite und bat um ein Stück Teegebäck.

Fiona bestrich eines mit dicker Sahne und Erdbeermarmelade und reichte es ihm, glücklich, mit ihm und den Kindern hier vereint zu sein.

»Onkel Seamie! Onkel Seamie!« rief Katie plötzlich.

Fiona blickte zur Tür und sah ihren Bruder hereinkommen.

»Wie war es in Cambridge, Onkel Seamie?« fragte Katie. »Hast du uns was mitgebracht?«

»Katie, wie ungezogen!« wies Fiona sie zurecht. »Hallo, Seamie.«

»Hallo, Fee, hallo, Joe«, sagte Seamie. Dann wandte er sich an seine Nichte und seine Neffen und setzte eine bedauernde Miene auf. »Tut mir leid, ich war so damit beschäftigt, Freunde zu besuchen, daß ich vergessen hab' einzukaufen.«

Drei kleine Gesichter blickten ihn enttäuscht an.

»Das war ein Scherz!« fügte er schnell hinzu. »Hier sind Geschenke für alle.« Er griff in seinen Rucksack und zog vollkommen ungeeignete Präsente heraus: einen Kompaß für Katie, ein Klappmesser für Charlie und ein großes Stück Minzkuchen für den kleinen Peter. Fiona dankte ihm, nahm dann schnell das Messer und den Minzkuchen weg und lenkte die Aufmerksamkeit der Kinder auf den Kompaß.

»Wie war dein Besuch?« fragte Joe und bot Seamie Gebäck an.

»Schön, aber wie es aussieht, kann ich nächsten Sonntag nicht zum Osteressen kommen.«

»Ach, wirklich? Warum nicht?« fragte Fiona enttäuscht.

»Ich fahr' wieder weg.«

»Ist Shackletons reicher Onkel gestorben?« fragte Joe. »Wie hat er so schnell das Geld für die nächste Expedition zusammenbekommen?«

Seamie setzte sich und schüttelte den Kopf. »Ich fahre nicht in die Antarktis, sondern anderswohin. Ich habe mich auf eine wirklich blöde Wette eingelassen und verloren. Und jetzt fahre ich nach Afrika und steige auf den Kilimandscharo.«

»*Afrika?*« fragte Joe. »Mein Gott, Junge, du mußt ja wirklich gute Karten gehabt haben, um dich auf eine solche Wette einzulassen.«

»Wir haben nicht Karten gespielt. Ich wünschte, das hätten wir. Dann hätte ich bessere Chancen gehabt. Wir sind geklettert.«

»Wer denn?«

»Erinnert ihr euch an Albie Alden?«

»Natürlich«, sagte Fiona. »Fährst du mit ihm?«

»Nein, mit seiner verrückten Schwester.«

Fiona und Joe tauschten Blicke aus.

»Fragt erst gar nicht. Es ist nicht so.«

Fiona zog zweifelnd eine Augenbraue hoch.

»Willa Alden ist nicht mein Typ. Außerdem hat sie schon jemanden.«

»Warum fährt sie dann nicht mit ihm?« fragte Fiona.

»Er kann nicht. Er hat Prüfungen an der Uni.«

»Was sagt er dazu, daß du mit seiner Freundin um den halben Erdball reist?« fragte Joe.

»Bist du Willa schon mal begegnet?«

Joe schüttelte den Kopf. »Nein, ich glaube nicht.«

»Wenn du sie kennen würdest, wüßtest du, daß es nicht zählt, was George dazu sagt – oder sonstjemand. Sie will dorthin, also fährt sie. Sie wäre schon vor Wochen aufgebrochen, wenn sie einen Partner für die Tour gehabt hätte. Jetzt hat sie mich.« Er seufzte und fügte dann hinzu: »Wir wollen einen Rekord an einem der Gipfel des Kilimandscharo aufstellen. Uns einen Namen machen. Es könnte sich als Vorteil für uns beide erweisen.«

»Wann fährst du ab?« fragte Fiona.

»Diesen Freitag.«

»So bald schon!«

»Ich weiß. Ich hab' kaum Zeit, meine Ausrüstung zusammenzustellen!« Er blickte Fiona an und wünschte sich einen Moment lang, das zu haben, was sie hatte: ein Zuhause, eine Familie und vor allem einen Partner, der einen liebte und der nicht bereits mit einem anderen verbandelt war.

❧ 86 ❧

*I*ndia Lytton rieb sich die Schläfe und versuchte, die Kopf-schmerzen wegzumassieren. Im Haus herrschte unerträglicher Lärm. In fünf Tagen sollten sie nach Afrika abfahren, und obwohl die Vorbereitungen dafür schon seit Wochen liefen, war immer noch eine Menge zu erledigen. Sie saß mit Miss Lucinda Billingsley, ihrer Sekretärin, im Salon und ging die Reiseroute und die Gepäckliste durch.

»Und am Donnerstag darauf fahren Sie nach Nairobi«, sagte Miss Billingsley, »ins Haus des Gouverneurs, wo Sie fünf Tage bleiben ...«

Sie wurden von der Türglocke unterbrochen. Schon wieder. Kurz darauf erschien der Butler in der Tür und räusperte sich.

»Was gibt's, Edwards?« fragte India.

»Lord Fredericks Sekretär, Madam«, antwortete der Butler.

»Führen Sie ihn in Lord Fredericks Arbeitszimmer.«

Es läutete erneut. Ein paar Minuten später sah India Mary, ihre Zofe, mit Ballen von Khakistoff vorbeieilen. Sie erinnerte sich, daß Charlotte um neun zu einer Anprobe bei Mrs. Pavlic, der Schneiderin, gegangen war. Jetzt war es fast elf.

»Mary?« rief India ihr nach.

Mary blieb stehen. »Ja, Lady Lytton?«

»Wo ist Charlotte?«

»In ihrem Zimmer, Madam. Bei der Anprobe.«

»Zwei Stunden Stillstehen sind viel zu lang für ein Kind ihres Alters. Warum hat Miss Gibson sie noch nicht heruntergebracht? Sie sollten längst im Park sein.«

»Lord Frederick hat Miss Lytton Stubenarrest verordnet. Gemeinsam mit Miss Gibson.«

»*Wie bitte?* Warum?« fragte India und war sofort auf den Beinen.

»Er sagte, Miss Lytton habe nicht genügend Fortschritte beim Lernen gemacht.«

»Danke, Mary. Entschuldigen Sie, Lucinda. Das wäre alles im Moment.«

»Aber Lady Lytton, wir sind noch nicht fertig ...«

India beachtete sie nicht weiter. Sie war bereits aus dem Salon hinaus und auf dem Weg zur Treppe. Sie hatte Angst um ihr Kind. Der Wolf war ins Kinderzimmer eingedrungen. Und das war ihre Schuld. Sie hätte besser aufpassen müssen.

Charlottes Tür war angelehnt, und sie konnte Freddies strenge, ungehaltene Stimme hören, als sie den Gang hinuntereilte.

»Hauptexportgüter?« fragte er.

»Kaffee, Sisal, Ochsenfelle, Wolle, Kopra ...«, antwortete Charlotte zögernd.

»Noch einmal. In *absteigender* Folge des Wertes bitte.«

Es folgte eine Pause, dann: »Ochsenfelle, Kaffee, Sisal, Wolle, Kopra ...«

»Kopra kommt *vor* Wolle. Hab' ich dir das nicht gesagt? Und du hast das Bienenwachs vergessen.«

»Es tut mir leid, Vater, ich ...«

»Wollen mal sehen, ob es bei den Importen besser geht.«

»Mehl, Zucker, Tee ...«

India drückte die Tür auf. Charlotte stand auf einem Schemel vor einem Bodenspiegel. Sie rang die Hände, ihr Gesichtsausdruck war gequält. Als sie zu India aufblickte, sah diese, daß sie sich bemühte, die Tränen zurückzuhalten. Mrs. Pavlic, die ihren Saum absteckte, wagte nicht, den Blick von ihrer Arbeit zu heben. Miss Gibson, Charlottes Gouvernante, stand peinlich berührt daneben.

»Was geht hier vor?« fragte India. »Du ermüdest sie. Siehst du das nicht? Ist das wirklich notwendig?« Ihre Stimme klang beherrscht und verriet nichts, aber sie hätte Freddie in diesem Moment erschlagen können.

»Es ist ihre Schuld«, sagte Freddie. »Ich hab' ihr ein paar Lektionen aufgegeben. Sie hat sie nicht gelernt.«

»Ich hab's versucht, Vater«, sagte Charlotte betrübt.

»Versuchen heißt gar nichts. Jeder Dummkopf kann das. Bist du ein Dummkopf?«

»Nein, Vater«, flüsterte sie.

»Dann mußt du es schaffen. Also, die Importe.«

»Freddie ...«, begann India und sah ihn haßerfüllt an.

Freddie drehte sich zu ihr um. *Nicht vor dem Personal,* warnte sein Blick. India wagte nicht, ihm die Stirn zu bieten. Er verfügte über Möglichkeiten, es ihr zurückzuzahlen. Über viele Möglichkeiten.

»Dein Sekretär ist hier. In deinem Arbeitszimmer«, sagte sie knapp.

Freddie erhob sich. »Miss Gibson, ich bin enttäuscht. Ich habe Sie ausdrücklich gebeten, Charlotte die ostafrikanischen Im- und Exporte sowie die Topographie Kenias beizubringen. Morgen werde ich noch einmal dieselben Fragen stellen und hoffe, dann eine Verbesserung festzustellen.«

»Ja, Sir Frederick«, antwortete Miss Gibson.

Als Freddie auf dem Gang war, schloß India die Tür von Charlottes Kinderzimmer, damit niemand sie hören konnte.

»Wie kannst du es wagen? Sie ist ein Kind! Kein dressierter Affe!« zischte sie.

»Sie ist nicht einfach ein Kind, India. Sie ist *mein* Kind. Hast du es nicht so gewollt? Sie ist das Kind des Unterstaatssekretärs im Kolonialministerium. Sie wird an öffentlichen Veranstaltungen in Afrika teilnehmen und Konversation mit Erwachsenen betreiben. Sie muß einen guten Eindruck machen und darf mich nicht in Verlegenheit bringen. Sieh zu, daß ihr das gelingt.«

Damit ließ er sie stehen. India sah ihm nach. So lief das Spiel, das sie spielten. Schnell eilte sie zu ihrer Tochter zurück und bat Mrs. Pavlic und Miss Gibson, sie beide allein zu lassen.

Sobald sie fort waren, warf sich Charlotte aufs Bett. »Ich hasse ihn, Mami. Ich hasse ihn«, schluchzte sie.

»Scht, Charlotte«, beruhigte India sie und setzte sich neben sie. »Er ist dein Vater. So etwas darfst du nicht sagen.«

»Ich lauf' weg, wenn wir in Afrika sind. Du wirst schon sehen!«

India streichelte den Rücken ihrer Tochter. »Oh, das hoffe ich nicht. Das könnte ich nicht ertragen, das würde mich sehr traurig machen. Was sollte ich denn ohne dich tun?«

Charlotte drehte sich um. »Du könntest mit mir kommen, Mami«, sagte sie schniefend. »Britisch-Ostafrika ist sehr groß. Das weiß ich. Vater hat mich die Größe in Quadratkilometern lernen lassen. Man würde uns nie finden.«

India wischte die Tränen von den Wangen ihrer Tochter. »Wo sollten wir deiner Ansicht nach denn hingehen, mein Liebling?« fragte sie voller Mitleid und legte sich neben sie.

»Wir könnten in die Sahara gehen, aber dafür würden wir Kamele brauchen. Wir könnten in den Dschungel gehen wie Mogli und Bagheera. Oder aufs Meer. Wir könnten uns davonstehlen, wenn das Schiff in Afrika anlegt. Alle werden sehr beschäftigt sein, Mami. Niemand würde es bemerken. Miss Gibson war in Mombasa. Sie sagt, es geht dort sehr hektisch zu. Sie sagt, der Ozean ist so blau wie ein Türkis, und es gibt Papageien und Affen und die schönsten Blumen, die man sich vorstellen kann.«

»Und was würden wir beide auf See machen?«

»Wir wären Piraten!« sagte Charlotte. »Wir würden rote Röcke und Augenklappen und rosafarbene Blüten hinterm Ohr tragen.«

»Na, da würden wir ja schön aussehen!« rief India aus.

»Ja! Und wir hätten auch eine Menge Juwelen. Große Rubinringe und Diamanthalsketten, die wir gestohlen haben. Und wir hätten eine Schatztruhe voller Goldmünzen.«

»Wo würden wir die denn aufbewahren?«

»In einem gelben Boot, mit dem wir über das türkisblaue Meer segeln. Und es wäre so warm und sonnig auf dem Wasser, so viel schöner, als es hier ist. Ich liebe das Meer, Mami. Ich möchte gern für immer am Meer leben.«

Auch Sid hatte das Meer geliebt, erinnerte sich India. Auch er hatte dort leben wollen. In einem Haus an der Küste, wo Sonnenlicht durch die Fenster strömte. Ach, hätte Charlotte ihn nur kennenlernen können. Ihren *wirklichen* Vater.

»Ja, mein Liebling, wir werden Piraten in einem Haus am Meer sein.«

Es war eine Lüge, aber sie hatte dem Kind schon viel schlimmere Lügen aufgetischt.

Charlotte schmiegte sich an ihre Mutter. »Darauf freue ich mich. Auch wenn es bloß eine Geschichte ist.«

»Eine sehr hübsche Geschichte«, antwortete India.

Charlotte hob den Kopf und sah sie an. »Schöne Geschichten werden *manchmal* wahr, stimmt's, Mami?«

India widersprach ihr nicht. So war es einfacher. Und gnädiger. Um vieles gnädiger als die Wahrheit.

Nairobi war ein einziger Sumpf.

Die langen Regenfälle hatten die Straßen in so tiefen Schlamm verwandelt, daß die Ochsenwagen und die Stiefel der Männer darin steckenblieben. Sid hatte die zweitägige Fahrt von Thika hierher gemacht, um Vorräte für Maggie einzukaufen. Den Wagen mußte er am Bahnhof stehenlassen und zu Fuß in die Stadt gehen.

Er war beim Schmied gewesen, um Ochsengeschirre und Gerätschaften reparieren zu lassen, auf dem indischen Basar, um Salz und Gewürze zu erstehen, beim Waffenschmied, um Kugeln, und in den Norfolk Stores, um Jod, Chinin und Whisky zu kaufen. Er besorgte auch Paraffin, Kerzen, vier Säcke Mehl, Zeitungen, Schnürsenkel, Seife und Worcestersoße. Als letztes ging er zu Elliots Bäckerei und bestellte Obstkuchen, weil Maggie den besonders gern mochte.

Nachdem er seine Einkäufe auf dem Wagen verstaut und mit einer Plane zugedeckt hatte, kehrte er ein letztes Mal in die Stadt zurück – auf ein, zwei Drinks ins Norfolk-Hotel. Nairobi war keine schöne Stadt, aber gerade deswegen gefiel sie ihm. Hier wurde nichts vorgetäuscht, hier nahm man die Leute so, wie sie waren, und erwartete das gleiche von ihnen.

Die Stadt verdankte ihre Existenz den Erbauern der Uganda-Eisenbahn, die zwischen Mombasa und dem Viktoriasee verkehrte. Drei Jahre lang hatten sie Gleise von Osten nach Westen gelegt, und als sie bei der dreihundertsiebenundzwanzigsten Meile angelangt waren, einem Stück Flußland, das die Massai *engore nyarobe* – Platz des kalten Wassers – nannten, entschieden sie, daß dies ein guter Ort für Arbeiterquartiere und den Nachschub für den schwierigen Vorstoß ins Hochland sei.

Während sich Sid durch die schlammigen Straßen kämpfte, sah er mehrere Familien aus dem Busch, die zum Kauf von Vorräten in die Stadt gekommen waren. Er konnte sie immer von den städtischen

Familien unterscheiden, denn sie gingen im Gänsemarsch, selbst auf den breiten Straßen Nairobis, als befänden sie sich auf einem schmalen Buschpfad und müßten Dornen und Zecken ausweichen. Auf dem Weg zum Hotel sah er zehn neue Häuser im Bau und Dutzende von Zimmerleuten und Malern, die an den älteren auf der Station Road und der Victoria Street die Fassaden renovierten.

Einst ein primitives Eisenbahncamp, war Nairobi inzwischen eine florierende Stadt geworden. Schäbige hölzerne *dukas* standen nun neben schicken neuen Hotels und Läden mit großen Schaufenstern, wo Damen Ziegenlederschuhe und Freizeitkleider kauften. Das Norfolk-Hotel hatte einen französischen Koch eingestellt, und auf der Duke Street konnte man nachmittags Tee trinken. Im Haus der Gouverneurs wurden Bälle gegeben, und die Renntage auf der neu angelegten Strecke waren festliche Gesellschaftsereignisse. Verschiedene Regierungsgebäude verliehen der Stadt einen Anflug von feierlicher Würde, Telegraphenmasten einen Hauch von Modernität, aber ein Blick die Straßen hinunter sagte selbst dem oberflächlichsten Beobachter, daß Nairobi eine Pionierstadt geblieben war. In der Victoria Street gab es immer noch Bordelle, Wäschereien und Opiumhöhlen, und die Einwohner setzten sich hauptsächlich aus Spekulanten, Taugenichtsen und verschrobenen Gestalten zusammen.

Sid grüßte ein paar von ihnen, als er auf die Veranda des Norfolk trat. Ali Khan, der größte Fuhrunternehmer der Stadt, ließ gerade Fahrgäste von seinem Wagen steigen und entlud ihr Gepäck. Sie waren gemeinsam mit Hühnern, Ziegen und einem Klavier vom Bahnhof hertransportiert worden. Der goanesische Arzt, Dr. Rosendo Ribeiro, saß in einem Rattansessel und schlürfte an einem Glas Zitronenlimonade. Als er das Foyer erreichte, konnte er Lord Delamere hören, einen wilden, furchtlosen englischen Baron mit achttausend Hektar kenianischem Land, der in der Bar große Reden schwang.

»Bist du das, Baxter?« rief Delamere, als Sid zur Bar ging.

Sid tippte an seinen Hut. »Fürchte schon«, sagte er.

Jo Roos, Maggies Nachbar, saß an Delameres Tisch, zusammen mit den Cole-Brüdern, die ebenfalls Großgrundbesitzer waren, und ein paar anderen Männern. Sid, der seit fünf Jahren jeden Tag mit den Kikuyu verbrachte, betrachtete seine Landsleute mittlerweile mit ihren Augen – als anständige Weiße oder Mistkerle. Die Gesellschaft an Delameres Tisch war gemischt.

»Wir haben deinen Nachbarn hier«, sagte Delamere. »Gegen Lösegeld lassen wir ihn laufen.«

Sid warf einen Blick auf Roos, der einen Whisky trank. Jo, ein burischer Siedler, der aus dem Norden von Pretoria stammte, war ein ziemlich mieser Kerl, der sich ständig beklagte.

»Ihr könnt ihn behalten«, antwortete Sid. »Ich zahl' nicht.«

Roos setzte eine finstere Miene auf, die anderen lachten.

»Setz dich zu uns, Baxter. Trink was«, forderte Delamere ihn auf.

Sid setzte sich und fühlte sich ein wenig fehl am Platz. Er wußte, daß Delamere und die anderen ihn für einen komischen Kauz hielten. Sie verstanden nicht, warum er sich nicht um Land bewarb. Sie verstanden nicht, warum er nicht reiche Sportschützen auf Großwildjagd führte, obwohl er damit ein Vermögen hätte verdienen können. Und vor allem verstanden sie nicht, warum er so gut mit den Kikuyu auskam.

Whisky- und Ginflaschen wurden geleert, Neuigkeiten machten die Runde. Der Distriktkommissar von Turkana, einem weit entfernten Außenposten, hatte sich aus Einsamkeit erhängt. Die Isolation und ihre Folgen waren ein wunder Punkt bei den Siedlern in Afrika.

Delamere wechselte das Thema. »Wie geht's Maggie? Wie läuft die Farm?« fragte er Sid. »Baut ihr immer noch Kaffee an?«

Sid nickte. »Wir haben jetzt zweihundertachtzig Hektar mit Kaffee bepflanzt, weitere hundert haben wir noch vor uns. Außerdem will sie's mit Sisal probieren. Etwa zwanzig Hektar. Mal sehen, was dabei rauskommt.«

»Thika, das ist gutes Land für Kaffee«, sagte Delamere. »Hoch, aber nicht zu hoch.«

»Du kannst das beste Land auf der Welt haben, aber es ist gar nichts wert, wenn du keine Leute hast, die es bestellen«, sagte Roos mürrisch. »Die Kikuyu wollen nicht für mich arbeiten. Ich kann keinen kriegen, der meine Felder bestellt. Ich biete ihnen Geld, gutes Geld, aber sie nehmen's nicht. Warum ist das so, Baxter?«

»Hast du je Löwen in der Steppe gesehen, Jo?«

»Ja.«

»Jemals den Sonnenuntergang in Thika beobachtet?«

»Bist du verrückt, Mann? Ich lebe schließlich dort, oder?«

»Deswegen.«

»Was?«

»Deshalb wollen die Afrikaner unser Geld nicht nehmen. Was sollen sie damit anfangen? Sie haben Afrika.«

Jo starrte ihn verständnislos an.

»*Deinen* Kaffee ernten sie, Baxter«, sagte Jo eigensinnig. »Wieso? Wie machst du das?«

Sid schüttelte den Kopf. Wenn Jo nur zehn Minuten darauf verwenden würde, die Eingeborenen kennenzulernen, wüßte er die Antwort. »Halt dich an die Frauen, nicht an die Männer«, riet er ihm.

Jo nickte. »Weil die faulen Säcke nicht arbeiten wollen ...«

»Weil die Männer keine *Farm*arbeit tun«, unterbrach ihn Sid. »In ihren Dörfern ist Feldarbeit Frauenarbeit. Es ist so, als wenn wir Wäsche aufhängen und Strümpfe stricken müßten. Das geht nicht. Verhandle mit den Frauen. Das sind diejenigen mit Geschäftssinn.«

»Sie nehmen Maggies Geld?«

»Nein, aber sie nehmen Ziegen, Decken und Laternen. Chinin, Salbe und Stoff. Und Spielzeug für die Kinder. Frauen tun alles für ihre Kinder. So sind sie eben.«

Sid wußte das. Die Kikuyu-Mütter waren genauso wie die Mütter in Whitechapel. Schnell wischte er die Erinnerung beiseite. Dann sah er auf die Uhr. Es war fast vier Uhr nachmittags, Zeit, sich auf den Weg zu machen. Er wollte bei Einbruch der Dunkelheit ein gutes Stück nördlich von Nairobi sein.

»Also, meine Herren, es war mir ein Vergnügen«, sagte er, »aber ich habe noch einen kleinen Fußmarsch vor mir.«

»Moment! Noch eins, bevor du gehst«, sagte Delamere. »Ich war letzte Woche mit dem Distriktkommissar von Kenia-Provinz beim Essen. Er sagte mir, er suche einen Führer.«

»Für Jäger?« fragte Sid.

»Nein, für einen Landvermesser. Der letzte Bursche wurde von einer Python gefressen, als er den Fluß überquerte. Die verdammte Schlange hat auch seine Mappe erwischt und sämtliche Karten verschlungen, die er gezeichnet hat. Der neue Mann will ohne Führer keinen Schritt aus Nairobi heraussetzen. Niemand kennt Kenia besser als du, Baxter, und die Bezahlung ist gut. Überleg es dir. Dann hast du zwischen Pflanzen und Ernten was zu tun.«

»Das werde ich. Danke«, antwortete Sid.

Als er aufstand, durchquerten ein paar Maler mit einer Leiter die Bar. Sid dachte an all die Renovierungsarbeiten in der Stadt, die er bei seinem Spaziergang bemerkt hatte. »Was ist hier eigentlich los?« fragte er.

»Weißt du das nicht?« fragte Delamere. »Wir kriegen Besuch von zu Hause. Den Unterstaatssekretär im Kolonialministerium.«

Sid fiel wieder ein, daß Maggie etwas davon erwähnt hatte. »Elgin, nicht?« fragte er.

»Nein, das ist der Minister. Er heißt ... na, wie heißt er doch gleich noch mal?« Delamere nahm eine Zeitung von einem Stuhl. »Das steht doch hier irgendwo«, sagte er und überflog die Titelseite. »Wird ein ziemlich großes gesellschaftliches Ereignis.«

»Ja, Bälle und Bankette und eine Menge verlogener Versprechungen, das wird's«, knurrte Roos.

»Du hast das Jagen vergessen«, sagte Delamere. »Der Bursche will sicher einen Löwen erlegen. Das wollen sie doch alle. Ah. Da ist es. Lytton.«

Sid, der gerade in seiner Tasche nach ein paar Münzen für das Barmädchen gesucht hatte, hielt inne und sah Delamere an. »Was hast du gesagt?« fragte er ruhig.

»Lytton. Freddie Lytton. Es heißt, er bringt ein ganzes Bataillon Untergebene mit. Sogar seine Tochter. Und seine Frau, Lady India Lytton. Ich hab' ihren Vater gekannt. Gott hab' ihn selig. Lord Burleigh.« Delamere brach plötzlich ab. Besorgt runzelte er die Stirn. »Baxter, alter Junge, alles in Ordnung? Du bist ja ganz blaß geworden!«

»Ach, sieh dir das an, Seamie! Hättest du je gedacht, daß Afrika so aussehen würde? Alles Türkis, Rot und Purpur?«

»Nein, ich hätte gedacht, es wäre irgendwie braun«, antwortete Seamie. »Mit Zebras.«

Seamie und Willa standen an Deck der *SS Goorka* und blickten aufgeregt wie Kinder auf Mombasa. Schäumende Brecher schlugen gegen die weißen Hafenmauern, die sich hoch und majestätisch aus dem Indischen Ozean erhoben. Große Affenbrotbäume säumten den Hafen, deren Stämme sich dick und mächtig neben den schlanken Palmen und üppigen Mangroven ausnahmen. Leuchtende Bougainvillea ergoß sich über Hauswände und wucherte über Klippen. Hinter einem hohen Leuchtturm erhob sich der große Bau eines Forts in den strahlendblauen Himmel.

»Schau, dort drüben. Das ist Fort Jesus, und es ist *rosa*!« rief Willa aus. »Genau wie es in dem Buch stand.«

Sie hatte ein Dutzend Bücher über Ostafrika mitgebracht, aus denen sie beim Abendessen laut vorgelesen hatte. Am Abend zuvor hatten sie gelernt, daß die Portugiesen Anfang des sechzehnten Jahrhunderts die Stadt von arabischen Sklavenhändlern erobert und eine massive Befestigungsanlage gebaut hatten, um sie zu schützen. 1729 war sie vom Sultan von Oman wieder zurückerobert worden. 1840 hatte der hinterlistige Sultan von Sansibar sie übernommen und sie später unter den Schutz der Briten gestellt. Seine rote Flagge wehte noch immer über dem Fort und erinnerte die Briten daran, daß sie die Stadt zwar momentan beherrschten, aber nur dank seiner Duldung.

Die *SS Goorka* war gerade durch den *mlango* gefahren, eine Öffnung in dem riesigen Korallenriff, das den Hafen schützte, und ankerte jetzt etwa vierzig Meter vor der Küste. Bootsleute in schlanken Dhaus ruderten die Passagiere bereits an Land.

»Ich kann's nicht glauben! Wir sind da, Seamie! Wir haben es geschafft! *Afrika!*« rief Willa. Sie packte seinen Arm und drückte ihn. Es tat weh, aber das war ihm egal. »Was sollen wir zuerst machen? Das Fort besichtigen? Die Stadt?«

»Ich finde, wir sollten unser Gepäck ins Hotel vorausschicken und unseren Ausrüster suchen.«

»Ja, du hast recht. Gute Idee. Gott, ich kann's gar nicht erwarten, vom Schiff zu kommen!«

»Da bist du nicht allein«, pflichtete Seamie ihr bei.

Die Reise auf dem ratternden Dampfer, der in Malta, Zypern und Port Said angelegt, schließlich durch den Suezkanal geschippert und dann nach Aden gefahren war, hatte sechs Wochen gedauert. Seamie, der das gut ausgerüstete Schiff der Antarktis-Expedition gewohnt war, hatte den Eindruck, die *SS Goorka* bewege sich im Schneckentempo.

Sein Blick fiel auf Willa, die mit leuchtenden Augen ihr Notizbuch herauszog. Das Herz tat ihm weh vor Sehnsucht.

»Du kritzelst in dieses Ding, seit wir von England abgelegt haben. Was machst du da?« fragte er.

»Alles aufschreiben. Jedes kleinste Detail.«

»Warum?«

»Für meinen Bericht, den ich der Royal Geographic Society überreiche, wenn wir wieder in London sind. Danach mache ich ein Buch daraus – ein Reisetagebuch – und verkaufe Tausende von Exemplaren, um damit meine nächste Expedition zu finanzieren. Das gleiche hab' ich nach der Besteigung des McKinley gemacht und nicht schlecht daran verdient. Wie soll ich dich beschreiben, Seamie? Möchtest du lieber ein *tüchtiger* oder ein *brillanter* Forscher sein?«

Lieber würde ich dein Liebhaber sein, dachte Seamie. »Wie wär's mit brillant *und* tüchtig?« fragte er.

»Und bescheiden, nicht zu vergessen.«

Er wandte sich ab und blinzelte in die Sonne, ängstlich darauf bedacht, seine Gefühle nicht zu zeigen. Er hätte nie mit ihr nach Afrika fahren dürfen, das wußte er jetzt.

Jeder Tag mit ihr war ein Abenteuer. Alles, was sie machten, war aufregend. Das Mahl aus roten Trauben und salzigem Käse, das sie auf Zypern mit den Fingern gegessen hatten. Die verschleierten Frauen, die sie in Aden auf den Balkonen gesehen hatten. Die Händler und ihre Kamele. Die Gewürz- und Stoffmärkte, die Rufe der Muezzins zum Gebet. Keine Frau, die er je getroffen hatte, war so neugierig und furchtlos – so lebendig und natürlich wie Willa. Nie hatte er sich lebendiger gefühlt als in ihrer Gegenwart.

Wir wäre sein Leben nach dieser Reise? Ruiniert, vermutlich. Er wäre nie in der Lage, sie oder die Zeit zu vergessen, die sie gemeinsam verbracht hatten.

Ein Dutzend Mal war er nahe daran gewesen, ihr zu sagen, was er fühlte. Aber dann erinnerte er sich wieder, daß sie einem anderen gehörte, und stellte sich vor, wie peinlich sein unerwünschtes Geständnis für sie wäre.

»Wir gehen dann!« rief eine Stimme hinter ihm und riß ihn aus seiner Traurigkeit. Es war Eamon Edmonds mit seiner Frau Vera. Sie waren frisch verheiratet und wollten in den Ngong-Bergen Kaffee anbauen. Seamie und Willa hatten sich mit ihnen und einigen anderen Siedlerpaaren während der langen Reise angefreundet.

»Ach, Vera, ich werde dich vermissen«, sagte Willa und drückte sie fest an sich.

»Ich dich auch, Willa. Wink uns doch vom Kilimandscharo aus zu!«

Die Frauen umarmten einander erneut, Seamie schüttelte Hände, dann half ihnen einer der Träger auf eine Leiter, die zu der wartenden Dhau hinunterführte.

Seamie und Willa folgten kurz danach. Sie mußten zunächst ihre Rucksäcke in das Boot hinunterlassen, danach ihre Bergsteigerausrüstung und ihr Zelt. Alles andere, was sie brauchten – auch die Träger –, würden sie in der Stadt mit Hilfe von Newland & Tarlton, einer Firma für Safariausstattung, besorgen müssen. Sie schätzten, daß sie vier oder fünf Tage brauchten, um alles zusammenzustellen.

Seamie war froh, vom Schiff zu kommen und wieder an Land zu sein. Aber noch mehr freute er sich auf die Tour zum Kilimandscharo, auf die Ablenkung zu planen, Proviant zu kaufen und auf die schwierige Kletterpartie. Um zu vergessen, wie sehr er Willa begehrte.

Sie erreichten die lärmigen Docks und engagierten einen Mann mit einem Eselkarren, der ihr Gepäck zum Mombasa-Club brachte. Es gab eine Reihe schmaler Pfade, die vom Hafen in die Stadt führten, aber nur eine Durchfahrt, die tatsächlich als Straße bezeichnet werden konnte. Sie war nach dem portugiesischen Entdecker Vasco da Gama benannt. Ihr Kontaktmann, Peter Boedecker, hatte Geschäftsräume dort.

»Vasco da Gama Street«, sagte Willa sehnsuchtsvoll. »Stell dir vor, es gibt eines Tages eine Seamus Finnegan Street. Oder eine Willa Alden Avenue.« Begeistert betrachtete sie die Minarette und Kuppeln und die hübschen, weißgetünchten Häuser mit den geschlossenen Jalousien.

Nach zehn Minuten kamen sie bei der Nummer 46 an, einem weißen Steingebäude mit einer Messingplakette, die auf die Dienste von Newland & Tarlton hinwies.

»Vergiß nicht, Willa, wir sind nur zu einer Safari hier. Als Touristen.«

Willa nickte. Sie stiegen zu dem Büro im ersten Stock hinauf. Die Tür war offen.

»Mr. Boedecker?« sagte Seamie beim Eintreten. Willa folgte ihm in einen kleinen Raum mit einem Schreibtisch, ein paar Stühlen und einem Aktenschrank. An den Wänden hingen Karten von Afrika.

Ein junger Mann, blond und muskulös, saß am Schreibtisch. Seamie schätzte ihn auf etwa dreißig, aber sein Gesicht war von der Sonne so gegerbt, daß er auch fünfzig hätte sein können.

Er blickte auf. »Mr. Finnegan, Miss Alden. Ich habe Sie schon erwartet. Nehmen Sie bitte Platz. Wie war Ihre Reise?«

Während Seamie und Willa von ihrer Seereise zu erzählen begannen, sagte Boedecker ein paar Worte auf Kisuaheli zu einem Boy, der im Schneidersitz in der Ecke saß. Der Junge flitzte hinaus. Noch bevor sie zu Ende erzählt hatten, war er mit drei Gläsern stark gezuckertem Pfefferminztee zurück. Boedecker nippte an seinem, schlug dann einen Ordner auf und nahm das Telegramm heraus, das Willa vor ihrer Abreise aus London geschickt hatte.

»Hier steht, Sie sind an einer Safari interessiert. Westlich des Kilimandscharo.« Er blickte von einem zum andern und fragte dann: »Was wollen Sie denn dort?«

»Wir wollen ihn sehen«, antwortete Seamie.

Peter nickte nachdenklich. »Und Sie wollen ihn von dieser Seite der Grenze sehen, ist das richtig?«

»Vollkommen«, antwortete Willa.

»Sie denken nicht zufällig daran, ihn zu besteigen?«

»Besteigen?« wiederholte Willa unschuldig. »Aber nein.«

Boedecker nickte. »Gut. Denn wie Sie beide sicher wissen, liegt der Berg auf dem Gebiet von Deutsch-Ostafrika. Wenn Sie über irgendeine der Grenzstädte in dieses Gebiet vordringen, werden die Deutschen Ihre Papiere sehen wollen und Ihnen vielleicht die Einreise verweigern. Sollten Sie bei dem Versuch, illegal ins Land einzudringen, gefaßt werden, kommen Sie ins Gefängnis.«

Seamie und Willa wußten, daß der Kilimandscharo den Deutschen gehörte. Sie hatten gehofft, diese Klippe zu umgehen, indem sie sich im Schutz des Dschungels dem Berg näherten. Wenn sie es bis zum Gipfel schafften, würden sie danach so schnell wie möglich nach Mombasa zurückkehren und ihren Sieg erst zu Hause publik machen. Es war ein Risiko, das wußten sie, aber das machte ihnen nichts aus. Sie beide waren der Überzeugung, daß Berge nicht Nationen und Völkern gehörten, sondern denjenigen, die sie bestiegen.

»Wir wollen nur bis an die Grenze«, sagte Seamie. »Um ein paar Fotos zu machen.«

»Also gut. Ich stelle Ihnen eine Tour nach Taveta gleich östlich der Grenze zusammen. Da können Sie durch den Busch wandern und haben einen schönen Blick auf den Kilimandscharo, einverstanden?«

Seamie und Willa nickten. Seamie war erleichtert, daß Boedecker ihnen die Geschichte abkaufte und keine weiteren Schwierigkeiten machte. Dann wurden die Menge und das Gewicht der Ausrüstung diskutiert und die Frage, wieviel Proviant sie brauchten. Beide waren bereit, einen Teil der Ausrüstung selbst zu tragen, um die Anzahl der Träger zu begrenzen. Boedecker kam zu dem Schluß, daß neun Männer und ein Anführer ausreichend wären.

»Zehn Männer für zwei Leute«, sagte Seamie. »Das ist ja eine ganze Armee.«

»Das ist noch gar nichts«, antwortete Boedecker. »Die letzte Safari, die ich zusammengestellt habe, war für zwanzig reiche Amerikaner. Die hat mir wirklich Kopfzerbrechen bereitet. Fünfzig Kisten Champagner, zwanzig mit Whisky, feinstes Geschirr und Besteck, achtgängige Menüs ... ich brauchte hundert Träger. Die Schlange war eine Meile lang.«

Boedecker versprach ihnen, in fünf Tagen alles bereit zu haben. Ihren Proviant würden sie hier besorgen, dann den Zug nach Voi, einer kleinen Stadt in der Provinz von Kenia etwa sechzig Meilen nordwestlich von Mombasa, nehmen. Dort würden sie von ihrem Führer, einem Massai namens Tepili, abgeholt und von ihm und den neun Trägern nach Taveta gebracht werden.

Seamie und Willa bezahlten Boedecker und dankten ihm. Er sagte, er würde eine Nachricht in den Mombasa-Club schicken, wenn alle Vorbereitungen abgeschlossen seien.

Als sie sich zum Gehen wandten, fügte Boedecker hinzu: »Miss Alden, Mr. Finnegan ... darf ich Ihnen noch einen Rat geben?«

»Natürlich«, antwortete Seamie.

Boedeckers freundliches Lächeln war verschwunden, der Ausdruck in seinen Augen ernst, als er sagte: »Hüten Sie sich vor den Dschagga. Bedienen Sie sich ihrer, wenn Sie müssen, aber unterschätzen Sie sie nicht. Wenn Sie an die Grenze kommen – und ich raten Ihnen, sie ein gutes Stück oberhalb von Taveta zu überqueren –, befinden Sie sich auf dem Gebiet der Dschagga. Sie sind zwar die besten Führer – niemand kennt das Land um den Kilimandscharo so gut wie sie –, aber bei ihnen weiß man nie, woran man ist. Bringen Sie unbedingt Geschenke mit. Sie sind besonders auf Messer und Spiegel erpicht.«

»Die Grenze überqueren? Aber wir haben doch nie gesagt ...«, begann Willa.

»Ich weiß, was Sie gesagt haben. Ich weiß aber auch, wer Sie sind. Sie, Miss Alden, haben Rekorde in den Alpen und am McKinley aufgestellt.«

»Woher wissen Sie das?«

»Ich verfolge die Neuigkeiten übers Bergsteigen. Ich klettere selbst ein bißchen, verstehen Sie. Von Ihnen habe ich auch gehört, Mr. Finnegan. Ich habe die *Discovery*-Expedition verfolgt. Seien Sie sehr vorsichtig. Afrika ist etwas anderes als die Alpen. Oder die Antarktis. Es ist eine gänzlich andere Welt.«

Willa nickte. »Danke für Ihren Rat, Mr. Boedecker. Vor allem bezüglich der Grenze.«

Boedecker reckte den Kopf und lächelte. »Was für einen Rat, Miss Alden? Ich kann mich nicht erinnern, Ihnen einen Rat gegeben zu haben. Guten Tag.«

Im abgedunkelten Foyer des Mombasa-Clubs stand ein Boy in einer Ecke und zog rhythmisch an einem Seil, das einen Deckenventilator aus Bananenblättern in Bewegung setzte. An den Wänden hingen ausgestopfte Tierköpfe, auf dem Boden lag ein abgewetzter Dhurrie-Teppich mit ein paar Stühlen darauf. Auf einer Seite gab es eine kleine Bar, auf der anderen einen Schreibtisch, an dem ein großer Somali in weißer Tunika und rotem Turban saß.

Seamie und Willa stellten sich vor. Sie hatten ein Telegramm an den Hotelmanager geschickt, daß sie mit der SS *Goorka* eintreffen würden.

»Wir haben zwei Zimmer reserviert«, sagte Seamie.

»Tut mir leid«, antwortete der Angestellte bedauernd. »Eins.«

»Aber das stimmt nicht. Wir sind zu zweit«, erwiderte Seamie. »Zu zweit.«

»Tut mir sehr, sehr leid, Sir. Wir sind ausgebucht. Vor zwei Tagen sind Engländer aus London gekommen. Ein großer Bwana und seine Msabu. Haben viele Leute mitgebracht. Das Hotel ist voll. Sie sind Männer. Ein Zimmer.«

»Er hält mich für einen Mann«, flüsterte Willa.

»Gibt es noch andere Hotels in der Stadt?« fragte Seamie besorgt.

»Alle voll, Sir.«

Seamie fuhr sich mit der Hand durchs Haar und sah zur Treppe. Zwei Angestellte trugen bereits ihr Gepäck hinauf.

»Warten Sie …«, begann er.

Willa hielt ihn zurück. »Ist schon gut. Wir kommen zurecht. Offensichtlich ist ein Diplomat mit seiner Entourage angekommen. Wenn wir dieses Zimmer nicht nehmen, kriegen vielleicht gar keins mehr.«

Oben gab Seamie den Trägern ein Trinkgeld und sah sich im Zimmer um. Es befand sich im hinteren Teil des Hotels und ging auf einen Hof mit Akazienbäumen hinaus. Die Wände waren weiß getüncht; ein Waschbecken und ein Doppelbett standen darin.

»Ich schlafe auf dem Boden«, sagte er schnell.

»Sei nicht albern. Wir teilen uns das Bett, es sei denn, du schnarchst. Ich gehe jetzt auf die Toilette. Wenn ich zurück bin, machen wir uns auf den Weg an den Strand.«

Als sie draußen war, trat Seamie ans Fenster und sah auf die Stadt hinaus. Dann drehte er sich um und starrte aufs Bett. Willa im Badeanzug am Strand zu sehen war schlimm, aber das Bett stellte die reinste Folter dar.

Er wünschte sich, sie würden abmarschieren, müßten sich mit aufsässigen Trägern streiten, durch mörderische Hitze wandern, in dünner Luft über das Eis klettern – *irgend etwas*, bloß nicht das.

»Dann lieber die Dschagga«, murmelte er, schloß die Augen und schlief ein.

❧ 89 ❧

Pferde?« fragte Maggie Carr. Sie saß an dem kleinen Tisch in Sids Bungalow und sah ihm beim Packen zu.

»Zwei. Eins für mich und eins für ihn«, antwortete Sid. »Die Träger führen Shanks Pony.«

»Wie viele Träger sind's denn?«

»Sechs.«

»Dann hat er nicht viel Gepäck dabei.«

»Keine Gewehre«, antwortete Sid. »Keine Munition. Keine Felle und Köpfe zum Zurücktransportieren. Nur Teleskope und Kompasse. Einen Zeichentisch, Papier, Zelte und Verpflegung.«

Maggie nickte.

»Ich breche morgen früh bei Sonnenaufgang auf. Der Kerl hat geschrieben, er wird in Thika-Stadt auf mich warten. Ich bleibe nicht lange weg, Maggie. Zwei Wochen im Busch. Bevor die Ernte anfängt, bin ich wieder da. Die Frauen wissen, was zu tun ist. Ich hab' Wainaina die Führung übergeben. Sie läßt die anderen gerade das Nordfeld hacken ...«

Maggie unterbrach ihn. »Sid, ich hab' nichts dagegen, daß du gehst. Überhaupt nichts. Ich mach' mir bloß Gedanken, *warum* du das tust.«

»Das hab' ich dir doch gesagt. Es gibt gutes Geld.«

Maggie schüttelte den Kopf. »Das glaub' ich dir nicht. Du hast wieder diesen Ausdruck in den Augen.«

»Was für einen Ausdruck denn?«

»Den gleichen wie damals, als ich dich angeheuert habe. Als du jeden Abend auf dem Feld warst und dich zu Tode schuften wolltest.«

Sid machte eine wegwerfende Handbewegung und sprach wieder über die Plantage. Er ging fort, um einen Landvermesser zum Mount Kenya zu führen. Maggie hatte er erklärt, er wolle den Verdienst dazu benutzen, einen Ofen zu kaufen. Das wollte er zwar tatsächlich, hatte die Summe dafür aber bereits beiseite gelegt. Der eigentliche Anlaß für seinen Aufbruch war ein ganz anderer, den hatten ihm Lucy Thompson und ihre Mutter genannt.

Sie waren vor einer Woche bei Maggie zu Besuch gewesen, und Mrs. Thompson hatte ihn gefragt, ob er die Neuigkeit schon gehört habe. Er nahm sich eine Tasse Tee und verneinte.

Der Unterstaatssekretär und seine Familie seien in Mombasa eingetroffen, wo sie eine Woche bleiben und dann weiter ins Landesinnere reisen würden.

»Nach *Nairobi*!« sagte Lucy aufgeregt. Im Haus des Gouverneurs würde ein Ball stattfinden – das größte gesellschaftliche Ereignis des Jahres.

Was Lucy ihm dann erzählte, war sogar noch schlimmer. »Nach dem Ball führt der Gouverneur seine Gäste auf eine Safari. Nach Thika! Kannst du dir das vorstellen? Sie schlagen ein Lager auf an der Stelle, wo die beiden Flüsse ineinander münden und dann nach Westen ins Aberdare-Gebirge abbiegen. Mr. Lytton möchte natürlich einen Löwen erlegen, und wir haben schließlich eine Menge davon.«

Sid brauchte Tage, um sich von der Nachricht zu erholen. Am Ende hatte er sich damit beruhigt, daß sich ihre Pfade kaum kreuzen würden. Dafür war Maggies Farm zu abgelegen. Lucys Neuigkeit jedoch hatte alles verändert. Sid kannte die Gegend, in der sie das Lager aufschlagen wollten, und er wußte, daß Maggies Farm gute zehn Meilen nördlich davon lag. Höchstwahrscheinlich würde die Jagdgesellschaft gar nicht in ihre Nähe kommen, aber er wollte kein Risiko eingehen.

Sid entschuldigte sich bei den plaudernden Frauen, lief in seinen Bungalow und schrieb eilig eine Nachricht an den Distriktkommissar, um ihm mitzuteilen, er habe von Delamere erfahren, daß ein Führer für einen Landvermesser gebraucht werde. Er wolle den Job gern übernehmen und am liebsten gleich aufbrechen. Dann lief er zu Maggie zurück und bat Mrs. Thompson, den Brief für ihn abzugeben.

Zwei Tage später hatte er die Antwort.

Während Maggie dasaß und Sids Whisky trank, griff sie nach der Zeitung aus Mombasa, die auf dem Tisch lag.

»Die hab' ich noch gar nicht gesehen. Wo hast du die her?«

»Jo Roos hat sie dagelassen«, sagte Sid und schloß die Lasche seines Rucksacks.

»Ich hab' nie bemerkt, daß du Zeitung liest. Was steht denn hier so

Interessantes drin?« Die Zeitung war zerknittert und voller Flecken, als wäre sie immer wieder gelesen worden.

Sid richtete sich auf. »Nichts«, sagte er.

Maggie blickte ihm in die Augen. An ihrem Gesichtsausdruck war zu erkennen, daß sie ihm nicht glaubte.

Sie blätterte die Zeitung durch und sah sich jede Schlagzeile genau an. Als sie nichts fand, legte sie sie wieder beiseite. Aber dann blieb ihr Blick auf der Titelseite hängen – auf einem Foto des Unterstaatssekretärs Frederick Lytton. Er stand mit seiner Frau und seiner Tochter vor Fort Jesus. Das Kind blickte zu Boden, Lytton runzelte die Stirn. Seine Frau sah direkt in die Kamera. Ihr Gesicht wirkte verschwommen. Maggie nahm die Zeitung wieder auf und betrachtete das Bild genauer. Nicht das Foto war verschwommen, sondern der Druck verwischt. Als hätte jemand mit dem Finger immer wieder darübergerieben.

»Sie ist es, nicht?« sagte sie. »Deshalb haust du ab in den Busch.«

»Ich weiß nicht, wovon du redest.«

»Die Frau des Unterstaatssekretärs. India Lytton. Sie ist diejenige, die dich zum Junggesellen gemacht hat. Ich hab' dir ja gesagt, daß ich's rauskriegen würde. Deswegen gehst du auf diese verrückte Safari. Um ihr aus dem Weg zu gehen.«

»Was für ein Blödsinn.«

»Du mußt mich nicht anlügen, Sid«, sagte Maggie. »Ich mach' mir Sorgen um dich.«

»Es ist kompliziert«, antwortete er. »Da hängt eine ganze Menge dran. Mehr, als du je wissen möchtest. Viel mehr.«

Maggie nickte. Sie blickte wieder auf das Foto. »Sie ist schön. Selbst so verschmiert.«

»Sie ist mehr als schön, Maggie.« Sonst sagte er nichts. Das brauchte er auch nicht: Die Bewegung in seiner Stimme, der Schmerz und die Sehnsucht sprachen ihre eigene Sprache.

90

*M*ami, müssen wir wirklich unsere Zähne rausnehmen?« flüsterte Charlotte Lytton mit aufgerissenen Augen. »Der Schaffner hat gesagt, allen Passagieren wird geraten, die Zähne rauszunehmen.«

»*Falsche Zähne*, Liebling«, antwortete India lächelnd.

»Aber warum?«

»Kein Dämmungsmaterial, meine Liebe!« dröhnte Lord Delamere. »Diese verdammten Idioten haben die Gleise direkt auf dem Boden verlegt.«

»Hugh! Das ist doch keine Ausdrucksweise für die Ohren kleiner Mädchen.«

Delamere zuckte die Achseln. »Ich vergess' immer wieder, daß sie ein Kind ist. Sie liest und spricht besser als die meisten Männer, die ich kenne.«

»Das mag schon sein …«, wandte Lady Delamere ein.

»Na schön, na schön«, lenkte Delamere ein. Er beugte sich nahe zu Charlotte, damit nur sie ihn hören konnte. »Es sind immer noch Idioten, auch wenn ich sie nicht als *verdammte* Idioten bezeichnen darf.« Charlotte kicherte. »Du wirst bald verstehen, warum. Wenn wir auf die Ebene kommen, und die Gleise sind nicht unterfüttert, rattern die Räder so stark, daß dir die Zähne aus dem Mund fallen.« Er nahm eine Meringue vom Tablett eines vorbeigehenden Kellners. »Davon müssen wir uns viel in den Mund stopfen. Als Federung. Das ist das einzige, was hilft«, sagte er, schob sich das Gebäck in den Mund und grinste sie an.

Charlotte prustete vor Lachen. India, die sich gerade mit Lady Delamere unterhielt, stimmte in ihr Lachen ein. »Er geht einfach wunderbar mit ihr um!« sagte sie.

»Das kommt daher, weil er selber furchtbar kindisch ist«, antwortete Lady Delamere.

India freute sich, ihre Tochter so herzhaft lachen zu hören. Sie hatte sich solche Sorgen gemacht, Charlotte mit nach Afrika zu nehmen, doch nach einer Woche in Mombasa blühte Charlotte wahrhaft auf. Ihre Wangen waren rosig, ihre Augen strahlten. Sie hatte die Tage mit Mary, ihrer Zofe, an den weißen Stränden verbracht, Muscheln gesucht und ihren Lunch an die Möwen verfüttert. Sie hatte dort nette Leute kennengelernt, einschließlich eines jungen Paars, das sagte, es wolle am Kilimandscharo wandern gehen. Selbst die offiziellen Anlässe, denen sie beiwohnen mußte, waren aufregend für sie. Sie staunte über die verschiedenen Menschen, denen sie begegnete – Engländer, Afrikaner, Araber und Inder –, und über die verschiedenen Sprachen, die sie hörte. Am zweiten Tag in der Stadt nannte sie Mary ihre *ayah* und bat um *chai* und *rupees*, die sie in den *dukas* ausgeben wollte.

»Hast du gewußt, Mami«, sagte sie zu India, »daß das kisuahelische Wort für einen weißen Mann *mzungu* ist? Dabei heißt es gar nicht weißer Mann, sondern *seltsames* oder *verblüffendes Ding*.« Sie furchte die Stirn und fügte hinzu: »Glaubst du, Vater weiß das?«

Sie saß am Fenster des Salonwagens von Gouverneur James Hayes Sadler, trug eine weiße Bluse, einen khakifarbenen Hosenrock und Schnürstiefel und sah aus, als hätte sie ihr ganzes Leben in Afrika verbracht. Um ihren Hals hing eine Kette aus bunten Massaiperlen, die Lord Delamere ihr geschenkt hatte und die sie nicht mehr abnehmen wollte.

»Magst du Tiere, Charlotte?« fragte er sie jetzt, nachdem er seine Meringue gegessen hatte.

»Ja, Sir. Sehr gern.«

»Dann steht dir was Schönes bevor. Du wirst Hunderte zu Gesicht bekommen. Vielleicht sogar Tausende. Wenn wir die Athi-Ebene durchqueren.«

Charlotte sah ihn skeptisch an.

»Denkst du, ich schwindle?«

»Die Zahlen klingen ein bißchen übertrieben, Sir.«

Delamere brüllte vor Lachen. »Ich sag' dir was, mein Mädchen, du zählst sie, und ich gebe dir eine *rupee* für jedes Zebra, ein *anna* für jede Giraffe und ein *pice* für einen Löwen. Abgemacht?«

Charlotte war begeistert.

Hayes Sadler trat zu ihnen und legte die Hand auf Delameres

Schulter. »Freddie hat eine Frage zur Siedlervereinigung. Ich dachte, die können Sie besser beantworten als ich.«

»Aber sicher!« antwortete Delamere. »Er kriegt von mir ohnehin was zu hören, weil uns London so schäbig behandelt.« Er verabschiedete sich von Charlotte und folgte Hayes Sadler ins vordere Abteil. Dort saß Freddie und schrieb Reportagen und Berichte, ganz auf die Arbeit konzentriert, wie immer.

Plötzlich ertönte ein Pfeifsignal. Der Schaffner rief: »Alles einsteigen!« Die Türen wurden zugeschlagen. Die Lokomotive stieß eine Dampfwolke aus, und der Zug fuhr quietschend an. Fünfzehn Minuten später verließen sie Mombasa.

Den ganzen Tag lang fuhr der Zug durch einen grünen Dschungel, der feucht und stickig und voller bunter Vögel, Schmetterlinge und Blumen war. Gelegentlich passierte er Gummi-, Baumwoll- oder Sisalplantagen, umging Täler und Abgründe und hielt vor kleinen, sauber gestrichenen Stationen mit Blumenkästen, die aussahen, als wäre man in einem Vorort von London und nicht in der afrikanischen Wildnis. Charlotte starrte gebannt aus dem Fenster und nahm gierig alles in sich auf, was sie sah.

Am Abend hatten sie den Dschungel hinter sich gelassen und kamen nun ins Grasland. Und dort, vor dem Hintergrund eines feurigen afrikanischen Sonnenuntergangs, waren sie – all die Tiere, die Delamere Charlotte versprochen hatte und noch viele mehr.

»O Mami! Mami, sieh nur!« rief sie, als die erste Herde Zebras auftauchte. »Es müssen fünfzig sein!«

»Ich würde eher sagen, fünfhundert«, widersprach Delamere. Er war aus Freddies Abteil herübergeeilt, wo er fast den ganzen Tag verbracht hatte, um sich wieder neben Charlotte zu setzen. Es war schwer zu sagen, wer von beiden aufgeregter war.

»Was ist mit den Löwen, Lord Delamere?« fragte Charlotte und suchte die Ebene ab. »Sehen Sie welche?«

»Nein, aber mach dir keine Sorgen. Wenn wir sie hier nicht sehen, dann auf der Safari in Thika. Ich kenne den besten Führer. Wir lassen uns die Löwen von ihm zeigen. Wenn wir nach Thika kommen, besuchen wir ihn. Sein Name ist Sid Baxter.«

India hatte aus dem Fenster gesehen. Langsam drehte sie sich um. »Sagten Sie, Sid Baxter?« entfuhr es ihr, bevor sie sich zurückhalten konnte.

»Ja. Kennen Sie ihn?«

»Nein, nein, natürlich nicht«, antwortete sie und lachte gezwungen. »Ich … ich hab' den Namen in Mombasa gehört«, log sie. »Er soll tatsächlich sehr gut sein.«

»Der Beste. Er arbeitet für eine Plantagenbesitzerin oberhalb von Thika. Er ist ein ziemlicher Einzelgänger, aber wir stöbern ihn auf. Wenn er Charlottes Löwen nicht finden kann, dann kann es keiner.«

Lord Delamere redete weiter, aber India hörte ihn kaum. Mein Gott, wie sehr das schmerzte. *Immer noch.* Einen Moment lang war sie wieder in der Arden Street in ihrer gemeinsamen Wohnung. Sid stand mit einem Strauß weißer Rosen in der Tür. »Hallo, Mrs. Baxter«, sagte er, bevor er sie in die Arme schloß.

»Mami? Mami, geht's dir gut?« fragte Charlotte besorgt.

India setzte schnell ein Lächeln auf. »Sicher, Liebling. Ich bin nur plötzlich ein bißchen müde.«

Charlotte schaute sie forschend an.

»Warum legen Sie sich nicht ein wenig hin, meine Liebe?« schlug Lady Delamere vor. »Wir behalten Charlotte bei uns.«

Charlotte nickte begeistert und sah ihrer Mutter nach, die in Richtung der Schlafabteile davonging. Ihre Mutter hatte gelogen. Da war sie sich ganz sicher. Sie hatte diesen Ausdruck in ihren Augen schon gesehen – diesen traurigen Ausdruck von vorhin. Den hatte sie auch, wenn sie zu lange auf die Vase mit den weißen Rosen sah, die immer auf ihrem Schreibtisch standen. Und manchmal, wenn sie zu lange auf *sie,* auf ihre Tochter Charlotte, blickte.

»Ihr geht's gut, Schätzchen«, sagte Lady Delamere und tätschelte ihre Hand. »Sie ist nur müde von der langen Reise.«

Charlotte merkte, daß man ihre Gefühle von ihrem Gesicht ablesen konnte. Sie nickte und setzte schnell eine Miene reiner, ungetrübter Freude auf. Obwohl sie erst sechs Jahre alt war, hatte sie bereits begriffen, daß Erwachsene glücklich lächelnden Kindern weniger Fragen stellten, und sie wollte im Moment keine Fragen gestellt bekommen – sie wollte nur Antworten.

Sie wandte sich wieder dem Fenster zu und sah auf die dunkel werdende Ebene hinaus, deutete Lord Delamere zu Gefallen auf verschiedene Tiere, aber sie interessierten sie nicht mehr. Sie fragte sich nur, wer Sid Baxter war und warum die Erwähnung seines Namens ihre Mutter so traurig gemacht hatte.

91

$\mathscr{D}$er große schweigsame Junge erhitzte die Nadel im Lagerfeuer. Als sie glühte, tippte er auf Seamies Fuß und sprach auf maa, der Sprache der Massai, zu ihm.

Tepili, der Anführer, ein Massai, der Englisch sprach, übersetzte. »Er sagt, bewegen Sie sich nicht«, flüsterte er. »Halten Sie jetzt ganz still.«

»Der hat leicht reden«, murmelte Seamie.

Wortlos schob der Junge die rotglühende Nadel unter Seamies Zehennagel, immer tiefer und tiefer. Er neigte sie leicht, hielt den Atem an und zog sie dann langsam wieder heraus. Ein Eiersack, klein und weiß, platzte aus der Wunde. Der Junge grinste.

»Sandflöhe«, sagte Tepili.

»Sandflöhe«, wiederholte Seamie.

»Sehr schlecht. *Machen* Sie sehr krank«, sagte Tepili. »Nicht gehen, nicht klettern.«

»Ich hab' davon gehört«, sagte Willa, die Seamies Zeh mit Karbol betupfte. »Das ist eine Art von Flöhen, die Eier am Nagel ablegt. Wenn der Eiersack platzt, verbreiten sich die Biester überall und richten schreckliches Unheil an. Infektionen, Schmerzen, Wundbrand und so weiter.«

»Wie reizend«, sagte Seamie. »Da bin ich doch lieber in der Antarktis bei fünfzig Grad minus und heulenden Schneestürmen. Wo es außer für Pinguine zu kalt für alles andere ist. Auf jeden Fall zu kalt für Sandflöhe, Zecken, Schlangen, Skorpione und menschenfressende Spinnen.«

Willa lachte. »*So* groß war die Spinne auch wieder nicht.«

»Mindestens so groß wie ein Suppenteller!«

Der erste Tag ihrer Tour war für Seamie kein guter gewesen. Eine große, scheußliche Spinne hatte sich an ihm festgehakt, als sie unter Bäumen hindurchgingen, was ihn zu hektischen Sprüngen und wilden Schreien veranlaßte – sehr zum Vergnügen von Willa und den

Trägern. Außerdem war eine Gazelle auf ihn losgegangen, er hatte sich die Hand an einem Dornbusch verletzt, war von einer Zecke gebissen worden, und jetzt hatte er Sandflöhe. Er freute sich auf eine angenehme Nacht auf dem Klappbett mit genügend Moskitonetzen, um sich die Viecher vom Leib zu halten.

Willa war mit seinem Zeh fertig. Seamie zog sich Socken und Stiefel wieder an. Tepili hatte ihn und Willa nach dem Abendessen gebeten, die Stiefel auszuziehen. Das war ihnen seltsam vorgekommen, aber er bestand darauf. Zuerst untersuchte er Willas Zehen und nickte, und als Seamie an der Reihe war, hatte er die Stirn gerunzelt und den Jungen gerufen. Die Prozedur war unangenehm gewesen, aber Seamie war froh, daß der Eiersack entfernt wurde. Infektionen waren nie gut, vor allem dann nicht, wenn man meilenweit von einem Arzt entfernt war.

»Wir gehen jetzt schlafen«, sagte Tepili. »In der Morgendämmerung brechen wir auf.« Damit war er verschwunden.

Seamie und Willa blieben allein an einem Klapptisch beim Feuer zurück und lauschten den Geräuschen der afrikanischen Nacht. Willas Bücher lagen auf dem Tisch ausgebreitet vor ihnen. Sie hatte alles gekauft, was sie über den Kilimandscharo finden konnte.

»Tut es dir leid, daß du mitgekommen bist?« wandte sie sich besorgt an Seamie.

Seamie schüttelte den Kopf. »Nein, Willa, überhaupt nicht. Es gefällt mir sogar. Wenn bloß die Viecher nicht wären! Als wir von Voi aufgebrochen sind und in der Ferne den Kilimandscharo mit dem weißen Gipfel sehen konnten, war ich wirklich froh, daß ich hergekommen bin. Er ist schön, dieser Berg. Ich kann's gar nicht erwarten, ihn zu besteigen.«

Willa strahlte. »Afrika ist unglaublich, nicht wahr? Die goldenen Ebenen, die sich ins Unendliche erstrecken, die sanften Hügel ...«

»Ich finde, das Erstaunlichste von allem ist die Freiheit. Hier ist das nicht nur ein Wort, sondern etwas Konkretes. Man kann sie sehen, genauso wie den endlosen Himmel, hören, wie die donnernden Hufe der Zebras, und fühlen, wie die Sonne auf dem Rücken. Ich glaube, ich habe mich noch nirgendwo so frei gefühlt – nicht einmal in der Antarktis.«

Willa sah ihn eindringlich an. »Seamus Finnegan, der Entdeckerpoet«, sagte sie. »Genau *so* werde ich es in meinem Buch beschreiben.«

Sie beugte sich wieder über ihre Lektüre und machte sich Notizen. Er beobachtete sie, und sein Blick blieb an ihrer Kinnlinie, an der Erhebung ihrer Wangenknochen und den geschwungenen Lippen hängen. Sie waren stundenlang marschiert und hatten knapp fünfzehn Meilen zurückgelegt, bevor sie ihr Lager aufschlugen. Ihr Gesicht war staubig und verschwitzt, und dennoch sah sie für ihn genauso attraktiv aus wie immer.

Vor zwei Tagen waren sie aufgebrochen und hatten von Mombasa aus den Zug bis Voi genommen, einem kleinen Dorf östlich des Bergs. Der Diplomat, der kurz vor ihnen in Mombasa eingetroffen war – Lytton hieß er –, und seine Familie reisten in einem privaten Salonwagen im selben Zug. Lyttons Tochter war ein reizendes Kind, das sie am Strand von Mombasa kennengelernt hatten.

Seamie war in ausgezeichneter körperlicher Verfassung, und anfangs fragte er sich, ob Willa das auch war, ob sie mit den kräftigen Trägern mithalten konnte, aber er hätte sich keine Sorgen zu machen brauchen. Sie marschierte unermüdlich voran und beklagte sich nicht. Nie bat sie darum, Ruhepausen einzulegen, nie zeigte sie Angst – selbst dann nicht, als sie ein großes Krokodil im Voi-Fluß aufstörten. Sie war es auch gewesen, die die scheußliche Spinne von seinem Kopf entfernt hatte.

Jetzt sah sie zu ihm auf und hielt den Finger auf eine Stelle ihres Buchs. Ihre Blicke trafen sich. Er glaubte, in ihren Augen etwas entdeckt zu haben, eine Art Sehnsucht, eine Erwartung. Er beugte sich näher zu ihr, dann hielt er inne. Was, wenn er sich täuschte? Verlegen sah er weg und behauptete, er sei todmüde und wolle sich hinlegen.

»Ich komme gleich nach«, antwortete Willa hastig. »Nimm die Laterne. Ich hab' ja das Feuer.«

Der Moment war vorbei. Seamie stand auf, wünschte ihr eine gute Nacht und war wütend auf sich selbst. Er versuchte, noch einmal allen Mut zusammenzunehmen, um sich ihr zu nähern, aber bevor er dazu kam, vernahmen sie ein unheimliches Lachen, das Seamie das Blut in den Adern gefrieren ließ.

»Hör dir das an!« sagte Willa. »Hyänen. Es muß an deinem Zeh liegen. Sie können auf große Distanzen selbst die geringste Menge Blut riechen.«

Die seltsamen Geräusche wurden lauter und kamen näher.

»Glaubst du, wir können bei Tepili schlafen?« fragte er.

Tepili und die Träger hatten kein Zelt. Sie hatten sich eine *manyatta* gebaut, eine kleine feste Umzäunung aus Dornbüschen, die selbst die kühnste Hyäne abhielt.

»Das bezweifle ich. Er findet, wir riechen schlecht.«

»Woher weißt du das?«

»Weil er's mir gesagt hat. Und er hat recht.«

Seamie roch an seiner Achselhöhle und verzog das Gesicht. »Vielleicht kommen wir morgen an einem Fluß vorbei. Dann waschen wir uns.«

Willa sah auf ihre Notizen und las noch einmal, was sie geschrieben hatte.

»Ich wäre wesentlich beruhigter, wenn du ins Zelt gehen würdest, Willa«, sagte Seamie.

»Na schön. Ich bin ohnehin ziemlich fertig«, antwortete sie.

Sie legten Äste aufs Feuer, die sie am Abend gesammelt hatten, und gingen dann zum Zelt. Sie hatten beschlossen, nur eines mitzunehmen, weil dann weniger zu tragen war. Es war geräumig genug, um bequem zwei Betten darin unterzubringen. Eine Trennwand aus Segeltuch unterteilte das Zelt.

»Du nimmst die Lampe«, sagte Seamie. »Ich brauch' nicht viel Licht, weil ich gleich ins Bett falle. Das Gewehr ist bei mir, falls die Hyänen kommen. Gute Nacht.«

»Gute Nacht, Seamie.«

Schnell zog er Stiefel, Hose und Socken aus und kroch unters Moskitonetz. Eine Weile starrte er es an, dann drehte er sich auf die Seite.

Im Licht der Lampe zeichnete sich Willas Silhouette ab. Sie entkleidete sich. Er konnte ihre langen Beine und die Wölbung ihrer Brüste erkennen, als sie ihr Hemd auszog. Er stöhnte leise auf. Er hielt es einfach nicht mehr aus. Er mußte ihr sagen, was er für sie empfand. Selbst wenn das alles zwischen ihnen veränderte. So konnte er nicht weitermachen. Er sah, wie sie sich im Bett vorbeugte und in ihr Notizbuch schrieb. Gerade als er zu ihr hinüberrufen wollte, sagte sie:

»Seamie?«

»Was?«

Die Lampe erlosch. Er hörte, wie sie sich auf dem Bett bewegte, um es sich bequem zu machen.

»Bist du noch wach?«

»Mhm.«

Sie schwieg eine Weile und fragte dann: »Was hast du vor? Nach dem Kilimandscharo, meine ich. Wenn wir wieder zu Hause sind.« Ihre Stimme klang schläfrig.

»Rausfinden, ob Shackleton schon in die Antarktis gefahren ist. Wenn nicht, überrede ich ihn, mich mitzunehmen. Und du?«

»Ich gehe wieder in die Alpen, denke ich. George und ich haben über den Everest gesprochen. Aber nur geredet, sonst nichts. Er ist zu kalt und zu hoch, dennoch können wir beide nicht aufhören, über eine mögliche Besteigung zu phantasieren. George ist ganz verrückt darauf.«

»Willa?«

»Hm?«

»Ich muß dir was sagen.«

»Ja?«

Es folgte ein langes Schweigen, während Seamie all seinen Mut zusammennahm. Dann sagte er: »Ich … ich liebe dich, Willa. Seit Jahren schon. Ich erwarte nicht, daß du genauso für mich empfindest. Ich weiß von dir und George, aber ich mußte es dir sagen. Ich hoffe, das macht nicht alles kaputt zwischen uns … aber, so ist es eben. Tut mir leid.«

Wieder folgte ein langes Schweigen. Seamie litt Höllenqualen, während er auf ihre Antwort wartete. Als keine Antwort kam, war er sicher, daß sie gekränkt war. Oder wütend.

Und dann hörte er etwas – ein Geräusch, als würde Stoff zerreißen: Willa schnarchte. Sobald sie einmal eingeschlafen war, konnte kein Erdbeben sie mehr aufwecken. Das hatte er im Mombasa-Club herausgefunden.

Seamie holte tief Luft und atmete wieder aus. Er war erleichtert. Er hatte einer Gefühlsregung nachgegeben, was er nicht hätte tun sollen. Glücklicherweise hatte sie kein Wort gehört. Ihre Freundschaft würde genauso weiterbestehen wie zuvor. Und das war gut so. Sie konnten keine Komplikationen gebrauchen, nicht jetzt, wo noch fünfzig Meilen Fußmarsch und die riskante Besteigung des Mawensi-Gipfels vor ihnen lagen.

Willa schnarchte weiter, und zwar ziemlich laut. Seamie schmunzelte. Ihr Sägen würde wenigstens die Hyänen fernhalten.

ier Kinder, die auf Holzpaletten schlafen, die ihre Mutter in den Docks geklaut hat«, sagte Joe aufgebracht. »Wenn sie die Paletten nicht hätten, müßten sie auf dem nassen Boden schlafen. Drei der Kinder haben Schwindsucht. Ist das ein Wunder? Die Mutter geht putzen. Verläßt um fünf Uhr früh das Haus und kommt meistens nicht vor sieben Uhr abends zurück. Der Vater wurde nach einem Arbeitsunfall in den Docks zum Invaliden. Er hat keinen Penny Entschädigung bekommen.«

Joe redete – schrie fast – vor einem kleinen, feuchten Kellerraum in einem baufälligen Haus in Wapping. Wasser rann unter den Rädern seines Rollstuhls hindurch in den Raum hinein, wo gerade eine bettelarme sechsköpfige Familie abgelichtet wurde. Die abgemagerten Kinder hatten nur noch Lumpen am Leib, der Vater lag in einem Bett und starrte teilnahmslos vor sich hin. Die Blicke der Mutter schweiften zwischen Joe im Gang und der riesigen schwarzen Kamera hin und her, die auf einem Stativ in der Mitte des Zimmers stand.

Der Mann dahinter, Jacob Riis, richtete seine Kamera ein und nickte abwesend.

Schließlich ging Riis zu Joe hinüber und sagte ruhig: »Sie machen eine Menge Lärm, und ich muß mich konzentrieren.«

Joe zuckte zusammen. »Wirklich? Tut mir leid, Jake. Das Ganze macht mich einfach so verdammt wütend.«

Jacob klopfte ihm auf den Rücken. »Ich weiß«, seufzte er. »Aber Ihr Zorn hilft den Menschen auch nicht weiter. Gute Fotos schon. Und gute Storys. Die lesen die Leute, das bringt sie auf, und sie machen ihren Abgeordneten Dampf. *Deren* Zorn brauchen wir. Also beruhigen Sie sich, und lassen Sie mich meine Arbeit tun.«

Joe nickte. Über die Rampe, die man über die Kellertreppe gelegt hatte, schob er sich auf die Straße hinauf und rollte in Richtung Norden, weil er wußte, daß es dort Läden gab.

Er dachte an Jacobs Worte: »... Ihr Zorn hilft den Menschen auch nicht weiter.« Joe wußte, daß er recht hatte, aber es gab Zeiten, da hatte er nichts außer seinem Zorn. Der Zorn spornte ihn an. Er hatte ihn dazu gebracht, Riis hierherzuholen, Zeitungsredakteure für seine Fotos zu interessieren und immer wieder gegen die Selbstzufriedenheit seiner Regierung anzugehen. Mit etwas Glück wäre es Zorn – nicht seiner, sondern der des Premierministers –, der ihm zu dem Geld verhalf, das er haben wollte. Zu den gesamten hunderttausend Pfund.

Der Premierminister war jetzt schon wütend – nicht über die Zustände im East End, sondern auf ihn. Er war wütend, weil Joe unablässig das Eisenbahnprojekt in Uganda und die skandalös hohe Summe kritisierte, die ihr Bau gekostet hatte. Er war sogar so erzürnt, daß er Joe vor einem Monat gemeinsam mit ausgesuchten Mitgliedern des Kolonialministeriums in sein Büro gebeten hatte, um ihn zum Einlenken zu bewegen.

»Wir streben einen gegenseitigen Ausgleich an«, sagte Campbell-Bannerman. »Sie hören auf, über die Eisenbahn herzuziehen, und wir stellen Ihnen etwas Geld zur Verfügung.«

»Wieviel?«

»Ich denke, wir könnten zwanzigtausend Pfund anbieten.«

»Das ist nur ein Fünftel von dem, was wir brauchen. Ich betrachte das als eine ausgesprochene Beleidigung«, erwiderte Joe und schickte sich zum Gehen an.

»Seien Sie vernünftig, Bristow! Wir brauchen diese Eisenbahn.«

»Wozu?« fragte Joe. »Um die Leute, die sich das Land unter den Nagel reißen wollen, zu den besten Ackerböden zu fahren?«

»Das ist eine verdammt zynische Sichtweise«, protestierte Freddie Lytton außer sich. »Die Uganda-Linie wurde nicht für Spekulanten eingerichtet, sondern um die Forschung voranzubringen und Missionare zu den Eingeborenen zu schicken.«

Joe lachte laut auf. »Die Regierung gibt fünf Millionen Pfund für den Transport von Missionaren aus? Die Afrikaner wissen gar nicht, was für ein Glück sie haben. Wir kriegen erstklassiges Farmland, neue Im- und Exportmärkte, vergrößern unser Empire, und sie kriegen einen Gott, den sie nicht wollen, mitsamt ein paar elenden Gesangsbüchern.« Verbittert schüttelte er den Kopf. »Ich würde sagen, Raub ist kein fairer Tausch. Aber wenigstens können sie alle das Vaterunser aufsagen, während sie ihr Vieh auf den paar Hektar weiden, die wir ihnen noch lassen. Außerdem sind zusätzliche Nebenstrecken geplant. Ich habe die technischen Berichte gelesen. Wieviel werden die kosten? Noch ein, zwei Millionen? Was geben Sie für Krankenhäuser in Hackney aus? Für Schulen in Whitechapel? Für Suppenküchen in Limehouse? Wissen Sie, daß jetzt, in diesem Moment, kleine Kinder an Hunger sterben – an *Hunger!* –, hier in London? Nein, natürlich nicht. Weil Sie noch nie einen Fuß ins East End gesetzt haben.«

»Ihre Anteilnahme ist äußerst rührend«, sagte Freddie eisig. »Und so ungewöhnlich bei einem derart reichen Mann. Sie hat natürlich nichts damit zu tun, daß Sie Ihre Wähler beeindrucken wollen, oder?«

»Nein, das hat es nicht. Und zu Ihrer Information, Freddie. Ich bin kein reicher Mann. Ich bin ein armer Mann mit viel Geld. Das ist ein großer Unterschied. Ich hab' nie vergessen, wie es ist, zu hungern und zu frieren, und das werde ich auch nicht.«

»Wenn wir Ihnen das Geld geben, pfeifen Sie dann Ihre Kettenhunde zurück?«

»Ja.«

»Und wenn nicht?«

»Lass' ich den ganzen Zwinger los.«

»Ich würde fast sagen, Sie erpressen mich.«

»Um Himmels willen, Henry, natürlich erpresse ich Sie!«

»Was genau wollen Sie?«

»Ich will hunderttausend Pfund, um fünf Kliniken und fünf Schulen in meinem Wahlkreis einzurichten. Das macht zehntausend für jedes Projekt – bauen oder renovieren, einschließlich der Einrichtung und finanziellen Ausstattung.« Er warf eine dicke Akte auf den Tisch. »Das hier ist ein umfassender Kostenvoranschlag bezüglich der Immobilien-, Bau- und Unterhaltskosten.«

Campbell-Bannerman hatte Zustimmung signalisiert, aber nichts versprochen, und Joe hatte verärgert die Downing Street verlassen. Er war in sein Büro zurückgekehrt und hatte seine Sekretärin angefahren, sie solle dafür sorgen, mit dem nächsten Schiff den Fotografen Jacob Riis herbeizuschaffen.

Bis jetzt hatte dieser erst drei Geschichten veröffentlicht – zwei im *Clarion* und eine in der *Times* –, und schon war die Hauptlobby in Westminster mit deutlich mehr Menschen gefüllt, es wurde lauter debattiert, und in der Poststelle des Unterhauses ging die doppelte Menge an Briefsäcken ein. Joe erwartete jeden Tag, wieder in die Downing Street gerufen zu werden.

Joe rollte an der alten St.-Patrick-Kirche mit dem ummauerten Friedhof vorbei und sah eine elegante schwarze Kutsche vor den Toren stehen – ein seltener Anblick in diesem armen Teil der Stadt. Als er näher kam, stellte er verblüfft fest, daß sie ihm selbst gehörte. Er wußte, daß Fionas Eltern und ihre Schwester hier begraben waren und daß sie die Gräber selbst pflegte. Sie mußte hiersein, dachte er und fuhr den gewundenen Friedhofsweg entlang.

Er entdeckte sie zwischen den Grabsteinen. Narzissen und Glockenblumen blühten dort. Sie hatte das Gras vom Laub befreit und sich hingekniet, um welke Blätter abzuzupfen. Wegen ihrer Schwangerschaft bewegte sie sich schwerfällig und langsam. Er sah, wie sie den Grabstein ihres Vaters abstaubte und dann mit der Hand über den Teil des Grabes fuhr, auf dem der Name Charlie Finnegan stand. Der echte Sid Malone, der Mann, der den jungen Charlie Finnegan angegriffen und den dieser getötet hatte, lag hier begraben. Als Fiona die Wahrheit herausgefunden hatte, hatte sie sich geweigert, den Namen zu ändern, aus Angst, damit unerwünschte Fragen heraufzubeschwören. Joe sah, wie sie die Hände vors Gesicht schlug und den Kopf senkte. Sie weinte.

So schnell er die Räder seines Rollstuhls in Bewegung setzen konnte, fuhr Joe den Weg hinunter. Das Knirschen des Kieses ließ Fiona aufblicken.

»Joe?« fragte sie und wischte sich hastig die Tränen ab. »Was machst du hier?«

»Ich arbeite mit Riis. Was ist los, Fee?«

»Nichts. Gar nichts. Ich hab bloß ...«

»Ist schon gut, Schatz, du kannst es mir sagen.«

Sie wußten beide, welchen Schaden die Suche nach Sid ihrer Ehe zugefügt hatte. Seit dem Tag, an dem Joe aus dem Koma aufgewacht war und der Polizei und der Presse erklärt hatte, daß nicht Sid Malone, sondern Frankie Betts ihn angeschossen habe, hatte Fiona nur einmal über ihren Bruder gesprochen. Damals gestand sie ihrem Mann, daß Sid in ihr Haus gekommen war und Seamie und sie ihm geholfen hatten, aus dem Land zu flüchten. Danach hatte sie ihn nie mehr erwähnt.

»Ich versuche, nicht zu oft an ihn zu denken«, sagte sie jetzt. »Aber wenn ich hierherkomme, ist das schwer. Es ist das sichere Wissen, daß er nicht mehr heimkommen kann, das mich so bedrückt. Wenn jemand ihn erkennen und anzeigen würde, käme er ins Gefängnis. Alvin Donaldson und Freddie Lytton würden ihn immer noch gern hängen sehen für den Mord an Gemma Dean. Ich wünschte, er könnte zurückkommen, Joe. Ich wünschte, ich könnte ihn eines Tages wiedersehen.«

Wieder kamen ihr die Tränen. Joe wischte sie weg. Es schmerzte ihn, als er begriff, daß sie so lange Zeit versucht hatte, ihren Kummer vor ihm zu verbergen. Und es tat ihm weh, daß sie noch immer litt. Dennoch wußte er nicht, wie er ihr helfen konnte. Er hatte richtigstellen können, daß nicht Sid ihm nach dem Leben getrachtet hatte, aber Gemma Dean war dazu nicht in der Lage.

Sobald Alvin Donaldson erfahren hatte, daß Betts der Täter war, hatte er alle Hebel in Bewegung gesetzt, um ihn wegen Gemma Dean zu verhören, aber Frankie bestritt, irgend etwas mit dem Mord an ihr zu tun zu haben. Der Verdacht war wieder auf Sid Malone zurückgefallen und nie entkräftet worden. Joe wußte, daß Fiona recht hatte. Ihr Bruder konnte nie mehr zurückkommen.

Als Fiona sich beruhigt hatte, bestand Joe darauf, daß sie nach Hause fuhr. Als er der Kutsche nachblickte, nagten Schuldgefühle an ihm. Während er für vollkommen fremde Menschen kämpfte, weinte seine Frau allein auf einem Friedhof. Das war nicht richtig. Er mußte etwas für sie tun. Er mußte versuchen, Sids Namen reinzuwaschen. Er wußte noch nicht, wie, aber ihm war klar, daß er dem Mord an Gemma Dean auf den Grund gehen mußte.

Damit würde er morgen beginnen. Mit dem Mann, der ihn beinahe getötet hätte.

Er würde Frank Betts einen Besuch abstatten.

erdammter Mist«, fluchte Willa.

»Schon wieder?«

Sie nickte, legte den Stift weg und verschwand hinter einem Felsen. Seamie, der gerade die Westwand des Mawenzi mit einem Quadranten vermaß, konnte hören, wie sie sich übergab.

»Alles in Ordnung?« rief er.

»Ja, alles in Ordnung«, antwortete sie.

Ein paar Minuten später kam sie zurück und schmolz in einem Kocher Schnee. Sie spülte sich den Mund mit Wasser aus, das sie anschließend ausspuckte.

»Woran liegt das? Nur an der Höhe?« fragte Seamie.

»Es liegt nicht an der Höhe, sondern am zornigen Berggott der Dschagga. Sein Name ist Vomitus, und er ist stinksauer.«

Seamie lachte laut auf, bewegte damit den Quadranten und ruinierte seine Messung.

In Taveta, wo sie haltgemacht hatten, um Verpflegung aufzunehmen, hatten sie zwei Stammesmitglieder der Dschagga gefunden. Es hatte einiger Überredungskunst bedurft, aber Seamie und Willa brachten sie dazu, sie durch den dichten Wald zu führen, der den Berg umgab. Die Dschagga, die den Berg »Kilema Kyaro« nannten, was soviel wie *Der Unbezwingbare* hieß, glaubten, daß im Innern des Kilimandscharo ein zorniger Gott lebte, der jeden bestrafte, der ihn zu besteigen wagte. Willa mußte sie erst mit einer Lampe, einem kleinen Spiegel, einem Messer und ihrem goldenen Siegelring ködern, ehe sie bereit waren, sie zu führen. Tepili, der den Dschagga nicht traute, hatte während des Marsches durch den Wald argwöhnisch geschwiegen. Auch Peter Boedecker hatte sie vor den Dschagga gewarnt, doch Seamie und Willa kamen gut mit ihnen aus.

»Trink ein bißchen Wasser«, sagte Seamie. »Spuck es nicht bloß aus.«

»Bah.«

»Trink es. Das mußt du. Sonst wird's noch schlimmer.«

»Wüßte nicht, wie das möglich wäre.«

Seit sie viertausend Meter erreicht hatten, wurde Willa von der Höhenkrankheit geplagt. Ihr Plan war gewesen, zum Sattel hinaufzusteigen – einem langgezogenen Hang, der sich zwischen Kibo- und Mawensi-Gipfel erstreckte – und nahe beim Mawensi ein Lager zu errichten. Von dort wollten sie mit Hilfe ihrer mitgebrachten Instrumente die Westseite des Bergs erkunden.

Anfangs hatte die Schwierigkeit darin bestanden, in dem dichten Wald um den Fuß des Kilimandscharo auf Kurs zu bleiben, doch die Dschagga waren eine echte Hilfe und brachten sie, ohne ein einziges Mal einen Kompaß zu benutzen, zu ihrem Ziel. Nachdem sie tagelang durch heiße, trockene Ebenen gewandert waren, war Seamie von der Fülle des Urwalds fasziniert. Kampfer-, Feigen- und Steineiben hatten ihnen beim Aufstieg Schatten gespendet. Neugierige Colobusaffen, die sich von Liane zu Liane schwangen, waren ihnen gefolgt. Nashorn- und rotgestreifte Turako-Vögel kreisten krächzend über ihnen. Und einmal sprang sogar ein fauchender Leopard aus einem Gebüsch aus Riesenfarnen.

Weiter oben war der Wald in Heide übergegangen, dann kamen Klippen, Grate und Geröll und schließlich die Hochlandwüste des Sattels. Die ersten Anzeichen von Höhenkrankheit – hämmernde Kopfschmerzen – traten nach dreitausend Metern auf. Darauf folgten Übelkeit und Schlappheit.

Da sie sich an ihren Plan hielten, hoch hinaufzusteigen, aber weiter unten zu schlafen, hatten sie fünf Tage gebraucht, um ihre Ausrüstung von der Heidelandschaft über das Gletschereis zu transportieren, sie in dem Lager am Mawensi abzustellen und dann zum Schlafen auf tausend Meter abzusteigen. Die Massaiträger, die für Klettertouren über Eis nicht ausgerüstet waren, blieben in dem Heideland zurück und warteten bis zu ihrem endgültigen Abstieg auf sie. Es war harte Arbeit gewesen, ein Zelt, einen Kocher mit Brennstoff, Schlafsäcke, Lampen, Essen, Kleider, Kameras und Instrumente über das Eis zu schleppen. Ihre Eispickel waren hilfreich gewesen, aber noch wichtiger wurden für sie die Steigeisen, die ihnen guten Halt boten.

Seamie hatte nur drei Tage gebraucht, um sich zu akklimatisieren.

Er litt zwar immer noch unter Kopfschmerzen, und seine Leistung war nicht so gut wie unten in der Ebene, doch allmählich fühlte er sich besser. Anders Willa. Er machte sich Sorgen um sie, aber sie fegte seine Bedenken beiseite. Obwohl es ihr schlechtging, ließ sie sich nichts anmerken und versuchte, mit ihm Schritt zu halten.

Willa zerrieb einen weiteren Schneeklumpen über dem erhitzten Wasser und ging dann zu Seamie hinüber, der an dem kleinen Zeichentisch saß, den sie mit heraufgebracht hatten. Sie sah auf die Karte, die sie stetig verbesserten, auf die Meßdaten, die er eingetragen hatte, und schließlich auf den Berg selbst. Die Vorarbeiten waren fast abgeschlossen. Am Ende des Tages hätten sie eine ausführliche Karte der westlichen Wand erstellt, und sie selbst hatte alle Fotos gemacht, die sie für ihr Buch brauchte. In einem, spätestens in zwei Tagen würden sie mit dem Aufstieg beginnen.

»Denkst du immer noch an die Schlucht?« fragte sie.

Seamie nickte nachdenklich.

»Könnte knifflig werden.«

Seamie *wußte*, daß es knifflig werden würde. Schluchten boten oft den besten Weg zum Gipfel. Unglücklicherweise dienten sie aber auch als Rutschen für Geröll und Eisbrocken, die sich in der Sonnenhitze lösten und ohne Vorwarnung herunterstürzen konnten.

»Wenn wir früh genug in der Schlucht sind, bevor es heiß wird, könnten wir Glück haben. Siehst du, wo sich dieser Überhang mit dem Grat schneidet? Um dort hinzukommen, steigen wir durch den nordwestlichen Korridor hinauf und bleiben eine Nacht am Kamm. Dann klettern wir durch die Schlucht, danach zum Gipfel und steigen dann bis zum Kamm wieder ab. Wenn wir noch einmal übernachten müssen, tun wir's. Wenn nicht, nehmen wir unsere Sachen und machen uns auf derselben Route, durch den Korridor, an den Abstieg.«

Willa sah mit gerunzelter Stirn auf die verschneite Wand.

»Es ist nicht ohne Risiko«, fügte Seamie hinzu. »Wir müssen uns ziemlich beeilen.«

Seamie wußte, sie würde verstehen, was er meinte – sie durften der Höhenkrankheit keine Chance geben.

Willa blickte wieder zu dem verschneiten Gipfel hinauf, schwieg eine Weile und sagte dann: »Wir werden die ersten sein, die den Mawensi besteigen.«

Ihr Tonfall verblüffte ihn, die Entschlossenheit, die sich darin ausdrückte, der eiserne Wille. Für sie gab es keine Kompromisse, sondern nur Sieg oder Niederlage. Er kannte diesen Tonfall – von Shackleton, von Scott und von sich selbst.

Willa war von Ehrgeiz getrieben und wollte sich unbedingt einen Namen machen. Das spornte ihn an und beunruhigte ihn gleichzeitig. Nicht weil sie eine Frau war – er war an entschlossene Frauen gewöhnt –, sondern weil er sie liebte.

Für den Sieg bezahlte man einen Preis, und manchmal war der hoch. Der lange Marsch, den sie hinter sich hatten, sogar der mühsame Aufstieg über den Gletscher war nichts im Vergleich dazu, bei Temperaturen unter dem Gefrierpunkt eine nackte Felswand hinaufzuklettern und in der dünnen Luft genügend Sauerstoff zu bekommen. Wenn sie den Mawensi erklommen, müßte er seine Gefühle für sie vergessen. Er fragte sich, ob er dazu in der Lage war.

»Die Route ist gut«, sagte sie plötzlich entschieden. »Solange wir in der Schlucht sind, bevor die Sonne brennt, kann nichts passieren. Wollen wir hoffen, der zornige Gott ist nicht zu zornig an diesem Tag.«

Seamie warf noch einmal einen Blick zu der langen vereisten Schlucht hinauf. Er blickte auf die gezackten Spitzen des Gipfels und die Schneewolken, die darüber hinwegzogen, und antwortete: »Hoffen wir lieber, daß er noch nicht mal verstimmt ist.«

94

*C*harlotte Lytton sah auf das Tier, das leblos zusammengekrümmt zu ihren Füßen lag und aus dessen Mund Blut sickerte und an dessen Augen Fliegen fraßen. Die Träger hatten es dort hingelegt, weil sie dachten, sie wolle die Trophäe sehen. Doch das wollte sie nicht. Sie begriff nicht, warum jemand so etwas tat, warum man so etwas Schönes zerstörte. Sie hob den Kopf und blickte den Mann an, der den Löwen geschossen hatte – ihren gutaussehenden, lachenden Vater. Man beglückwünschte ihn. Lord Delamere klopfte ihm auf die Schulter, und Sir James Hayes Sadler reichte ihm ein Glas Champagner. Während sie ihn ansah, tat sie etwas, was sie schon machte, seit sie denken konnte. Sie flüsterte: »Du bist nicht mein Vater. Das bist du nicht. Du bist ein Dieb. Du hast meinen wirklichen Vater gestohlen und dich selbst an seine Stelle gesetzt. Genau wie in einem Märchen.«

Jetzt konnte sie das Blut des Löwen riechen. Ihr wurde schwindelig, aber sie wußte, daß ihr Vater böse werden würde, wenn sie in Ohnmacht fiel. Also nahm sie seine Hand und sagte: »Glückwunsch, Vater.«

Er wandte sich zu ihr um, lächelte breit und tätschelte ihren Kopf, was er immer tat, wenn er in der Öffentlichkeit als liebevoller Vater dastehen wollte. Doch sie wußte, daß er sie nicht liebte. Ihr war das recht, denn sie liebte ihn auch nicht. Sie spielten beide nur Theater. Obwohl sie besser darin war.

Weitere Träger tauchten auf. Einige trugen zu zweit ein Zebra, andere eine Gazelle. Die Tiere waren mit den Hufen an Stangen gebunden, ihre Köpfe schwankten schlaff hin und her, die Zungen hingen heraus. Charlotte bewegte sich langsam von den toten Tieren und den lachenden Männern auf ihre Mutter und die anderen Frauen zu, die auf Campingstühlen unter dem breiten Blätterdach einer Akazie saßen. Sie stellte sich hinter ihre Mutter, die in ihrer weißen Bluse und dem khakifarbenen Rock sehr hübsch aussah, und drückte die Wange an die ihre.

»Da bist du ja, Charlotte, Liebling«, sagte India und drehte sich um, um ihr einen Kuß zu geben.

»Vater ist zurück. Lord Delamere und Sir James auch.«

»Ach, wirklich?« seufzte Lady Delamere. »Und wir hatten einen so schönen Morgen hier.«

Alle Damen, außer ihrer Mutter, lachten. Sie versteifte sich ein wenig beim Anblick ihres Vaters, was jedoch niemand außer Charlotte wahrnahm. Ihre Mutter sah aus, als könne sie nicht atmen, wenn ihr Vater in der Nähe war. Er war, als würde er ihr die Luft nehmen. Er war grausam zu ihr, nicht körperlich, aber mit seinen Worten. Und mit seinem Schweigen.

Wenn er in Regierungsangelegenheiten fort war, was oft vorkam, war ihre Mutter anders. Dann verschwand die Traurigkeit, die immer in ihren Augen stand. Charlotte träumte oft, daß sie und ihre Mutter davonliefen. Zumeist ans Meer – sie liebte das Meer. Aber auch jeder andere Ort wäre ihr recht gewesen, solange es nur irgendwo war, wo ihr Vater sie nicht finden konnte. Sie wünschte, sie könnten sich in der Nacht aus den Zelten fortschleichen, in die afrikanischen Berge reiten und nie mehr wiederkommen. Wie sehr sie die Grassteppen liebte, die sich scheinbar endlos erstreckten! Und den weiten blauen Himmel. Sie mochte die großen, wilden Massaikrieger in ihrem schwarzen Federornat und der roten Bemalung. Sie mochte die Kikuyudörfer mit den schönen Hütten und Feldern und die stolzen Somalis, deren Frauen sich von Kopf bis Fuß verschleiern mußten, damit kein Mann ihre Gesichter sah und sich in sie verliebte.

Vielleicht konnten sie *tatsächlich* fortlaufen, wenn diese schreckliche Safari vorbei war. Und sei es nur für einen Nachmittag.

Sie waren von Mombasa nach Nairobi gefahren, wo ihre Eltern zwei Wochen lang mit Bällen, Diners und Partys gefeiert wurden. Anschließend waren sie zu Delameres riesiger Farm gereist, wo sie wieder eine Woche verbrachten, dann zum Victoriasee am Ende der Uganda-Bahnlinie, und nun befanden sie sich auf Safari in Thika. Wenn die vorbei war, würden sie eine Woche Ferien am Mount Kenya machen, in einem Haus, das sie von irgendeiner Lady gemietet hatten. Dort wären sie nur zu dritt mit einer Handvoll Diener. Ihr Vater mußte Artikel und Berichte schreiben. Dafür brauchte er Ruhe und

Frieden – die Gelegenheit für sie und ihre Mutter, wenn er mit seiner Arbeit beschäftigt war.

»Die großen Jäger sind zurück!« verkündete Lord Delamere dröhnend und brachte den Damen Champagner.

»Hast du irgendwas erwischt, Liebling?« fragte seine Frau.

»Eine Menge!« sagte er. »Und Lytton hat einen Löwen erlegt. Einen riesigen Burschen!«

Charlotte blickte zu dem wachsenden Berg toter Tiere hinüber und auf den Löwen, der seine ganze Anmut und Majestät verloren hatte. Tränen brannten in ihren Augen. Sie konnte seinen Anblick nicht länger ertragen. Gerade als sie sich von der Gesellschaft entfernen und in ihr Zelt gehen wollte, sprach Delamere sie an. »Alles in Ordnung, mein Mädchen?« fragte er.

Sie nickte fröhlich. »Bloß ein bißchen müde«, antwortete sie. Sie wußte, daß man das sagte, wenn etwas nicht in Ordnung war, aber man nicht darüber sprechen wollte. Ihre Mutter tat das ständig.

»Das kommt von der Sonne. Leg dich eine Weile hin. Das tut dir gut.«

Charlotte nickte. Er zerzauste ihr Haar, brachte ihre hübsch geflochtenen Zöpfe durcheinander, dann konnte sie ihren Weg fortsetzen.

Im Zelt überkam sie der dringende Wunsch, allein zu sein. Sie erinnerte sich, daß sie auf dem Weg zum Lager einen wundervollen silbernen Wasserfall gesehen hatte. Der war sicher nicht allzu weit entfernt. Dort würde sie hingehen und dem Rauschen des Wassers lauschen, vielleicht die Stiefel ausziehen und ihre Zehen eintauchen. Sie nahm ihre Puppe Jane und machte sich auf den Weg.

Charlotte war ein stilles, vorsichtiges Kind, das stets gehorsam war, daher überzeugte sich auch an diesem Abend niemand davon, daß sie tatsächlich ins Zelt gegangen war.

Erst als es Zeit zum Abendessen war – fast drei Stunden nachdem Charlotte das Lager verlassen hatte –, kam India aus ihrem Zelt gelaufen und rief: »Wo ist Charlotte? Bitte, hat jemand meine Tochter gesehen?«

✥ 95 ✥

Sid hörte die Reiter, bevor er sie sah. Er saß im Gras neben seinem Lagerfeuer, wo er soeben sein Frühstück beendete, als die stampfenden Hufe in seine Richtung galoppierten.

Sie kommen verdammt schnell näher, dachte er. *Warum?*

Er stand auf, beschattete die Augen mit den Händen und hielt Ausschau nach ihnen. Dann entdeckte er sie. Es waren zwei. Sie kamen aus Richtung Thika. Thika war nicht weit entfernt. Er hätte gestern abend nach Hause reiten können, wenn er gewollt hätte, aber ihm war es lieber gewesen, noch eine Nacht unter dem freien Sternenhimmel zu verbringen. Und, wenn er ehrlich war, sich in einiger Distanz zu den Lyttons zu halten.

Jetzt konnte er einen der Reiter erkennen. Es war Maggie. In Begleitung eines Mannes. Sid kniff die Augen zusammen. Der Mann war jung und schlank. Er kannte ihn. Es war Tom Meade, der Stellvertreter des Distriktkommissars.

»Was zum Teufel will die Regierung denn jetzt noch?« fragte er sich laut. »Ich hab' doch gerade ihren verdammten Kartenzeichner in ganz Kenia herumgeführt.«

Maggie ritt atemlos und ohne zu lächeln auf ihn zu. Ihr Pferd war schweißbedeckt. Plötzlich überkam Sid eine schlechte Vorahnung.

»Hast du mich so sehr vermißt, Maggie?« versuchte er zu scherzen, als sie nahe genug war, um ihn zu verstehen.

»Mach dir deswegen mal keine Sorgen. Es gibt Schwierigkeiten«, sagte sie, sprang ab und begann, mit dem Fuß Staub aufs Feuer zu schieben.

»Was ist? Was gibt's denn?« fragte Sid und sah von ihr zu Tom.

»Ein Mädchen ist verschwunden«, antwortete Tom außer Atem. »Delamere hat mich zu Maggie geschickt, um dich zu holen. Er sagt, du kennst die Gegend besser als jeder andere. Maggie meinte, du seist fort, würdest aber bald wieder zurückkommen. Wir haben eigentlich nur auf Verdacht im Norden gesucht und dann den Rauch von deinem Feuer gesehen.«

»Wer ist verschwunden, Tom? Wo?« fragte Sid und baute bereits sein Lager ab.

»Kümmere dich nicht um deine Sachen. Ich nehm' sie mit«, sagte Maggie. »Sattle dein Pferd.«

»Der Unterstaatssekretär ... Freddie Lytton ... seine Tochter ist weg«, stammelte Tom. »Die Lyttons sind mit den Delameres, dem Gouverneur und mir auf Safari und ...«

»Ihr *Name*, Tom.«

»Charlotte. Sie ist weggelaufen und ...«

»Wie alt?«

»Etwa sechs.«

Sid streifte das Zaumzeug über den Kopf seines Pferds und hielt dann inne. »O Gott«, sagte er leise. »Wie lange ist das her?«

»Seit gestern nachmittag.«

Sid drehte sich um. »Um Himmels willen, Tom! Was ist mit den verdammten Führern?« rief er.

»Sie suchen sie, seit ihre Mutter festgestellt hat, daß sie verschwunden ist, haben aber nicht die geringste Spur von ihr.«

»Wo hat man sie zuletzt gesehen?«

»In ihrem Zelt. Aber einer der Führer hat ihre Spur bis zum Fluß verfolgt.«

»Der Fluß ist voller Krokodile. Und dort gibt's eine Python, die so dick ist wie ein Baum!«

»Nicht mehr. Die Führer haben alles abgeknallt.«

»Die Schlange auch?«

Tom nickte. »Und aufgeschnitten. Nichts.«

»Sie hat also einen Spaziergang gemacht«, sagte Sid und warf den Sattel auf den Rücken seines Pferds. *Sie*. Sie war Indias Tochter. Er würde alles tun, um India zu ersparen, worauf sie sich gefaßt machen mußte. Alles. Aber es hätte keinen Sinn. Es war zu spät. Dessen war er sich sicher.

»Ich nehme an, du willst gleich zum Lager reiten. Um den Unterstaatssekretär zu sprechen.«

»Nein, das will ich ganz bestimmt nicht«, antwortete Sid.

»Aber ...«

»Ich geh' direkt zum Fluß. Hoffentlich haben diese verdammten

Idioten, die sich Führer schimpfen, noch eine Spur übriggelassen, irgendwas, das mir weiterhilft.«

»Die Lyttons sind außer sich vor Sorge. Lady Lytton mußte sediert werden. Sie wollen dich sehen.«

»Dafür ist keine Zeit! Verstehst du das nicht? Hier ist ein Löwengebiet, Tom. Ein kleines Mädchen ganz allein dort draußen ... sie hat keine Chance.«

Tom zuckte zusammen. »Was sagst du da?«

»Daß es auf eine Bergung hinausläuft, nicht auf eine Rettung. Ich bringe den Eltern etwas, das sie beerdigen können, das ist alles. Und jetzt geh mir aus dem Weg, damit ich noch was finden kann, bevor's die Geier tun.«

*S*id starrte auf die zerrissenen, übel zugerichteten Kadaver auf dem Boden und seufzte erleichtert auf. Er hatte das Summen der Fliegen gehört und das Blut gerochen. Er war sicher gewesen, daß sie es war – Charlotte Lytton –, aber es war nur eine tote Gazelle. Vorsichtig zog er sich zurück, weil er wußte, daß das Tier, das sie getötet hatte, vermutlich noch in der Nähe war. Er schwang sich wieder in den Sattel, gab seinem Pferd die Sporen und ritt nach Südwesten in Richtung der Athi-Ebene.

Seit zwei Tagen suchte er inzwischen nach dem Mädchen. Nachdem er mit Tom Meade gesprochen hatte, war er in Windeseile zum Thika-Fluß geritten. Niemand von den Lyttons war mehr dort. Er fluchte laut, als er das Flußufer betrachtete. Alles war mit ihren Fußabdrücken übersät, die es unmöglich machten, die geringste Spur zu erkennen, die Charlotte vielleicht zurücklassen haben könnte. Er fragte Tom, wo die Gruppe hingegangen war. Tom antwortete, ein Teil sei nach Westen, der andere nach Osten geritten. Dann würden sie nach Norden schwenken und sich am Tana-Fluß treffen.

Sid hatte, die Augen auf den Boden geheftet, weitergesucht, während Tom erklärte, was die Führer vorhatten. Ausgehend vom südlichen Flußufer, das sich in nächster Nähe zum Lager befand, suchte er in immer größer werdendem Bogen die Gegend ab, in der Hoffnung, einen Hinweis zu finden. Und dann entdeckte er ihn. Einen kleinen, schmalen Fußabdruck in der roten Erde, der nach Osten zeigte. Als er ihn ansah, stellte er fest, daß dies Sinn ergab. Es war Nachmittag, als sie wegging, die Zeit vor Sonnenuntergang. Charlotte war vermutlich blond – wie ihre Mutter und ihr Vater – und die afrikanische Sonne nicht gewöhnt. Sie würde also nicht direkt darauf zugehen, sondern sich vor ihr abwenden und den Weg nach Osten einschlagen.

Er sagte Tom, daß er spätestens in drei Tagen wieder zurück sei.

Tom wollte mit ihm kommen, aber das hatte Sid abgelehnt. Er arbeite am besten, wenn er allein sei.

Am Ende des ersten Tags wurde er belohnt und fand ein kleines weißes Taschentuch, in das ihre Initialen eingestickt waren. Es hatte sich im hohen Gras verfangen und war zerknüllt. Wahrscheinlich hat sie geweint, dachte er. Blutflecken waren keine darauf, und das ließ ihn Hoffnung schöpfen. Er schrie ihren Namen, bis er heiser war, bekam aber keine Antwort. Die Spur hatte sich wieder verloren, aber das Taschentuch hatte ihm neuen Mut gemacht. Bis jetzt hatte er ihre Schritte richtig vorausgesehen, er wußte, wie sie dachte. Er würde sich weiterhin auf seinen Instinkt verlassen. Er ritt weiter und hielt erst an, als die Dunkelheit ihn dazu zwang.

Doch jetzt, vierundzwanzig Stunden nach dem Fund des Taschentuchs, war die Hoffnung wieder verschwunden. Alles stand gegen Charlotte. Die Wildnis barg einfach zu viele Gefahren.

Doch Sid vertrieb seine bangen Befürchtungen. Er wollte India ihre Tochter zurückbringen. Sie war die einzige Frau, die er je geliebt hatte, und er liebte sie noch immer. Er wollte sie vor einem entsetzlichen Schmerz bewahren.

Er ritt eine kleine Anhöhe hinauf und brachte sein Pferd zum Stehen. Mit dem Feldstecher suchte er die Umgebung ab – hielt Ausschau nach dem erhobenen, blutverschmierten Kopf eines Löwen oder nach dem Kampf um eine Beute. Er blickte in den Himmel auf der Suche nach träge kreisenden Geiern, aber er entdeckte nichts. Er wollte schon weiterreiten, als ihn plötzlich etwas innehalten ließ. Noch einmal betrachtete er langsam, Stück für Stück, den Horizont. Und dann sah er es – einen weißen Fleck in einem Akazienbaum. Zuerst nahm er ihn gar nicht wahr, sein Blick streifte darüber hinweg, hielt ihn nicht für wesentlich, dann ging er darauf zurück. Irgend etwas stimmte nicht damit. Er war zu groß für einen Vogel. Zu hell, um ein Tier zu sein. Er stellte sein Fernglas genauer darauf ein. Er konnte den weißen Fleck, der zudem von Ästen verdeckt war, noch immer nicht einordnen. Und dann bewegte er sich plötzlich. Und darunter bewegte sich etwas anderes. Etwas Braunes.

Sid steckte sein Fernglas in die Satteltasche und spornte sein Pferd an. Das war sie, das war Charlotte. Sie saß auf diesem Baum, unter dem Löwen lagen. Wieder flammte Hoffnung in ihm auf.

Aus etwa hundert Meter Entfernung sah er sie deutlich – zwei

Löwinnen. Eine richtete sich auf, stellte die Vorderpfoten gegen den Baum und streckte die Hinterläufe, dann ließ sie sich knurrend wieder herunter. Nach fünfzig Metern nahm er sein Gewehr und schoß in die Luft. Die Löwen ergriffen die Flucht. Gleich darauf war er bei dem Baum und sah in die Äste hinauf.

Ein kleines Mädchen, blond und sehr schmutzig, saß etwa fünf Meter weiter oben auf einer Astgabel, ihr Kopf ruhte an einem Zweig. Sie hielt Steine in der Hand. Ihre Rocktaschen beulten sich aus von weiteren Steinen. Sid war überrascht über ihre Umsicht. Mit den Steinen hatte sie die Löwen ferngehalten.

»Charlotte? Charlotte Lytton?« rief Sid.

Das Mädchen hob den Kopf und öffnete die Augen. Sie waren grau und sanft wie Taubenflügel. Es waren Indias Augen. »Tut mir leid, Sir, aber ich darf nicht mit Fremden sprechen.«

»Ich bin kein Fremder. Mein Name ist Sid Baxter. Deine Eltern haben mich ausgeschickt, um dich zu suchen.«

Charlotte versuchte, etwas zu sagen, aber ihre Lider flatterten, und sie sackte nach vorn. Die Steine fielen aus ihrer Hand und prasselten zu Boden. Fast wäre auch sie heruntergefallen.

Im Nu war Sid auf dem Baum. Er legte sich das Mädchen über die Schulter und stieg herunter, dann bettete er sie auf den Boden, holte die Feldflasche aus seiner Satteltasche und ließ Wasser über ihr Gesicht und ihren Hals rinnen. Sie kam zu sich, packte die Flasche und trank mit tiefen Schlucken.

»Langsam«, sagte er und richtete sie auf. »Ein Schluck nach dem anderen, sonst wird dir schlecht.«

Sie trank noch einmal und sagte dann: »Bitte, Sir, Sie haben Jane vergessen.«

Sid sah sich um. »Wer zum Teufel ist Jane?«

»Im Baum«, antwortete Charlotte.

Sid sah zu der Stelle hinauf, wo sie gesessen hatte. Direkt darüber war eine Puppe in eine kleine Astgabel gesteckt.

»Ich hol' sie gleich. Um dich mach' ich mir mehr Sorgen. Wie bist du denn den ganzen Weg hierhergekommen?«

»Gegangen. Manchmal gerannt. Wenn ich was gehört habe.«

»Das kann ich mir vorstellen.«

Er lehnte sie gegen den Baumstamm, gab ihr den harten Käse zu essen, den er in seiner Satteltasche hatte, und flößte ihr Wasser ein.

Dann holte er die Puppe und rieb das Kind mit der kühlenden Salbe ein, die Maggie ihm gegen Sonnenbrand gegeben hatte. Schließlich wurde ihr Blick klarer. Sie beugte sich vor. Inzwischen konnte sie wieder allein sitzen. Sid empfand große Bewunderung für diese tapfere kleine Person.

»Du bist ein sehr kluges Mädchen, weißt du das? Ich kenne erwachsene Leute, die nie daran gedacht hätten, auf einen Baum zu steigen, ganz zu schweigen davon, Steine mitzunehmen.«

»Meine Mami sagt, daß ich immer auf mich achtgeben soll. Alle Mädchen müssen das, sagt sie. Kennen Sie meine Mami, Mr. Baxter?« fragte Charlotte und sah ihn mit großen Augen an.

»Nein, das tue ich nicht«, log er.

»Ich glaube, sie kennt Sie. Einmal hat jemand Ihren Namen erwähnt. Im Zug. Das hat sie sehr traurig gemacht. Ich weiß nicht, warum. Wissen Sie's?«

»Keine Ahnung«, antwortete Sid, plötzlich heiser. Er räusperte sich und wechselte schnell das Thema. »Meinst du, du kannst reiten? Etwa eine Stunde, vielleicht zwei?«

Charlotte nickte.

»Wir reiten, so weit wir kommen, dann machen wir Rast. Du kannst schlafen. Bei Morgengrauen brechen wir wieder auf. Wenn wir Glück haben, bring' ich dich morgen rechtzeitig zum Abendessen zurück.«

Charlotte stand auf. Sie war ein bißchen wackelig auf den Beinen, und Sid machte sich Sorgen um sie. Der wirkliche Grund aber, warum er sich Sorgen machte, waren die Löwen. Er holte ein Hemd aus seiner Satteltasche und wickelte es Charlotte zum Schutz vor der immer noch brennenden Sonne um den Kopf, dann hob er sie in den Sattel. Schließlich schwang er sich hinter sie und nahm die Zügel.

Sie drehte sich um und sah ihn an. »Danke, daß Sie mich gefunden haben, Mr. Baxter. Mami wäre traurig gewesen, wenn die Löwen mich gefressen hätten.«

»Da bin ich mir sicher. Und dein Vater auch.«

»Nein, das glaube ich nicht.«

Sid war sicher, daß er sie mißverstanden hatte. Er wollte gerade losreiten, als sie sagte: »Ich wünschte, Sie wären der Sid Baxter, den meine Mami kannte. Sie sind sehr nett. Ich glaube, Sie könnten sie wieder zum Lachen bringen.«

»Sei jetzt still«, erwiderte er. »Sprich nicht. Lehn dich beim Reiten an mich und ruh dich aus. Du mußt deine Kräfte schonen.«

Sie ritten gemächlich los. Gegen Sid gelehnt, döste Charlotte ein. In der einen Hand hielt er die Zügel, den anderen Arm hatte er schützend um sie gelegt.

Als sie ihr Nachtlager aufschlugen und er für Charlotte ein Bett aus Savannengras und einer alten Decke bereitete, beschloß er, sie morgen auf der Farm der McGregors, östlich von Thika, zurückzulassen, und dann einen von McGregors Söhnen zu bitten, im Lager der Lyttons Bescheid zu geben, daß Charlotte bei ihnen war. Die McGregors besaßen ein schönes Steinhaus. Charlotte hätte es bequem dort. Sie brauchte Ruhe und gutes Essen, um sich von den Strapazen zu erholen. Alice McGregor war in Edinburgh Krankenschwester gewesen, bevor sie geheiratet hatte und ausgewandert war. Sid wußte, daß sie gut für das Mädchen sorgen würde.

❧ 97 ☙

*J*oe saß im Besucherraum des Gefängnisses von Wandsworth. Es war ein düsterer Ort aus kaltem Stein und dunklem Holz. Er holte tief Luft und versuchte, sich zu beruhigen. Es war schwer, dem Mann gegenüberzutreten, der auf ihn geschossen hatte, aber es gab keine andere Möglichkeit. Er glaubte, daß Frankie Betts und nicht Sid Malone Gemma Dean ermordet hatte, und er war nach Wandsworth gekommen, um ein Geständnis aus ihm herauszulocken.

Fest entschlossen, den Namen von Fionas Bruder reinzuwaschen, hatte er seine politischen Beziehungen spielen lassen und war direkt zu Herbert Gladstone, dem Innenminister, gegangen, um ihn persönlich dafür zu gewinnen, den Fall wiederaufzunehmen. Er hatte es geschafft, ihn dazu zu bringen, aber das hatte ihn einige Mühe gekostet.

»Aber warum *sollten* wir den Fall wiederaufnehmen?« fragte Gladstone und blätterte die Akte durch.

»Weil er nie wirklich abgeschlossen wurde«, antwortete Joe. »Der Mann, den man beschuldigt hat, Gemma Dean getötet zu haben, wurde nie angeklagt. Er ist gestorben, bevor das möglich war.«

»Hier steht, es gab einen Augenzeugen – keinen Geringeren als Freddie Lytton –, der schwor, er habe gesehen, wie Malone die arme Frau getötet hat«, sagte Gladstone.

»Vielleicht *dachte* Lytton nur, er habe Malone gesehen.«

»Das klingt nicht sehr wahrscheinlich. Ich bin mir sicher, er weiß, was er gesehen hat. Er ist schließlich ein fähiger junger Mann und kein seniler Tattergreis.«

»Tatsächlich, Herbert, ist das *durchaus* wahrscheinlich. Der Mann, der auf mich geschossen hat, Frankie Betts, gab sich als Sid Malone aus und wäre beinahe damit durchgekommen. Er sagte vor Gericht, er habe sich wie Sid verkleidet und eine Waffe gezogen, um mir Angst einzujagen. Ich habe ihm damals nicht geglaubt und glaube ihm auch jetzt nicht. Aber ich kann mir vorstellen, daß er dasselbe bei Gemma Dean getan hat. Er hat sich als Sid Malone ausgegeben, um ihm die Tat in die Schuhe zu schieben.«

»Aber warum? Warum sollte er so etwas tun? Und gleich zweimal?«

»Ich weiß es nicht, aber ich werde es herausfinden. Wenn Sie es mir gestatten.«

Gladstone sah ihn über den Rand seiner Brille hinweg an und fragte: »Ihr plötzliches Interesse an diesem Fall … das hat doch nichts mit Rache zu tun? Mit Unzufriedenheit über die Strafe, die Betts bekommen hat? Vielleicht glauben Sie, er hätte gehängt werden sollen für das, was er Ihnen angetan hat, und um das zu erreichen, sorgen Sie dafür, daß dies wegen des mutmaßlichen Mordes an Gemma Dean geschieht.«

»Nein, Herbert, es hat nichts mit Rache, sondern nur mit Gerechtigkeit zu tun.«

Gladstone blieb skeptisch, aber er sagte, Joe solle sehen, was er herausfinden könne. Um ihn bei seinen Nachforschungen zu unterstützen, hatte er an den Direktor des Gefängnisses geschrieben und gebeten, Joe in jeder Hinsicht behilflich zu sein.

Joe hatte Betts seit dem Tag vor rund sechs Jahren, als er in sein Büro getreten war und auf ihn geschossen hatte, nicht mehr gesehen. Er war zu schwach gewesen, um der Verhandlung beizuwohnen, und jetzt brauchte er einen Moment, um zu begreifen, daß der Mann, der von einem Wärter hereingeführt wurde, tatsächlich Frank Betts war. Joe war geschockt von seinem Aussehen. Frankie schien um fünfzig Jahre gealtert zu sein. Er war mager, schon leicht gebückt wie ein alter Mann, und seine Haare waren grau geworden. Seine Wangen waren eingefallen, aber hochrot. Seine Augen glänzten.

Die beiden Männer sahen einander lange an, ohne etwas zu sagen. Frankie war der erste, der das Schweigen brach.

»Wollten mal vorbeischauen, was? Sich versichern, daß es mir nicht zu gut geht? Freut es Sie, was Sie sehen?«

Joe blickte den Mann an, der ihm seine Beine und fast das Leben genommen hatte, und antwortete: »Nein, es freut mich nicht, Frankie. Ich wünschte, du wärst nicht hier. Ich wünschte, ich säße nicht in meinem Rollstuhl.«

Jetzt dämmerte es Frankie. »Ah, das ist es. Sie sind gekommen, um es mir heimzuzahlen. Der Wachmann kommt, bindet mir die Hände auf den Rücken, die Fußgelenke an den Stuhl, und niemand hat was gehört und gesehen.«

»Ich bin nicht gekommen, um Rache zu nehmen, Frankie. Das ist gar nicht nötig. Ich bin nicht wütend auf dich.«

Frankie lachte ungläubig.

»Ich war wütend, Frankie, aber jetzt bin ich's nicht mehr. Den Rest meines Lebens in diesem Stuhl zu sitzen ist Strafe genug. Ich wollte nicht auch noch der Gefangene meines Zorns werden.«

»Genau das hat *er* gesagt«, murmelte Frankie verbittert. »Über den Zorn. Den man loslassen soll.«

»Wer hat das gesagt?«

Frankie schüttelte den Kopf. »Niemand. Warum sind Sie hier? Was wollen Sie?«

»Deine Hilfe.«

»Meine Hilfe?« fragte Frankie verständnislos.

»Ja.«

»Ich bin ganz Ohr.«

»Ich bin wegen des Falles Gemma Dean hier.«

Frankie sog an seinen Zähnen und sagte nichts.

»Die Polizei glaubt, Sid Malone habe Gemma Dean getötet. Genauso, wie sie annahm, Sid Malone habe mich angeschossen, bis ich aufgewacht bin und die Sache richtigstellen konnte.«

Frankie wich einen Moment lang Joes Blick aus. »Ja, und?«

»Ich glaube, du hast Gemma Dean umgebracht. Stimmt das?«

Frankie brach in Lachen aus. »Nein, verdammt, ich war's nicht. Und selbst wenn, würde ich Ihnen das wohl kaum auf die Nase binden. Ich bin nicht zum Tode verurteilt worden, sondern zu lebenslänglich, schon vergessen? Dabei möchte ich's auch belassen.«

Joe sah ihn eindringlich an. »Vielleicht hat dir der Richter die Todesstrafe erspart, nicht aber Wandsworth.«

Frankie antwortete nicht.

»Es ist die Schwindsucht, nicht wahr?«

Frankie wandte sich an den Wärter, der mit verschränkten Armen an der Wand stand. »Ich will in meine Zelle zurück«, sagte er.

»Hilf mir, Frankie. Ich bitte dich. Du schuldest mir was.«

Frankie schoß nach vorn. »Ich bezahle meine Schulden, Kumpel. Jede elende Minute, jeden Tag für den Rest meines elenden Lebens.«

»Wenn du mir nicht helfen willst, hilf Malone. Hilf, seinen Namen reinzuwaschen.«

Frankie schlug mit seinen gefesselten Händen auf den Tisch. »Der Teufel soll Sid Malone holen! Nichts davon wär' passiert, wenn Malone nicht gewesen wär'«, sagte Frankie wütend. »Ich wär' nicht hier. Sie säßen nicht in diesem verdammten Rollstuhl. Ich helf' ihm nicht. Er ist tot. Meinetwegen kann er in der Hölle schmoren. Und die verdammte Doktorin mit ihm.«

»Warte mal. Langsam, Kumpel. Was für eine Doktorin?« fragte Joe verwirrt.

»Die Doktorin. Die mit der Klinik ...« Frankie brach ab. Als er wieder zu sprechen begann, zitterte seine Stimme vor Schmerz. »Wir waren die Könige, versteh'n Sie? Wir hatten alles, das ganze East End. Es wäre immer so weitergegangen. Nichts hätte uns aufgehalten. Nichts, bloß diese verdammte Doktorin. Sie hat ihn ruiniert. Hat alles ruiniert.« Er schüttelte den Kopf.

»Welche Klinik, Frankie? Welche Ärztin?« fragte Joe wieder.

Frankie sah ihn an, als hätte er seine Anwesenheit vergessen. »Niemand. Keiner. Für mich ist jetzt Schluß.« Er sprang auf und warf dabei den Stuhl um.

Joe fluchte insgeheim.

»Sind Sie fertig mit ihm, Sir?« fragte der Wärter.

Joe nickte. »Gib mir Bescheid, wenn du deine Meinung änderst, Frankie«, sagte er.

»Ja, sicher. Mit Gruß und Kuß.«

»Es ist eine Chance«, rief Joe ihm nach, als er zurück in seine Zelle geführt wurde. »Die Chance, einmal was Gutes zu tun. Davon wird es nicht mehr viele geben.«

Eine Eisentür fiel klappernd ins Schloß.

Er weiß, wer Gemma Dean umgebracht hat, dachte Joe. Er hatte es in seinen Augen gesehen. Er weiß es, will aber nichts sagen. Es ist nicht die Angst, die ihn schweigen läßt, sondern der Zorn. Er ist wütend. Auf Sid. Und auf noch jemanden – eine Ärztin. Aber warum? Und auf welche Ärztin?

Joe starrte auf die Tür. Er war so nahe dran gewesen. So verdammt nahe. Er müßte noch einmal herkommen und Frankie erneut in die Zange nehmen, aber zuerst brauchte er mehr Informationen. Er mußte herausfinden, wer diese mysteriöse Doktorin war.

Plötzlich glättete sich seine gefurchte Stirn. Er wußte genau, wer ihm helfen konnte. Sie hatte Verbindungen. Kannte jeden. Und vor allem kannte sie Ärzte. Sie würde ihm helfen, weil sie ihm etwas schuldete. Er hatte ihr zehntausend Pfund aus Regierungsgeldern zukommen lassen und vor ein paar Jahren eine private Schenkung von fünftausend Pfund, um eine neue Kinderabteilung einzurichten.

»Nach Hause, Sir?« fragte der Kutscher, als er in den Besucherraum trat, um ihn abzuholen.

»Nein, Myles«, antwortete Joe. »Noch nicht. Ich will zuerst in die Gunthorpe Street. In die Freie Whitechapel-Klinik für Frauen und Kinder.«

98

*I*ndia und Charlotte Lytton stiegen die Stufen zu Sid Baxters Hütte hinauf und spähten hinein.

»Hallo, Mr. Baxter?« rief India.

Keine Antwort.

»Ich glaube nicht, daß er da ist«, sagte Maggie Carr hinter ihnen. Sie hatte die beiden am Tor getroffen, als sie von McGregors Farm herübergeritten waren. »Gestern abend hat er mir gesagt, daß er heute in die Savanne rausreiten will. Er wollte eine Gazelle für Alice, meine Köchin, schießen. Ich sag' ihm, daß Sie vorbeigekommen sind.«

»Darf ich ihm bitte diese Nachricht hierlassen, Mrs. Carr?« fragte Charlotte und hielt einen Umschlag hoch. »Ich wollte mich bei ihm bedanken, daß er mich gerettet hat.«

»Natürlich darfst du das. Warum legst du sie nicht auf seinen Tisch?«

Charlotte nickte. Sie ging in den Bungalow. India folgte ihr und sah sich in dem kleinen Raum um. Er war ordentlich und gemütlich, wirkte aber irgendwie einsam.

»Ich würde gern hier wohnen, Mami«, sagte Charlotte plötzlich. »Sehr gern sogar. Glaubst du, Mr. Baxter würde uns das erlauben?«

»Ich glaube, er würde es ziemlich eng finden, Liebling«, antwortete India.

»Mir gefällt es hier besser als im Lager. Auch besser als im Haus des Gouverneurs.«

India lächelte.

Sids bescheidener Bungalow hatte etwas wundervoll Anheimelndes, er wirkte so einladend und vertraut.

»Möchten Sie eine Tasse Kaffee mit mir trinken?« fragte Maggie.

»Trinken Sie keinen Tee, Mrs. Carr?« fragte Charlotte.

»Ganz bestimmt nicht. Doch nicht auf der besten Kaffeeplantage in ganz Afrika!« rief Maggie verschmitzt lächelnd, und noch bevor

India ablehnen konnte, führte sie sie zu ihrem Haus. Es war genauso bescheiden wie Sids, aber größer. Es gab ein richtiges Wohnzimmer, eine Küche, ein Eßzimmer, zwei Schlafzimmer und einen Dachboden. Maggie bat ihre Köchin, Kaffee und Kekse zu bringen, und geleitete ihre Gäste dann auf die Veranda.

India setzte sich und blickte auf die glänzendgrünen Kaffeepflanzungen, die in die goldbraune Ebene übergingen. Dahinter sah sie den Mount Kenya, dessen Gipfel in den wolkenlosen Himmel ragte.

»Mrs. Carr, wenn ich diesen Blick und diese Veranda hätte, würde ich überhaupt nicht mehr arbeiten«, sagte sie.

Maggie lachte. »Wenn Sie zweihundertachtzig Hektar Kaffeeplantage hätten, würden Sie das schon, meine Liebe. Sie müßten es einfach.«

»Haben Sie keine Hilfe?«

»Doch. Die beste. Sid macht das für mich. Er beaufsichtigt die Farm und die Arbeiter und bringt meine Ernte auf den Markt. Letztes Jahr haben wir einen Rekord aufgestellt. Es wurde der beste Preis für Britisch-Ostafrikanischen Kaffee erzielt, der je bezahlt wurde. Im Moment müssen wir noch auf einer Nachbarfarm rösten, was natürlich Geld kostet. Aber bald rösten wir hier selbst. Ich hab' die Maschinen schon bestellt. Sie sollen im September kommen. Wir haben schon angefangen, eine Scheune dafür zu bauen. Im Sommer sollte sie fertig sein.« Maggie wandte sich an Charlotte. »Sag deinem Vater, wenn er den Siedlern helfen will, dann soll er eine Bahnlinie von Nairobi nach Thika bauen. Damit würden wir unsere Ernte schneller auf den Markt bringen.«

»Mein Vater hört nicht auf Kinder, Mrs. Carr. Er findet, man sollte uns nicht hören und nicht sehen«, antwortete Charlotte ernst.

»Ganz schön altmodisch! Ich krieg' die besten Ratschläge von Kindern. Erst neulich hat mir der kleine Mattie Thompson gesagt, ich solle bei Sonnenuntergang auf Bäume steigen. Ich hab's versucht, und er hat recht. Man hat den schönsten Blick auf den Abendhimmel. Sag deinem Vater, er soll mich mal besuchen kommen, dann sag' ich ihm schon Bescheid. Über Kaffee und Kinder.«

»Ich bin sicher, er würde gern kommen, Mrs. Carr. Leider hat er wahrscheinlich keine Zeit. Er arbeitet sehr viel«, antwortete India schnell.

Maggie Carr nickte und sah Charlotte nachdenklich an.

»Wie alt bist du, Charlotte?«

»Fast sechs, Mrs. Carr.«

Maggie schüttelte den Kopf. »Mit sechs ist man viel zu jung, um lange mit Erwachsenen auf der Veranda zu sitzen. Im Kuhstall gibt's ein Kälbchen, im Hühnerstall ein Dutzend frisch geschlüpfter Küken, und wir haben eine zahme Gazelle, die auf der Farm herumläuft, als würde sie ihr gehören. Möchtest du die sehen?«

»Ja, sehr gern!« antwortete Charlotte.

»Geh in die Küche und frag nach Baaru. Er führt dich herum. Bleib nur vom Stall weg, weil da ein sehr widerspenstiger Ochse drin ist.«

»Ja, Ma'am, das werde ich.«

Maggie lächelte, als Charlotte in die Küche lief. »Ein hübsches Kind, Ihre Tochter«, sagte sie.

»Danke.«

»Gerät ganz nach Ihnen.«

India errötete. Sie senkte den Blick und fügte dann zögernd hinzu: »Ich kann Ihnen gar nicht sagen, welche Höllenqualen ich gelitten habe, als sie weg war, Mrs. Carr. Ständig hab' ich mir vorgestellt, daß sie ganz allein dort draußen ist. Mit all den Löwen, Schlangen und weiß Gott was. Beinahe wäre ich selbst losgeritten, um sie zu suchen.«

India stellte ihre Teetasse ab. »Aber wissen Sie, Mrs. Carr, Mr. Baxters Zurückhaltung ist doch ziemlich ungewöhnlich. Die meisten Männer wären nicht verschwunden, nachdem sie die Tochter des Unterstaatssekretärs gefunden hätten. Sie hätten sich vorgedrängt und auf eine Belohnung gehofft oder sich die Geschichte von den Zeitungen bezahlen lassen.«

»Sid Baxter ist nicht wie die meisten Männer«, erwiderte Maggie.

»Das nehme ich an«, sagte India. Wieder sah sie auf ihre Teetasse hinab und fuhr stockend fort: »Charlotte ist mein Leben, Mrs. Carr, ich kann mir nicht vorstellen, was ich getan hätte, wenn ich sie verloren hätte. Ich stehe für immer in Mr. Baxters Schuld. Wenn es irgend etwas gibt, was ich für ihn tun kann, wenn er irgend etwas braucht …«

»Er war nur froh, daß er sie noch rechtzeitig gefunden hat. Das war genug Belohnung für ihn.«

India lächelte. »Das klingt ja so, als sollten Sie mir das ausrichten. Geht er uns aus dem Weg?«

Jetzt war es an Maggie zu erröten. »Sie müssen eines über Sid wissen – er ist ein sehr scheuer Mann. Er mag Menschen nicht besonders. Wäre er sonst hier draußen im Niemandsland?«

»Ich verstehe. Trotzdem tut es mir leid, daß wir ihn verpaßt haben. Ich hätte ihm sehr gern persönlich gedankt.«

India berichtete Maggie von dem geplanten Verlauf ihrer Reise, dann sagte sie, daß sie nun aufbrechen müßten.

Die beiden Frauen machten sich auf, um Charlotte zu suchen. Sie saß gemeinsam mit Baaru, einem zehnjährigen Jungen, auf den Stufen von Sid Baxters Haus und fütterte die zahme Gazelle mit Karottenstücken. India dankte Maggie für ihre Gastfreundschaft. Sie verabschiedeten sich, und Baaru brachte ihre Pferde, die sie sich von den McGregors geliehen hatten. Charlotte ritt ein Pony.

Maggie stand im Hof und winkte ihnen nach. Sie wartete, bis sie die Einfahrt auf die Straße hinuntergeritten waren, dann ging sie durch ihren Hinterhof zur Scheune. Die Hände in die Hüften gestützt, sah sie zum Heuboden hinauf und rief: »Du kannst wieder runterkommen, du verdammter Feigling!«

Ein Kopf tauchte am Rand des Heubodens auf. »Sind sie fort?« fragte Sid.

»Ja. Du bist in Sicherheit.«

Sid ließ eine Leiter herunter und stieg hinab.

»Du hättest sie wenigstens begrüßen können. Das kleine Mädchen war traurig, weil es dich verpaßt hat.«

Sid schwieg.

Maggie sah ihn lange nachdenklich an. »Hübsches Kind, nicht wahr? Ganz und gar wie die Mutter. Sie ist sechs. Fast jedenfalls.«

Sid erwiderte noch immer nichts und ging zur Scheunentür.

»Hast du sie aus dem Fenster gesehen?«

»Nein.«

»Lügner.« Sie schüttelte den Kopf und fügte dann hinzu: »India Lytton ist eine wunderbare Frau, Sid, das stimmt schon, trotzdem ist es Zeit, daß du über sie hinwegkommst.«

Sid drehte sich um und sah sie an. »Tolle Idee, Maggie«, antwortete er. »Danke. Vielleicht sagst du mir auch, wie ich das anstellen soll?«

99

»Verdammter Mist«, fluchte Seamie. Er warf seine Handschuhe auf den Boden und schob die blaugefrorenen Hände unter die Achseln, um sie zu wärmen. »Es ist ein Eisfall. Ein verdammter Eisfall! Wie um alles in der Welt konnten wir den übersehen?«

»Wegen des Schnees«, sagte Willa und sah den glitzernden Hang hinauf. »Das Licht, das er reflektiert, täuscht die Augen. Verkürzt die Entfernungen. Läßt die Umrisse verschwimmen. Ich wette, wir haben ihn gesehen. Wir dachten einfach, er sei ein Teil der Schlucht.«

Sie drehte sich zu ihm um, und er fluchte erneut. »Was ist los?« fragte sie.

Er legte die Finger an ihre Lippen, hielt sie hoch und zeigte sie ihr. Sie waren blutverschmiert.

»Es ist nichts«, sagte sie.

»Willa, du bist krank. Und falls du es nicht bemerkt haben solltest, vor uns ist ein Eisfall. Vermutlich zwanzig Meter hoch, siebzig Grad Steigung. Mindestens. Du bist nicht in der Verfassung, den zu bewältigen. Wir müssen umkehren.«

»Mir geht's gut.«

Seamie schüttelte den Kopf. »Die Sonne steht zu hoch. Wir haben zu lange gebraucht. Das Eis schmilzt. Den ganzen Weg durch die Schlucht mußten wir Steinschlägen ausweichen.«

»Wir sind jetzt raus aus der Schlucht.«

»Willa ...«

»Hör zu, Seamie, ich bin angeschlagen, das geb' ich zu. Mein Kopf hämmert wie wild. Ich möchte mich ständig übergeben. Aber ich weiß, daß ich genug Reserven habe, um zum Gipfel zu kommen. Ich *weiß* es. Wenn ich jetzt umkehre, steige ich nicht wieder hinauf.«

»Das ist keine Voraussetzung fürs Klettern.«

»Es muß sein.«

»Um Himmels willen, erkennst du denn nicht das Risiko, das du eingehst!« schrie Seamie. »Du bist höhenkrank und müde. Du kannst nicht mehr klar denken. Du bist zu … zu …«

»Zu was?«

»Zu krankhaft ehrgeizig!«

»Ach, bin ich das?« erwiderte sie wütend. »Sag mir eines.«

»Was?«

»Wenn ich umkehren würde? Jetzt. Was würdest du tun?«

Seamie zögerte einen Moment und sagte dann: »Raufgehen.«

»Natürlich würdest du das, du Mistkerl.«

»Worauf willst du hinaus?«

»Ich bin nicht so weit gekommen, damit du den ganzen Ruhm allein einheimst. Ich besteige gemeinsam mit dir den Mawensi. Es ist mir egal, ob ich den Rest der Strecke auf allen vieren kriechen muß.«

»Ein guter Bergsteiger würde umkehren. Das weißt du.«

»Nein, da liegst du falsch. Ein *schwacher* Bergsteiger würde umkehren. Ein guter würde es bis zum Gipfel schaffen.«

»Den Gipfel zu schaffen ist nur die Hälfte der Sache. Wir müssen auch wieder runter.«

»Wenn du mit George Mallory unterwegs wärst statt mit mir, würdest du ihm nicht sagen, er solle umkehren.«

Seamie erwiderte nichts.

»Na also. Warum sagst du's dann mir?«

»Weil …«

Willa schnitt ihm das Wort ab. »Weil ich eine Frau bin.«

»Nein, Willa, das ist nicht der Grund.«

»Was dann? Sag's mir.«

Seamie wandte sich ab. *Weil du mir wichtig bist*, dachte er, *und ich mich umbringen würde, wenn dir etwas passiert.*

»Das dachte ich mir«, sagte Willa ärgerlich. »Tu mir einen Gefallen, Seamie. Behandle mich nicht so gönnerhaft. Das tun schon alle anderen. Von dir brauch' ich das nicht.«

»Dann geh«, zischte Seamie. »Nach dir.«

Er wußte, was er tat. Sie sollte die Führung übernehmen. Sich selbst einen steilen Hang nur mit Hilfe von Steigeisen, Pickeln und schierer Kraft hinaufziehen und, wenn nötig, Stufen in das dicke harte Eis schlagen. Das war schon unter normalen Bedingungen schwere Arbeit. Auf über fünftausend Metern, wenn man unter Höhenkrankheit litt und nicht genug Sauerstoff in die Lungen bekam, war es mörderisch.

»Geh mir aus dem Weg, dann tu ich das auch«, sagte sie.

Seamie legte seine Ausrüstung bereit und sah ihr zu, wie sie den Eishang angriff. Kurz darauf war sein Ärger verflogen. Er sah ihr gern beim Klettern zu. Sie war umwerfend, eine der begabtesten Bergsteiger – egal, ob männlich oder weiblich –, die er je gesehen hatte. Sie schien die Wand weniger hinaufzuklettern als hinaufzufliegen, so flüssig und sicher waren ihre Bewegungen. Instinktiv wußte sie, wo sie Hände und Füße plazieren mußte. Einmal verlor sie mit den Füßen den Halt und rutschte gute drei Meter ab, bevor sie den Fall mit einem ihrer Eispickel stoppte – Seamie bekam fast einen Herzanfall –, dennoch schaffte sie es in weniger als einer Stunde den Eisfall hinauf.

Lächelnd sah sie über den Rand zu ihm hinab. »Ich bin auf einem Joch!« rief sie ausgelassen. »Was für ein hübscher Felsbrocken! Ich hab' ein Sicherungsseil! Warte!«

Ein paar Minuten später kam das Seil, das über ihrer Schulter gehangen hatte, zu ihm hinabgeflogen. Er packte es, schlang es sich um die Taille und knüpfte es fest. Dann stieg er den Eishang hinauf und bemerkte mit Schrecken, daß er rot verfärbt war. Ihr Bluten war schlimmer geworden. Sie mußten sich beeilen. Er war sehr froh über das Seil. Es war eine große Erleichterung. Mit dem Seil und den Steigeisen war er innerhalb von Minuten den gefrorenen Wasserfall hinauf.

»Da ist er!« sagte sie und deutete nach Süden. »Der Alden-Finnegan-Gipfel!«

»Sieht toll aus«, sagte Seamie aufgeregt. »Und er heißt übrigens Finnegan-Alden-Gipfel.«

Willa lachte. »Wir müssen etwas Pulverschnee in Kauf nehmen und ein paar Felsbrocken, aber die meisten sehen fest aus. Es sollte keinen Steinschlag geben. Also los.«

Es war nur noch eine kurze Strecke bis zum Gipfel, der direkt vor ihnen lag. Eine halbe Stunde später waren sie nur noch ein paar Schritte davon entfernt. Seamie ging voran. Drei Meter vor dem Gipfelpunkt blieb er stehen, sah Willa an und trat beiseite.

»Nein«, sagte sie. »Gemeinsam.«

Sie nahm seine Hand. Er zog sie zu sich hoch, gemeinsam machten sie die letzten Schritte, und beide setzten gleichzeitig den Fuß auf den Gipfel. Einen Moment lang schwiegen sie, nahmen atemlos alles in sich auf – den Kibo im Westen, den Ozean im Osten, die Hügel und weit auslaufenden Ebenen im Norden und Süden. Seamie stieß ein langes lautes Jauchzen aus. Willa tat es ihm nach. Und plötzlich sprangen sie auf und ab wie Kinder, lachten und schrien, ganz schwindlig vom Adrenalin, vor Erschöpfung und zuwenig Sauerstoff. Er umarmte sie, zog sie an sich, vergrub das Gesicht an ihrem Hals, und dann passierte es – ganz unwillkürlich, ohne daß er es vorgehabt hätte, küßte er sie. Er schmeckte ihren Mund, das Blut auf ihren Lippen. Er spürte, wie sie ihre Arme um seinen Hals legte und seinen Kuß erwiderte.

Er löste sich von ihr und sah sie an, ihr schönes Gesicht, das er mit den Händen umschloß und immer wieder küßte, bis er sie plötzlich abrupt losließ. »Gott, das hätte ich nicht tun dürfen. Ich hätte dich nicht küssen dürfen. Mein Gott, es tut mir leid.«

Willas Miene verdüsterte sich. »Es tut dir *leid*? Warum?«

Er sah sie an, als hätte er sich verhört. »Wegen George.«

Sie sah ihn besorgt an. »Ich verstehe nicht, Seamie.«

»Aber George und du …«

»Du glaubst, George und ich sind … wir sind … ein *Liebespaar*?«

»Seid ihr das nicht? Aber du hast ihn in dem Pub in Cambridge zum Abschied geküßt!«

»Ich hab' auch Albie einen Gutenachtkuß gegeben.«

»Albie ist dein Bruder.«

»Und George ist mein zweiter Bruder. Warum hast du mich wegen George nicht gefragt? Oder George nach mir gefragt? Er hätte es dir gesagt. Er hat keine Zeit für Mädchen, nur für Berge. Du dummer Kerl!«

»Ich war eifersüchtig, denke ich.«

»Ich wollte dich so sehr. Ich hätte dich auf der Spitze von St. Botolph küssen wollen.«

»Warum hast du's nicht getan?«

»Weil ich's schon in meinem Garten getan hatte!«

»Das war vor fünf Jahren!«

»Es wäre das zweite Mal gewesen, daß ich die Initiative ergriffen hätte. Wie unverfroren muß ein Mädchen denn noch sein? Ich dachte, du hättest eine andere.«

»Nein, Willa. Es gibt keine andere Frau. Hat es nie gegeben. Nicht seit jener Nacht in deinem Garten. Unter dem Orion.«

Er küßte sie erneut, lange und ausgiebig. Nie in seinem Leben hatte er sich so glücklich gefühlt, war er so erregt und gleichzeitig so ruhig und befriedigt gewesen. Spontan nahm er ihre Hände und sagte: »Ich liebe dich, Willa.«

Er dachte, sie würde lachen. Erröten. Ihn tadeln. Ihm sagen, daß er verrückt sei. Statt dessen erwiderte sie nur einfach: »Ich liebe dich auch. Schon immer. Für immer.«

Dann küßte sie ihn. Noch einmal genossen sie den Ausblick, dann machten sie Fotos, zwei von jedem, mit der Kamera, die Seamie mit nach oben geschleppt hatte.

Es war fast ein Uhr, als sie mit dem Abstieg begannen. Die Sonne stand hoch und brannte, aber weder Seamie noch Willa, beide noch ganz schwindlig von ihrer Gipfelerstürmung und dem, was zwischen ihnen beiden passiert war, nahmen Notiz davon. Sie bemerkten nicht, daß auf dem kurzen Stück oberhalb des Jochs die schwarzen Spitzen der Felsblöcke herausstanden – Felsen, die zuvor vollkommen mit Schnee bedeckt gewesen waren. Sie bemerkten nicht, daß Wasser vom Rand des Jochs auf den Eishang tropfte. Sie bemerkten nichts davon, bis sie wieder in der Schlucht waren und feststellten, daß der Schnee gefährlich weich war. Bis Seamie den Halt auf losen Felsbrocken verlor und sich nur noch mit einem kräftigen Einschlagen seines Pickels davor retten konnte, dreißig Meter weit abzurutschen.

Bis sich ein Felsbrocken auf dem Grat plötzlich löste und mit großer Geschwindigkeit die Schlucht hinabstürzte.

Seamie bemerkte nichts von alledem, bis er ein Donnern vernahm, aufblickte und sah, daß Felsen auf Willa zustürzten. Bis der Block ihre Schulter streifte und sie die Schlucht hinabriß. Bis sie schreiend an ihm vorbeigeschleudert wurde und dann verschwunden war.

❧ 100 ☙

 ird eine gute Ernte, nicht?« sagte Wainaina, Sids Vorarbei-
terin, und pflückte eine harte rote Kaffeebeere von einem üppigen, gesunden Strauch.

»Wahrscheinlich schon, aber ich will das Fell des Bären nicht verkaufen, bevor ich ihn habe.«

Wainaina reckte den Kopf. Ihr verwirrter Gesichtsausdruck sagte
ihm, daß sie die Redewendung nicht verstanden hatte. Sid erklärte es
ihr in seinem mangelhaften Kikuyu, und sie lachte.

»Die Sträucher liefern sicher eine Tonne«, sagte sie.

Sid schnaubte. «Eher zwei, denke ich.«

Wainaina überlegte. »Vielleicht eineinhalb«, räumte sie ein.

Sie warnte ihn, daß bei einer guten Ernte viele Forderungen auf ihn
zukommen würden. Die anderen Arbeiterinnen zählten bereits zusammen, wie viele Ziegen sie verdienen würden. Einige erwarteten
neue Zäune für ihre *shambas*, und auch Wainaina wollte diese Dinge
und zusätzlich ein eisernes Backblech, das gleiche, wie es die Köchin
der Msabu hatte.

»Sag ihnen, sie bekommen ihren Pferch und ihre Ziegen – und du
kriegst dein Backblech –, *wenn* ich meine zwei Tonnen kriege.«

Wainaina nickte. Sid wußte, daß dies nur das Anfangsgeplänkel
von Wainainas alljährlichem Kampf war, das Bestmögliche für sich
und die anderen Arbeiterinnen herauszuholen. Sie mußte den anderen Frauen etwas bieten können, um sie dazu zu bewegen, wirklich
alle reifen Beeren von den Sträuchern zu pflücken und nichts zurückzulassen. So würde es zwischen Sid und Wainaina hin und her gehen:
Sid verlangte immer größere Mengen an Kaffee, Wainaina erklärte,
daß seine Forderungen unerfüllbar seien, und verlangte gleichzeitig
weitere Dinge für sich selbst. Noch ein Backblech, ein Stück Stoff,
zwei Hühner, eine Lampe. Sid fand, die Händler in Nairobi könnten
eine Menge von ihr lernen.

Die Sonne begann unterzugehen, als sie mit ihren Verhandlungen anfingen. Als sie fertig waren, nahm Wainaina eine alte Blechpfanne und schlug mit einem Stock darauf, um ihren Arbeiterinnen auf dem Feld zu signalisieren, daß es Zeit war heimzukehren.

Sid wünschte ihr einen guten Abend und ging ebenfalls nach Hause. Er war müde. Gemeinsam mit den anderen hatte er den ganzen Tag mit Hacken und Jäten verbracht.

Heute abend würde er allein essen. Maggie war bei den Thompsons eingeladen. Früher am Tag hatte er die Köchin gebeten, ihm etwas Kaltes auf den Tisch zu stellen, weil er nicht gern bei Maggie aß, wenn sie nicht da war. Als er bei seinem Haus ankam, sah er, daß Licht brannte. Die Dämmerung hatte eingesetzt, und Alice hatte offensichtlich die Lampe brennen lassen. Ein netter Einfall, dachte er. Alice war eine freundliche Person.

Als er näher kam, sah er zu seiner Überraschung, daß ein braunes Pferd am hinteren Ende seines Hauses angebunden war. Es sah wie Ellie, Maggies Stute, aus. War Maggie früher nach Hause gekommen? Und wenn ja, warum hatte sie Ellie nicht in den Stall gebracht?

Dann bemerkte er, daß das Pferd nicht Ellie war. Ellie war ganz braun. Bei diesem Pferd waren Nüstern und Fesseln schwarz. Er versuchte, es zuzuordnen, und erinnerte sich, daß die McGregors ein solches Pferd besaßen. Sonntags hatte er oft Mrs. McGregor darauf durch die Ebene reiten sehen.

Er ging schneller, plötzlich besorgt, ob auf ihrer Farm etwas nicht in Ordnung war.

Erst als er durch die Tür trat und auf die Frau starrte, die an seinem Tisch saß, fiel ihm ein, daß India bei den McGregors wohnte, bis ihre Tochter wieder zu Kräften gekommen war. Sie hatte sich nicht verändert in den vergangenen Jahren. Er spürte einen Stich im Herzen. Noch immer war der Schmerz über ihren Verrat so frisch, als sei er gestern passiert.

Ihre Augen waren geschlossen. Jetzt öffneten sie sich. Seine Schritte hatten sie geweckt. Doch er war schon draußen und die Stufen hinunter, bevor sie den Kopf drehte. Aber es war zu spät, sie war bereits auf den Beinen.

»Mr. Baxter! Sind Sie das?« rief sie von der Tür aus. »Bitte gehen Sie nicht weg! Ich habe stundenlang auf Sie gewartet.«

Sid blieb stehen, die Hände in die Seiten gepreßt. Er drehte sich nicht um.

»Tut mir leid, daß ich hier einfach so eingedrungen bin. Ich habe zuerst bei Mrs. Carr geklopft, dann bei Ihnen. Ich wollte Sie nicht stören. Ich möchte nur mit Ihnen sprechen. Meine Tochter und ich reisen bald ab, und sie möchte Ihnen das hier geben. Es ist ein Foto von ihr. Sie wollte es Ihnen selbst bringen, aber das konnte sie nicht. Sie hat sich erkältet. Deshalb hab' ich sie bei den McGregors im Bett gelassen.«

Sid antwortete nicht. India trat auf die Veranda hinaus.

»Bitte verzeihen Sie mir, daß ich bei Ihnen eingedrungen bin. Ich wußte nicht, wo ich sonst hätte warten sollen. Könnten wir nicht noch mal von vorn beginnen? Ich mach' den Anfang. Hallo, Mr. Baxter. Wie geht es Ihnen?«

Sid drehte sich langsam um. Er hob den Blick und antwortete ruhig. »Nicht so gut im Moment. Und Ihnen, Mrs. Baxter?«

❧ 101 ❧

Ein paar Sekunden lang war India wie betäubt. Sie konnte nicht atmen, nichts fühlen und nichts hören. Sie konnte nur sehen. Ihn sehen. Ihren Sid. Den sie all die Jahre tot geglaubt hatte und der jetzt mit Tränen auf den Wangen vor ihr stand.

So heftige Gefühle durchströmten ihren Körper, daß ihre Beine nachgaben und sie sich am Geländer festhalten mußte, um nicht zu Boden zu fallen.

Sid rührte sich nicht vom Fleck und ballte die Hände zu Fäusten.

»Verflucht!« schrie sie. »Du sollst verflucht sein!«

Wortlos starrte er sie an und wischte sich dann die Tränen vom Gesicht.

»Ich dachte, du seist tot! Es stand in allen Zeitungen!«

»Ich habe meinen Tod vorgetäuscht. Das mußte ich. Dein Mann wollte mich hängen lassen.«

»Wie konntest du das tun, Sid. Wie konntest du mich in dem Glauben lassen, du seist tot? *Mich?*«

Er setzte ein hartes, bitteres Lächeln auf. »Wie konntest du mich in dem Glauben lassen, du hättest mich geliebt?«

»Ich *habe* dich geliebt!«

»Hast du deshalb Lytton geheiratet? Weil du mich geliebt hast?«

»Ich hatte meine Gründe dafür. Gründe, von denen du nichts weißt.«

»Da bin ich mir sicher. Bequemlichkeit. Geld. Sicherheit ...«

Im nächsten Moment war India auf den Beinen, lief zu ihm hinüber, hob die Hand und schlug ihm, so fest sie konnte, ins Gesicht.

Fast hätte sie es ihm gesagt. Ihm gesagt, daß sie einen Mann geheiratet hatte, den sie verachtete und dessen Regeln, Forderungen und Grausamkeiten sie nur wegen ihres Kindes erduldete. Ihres *gemeinsamen* Kindes. Doch sie tat es nicht. Sein Zorn machte ihr angst. Genau wie ihr eigener. Statt dessen wandte sie sich von ihm ab und ging zu ihrem Pferd. Im Nu war sie im Sattel und griff nach den Zügeln.

»Du kannst jetzt nicht wegreiten«, sagte Sid. »Es wird dunkel. Warte bis zum Morgen.«

»Ich soll mit dir die Nacht hier verbringen? Mit dir? Da reite ich lieber weg.«

Sie schickte sich an, ihrer Stute die Sporen zu geben, als Sid sagte: »Du hast mich ruiniert, weißt du das? Du hast mein Leben schon wieder ruiniert. Ich hab' einen gewissen Frieden hier gefunden. Ein kleines bißchen Glück.«

India schüttelte den Kopf. Sie konnte nicht glauben, was sie hörte, konnte nichts davon begreifen. Sie stieg wieder ab und ging auf ihn zu.

»Ich habe was, Sid? *Was?* Ich habe *dein* Leben ruiniert? Was ist mit meinem? Ich habe auf dich gewartet! Wußte nicht, wo du warst. Wußte nicht, was mit dir passiert war. Dann habe ich Zeitungsjungen auf den Straßen von Whitechapel schreien hören, daß du tot bist und deine Leiche in der Themse gefunden wurde. *Von Zeitungsjungen!*«

»So war es eigentlich nicht geplant. Die Leiche kam zu rasch wieder nach oben. Viel zu rasch.«

»Ach so, dann ist es ja gut. Das erklärt alles!«

Der Ausdruck in Sids Augen, der Ausdruck von Zorn und Schmerz, ließ nach, und er wurde unsicher. »Deine Trauer um mich hat dich aber nicht davon abgehalten, Freddie zu heiraten, oder? Wie lange hast du um mich getrauert, India? Einen Tag? Zwei?«

»Ich habe dir gesagt, ich hatte meine Gründe dafür.«

»Ja, sicher. Die hattest du«, sagte er höhnisch.

Bis ins Mark getroffen, wich India vor ihm zurück und kletterte wieder in den Sattel.

»Komm nicht mehr hierher, India. Halt dich fern von mir. Bitte«, sagte Sid, als sie aufsaß.

»Keine Sorge, Sid. Die Möglichkeit besteht nicht.« Sie sah auf ihre Zügel hinab, dann auf ihn. Die Tränen liefen ihr über die Wangen. »Haßt du mich wirklich so sehr?« flüsterte sie gebrochen.

Er schüttelte den Kopf. »Nein, das tue ich nicht. Ich hasse dich überhaupt nicht. Das ist ja das Problem. Ich liebe dich, India. Immer noch.«

102

Seamie blieb stehen, stützte die Hände auf die Knie und rang nach Atem. Verzweifelt sah er sich um, in der Hoffnung, irgendeinen Orientierungspunkt zu finden – einen Felsen, den er wiedererkannte, einen knorrigen Baum, irgend etwas. Seine Lungen brannten, aber er wußte, er durfte sich nicht ausruhen.

Willa lag in ihrem Zelt, viele hundert Meter über ihm, halb bewußtlos. Ihr rechtes Bein war zerschmettert. Der herabstürzende Felsblock hatte sie die Schlucht hinuntergerissen. Sie war gut vierzig Meter tief gestürzt, hart auf die rechte Seite aufgeschlagen, dann weitere sechs Meter gerutscht, bevor sie sich an einem vorspringenden Felsen festhalten und ihren Sturz abbremsen konnte.

Das alles hatte nur Sekunden gedauert, Seamie kam es jedoch wie eine Ewigkeit vor. Immer und immer wieder hatte er sie gerufen, und schließlich hatte sie Antwort gegeben. Sie lebte, Gott sei Dank! Schnell lief er hinunter, glitt aus und hätte fast den Halt verloren.

»Mein Gott, Willa«, sagte er, als er bei ihr ankam. Ihr Gesicht war blutüberströmt. An ihrem Kopf und ihren Händen waren lange Schnitte, aber die waren nichts, verglichen mit ihrem rechten Bein. Es lag in einem merkwürdig verdrehten Winkel zum Rest ihres Körpers.

»Ich werde nie wieder klettern können, nicht wahr?« fragte sie mit heiserer Stimme und schlug den Kopf in den Schnee.

»Hör auf, Willa. Mach dich nicht selber fertig. Das einzige, was jetzt zählt, ist, wie wir dich von diesem Berg runterkriegen.«

Er wußte, daß sie selbst es nicht schaffte, und er hatte Angst, sie den ganzen Weg zu tragen. Sie mußten immer noch das letzte Stück der Schlucht hinunter, über einen vereisten Kamm und den verschneiten nordwestlichen Korridor hinab. Was wäre, wenn er ausrutschte?

Sein Blick fiel auf das Sicherungsseil. Rasch schlang er ein Ende um ihre Taille, das andere um seine. Seine Hände waren blau, das Seil war eisig und naß, und es dauerte lange, bis er die Knoten geknüpft hatte.

»Was machst du?« fragte sie matt.

»Ich lasse dich die Schlucht hinunter.«

»Und dann?«

»Keine Ahnung. Das überleg' ich mir, wenn wir unten sind. Kannst du dich auf den Rücken drehen?«

Willa versuchte es. Die gebrochenen Knochen schabten gegeneinander. Sie schrie auf. Seamie verlor fast die Nerven, aber er riß sich zusammen. Er mußte sie quälen, sonst kämen sie nie hinunter.

»Komm, Willa. Mach weiter. Schrei, wenn du mußt, aber mach weiter. So ist's gut.«

Sie schrie tatsächlich, drehte sich aber auf den Rücken. Er half ihr, die Knie an die Brust zu ziehen und die Hände unter die Schenkel zu schieben. Dann stemmte er sich mit den Füßen in den Schnee und begann, sie abzuseilen. Bei jeder Furche und jedem Stoß schrie sie auf. Das Seil reichte nicht aus, und er mußte ihr zurufen, sich mit dem gesunden Fuß im Schnee abzustützen, damit sie nicht weiter abrutschte, während er zu ihr hinunterstieg. Dann wiederholten sie die ganze Prozedur. Als sie unten angekommen waren, war Willa totenbleich vor Schmerzen.

Von da an wurde es noch schlimmer. Er überlegte kurz, ob er den Kamm hinaufsteigen und sie an dem Seil hinter sich hochziehen sollte, doch dann beschloß er, sie auf dem Rücken zu tragen. Sie mußte die Hände um seinen Hals legen, dann schlang er sich das Seil um die Schulter und unter ihren Po und machte eine Schlinge. Jedesmal, wenn er sich bewegte, rüttelte er an dem Bruch. Willa litt Höllenqualen, das wußte er. Er spürte, wie sie die Zähne zusammenbiß, und als der Griff um seinen Hals nachließ, wußte er, daß sie bewußtlos geworden war.

Die Anstrengung, einen Kamm in fünftausend Meter Höhe zu erklimmen und dabei zusätzliches Gewicht zu tragen, war mörderisch. Jeder Schritt kostete ihn all seine Kraft. Immer wieder mußte er innehalten und seine Kräfte sammeln, bevor er den nächsten Schritt tun konnte. Als sie oben angekommen waren, wurden die Hänge flacher, und Schnee und Eis gingen in Fels über. Erleichtert beschleunigte er sein Tempo.

Es war fast Abend, als sie das Zelt erreichten. Er legte Willa auf ein

Bett, machte Feuer und reinigte ihre Wunden. Sie hatte eine tiefe Platzwunde an der Augenbraue und eine weitere an der Handfläche. Der Rest waren Kratzer, die er mit geschmolzenem Schnee auswusch und dann Whisky aus einer Taschenflasche darübergoß.

»Was ist mit dem Bein?« fragte sie mit schwacher Stimme.

»Darum kümmere ich mich jetzt«, antwortete Seamie. Er nahm ein Klappmesser aus seiner Tasche und schnitt ihr Hosenbein auf, bemüht, keine Miene zu verziehen. Noch nie zuvor hatte er einen offenen Bruch gesehen. Er wußte nicht, was er tun sollte. Er überlegte, ob er die Knochen einrichten oder das Bein schienen sollte, aber er wußte, daß jede Berührung ihr unerträgliche Schmerzen bereitete. Schließlich beschloß er, Whisky auf den Bruch zu schütten.

»Das wird jetzt weh tun«, sagte er.

Sie nickte und wurde starr, als er den Alkohol in die Wunde goß.

Als sie wieder sprechen konnte, sagte sie: »Es ist hoffnungslos, oder?«

»Ich weiß es nicht. Wenn wir einen Arzt finden, der das Bein einrichtet, hast du vielleicht eine Chance.«

Willa lachte bitter auf. »Mombasa ist hundertfünfzig Meilen entfernt, Nairobi etwa genauso weit. Ich kann's mir aussuchen, schätze ich, weil wir weder in die eine noch in die andere Stadt kommen.«

»Doch, das wirst du.«

»Wie denn, Seamie? Es ist unmöglich. Ich kann nicht gehen, und du kannst mich nicht tragen. Nicht bis nach Mombasa.«

»Ich geh' runter ins Basislager und hol' die Träger«, sagte Seamie. Diesen Plan hatte er sich während des Abstiegs überlegt.

»Sie werden nicht kommen. Sie haben Angst.«

»Sie *werden* kommen. Ich biete ihnen unsere gesamte Ausrüstung. Die Kompasse, die Ferngläser, die Zelte, das ganze verdammte Zeug. Sie werden es nehmen. Davon bin ich überzeugt. Sie kriegen ein Vermögen dafür. Und als Gegenleistung lass' ich sie eine Trage bauen. Darauf legen wir dich und wechseln uns beim Tragen ab. Wenn einer müde wird, löst ihn ein anderer ab.«

»Und so willst du den ganzen Weg bis nach Mombasa zurücklegen?«

»Nein, bis nach Voi. Wenn wir es bis nach Voi schaffen, nehmen wir den Zug nach Mombasa.«

Schnell machte er ihr einen Teller mit Hartkäse und Dosensardinen zurecht, dann füllte er ihre Wasserflasche und stellte sie mit der

Lampe neben ihr Bett. Als er fertig war, deckte er sie mit ihren Schlafsäcken zu.

»Morgen bin ich zurück«, sagte er und legte sich den Riemen seiner eigenen Wasserflasche über die Schulter.

»Seamie, wenn etwas passiert ...«

»Nichts wird passieren, Willa. Nichts.«

»Aber wenn doch ... ich ... ich liebe dich.«

Seamie sah die Angst in ihren Augen, obwohl sie sich bemühte, sie zu verbergen. Er kniete sich neben sie und nahm ihre Hände. »Ich liebe dich auch. Wir haben noch den ganzen Rest unseres Lebens, um darüber zu reden, das verspreche ich dir. Glaubst du mir?«

»Ja.«

»Gut. Dann ruh dich jetzt aus. Du brauchst all deine Kraft für das, was vor uns liegt.«

Sie nickte, er küßte sie und ging. Es war schon sieben Uhr, und er wollte vor Einbruch der Nacht ein großes Stück zurücklegen. Halb lief er, halb rannte er den Berg hinunter. Der Vollmond beleuchtete seinen Weg. Auf seiner Reise in die Antarktis hatte er gelernt, sich an den Sternen zu orientieren, und so schaffte er es, sich auf einer südsüdwestlichen Route zu halten, und mußte nur wenige Male anhalten, um sie mit dem Kompaß zu überprüfen.

Kurz nach drei Uhr morgens, nachdem er acht Stunden gegangen war, näherte er sich dem Ort, an dem das Basislager sein mußte. Es wäre sicher still um diese Zeit, aber er erwartete, ein Feuer zu sehen und Rauch zu riechen. Gleich würden ihn ein oder zwei der Träger begrüßen, die sein Kommen gehört hatten. Tepili und seine Leute hatten einen leichten Schlaf und achteten immer auf die Nachtgeräusche.

Und dann roch er tatsächlich etwas – etwas so Scheußliches, daß es ihm beinahe den Magen umdrehte. Es war der Geruch des Todes, von verwesenden menschlichen Körpern. Seamie zog ein Taschentuch heraus und drückte es sich an die Nase. Voller Angst, was er zu Gesicht bekommen würde, stolperte er auf das Lager zu.

Das Zelt war zerrissen. Ein Koffer war geöffnet und umgestürzt worden, Kisten waren zerschlagen. Das ganze Lager war zerstört worden.

»Tepili?« rief er. »Tepili, bist du da?«

Ein tiefes, bedrohliches Knurren ertönte. Er sah nach rechts. Ein

Leopard stand mit gefletschten Zähnen über den Resten einer Leiche. Knochen und Fänge glänzten weißlich im Mondlicht.

»Hau ab!« schrie Seamie und schleuderte einen Felsbrocken nach dem Tier. Der Leopard rannte davon. Seamie ging wankend durchs Lager. Er fand eine weitere Leiche, dann noch eine. Tepili und seine Leute waren mit Pfeilen getötet worden. Leoparden benutzten keine Pfeile. Die Dschagga schon – und zwar vergiftete.

Boedecker hatte ihm gesagt, daß die Dschagga unberechenbar seien. Tepili genauso. Ihr Häuptling Rindi möge keine Fremden, hatte Tepili gesagt. Manchmal tolerierten sie die Briten und die Deutschen, manchmal bekämpften sie sie. Rindis Sohn Sina war genauso. Und es waren nicht nur die Weißen, die die Dschagga haßten. Zusammenstöße mit den Massai, sogar mit Mitgliedern anderer Dschaggadörfer waren an der Tagesordnung. Tepili hatte recht gehabt.

Es war ihnen kinderleicht gemacht worden, dachte er jetzt. Die Dschagga waren einverstanden gewesen, sie zu führen, hatten sie hierhergebracht und waren dann gegangen. Es mußte von Anfang an ihr Plan gewesen sein, zurück zu ihrem Dorf zu gehen, weitere Stammesgenossen zu holen und dann anzugreifen. Zuerst die Massaiträger, dann ihn und Willa. Er erinnerte sich, daß die Führer ihn gefragt hatten, wann sie zurückkämen. Bei dem Gedanken gefror ihm das Blut in den Adern.

Er mußte hier weg. Sofort. Wer immer das getan hatte, war vielleicht noch in der Nähe. Mein Gott, warum hatte er nach Tepili gerufen? Warum hatte er soviel Lärm gemacht? Er mußte von diesen Hügeln herunter und wieder den Berg hinauf, und zwar vor Tagesanbruch.

Erschöpft, hungrig und um sein Leben bangend, wollte Seamie dennoch nichts mehr, als sich ein paar Minuten auszuruhen, aber das konnte er nicht. Es war zu gefährlich. Für ihn und für Willa. Wenn die Dschagga ihn hier fanden und töteten, würde das auch Willas Ende bedeuten.

So leise und so schnell wie möglich ging er denselben Weg zurück, den er gekommen war. Und dann fiel ihm etwas ein, das ihm mehr Furcht einflößte als das, was er gerade gesehen hatte – er müßte Willa allein vom Berg herunterschaffen. Niemand war mehr da, um ihm zu helfen. Er war vollkommen auf sich gestellt.

103

*J*oe klopfte an die Glastür im Erdgeschoß der Freien White-chapel-Klinik für Frauen und Kinder.

»Kommen Sie schon rein!« rief eine weibliche Stimme.

Joe steckte den Kopf durch die Tür. »Schwester Moskowitz?« fragte er.

Eine hochschwangere Frau saß am Schreibtisch. Sie blickte auf und lächelte ihn an. »Zweimal falsch. Ich heiße Rosen, nicht Moskowitz. Ich bin verheiratet. Und Ärztin, nicht Schwester. Letzten Frühling hab' ich mein Diplom gemacht. Und *Sie* sagen Ella zu mir. Jemand, der meiner Klinik zehntausend Pfund spendet, nennt mich mein Leben lang beim Vornamen.«

»Verheiratet? Und Ärztin? Meine Glückwünsche für beides!« antwortete Joe lächelnd. »Wer ist der Glückliche?«

»Sein Name ist David Rosen. Er ist auch Arzt. Er arbeitet am Royal-Hospital. Ich hab' ihn während meines Kliniksemesters kennengelernt.«

»Gehe ich recht in der Annahme, daß es bei den Rosens bald Nachwuchs gibt? Oder bin ich zu direkt?«

Ella lachte. »Sie sind in der Geburtsabteilung, Joe, und ich bin die Chefgynäkologin. Wir reden hier über diese Dinge. Kommen Sie rein! Geht Ihr Rollstuhl durch die Tür? Gut! Möchten Sie ein paar *rugelach*? Die hat meine Mutter gemacht.«

Ella bot ihm Gebäck an und ließ von einer Schwester Tee bringen. Er wußte, daß man bei ihr nichts ablehnen durfte. So war es bei Ella und ihrer Familie. Ob er mit ihr zusammensaß und über die Kindersterblichkeit im East End redete, ihre Eltern im Café besuchte und über die wirtschaftlichen Möglichkeiten für Einwanderer diskutierte – immer wurde zuerst gegessen und dann erst geredet.

»Also«, sagte Ella, nachdem sie und Joe kräftig zugegriffen hatten.

»Was kann ich für Sie tun? Wieder ein Gesetz, das im Unterhaus eingebracht werden soll? Brauchen Sie Statistiken? Fallgeschichten?«

»Heute geht's nicht um Statistiken, Ella. Aber in gewisser Hinsicht um Geschichte. Ich habe den Innenminister um die Wiederaufnahme eines Mordfalls gebeten.«

»Ein Mord, an wem?«

»An Gemma Dean. Einer Schauspielerin. Ein paar Tage nachdem ich angeschossen wurde, wurde sie umgebracht.«

»Ich erinnere mich an den Namen, aber ich habe Miss Dean nicht persönlich gekannt. Wie kann ich Ihnen helfen?«

»Sie halten das vielleicht für eine absurde Frage. Erinnern Sie sich an Sid Malone? Den Verbrecherkönig im East End?«

»Natürlich. Seine Jungs und er haben ständig im Café gegessen. Oz, Ronnie, Desi – die ganze Mischpoke. Er war ein guter Kerl. Obwohl da nicht alle meiner Meinung wären.«

»Malone wurde beschuldigt, auf mich geschossen zu haben, aber er war es nicht. Es war Frankie Betts. Sid wurde auch beschuldigt, Gemma Dean getötet zu haben, doch auch das glaube ich nicht. Ich dachte, Frankie könnte es getan haben, deswegen hab' ich ihn aufgesucht. Er sagt, er war's nicht, und ich glaube ihm. Er weiß, wer es getan hat, aber er sagt es nicht. Ich hab' keine Ahnung, warum.«

»Was hat das alles mit mir zu tun?« fragte Ella.

»Frankie wurde stocksauer, als ich ihn nach Sid fragte. Fuchsteufelswild, um genau zu sein. Er sagte irgendwas von einer Doktorin. Und daß sie alles ruiniert habe. Sie soll in Whitechapel arbeiten. In einer Klinik. Nun, die einzige Klinik in Whitechapel ist diese. Sie waren doch von Anfang an dabei, Ella, deshalb dachte ich, Sie könnten vielleicht etwas wissen.«

Ella wandte sich ab. Seine Fragen waren ihr sichtlich unangenehm.

»Ich verspreche Ihnen, Ella, ich hab' nicht vor, irgend jemanden in Schwierigkeiten zu bringen. Hatte Sid mit der Klinik zu tun?«

»Sogar sehr viel«, antwortete Ella schließlich. »Daß es uns immer noch gibt und wir die beiden Gebäude rechts und links von uns dazukaufen konnten, verdanken wir ihm. Er hat uns eine halbe Million Pfund geschenkt, bevor er starb.«

Joe stieß bei der Summe einen leisen Pfiff aus. »Und was ist mit dieser Doktorin? Können Sie mir den Namen sagen?«

»Dr. Jones. India Selwyn-Jones.«

Der Name kam ihm bekannt vor. »Jones? Doch nicht die, die meine Frau bei der Labour-Versammlung gerettet hat? Die mit Freddie Lytton verheiratet ist?«

»Doch, genau die.«

»In welcher Verbindung stand sie zu Sid?«

Ella sah ihn an und überlegte. »Das erfährt doch niemand, oder?« fragte sie schließlich.

»Nein.«

»Sid und India waren ein Paar. Sie war bereit, alles aufzugeben, um mit ihm zusammenzusein. Sie wollten gemeinsam das Land verlassen. Fast hätten sie es geschafft, aber dann brach die Hölle los. Sid wurde beschuldigt, auf Sie geschossen und Gemma Dean getötet zu haben. Er mußte sich verstecken. India hatte Angst um ihn. Daß er gefangen und gehängt werden könnte.«

»Aber sie ist nicht mit ihm weggegangen ...«, sagte Joe.

»Nein, das ist sie nicht. Sid ist gestorben, und sie hat Freddie Lytton geheiratet.«

»Warum?«

Ella schüttelte den Kopf. »Das ist etwas, das ich Ihnen nicht anvertrauen kann.«

»Ella, ich muß es wissen. Ich möchte Sids Namen reinwaschen. Es ist nicht richtig, daß ihm ein Mord in die Schuhe geschoben wird, den er nicht begangen hat.«

»Das ist doch jetzt nicht mehr wichtig, oder? Sid ist tot, aber andere Leute leben noch. Und es könnte ihnen schaden, wenn gewisse Dinge ans Tageslicht kämen. Schwer schaden.«

Joe überlegte. Wenn er nähere Informationen wollte, müßte er selbst mit einigen rausrücken.

»Ella, Sid ist nicht tot.«

»*Was?*«

»Er hat seinen eigenen Tod vorgetäuscht, um aus London rauszukommen und irgendwo anders wieder neu anzufangen.«

Ella lehnte sich zurück und starrte ihn verständnislos an. »*Gott im Himmel*«, flüsterte sie. »Woher wissen Sie das?«

»Weil ich Sid kenne. Er ist der Bruder meiner Frau.«

»Sie scherzen!«

»Nein, das tue ich nicht.«

»Wie konnte er India das antun? Wie konnte er sie im Glauben lassen, er sei tot? Sie war am Boden zerstört, als sie hörte, seine Leiche sei aus der Themse gefischt worden.«

»Vielleicht dachte er, sie sei besser dran ohne ihn.«

»Das war sie nicht. *Ist* sie nicht«, korrigierte sich Ella. Immer noch fassungslos, schüttelte sie den Kopf. »Mein Gott, das sind ja Neuigkeiten, Joe.«

»Jetzt verstehen Sie, warum ich Sids Namen reinwaschen will. Solange er wegen des Mordes an Gemma Dean gesucht wird, kann er Fiona nie wiedersehen. Oder sonst jemanden aus seiner Familie. Er kann nie mehr nach Hause kommen.«

»Gut«, sagte Ella ruhig. »Das sollte er auch nicht.«

Joe sah sie verwundert an. »Warum nicht, Ella?«

Ella blickte zur Seite. »Es ist kompliziert, Joe. So verdammt kompliziert.«

»Sie müssen mir sagen, was Sie wissen. Sie müssen mir vertrauen.«

»Wenn ich das tue, müssen Sie mir schwören, es niemandem zu erzählen.«

»Aber ...«

»Niemandem. Nicht einmal Ihrer Frau. Vor allem Ihrer Frau nicht. Schwören Sie!«

»Also gut«, antwortete Joe widerwillig. »Ich schwör's.«

»India war schwanger. Mit Sid Malones Kind. Als sie erfuhr, daß er tot war, ging sie zu Freddie Lytton und hat ihn gebeten, sie zu heiraten und das Kind als sein eigenes aufzuziehen. Er war einverstanden. Gegen einen hohen Preis.« Ella erzählte Joe Indias und Freddies Geschichte und fügte dann hinzu: »Sie hätte Lytton nie geheiratet, wenn sie gewußt hätte, daß Malone am Leben ist. *Niemals.* Sie liebte Sid von ganzem Herzen und verabscheute Freddie, aber sie glaubte, keine andere Wahl zu haben. Sie wollte nicht, daß ihr Kind unehelich aufwächst.«

»Gott im Himmel«, sagte Joe. »Sid wußte nichts davon?«

»India hatte keine Gelegenheit, es ihm zu sagen.«

Jetzt war Joe sprachlos. Ellas Eröffnung hatte ihn vollkommen verwirrt. »Das bedeutet ...«, begann er.

»Daß Freddie Lyttons Tochter in Wirklichkeit Sid Malones Tochter ist«, sagte Ella. »Und daß Sie und Ihre Frau eine Nichte haben.«

»Mein Gott, Ella. Das *muß* ich Fiona sagen. Sie ist meine Frau. Das kann ich nicht vor ihr verbergen. Und Sid ... wenn er je nach Hause kommt, hat er ein Recht, davon zu erfahren. Er ist der wirkliche Vater des Kindes.«

»Das geht nicht, Joe. Denken Sie doch nach, um Himmels willen. Was ist, wenn Sid zurückkommt? Und was ist, wenn Fiona und Sie es ihm sagen? Wenn er zu India geht? Verlangt, das Kind zu sehen. Es könnte das Leben des Mädchens zerstören. Und auch Indias. Freddie Lytton ist kein sehr netter Mensch, wie wir alle wissen.«

»Vielleicht wäre Freddie vernünftig, Ella. Vielleicht würde er …«

»Was? Sid zum Tee einladen? Ihn am Wochenende seine Tochter besuchen lassen? Dafür sorgen, daß alle bis an ihr Ende glücklich weiterleben? Träumen Sie weiter, Joe.«

Joe holte tief Luft und stieß sie wieder aus.

»Bleibt die Frage, was Frank Betts mit der ganzen Sache zu tun hat.«

»Ich hab' keine Ahnung«, antwortete Ella. »Aber ich sag' Ihnen eines: Ich hab' nie ein Wort von seinem Blödsinn geglaubt, daß er Sie gar nicht erschießen wollte und die Waffe von selbst losgegangen sei. Ich hab' die Schußwunden gesehen. Er hat es mit Absicht getan.«

»Das glaube ich auch. Ich wußte, daß er es nach der Schlägerei im Bark auf mich abgesehen hatte. Dennoch hab' ich die ganze Maskerade nie verstanden.«

Beide schwiegen eine Weile, dann sagte Ella: »Wissen Sie, auf eine verquere Weise könnte das auch etwas mit Liebe zu tun haben.«

»Erzählen Sie mir nicht, Frankie Betts sei ebenfalls in Dr. Jones verliebt gewesen.«

»Nein, nicht in Dr. Jones, in *Sid*. Er liebte ihn als Freund, als Bruder, und dann hat Sid ihn betrogen, indem er fortging, um mit India das Land zu verlassen. Um bürgerlich zu werden.«

»Aber wenn Frankie Sid liebte, würde er mir doch helfen, seine Unschuld zu beweisen?«

»So denken Sie, weil Sie ein guter Mensch sind und nicht so ein rachsüchtiges Schwein wie Frankie Betts. Versuchen Sie, die Sache mit seinen Augen zu sehen. Er ist wütend auf Sid, er will ihn treffen. Wie treffen Sie einen Mann, der anständig werden will? Indem sie ihn zum Schurken machen. Zum Mörder. Sie erschießen einen Menschen, ermorden einen anderen und sehen zu, daß ihm die Taten angehängt werden. Damit zwingen sie ihn in seine alte Bande zurück. Aber es hat nicht geklappt. Sid ist gestorben – dachten wir zumindest.«

Joe schüttelte den Kopf. »Dr. Rosen, Sie sind ein Wunder. Wo haben Sie gelernt, wie ein Gauner zu denken?«

Ella grinste. »Am gleichen Ort wie Sie ... in Whitechapel.«

Joe dankte Ella, dann fuhr er in seinem Rollstuhl hinaus. Ella begleitete ihn.

»Was werden Sie jetzt tun?« fragte sie, als sie die Eingangstür erreicht hatten.

»Ich denke, ich gehe wieder nach Wandsworth. Auf eine neue Runde mit Frankie.«

Ella sah ihm in die Augen. »Sie glauben immer noch nicht, daß er Gemma Dean ermordet hat?«

»Alles, was Sie gesagt haben, ergibt Sinn, aber ich hab' Frankie in die Augen gesehen, als ich ihn fragte, ob er's getan hat. Entweder ist er ein verdammt guter Schauspieler, oder meine Menschenkenntnis ist verdammt schlecht. Und das wirft die Frage auf: Wenn er's nicht getan, wer zum Teufel dann?«

⤞ 104 ⤝

$\mathcal{F}$reddie beschattete die Augen mit der Hand und blickte über das afrikanische Feld. Der braune Hengst der McGregors warf den Kopf herum und wieherte, weil er galoppieren wollte.

»Gleich, alter Junge, gleich«, beruhigte ihn Freddie.

Die hohen Halme wiegten sich träge in der Brise – ein riesiges goldenes Meer, aber Freddie nahm es kaum wahr. Er stellte sich die wundervolle Savanne vor, die umgepflügt worden war, um Kaffee und Sisal anzubauen oder Weideland für Kühe und Schafe daraus zu machen.

Die Wochen in Afrika hatten Freddie davon überzeugt, daß mit mehr Siedlern und einer ordentlichen Infrastruktur Britisch-Ostafrika zu einem Motor für enormes wirtschaftliches Wachstum werden konnte, von dem nicht nur die Kolonie, sondern ganz Britannien profitieren würde. Landwirtschaft und Viehzucht in den Ebenen, Gummi- und Chininplantagen im Dschungel, dazu das Fremdengewerbe – die Möglichkeiten und damit die Steuererträge waren riesig. Die gleichen Siedler, die ihre Waren ans Mutterland verkauften, würden auch Güter von dort erwerben – landwirtschaftliche Geräte aus Sheffield-Stahl, Tuch aus Webereien in Lancashire, Porzellan aus den Manufakturen in Staffordshire.

Freddies Meinung nach bestand das Problem nicht darin, daß die britische Regierung zu viel Geld für Afrika ausgegeben hatte, sondern nicht genügend. Was immer man investiert hatte, würde hundertfachen Gewinn bringen. Sobald er wieder zu Hause war, wollte er die Abgeordneten im Unterhaus, Lord Elgin und den Premierminister von dem Potential überzeugen, das in Afrika steckte, und die Regierung dazu bewegen, die Uganda-Bahnlinie auszubauen und nördlich und südlich von der Hauptstrecke Nebenlinien einzurichten. Auch den Ausbau eines vernünftigen Straßennetzes, den Neubau von Dämmen und Wasserleitungen sowie die Erweiterung des Telegraphensystems wollte er vorantreiben. Und dazu brauchte er die entsprechenden Mittel. Vier Millionen für den Anfang.

Ihm war klar, daß er bei einer solchen Summe sein Anliegen im Unterhaus verdammt gut vertreten mußte, vor allem nachdem niemand weitere Ausgaben für die Bahnlinie befürworten wollte. Er hatte schon damit angefangen, begeisterte Artikel für die *Times* über Britisch-Ostafrika, über Reichtum und Schönheit des Landes zu schreiben, und detaillierte Berichte mit Zahlen-, Tabellen- und Fotomaterial an Elgin zu schicken. Bis zum Zeitpunkt seiner Rückkehr hoffte er, die Öffentlichkeit und deren gewählte Vertreter auf seiner Seite zu haben. Und dann würde *sein* Name regelmäßig in den Schlagzeilen auftauchen, nicht Joe Bristows.

Der Hengst schnaubte und stampfte. Freddie tätschelte seinen Hals. Seit seiner Rückkehr von der Safari vor drei Tagen hatte er sich in Ash McGregors Arbeitszimmer eingeschlossen, um Artikel, Berichte und Reden zu schreiben, und freute sich jetzt über einen nachmittäglichen Ausritt. Er brauchte frische Luft, mußte sich den Kopf auslüften. Und er mußte herausfinden, was mit India los war.

Irgend etwas stimmte nicht, dessen war er sich sicher. Sie war nicht mehr dieselbe. Normalerweise hatte sie die Ausdauer eines Zugpferds. Das mußte sie auch – als Frau eines Politikers brauchte sie ein unglaubliches Ausmaß an Energie –, aber plötzlich schien sie all ihren Elan verloren zu haben. Sie sah blaß und verstört aus. Ihre Augenlider waren gerötet, als hätte sie geweint.

Er hatte mit ihr reden wollen, als er bei den McGregors ankam, aber sie war nicht dagewesen. Sie sei ausgeritten, erklärte ihm Elspeth McGregor. Er hatte Mrs. McGregor gebeten, sie in sein Arbeitszimmer zu schicken, wenn sie zurück war.

Er war gerade in die Lektüre verschiedener Dokumente vertieft gewesen, als es an seiner Tür klopfte. Es war India.

»Elspeth sagte mir, du willst mich sprechen«, sagte sie und trat ein.

»Mhm. Ich habe Neuigkeiten. Wir müssen ...« Er blickte auf und brach ab, so sehr überraschte ihn ihr Aussehen. Ihre Augen wirkten stumpf, dunkle Schatten lagen darunter. Ihr Gesicht war erschreckend bleich.

»Bist du krank?« fragte er.

»Nein.«

»Du siehst nicht gut aus.«

»Es geht mir aber gut.«

Er runzelte die Stirn. »Kannst du nicht etwas Rouge auflegen?«

»Du hast mich sicher nicht rufen lassen, um mein Äußeres zu besprechen.«

»Nein. Ich wollte dir sagen, daß du packen mußt. Wir fahren übermorgen nachmittag nach Nairobi.«

»Nairobi? Warum? Ich dachte, wir verbringen vierzehn Tage am Mount Kenya?«

»Das tun wir auch. Aber zuerst fahren wir nach Nairobi. Meade, dieser Idiot, hat vollkommen vergessen, daß die Siedlervereinigung ein Diner für mich gibt. Das kann ich nicht absagen. Sie wären furchtbar eingeschnappt.«

»Ich werde mitkommen, aber Charlotte bleibt hier. Sie ist immer noch nicht ganz auf dem Damm.«

»Ich bin überzeugt, daß es ihr gutgeht. Du verhätschelst sie zu sehr. Sogar Delamere findet das.«

»Sie fährt nicht.«

Freddie hatte sich wieder seinen Papieren zugewandt, aber der ungewohnte Trotz in ihrer Stimme ließ ihn erneut aufblicken. »Doch. Es sähe nicht gut aus, wenn sie es nicht täte.«

»Es sieht auch nicht gut aus, wenn sie schließlich im Krankenhaus endet. Wenn du nur wegen eines Diners ein schwaches Kind auf eine zweitägige Reise in dieses staubige Kuhdorf schleppst, und es wird ernsthaft krank, stehst du vor der Welt genau als der herzlose Schuft da, der du bist.«

Freddie dachte darüber nach. »Also gut«, lenkte er schließlich ein. »Aber wir beide fahren in zwei Tagen ab.«

»Wie du meinst.« India ging zur Tür.

»Wohin gehst du? Mußt du nicht packen?«

»Darum kümmert sich Mary. Ich mache einen Ausritt. Ich brauche Luft. Es ist furchtbar stickig hier drin.«

»Wohin reitest du?«

»Ich weiß nicht. Vielleicht in Richtung des Berges.«

Freddie sah ihr nach. Ihre Kleider schlotterten buchstäblich an ihr. Aß sie nichts? Er klopfte sich mit dem Stift an die Zähne. Da stimmte was nicht, und zwar ganz und gar nicht.

India war immer schon eine schlechte Lügnerin gewesen. Geradezu unfähig, die Unwahrheit zu sagen. Aber jetzt verbarg sie etwas, dessen war er sich sicher, und er würde herausfinden, was es war.

Er stand auf und blickte aus dem Fenster des Arbeitszimmers. Kurz darauf sah er India auf einer braunen Stute weggaloppieren. Obwohl er sich in der Gegend nicht gut auskannte, wußte er dennoch, daß der Berg in nördlicher Richtung lag, sie aber ritt nach Westen.

Es klopfte. Er drehte sich um. Elspeth McGregor trat ein. »Möchten Sie eine Tasse Tee, Mr. Lytton?« fragte sie. »Oder vielleicht Kaffee?«

Freddie schenkte ihr sein umwerfendes Lächeln. »Sie haben mich beim Faulenzen überrascht, Mrs. McGregor«, sagte er charmant. »Der Blick ist aber auch zu herrlich. Ich kann mich kaum losreißen davon.«

»Ja, er ist wirklich schön«, stimmte sie zu.

»Ich würde gern mehr über diesen wundervollen Ort erfahren. Ich weiß, daß der Berg im Norden und Nairobi im Süden liegt, aber was ist östlich von hier?«

»Die Provinz Ukamba«, antwortete Mrs. McGregor.

»Ich verstehe. Und im Westen?«

»Nun, da ist das Anwesen der Roos. Er ist Kaffeepflanzer, wenn auch kein besonders guter, fürchte ich. Danach kommt Maggie Carrs Farm. Sie ist eine sehr gute Pflanzerin. Sid Baxter arbeitet für sie. Er ist derjenige, der Charlotte gerettet hat. Lady Lytton hat ihn mehrmals besucht, um ihm zu danken.«

»Ach, wirklich?«

»O ja. Ihr gefällt der Ausritt, sagt sie. Die Landschaft ist wunderschön und wird immer herrlicher, je weiter man nach Westen kommt. Hinter Maggies Farm liegt das Waldreservat der Kikuyu und dahinter der Naivasha-See.«

»Das klingt ja traumhaft! Sie waren eine große Hilfe, Mrs. McGregor. Wirklich. Wir müssen unbedingt einen Ausflug zu diesem See machen, Lady Lytton und ich. Es gibt einfach so viel zu sehen in Afrika, aber leider ist unsere Zeit sehr begrenzt.« Er lächelte erneut.

»Also dann Kaffee, Lord Lytton.«

»Das wäre schön. Vielen Dank.«

»Milch und Zucker?«

»Nein, ich mag ihn schwarz und bitter. Wie mein Herz.«

»Ach, Lord Lytton!« erwiderte Mrs. McGregor kichernd und

machte eine abwehrende Handbewegung. Sobald sie draußen war, verblaßte Freddies aufgesetztes Lächeln.

Baxter. Sid Baxter ... Warum kam ihm der Name so bekannt vor? Er war sicher, in seinem ganzen Leben keinen Mann dieses Namens gekannt zu haben. Dennoch ließ er ihn nicht los, schon seit dem ersten Mal, als er ihn auf der Safari gehört hatte. *Baxter.* Freddie machte sich wieder an seine Arbeit und vergaß Sid Baxter, aber Indias seltsam ungesundes Aussehen ging ihm nicht aus dem Kopf.

Erst heute morgen, als er India beobachtete, die immer noch blaß und dünn war und kaum ihr Frühstück anrührte, fiel es ihm wie Schuppen von den Augen: Sie erwartete ein Kind. Das erklärte ihr Aussehen, ihre Lethargie, ihren mangelnden Appetit. Sie war schwanger ... und begab sich jeden Morgen auf einen heftigen Ritt, um ihre Schwangerschaft zu beenden. Wahrscheinlich hat sie Elspeth McGregor angelogen, als sie ihr von den Besuchen auf der Carr-Farm erzählte.

Er entschied sich, selbst einen Ausritt in Richtung Westen zu machen. Nachdem India wieder zurückgekehrt war, schwang er sich aufs Pferd. Ash McGregor sagte er, er wolle nach Norden reiten, um einen besseren Blick auf den Mount Kenya zu haben, aber er schlug die Richtung zu Margaret Carrs Farm ein. Sie war Pflanzerin, und er war schließlich hier, um die Beziehungen zwischen den Siedlern und der britischen Regierung zu verbessern. Ganz nebenbei würde er sich nach Indias Besuchen erkundigen.

Freddie gab Joshua die Sporen. Das unruhige Tier brauchte wenig Ermutigung, und Roß und Reiter stürmten kurz darauf über die Ebene. In weniger als einer Stunde erreichte er die Farm und ritt den Weg zum Haus hinauf. Freddie stieg ab und gab einem Kikuyu-Boy, der aus dem Haus trat, die Zügel.

»Sieh zu, daß er bewegt wird und zu trinken kriegt«, sagte er zu dem Jungen. »Wo ist Mrs. Carr?«

Der Junge sah ihn nur mit aufgerissenen Augen an.

»Mein Gott, warum können diese Leute denn kein Englisch?« murmelte Freddie. »Wo ist Mrs. Carr?« wiederholte er laut. »Wo ist die Msabu?«

Der Junge deutete auf die Kaffeefelder in der Ferne. Etwa eine halbe Meile entfernt glaubte Freddie eine Bewegung zu sehen. Er zog sein Fernglas aus der Satteltasche: rotgekleidete Kikuyu-Frauen bewegten sich langsam durch die grünen Kaffeesträucher. Dann stach ihm etwas Weißes ins Auge. Er stellte sein Fernglas darauf ein und sah, daß es eine Frau in einem weißen Hemd war. Sie war klein und kräftig und rief über das Feld hinweg jemandem etwas zu.

Das ist Margaret Carr, dachte er. Dann drehte er den Kopf leicht nach links und sah die Person, an die sie sich gewendet hatte. Es war ein weißer Mann. Er beugte sich über einen Kaffeestrauch. Sein Gesicht war größtenteils von einem breitrandigen Hut verdeckt. Das ist Baxter, dachte er.

Gerade als Freddie sich entschloß, zu ihnen hinauszugehen, richtete sich Baxter auf. Er wandte sich Mrs. Carr zu, nahm den Hut ab, fächelte sich Luft zu und rief etwas zurück. Freddie konnte sein Gesicht erkennen.

»Gütiger Himmel«, flüsterte er. »Das gibt's doch nicht. Du bist doch tot.«

Er nahm sein Fernglas herunter und kniff die Augen zusammen.

»Es ist die Hitze«, sagte er. »Die hat mich ganz durcheinandergebracht.«

Kurz darauf hob er das Fernglas wieder an die Augen. Baxter stand noch immer in seine Richtung gedreht, hatte noch immer seinen Hut nicht aufgesetzt. Freddie war sich jetzt ganz sicher, daß ihm die Hitze keinen Streich spielte.

Baxter. Sid Baxter. Der Name war ihm so bekannt vorgekommen, weil er ihn kannte. Diesen Namen hatte Sid Malone in der Arden Street benutzt.

Maßlose Wut packte ihn. Jetzt wußte er, warum India so verstört ausgesehen hatte und warum sie jeden Morgen einen Ausritt unternahm. Sie hatte herausbekommen, daß Sid Baxter in Wirklichkeit Sid Malone war. Und das verdammte Miststück hatte wieder ein Verhältnis mit ihm.

Bei dem Gedanken ging Freddies Wut plötzlich in Angst über. Er wußte, daß sie ihn nur geheiratet hatte, weil sie glaubte, Sid sei tot. Aber das war er nicht. Er war quicklebendig und wie es aussah bei bester Gesundheit. Schon einmal hatte sie Sid ihm vorgezogen ... was, wenn sie es wieder tat? Der Skandal einer Scheidung – ganz zu schweigen vom Verlust des Seldwyn-Jones-Vermögens – würde ihn ruinieren. Wenn India ihn verließ, würde er nie Premierminister werden.

Freddie holte tief Luft. Er durfte sich nicht von seinen Gefühlen hinreißen lassen. Noch nicht. Niemand wußte, daß er hiergewesen war und ihn gesehen hatte. Er durfte India keine Zeit geben, um Malone zu warnen. Alles mußte so weitergehen wie bisher. India mußte weiterhin ihre morgendlichen Ausritte machen und durfte keinen Verdacht schöpfen, denn Freddie brauchte etwas Zeit. Zeit, um ein Telegramm an Scotland Yard zu schicken. Nur ein paar Tage. Höchstens eine Woche.

»Du! Junge!« rief er dem Kleinen zu, der seinen Hengst wegführte. Der Boy drehte sich um.

»Bring ihn zurück. Schnell! Gib mir die Zügel«, befahl er und lief auf ihn zu.

Er stieg auf und ritt Sekunden später wieder Maggie Carrs Zufahrt hinunter. Nichts deutete darauf hin, daß er je hier auf der Farm gewesen war.

Er galoppierte zu McGregors Farm zurück und trieb das Pferd mit der Gerte an. Tausend Fragen bedrängten ihn, auf die er keine Antworten hatte. Noch nicht. Aber dafür war später genügend Zeit. Wenn Malone im Gefängnis saß.

Offensichtlich hatte Malone seinen Tod vorgetäuscht, aber Freddie würde dafür sorgen, daß ihm das nicht noch einmal gelang. Malone würde sterben. In England. Am Galgen. Dafür würde er sorgen. Und diesmal würde es klappen.

105

Seamie spürte Willas Kopf schwer auf seinem Rücken lasten. Sie war wieder bewußtlos. Während der letzten Stunde hatte sie im Fieber phantasiert, und jetzt war sie ohnmächtig. Es ging ihr sehr schlecht, das war ihm klar.

Er blieb stehen, wischte sich den Schweiß von der Stirn und blickte zum Horizont. Er sah einen Hügel, dahinter zweifellos weitere Erhebungen. Über ihnen die gnadenlose Sonne, hinter ihnen der Kilimandscharo.

Er drückte die Handballen auf die Augen. »Wo ist der verfluchte Bahnhof?« rief er. »Wo sind die verdammten Gleise?«

Niemand antwortete ihm.

Etwa hundert Meter weiter sah er ein paar Akazienbäume und ging darauf zu. Dort angekommen, setzte er Willa vorsichtig im schattigen Gras ab.

»Komm, Willa«, sagte er und tätschelte ihr Gesicht. »Wach auf, wach auf!«

Widerwillig murmelte sie etwas.

»Du mußt etwas trinken. Los, wach auf!«

Er schraubte die Feldflasche auf und hob sie an ihre Lippen.

Sie verzog das Gesicht und drehte sich weg.

»Bitte, Willa, bitte. Für mich.«

Sie öffnete die Augen. Sie waren trüb, ihr Blick ziellos.

»So ist's gut. Komm, nur einen Schluck.«

Er schaffte es, ihr ein paar Tropfen einzuflößen, bevor sie würgte.

»Nicht mehr …«, keuchte sie. Sie sank ins Gras zurück, und er sah, daß ihr Fußgelenk inzwischen so dick war wie ihr Schenkel.

»Ich werde mir mal das Bein ansehen«, sagte er. Als er die letzte Schicht des provisorischen Verbands abgezogen hatte, mußte er einen Fluch unterdrücken.

»Was ist los?« fragte Willa schwach.

»Mach die Augen zu. Ruh dich einen Moment aus.« Er riß ein paar Streifen von seinem Hemd ab und verband das Bein schnell wieder. Sie sollte es nicht sehen. Die Entzündung sah furchtbar aus. Die Haut war rot und glänzend und mit roten Linien überzogen. Die herausstehenden Knochenenden waren schwarz geworden, und aus dem Bruch sickerte Eiter.

»O Gott. Ich kann es riechen«, sagte sie, plötzlich hellwach.

»Das bin ich, Willa«, antwortete Seamie und zwang sich zu einem Lächeln.

»Seamie ... bitte. Laß mich hier. Laß das Gewehr hier.«

»Sag so was nicht.«

»Ich kann nicht weiter.«

»Aber ich.«

»Wenn du mich nicht hierläßt, sterben wir beide«, beharrte sie ärgerlich. »Das weißt du. Ich bin am Ende, aber du hast immer noch eine Chance.«

»Wir gehen weiter.«

»Ich kann nicht.«

Er zog sie hoch, nahm sie auf den Rücken und stieß dabei ihr Bein an, was sie vor Schmerz aufschreien ließ. Sie fluchte, schlug nach ihm und weinte dann, aber er ging nicht darauf ein. Ihn interessierte nichts, als einen Fuß vor den anderen zu setzen. Seine Kräfte waren fast verbraucht. Inzwischen war er fünf Tage lang gegangen. Es war höchste Zeit, daß er diese verdammte Bahnstation fand.

Er war im Dunkeln durch den Wald zurückgegangen und hatte bei jedem Schritt befürchtet, einen Pfeil der Dschagga in den Rücken zu bekommen. Endlich war er wieder im Lager auf dem Mawensi angekommen. Willa war so froh gewesen, ihn wiederzusehen.

»Gehen wir jetzt?« fragte sie. »Ist Tepili hier?«

Er erklärte ihr, was passiert war.

Nachdem Willa um Tepili und die anderen geweint hatte, wurde ihr der Ernst ihrer eigenen Lage klar. »Das heißt also, wir haben nichts zu essen ... niemanden, der unsere Ausrüstung trägt ... niemanden, der mich von dem Berg runterbringt.«

»Stimmt, bis auf den letzten Punkt«, antwortete Seamie. »*Ich* trage dich runter.«

»*Was?* Wie denn?«

»Auf dem Rücken.«

»Bist du verrückt?«

»Ich schaffe das. Ich hab' schwere Ausrüstung getragen. Im tiefen Schnee. Bei zwanzig Grad minus. Ich kann das.«

»Aber was ist mit unseren Fotoplatten … unseren Karten?«

Er schüttelte den Kopf. Die Platten hatten den Abstieg überstanden, weil er sie getragen hatte, aber sie waren zu schwer, um sie jetzt noch mitzunehmen. Auf dem Rückweg hatte er sich alles überlegt. Er konnte sie und das Nötigste tragen, nicht mehr.

»Nein, ich werde die Platten nicht zurücklassen. Ohne sie haben wir keinen Beweis, daß wir auf dem Gipfel waren«, widersprach Willa.

»Zum Teufel mit dem Gipfel.«

»Seamie, wir haben uns so angestrengt …«

Ärgerlich schnitt er ihr das Wort ab. »Deine Knochen stehen aus deinem Bein heraus, und du hast keine größeren Sorgen als die blöden Fotos? Kapierst du nicht, daß du stirbst, wenn wir dich nicht zu einem Arzt bringen?«

»Eine Platte«, flehte sie. »Bitte. Nur eine. Ich lass' meine Stiefel und meinen Gürtel hier. Um das Gewicht zu verringern.«

Sie stritten heftig, bis sie sich schließlich darauf einigten, eine Platte, Willas Notizbuch, eine Wasserflasche, einen Kompaß, Geld und das Gewehr mitzunehmen. Die anderen Platten packten sie in ihren Rucksack, die Bücher und die wertvollen Instrumente in seinen, wickelten das Zelt darum und lagerten alles unter einem überhängenden Felsen, in der Hoffnung irgendwann zurückzukommen und alles zu holen.

Seamie füllte die Wasserflasche und stopfte den Rest Trockenfleisch und Käse in seine Jackentaschen. Dann machte er aus einem Stück Kletterseil eine Schlinge, mit deren Hilfe er Willa auf seinem Rücken befestigen wollte. Er wußte, daß sie zu schwach war, um sich selbst festzuhalten. Danach mußte er etwas tun, wovor er sich am meisten fürchtete – sich um ihr Bein kümmern.

»Wir können es nicht einfach so herunterhängen lassen, weil es bei jedem Schritt anschlagen oder sich um Unterholz verfangen würde, wenn wir in den Wald kommen.«

Willa zögerte nicht. »Zieh es gerade und schien es.«

»Das wird aber weh tun.«

»Ich hab' keine Wahl.«

Er gab ihr ein Stück Seil, auf das sie beißen konnte, und zog an ihrem gebrochenen Bein. Sie bäumte sich auf und krallte die Finger in sein Hemd. Das Bein ließ sich einigermaßen geradeziehen, aber die Knochen standen immer noch heraus. Er wußte nicht, was er sonst tun sollte, deshalb wickelte einen Stoffstreifen, den er von seinem Hemd abgerissen hatte, um die Wunde und schiente das Bein dann mit den Einbänden von einem ihrer Bücher.

»Bist du bereit?« fragte er.

»Bist du es?« fragte Willa, keuchend vor Schmerz.

Er nickte, setzte sie in die Schlinge, und sie gingen los. Er stieg so weit nach Süden ab, wie er es wagte, dann wandte er sich nach Nordosten. Sein Plan war, nach Tsavo zu kommen – eine Bahnstation auf der Uganda-Linie – und von dort einen Zug nach Mombasa zu nehmen.

Tsavo war etwa achtzig Meilen von ihrem Lager entfernt. Seamie wußte, daß er auf flacher, einfacher Strecke zwanzig Meilen am Tag schaffen konnte. Aber die Strecke, die vor ihnen lag, war weder flach noch einfach, und er mußte Willa tragen.

Vielleicht kommen wir durch ein Dorf, wo wir Helfer anheuern können, dachte er. Wenn wir großes Glück haben, stoßen wir auf eine Plantage, wo es Ochsen und Wagen gibt. Aber sie hatten kein Glück. Sie stießen weder auf Dörfer noch auf Menschen. Zwei Tage lang hatte es ununterbrochen geregnet; sie waren durchnäßt, und ihre Essensvorräte waren zur Neige gegangen. Am dritten Tag stießen sie auf einen Fluß, an dem sie ihre Flasche auffüllen konnten. Willa, die hohes Fieber hatte, brauchte unbedingt zu trinken.

Während er sich mit schmerzendem Rücken und Beinen so schwer wie Blei weiterschleppte, fragte sich, ob er sich bei der Entfernung verschätzt hatte. War er zu weit nach Süden gekommen, als er vom Berg herunterstieg? Wenn ja, würden sie die Bahnlinie komplett verfehlen, und es wären noch mindestens weitere siebzig Meilen bis zur Küste. Das würden sie nie schaffen.

»Es kann nicht mehr weit sein«, sagte er laut, um Willa und sich zu beruhigen. »Ich bin zwar kein Weltmeister, wenn es um Orientierung geht, aber nicht mal ich kann mich so schlimm verlaufen haben. Und selbst wenn wir zu weit nach Norden gegangen sind und Tsavo verfehlen, treffen wir auf einen anderen Ort. Auf die Bahnstation von

Kenani vielleicht oder auf Mtoto Andei. Wir schaffen es. Du wirst wieder gesund.«

Willa antwortete nicht, sondern murmelte nur etwas. Er war gerade dabei, einen weiteren Hügel hinaufzusteigen, als er ein langgezogenes, lautes Pfeifen hörte. Weit in der Ferne.

»Willa!« rief er. »Hast du das gehört! Die Gleise müssen gleich hinter dem Hügel sein.«

»Nicht weiter, Seamie, bitte …«, flüsterte sie.

»Ich setz' dich jetzt ab«, sagte er und ließ sie ins Gras hinunter. Die Wasserflasche und das Gewehr legte er neben sie, falls Tiere kämen.

Und dann rannte er los. Sobald er über den Hügel war, sah er die Gleise. Sie waren etwa eine Viertelmeile entfernt. Als nächstes sah er den Zug. Er war noch ein ganzes Stück entfernt und zog eine Rauchwolke hinter sich her. Er fuhr nach Westen, nicht nach Mombasa, sondern nach Nairobi und bewegte sich mit hoher Geschwindigkeit.

Seamie raste den Hügel hinunter, stolperte, richtete sich wieder auf und rannte dann so schnell wie noch nie in seinem Leben. Das hohe Savannengras hemmte seine Schritte, aber er kämpfte sich hindurch und geriet immer wieder ins Stolpern. Die Gleise waren nur noch hundert Meter entfernt, dann zwanzig, und dann stand er auf ihnen.

Der Zug näherte sich schnell. Er war höchstens noch eine Meile entfernt. Seamie sprang auf den Gleisen auf und ab, winkte und schrie, daß er anhalten solle. Er zog sein Hemd aus und schwenkte es über dem Kopf, doch der Zug fuhr einfach weiter.

»Halt an, verdammt noch mal!« schrie er. »Halt!«

Aber er ratterte einfach laut pfeifend auf ihn zu. In letzter Sekunde sprang er von den Gleisen.

»Nein! Verdammt! Nein!« schrie er, als er zusah, wie der Zug an ihm vorbeiraste und damit Willas letzte Chance zunichte machte.

Dann stellte er fest, daß er die Geschwindigkeit drosselte. Er hörte Bremsen quietschen. Verwunderte und besorgte Gesichter sahen ihn durch die Fenster an.

Wieder begann er zu rennen, um die Lokomotive zu erreichen, aber ein Schaffner rief ihm von einem Wagen aus zu.

»Bitte!« rief Seamie, als er ihn erreicht hatte. »Sie müssen uns helfen. Meine Freundin ist schwer verletzt. Sie liegt gleich hinter diesem Hügel. Wir müssen sie holen. Sie braucht einen Arzt. Bitte ...«

Erleichtert kehrte Seamie zu dem Ort zurück, an dem er Willa zurückgelassen hatte. Im gleichen Moment hörte er es, laut und unverkennbar: das Krachen eines einzelnen Schusses.

106

*E*s war der Hengst von den McGregors, der heute da war. Da bin ich mir ganz sicher«, sagte Maggie und beschattete die Augen mit der Hand. »Wahrscheinlich war es die hübsche Mrs. Lytton. Gestern hab' ich sie auch gesehen, aber da hat sie die Stute geritten.«

Sid wußte, daß Maggie eine Reaktion aus ihm herauslocken wollte. Aber er reagierte nicht, sondern hackte weiter. Die Sonne stand schon niedrig. Wainaina und die anderen Kikuyufrauen waren schon vor einer Stunde gegangen, aber er arbeitete weiter. Er war bei Tagesanbruch auf die Felder gegangen und hatte keine Pause gemacht, nicht einmal in der brütenden Mittagshitze. Die Schmerzen an den Händen, in den Armen und im Rücken kamen ihm gerade recht, denn sie ließen ihn die Qual in seinem Herzen vergessen.

»Ich weiß, daß sie hier war, Sid, und mit dir gesprochen hat«, sagte Maggie und befühlte eine Rispe mit Kaffeekirschen. »Baaru hat's mir gesagt. Wolltest du mir nichts davon erzählen?«

»Nein.«

»Was ist passiert?«

»Nichts.«

»Nichts? Woher hast du dann den Striemen im Gesicht?«

Verärgert über Maggies Neugier, warf Sid die Hacke auf den Boden. Sie sei auf das nördliche Feld gekommen, um die Pflanzen zu inspizieren, hatte sie gesagt. Das bezweifelte er. Sie war herausgekommen, um ihn mit Fragen zu löchern.

»Wir haben geredet. Sie hat mir eine Ohrfeige gegeben«, antwortete er schließlich in der Hoffnung, sie würde sich damit zufriedengeben.

»Ach, wirklich? Nun, wahrscheinlich hast du's verdient. Sicher warst du nicht nett zu ihr.« Dann hielt sie inne und fügte hinzu: »Meine Augen sind nicht mehr so gut wie früher, aber ich könnte schwören, daß derjenige, der den Hengst geritten hat, Hosen trug. Mrs. McGregor kann's nicht gewesen sein. Sie trägt immer Röcke. Mr. McGregor reitet überhaupt nicht. Von den Jungen war's auch keiner, dafür war die Person zu groß. Sonst gibt's niemanden. Also muß Mrs. Lytton Hosen tragen, wenn sie sich unbeobachtet fühlt.« Sie seufzte. »Arme Frau. Immer allein. Genau wie du.«

»Ich bin gern allein mit mir«, erwiderte Sid.

Maggie ging an den Sträuchern entlang – prüfte Beeren und Blätter und zupfte hier und da ein paar Triebe ab. Ihr Blick war weiter auf ihn geheftet.

»Kommst du zum Abendessen? Alice brät einen Schlegel von der Gazelle, die du geschossen hast.«

»Ich hacke noch eine Weile weiter.«

»Hacken ist eine Arbeit, wenn man wütend ist.«

»Verdammt noch mal. Nicht schon wieder.«

»Sag mir, Sid, auf wen bist du wütend? Auf Mrs. Lytton? Auf dich selbst?«

»Ich bin auf gar niemanden wütend, Maggie«, antwortete Sid und arbeitete weiter, um seine Stimme ruhig zu halten. »Ich will bloß, daß die Pflanzen gesund bleiben. Damit wir eine gute Ernte kriegen. Du willst doch eine gute Ernte, oder nicht?«

»Das machst du jetzt seit fünf Uhr früh. Jetzt ist es sieben. Das sind vierzehn Stunden. Du hast nichts zu Mittag gegessen. Deine Kleider sind durchgeschwitzt, und deine Hände sind wund.«

»Meine Hände sind in Ordnung. Ich hab' bloß ein paar Blasen.«

»Tust du immer noch Buße? Und suchst Vergebung?«

Maggies Worte trafen ihn ins Mark. »Herrgott im Himmel, laß mich in Frieden!« fauchte er. »Ich brauche keine Vergebung. Ich krieg' nur, was ich verdiene. Nicht mehr. Nicht weniger.«

Aber Maggie hatte nicht die Absicht, ihn in Frieden zu lassen. »Woher willst du wissen, was irgend jemand von uns verdient?« gab sie zurück. »Sind deine Sünden so viel schlimmer als die anderer Leute? Ist deiner Seele keine Erlösung vergönnt? Was unterscheidet dich so sehr vom Rest von uns?«

»Du weißt nicht, was ich getan habe. Weißt nicht, wer ich war.«

»Nein, das weiß ich nicht. Aber ich weiß, was ich getan habe. Und wer ich war.«

»Hast du Banken ausgeraubt, Maggie? Leute bestohlen? Köpfe eingeschlagen?« fragte er scharf.

»Nein.«

»Das hab' ich auch nicht angenommen.«

»Ich habe einen Menschen umgebracht. Meinen Mann.«

Sid hielt mit der Arbeit inne und richtete sich auf. Seit fünf Jahren arbeitete er nun für Maggie, dennoch konnte er an einer Hand abzählen, wie oft sie ihren Mann erwähnt hatte.

»Sam hieß er«, fuhr sie fort. »Samuel Edward Carr. Wir hatten zwei Kinder. Einen vierjährigen Jungen namens Andrew und ein zweijähriges Mädchen namens Mary. Wir lebten in Australien, bevor wir hierherkamen. Und davor in Devon. Ich lebte gern dort und wäre dort geblieben, aber Sam war ruhelos. Er wollte Land. Weites Land. Also haben wir unseren Besitz verkauft, sind mit den Kindern losgezogen und haben in Neusüdwales zweihundert Hektar Land gekauft. Wir wollten Schafe züchten ...«

Sie brach ab. Ihr Blick wirkte abwesend, sie sah Dinge, die er nicht sehen konnte, Dinge, die längst vergangen waren. »Was ist passiert?« fragte er ruhig.

»Eines Abends brach die Dämmerung ein. Genau wie jetzt. Unser Haus war noch nicht fertig, wir wohnten immer noch im Zelt. Wir hatten gerade zu Abend gegessen. Ich sammelte das Geschirr ein und wollte es im Fluß waschen. Gewöhnlich nahm ich die Kinder mit, aber Andrew hatte sich den Fuß verstaucht, und ich wollte nicht, daß er hinter mir herhinkt. Ich bat Sam, ihn im Auge zu behalten. Wir hatten ein offenes Feuer beim Zelt, und ich wollte, daß die Kinder sich davon fernhielten. Ich hätte das nicht tun dürfen. Ich hätte nicht gehen dürfen. Sam war es nicht gewohnt, auf kleine Kinder aufzupassen. Er hatte keine Ahnung, wie leicht sie sich ablenken lassen.

Kurz nachdem ich fort war, begann unser Hund zu bellen. Wir hatten ein paar Schafe in einem Pferch und ein paar Hühner in einem provisorischen Hühnerstall. Sam machte sich ständig Sorgen wegen der Dingos – sie hatten schon einmal ein Lamm und einige Hühner gerissen –, also sah er nach den Tieren. Zu Andrew sagte er, er solle auf seine Schwester aufpassen. Als ich mit dem Abwasch fertig war, hörte ich die Schreie. Ich ließ alles fallen und rannte los. Inzwischen war es fast dunkel, und ich sah meine Kinder. Ihre Kleider standen in Flammen. Sie liefen davon und versuchten so, die Flammen abzuschütteln. Sie wußten es nicht besser. Sam holte Mary ein, ich Andrew. Wir wälzten sie im Staub, um die Flammen zu ersticken.«

Maggie brach ab, und es dauerte eine Weile, bis sie weitersprechen konnte. Sid konnte sich vorstellen, was in ihr vorging.

»Mary schrie weiter«, sagte sie schließlich. »Bis zum Ende. Andy hat länger gebraucht. Fast einen Tag. Er hat nicht geschrien. Nur gestöhnt. Er sagte uns, daß er sie vom Feuer fernhalten wollte, aber sie sei zu nahe herangekommen, und plötzlich habe ihr Kleid gebrannt. Er versuchte, die Flammen zu ersticken, aber seine eigenen Kleider fingen Feuer. Ich konnte ihn nicht festhalten, als er starb. Nicht einmal berühren konnte ich ihn. Seine Haut war verschwunden. Er sagte immer nur: ›Tut mir leid, Mami, tut mir leid ...‹«

»Was ist dann passiert?«

»Wir haben sie begraben. Sam wollte bleiben. Aber das konnten wir nicht. Ich hab' das Haus angezündet. Wollte mich selbst ins Feuer werfen, aber Sam hat mich zurückgehalten. Er hat die Tiere und das Land verkauft. Er hat nicht viel dafür bekommen. Dann hat er mich hierhergebracht. Wir hatten kaum eine andere Möglichkeit. Er hatte gehört, daß die Regierung Siedler sucht und das Land billig verpachtet. Fünf Jahre später war er tot. Meinetwegen. Weil ich ihm nicht vergeben konnte. Ich hab' ihm die Schuld am Tod unserer Kinder gegeben. Ich konnte meine Wut nicht überwinden. Meinen Schmerz. Wir lebten zusammen und waren doch weit voneinander entfernt. Es gab keine Wärme. Keine Güte. Er sah mich immer über den Tisch hinweg an. Oder draußen auf dem Feld. Seine Augen fragten mich, flehten mich an ... Es stand so viel Schmerz darin. Schließlich hat es ihn umgebracht. Er war ein guter Mann. Er hätte es verdient gehabt, daß man ihm verzeiht, aber ich konnte es nicht. Es hätte bedeutet, mir selbst verzeihen zu müssen, verstehst du?«

Maggie schwieg wieder. Während der letzten Minuten schien sie um Jahre gealtert zu sein, und er sah, was es sie kostete, ihm dies alles zu erzählen. Schließlich sagte sie: »Es ist schon spät. Ich geh' ins Haus zurück.«

Inzwischen war es schon fast dunkel. Sie wollte immer zu Hause sein, bevor es Nacht wurde. Jetzt wußte er, warum.

»Ich lass' Alice deinen Teller warm stellen«, sagte sie müde.

»Maggie, ich ...«, begann er und suchte nach Worten.

Sie legte sanft die Hand auf seinen Arm. »Wenn du Vergebung suchst, Sid, lern erst mal selbst zu vergeben.«

❧ 107 ❧

*I*ndia blickte ein letztes Mal über die Ebenen von Thika. Morgen würden sie, Freddie und Charlotte abfahren. Sie würde Thika nicht mehr wiedersehen. Während der letzten Tage war sie jeden Morgen ausgeritten. Sie wollte sich die Landschaft einprägen – die Art, wie sich das Gras in der Brise wiegte, die schnell dahinjagenden Wolken, die fernen Hügel. Sie wollte in der Lage sein, sich an diesen Ort zu erinnern, weil Sid Malone hier lebte.

Ihn wiederzusehen hatte sie vollkommen aus der Bahn geworfen. Sie konnte nichts essen und schlief kaum mehr. Sie hatte ihre Orientierung verloren, kam sich unwirklich vor, wie in einem Traum. Als wäre ihr der Boden unter den Füßen weggezogen worden. Verzweiflung packte sie. Ihretwegen und wegen allem, was sie unnötigerweise aufgegeben hatte. Wegen Charlotte, weil ihr wirklicher Vater noch lebte und sie ihn dennoch nie kennenlernen würde, und wegen Sid, der nicht wußte, daß Charlotte seine eigene Tochter war.

Wie versteinert lebte sie dahin und wunderte sich über die Grausamkeit der Götter. Wie konnten sie ihr Sid einmal entreißen und es dann noch einmal tun? Wie sollte Charlotte unter dem kalten Blick eines Mannes aufwachsen, der sie verachtete, statt in den liebevollen Armen eines Vaters, der sie liebte? Wie sollte sie selbst Tag um Tag und Jahr um Jahr mit der Vorstellung weiterleben, was hätte sein können, wenn sie wußte, was war?

Sie saß auf der Stute der McGregors und blickte immer noch zur Carr-Farm hinüber, als sie jemanden von dort wegreiten sah. Wahrscheinlich Maggie auf dem Weg zu einem Nachbarn. Aber der Reiter kam auf sie zu, und India stellte erschrocken fest, daß es Sid war. Warum machte er das? Wußte er, daß sie es war? Oder hielt er sie für jemand anderen?

Von Panik ergriffen, weil sie sich nicht noch einmal seinem Zorn aussetzen wollte, gab sie ihrem Pferd die Sporen und ritt in Richtung der McGregors.

»India!« rief er. »India, warte!«

Sie wollte anhalten, ihm antworten, hatte aber zu große Angst und trieb ihr Pferd zu noch heftigerem Galopp an, doch Sids Pferd war schneller. Kurz darauf war er neben ihr.

»Bleib stehen!« rief er.

»Nein!« schrie sie zurück.

»Bitte, India!«

Schließlich gab sie nach.

»Ich dachte mir, daß du es bist«, sagte Sid, als die Pferde in eine langsamere Gangart übergegangen waren. »Maggie hat dich jeden Tag hier draußen gesehen.«

»Ja, das stimmt. Aber bald nicht mehr. Wir fahren morgen ab.«

»India«, unterbrach er sie. »Es tut mir leid wegen neulich abend. Ich war schrecklich zu dir. Ich hätte dich nicht anschreien dürfen. Warum bist du hierhergekommen? *Warum?*«

»Das war nicht meine Absicht!« rief sie. »Wie sollte ich wissen, daß du Sid Baxter bist?«

»Sid Baxter? Ist dir bei dem Namen denn *gar* nichts eingefallen?« schrie er.

»Doch. Aber ich wäre nie auf die Idee gekommen, daß du das sein könntest, schließlich bist du offiziell tot!«

»Ich hab' nicht mehr geschlafen und gegessen, seitdem ich dich gesehen hab'.«

India griff die Zügel ihres Pferdes.

»Entschuldige«, sagte er mit ruhigerer Stimme. »Bleib. Bitte.«

India sah ihn argwöhnisch an.

»Ich schrei' auch nicht mehr. Versprochen. Schau, da sind ein paar Flamboyantbäume. Unter die könnten wir uns setzen.«

Sie ritten zu den Bäumen und banden die Pferde fest.

»Das ist ein hübsches Fleckchen hier«, sagte er und deutete auf ein Grasstück, das halb im Schatten lag. Sid hielt seine Satteltasche im Arm, India stand mit verschränkten Armen vor ihm.

»Du bist also hier. In Afrika«, sagte er schließlich.

»Ja, Sid. Das bin ich.«

»Freddie regelt hier die Dinge? Zwischen der Regierung und den Siedlern?«

»Das versucht er.«

»Glaubst du, er schafft es?«

»Dessen bin ich mir sicher. Das tut er doch immer. Auf die eine oder andere Art.«

»Er ist Außenminister, oder?«

»Unterstaatssekretär im Kolonialministerium.«

»Er hat's weit gebracht.«

»Ja, das hat er.«

»Wie geht's Charlotte?«

»Besser, danke.«

»Sie ist ein erstaunliches Mädchen. Sie hat einen messerscharfen Verstand. So ein Kind hab' ich noch nie getroffen.«

India schloß einen Moment lang die Augen, um gegen die Tränen anzukämpfen. Da stand sie nun neben Sid, neben dem Man, den sie mehr liebte als irgendeinen anderen Mann in ihrem ganzen Leben. Sie stand neben dem Vater ihres Kindes und plauderte über belanglose Dinge, obwohl sie doch nichts anderes wollte, als ihm zu sagen, daß sie ihn liebte.

»India, stimmt was nicht?«

»Nein, es ist nichts«, antwortete sie schnell.

Sie öffnete die Augen und blickte zum Horizont, um ihn nicht ansehen zu müssen. Sie gab sich kühl und beherrscht und war entschlossen, nicht die Kontrolle zu verlieren. Während Sid weiterredete, hörte sie eine andere Stimme in sich, die aus der Tiefe der Erinnerung zu ihr sprach.

»Sie sind nicht in meiner Klasse, um zu fühlen«, sagte diese Stimme. »Glaube und Gefühl vernebeln das Urteil …«

Professor Fenwick. Jahrelang hatte sie nicht mehr an ihn gedacht. Typisch, daß er sie gerade in einem solchen Moment tadelte. Aber er hatte recht – es war besser, sich nicht auf seine Gefühle zu verlassen. Sie kosteten einen zu hohen Preis. Hugh Mullins hatte sie das gelehrt, aber Sid Malone war der beste Lehrer von allen.

»Wie auch immer, ich wollte dir nur sagen, daß es mir leid tut wegen neulich abend. Ich freue mich einfach, wenn ich weiß, daß du glücklich bist, India.«

Als er das sagte, wurde sie von Wut gepackt. Verzweifelt versuchte sie, sie zu unterdrücken – vergeblich. Warum schaffte er es immer, sie so wütend zu machen?

»... du verdienst es, glücklich zu sein«, fuhr er fort. »Mehr als jeder andere.«

Ihre Wut schlug um in blanken Zorn.

»Glaubst du das wirklich?« fragte sie. Fenwicks Warnung war vergessen. »Daß es mich *glücklich* macht, mit Freddie verheiratet zu sein?«

»Tut es das denn nicht?«

»Nein, du verdammter Narr. Das tut es nicht.«

Sid zuckte zusammen. »Beruhige dich. Ich wollte nur nett zu dir sein.«

»Du bist nicht nett, sondern dumm und herzlos.«

»Was ist denn los? Was stimmt denn nicht?« fragte er, nun wieder mit scharfer Stimme. »Du hast doch, was du willst. Einen netten, angesehenen Ehemann statt eines Kriminellen. Was willst du denn noch? Sind all die Häuser, Pferde und Partys nicht genug?«

»Nein, das sind sie nicht. Guten Tag, Sid«, antwortete India und stand auf.

»Nicht so schnell.« Sid packte sie am Arm und drehte sie zu sich herum. »Warum zum Teufel hast du ihn geheiratet?«

»Ich hatte meine Gründe«, zischte sie und versuchte, ihn abzuschütteln, aber er ließ sie nicht los.

»Ja, wegen Joe Bristow und Gemma Dean, stimmt's? Du hast gedacht, das sei ich gewesen. Deswegen hast du dich anders entschieden.«

»Was sagst du da?«

»Sag mir nur eines. Ist die Polizei zu dir gekommen, oder bist du hingegangen?«

»Welche Polizei? Wovon redest du?«

»Von der Arden Street. Du hast es ihnen gesagt. Du hast ihnen geholfen, mir eine Falle zu stellen.«

»Nein«, sagte sie. »Das stimmt nicht. Ist es das, was du glaubst? Daß ich dich an Freddie verraten habe? Ich hätte alles für dich aufgegeben – die Medizin, meine Klinik, mein Zuhause. Ich *habe* alles aufgegeben. Ich hab' mein Leben für dich aufgegeben!« Sie weinte jetzt.

»Wie haben sie es dann rausgefunden? Donaldson hat behauptet, meine Freundin habe es ihm verraten.«

»Er meinte Gemma Dean, nicht mich. Sie hat es Freddie gesagt.

Zumindest behauptet er das.« Sie sah ihn an. »Warum hast du mich nicht geholt? Ich habe gewartet und gewartet. Ich war außer mir vor Sorge.«

»Ich dachte, du hättest mich verraten. Ich dachte, du wolltest nichts mehr mit mir zu tun haben«, antwortete er und sah sie an, als hätte ihm jemand das Herz herausgerissen. »All die Jahre...«, fügte er leise hinzu.

»All die Jahre dachte ich, du seist tot. Und all die Jahre hast du mich gehaßt.«

»Ich hab' dich nie gehaßt. Ich wünschte, ich hätte es gekonnt. Dann wäre mein Leben viel einfacher gewesen.« Seine Stimme brach ab.

India ertrug es nicht, ihn so leiden zu sehen. Instinktiv umschloß sie sein Gesicht mit den Händen und küßte ihn.

»Laß mich, India. Ich wußte nicht ... ich dachte ...«

»Du dachtest, ich sei zu Freddie übergelaufen. Würde dich nicht genug lieben. O Sid. Du hast immer geglaubt, du seist nicht gut genug. Würdest es nicht verdienen, geliebt zu werden.«

»Ich kann das nicht, India. Ich kann dir nicht so nahe sein und dann einfach wieder weggehen.«

»Dann geh nicht weg. Bitte geh nicht weg«, flüsterte sie. »Liebe mich, Sid. Wenn auch nur für den Moment. Wenn auch nur für eine Stunde. Aber liebe mich.«

Sie küßte ihn wieder. Ihn zu schmecken und zu berühren fühlte sich für sie an wie Regen in der Wüste. Ihre fast erstorbene Seele erblühte zu neuem Leben. Sie schluchzte, lachte, hielt ihn fest und verbarg das Gesicht an seinem Hals. Und dann küßte er sie und drückte sie an sich.

»Ich hab' nie aufgehört, dich zu lieben«, flüsterte sie. »Nie, Sid. Keinen Tag lang.«

Er zog sie mit sich ins Gras hinab und liebte sie. Hart und schnell, wütend und schmerzhaft. Danach legte er sich auf den Rücken und bedeckte die Augen mit den Händen. Sie nahm sie weg und küßte seine Tränen, dann seinen Mund. Sie küßte seinen Hals, seine Brust und ließ sich Zeit, um sich später an alles zu erinnern – an das Gefühl seiner Haut, an die Wärme der Sonne auf ihrem bloßen Rücken. Sein Körper war härter und schmaler, als sie ihn in Erinnerung hatte, sein Gesicht und seine Arme tief gebräunt. Sie strich mit den Lippen über die Stelle, wo sein Herz war. Dort war die Haut blaß und wirkte verletzlich. Sie küßte ihn und schlief noch einmal mit ihm, langsam und zärtlich. India wünschte sich, es würde für immer andauern.

Anschließend legte sie den Kopf auf seine Brust, und er hielt sie fest, genauso wie sie es in der Arden Street getan hatten. Er erzählte ihr, wie er aus London geflohen war, nach Afrika kam und in Mombasa gestrandet war. Sie erzählte ihm von ihrem Haus in London und wie bedeutungslos und tot ihr Leben dort war. Wie sehr sie die Medizin und Whitechapel und vor allem ihn vermißte. Und sie erzählte ihm von dem Glück, das Charlotte ihr gebracht hatte, und wie sehr sie sie liebte.

Als sie geendet hatte, sah er sie an und sagte: »Komm zurück zu mir, India.«

Sie legte den Finger auf seine Lippen. »Scht. Nicht. Das ist unmöglich. Er würde mich nie gehen lassen. Niemals.«

»Dann liebt er dich. Liebt Charlotte ...«

India lachte bitter. »Er liebt keinen von uns. Nur das Vermögen meines Vaters. Mein Vater hat sichergestellt, daß er sich nicht von mir scheiden lassen kann.«

»Kannst du dich nicht von ihm scheiden lassen?«

»Er hat mir gesagt, wenn ich das versuchen sollte, nimmt er mir Charlotte weg. Daß er das versuchen würde, daran zweifle ich keinen Moment. Er hat Freunde in hohen Positionen. Ich könnte sie ihm nie überlassen. Es wäre genauso, als würde man ein Lamm in die Obhut eines Wolfs geben.«

»Dann komme ich nach London. Wir sehen uns. Irgendwie ...«

»Nein«, erwiderte sie schroff. »Wenn er herausfindet, daß du am Leben bist, wenn er auch nur die leiseste Vermutung hat, setzt er dir nach.«

»Warum? Ich habe nicht auf Joe Bristow geschossen. Frankie Bett hat's getan und ist deswegen ins Gefängnis gekommen. Es stand in allen Zeitungen. Sogar in Mombasa.«

»Er versucht, dir den Mord an Gemma Dean anzuhängen.«

»Aber ich hab' sie nicht umgebracht!«

»Meinst du, das kümmert ihn? Er betrachtet dich als eine Gefahr für seine Ehe und damit sein Geld. Er ist rücksichtslos. Abscheulich. Du hast keine Ahnung, wie abscheulich er ist.«

Sid sah sie prüfend an. »Ist er so schlecht zu dir, India?«

Sie blickte weg.

»Und zu Charlotte?«

»Meistens beachtet er sie nicht. Außer wenn Fotografen in der Nähe sind.«

»Aber sie ist seine Tochter.«

India wandte sich ab. Es wäre unsagbar grausam gewesen, ihm zu sagen, daß Charlotte seine Tochter war, und sie ihm dann für immer wegzunehmen.

»Ich muß zurück. Man wird mich vermissen. Ich muß packen. Morgen früh geht's nach Nairobi.« Sie zog ihr Hemd und ihre Bluse an, knöpfte ihren Reitrock zu und stand auf.

»Und dann fährst du nach London«, sagte Sid tonlos und stand ebenfalls auf.

»Zuerst müssen wir noch Familienferien am Mount Kenya durchstehen. Dann fahren wir nach Hause.«

»Jetzt hab' ich dich gerade wiedergefunden und soll dich schon wieder verlieren.«

»Und ich dich.«

India wollte weinen, aber der Schmerz war zu groß für Tränen.

»Ich werde aufwachen und glauben, ich hätte alles nur geträumt«, sagte er. »Morgen. Wenn ich wieder allein bin.«

»Wir haben diesen Tag. Diese Erinnerung. Diese Liebe. Das kann uns niemand nehmen. Ich weiß, daß du lebst, Sid. Das ist so viel mehr, als ich vorher hatte.«

»Wenn ich nur zu dir könnte. Nach London. Wenn ich nur einen Weg finden würde ...«

»Nicht. Bitte.«

»Ich liebe dich, India.«

»Und ich liebe dich.«

Sie hielten sich fest, wollten einander nicht loslassen, denn jeder wußte, daß es das letzte Mal war. Als sie es nicht mehr aushielt, machte sich India los. Sie nahm seine Hand, drückte sie an ihre Wange und sagte: »Egal, wo auf der Welt ich bin, egal, was ich tue, ich werde immer an dich denken und dich lieben. Immer, Sid. Für immer und ewig.«

Sie küßte ihn ein letztes Mal, stieg aufs Pferd und ritt in Richtung der Farm der McGregors. Freddie ist dort, sagte sie sich. Sie durfte keine Emotionen und keine Schwäche zeigen. Ihre geröteten Wangen und ihr loses Haar würde sie auf den langen Ritt schieben. Er durfte nie erfahren, was passiert war. Charlottes Glück hing davon ab. Und Sid Malones Leben.

Sie saß hoch aufgerichtet im Sattel, ritt schnell und drehte sich nicht einmal um.

*E*s ist hoffnungslos. Völlig hoffnungslos«, sagte Dr. Rosendo Ribeiro, der einzige Arzt in Nairobi. »Es ist die schlimmste Fraktur, die ich je gesehen habe. Wie kam es dazu?«

Seamie erklärte, was auf dem Kilimandscharo passiert war und wie er Willa nach Nairobi gebracht hatte. Es kostete ihn große Anstrengung, überhaupt etwas hervorzubringen, so erschöpft war er. Inzwischen war es Abend. Erst vor ein paar Minuten war er nach einer endlosen Zugfahrt in Nairobi angekommen. Dort hatte er nach dem Krankenhaus gefragt, und ein Mann hatte auf ein wackliges Gebäude gezeigt, nur ein paar Meter von Bahnhof entfernt. Mit der bewußtlosen Willa in seinen Armen rannte er dorthin. Das Krankenhaus war eigentlich nur eine Arztpraxis, nicht viel mehr als ein Feldlazarett mit gestampftem Lehmboden, durchgelegenen Betten, verrostetem Waschbecken und Fliegen.

»Sie hat sich das Bein vor fünf Tagen gebrochen?« wiederholte Dr. Ribeiro. »Sie ist schon *fünf* Tage in diesem Zustand? Ein Wunder, daß sie noch nicht tot ist. Es muß ab.«

»Was muß ab?« fragte Seamie verwirrt.

»Das Bein. Wir amputieren es unterhalb des Knies. Wir versuchen, uns so nahe wie möglich an der Fraktur zu halten, aber es hängt alles davon ab, wie weit sich der Wundbrand schon ausgedehnt hat.«

»Nein!« rief Willa. Sie war wieder zu Bewußtsein gekommen und versuchte, sich aufzusetzen. »Ich habe gehört, was Sie gesagt haben. Sie nehmen mein Bein nicht ab.«

»Miss Alden, wenn wir nicht amputieren, sterben Sie«, antwortete Dr. Ribeiro. Ein junger Mann eilte vorbei. »Mr. Pinto, ich brauche Sie. Bereiten Sie sich für die OP vor!« befahl er. »Der Wundbrand breitet sich aus«, fügte er an Willa gerichtet hinzu, »die Knochen können nicht eingerichtet werden. Sie sind zu sehr gesplittert. Die Amputation ist Ihre einzige Chance.«

Willa wandte sich an Seamie. »Laß es ihn nicht machen. Bitte, laß ihn nicht«, flehte sie.

Seamie beugte sich hinunter und strich ihr das Haar aus der Stirn. Es war mit Blut verklebt. Sie hatte versucht, sich zu erschießen, als er losgelaufen war, um den Zug zu erreichen, aber sie war zu schwach gewesen, und das Gewehr war ihr entglitten. Die Kugel hatte sie nur an der Stirn gestreift. Der Schmerz hatte sie dazu getrieben, sagte er sich. Sie konnte nicht mehr klar denken.

»Willa, du bist zu geschwächt. Dein Körper hält nichts mehr aus. Du stirbst, wenn nicht operiert wird.«

»Ich werde sterben, wenn man mein Bein abnimmt!« schrie sie. »Ich sterbe, wenn ich nicht mehr klettern kann!«

»Sie ist nicht mehr klar im Kopf, Mr. Finnegan. Sie spricht im Delirium. Ich brauche eine Entscheidung von Ihnen«, sagte der Arzt. »Jetzt.«

Seamie preßte die Handballen auf die Augen. Er wußte nicht, was er tun sollte. Wenn er der Amputation zustimmte, widersetzte er sich ihren Wünschen, doch wenn nicht, würde sie sterben.

»Mr. Finnegan?«

»Tun Sie's.«

»Nein!« schrie Willa. »Bitte, Seamie, bitte!«

»Es wird alles gut, Willa«, sagte er mit belegter Stimme.

»Mr. Finnegan, wenn Sie bitte beiseite gehen würden«, sagte der Arzt. Er winkte seinem Assistenten. »Pinto, Chloroform.«

Der Mann trat mit einer Maske zu Willa. Sie wehrte ihn ab und schlug sie ihm aus der Hand. Dr. Ribeiro hielt ihre Arme fest. »Schnell, Mr. Pinto.«

»Nein!« schrie sie und warf den Kopf herum. »Nein!«

Der Assistent legte einen Arm um Willas Kopf, so daß sie sich nicht mehr rühren konnte, dann preßte er die Maske auf ihr Gesicht. Ihre angstvoll aufgerissenen Augen waren flehentlich auf Seamie gerichtet. Er mußte sich abwenden.

»So ist's gut, Miss Alden, so ist's brav«, sagte Dr. Ribeiro beruhigend. »Holen Sie tief Luft. Gut. Jetzt noch einmal …«

Nach ein paar Sekunden sagte Pinto: »Sie ist weg.«

»Gut. Beeilen wir uns. Desinfizieren Sie vom Knie zur Fraktur. Dann geben Sie mir eine Knochensäge, Skalpelle, Klammern, ein Kauterisiereisen, Faden und Nadeln.«

»Mein Gott, das sieht ja schlimm aus«, sagte Pinto und schnitt Willas blutverschmierte Kleider ab. »Der Muskel ist verfault ...«

»Danke, Mr. Pinto«, sagte Dr. Ribeiro und wandte sich dann an Seamie. »Mr. Finnegan, wenn Sie keinen sehr guten Magen haben, rate ich Ihnen, jetzt zu gehen. Es gibt ein gutes Hotel in der Stadt. Das Norfolk. Es ist nicht weit. Wir kümmern uns um Miss Alden.«

Seamie wollte Willa nicht allein zurücklassen.

»Gehen Sie, Mr. Finnegan. Jetzt«, sagte Dr. Ribeiro.

»Kann ich ... irgendwas für sie tun?« fragte Seamie.

»Ja«, antwortete der Arzt. »Beten.«

109

*T*om Meade steckte den Kopf in das Büro, das Freddie Lytton im
Regierungsgebäude von Nairobi zur Verfügung gestellt worden
war. Es war mit Akten und Dokumenten vollgestopft.

»Guten Morgen, Sir«, sagte er.

»Morgen«, antwortete Freddie abwesend. Er schrieb gerade seinen
Bericht über die Löwenjagd in Thika für die *Times*. Davon, daß Charlotte dabei verlorengegangen war, würde er nichts erwähnen. Das
würde den Ort gefährlich und ihn selbst unaufmerksam erscheinen
lassen.

»Ihre Termine, Sir«, sagte Tom und legte ein getipptes Blatt auf
Freddies Schreibtisch.

Freddie warf einen Blick darauf.

»Sie hätten nicht nach Nairobi zurückkommen sollen«, sagte Tom.
»Alles schreit jetzt nach Ihnen. Um zehn Uhr müssen Sie ein Band
auf der Rennstrecke durchschneiden. Neue Ställe, glaube ich. Um elf
haben Sie einen Termin mit dem Landvermesser der Provinz Seyidie
– offensichtlich gibt's Probleme mit den Deutschen wegen eines
Grenzkonflikts im Vanga-Distrikt –, um zwölf einen Lunch mit der
Handelsvereinigung und um zwei mit dem Distriktkommissar der
Nordgebiete. Danach habe ich nichts mehr eingetragen, da Sie sich
auf das Diner im Haus des Gouverneurs vorbereiten müssen.« Dann
legte Tom die Akten, die er mitgebracht hatte, auf Freddies Schreibtisch. »Für Ihre Rede heute abend. Hier die Einwohnerzahlen aller
Distrikte von Britisch-Ostafrika, die Klassifizierung der Farmen nach
Größe und Anbauarten …«

»Gibt's irgendwas aus London?« fragte Freddie ungeduldig.

»Ja. Ein Telegramm von Scotland Yard, glaube ich.« Tom griff in
eine andere Akte und zog ein Telegramm heraus.

»Gut. Danke«, antwortete Freddie und griff begierig danach.

Er hatte vor zwei Tagen eine Nachricht an Alvin Donaldson, inzwischen Superintendent bei Scotland Yard, geschickt und ihn gebeten festzustellen, ob die Identifikation von Sid Malones Leiche absolut eindeutig gewesen sei. Donaldson hatte geantwortet, dies sei nicht der Fall gewesen. Die Leiche, die man 1900 aus der Themse gefischt habe, sei so stark verwest gewesen, daß keine Gesichtszüge mehr erkennbar und nur noch ein paar Büschel roter Haare vorhanden gewesen seien. Man habe persönliche Gegenstände von Malone bei der Leiche gefunden, welche zur Identifikation herangezogen worden seien. Es war genauso, wie Freddie gedacht hatte. Sid Malone hatte seinen Tod vorgetäuscht. Er brauchte Donaldson nur, um sich dies bestätigen zu lassen. Daß Malone lebte, hatte er vor fünf Tagen in Thika selbst festgestellt.

Jetzt dachte er daran, wie India vor drei Tagen ausgesehen hatte, an dem Abend, bevor sie sich auf die lange Reise nach Nairobi gemacht hatten – aufgewühlt und mit zerzaustem Haar. Sie war mit Malone zusammengewesen, dessen war er sich sicher, die betrügerische Schlampe. Vielleicht plante sie schon alles für ihre Flucht. Doch er würde ihr einen Strich durch die Rechnung machen. Er hatte so schwer gearbeitet, um dorthin zu kommen, wohin er wollte, und nichts und niemand würde ihn davon abhalten.

»Ist irgendwas nicht in Ordnung, Sir?«

Freddie hatte sich völlig in seine Gedanken verloren und dabei gänzlich Tom Meade vergessen, der in seinem Büro auf weitere Anweisungen wartete.

Er blickte zu ihm auf und sagte ernst: »Ja, Tom, das fürchte ich. Wir haben einen sehr gefährlichen Mann in unserer Mitte. Einen Flüchtigen. Er wird wegen Mordes in London gesucht. Ich muß heute morgen mit dem Gouverneur sprechen. Ich möchte, daß dieser Mann sofort gefunden und festgenommen wird.«

»Ein Mörder? *Hier?* Gütiger Himmel. Wer ist er?«

»Er lebte unter dem Namen Malone in London. Hier führt er einen anderen Namen. Baxter. Sid Baxter.«

»Sid Baxter? Das glaube ich nicht, Sir.«

Freddie lächelte. »Es ist mir egal, was Sie glauben, Tom.«

Meades Blick wurde kalt. »Es gibt Vorschriften«, antwortete er eisig. »Selbst in Nairobi. Der Gouverneur ist nicht der einzige, der verständigt werden muß. Darf ich fragen, was Sie vorhaben?«

»Ich werde ihn natürlich aufhängen lassen.«

110

*O*b man Verzweiflung riechen kann? fragte sich Joe. Ob man sie sehen, mit den Händen greifen kann?

Er hatte immer geglaubt, sie sei etwas nicht Gegenständliches, ein Geisteszustand. Bis er nach Wandsworth gekommen war. Hier war sie real. Man konnte sie in den Korridoren hören, im Geräusch der Schritte der Wärter, die in den Gängen widerhallten. Sie tropfte von den grauen Wänden, setzte sich in den Ritzen fest und erfüllte die Räume mit ihrem modrigen Gestank. Sie drang in Fleisch und Knochen ein und ließ einen frösteln wie feuchte Grabeskälte.

»Wandsworth war früher einmal eine musterhafte Anlage«, sagte der Direktor gut gelaunt, als er Joe von seinem Büro in den Besuchsraum führte. »Es ist als neuer Typ eines humanen Gefängnisses geplant worden.«

»Wirklich? Human, sagen Sie?«

»Relativ gesehen, natürlich.«

»Menschlichkeit kann nicht relativ sein. Entweder ist etwas human oder nicht.«

Der Direktor lächelte. »Alles ist relativ, Mr. Bristow. Waren Sie je in Reading?«

»Nein.«

»Es wurde ein paar Jahre vor Wandsworth gebaut. Einzelzellen mit dicken Türen, damit die Gefangenen sich nicht sehen können. Wände, so dick, daß man nie eine andere menschliche Stimme hören kann. Die Insassen werden wahnsinnig dort. Und da wir gerade von wahnsinnig sprechen, wie sind Sie letztes Mal mit unserem Freund Betts zurechtgekommen?«

»Nicht allzugut, fürchte ich.«

Der Direktor seufzte. »Vielleicht haben Sie diesmal mehr Glück. Hoffentlich, denn es wird möglicherweise kein nächstes Mal mehr geben. Er wird nicht mehr lange leben, Tuberkulose, verstehen Sie.«

»Das dachte ich mir schon«, antwortete Joe und erinnerte sich an Frankies eingesunkene Augen und die hochroten Wangen.

»Nun, dann lasse ich Sie jetzt allein«, sagte der Direktor und ging. Joe schob sich zu einem der langen Tische hinüber. Er wollte noch einmal versuchen, aus Frankie Betts etwas herauszukriegen. Vor Fiona verheimlichen zu müssen, was er über Sid und Sids Kind herausgefunden hatte, brachte ihn schier um. Sie war seine Frau und hatte ein Recht, Bescheid zu wissen, dennoch konnte er Ella gegenüber sein Wort nicht brechen.

Nach ein paar Minuten ging die schwere Eisentür auf, die zum Zellenblock führte, und Frankie Betts kam herein.

»Verdammter Mist«, sagte er. »Nicht schon wieder Sie.«

Er sah schrecklich aus. So schlecht, daß Joe fast Mitleid mit ihm hatte. »Hallo, Frankie«, sagte er. »Ich freue mich, Sie zu sehen.«

»Ich will in meine Zelle zurück«, sagte Frankie zu der Wache.

»Setz dich, Betts«, erwiderte der Mann.

»Ich hab' mich etwas umgehört, Frankie«, begann Joe.

»Sie sind ja ein echter Sherlock Holmes.«

»Ich weiß jetzt, wer die Ärztin ist, die du das letzte Mal erwähnt hast: Dr. Jones. Ich verstehe, wie sehr sie dir zugesetzt hat. Sie hat dir Sid weggenommen.«

»Nie von ihr gehört. Keine Ahnung, was Sie da reden. Sie sollten gehen. Sie vergeuden Ihre Zeit.«

»Du warst wütend, nicht wahr? Du wolltest nicht, daß Sid mit der Ärztin fortgeht. Er sollte wieder zu euch zurückkommen, deswegen hast du auf mich geschossen. Damit Sid in der Klemme steckt. Untertauchen muß. Wieder ein Verbrecher ist.«

»Sie sollten Schauergeschichten schreiben.«

»Die Leute, mit denen ich gesprochen hab, sind der Meinung, daß du Gemma Dean umgebracht hast, Frankie. Weil die Sache mit mir schiefgegangen ist.«

»Mir ist egal, was die Leute sagen. Gemma ist tot. Und Sid auch.«

Joe beugte sich zu ihm. »Ich hab' Neuigkeiten für dich … Sid ist nicht tot. Er lebt. Die Leiche im Fluß war nicht seine. Er hat alles vorgetäuscht. So ist er aus London rausgekommen.«

»Sie lügen«, sagte Frankie, aber Joe sah einen Anflug von Zweifel in seinen Augen.

»Tu ich nicht.« Joe lehnte sich wieder zurück. Er betrachtete Frankie eine Weile und fügte dann hinzu: »Sid hat Gemma nicht getötet. Das weiß ich, weil er mir sein Wort darauf gegeben hat. Du hast es auch nicht getan. Ich weiß nicht, warum, aber ich bin mir einfach sicher. Also, wer hat sie getötet, Frankie? Wer?«

Joe bekam ein Husten als Antwort. Ein tiefes, röchelndes Husten. Frankie wischte sich Blut von den Lippen.

»Du stirbst, Frankie«, sagte Joe leise. »Nimm Sid nicht mit dir. Laß ihn leben. Laß ihn nach Hause kommen.«

Erschöpft und gebrochen blickte Frankie zu Boden. Joe sah, daß er mit sich kämpfte – mit seiner Krankheit und seinem Gewissen.

»Bitte, Frankie«, fuhr er fort. ›Ich bitte dich darum. Ich. Der Mann, den du für den Rest seines Lebens in den Rollstuhl gebracht hast. Hast du eine Ahnung, wer Gemma Dean umgebracht hat?«

Frankie blickte auf und sagte: »O ja, Mann. Ich hab' eine Ahnung. Ich hab' ihn gesehen. Ich war dort.«

111

Sid wußte es.

Er wußte es, bevor der Ochsenkarren am Ende von Maggies Einfahrt anhielt. Bevor die Pferde angebunden waren. Bevor die Männer aus Nairobi auf Maggies Veranda traten. Er wußte, daß es vorbei war, als er in der Ferne den roten Staub von der Straße aufwirbeln sah. Er wußte, daß sie seinetwegen kamen. Irgendwo tief in seinem Innern hatte er immer gewußt, daß es so enden würde.

Er beschlug gerade Maggies Stute, als Baaru rief, daß Fremde kämen. Er richtete sich auf und sah zur Straße hinaus. Er beendete seine Arbeit, ließ das Pferd von Baaru in den Stall führen und ging in seinen Bungalow, um sich zu waschen. Er legte ein paar Kleider und seine Bücher in seine abgewetzte Ledertasche, weil er wußte, wie langsam die Tage im Gefängnis vergingen.

Ich hätte weggehen sollen, dachte er. Weit weg. Ich hätte in den Busch gehen und dort bleiben sollen. Warum habe ich das nicht getan?

Er wußte, warum. Er hatte India sehen, ihr nahe sein wollen. Was machte es schon, wenn sie ihn jetzt einsperrten? Ihn aufhängten? Was hatte er noch, wofür es sich zu leben lohnte? Einen Moment lang überkam ihn eine tiefe und heftige Trauer, weil er das Leben verlor, das er sich hier aufgebaut hatte, aber dann fragte er sich: Was für ein Leben? Mit India hätte er ein Leben gehabt. Das hier war kein Leben. Eher ein Dahinvegetieren.

Als er fertig gepackt hatte, ging er zu Maggies Haus. Er betrat es durch die Hintertür und ging durch die Küche ins Wohnzimmer. Dort waren ein halbes Dutzend Männer versammelt und Maggie.

»Wenn Sie uns nicht zu ihm bringen, holen wir ihn selbst«, sagte ein Mann. Es war Ewart Grogan, ein Richter aus Nairobi.

»Ich bringe Sie nirgendwohin, bevor Sie mir nicht sagen, um was es geht«, antwortete Maggie. »Für wen zum Teufel halten Sie sich, hier einfach reinzumarschieren, mich rumzukommandieren und mir zu sagen, Sie möchten meinen Vorarbeiter sprechen, ohne mir zu erklären, warum?«

»Ist schon gut, Maggie. Ich bin hier«, sagte Sid.

»Wissen Sie, warum wir hier sind, Sid?« fragte Grogan.

»Ich kann es mir denken.«

Grogan nickte. »Festnehmen«, kommandierte er.

Ein Polizist ging auf Sid zu und löste ein Paar Handschellen von seinem Gürtel. »Sid Malone«, sagte er, »ich nehme Sie fest wegen Mordes an Gemma Dean.«

»*Mord?*« krächzte Maggie. »Was machen Sie da? Sein Name ist Baxter, nicht Malone. Ihr Idioten habt den Falschen erwischt. Laß ihn los!«

»Das geht nicht, Ma'am«, erwiderte der Polizist und legte Sid die Handschellen an.

»Erklärt mir mal jemand, was hier vorgeht?« schrie sie, als Sid aus dem Haus und die Veranda hinuntergeführt wurde. Plötzlich hörte man einen leisen Knall. Gleißendes Licht blitzte auf. »Was zum Teufel war das?« rief sie und sah sich wütend um. Auf dem Rasen vor ihrem Haus stand eine Kamera. Dahinter ein Mann, dessen Kopf unter einem schwarzen Tuch verborgen war. »Du Dreckskerl!« brüllte sie, rannte hinüber und versetzte ihm einen Fußtritt in den Hintern. Er verlor das Gleichgewicht und fiel um, die Kamera mit ihm. »Runter von meinem Land. Aber ein bißchen plötzlich!«

»Mrs. Carr! Bitte beruhigen Sie sich!«

Maggie fuhr herum. »Tom Meade! Was wollen Sie hier? Was zum Teufel soll das Ganze?«

Tom stand im Vorgarten. »Tut mir leid, Maggie. Wir müssen ihn mitnehmen. Befehl vom Gouverneur.«

»Ihn mitnehmen? *Wohin* bringt ihr ihn?«

»Nach Nairobi. Ins Gefängnis.«

»Sie nehmen mich fest, Maggie«, sagte Sid. »Sie glauben, daß ich eine Frau ermordet habe. Vor Jahren. In London. Ihr Name war Gemma Dean.«

»Hast du es getan?«

»Nein.«

»Dann hast du nichts zu befürchten. Ich komme in zwei Tagen nach. Sobald Roos oder die Thompsons hier für alles sorgen können.

Ich besorg' dir einen Anwalt, Sid. Ich hol' dich im Nu da wieder raus.« Dann wandte sie sich an Grogan. »Und *Ihnen* geht's auch an den Kragen! So eine Frechheit!«

Während Maggie weiter auf Grogan und Meade einschimpfte, sah Sid einen großen blonden Mann in einiger Entfernung auf dem Weg zum Haus stehen. Obwohl er sich zusammenriß, gefror ihm das Blut in den Adern, als der Mann auf ihn zukam.

»Mr. Malone«, sagte der Mann. »Es ist lange her.«

»Nicht lang genug, Freddie.«

Erhitzt und schwitzend, packte Maggie Sids Arm. »Mach dir keine Sorgen, Junge. Ich hol' dich da ganz schnell wieder raus. Bevor die Ernte angeht, bist du wieder daheim.«

Sid sah in Freddies kalte, triumphierende Augen und antwortete dann ruhig: »Nein, Maggie. Das glaub' ich nicht.«

112

»Warum hast du das getan, Freddie? Warum?« schrie India, als sie ins Schlafzimmer ihres Mannes stürzte.

Freddie, der sich gerade vor einem hohen Ankleidespiegel die Krawatte band, drehte sich um und fragte: »*Was* getan, meine Liebe?«

»Du weißt genau, was ich meine!«

»Sprich leiser. Wir sind Gäste im Haus des Gouverneurs.«

»Und die Frau des Gouverneurs hat mir gerade von Sid Baxters Verhaftung erzählt. Bei Tee und Toast.« India hätte vor Schreck fast aufgeschrien vor Angst um Sid. Es hatte all ihrer Beherrschung bedurft, das Frühstück zu beenden und sich von Lady Hayes Sadler zu verabschieden.

»Laß ihn laufen, Freddie«, sagte sie jetzt.

»Du überschätzt meine Möglichkeiten.«

»Du brauchst das nicht zu tun.«

»India, mein Gewissen …«

»Dein *was*?«

»… erlaubt mir einfach nicht, das Gesetz zu mißachten und einen Mörder frei herumlaufen zu lassen.«

»*Du* bist der Verbrecher, Freddie. Nicht Sid.«

»Ich habe Gemma Dean nicht umgebracht.«

»Er genausowenig.«

»Das wird ein Richter entscheiden.«

»Ein Richter, den du gekauft und bezahlt hast.«

Freddie sah auf seinen Krawattenknoten. Er war schief. »Mist«, sagte er und begann von neuem.

»Wie hast du es herausgefunden? Bist du mir gefolgt?«

»Ich bin zur Carr-Farm hinausgeritten, um die Bekanntschaft von Mrs. Carr zu machen. Dort habe ich ihn gesehen. Ich hatte keine andere Wahl, als seine Verhaftung anzuordnen. Ansonsten hätte ich meine Pflichten als Staatssekretär mißachtet.«

»Er wird gehängt. Das weißt du. Wenn du daran festhältst, wird er verurteilt und hingerichtet.«

»Das hoffe ich.«

India hielt den Atem an. »*Warum*, Freddie? Warum mußt du so grausam sein?«

»Man muß seinen Besitz verteidigen.«

»Was willst du? Das Geld? Die Häuser? Ich geb' sie dir. Ich überschreib' sie dir. Ich geb' dir alles«, sagte sie verzweifelt. »Aber laß ihn laufen. Bitte.«

»Das ist nicht so einfach, fürchte ich. Dein hinterlistiger Vater hat Verfügungen getroffen, an denen nicht zu rütteln ist. Und es geht ja nicht *nur* um Geld. Ich muß auf meinen Ruf achten. Ich werde nie Premierminister, wenn meine Frau mit ihrem Beischläfer durchbrennt.«

India holte tief Luft und wappnete sich für ihren Angriff. Was sie jetzt vorhatte, hatte sie aus Angst vor den Folgen noch nie gewagt, aber jetzt mußte sie es tun, sonst würde Sid sterben. »Wenn Sid Malone einen fairen Prozeß bekommt, verspreche ich dir, daß ich ihn nie mehr wiedersehe. Ich werde nach außen hin deine treue Gattin spielen. Wenn er gehängt wird, lasse ich mich von dir scheiden. Und werde alles tun, um deinen guten Ruf zu zerstören.«

Freddie lachte. »Nicht, wenn dir Charlottes Wohl am Herzen liegt.«

India hatte diese Drohung erwartet und sich darauf vorbereitet.

»Das werde ich. Auch wenn mir Charlotte sehr am Herzen liegt. Du vergißt, daß ich über eigene Mittel verfüge. Ich kann es mir leisten, selbst Anwälte zu engagieren. Die besten von London. Ich *werde* die Scheidung durchsetzen, Charlotte zu mir nehmen und dich ruinieren. Du wirst nie Premierminister werden. Nie.«

Freddie sah stirnrunzelnd auf sein Spiegelbild. »Du könntest vielleicht eine Scheidung durchsetzen und einen Skandal verursachen, aber sobald du das auch nur versuchst, verspreche ich dir, daß du Charlotte nie wieder zu Gesicht bekommst. Ich habe meine Freunde. Beim Gericht. Im Innenministerium. Sogar in der Downing Street. Die führe ich alle ins Feld, um dich als unfähige Mutter bloßzustellen.«

»Du bluffst«, antwortete India ruhig. »Du mußt beweisen, daß ich moralisch nicht tragbar bin, und das kannst du nicht. Weil es nicht stimmt. Ich habe in all den Jahren unserer Ehe keinen Fehltritt begangen, und du hast niemanden, der etwas anderes bezeugen könnte.«

»Nicht während unserer Ehe, aber sicherlich davor. Wie steht's mit den Verhütungsmitteln, die du als junge Ärztin unter der Hand verteilt hast? Ich bin sicher, Edwin Gifford würde das nur allzugern bezeugen. Und dann die Zeit, die du mit Malone, einem bekannten Verbrecher, verbracht hast. Deine Vermieterin in der Arden Street kann dem Gericht bestätigen, daß ihr euch als Mann und Frau ausgegeben habt. Und dann hätten wir noch deine irrwitzige Flucht aus dem Haus der Moskowitz, um ihn vor der Falle zu warnen, die ihm die Polizei gestellt hat, also können wir noch Beihilfe und Komplizenschaft in die Liste mit aufnehmen. Das sind wohl kaum Verhaltensweisen, die man von einer Mutter mit hohen moralischen Maßstäben erwartet, findest du nicht auch? Aber es spielt ja ohnehin keine Rolle, was du meinst. Der Richter wird jedenfalls dieser Ansicht sein.«

Freddie war mit seinem Krawattenknoten fertig und stand jetzt dicht vor ihr – so dicht, daß sie den Geruch seiner Seife und seiner Hemdstärke riechen konnte. Sie zwang sich, ihn anzusehen.

Als ihre Blicke sich trafen, sagte er: »Laß dich scheiden, und du wirst sie nie mehr wiedersehen. Nie mehr. Du hast die Wahl, India – dein Liebhaber oder dein Kind.«

India schloß die Augen. Was für eine Närrin war sie gewesen zu glauben, sie könnte ihm die Stirn bieten. Sie hatte keine Wahl.

Es klopfte.

»Herein«, bellte Freddie.

Es war das Dienstmädchen. »Entschuldigen Sie, Lady India. Es tut mir leid, Sie zu stören, aber brauchen Sie Ihre offizielle Garderobe am Mount Kenya, oder soll ich sie für die Rückreise nach London einpacken?«

Langsam und ruhig antwortete India: »Schicken Sie sie nach London, Mary. Packen Sie meine Nachmittags- und meine Reitkleider ein.«

»Ja, Ma'am«, antwortete Mary und schloß die Tür.

»Sehr vernünftig von dir, meine Liebe. Wenn du mich jetzt entschuldigen würdest, ich habe zu arbeiten. Und du mußt packen. Denk nur … ein Familienurlaub. Zwei Wochen traulich vereint. Was für einen Spaß wir haben werden. Ich freue mich schon darauf.«

Seamie stand auf der Veranda von Dr. Ribeiros Praxis und spähte durch ein Fenster. Die Sonne war noch nicht aufgegangen, aber drinnen brannte eine Paraffinlampe und erleuchtete das kleine Zimmer. Er sah einen Mann, der lesend an einem Bett saß. Es war der Arzt. In dem Bett lag Willa bewegungslos unter einem Laken.

Seamie klopfte leise ans Fenster. Kurz darauf ging die Tür auf, und der Arzt kam heraus. »Mr. Finnegan, sind Sie's?« fragte er erschöpft.

Seamie nickte. Den trüben Augen und der zerknitterten Kleidung konnte er ansehen, daß der Mann nicht geschlafen hatte.

»Ich dachte mir schon, daß Sie früh kommen würden, aber doch nicht so früh. Es ist noch nicht mal fünf. Haben Sie das Norfolk-Hotel nicht gefunden?«

»Doch. Ich hab' mir ein Zimmer genommen, aber ich konnte nicht schlafen. Ich mußte einfach wieder herkommen«, antwortete Seamie. »Wie geht es ihr?« fragte er und sah wieder auf Willa.

»Sie schafft es«, sagte Dr. Ribeiro. »Sie ist eine Kämpfernatur. Natürlich hat sie bei der Operation ein bißchen Blut verloren und ist schwach, aber das Fieber ist etwas gefallen. Nachdem der Wundbrand behoben ist, wird sie sich schnell erholen. Dessen bin ich mir sicher.« Er runzelte die Stirn und fügte hinzu: »Natürlich ist eine solche Operation für eine Frau sehr schwer – Frauen legen ja großen Wert auf wohlgeformte Beine und zarte Fesseln.«

»Willa nicht. Sie legte großen Wert auf starke Beine. Sie ist auf Berge geklettert.«

»Nun, damit ist es jetzt vorbei, und das ist auch gut so. Was hat sie sich denn bloß dabei gedacht? Der Gipfel eines Bergs ist doch kein Ort für eine Frau.«

»Für sie war es ein Ort«, erwiderte Seamie ruhig.

»Ach ja? Sehen Sie, wohin sie das gebracht hat«, antwortete der

Arzt schroff. Offensichtlich war er es nicht gewohnt, daß man ihm widersprach.

»Ich hab' das hier mitgebracht«, sagte Seamie und hielt eine Tasche mit frischen Kleidern, Schokolade und neuen Zeitungen hoch. »Die hab' ich gestern gekauft. Kann ich sie neben das Bett stellen?«

»Ja. Aber wecken Sie sie nicht auf. Sie braucht den Schlaf. Schlaf ist die beste Medizin.« Er ging in den hinteren Teil des Zimmers. Seamie hörte Wasser laufen und roch Paraffin und Kaffee.

So leise er konnte, trat er an Willas Bett. Als er die Tasche abstellte, bemerkte er, daß sie wach war. Ihre Augen waren geöffnet und starrten an die Decke. Sie sah so blaß aus, so leblos und klein.

»Willa?« flüsterte er und hielt ihre Hand an seine Wange. »Wie fühlst du dich?«

Sie drehte sich nicht zu ihm um, sah ihn nicht an. »Mein Bein ist weg«, sagte sie mit matter Stimme.

»Ich weiß«, antwortete er und zwang sich hinzusehen. Er sah die Ausbuchtung ihres Schenkels unter dem Laken, ihr Knie und dann nichts mehr.

»Wie konntest du das zulassen?«

»Ich hatte keine Wahl. Du wärst gestorben.«

»Ich wünschte, ich wär's.«

»Sag das nicht. Das meinst du nicht so. Du stehst unter Schock.«

»Wie soll ich so klettern?«

»Das weiß ich nicht, Willa«, antwortete Seamie mit stockender Stimme. »Ich weiß es nicht.«

Sie schloß die Augen. Tränen quollen unter ihren Wimpern hervor.

»Bitte wein doch nicht, Willa. Es wird alles gut. Du wirst sehen.« Er hatte keine Ahnung, was er tun sollte. Er wollte sie in die Arme nehmen, ihre blassen Wangen küssen, aber er hatte Angst. Er fürchtete sich vor ihrem Zorn, vor ihrer Verzweiflung. Er hatte Angst, daß sie recht hatte. Daß ihr der Arzt mehr weggenommen hatte als nur ihr Bein. Daß er ihr auch den Lebensmut geraubt hatte.

»Ich hab' dir ein paar Sachen gekauft. Neue Kleider, Zeitungen ...«

»Ich bin müde«, sagte sie, ohne die Augen zu öffnen.

Seamie nickte und fühlte sich verletzt von ihren Worten, von dem Vorwurf, den sie beinhalteten. Er hätte gern gehört, daß sie ihn noch liebte. Er wollte ihr sagen, daß er sie liebte. Statt dessen sagte er: »Also gut. Ich komme später wieder.«

Er nahm die Kleider aus der Tasche und legte sie auf den Stuhl am Fußende des Betts. Die Schokolade und die Zeitungen legte er auf den Nachttisch. Eine Schlagzeile über die Verhaftung eines Einheimischen stach ihm ins Auge, aber er schenkte ihr keine weitere Beachtung.

Als er zur Tür ging, winkte ihm der Arzt vom hinteren Teil des Raums zu. Er ging zu ihm hin.

»War sie wach? Hat sie geredet?« fragte Dr. Ribeiro.

»Kaum. Sie macht mich verantwortlich für das, was passiert ist. Sie ist wütend.«

»Das sind alle am Anfang. Ein Bein zu verlieren ist hart. Lassen Sie ihr Zeit.«

Seamie dankte ihm und kehrte zum Hotel zurück. Auf dem Weg dorthin sagte er sich, daß der Arzt recht hatte. Er mußte ihr Zeit lassen. Er würde sie am Abend wieder besuchen, wenn sie sich beide etwas erholt hatten.

Nairobi war keine große Stadt, und in einer Viertelstunde war er wieder im Norfolk. Es war ein hübsches Hotel, aus Stein gebaut, mit einem Schindeldach und einer langen Veranda.

»Der Speiseraum ist noch geschlossen, Sir. Er wird erst um sieben geöffnet«, sagte der Portier, bei dem er sich nach einem Frühstück erkundigte. »Aber die Bar ist offen. Wenn Sie dort Platz nehmen wollen, kann ich Ihnen Kaffee und Toast bringen lassen.«

Seamie ging zur Bar, wo bereits andere Männer saßen. Einige wirkten wie Pflanzer, und er sah einen Priester, zwei Militärs und einen Handlungsreisenden. Er fand einen freien Tisch und setzte sich. Kurz darauf kam eine Bedienung mit einer Kanne heißem kenianischen Kaffee, warmem Toast, frischer Butter und Erdbeermarmelade. Nach Tagen mit getrocknetem Ziegenfleisch und abgestandenem Wasser kam ihm dies wie der reinste Luxus vor.

Allmählich begann er, sich wieder wie ein menschliches Wesen zu fühlen. Jetzt brauchte er nur noch eine Zeitung und vielleicht eine Zigarette. Tabak schien in der Bar nicht angeboten zu werden, aber auf einem Tisch in der Nähe eines der Pflanzer entdeckte eine zusammengefaltete Zeitung.

»Entschuldigen Sie, ist das Ihre?« fragte er den Mann. »Gestatten Sie, daß ich einen Blick hineinwerfe?«

»Aber gern«, antwortete er und reichte sie ihm. Dann wandte er sich wieder seinen Freunden zu. »Habt ihr die Schlagzeile gesehen?« fragte er sie erstaunt. »Baxter ist verhaftet worden.«

»Sid Baxter? Der Kerl, der oben auf der Carr-Farm arbeitet?«

»Genau der. Wie es scheint, wird er in London wegen Mordes gesucht. Dort soll er vor ein paar Jahren eine Schauspielerin umgebracht haben und auf einem Frachtschiff aus England getürmt sein. Seinen Namen hat er auch geändert.«

Seamie erstarrte. Er stellte seine Tasse ab und schlug die Zeitung auf.

»Nein«, sagte er sich. »Das ist nicht er. Das ist unmöglich. So klein ist die Welt nicht. Das ist bloß ein ähnlicher Fall.«

Aber es stimmte. Es gab ein Foto. Schwarzweiß und grobkörnig mit einem langen gezackten Riß in der Mitte, als wäre die Platte gesprungen. Es zeigte einen Mann, der in Handschellen eine Veranda herunterkam. Sein Kopf war leicht gebeugt, aber Seamie erkannte ihn trotzdem.

Es war Sid Malone. Sein Bruder.

✳ 114 ✳

$\mathcal{S}$id saß auf dem Lehmfußboden seiner Zelle, den Rücken an die Wand gelehnt, den Kopf in die Hände gestützt. Ein Teller *suferia*, ein Suppe aus gekochten Bohnen, stand unangetastet neben ihm. Auf dem Boden lag eine schmutzige Matratze voller Ungeziefer, in einer Ecke stand ein verbeulter Nachttopf.

Sids Augen waren geschlossen, aber er schlief nicht. Er hatte die ganze Nacht kein Auge zugetan. Bilder aus seiner Vergangenheit, höllische Erinnerungen an seine Gefängniszeit peinigten ihn. Er hörte wieder die Schritte, die nachts zu seiner Zelle kamen, spürte die Verzweiflung, die Angst.

Das war jetzt sein Leben, und dies würde so bleiben, bis er vorm Galgen stand und der Henker ihm die Schlinge um den Hals legte.

Sid hörte erneut Schritte. Sie kamen durch den Gang vor seiner Zelle. Er zuckte zusammen.

»Mein Gott, du *bist* es! Weißt du was? Das wird allmählich echt langweilig.«

Er blickte auf und sah ein Gesicht zwischen den Gitterstäben. Es kam ihm bekannt vor, wirkte aber schrecklich hager und ausgemergelt.

»Das gibt's doch nicht«, sagte er schließlich. »Das ist doch nicht möglich. *Seamie?*«

Seamie nickte. »In Person. Oder was davon noch übrig ist.«

Sid war sofort auf den Beinen. Seamie streckte die Hand durchs Gitter, und er ergriff sie.

»Wie zum Teufel bist du hier reingekommen?« fragte Seamie.

»Dasselbe könnte ich dich fragen.«

»Das ist eine lange Geschichte.«

»Du hast ein aufmerksames Publikum.«

Seamie lachte matt.

»Setz dich«, sagte Sid und deutete auf einen Stuhl hinter seinem Bruder.

Seamie zog ihn zum Gitter und ließ sich darauf sinken. Dann beugte er sich vor, faltete die Hände und grinste seinen Bruder an. »Ich kann's nicht glauben«, sagte er.

»Ich auch nicht. Du siehst furchtbar aus. Wirklich grauenvoll«, sagte Sid und vergaß dabei sein eigenes Elend. »Was ist passiert?«

»Ich bin auf den Kilimandscharo gestiegen. Wegen einer Wette.«

Sid hörte verblüfft zu, während Seamie ihm das ganze Abenteuer bis hin zu Willas Operation erzählte. Als er geendet hatte, stieß er einen leisen Pfiff aus.

»Sie wird doch wieder gesund?« fragte er.

»Der Arzt behauptet es zumindest. Ich weiß es nicht. Vor kurzem hat sie noch sehr schlecht ausgesehen. Sie wirkte wie ausgebrannt. Als hätte man ihr mehr weggenommen als nur ihr Bein. Bergsteigen ist alles für sie, und jetzt kann sie das nicht mehr. Sie gibt mir die Schuld daran. Das weiß ich.«

»Was bedeutet sie dir?«

Seamie starrte auf seine Hände. »Nichts Besonderes. Nur die Liebe meines Lebens.«

Sid hatte großes Mitgefühl mit ihm. »Sie wird schon wieder, Junge. Du wirst sehen.«

Seamie nickte, sah aber nicht überzeugt aus. »Also, das war meine traurige Geschichte«, sagte er und versuchte, sich zusammenzureißen. »Jetzt erzähl mir deine.«

Und Sid erzählte ihm alles. Von India, wie er nach Afrika gekommen war, Maggie kennengelernt und ein gewisses Maß an Frieden gefunden hatte, der für immer zerstört wurde, als er seine Geliebte wiedersah. Und dann ihren Mann.

»Die Zeitungen melden, daß er dich nach London zurückschaffen läßt, um dich wegen Gemma Dean vor Gericht zu bringen.«

»Er will mich hängen sehen. Das weiß ich.«

»Warum?«

»Weil ich eine Bedrohung darstelle.«

»Für seine Ehe?«

»Für seine Millionen.«

»Glücklicherweise hängt die Entscheidung nicht allein von ihm ab. Zuerst muß eine Verhandlung stattfinden. Mit einem Richter und Geschworenen. Sie werden feststellen, daß du unschuldig bist, und dich freilassen. Das müssen sie.«

»Du kennst Lytton nicht. Wenn es um Verbrechertum geht, läßt er mich wie einen blutigen Anfänger aussehen. Er wird meine Verurteilung durchsetzen. Indem er den Richter kauft oder ihn einschüchtert.« Seine Verzweiflung, die er kurzfristig vergessen hatte, kehrte zurück. »Ich bin ein toter Mann, Seamie.«

»Sid, du kannst nicht …«, begann Seamie.

Seine Worte gingen in dem Lärm barscher Wortfetzen unter, die den Gang heraufdrangen.

»Sie müssen hier warten!« sagte ein Wärter. »Die Gesetze in Nairobi gestatten jeweils nur einem Besucher den Zutritt zu einem Gefangenen.«

»Gehen Sie mir aus dem Weg, Wallace! Ich hab' zwei Tag gebraucht, um hierherzufahren. Meine Farm hab' ich einem besoffenen Idioten übergeben müssen. Meine Frauen wollen nicht arbeiten. Und dreihundert Hektar Kaffeepflanzen gehen ein, während ich hier rumsteh'. Alles nur, weil dieser verdammte Hayes Sadler meinen Vorarbeiter verhaftet hat. Sie können sich Ihre Nairobi-Gesetze in den Hintern stecken. Lassen Sie mich durch!«

Sid erkannte die Stimme.

»Hallo, Maggie«, sagte er, als sie schließlich vor ihm stand. »Du bist an Wallace vorbeigekommen, wie ich sehe.«

»Wichtigtuerischer Idiot«, knurrte sie. »Man könnte meinen, er hätte Jack the Ripper hier. Mann! Wer ist das denn? Er ist dir ja wie aus dem Gesicht geschnitten!«

Seamie erhob sich.

»Darf ich dir meinen Bruder Seamus Finnegan vorstellen? Seamie, das ist meine Chefin, Mrs. Margaret Carr.«

»Wie sind Sie denn hierhergekommen?«

»Das ist eine lange Geschichte, Ma'am«, antwortete Seamie.

»Die können Sie mir später erzählen. Im Moment haben wir andere Dinge zu besprechen.« Sie ließ sich schwerfällig auf den freien Stuhl fallen. »Ich bin bei Tom Meade, diesem hinterhältigen Mistkerl, gewesen und hab' ihn endlich soweit gebracht, mir zu sagen, was hier vorgeht. Sie halten dich noch drei Tage fest, dann setzen sie dich in einen Zug nach Mombasa. Anschließend geht's auf ein Postschiff nach London und danach nach Wandsworth.«

Bei der Erwähnung des Gefängnisses schloß Sid die Augen. Er fühlte sich hundeelend.

»Sid? Sid! Hörst du mir zu? Paß auf. Wir müssen einen Plan machen. Alles besprechen.«

Er öffnete die Augen. »Was besprechen?«

Maggie senkte die Stimme. »Deine Flucht.«

»Ich fliehe nicht. Sie können mich ruhig nach London bringen. Es kümmert mich nicht mehr. Ich hab' praktisch nichts mehr, wofür es sich zu leben lohnt.«

»Sprich nicht so. Du darfst noch nicht mal so denken. Du mußt hier raus. Abhauen. Nach Ceylon. Nach China. Irgendwohin, wo Lytton dich nicht findet.«

»Wie, Maggie? Wie?«

»Wir überlegen uns was. Das ist schließlich nicht der Sicherheitstrakt von Newgate, sondern bloß ein baufälliger, windiger Schuppen. Hier sind früher schon Leute ausgebrochen. Du kannst das auch.«

Sid schüttelte den Kopf. Die Verzweiflung hatte ihn wieder gepackt. Er hatte keine Kraft mehr zu kämpfen.

»Komm, Charlie. Mrs. Carr hat recht. Du mußt es versuchen«, sagte Seamie.

»*Charlie?*« wiederholte Maggie verblüfft.

»Das ist sein richtiger Name. Der, den ihm seine Eltern gegeben haben«, erklärte Seamie.

»Charlie.« Maggie lehnte sich zurück und schwieg eine Weile, dann sagte sie: »Ich wußte es. Ich wußte es einfach. Schon beim ersten Mal, als ich sie zu Gesicht bekam.«

»Sie wußten was?« fragte Seamie.

»Wann bist du aus London weg?«

»1900. Warum?«

»Die Zeit kommt hin. Sie ist fast sechs Jahre alt. Sie ist vielleicht ein bißchen früh gekommen, aber das passiert oft. Frauen schieben das immer auf einen Schrecken oder einen Sturz.«

»Maggie, was redest du da?«

»Ich wollte ja was sagen, Sid. Wirklich. Damals, als Mrs. Lytton mich das erste Mal besucht hat. Ich wollte, hab' mich dann aber doch nicht getraut. Wer könnte mir das auch verdenken? Es ist ja nicht gerade leicht, mit dir über solche Dinge zu reden. Schließlich kannst du es nicht ausstehen, wenn jemand seine Nase in deine Angelegenheiten steckt. Selbst wenn's zu deinem Besten ist.«

»Maggie ...«

»Hast du's denn nicht *selbst* gesehen? Es liegt doch auf der Hand. Die Form des Gesichts. Das Lächeln. Bist du wirklich nicht darauf gekommen, daß das möglich wäre?«

»Was meinst du?«

Maggie lehnte sich wieder zurück und verschränkte die Arme vor der Brust. »Denk mal nach, Sid. Denk scharf nach. India Lytton hat ihre Tochter Charlotte genannt. *Charlotte.*«

»Und?«

Maggie verdrehte die Augen. »Sie hat sie nicht Fredericka genannt, oder?«

Es dauerte ein paar Sekunden, bis bei Sid der Groschen fiel.

Er stand auf, ging zu den Gitterstäben und hielt sich daran fest. »Maggie, du meinst doch nicht ...«

»Doch, das tue ich.«

Völlig verwirrt blickte Seamie die beiden an. »Würde mir vielleicht mal jemand erklären, worum es hier geht?«

Sid sah ihn mit leuchtenden Augen an, in denen gleichzeitig Schmerz, Verwunderung und Freude stand.

»Ich habe eine Tochter, Seamie«, sagte er. »Ihr Name ist Charlotte.«

$\mathcal{J}$n einem Zustand tiefster Erschöpfung kehrte Seamie am Mittag ins Norfolk-Hotel zurück. Tagelang hatte er sich tapfer gehalten – trotz größter Übermüdung seinen Körper über die Grenzen seiner Leistungsfähigkeit hinaus geschunden, um Willa in Sicherheit zu bringen. Und jetzt sah er sich anstelle der wohlverdienten Ruhe einem neuen Problem gegenüber: Der Bruder, den er liebte, den er nie mehr wiederzusehen glaubte, saß im Gefängnis und wurde wegen Mordes angeklagt.

Er ging in sein Zimmer und legte sich aufs Bett, wo er noch eine halbe Stunde ausruhen wollte, bevor er wieder nach Willa sah. Doch er schlief ein und wachte erst am nächsten Morgen um acht wieder auf.

»Verdammt«, fluchte er, als er die Augen öffnete und zuerst ins helle Sonnenlicht und dann auf seine Uhr sah. Er stand auf, wusch sich und rannte die Treppe hinunter. Eigentlich war er mit Maggie Carr zum Abendessen verabredet gewesen. Sie saß in der Empfangshalle und erhob sich, als sie ihn sah.

»Tut mir leid«, sagte er. »Ich hab' geschlafen wie ein Toter.«

»Das überrascht mich nicht. Ich hab' gestern abend an Ihre Tür geklopft, aber keine Antwort bekommen. Also hab' ich Sie schlafen lassen. Es hilft keinem, wenn Sie völlig fertig sind. Fühlen Sie sich jetzt besser? Wie wär's mit Frühstück?«

Seamie erklärte, daß er ins Krankenhaus müsse. Schon gestern abend hätte er nach Willa sehen wollen. Er mache sich Sorgen um sie, genau wie um seinen Bruder.

»Hören Sie auf, sich Sorgen zu machen«, sagte Maggie. »Wir überlegen uns was. Sie haben doch das Mädchen von dem Berg runtergebracht, oder? Dann kriegen Sie auch Sid aus dem Knast von Nairobi raus. Jetzt sehen Sie nach ihr, und am Mittag treffen wir uns wieder. Dann reden wir.«

Seamie rannte den ganzen Weg zum Krankenhaus. Als er dort ankam, sah er zu seinem Erstaunen Willa an zwei Krücken zwischen Bett und Fenster hin und her humpeln.

»Dafür ist es noch ein bißchen zu früh, findest du nicht auch?« fragte er besorgt. »Du hast doch gerade erst die Operation hinter dir. Wessen Idee war denn das? Drängt dich der Arzt dazu?«

»Ist schon gut, Seamie. Niemand drängt mich. Ich selbst hab' um die Krücken gebeten.«

Dr. Ribeiro tauchte am Fußende von Willas Bett auf. »Ich denke, das reicht für den Moment, Miss Alden. Sie dürfen es nicht übertreiben.«

Willa nickte. Sie setzte sich aufs Bett und legte die Krücken weg. Der Arzt gab ihr etwas zu trinken und half ihr, sich hinzulegen. Seamie bemerkte, daß sie die Zähne zusammenbiß, als sie das rechte Bein bewegte. Nachdem der Arzt gegangen war, fragte er sie erneut, ob sie sich nicht zuviel zumute.

»Es waren doch nur ein paar Minuten. Bloß, um es mal auszuprobieren. Das muß ich. Ich muß mich doch an sie gewöhnen.«

»Wie fühlst du dich jetzt?«

Sie zwang sich zu einem Lächeln. »Besser. Ich werde nur sehr schnell müde.«

Sie ist ruhiger, dachte er. Nicht mehr so verzweifelt wie gestern. Nicht so hysterisch wie am Vortag. Das ist gut.

Ruhig war kein Wort, mit dem er Willa normalerweise beschrieben hätte, und wenn er nicht so müde gewesen wäre und sich keine so großen Sorgen um seinen Bruder gemacht hätte, hätte er vielleicht den Zorn in ihren Augen entdeckt und bemerkt, daß ihre vermeintliche Ruhe nur Fassade war.

Willa fragte ihn, was er gemacht und ob er sich ein wenig ausgeruht habe. Sie fragte ihn über Nairobi und sein Hotel aus. Und dann geschah etwas, was noch nie passiert war – ihnen ging der Gesprächsstoff aus.

Nach einer Weile beklommenen Schweigens sagte sie: »Tut mir leid. Ich bin schrecklich langweilig. Ich will die ganze Zeit nur schlafen.«

»Nein, mir tut es leid«, antwortete Seamie. »Ich halte dich vom Ausruhen ab. Ich gehe.«

Er goß ihr noch ein Glas Wasser ein und fügte hinzu: »Willa, ich kann dich wahrscheinlich morgen nicht besuchen. Auch übermorgen nicht.«

»Ist irgendwas nicht in Ordnung? Geht's dir gut?« fragte sie.

»Mit mir ist alles in Ordnung, aber ein Freund von mir steckt in Schwierigkeiten.«

»Hier in Nairobi? Ich wußte nicht, daß du hier Freunde hast. Wer ist es?«

»Ähm ... niemand, den du kennst. Ein alter Schulfreund. Ich muß ihn vermutlich auf einer Reise begleiten. Ins Landesinnere. Nur für ein, zwei Tage. Am Wochenende bin ich wieder zurück. Wenn ich überhaupt fahre. Kommst du so lange ohne mich aus?«

Sie lächelte. »Ja sicher. Hast du den Rest meiner Sachen? Meine Brieftasche und mein Geld? Ich hätte gern ein bißchen Bargeld, falls ich was brauchen sollte, während du fort bist.«

»Das ist eine gute Idee. Wenn ich heute abend nicht wiederkomme, schicke ich jemanden vom Hotel herüber.«

»Seamie«, sagte sie plötzlich und ergriff seine Hand.

Er drehte sich um.

»Seamie ... ich liebe dich.«

»Ich liebe dich auch, Willa. Sehr sogar.« Er nahm sie in die Arme und drückte sie an sich. Wie sehr hatte er sich danach gesehnt, dies zu hören.

»Es tut mir leid.«

Er ließ sie los. «Was denn?«

»Alles.«

Tränen stiegen ihr in die Augen. Er wollte nicht, daß sie weinte.

»Scht, Willa, ist schon gut.«

»Das ist es nicht.«

»Das wird es aber. Ruh dich jetzt aus.«

Sie nickte und legte sich zurück. Er sah sich die Verletzungen an ihrem Kopf und ihren Händen an, um zu prüfen, ob alles gut heilte, dann zog er das Laken über ihre Schultern, küßte sie auf die Stirn und ging.

Seamie blickte nicht zurück, als er vom Krankenhaus wegging. Er sah nicht, daß Willa, wieder auf Krücken, am Fenster stand und die Hand an die Scheibe preßte. Ihr Gesicht war tränenüberströmt.

as ist absurd! Absolut unerhört!« stieß Herbert Gladstone hervor und warf ein Schriftstück auf seinen Schreibtisch.

»Betts schwört, daß es wahr ist«, antwortete Joe Bristow, der dem Innenminister gegenübersaß.

»Warum hat er dann sechs Jahre lang damit gewartet?«

»Er dachte nicht, daß ihm jemand glauben würde.«

»Damit hat er verdammt recht. Kein Mensch wird ihm das abnehmen. Ich rate Ihnen, die Sache fallenzulassen. Umgehend. Oder Sie machen sich, mich und mein ganzes Ministerium zum Gespött.«

»Das kann ich nicht.«

»Warum nicht?«

»Weil ich ihm glaube. Und ich möchte, daß Sie den Fall Gemma Dean wieder aufrollen.«

»Überlegen Sie sich mal, was Sie da verlangen, Joe. Sie wollen ein Mitglied der Regierung, einen Mann, der nie mit dem Gesetz in Konflikt geraten ist, der seinem König und seinem Land hervorragende Dienste geleistet hat, des Mordes beschuldigen. *Des Mordes.* Aufgrund der Aussage eines verurteilten Verbrechers! Das ist absurd! Das ist reiner Wahnsinn!«

»Dennoch ist es die Wahrheit!« antwortete Joe erregt. »Ich habe eine eidesstattliche Erklärung von Betts. Und ich möchte, daß Sie den Fall wiederaufnehmen. Sid Malone hat Gemma Dean nicht getötet, und ich möchte seinen Namen reinwaschen. Ich weiß, wie es aussieht, Herbert. Aber so, wie es aussieht, ist es nicht.«

Gladstone sah Joe lange an. »Ganz und gar nicht«, erwiderte er schließlich. »Zumindest für mich nicht. Für mich sieht das nach einem politischen Anschlag aus. Ein radikaler Labour-Abgeordneter versucht, seinen Gegner auf der Seite der Liberalen zu erledigen.«

»Mein Gott, Herbert«, sagte Joe entrüstet. »Sie müßten mich doch besser kennen. Wenn ich Lytton politisch erledigen wollte, würde ich das im Unterhaus tun. Wie ich's schon getan habe. Viele Male. Mir geht es nicht um politischen Sieg, sondern um Gerechtigkeit.«

Gladstone behielt Joe weiterhin im Auge, dann hob er das Schriftstück wieder auf, das er kurz zuvor auf seinen Schreibtisch geworfen hatte, und begann erneut, darin zu lesen.

Joe beobachtete ihn und erinnerte sich, wie perplex er gewesen war, als Frankie Betts ihm sagte, daß Freddie Lytton die Schauspielerin ermordet hatte. Und daß er ihn selbst dabei beobachtet habe.

»Ich war dort«, teilte er Joe bei seinem letzten Besuch im Gefängnis mit. »Ein paar Tage, nachdem ich auf Sie geschossen hab', bin ich zu Gemmas Wohnung gegangen. Ich hab' ein Geschenk für sie gehabt. Ein weißes Kätzchen mit einem rosafarbenen Halsband. Ihr ging's nicht gut, verstehen Sie. Wegen Sid. Sie mochte Katzen, und ich hab' gedacht, das muntert sie auf. Außerdem hab' ich gehofft, ein paar Informationen aus ihr rauszukriegen. Ich dachte, sie hat vielleicht von Sid gehört. Weiß, wo er sich versteckt, oder hat ihn sogar selbst versteckt. Vor der Wohnung hab' ich Stimmen von drinnen gehört. Einen Mann und eine Frau, die miteinander stritten. Zuerst dachte ich, es sei Sid, aber die Stimme klang anders.«

»Wo waren Sie?« fragte Joe.

»Im Treppenhaus.«

»Wenn Sie nicht in der Wohnung waren, wie konnten Sie dann den Mord beobachten?«

»Hab' das Schloß aufgebrochen. Bin reingegangen und den Gang runter. Die Katze hab' ich unter meinem Mantel versteckt. Dann hab' ich die beiden gesehen. Klar und deutlich. Lytton hat Gemma verprügelt und dann gewürgt. Sie hat ihm in die Eier getreten und sich losgemacht. Dann hat sie versucht, zum Gang und aus der Tür zu kommen, denk' ich.«

»Warum sind Sie ihr nicht zu Hilfe gekommen?« fragte Joe.

»Ich hab' ja nicht gewußt, daß er sie umbringen will. Wenn ich das gewußt hätte, hätte ich ihn aufgehalten. Ich dachte, er nimmt sie bloß ein bißchen ran. Sie haben über Sid geredet, verstehen Sie. Er wollte eine Adresse aus ihr rausquetschen. Die Wohnung, wo sich Sid immer mit der Doktorin getroffen hat. Ich wußte, wo die Wohnung war. Arden Street. Aber da war er nicht. Da hab' ich nachgesehen. Ich wollte hören, ob Gemma noch ein anderes Versteck kennt. Das sie vor mir verheimlicht. Und das Lytton vielleicht aus ihr rauskriegt.«

»Was ist dann passiert?«

»Gemma hat's nicht bis zum Gang geschafft. Lytton hat sie gepackt und ins Wohnzimmer zurückgezerrt. Er wollte sie aufs Sofa werfen, denk ich, aber sie ist statt dessen gegen einen Tisch geprallt. Einen Marmortisch. Und hat sich das Genick gebrochen.«

»Was hat Lytton dann gemacht?«

»Eine Weile gar nichts. Dann hat er die Wohnung verwüstet. Sachen zerschlagen. Alles umgekippt. Ein Riesenchaos veranstaltet. Zu dem Zeitpunkt hat er wahrscheinlich schon vorgehabt, den Mord an Gem Sid anzuhängen. Es sollte alles wie ein Raub aussehen. Ich hab' gesehen, wie er ihre Brieftasche und ihren Adreßkalender eingesteckt hat. Dann ist er ins Schlafzimmer gegangen. Dort hat er alles kurz und klein geschlagen. Ich hab' hinter ihm gestanden, im Gang, und alles beobachtet. Ich hab' gesehen, wie er ihren Schmuck gestohlen hat. Die Ohrringe und die Kette, die Sid ihr geschenkt hat. Die sind ein Vermögen wert. Das hat sich rumgesprochen. Alle haben darauf gewartet, daß der Schmuck irgendwo auftaucht.«

»Wer ist ›alle‹?«

»Jeder aufgeweckte Bursche in London. Auch jeder Bulle.«

»Das verstehe ich nicht.«

»Lytton hat gesagt, daß Sid Gemma umgebracht hat. Daß er ihn dabei beobachtet hat. Die Polizisten, die den Mord untersucht haben, haben festgestellt, daß Gemmas Brillanten fehlten, und dachten natürlich, daß Sid sie mitgenommen hat, weil er auf der Flucht war und vermutlich Geld gebraucht hat. Ein ehrlicher Juwelier hätte sie nicht genommen, und ein schäbiger Pfandleiher hätte sie sich nicht leisten können. Sie waren Tausende wert. Zehntausende. Also wußte jeder, daß er sich an einen Hehler wenden müßte, wenn er sie losschlagen wollte. Joe Grizzard war der größte und der beste, und die Bullen haben ihn Tag und Nacht beschattet. Auch ein paar kleinere Lichter. Aber Sid ist nie aufgetaucht. Weil nicht *er* die Ware hatte, sondern Freddie Lytton.«

Dann erzählte Frankie, wie Freddie ihn fast geschnappt hätte. Frankie war auf ein knarrendes Dielenbrett getreten. Freddie hatte ihn gehört, einen Schürhaken genommen, und er, Frankie, habe schnell abhauen müssen. Es war keine Zeit mehr, durch den langen Gang zur Tür zu kommen, deshalb habe er sich in der Küche im Besenschrank versteckt und dabei einen Kübel umgeworfen, was noch mehr Lärm gemacht habe. Er dachte, daß Freddie ihn sicher finden würde, aber dann sei ihm die Katze in seinem Mantel eingefallen, die er aus dem Schrank geworfen habe. Er habe nicht mehr Zeit gehabt, die Schranktür ganz zu schließen, deshalb habe er sehen können, was als nächstes passierte. Die Katze sei ein paar Sekunden wie betäubt auf dem Küchenboden sitzengeblieben und dann davongerannt. Lytton habe das Tier gesehen und vermutlich angenommen, daß die Katze den Lärm verursacht hatte. Dann habe Frankie vom Schrank aus beobachtet, wie sich Freddie eine Teekanne an die Stirn schlug. Darauf habe er die Wohnung verlassen – Frankie kurz hinter ihm – und zwei Männern, die ihm zu Hilfe eilten, gesagt, Sid Malone habe Gemma Dean getötet.

Frankies Geschichte hatte Joe verblüfft. Er wußte, daß Lytton ein korrupter Politiker war, aber er hätte ihn nie für fähig gehalten, einen Mord zu begehen.

»Warum sind Sie nicht damit rausgerückt?« fragte er Frankie. »Sie hätten Sid helfen können.«

»Ich wollte ihm nicht helfen. Damals kam es mir gerade recht, daß ihm der Mord an Gemma in die Schuhe geschoben wurde. Das hätte ihn wieder ins Bark zurückgebracht. In unser Leben. Und außerdem, wer hätte mir geglaubt? Wer glaubt mir jetzt? Wenn ich mir Sie so anseh', bin ich mir nicht mal sicher, ob Sie es tun.«

Aber Joe glaubte ihm. Frankie hatte nichts zu gewinnen, aber viel zu verlieren. Wenn Lytton von seinen Beschuldigungen hörte, würde er zweifellos seine Beziehungen spielen und ihn in ein schlimmeres Gefängnis verlegen lassen, wenn nicht gar in Einzelhaft.

Das alles lag jetzt eine Woche zurück. Seitdem hatte Joe angespannte und hektische Tage verbracht, in denen er versuchte, sich mit Anwälten und Polizisten zu treffen, die Gefängnisleitung über die Vorgänge zu informieren und einen letzten Besuch bei Frankie zu vereinbaren. Die ganze Zeit über hatte er befürchtet, es könnte alles umsonst gewesen sein, Frankie würde es sich in letzter Minute anders überlegen und sich weigern, seine Aussage zu machen.

Aber Frankie hatte es sich nicht anders überlegt. Eine Bedingung hatte er jedoch gestellt – er würde nicht mit Alvin Donaldson sprechen. »Sie müssen mir einen anderen Bullen besorgen«, sagte er. »Wenn einer eine Beförderung deswegen kriegt, dann soll's nicht er sein.«

Später, als die anderen gegangen waren, bat Joe den Gefängnisdirektor um ein paar Minuten allein mit Frankie.

»Ich danke dir«, sagte er. »Du hast ein gutes Werk getan.«

»Werden Sie Lytton dafür drankriegen?

»Ich versuch's, aber es wird verdammt schwierig.«

»Die Brillanten, Mann. Finden Sie die Brillanten, und Sie haben ihn.«

»Leichter gesagt als getan«, antwortete Joe.

Frankie nickte. Er blickte zu Boden und dann wieder zu Joe. »Vor zwei Tagen hab' ich die letzte Ölung gekriegt. Ich bin katholisch. Oder war's einmal. Es war schlimm, das kann ich Ihnen sagen. Ich hab' alles mit Blut vollgespuckt. Aber ich hab' durchgehalten. Aus reiner Sturheit. Ich wollte noch ein bißchen leben. Damit ich das hier tun kann. Werden Sie es ihm sagen? Sid, meine ich. Werden Sie ihm sagen, daß ich das getan hab'?«

»Vielleicht kannst du es ihm eines Tage selbst sagen.«

Frankie lächelte. »Ach, Bristow, wir wissen doch beide, daß das nicht passiert.«

»Ja, Frankie, ich werde es ihm sagen.«

Frankie nickte. Er sah auf Joes Beine, auf den Rollstuhl, und ein gequälter Ausdruck trat in seine Augen. »Ich will alles in Ordnung bringen ... so gut ich's kann ...«

»Ich weiß, Frankie«, sagte Joe. »Du hast es in Ordnung gebracht.«

»Danke«, flüsterte Frankie und schlurfte unter den wachsamen Augen des Wärters in seine Zelle zurück.

Herbert Gladstone lehnte sich in seinem Stuhl zurück und schüttelte den Kopf. »Was soll ich jetzt tun, Joe?« fragte er. »Ich habe soeben die eidesstattliche Aussage noch einmal gelesen. Von Anfang bis Ende. Nur um sicherzugehen, daß ich nichts übersehen habe. Sie liefert mir keinen Anhaltspunkt. Nichts, womit ich arbeiten könnte. Es steht nur Aussage gegen Aussage. Und der Mann, um den es geht, büßt zufälligerweise eine lebenslängliche Haftstrafe ab.«

»Können Sie Lytton vernehmen lassen? Kriminalbeamte zu ihm nach Hause schicken?«

»Das würde einige Wochen dauern. Er ist noch in Afrika. Und wenn ich das täte? Sagen wir, ich schicke ein paar Beamte zu ihm nach Hause, um ihn zu fragen, ob er Gemma Dean ermordet hat, was glauben Sie, was dann passieren wird? Glauben Sie wirklich, er gibt die Tat zu? Selbst wenn er es getan hat. Was ich keinen Moment lang glaube.«

Joe wollte gerade darauf eingehen, als sein Sekretär anklopfte und eintrat.

»Entschuldigen Sie, Sir, aber das ist soeben hereingekommen«, sagte er und reichte seinem Chef ein Telegramm.

Gladstone schüttelte den Kopf, während er es las. Seine Miene verdüsterte sich. »Gütiger Himmel. Es kommt immer gleich knüppeldick.«

»Irgendwas nicht in Ordnung?« fragte Joe.

»Ich habe gerade die Nachricht erhalten, daß Mr. Malone verhaftet wurde.«

»*Was?* Wo?«

»In Nairobi. Er sitzt dort im Gefängnis und wird zunächst nach Mombasa und dann mit dem Schiff nach London gebracht.«

»Lytton ist auch dort, nicht wahr?« sagte Joe.

»Ja, das stimmt. Er hat die Verhaftung angeordnet.«

»Natürlich. Wenn er es schafft, daß Malone für den Mord an Gemma Dean verurteilt und gehängt wird, kann ihm keiner mehr was anhaben.«

»Das saugen Sie sich aus den Fingern«, antwortete Gladstone gereizt. »Freddie Lytton hat keinen Grund, Sid Malone den Tod zu wünschen. Er weiß, daß Malone dieses Mordes beschuldigt wurde, und ich bin sicher, es geht ihm nur um einen gerechten Prozeß und Gerechtigkeit für Miss Dean. Wie uns allen.«

Joe war verzweifelt. Er durfte Gladstone nichts von Sids Beziehung zu India verraten, aber er wußte, daß diese Beziehung Sids Leben gefährdete. Viel mehr als die falsche Anklage im Mordfall Dean. Freddies Frau liebte Sid. Sein Kind war von ihm. Freddie Lytton hatte sehr wohl einen Grund. Mehr als nur einen.

»Bitte, Herbert«, sagte Joe, »dieser Fall muß wiederaufgenommen werden. Freddie Lytton steht nicht über dem Gesetz. Das tut niemand. Er muß vernommen werden.«

Gladstone schnitt ihm das Wort ab. »Nein. Nicht, bevor Sie mir etwas Besseres als das hier bringen«, sagte er und klopfte auf Betts Aussage. »Ich brauche mehr als das Wort eines Verurteilten, um zu tun, worum Sie mich bitten.«

»Wenn Sie den Fall nicht wiederaufnehmen, könnten Sie mir wenigstens einen Gefallen tun? Könnten Sie nichts von Malones Verhaftung verlauten lassen?«

Gladstone sah ihn lange an. »Um Ihnen einen Gefallen zu tun, Joe, werde ich mein Büro anweisen, nichts davon an die Presse weiterzugeben, aber ich habe keine Kontrolle darüber, was aus Afrika kommt. Wenn Lytton seine Vertrauensleute bei den Zeitungen informiert, werden sie die Geschichte sicher bringen. Und ich könnte mir vorstellen, das tut er. Weil er sich sogar noch lieber in den Schlagzeilen sieht als Sie.«

Joe ignorierte den Seitenhieb. »Wie lange, glauben Sie, habe ich Zeit?«

Gladstone zuckte die Achseln. »Einen Tag. Höchstens zwei oder drei.«

Joe nickte. »Ich komme wieder.«

»Daran zweifle ich nicht«, antwortete Gladstone matt.

Auf dem Heimweg in seiner Kutsche überkam Joe eine Hoffnungslosigkeit, die untypisch für ihn war. Er hatte sein Ziel erreicht – den wirklichen Mörder von Gemma Dean zu finden – und nichts in der Hand, um das zu beweisen.

Dann dachte er über Frankies Aussage nach und daß er sich damit immer noch direkt an die Zeitungen wenden konnte. Das könnte Sid retten. Und Freddie Lytton möglicherweise zerstören. Aber wie auch immer – ein kleines unschuldiges Mädchen würde dabei ebenfalls Schaden nehmen.

Wohin er auch blickte, überall schienen nur Hindernisse zu sein. Er hatte keine Ahnung, wie er vorgehen sollte. Er steckte fest. Plötzlich fielen ihm Frankies Worte wieder ein. *Die Brillanten, Mann. Finden Sie die Brillanten, dann haben Sie ihn.*

»Tolle Idee«, murmelte er. »Ich schick' Freddie einfach ein Telegramm nach Nairobi und frag ihn, wo er sie versteckt hat.«

Aber je mehr er darüber nachdachte, desto mehr fragte er sich, ob das nicht vielleicht doch eine Möglichkeit war. Frankie sagte, die Hehler hätten Sid erwartet, aber der kam nicht, weil er den Schmuck nicht hatte. Und was, wenn Freddie aufgetaucht war und ihn verkauft hatte?

Die Chance war gering, das wußte er. Aber besser als gar nichts. Er beugte sich vor und klopfte ans Fenster im vorderen Teil der Kutsche. Es ging auf.

»Ja, Sir?« fragte der Kutscher.

»Wir machen einen kleinen Umweg, Myles. Bringen Sie mich bitte nach Limehouse. In die Narrow Street. In einen Pub namens Barkentine.«

»Sind Sie sicher, Sir?«

»Ja.«

»Wie Sie wünschen, Sir.« Das Fenster schloß sich wieder.

Er würde ein paar Fragen stellen, mit ein paar Leuten reden. Nachsehen, ob Desi Shaw noch da war und der Hehler Joe Grizzard. Jetzt gleich. Noch heute abend.

Bevor es zu spät war.

Wegen Sid. Wegen des Kindes. Wegen ihnen allen.

✺ 117 ✺

*I*ndia saß auf der Veranda ihres Ferienhauses und blickte auf den schneebedeckten Gipfel des Mount Kenya, der sich weiß vor dem türkisblauen Himmel abzeichnete. Das Haus, ein weitläufiger Bungalow aus Naturstein mit gefliester Terrasse, hohen Fenstern, Dachgauben und Schindeldach, an dessen Mauern sich überall Rosen rankten, hätte genausogut in den Cotswolds im Südwesten von England stehen können.

Lady Elizabeth Wilton, die Besitzerin, hatte in einem Brief geschrieben, daß es sich am schönsten Platz von ganz Afrika befinde und daß es noch keinen Besucher gegeben habe, der dem widersprochen hätte. India jedoch sah nichts von seiner Schönheit, spürte nichts von seiner Magie.

Seit Sids Verhaftung konnte sie sich kaum mehr auf den Beinen halten. Ihre Augen wirkten hohl, sie war teilnahmslos und krank vor Sorge. Allein die Vorstellung, daß er in einer Gefängniszelle saß, quälte sie. Sie wußte, was das Gefängnis für ihn bedeutete und was danach folgen würde: der Prozeß in London und die unvermeidliche Verurteilung.

Sie mußte etwas tun, um ihm zu helfen, aber was? Sie hatte genügend eigenes Geld, um gute Verteidiger zu engagieren, aber mit denen müßte sie sich heimlich in Verbindung setzen. Freddie durfte nichts davon erfahren. Im Umkreis von zehn Meilen gab es kein Telegraphen-, kein Postamt. Fort Henry war das nächste Dorf, aber wenn sie einen Bediensteten dorthin schickte, würde Freddie Wind davon bekommen.

Sie mußte warten, bis sie zurück in London waren, bevor sie Schritte unternehmen konnte. Doch wenn es dann schon zu spät war? Freddie hatte ihr seine unmittelbaren Pläne für Sid nicht verraten, aber von Tom Meade hatte sie erfahren, daß er von Nairobi nach Mombasa und dann mit einem Postschiff nach London gebracht werden sollte. Sie und Freddie würden erst in vierzehn Tagen nach Hause zurückkehren, und sie wußte, daß Freddie dies absichtlich so arrangiert hatte. Er wollte, daß Sid bereits verurteilt und hingerichtet war, bevor sie in London eintraf. Sie mußte sich irgendwie davonstehlen, um mit ihren Anwälten Kontakt aufzunehmen. Wenn sie wieder nach Nairobi kamen oder in Mombasa auf ihr Schiff warteten.

Konnte das Schicksal so grausam sein? fragte sie sich zum hundertstenmal. Warum hatte sie herausfinden dürfen, daß Sid noch lebte, nur um dann seine Hinrichtung erleben zu müssen? India kannte die Antwort: Das Schicksal war unparteiisch, aber Freddie war grausam.

»Noch Tee, Msabu?«

India drehte sich zu Lady Wiltons Butler um. »Nein, danke, Joseph«, antwortete sie.

»Und die Missy?« fragte Joseph und nickte in Richtung Charlottes leerer Tasse und ihres leeren Stuhls.

»Nein, ich glaube nicht, daß sie noch welchen möchte. Ach, übrigens, haben Sie sie gesehen?«

»Sie war in der Küche bei der Köchin. Aber jetzt ist sie, glaube ich, hinausgegangen, um Nachtigallen zu jagen.«

»Wenn Sie sie sehen, schicken Sie sie doch bitte zu mir.«

India hatte Gewissensbisse. Sie war so von ihrem persönlichen Leid gefangengenommen gewesen, daß sie die Abwesenheit ihrer Tochter gar nicht bemerkt hatte. Charlotte hatte sich offensichtlich gelangweilt und davongemacht. Wenn sie zurückkam, würde India es wiedergutmachen. Sie würden spazierengehen und ein Picknick mit in die Hügel hinaufnehmen. Schon um Charlottes willen mußte sie tapfer sein. Sie durfte sich nicht so sehr abkapseln, sie war alles, was das Kind hatte.

Glücklicherweise hatten sie beide Freddie heute noch kaum zu Gesicht bekommen. Er war reiten gegangen. Er wolle sich den Berg ansehen, hatte er gesagt, und würde erst Stunden später nach dem Abendessen zurückkommen. Sie war froh, ihm nicht so oft begegnen zu müssen. Entweder machte er einen Ausritt, oder er verschanzte sich in Lady Wiltons Arbeitszimmer, wo er bis zwei, drei Uhr früh seine endlosen Berichte schrieb. Sie wußte immer, wann er seine Arbeit beendete, weil sie dann das »Regentropfen-Prélude« durchs Haus schallen hörte und Tabakrauch roch. Er rauchte gern nach der Arbeit, und er ließ gern die verdammte Spieluhr spielen. Ohne sie ging er nirgendwohin. Zu Hause stand sie in seinem Arbeitszimmer unter dem Porträt seines Vorfahren, des Roten Earls. Wenn er verreiste, mußte sie mit, und er bestand darauf, sie selbst einzupacken. Niemand durfte sie berühren. Nicht einmal Charlotte, die aus einem unerfindlichen Grund diese traurige Melodie ebenfalls liebte. Einmal, als sie noch ganz klein war, hatte sie die Spieluhr heruntergenommen, um der Musik zu lauschen. Freddie hatte sie entdeckt, wie sie damit auf dem Boden saß, und sie streng bestraft. Sie dürfe sie nie mehr anfassen, sagte er. Niemals.

India dachte gerade an die Spieluhr, als sie plötzlich einen Knall aus dem Innern des Hauses hörte und dann ein paar Töne der Melodie, die merkwürdig verzerrt klangen.

Gerade als sie nachsehen wollte, was passiert war, tauchte Charlotte auf. Sie war kreidebleich.

»Mami«, sagte sie leise. »Mami, komm schnell.«

»Warum? Was ist denn?«

»Ich hab' Vaters Spieluhr zerbrochen.«

»Charlotte, nein! Wie konnte das passieren?«

»Ich hab' im Arbeitszimmer gespielt. Mit Jane. Wir waren unter dem Schreibtisch, unserem Fort. Wir haben gespielt, daß die Massai angreifen. Ich bin aufgestanden, um hinauszulaufen, und dabei ist der Tisch mit der Spieluhr gekippt.«

»Charlotte, du hättest dort nicht reingehen dürfen!«

»Ich weiß, Mami. Es tut mir leid«, antwortete sie. Panik stand in ihren Augen.

»Wie schlimm ist es? Vielleicht können wir sie reparieren? Ist sie zerbrochen? Hängen die Federn heraus?«

»Nein, Mami. Keine Federn. Nur Schmuck.«

»Schmuck?« wiederholte India verblüfft. Sie folgte Charlotte ins Arbeitszimmer. Die Spieluhr lag umgedreht am Boden. Ein Fuß war angebrochen. Eine kleine Schublade stand heraus, aus der tatsächlich Schmuck auf den Teppich gefallen war.

India kniete nieder. Vorsichtig hob sie die Spieluhr auf. »Sie hat ein Geheimfach«, sagte sie. »Es muß beim Herunterfallen aufgesprungen sein.«

Auf dem Teppich glitzerte etwas. Sie hob es auf und starrte es verständnislos an. Es war der Libellenkamm, der ihrer Mutter gehört hatte. Den Hugh Mullins genommen und zum Pfandleiher gegeben hatte. Sie drehte ihn um. Er trug die Initialen ihrer Mutter – ISJ –, genau wie der ihre.

Das ist doch nicht möglich, dachte India und griff sich an den Hinterkopf, wo ihr Kamm steckte. Den hatte ihr Vater von der Polizei zurückbekommen. Sein Gegenstück war nie gefunden worden. Hugh war beschuldigt worden, beide gestohlen zu haben, und kam ins Gefängnis, weil er sich weigerte, den zweiten herauszugeben.

»Er ist genau wie deiner, Mami«, sagte Charlotte. »Wie der in deinem Haar.«

India zog den Kamm heraus und hielt ihn an den aus der Spieluhr. Sie waren vollkommen identisch. Ihr Vater hatte sie einst bei Tiffany als Geschenk für ihre Mutter in Auftrag gegeben. Es gab nur diese zwei.

Plötzlich konnte India kaum mehr atmen.

»Mami?« fragte Charlotte. »Mami, was ist?«

»Charlotte, Liebling, gib mir das bitte«, sagte sie und deutete auf einen blitzenden Brillantohrring, der ein Stück weiter weg lag. Charlotte reichte ihn ihr. Es war ein langes Ohrgehänge aus lupenreinen, weißen Brillanten. Am unteren Ende hing ein kleines Medaillon, in das mit winzigen Brillanten die Initialen GD eingearbeitet waren. India kannte dieses Stück nicht, die Initialen sagten ihr nichts. Sie griff nach dem Collier, das ebenfalls auf dem Teppich lag. Es hatte ein ähnliches Medaillon, nur größer und in der Mitte der Kette. Auf der Rückseite war eine Gravur.

Für Gemma. Hals- und Beinbruch. In Liebe, Sid.

India fuhr sich mit der Hand an den Mund. *Hals- und Beinbruch . . .* Das sagte man zu Künstlern vor dem Auftritt. Gemma. *Gemma Dean.* Die Frau, die Sid angeblich umgebracht haben sollte. Sie war Schauspielerin – und Sid Malones Geliebte gewesen. Das Collier und die Ohrringe hatten ihr gehört. Sid hatte sie ihr geschenkt. Nach ihrem Tod war der Schmuck verschwunden gewesen. Das hatte in den Zeitungen gestanden. Was machte er hier in Freddies Spieluhr?

Plötzlich krampfte sich ihr vor Angst der Magen zusammen.

»Charlotte . . .«, sagte sie und deutete auf das letzte Schmuckstück, einen schweren Goldring. Einen Herrenring. Charlotte hob ihn auf und legte ihn in Indias Hand. An die Stelle der Angst trat nun Schmerz. Der Ring trug ein Wappen. Sie kannte dieses Wappen, weil sie es viele Male gesehen hatte. An der Hand ihres Cousins. Es war Wishs Ring.

»Nein. Gott, nein ...«, stöhnte sie. Sie schloß die Augen und sank nach vorn. »Hugh, Wish, Gemma Dean ... das ist doch nicht möglich ... er kann doch nicht ...«

»Mami!« rief Charlotte erschrocken. »Mami, was ist?«

Charlottes Stimme schien von weit her zu ihr zu dringen. Und dann hörte sie eine andere Stimme. Die eines Mannes. Nur ein paar Meter entfernt.

»Joseph!« bellte die Stimme. »Wo ist dieser verdammte Boy? Er soll in mein Büro kommen. Ich brauch' Hilfe mit meinen Stiefeln.«

India fuhr hoch. Es war Freddie. Er war früher von seinem Ausritt zurückgekommen. Sie hörte seine Schritte. Auf der Veranda. In der Diele. Sie kamen in Richtung Arbeitszimmer.

✥ 118 ✥

Jndia packte Charlotte so fest am Arm, daß das kleine Mädchen zusammenzuckte.

»Charlotte, sag zu keinem was darüber«, zischte sie. »Kein Wort! Geh in dein Zimmer. Nein, nicht hier! Durch die Verandatür. Und warte dort auf mich.«

»Aber Mami ...«

»Tu, was ich dir sage! Geh!«

Charlotte rannte hinaus.

Die Schritte kamen näher. Schnell warf sie die Juwelen in die Schublade zurück, hob mit zitternden Fingern die Spieluhr auf und versuchte, die Schublade wieder zu schließen, aber sie klemmte.

»Komm schon ... komm schon!« flüsterte sie.

Die Schritte hielten vor der Tür an.

»Ah, da bist du ja«, hörte sie ihren Mann sagen.

Sie zog die Schublade wieder heraus und griff mit den Fingern hinein. Eine winzige Feder hatte sich gelöst. Sie riß sie heraus und schob die Lade wieder zurück. Sie rastete ein. Dann stellte sie die Spieluhr auf den Tisch. Sie stand schief. Freddie würde das sofort bemerken. *Der Fuß*, dachte sie. *Wo ist der verdammte Fuß?*

»... nicht die schwarzen. Verstehst du mich? Die braunen Halbschuhe.«

Sie kroch auf dem Teppich herum und tastete alles ab. Etwas Kleines, Hartes bohrte sich in ihr Knie. Es war der Fuß. Sie packte ihn und stellte ihn vorsichtig unter das Gehäuse. Zum Ankleben blieb keine Zeit. Sie betete, daß Freddie seine Musik nicht gerade jetzt hören wollte. In dem Moment, als sie aus dem Arbeitszimmer auf die Veranda flüchten wollte, hörte sie, daß der Türknopf gedreht wurde. Es war zu spät, sie würde es nicht mehr rechtzeitig schaffen. Er würde sie sehen und wissen wollen, was sie hier machte. Verzweifelt sah sie sich nach einem Versteck um, fand aber keines.

Und dann, in letzter Sekunde, sah sie eine winzige Porzellanhand unter dem massiven Mahagonischreibtisch und bückte sich danach.

Sie lag auf Knien unter dem Tisch, als die Tür aufging, und kehrte ihm das Hinterteil zu.

»Was machst du hier?« fragte er ungehalten.

»Ich suche Jane.«

»*Wen?*«

»Charlottes Puppe. Ah! Da ist sie ja«, sagte sie, kroch wieder hervor und stand auf.

»Warum ist Charlottes Puppe hier? Sie soll doch hier drin nicht spielen«, sagte er.

»Sie hat unter deinem Schreibtisch gespielt. Es war ihr Fort.«

»Sie hat hier drin *nichts* verloren. Sieh zu, daß das nicht noch mal vorkommt.«

»Tut mir leid. Das werde ich.«

Der Boy kam mit einem Paar von Freddies Schuhen herein, dahinter Joseph mit einem Teetablett.

»Nicht die schwarzen!« herrschte ihn Freddie an. »Die braunen Halbschuhe! Wie oft muß ich das noch sagen?«

Der Boy drehte sich verwirrt um und wollte gehen.

»Dann gib sie eben her. Ich hab' nicht den ganzen Tag Zeit. Stell sie hin und hilf mir mit den Stiefeln.«

India, die zum erstenmal für Freddies schlechte Laune dankbar war, eilte aus dem Arbeitszimmer in ihr Schlafzimmer. Dort versperrte sie die Tür und setzte sich, Jane an die Brust gedrückt, aufs Bett.

»Es ist nicht wahr«, stöhnte sie. »Es kann einfach nicht wahr sein. Warum? Warum sollte er so etwas tun?«

Eine leise kalte Stimme in ihrem Innern beantwortete ihre Frage.

»Deinetwegen«, sagte sie. »Wegen deines Geldes. Alles, was er getan hat, hat er wegen deines Geldes getan. Er hat sie umgebracht, weil sie ihm im Weg waren. Und wenn er herausfindet, daß du Bescheid weißt, wird er dich auch töten.«

Guten Morgen, George«, sagte Maggie Carr, als sie auf dem Weg zu den Zellen an dem Wärter vorbeiging. Plötzlich blieb sie stehen, hielt die Hand an dem Mund und hustete, bis sie rot im Gesicht war. Seamie legte ihr beruhigend die Hand auf den Rücken.

»Alles in Ordnung, Maggie?« fragte George Gallagher.

»Nein, verdammt. Gestern hat der Husten angefangen und wird immer schlimmer.« Sie griff nach einer Dose mit Pastillen in ihrer Tasche.

»Der Nairobi-Husten«, sagte George. »Kommt von dem Staub. Die Pastillen kannst du vergessen, die helfen nichts. Trink heißes Zitronenwasser mit Honig. Das hat mir meine Frau gegeben. Das wirkt Wunder.«

Maggie erwiderte, das werde sie gewiß tun, und George wandte sich wieder seiner Zeitung zu. Er hatte sich inzwischen daran gewöhnt, daß sie zu zweit kamen, und erwähnte nichts mehr von der Vorschrift, daß jeweils nur ein Besucher zugelassen sei.

»Guten Morgen, Kumpel«, sagte Maggie zu Sid. »Wir sind gekommen, um dir ein bißchen Gesellschaft zu leisten. Wie fühlst du dich heute?«

»Mir geht's gut«, antwortete er. »Hast du …«

Maggie legte einen Finger an den Mund. »O ja. Ich hab' Neuigkeiten von der Ernte. Roos hat mir durch den jungen Thompson ausrichten lassen, daß alle Pflanzen gesund sind.«

Sid stand angespannt da, während Maggie redete und Seamie in seiner Jackentasche kramte.

Sid wirkte nicht mehr verzweifelt, sondern wie ein gefangenes Tier. Alles hatte sich verändert für ihn, seit Maggie ihm gesagt hatte, daß Charlotte Lytton seine Tochter sei. Anfangs hatte er es nicht geglaubt, aber dann erklärte er ihnen, daß er hier rausmüsse. Daß er nicht nach London zurückkönne. Daß er jedes Risiko auf sich nehme, um India von Angesicht zu Angesicht zu fragen, ob Charlotte tatsächlich seine Tochter sei.

Seamie hatte ihm versprochen, daß sie sich etwas überlegen würden. »Gib uns nur ein bißchen Zeit«, hatte er gesagt.

»Ich hab' keine Zeit. In zwei Tagen setzen sie mich in den Zug«, hatte er geantwortet.

Jetzt sah Seamie über die Schulter nach hinten. Der Gang war leer. Er zog ein Stück Papier aus der Tasche und reichte es Sid. *Sprich weiter, während du das liest,* stand ganz oben. Er wußte, daß George sie hören konnte. Gestern hatte er Maggie vorausgeschickt, um mit George zu plaudern, und sich noch ein paar Minuten mit Sid unterhalten. Später hatte sie ihm gesagt, daß man die Stimmen von seinem Schreibtisch aus hören konnte. George würde Verdacht schöpfen, wenn plötzlich alles ruhig wäre, also machte Sid belanglose Bemerkungen zu Maggies Neuigkeiten über die Farm, während er den Zettel las.

Wir holen dich raus. Wir tauschen die Kleider. Ich geh' in die Zelle. Du gehst mit Maggie hinaus. Sie erklärt dir alles Weitere. Brich das Schloß auf.

Sid sah ihn an und fragte stumm: »Womit?«

Seamie hob den Finger und begann, über irgendeine erfundene Anwaltskanzlei in London zu reden, die er mit Sids Verteidigung beauftragt habe. Während er sprach, zog er einen Stiefel aus und holte ein Buttermesser, eine Fischgabel und einen Korkenzieher heraus und reichte ihm alles durchs Gitter. Es war das Beste, was er in der kurzen Zeit hatte auftreiben können. In einem hiesigen Laden Schraubenzieher und Ahlen zu kaufen hatte er sich nicht getraut. Der Ladenbesitzer hätte sich daran erinnern können.

Sid inspizierte die Instrumente und machte sich dann an die Arbeit. Es ging nur langsam voran. Das Schloß war massiv, und er mußte von hinten daran hantieren. Fünf Minuten vergingen, dann zehn. Sids Stirn war naß vor Schweiß. Seamie ging der Gesprächsstoff aus. Und dann hörten sie es. Ein metallisches Klicken, das laut durch den leeren Gang hallte. Er und Maggie tauschten panische Blicke aus.

»Ach, *verflixt*!« rief sie aus und gab Sid ein Zeichen, von der Tür wegzutreten. »Ich hab' meine Pastillen fallen lassen! Heb sie mir doch bitte auf, Seamie.«

Seamie hörte, wie sich George von seinem Stuhl erhob, und bedeutete Maggie, ihm die Dose zu geben. Maggie griff in ihre Tasche und reichte sie ihm. Schnell verstreute er die Pastillen auf dem Boden. Als George um die Ecke kam, kniete Seamie am Boden und sammelte sie ein.

»Alles in Ordnung?« fragte George und warf einen Blick auf Sid, der auf seinem üblichen Platz im hinteren Teil der Zelle saß.

»Ich hab' meine Pastillen fallen lassen«, sagte Maggie bedauernd.

Seamie wollte ihr die Dose wieder reichen, doch Maggie lehnte ab. »Jetzt mag ich sie nicht mehr«, sagte sie betrübt. »Nicht, nachdem sie am Boden waren.« Sie nahm die Dose und gab sie George. »Wirfst du sie in den Abfall für mich, George?« bat sie.

»Nicht schade drum, Maggie. Ich hab' dir ja gesagt, du brauchst Zitronenwasser mit Honig.«

Er ging zu seinem Schreibtisch zurück, und Seamie spürte, daß sein Herz wieder zu schlagen begann. Vorsichtig öffnete er die Tür, trat in die Zelle und tauschte mit Sid die Kleider. Dann gab er Sid den Korkenzieher und die Fischgabel. Das Buttermesser behielt er. Sid steckte die Instrumente in seinen Stiefel.

Als sie beide wieder angezogen waren, umarmten sie sich. Seamie nahm seine Mütze ab, setzte sie Sid auf den Kopf, dann ging Sid hinaus und schloß die Zellentür hinter sich. Sie verabschiedeten sich laut, und Seamie blickte Sid und Maggie nach, die den Gang hinunter verschwanden. Sid trug jetzt seine Kleider. Sie sahen einander zum Verwechseln ähnlich. Seamie betete, daß das ausreichte.

Er quetschte sich in die vordere Ecke der Zelle. Wenn er sich auf die Zehenspitzen stellte, konnte er von hier aus in den Raum des Wärters sehen.

»Wir gehen jetzt«, hörte er Maggie sagen.

»Bis dann«, antwortete George, ohne von seiner Zeitung aufzusehen. »Vergiß nicht das Zitronenwasser mit Honig.«

Seamie ging in den rückwärtigen Teil der Zelle und stellte sich unters Fenster. Angestrengt lauschte er, ob Schreie, hastende Schritte oder Schüsse ertönten, aber er hörte nichts als die typischen Morgengeräusche einer Stadt – Pferde und Karren, hämmernde Bauarbeiter, gelegentlich Rufe. Er atmete auf. Erleichterung überkam ihn. Sie hatten es geschafft. Jetzt mußte Maggie ihn nur noch auf schnellstem Wege aus der Stadt bringen.

Er nahm den Nachttopf, drehte ihn um und schlug ihn sich vors

Gesicht. Als er wieder klar sehen konnte, setzte er sich auf den Boden und hebelte mit dem Buttermesser den Henkel ab. Dann drehte er die Matratze um, bohrte ein kleines Loch in den Bezug und ließ den Henkel und das Messer darin verschwinden. Danach drehte er sie wieder um. Er dachte an Willa und hoffte, daß es ihr gutging. Es würde Stunden dauern, bis George das Essen für Sid brachte und feststellte, daß er fort war. Sobald der Alarm ausgelöst war, würden sie ihn hier festhalten. Sie würden ihn mit Fragen bestürmen, wissen wollen, wie alles passiert war, und seine Aussage in Zweifel ziehen. Es könnte einen, vielleicht zwei Tage dauern, bis er wieder zu ihr zurückgehen konnte. Im stillen sagte er ihr, daß er sie liebe, und versprach ihr, bald wieder bei ihr zu sein.

Dann schloß er die Augen und tat sein Bestes, sich bewußtlos zu stellen.

❧ 120 ☙

Jndia lag im Bett. Das Haus war still. Die Uhr im Wohnzimmer hatte gerade drei geschlagen. Sie wartete noch ein paar Minuten, starrte in die Dunkelheit, dann warf sie die Decke zurück und stand auf. Sie war bereits voll angekleidet. Schnell fuhr sie in ihre Stiefel und holte ein kleines Bündel unter dem Bett hervor. Es enthielt Brot und Käse, eine Wasserflasche und ziemlich viel Geld. Mehr brauchte sie nicht mitzunehmen. Sie und Charlotte mußten rasch vorankommen. Weiteres Gepäck würde sie nur belasten.

Vorsichtig schlich sie zur Schlafzimmertür, drehte langsam den Türknopf und zwang sich zur Geduld. Mit angehaltenem Atem machte sie die Tür auf und schlüpfte in den Gang hinaus. Charlottes Zimmer war gegenüber, Freddies am Ende des Gangs.

Seit elf Uhr hatte sie im Dunkeln gelegen und gebetet, er würde zu Bett gehen. Um kurz nach eins hatte er es schließlich getan. Dann wartete sie noch zwei Stunden, bis sie sicher sein konnte, daß er fest schlief. Das Warten war eine Qual gewesen, aber sie wußte, daß sie nichts übereilen durfte. Sie wußte, daß sie nur diese eine Chance haben würde.

Jetzt überquerte sie den Gang. Auf halbem Weg knarrte ein Dielenbrett. Mit angespannten Muskeln blieb sie stehen, bereit, in ihr Zimmer zurückzuhasten, falls Freddie seine Tür öffnen sollte. Fünf Minuten vergingen, zehn Minuten. Sie ging weiter.

»Mami?« fragte ein Stimmchen, als sie in Charlottes Zimmer schlich.

»Scht, mein Liebling«, flüsterte sie. Sie kniete sich neben ihr Bett und sagte: »Charlotte, du mußt jetzt genau machen, was Mami dir sagt. Ich möchte, daß du aufstehst und dich anziehst. Sei so leise wie ein Mäuschen, und mach die Lampe nicht an. Hast du mich verstanden?«

»Ja, Mami.«

»Wir gehen fort, wir beide. Ich sattle jetzt das Pferd. In zehn Minuten kommst du auf die Veranda. Du gehst in Strümpfen in die Diele hinunter. Sperr die Vordertür auf und laß sie offen. Deine Stiefel ziehst du draußen an. Du darfst kein Geräusch machen. Keinen Laut. Kannst du das für mich tun?«

Charlotte nickte mit großen, angsterfüllten Augen.

»Brav. Ich treffe dich auf der Veranda. Beeil dich.«

India ging hinaus und lief zur Küche. Durch die Hintertür rannte sie zum Stall. Dort riskierte sie, eine kleine Laterne anzuzünden, um zwei Pferde zu satteln, eine Stute und ein Pony.

Als sie damit fertig war, hängte sie ihnen Futtersäcke um den Hals. Wenn sie fraßen, würden sie nicht wiehern. Dann führte sie sie aus dem Stall zum Haus, wo Charlotte bereits auf der Veranda auf sie wartete.

»Mami, darf ich Jane mitnehmen?« fragte sie leise.

India nickte und bedeutete ihr aufzusteigen. Als sie im Sattel saß, reichte ihr India die Zügel der Stute und das Bündel. Jetzt brauchte sie nur noch eines – die Spieluhr. Ohne sie hatte sie keinen Beweis für Freddies Taten.

Sie nahm all ihren Mut zusammen und ging ins Haus zurück. Sie trat in die Diele und blickte die Treppe hinauf. Dort war niemand. Das Haus war still. Nur das Ticken der Uhr war zu hören. Langsam, einen Schritt vor den anderen setzend, ging sie zum Arbeitszimmer. Das Herz klopfte ihr bis zum Hals. Wenn Freddie aufwachte … wenn er sie jetzt überraschte …

Sie zwang sich, nicht daran zu denken. Statt dessen dachte sie an Sid. Die Spieluhr – und was darin war – würde ihn retten. Sie und Charlotte würden, so schnell sie konnten, nach Thika reiten, sich ein paar Stunden ausruhen und dann weiter nach Nairobi. Dort würde sie zu Sir James Hayes Sadler gehen und ihm den Schmuck zeigen. Sie würde ihm sagen, wo sie ihn gefunden hatte, wie er ihrer Meinung nach in Freddies Besitz gelangt war, und verlangen, daß er verhaftet und Sid freigelassen wurde. Und wenn sie ihn nicht überzeugen konnte, würde sie eben mit dem gleichen Schiff wie Sid nach London fahren und dort die besten Strafverteidiger engagieren. Egal, was es kostete, sie würde zusehen, daß Sid freikam und Freddie für seine Taten bezahlte. Sie hoffte nur, daß der Gouverneur Sid nicht schon nach London zurückgeschickt hatte. Rasch öffnete sie die Tür und durchquerte im Dunkeln das Zimmer. Irgend etwas bewegte sich vor ihr. Sie blieb wie angewurzelt stehen und unterdrückte einen Angstschrei ... aber es waren nur die Vorhänge, die im Nachtwind flatterten. Das Dienstmädchen mußte die Verandatüren offengelassen haben.

Sie eilte zu dem kleinen Ebenholztisch, auf dem die Spieluhr stand, doch sie schätzte im Dunkeln die Entfernung falsch ein, stieß gegen den Tisch und schlug sich das Schienbein an. Sie tastete nach der Spieluhr.

Sie war nicht da.

Plötzlich vernahm sie ein Geräusch hinter sich und fuhr herum. Ein Streichholz flammte auf. Sie sah Freddies Gesicht. Er saß lächelnd, die Spieluhr vor sich, am Schreibtisch.

»Hallo, Liebling«, sagte er. »Suchst du etwas?«

*F*reddie hielt das Streichholz an den Lampendocht. Als er Feuer gefangen hatte, drehte er ihn herunter und setzte den Zylinder wieder an seinen Platz.

»Hast du gedacht, ich würde es nicht merken?« fragte er.

India gab keine Antwort. Ihre Gedanken rasten. Sie mußte zu Charlotte. Zu den Pferden. Freddie wußte Bescheid. Die Spieluhr war jetzt verloren.

»Ich wußte, daß etwas nicht stimmte, als ich sie heute abend laufen ließ. Der Fuß fiel ab, und die Schublade war kaputt. Du hast sie gesehen, nicht? Du hast meine Schätze gesehen.«

India machte einen Schritt zurück, dann noch einen. Wenn sie zur Tür kam, hatte sie eine Chance.

»Wohin willst du?«

Er kam hinter dem Schreibtisch hervor.

»Ich hab' dich was gefragt.«

India wußte, daß sie keine Furcht zeigen durfte. Im Gegenteil, sie mußte ihm Angst einjagen.

»Ich gehe nach Nairobi. Mit Charlotte. Ich werde sagen, was du getan hast, und Sid Malone freibekommen.«

»Das ist ein sehr kühner Plan«, sagte er und ging langsam auf sie zu. »Er hätte sogar funktionieren können. *Wenn* du die Spieluhr gehabt hättest. Oder besser gesagt, was darin ist. Aber das hast du nicht.«

Die Dienerschaft, dachte sie. Sie wohnten nicht im Haus, sondern in Nebengebäuden. Geh zur Tür, sagte sie sich. Durch die Diele zur Veranda. Dann schrei aus Leibeskräften. Freddie schien ihre Gedanken gelesen zu haben, denn er war mit einemmal auf der anderen Seite des Raums und schloß die Tür ab.

»Du wirst nicht zur Dienerschaft gehen, fürchte ich. Und auch nicht nach Nairobi. Der einzige Ort, wohin du gehst, ist zurück in dein Bett. Und wenn du morgen früh aufwachst, ist diese kleine Episode vergessen. Und wird nicht mehr erwähnt.«

Indias Wut gewann die Oberhand. »Sie *wird* wieder zur Sprache kommen«, sagte sie, obwohl sie besser geschwiegen hätte. »Bei der Polizei. Dem Richter. Dem Gouverneur. Du hast diese Kämme gefunden, nicht? Du hast sie gefunden, einen davon Hugh angeboten und einen behalten. Was für ein perfekter Plan! Nachdem er den ersten versetzt hatte, glaubte jeder, er hätte auch den zweiten. Er ist deswegen ins Gefängnis gekommen!«

»Was für ein schlaues Mädchen du doch bist. Du bist ganz schön gerissen geworden im Lauf der Jahre.« Er ging näher auf sie zu. Sie wich zurück.

»Und du bist bösartig geworden. Wann ist das passiert, Freddie? Wann hat es angefangen? Du bist doch früher nicht so gewesen. Wir sind durch die Wälder gewandert, du und ich. Als wir Kinder waren, in Blackwood. Wann hast du dich so verändert?«

Plötzlich wurde Freddies Blick gequält. Hoffnung flammte in India auf. Vielleicht hatte sie einen wunden Punkt getroffen?

»Du hast Wish umgebracht, nicht wahr? Du hast ihn getötet, ihm seinen Ring abgenommen, und uns dann erzählt, er habe ihn zum Pfandleiher gebracht. Wie nahe warst du ihm, als du ihn erschossen hast, Freddie? Hat er gesehen, wie du abgedrückt hast? Hat er dich angefleht, es nicht zu tun?«

»Bitte, India ... nicht«, sagte er. Er trat zögernd auf sie zu, machte noch einen Schritt und blieb dann stehen. Seine Hände fuhren zum Gesicht. Er drückte sich die Handballen auf die Augen.

India nutzte ihre Chance. Sie trat näher zu ihm, beugte sich vor und sagte: »Er war dein *Freund*, Freddie. Dein engster und liebster Freund. Bis er sich in Dinge einmischte, die ihn deiner Meinung nach nichts angingen. Es war wegen der Klinik, nicht wahr? Du hast ihn getötet, gleich nachdem er von den Spenden erzählt hatte, die er für mich gesammelt hatte. Er war eine Bedrohung. Die Klinik ebenfalls. Sie hätte mich davon abhalten können, dich zu heiraten. Und die arme Gemma Dean. Sie war keine Bedrohung, stimmt's? Nur eine verdammt gute Möglichkeit, Sid Malone dranzukriegen.«

»O Gott«, seufzte er tief.

»Du hast drei unschuldige Menschen getötet. Mir alles weggenommen, was ich je liebte. Du bist ein Mörder. *Du* bist der Verbrecher, nicht Sid.«

Freddies Kopf fuhr hoch. Seine Hand schoß nach vorn und packte sie an der Kehle. Er schob sie zurück, schleuderte sie gegen die Wand und drückte zu.

»Laß mich los!« keuchte sie.

»Du willst fort, India? Gut. Du kannst fort. Aber nicht nach Nairobi. Und nicht mit Charlotte.«

»Das würdest du nicht wagen! Du würdest ihr nichts antun, einem kleinen Mädchen.«

Freddie lachte. »Ich hab's satt, deinen Bastard aufzuziehen, India. Ich will Erben. *Eigene* Kinder. Von einer richtigen Frau. Die werde ich auch haben. Sobald ich dich und dein Balg losgeworden bin.«

»Laß Mami los«, sagte eine Stimme hinter ihnen.

Es war Charlotte. Sie stand hinter Freddies Schreibtisch und hielt Jane … und die Spieluhr im Arm.

Sie muß durch die Verandatür hereingekommen sein, dachte India. Sie muß uns gehört haben. Alles gehört haben.

»Charlotte, stell das hin«, sagte Freddie.

Charlotte schüttelte den Kopf und machte einen Schritt zurück in Richtung Tür.

»Stell das hin. Sofort«, herrschte Freddie sie an. »Oder ich schlag dich grün und blau.«

Charlotte drehte sich um und schoß durch die Tür in die Nacht hinaus.

»Charlotte«, brüllte Freddie und schickte sich an, ihr nachzurennen.

India erwischte ihn am Arm und riß ihn zurück. Er fuhr herum und schlug ihr mit aller Kraft ins Gesicht. Blut lief ihr über die Lippen.

Sie duckte sich weg, um seinen Schlägen auszuweichen, grub die Fingernägel in seine Haut und schrie: »Lauf, Charlotte! Lauf!«

✦ 122 ✦

Tom Meade rannte den langen Korridor hinunter und die Treppe hinauf, die von seinem zum Büro des Gouverneurs führte. Ein Dutzend verwirrter Angestellter und Funktionäre sahen ihm nach. Niemand rannte im Haus des Gouverneurs. Niemals. Aus welchem Grund auch immer.

Er rannte am Sekretär des Gouverneurs vorbei und stürzte mit rotem Gesicht keuchend in dessen Büro.

Sir James Hayes Sadler saß mit einem Dutzend anderer Herren an einem großen runden Tisch. Er drehte sich um, sah Tom an und fragte: »Haben Sie den Verstand verloren?«

»Nein, Sir.«

»Sie unterbrechen eine wichtige Sitzung.«

Tom sah sich im Raum um. Sein direkter Vorgesetzter, der Distriktkommissar der Provinz Kenia, saß dort mit anderen Kommissaren, Lord Delamere und führenden Mitgliedern der Siedlervereinigung. »Das ist mir klar, Sir« sagte er. »Es tut mir sehr leid, aber ich habe ein Telegramm …«

»Kann das nicht warten?«

»Ich fürchte nicht. Es ist vom Innenministerium.«

Hayes Sadler sah ihn verständnislos an. »Sind Sie sich sicher?«

»Hier«, antwortete Tom und reichte es ihm.

Hayes Sadler las die Nachricht. »Verdammt«, sagte er. »Das glaub' ich nicht.« Er sah Tom an. »Sind Sie *sicher*, daß das aus Gladstones Büro kommt?«

»Ja. Ich konnte es selbst nicht glauben. Deshalb habe ich um Bestätigung gebeten. Es stimmt.«

»Was ist los, James? Was ist passiert?« fragte Delamere.

Hayes Sadler lehnte sich in seinem Stuhl zurück und nahm seine Brille ab. »Wie es scheint, möchte der Innenminister mit Lytton sprechen – um ihn zu vernehmen, heißt es –, wegen seiner Rolle im

Mordfall Gemma Dean. Er möchte, daß er so schnell wie möglich nach London zurückkehrt.«

Rufe der Verwunderung wurden laut.

»Glauben Sie mir, ich bin genauso schockiert wie Sie«, sagte Hayes Sadler. »Offensichtlich wurde eine Beschuldigung gegen Lytton vorgebracht, und irgendein übelwollender Abgeordneter stützt den Mann, der sie gemacht hat – einen Sträfling –, und droht, mit der eidesstattlichen Erklärung zu den Zeitungen zu gehen. Gladstone versucht, ihn zurückzuhalten und Lytton die Peinlichkeit zu ersparen, daß dieser Unsinn in der Presse erscheint. Ich muß ihm so schnell wie möglich Antwort geben.«

Am Tisch brachen heftige Diskussionen aus. Die meisten glaubten nicht, daß Lytton zu einer solchen Tat fähig war, aber einige fragten sich doch, warum sich der Innenminister persönlich damit befaßte, wenn nichts an der Sache dran war.

Als sich der Tumult wieder gelegt hatte, sagte Hayes Sadler: »Wir müssen jemanden losschicken, um Lytton vom Mount Kenya zurückzuholen. Tom, Sie gehen. Wenden Sie sich an Grogan, bevor Sie aufbrechen. Fragen Sie ihn, ob er Ihnen ein, zwei Männer mitgeben kann. Der Form halber. Ich bin sicher, daß es sich um ein Mißverständnis handelt. Vielleicht kann Lytton die Sache mit ein paar Telegrammen regeln. Schade, daß wir ihn in seinen Ferien behelligen müssen. Oh, und Tom, informieren Sie Sid Baxter. Das ist alles ein schreckliches Durcheinander, muß ich sagen.«

»Ähm … ja … nun, Sir, das ist die andere Sache, die ich Ihnen mitteilen wollte«, sagte Tom peinlich berührt. »Was Sid Baxter anbelangt … werden wir Schwierigkeiten haben, ihn zu informieren. Er ist nicht mehr im Gefängnis …«

»Was soll das heißen, er ist nicht mehr im Gefängnis? Der Transport nach Mombasa findet doch erst morgen statt. Ich habe die Papiere selbst unterschrieben.«

»Ja, nun, ich fürchte, er ist schon fort … aber nicht mit dem Zug nach Mombasa. Verstehen Sie, Sir, wie es scheint, ist Sid Baxter geflüchtet.«

123

Charlotte drehte sich um, um nachzusehen, ob es ihrer Mutter gutging. Ihre Wange war von Freddies Schlägen geschwollen, in ihrem Mund steckte ein Knebel. Der Anblick ihres kleinen Gesichts und ihrer angstvoll aufgerissenen Augen brachte India fast um. Ihre Tochter war ungemein tapfer. Freddie hatte sie mißhandelt, gefesselt und ihr einen Lappen in den Mund gestopft. Er hatte ihr nichts zu essen und zu trinken gegeben und sie ohne Kopfbedeckung in der glühenden Hitze reiten lassen. Sie hatte Todesangst und Schmerzen, und dennoch machte sie sich Sorgen um ihre Mutter.

India lächelte, so gut sie konnte – auch ihr Gesicht war von Freddies Fäusten schrecklich zugerichtet.

Freddie hatte sie bewußtlos geschlagen. Er hatte Charlotte erwischt und ihr die Spieluhr abgenommen. Als India zu sich kam, sah sie Charlotte auf dem Hengst sitzen, den Freddie immer ritt. Sie selbst saß auf der Stute, die sie zuvor gesattelt hatte. Das Tier war an Freddies Pferd gebunden, genauso wie Charlottes Pony, aber India wäre ihm gefolgt, auch wenn es nicht angebunden gewesen wäre, und das wußte Freddie. Sie hätte Charlotte nie aus dem Blick gelassen.

»Sitz aufrecht«, sagte er zu Charlotte, bevor sie losritten. »Halt dich am Sattelknauf fest. Wenn du runterfällst, lass' ich dich liegen.« Dann gab er seinem Pferd die Sporen, und sie ritten noch bei Dunkelheit die Einfahrt hinunter.

Inzwischen war es fast Mittag. India hatte versucht, sich den Weg zu merken. Sie hatten sich westlich des Mount Kenya gehalten, aber das war alles, was sie wußte. Sie war bisher noch nie so weit hinausgekommen. Sie sah nach, was er bei sich hatte, um herauszubekommen, was er vorhatte. Aber er hatte nur eine Satteltasche und eine Wasserflasche dabei, die ihr keinerlei Hinweise lieferten.

Wenn sie gekonnt hätte, hätte India Freddie umgebracht für das, was er Charlotte angetan hatte. Sie redete sich ein, daß er ihnen wahrscheinlich nur eine Lektion erteilen wollte. Um sie einzuschüchtern, damit sie nichts verrieten. An die andere Möglichkeit wagte sie nicht zu denken – daß er sie umbringen wollte. Das würde er nicht, sagte sie sich. Das konnte er nicht. Es gäbe zu viele Fragen. Einen Suchtrupp. Damit käme er nie durch.

Sie ritten weiter. India war ausgedörrt, Charlotte sicher auch. Als die Sonne fast senkrecht über ihnen stand, hielten sie bei einem Fluß an. India war sicher, daß Freddie ihnen erlauben würde abzusteigen, um zu trinken. Das tat er aber nicht. Statt dessen sprang er selbst vom Pferd, holte die Spieluhr aus seiner Satteltasche und warf sie ins Wasser. Ihr sank das Herz, als sie beobachtete, wie sie unterging. Ihr Beweismittel war vernichtet. Dann beugte er sich hinunter, schöpfte Wasser mit den Händen und trank ausgiebig. Als er seinen Durst gestillt hatte, stieg er wieder aufs Pferd und gab ihm die Sporen. India versuchte, trotz des Knebels in ihrem Mund zu schreien. Charlotte brauchte Wasser. Konnte er das denn nicht sehen?

Eine Stimme in ihr, die gleiche, die sie gehört hatte, als sie den Schmuck gefunden hatte, sagte: *Natürlich kann er das sehen. Es ist ihm egal.*

Dann begann India zu weinen. Sie konnte sich nichts mehr vormachen. Er brachte sie hier heraus, um sie zu töten. Vermutlich hatte er eine Pistole in der Satteltasche. Jetzt betete sie, daß es schnell gehen und daß er Charlotte als erste erschießen würde.

Sie ritten noch eine halbe Stunde weiter, bevor Freddie erneut haltmachte. Er stieg ab und hob Charlotte herunter. Er nahm eine Pistole aus der Satteltasche und steckte sie sich in den Gürtel. Dann ging er zu ihr hinüber und zerrte sie vom Pferd.

Ihre Hände waren noch immer gefesselt, aber sie konnte die Finger bewegen und riß sich den Knebel ab. »Freddie, bitte. Ich flehe dich an ...«

»Los, vorwärts. Diese Richtung«, sagte er und deutete auf einen Akazienbaum. Charlotte gehorchte. India nicht.

»Das kannst du nicht tun. Bitte! Kein unschuldiges Kind.«

»Vorwärts!« schrie er und richtete die Waffe auf Charlottes Kopf. Verängstigt begann Charlotte zu rennen, India lief ihr nach. Plötzlich war das Kind verschwunden. Wie vom Erdboden verschluckt.

»Charlotte? *Charlotte!*« schrie sie und rannte weiter. In letzter Sekunde sah sie es – ein schwarzes, gähnendes Loch vor ihren Füßen.

Sie schaffte es gerade noch anzuhalten. Sie sah ihre Tochter dort unten, die sich gerade wieder auf die Füße rappelte.

»Charlotte, hast du dir weh getan?«

India hörte die Antwort nicht. Sie spürte eine grobe Hand auf dem Rücken und stürzte dann selbst in die Grube. Sie drehte sich im Fallen, um Charlotte nicht zu treffen, und prallte auf die rechte Körperseite. Der Schmerz schnürte ihr die Luft ab. Sie krümmte sich, versuchte, sich auf den Rücken zu drehen, um wieder Luft zu bekommen. Sie hörte Charlotte weinen. Roch Erde und Blut. Als sie endlich wieder atmen konnte, stand sie auf und krallte die Finger in die Grubenwand.

»Das nützt nichts«, sagte Freddie. Er kniete oben am Rand und sah auf sie hinunter. »Sie ist über drei Meter tief. Du kommst nie raus. Es ist eine Tierfalle der Kikuyu. Ich hab' davon gehört, aber nie eine gesehen, bis ich vor zwei Tagen fast selbst in eine gestürzt wäre. Verdammt praktische Dinger. Die Eingeborenen benutzen sie, um Wild zu fangen. Und räuberische Löwen. Sie graben ein tiefes Loch, das sie dann mit Zweigen und Gras bedecken. Die Tiere ahnen nichts, bis es zu spät ist.«

»Freddie, tu das nicht«, flehte India.

»Ich habe es schon getan.«

»Damit kommst du nie durch.«

»Oh, das werde ich. Übermorgen reite ich zum Haus zurück. Von der Sonne verbrannt, völlig ausgedörrt. Halb wahnsinnig vor Angst und Schmerz. Ich sag' der Dienerschaft, daß wir in aller Früh hinausgeritten seien, um Löwen zu beobachten. Wir hätten zum Essen angehalten. Wir beide seien müde gewesen und kurz eingenickt. Charlotte sei weggelaufen. Jeder wird mir glauben, weil sie das schon einmal getan hat. Dann hätten wir uns getrennt, um sie zu suchen, und dabei hätten wir uns verloren. Ich hätte euch zwei Tage lang gesucht. Schließlich sei ich zurückgeritten, um Hilfe zu holen. Ich werde einen Suchtrupp zusammenstellen, aber wir werden in einer ganz anderen Richtung suchen. Ihr werdet natürlich nie mehr gefunden. Man wird annehmen, die Löwen hätten euch gefressen.«

India wandte sich von Freddie ab und sah Charlotte an. Sie war leichenblaß vor Angst und drückte Jane an sich. Sie mußte es geschafft haben, ihre Puppe in die Jacke zu stecken, bevor Freddie sie gefesselt hatte.

»Laß mich hier, Freddie, aber nimm Charlotte mit. Bitte bring sie zurück. Sie hat nichts getan. So grausam kannst du doch nicht sein. Nicht einmal du.«

Freddie schüttelte den Kopf. »Tot ist sie viel wertvoller für mich als lebendig. Sie macht mich zu einem sehr reichen Mann.«

India begriff, was er meinte. Wenn sie *und* Charlotte tot waren, würde das Vermögen der Selwyn-Jones automatisch ihm zufallen. Jetzt wußte sie, daß es keine Rettung für sie beide gab. Sie würden hier sterben. Langsam und elend zugrunde gehen.

Freddie stand auf und schickte sich zum Gehen an.

»Nein!« schrie India außer sich. »Du kannst uns nicht so sterben lassen. Gib mir die Pistole. Um Himmels willen, hab Erbarmen mit uns!«

Freddie lächelte bedauernd. »Das kann ich nicht, meine Liebe. Solltet ihr je gefunden werden, würde man auch die Pistole finden. Und sich alles zusammenreimen. Das kann ich nicht riskieren.«

Dann war er fort. Sie blieben allein zurück. Es gab nur den blauen Himmel über ihnen und die heiße, gnadenlose afrikanische Sonne.

124

Als Sid Lady Wiltons Haus erreichte, war er zwei Tage lang geritten und hatte nur angehalten, wenn die totale Finsternis ihn dazu zwang. Normalerweise hätte man für die Entfernung mindestens drei, wenn nicht vier Tage gebraucht, aber er hatte sein Pferd erbarmungslos angetrieben, um möglichst schnell von Nairobi wegzukommen.

Er war überzeugt gewesen, daß der Gefängniswärter ihn erkennen würde, aber George hatte von seiner Rennzeitung nicht einmal aufgeblickt. Gemeinsam mit Maggie war er durch die Wachstube und die Vorhalle auf die Straße hinausgegangen. Die ernsten *askaris*, die vor dem Gefängnis postiert waren und nur geradeaus starrten, nahmen keine Notiz von ihnen.

Maggie trieb ihn eilig in Richtung Norfolk-Hotel, doch statt hineinzugehen, führte sie ihn auf die Rückseite, wo Ellie, ihr Pferd, eingestellt war. Sie zog ihn in den Stall, und er mußte sich in Ellies Box verbergen.

Dann holte sie einen Strick heraus, der im Heu am Boden versteckt war. »Da«, sagte sie und reichte es ihm. »Feßle mir schnell Hände und Füße.«

»Warum?«

»Dann kann ich sagen, daß du mich überwältigt und mein Pferd genommen hast. Sonst lande ich im Gefängnis.«

Rasch schlang Sid das Seil um ihre Fesseln.

»Was ist mit meinem Bruder?«

»Er sagt das gleiche. Mit ein paar Abwandlungen. Du hast den Henkel von dem Nachttopf abgerissen, ihn auf dem Zellenboden geschärft und dann das Schloß aufgebrochen. Du hast mir den Henkel an den Hals gehalten, Seamie niedergeschlagen, ihn in die Zelle geworfen und mich gezwungen, dich hinauszubegleiten.«

»Alles, ohne daß George Gallagher etwas davon mitbekommen

hat?« fragte Sid und fesselte Maggies Gelenke. »Das ist schon ziemlich erstaunlich.«

»Die Geschichte hat ihre Mängel, aber was Besseres haben wir nicht«, antwortete sie. Sie deutete mit dem Kopf auf das Pferd. »Ellie ist schon gesattelt. In den Satteltaschen sind zwei Wasserflaschen, genügend Essen für drei Tage und zwanzig Pfund. Mein Gewehr ist im Heu versteckt, gleich neben der Tür. Ja ... dort. Du mußt jetzt los, Sid. Bevor George ein Licht aufgeht. Verlaß Kenia, so schnell du kannst. Reite in Richtung Süden zur deutschen Grenze.«

»Das kann ich nicht, Maggie«, antwortete er und hängte sich das Gewehr über die Schulter. »Ich muß nach Norden, zum Mount Kenya. Ich muß sie sehen. Sie *beide*. Ich muß es wissen.«

»Lytton läßt dich wieder einsperren. Das weißt du doch.«

»Das Risiko muß ich eingehen.«

Sie schüttelte den Kopf. »Du bist und bleibst ein Sturkopf«, seufzte sie. »Sei vorsichtig, ja?«

Er küßte sie auf die Wange. »Danke, Maggie, für alles.«

Sie machte eine wegwerfende Bewegung mit ihren gefesselten Händen. »Vergiß den Knebel nicht. Nimm mein Taschentuch aus meiner Tasche.«

Er war auf Seitenwegen aus Nairobi hinausgeritten, und nur eine Viertelstunde später befand er sich auf dem Weg nach Norden in Richtung der Ebenen. Als es dunkel wurde, hatte er Thika erreicht, ritt daran vorbei und machte nicht halt, bevor es weit hinter ihm lag, denn dort war sein Gesicht nur allzugut bekannt.

Als er bei Lady Wiltons Haus ankam, war er darauf gefaßt, daß es gefährlich werden könnte. Er rechnete mit Streit und Drohungen und selbst damit, daß Freddie ihn von der Dienerschaft überwältigen lassen und sogar auf ihn schießen könnte.

Doch nichts von dem geschah. Weder India, Freddie noch Charlotte waren da, nur ein halbes Dutzend aufgeregter Bediensteter, die ihn umringten und ihn besorgt nach der Familie fragten.

Der Älteste unter ihnen, ein Mann namens Joseph, teilte ihm mit, er habe früh am Morgen einen Zettel auf dem Küchentisch gefunden. Den habe der Bwana geschrieben, und darauf stand, daß sie früh ausreiten würden, weil die Missy Löwen sehen wolle. Sie würden in den Hügeln ein Picknick machen und zum Tee wieder nach Hause kommen. Aber das waren sie nicht. Der Bwana wünsche seinen Tee um

Punkt vier, sagte Joseph. Jetzt war es fast sieben, aber immer noch kein Zeichen von ihnen. Das sei höchst ungewöhnlich. Es sei etwas passiert, dessen sei er sich sicher, das spüre er.

Sid spürte das auch. Es war sein sechster Sinn, der ihm in seinen Londoner Tagen stets gesagt hatte, ob ein Job gutgehen würde oder nicht.

»Welche Richtung haben sie eingeschlagen?« fragte er Joseph und suchte bereits den Horizont ab.

»Auf dem Zettel steht, sie würden zu den Hügeln reiten. Das heißt nach Norden. Aber die Köchin war früh auf, weil ihr Baby nicht schlafen konnte, und sie hat sie von ihrem Haus aus gesehen. Sie seien nach Westen geritten, sagt sie, in Richtung der Ebene. Die Tochter habe bei ihrem Vater auf dem Pferd gesessen.«

»Warum?« fragte Sid, dem das seltsam vorkam. »Hat sie kein eigenes Pferd?«

Joseph zuckte die Achseln. »Das Pony ist fort, aber sie hat es nicht geritten. Wenn ich sie gesehen hätte, hätte ich sie aufgehalten. Das ist kein Ort für eine Frau und ein Kind. In den Hügeln gibt es schon viele Löwen, aber in der Ebene wimmelt es nur so davon.«

»Um wieviel Uhr sind sie aufgebrochen?«

Joseph fragte die Köchin auf Kisuaheli. »Sie sagt, um halb vier.«

Sid fluchte. Jetzt war fast sieben Uhr abends. Die Spur war beinahe sechzehn Stunden alt. »Können Sie mir ein frisches Pferd geben?« fragte er. »Ich reite ihnen nach.«

»Nein, Bwana. Nicht um diese Zeit. Das ist zu gefährlich. Warten Sie bis zum Morgen.«

»Mir passiert schon nichts. Aber ihnen vielleicht.«

Joseph ließ ein Pferd bringen. Er füllte auch seine Wasserflaschen auf und gab ihm Essen mit. Sid steckte den Proviant in seine Satteltasche und dankte ihm. Dann ritt er los, den Blick auf eine Spur aus flachgetretenem Gras gerichtet, die er vor sich sah. Sie bog nach Westen ab, genau wie die Köchin gesagt hatte.

»Was hast du getan, Freddie?« fragte er laut. »Was zum Teufel hast du getan?«

◈ 125 ◈

$\mathcal{I}$ndia hielt Charlotte fest an sich gedrückt. Sie spürte, wie ihr kleiner Körper zitterte. Drei Löwinnen umkreisten die Grube. Eine streckte eine Pfote hinein, kam aus dem Gleichgewicht und schaffte es gerade noch, sich oben zu halten. Eine andere fauchte unablässig, weil ihre Beute so nah, aber dennoch unerreichbar war. Eine dritte, die ängstlichste, lag starr wie eine Statue da, ihre Augen glitzerten, und aus ihrem Maul hing ein Speichelfaden.

»Werden sie herunterspringen, Mami?« flüsterte Charlotte.

»Nein, Liebling. Dafür haben sie zu große Angst. Sie wissen, daß sie nicht mehr rauskommen, wenn sie das tun.«

India hoffte, daß sie recht hatte. Sie hatte keine Ahnung, wozu Löwen in der Lage waren. Wenn sie nun wirklich heruntersprangen? Charlotte und sie wären ihnen hilflos ausgeliefert. Es wäre ein schrecklicher Tod und doch vielleicht ein gnädiger. Sie saßen jetzt seit neun Stunden in der Grube, und wurden gequält von Hunger und Durst.

India war Ärztin und wußte, wie der Hungertod aussah. Der Körper verlor Fett und Muskelgewebe, während er von sich selbst zehrte. Die Haut wurde blaß und trocken. Eine große Müdigkeit setzte ein, dann schwollen die Glieder an, und es kam zum Herzversagen. Sie wußte auch, daß sie nicht an Hunger, sondern an Dehydrierung sterben würden. Als Studentin hatte sie von Fällen gelesen, wo jemand fünf, sogar sechs Tage ohne Wasser ausgekommen war, aber üblicherweise nicht länger als drei. Bei heißem Wetter zwei.

Es war ein schlimmer Tod. Der Mund und die Lippen trockneten aus. Die Zunge schwoll an und platzte. Die Augen sanken ein, die Wangenknochen traten scharf hervor. Die Blase brannte aus Mangel an Urin. Das Herz raste. Der Atem wurde hechelnd. Die Opfer litten an hämmerndem Kopfschmerz, Übelkeit, Schwindel und Delirium. Aber das Schlimmste war der Durst. Er peinigte die Menschen, trieb sie zum Wahnsinn.

India wünschte sich jetzt nur noch eines: die Stärke, um Charlotte zu überleben. Sie sollte zuerst sterben, damit sie nicht mitansehen mußte, wie ihre Mutter starb, und während ihrer letzten Stunden allein war.

Eine der Löwinnen brüllte wieder. India scharrte eine Handvoll Erde zusammen und warf sie nach ihr. Sie verfehlte das Tier. Es fauchte. »Geh weg«, rief India und schleuderte mehr Erde auf die Löwin. »Geh weg«, schluchzte sie und warf weiter, bis sie anfing zu keuchen. Bis Charlotte die Arme um ihre Taille schlang, den Kopf an sie drückte und sagte: »Hör auf, Mami, hör auf. Sie sind weg.«

India sank zu Boden, lehnte den Kopf an die Wand und zog Charlotte an sich.

»Es wird alles gut, Mami.«

»Wirklich, mein Schatz?« murmelte India und küßte sie aufs Haar.

»Ja, Mami. Schau.« Sie griff in die Rocktasche und zog Juwelen heraus, einen ganzen Schatz aus Diamanten, Edelsteinen und Gold.

»Das ist der Schmuck«, sagte sie und breitete die Stücke auf ihrem Rock aus.

»Mein Gott, Charlotte. Wie bist du daran gekommen?«

»Ich hab' sie aus der Spieluhr genommen, als ich in Vaters Arbeitszimmer war«, antwortete Charlotte und drehte den Libellenkamm in den Händen. »Bevor er mich bemerkt hat. Ich hab' sie genommen, damit wir sie der Polizei in Nairobi geben können. Wie du gesagt hast. Sobald wir hier herauskommen, bringen wir sie den Polizisten und sagen ihnen, was für ein schlechter Mensch Vater ist.« Nach einer Weile fügte sie hinzu: »Er wird kommen, Mami.«

»Wer wird kommen?« fragte India matt.

»Mr. Baxter. Er wird uns holen. Er hat mich gefunden, als es sonst niemand konnte. Er findet mich wieder. Bestimmt.«

»Ja, Liebling«, log India, weil sie wußte, daß das Ende vielleicht leichter für sie war, wenn sie noch einen Funken Hoffnung hatte, an den sie sich klammern konnte.

Sie dachte ebenfalls an Sid. Er war inzwischen sicher auf dem Weg nach London. Sie war froh, daß sie ihm nicht die Wahrheit über Charlotte erzählt hatte. Zumindest müßte er nicht erfahren, daß es sein Kind war, das in den Savannen von Kenia gestorben war. Wenn er lange genug lebte, um überhaupt davon zu erfahren.

India schloß die Augen. Ein leises Knurren ertönte. Es war eine der

Löwinnen. Sie war wieder zurück. India sah ihren Kopf, der sich vor dem Nachthimmel abzeichnete. Ihre Reißzähne schimmerten weiß im Mondlicht.

»Geh weg!« rief Charlotte, genau wie ihre Mutter kurz zuvor. »Geh weg!«

Sie stand auf und warf den Libellenkamm nach ihr. Wie durch ein Wunder traf sie das Tier. Die Zähne des Kamms mußten eine empfindliche Stelle am Kopf der Löwin getroffen haben, denn sie fauchte und rannte weg.

»Guter Wurf«, sagte India und rang sich ein Lächeln ab.

Charlotte setzte sich wieder und schmiegte sich an sie. Es war kalt am Boden der Grube. Und feucht.

India schloß ein paar Sekunden lang die Augen, nur um sich auszuruhen, aber sie war so erschöpft, daß sie in Schlaf fiel. Sie sah Charlotte nicht, die zu den Sternen hinaufblickte. Sie hörte nicht, wie sie flüsterte:

»Er wird kommen, Mami, du wirst sehen. Er kommt. Ganz bestimmt.«

*S*eamie hatte Blumen kaufen wollen, aber es gab keinen Blumenhändler in Nairobi. Dann eben Schokolade, dachte er, aber die gab's auch nicht. Die Victoria Street in Nairobi war eben nicht die Bond Street in London. Schließlich fand er ein Geschäft, das Safariausrüstungen anbot, und erstand ein neues Klappmesser und eine Wasserflasche. Zufrieden mit seiner Wahl, verließ er den Laden, weil er wußte, daß Willa dies lieber war als Blumen und Süßigkeiten.

Mit seinen Geschenken ging er die Victoria Street hinunter in Richtung Klinik. Er wollte Dr. Ribeiro fragen, ob er Willa ins Norfolk-Hotel zum Lunch mitnehmen durfte. Er kannte sie und wußte, wie schrecklich langweilig es ihr in der Klinik war. Er hatte vor, einen Eselwagen zu mieten und ihr ein bißchen die Stadt zu zeigen. Sie ein wenig abzulenken. Auch er freute sich auf ein geruhsames Mahl. Er brauchte unbedingt etwas Ruhe, um sich von den Aufregungen der letzten Woche zu erholen.

Es war zwei Tage her, daß er Willa das letzte Mal besucht hatte, und eine Zeitlang sah es aus, als würde es noch eine ganze Weile länger dauern, bis er sie wiedersehen konnte. Alle – angefangen von George Gallagher, dem Gefängniswärter, über Ewart Grogan, den Richter, bis hin zum Gouverneur – hatten seiner und Maggies Geschichte stark mißtraut. Man beschuldigte sie, Sid zur Flucht verholfen zu haben, und sperrte sie selbst eine Nacht lang ein. Seamies Ähnlichkeit mit Sid Baxter fiel auf, und er wurde deswegen in die Mangel genommen. Er beharrte darauf, kein Verwandter von Sid zu sein, und zeigte seine Papiere, die ihn als Seamus Finnegan auswiesen, gab jedoch zu, daß er und Sid in London befreundet gewesen waren. Er sagte, er habe in der Zeitung von seiner Verhaftung gelesen und sich Sorgen um seinen Freund gemacht. Deshalb habe er ihn besucht, um ihm Mut zu machen, was ihm aber übel vergolten worden sei.

Die Polizei wollte ihm seine – und Maggies – Geschichte nicht glauben, doch da sie keine Beweise für ihren Verdacht hatte, mußte sie die beiden wieder freilassen. Das hatte bis in den Abend gedauert. Seamie hatte Willa noch besuchen wollen, aber die Klinik war schon geschlossen, und er hatte den Arzt nicht finden können. Statt dessen war er mit Maggie ins Norfolk gegangen – nicht in den Speiseraum, sondern direkt an die Bar. Nie in seinem Leben hatte er so dringend einen Whisky gebraucht. Das Bedürfnis wurde um so stärker, als Maggie ihm sagte, wohin Sid gegangen war.

»Er bringt sich geradewegs wieder in den Knast zurück«, hatte Seamie gesagt.

»Wenn das passiert, kann er selbst sehen, wie er da wieder rauskommt. Ich bin zu alt, um noch mal einen Ausbruch zu organisieren.«

Sie hatten gemeinsam eine Flasche geleert und waren völlig erschöpft in ihre Zimmer getaumelt. Am nächsten Morgen beim Frühstück hatte er sich von Maggie verabschiedet. Sie müsse wieder auf ihre Farm zurück und sich um ihren Kaffee kümmern, hatte sie gesagt. Aber sie lud ihn ein, sie in Thika zu besuchen. Das versprach er ihr. Willa würde sie mögen, dachte er. Wenn sie ein bißchen kräftiger war, könnten sie die kleine Reise machen.

Jetzt ging er die Stufen zur Klinik hinauf. Als er die Tür öffnete, entdeckte er zu seiner Überraschung, daß Willas Bett leer war. Verwirrt trat er darauf zu. Auch der Nachttisch daneben, auf dem sonst immer Zeitungen, Kekspackungen und ein Glas Wasser standen, war leer. Ihre Stiefel waren weg und die Kleider, die er ihr gekauft hatte. Hatte man sie an einen anderen Ort verlegt?

»Mr. Finnegan?«

Er drehte sich um. Es war Dr. Ribeiro.

»Miss Alden hat sich selbst entlassen. Trotz meiner heftigen Bedenken, wie ich hinzufügen darf.«

»*Entlassen?* Wo ist sie? Im Norfolk?« Wie konnte er sie verpaßt haben?

»Das glaube ich nicht. Mein Assistent hat ihr geholfen, zum Bahnhof zu gehen.«

»Aber das gibt's doch nicht. Ich verstehe das nicht.«

»Vielleicht ist hier die Erklärung«, sagte der Arzt und reichte ihm einen Umschlag. »Den hat sie für Sie zurückgelassen. Wenn Sie mich jetzt entschuldigen wollen, ich muß mich um einen Patienten kümmern.«

Seamie setzte sich auf Willas Bett und öffnete den Umschlag. Er enthielt einen Brief mit dem gestrigen Datum.

Liebster Seamie,
wenn Du das liest, bin ich bereits fort. Ich nehme den Zug nach Mombasa und von dort das erste Schiff zurück. Es tut mir leid, mich auf diese Weise von Dir zu verabschieden, aber ich weiß nicht, was ich sonst tun soll. Ich kann Dich nicht mehr wiedersehen, es tut zu sehr weh.
Du hast mir das Leben gerettet und dabei fast Dein eigenes verloren, und ich sollte Dir dankbar sein, aber das bin ich nicht. Ich bin wütend und verzweifelt. Morgens wache ich verzweifelt auf und schlafe abends genauso ein. Wo soll ich hingehen? Wie leben? Ich weiß nicht, wie ich die nächsten zehn Minuten überstehen soll, ganz zu schweigen vom Rest meines Lebens. Es gibt keine Hügel und keine Berge mehr für mich, auf die ich steigen kann, keine Träume mehr. Für mich wäre es besser gewesen, auf dem Kilimandscharo zu sterben, als so zu leben.
Ich gehe weg aus Afrika. Wohin, weiß ich noch nicht. Irgendwohin, wo ich mir überlegen kann, wie ich das, was mir von meinem Leben noch übriggeblieben ist, verbringen werde.
Ich liebe Dich, Seamie, und gleichzeitig hasse ich Dich. Bitte versuch nicht, mich zu finden. Vergiß, was am Mawensi zwischen uns passiert ist. Finde jemand anderen und werde glücklich.
Es tut mir leid, unendlich leid.

Willa

Seamie legte den Brief weg. Er wollte ihr nachlaufen. Den Zug nach Mombasa nehmen und sie finden. Vielleicht war es noch nicht zu spät. Vielleicht war sie noch dort. Vielleicht konnte er sie finden. Mit ihr sprechen.

Aber dann fielen ihm die Zeilen des Briefs wieder ein – *Ich kann Dich nicht mehr wiedersehen, es tut zu sehr weh, ich liebe Dich, ich hasse Dich* –, und er wußte, daß sie ihn nie mehr ohne Zorn, ohne Schmerz würde ansehen können. Er wäre immer nur derjenige, der sie daran erinnerte, was sie gehabt und was sie verloren hatte. Der wollte er nicht sein. Nicht für sie.

Er spürte eine Hand auf seiner Schulter. »Mr. Finnegan, alles in Ordnung?« Es war der Arzt.

»Ja. Danke«, antwortete er ruhig. Er gab ihm sein Paket. »Vielleicht hat einer Ihrer Patienten Verwendung dafür.«

Dann ging er mit gebrochenem Herzen auf die sonnigen Straßen von Nairobi hinaus. Überall herrschte geschäftiges Treiben. Männer riefen. Kinder spielten. Frauen eilten in Geschäfte.

Seamie nahm nichts davon wahr. Er sah nur Willa vor sich. Wie erschöpft und gleichzeitig triumphierend sie auf dem Mawensi ausgesehen hatte. Er spürte ihre Lippen auf seinen. Er hörte sie sagen, daß sie ihn liebe.

Mir tut es auch leid, Willa, dachte er. Mehr, als du dir vorstellen kannst. Aber was hätte ich tun sollen? Sag mir, was? Sollte ich zusehen, wie du stirbst? Ich liebe dich doch, um Himmels willen. Ich liebe dich.

*E*s war pechschwarze Nacht in der afrikanischen Savanne, und Freddie Lytton hatte das Gefühl, seine Zukunft habe nie strahlender ausgesehen. Sie war so strahlend wie die Sterne, die am Nachthimmel blitzten. So strahlend wie die hellen Flammen, die in seinem Lagerfeuer züngelten.

Er hob seinen Flachmann an den Mund und trank. Ihm war ein bißchen schwindlig vor Erschöpfung, und der Whisky hatte ihn ein wenig beschwipst. Es war ein langer Tag gewesen. Er war zu lange geritten, hatte sich zu lange der Sonne ausgesetzt. Seine Haut war rot, und an manchen Stellen hatten sich sogar Blasen gebildet. Aber er hatte sich mit Absicht verbrennen lassen, weil das seine Geschichte glaubhafter machen würde. Weil es dann so aussähe, als hätte er sich, wie wahnsinnig vor Sorge um seine Familie, nicht mehr um sein eigenes Wohlergehen gekümmert.

Er drückte mit dem Finger auf die versengte Haut an seinem Unterarm und zuckte zusammen. Nun, das würde sich bald genug bezahlt machen. Schon jetzt war er befreit. Von India. Von ihrem Bastard. Bald würde er reich sein. Reicher, als er es sich in seinen kühnsten Träumen ausgemalt hatte. Alles, was Indias Eltern ihr hinterlassen hatten – die Häuser, das Geld, sogar Charlottes Geld –, würde direkt ihm zufallen. Es hatte Jahre gedauert, um das zu erreichen, aber schließlich hatte er es geschafft.

Wenn er wieder in London wäre – nach der gerichtlichen Untersuchung, der Beisetzung, nachdem er die ganze Posse überstanden hatte –, wäre er frei, sich wieder zu verheiraten. Sich eine Frau auszusuchen, die ihm gefiel. Er würde natürlich warten, bis die Trauerzeit verstrichen war. Und dann würde er eine umwerfende Schönheit heiraten, ein bezauberndes Wesen aus der gehobenen Gesellschaft mit makellosem Stammbaum. Eine Frau, die reizend aussehen würde an seinem Arm, wenn sie zu Diners und Partys gingen. Sie würde ihm

Söhne gebären. Erben. *Seine* Erben. Nichts würde ihn jetzt mehr aufhalten. Gar nichts. Sein neuer Reichtum, seine neue Frau und die Lorbeeren, die er bald für seine meisterliche Lösung der afrikanischen Frage einheimsen würde, würden ihn dorthin bringen, wo er schon immer hinwollte: in die Downing Street.

»Endlich«, sagte er laut, und seine Stimme war heiser von den Anstrengungen und vom Whisky. »Endlich.«

Wie als Antwort rief eine andere Stimme aus der Nacht. Sie sprach jedoch nicht, sondern klang wie ein Wehklagen.

Freddies Kopf fuhr hoch. Einen Moment lang saß er wie erstarrt da und war sich sicher, er habe India oder Charlotte gehört, die immer noch schrien. Immer noch schluchzten. Genau so, wie sie es getan hatten, als er weggeritten war und sie in der Grube zurückgelassen hatte. Zum Sterben.

Er wußte, wie absurd das war. Es war nur eine Wahnvorstellung, die von seiner Erschöpfung herrührte. Inzwischen war er meilenweit von der Grube entfernt, und dieser Laut konnte nur der schrille, hohe Schrei einer Hyäne sein. Diese Tiere hatte er schon mehrmals gehört, als er mit Delamere und Hayes Sadler auf Safari war. Man hatte ihm gesagt, sie fürchteten sich vor Menschen und vor Feuer. Sie würden immer um ein Lager herumstreichen, sich aber nie ganz zeigen und beim ersten lauten Geräusch oder einer schnellen Bewegung Reißaus nehmen.

»Unheimlich, diese Schreie, nicht wahr?« hatte Delamere gesagt. »Für mich hören sie sich an wie Tote, die zurückgekommen sind, um uns zu verfolgen. Ich verabscheue sie.«

Freddie ging es genauso.

Als er in die Dunkelheit sah, starrte ein Paar grünglänzender Augen zu ihm zurück. Dann kam ein weiteres Paar hinzu und dann noch zwei. Er hörte die Pferde wiehern und am Boden scharren. Sie waren in der Nähe angebunden. Er klatschte in die Hände, um die Hyänen zu vertreiben. Zwei der Tiere rannten davon. Zwei blieben.

»Haut ab!« schrie er sie an, aber sie rührten sich nicht. Eine blinzelte, die andere stieß ein gräßliches Lachen aus.

»Dreckige Mistköter«, murmelte er.

Für den Bruchteil einer Sekunde glaubte er, Indias Augen zu sehen. Und Charlottes.

»Zur Hölle mit euch!« schrie er in die Dunkelheit hinaus.

Er hörte Getrappel, meckerndes Lachen, dann war alles wieder still.

Mit zitternder Hand fuhr er sich übers Gesicht. »Reiß dich zusammen, Freddie«, ermahnte er sich. »Du warst zu lange im Busch.«

Er versuchte, nicht mehr an die Ereignisse des Tages zu denken. Er versuchte, sich sein Leben in London vorzustellen. Im Reform-Club. In Westminster. In Ascot. Aber er sah nur immer wieder India. Nicht wie sie aussah, als er sie zum Sterben zurückgelassen hatte, sondern als Kind. In Blackwood. Als sie die Striemen auf seinem Körper gesehen und um ihn geweint hatte. Sie hatte ihn einmal geliebt. Und er hatte sie umgebracht, sie und ihr Kind.

Er hatte ein Kind ermordet. Ein unschuldiges Kind.

Hugh Mullis war ihm in die Quere gekommen, genau wie Wish. Gemma Dean hatte seine Pläne vereitelt. Und India, das Miststück, wollte mit der Spieluhr zur Polizei gehen. Sie hatte verdient, was sie bekam. Die anderen auch. Aber Charlotte nicht.

Ein Bild des Mädchens tauchte jetzt vor ihm auf. Sie lag am Boden der Grube. Geier saßen auf ihr und nagten ihre Knochen ab. Ihre grauen Augen – Indias Augen – waren schwarz und blicklos.

»Aufhören! Aufhören!« schrie er und sprang auf.

Nervöses Bellen und heiseres Lachen schallten zu ihm zurück. Er nahm nichts davon wahr. Er war zu beschäftigt, sich einzureden, was getan sei, sei getan. Sie waren inzwischen tot. Er würde es nie wieder tun. Müßte es nie wieder tun. Mit zitternder Hand hob er die Flasche an den Mund und kippte den restlichen Whisky.

Als er sie absetzte, sah er das Gesicht seines Ahnen vor sich. Richard Lytton. »Du willst König werden?« fragte der Rote Earl. »Dann reiß dir zuerst dein eigenes Herz raus.«

»Ich dachte, das hätte ich getan«, flüsterte er. »Vor langem. Vor Jahren. Ich dachte, es sei weg, es sei nichts mehr davon übrig.«

Wieder hörte er Lachen. Das des Earls? Der Hyänen? Sein eigenes? Er wußte es nicht. Er holte tief Luft und versuchte, sich zu beruhigen. Dieser Wahnsinn, dieser Nervenanfall mußte aufhören. Er war nur müde, das war alles. Und hungrig. Er hatte seit Stunden nichts mehr gegessen. Er beschloß, etwas zu sich zu nehmen. Zu schlafen. Morgen früh würde alles ganz anders aussehen.

Früher am Abend hatte er Zweige gesammelt, die von einem Flamboyantbaum in der Nähe gefallen waren. Die legte er jetzt aufs Feuer.

Das Licht gab ihm neuen Mut. Er setzte sich wieder, kramte in seiner Satteltasche, die neben ihm lag, und nahm ein Stück Hartkäse, ein Stück Ingwerbrot und eine Handvoll getrocknete Feigen heraus. Als er mit einem Klappmesser ein Stück Käse abschnitt, glitt es ab, und er schnitt sich in den Finger.

»Verdammt«, sagte er und sog an der Wunde.

Der Schmerz ließ ihn ein bißchen nüchterner werden. Er mußte die Wunde verbinden. Versäumte man an einem Ort wie Afrika, eine Wunde zu versorgen, kam als nächstes garantiert irgendein Buschdoktor und schnitt einem den Arm ab.

Er griff erneut in seine Satteltasche, zog eine kleine Flasche Karbol heraus und goß sich die Flüssigkeit über den Finger. Währenddessen setzte wieder das Bellen und Lachen der Hyänen ein.

Plötzlich erinnerte er sich an etwas, was Delamere ihm gesagt hatte: daß Hyänen aus großer Entfernung Blut riechen können. Mit einem Blick versicherte er sich, daß sein Gewehr in der Nähe war. Nur für den Fall. Dann verschloß er die Flasche mit dem Karbol und band sich ein sauberes Taschentuch um den Finger.

Die Geräusche aus dem Busch wurden lauter. Aufgeregter.

Beklommen steckte Freddie die Flasche in die Satteltasche zurück. Doch gerade, als er nach seinem Gewehr greifen wollte, schoß aus der Dunkelheit etwas auf ihn zu, warf sich auf ihn, knurrte, schnappte und stieß ihn auf den Rücken. Freddie roch den üblen Gestank der Kreatur und spürte ihren feuchten, fauligen Atem im Gesicht, als er sie mit den Fäusten und Fußtritten abzuwehren versuchte.

Er spürte, daß sein Stiefel auf etwas Hartes traf – der Schenkel des Tiers, dachte er. Er hörte schrille Schreie und Jaulen, und dann war es fort. Keuchend und zitternd rollte er auf die Seite und griff nach seinem Gewehr. Aber es war zu spät. Das Rudel war schon auf ihm. Er rollte sich zusammen, versuchte, sich zu schützen, aber es half nichts. Zähne schlugen in seinen Rücken und seine Schulter. Er schrie und strampelte mit den Füßen. Er spürte noch mehr Zähne. An seinem Fußgelenk. An der Hüfte. Reißzähne blitzten vor ihm auf und packten ihn am Hals.

Sein Blut floß in das braune Gras, tropfte auf die dunkle, rote Erde. Auf ihre Art hatte die Natur Erbarmen. Die scharfen Zähne verrichteten ihre Arbeit schnell. Aber Freddie war noch am Leben, noch bei Bewußtsein, als eine große Hyäne, ein Weibchen, das es nicht schaffte, die anderen von seinem Hals und seinem Bauch abzudrängen, vor Wut laut aufheulte und seine Brust aufriß, mit ihren mächtigen Kiefern die Knochen sprengte und mit ihren langen, tödlichen Klauen sein Fleisch zerriß.

Er konnte nur noch zucken und stumme Schreie ausstoßen, als die Bestie den blutigen Kopf hob und dann wieder auf ihn herabstieß. Immer wieder, bis sie endlich satt war.

Bis sie sein Herz herausgerissen hatte.

❧ 128 ☙

id stieß mit dem Fuß die letzte Glut seines Lagerfeuers in den Fluß. Seinen Schlafsack hatte er bereits hinter dem Sattel befestigt und sein Frühstück hastig hinuntergeschlungen. Es war noch nicht ganz hell, aber er wollte weiterkommen. Er mußte India und Charlotte finden. Zwei volle Tage waren vergangen, seitdem er von Lady Wiltons Haus losgeritten war, jetzt brach der Morgen des dritten an.

Er hatte ihre Spur bis zu diesem Fluß verfolgt, dann hatte sie sich verloren. Vielleicht hatte es inzwischen geregnet oder starken Wind gegeben. Was auch immer dafür verantwortlich war, er konnte die Spur der drei Reiter im Gras nicht mehr erkennen.

Dennoch gab er nicht auf. Sie waren bis jetzt immer nach Westen geritten, und er hätte gewettet, daß sie sich auch weiterhin auf dieser Route gehalten hatten. Als er vom Fluß wegritt, prägte er sich die Landschaftsmerkmale ein – einen großen Felsblock, eine Baumgruppe, die Flußschleife –, falls er auf diesem Weg zurückkommen sollte.

Den ganzen Morgen suchte er vergeblich, ritt im Zickzackkurs das weite Gelände ab und hielt verzweifelt nach einem Hufabdruck, einem abgebrochenen Zweig oder sonsteinem Hinweis Ausschau. Kurz vor Mittag entdeckte er etwas. Er stieg auf einen Hügel und sah Bewegung im Gras. Vor Angst krampfte sich sein Magen zusammen. Noch bevor er das Fernglas an die Augen hob, sah er es – Geier, mindestens zwanzig davon, deren Gefieder vom rotem Staub gefärbt war. Sie hielten ein Festmahl in der Sonne.

Er gab seinem Pferd die Sporen und begann zu beten, wie er es seit seiner Kindheit nicht mehr getan hatte. Er betete um die Kraft, den Anblick ertragen zu können, der sich ihm bieten würde.

Als erstes hörte er die Fliegen. Ihr Summen wurde lauter, je näher er kam. Dann schlug ihm der Gestank entgegen – Blut, Innereien, faulendes Fleisch. Die Geier krächzten und schlugen aufgebracht mit den Flügeln, als er heranritt. Dann sah er ihre Beute – ein schwarzes Pony. Er sah die Bißspuren an seinem Hals. Sie waren kleiner als die eines Löwen. Hyänen, dachte er, und die Angst ließ ihm das Blut in den Adern gefrieren.

»Charlotte!« rief er.

Er sprang vom Pferd, raste durch das blutige Gras und wußte, was er als nächstes zu sehen bekäme – ihren kleinen, zarten Körper, blutüberströmt, zerrissen.

Doch es war nicht Charlottes Leiche, die er fand, sondern Freddies. Die Geier hatten sein Gesicht nicht vollständig abgenagt. Ein Auge starrte blind zum Himmel.

Sid legte die Hände an den Mund, drehte sich im Kreis und schrie: »India! Charlotte!« Er bekam keine Antwort. Er schrie erneut und immer wieder, doch niemand reagierte.

Dann stieg er wieder aufs Pferd und ritt in immer größer werdenden Bögen die Gegend ab, suchte im Gras nach Blutspuren oder sonst einem Hinweis.

Wo waren sie? Sie konnten doch nicht einfach verschwunden sein. Es gab immer Spuren – plattgedrücktes Gras, Blutflecke, Kleidungsfetzen. Wie konnte er *gar nichts* finden?

»Wo sind sie, Lytton?« brüllte er, dem Wahnsinn nahe. »Du Dreckschwein! Wo zum Teufel sind sie?«

Schließlich stieß er auf ein zweites Pferd, ebenfalls tot, zwanzig Meter von dem Pony entfernt, und dann entdeckte er ein drittes – es lebte und stand in hohem Gebüsch auf der Spitze eines Hügels, etwa hundert Meter entfernt. Er brauchte fast eine Stunde, um das verängstigte Tier anzulocken, was ihm schließlich mit beruhigenden Worten und Hafer gelang. Er machte die Zügel am Sattel seines eigenen Pferdes fest. Wieder suchte er die Gegend ab, und wieder fand er nichts.

»Wo seid ihr?« rief er mit wachsender Verzweiflung.

Und dann sah er es – Gras, das von Reitern geknickt und plattgedrückt war. Er folgte der Spur, ritt Stunde um Stunde, rief immer wieder ihre Namen, hielt nach weiteren Hinweisen Ausschau, aber kurz vor Mittag verlor sich die Spur, und er hatte immer noch nichts gefunden.

Als er sich umblickte, sah er etwa eine halbe Meile entfernt einen Hügel. Er ritt hinauf und nahm das Fernglas, um festzustellen, ob er irgendeine Bewegung entdeckte. Tiere. Das Weiß einer Bluse. Charlottes blondes Haar, *irgend etwas*. Er ließ sich Zeit, um jeden Meter der Landschaft genau zu betrachten.

Aber er sah nur Hügel, Buschwerk und Gras. Er drehte sich langsam im Kreis und hatte schon fast die ganze Gegend abgesucht, als er etwas blitzen sah. Er kniff die Augen zusammen, um nicht geblendet zu werden. Ein Wasserloch, dachte er, das die Sonnenstrahlen reflektierte. Er wandte sich ab, aber irgend etwas zog seinen Blick wieder auf das Blitzen etwa eine Meile östlich von seinem Standort zurück.

»Wenn das ein Wasserloch ist, ist es das kleinste in ganz Afrika«, sagte er sich. Es befand sich kein Sumpf darum. Keine Abdrücke von Klauen und Hufen in der Erde. Aber ganz in der Nähe war etwas ... das wie ein Schatten im Gras aussah. Ein großer, kreisrunder Schatten. Doch es gab nichts, was einen Schatten hätte werfen können.

»Gütiger Himmel, eine Tierfalle«, sagte er. »Sie sind in eine Tierfalle gestürzt.«

Sekunden später raste er den Hügel hinunter darauf zu. Gnadenlos gab er seinem Pferd die Sporen und trieb es an, schneller zu laufen.

»Bitte, bitte, laß sie am Leben sein«, flehte er.

Ein paar Meter vor der Falle zügelte er sein Pferd, sprang ab, noch bevor es angehalten hatte, und eilte zum Rand der Grube.

»India!« rief er. »Charlotte! Seid ihr dort unten?«

Er sah zwei Körper am Boden der Grube, den einer Frau und den eines Mädchens. Die Frau lag bewegungslos da. Das Mädchen saß aufrecht, den Kopf der Frau in seinen Schoß gebettet.

»India ... o Gott, nein. Charlotte! Charlotte, kannst du mich hören?«

Das kleine Mädchen hob ihr schmutziges, tränenüberströmtes Gesicht. »Mr. Baxter«, antwortete sie schwach und blinzelte in die Sonne. Dann berührte sie vorsichtig die Wange ihrer Mutter. »Mami, wach auf. Es ist Mr. Baxter. Er holt uns. Ich hab's ja gewußt. Mami, bitte, wach auf.«

✧ 129 ✧

*I*ndia war gestorben.

Sie wußte, daß sie tot war. Der Durst hatte sie in den Wahnsinn getrieben, und dann hatte er sie getötet. Sie hatte gekämpft, um Charlottes wegen am Leben zu bleiben, aber sie hatte den Kampf verloren.

Wish war jetzt bei ihr. Stumm drückte er ihre Hand. Hugh war auch hier. Er legte ihr die beiden Libellenkämme in die Hand und schloß ihre Finger darum. Er sagte ihr, daß er sie liebe, aber das täten auch andere, und sie müsse bei ihnen bleiben.

»Mach die Augen auf, India«, sagte er.

Sie versuchte es, aber es ging nicht. Ihre Lider waren so schwer. Ihr Körper so müde. Sie spürte, daß ihr Herz nur mühsam schlug. Ihre Lungen rangen nach Luft.

»India, bitte mach die Augen auf.«

Es war eine andere Stimme, die jetzt zu ihr sprach. Nicht die von Hugh. Wieder versuchte sie zu tun, was die Stimme verlangte. Diesmal gelang es ihr. Sie wußte nicht, wo sie war, aber sie konnte Flammen sehen, die die Dunkelheit erhellten. Sie sah ihr Flackern, spürte ihre Wärme. Ich bin in der Hölle, dachte sie. Nein, das kann nicht sein. Dort war ich schon. Die Hölle ist die Grube, in der ich gestorben bin. Mit Charlotte.

Charlotte.

Beim Gedanken an ihr Kind spürte sie Blut durch ihre Adern rauschen. Wo ist sie? Wo ist meine Tochter? fragte sie sich verzweifelt. Sie schluckte und versuchte zu sprechen, aber ihre Zunge fühlte sich dick an, ihr Hals rauh.

»Charlotte ...«, keuchte sie und bemühte sich, sich aufzusetzen. Ein brennender Schmerz schoß durch ihren Kopf. Von Schwindel und Übelkeit gepackt, sank sie wieder zurück. »Charlotte, antworte mir«, flüsterte sie. »Bitte, antworte mir.«

Sie spürte eine Hand auf der Stirn, hörte eine Stimme. »Scht, India. Charlotte geht's gut. Sie ist hier. Sie schläft.«

Plötzlich erkannte India die Stimme. »Sid ... bist du das?« Sie konnte ihn kaum sehen. Ihre Augen funktionierten nicht richtig.

»Ja, ich bin's«, antwortete er. Sie spürte seine Hände. Vorsichtig richtete er sie auf und hielt eine Wasserflasche an ihre Lippen. Sie trank und bat dann um mehr.

»Mach langsam.«

»Dann bist du tot. Sie haben dich gehängt«, sagte sie mit rauher Stimme. »Ich hab' versucht ... sie aufzuhalten. Ich hab' versucht ...«

»India ...«

»Sind wir im Himmel? Das muß der Himmel sein, wenn du und Charlotte hier seid.«

»India, hör mir zu. Du hast schlimme Dinge erlebt. Du warst bewußtlos, als ich dich fand. Fast hätte ich dich verloren auf dem Weg hierher. Bitte stirb nicht, India. Bitte tu mir das nicht an.«

»Wo sind wir hier?«

»Wir haben ein Lager aufgeschlagen. An einem Fluß.«

Einem Fluß. Dem Fluß, an dem sie mit Freddie vorbeigekommen waren. Angst packte sie. »Lauf weg, Sid! Lauf! Freddie ... er bringt dich um. Er hat schon andere umgebracht ...«

»India, leg dich hin.«

»Aber Freddie ...«

Sid hielt ihr einen Löffel an den Mund. Eine bitterschmeckende Flüssigkeit rann ihre Kehle hinab.

»Nein!« rief sie und schlug den Löffel weg. »Kein Laudanum! Wir müssen weg.«

»India, lieg still. Du mußt dich jetzt ausruhen. Ich bring' dich zum Haus zurück. Du brauchst einen Arzt.«

Erneut versuchte India aufzustehen, aber das Mittel machte sie schwindlig. Sie legte sich zurück und weinte.

»Ich war einmal Ärztin«, sagte sie mit brechender Stimme. »Ich hatte ein Kind, Sid. Ich hab' es verloren. Ich hab' dich verloren. Ich hab' alles verloren ... alles.«

»Nichts ist verloren, India. Gar nichts. Du kannst wieder Ärztin sein, wenn du willst. Du fängst wieder neu an. Wir fangen neu an, zu dritt. Dort, wo die Welt anfängt.«

India verstand nichts. Sie war so müde. Sids Stimme klang wie von weither. Seine Worte ergaben keinen Sinn. Nichts ergab Sinn. Es war ein Traum. Alles. Nur ein Traum. Sie schloß die Augen und fiel in einen todesähnlichen Schlaf.

❧ 130 ❧

*I*ndia roch Rosen. Sie genoß den angenehmen, würzigen Duft.
Rosen? Wie war das möglich? Zuletzt hatte sie Erde und Blut,
Angst und Verzweiflung gerochen.

Sie öffnete die Augen. Eine Vase mit makellosen, elfenbeinfarbenen Blüten stand auf ihrem Nachttisch.

»Gefallen sie dir, Mami?«

Es war Charlotte. Lächelnd saß sie auf dem Rand eines Stuhls beim
Fenster.

»Die hab' ich für dich gepflückt. Sie sind gerade erst aufgeblüht.
Joseph sagt, Lady Wilton nennt sie ihre Winterrosen. Wegen der
Farbe. Ach, Mami, ich bin so froh, daß du aufgewacht bist!«

Dann sprang sie auf, lief durchs Zimmer und schlang die Arme um
Indias Hals.

»Liebling, Charlotte«, sagte India. »Du lebst, du bist gesund.« Sie
drückte sie an sich, und ihre Tränen – Tränen der Freude und der
Dankbarkeit – fielen auf Charlottes Nacken. »Es tut mir leid. Es tut
mir so leid.«

»Ist schon gut, Mami. Uns geht's gut, und das ist alles, was zählt.«

Nach ein paar Minuten ließ India sie los. Charlotte half ihr, sich
aufzusetzen, und India stellte fest, daß sie wieder in ihrem Schafzim-
mer in Lady Wiltons Haus war. »Wie sind wir hierhergekommen?«
fragte sie.

»Mr. Baxter hat uns hergebracht.«

Sid. Sid war zu ihnen gekommen. Sie hatte seine Arme um sich
gespürt. Seine Stimme gehört. Es war kein Traum gewesen.

Sid war *hierher*gekommen? Indias Glücksgefühl ging in Angst über.
Freddie würde ihn töten. Sie warf die Decke zurück und wollte aufstehen. Übelkeit überkam sie.

»Charlotte«, sagte sie, »wo ist Mr. Baxter jetzt? Wo ist dein Vater?«

»Mr. Baxter mußte fort. Ich wollte, daß er bleibt, aber er konnte nicht. Vor zwei Tagen ist er gegangen. Vater ist von Hyänen erwischt worden. Eigentlich sollte ich das nicht wissen. Aber ich hab' die Erwachsenen reden hören.«

India sah sie verständnislos an. »Was?« flüsterte sie. »Mein Gott, Charlotte, ist er ... tot?«

»Das hat Mr. Baxter gesagt. Ich hoffe es. Ich will nicht, daß er je wieder zurückkommt. Nie mehr.«

Es klopfte.

Mary trat ein. »Ich dachte, ich hätte Ihre Stimme gehört! Oh, ist das schön, Sie wach zu sehen, Ma'am! Aber Sie müssen sich wieder hinlegen!«

»Mary, ist mein Mann tot?«

»Ach, Charlotte!« sagte Mary ärgerlich. »Du solltest doch deiner Mutter nichts sagen. Noch nicht. Sie ist doch noch viel zu schwach.«

»Stimmt das?« fragte India.

»Ja, Ma'am, das stimmt. Mr. Baxter hat es uns gesagt. Er erklärte Joseph, wo er ihn gefunden hat, und Jospeh hat zwei Männer losgeschickt, um seine Überreste zu holen. Sie sind gestern abgeritten. Es tut mir so leid, Ma'am.«

India lehnte sich in die Kissen zurück. Mary, die Dienerschaft und der Rest der Welt erwarteten wahrscheinlich, daß sie trauerte, aber sie war nur erleichtert.

»Wo ist Mr. Baxter?«

»Er ist gestern fortgegangen.«

»Fortgegangen?« fragte India entmutigt. »Hat er irgend etwas für mich zurückgelassen? Eine Nachricht?«

»Nein, Ma'am.«

»Nichts? Gar nichts?«

»Er sagte mir, er reitet nach Osten. Das ist alles, fürchte ich. Ich bat ihn zu bleiben. Ich wußte, daß Sie ihm sicher persönlich danken wollten, aber er hat abgelehnt. Doch jemand anders ist da. Eine Mrs. Carr. Sie möchte Sie sehen. Sie hat einen jungen Mann dabei. Sein Name ist Seamus Finnegan. Ich habe ihr erklärt, daß Sie im Moment unmöglich jemanden empfangen können. Daß Sie viel zu schwach und nicht in der Lage seien, sich zu präsentieren, in Ihrem momentanen Zustand.«

»Ach, machen Sie sich deswegen keine Sorgen«, dröhnte eine weibliche Stimme. »Sie präsentiert sich nur mir.«

»Mrs. Carr! Sie können hier nicht hereinkommen! Ich habe Sie doch gebeten, im Salon Platz zu nehmen«, protestierte Mary.

»Und ich hab' *Ihnen* gesagt, daß jetzt keine Zeit für irgendwelche Sperenzchen ist. Holen Sie Ihrer Ma'am einen Morgenmantel? Hallo, Mrs. Lytton. Tut mir leid, so hereinzuplatzen, aber es geht um Sid. Ich hab' Ihnen eine Menge zu sagen, und zwar bevor Tom Meade hier ankommt, und der ist nur eine halbe Stunde hinter mir. Sie haben sich was übergezogen? Gut. Seamie! Komm rein. Beeil dich, Junge!«

Seamie trat ein. India blieb die Luft weg, denn faßte sie sich wieder. »Tut mir leid, ich dachte einen Moment lang, Sie wären jemand anders.«

»Sid Baxter?«

Sie nickte.

»Ich bin sein Bruder, Seamus Finnegan. Ich freue mich sehr, Sie kennenzulernen, Mrs. Lytton. Und dich wiederzusehen, Miss Lytton«, fügte er, an Charlotte gewandt, lächelnd hinzu. »Wir haben uns am Strand von Mombasa kennengelernt. Erinnerst du dich?«

Charlotte nickte, ebenfalls lächelnd.

»Sein Bruder? Sids Bruder?« wiederholte India verwundert. Dann fing sie sich wieder und sagte: »Mary, bieten Sie unseren Gästen etwas an.«

»Darf ich Ihnen Tee bringen, Mrs. Carr?« fragte Mary angespannt.

»Ich brauch' was Stärkeres als Tee«, antwortete Maggie. »Ich bin die letzten zehn Stunden durchgeritten und spüre meinen Hintern kaum mehr.«

»Brandy und Portwein, Mary«, sagte India. »Und Sandwiches.«

Mary ging hinaus, und Maggie und Seamie setzten sich.

»Was zum Teufel ist Ihnen passiert, Mrs. Lytton? Sie sehen ja furchtbar aus. Ich hab' versucht, aus ihr was rauszukriegen«, sagte sie und deutete mit dem Daumen in die Richtung, in die Mary verschwunden war, »aber sie hat mich angesehen, als hätte ich nach der Größe Ihrer Unterhosen gefragt.«

Charlotte kicherte. Maggie zwinkerte ihr zu. India war froh, ihre Tochter lachen zu sehen. Nach dem, was sie durchmachen mußte, hätte sie gedacht, sie würde sich nie mehr freuen können.

India erzählte Maggie und Seamie von der Spieluhr und ihrem Inhalt. Sie berichtete, was Freddie ihnen angetan hatte und daß er jetzt tot war.

»Das miese Schwein!« stieß Maggie hervor. »Hyänen sind viel zu gut für ihn! Er hätte lebend nach London gebracht werden sollen, damit er sich der Anklage hätte stellen müssen!«

»Anklage?« fragte India. »Was für eine Anklage?«

»Das Innenministerium hat nach Nairobi telegraphiert. Man wollte Ihren Mann im Zusammenhang mit dem Fall Gemma Dean verhören«, sagte Maggie.

»Woher wissen Sie das?« fragte India.

»Davon sollte ich eigentlich nichts wissen. Aber Delamere ist ein guter Freund von mir, und er hat mir gesagt, daß er gerade bei einer Konferenz beim Gouverneur war, als ein Telegramm vom Innenminister eintraf. Offensichtlich hat ein Mann in London Freddie beschuldigt, den Mord begangen zu haben. Sein Name ist Frankie Betts. Er behauptet, alles gesehen zu haben. Wie Lytton die Frau umgebracht und den Schmuck an sich gerissen hat. Er hat eine eidesstattliche Erklärung abgegeben. Deshalb kommt Meade her. Um Lytton zu holen. Der wird sich wundern. Wahrscheinlich wird es ihm ziemlich schwerfallen, einen Toten zu vernehmen.«

»Aber wir haben doch noch den Schmuck, den wir der Polizei geben wollten, Mami«, sagte Charlotte. »Ich hab' ein Stück davon auf die Löwin geworfen, die uns angeknurrt hat. Mr. Baxter hat gesagt, das hat uns gerettet. Er hat es in der Sonne blitzen sehen.«

Sie lief hinaus. Maggie und Seamie tauschten verwunderte Blicke aus. Kurz darauf kam sie mit einer Handvoll funkelnder Juwelen zurück, die sie auf Indias Bett legte.

»Das sollte reichen, um seine Schuld zu beweisen«, sagte India.

»Charlotte, du bist ein erstaunliches Mädchen«, sagte Seamie.

»Maggie, da ist etwas, was ich nicht verstehe«, sagte India schließlich. »Sid hat uns gerettet, aber wie ist das möglich? Er war doch im Gefängnis. Und warum hat er uns so schnell wieder verlassen? Charlotte sagte mir, er sei schon gestern gegangen.«

Maggie und Seamie tauschten Blicke aus. »Er ist geflüchtet«, sagte Maggie.

»Wie denn?«

»Charlotte, meine Liebe, könntest du mal nach Mary sehen, ob sie mit den Sandwiches zurechtkommt? Sag ihr, sie soll der Köchin ausrichten, sich keine große Mühe zu machen. Ein bißchen Käse, Pickles und Brot reichen schon.«

Charlotte nickte und lief hinaus.

Maggie wandte sich an India. »Nun zu dem *wie*. Er hat Seamie überwältigt und ihn gezwungen, den Platz mit ihm zu tauschen. Dann hat er mich gezwungen, ihn aus dem Gefängnis zu begleiten. Im Stall des Norfolk-Hotels hat er mich gefesselt und mein Pferd genommen.« Sie sah India lange an. »Zumindest haben wir das der Polizei so erzählt.«

»Ich verstehe«, antwortete India. »Und sie wird von mir nichts anderes hören. Aber warum ist er hierhergekommen? Wenn mein Mann ihn gesehen hätte, hätte er versucht, ihn umzubringen. Warum ist er dann so plötzlich verschwunden, obwohl er wußte, daß Freddie nicht mehr lebt?«

Seamie rutschte auf seinem Stuhl nach vorn. »Er ist gekommen, weil er dachte, Charlotte könnte seine Tochter sein. Er wollte es genau wissen. Er ist hierhergeritten, um Sie danach zu fragen.«

India nickte. »Sie ist es«, sagte sie ruhig.

»Sids Tochter«, sagte Seamie lächelnd. »Meine Nichte. Kein Wunder, daß sie so besonders ist.«

India lachte. Dieser junge Mann war ihr sehr sympathisch. Er war mutig wie sein Bruder und ein guter Mensch, das konnte sie sehen. Er hatte auch Sids Augen. Sie waren genauso grün, genauso lebendig – und genauso traurig.

»Aber warum ist er nicht bei mir und seiner Tochter geblieben? Er hat uns nicht einmal gesagt, daß er fortgeht. Oder ob er je wieder zurückkommt!«

»Vielleicht dachte er, die Polizei sei hinter ihm her«, sagte Maggie. »Als er floh, wußte er nichts von Frankie Betts' Aussage. Hatte keine Ahnung, daß Freddie vernommen werden sollte.«

»Vielleicht«, sagte India. Dann sah sie traurig auf ihre Hände und fügte hinzu: »Aber ich glaube, der wahre Grund ist, daß er böse auf mich ist. Weil ich ihm nichts von Charlotte erzählt habe. Weil ich all die Jahre die Wahrheit für mich behalten habe. Einmal hätte ich es ihm fast gesagt. Vor ein paar Wochen. Aber ich wußte, daß ich nach London zurückgehen und daß er sie wahrscheinlich nie wiedersehen würde. Ich dachte, es wäre zu grausam. Also habe ich geschwiegen. Und jetzt ist er so wütend, daß er uns nicht mehr sehen will.«

Maggie und Seamie sahen sich besorgt an.

Vor Indias Schlafzimmer war ein Geräusch zu hören, als wäre jemand schnell weggelaufen.

»Charlotte?« rief India.

Keine Antwort.

»Mein Gott, das war doch hoffentlich nicht sie. Hoffentlich hat sie nicht gehört …«

India beendete ihren Satz nicht, weil Mary aufgeregt hereinkam.

»Mary, versteckt sich Charlotte dort draußen?«

»Wo?«

»Vor meinem Zimmer?«

»Nein, Ma'am.«

»Was ist mit den Sandwiches?« fragte Maggie. »Wo verstecken die sich?«

Mary funkelte Maggie ungehalten an und sagte: »Lady Lytton, es tut mir schrecklich leid, daß der Tee noch nicht fertig ist, aber in der Küche herrscht ein fürchterliches Durcheinander. Die Männer sind zurück. Sie haben … Sir Fredericks Leiche gefunden. Und Mr. Meade ist mit seinen Leuten aus Nairobi eingetroffen. Ich habe ihm gesagt, daß Sie sich nicht wohl fühlen, aber er besteht darauf, mit Ihnen zu sprechen. Und mit Sir Frederick. Er weiß noch nicht Bescheid, daß er tot ist, verstehen Sie, ich war mir nicht sicher, ob ich ihm sagen sollte, was passiert ist.«

»Sagen Sie Joseph, er soll dafür sorgen, daß unsere Gäste etwas zu essen bekommen. Außerdem soll er für alle Betten herrichten. Und Tom Meade sagen Sie, daß ich gleich bei ihm bin, dann kommen Sie bitte zurück und lassen mir mein Bad ein.«

»Halten Sie das für klug, Lady Lytton? Sie sind noch sehr schwach.«

»Vermutlich ist es nicht klug, aber ich habe keine Wahl. Während ich mit Mr. Meade spreche, können Sie anfangen, meine Sachen zu packen.«

»Reisen Sie ab?« fragte Maggie, als Mary wieder hinausging.

»So bald wie möglich. Ich spreche mit Mr. Meade und erkläre ihm, was passiert ist. Ich gebe ihm den Schmuck und erzähle ihm alles, was ich darüber weiß. Dann muß ich Anweisungen erteilen, was mit Freddies Leiche geschehen soll. Sicher wird in Nairobi eine Untersuchung stattfinden. Wenn die vorbei ist, fahre ich mit Charlotte nach London zurück.«

Maggie nickte. »Wir gehen dann mal.«

Seamie schwieg. Er und Maggie waren schon fast zur Tür hinaus, als er sich umdrehte und sagte: »Lady Lytton ... India ... bleiben Sie. Warten Sie auf ihn.«

»Er kommt nicht zurück, Seamie. Das weiß ich. Das spüre ich. Ich habe ihn verloren. Wieder.«

»Er *wird* kommen.«

India schüttelte traurig den Kopf. »Ich hatte die Gelegenheit, es ihm zu sagen, und ich habe sie nicht genutzt. Ich glaube nicht, daß ich noch einmal eine bekomme.«

*J*oe ließ den Kopf in die Hände sinken und seufzte tief. Er saß in seiner Kutsche und fuhr vom Innenministerium nach Hause zurück. Gerade war er wieder bei Gladstone gewesen, um zu erfahren, ob es hinsichtlich der Wiedereröffnung des Dean-Falles etwas Neues gab. Aber es gab nichts.

Der Innenminister hatte Freddie Lytton nach Hause gerufen, doch keine Antwort erhalten. Wie es aussah, konnte man den Mann nicht finden.

Nachdem seine Besuche bei Desi Shaw und Joe Grizzard ergebnislos geblieben waren, hatte Joe Gladstone erklärt, er werde sich an die Zeitungen wenden, falls das Innenministerium wegen der Anschuldigungen von Frankie Betts nichts unternehme.

»Was ist, wenn Sie sich täuschen, Herbert?« hatte er ihn gefragt. »Was ist, wenn Sie unrecht und ich recht habe? Was ist, wenn ich schließlich herausfinde, wo der Schmuck gelandet ist? Wenn ich einen zweiten Zeugen besorge, eine zweite eidesstattliche Erklärung? Und Sie den Beschuldigten nicht einmal vernommen haben? Dann wird es aussehen, als würden Sie mit zweierlei Maß messen. Als gäbe es ein Gesetz für privilegierte Kabinettsmitglieder und ein anderes für den Rest der Bevölkerung.«

Gladstone hatte mit den Fingern auf den Schreibtisch getrommelt und dann gesagt: »Also gut, ich werde folgendes machen: Ich schicke ein Telegramm nach Nairobi und erkläre dem Gouverneur, was passiert ist. Sage Lytton, daß er nach London zurückkommen soll. Höre mir an, was er dazu zu sagen hat, wenn er eintrifft. Aber Sie müssen mir etwas Zeit lassen, Joe. Er ist gerade irgendwo mitten in Ostafrika, und soweit ich weiß, gibt's dort nur einen einzigen Telegraphen in der ganzen Gegend und keine Telefone. Es könnte ein paar Tage dauern, bis man ihn aufstöbert.«

Joe erklärte sich einverstanden. Er versprach, stillzuhalten und nichts zu unternehmen. Das war vor einer Woche gewesen. Als er heute erfuhr, daß Gladstone keine Nachricht aus Nairobi erhalten hatte, war er bitter enttäuscht. Nur der Gouverneur hatte telegraphiert, daß man immer noch versuche, Lytton zu finden. Daß es offensichtlich am Mount Kenya Probleme gegeben habe, wo Lytton gerade Ferien mache. Und daß er sich melde, sobald er etwas Neues in Erfahrung bringe.

Joe hob den Kopf und sah aus dem Wagenfenster. Er stand mit leeren Händen da. Er hatte so sehr gehofft, Fiona dieses Geschenk machen zu können: ihren Bruder gesund und wohlbehalten zurückzubringen. Er hatte alle Hebel in Bewegung gesetzt – aber nichts erreicht.

Die Kutsche hielt vor dem Grosvenor Square Nummer 94. Sie war eigens für ihn gebaut worden, damit er mit seinem Rollstuhl mühelos ein- und aussteigen konnte. Er fuhr die Rampe vor seinem Haus hinauf. Gerade als er klingeln wollte, wurde die Tür aufgerissen. Aber nicht Foster stand dahinter, wie er erwartet hatte, sondern Fiona.

»Gott sei Dank bist du zu Hause!« rief sie und hielt zwei Blätter Papier an sich gedrückt. Ihr Gesicht war von Tränenspuren gezeichnet, und sie redete so schnell, daß Joe praktisch nichts verstand. Er hörte nur die Worte *Charlie, Seamie, Afrika, Gefängnis, Amputation, Kilimandscharo* und *Rhinozeros.*

Rhinozeros, dachte er verwirrt. *Das kann nichts Gutes bedeuten.*

Als er in die Eingangshalle fuhr, sah er Katie und Charlie auf der Treppe sitzen und durch die Geländerstangen heruntersehen. Anna, das Kindermädchen, war bei ihnen und hielt den kleinen Peter im Arm.

»Beruhige dich, Fiona«, sagte Joe. Fiona war im neunten Monat schwanger, und jeden Tag konnte die Geburt einsetzen. »Hol erst mal tief Luft. Ja, so ist's gut. Und jetzt sag mir, was los ist.«

Fiona versuchte es ein zweites Mal, aber wieder wurde sie von Tränen übermannt.

In diesem Moment kam Foster mit einem Teetablett in die Halle. »Die Köchin hat einen wunderbaren Pudding gemacht, Sir.«

Joe fragte sich, ob denn alle im Haus verrückt geworden waren. »Mr. Foster, ich bin im Moment wohl kaum an Pudding interessiert!«

Foster nickte in Richtung Treppe. »Die Kinder, Sir.«

»Natürlich. Tut mir leid.«

»Ich stelle das in den Salon für Sie, Sir«, sagte Foster und verschwand mit dem Tablett.

Die Kinder folgten Anna in die Küche, um Pudding zu essen, während Joe Fionas Hand nahm und sie in den Salon führte. Er bat sie, sich zu setzen, und steuerte seinen Rollstuhl nahe an sie heran.

»Fee, Liebling, du mußt dich beruhigen. Das ist nicht gut für das Baby. Was immer auch geschehen ist, wir regeln es. Jetzt erzähl mir, was passiert ist.«

Fiona reichte ihm die Blätter. »Es steht alles hier in dem Telegramm«, sagte sie mit belegter Stimme.

»Das ist ein Telegramm? Das ist ja zwei Seiten lang! Wer hat es geschickt?«

»Seamie.«

Joe begann zu lesen.

Lieber Joe, liebe Fiona. Trotz allem, was ihr vielleicht bald lesen oder hören werdet, mir geht es gut.

Im weiteren entschuldigte sich Seamie, daß er sich nicht früher gemeldet habe, aber ein Rhinozeros habe außerhalb von Nairobi einen Telegraphenmast umgeworfen, und es habe eine Woche gedauert, den zu reparieren. Er hoffe, daß sie in der Zwischenzeit noch nichts aus Nairobi erfahren hätten. Dann berichtete er alles über die Besteigung des Mawensi, den Unfall, die Rückkehr und die Operation.

»Mein Gott«, sagte Joe. »Das arme Mädchen. Ein Wunder, daß sie noch am Leben ist.«

»Wir müssen zu den Aldens gehen«, sagte Fiona. »Seamie möchte das. Wir sollen ihnen sagen, was Willa zugestoßen ist.«

»Das machen wir, Fiona. Heute abend. Willa wird es schaffen. Seamie geht's gut. Es gibt keinen Grund, sich so aufzuregen.«

Fiona wischte sich die Augen. »Lies weiter«, sagte sie.

Das tat Joe und verstand jetzt, warum sie weinte. Sid Malone war auf einer Kaffeeplantage in Britisch-Ostafrika gefunden und von Freddie Lytton festgenommen worden. Der Gouverneur plante, ihn nach London zurückzuschicken, um sich im Mordfall Gemma Dean zu verantworten.

»Ist schon gut, Fiona«, sagte Joe und senkte das Telegramm. »Es wird alles gut.«

»*Alles gut?* Wie kannst du so etwas sagen, Joe? Gar nichts wird gut! Freddie Lytton steckt hinter der Sache! Er wollte meinen Bruder schon vor Jahren an den Galgen bringen. Das hätte er auch getan, wenn Seamie ihn nicht aus London weggeschafft hätte.«

»Was steht denn sonst noch drin?« fragte Joe, der nur die erste Seite gelesen hatte.

»Ich weiß es nicht«, antwortete Fiona, immer noch außer sich. »Das Telegramm ist erst ein paar Minuten vor dir gekommen. Weiter als bis zu dem Teil über Charlies Verhaftung hab' ich nicht gelesen.«

Joe nahm das Telegramm wieder auf.

»Das gibt's ja nicht,« flüsterte er.

»Was denn?« fragte Fiona nervös.

»Wie es aussieht, ist Freddie Lytton nicht mehr in der Lage, irgend jemanden an den Galgen zu bringen.«

»Warum nicht?«

»Weil er tot ist. Er wurde von wilden Tieren gerissen.«

»O mein Gott, Joe. Der arme Mann. Was ist mit seiner Frau? India … geht's ihr gut? Sie haben ein Kind. Sag bloß, der Kleinen ist auch was passiert.«

»Du meine Güte!«

»Was denn, Joe?«

»Lytton hat versucht, sie umzubringen.«

»Wen?«

»Seine Frau und seine Tochter.«

»Du machst Scherze.«

»Sid hat ihn aufgehalten. Er hat Lady Lytton und das Kind gerettet.«

»Aber wie denn? Er ist doch im Gefängnis.«

»Nein, das ist er nicht. Er ist ausgebrochen. Er hat India Lytton und ihre Tochter gerettet und ist dann verschwunden. Im Moment ist er auf der Flucht. Niemand weiß, wohin er will.«

Fiona preßte die Hände an die Wangen.

»Seamie teilt uns mit, daß es ihm gutgeht und daß er nach London zurückkommt. Zusammen mit India und Charlotte Lytton. Mit dem nächsten Schiff, das aus Mombasa abfährt.«

»Ich kann das nicht fassen, Joe«, sagte Fiona. »Wir müssen etwas tun. Wir müssen ihn finden. Ihm helfen. Er ist ganz allein.«

Am Schluß schrieb Seamie, daß es noch mehr zu erzählen gebe

– von einer Plantagenbesitzerin, einer Spieluhr und Brillantschmuck –, doch das werde er persönlich tun, wenn er nach Hause komme.

Brillantschmuck, dachte Joe. Gemma Deans Brillanten? Ganz sicher. Zum erstenmal seit Wochen keimte Hoffnung in ihm auf.

»Fiona, ich muß dir etwas sagen.«

»Was denn?«

»Vor mehreren Wochen, bevor all dies passiert ist, habe ich mich dafür eingesetzt, daß der Fall Gemma Dean wiederaufgenommen wird.«

Fiona sah ihn verwundert an. »Wirklich? Warum hast du mir nichts davon erzählt?«

»Ich wollte nichts sagen, bevor ich nicht wirklich was in Händen hatte. Ich wollte dir keine falschen Hoffnungen machen. Seit Wochen gehe ich jetzt dieser Sache nach und hab' herausgefunden, daß es einen Augenzeugen von dem Mord an Gemma Dean gibt: Frankie Betts.«

»Du bist zu Betts gegangen? Mein Gott, Joe.«

»Ich hatte einen Verdacht, daß er etwas weiß, und ich hatte recht. Er hat eine eidesstattliche Erklärung abgegeben, daß er anwesend war, als Gemma Dean ermordet wurde. Er hat geschworen, daß es nicht dein Bruder war. Es war Freddie Lytton.«

Fiona blieb die Luft weg.

»Fee, an der Sache ist noch mehr dran. Vielleicht sogar noch mehr, als ich weiß. So scheint es mir zumindest, wenn ich das Telegramm lese.«

»Und das wäre?«

»Das kann ich dir nicht sagen, Liebling. Zumindest noch nicht.«

Verletzt machte sie sich von ihm los. »Warum nicht?« fragte sie.

»Fiona, vor sechs Jahren hab' ich dich gebeten, nicht mehr nach Sid zu suchen. Ihn nicht in unser Leben zurückzubringen. Weißt du noch?«

Fiona nickte. Sie konnte ihn nicht ansehen, und er wußte, warum. Sie glaubte, ihre Suche sei schuld daran, daß auf ihn geschossen wurde und er jetzt gelähmt war.

»Sieh mich an«, sagte er und hob ihr Kinn.

»Ich bitte dich noch einmal, Fee. Ich bitte dich, dich nicht einzumischen. Nur für eine Weile. Warte ab, Fee. Und vertrau mir.«

»Aber Joe …«

»Nur für den Moment. Laß mir ein bißchen Zeit. Das ist alles, worum ich dich bitte. In höchstens ein paar Wochen wird das Ganze geklärt sein. Dann werde ich dir alles sagen. Das verspreche ich dir. Aber du mußt mir vertrauen, auch wenn dir das schwerfällt. Vertraust du mir, Fee?«

Sie blickte ihn an, und er sah die Antwort in ihren Augen, noch bevor sie sie aussprach.

»Natürlich tue ich das, Joe. Von ganzem Herzen.«

❧ 132 ❧

ast fünf Wochen nachdem das Telegramm angekommen war, traf Seamie selbst am Grosvenor Square ein.

Es war ein strahlender Sonntagmorgen, und Fiona und Joe saßen gerade im Wintergarten, Fiona mit angezogenen Beinen und einer Kanne Tee auf dem Tisch neben sich. Sie wußte, daß sie etwas Nützliches tun sollte – Verkaufsberichte lesen, Werbeanzeigen überprüfen, Eingaben an ihren Wohltätigkeitsfonds durchsehen –, aber sie schaffte es gerade, die Morgenzeitungen durchzublättern. Sie fühlte sich immer noch sehr matt. Vor zwei Wochen hatte sie ihr viertes Kind geboren – ein Mädchen. Sie und Joe hatten es Rose genannt, nach Joes Mutter.

Die Geburt hatte sie ziemlich mitgenommen, andererseits aber auch von den jüngsten Ereignissen in Afrika abgelenkt. Doch nun, vierzehn Tage später, als in den Zeitungen immer wieder Berichte über den gräßlichen Tod von Freddie Lytton auftauchten, kam alles wieder in ihr hoch.

Entsetzliche Einzelheiten über Lyttons Tod – und sein Leben – kamen ans Licht. Er hatte vermutlich nicht nur Gemma Dean ermordet, sondern auch noch andere Menschen auf dem Gewissen – einen jungen Stallburschen namens Hugh Mullins und den Cousin seiner Frau, Aloysius Selwyn-Jones. Es war seine Frau, die ihn dessen beschuldigte.

Dennoch gab es eine Menge unbeantworteter Fragen. Niemand wußte, warum Freddie Lytton Gemma Dean ermordet haben sollte. Niemand wußte, warum Sid Malone Mrs. Lytton gerettet hatte. Und es war auch nicht wahrscheinlich, daß die Leserschaft darüber aufgeklärt werden würde, da Mrs. Lytton alle Reporter zurückwies und Malones frühere Arbeitgeberin Mrs. Carr sogar von der Veranda ihres Bungalows auf Journalisten geschossen hatte. Es war ein Geheimnis, zumindest ein Teil davon, und so würde es auch bleiben.

Aber Fiona mochte keine Geheimnisse. Sie wollte Antworten. Auf viele Fragen. Vor allem aber wollte sie wissen, wo ihr Bruder war. Ob er in Schwierigkeiten steckte. Ob er Hilfe brauchte. Ob er jemals wieder zu ihnen nach Hause zurückkommen würde.

Fiona hatte Joe im Verdacht, daß er einige dieser Antworten kannte, doch aus irgendeinem Grund wollte oder konnte er ihr nichts sagen. Noch nicht. Sie hätte gern mit ihm darüber gesprochen und ihn mit Fragen bombardiert, aber sie tat es nicht. Sie hatte versprochen, ihm zu vertrauen, und mußte geduldig sein. Das war das schwerste für sie – Geduld zu üben. Sie wußte, wie man handelte und kämpfte. Still dazusitzen und abzuwarten lag ihr nicht.

Gerade als sie sich Tee nachgoß und Joe ebenfalls welchen anbot, klingelte es.

»Wer kann das sein? Am Sonntag?« fragte Fiona.

Joe sah mit angespannter, erwartungsvoller Miene in den Gang.

»Ich glaub', ich weiß es«, sagte er ruhig. »Ich glaube, wir bekommen Gesellschaft.«

»Du weißt, wer kommt? Warum hast du mir nichts gesagt? Ich hätte mich umgezogen«, sagte sie und stand auf.

»Du siehst gut aus, Liebling. So schön wie immer. Bitte setz dich wieder.«

Widerwillig gehorchte sie. »Könntest du mir wenigstens sagen, wer es ist?« fragte sie, verwundert über sein Verhalten.

»Seamie.«

»Seamie! Er ist zurück? Das ist ja wundervoll! Aber er ist doch nicht ›Gesellschaft‹, Liebling, er gehört doch zur Familie.«

»Er bringt aber jemanden mit, glaube ich. Hoffe ich.«

»Joe, du verhältst dich wirklich seltsam. Würdest du mir bitte sagen, was hier vorgeht?«

»Erinnerst du dich an Seamies Telegramm?«

»Ja. Ich hab' in den letzten Wochen an kaum etwas anderes gedacht. Obwohl ich das nicht hätte tun sollen.«

»Nachdem wir es erhalten hatten, hab' ich ihm ein Telegramm geschickt und ihn gebeten, gleich herzukommen, nachdem sein Schiff angelegt hat. Zusammen mit den Lyttons.«

»Den Lyttons?« fragte Fiona verständnislos. »Warum? Ich bin sicher, Lady Lytton hat nach einer langen Seereise Besseres zu tun, als Leute zu besuchen, die sie kaum kennt.«

»Das kann ich dir nicht erklären. Das muß sie tun.«

»Hat es etwas mit Charlie zu tun?«

»Ja.«

Fiona gefror das Blut in den Adern. »Joe, was geht hier vor?«

»Fiona, ich hatte dich doch gebeten, mir zu vertrauen.«

Die Besucher wurden hereingeführt. Fiona umarmte ihren Bruder und begrüßte dann die erschöpft wirkende Lady Lytton und ihre Tochter.

»Ich freue mich, Sie wiederzusehen, Lady Lytton. Und Ihre Tochter kennenzulernen. Ich wünschte nur, die Umstände wären andere.«

»Sehr freundlich von Ihnen, uns zu empfangen, Mrs. Bristow«, sagte India.

Fiona hörte die Anspannung in ihrer Stimme und sah die tiefe Müdigkeit in ihrem Gesicht. Auch Charlotte, das kleine hübsche Mädchen, wirkte müde. Warum um alles in der Welt sind sie hergekommen? fragte sich Fiona und bat Charlotte, zu Katie und Charlie in den Garten hinauszugehen.

India beobachtete ihre Tochter durch die Fenster des Wintergartens, und ein Lächeln trat auf ihr Gesicht, als Charlotte mit ihren neuen Freunden herumtollte.

»Es ist so ein schöner Tag«, sagte Fiona. »Gehen wir doch alle in den Garten hinaus, an die frische Luft.«

Anna, das Kindermädchen, war bereits draußen. Sie saß auf einer Decke unter einem Fliederbaum und hielt Rose, das Baby, im Arm. Der kleine Peter hockte neben ihr und spielte mit Zinnsoldaten. India ging sofort hinüber, um das neue Baby zu bewundern. Sie fragte Fiona, wie die Geburt verlaufen sei, hielt Rose dann einen Finger hin und lächelte beifällig über den starken Griff des Babys.

»Werden Sie wieder Medizin praktizieren, Lady Lytton?« fragte Fiona.

»Ich weiß nicht, Mrs. Bristow.«

»Fiona, bitte.«

»Also gut, Fiona«, erwiderte India lächelnd. »Und Sie müssen mich India nennen. Ich vermisse die Medizin ganz schrecklich. Aber so weit in die Zukunft hab' ich noch nicht denken können. Es gab eine Untersuchung in Nairobi, verstehen Sie? So viele Fragen von der Polizei. Und erst die Reporter, mein Gott ... ganze Heerscharen davon. Sie haben uns nicht in Ruhe gelassen.«

»Das tut mir leid. Das muß ja schrecklich für Sie gewesen sein.«

»Tja, ich hab' noch eine ganze Menge vor mir. Meine Eltern sind tot, aber ich muß mich mit meiner Schwester treffen. Sie macht sich große Sorgen. Und dann ist da auch noch Freddies Familie. Ich habe seine Überreste nach England bringen lassen. Sie sollen in Longmarsh beerdigt werden. Außerdem gibt es auch hier eine Menge Fragen zu beantworten. Von seiten der Polizei, der Anwälte. Freddies Testament muß eröffnet werden. Ich muß mich um Makler kümmern, weil ich unser Haus am Berkeley Square und das gesamte Mobiliar verkaufen will, genau wie ein Gut in Wales. Ich weiß gar nicht, wo ich anfangen soll.«

»Ich schicke Ihnen morgen meinen Anwalt und meinen Makler vorbei. Sie sind beide ganz wundervoll. Sie helfen Ihnen«, versprach Fiona. Sie mochte India Lytton. Schon damals, vor Jahren, als sie sie bei einer Versammlung der Labour-Partei kennengelernt hatte, und sie wollte alles tun, um ihr zu helfen.

»Danke, Fiona. Das ist sehr freundlich. Ich fürchte, es ist alles ein bißchen zuviel gewesen ...«

»Ich verstehe. Setzen Sie sich doch. Sie müssen müde sein nach der langen Reise. Kommen Sie, trinken Sie eine Tasse starken Tee.«

Fiona ließ ihre Gäste an einem weißen schmiedeeisernen Tisch unter Fliederbäumen Platz nehmen. Es wurde aufgedeckt, frischer Tee und eine Karaffe Zitronensaft gebracht. Dann kamen Sandwiches, eine Schale mit Erdbeeren und Sahne, Johannisbeerkuchen und Törtchen.

Nachdem aufgetragen war, wurden die Kinder gerufen, und die Erwachsenen redeten nur über unverfängliche Dinge, solange sie am Tisch saßen. Man unterhielt sich hauptsächlich über Indias und Seamies Heimreise, was sie unterwegs gesehen hatten und wie das Wetter war. Als Katie, Charlie und Charlotte gegessen hatten, baten sie, wieder spielen gehen zu dürfen.

Fiona sah ihnen nach, als sie fortliefen, und lächelte. »Sie kommen so gut miteinander aus«, sagte sie. »Obwohl sie sich gerade erst kennengelernt haben, macht es den Eindruck, als würden sie sich schon ewig kennen.«

Im gleichen Moment fragte sie sich, wann sich das Gespräch endlich ernsthafteren Themen zuwenden würde. Seamie hatte ihnen doch sicher eine Menge zu erzählen. Und dafür hatte Joe India Lytton doch zweifellos herkommen lassen. Wie lange müßte sie denn noch warten, bis sie erfuhr, was der Grund dafür war?

Nicht lange, wie sich bald herausstellte, denn als die Kinder außer Hörweite waren, wandte sich India an sie.

»Fiona ...«, begann sie.

»Ja?«

»Ich muß Ihnen etwas sagen. Das könnte vielleicht ein Schock für Sie sein. Es tut mir leid, aber Sie sollten wissen, daß Charlotte Ihre Nichte ist.«

Fiona starrte sie verständnislos an. »Wie ist das möglich?« fragte sie schließlich.

»Sie ist Sids Tochter. Sid und ich waren vor Jahren ein Liebespaar. Wir hatten gehofft, zusammensein zu können, aber es ist nicht so gekommen, wie wir es geplant hatten.«

Fiona begriff gar nichts. Sie wandte sich Joe zu und nahm seine Hand.

»Weiß er Bescheid?« fragte sie India. »Weiß mein Bruder Bescheid?«

Seamie beantwortete diese Frage. »Er weiß es, Fee. Deswegen ist er aus dem Gefängnis ausgebrochen. Er hatte keinen Lebensmut mehr, bis Maggie Carr ihm sagte, sie sei sich sicher, daß Charlotte seine Tochter sei.«

»Woher weißt du das, Seamie?«

»Weil ich ihm ... ähm ... dabei geholfen habe.«

»Weiß Charlotte davon?« fragte Fiona kopfschüttelnd.

India verneinte. »Sie hält Sid Baxter nur für einen sehr, sehr netten Mann. Und glaubt, daß Freddie ihr Vater ist – *war*. Ich werde es ihr eines Tages sagen, aber nicht im Moment. Sie hat in letzter Zeit viel durchgemacht. Zu viel.«

Fiona wandte sich wieder an Joe. »Hast du es gewußt?«

»Ja, Fee. Seit mehreren Wochen.«

»Also bin ich die einzige, die nicht im Bilde war. Warum hast du es mir nicht gesagt?« fragte sie.

»Ich konnte nicht«, antwortete Joe. »Ich hab' mein Wort gegeben, es nicht zu tun.«

»Das verstehe ich nicht.«

Joe erzählte ihr, wie er zu Ella Moskowitz – der jetzigen Ella Rosen – gegangen war und was sie ihm anvertraut hatte.

»Sie wollte eigentlich nicht damit herausrücken, aber schließlich erzählte sie mir von Sid und India und ihrem gemeinsamen Kind, ließ mich aber schwören, niemandem etwas zu verraten. Sie machte sich Sorgen, was passieren würde, wenn Sid herausfände, daß Charlotte seine Tochter war. Ich wollte es dir ja sagen, Fee, es brachte mich fast um, es vor dir geheimhalten zu müssen, aber ich konnte Ella gegenüber mein Wort nicht brechen. Also mußte ich eine Möglichkeit finden, es dich wissen zu lassen, ohne selbst etwas zu sagen.«

Fiona lehnte sich in ihrem Stuhl zurück. Sie war vollkommen verwirrt.

»Ist alles in Ordnung, Liebling?« fragte Joe.

Sie nickte. »Gleich, denke ich. Mein Gott, kann mir jemand noch eine Tasse Tee einschenken?« bat sie und versuchte zu verdauen, was sie gerade erfahren hatte.

Danach hatte sie eine Menge Fragen. Sie wollte alles wissen: wie India und ihr Bruder sich kennengelernt, auf welche Weise sie sich verloren und dann wiedergefunden hatten. Warum sie Freddie Lytton geheiratet hatte. India, die es müde war zu lügen, hielt nichts zurück und erzählte ihnen auch, was Sid ihr über sein Leben in Kenia gesagt hatte. Danach berichtete Seamie, wie Sid es geschafft hatte auszubrechen und daß er ungeachtet aller Risiken entschlossen gewesen war, zu India zu gelangen, um herauszufinden, ob Charlotte seine Tochter war.

Nachdem India erzählt hatte, wie Sid sie gefunden und zu Lady Wiltons Bungalow zurückgebracht hatte, fragte Fiona, was sich alle fragten: »Wo ist er jetzt?«

»Ich weiß es nicht«, antwortete India. »Er brachte uns zum Haus zurück und verschwand. Ohne sich zu verabschieden. Ohne irgendeine Erklärung.« Ihr kamen die Tränen. »Ich glaube, er nimmt mir übel, daß ich ihm nichts gesagt habe. Ich hätte die Gelegenheit dazu gehabt, auf Mrs. Carrs Farm. Aber die hab' ich nicht genutzt. Ich wollte ihn nicht verletzen, verstehen Sie, aber ich glaube nicht, daß er das begriffen hat. Ich glaube, er will nichts mehr mit mir – mit uns – zu tun haben.«

»Das kann ich mir nicht vorstellen, India«, sagte Seamie. »Ich war dabei, als Maggie Carr ihm sagte, daß Charlotte seine Tochter ist. Ich habe sein Gesicht gesehen. Er wollte unbedingt zu Ihnen. Zu Charlotte. Warum sollte er das Risiko auf sich nehmen, zu Ihnen zu gelangen, und dann beleidigt verschwinden? Das ergibt keinen Sinn.«

»Seamie hat recht, India«, sagte Fiona, die mit India fühlte.

»Aber warum ist er dann gegangen?« fragte India.

»Er hatte Angst, gefaßt zu werden«, sagte Joe. »Das ist die einzige Erklärung. Als er aus dem Gefängnis in Nairobi geflüchtet ist, war von Betts' Aussage noch nichts bekannt geworden. Er hatte keine Ahnung, daß Frankie Lytton vernommen werden sollte. Soweit er wußte, sollte er immer noch für den Mord an Gemma Dean an den Galgen kommen.«

»Aber warum hat er mir keine Nachricht hinterlassen, wohin er gehen wollte?« fragte India.

»Sind Sie sicher?« fragte Fiona.

»Absolut. Er hat mir gar nichts hinterlassen.«

»Vielleicht hatte er keine Zeit. Vielleicht mußte er so überstürzt weg«, sagte Joe.

»Ja, vielleicht«, antwortete India, aber Fiona sah an ihrem Gesichtsausdruck, daß sie seinen Worten keinen Glauben schenkte.

Die Erwachsenen saßen noch etwa eine halbe Stunde zusammen, dann sagte India, der man die Erschöpfung ansah, sie wolle sich nun auf den Heimweg machen. Fiona bat Foster, die Kutsche vorfahren zu lassen, dann rief sie die Kinder und erklärte Charlie und Katie, daß sie sich von ihrer neuen Freundin verschieden müßten, doch sie würden sich bald wiedersehen.

»Ich freue mich sehr, daß ich dich kennengelernt habe, Charlotte«, sagte sie und ging in die Knie, um die Hand ihrer Nichte zu nehmen. »Ich finde, du bist ein ganz besonderes kleines Mädchen.«

Charlotte errötete und legte die Arme um Fionas Hals. Auch Fiona umarmte sie fest und küßte sie auf die Wange, bevor sie sie widerstrebend losließ.

Bitte, Charlie, dachte sie, als sie die Kleine und ihre Mutter in die Kutsche steigen sah, *bitte komm zurück. Sie brauchen dich so.*

Nachdem die Lyttons fort waren, schloß Fiona die Tür. Anna brachte die Kinder zum Nachmittagsschlaf in ihre Zimmer, und nur sie und Joe und Seamie blieben zurück.

»Ich leg' mich auch hin«, sagte Seamie. »Und nehme ein Bad. Ich bin völlig fertig. In ein, zwei Stunden komme ich wieder runter.«

»Laß dir Zeit, Seamie, mein Lieber. Es ist schön, dich wieder hier zu haben.«

»Ich finde es auch schön, wieder daheim zu sein.« Er ging zur Treppe und blieb noch einmal stehen. »Fee?«

»Ja?«

»Bist du bei den Aldens gewesen? Hast du ihnen von Willa erzählt?«

»Natürlich. Gleich nachdem wir dein Telegramm bekommen haben.«

»Wir haben sie es aufgenommen?«

»Es hat sie sehr getroffen. Vor allem Mrs. Alden. Glücklicherweise war Albie da, um ihnen beizustehen.«

»Haben sie irgendwas von ihr gehört?«

»Bei unserem ersten Besuch noch nicht. Aber Albie war in der Zwischenzeit bei uns und hat gesagt, sie hätten eine Postkarte aus Ceylon bekommen. Und eine weitere aus Goa. Sie schrieb, sie wolle hinauf in den Norden. Nach Darjeeling ...«

»Und dann nach Nepal«, warf Seamie ein.

»Ja. Woher weißt du das?«

»Zum Everest. Sie will den Mount Everest sehen«, sagte er mit belegter Stimme und stieg eilig die Treppe hinauf.

»Noch Tee für dich?« fragte Joe.

»Nein, ich könnte was Stärkeres vertragen.«

Sie gingen in den Wintergarten zurück und setzten sich wieder. Joe sagte, er habe genug vom Rollstuhl, und Fiona half ihm aufs Sofa.

Foster brachte ihnen eine Flasche alten Portwein. Als er ging, sah Fiona voller Liebe ihren Mann an.

»Du hast so viel getan, Joe«, sagte sie gerührt. »Für Charlie. Obwohl es dir nicht gefallen hat, wer er war. Was er getan hat.«

»Ich hab's für dich getan, Fee. Ich wollte dir deinen Bruder zurückgeben. Dir und Seamie. Ich wollte, daß du dir seinetwegen keine Sorgen mehr machst.«

Ihr kamen die Tränen. Tränen, die sie den ganzen Morgen zurückgehalten hatte. »Ach, Joe. Ich hab' mich all die Jahre so falsch verhalten. Ich hätte nie nach ihm suchen dürfen. Hätte nie versuchen dürfen, ihn wiederzufinden. Wenn ich das nicht getan hätte, wären all die schrecklichen Dinge nicht passiert. Du wärst nicht angeschossen worden, du würdest nicht im Rollstuhl sitzen ...«

»Scht, Fiona, nicht. Ich bin derjenige, der sich falsch verhalten hat. Weil ich dich davon abhalten wollte. Dich zwingen wollte, nicht mehr zu hoffen. Nicht mehr zu lieben. Nicht mehr zu glauben.«

Er nahm sie in die Arme, und so blieben sie eine Weile eng umschlungen schweigend sitzen, bis Fiona fragte: »Glaubst du, daß er je zu uns zurückkommen wird?«

»Ja.«

»Aber inzwischen sind mehr als fünf Wochen vergangen, Schatz«, sagte sie bekümmert. »Mindestens fünf Wochen ohne eine Nachricht. Ich wollte vor India nichts sagen, aber ich glaube, sie empfindet es genauso. Wie wäre es auch anders möglich? Er war ganz allein, als er fortging. Ganz allein in Afrika, und wir alle wissen, was dort passieren kann. Wir wissen, was Charlotte beinahe passiert wäre, als sie von dem Lager weglief. Und was Freddie widerfahren ist.«

»Ihm ist nichts zugestoßen, Fiona. Das weiß ich. Denk doch nur, was er schon alles überstanden hat. Er wird auch das überstehen. Er findet eine Möglichkeit, zu ihnen zurückzukommen, Fee. Ganz bestimmt.« Er umschloß ihr Gesicht mit den Händen und küßte sie. »Gib ihn nicht auf, Schatz. Nicht jetzt. Nicht nach all den Jahren, all dem Schmerz. Er braucht dich jetzt wie nie zuvor. Er braucht deinen Glauben an ihn. Du hast ihm schon einmal geholfen. Hilf ihm auch jetzt.«

»Wie, Joe?« fragte sie ihn unter Tränen. »Wie denn?«

»Das ist ganz einfach, meine Liebling. Mach einfach, was du immer getan hast. Glaub an ihn, Fee. *Glaub* an ihn.«

❧ 133 ❧

*I*ndia saß in ihrem Salon am Berkeley Square und trank ein Glas Brandy. Es war schon spät, kurz nach Mitternacht, aber sie drehte keine Lampe an. Mondlicht fiel durch die hohen Fenster ein und tauchte den Raum in silbernes Licht. Sie war allein. Das Personal war schon zu Bett gegangen.

Sie war erschöpft nach der langen Seereise und dem Besuch bei den Bristows, dennoch konnte sie nicht schlafen, also blieb sie auf und sah zum Mond hinauf, der in bleicher Schönheit erstrahlte. Ob er im Moment auch über Afrika schien? fragte sie sich. Und auf Sid, wo immer er auch sein mochte?

Die Bristows waren ihre letzte Chance gewesen. Als Seamie ihr in Nairobi sagte, daß Joe sie sehen wolle und daß Fiona seine – und Sids – Schwester sei, hatte ihr Herz einen Freudensprung gemacht. Mit ihnen würde er sicher Verbindung aufnehmen. Sie waren seine Familie. Zumindest würde er sie wissen lassen, daß es ihm gutging. Aber das hatte er nicht getan. Vielleicht hatte er geahnt, daß sie sich an sie wenden würde, und wollte nicht, daß sie erfuhr, wo er war. Es war hart, unendlich hart, zu wissen, daß er nichts mehr mit ihr zu tun haben wollte.

Im Haus schlug eine Uhr. Irgendein antikes Stück, das ihrer Mutter gehört hatte. Sie würde sie verkaufen. Sie würde alles verkaufen und mit Charlotte von hier weggehen. Das Haus barg zu viele schlechte Erinnerungen, zu viele Erinnerungen an Freddie.

Sie würde seinen persönlichen Besitz an Bingham übergeben. Auch das scheußliche Porträt von Richard Lytton, dem Roten Earl. Es gehörte nach Longmarsh. Es hatte noch nie hierhergehört.

»Ich genausowenig, wenn man es recht bedenkt«, murmelte sie.

Ende der Woche würde sie das Haus zum Verkauf anbieten und alles, was darin war, versteigern lassen. Bis sie etwas Neues gefunden hatten, würden sie und Charlotte bei Maud wohnen. Sie hatte keine

Ahnung, wohin sie gehen und was sie tun wollte, aber das würde sich finden. Mit der Zeit.

»Mami?«

India drehte sich um. Charlotte stand in Nachthemd und Morgenmantel in der Tür.

»Was ist, Liebling? Warum bist du so spät noch auf?«

»Darf ich dich etwas fragen?«

»Natürlich.«

»Als wir mit dem Zug von Mombasa nach Nairobi gefahren sind, hat Lord Delamere Mr. Baxters Namen erwähnt, und das hat dich traurig gemacht. Das weiß ich. Ich hab' dein Gesicht gesehen. Hast du Mr. Baxter gekannt, bevor du nach Afrika gekommen bist? Hast du ihn in London gekannt?«

»Mein Gott, Charlotte, was für eine Frage.«

»Du mußt sie beantworten, Mami. Es ist sehr wichtig.«

»Wenn ich sie beantworte, gehst du dann wieder ins Bett?«

»Ja. Hast du ihn hier gekannt?«

»Ja.«

»Lange Zeit vorher?«

»Ja, lange vorher.«

»Ist er mein Vater?«

»Charlotte!«

»Ist er's? Ich hab' Vater sagen hören, daß ich nicht seine Tochter bin. In dem Arbeitszimmer in Afrika. Ich hab' gehört, daß er mich einen Bastard genannt hat. Kurz bevor er uns weggebracht und in die Grube geworfen hat. Ich hab' nicht gewußt, was das Wort bedeutet, also hab' ich Mary gefragt, aber sie hat mich geschimpft, weil ich es überhaupt in den Mund genommen habe. Dann hab' ich einen Jungen auf dem Schiff gefragt, und er hat es mir erklärt. Ich bin froh, daß ich nicht das Kind von Vater bin. Ist Mr. Baxter mein Vater? Mein richtiger Vater? Du *mußt* es mir sagen, Mami.«

»Ja, Charlotte, das ist er.«

»Hast du ihn früher einmal geliebt?«

»Du stellst mir sehr erwachsene Fragen.«

»Während der letzten Wochen mußte ich selbst sehr erwachsen werden.«

India nickte. »Ja, das stimmt. Also gut. Ja, ich habe ihn geliebt. Sehr sogar.«

»Tust du's immer noch?«

»Ja.«

»Ist er ein guter Mensch?«

»Ja, das ist er.«

»Macht er dich traurig?«

»Aber Charlotte. Nein, das tut er nicht. Er macht mich sehr froh. Mit ihm zusammen kann ich gar nicht traurig sein.«

»Mr. Finnegan ist Mr. Baxters Bruder, nicht wahr? Das hat er in Lady Wiltons Haus gesagt.«

»Ja, das stimmt.«

»Und er ist auch Mrs. Bristows Bruder. Also ist er mein Onkel und Mrs. Bristow meine Tante. Und Katie, Charlie, Peter und Rose sind meine Cousins und Cousinen.«

»Richtig.«

Charlotte überlegte eine Weile, dann sagte sie: »Ich finde sie alle sehr nett, ich mag sie richtig gern.«

»Ich mag sie auch.«

Charlotte sah aus dem Fenster und runzelte nachdenklich die Stirn. »Ich hab' etwas, was ich dir geben soll. Von Mr. Baxter. Ich wollte es dir vorher nicht geben. Erst jetzt.«

Sie griff in die Tasche ihres Morgenmantels und zog einen Umschlag heraus.

India blieb der Atem weg. »Charlotte, wie lange hast du das schon?«

»Mr. Baxter hat ihn mir gegeben, bevor er von Lady Wiltons Haus wegging.«

»O Charlotte! Warum hast du mir den Brief nicht eher gegeben?«

»Weil ich dachte, er macht dich traurig, und das wollte ich nicht mehr.« Sie küßte sie auf die Wange. »Gute Nacht, Mami. Ich hoffe, der Brief macht dich froh.«

»Möchtest du wissen, was drinsteht?«

»Das kannst du mir am Morgen sagen. Ich bin schrecklich müde. Es ist sehr anstrengend, erwachsen zu sein.«

India öffnete den Umschlag, der einen Brief in Sids Handschrift enthielt. Und ein Bild, das zusammengefaltet und an den Ecken vergilbt war. India faltete es auf. Sie kannte es. Sie selbst hatte es ihm gegeben. Es war das Bild des Grundstücks, das Wish ihr hinterlassen hatte. Point Reyes. An der Küste von Kalifornien. Das Foto war zerknittert und ein wenig verblichen, aber immer noch schön. Mit zitternden Fingern faltete sie den Brief auf.

Meine liebste India,
wenn Du das liest, hoffe ich, schon meilenweit fort zu sein. Ich weiß, daß die Polizei mich findet, wenn ich bleibe. Ich habe Angst, daß man mich gesehen hat, als ich zum Haus der Wiltons ritt. Wenn das zutrifft, ist es inzwischen in ganz Nairobi bekannt. Die Kikuyu sind schreckliche Tratschmäuler, und die Buschtrommeln verbreiten Nachrichten schneller, als Du Dir vorstellen kannst.
Ich wollte bei Dir bleiben. Wollte Dich sehen, wenn Du wieder gesund bist. Und ich wollte das schöne, mutige Wesen kennenlernen, das unsere Tochter ist. Aber ich habe Angst, diese Chance für immer zu verlieren, wenn ich jetzt nicht gehe.
Obwohl ich allen im Haus gesagt habe, daß ich nach Osten reite, schlage ich die entgegengesetzte Richtung ein. Mit etwas Glück schaffe ich es nach Gabun und Port-Gentil, wo ich ein Schiff zu finden hoffe. Ich habe nicht viel Geld und werde vermutlich Arbeit annehmen müssen, wo immer ich welche finden kann. Wahrscheinlich werde ich fast ein Jahr brauchen, um an mein Ziel zu kommen. Es wird keine leichte Reise, und ich werde nicht unbeschadet durchkommen, aber durchkommen werde ich. Denn mehr als alles auf der Welt möchte ich Dich und Charlotte wiedersehen. Ich möchte mit Euch leben, Euch lieben und all die traurigen, schweren und hoffnungslosen Jahre ohne Euch vergessen machen.
Du hast mich gelehrt, was Liebe ist, India. Was Glauben ist. Du hast mich an diese Dinge glauben lassen. Ich tue es immer noch.
Glaub jetzt an mich. Glaub an uns. An uns drei.
Triff mich, wo der Himmel das Meer berührt.
Warte auf mich am Anfang der Welt.

⊰ *Epilog* ⊱

1907, Kalifornien

*J*uan Ramos, der Stationsvorsteher von Point Reyes, verschränkte die Arme und sah auf seine Uhr. 17 Uhr 12. Jede Sekunde würden sie jetzt eintreffen. Er reckte den Kopf, um die Mesa Road hinaufzusehen. Nichts verstellte ihm den Blick, denn die Straße, auf der tagsüber geschäftiges Treiben herrschte, war jetzt leer. Die Farmwagen mit Milchkannen und Butterfässern und die Fischkarren mit ihren Kisten voller Lachs, Forellen, Austern und Krabben – alle nach San Francisco unterwegs – waren schon vor Stunden zurückgekommen.

Als der Minutenzeiger seiner Uhr auf 17 Uhr 13 klickte, entdeckte er sie – zwei Gestalten in einer offenen Kutsche: die englische Ärztin und ihre Tochter.

Juan Ramos kannte die Ärztin. Alle Einheimischen kannten sie. Sie hatte auf der Mesa Road eine Klinik aufgemacht und wies nie jemanden ab. Diejenigen, die Geld hatten, bezahlten, und diejenigen, die keines hatten, brachten ihr Butter und Fisch, Tortillas, Eier und scharfe Pfeffersoße.

Sie war vor einem Jahr hergekommen und hatte ein großes Stück Land übernommen, das an den Limantour Beach grenzte. Es lag sieben Meilen außerhalb der Stadt an einem gewundenen, hügeligen Weg. Ein anderer Engländer, ein Spekulant, hatte es 1900 gekauft. Damals war von einem eleganten Ferienhotel die Rede gewesen, von reichen Leuten, die aus San Francisco mit dem Zug herkommen sollten, von einer Renovierung des Bahnhofs, von neuen Geschäften, die die Reichen brauchen würden, aber es hatte sich alles als bloßes Gerede erwiesen.

Gerüchte besagten, der Spekulant sei bankrott gegangen und die Ärztin habe ihm das Land abgekauft. Einige behaupteten, sie habe selbst Geld und würde ein großes Herrenhaus bauen, aber bis jetzt begnügte sie sich damit, in dem alten Schindelhaus zu wohnen, das auf dem Grundstück stand, und alles weitgehend so zu belassen, wie sie es vorgefunden hatte.

An den Werktagen behandelte die Ärztin ihre Patienten, und ihre Tochter besuchte die hiesige Schule. Am Samstag und Sonntag kamen sie tagsüber nicht in die Stadt – nicht einmal in die Kirche –, sondern wurden gewöhnlich mit hochgeschlagenen Röcken beim Spaziergang am Strand, beim Picknick an der Landzunge oder bei Drakes Estuary gesehen, das sie im Ruderboot erkundeten. Doch egal, welcher Wochentag war, egal, bei welchem Wetter – sie kamen jeden Abend hierher, um am Bahnhof zu warten.

Die Ärztin fuhr jetzt an ihm vorbei, lenkte die Kutsche an den üblichen Ort und stieg aus. Ihre Tochter ebenso. Sie machten sich nicht die Mühe, das Pferd anzubinden. Es stand ruhig da, weil es das abendliche Ritual schon kannte.

»Guten Abend, Dr. Baxter, Miss Charlotte«, sagte Juan.

»Guten Abend, Mr. Ramos«, antworteten sie.

Das kleine Mädchen ging ins Bahnhofsgebäude, aber die Ärztin blieb stehen. »Wie geht es den Händen Ihrer Mutter?« fragte sie.

»Viel besser«, antwortete Juan. »Die Arthritis plagt sie jetzt kaum noch. Sie sagt, die Pillen, die Sie ihr gegeben haben, hätten wahre Wunder bewirkt.«

Die Ärztin lächelte. »Gut, das freut mich zu hören. Sie müssen darauf achten, daß sie sie auch weiterhin nimmt, Mr. Ramos.«

Juan versicherte ihr, das würde er tun, und sah ihr nach, als sie wie jeden Abend auf den Bahnsteig hinausging, um auf den 17-Uhr-15-Zug aus San Francisco zu warten.

Tag für Tag warteten sie, aber die Person, auf die sie warteten, tauchte nie auf. Die Ärztin und ihre Tochter blieben stehen, bis der letzte Fahrgast ausgestiegen war, bis der Schaffner gepfiffen hatte, die Türen geschlossen waren und der Zug aus dem Bahnhof hinausgefahren war.

Einmal hatte er sie gefragt, auf wen sie warte. »Auf Mr. Baxter«, hatte sie geantwortet. »Meinen Mann.«

Anfangs glaubte er ihr. Er dachte, sie sei vor ihrem Mann hergekommen, um das Haus für ihn herzurichten. Und er glaubte, daß Mr. Baxter kommen würde, weil die Ärztin so fest daran glaubte.

Aber dann vergingen Tage, Wochen und Monate, ein Jahr, und Mr. Baxter war immer noch nicht gekommen. Die Frauen in der Stadt begannen zu reden. Einige meinten, er komme nicht, weil er in einem Krieg getötet worden sei, andere, weil er sie verlassen habe. Ein paar waren davon überzeugt, daß er beim Goldschürfen umgekommen war. Eine behauptete, er sei mit einem Schiff untergegangen.

Juan empfand Mitleid mit der Ärztin und fragte sich, ob sie im Kopf ganz richtig war. Es tat ihm weh, die Hoffnung in ihren Augen zu sehen, wenn der Zug einfuhr. Und noch mehr weh tat es ihm, ihre Enttäuschung mitanzusehen, wenn niemand ihre Namen rief und niemand auf sie zugelaufen kam, um sie in die Arme zu schließen.

»Vielleicht morgen«, sagte die Ärztin immer, wenn sie mit ihrer Tochter an ihm vorbei zur Kutsche ging.

»Ja, vielleicht morgen«, antwortete Juan jedesmal.

Es fiel ihm schwer, an Mr. Baxter zu glauben, aber noch schwerer, nicht mehr an ihn zu glauben. Denn das hätte bedeutet zuzugeben, daß die notwendigen und einfachen Dinge des Lebens – Liebe, Hoffnung und Glaube – sinnlos waren und nichts zählten.

Der 17-Uhr-15-Zug dampfte herein, und einen Moment lang vergaß Juan die Ärztin und ihre Tochter, als er dem Lokführer zuwinkte, den Gepäckträger anfuhr, sich zu beeilen, und den Sack mit der Abendpost vom Schaffner entgegennahm.

So sah er anfänglich den hageren Mann nicht, der als letzter ausstieg. Der Mann sah gut aus, auch wenn er ausgemergelt wirkte. Er ging mit Hilfe eines Stocks. Sein gebräuntes Gesicht war von Falten durchzogen, was ihn älter aussehen ließ, als er war.

Er sah nicht, wie die Ärztin blaß wurde. Er drehte sich erst um, als sie einen Schrei ausstieß. Und dann sah er sie beide – Mutter und Kind –, wie sie auf den Mann zuliefen und sich in seine Arme warfen.

Er sah, wie der Mann die Augen schloß und das Gesicht am Hals der Ärztin verbarg, sah, wie er das kleine Mädchen hochhob und küßte. Aber er hörte nicht, wie die Ärztin ihn fragte, was passiert sei, wo er gewesen, wie er hergekommen sei. Und hörte nicht, wie er ihr antwortete, das sei eine verdammt lange Geschichte. Er hörte nicht, wie die Ärztin antwortete, sie hätten nun genug Zeit, sich diese anzuhören – ihr ganzes Leben lang.

Juan sah, wie der Schaffner Mr. Baxters Tasche herunterreichte. Ein Träger wollte sie nehmen, aber Juan schickte ihn weg.

»Bitte, Sir«, sagte er zu Mr. Baxter. »Erlauben Sie.«

Die Ärztin machte sie miteinander bekannt, und dann folgte ihnen Juan zu ihrem Wagen hinaus. Charlotte stieg hinten ein. Die Ärztin schwang sich auf den Kutschbock, und Mr. Baxter kletterte hinauf und setzte sich neben sie.

Juan stellte seine Tasche hinten hinein und winkte ihnen zum Abschied. Er stand noch immer auf dem Gehsteig, als sie losfuhren, und konnte hören, wie Mr. Baxter sagte: »Es ist genauso wie in den Märchen, die du mir erzählt hast. Vor langer Zeit. In der Arden Street.«

Und die Ärztin antwortete: »Es ist sogar noch besser, mein Liebling. Du kannst dir nicht vorstellen, wie schön dein neues Zuhause ist. Da ist das Meer, der Himmel, die frische salzige Brise und alles, was du dir je erträumt hast, alles, was du dir gewünscht hast.«

»Dann hat die Geschichte ein glückliches Ende?«

Die Ärztin lehnte sich hinüber und küßte ihn. Und dann küßte sie ihre Tochter. Ohne darauf zu achten, wer sie sah. Wer sie hörte.

»Ja, das hat sie«, antwortete sie. »Das hat sie.«

Dank

Mein besonderer Dank gilt Dr. Catherine Goodstein. Sie konnte mir erklären, warum man sich für den Arztberuf entscheidet, und ihre Erinnerungen an ihre eigenen medizinischen Anfänge waren unendlich wertvoll für mich.

Dank auch den Bibliothekaren und Archivaren der Wellcome Library, der Medizinischen Bibliothek des Royal College, den Archiven des Royal Free Hospitals und des britischen Unterhauses – alle in London – für das fachliche Wissen, die Unterstützung und ihre Geduld bei der Beantwortung meiner Fragen. Das Londoner Naturwissenschaftliche Museum lieferte reiche Informationen über Medizin und medizinische Instrumente des frühen zwanzigsten Jahrhunderts, ebenso Dr. Harold Speert in seinen Büchern zur Geschichte der Geburtshilfe und Gynäkologie. Auch bei Alex Dundas möchte ich mich bedanken, daß er mich in die Geheimnisse des Bergsteigens eingeweiht hat.

Ich bedanke mich bei meinem Agenten Simon Lipskar, meinen Lektorinnen Susan Watt und Peternelle van Arsdale für ihren Einsatz, ihre Hilfe und ihr Können. Mein innigster Dank gilt meiner wundervollen Familie, die mich immer ermutigt und immer an mich geglaubt hat.

Jennifer Donnelly
Die Teerose
Roman. Aus dem Amerikanischen von Angelika Felenda. 688 Seiten. Serie Piper

London 1888, eine Stadt im Aufbruch: Während in den Gassen von Whitechapel das Laster blüht, träumt die siebzehnjährige Fiona von einer besseren Zukunft. Als Packerin in einer Teefabrik beweist die junge Irin ihr Gespür für die köstlichsten Sorten und exotischsten Mischungen. Doch dann muß Fiona ihren Verlobten Joe verlassen und sich im New York der Jahrhundertwende eine Existenz aufbauen … Spannend und voller Sinnlichkeit erzählt dieser Roman die Geschichte der Fiona Finnegan und einer großen Liebe zwischen Sühne, Mut und Leidenschaft.

»Eine großartige Geschichte und genau das, was wir in Zeiten wie diesen brauchen.«
Frank McCourt

Jennifer Donnelly
Das Licht des Nordens
Roman. Aus dem Amerikanischen von Angelika Felenda. 416 Seiten. Serie Piper

Der 12. Juli 1906 ist ein schöner, sonniger Tag. Bis man die ertrunkene Grace Brown auf die Veranda des vornehmen Glenmore Hotels legt. Für die junge Mattie, die die Briefe der Toten an ihren Geliebten aufbewahrt, ändert sich mit diesem tragischen Ereignis das ganze Leben … Jennifer Donnelly erzählt die ergreifende Geschichte eines jungen Mädchens, das der ländlichen Enge ihrer Heimat zu entfliehen versucht – fesselnder Entwicklungsroman, Kriminalgeschichte und tragischer Liebesroman zugleich.

»Das Buch hat das Zeug, wieder zu einem Bestseller zu werden. Verdient hätte es dieser hochspannende und sensibel erzählte Roman allemal.«
amazon.de

SERIE PIPER

Martina Kempff
Die Marketenderin

Historischer Roman. Mit einem Nachwort zur Taschenbuchneuausgabe. 432 Seiten. Serie Piper

Februar 1812: Die willensstarke Marketenderin Juliane Assenheimer beschließt, mit den württembergischen Truppen zu ziehen, die Napoleons Armee im Rußlandfeldzug verstärken. Neben der harten Realität des Krieges macht ihr vor allem ihre Liebe zu Leutnant Gerter zu schaffen, die aufgrund des großen Standesunterschiedes unerfüllbar zu sein scheint. Mit viel Energie und Mut kämpft sich Juliane bis nach Moskau durch, wo sich die Lage dramatisch zuspitzt ... Ein spannender Roman über eine mutige Frau, die sich gegen Gewalt und Unrecht auflehnt.

»Starke Frauenfiguren vor historischer Kulisse – Autorin Martina Kempff ist mittlerweile Spezialistin für diese Kombination.«
Norddeutscher Rundfunk

Judith Lennox
Bis der Tag sich neigt

Historischer Roman. Aus dem Englischen von Georgia Sommerfeld. 512 Seiten. Serie Piper

Die Loyalität zum eigenen Familiennamen steht im englisch-schottischen Grenzland vor der Loyalität zur Krone, verwegene Räubereien unter verfeindeten Geschlechtern sind an der Tagesordnung. Inmitten der politischen Intrigen und Familienfehden sorgen zwei bildhübsche weibliche Verwandte für zusätzlichen Aufruhr bei den vielen männlichen Ridleys, doch offensichtlich nicht bei dem allein auf sich gestellten, unehelichen Lucas ...

Ein fesselnder, historischer Roman vor dem Hintergrund der Machtspiele um Elizabeth von England und Maria Stuart.

05/2262/01/L   05/2154/01/R

Robert Löhr
Der Schachautomat
*Roman um den brillantesten
Betrug des 18. Jahrhunderts.
416 Seiten. Serie Piper*

Als Hofrat Wolfgang von Kempelen 1770 am Habsburgischen Hof seinen Schach spielenden Automaten präsentiert, gilt der Maschinenmensch als großartigste Errungenschaft des Jahrhunderts. Doch tatsächlich verbirgt sich im Innern der Maschine ein Zwerg – und dieses menschliche Gehirn erweist sich als tödlich und sterblich zugleich. Von den Bleikammern Venedigs zum kaiserlichen Hof in Wien, von den Palästen des Preßburger Adels in die Gassen des Judenviertels – ein spannender historischer Roman um ein legendäres Täuschungsmanöver.

»Ein Überraschungserfolg, wie es ihn in dieser Form lange nicht gegeben hat.«
Der Spiegel

Catharina Sundberg
Gebrandmarkt
*Roman aus der Hansezeit. Aus dem
Schwedischen von Wibke Kuhn.
368 Seiten. Serie Piper*

Die Zeiten sind unruhig, als die junge Bürgersfrau Anne im Jahr 1391 aus Lübeck nach Stockholm reist. Mit ihrem Mann und dem Kind, das sie erwartet, will sie einen Neuanfang wagen. Doch Claus kommt bei einem Schiffbruch ums Leben, während Anne sich nach Stockholm retten kann, wo sie sich allein durchschlagen muss. Dabei sind ihr offenbar gefährliche Verfolger auf der Spur ... Vor dem Hintergrund der Hansezeit in Schweden erzählt Catharina Sundberg die spannende und atmosphärisch dichte Geschichte einer jungen Frau, die im mittelalterlichen Stockholm ums Überleben kämpft.

»Liebe und Abenteuer im mittelalterlichen Stockholm, temporeich und süffig erzählt. Alle Leser, die gut lesbare Mittelalterromane mögen, werden Blut lecken!«
Svenska Dagbladet

SERIE PIPER

05/2155/01/L   05/2226/02/R